Thomas Manns Erzählungen sind eines der größten Besitztümer der deutschen Prosakunst nicht nur dieses Jahrhunderts. Das epische Werk in all seinen Gestalten ist voll innerer Bezüge und Verknüpfungen; seine Erzählungen, Novellen und Skizzen stehen unmittelbar neben den Romanen. Auch wenn Thomas Mann heute als Klassiker gilt, ist dies eine höchst lebendige Klassik, seine Werke haben an Kraft, Humor und Gegenwartsbezug nichts verloren.

Erzählungen wie ›Tonio Kröger‹ oder ›Der Tod in Venedig‹ gehören zum Schönsten und auch zum Populärsten im Werk Thomas Manns. An ihnen wird deutlich, wie sehr das große Werk aus seiner Zeit und der Zeitgebundenheit seines Themas herauswächst und zum Besitz aller folgenden Lesegenerationen wird. Diese Erzählungen kann man immer wieder lesen; deutlicher als jede andere Form illustrieren sie die Unerschöpflichkeit von Thomas Manns Erzählkunst.

Thomas Mann wurde 1875 in Lübeck geboren und wohnte seit 1894 in München. 1933 verließ er Deutschland und lebte zuerst in der Schweiz am Zürichsee, dann in den Vereinigten Staaten, wo er 1938 eine Professur an der Universität Princeton annahm. Später hatte er seinen Wohnsitz in Kalifornien, danach wieder in der Schweiz. Er starb in Zürich am 12. August 1955.

Thomas Mann
Die Erzählungen

Welch starres mütterl in Starz,
sie kvrslu, Brig. 66.

Fischer
Taschenbuch
Verlag

Einmalige Sonderausgabe
Veröffentlicht im Fischer Taschenbuch Verlag GmbH,
Frankfurt am Main, Juli 1997

Lizenzausgabe mit Genehmigung
des S. Fischer Verlages GmbH, Frankfurt am Main
© Katia Mann 1966, 1967
Gesamtherstellung: Clausen & Bosse, Leck
Printed in Germany
ISBN 3-596-13709-8

Gedruckt auf chlor- und säurefreiem Papier

Die Erzählungen

Vision
Prosa-Skizze

Wie ich mir mechanisch eine neue Zigarette drehe und die braunen Stäubchen mit feinem Prickeln auf das weißgelbe Löschpapier der Schreibmappe niedertaumeln, will es mir unwahrscheinlich werden, daß ich noch wache. Und wie die feuchtwarme Abendluft, die durch das offene Fenster neben mir hereingeht, die Rauchwölkchen so seltsam formt und aus dem Bereich der grünbeschirmten Lampe ins Mattschwarze trägt, steht es mir fest, daß ich schon träume.

Da wird's natürlich schon ganz arg; denn diese Meinung wirft der Phantasie die Zügel auf den Rücken. Hinter mir knackt heimlich neckend die Stuhllehne, daß es mir jäh wie hastiger Schauder durch alle Nerven fährt. Das stört mich ärgerlich in meinem tiefsinnigen Studium der bizarren Rauchschriftzeichen, die um mich irren, und über die einen Leitfaden zu verfassen ich bereits fest entschlossen war.

Aber nun ist die Ruhe zum Teufel. Tolle Bewegung in allen Sinnen. Fiebrisch, nervös, wahnsinnig. Jeder Laut keift. Und mit all dem verwirrt steigt Vergessenes auf. Einst dem Sehsinn Eingeprägtes, das sich seltsam erneut; mit dem Fühlen dazu von damals.

Wie interessiert ich es bemerke, daß mein Blick sich gierig erweitert, als er die Stelle im Dunkel umfaßt! Jene Stelle, aus der sich lichte Plastik stets deutlicher hervorhebt. Wie er es einsaugt; eigentlich nur wähnt, aber doch selig. Und er empfängt immer mehr. Das heißt, gibt sich immer mehr; macht sich immer mehr; zaubert sich immer mehr... immer... mehr.

Nun ist es da, ganz deutlich, ganz wie damals, das Bild, das Kunstwerk des Zufalls. Aufgetaucht aus Vergessenem, wiedergeschaffen, geformt, gemalt von der Phantasie, der fabelhaft talentvollen Künstlerin.

Nicht groß: klein. Auch kein Ganzes eigentlich, aber doch vollendet, wie damals. Doch unendlich im Dunkel verschwimmend, nach allen Seiten. Ein All. Eine Welt. – Licht zittert darin und tiefe Stimmung. Aber kein Laut. Nichts dringt hinein von dem lachenden Lärm ringsum. Wohl nicht jetzt ringsum, aber damals.

Ganz unten blendet Damast; quer zacken und runden und winden gewirkte Blätter und Blüten. Darauf durchsichtig hingeplattet und dann schlank ragend ein Kristallkelch, halb voll blassem Gold. Davor träumend hingestreckt eine Hand. Die Finger liegen lose um den Fuß des Kelches. Um den einen geschmiegt ein duffsilberner Reif. Blutend darauf ein Rubin.

Schon wo es nach dem zarten Gelenk im Formencrescendo Arm werden will, verschwimmt es im Ganzen. Ein süßes Rätsel. Träumerisch und regungslos ruht die Mädchenhand. Nur da, wo sich über ihr mattes Weiß weich eine hellblaue Ader schlängelt, pulsiert Leben, pocht Leidenschaft langsam und heftig. Und wie es meinen Blick fühlt, wird es rascher und rascher, wilder und wilder, bis es zum flehenden Zucken wird: Laß ab . . .

Aber schwer und mit grausamer Wollust lastet mein Blick, wie damals. Lastet auf der Hand, in der bebend der Kampf mit der Liebe, der Sieg der Liebe pulsiert . . . wie damals . . . wie damals . . .

Langsam löst sich vom Grunde des Kelches eine Perle und schwebt aufwärts. Wie sie in den Lichtbereich des Rubins kommt, flammt sie blutrot auf und erlischt jäh an der Oberfläche. Da will wie gestört alles schwinden, wie sehr der Blick sich müht, zeichnend die weichen Konturen aufzufrischen.

Nun ist es dahin; im Dunkel zerronnen. Ich atme tief – tief auf, denn ich bemerke, daß ich das vergessen hatte darüber. Wie damals auch . . .

Wie ich mich müde zurücklehne, zuckt Schmerz auf. Aber ich weiß es nun so sicher wie damals: Du liebtest mich doch . . . Und das ist es, warum ich nun weinen kann.

Gefallen

Wir vier waren wieder ganz unter uns.

Der kleine Meysenberg machte diesmal den Wirt. In seinem Atelier soupierte es sich ganz charmant.

Das war ein seltsamer Raum, hergerichtet in einem einzigen Stile: bizarre Künstlerlaune. Etrurische und japanesische Vasen, spanische Fächer und Dolche, chinesische Schirme und italienische Mandolinen, afrikanische Muschelhörner und kleine antike Statuen, bunte Rokoko-Nippes und wächserne Madonnen, alte Kupferstiche und Arbeiten aus Meysenbergs eigenem Pinsel, – das alles war im ganzen Raum auf Tischen, Etageren, Konsolen und an den Wänden, welche überdies gleich dem Fußboden mit dicken orientalischen Teppichen und verblichenen gestickten Seidenstoffen bedeckt waren, in schreienden Zusammenstellungen arrangiert, welche gleichsam auf sich selbst mit Fingern wiesen.

Wir vier, das heißt der kleine, braunlockige, bewegliche Meysenberg, Laube, der blutjunge, blonde, idealistische Nationalökonom, welcher, wo er ging und stand, über die gewaltige Berechtigung der Frauenemanzipation dozierte, Dr. med. Selten und ich, – wir vier also hatten uns in der Mitte des Ateliers auf den allerverschiedensten Sitzvorrichtungen um den schweren Mahagonitisch gruppiert und sprachen seit geraumer Zeit dem vortrefflichen Menü zu, das der geniale Gastgeber für uns komponiert hatte. Mehr noch vielleicht den Weinen. Meysenberg ließ wieder mal was draufgehn.

Der Doktor saß in einem großen, altertümlich geschnitzten Kirchenstuhl, über den er sich beständig in seiner scharfen Weise lustig machte. Er war der Ironiker unter uns. Welterfahrung und -verachtung in jeder seiner wegwerfenden Gesten. Er war der älteste unter uns vieren. Wohl schon um die Dreißig herum. Auch hatte er am meisten ›gelebt‹. »Wüscht!« sagte Meysenberg, »aber er ist amüsant.«

9

Man konnte dem Doktor das »Wüscht« in der Tat ein wenig ansehen. Seine Augen hatten einen gewissen verschwommenen Glanz, und das schwarze, kurzgeschnittene Kopfhaar wies am Wirbel bereits eine kleine Lichtung auf. Das Gesicht, welches in einen spitz zugeschnittenen Bart verlief, zeigte, von der Nase zu den Mundwinkeln hinablaufend, ein paar spöttische Züge, welche ihm manchmal sogar einen bitteren Nachdruck verleihen konnten. –

Beim Roquefort waren wir schon wieder mitten in den »tiefen Gesprächen«. Selten nannte es so, mit dem wegwerfenden Hohne eines Mannes, welcher es sich, wie er sagte, längst zur einzigen Philosophie gemacht hat, dies von der betreffenden Regie da oben wenig umsichtig inszenierte Erdenleben völlig frag- und skrupellos zu genießen, um dann die Achseln zu zukken und zu fragen: »Besser nicht?«

Aber Laube, auf geschickten Umwegen richtig in sein Fahrwasser gekommen, war schon wieder ganz außer sich und gestikulierte von seinem tiefen Polsterstuhl aus verzweifelt in der Luft herum.

»Das ist es ja! Das ist es ja! Die schmachvolle soziale Stellung des Weibes« (er sagte nie »Frau«, sondern immer »Weib«, weil sich das naturwissenschaftlicher machte) »wurzelt in den Vorurteilen, den blöden Vorurteilen der Gesellschaft!«

»Prosit!« sprach Selten sehr sanft und mitleidig und goß ein Glas Rotwein hinunter.

Das nahm dem guten Jungen die letzte Ruhe.

»Ach du! ach du!« fuhr er in die Höhe, »du alter Zyniker! Mit dir ist ja nicht zu reden! Aber ihr«, wandte er sich herausfordernd an Meysenberg und mich, »ihr müßt mir recht geben! Ja oder nein?!«

Meysenberg schälte sich eine Orange.

»Halb und halb ganz gewiß!« sagte er mit Zuversicht.

»Nur weiter«, ermunterte ich den Redner. Er mußte sich wieder erst einmal auslassen, eher gab er doch keinen Frieden.

»In den blöden Vorurteilen und der borniertern Ungerechtigkeit der Gesellschaft, sage ich! All die Kleinigkeiten – ach Gott, das ist ja lächerlich. Daß sie da nun Mädchengymnasien einrichten und Weiber als Telegraphistinnen oder so was anstellen, – was hat das zu sagen. Aber im großen, im großen! Welche Anschauungen! Etwa was das Erotische, das Sexuelle anbelangt, welche beschränkte Grausamkeit!«

»So«, sagte der Doktor ganz erleichtert und legte seine Serviette weg, »nun wird's wenigstens amüsant.«

Laube würdigte ihn keines Blickes.

»Seht«, fuhr er eindringlich fort und winkte mit einem großen Dessertbonbon, den er hernach mit wichtiger Gebärde in den Mund schob, »seht, wenn zwei sich lieben und er führt das Mädchen ab, so bleibt er ein Ehrenmann nach wie vor, hat sogar ganz schneidig gehandelt, – verfluchter Kerl das! Aber das Weib ist die Verlorene, von der Gesellschaft Ausgestoßene, Verfemte, die Gefallene. Ja, die Ge-fal-le-ne! Wo bleibt der moralische Halt solcher Anschauung?! Ist der Mann nicht geradesogut gefallen? Ja, hat er nicht ehrlo-ser gehandelt als das Weib?! . . . Na, nun redet! Nun sagt was!«

Meysenberg sah nachdenklich dem Rauch seiner Zigarette nach.

»Eigentlich hast du recht«, sagte er gutmütig.

Laube triumphierte über das ganze Gesicht.

»Hab' ich? hab' ich?« wiederholte er nur immer. »Wo ist die sittliche Berechtigung zu solchem Urteil?«

Ich sah Doktor Selten an. Er war ganz still geworden. Während er mit beiden Händen ein Brotkügelchen drehte, blickte er mit jenem bitteren Gesichtsausdruck schweigend vor sich nieder.

»Wollen aufstehen«, sagte er dann ruhig. »Ich will euch eine Geschichte erzählen.« –

Wir hatten den Speisetisch beiseite gerückt und es uns ganz hinten in dem mit Teppichen und kleinen Polstersesseln traulich hergerichteten Plauderwinkel bequem gemacht. Eine von der Decke niederhängende Ampel erfüllte den Raum mit einem bläulichen Dämmerlicht. Schon lagerte sich eine leise wogende Schicht Zigarettenrauch unter dem Plafond.

»Na, leg los«, sagte Meysenberg, indem er vier Gläschen mit seinem französischen Benediktiner füllte.

»Ja, ich will euch die Geschichte gern einmal erzählen, weil wir doch so darauf gekommen sind«, sagte der Doktor, »gleich fix und fertig in Novellenform. Ihr wißt ja, daß ich mich einmal mit dergleichen beschäftigt habe.«

Ich konnte sein Gesicht nicht recht sehen. Er saß, ein Bein über das andere geschlagen, die Hände in den Seitentaschen seines Jacketts, zurückgelehnt in seinem Sessel und blickte ruhig zu der blauen Ampel hinauf.

»Der Held meiner Geschichte«, begann er nach einer Weile, »hatte in seinem kleinen norddeutschen Heimatort das Gymnasium absolviert. Mit neunzehn oder zwanzig Jahren bezog er die Universität P., eine übermittelgroße Stadt Süddeutschlands.

Er war der vollendete ›gute Kerl‹. Kein Mensch konnte ihm böse sein. Lustig und gutmütig-verträglich war er gleich der Liebling aller seiner Kameraden. Er war ein hübscher, schlanker Junge mit weichen Gesichtszügen, munteren braunen Augen und zärtlich geschwungenen Lippen, über welchen der erste Bart zu sprossen begann. Wenn er, den hellen runden Hut auf den schwarzen Locken zurückgesetzt, die Hände in den Hosentaschen, durch die Straßen flanierte, neugierig um sich schauend, warfen ihm die Mädchen verliebte Blicke zu.

Dabei war er unschuldig, – rein am Leibe wie an der Seele. Er konnte mit Tilly von sich sagen, er habe noch keine Schlacht verloren und kein Weib berührt. Das erste, weil er noch keine Gelegenheit dazu gehabt hatte, und das zweite, weil er ebenfalls noch keine Gelegenheit dazu gehabt hatte. –

Kaum war er vierzehn Tage in P., als er sich natürlich verliebte. Nicht in eine Kellnerin, wie es das gewöhnliche ist, sondern in eine junge Schauspielerin, ein Fräulein Weltner, naive Liebhaberin am Goethe-Theater.

Man sieht zwar, wie der Dichter so treffend bemerkt, mit dem Trunk der Jugend im Leib – Helenen in jedem Weib; aber das Mädchen war wirklich hübsch. Kindlich zarte Gestalt, mattblondes Haar, fromme, lustige grau-blaue Augen, feines Näschen, unschuldig-süßer Mund und weiches, rundes Kinn.

Er verliebte sich zuerst in ihr Gesicht, dann in ihre Hände, dann in ihre Arme, welche er gelegentlich einer antiken Rolle entblößt sah, – und eines Tages liebte er sie ganz und gar. Auch ihre Seele, welche er noch gar nicht kannte.

Seine Liebe kostete ihn ein Heidengeld. Mindestens jeden zweiten Abend hatte er einen Parkettplatz im Goethe-Theater. Alle Augenblicke mußte er der Mama um Geld schreiben, wofür er die abenteuerlichsten Erklärungen ausheckte. Aber er log ja um ihretwillen. Das entschuldigte alles.

Als er wußte, daß er sie liebte, war das erste, daß er Gedichte machte. Die bekannte, deutsche ›stille Lyrik‹.

Damit saß er oft bis spät in die Nacht unter seinen Büchern. Nur die kleine Weckuhr auf seiner Kommode klapperte einförmig, und draußen verhallten hin und wieder einsame Schritte. – Ganz oben in der Brust, wo der Hals beginnt, saß ihm ein weicher, lauer, flüssiger Schmerz, welcher oft in die schweren Augen hinaufquellen wollte. Aber weil er sich schämte, wirklich zu weinen, so weinte er es nur in Worten auf das geduldige Papier hinunter.

Da sagte er es sich in weichen Versen, wehmütigen Klangfalls, wie sie so süß und lieblich sei und er so krank und müde, und wie eine große Unrast in seiner Seele sei, welche ins Vage trieb, weit – weit, wo unter lauter Rosen und Veilchen ein süßes Glück schlummerte, aber er war gefesselt...

Gewiß, es war lächerlich. Ein jeder würde lachen. Die Worte waren ja auch so dumm, so nichtssagend hilflos. Aber er liebte sie! Er liebte sie!

Gleich natürlich, nach dem Selbstgeständnis, schämte er sich. Es war ja eine so armselige, kniende Liebe, daß er nur still ihr Füßchen hätte küssen mögen, weil sie gar so lieblich, oder ihre weiße Hand, dann wollte er ja gerne sterben. An den Mund wagte er gar nicht zu denken. –

Als er einmal nachts erwachte, stellte er sich vor, wie sie nun wohl daläge, das liebe Haupt in den weißen Kissen, den süßen

13

Mund ein wenig geöffnet, und die Hände, diese unbeschreiblichen Hände mit dem zartblauen Geäder auf der Decke gefaltet. Dann warf er sich plötzlich herum, drückte das Gesicht ins Kopfkissen und weinte lange in der Dunkelheit.

Damit war der Höhepunkt erreicht. Er war nun so weit, daß er keine Gedichte mehr machen und nicht mehr essen konnte. Er mied seine Bekannten, ging kaum noch aus und hatte tiefe, dunkle Ränder unter den Augen. Dabei arbeitete er gar nicht mehr und mochte auch nichts lesen. Er wollte nur immer so vor ihrem Bilde, das er sich längst gekauft, müde weiterdämmern, in Tränen und Liebe. –

Eines Abends saß er mit seinem Freunde Rölling, mit dem er schon früher auf der Schule vertraut gewesen war und der Mediziner war wie er, aber schon in höheren Semestern, bei einem beschaulichen Glase Bier in irgendeinem Kneipenwinkel.

Da stellte Rölling plötzlich resolut seinen Maßkrug auf den Tisch.

›So, Kleiner; nun sag mal, was dir eigentlich ist.‹

›Mir?‹

Aber dann gab er es doch auf und sprach sich aus, über sie und sich. –

Rölling wackelte mißlich mit dem Kopfe.

›Schlimm, Kleiner. Nichts zu machen. Bist nicht der erste. Völlig unnahbar. Lebte bislang bei ihrer Mutter. Die ist zwar seit einiger Zeit tot, aber trotzdem – durchaus nichts zu machen. Gräßlich anständiges Mädel.‹

›Ja glaubtest du denn, ich . . .‹

›Na, ich glaubte, du hofftest . . .‹

›Ach Rölling! . . .‹

›. . . Ah – a so. Pardon, nun komm' ich erst ins klare. So sentimentalisch hatte ich mir das ja gar nicht gedacht. – Also dann schick ihr ein Bukett, schreib ihr dazu keusch und ehrfurchtsvoll, flehe um schriftliche Erlaubnis ihrerseits, ihr deine Aufwartung machen zu dürfen, zum mündlichen Ausdruck deiner Bewunderung.‹

Er wurde ganz blaß und zitterte am ganzen Leibe.

›Aber… aber das geht ja nicht!‹

›Warum nicht? Jeder Dienstmann geht für vierzig Pfennig.‹
Er zitterte noch mehr.

›Herrgott, – wenn das möglich wäre!‹

›Wo wohnt sie noch gleich?‹

›Ich – weiß nicht.‹

›Das weißt du noch nicht mal?! Kellner! Das Adreßbuch.‹
Rölling hatte es schnell gefunden.

›Gelt? Solange lebte sie in einer höheren Welt, nun wohnt sie
auf einmal Heustraße 6a, dritte Etage; siehst du, hier steht's: Irma
Weltner, Mitglied des Goethe-Theaters… Du, das ist übrigens
eine scheußlich billige Gegend. So wird die Tugend belohnt.‹

›Bitte, Rölling…!‹

›Na ja, schon gut. Also das machst du. Vielleicht darfst du ihr
mal die Hand küssen, – Gemütsmensch! Die drei Meter für den
Parkettplatz wendest du diesmal an das Bukett. –‹

›Ach Gott, was kümmert mich das lumpige Geld!‹

›Es ist doch schön, von Sinnen zu sein!‹ deklamierte Rölling. –
Am folgenden Vormittag schon ging ein rührend naiver Brief
nebst einem wunderschönen Bukett nach der Heustraße ab. –
Wenn er eine Antwort von ihr erhielte, – irgendeine Antwort!
Wie wollte er aufjubelnd die Zeilen küssen! –

Nach acht Tagen war die Klappe des Briefkastens an der
Haustür abgebrochen von dem vielen Öffnen und Schließen.
Die Wirtin schimpfte.

Die Ränder unter seinen Augen waren noch tiefer geworden;
er sah wirklich recht elend aus. Wenn er sich im Spiegel sah,
erschrak er ordentlich; und dann weinte er vor Selbstmitleid.

›Du, Kleiner‹, sagte Rölling eines Tages sehr entschieden, ›das
geht nicht so weiter. Du gerätst ja immer mehr in Dekadenz. Da
muß etwas geschehn. Morgen gehst du einfach zu ihr.‹

Er machte seine kränkelnden Augen ganz groß.

›Einfach… zu ihr…‹

›Ja.‹

›Ach das geht ja nicht; sie hat es mir ja nicht erlaubt.‹

›Das war ja überhaupt dumm mit dem Geschreibsel. Das hätten wir uns auch gleich denken können, daß sie dir nicht unbekannterweise gleich schriftliche Avancen machen würde. Du mußt einfach zu ihr gehn. Du bist ja doch schon glückstrunken, wenn sie einmal guten Tag zu dir gesagt hat. Ein Scheusal bist du ja auch nicht gerade. Sie wird dich schon nicht ohne weiteres hinauswerfen. – Morgen gehst du.‹

Ihm war ganz schwindlig.

›Ich werde nicht können‹, sagte er leise.

›Dann ist dir nicht zu helfen!‹ Rölling wurde ärgerlich. ›Dann mußt du halt sehen, wie du's allein überwindest!‹ –

Nun kamen, wie draußen mit dem Mai der Winter ein letztes Ringen versuchte, Tage schweren Kampfes.

Aber als er dann eines Morgens aus tiefem Schlaf erwachte, nachdem er sie im Traum gesehen, und sein Fenster öffnete, da war es Frühling.

Der Himmel war licht – ganz lichtblau, wie in einem milden Lächeln, und die Luft hatte ein so süßes Gewürz.

Er fühlte, roch, schmeckte, sah und hörte den Frühling. Alle Sinne waren ganz Frühling. Und es war ihm, wie wenn der breite Sonnenstreif, der drüben über dem Hause lag, in zitternden Schwingungen bis in sein Herz flösse, klärend und stärkend.

Und dann küßte er stumm ihr Bild und zog ein reines Hemd an und seinen guten Anzug und rasierte sich die Stoppeln am Kinn und ging in die Heustraße. –

Es war eine seltsame Ruhe über ihn gekommen, vor der er fast erschrak. Aber sie blieb doch. Eine traumhafte Ruhe, als ob er es gar nicht selbst wäre, der da die Treppen hinaufging und nun vor der Tür stand und die Karte las: Irma Weltner. –

Da auf einmal durchfuhr es ihn, daß es ein Wahnsinn sei, und was er denn wollte, und daß er schnell umkehren müsse, bevor ihn jemand sähe.

Aber es war nur, wie wenn durch dieses letzte Aufstöhnen seiner Scheu der irre Zustand von vorhin endgültig abgeschüttelt sei, dann zog eine große, sichere, heitere Zuversicht in sein Gemüt, und während er bislang wie unter einem Druck gestanden, unter einer lastenden Notwendigkeit, wie

in der Hypnose, handelte er nun mit freiem, zielsicherem, jauchzendem Willen.

Es war ja Frühling! –

Die Glocke klapperte blechern durch die Etage. Ein Mädchen
kam und öffnete.

›Das gnädige Fräulein zu Hause?‹ fragte er munter.

›Zu Hause – ja – aber wen darf ich . . .‹

›Hier.‹

Er gab ihr seine Karte, und während sie dieselbe forttrug, ging
er mit einem übermütigen Lachen im Herzen einfach gleich hin-
terher. Als das Mädchen ihrer jungen Herrin die Karte überreichte, stand er auch schon im Zimmer, aufrecht, den Hut in
der Hand.

Es war ein mäßig großer Raum mit einfachem, dunklem
Ameublement.

Die junge Dame hatte sich von ihrem Platz am Fenster erhoben; ein Buch auf dem Tischchen neben ihr schien eben beiseite
gelegt. Er hatte sie niemals so reizend gesehen, in keiner Rolle,
wie in der Wirklichkeit. Das graue Kleid mit dunklerem Brust-
einsatz, das ihre feine Gestalt umschloß, war von schlichter Eleganz. In dem blonden Gekraus über ihrer Stirn zitterte die Mai-
sonne.

Sein Blut quirlte und rauschte vor Entzücken, und als sie nun
einen erstaunten Blick auf seine Karte warf und dann einen er-
staunteren auf ihn selbst, da brach, indem er zwei schnelle
Schritte auf sie zu tat, seine warme Sehnsucht in ein paar bangen,
heftigen Worten hervor:

›Ach nein . . . böse dürfen Sie nicht sein!!‹

›Was ist denn das für ein Überfall?‹ fragte sie belustigt.

›Aber ich mußte Ihnen doch, wenn Sie mir's auch nicht erlaubt haben, ich mußte Ihnen doch einmal mündlich sagen, wie
ich Sie bewundere, gnädiges Fräulein –‹ Sie deutete freundlich
auf einen Sessel, und indem sie sich setzten, fuhr er etwas stok-
kend fort: ›Sehen Sie, – ich bin nun schon mal so einer, der immer gleich alles sagen muß und nicht nur so immer alles . . . alles
mit sich herumtragen kann, und da bat ich denn . . . warum ha-

17

ben Sie mir eigentlich gar nicht geantwortet, gnädiges Fräulein?‹ unterbrach er sich treuherzig.

›Ja – ich kann Ihnen nicht sagen‹, erwiderte sie lächelnd, ›wie aufrichtig mich Ihre anerkennenden Worte und der schöne Strauß erfreut haben, aber... das ging doch nicht, daß ich da gleich so... ich konnte ja nicht wissen...‹

›Nein, nein, das kann ich mir nun auch ganz gut denken, aber nicht wahr, jetzt sind Sie mir auch nicht böse, daß ich so ohne Erlaubnis...‹

›Ach nein, wie kann ich wohl!‹

›Sie sind erst seit ganz kurzer Zeit in P.?‹ fügte sie schnell hinzu, feinfühlig eine verlegene Pause verhütend.

›Doch schon etwa sechs bis sieben Wochen, gnädiges Fräulein.‹

›So lange? Ich dachte, Sie hätten mich vor anderthalb Wochen zuerst spielen sehen, als ich Ihre freundlichen Zeilen erhielt?‹

›Ich bitte Sie, gnädiges Fräulein!! Ich hab' Sie ja während der ganzen Zeit beinah jeden Abend gesehen! In allen Ihren Rollen!‹

›Ja, warum sind Sie denn da nicht schon früher gekommen?‹ fragte sie harmlos erstaunt.

›Hätte ich schon früher kommen sollen –?‹ erwiderte er ganz kokett. Er fühlte sich so namenlos glücklich ihr gegenüber im Sessel, mit ihr in zutraulichem Gespräch, und so unfaßlich war ihm die Situation, daß er fast fürchtete, es möchte wieder wie sonst ein trauriges Erwachen dem süßen Traume folgen. So munter-behaglich war ihm zu Sinn, daß er fast ganz gemütlich ein Bein über das andere geschlagen hätte, und dann wieder so überschwenglich selig, daß er ihr am liebsten gleich aufjauchzend zu Füßen gesunken wäre... Das ist ja alles dumme Mimerei! ich habe dich ja so lieb... so lieb!!...

Sie wurde ein bißchen rot, lachte aber herzlich erheitert über seine lustige Replik.

›Pardon, – Sie mißverstehen mich. Ich sagte das allerdings etwas ungeschickt, aber Sie müssen nicht so schwer von Begriffen sein...‹

›Ich werde mich bemühen, gnädiges Fräulein, von jetzt an – noch leichter von Begriffen zu sein...‹

Er war vollkommen außer Rand und Band. Das erzählte er sich nach dieser Erwiderung gleich noch einmal. Da saß sie! Da saß sie! Und er bei ihr! Er raffte immer wieder all sein Bewußtsein zusammen, um sich zu zeigen, daß er es wirklich selbst war, und seine ungläubig-seligen Blicke glitten immer wieder über ihr Antlitz und ihre Gestalt... Ja, das war ihr mattblondes Haar, ihr süßer Mund, ihr weiches Kinn mit dieser leisen Neigung zur Doppelung, das war ihre helle Kinderstimme, ihre liebliche Sprache, welche jetzt außerhalb des Theaters den süddeutschen Dialekt ein wenig hervortreten ließ; das waren, wie sie nun noch einmal, ohne auf seine letzte Antwort weiter einzugehen, seine Karte vom Tische nahm, um von seinem Namen noch einmal des genaueren Kenntnis zu nehmen, – das waren ihre geliebten Hände, die er so oft im Traume geküßt, diese unbeschreiblichen Hände, und ihre Augen, die sich nun wieder auf ihn richteten – mit einem Ausdruck, dessen interessierte Freundlichkeit sich noch stetig steigerte! Und ihre Sprache galt wieder ihm, wie sie nun mit Fragen und Antworten das Plaudern fortsetzte, das sich, hin und wieder stockend, dann wieder mit Leichtigkeit von ihrer beider Herkunft über ihre Beschäftigungen und über Irma Weltners Rollen fortspann, deren ›Auffassung‹ ihrerseits er natürlich unumschränkt belobte und bewunderte, obgleich eigentlich, wie sie selbst lachend abwehrte, blitzwenig daran ›aufzufassen‹ war.

Es klang in ihrem lustigen Lachen immer eine kleine Theater-Note mit, wie wenn etwa der dicke Papa soeben einen Moser'schen Witz ins Parkett dirigiert hätte; aber es entzückte ihn, wenn er dazu mit ganz naiv unverhüllter Innigkeit ihr Gesicht betrachtete, dermaßen, daß er mehrmals die Versuchung niederkämpfen mußte, ihr schnell zu Füßen zu sinken und ihr seine große, große Liebe ehrlich zu gestehen. –

Eine volle Stunde mochte vergangen sein, als er endlich ganz bestürzt auf seine Uhr blickte und sich eilig erhob.

›Aber wie lange halte ich Sie denn auf, Fräulein Weltner! Sie

hätten mich längst fortschicken sollen! Sie sollten das doch allmählich wissen, daß einem die Zeit in Ihrer Nähe...‹

Er machte es unwissentlich ganz geschickt. Er war schon fast
ganz von der lauten Bewunderung des Mädchens als Künstlerin abgekommen; seine treuherzig vorgebrachten Komplimente wurden instinktiv immer mehr rein persönlicher Natur.

›Aber wie spät ist es denn? Warum wollen Sie denn schon
gehen?‹ fragte sie mit einer betrübten Verwunderung, welche,
wenn sie gespielt war, jedenfalls realistischer und überzeugen-
der wirkte als jemals auf der Bühne.

›Lieber Gott, ich habe Sie lange genug gelangweilt! Eine
ganze Stunde!‹

›Ach nein! Ist mir die Zeit schnell vergangen!‹ rief sie jetzt
mit zweifellos aufrichtiger Verwunderung. ›Schon eine Stunde!?
Da muß ich mich allerdings beeilen, noch etwas von meiner
neuen Rolle in den Kopf zu bekommen – für heute abend –, sind
Sie im Theater heute abend? – auf der Probe konnte ich noch
gar nichts. Der Regisseur hätte mich beinahe geprügelt!‹

›Wann darf ich ihn umbringen?‹ fragte er feierlich.

›Lieber heut’ als morgen!‹ lachte sie, indem sie ihm zum Abschied die Hand reichte.

Da beugte er sich mit aufwallender Leidenschaft nieder auf
ihre Hand und preßte seine Lippen darauf in einem langen, un-
ersättlichen Kusse, von dem er sich, wie es auch zur Besonnenheit in ihm mahnte, nicht trennen konnte, nicht trennen von
dem süßen Duft dieser Hand, von diesem seligen Gefühlstau-
mel.

Sie zog ihre Hand etwas hastig zurück, und als er sie wieder
anblickte, glaubte er auf ihrem Gesicht einen gewissen Ausdruck der Verwirrung zu bemerken, über den er wahrscheinlich sich hätte von Herzen freuen können, den er aber als Ärger
über sein unschickliches Benehmen deutete, und über den er
sich einen Moment schmachvoll grämte.

›Meinen herzlichsten Dank, Fräulein Weltner‹, sagte er
schnell und in förmlicherer Weise als bisher, ›für die große
Freundlichkeit, die Sie mir erwiesen haben –‹

›Ich bitte Sie; ich bin sehr erfreut, Sie kennengelernt zu haben.‹

›Und nicht wahr?‹ bat er nun wieder in seinem früheren treuherzigen Ton, ›eine Bitte werden Sie mir auch nicht abschlagen, gnädiges Fräulein, nämlich – daß... ich einmal wiederkommen darf!‹

›Natürlich!... das heißt... gewiß, – warum nicht!‹ Sie ward ein wenig verlegen. Seine Bitte schien nach dem seltsamen Handkusse etwas unzeitgemäß.

›Ich würde mich sehr freuen, wieder einmal mit Ihnen plaudern zu können‹, fügte sie dann jedoch mit ruhiger Freundschaftlichkeit hinzu und reichte ihm noch einmal die Hand.

›Tausend Dank!‹

Noch eine kurze Verbeugung, dann war er draußen. Auf einmal wieder, als er sie nicht mehr sah, wie im Traum.

Aber dann fühlte er aufs neue die Wärme ihrer Hand in der seinen und auf seinen Lippen, dann wußte er wieder, daß es wirklich Wirklichkeit war und daß seine ›verwegenen‹, seligen Träume wahr geworden. Und er taumelte wie betrunken die Treppe hinunter, seitwärts auf das Geländer gebeugt, welches sie so oft berührt haben mußte, und welches er küßte, mit jubelnden Küssen, – von oben bis unten. –

Unten, vor dem von der Straßenfront ein wenig zurückweichenden Hause, war ein kleiner hof- oder gartenartiger Vorplatz, an dessen linker Seite ein Fliederbusch die ersten Blüten trieb. Da blieb er stehen und barg sein glühendes Gesicht in dem kühlen Gesträuch und trank lange, während sein Herz pochte, den jungen, zarten Duft.

Oh – o wie er sie liebte! –

Rölling und ein paar andere junge Leute waren schon eine Weile mit Essen fertig, als er das Restaurant betrat und sich erhitzt und mit einem flüchtigen Gruße zu ihnen setzte. Einige Minuten saß er ganz still und sah sie nur nach der Reihe mit einem überlegenen Lächeln an, als machte er sich im geheimen über sie lustig, die so dasaßen und Zigaretten rauchten und gar nichts wußten.

›Kinder!!‹ schrie er dann auf einmal, indem er sich über den Tisch beugte, ›wißt ihr was Neues? Ich bin glücklich!!‹

›A h a ? !‹ sagte Rölling und sah ihm sehr ausdrucksvoll ins Gesicht. Dann reichte er ihm mit einer feierlichen Bewegung über dem Tische die Hand.

›Meinen tiefgefühltesten Glückwunsch, Kleiner.‹

›Wozu denn?‹

›Was ist denn los?‹

›Ja so, das wißt ihr noch gar nicht. Also es ist sein Geburtstag heute. Er feiert Geburtstag. Schaut ihn mal an; – ist er nicht ganz wie neugeboren?!‹

›Nanu!‹

›Donnerwetter!‹

›Gratuliere!‹

›Du, also da müßtest du eigentlich . . .‹

›Natürlich! – Kell-ner!‹ –

Man mußte ihm zugestehen, er wisse seinen Geburtstag zu feiern. –

Dann, nach mühevoll mit sehnender Ungeduld heruntergewarteten acht Tagen, wiederholte er seinen Besuch. Sie hatte es ihm ja erlaubt. All die exaltierten états d'âme, die das erste Mal die Liebesscheu in ihm wachgerufen, kamen da schon in Wegfall.

Nun, und dann sah und sprach er sie halt öfter. Sie erlaubte es ihm ja immer wieder aufs neue.

Sie plauderten ungezwungen miteinander, und ihr Verkehr wäre fast freundschaftlich zu nennen gewesen, hätte sich nicht hin und wieder plötzlich eine gewisse Verlegenheit und Befangenheit, etwas wie eine vage Ängstlichkeit bemerkbar gemacht, die sich gewöhnlich bei beiden gleichzeitig zeigte. Es konnte in solchen Momenten das Gespräch plötzlich stocken und in einem sekundenlangen, stummen Blick sich verlieren, der dann, gleich dem ersten Handkuß, den Anlaß dazu gab, den Verkehr in augenblicklich steiferer Form fortzusetzen. –

Einige Male durfte er sie nach der Vorstellung nach Hause begleiten. Welche Fülle von Glück bargen für ihn diese Frühlingsabende, wenn er an ihrer Seite durch die Straßen wanderte! Vor ihrer Haustür dankte sie ihm dann herzlich für sein Bemühen, er küßte ihr die Hand und ging mit einer jubelnden Dankbarkeit im Herzen seines Weges.

An einem dieser Abende war es, als er sich nach dem Abschiede, schon einige Schritte von ihr entfernt, noch einmal umwandte. Da sah er, daß sie noch in der Tür stand und scheinbar am Boden etwas suchte. – Doch wollte es ihm dünken, als habe sie erst bei seiner schnellen Wendung plötzlich die Haltung des Suchens angenommen. –

›Gestern Abend habe ich euch gesehen!‹ sagte Rölling einmal. ›Kleiner, nimm den Ausdruck meiner Hochachtung. So weit hat's wahrhaftig noch keiner mit ihr gebracht. Du bist ein Hauptkerl. Aber ein Schaf bist du doch. Viel mehr Avancen kann sie dir doch eigentlich gar nicht machen. Dieser notorische Tugendbold! Sie muß ja vollkommen in dich verliebt sein! Daß du da nun nicht mal frisch drauflosgehst!‹

Er sah ihn einen Augenblick verständnislos an. Dann begriff er und sagte: ›Ach schweig!‹ –

Aber er zitterte.

Dann reifte der Frühling. Schon gegen Ende dieses Mai reihte sich eine Anzahl heißer Tage, in denen kein Tropfen Regen fiel. Mit einem fahlen, dunstigen Blau starrte der Himmel auf die dürstende Erde hernieder, und die starre, grausame Hitze des Tages machte gegen Abend einer dumpfen, lastenden Schwüle Platz, die ein matter Luftzug nur desto fühlbarer machte.

An einem dieser Spätnachmittage strich unser braver Junge einsam in den hügeligen Anlagen vor der Stadt umher.

Es hatte ihn daheim nicht gelitten. Er war wieder krank; wieder trieb ihn diese durstige Sehnsucht, die er doch längst gestillt glaubte durch all das Glück. Aber nun mußte er wieder stöhnen. Nach ihr. – Was wollte er noch! –

Von Rölling kam es, diesem Mephisto. Nur gutmütiger und weniger geistvoll.

> Um dann die hohe Intuition –
> Ich darf nicht sagen, wie – zu schließen…

Er schüttelte mit einem Ächzen den Kopf und starrte weit hinaus in die Dämmerung.

Von Rölling kam es! – Oder der hatte es doch, als er ihn wieder bleich werden sah, zuerst in brutalen Worten genannt und nackt vor ihn hingestellt, was sonst noch von den Nebeln weicher, vager Melancholie umhüllt gewesen! –

Und er wanderte immer weiter, in diesem müden und doch strebenden Schritt, in der Schwüle.

Und er konnte den Jasminbusch nicht finden, dessen Duft er schon immerfort empfand. Es konnte ja noch gar kein Jasmin blühen, aber er hatte doch immer diesen süßen, betäubenden Geruch, überall, solange er draußen war. –

An einer Biegung des Weges, gelehnt an einen wallartigen Abhang, auf dem verstreute Bäume standen, war eine Bank. Da setzte er sich und sah geradeaus.

An der anderen Seite des Weges senkte sich bald der dürre Grasboden zum Fluß hinab, der träge vorüberglitt. Jenseits die Chaussee, schnurgerade, zwischen zwei Reihen Pappeln. Dort, mühselig den fahl-violetten Horizont entlang, schleppte sich einsam ein bäuerischer Wagen.

Er saß und starrte und wagte keine Bewegung, weil sonst auch nichts sich regte.

Und immer und immer dieser schwüle Jasmin!

Und auf der ganzen Welt diese dumpfe Last, diese lauwarme, brütende Stille, so durstig und lechzend. Er fühlte es, daß irgendeine Befreiung kommen mußte, irgendwoher eine Erlösung, eine stürmisch erquickende Befriedigung all dieses Durstes in ihm und der Natur…

Und dann sah er wieder das Mädchen vor sich, in dem hellen antiken Kostüm, und ihren schmalen, weißen Arm, der weich und kühl sein mußte. –

Da stand er auf mit einem halben, vagen Entschluß und ging schneller und schneller den Weg zur Stadt. –

24

Als er stehenblieb mit einem unklaren Bewußtsein, am Ziele zu sein, schlug plötzlich ein großer Schreck in ihm empor.

Es war völlig Abend geworden. Alles war still und dunkel um ihn. Nur hin und wieder zeigte sich noch ein Mensch um diese Zeit in der noch vorstadtartigen Gegend. Unter vielen leis verschleierten Sternen stand der Mond am Himmel, beinahe voll. Ganz fern das phlegmatische Licht einer Gaslaterne.

Und er stand vor ihrem Hause. –

Nein, er hatte nicht hingehen wollen! aber es hatte in ihm gewollt, ohne daß er es wußte.

Und nun, wie er da stand und regungslos zum Monde emporsah, war es doch wohl richtig so, und sein Platz.

– Es war irgendwoher noch mehr Lichtschein da. –

Es kam von oben, aus dem dritten Stockwerk, aus ihrem Zimmer, wo ein Fenster offenstand. Sie war also nicht im Theater beschäftigt; sie war daheim und noch nicht zur Ruhe gegangen. –

Er weinte. Er lehnte am Zaun und weinte. Es war alles so traurig. Die Welt war so stumm und durstig, und der Mond war so blaß. –

Er weinte lange, weil er das eine Weile als die erdürstete Lösung und Erquickung und Befreiung empfand. Aber dann waren seine Augen trockener und heißer als zuvor.

Und diese dürre Beklommenheit preßte wieder seinen ganzen Leib, daß er stöhnen mußte, stöhnen nach – nach...

– Nachgeben – nachgeben. –

Nein! Nicht nachgeben, sondern selbst –!!

Er reckte sich. Seine Muskeln schwollen.

Aber dann spülte wieder ein stilles, laues Weh seine Kraft hinweg.

Doch lieber nur müde nachgeben.

Er drückte schwach auf den Haustürgriff und ging langsam und schleppend die Treppen hinauf.

Das Dienstmädchen sah ihn doch etwas erstaunt an, zu dieser Stunde; aber das gnädige Fräulein sei daheim.

Sie meldete ihn nicht mehr; er öffnete gleich selbst nach kurzem Klopfen die Tür zu Irma's Wohnzimmer.

Er war sich keines Handelns bewußt. Er ging nicht zu der Tür, sondern er ließ sich gehen. Es war ihm, als habe er irgendeinen Halt aus Schwäche fahrenlassen, und als wiese ihn nun eine stille Notwendigkeit mit ernster, fast trauriger Gebärde dahin. Er fühlte, daß irgendein selbständig überlegter Wille gegen diesen still-mächtigen Befehl sein Inneres nur in wehevollen Widerstreit versetzt hätte. Nachgeben – nachgeben; es würde das Richtige geschehn, das Notwendige. –

Auf sein Klopfen vernahm er ein leises Hüsteln, wie um die Kehle zum Sprechen herzurichten; dann klang ihr ›Herein‹ müde und fragend.

Als er eintrat, saß sie an der Rückwand des Zimmers in der Sofaecke hinter dem runden Tisch im Halbdunkel; die Lampe brannte verhüllt am offenen Fenster auf der kleinen Servante. Sie blickte ihn nicht an, sondern, indem sie zu glauben schien, es sei das Mädchen, verharrte sie in ihrer müden Stellung, die eine Wange an das Rückenpolster geschmiegt.

›Guten Abend, Fräulein Weltner‹, sagte er leise.

Da hob sie zusammenfahrend den Kopf und sah ihn einen Augenblick mit tiefer Erschrockenheit an.

Sie war bleich und ihre Augen waren gerötet. Ein still hingebender Ausdruck des Leides lag um ihren Mund, und eine namenlos sanfte Müdigkeit klagte in ihrem zu ihm emporgerichteten Blick und in dem Klang ihrer Stimme, als sie dann fragte:

›So spät noch?‹

Da quoll es ihm in die Höhe, was er noch niemals empfunden, weil er noch niemals sich selbst vergessen hatte, ein warmes, inniges Weh, auf diesem süßen, süßen Antlitz, und in diesen geliebten Augen, welche als liebliches, heiteres Glück über seinem Leben geschwebt, den Schmerz zu sehen; ja, während er bisher nur immer Mitleid mit sich selbst empfunden hatte – ein tiefes, unendlich hingebendes Mitleid mit ihr.

Und dann blieb er so stehen wie er stand und fragte nur scheu und leise, aber sein Gefühl sprach in innigen Lauten mit:

›Warum haben Sie geweint, Fräulein Irma?‹

Sie blickte stumm in ihren Schoß nieder, auf das weiße Tüchlein, das sie dort in der Hand zusammenpreßte.

Da trat er auf sie zu, und indem er sich neben ihr niedersetzte, nahm er ihre beiden schmalen, mattweißen Hände, welche kalt und feucht waren, und küßte zärtlich eine jede, und während ihm tief aus der Brust heiße Tränen in die Augen stiegen, wiederholte er mit bebender Stimme:

›Sie haben... ja geweint?‹

Aber sie ließ den Kopf noch tiefer auf die Brust sinken, daß der leise Duft ihres Haares ihm entgegenhauchte, und während ihre Brust mit einem schweren, angstvollen, lautlosen Leiden rang, und ihre zarten Finger in den seinen zuckten, sah er, wie aus ihren langen, seidenen Wimpern zwei Tränen sich lösten, langsam und schwer.

Da preßte er ihre beiden Hände angstvoll an seine Brust und klagte laut auf vor verzweifeltem Wehgefühl, mit gewürgter Kehle:

›Ich kann das ja nicht... ansehn, daß du weinst! ich halt' das ja nicht aus!!‹

Und sie hob ihr blasses Köpfchen zu ihm empor, daß sie sich in die Augen sehen konnten, tief, tief, bis in die Seele, und einander in diesem Blick sagen, daß sie sich lieb hatten. Und dann durchbrach ein jubelnd-erlösender, verzweifelt-seliger Liebesschrei die letzte Scheu, und während sich ihre jungen Leiber in aufbäumender Krampfspannung umschlangen, preßten sich ihre bebenden Lippen aufeinander, und in den ersten, langen Kuß, um welchen die Welt versank, flutete durch das offene Fenster der Duft des Flieders hinein, der nun schwül und begehrlich geworden war.

Und er hob ihre zarte, fast überschlanke Gestalt vom Sitz empor, und sie stammelten einander in die offenen Lippen, wie sehr sie sich liebten.

Und dann machte es ihn seltsam erschauern, wie sie, die für seine Liebesscheu hohe Gottheit gewesen, vor der er sich stets schwach und ungeschickt und klein gefühlt, unter seinen Küssen zu wanken begann...

27

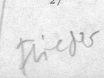

Einmal in der Nacht erwachte er.

Das Mondlicht spielte in ihrem Haar, und ihre Hand ruhte auf seiner Brust.

Da sah er empor zu Gott und küßte ihre schlummernden Augen und war ein besserer Kerl als jemals.

Ein stürmischer Gewitterregen war über Nacht niedergegangen. Die Natur war aus ihrem dumpfen Fieber erlöst. Die ganze Welt atmete einen erfrischten Duft.

In der kühlen Morgensonne zogen die Ulanen durch die Stadt, und die Leute standen vor den Türen und rochen in die gute Luft und freuten sich.

Und wie er, seiner Wohnung zu, durch den verjüngten Frühling wanderte, eine träumerisch-selige Schlaffheit in den Gliedern, hätte er nur immer in den lichtblauen Himmel hineinjauchzen mögen – o du Süße – Süße – Süße – !!! –

Dann, daheim an seinem Arbeitstisch, vor ihrem Bilde hielt er Einkehr und veranstaltete eine gewissenhafte Prüfung seines Inneren, was er getan, und ob er nicht etwa bei allem Glück ein Lump sei. Das hätte ihn sehr geschmerzt.

Aber es war gut und schön.

Ihm war so glockenfeierlich im Gemüt, wie etwa bei seiner Konfirmation, und wie er hinausblickte in den zwitschernden Frühling und in den milde lächelnden Himmel, war es ihm wieder wie in der Nacht, als sähe er dem lieben Gott mit ernster, schweigender Dankbarkeit ins Angesicht, und seine Hände falteten sich, und mit inbrünstiger Zärtlichkeit flüsterte er ihren Namen als andächtiges Morgengebet in den Frühling hinaus. –

Rölling – nein, der sollte es nicht wissen. Es war ja ein ganz lieber Junge, aber er würde doch nur wieder seine Redensarten dazu machen und die Sache so – komisch behandeln. Aber wenn er einmal nach Hause käme, – ja, dann wollte er es abends einmal, wenn die Lampe summte, seiner Mama erzählen, – all – all sein Glück...

Und er versank wieder darin.

Rölling wußte natürlich nach acht Tagen Bescheid.

›Kleiner!‹ sagte er, ›denkst du, ich bin blödsinnig? Ich weiß alles. Du könntest mir die Sache gern mal ein bißchen detailliert erzählen.‹

›Ich weiß nicht, was du sprichst. Wenn ich aber auch wüßte, was du sprichst, würde ich nicht von dem sprechen, was du weißt‹, entgegnete er ernsthaft, indem er den Frager mit lehrhafter Miene und gestikulierendem Zeigefinger durch die geistvolle Verwickelung seines Satzes wies.

›Nun sehe einer! Ordentlich witzig wird der Kleine! Der reine Saphir! – Na, sei recht glücklich, mein Junge.‹

›Das bin ich, Rölling!‹ sagte er ernst und fest und drückte mit Innigkeit des Freundes Hand.

Aber dem wurde es schon wieder zu sentimental.

›Du‹, fragte er, ›wird Irmachen nun nicht bald junge Frauen spielen? Kapotthütchen müssen ihr reizend stehen! – Übrigens – kann ich nicht Hausfreund werden?‹

›Rölling, du bist unausstehlich!‹ –

– Vielleicht plauderte Rölling. Vielleicht auch konnte die Angelegenheit unseres Helden, der dadurch seinen Bekannten und seinen bisherigen Gewohnheiten völlig entfremdet wurde, überhaupt nicht lange unbekannt bleiben. Man erzählte sich sehr bald in der Stadt, ›die Weltner vom Goethe-Theater‹ habe ein ›Verhältnis‹ mit einem blutjungen Studenten, und die Leute versicherten nun, an die Anständigkeit der ›Person‹ ja auch niemals recht geglaubt zu haben. –

Ja, er war allem entfremdet. Um ihn her war die Welt versunken, und unter lauter rosa Wölkchen und Rokoko-Amoretten, welche geigten, schwebte er durch die Wochen – selig, selig, selig! Wenn er nur immer, während unmerklich die Stunden schwanden, zu ihren Füßen liegen konnte und hintübergeworfenen Kopfes ihr den Atem vom Munde trinken, – im übrigen war das ganze Leben aus, aus und vorbei. Jetzt gab es nur noch dies eine – eine, für das in den Büchern das schäbige Wort ›Liebe‹ stand. –

Die erwähnte Position zu ihren Füßen war übrigens charakte-

ristisch für das Verhältnis der beiden jungen Leute. Es zeigte sich
darin sehr bald das ganze äußere gesellschaftliche Übergewicht
der Frau von zwanzig Jahren über den Mann gleichen Alters. Er
war immer derjenige, welcher in dem instinktiven Verlangen,
ihr zu gefallen, sich in Worten und Bewegungen zusammenneh-
men mußte, um ihr richtig zu begegnen. Abgesehen von der
völlig freien Hingabe der eigentlichen Liebesszenen war er es,
der während ihres einfach gesellschaftlichen Verkehrs sich nicht
ganz ungezwungen geben konnte und der völligen Ungeniert-
heit entbehrte. Er ließ sich, teils gewiß auch aus hingebender
Liebe, mehr noch aber wohl, weil er der gesellschaftlich Kleinere, Schwächere war, wie ein Kind von ihr ausschelten, um
dann de- und wehmütig um Verzeihung zu bitten, bis er wieder
den Kopf in ihren Schoß schmiegen durfte und sie ihm lieb-
kosend das Haar streichelte, – mit einer mütterlichen, fast mitleidigen Zärtlichkeit. Ja er blickte, zu ihren Füßen liegend, zu ihr
empor, er kam und ging, wann sie es wünschte, er gehorchte
jeder ihrer Launen, und sie hatte Launen.

›Kleiner‹, sagte Rölling, ›ich glaube, du stehst unter dem Pantoffel. Mir scheint, du bist zu zahm für die wilde Ehe!‹

›Rölling, du bist ein Esel. Das weißt du nicht. Das kennst du
nicht. Ich liebe sie. Das ist das Ganze. Ich liebe sie nicht bloß –
so... so, sondern ich – liebe sie eben, ich... ach, das läßt sich ja
gar nicht sagen...!!‹

›Du bist halt ein fabelhaft guter Kerl‹, sagte Rölling.

›Ach was, Unsinn!‹ –

Ach was, Unsinn! Diese dummen Redensarten von ›Pantoffel‹ und ›zu zahm‹ konnte auch wieder nur Rölling machen. Der
verstand auch wirklich gar nichts davon. – Was war er selbst
denn? Was war er denn bloß?! Das Verhältnis war ja so einfach
und richtig. Er konnte ja doch immer nur ihre Hände in die seinen nehmen und ihr immer aufs neue sagen: Ach, daß du mich
lieb hast, daß du mich ein klein bißchen lieb hast – wie dank' ich
dir dafür!

Einmal, an einem schönen, weichen Abend, als er einsam durch die Straßen wanderte, machte er wieder einmal ein Gedicht, das ihn sehr rührte. Es lautete etwa so:

> Wenn rings der Abendschein verglomm,
> Der Tag sich still verlor,
> Dann falte deine Hände fromm
> Und schau zu Gott empor.

> Ist's nicht, als ruh' auf unserm Glück
> Sein Auge wehmutsvoll,
> Als sagte uns sein stiller Blick,
> Daß es einst sterben soll?

> Daß einst, wenn dieser Lenz entschwand,
> Ein öder Winter wird,
> Daß an des Lebens harter Hand
> Eins von dem andern irrt? –

> Nein, lehn dein Haupt, dein süßes Haupt
> So angstvoll nicht an meins,
> Noch lacht der Frühling unentlaubt
> Voll lichten Sonnenscheins!

> Nein, weine nicht! Fern schläft das Leid, –
> O komm, o komm an mein Herz!
> Noch blickt mit jubelnder Dankbarkeit
> Die Liebe himmelwärts!

Aber dies Gedicht rührte ihn nicht etwa, weil er sich wirklich und ernsthaft die Eventualität eines Endes vor Augen gestellt hätte. Das wäre ja ein ganz wahnsinniger Gedanke gewesen. Recht von Herzen kamen ihm eigentlich nur die letzten Verse, wo die wehmütige Monotonie des Klangfalls in der freudigen Erregung des gegenwärtigen Glücks von raschen, freien Rhythmen durchbrochen ward. Das übrige war nur so eine musikalische Stimmung, von der er sich vage Tränen in die Augen streicheln ließ. –

– Dann schrieb er wieder Briefe an seine Familie daheim, welche sicher kein Mensch verstand. Es stand eigentlich gar nichts darin; dagegen waren sie auf das erregteste interpunktiert und strotzten besonders von einer Fülle anscheinend gänzlich unmotivierter Ausrufungszeichen. Aber irgendwie mußte er doch all sein Glück mitteilen und von sich geben, und da er, wenn er's überlegte, in dieser Sache doch nicht ganz offen sein konnte, so hielt er sich eben an die vieldeutigen Ausrufungszeichen. Er konnte oft still selig in sich hineinlachen, wenn er bedachte, daß selbst sein gelehrter Papa unmöglich diese Hieroglyphen würde entziffern können, die doch nichts weiter bedeuteten als etwa: Ich bin maß-los glücklich! –

So ging, bis Mitte Juli, in diesem lieben, dummen, süßen, sprudelnden Glück die Zeit dahin, und die Geschichte würde langweilig, wenn nicht dann einmal ein lustiger, amüsanter Morgen gekommen wäre.

Der Morgen war in der Tat wunderhübsch. Es war noch ziemlich früh, etwa neun Uhr. Die Sonne streichelte nur behaglich die Haut. Auch roch die Luft wieder so gut, – gerade so, fiel ihm auf, wie damals an jenem Morgen nach der ersten wundersamen Nacht.

Er war sehr vergnügt und hieb munter mit seinem Stock auf das schneeweiße Trottoir ein. Er wollte zu ihr.

Sie erwartete ihn gar nicht, das war gerade so lieb. Er hatte vorgehabt, diesen Morgen ins Kolleg zu gehen, aber daraus war natürlich nichts geworden – heute. Das fehlte auch noch! Bei diesem Wetter im Hörsaal sitzen! Wenn es regnete – allenfalls. Aber unter diesen Umständen, unter diesem Himmel mit seinem hellen, weichen Lachen... zu ihr! zu ihr! Sein Entschluß hatte ihn in die rosigste Laune versetzt. Er pfiff die kräftigen Rhythmen des Trinkliedes aus der ›Cavalleria rusticana‹ vor sich hin, während er die Heustraße hinunterging.

Vor ihrem Hause blieb er stehen und schlürfte eine Weile den Fliederduft. Mit dem Strauch hatte er allmählich eine innige Freundschaft geschlossen. Immer, wenn er kam, machte er vor ihm halt und hielt ein kleines, stummes, überaus gemütvolles

Zwiegespräch mit ihm. Dann erzählte ihm der Flieder in leisen, zarten Verheißungen von all dem Süßen, das ihn wieder einmal erwartete, und er betrachtete ihn, wie man gern angesichts eines großen Glückes oder Schmerzes, an dessen Mitteilung an irgendeinen Menschen man verzweifelt, sich mit seinem Übermaß von Empfindungen an die große, stille Natur wendet, die wirklich manchmal dreinschaut, als verstände sie etwas davon, – er betrachtete ihn längst als etwas durchaus zur Sache Gehöriges, Mitfühlendes, Vertrautes, und sah in ihm kraft seiner permanenten lyrischen Entrücktheit weit mehr als eine bloße szenische Beigabe in seinem Roman. –

Als er sich von dem lieben, weichen Duft genug hatte erzählen und verheißen lassen, ging er hinauf, und nachdem er seinen Stock auf dem Korridor abgestellt hatte, trat er ohne zu klopfen, beide Hände in übermütiger Fröhlichkeit in den Hosentaschen seines hellen Sommeranzuges und den runden Hut zurückgeschoben auf dem Kopf, weil er wußte, daß sie ihn damit am liebsten leiden mochte, ins Wohnzimmer.

›Morgen, Irma!! na, du bist wohl…‹ – ›überrascht‹ wollte er sagen, aber er war selbst überrascht. Bei seinem Eintritt sah er, daß sie sich mit einem Ruck vom Tische erhob, als wolle sie eilig etwas holen, wüßte aber nicht recht was. Sie fuhr nur ratlos mit einer Serviette über den Mund, indem sie dastand und ihn merkwürdig groß ansah. Auf dem Tisch stand Kaffee und Gebäck. An der einen Seite saß ein alter, würdiger Herr mit schneeweißem Zwickelbart und durchaus gentil gekleidet, welcher kaute und ihn sehr erstaunt ansah.

Er nahm schnell seinen Hut ab und drehte ihn verlegen in den Händen.

›O pardon‹, sagte er, ›ich wußte nicht, daß du Besuch hast.‹

Bei dem ›Du‹ hörte der alte Herr auf zu kauen und sah nunmehr dem jungen Mädchen ins Gesicht.

Der gute Junge erschrak ordentlich, wie sie bleich war und noch immer so dastand. Aber der alte Herr sah ja noch viel schlimmer aus! wie eine Leiche! und die Haare, die er hatte, schien er sich auch nicht gekämmt zu haben. Wer das nur sein

33

mochte?! Er zerbrach sich hastig den Kopf darüber. Ein Verwandter von ihr? Aber sie hatte ihm ja gar nichts gesagt –? Na, jedenfalls kam er ungelegen. Wie jammerschade! Er hatte sich so gefreut! Nun konnte er nur wieder gehen! Es war abscheulich! – Daß auch niemand was sagte! – Und wie sollte er sich gegen sie benehmen?

›Wieso‹, sagte plötzlich der alte Herr und sah sich mit seinen kleinen, tiefliegenden, blanken, grauen Augen um, als erwartete er auch noch eine Antwort auf diese rätselhafte Frage. Er war ja wohl etwas wirr im Kopf. Das Gesicht, das er machte, war dumm genug. Die Unterlippe hing ihm ganz schlaff und blöde hinunter.

Es fiel nun unserem Helden plötzlich ein, sich vorzustellen. Er tat es mit viel Anstand.

›Mein Name ist ★★★. Ich wollte nur – ich wollte meine Aufwartung machen...‹

›Was geht denn mich das an?!‹ polterte auf einmal der würdige alte Herr. ›Was wollen Sie überhaupt?!‹

›Entschuldigen Sie, ich...‹

›Ach was! machen Sie, daß Sie weiter kommen. Sie sind hier total überflüssig. Was, Mausi?‹ Dabei blinzelte er liebenswürdig zu Irma hinauf.

Nun war aber unser Held zwar nicht gerade ein Held, aber der Ton des alten Herrn war so durchaus beleidigend gewesen – ganz abgesehen davon, daß ihn die ganze Enttäuschung überhaupt seiner guten Laune gänzlich beraubt hatte –, daß er sein Auftreten sofort veränderte.

›Erlauben Sie, mein Herr‹, sagte er ruhig und bestimmt, ›ich begreife wirklich nicht, was Sie berechtigt, in dieser Weise mit mir zu sprechen, besonders da ich auf den Aufenthalt in diesem Zimmer mindestens ebensoviel Recht zu haben glaube wie Sie.‹

Es war zuviel für den alten Herrn. So was war er nicht gewohnt. Die Unterlippe wackelte in großer Gemütsbewegung hin und her, und er schlug sich dreimal mit der Serviette aufs Knie, während er unter voller Zuhilfenahme seiner bescheidenen stimmlichen Mittel die Worte hervorstieß:

›Sie dummer Junge Sie! Sie dummer, dummer Junge Sie!‹

Hatte der also Angeredete bei seiner letzten Entgegnung noch seinen Zorn zur Ruhe gemäßigt und sich die Eventualität vor Augen gehalten, der alte Herr könne ein Verwandter Irma's sein, so war es jetzt mit seiner Geduld vorbei. Das Bewußtsein seiner Stellung dem jungen Mädchen gegenüber richtete sich stolz in ihm empor. Wer der andere war, galt ihm jetzt gleich. Er war aufs gröbste beleidigt und empfand etwas wie den guten Gebrauch seines ›Hausrechtes‹, als er eine kurze Wendung nach der Tür machte und mit wütender Schärfe den würdigen alten Herrn zum sofortigen Verlassen der Wohnung aufforderte.

Der alte Herr war einen Moment sprachlos. Dann lallte er zwischen Lachen und Weinen und indem seine Augen irr im Zimmer umhergingen:

›Nö so... was... aber... nö so was...! Herrgott, – was sagst... du denn eigentlich dazu?!‹ Dabei sah er hilfeflehend zu Irma in die Höhe, welche sich abgewandt hatte und keinen Laut von sich gab.

Als der unglückliche Greis erkannte, daß von ihr keine Unterstützung zu hoffen sei, und da ihm überdies die drohende Ungeduld, mit der sein Gegner die Bewegung nach der Tür wiederholte, nicht entging, gab er sein Spiel verloren.

›Ich werde gehen‹, sprach er mit einer edlen Resignation, ›ich werde sofort gehen. Aber wir werden uns sprechen, Sie B u b e Sie!‹

›Gewiß werden wir uns sprechen!‹ schrie unser Held, ›ganz gewiß! oder glauben Sie – Herr, Sie hätten mir Ihre Beschimpfungen so umsonst an den Kopf geworfen! Vorläufig – hinaus!‹

Zitternd und ächzend rang sich der alte Herr vom Stuhl in die Höhe. Die weiten Hosen schlotterten ihm um die dürren Beine. Er hielt sich die Lenden und wäre beinahe auf seinen Sitz zurückgesunken. Dies stimmte ihn sentimental.

›Ich armer alter Mann!‹ wimmerte er, während er zur Türe wankte, ›ich armer, armer alter Mann! Diese bübische Roheit!... Oh – äh! –‹ und ein edler Zorn regte sich wieder in ihm

– ›aber wir werden… wir werden uns sprechen! Das werden wir! Das werden wir!‹

›Werden wir auch!‹ versicherte jetzt schon mehr belustigt auf dem Korridor sein grausamer Peiniger, während der alte Herr mit zitternden Händen seinen Zylinder aufsetzte, einen dicken Überzieher auf den Arm packte und damit unsicheren Schrittes die Treppe gewann. ›Werden wir auch –‹ wiederholte der gute Junge ganz sanft, da ihm das klägliche Aussehn des alten Herrn allmählich Mitleid einflößte. ›Ich stehe jederzeit zu Ihrer Verfügung‹, fuhr er höflich fort, ›aber nach Ihrem Auftreten gegen mich können Sie sich unmöglich über das meine wundern.‹ Er machte eine korrekte Verbeugung und überließ dann den alten Herrn, den er unten noch nach einem Wagen jammern hörte, seinem Schicksal. –

Jetzt erst fiel ihm wieder ein, wer das bloß gewesen sein könne, der verrückte alte Herr. Am Ende wirklich ein Verwandter von ihr?! Der Onkel, oder der Großvater, oder so was? Herrgott, dann war er vielleicht doch zu heftig mit ihm umgesprungen. Der alte Herr war vielleicht überhaupt, von Natur so – so geradezu! – Aber sie hätte sich doch was merken lassen, wenn es so war! Sie hatte sich ja um die ganze Sache anscheinend gar nicht gekümmert. Erst jetzt fiel ihm das auf. Vorhin war seine ganze Aufmerksamkeit durch den unverschämten alten Herrn gefesselt worden. – Wer mochte er nur sein! Ihm wurde wirklich ganz ungemütlich, und er zögerte einen Augenblick, wieder zu ihr einzutreten bei dem Gedanken, er könne sich ungebildet benommen haben.

Als er darauf die Zimmertür wieder hinter sich geschlossen hatte, saß Irma seitwärts in der Sofaecke, hatte einen Zipfel ihres Batisttüchleins zwischen den Zähnen und blickte starr geradeaus, ohne eine Wendung ihm entgegen.

Er stand einen Augenblick ganz ratlos da; dann faltete er vor sich die Hände und rief fast weinend vor Hilflosigkeit:

›Aber so sag mir doch nur, wer das bloß war, Herrgott!!‹

Keine Bewegung. Kein Wort.

Es wurde ihm heiß und kalt. Ein vages Grauen stieg in ihm

auf. Aber dann hielt er sich eindringlich vor, daß das Ganze ja einfach lächerlich sei, setzte sich neben sie und nahm väterlich ihre Hand.

›Geh, Irmachen, nun sei mal vernünftig. Du kannst mir doch nicht böse sein? Er fing doch an – der alte Herr. – Wer war's nun eigentlich?‹

Totenstille.

Er stand auf und ging ratlos ein paar Schritte von ihr weg.

Die Tür neben dem Sofa zu ihrem Schlafzimmer stand halb offen. Auf einmal ging er hinein. Auf dem Nachttisch am Kopfende des offenen Bettes hatte er etwas Auffallendes gesehen. Als er wieder eintrat, hatte er ein paar blaue Zettel in der Hand, Banknoten.

Er war froh, momentan etwas anderes zu sagen zu haben. Er legte die Scheine vor ihr auf den Tisch mit den Worten:

›Schließ das lieber weg; es lag drüben.‹

Aber plötzlich ward er wachsbleich, seine Augen vergrößerten sich und seine Lippen taten sich zitternd auseinander.

Sie hatte, als er mit den Banknoten eintrat, die Augen zu ihm aufgeschlagen, und er hatte ihre Augen g e s e h e n.

Etwas Abscheuliches langte mit knochigen, grauen Fingern in ihm empor und ergriff ihn inwendig im Halse.

Und nun war es allerdings traurig zu sehen, wie der arme Junge die Hände von sich streckte und mit dem kläglichen Ton eines Kindes, dessen Spielzeug zerschlagen am Boden liegt, nur immer hervorstieß:

›Ach nein!… Ach – ach nein!‹

Dann in jagender Angst auf sie zu, mit irren Griffen nach ihren Händen, wie um sie zu sich zu retten und sich zu ihr, mit einem verzweifelten Flehen in der Stimme:

›Bitte nicht…! Bitte – bitte nicht!! Du weißt ja nicht – wie… wie ich… nein!! Sag doch nein!!!‹

Dann wieder, zurück von ihr, stürzte er laut aufjammernd am Fenster in die Knie, hart mit dem Kopf gegen die Wand.

Das Mädchen rückte sich mit einer verstockten Bewegung fester in die Sofaecke.

›Ich bin schließlich beim Theater. Ich weiß nicht, was du für Geschichten machst. Das tun ja doch alle. Ich hab' die Heilige satt. Ich hab' gesehen, wohin das führt. Das geht nicht. Das geht bei uns nicht. Das müssen wir den r e i c h e n Leuten überlassen. Wir müssen schauen, was wir mit uns anfangen können. Da sind die Toiletten und... und alles.‹ Schließlich herausplatzend: ›Es wußten ja doch alle, daß ich sowieso...!‹

Da stürzte er sich auf sie und bedeckte sie mit wahnsinnigen, grausamen, geißelnden Küssen, und es klang, wie wenn in seinem stammelnden ›O du... du...!!‹ seine ganze Liebe verzweiflungsvoll gegen furchtbare, widerstrebende Gefühle rang. –

Vielleicht, daß er es schon aus diesen Küssen lernte, daß für ihn fortan die Liebe im Haß sei und die Wollust in wilder Rache; vielleicht, daß da später noch eins zum anderen kam. Er weiß es selber nicht. –

Und dann stand er unten, vor dem Hause, unter dem weichen, lächelnden Himmel, vor dem Fliederstrauch.

Regungslos stand er lange, starr, die Arme am Leibe herunter. Aber auf einmal merkte er es, wie wieder ihm der süße Liebesatem des Flieders entgegenquoll, so zärtlich, so rein und lieblich.

Und da schüttelte er mit einer jähen Bewegung aus Jammer und Wut die Faust zu dem lächelnden Himmel hinauf und griff grausam in den lügnerischen Duft hinein, mitten hinein, daß das Gesträuch knickte und brach und die zarten Blüten zerstoben. –

Dann saß er daheim an seinem Tisch, still und schwach.

Draußen herrschte in lichter Majestät der liebliche Sommertag.

Und er starrte auf ihr Bild, wie sie noch immer dastand, wie früher, so süß und rein...

Über ihm unter rollenden Klavierpassagen klagte ein Cello so seltsam, und wie die tiefen, weichen Töne sich quellend und hebend um seine Seele legten, stiegen wie ein altes, stilles, längstvergessenes Leid ein paar lose, sanft-wehmütige Rhythmen in ihm auf...

> ... Daß einst, wenn dieser Lenz entschwand,
> Ein öder Winter wird,
> Daß an des Lebens harter Hand
> Eins von dem andern irrt ...

Und das ist noch der versöhnlichste Schluß, den ich machen kann, daß der dumme Bengel da weinen konnte. « –

Es war einen Augenblick ganz still in unserer Ecke. Auch die beiden Freunde neben mir schienen von der wehmütigen Stimmung, die des Doktors Erzählung in mir erweckt hatte, nicht frei zu sein.

»Aus?« fragte schließlich der kleine Meysenberg.

»Gott sei Dank!« sagte Selten mit einer, wie mir schien, etwas gemachten Härte und stand auf, um sich einer Vase mit frischem Flieder zu nähern, die ganz hinten im letzten Winkel auf einer kleinen geschnitzten Etagere stand.

Jetzt hatte ich es auf einmal heraus, woher der merkwürdig starke Eindruck kam, den seine Geschichte auf mich gemacht hatte: von diesem Flieder, dessen Duft in ihr eine so bedeutsame Rolle spielte, und der über der Erzählung gelegen hatte. Dieser Duft war es zweifellos, welcher für den Doktor den Beweggrund für die Mitteilung des Begebnisses ausgemacht hatte, und der für mich von geradezu suggestiver Wirkung gewesen war.

»Rührend«, sagte Meysenberg und zündete sich mit einem tiefen Seufzer eine neue Zigarette an. »Eine ganz rührende Geschichte. Und doch so riesig einfach!«

»Ja«, stimmte ich bei, »und gerade diese Einfachheit spricht für ihre Wahrheit.«

Der Doktor lachte kurz auf, während er sein Gesicht noch mehr dem Flieder näherte.

Der junge blonde Idealist hatte noch gar nichts gesagt. Er hielt den Schaukelstuhl, in dem er saß, in fortwährender Bewegung und aß noch immer Dessertbonbons.

»Laube scheint furchtbar ergriffen zu sein«, bemerkte Meysenberg.

»Gewiß ist die Geschichte rührend!« antwortete der Angeredete eifrig, indem er mit Schaukeln innehielt und sich aufrichtete. »Aber Selten wollte mich doch widerlegen. Davon hab' ich nichts gemerkt, daß ihm das geglückt ist. Wo bleibt, auch angesichts dieser Geschichte, die moralische Berechtigung, über das Weib...«

»Ach, hör auf mit deinen abgestandenen Redensarten!« unterbrach ihn der Doktor brüsk und mit einer unerklärlichen Erregung in der Stimme. »Wenn du mich noch nicht verstanden hast, kannst du mir leid tun. Wenn eine Frau heute aus Liebe fällt, so fällt sie morgen um Geld. Das hab' ich dir erzählen wollen. Weiter gar nichts. Das enthält vielleicht die moralische Berechtigung, nach der du so zeterst.«

»Ja sag mal«, fragte auf einmal Meysenberg, »wenn sie wahr ist, – woher weißt du denn eigentlich die ganze Geschichte so genau bis in alle Details, und warum regst du dich überhaupt so darüber auf?!«

Der Doktor schwieg einen Augenblick. Dann griff plötzlich seine rechte Hand mit einer kurzen, eckigen, fast krampfhaften Bewegung mitten in den Fliederstrauß hinein, dessen Duft er eben noch tief und langsam eingeatmet hatte.

»Na Gott«, sagte er, »weil ich das selber war, der ›gute Kerl‹ – sonst wär' mir's doch ganz egal –!« –

Wirklich –, wie er das so sagte und dazu mit dieser verbitterten, traurigen Brutalität in den Flieder griff, ... gerade wie damals, – wirklich, von dem »guten Kerl« war nichts mehr an ihm zu bemerken.

Der Wille zum Glück

Der alte Hofmann hatte sein Geld als Plantagenbesitzer in Süd-
amerika verdient. Er hatte dort eine Eingeborene aus gutem
Hause geheiratet und war bald darauf mit ihr nach Norddeutschland, seiner Heimat, gezogen. Sie lebten in meiner Vaterstadt, wo auch seine übrige Familie zu Hause war. Paolo
wurde hier geboren.

Die Eltern habe ich übrigens nicht näher gekannt. Jedenfalls
war Paolo das Ebenbild seiner Mutter. Als ich ihn zum ersten
Male sah, das heißt, als unsere Väter uns zum ersten Male zur
Schule brachten, war er ein mageres Bürschchen mit gelblicher
Gesichtsfarbe. Ich sehe ihn noch. Er trug sein schwarzes Haar
damals in langen Locken, die wirr auf den Kragen seines Matro-
senanzuges niederfielen und sein schmales Gesichtchen um-
rahmten.

Da wir es beide zu Hause sehr gut gehabt hatten, so waren wir
mit der neuen Umgebung, der kahlen Schulstube und besonders
mit dem rotbärtigen, schäbigen Menschen, der uns durchaus das
ABC lehren wollte, nichts weniger als einverstanden. Ich hielt
meinen Vater, als er sich entfernen wollte, weinend am Rocke
fest, während Paolo sich gänzlich passiv verhielt. Er lehnte regungslos an der Wand, kniff die schmalen Lippen zusammen
und blickte aus großen, tränenerfüllten Augen auf die übrige
hoffnungsvolle Jugend, die sich gegenseitig in die Seiten stieß
und gefühllos grinste.

In dieser Weise von Larven umgeben, fühlten wir uns von vornherein zu einander hingezogen und waren froh, als der rotbärtige
Pädagoge uns nebeneinander sitzen ließ. Wir hielten uns fortan
zusammen, legten gemeinschaftlich den Grund zu unserer Bildung und trieben täglich Tauschhandel mit unserem Butterbrot.

Er war übrigens schon damals kränklich, wie ich mich erinnere. Er mußte dann und wann längere Zeit die Schule versäumen, und wenn er wiederkam, so zeigten seine Schläfen und

Wangen noch deutlicher als gewöhnlich das blaßblaue Geäder, das man gerade bei zarten brünetten Menschen häufig bemerken kann. Er hat das immer behalten. Es war das erste, was mir hier bei unserem Wiedersehen in München auffiel und auch nachher in Rom.

Unsere Kameradschaft dauerte während all der Schuljahre ungefähr aus demselben Grunde fort, aus welchem sie entstanden. Es war das »Pathos der Distanz« dem größten Teile unserer Mitschüler gegenüber, das jeder kennt, der mit fünfzehn Jahren heimlich Heine liest und in Tertia das Urteil über Welt und Menschen entschlossen fällt.

Wir hatten – ich glaube, wir waren sechzehn Jahre alt – auch zusammen Tanzstunde und erlebten infolge dessen gemeinsam unsere erste Liebe.

Das kleine Mädchen, das es ihm angetan, ein blondes, fröhliches Geschöpf, verehrte er mit einer schwermütigen Glut, die für sein Alter bemerkenswert war und mir manchmal direkt unheimlich erschien.

Ich erinnere mich besonders einer Tanzgesellschaft. Das Mädchen brachte einem anderen kurz nacheinander zwei Cotillonorden und ihm keinen. Ich beobachtete ihn mit Angst. Er stand neben mir an die Wand gelehnt, starrte regungslos auf seine Lackschuhe und sank plötzlich ohnmächtig zusammen. Man brachte ihn nach Hause, und er lag acht Tage krank. Es erwies sich damals – ich glaube, bei dieser Gelegenheit – daß sein Herz nicht das gesündeste sei.

Schon vor dieser Zeit hatte er begonnen zu zeichnen, wobei er starkes Talent entwickelte. Ich bewahre ein Blatt, das die mit Kohlenstift hingeworfenen Züge jenes Mädchens recht ähnlich zur Schau trägt, nebst der Unterschrift: »Du bist wie eine Blume! – Paolo Hofmann fecit.«–

Ich weiß nicht genau, wann es war, aber wir waren schon in den höheren Klassen, als seine Eltern die Stadt verließen, um sich in Karlsruhe niederzulassen, wo der alte Hofmann Verbindungen hatte. Paolo sollte die Schule nicht wechseln und ward zu einem alten Professor in Pension gegeben.

Indessen blieb die Lage auch so nicht lange. Vielleicht war das folgende nicht gerade die Veranlassung dazu, daß Paolo eines Tages den Eltern nach Karlsruhe nachfolgte, aber jedenfalls trug es dazu bei.

In einer Religionsstunde nämlich schritt plötzlich der betreffende Oberlehrer mit einem lähmenden Blick auf ihn zu und zog unter dem Alten Testament, das vor Paolo lag, ein Blatt hervor, auf welchem eine bis auf den linken Fuß vollendete, sehr weibliche Gestalt sich ohne jedes Schamgefühl den Blicken darbot.

Also Paolo ging nach Karlsruhe, und dann und wann wechselten wir Postkarten, ein Verkehr, der nach und nach gänzlich einschlief.

Nach unserer Trennung waren ungefähr fünf Jahre vergangen, als ich ihn in München wieder traf. Ich ging an einem schönen Frühlingsvormittag die Amalienstraße hinunter und sah jemanden die Freitreppe der Akademie herabsteigen, der von weitem beinahe den Eindruck eines italienischen Modells machte. Als ich näher kam, war er es wahrhaftig.

Mittelgroß, schmal, den Hut auf dem dichten schwarzen Haar zurückgesetzt, mit gelblichem, von blauen Äderchen durchzogenem Teint, elegant, aber nachlässig gekleidet, – an der Weste waren zum Beispiel ein paar Knöpfe nicht geschlossen – den kurzen Schnurrbart leicht aufgewirbelt, so kam er mit seinem wiegenden, indolenten Schritt auf mich zu.

Wir erkannten uns ungefähr gleichzeitig, und die Begrüßung war sehr herzlich. Er schien mir, während wir uns vorm Café Minerva wechselseitig über den Verlauf der letzten Jahre ausfragten, in gehobener, beinahe exaltierter Stimmung zu sein. Seine Augen leuchteten, und seine Bewegungen waren groß und weit. Dabei sah er schlecht aus, wirklich krank. Ich habe jetzt freilich leicht reden; aber es fiel mir tatsächlich auf, und ich sagte es ihm sogar geradezu.

»So, noch immer?« fragte er. »Ja, ich glaube es wohl. Ich bin viel krank gewesen. Noch im letzten Jahre lange sogar schwer krank. Es sitzt hier.«

Er deutete mit der linken Hand auf seine Brust.

43

»Das Herz. Es ist von jeher dasselbe gewesen. – In letzter Zeit fühle ich mich aber sehr gut, ganz ausgezeichnet. Ich kann sagen, daß ich ganz gesund bin. Übrigens mit meinen 23 Jahren – es wäre ja auch traurig...«

Seine Laune war wirklich gut. Er erzählte heiter und lebendig von seinem Leben seit unserer Trennung. Er hatte bald nach derselben bei seinen Eltern es durchgesetzt, Maler werden zu dürfen, war seit etwa dreiviertel Jahren mit der Akademie fertig – soeben war er nur zufällig dort gewesen – hatte einige Zeit auf Reisen, besonders in Paris gelebt und sich nun seit ungefähr fünf Monaten hier in München niedergelassen... »Wahrscheinlich für lange Zeit – wer weiß? Vielleicht für immer...«

»So?« fragte ich.

»Nun ja? Das heißt – warum nicht? Die Stadt gefällt mir, gefällt mir ausnehmend! Der ganze Ton – wie? Die Menschen! Und – was nicht unwichtig ist – die sociale Stellung als Maler, auch als ganz unbekannter, ist ja exquisit, ist ja nirgends besser...«

»Hast Du angenehme Bekanntschaften gemacht?«

»Ja. – Wenige, aber sehr gute. Ich muß Dir zum Beispiel eine Familie empfehlen... Ich lernte sie im Fasching kennen... Der Fasching ist reizend hier –! S t e i n heißen sie. B a r o n Stein sogar.«

»Was ist denn das für ein Adel?«

»Was man Geldadel nennt. Der Baron war Börsenmann, hat früher in Wien eine kolossale Rolle gespielt, verkehrte mit sämtlichen Fürstlichkeiten und so weiter... Dann geriet er plötzlich in Décadence, zog sich mit ungefähr einer Million – sagt man – aus der Affaire und lebt nun hier, prunklos, aber vornehm.«

»Ist er Jude?«

»Er, glaube ich, nicht. Seine Frau vermutlich. Ich kann übrigens nicht anders sagen, als daß es äußerst angenehme und feine Leute sind.«

»Sind da – Kinder?«

»Nein. – Das heißt – eine neunzehnjährige Tochter. Die Eltern sind sehr liebenswürdig...«

Er schien einen Augenblick verlegen und fügte dann hinzu:

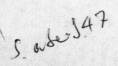

»Ich mache Dir ernstlich den Vorschlag, Dich von mir dort einführen zu lassen. Es wäre mir ein Vergnügen. Bist Du nicht einverstanden?«

»Aber gewiß. Ich werde Dir dankbar sein. Schon um die Bekanntschaft dieser neunzehnjährigen Tochter zu machen –«

Er blickte mich von der Seite an und sagte dann:

»Nun schön. Schieben wir es dann nicht lange hinaus. Wenn es Dir paßt, komme ich morgen um 1 Uhr herum oder halb 2 und hole Dich ab. Sie wohnen Theresienstraße 25, erster Stock. Ich freue mich darauf, ihnen einen Schulfreund von mir zuzuführen. Die Sache ist abgemacht.«

In der Tat klingelten wir am nächsten Tage um die Mittagszeit in der ersten Etage eines eleganten Hauses in der Theresienstraße. Neben der Glocke war in breiten, schwarzen Lettern der Name Freiherr von Stein zu lesen.

Paolo war auf dem ganzen Wege erregt und beinahe ausgelassen lustig gewesen; jetzt aber, während wir auf das Öffnen der Tür warteten, nahm ich eine seltsame Veränderung an ihm wahr. Alles an ihm war, während er neben mir stand, bis auf ein nervöses Zucken der Augenlider, vollkommen ruhig, – von einer gewaltsamen, gespannten Ruhe. Er hatte den Kopf ein wenig vorgestreckt. Seine Stirnhaut war gestrammt. Er machte beinahe den Eindruck eines Tieres, das krampfhaft die Ohren spitzt und mit Anspannung aller Muskeln horcht.

Der Diener, der unsere Karten davontrug, kehrte zurück mit der Aufforderung, einen Augenblick Platz zu nehmen, da Frau Baronin sofort erscheinen werde, und öffnete uns die Tür zu einem mäßig großen, dunkel möblierten Zimmer.

Bei unserem Eintritt erhob sich im Erker, von dem aus man auf die Straße hinausblickte, eine junge Dame in heller Frühlingstoilette und blieb einen Augenblick mit forschender Miene stehen. »Die neunzehnjährige Tochter«, dachte ich, indem ich unwillkürlich einen Seitenblick auf meinen Begleiter warf, und: »Baronesse Ada!« flüsterte er mir zu.

Sie war von eleganter Gestalt, aber für ihr Alter reifen Formen und machte mit ihren sehr weichen und fast trägen Bewegungen

45

kaum den Eindruck eines so jungen Mädchens. Ihr Haar, das sie über die Schläfen und in zwei Locken in die Stirn frisiert trug, war glänzend schwarz und bildete einen wirksamen Kontrast zu der matten Weiße ihres Teints. Das Gesicht ließ zwar mit seinen vollen und feuchten Lippen, der fleischigen Nase und den mandelförmigen, schwarzen Augen, über denen sich dunkle und weiche Brauen wölbten, nicht den geringsten Zweifel aufkommen über ihre wenigstens zum Teil semitische Abstammung, war aber von ganz ungewöhnlicher Schönheit.

»Ah – Besuch?« fragte sie, indem sie uns ein paar Schritte entgegenkam. Ihre Stimme war leicht verschleiert. Sie führte eine Hand zur Stirn, wie um besser sehen zu können, während sie sich mit der anderen auf den Flügel stützte, der an der Wand stand.

»Und sogar sehr willkommener Besuch –?« fügte sie mit derselben Betonung hinzu, als ob sie meinen Freund erst jetzt erkannte; dann warf sie einen fragenden Blick auf mich.

Paolo schritt auf sie zu und beugte sich mit der fast schläfrigen Langsamkeit, mit der man sich einem auserlesenen Genuß hingibt, wortlos auf die Hand nieder, die sie ihm entgegenstreckte. »Baronesse«, sagte er dann, »ich erlaube mir Ihnen einen Freund von mir vorzustellen, einen Schulkameraden, mit dem ich das ABC erlernte . . . «

Sie reichte auch mir die Hand, eine weiche, scheinbar knochenlose Hand ohne Schmuck.

»Ich bin erfreut –« sagte sie, während ihr dunkler Blick, dem ein leises Zittern eigen war, auf mir ruhte. »Und auch meine Eltern werden sich freuen . . . Man hat sie hoffentlich benachrichtigt.«

Sie nahm auf der Ottomane Platz, während wir beide ihr auf Stühlen gegenüber saßen. Ihre weißen, kraftlosen Hände ruhten beim Plaudern im Schoß. Die bauschigen Ärmel reichten nur wenig über den Ellbogen hinüber. Der weiche Ansatz des Handgelenks fiel mir auf.

Nach ein paar Minuten öffnete sich die Tür zum anliegenden Zimmer, und die Eltern traten ein. Der Baron war ein eleganter, untersetzter Herr mit Glatze und grauem Spitzbart; er hatte eine unnachahmliche Art, sein dickes goldenes Armband in die Manschette zurückzuwerfen. Es ließ sich nicht mit Bestimmtheit erkennen, ob seiner Erhebung zum Freiherrn einst ein paar Silben seines Namens zum Opfer gefallen waren; dagegen war seine Gattin einfach eine häßliche kleine Jüdin in einem geschmacklosen grauen Kleid. An ihren Ohren funkelten große Brillanten.

Ich wurde vorgestellt und in durchaus liebenswürdiger Weise begrüßt, während man meinem Begleiter wie einem guten Hausfreunde die Hand schüttelte.

Nachdem über mein Woher und Wieso einige Fragen und Antworten gefallen waren, begann man von einer Ausstellung zu sprechen, in der Paolo ein Bild hatte, einen weiblichen Akt.

»Eine wirklich feine Arbeit!« sagte der Baron. »Ich habe neulich eine halbe Stunde davor gestanden. Der Fleischton auf dem roten Teppich ist eminent wirkungsvoll. Ja, ja, der Herr Hofmann!« Dabei klopfte er Paolo gönnerisch auf die Schulter. »Aber nicht überarbeiten, junger Freund! Um Gotteswillen nicht! Sie haben es dringend nötig, sich zu schonen. Wie steht es denn mit der Gesundheit? –«

Paolo hatte, während ich den Herrschaften über meine Person die nötigen Aufschlüsse erteilte, ein paar gedämpfte Worte mit der Baronesse gewechselt, der er dicht gegenüber saß. Die seltsam gespannte Ruhe, die ich vorhin an ihm beobachtet hatte, war keineswegs von ihm gewichen. Er machte, ohne daß ich genau zu sagen vermöchte, woran es lag, den Eindruck eines sprungbereiten Panthers. Die dunklen Augen in dem gelblichen, schmalen Gesicht hatten einen so krankhaften Glanz, daß es mich nahezu unheimlich berührte, als er auf die Frage des Barons im zuversichtlichsten Tone antwortete:

»Oh, ausgezeichnet! Verbindlichen Dank! Es geht mir sehr gut!«

– Als wir uns nach Verlauf von etwa einer Viertelstunde erhoben, erinnerte die Baronin meinen Freund daran, daß in zwei Tagen wieder Donnerstag sei, er möge ihren Fixe o'clock tea nicht vergessen. Sie bat bei dieser Gelegenheit auch mich, diesen Wochentag freundlichst im Gedächtnis zu behalten...

Auf der Straße zündete Paolo sich eine Cigarette an.

»Nun?« fragte er. »Was sagst Du?«

»Oh, das sind sehr angenehme Leute!« beeilte ich mich zu antworten. »Die neunzehnjährige Tochter hat mir sogar imponiert!«

»Imponiert?« Er lachte kurz auf und wandte den Kopf nach der anderen Seite.

»Ja, Du lachst!« sagte ich. »Und da oben dünkte es mich zuweilen, als trübe – geheime Sehnsucht Deinen Blick. Aber ich bin im Irrtum?«

Er schwieg einen Augenblick. Dann schüttelte er langsam den Kopf.

»Wenn ich nur wüßte, woher Du...«

»Aber sei so gut! – Die Frage ist für mich nur noch, ob auch Baronesse Ada...«

Er sah wieder einen Augenblick stumm vor sich nieder. Dann sagte er leise und zuversichtlich:

»Ich glaube, daß ich glücklich sein werde.«

Ich trennte mich von ihm, indem ich ihm herzlich die Hand schüttelte, obgleich ich innerlich ein Bedenken nicht unterdrükken konnte.

Es vergingen nun ein paar Wochen, in denen ich hin und wieder gemeinsam mit Paolo den Nachmittagstee in dem freiherrlichen Salon einnahm. Es pflegte dort ein kleiner, aber recht angenehmer Kreis versammelt zu sein: Eine junge Hofschauspielerin, ein Arzt, ein Offizier – ich entsinne mich nicht jedes einzelnen.

An Paolos Benehmen beobachtete ich nichts Neues. Er befand sich gewöhnlich trotz seines besorgniserregenden Aussehens in gehobener, freudiger Stimmung und zeigte in der Nähe der Baronesse jedesmal wieder jene unheimliche Ruhe, die ich das erste Mal an ihm wahrgenommen hatte.

Da begegnete mir eines Tages – und ich hatte Paolo zufällig zwei Tage lang nicht gesehen – in der Ludwigstraße der Baron von Stein. Er war zu Pferde, hielt an und reichte mir vom Sattel aus die Hand.

»Erfreut, Sie zu sehen! Hoffentlich lassen Sie sich morgen Nachmittag bei uns blicken?«

»Wenn Sie gestatten, zweifellos, Herr Baron. Auch wenn es irgendwie zweifelhaft wäre, daß mein Freund Hofmann wie jeden Donnerstag kommen wird, mich abzuholen...«

»Hofmann? Aber wissen Sie denn nicht – er ist ja abgereist! Ich dachte doch, Sie hätte er davon unterrichtet.«

»Aber mit keiner Silbe!«

»Und so vollkommen à bâton rompu... Das nennt man Künstlerlaunen... Also morgen Nachmittag! –«

Damit setzte er sein Tier in Bewegung und ließ mich höchst verdutzt zurück.

Ich eilte in Paolos Wohnung. – Ja, leider; Herr Hofmann sei abgereist. Eine Adresse habe er nicht hinterlassen.

Es war klar, daß der Baron von mehr als einer »Künstlerlaune« wußte. Seine Tochter selbst hat mir das, was ich ohnehin mit Bestimmtheit vermutete, bestätigt.

Das geschah auf einem Spaziergang ins Isartal, den man arrangiert hatte, und zu dem auch ich aufgefordert worden war. Man war erst nachmittags ausgezogen, und auf dem Heimwege zu später Abendstunde fügte es sich, daß die Baronesse und ich als letztes Paar der Gesellschaft nachfolgten.

Ich hatte an ihr seit Paolos Verschwinden keinerlei Veränderung wahrgenommen. Sie hatte ihre Ruhe vollständig bewahrt und meines Freundes bis dahin mit keinem Worte Erwähnung getan, während ihre Eltern sich über seine plötzliche Abreise in Ausdrücken des Bedauerns ergingen.

Nun schritten wir neben einander durch diesen anmutigsten Teil der Umgebung Münchens; das Mondlicht flimmerte zwischen dem Laubwerk, und wir lauschten eine Weile schweigend dem Geplauder der übrigen Gesellschaft, das ebenso einförmig war, wie das Brausen der Wasser, die neben uns dahinschäumten.

Dann begann sie plötzlich von Paolo zu sprechen, und zwar in einem sehr ruhigen und sehr sicheren Ton.

»Sie sind seit früher Jugend sein Freund?« fragte sie mich.

»Ja, Baronesse.«

»Sie teilen seine Geheimnisse?«

»Ich glaube, daß sein schwerstes mir bekannt ist, auch ohne daß er es mir mitgeteilt.«

»Und ich darf Ihnen vertrauen?«

»Ich hoffe, daß Sie nicht daran zweifeln, gnädiges Fräulein.«

»Nun gut«, sagte sie, indem sie den Kopf mit einer entschlossenen Bewegung erhob. »Er hat um meine Hand angehalten, und meine Eltern haben sie ihm verweigert. Er sei krank, sagten sie mir, sehr krank – aber gleichviel: Ich liebe ihn. Ich darf so zu Ihnen sprechen, nicht wahr? Ich...«

Sie verwirrte sich einen Augenblick und fuhr dann mit derselben Entschlossenheit fort:

»Ich weiß nicht, wo er sich aufhält; aber ich gebe Ihnen die Erlaubnis, ihm meine Worte, die er aus meinem eigenen Munde schon vernommen hat, zu wiederholen, so bald Sie ihn wiedersehen, sie ihm zu schreiben, sobald Sie seine Adresse ausfindig gemacht haben: Ich werde niemals einem anderen Manne die Hand reichen als ihm. Ah – wir werden sehen!«

In diesem letzten Ausruf lag neben Trotz und Entschlossenheit ein so hilfloser Schmerz, daß ich mich nicht enthalten konnte, ihre Hand zu ergreifen und sie stumm zu drücken.

Ich habe mich damals an Hofmanns Eltern brieflich mit der Bitte gewandt, mich über den Aufenthaltsort ihres Sohnes zu benachrichtigen. Ich erhielt eine Adresse in Südtirol, und mein Brief, der dorthin abging, gelangte an mich zurück mit der Bemerkung, der Adressat habe, ohne ein Reiseziel anzugeben, den Ort schon wieder verlassen.

Er wollte von keiner Seite behelligt sein, er war allem entflohen, um irgendwo in aller Einsamkeit zu sterben. Gewiß, zu sterben. Denn nach alledem war es mir zur traurigen Wahrscheinlichkeit geworden, daß ich ihn nicht wiedersehen würde.

War es nicht klar, daß dieser hoffnungslos kranke Mensch jenes junge Mädchen mit der lautlosen, vulkanischen, glühend sinnlichen Leidenschaft liebte, die den gleichartigen ersten Regungen seiner früheren Jugend entsprach? Der egoistische Instinkt des Kranken hatte die Begier nach Vereinigung mit blühender Gesundheit in ihm entfacht; mußte diese Glut, da sie ungestillt blieb, seine letzte Lebenskraft nicht schnell verzehren?

Und es vergingen fünf Jahre, ohne daß ich ein Lebenszeichen von ihm erhielt, – aber auch ohne daß die Nachricht von seinem Tode mich erreichte!

Im vergangenen Jahre nun hielt ich mich in Italien auf, in Rom und Umgebung. Ich hatte die heißen Monate im Gebirge verlebt, war Ende September in die Stadt zurückgekehrt, und an einem warmen Abend saß ich bei einer Tasse Tee im Café Aranjo. Ich blätterte in meiner Zeitung und blickte gedankenlos in das lebendige Treiben, das in dem weiten, lichterfüllten Raume herrschte. Die Gäste kamen und gingen, die Kellner eilten hin und her, und dann und wann tönten durch die weit offenen Türen die langgezogenen Rufe der Zeitungsjungen in den Saal hinein.

Und plötzlich sehe ich, wie ein Herr von meinem Alter sich langsam zwischen den Tischen hindurch und einem Ausgang zu bewegt... Dieser Gang –? Aber da wendet er auch schon den Kopf nach mir, hebt die Augenbrauen, kommt mir mit einem freudig erstaunten »Ah!?« entgegen.

»Du hier?« Wir riefen es wie aus einem Munde, und er fügte hinzu:

»Also wir sind beide noch am Leben!«

Seine Augen schweiften ein wenig ab dabei. – Er hatte sich in diesen fünf Jahren kaum verändert; nur daß sein Gesicht vielleicht noch schmaler geworden war, seine Augen noch tiefer in ihren Höhlen lagen. Dann und wann atmete er tief auf.

»Du bist schon lange in Rom?« fragte er.

»In der Stadt noch nicht lange; ich war ein paar Monate auf dem Lande.

Und Du?«

»Ich war bis vor einer Woche am Meer. Du weißt, ich habe es den Bergen immer vorgezogen... Ja, ich habe, seit wir uns nicht sahen, ein gutes Stück Erde kennen gelernt« –

Und er begann, während er neben mir ein Glas sorbetto schlürfte, zu erzählen, wie er diese Jahre verbracht hatte: Auf Reisen, immer auf Reisen. Er hatte in den Tiroler Bergen gestreift, hatte ganz Italien langsam durchmessen, war von Sizilien nach Afrika gegangen und sprach von Algier, Tunis, Ägypten.

»Schließlich bin ich einige Zeit in Deutschland gewesen«, sagte er, »in Karlsruhe; meine Eltern wünschten dringend, mich zu sehen, und haben mich nur ungern wieder ziehen lassen. Jetzt bin ich seit einem Vierteljahre wieder in Italien. Ich fühle mich im Süden zu Hause, weißt Du. Rom gefällt mir über alle Maßen!...«

Ich hatte ihn noch mit keinem Worte nach seinem Befinden befragt. Jetzt sagte ich:

»Aus alledem darf ich schließen, daß Deine Gesundheit sich bedeutend gekräftigt hat?«

Er sah mich einen Augenblick fragend an; dann erwiderte er:

»Du meinst, weil ich so munter umherwandere? Ach, ich will Dir sagen: Das ist ein sehr natürliches Bedürfnis. Was willst Du? Trinken, Rauchen und Lieben hat man mir verboten, – irgend ein Narkotikum habe ich nötig, verstehst Du?«

Da ich schwieg, fügte er hinzu:

»Seit fünf Jahren – s e h r nötig.«–

Wir waren bei dem Punkte angelangt, den wir bis dahin vermieden hatten, und die Pause, die eintrat, redete von unserer beiderseitigen Ratlosigkeit. – Er saß gegen das Sammetpolster zurückgelehnt und blickte zum Kronleuchter empor. Dann sagte er plötzlich:

»Vor allem, – nicht wahr, Du verzeihst mir, daß ich so lange nichts habe von mir hören lassen... Du verstehst das?«

»Gewiß!«

»Du bist über meine Münchener Erlebnisse orientiert?« fuhr er in beinahe hartem Tone fort.

»So vollkommen wie möglich. Und weißt Du, daß ich mich die ganze Zeit mit einem Auftrag für Dich getragen habe? Einem Auftrag von einer Dame?«

Seine müden Augen flammten kurz auf. Dann sagte er in demselben trockenen und scharfen Tone von vorher:

»Laß hören, ob es etwas Neues ist.«

»Neues kaum; nur eine Bekräftigung dessen, was Du von ihr selbst schon gehört hast...«

Und ich wiederholte ihm, inmitten der schwatzenden und gestikulierenden Menge, die Worte, die an jenem Abend die Baronesse zu mir gesprochen hatte.

Er lauschte, indem er sich langsam über die Stirne strich; dann sagte er ohne irgend ein Zeichen von Bewegung:

»Ich danke Dir.«—

Sein Ton fing an, mich irre zu machen.

»Aber über diese Worte sind Jahre hingegangen«, sagte ich, »fünf lange Jahre, die sie und Du, ihr beide durchlebt habt... Tausend neue Eindrücke, Gefühle, Gedanken, Wünsche...«

Ich brach ab, denn er richtete sich auf und sagte mit einer Stimme, in der wieder die Leidenschaft bebte, die ich einen Moment für erloschen gehalten hatte:

» Ich – halte diese Worte!«

Und in diesem Augenblick erkannte ich auf seinem Gesicht und in seiner ganzen Haltung den Ausdruck wieder, den ich damals, als ich die Baronesse zum ersten Male sehen sollte, an ihm beobachtete: diese gewaltsame, krampfhaft angespannte Ruhe, die das Raubtier vor dem Sprunge zeigt.

Ich lenkte ab, und wir sprachen wieder von seinen Reisen, von den Studien, die er unterwegs gemacht. Es schienen nicht viele zu sein; er ließ sich ziemlich gleichgültig darüber aus.

Kurz nach Mitternacht erhob er sich.

»Ich möchte schlafen gehen oder doch allein sein... Du findest mich morgen Vormittag in der Galleria Doria. Ich kopiere mir Saraceni; ich habe mich in den musizierenden Engel verliebt. Sei so gut und komme hin. Ich bin sehr froh, daß Du hier bist. Gute Nacht.«—

Und er ging hinaus – langsam, ruhig, mit schlaffen, trägen Bewegungen.

Während des ganzen nächsten Monats habe ich mit ihm die Stadt durchwandert; Rom, dies überschwenglich reiche Museum aller Kunst, diese moderne Großstadt im Süden, diese Stadt, die voll ist von lautem, raschem, heißem, sinnreichem Leben, und in die doch der warme Wind die schwüle Trägheit des Orients hinüberträgt.

Paolos Benehmen blieb immer das gleiche. Er war meistens ernst und still und konnte zuweilen in eine schlaffe Müdigkeit versinken, um dann, während seine Augen aufblitzten, sich plötzlich zusammenzuraffen und ein ruhendes Gespräch mit Eifer fortzusetzen.

Ich muß eines Tages Erwähnung tun, an dem er einige Worte fallen ließ, die erst jetzt die richtige Bedeutung für mich bekommen haben.

Es war an einem Sonntag. Wir hatten den wundervollen Spätsommermorgen für einen Spaziergang auf der Via Appia benutzt und rasteten nun, nachdem wir die antike Straße weit hinaus verfolgt hatten, auf jenem kleinen, cypressenumstandenen Hügel, von dem aus man einen entzückenden Blick auf die sonnige Campagna mit dem großen Aquädukt und auf die Albanerberge genießt, die ein weicher Dunst umhüllt.

Paolo ruhte halbliegend, das Kinn in die Hand gestützt, neben mir auf dem warmen Grasboden und blickte mit müden, verschleierten Augen in die Ferne. Dann war es wieder einmal jenes plötzliche Aufraffen aus völliger Apathie, mit dem er sich an mich wandte:

»Diese Luftstimmung! – Die Luftstimmung ist das Ganze!«

Ich erwiderte etwas Beistimmendes, und es war wieder still. Und da plötzlich, ohne jeden Übergang, sagte er, indem er mir mit einer gewissen Eindringlichkeit das Gesicht zuwandte:

»Sag mal, ist es Dir eigentlich nicht aufgefallen, daß ich immer noch am Leben bin?«

Ich schwieg betroffen, und er blickte wieder mit einem nachdenklichen Ausdruck in die Ferne.

»Mir – ja«, fuhr er langsam fort. »Ich wundere mich im Grunde jeden Tag darüber. Weißt Du eigentlich, wie es um mich steht? – Der französische Doktor in Algier sagte zu mir: ›Der Teufel begreife, wie Sie noch immer umherreisen mögen! Ich rate Ihnen, fahren Sie nach Hause und legen Sie sich ins Bett!‹ Er war immer so geradezu, weil wir jeden Abend zusammen Domino spielten. Ich lebe doch noch immer. Ich bin beinahe täglich am Ende. Ich liege abends im Dunkeln, – auf der rechten Seite, wohlgemerkt! – Das Herz klopft mir bis in den Hals, es schwindelt mir, daß mir der Angstschweiß ausbricht, und dann plötzlich ist es, als ob der Tod mich anrührte. Es ist für einen Augenblick, als stehe alles still in mir, der Herzschlag setzt aus, die Atmung versagt. Ich fahre auf, ich mache Licht, ich atme tief auf, blicke um mich, verschlinge die Gegenstände mit meinen Blicken. Dann trinke ich einen Schluck Wasser und lege mich wieder zurück; immer auf die rechte Seite! Allmählich schlafe ich ein.

Ich schlafe sehr tief und sehr lange, denn ich bin eigentlich immer todmüde. Glaubst Du, daß ich, wenn ich wollte, mich hier einfach hinlegen könnte und sterben?

Ich glaube, daß ich in diesen Jahren tausendmal schon den Tod von Angesicht zu Angesicht gesehen habe. Ich bin nicht gestorben. – Mich hält etwas. – Ich fahre auf, ich denke an etwas, ich klammere mich an einen Satz, den ich mir zwanzigmal wiederhole, während meine Augen gierig alles Licht und Leben um mich her einsaugen...... Verstehst Du mich?«

Er lag regungslos und schien kaum eine Antwort zu erwarten. Ich weiß nicht mehr, was ich ihm erwiderte; aber ich werde niemals den Eindruck vergessen, den seine Worte auf mich machten.

Und nun jener Tag – oh, mir ist, als hätte ich ihn gestern erlebt!

Es war einer der ersten Herbsttage, jener grauen, unheimlich warmen Tage, an denen der feuchte, beklemmende Wind aus Afrika durch die Straßen geht und abends der ganze Himmel unaufhörlich im Wetterleuchten zuckt.

Am Morgen trat ich bei Paolo ein, um ihn zu einem Ausgange abzuholen. Sein großer Koffer stand inmitten des Zimmers, Schrank und Kommode waren weit offen; seine Aquarellskizzen aus dem Orient und der Gipsabguß des vatikanischen Junokopfes waren noch an ihren Plätzen.

Er selbst stand hoch aufgerichtet am Fenster und ließ nicht ab, unbeweglich hinauszublicken, als ich mit einem erstaunten Ausruf stehen blieb. Dann wandte er sich kurz, streckte mir einen Brief hin und sagte nichts als: »Lies.«

Ich sah ihn an. Auf diesem schmalen, gelblichen Krankengesicht mit den schwarzen, fiebernden Augen lag ein Ausdruck, wie ihn sonst nur der Tod hervorzubringen vermag, ein ungeheurer Ernst, der mich die Augen auf den Brief niederschlagen ließ, den ich entgegengenommen hatte. Und ich las:

»Hochgeehrter Herr Hofmann!

Der Liebenswürdigkeit Ihrer werten Eltern, an die ich mich wandte, verdanke ich die Kenntnis Ihrer Adresse, und hoffe nun, daß Sie diese Zeilen freundlich aufnehmen werden.

Gestatten Sie mir, hochgeehrter Herr Hofmann, die Versicherung, daß ich während dieser fünf Jahre stets mit dem Gefühl aufrichtiger Freundschaft Ihrer gedacht habe. Müßte ich annehmen, daß Ihre plötzliche Abreise an jenem für Sie und mich so schmerzlichen Tage Zorn gegen mich und die Meinen bekunden sollte, so wäre meine Betrübnis darüber noch größer, als das Erschrecken und tiefe Erstaunen, das ich empfand, als Sie bei mir um die Hand meiner Tochter anhielten.

Ich habe damals zu Ihnen gesprochen als ein Mann zum andern, habe Ihnen offen und ehrlich, auf die Gefahr hin, brutal zu erscheinen, den Grund mitgeteilt, warum ich einem Manne, den ich – ich kann es nicht genug betonen – in jeder Beziehung so überaus hochschätze, die Hand meiner Tochter versagen mußte, und ich habe als Vater zu Ihnen gesprochen, der das dauernde Glück seines einzigen Kindes im Auge hat und der das Aufkeimen von Wünschen der bewußten Art auf beiden Seiten gewissenhaft vereitelt hätte, wenn ihm jemals der Gedanke an ihre Möglichkeit gekommen wäre!

In den gleichen Eigenschaften, mein verehrter Herr Hofmann, spreche ich auch heute zu Ihnen: als Freund und als Vater. – Fünf Jahre sind seit Ihrer Abreise verflossen, und hatte ich bis dahin noch nicht Muße genug zu der Erkenntnis gehabt, wie tief die Neigung, die Sie meiner Tochter einzuflößen vermochten, in ihr Wurzel gefaßt hat, so ist kürzlich ein Ereignis eingetreten, das mir völlig darüber die Augen öffnen mußte. Warum sollte ich es Ihnen verschweigen, daß meine Tochter im Gedanken an Sie die Hand eines ausgezeichneten Mannes ausgeschlagen hat, dessen Werbung ich als Vater nur dringend befürworten konnte?

An den Gefühlen und Wünschen meiner Tochter sind die Jahre machtlos vorübergegangen, und sollte – dies ist eine offene und bescheidene Frage! – bei Ihnen, hochgeehrter Herr Hofmann, das Gleiche der Fall sein, so erkläre ich Ihnen hiermit, daß wir Eltern dem Glücke unseres Kindes fernerhin nicht im Wege stehen wollen.

Ich sehe Ihrer Antwort entgegen, für die ich Ihnen, wie sie auch lauten möge, überaus dankbar sein werde, und habe diesen Zeilen nichts hinzuzufügen, als den Ausdruck meiner vollsten Hochachtung.

Ergebenst Oskar Freiherr von Stein.«

– Ich blickte auf. Er hatte die Hände auf den Rücken gelegt und sich wieder dem Fenster zugewandt. Ich fragte nichts, als: »Du reist?«

Und ohne mich anzusehen, erwiderte er:

»Bis morgen früh müssen meine Sachen bereit sein.«

Der Tag verging mit Besorgungen und Kofferpacken, wobei ich ihm behilflich war, und abends machten wir auf meinen Vorschlag einen letzten gemeinsamen Spaziergang durch die Straßen der Stadt.

Es war noch jetzt fast unerträglich schwül, und der Himmel zuckte jede Sekunde in jähem Phosphorlichte auf. – Paolo schien ruhig und ermüdet; aber er atmete tief und schwer.

Schweigend oder in gleichgültigen Gesprächen waren wir wohl eine Stunde umhergewandert, als wir vor der Fontana Trevi stehen blieben, jenem berühmten Brunnen, der das dahineilende Gespann des Meergottes zeigt.

Wir betrachteten wieder einmal lange und mit Bewunderung diese prächtig schwungvolle Gruppe, die, unaufhörlich von grellblauem Leuchten umspielt, einen nahezu zauberhaften Eindruck machte. Mein Begleiter sagte:

»Gewiß, Bernini entzückt mich auch noch in den Werken seiner Schüler. Ich begreife seine Feinde nicht. – Freilich, wenn das Jüngste Gericht mehr gehauen als gemalt ist, so sind Berninis

Werke sämtlich mehr gemalt als gehauen. Aber gibt es einen größeren Dekorateur?«

»Weißt Du eigentlich«, fragte ich, »was für eine Bewandtnis es mit dem Brunnen hat? Wer beim Abschied von Rom daraus trinkt, der kehrt zurück. Hier hast Du mein Reiseglas –« und ich füllte es an einem der Wasserstrahlen – »Du sollst Dein Rom wiedersehen!«

Er nahm das Glas und führte es an die Lippen. In diesem Augenblick flammte der ganze Himmel in einem blendenden, lang anhaltenden Feuerscheine auf, und klirrend sprang das dünne Gefäßchen am Rande des Bassins in Scherben.

Paolo trocknete mit dem Taschentuch das Wasser an seinem Anzug.

»Ich bin nervös und ungeschickt«, sagte er. »Gehen wir weiter. Hoffentlich war das Glas nichts wert.«

Am nächsten Morgen hatte sich das Wetter aufgeklärt. Ein lichtblauer Sommerhimmel lachte über uns, als wir zum Bahnhof fuhren.

Der Abschied war kurz. Paolo schüttelte schweigend meine Hand, als ich ihm Glück wünschte, viel Glück.

Ich sah ihm lange nach, wie er hochaufgerichtet an dem breiten Aussichtsfenster stand. Tiefer Ernst lag in seinen Augen – und Triumph.

Was habe ich noch zu sagen? – Er ist tot; gestorben am Morgen nach der Hochzeitsnacht, – beinahe in der Hochzeitsnacht.

Es mußte so sein. War es nicht der Wille, der Wille zum Glück allein, mit dem er so lange den Tod bezwungen hatte? Er mußte sterben, ohne Kampf und Widerstand sterben, als seinem Willen zum Glück Genüge geschehen war; er hatte keinen Vorwand mehr zu leben.

Ich habe mich gefragt, ob er schlecht gehandelt, bewußt schlecht an der, welcher er sich verband. Aber ich habe sie gesehen bei seinem Begräbnis, als sie zu Häupten seines Sarges stand; und ich habe auch in ihrem Antlitz den Ausdruck erkannt, den ich auf seinem gefunden: den feierlichen und starken Ernst des Triumphes.

Der Tod

Den 10. September.

Nun ist der Herbst da, und der Sommer wird nicht zurückkehren; niemals werde ich ihn wiedersehen...

Das Meer ist grau und still, und ein feiner, trauriger Regen geht hernieder. Als ich das heute Morgen sah, habe ich vom Sommer Abschied genommen und den Herbst begrüßt, meinen vierzigsten Herbst, der nun wirklich unerbittlich heraufgezogen ist. Und unerbittlich wird er jenen Tag bringen, dessen Datum ich manchmal leise vor mich hin spreche, mit einem Gefühl von Andacht und stillem Grauen...

Den 12. September.

Ich bin mit der kleinen Asuncion ein wenig spazieren gegangen. Sie ist eine gute Begleiterin, die schweigt und manchmal nur groß und liebevoll die Augen zu mir emporschlägt.

Wir sind den Strandweg nach Kronshafen gegangen, aber wir sind rechtzeitig wieder umgekehrt, bevor wir noch mehr als einen oder zwei Menschen getroffen hatten.

Während wir zurückschritten, freute ich mich über den Anblick meines Hauses. Wie gut ich es mir gewählt habe! Schlicht und grau blickt es von dem Hügel, dessen Gras nun welk und feucht und dessen Weg aufgeweicht ist, über das graue Meer hinaus. Auf der Rückseite führt die Chaussee vorbei, und dahinter sind Felder. Aber darauf achte ich nicht; ich achte nur auf das Meer.

Den 15. September.

Dieses einsame Haus auf dem Hügel am Meere unter dem grauen Himmel ist wie ein düsteres, geheimnisvolles Märchen; und so will ich es haben in meinem letzten Herbst. Heute Nachmittag aber, als ich am Fenster meines Arbeitszimmers saß, war ein Wagen da, der Vorräte brachte, der alte Franz half beim Auspacken, und es gab Geräusch und verschiedene Stimmen. Ich kann nicht sagen, wie mich das störte. Ich zitterte vor Mißbilligung: Ich habe befohlen, daß dergleichen nur frühmorgens geschehen soll, wenn ich schlafe. Der alte Franz sagte nur: »Zu Befehl, Herr Graf.« Aber er sah mich mit seinen entzündeten Augen ängstlich und zweifelnd an.

Wie könnte er mich verstehen? Er weiß es ja nicht. Ich will nicht, daß Alltäglichkeit und Langeweile an meine letzten Tage rühre. Ich ängstige mich davor, daß der Tod etwas Bürgerliches und Gewöhnliches an sich haben könnte. Es soll um mich her fremdartig und seltsam sein an jenem großen, ernsten, rätselhaften Tage – am zwölften Oktober...

Den 18. September.
Während der letzten Tage bin ich nicht ausgegangen, sondern habe die meiste Zeit auf der Chaiselongue zugebracht. Ich konnte auch nicht viel lesen, weil dabei alle Nerven mich quälten. Ich habe einfach stillgelegen und in den unermüdlichen, langsamen Regen hinausgeblickt.

Asuncion kam oft, und einmal brachte sie mir Blumen, ein paar dürre und nasse Pflanzen, die sie am Strande gefunden; als ich das Kind zum Danke küßte, weinte es, weil ich »krank« sei. Wie unsäglich schmerzlich mich ihre zärtliche und wehmütige Liebe berührte!

Den 21. September.
Ich habe lange in meinem Arbeitszimmer am Fenster gesessen, und Asuncion saß auf meinen Knieen. Wir haben auf das graue und weite Meer hinausgeblickt, und hinter uns in dem großen Gemach mit der hohen, weißen Tür und den steiflehnigen Möbeln herrschte tiefe Stille. Und während ich langsam das weiche Haar des Kindes streichelte, das schwarz und schlicht auf ihre zarten Schultern hinabfließt, habe ich zurückgedacht in meinem wirren, bunten Leben; ich habe an meine Jugend gedacht, die still war und behütet, an meine Wanderungen durch die ganze Welt und an die kurze, lichte Zeit meines Glückes.

Erinnerst du dich des anmutigen und flammend zärtlichen Geschöpfes unter dem Sammethimmel von Lissabon? Es sind zwölf Jahre, daß sie dir das Kind schenkte und starb, während ihr schmaler Arm um deinen Hals lag.

Sie hat die dunklen Augen ihrer Mutter, die kleine Asuncion; nur müder sind sie und nachdenklicher. Vor allem aber hat sie ihren Mund, diesen unendlich weichen und doch ein wenig herb geschnittenen Mund, der am schönsten ist, wenn er schweigt und nur ganz leise lächelt.

Meine kleine Asuncion! Wenn du wüßtest, daß ich dich werde verlassen müssen. Weintest du, weil ich »krank« sei? Ach, was hat das damit zu tun! Was hat das mit dem zwölften Oktober zu tun!...

Den 23. September.

Tage, an denen ich zurückdenken kann und in Erinnerungen mich verlieren, sind selten. Wie viele Jahre sind es, daß ich nur vorwärts zu denken vermag, nur zu warten auf diesen großen und schauerlichen Tag, auf den zwölften Oktober meines vierzigsten Lebensjahres!

Wie es sein wird, wie es nur sein wird! Ich fürchte mich nicht, aber mich dünkt, daß er qualvoll langsam herankommt, dieser zwölfte Oktober.

Den 27. September.

Der alte Doktor Gudehus kam von Kronshafen, er kam zu Wagen den Chausseeweg gefahren und nahm das zweite Frühstück mit Asuncion und mir.

»Es ist nötig«, sagte er und aß ein halbes Huhn, »daß Sie sich Bewegung machen, Herr Graf, viel Bewegung in frischer Luft. Nicht lesen! Nicht denken! Nicht grübeln! Ich halte Sie nämlich für einen Philosophen, he, he!«

Nun, ich habe die Achseln gezuckt und ihm herzlich für seine Bemühungen gedankt. Auch für die kleine Asuncion gab er Ratschläge und betrachtete sie mit seinem gezwungenen und verlegenen Lächeln. Er hat meine Brom-Dosis erhöhen müssen; vielleicht, daß ich nun ein wenig mehr schlafen kann.

Den 30. September.
Der letzte September! Nun ist es nicht lange mehr. Es ist drei
Uhr nachmittags, und ich habe mir ausgerechnet, wie viele Minuten noch fehlen bis zum Beginn des zwölften Oktobers. Es
sind 8 460.

Ich habe nicht schlafen können heute Nacht, denn es ist Wind
aufgekommen, und das Meer und der Regen rauscht. Ich habe
gelegen und die Zeit vorbeischwinden lassen. Denken und grübeln? Ach nein! Doktor Gudehus hält mich für einen Philosophen, aber mein Kopf ist sehr schwach, und ich kann nur denken: Der Tod, der Tod!

Den 2. Oktober.
Ich bin tief ergriffen, und in meine Bewegung mischt sich ein
Gefühl von Triumph. Manchmal, wenn ich daran dachte und
man mich zweifelnd und ängstlich ansah, habe ich gesehen, daß
man mich für wahnsinnig hielt, und ich habe mich selbst mit
Argwohn geprüft. Ach nein! Ich bin nicht wahnsinnig.

Ich las heute die Geschichte jenes Kaisers Friedrich, dem man
prophezeite, er werde »sub flore« sterben. Nun, er mied die
Städte Florenz und Florentinum, einst aber kam er dennoch nach
Florentinum: und er starb. – Warum starb er?

Eine Prophezeiung ist an sich unbeträchtlich; es kommt darauf an, ob sie Macht über dich gewinnt. Tut sie aber das, so ist sie
schon bewiesen, und sie wird in Erfüllung gehen. – Wie? Und ist
eine Prophezeiung, die in mir selbst aufsteht und stark wird,
nicht wertvoller als eine, die von außen käme? Und ist die uner-
schütterliche Kenntnis des Zeitpunktes, an dem man sterben
wird, zweifelhafter als die des Ortes?

Oh, es ist eine stete Verbindung zwischen dem Menschen und
dem Tode! Du kannst mit deinem Willen und deiner Überzeugung an seiner Sphäre saugen, du kannst ihn herbeiziehen, daß
er zu dir tritt, zu der Stunde, an die du glaubst…

Den 3. Oktober.
Oftmals, wenn meine Gedanken sich wie graue Gewässer vor
mir ausbreiten, die mir unendlich scheinen, weil sie umnebelt

sind, sehe ich etwas wie den Zusammenhang der Dinge und glaube die Nichtigkeit der Begriffe zu erkennen.

Was ist Selbstmord? Der freiwillige Tod? Aber niemand stirbt unfreiwillig. Das Aufgeben des Lebens und die Hingabe an den Tod geschieht ohne Unterschied aus Schwäche, und diese Schwäche ist stets die Folge einer Krankheit des Körpers oder der Seele, oder beider. Man stirbt nicht, bevor man einverstanden damit ist...

Bin ich einverstanden? Ich muß es wohl sein, denn ich glaube, daß ich wahnsinnig werden könnte, wenn ich am zwölften Oktober nicht stürbe...

Den 5. Oktober.

Ich denke unaufhörlich daran, und es beschäftigt mich ganz und gar. – Ich sinne darüber, wann und woher mein Wissen mir gekommen ist, ich vermag es nicht zu sagen! Ich wußte mit neunzehn oder zwanzig Jahren, daß ich mit vierzig sterben müßte, und irgend eines Tages, als ich mich eindringlich fragte, an welchem Tage es geschehen werde, da wußte ich auch den Tag!

Und nun ist er so nahe herangekommen, so nahe, daß ich den kalten Atem des Todes zu verspüren meine.

Den 7. Oktober.

Der Wind hat sich verstärkt, die See braust, und der Regen trommelt auf dem Dache. Ich habe in der Nacht nicht geschlafen, sondern bin in meinem Wettermantel hinunter an den Strand gegangen und habe mich dort auf einen Stein gesetzt.

Hinter mir war in Dunkelheit und Regen der Hügel mit dem grauen Haus, in dem die kleine Asuncion schlief, meine kleine Asuncion! Und vor mir wälzte das Meer seinen trüben Schaum bis vor meine Füße.

Ich habe die ganze Nacht hinausgeblickt, und mich dünkte, so müsse der Tod sein oder das Nach-dem-Tode: dort drüben und draußen ein unendliches, dumpf brausendes Dunkel. Wird dort ein Gedanke, eine Ahnung von mir fortleben und -weben und ewig auf das unbegreifliche Brausen horchen?

Ich will dem Tode danken, wenn er kommt, denn nun wird es zu bald erfüllt sein, als daß ich noch warten könnte. Drei kurze Herbsttage noch, und es wird geschehen. Wie gespannt ich bin auf den letzten Augenblick, den allerletzten! Sollte es nicht ein Augenblick des Entzückens und unsäglicher Süßigkeit sein? Ein Augenblick höchster Wollust?

Drei kurze Herbsttage noch, und der Tod wird hier zu mir ins Zimmer treten – wie er sich nur benehmen wird! Wird er mich behandeln wie einen Wurm? Wird er mich an der Kehle packen und mich würgen? Oder wird er mit seiner Hand in mein Gehirn greifen? – Aber ich denke ihn mir groß und schön und von einer wilden Majestät!

Ich sagte zu Asuncion, als sie auf meinen Knieen saß: »Wie, wenn ich bald von Dir ginge, auf irgend eine Weise? Würdest Du sehr traurig sein?« Da schmiegte sie ihr Köpfchen an meine Brust und weinte bitterlich. – Mein Hals ist zugeschnürt vor Schmerz.

Übrigens habe ich Fieber. Mein Kopf ist heiß, und ich zittere vor Kälte.

Er war bei mir, diese Nacht war er bei mir! Ich habe ihn nicht gesehen und nicht gehört, und dennoch habe ich mit ihm gesprochen. Es ist lächerlich, aber er benahm sich wie ein Zahnarzt! – »Es ist am besten, wenn wir es gleich abmachen«, sagte er. Aber ich wollte nicht und wehrte mich. Mit kurzen Worten habe ich ihn fortgeschickt.

»Es ist am besten, wenn wir es gleich abmachen!« Wie das klang! Es ging mir durch Mark und Bein. So nüchtern, so langweilig, so bürgerlich! Nie habe ich ein kälteres und hohnvolleres Gefühl von Enttäuschung gekannt.

Verstehe ich es? Oh! glaubt mir, daß ich es verstehe!

Vor anderthalb Stunden, als ich in meinem Zimmer saß, kam

der alte Franz zu mir herein; er zitterte und schluchzte. »Das Fräulein!« rief er, »das Kind! Ach, kommen Sie schnell!« – Und ich kam schnell.

Ich habe nicht geweint, und nur ein kalter Schauer schüttelte mich. Sie lag in ihrem Bettchen, und ihr schwarzes Haar rahmte ihr blasses, schmerzliches Gesichtchen ein. Ich bin bei ihr niedergekniet und habe nichts getan und nichts gedacht. – Doktor Gudehus kam.

»Das ist ein Herzschlag«, sagte er und nickte wie einer, der nicht überrascht ist. Dieser Stümper und Narr tat, als habe er es gewußt!

Ich aber – habe ich es verstanden? Oh, als ich allein war mit ihr – draußen rauschten Regen und Meer, und der Wind heulte im Ofenrohr – da habe ich auf den Tisch geschlagen, so klar wurde es mir in einem Augenblick! Zwanzig Jahre lang habe ich den Tod auf den Tag herbeigezogen, der in einer Stunde beginnen wird, und in mir, tief unten, ist etwas gewesen, das heimlich gewußt hat, ich könne dies Kind nicht verlassen. Ich hätte nicht sterben können nach Mitternacht, und es mußte doch sein! Ich hätte ihn wieder fortgeschickt, wenn er gekommen wäre: Aber er ist zuerst zu dem Kinde gegangen, weil er meinem Wissen und Glauben gehorchen mußte. – Habe ich selbst den Tod an dein Bettchen gezogen, habe ich dich getötet, meine kleine Asuncion? Ach, das sind grobe, armselige Worte für feine und geheimnisvolle Dinge!

Lebe wohl, lebe wohl! Vielleicht, daß ich dort draußen einen Gedanken, eine Ahnung von dir wiederfinde. Denn sieh: der Zeiger rückt, und die Lampe, die dein süßes Gesichtchen erhellt, wird bald verlöschen. Ich halte deine kleine, kalte Hand und warte. Gleich wird er zu mir treten, und ich werde nur nicken und die Augen schließen, wenn ich ihn sagen höre: »Es ist am besten, wenn wir es gleich abmachen«...

Der kleine Herr Friedemann

I.

Die Amme hatte die Schuld. – Was half es, daß, als der erste
Verdacht entstand, Frau Konsul Friedemann ihr ernstlich zu-
redete, solches Laster zu unterdrücken? Was half es, daß sie
ihr außer dem nahrhaften Bier ein Glas Rotwein täglich ver-
abreichte? Es stellte sich plötzlich heraus, daß dieses Mädchen sich herbeiließ, auch noch den Spiritus zu trinken, der
für den Kochapparat verwendet werden sollte, und ehe Ersatz
für sie eingetroffen war, ehe man sie hatte fortschicken können, war das Unglück geschehen. Als die Mutter und ihre
drei halbwüchsigen Töchter eines Tages von einem Ausgange
zurückkehrten, lag der kleine, etwa einen Monat alte Johannes, vom Wickeltische gestürzt, mit einem entsetzlich leisen Wimmern am Boden, während die Amme stumpfsinnig
daneben stand.

Der Arzt, der mit einer behutsamen Festigkeit die Glieder des
gekrümmten und zuckenden kleinen Wesens prüfte, machte ein
sehr, sehr ernstes Gesicht, die drei Töchter standen schluchzend
in einem Winkel, und Frau Friedemann in ihrer Herzensangst
betete laut.

Die arme Frau hatte es noch vor der Geburt des Kindes erleben
müssen, daß ihr Gatte, der niederländische Konsul, von einer
ebenso plötzlichen wie heftigen Krankheit dahingerafft wurde,
und sie war noch zu gebrochen, um überhaupt der Hoffnung
fähig zu sein, der kleine Johannes möchte ihr erhalten bleiben.
Allein nach zwei Tagen erklärte ihr der Arzt mit einem ermuti-
genden Händedruck, eine unmittelbare Gefahr sei schlechterdings nicht mehr vorhanden, die leichte Gehirnaffektion, vor
allem, sei gänzlich behoben, was man schon an dem Blicke sehen könne, der durchaus nicht mehr den stieren Ausdruck zeige

wie anfangs... Freilich müsse man abwarten, wie im übrigen sich die Sache entwickeln werde – und das Beste hoffen, wie gesagt, das Beste hoffen...

H.

Das graue Giebelhaus, in dem Johannes Friedemann aufwuchs, lag am nördlichen Tore der alten, kaum mittelgroßen Handelsstadt. Durch die Haustür betrat man eine geräumige, mit Steinfliesen versehene Diele, von der eine Treppe mit weißgemaltem Holzgeländer in die Etagen hinaufführte. Die Tapeten des Wohnzimmers im ersten Stock zeigten verblichene Landschaften, und um den schweren Mahagoni-Tisch mit der dunkelroten Plüschdecke standen steiflehnige Möbel.

Hier saß er oft in seiner Kindheit am Fenster, vor dem stets schöne Blumen prangten, auf einem kleinen Schemel zu den Füßen seiner Mutter und lauschte etwa, während er ihren glatten, grauen Scheitel und ihr gutes, sanftmütiges Gesicht betrachtete und den leisen Duft atmete, der immer von ihr ausging, auf eine wundervolle Geschichte. Oder er ließ sich vielleicht das Bild des Vaters zeigen, eines freundlichen Herrn mit grauem Backenbart. Er befand sich im Himmel, sagte die Mutter, und erwartete dort sie alle.

Hinter dem Hause war ein kleiner Garten, in dem man während des Sommers einen guten Teil des Tages zuzubringen pflegte, trotz des süßlichen Dunstes, der von einer nahen Zuckerbrennerei fast immer herüberwehte. Ein alter, knorriger Walnußbaum stand dort, und in seinem Schatten saß der kleine Johannes oft auf einem niedrigen Holzsessel und knackte Nüsse, während Frau Friedemann und die drei nun schon erwachsenen Schwestern in einem Zelt aus grauem Segeltuch beisammen waren. Der Blick der Mutter aber hob sich oft von ihrer Handarbeit, um mit wehmütiger Freundlichkeit zu dem Kinde hinüberzugleiten.

Er war nicht schön, der kleine Johannes, und wie er so mit seiner spitzen und hohen Brust, seinem weit ausladenden Rükken und seinen viel zu langen, mageren Armen auf dem Schemel hockte und mit einem behenden Eifer seine Nüsse knackte, bot er einen höchst seltsamen Anblick. Seine Hände und Füße aber waren zartgeformt und schmal, und er hatte große, rehbraune Augen, einen weichgeschnittenen Mund und feines, lichtbraunes Haar. Obgleich sein Gesicht so jämmerlich zwischen den Schultern saß, war es doch beinahe schön zu nennen.

III.

Als er sieben Jahre alt war, ward er zur Schule geschickt, und nun vergingen die Jahre einförmig und schnell. Täglich wanderte er, mit der komisch wichtigen Gangart, die Verwachsenen manchmal eigen ist, zwischen den Giebelhäusern und Läden hindurch nach dem alten Schulhaus mit den gotischen Gewölben; und wenn er daheim seine Arbeit getan hatte, las er vielleicht in seinen Büchern mit den schönen, bunten Titelbildern oder beschäftigte sich im Garten, während die Schwestern der kränkelnden Mutter den Hausstand führten. Auch besuchten sie Gesellschaften, denn Friedemanns gehörten zu den ersten Kreisen der Stadt; aber geheiratet hatten sie leider noch nicht, denn ihr Vermögen war nicht eben groß, und sie waren ziemlich häßlich.

Johannes erhielt wohl ebenfalls von seinen Altersgenossen hie und da eine Einladung, aber er hatte nicht viel Freude an dem Verkehr mit ihnen. Er vermochte an ihren Spielen nicht teilzunehmen, und da sie ihm gegenüber eine befangene Zurückhaltung immer bewahrten, so konnte es zu einer Kameradschaft nicht kommen.

Es kam die Zeit, wo er sie auf dem Schulhofe oft von gewissen Erlebnissen sprechen hörte; aufmerksam und mit großen Augen lauschte er, wie sie von ihren Schwärmereien für dies oder jenes kleine Mädchen redeten, und schwieg dazu. Diese Dinge, sagte er sich, von denen die Anderen ersichtlich ganz erfüllt waren, gehörten zu denen, für die er sich nicht eignete, wie Turnen und

68

Ballwerfen. Das machte manchmal ein wenig traurig; am Ende aber war er von jeher daran gewöhnt, für sich zu stehen und die Interessen der anderen nicht zu teilen.

Dennoch geschah es, daß er – sechzehn Jahre zählte er damals – zu einem gleichalterigen Mädchen eine plötzliche Neigung faßte. Sie war die Schwester eines seiner Klassengenossen, ein blondes, ausgelassen fröhliches Geschöpf, und bei ihrem Bruder lernte er sie kennen. Er empfand eine seltsame Beklommenheit in ihrer Nähe, und die befangene und künstlich freundliche Art, mit der auch sie ihn behandelte, erfüllte ihn mit tiefer Traurigkeit.

Als er eines Sommernachmittags einsam vor der Stadt auf dem Walle spazieren ging, vernahm er hinter einem Jasminstrauch ein Flüstern und lauschte vorsichtig zwischen den Zweigen hindurch. Auf der Bank, die dort stand, saß jenes Mädchen neben einem langen, rotköpfigen Jungen, den er sehr wohl kannte; er hatte den Arm um sie gelegt und drückte einen Kuß auf ihre Lippen, den sie kichernd erwiderte. Als Johannes Friedemann dies gesehen hatte, machte er kehrt und ging leise von dannen.

Sein Kopf saß tiefer als je zwischen den Schultern, seine Hände zitterten, und ein scharfer, drängender Schmerz stieg ihm aus der Brust in den Hals hinauf. Aber er würgte ihn hinunter und richtete sich entschlossen auf, so gut er das vermochte. »Gut«, sagte er zu sich, »das ist zu Ende. Ich will mich niemals wieder um dies alles bekümmern. Den anderen gewährt es Glück und Freude, mir aber vermag es immer nur Gram und Leid zu bringen. Ich bin fertig damit. Es ist für mich abgetan. Nie wieder. –«

Der Entschluß tat ihm wohl. Er verzichtete, verzichtete auf immer. Er ging nach Hause und nahm ein Buch zur Hand oder spielte Violine, was er trotz seiner verwachsenen Brust erlernt hatte.

Mit siebenzehn Jahren verließ er die Schule, um Kaufmann zu werden, wie in seinen Kreisen alle Welt es war, und trat in das große Holzgeschäft des Herrn Schlievogt, unten am Fluß, als Lehrling ein. Man behandelte ihn mit Nachsicht, er seinerseits war freundlich und entgegenkommend, und friedlich und geregelt verging die Zeit. In seinem einundzwanzigsten Lebensjahre aber starb nach langem Leiden seine Mutter.

Das war ein großer Schmerz für Johannes Friedemann, den er sich lange bewahrte. Er genoß ihn, diesen Schmerz, er gab sich ihm hin, wie man sich einem großen Glücke hingibt, er pflegte ihn mit tausend Kindheitserinnerungen und beutete ihn aus als sein erstes starkes Erlebnis.

Ist nicht das Leben an sich etwas Gutes, gleichviel, ob es sich nun so für uns gestaltet, daß man es »glücklich« nennt? Johannes Friedemann fühlte das, und er liebte das Leben. Niemand versteht, mit welcher innigen Sorgfalt er, der auf das größte Glück, das es uns zu bieten vermag, Verzicht geleistet hatte, die Freuden, die ihm zugänglich waren, zu genießen wußte. Ein Spaziergang zur Frühlingszeit draußen in den Anlagen vor der Stadt, der Duft einer Blume, der Gesang eines Vogels – konnte man für solche Dinge nicht dankbar sein?

Und daß zur Genußfähigkeit Bildung gehört, ja, daß Bildung immer nur gleich Genußfähigkeit ist, – auch das verstand er: und er bildete sich. Er liebte die Musik und besuchte alle Konzerte, die etwa in der Stadt veranstaltet wurden. Er selbst spielte allmählich, obgleich er sich ungemein merkwürdig dabei ausnahm, die Geige nicht übel und freute sich an jedem schönen und weichen Ton, der ihm gelang. Auch hatte er sich durch viele Lektüre mit der Zeit einen literarischen Geschmack angeeignet, den er wohl in der Stadt mit niemandem teilte. Er war unterrichtet über die neueren Erscheinungen des In- und Auslandes, er wußte den rhythmischen Reiz eines Gedichtes auszukosten, die intime Stimmung einer fein geschriebenen Novelle auf sich wirken zu lassen… oh! man konnte beinahe sagen, daß er ein Epikuräer war.

Er lernte begreifen, daß alles genießenswert, und daß es beinahe töricht ist, zwischen glücklichen und unglücklichen Erlebnissen zu unterscheiden. Er nahm alle seine Empfindungen und Stimmungen bereitwilligst auf und pflegte sie, die trüben so gut wie die heiteren: auch die unerfüllten Wünsche, – die Sehnsucht. Er liebte sie um ihrer selbst willen und sagte sich, daß mit der Erfüllung das Beste vorbei sein würde. Ist das süße, schmerzliche, vage Sehnen und Hoffen stiller Frühlingsabende nicht genußreicher als alle Erfüllungen, die der Sommer zu bringen vermöchte? – Ja, er war ein Epikuräer, der kleine Herr Friedemann!

Das wußten die Leute wohl nicht, die ihn auf der Straße mit jener mitleidig freundlichen Art begrüßten, an die er von jeher gewöhnt war. Sie wußten nicht, daß dieser unglückliche Krüppel, der da mit seiner putzigen Wichtigkeit in hellem Überzieher und blankem Cylinder – er war seltsamerweise ein wenig eitel – durch die Straßen marschierte, das Leben zärtlich liebte, das ihm sanft dahinfloß, ohne große Affekte, aber erfüllt von einem stillen und zarten Glück, das er sich zu schaffen wußte.

V.

Die Hauptneigung aber des Herrn Friedemann, seine eigentliche Leidenschaft war das Theater. Er besaß ein ungemein starkes dramatisches Empfinden, und bei einer wuchtigen Bühnenwirkung, der Katastrophe eines Trauerspiels, konnte sein ganzer kleiner Körper ins Zittern geraten. Er hatte auf dem ersten Range des Stadttheaters seinen bestimmten Platz, den er mit Regelmäßigkeit besuchte, und hin und wieder begleiteten ihn seine drei Schwestern dorthin. Sie führten seit dem Tode der Mutter sich und ihrem Bruder allein die Wirtschaft in dem alten Hause, in dessen Besitz sie sich mit ihm teilten.

Verheiratet waren sie leider noch immer nicht; aber sie waren längst in einem Alter, in dem man sich bescheidet, denn Friederike, die Älteste, hatte siebzehn Jahre vor Herrn Friedemann voraus. Sie und ihre Schwester Henriette waren ein wenig zu lang

71

und dünn, während Pfiffi, die Jüngste, allzu klein und beleibt erschien. Letztere übrigens hatte eine drollige Art, sich bei jedem Worte zu schütteln und Feuchtigkeit dabei in die Mundwinkel zu bekommen.

Der kleine Herr Friedemann kümmerte sich nicht viel um die drei Mädchen: sie aber hielten treu zusammen und waren stets einer Meinung. Besonders wenn eine Verlobung in ihrer Bekanntschaft sich ereignete, betonten sie einstimmig, daß dies ja s e h r erfreulich sei.

Ihr Bruder fuhr fort, bei ihnen zu wohnen, auch als er die Holzhandlung des Herrn Schlievogt verließ und sich selbständig machte, indem er irgend ein kleines Geschäft übernahm, eine Agentur oder dergleichen, was nicht allzuviel Arbeit in Anspruch nahm. Er hatte ein paar Parterre-Räumlichkeiten des Hauses inne, damit er nur zu den Mahlzeiten die Treppe hinaufzusteigen brauchte, denn hin und wieder litt er ein wenig an Asthma.

An seinem dreißigsten Geburtstage, einem hellen und warmen Junitage, saß er nach dem Mittagessen in dem grauen Gartenzelt mit einer neuen Nackenrolle, die Henriette ihm gearbeitet hatte, einer guten Cigarre im Munde und einem guten Buche in der Hand. Dann und wann hielt er das letztere beiseite, horchte auf das vergnügte Zwitschern von Sperlingen, die in dem alten Nußbaum saßen, und blickte auf den sauberen Kiesweg, der zum Hause führte, und auf den Rasenplatz mit den bunten Beeten.

Der kleine Herr Friedemann trug keinen Bart, und sein Gesicht hatte sich fast gar nicht verändert; nur daß die Züge ein wenig schärfer geworden waren. Sein feines, lichtbraunes Haar trug er seitwärts glatt gescheitelt.

Als er einmal das Buch ganz auf die Knie hinabsinken ließ und hinauf in den blauen, sonnigen Himmel blinzelte, sagte er zu sich: »Das wären nun dreißig Jahre. Nun kommen vielleicht noch zehn oder auch noch zwanzig, Gott weiß es. Sie werden still und geräuschlos daherkommen und vorüberziehen wie die verflossenen, und ich erwarte sie mit Seelenfrieden.« –

Im Juli desselben Jahres ereignete sich jener Wechsel in der Bezirkskommandantur, der alle Welt in Erregung versetzte. Der beleibte, joviale Herr, der lange Jahre hindurch diesen Posten innegehabt hatte, war in den gesellschaftlichen Kreisen sehr beliebt gewesen, und man sah ihn ungern scheiden. Gott weiß, infolge welches Umstandes nun ausgemacht Herr von Rinnlingen aus der Hauptstadt hierher gelangte.

Der Tausch schien übrigens nicht übel zu sein, denn der neue Oberstleutnant, der verheiratet aber kinderlos war, mietete in der südlichen Vorstadt eine sehr geräumige Villa, woraus man schloß, daß er ein Haus zu machen gedachte. Jedenfalls wurde das Gerücht, er sei ganz außerordentlich vermögend, auch dadurch bestätigt, daß er vier Dienstboten, fünf Reit- und Wagenpferde, einen Landauer und einen leichten Jagdwagen mit sich brachte.

Die Herrschaften begannen bald nach ihrer Ankunft bei den angesehenen Familien Besuche zu machen, und ihr Name war in aller Munde; das Hauptinteresse aber nahm schlechterdings nicht Herr von Rinnlingen selbst in Anspruch, sondern seine Gattin. Die Herren waren verblüfft und hatten vorderhand noch kein Urteil; die Damen aber waren geradeheraus nicht einverstanden mit dem Sein und Wesen Gerdas von Rinnlingen.

»Daß man die hauptstädtische Luft verspürt«, äußerte sich Frau Rechtsanwalt Hagenström gesprächsweise gegen Henriette Friedemann, – »nun, das ist natürlich. Sie raucht, sie reitet – einverstanden! Aber ihr Benehmen ist nicht nur frei, es ist burschikos, und auch das ist noch nicht das rechte Wort... Sehen Sie, sie ist durchaus nicht häßlich, man könnte sie sogar hübsch finden: und dennoch entbehrt sie jedes weiblichen Reizes, und ihrem Blick, ihrem Lachen, ihren Bewegungen fehlt alles, was Männer lieben. Sie ist nicht kokett, und ich bin, Gott weiß es, die letzte, die das nicht lobenswert fände; aber darf eine so junge Frau – sie ist vierundzwanzig Jahre alt – die natürliche anmutige Anziehungskraft... vollkommen vermissen lassen? Liebste, ich

73

bin nicht zungenfertig, aber ich weiß, was ich meine. Unsere Herren sind jetzt noch wie vor den Kopf geschlagen: Sie werden sehen, daß sie sich nach ein paar Wochen gänzlich dégoutiert von ihr abwenden...«

»Nun«, sagte Fräulein Friedemann, »sie ist ja vortrefflich versorgt.«

»Ja, ihr Mann!« rief Frau Hagenström. »Wie behandelt sie ihn? Sie sollten es sehen! Sie werden es sehen! Ich bin die erste, die darauf besteht, daß eine verheiratete Frau gegen das andere Geschlecht bis zu einem gewissen Grade abweisend zu sein hat. Wie aber benimmt sie sich gegen ihren eigenen Mann? Sie hat eine Art, ihn eiskalt anzusehen und mit einer mitleidigen Betonung ›Lieber Freund‹ zu ihm zu sagen, die mich empört! Denn man muß ihn dabei sehen – korrekt, stramm, ritterlich, ein prächtig konservierter Vierziger, ein glänzender Offizier! Vier Jahre sind sie verheiratet... Liebste...«

VII.

Der Ort, an dem es dem kleinen Herrn Friedemann zum ersten Male vergönnt war, Frau von Rinnlingen zu erblicken, war die Hauptstraße, an der fast ausschließlich Geschäftshäuser lagen, und diese Begegnung ereignete sich um die Mittagszeit, als er soeben von der Börse kam, wo er ein Wörtchen mitgeredet hatte.

Er spazierte, winzig und wichtig, neben dem Großkaufmann Stephens, einem ungewöhnlich großen und vierschrötigen Herrn mit rundgeschnittenem Backenbart und furchtbar dicken Augenbrauen. Beide trugen Cylinder und hatten wegen der großen Wärme die Überzieher geöffnet. Sie sprachen über Politik, wobei sie taktmäßig ihre Spazierstöcke auf das Trottoir stießen; als sie aber etwa bis zur Mitte der Straße gekommen waren, sagte plötzlich der Großkaufmann Stephens:

»Der Teufel hole mich, wenn dort nicht die Rinnlingen dahergefahren kommt.«

»Nun, das trifft sich gut«, sagte Herr Friedemann mit seiner hohen und etwas scharfen Stimme und blickte erwartungsvoll geradeaus. »Ich habe sie nämlich noch immer nicht zu Gesichte bekommen. Da haben wir den gelben Wagen.«

In der Tat war es der gelbe Jagdwagen, den Frau von Rinnlingen heute benutzte, und sie lenkte die beiden schlanken Pferde in eigener Person, während der Diener mit verschränkten Armen hinter ihr saß. Sie trug eine weite, ganz helle Jacke, und auch der Rock war hell. Unter dem kleinen, runden Strohhut mit braunem Lederbande quoll das rotblonde Haar hervor, das über die Ohren frisiert war und als ein dicker Knoten tief in den Nacken fiel. Die Hautfarbe ihres ovalen Gesichtes war mattweiß, und in den Winkeln ihrer ungewöhnlich nahe bei einander liegenden braunen Augen lagerten bläuliche Schatten. Über ihrer kurzen, aber recht fein geschnittenen Nase saß ein kleiner Sattel von Sommersprossen, was sie gut kleidete; ob aber ihr Mund schön war, konnte man nicht erkennen, denn sie schob unaufhörlich die Unterlippe vor und wieder zurück, indem sie sie an der Oberlippe scheuerte.

Großkaufmann Stephens grüßte außerordentlich ehrerbietig, als der Wagen herangekommen war, und auch der kleine Herr Friedemann lüftete seinen Hut, wobei er Frau von Rinnlingen groß und aufmerksam ansah. Sie senkte ihre Peitsche, nickte leicht mit dem Kopfe und fuhr langsam vorüber, indem sie rechts und links die Häuser und Schaufenster betrachtete.

Nach ein paar Schritten sagte der Großkaufmann:

»Sie hat eine Spazierfahrt gemacht und fährt nun nach Hause.«

Der kleine Herr Friedemann antwortete nicht, sondern blickte vor sich nieder auf das Pflaster. Dann sah er plötzlich den Großkaufmann an und fragte:

»Wie meinten Sie?«

Und Herr Stephens wiederholte seine scharfsinnige Bemerkung.

Drei Tage später kam Johannes Friedemann um 12 Uhr mittags von seinem regelmäßigen Spaziergange nach Hause. Um halb 1 Uhr wurde zu Mittag gespeist, und er wollte gerade noch für eine halbe Stunde in sein »Bureau« gehen, das gleich rechts neben der Haustür lag, als das Dienstmädchen über die Diele kam und zu ihm sagte:

»Es ist Besuch da, Herr Friedemann.«

»Bei mir?« fragte er.

»Nein, oben, bei den Damen.«

»Wer denn?«

»Herr und Frau Oberstlieutenant von Rinnlingen.«

»Oh«, sagte Herr Friedemann, »da will ich doch...«

Und er ging die Treppe hinauf. Oben schritt er über den Vorplatz, und er hatte schon den Griff der hohen, weißen Tür in der Hand, die zum »Landschaftszimmer« führte, als er plötzlich innehielt, einen Schritt zurücktrat, kehrt machte und langsam wieder davonging, wie er gekommen war. Und obgleich er vollkommen allein war, sagte er ganz laut vor sich hin:

»Nein. Lieber nicht. –«

Er ging hinunter in sein »Bureau«, setzte sich an den Schreibtisch und nahm die Zeitung zur Hand. Nach einer Minute aber ließ er sie wieder sinken und blickte seitwärts zum Fenster hinaus. So blieb er sitzen, bis das Mädchen kam und meldete, daß angerichtet sei; dann begab er sich hinauf ins Speisezimmer, wo die Schwestern schon seiner warteten, und nahm auf seinem Stuhle Platz, auf dem drei Notenbücher lagen.

Henriette, welche die Suppe auffüllte, sagte:

»Weißt du, Johannes, wer hier war?«

»Nun?« fragte er.

»Die neuen Oberstlieutenants.«

»Ja, so? Das ist liebenswürdig.«

»Ja«, sagte Pfiffi und bekam Flüssigkeit in die Mundwinkel, »ich finde, daß beide durchaus angenehme Menschen sind.«

»Jedenfalls«, sagte Friederike, »dürfen wir mit unserem Gegenbesuch nicht zögern. Ich schlage vor, daß wir übermorgen gehen, Sonntag.«

»Sonntag«, sagten Henriette und Pfiffi.

»Du wirst doch mit uns gehen, Johannes?« fragte Friederike.

»Selbstredend!« sagte Pfiffi und schüttelte sich. Herr Friedemann hatte die Frage ganz überhört und aß mit einer stillen und ängstlichen Miene seine Suppe. Es war, als ob er irgendwohin horchte, auf irgendein unheimliches Geräusch.

IX.

Am folgenden Abend gab man im Stadttheater den »Lohengrin«, und alle gebildeten Leute waren anwesend. Der kleine Raum war besetzt von oben bis unten und erfüllt von summendem Geräusch, Gasgeruch und Parfums. Alle Augengläser aber, im Parquet wie auf den Rängen, richteten sich auf Loge 13, gleich rechts neben der Bühne, denn dort waren heute zum ersten Male Herr von Rinnlingen nebst Frau erschienen, und man hatte Gelegenheit, das Paar einmal gründlich zu mustern.

Als der kleine Herr Friedemann in tadellosem schwarzen Anzug mit glänzend weißem, spitz hervorstehendem Hemdeinsatz seine Loge – Loge 13 – betrat, zuckte er in der Tür zurück, wobei er eine Bewegung mit der Hand nach der Stirn machte und seine Nasenflügel sich einen Augenblick krampfhaft öffneten. Dann aber ließ er sich auf seinem Sessel nieder, dem Platze links von Frau von Rinnlingen.

Sie blickte ihn, während er sich setzte, eine Weile aufmerksam an, indem sie die Unterlippe vorschob, und wandte sich dann, um mit ihrem Gatten, der hinter ihr stand, ein paar Worte zu wechseln. Es war ein großer, breiter Herr mit aufgebürstetem Schnurrbart und einem braunen, gutmütigen Gesicht.

Als die Ouvertüre begann und Frau von Rinnlingen sich über die Brüstung beugte, ließ Herr Friedemann einen raschen, hastigen Seitenblick über sie hingleiten. Sie trug eine helle Gesellschaftstoilette und war, als die einzige der anwesenden Damen,

77

sogar ein wenig dekolletiert. Ihre Ärmel waren sehr weit und bauschig, und die weißen Handschuhe reichten bis an die Ellenbogen. Ihre Gestalt hatte heute etwas Üppiges, was neulich, als sie die weite Jacke trug, nicht bemerkbar gewesen war; ihr Busen hob und senkte sich voll und langsam, und der Knoten des rotblonden Haares fiel tief und schwer in den Nacken.

Herr Friedemann war bleich, viel bleicher als gewöhnlich, und unter dem glattgescheitelten braunen Haar standen kleine Tropfen auf seiner Stirn. Frau von Rinnlingen hatte von ihrem linken Arm, der auf dem roten Sammet der Brüstung lag, den Handschuh gestreift, und diesen runden, mattweißen Arm, der wie die schmucklose Hand von ganz blaßblauem Geäder durchzogen war, sah er immer; das war nicht zu ändern.

Die Geigen sangen, die Posaunen schmetterten darein, Telramund fiel, im Orchester herrschte allgemeiner Jubel, und der kleine Herr Friedemann saß unbeweglich, blaß und still, den Kopf tief zwischen den Schultern, einen Zeigefinger am Munde und die andere Hand im Aufschlage seines Rockes.

Während der Vorhang fiel, erhob sich Frau von Rinnlingen, um mit ihrem Gatten die Loge zu verlassen. Herr Friedemann sah es ohne hinzublicken, fuhr mit seinem Taschentuch leicht über die Stirn, stand plötzlich auf, ging bis an die Tür, die auf den Korridor führte, kehrte wieder um, setzte sich an seinen Platz und verharrte dort regungslos in der Stellung, die er vorher innegehabt hatte.

Als das Klingelzeichen erscholl und seine Nachbarn wieder eintraten, fühlte er, daß Frau von Rinnlingens Augen auf ihm ruhten, und ohne es zu wollen, erhob er den Kopf nach ihr. Als ihre Blicke sich trafen, sah sie durchaus nicht beiseite, sondern fuhr fort, ihn ohne eine Spur von Verlegenheit aufmerksam zu betrachten, bis er selbst bezwungen und gedemütigt die Augen niederschlug. Er ward noch bleicher dabei, und ein seltsamer, süßlich beizender Zorn stieg in ihm auf... Die Musik begann.

Gegen Ende dieses Aufzuges geschah es, daß Frau von Rinnlingen sich ihren Fächer entgleiten ließ und daß derselbe neben Herrn Friedemann zu Boden fiel. Beide bückten sich gleichzeitig, aber sie ergriff ihn selbst und sagte mit einem Lächeln, das spöttisch war:

»Ich danke.«

Ihre Köpfe waren ganz dicht beieinander gewesen, und er hatte einen Augenblick den warmen Duft ihrer Brust atmen müssen. Sein Gesicht war verzerrt, sein ganzer Körper zog sich zusammen, und sein Herz klopfte so gräßlich schwer und wuchtig, daß ihm der Atem verging. Er saß noch eine halbe Minute, dann schob er den Sessel zurück, stand leise auf und ging leise hinaus.

X.

Er ging, gefolgt von den Klängen der Musik, über den Korridor, ließ sich an der Garderobe seinen Cylinder, seinen hellen Überzieher und seinen Stock geben und schritt die Treppe hinab auf die Straße.

Es war ein warmer, stiller Abend. Im Lichte der Gaslaternen standen die grauen Giebelhäuser schweigend gegen den Himmel, an dem die Sterne hell und milde glänzten. Die Schritte der wenigen Menschen, die Herrn Friedemann begegneten, hallten auf dem Trottoir. Jemand grüßte ihn, aber er sah es nicht; er hielt den Kopf tief gesenkt, und seine hohe, spitze Brust zitterte, so schwer atmete er. Dann und wann sagte er leise vor sich hin:

»Mein Gott! Mein Gott!«

Er sah mit einem entsetzten und angstvollen Blick in sich hinein, wie sein Empfinden, das er so sanft gepflegt, so milde und klug stets behandelt hatte, nun emporgerissen war, aufgewirbelt, zerwühlt... Und plötzlich, ganz überwältigt, in einem Zustand von Schwindel, Trunkenheit, Sehnsucht und Qual, lehnte er sich gegen einen Laternenpfahl und flüsterte bebend:

»Gerda!« –

Alles blieb still. Weit und breit war in diesem Augenblick kein Mensch zu sehen. Der kleine Herr Friedemann raffte sich auf und schritt weiter. Er war die Straße hinaufgegangen, in der das Theater lag, und die ziemlich steil zum Flusse hinunterlief, und verfolgte nun die Hauptstraße nach Norden, seiner Wohnung zu...

Wie sie ihn angesehen hatte! Wie? Sie hatte ihn gezwungen, die Augen niederzuschlagen? Sie hatte ihn mit ihrem Blick gedemütigt? War sie nicht eine Frau und er ein Mann? Und hatten ihre seltsamen braunen Augen nicht förmlich dabei vor Freude gezittert?

Er fühlte wieder diesen ohnmächtigen, wollüstigen Haß in sich aufsteigen, aber dann dachte er an jenen Augenblick, wo ihr Kopf den seinen berührt, wo er den Duft ihres Körpers eingeatmet hatte, und er blieb zum zweiten Male stehen, beugte den verwachsenen Oberkörper zurück, zog die Luft durch die Zähne ein und murmelte dann abermals völlig ratlos, verzweifelt, außer sich:

»Mein Gott! Mein Gott!«

Und wieder schritt er mechanisch weiter, langsam, durch die schwüle Abendluft, durch die menschenleeren, hallenden Straßen, bis er vor seiner Wohnung stand. Auf der Diele verweilte er einen Augenblick und sog den kühlen, kellerigen Geruch ein, der dort herrschte; dann trat er in sein »Bureau«.

Er setzte sich an den Schreibtisch am offenen Fenster und starrte geradeaus auf eine große, gelbe Rose, die jemand ihm dort ins Wasserglas gestellt hatte. Er nahm sie und atmete mit geschlossenen Augen ihren Duft; aber dann schob er sie mit einer müden und traurigen Gebärde beiseite. Nein, nein, das war zu Ende! Was war ihm noch solcher Duft? Was war ihm noch Alles, was bis jetzt sein »Glück« ausgemacht hatte?...

Er wandte sich zur Seite und blickte auf die stille Straße hinaus. Dann und wann klangen Schritte auf und hallten vorüber. Die Sterne standen und glitzerten. Wie todmüde und schwach er wurde! Sein Kopf war so leer, und seine Verzweiflung begann, in eine große, sanfte Wehmut sich aufzulösen. Ein paar Gedichtzeilen flatterten ihm durch den Sinn, die Lohengrin-Musik klang ihm wieder in den Ohren, er sah noch einmal Frau von Rinnlingens Gestalt vor sich, ihren weißen Arm auf dem roten Sammet, und dann verfiel er in einen schweren, fieberdumpfen Schlaf.

Oft war er dicht am Erwachen, aber er fürchtete sich davor und versank jedesmal aufs neue in Bewußtlosigkeit. Als es aber völlig hell geworden war, schlug er die Augen auf und sah mit einem großen, schmerzlichen Blick um sich. Alles stand ihm klar vor der Seele; es war, als sei sein Leiden durch den Schlaf gar nicht unterbrochen worden.

Sein Kopf war dumpf und die Augen brannten ihm; als er sich aber gewaschen und die Stirn mit Eau de Cologne benetzt hatte, fühlte er sich wohler und setzte sich still wieder an seinen Platz am Fenster, das offen geblieben war. Es war noch ganz früh am Tage, etwa um 5 Uhr. Dann und wann ging ein Bäckerjunge vorüber, sonst war niemand zu sehen. Gegenüber waren noch alle Rouleaux geschlossen. Aber die Vögel zwitscherten und der Himmel war leuchtend blau. Es war ein wunderschöner Sonntagmorgen.

Ein Gefühl von Behaglichkeit und Vertrauen überkam den kleinen Herrn Friedemann. Wovor ängstigte er sich? War nicht alles wie sonst? Zugegeben, daß es gestern ein schlimmer Anfall gewesen war; nun, aber damit sollte es ein Ende haben! Noch war es nicht zu spät, noch konnte er dem Verderben entrinnen! Jeder Veranlassung mußte er ausweichen, die den Anfall erneuern könnte; er fühlte die Kraft dazu. Er fühlte die Kraft, es zu überwinden und es gänzlich in sich zu ersticken....

Als es halb acht Uhr schlug, trat Friederike ein und stellte den Kaffee auf den runden Tisch, der vor dem Ledersofa an der Rückwand stand.

»Guten Morgen, Johannes«, sagte sie, »hier ist Dein Frühstück.«

»Danke«, sagte Herr Friedemann. Und dann: »Liebe Friederike, es tut mir leid, daß ihr den Besuch werdet allein machen müssen. Ich fühle mich nicht wohl genug, um Euch begleiten zu können. Ich habe schlecht geschlafen, habe Kopfschmerzen, und kurz und gut, ich muß Euch bitten...«

Friederike antwortete:

»Das ist schade. Du darfst den Besuch keinesfalls ganz unterlassen. Aber es ist wahr, daß Du krank aussiehst. Soll ich Dir meinen Migränestift leihen?«

»Danke«, sagte Herr Friedemann. »Es wird vorübergehen.« Und Friederike ging.

Er trank, am Tische stehend, langsam seinen Kaffee und aß ein Hörnchen dazu. Er war zufrieden mit sich und stolz auf seine Entschlossenheit. Als er fertig war, nahm er eine Cigarre und setzte sich wieder ans Fenster. Das Frühstück hatte ihm wohl getan, und er fühlte sich glücklich und hoffnungsvoll. Er nahm ein Buch, las, rauchte und blickte blinzelnd hinaus in die Sonne.

Es war jetzt lebendig geworden auf der Straße; Wagengerassel, Gespräch und das Klingeln der Pferdebahn tönten zu ihm herein; zwischen allem aber war das Zwitschern der Vögel zu vernehmen, und vom strahlend blauen Himmel wehte eine weiche, warme Luft.

Um zehn Uhr hörte er die Schwestern über die Diele kommen, hörte die Haustür knarren und sah die drei Damen dann am Fenster vorübergehen, ohne daß er besonders darauf achtete. Eine Stunde verging; er fühlte sich glücklicher und glücklicher.

Eine Art von Übermut begann ihn zu erfüllen. Was für eine Luft das war, und wie die Vögel zwitscherten! Wie wäre es, wenn er ein wenig spazieren ginge? – Und da, plötzlich, ohne einen Nebengedanken, stieg mit einem süßen Schrecken der Gedanke in ihm auf: Wenn ich zu ihr ginge? – Und indem er, förmlich mit einer Muskelanstrengung, alles in sich unterdrückte, was angstvoll warnte, fügte er mit einer glückseligen Entschlossenheit hinzu: Ich will zu ihr gehen!

Und er zog seinen schwarzen Sonntagsanzug an, nahm Cylinder und Stock und ging schnell und hastig atmend durch die ganze Stadt in die südliche Vorstadt. Ohne einen Menschen zu sehen, hob und senkte er bei jedem Schritte in eifriger Weise den Kopf, ganz in einem abwesenden, exaltierten Zustand befangen, bis er draußen in der Kastanienallee vor der roten Villa stand, an deren Eingang der Name »Oberstleutnant von Rinnlingen« zu lesen war.

Hier befiel ihn ein Zittern, und das Herz pochte ihm krampfhaft und schwer gegen die Brust. Aber er ging über den Flur und klingelte drinnen. Nun war es entschieden, und es gab kein Zurück. Mochte Alles seinen Gang gehen, dachte er. In ihm war es plötzlich totenstill.

Die Tür sprang auf, der Diener kam ihm über den Vorplatz entgegen, nahm die Karte in Empfang und eilte damit die Treppe hinauf, auf der ein roter Läufer lag. Auf diesen starrte Herr Friedemann unbeweglich, bis der Diener zurückkam und erklärte, die gnädige Frau lasse bitten, sich hinauf zu verfügen.

Oben neben der Salontür, wo er seinen Stock abstellte, warf er einen Blick in den Spiegel. Sein Gesicht war bleich, und über den geröteten Augen klebte das Haar an der Stirn; die Hand, in der er den Cylinder hielt, zitterte unaufhaltsam.

Der Diener öffnete, und er trat ein. Er sah sich in einem ziemlich großen, halbdunklen Gemach; die Fenster waren verhängt. Rechts stand ein Flügel, und in der Mitte um den runden Tisch gruppierten sich Lehnsessel in brauner Seide. Über dem Sofa an der linken Seitenwand hing eine Landschaft in schwerem Goldrahmen. Auch die Tapete war dunkel. Hinten im Erker standen Palmen.

Eine Minute verging, bis Frau von Rinnlingen rechts die Portiere auseinanderschlug und ihm auf dem dicken braunen Teppich lautlos entgegenkam. Sie trug ein ganz einfach gearbeitetes, rot und schwarz gewürfeltes Kleid. Vom Erker her fiel eine Lichtsäule, in welcher der Staub tanzte, gerade auf ihr schweres rotes Haar, so daß es einen Augenblick goldig aufleuchtete. Sie hielt ihre seltsamen Augen forschend auf ihn gerichtet und schob wie gewöhnlich die Unterlippe vor.

»Gnädige Frau«, begann Herr Friedemann und blickte zu ihr in die Höhe, denn er reichte ihr nur bis zur Brust, »ich möchte Ihnen auch meinerseits meine Aufwartung machen. Ich war, als Sie meine Schwestern beehrten, leider abwesend und... bedauerte das aufrichtig...«

Er wußte durchaus nicht mehr zu sagen, aber sie stand und sah ihn unerbittlich an, als wollte sie ihn zwingen, weiter zu sprechen. Alles Blut stieg ihm plötzlich zu Kopfe. Sie will mich quälen und verhöhnen! dachte er, und sie durchschaut mich! Wie ihre Augen zittern!... Endlich sagte sie mit einer ganz hellen und ganz klaren Stimme:

»Es ist liebenswürdig, daß Sie gekommen sind. Ich habe neulich ebenfalls bedauert, Sie zu verfehlen. Haben Sie die Güte, Platz zu nehmen?«

Sie setzte sich nahe bei ihm, legte die Arme auf die Seitenlehnen des Sessels und lehnte sich zurück. Er saß vorgebeugt und hielt den Hut zwischen den Knieen. Sie sagte:

»Wissen Sie, daß noch vor einer Viertelstunde Ihre Fräulein Schwestern hier waren? Sie sagten mir, Sie seien krank?«

»Das ist wahr«, erwiderte Herr Friedemann, »ich fühlte mich nicht wohl heute Morgen. Ich glaubte nicht ausgehen zu können. Ich bitte wegen meiner Verspätung um Entschuldigung.«

»Sie sehen auch jetzt noch nicht gesund aus«, sagte sie ganz ruhig und blickte ihn unverwandt an. »Sie sind bleich, und Ihre Augen sind entzündet. Ihre Gesundheit läßt überhaupt zu wünschen übrig?«

»Oh...« stammelte Herr Friedemann, »ich bin im allgemeinen zufrieden...«

»Auch ich bin viel krank«, fuhr sie fort, ohne die Augen von ihm abzuwenden; »aber niemand merkt es. Ich bin nervös und kenne die merkwürdigsten Zustände.«

Sie schwieg, legte das Kinn auf die Brust und sah ihn von unten herauf wartend an. Aber er antwortete nicht. Er saß still und hielt seine Augen groß und sinnend auf sie gerichtet. Wie seltsam sie sprach, und wie ihre helle, haltlose Stimme ihn berührte! Sein Herz hatte sich beruhigt; ihm war, als träumte er. – Frau von Rinnlingen begann aufs neue:

»Ich müßte mich irren, wenn Sie nicht gestern das Theater vor Schluß der Vorstellung verließen?«

»Ja, gnädige Frau.«

»Ich bedauerte das. Sie waren ein andächtiger Nachbar, obgleich die Aufführung nicht gut war, oder nur relativ gut. Sie lieben die Musik? Spielen Sie Klavier?«

»Ich spiele ein wenig Violine«, sagte Herr Friedemann. »Das heißt – es ist beinahe nichts...«

»Sie spielen Violine?« fragte sie; dann sah sie an ihm vorbei in die Luft und dachte nach.

»Aber dann könnten wir hin und wieder miteinander musizieren«, sagte sie plötzlich. »Ich kann etwas begleiten. Es würde mich freuen, hier jemanden gefunden zu haben... Werden Sie kommen?«

»Ich stehe der gnädigen Frau mit Vergnügen zur Verfügung«, sagte er, immer wie im Traum. Es entstand eine Pause. Da änderte sich plötzlich der Ausdruck ihres Gesichtes. Er sah, wie es sich in einem kaum merklichen grausamen Spott verzerrte, wie ihre Augen sich wieder mit jenem unheimlichen Zittern fest und forschend auf ihn richteten, wie schon zweimal vorher. Sein Gesicht ward glühend rot, und ohne zu wissen, wohin er sich wenden sollte, völlig ratlos und außer sich, ließ er seinen Kopf ganz zwischen die Schultern sinken und blickte fassungslos auf den Teppich nieder. Wie ein kurzer Schauer aber durchrieselte ihn wieder jene ohnmächtige, süßlich peinigende Wut...

Als er mit einem verzweifelten Entschluß den Blick wieder erhob, sah sie ihn nicht mehr an, sondern blickte ruhig über seinen Kopf hinweg auf die Tür. Er brachte mühsam ein paar Worte hervor:

»Und sind gnädige Frau bis jetzt leidlich zufrieden mit Ihrem Aufenthalt in unserer Stadt?«

»Oh«, sagte Frau von Rinnlingen gleichgültig, »gewiß. Warum sollte ich nicht zufrieden sein? Freilich ein wenig beengt und beobachtet komme ich mir vor, aber... Übrigens«, fuhr sie gleich darauf fort, »ehe ich es vergesse: Wir denken in den nächsten Tagen einige Leute bei uns zu sehen, eine kleine, zwanglose Gesellschaft. Man könnte ein wenig Musik machen, ein wenig plaudern... Überdies haben wir hinterm Hause einen recht hübschen Garten; er geht bis zum Flusse hinunter. Kurz und gut: Sie und Ihre Damen werden selbstverständlich noch eine Einladung erhalten, aber ich bitte Sie gleich hiermit um Ihre Teilnahme; werden Sie uns das Vergnügen machen?«

Herr Friedemann hatte kaum seinen Dank und seine Zusage hervorgebracht, als der Türgriff energisch niedergedrückt wurde und der Oberstleutnant eintrat. Beide erhoben sich, und während Frau von Rinnlingen die Herren einander vorstellte, verbeugte sich ihr Gatte mit der gleichen Höflichkeit vor Herrn Friedemann wie vor ihr. Sein braunes Gesicht war ganz blank vor Wärme.

Während er sich die Handschuhe auszog, sprach er mit seiner kräftigen und scharfen Stimme irgend etwas zu Herrn Friedemann, der mit großen, gedankenlosen Augen zu ihm in die Höhe blickte und immer erwartete, wohlwollend von ihm auf die Schulter geklopft zu werden. Indessen wandte sich der Oberstleutnant mit zusammengezogenen Absätzen und leicht vorgebeugtem Oberkörper an seine Gattin und sagte mit merklich gedämpfter Stimme:

»Hast Du Herrn Friedemann um seine Gegenwart bei unserer kleinen Zusammenkunft gebeten, meine Liebe? Wenn es Dir angenehm ist, so denke ich, daß wir sie in acht Tagen veranstalten. Ich hoffe, daß das Wetter sich halten wird, und daß wir uns auch im Garten aufhalten können.«

»Wie Du meinst«, antwortete Frau von Rinnlingen und blickte an ihm vorbei.

Zwei Minuten später empfahl sich Herr Friedemann. Als er sich an der Tür noch einmal verbeugte, begegnete er ihren Augen, die ohne Ausdruck auf ihm ruhten.

XII.

Er ging fort, er ging nicht zur Stadt zurück, sondern schlug, ohne es zu wollen, einen Weg ein, der von der Allee abzweigte und zu dem ehemaligen Festungswall am Flusse führte. Es gab dort wohlgepflegte Anlagen, schattige Wege und Bänke.

Er ging schnell und besinnungslos, ohne aufzublicken. Es war ihm unerträglich heiß, und er fühlte, wie die Flammen in ihm auf und nieder schlugen, und wie es in seinem müden Kopfe unerbittlich pochte . . .

Lag noch immer nicht ihr Blick auf ihm? Aber nicht wie zuletzt, leer und ohne Ausdruck, sondern wie vorher, mit dieser zitternden Grausamkeit, nachdem sie eben noch in jener seltsam stillen Art zu ihm gesprochen hatte? Ach, ergötzte es sie, ihn hilflos zu machen und außer sich zu bringen? Konnte sie, wenn sie ihn durchschaute, nicht ein wenig Mitleid mit ihm haben? . . .

Er war unten am Flusse entlang gegangen, neben dem grün bewachsenen Walle hin, und er setzte sich auf eine Bank, die von Jasmingebüsch im Halbkreis umgeben war. Rings war alles voll süßen, schwülen Duftes. Vor ihm brütete die Sonne auf dem zitternden Wasser.

Wie müde und abgehetzt er sich fühlte, und wie doch alles in ihm in qualvollem Aufruhr war! War es nicht das beste, noch einmal um sich zu blicken und dann hinunter in das stille Wasser zu gehen, um nach einem kurzen Leiden befreit und hinübergerettet zu sein in die Ruhe? Ach, Ruhe, Ruhe war es ja, was er wollte! Aber nicht die Ruhe im leeren und tauben Nichts, sondern ein sanftbesonnter Friede, erfüllt von guten, stillen Gedanken.

Seine ganze zärtliche Liebe zum Leben durchzitterte ihn in diesem Augenblick und die tiefe Sehnsucht nach seinem verlorenen Glück. Aber dann blickte er um sich in die schweigende, unendlich gleichgültige Ruhe der Natur, sah, wie der Fluß in der Sonne seines Weges zog, wie das Gras sich zitternd bewegte und die Blumen dastanden, wo sie erblüht waren, um dann zu welken und zu verwehen, sah, wie alles, alles mit dieser stummen Ergebenheit dem Dasein sich beugte, – und es überkam ihn auf einmal die Empfindung von Freundschaft und Einverständnis mit der Notwendigkeit, die eine Art von Überlegenheit über alles Schicksal zu geben vermag.

Er dachte an jenen Nachmittag seines dreißigsten Geburtstages, als er, glücklich im Besitze des Friedens, ohne Furcht und Hoffnung über den Rest seines Lebens hinzublicken geglaubt hatte. Kein Licht und keinen Schatten hatte er da gesehen, sondern in mildem Dämmerschein hatte alles vor ihm gelegen, bis es dort hinten, unmerklich fast, im Dunkel verschwamm, und mit einem ruhigen und überlegenen Lächeln hatte er den Jahren entgegen gesehen, die noch zu kommen hatten – wie lange war das her?

Da war diese Frau gekommen, sie mußte kommen, es war sein Schicksal, sie selbst war sein Schicksal, sie allein! Hatte er das nicht gefühlt vom ersten Augenblicke an? Sie war gekommen, und ob er auch versucht hatte, seinen Frieden zu verteidigen, – für sie mußte sich alles in ihm empören, was er von Jugend auf in sich unterdrückt hatte, weil er fühlte, daß es für ihn Qual und Untergang bedeutete; es hatte ihn mit furchtbarer, unwiderstehlicher Gewalt ergriffen und richtete ihn zu Grunde!

Es richtete ihn zu Grunde, das fühlte er. Aber wozu noch kämpfen und sich quälen? Mochte alles seinen Lauf nehmen! Mochte er seinen Weg weitergehen und die Augen schließen vor dem gähnenden Abgrund dort hinten, gehorsam dem Schicksal, gehorsam der überstarken, peinigend süßen Macht, der man nicht zu entgehen vermag.

Das Wasser glitzerte, der Jasmin atmete seinen scharfen, schwülen Duft, die Vögel zwitscherten rings umher in den Bäumen, zwischen denen ein schwerer, sammetblauer Himmel leuchtete. Der kleine bucklige Herr Friedemann aber saß noch lange auf seiner Bank. Er saß vornüber gebeugt, die Stirn in beide Hände gestützt.

XIV.

Alle waren sich einig, daß man sich bei Rinnlingens vortrefflich unterhielt. Etwa dreißig Personen saßen an der langen, geschmackvoll dekorierten Tafel, die sich durch den weiten Speisesaal hinzog; der Bediente und zwei Lohndiener eilten bereits mit dem Eise umher, es herrschte Geklirr, Geklapper und ein warmer Dunst von Speisen und Parfüms. Gemütliche Großkaufleute mit ihren Gemahlinnen und Töchtern waren hier versammelt; außerdem fast sämtliche Offiziere der Garnison, ein alter, beliebter Arzt, ein paar Juristen und was sonst den ersten Kreisen sich beizählte. Auch ein Student der Mathematik war anwesend, ein Neffe des Oberstlieutenants, der bei seinen Verwandten zu Besuch war; er führte die tiefsten Gespräche mit Fräulein Hagenström, die Herrn Friedemann gegenüber ihren Platz hatte.

Dieser saß auf einem schönen Sammetkissen am unteren Ende der Tafel neben der nicht schönen Gattin des Gymnasialdirektors, nicht weit von Frau von Rinnlingen, die von Konsul Stephens zu Tische geführt worden war. Es war erstaunlich, was für eine Veränderung in diesen acht Tagen mit dem kleinen Herrn Friedemann sich ereignet hatte. Vielleicht lag es zum Teil an dem weißen Gasglühlicht, von dem der Saal erfüllt war, daß sein Gesicht so erschreckend bleich erschien; aber seine Wangen waren eingefallen, seine geröteten und dunkel umschatteten Augen zeigten einen unsäglich traurigen Schimmer, und es sah aus, als sei seine Gestalt verkrüppelter als je. – Er trank viel Wein und richtete hie und da ein paar Worte an seine Nachbarin.

Frau von Rinnlingen hatte bei Tische noch kein Wort mit Herrn Friedemann gewechselt; jetzt beugte sie sich ein wenig vor und rief ihm zu:

»Ich habe Sie in diesen Tagen vergeblich erwartet, Sie und Ihre Geige.«

Er sah sie einen Augenblick vollkommen abwesend an, bevor er antwortete. Sie trug eine helle, leichte Toilette, die ihren weißen Hals freiließ, und eine voll erblühte Maréchal–Niel–Rose war in ihrem leuchtenden Haar befestigt. Ihre Wangen waren heute Abend ein wenig gerötet, aber wie immer lagerten bläuliche Schatten in den Winkeln ihrer Augen.

Herr Friedemann blickte auf seinen Teller nieder und brachte irgend etwas als Antwort hervor, worauf er der Gymnasialdirektorin die Frage beantworten mußte, ob er Beethoven liebe. In diesem Augenblick aber warf der Oberstlieutenant, der ganz oben am Tische saß, seiner Gattin einen Blick zu, schlug ans Glas und sagte:

»Meine Herrschaften, ich schlage vor, daß wir unseren Kaffee in den anderen Zimmern trinken; übrigens muß es heute Abend auch im Garten nicht übel sein, und wenn jemand dort ein wenig Luft schöpfen will, so halte ich es mit ihm.«

In die eingetretene Stille hinein machte Lieutenant von Deidesheim aus Taktgefühl einen Witz, so daß alles sich unter fröhlichem Gelächter erhob. Herr Friedemann verließ als einer der letzten mit seiner Dame den Saal, geleitete sie durch das altdeutsche Zimmer, wo man bereits zu rauchen begann, in das halbdunkle und behagliche Wohngemach und verabschiedete sich von ihr.

Er war mit Sorgfalt gekleidet; sein Frack war ohne Tadel, sein Hemd blendend weiß, und seine schmalen und schön geformten Füße steckten in Lackschuhen. Dann und wann konnte man sehen, daß er rotseidene Strümpfe trug.

Er blickte auf den Korridor hinaus und sah, daß größere Gruppen sich bereits die Treppe hinunter in den Garten begaben. Aber er setzte sich mit seiner Cigarre und seinem Kaffee an die Tür des altdeutschen Zimmers, in dem einige Herren plaudernd beisammen standen, und blickte in das Wohngemach hinein.

Gleich rechts von der Tür saß um einen kleinen Tisch ein Kreis, dessen Mittelpunkt von dem Studenten gebildet ward, der mit Eifer sprach. Er hatte die Behauptung aufgestellt, daß man durch einen Punkt mehr als eine Parallele zu einer Geraden ziehen könne, Frau Rechtsanwalt Hagenström hatte gerufen: »Dies ist unmöglich!« und nun bewies er es so schlagend, daß alle taten, als hätten sie es verstanden.

Im Hintergrunde des Zimmers aber, auf der Ottomane, neben der die niedrige, rotverhüllte Lampe stand, saß im Gespräch mit dem jungen Fräulein Stephens Gerda von Rinnlingen. Sie saß ein wenig in das gelbseidene Kissen zurückgelehnt, einen Fuß über den anderen gestellt, und rauchte langsam eine Cigarette, wobei sie den Rauch durch die Nase ausatmete und die Unterlippe vorschob. Fräulein Stephens saß aufrecht und wie aus Holz geschnitzt vor ihr und antwortete ängstlich lächelnd.

Niemand beachtete den kleinen Herrn Friedemann, und niemand bemerkte, daß seine großen Augen ohne Unterlaß auf Frau von Rinnlingen gerichtet waren. In einer schlaffen Haltung saß er und sah sie an. Es war nichts Leidenschaftliches in seinem Blick und kaum ein Schmerz; etwas Stumpfes und Totes lag darin, eine dumpfe, kraft- und willenlose Hingabe.

Zehn Minuten etwa vergingen so; da erhob Frau von Rinnlingen sich plötzlich, und ohne ihn anzublicken, als ob sie ihn während der ganzen Zeit heimlich beobachtet hätte, schritt sie auf ihn zu und blieb vor ihm stehen. Er stand auf, sah zu ihr in die Höhe und vernahm die Worte:

»Haben Sie Lust, mich in den Garten zu begleiten, Herr Friedemann?«

Er antwortete:

»Mit Vergnügen, gnädige Frau.«

»Sie haben unseren Garten noch nicht gesehen?« sagte sie auf der Treppe zu ihm. »Er ist ziemlich groß. Hoffentlich sind noch nicht zu viele Menschen dort; ich möchte gern ein wenig aufatmen. Ich habe während des Essens Kopfschmerzen bekommen; vielleicht war mir dieser Rotwein zu kräftig… Hier durch die Tür müssen wir hinausgehen.« Es war eine Glastür, durch die sie vom Vorplatz aus einen kleinen, kühlen Flur betraten; dann führten ein paar Stufen ins Freie.

In der wundervoll sternklaren, warmen Nacht quoll der Duft von allen Beeten. Der Garten lag in vollem Mondlicht, und auf den weiß leuchtenden Kieswegen gingen die Gäste plaudernd und rauchend umher. Eine Gruppe hatte sich um den Springbrunnen versammelt, wo der alte, beliebte Arzt unter allgemeinem Gelächter Papierschiffchen schwimmen ließ.

Frau von Rinnlingen ging mit einem leichten Kopfnicken vorüber und wies in die Ferne, wo der zierliche und duftende Blumengarten zum Park sich verdunkelte.

»Wir wollen die Mittelallee hinuntergehen«, sagte sie. Am Eingange standen zwei niedrige, breite Obelisken.

Dort hinten, am Ende der schnurgeraden Kastanienallee sahen sie grünlich und blank den Fluß im Mondlicht schimmern. Rings umher war es dunkel und kühl. Hie und da zweigte ein Seitenweg ab, der im Bogen wohl ebenfalls zum Flusse führte. Es ließ sich lange Zeit kein Laut vernehmen.

»Am Wasser«, sagte sie, »ist ein hübscher Platz, wo ich schon oft gesessen habe. Dort könnten wir einen Augenblick plaudern. – Sehen Sie, dann und wann glitzert zwischen dem Laub ein Stern hindurch.«

Er antwortete nicht und blickte auf die grüne, schimmernde Fläche, der sie sich näherten. Man konnte das jenseitige Ufer erkennen, die Wallanlagen. Als sie die Allee verließen und auf den Grasplatz hinaustraten, der sich zum Flusse hinabsenkte, sagte Frau von Rinnlingen:

»Hier ein wenig nach rechts ist unser Platz; sehen Sie, er ist unbesetzt.«

Die Bank, auf der sie sich niederließen, lehnte sich sechs Schritte seitwärts von der Allee an den Park. Hier war es wärmer als zwischen den breiten Bäumen. Die Grillen zirpten in dem Grase, das hart am Wasser in dünnes Schilf überging. Der mondhelle Fluß gab ein mildes Licht.

Sie schwiegen beide eine Weile und blickten auf das Wasser. Dann aber horchte er ganz erschüttert, denn der Ton, den er vor einer Woche vernommen, dieser leise, nachdenkliche und sanfte Ton berührte ihn wieder:

»Seit wann haben Sie Ihr Gebrechen, Herr Friedemann?« fragte sie. »Sind Sie damit geboren?«

Er schluckte hinunter, denn die Kehle war ihm wie zugeschnürt. Dann antwortete er leise und artig:

»Nein, gnädige Frau. Als kleines Kind ließ man mich zu Boden fallen; daher stammt es.«

»Und wie alt sind Sie nun?« fragte sie weiter.

»Dreißig Jahre, gnädige Frau.«

»Dreißig Jahre«, wiederholte sie. »Und Sie waren nicht glücklich, diese dreißig Jahre?«

Herr Friedemann schüttelte den Kopf, und seine Lippen bebten. »Nein«, sagte er; »das war Lüge und Einbildung.«

»Sie haben also geglaubt, glücklich zu sein?« fragte sie.

»Ich habe es versucht«, sagte er, und sie antwortete:

»Das war tapfer.«

Eine Minute verstrich. Nur die Grillen zirpten, und hinter ihnen rauschte es ganz leise in den Bäumen.

»Ich verstehe mich ein wenig auf das Unglück«, sagte sie dann. »Solche Sommernächte am Wasser sind das beste dafür.«

Hierauf antwortete er nicht, sondern wies mit einer schwachen Gebärde hinüber nach dem jenseitigen Ufer, das friedlich im Dunkel lag.

»Dort habe ich neulich gesessen«, sagte er.

»Als Sie von mir kamen?« fragte sie.

Er nickte nur.

Dann aber bebte er plötzlich auf seinem Sitz in die Höhe, schluchzte auf, stieß einen Laut aus, einen Klagelaut, der doch zugleich etwas Erlösendes hatte, und sank langsam vor ihr zu Boden. Er hatte mit seiner Hand die ihre berührt, die neben ihm auf der Bank geruht hatte, und während er sie nun festhielt, während er auch die andere ergriff, während dieser kleine, gänzlich verwachsene Mensch zitternd und zuckend vor ihr auf den Knieen lag und sein Gesicht in ihren Schoß drückte, stammelte er mit einer unmenschlichen, keuchenden Stimme:

»Sie wissen es ja... Laß mich... Ich kann nicht mehr... Mein Gott... Mein Gott...«

Sie wehrte ihm nicht, sie beugte sich auch nicht zu ihm nieder. Sie saß hoch aufgerichtet, ein wenig von ihm zurückgelehnt, und ihre kleinen, nahe beieinander liegenden Augen, in denen sich der feuchte Schimmer des Wassers zu spiegeln schien, blickten starr und gespannt gradeaus, über ihn fort, ins Weite.

Und dann, plötzlich, mit einem Ruck, mit einem kurzen, stolzen, verächtlichen Lachen hatte sie ihre Hände seinen heißen Fingern entrissen, hatte ihn am Arm gepackt, ihn seitwärts vollends zu Boden geschleudert, war aufgesprungen und in der Allee verschwunden.

Er lag da, das Gesicht im Grase, betäubt, außer sich, und ein Zucken lief jeden Augenblick durch seinen Körper. Er raffte sich auf, tat zwei Schritte und stürzte wieder zu Boden. Er lag am Wasser. –

Was ging eigentlich in ihm vor, bei dem, was nun geschah? Vielleicht war es dieser wollüstige Haß, den er empfunden hatte, wenn sie ihn mit ihrem Blicke demütigte, der jetzt, wo er, behandelt von ihr wie ein Hund, am Boden lag, in eine irrsinnige Wut ausartete, die er betätigen mußte, sei es auch gegen sich selbst... ein Ekel vielleicht vor sich selbst, der ihn mit einem Durst erfüllte, sich zu vernichten, sich in Stücke zu zerreißen, sich auszulöschen...

Auf dem Bauche schob er sich noch weiter vorwärts, erhob den Oberkörper und ließ ihn ins Wasser fallen. Er hob den Kopf nicht wieder; nicht einmal die Beine, die am Ufer lagen, bewegte er mehr.

Bei dem Aufklatschen des Wassers waren die Grillen einen Augenblick verstummt. Nun setzte ihr Zirpen wieder ein, der Park rauschte leise auf, und durch die lange Allee herunter klang gedämpftes Lachen.

Enttäuschung

Ich gestehe, daß mich die Reden dieses sonderbaren Herrn ganz und gar verwirrten, und ich fürchte, daß ich auch jetzt noch nicht imstande sein werde, sie auf eine Weise zu wiederholen, daß sie andere in ähnlicher Weise berührten, wie an jenem Abend mich selbst. Vielleicht beruhte ihre Wirkung nur auf der befremdlichen Offenheit, mit der ein ganz Unbekannter sie mir äußerte...

Der Herbstvormittag, an dem mir jener Unbekannte auf der Piazza San Marco zum ersten Male auffiel, liegt nun etwa zwei Monate zurück. Auf dem weiten Platze bewegten sich nur wenige Menschen umher, aber vor dem bunten Wunderbau, dessen üppige und märchenhafte Umrisse und goldene Zierate sich in entzückender Klarheit von einem zarten, lichtblauen Himmel abhoben, flatterten in leichtem Seewind die Fahnen; grade vor dem Hauptportal hatte sich um ein junges Mädchen, das Mais streute, ein ungeheures Rudel von Tauben versammelt, während immer mehr noch von allen Seiten herbeischossen... Ein Anblick von unvergleichlich lichter und festlicher Schönheit.

Da begegnete ich ihm, und ich habe ihn, während ich schreibe, mit außerordentlicher Deutlichkeit vor Augen. Er war kaum mittelgroß und ging schnell und gebückt, während er seinen Stock mit beiden Händen auf dem Rücken hielt. Er trug einen schwarzen, steifen Hut, hellen Sommerüberzieher und dunkelgestreifte Beinkleider. Aus irgend einem Grunde hielt ich ihn für einen Engländer. Er konnte dreißig Jahre alt sein, vielleicht auch fünfzig. Sein Gesicht, mit etwas dicker Nase und müdeblickenden, grauen Augen, war glattrasiert, und um seinen Mund spielte beständig ein unerklärliches und ein wenig blödes Lächeln. Nur von Zeit zu Zeit blickte er, indem er die Augenbrauen hob, forschend um sich her, sah dann wieder vor sich zu Boden, sprach ein paar Worte mit sich selbst, schüttelte

95

den Kopf und lächelte. So ging er beharrlich den Platz auf und nieder.

Von nun an beobachtete ich ihn täglich, denn er schien sich mit nichts anderem zu beschäftigen, als bei gutem wie bei schlechtem Wetter, vormittags wie nachmittags, dreißig- und fünfzigmal die Piazza auf und ab zu schreiten, immer allein und immer mit dem gleichen seltsamen Gebaren.

An dem Abend, den ich im Sinne habe, hatte eine Militärkapelle konzertiert. Ich saß an einem der kleinen Tische, die das Café Florian weit auf den Platz hinausstellt, und als nach Schluß des Konzertes die Menge, die bis dahin in dichten Strömen hin und wider gewogt war, sich zu zerstreuen begann, nahm der Unbekannte, auf abwesende Art lächelnd wie stets, an einem neben mir freigewordenen Tische Platz.

Die Zeit verging, rings umher ward es stiller und stiller, und schon standen weit und breit alle Tische leer. Kaum daß hier und da noch ein Mensch vorüberschlenderte; ein majestätischer Friede lagerte über dem Platz, der Himmel hatte sich mit Sternen bedeckt, und über der prachtvoll theatralischen Fassade von San Marco stand der halbe Mond.

Ich las, indem ich meinem Nachbar den Rücken zuwandte, in meiner Zeitung und war eben im Begriff, ihn allein zu lassen, als ich mich genötigt sah, mich halb nach ihm umzuwenden; denn während ich bislang nicht einmal das Geräusch einer Bewegung von ihm vernommen hatte, begann er plötzlich zu sprechen.

– Sie sind zum ersten Mal in Venedig, mein Herr? fragte er in schlechtem Französisch; und als ich mich bemühte, ihm in englischer Sprache zu antworten, fuhr er in dialektfreiem Deutsch zu sprechen fort mit einer leisen und heiseren Stimme, die er oft durch ein Hüsteln aufzufrischen suchte.

– Sie sehen das alles zum ersten Male? Es erreicht Ihre Erwartungen? – Übertrifft es sie vielleicht sogar? – Ah! Sie haben es sich nicht schöner gedacht? – Das ist wahr? – Sie sagen das nicht nur, um glücklich und beneidenswert zu erscheinen? – Ah! – Er lehnte sich zurück und betrachtete mich mit schnellem Blinzeln und einem ganz unerklärlichen Gesichtsausdruck.

Die Pause, die eintrat, währte lange, und ohne zu wissen, wie dieses seltsame Gespräch fortzusetzen sei, war ich aufs neue im Begriff, mich zu erheben, als er sich hastig vorbeugte.

– Wissen Sie, mein Herr, was das ist: Enttäuschung? fragte er leise und eindringlich, indem er sich mit beiden Händen auf seinen Stock lehnte. – Nicht im Kleinen und Einzelnen ein Mißlingen, ein Fehlschlagen, sondern die große, die allgemeine Enttäuschung, die Enttäuschung, die alles, das ganze Leben einem bereitet? Sicherlich, Sie kennen sie nicht. Ich aber bin von Jugend auf mit ihr umhergegangen, und sie hat mich einsam, unglücklich und ein wenig wunderlich gemacht, ich leugne es nicht.

Wie könnten Sie mich bereits verstehen, mein Herr? Vielleicht aber werden Sie es, wenn ich Sie bitten darf, mir zwei Minuten lang zuzuhören. Denn wenn es gesagt werden kann, so ist es schnell gesagt...

Lassen Sie mich erwähnen, daß ich in einer ganz kleinen Stadt aufgewachsen bin in einem Pastorhause, in dessen überreinlichen Räumen ein altmodisch pathetischer Gelehrtenoptimismus herrschte, und in dem man eine eigentümliche Atmosphäre von Kanzelrhetorik einatmete – von diesen großen Wörtern für Gut und Böse, Schön und Häßlich, die ich so bitterlich hasse, weil sie vielleicht, sie allein an meinem Leiden die Schuld tragen.

Das Leben bestand für mich schlechterdings aus großen Wörtern, denn ich kannte nichts davon als die ungeheuren und wesenlosen Ahnungen, die diese Wörter in mir hervorriefen. Ich erwartete von den Menschen das göttlich Gute und das haarsträubend Teuflische; ich erwartete vom Leben das entzückend Schöne und das Gräßliche, und eine Begierde nach alledem erfüllte mich, eine tiefe, angstvolle Sehnsucht nach der weiten Wirklichkeit, nach dem Erlebnis, gleichviel welcher Art, nach dem berauschend herrlichen Glück und dem unsäglich, unahnbar furchtbaren Leiden.

Ich erinnere mich, mein Herr, mit einer traurigen Deutlichkeit der ersten Enttäuschung meines Lebens, und ich bitte Sie, zu bemerken, daß sie keineswegs in dem Fehlschlagen einer schönen Hoffnung bestand, sondern in dem Eintritt eines Unglücks. Ich war beinahe noch ein Kind, als ein nächtlicher Brand in meinem väterlichen Hause entstand. Das Feuer hatte heimlich und tückisch um sich gegriffen, bis an meine Kammertür brannte das ganze kleine Stockwerk, und auch die Treppe war nicht weit entfernt, in Flammen aufzugehen. Ich war der erste, der es bemerkte, und ich weiß, daß ich durch das Haus stürzte, indem ich einmal über das andere den Ruf hervorstieß: »Nun brennt es! Nun brennt es!« Ich entsinne mich dieses Wortes mit großer Genauigkeit, und ich weiß auch, welches Gefühl ihm zu Grunde lag, obgleich es mir damals kaum zum Bewußtsein gekommen sein mag. Dies ist, so empfand ich, eine Feuersbrunst; nun erlebe ich sie! Schlimmer ist es nicht? Das ist das Ganze?...

Gott weiß, daß es keine Kleinigkeit war. Das ganze Haus brannte nieder, wir alle retteten uns mit Mühe aus äußerster Gefahr, und ich selbst trug ganz beträchtliche Verletzungen davon. Auch wäre es unrichtig, zu sagen, daß meine Phantasie den Ereignissen vorgegriffen und mir einen Brand des Elternhauses entsetzlicher ausgemalt hätte. Aber ein vages Ahnen, eine gestaltlose Vorstellung von etwas noch weit Gräßlicherem hatte in mir gelebt, und im Vergleich damit erschien die Wirklichkeit mir matt. Die Feuersbrunst war mein erstes großes Erlebnis: eine furchtbare Hoffnung wurde damit enttäuscht.

Fürchten Sie nicht, daß ich fortfahren werde, Ihnen meine Enttäuschungen im einzelnen zu berichten. Ich begnüge mich damit, zu sagen, daß ich mit unglückseligem Eifer meine großartigen Erwartungen vom Leben durch tausend Bücher nährte: durch die Werke der Dichter. Ach, ich habe gelernt, sie zu hassen, diese Dichter, die ihre großen Wörter an alle Wände schreiben und sie mit einer in den Vesuv getauchten Ceder am liebsten an die Himmelsdecke malen möchten – während doch ich nicht umhin kann, jedes große Wort als eine Lüge oder als einen Hohn zu empfinden!

Verzückte Poeten haben mir vorgesungen, die Sprache sei arm, ach, sie sei arm – oh nein, mein Herr! Die Sprache, dünkt mich, ist reich, ist überschwenglich reich im Vergleich mit der Dürftigkeit und Begrenztheit des Lebens. Der Schmerz hat seine Grenzen: der körperliche in der Ohnmacht, der seelische im Stumpfsinn, – es ist mit dem Glück nicht anders! Das menschliche Mitteilungsbedürfnis aber hat sich Laute erfunden, die über diese Grenzen hinweglügen.

Liegt es an mir? Läuft nur mir die Wirkung gewisser Wörter auf eine Weise das Rückenmark hinunter, daß sie mir Ahnungen von Erlebnissen erwecken, die es gar nicht gibt?

Ich bin in das berühmte Leben hinausgetreten, voll von dieser Begierde nach einem, einem Erlebnis, das meinen großen Ahnungen entspräche. Gott helfe mir, es ist mir nicht zuteil geworden! Ich bin umhergeschweift, um die gepriesensten Gegenden der Erde zu besuchen, um vor die Kunstwerke hinzutreten, um die die Menschheit mit den größten Wörtern tanzt; ich habe davor gestanden und mir gesagt: Es ist schön. Und doch: Schöner ist es nicht? Das ist das Ganze?

Ich habe keinen Sinn für Tatsächlichkeiten; das sagt vielleicht alles. Irgendwo in der Welt stand ich einmal im Gebirge an einer tiefen, schmalen Schlucht. Die Felsenwände waren nackt und senkrecht, und drunten brauste das Wasser über die Blöcke vorbei. Ich blickte hinab und dachte: Wie, wenn ich stürzte? Aber ich hatte Erfahrung genug, mir zu antworten: Wenn es geschähe, so würde ich im Falle zu mir sprechen: Nun stürzt du hinab, nun ist es Tatsache! Was ist das nun eigentlich? –

Wollen Sie mir glauben, daß ich genug erlebt habe, um ein wenig mitreden zu können? Vor Jahren liebte ich ein Mädchen, ein zartes und holdes Geschöpf, das ich an meiner Hand und unter meinem Schutze gern dahingeführt hätte; sie aber liebte mich nicht, das war kein Wunder, und ein anderer durfte sie schützen... Gibt es ein Erlebnis, das leidvoller wäre? Gibt es etwas Peinigenderes als diese herbe Drangsal, die mit Wollust grausam vermengt ist? Ich habe manche Nacht mit offenen Augen gelegen, und trauriger, quälender als alles übrige war stets der Gedanke: Dies ist der große Schmerz! Nun erlebe ich ihn! – Was ist das nun eigentlich? –

Ist es nötig, daß ich Ihnen auch von meinem Glücke spreche? Denn auch das Glück habe ich erlebt, auch das Glück hat mich enttäuscht... Es ist nicht nötig; denn dies alles sind plumpe Beispiele, die Ihnen nicht klar machen werden, daß es das Leben im ganzen und allgemeinen ist, das Leben in seinem mittelmäßigen, uninteressanten und matten Verlaufe, das mich enttäuscht hat, enttäuscht, enttäuscht.

»Was ist«, schreibt der junge Werther einmal, »der Mensch, der gepriesene Halbgott? Ermangeln ihm nicht eben da die Kräfte, wo er sie am nötigsten braucht? Und wenn er in Freude sich aufschwingt oder in Leiden versinkt, wird er nicht in beiden eben da aufgehalten, eben da zu dem stumpfen, kalten Bewußtsein wieder zurückgebracht, da er sich in der Fülle des Unendlichen zu verlieren sehnte?«

Ich gedenke oft des Tages, an dem ich das Meer zum ersten Male erblickte. Das Meer ist groß, das Meer ist weit, mein Blick schweifte vom Strande hinaus und hoffte, befreit zu sein: dort hinten aber war der Horizont. Warum habe ich einen Horizont? Ich habe vom Leben das Unendliche erwartet.

Vielleicht ist er enger, mein Horizont, als der anderer Menschen? Ich habe gesagt, mir fehle der Sinn für Tatsächlichkeiten, – habe ich vielleicht zu viel Sinn dafür? Kann ich zu bald nicht mehr? Bin ich zu schnell fertig? Kenne ich Glück und Schmerz nur in den niedrigsten Graden, nur in verdünntem Zustande?

Ich glaube es nicht; und ich glaube den Menschen nicht, ich glaube den wenigsten, die angesichts des Lebens in die großen Wörter der Dichter einstimmen – es ist Feigheit und Lüge! Haben Sie übrigens bemerkt, mein Herr, daß es Menschen gibt, die so eitel sind und so gierig nach der Hochachtung und dem heimlichen Neide der anderen, daß sie vorgeben, nur die großen Wörter des Glücks erlebt zu haben, nicht aber die des Leidens?

Es ist dunkel, und Sie hören mir kaum noch zu; darum will ich es mir heute noch einmal gestehen, daß auch ich, ich selbst es einst versucht habe, mit diesen Menschen zu lügen, um mich

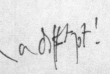

vor mir und den anderen als glücklich hinzustellen. Aber es ist manches Jahr her, daß diese Eitelkeit zusammenbrach, und ich bin einsam, unglücklich und ein wenig wunderlich geworden, ich leugne es nicht.

Es ist meine Lieblingsbeschäftigung, bei Nacht den Sternenhimmel zu betrachten, denn ist das nicht die beste Art, von der Erde und vom Leben abzusehen? Und vielleicht ist es verzeihlich, daß ich es mir dabei angelegen sein lasse, mir meine Ahnungen wenigstens zu wahren? Von einem befreiten Leben zu träumen, in dem die Wirklichkeit in meinen großen Ahnungen ohne den quälenden Rest der Enttäuschung aufgeht? Von einem Leben, in dem es keinen Horizont mehr gibt?...

Ich träume davon, und ich erwarte den Tod. Ach, ich kenne ihn bereits so genau, den Tod, diese letzte Enttäuschung! Das ist der Tod, werde ich im letzten Augenblicke zu mir sprechen; nun erlebe ich ihn! – Was ist das nun eigentlich?–

Aber es ist kalt geworden auf dem Platze, mein Herr; ich bin imstande, das zu empfinden, hehe! Ich empfehle mich Ihnen aufs allerbeste. Adieu...

Der Bajazzo

Nach allem zum Schluß und als würdiger Ausgang, in der Tat, alles dessen ist es nun der Ekel, den mir das Leben – mein Leben – den mir »alles das« und »das Ganze« einflößt, dieser Ekel, der mich würgt, mich aufjagt, mich schüttelt und wieder niederwirft, und der mir vielleicht über kurz oder lang einmal die notwendige Schwungkraft geben wird, die ganze lächerliche und nichtswürdige Angelegenheit überm Knie zu zerbrechen und mich auf und davon zu machen. Sehr möglich immerhin, daß ich es noch diesen und den anderen Monat treibe, daß ich noch ein Viertel- oder Halbjahr fortfahre zu essen, zu schlafen und mich zu beschäftigen – in derselben mechanischen, wohlgeregelten und ruhigen Art, in der mein äußeres Leben während dieses Winters verlief, und die mit dem wüsten Auflösungsprozeß meines Innern in entsetzlichem Widerstreite stand. Scheint es nicht, daß die inneren Erlebnisse eines Menschen desto stärker und angreifender sind, je dégagierter, weltfremder und ruhiger er äußerlich lebt? Es hilft nichts: man muß leben; und wenn du dich wehrst, ein Mensch der Action zu sein, und dich in die friedlichste Einöde zurückziehst, so werden die Wechselfälle des Daseins dich innerlich überfallen, und du wirst deinen Charakter in ihnen zu bewähren haben, seiest du nun ein Held oder ein Narr.

Ich habe mir dies reinliche Heft bereitet, um meine »Geschichte« darin zu erzählen: warum eigentlich? Vielleicht, um überhaupt etwas zu tun zu haben? Aus Lust am Psychologischen vielleicht und um mich an der Notwendigkeit alles dessen zu laben? Die Notwendigkeit ist so tröstlich! Vielleicht auch, um auf Augenblicke eine Art von Überlegenheit über mich selbst und etwas wie Gleichgültigkeit zu genießen? – Denn Gleichgültigkeit, ich weiß, das wäre eine Art von Glück...

Die liegt so weit dahinten, die kleine, alte Stadt mit ihren schmalen, winkeligen und giebeligen Straßen, ihren gotischen Kirchen und Brunnen, ihren betriebsamen, soliden und einfachen Menschen und dem großen, altersgrauen Patrizierhause, in dem ich aufgewachsen bin.

Das lag inmitten der Stadt und hatte vier Generationen von vermögenden und angesehenen Kaufleuten überdauert. »Ora et labora« stand über der Haustür, und wenn man von der weiten, steinernen Diele, um die sich oben eine Galerie aus weißlackiertem Holze zog, die breite Treppe hinangestiegen war, so mußte man noch einen weitläufigen Vorplatz und eine kleine, dunkle Säulenhalle durchschreiten, um durch eine der hohen, weißen Türen in das Wohnzimmer zu gelangen, wo meine Mutter am Flügel saß und spielte.

Sie saß im Dämmerlicht, denn vor den Fenstern befanden sich schwere, dunkelrote Vorhänge; und die weißen Götterfiguren der Tapete schienen plastisch aus ihrem blauen Hintergrund hervorzutreten und zu lauschen auf diese schweren, tiefen Anfangstöne eines Chopinschen Notturnos, das sie vor allem liebte und stets sehr langsam spielte, wie um die Melancholie eines jeden Accordes auszugenießen. Der Flügel war alt und hatte an Klangfülle eingebüßt, aber mit dem Piano-Pedal, welches die hohen Töne so verschleierte, daß sie an mattes Silber erinnerten, konnte man die seltsamsten Wirkungen erzielen.

Ich saß auf dem massigen, steiflehnigen Damastsofa und lauschte und betrachtete meine Mutter. Sie war klein und zart gebaut und trug meistens ein Kleid aus weichem, hellgrauem Stoff. Ihr schmales Gesicht war nicht schön, aber es war unter dem gescheitelten, leichtgewellten Haar von schüchternem Blond wie ein stilles, zartes, verträumtes Kinderantlitz, und wenn sie, den Kopf ein wenig zur Seite geneigt, am Klaviere saß, so glich sie den kleinen, rührenden Engeln, die sich auf alten Bildern oft zu Füßen der Madonna mit der Gitarre bemühen.

Als ich klein war, erzählte sie mir mit ihrer leisen und zurückhaltenden Stimme oft Märchen, wie sonst niemand sie kannte; oder sie legte auch einfach ihre Hände auf meinen Kopf, der in ihrem Schoße lag, und saß schweigend und unbeweglich. Mich dünkt, das waren die glücklichsten und friedevollsten Stunden meines Lebens. – Ihr Haar wurde nicht grau, und sie schien mir nicht älter zu werden; ihre Gestalt ward nur beständig zarter und ihr Gesicht schmaler, stiller und verträumter.

Mein Vater aber war ein großer und breiter Herr in feinem schwarzen Tuchrock und weißer Weste, auf der ein goldenes Binocle hing. Zwischen seinen kurzen, eisgrauen Côtelettes trat das Kinn, das wie die Oberlippe glattrasiert war, rund und stark hervor, und zwischen seinen Brauen standen stets zwei tiefe, senkrechte Falten. Es war ein mächtiger Mann von großem Einfluß auf die öffentlichen Angelegenheiten; ich habe Menschen ihn mit fliegendem Atem und leuchtenden Augen verlassen sehen und andere, die gebrochen und ganz verzweifelt waren. Denn es geschah zuweilen, daß ich und auch wohl meine Mutter und meine beiden älteren Schwestern solchen Scenen beiwohnten; vielleicht, weil mein Vater mir Ehrgeiz einflößen wollte, es so weit in der Welt zu bringen wie er; vielleicht auch, wie ich argwöhne, weil er eines Publikums bedurfte. Er hatte eine Art, an seinen Stuhl gelehnt und die eine Hand in den Rockaufschlag geschoben, dem beglückten oder vernichteten Menschen nachzublicken, die mich schon als Kind diesen Verdacht empfinden ließ.

Ich saß in einem Winkel und betrachtete meinen Vater und meine Mutter, wie als ob ich wählte zwischen beiden, und mich bedächte, ob in träumerischem Sinnen oder in Tat und Macht das Leben besser zu verbringen sei. Und meine Augen verweilten am Ende auf dem stillen Gesicht meiner Mutter.

II.

Nicht daß ich in meinem äußeren Wesen ihr gleich gewesen wäre, denn meine Beschäftigungen waren zu einem großen Teile durchaus nicht still und geräuschlos. Ich denke an eine davon, die ich dem Verkehr mit Altersgenossen und ihren Arten von Spiel mit Leidenschaft vorzog, und die mich noch jetzt, da ich beiläufig dreißig Jahre zähle, mit Heiterkeit und Vergnügen erfüllt.

Es handelte sich um ein großes und wohlausgestattetes Puppentheater, mit dem ich mich ganz allein in meinem Zimmer einschloß, um die merkwürdigsten Musikdramen darauf zur Aufführung zu bringen. Mein Zimmer, das im zweiten Stocke lag, und in dem zwei dunkle Vorfahrenportraits mit Wallensteinbärten hingen, ward verdunkelt und eine Lampe neben das Theater gestellt; denn die künstliche Beleuchtung erschien zur Erhöhung der Stimmung erforderlich. Ich nahm unmittelbar vor der Bühne Platz, denn ich war der Kapellmeister, und meine linke Hand ruhte auf einer großen runden Pappschachtel, die das einzige sichtbare Orchester-Instrument ausmachte.

Es trafen nunmehr die mitwirkenden Künstler ein, die ich selbst mit Tinte und Feder gezeichnet, ausgeschnitten und mit Holzleisten versehen hatte, so daß sie stehen konnten. Es waren Herren in Überziehern und Cylindern und Damen von großer Schönheit.

– Guten Abend, sagte ich, meine Herrschaften! Wohlauf allerseits? Ich bin bereits zur Stelle, denn es waren noch einige Anordnungen zu treffen. Aber es wird an der Zeit sein, sich in die Garderoben zu begeben.

Man begab sich in die Garderoben, die hinter der Bühne lagen, und man kehrte bald darauf gänzlich verändert und als bunte Theaterfiguren zurück, um sich durch das Loch, das ich in den Vorhang geschnitten hatte, über die Besetzung des Hauses zu unterrichten. Das Haus war in der Tat nicht übel besetzt, und ich gab mir das Klingelzeichen zum Beginn der Vorstellung, worauf ich den Taktstock erhob und ein Weilchen die große Stille genoß, die dieser Wink hervorrief. Alsbald jedoch ertönte auf eine neue Bewegung hin der ahnungsvoll dumpfe Trommelwirbel, der den Anfang der Ouverture bildete, und den ich mit der linken Hand auf der Pappschachtel vollführte, – die Trompeten, Klarinetten und Flöten, deren Toncharakter ich mit dem

Munde auf unvergleichliche Weise nachahmte, setzten ein, und die Musik spielte fort, bis bei einem machtvollen crescendo der Vorhang emporrollte und in dunklem Wald oder prangendem Saal das Drama begann.

Es war vorher in Gedanken entworfen, mußte aber im einzelnen improvisiert werden, und was an leidenschaftlichen und süßen Gesängen erscholl, zu denen die Klarinetten trillerten und die Pappschachtel grollte, das waren seltsame, volltönende Verse, die voller großer und kühner Worte steckten und sich zuweilen reimten, einen verstandesmäßigen Inhalt jedoch selten ergaben. Die Oper aber nahm ihren Fortgang, während ich mit der linken Hand trommelte, mit dem Munde sang und musizierte und mit der Rechten nicht nur die darstellenden Figuren, sondern auch alles übrige aufs umsichtigste dirigierte, so daß nach den Aktschlüssen begeisterter Beifall erscholl, der Vorhang wieder und wieder sich öffnen mußte und es manchmal sogar nötig war, daß der Kapellmeister sich auf seinem Sitze wendete und auf stolze zugleich und geschmeichelte Art in die Stube hinein dankte.

Wahrhaftig, wenn ich nach solch einer anstrengenden Aufführung mit heißem Kopf mein Theater zusammenpackte, so erfüllte mich eine glückliche Mattigkeit, wie ein starker Künstler sie empfinden muß, der ein Werk, an das er sein bestes Können gesetzt, siegreich vollendete. – Dieses Spiel blieb bis zu meinem dreizehnten oder vierzehnten Jahre meine Lieblingsbeschäftigung.

III.

Wie verging doch meine Kindheit und Knabenzeit in dem großen Hause, in dessen unteren Räumen mein Vater seine Geschäfte leitete, während oben meine Mutter in einem Lehnsessel träumte oder leise und nachdenklich Klavier spielte und meine beiden Schwestern, die zwei und drei Jahre älter waren als ich, in der Küche und an den Wäscheschränken hantierten? Ich erinnere mich an so weniges.

Fest steht, daß ich ein ungeheuer muntrer Junge war, der bei seinen Mitschülern durch bevorzugte Herkunft, durch mustergültige Nachahmung der Lehrer, durch tausend Schauspielerstückchen und durch eine Art überlegener Redensarten sich Respekt und Beliebtheit zu verschaffen wußte. Beim Unterricht aber erging es mir übel, denn ich war zu tief beschäftigt damit, die Komik aus den Bewegungen der Lehrer herauszufinden, als daß ich auf das übrige hätte aufmerksam sein können, und zu Hause war mir der Kopf zu voll von Opernstoffen, Versen und buntem Unsinn, als daß ich ernstlich imstande gewesen wäre, zu arbeiten.

– »Pfui«, sagte mein Vater, und die Falten zwischen seinen Brauen vertieften sich, wenn ich ihm nach dem Mittagessen mein Zeugnis ins Wohnzimmer gebracht und er das Papier, die Hand im Rockaufschlag, durchlesen hatte. – »Du machst mir wenig Freude, das ist wahr. Was soll aus Dir werden, wenn Du die Güte haben willst, mir das zu sagen? Du wirst im Leben niemals an die Oberfläche gelangen...«

Das war betrübend; allein es hinderte nicht, daß ich bereits nach dem Abendessen den Eltern und Schwestern ein Gedicht vorlas, das ich während des Nachmittags geschrieben. Mein Vater lachte dabei, daß sein Pincenez auf der weißen Weste hin und her sprang. – »Was für Narrenspossen!« rief er einmal über das andere. Meine Mutter aber zog mich zu sich, strich mir das Haar aus der Stirn und sagte: – »Es ist gar nicht schlecht, mein Junge, ich finde, daß ein paar hübsche Stellen darin sind.«

Später, als ich noch ein wenig älter war, erlernte ich auf eigene Hand eine Art von Klavierspiel. Ich begann damit, in fis-dur Accorde zu greifen, weil ich die schwarzen Tasten besonders reizvoll fand, suchte mir Übergänge zu anderen Tonarten und gelangte allmählich, da ich lange Stunden am Flügel verbrachte, zu einer gewissen Fertigkeit im takt- und melodielosen Wechsel von Harmonieen, wobei ich in dies mystische Gewoge so viel Ausdruck legte, wie nur immer möglich.

Meine Mutter sagte: – »Er hat einen Anschlag, der Geschmack verrät.« Und sie veranlaßte, daß ich Unterricht erhielt, der während eines halben Jahres fortgesetzt wurde, denn ich war wirklich nicht dazu angetan, den gehörigen Fingersatz und Takt zu erlernen. –

Nun, die Jahre vergingen, und ich wuchs trotz der Sorgen, die mir die Schule bereitete, ungemein fröhlich heran. Ich bewegte mich heiter und beliebt im Kreise meiner Bekannten und Verwandten, und ich war gewandt und liebenswürdig aus Lust daran, den Liebenswürdigen zu spielen, obgleich ich alle diese Leute, die trocken und phantasielos waren, aus einem Instinkt heraus zu verachten begann.

IV.

Eines Nachmittags, als ich etwa achtzehn Jahre alt war und an der Schwelle der hohen Schulklassen stand, belauschte ich ein kurzes Zwiegespräch zwischen meinen Eltern, die im Wohnzimmer an dem runden Sofatisch beisammensaßen und nicht wußten, daß ich im anliegenden Speisezimmer tatenlos im Fenster lag und über den Giebelhäusern den blassen Himmel betrachtete. Als ich meinen Namen verstand, trat ich leise an die weiße Flügeltür, die halb offen stand.

Mein Vater saß in seinen Sessel zurückgelehnt, ein Bein über das andere geschlagen, und hielt mit der einen Hand das Börsenblatt auf den Knieen, während er mit der anderen langsam zwischen den Côtelettes sein Kinn streichelte. Meine Mutter saß auf dem Sofa und hatte ihr stilles Gesicht über eine Stickerei geneigt. Die Lampe stand zwischen beiden.

Mein Vater sagte: – »Ich bin der Meinung, daß wir ihn demnächst aus der Schule entfernen und in ein groß angelegtes Geschäft in die Lehre tun.«

– »Oh«, sagte meine Mutter ganz betrübt und blickte auf. »Ein so begabtes Kind!«

Mein Vater schwieg einen Augenblick, während er mit Sorgfalt eine Staubfaser von seinem Rocke blies. Dann hob er die Achseln empor, breitete die Arme aus, indem er meiner Mutter beide Handflächen entgegenhielt und sagte:

– »Wenn Du annimmst, meine Liebe, daß zu der Tätigkeit eines Kaufmanns keinerlei Begabung gehört, so ist diese Auffassung eine irrige. Andererseits bringt es der Junge, wie ich zu meinem Leidwesen mehr und mehr erkennen muß, auf der Schule schlechterdings zu nichts. Seine Begabung, von der Du sprichst, ist eine Art von Bajazzobegabung, wobei ich mich beeile, hinzuzufügen, daß ich dergleichen durchaus nicht unterschätze. Er kann liebenswürdig sein, wenn er Lust hat, er versteht es, mit den Leuten umzugehen, sie zu amüsieren, ihnen zu schmeicheln, er hat das Bedürfnis, ihnen zu gefallen und Erfolge zu erzielen; mit derartiger Veranlagung hat bereits mancher sein Glück gemacht, und mit ihr ist er angesichts seiner sonstigen Indifferenz zum Handelsmann größeren Stils relativ geeignet.«

Hier lehnte mein Vater sich befriedigt zurück, nahm eine Cigarette aus dem Etui und setzte sie langsam in Brand.

– »Du hast sicherlich recht«, sagte meine Mutter und blickte wehmütig im Zimmer umher. – »Ich habe nur oftmals geglaubt und gewissermaßen gehofft, es könne einmal ein Künstler aus ihm werden... Es ist wahr, auf sein musikalisches Talent, das unausgebildet geblieben ist, darf wohl kein Gewicht gelegt werden; aber hast Du bemerkt, daß er sich neuerdings, seitdem er die kleine Kunstausstellung besuchte, ein wenig mit Zeichnen beschäftigt? Es ist gar nicht schlecht, dünkt mich...«

Mein Vater blies den Rauch von sich, setzte sich im Sessel zurecht und sagte kurz:

– »Das alles ist Clownerie und Blague. Im übrigen kann man, wie billig, ihn selbst ja nach seinen Wünschen fragen.«

Nun, was sollte wohl ich für Wünsche haben? Die Aussicht auf Veränderung meines äußeren Lebens wirkte durchaus erheiternd auf mich, ich erklärte mich ernsten Angesichtes bereit, die Schule zu verlassen, um Kaufmann zu werden, und trat in das große Holzgeschäft des Herrn Schlievogt, unten am Fluß, als Lehrling ein.

V.

Die Veränderung war ganz äußerlich, das versteht sich. Mein Interesse für das große Holzgeschäft des Herrn Schlievogt war ungemein geringfügig, und ich saß auf meinem Drehsessel unter der Gasflamme in dem engen und dunklen Comptoir so fremd und abwesend wie ehemals auf der Schulbank. Ich hatte weniger Sorgen nunmehr; darin bestand der Unterschied.

Herr Schlievogt, ein beleibter Mensch mit rotem Gesicht und grauem, hartem Schifferbart, kümmerte sich wenig um mich, da er sich meistens in der Sägemühle aufhielt, die ziemlich weit von Comptoir und Lagerplatz entfernt lag, und die Angestellten des Geschäftes behandelten mich mit Respekt. In freundschaftlichem Verkehr stand ich nur mit einem von ihnen, einem begabten und vergnügten jungen Menschen aus guter Familie, den ich auf der Schule bereits gekannt hatte, und der übrigens Schilling hieß. Er moquierte sich gleich mir über alle Welt, legte jedoch nebenher ein eifriges Interesse für den Holzhandel an den Tag und verfehlte an keinem Tage, den bestimmten Vorsatz zu äußern, auf irgend eine Weise ein reicher Mann zu werden.

Ich meinesteils erledigte mechanisch meine notwendigen Angelegenheiten, um im übrigen auf dem Lagerplatz zwischen den Bretterstapeln und den Arbeitern umherzuschlendern, durch das hohe Holzgitter den Fluß zu betrachten, an dem dann und wann ein Güterzug vorüber rollte, und dabei an eine Theateraufführung oder an ein Konzert zu denken, dem ich beigewohnt, oder an ein Buch, das ich gelesen.

Ich las viel, las alles, was mir erreichbar war, und meine Eindrucksfähigkeit war groß. Jede dichterische Persönlichkeit verstand ich mit dem Gefühl, glaubte in ihr mich selbst zu erkennen und dachte und empfand so lange in dem Stile eines Buches, bis ein neues seinen Einfluß auf mich ausgeübt hatte. In meinem Zimmer, in dem ich ehemals mein Puppentheater aufgebaut hatte, saß ich nun mit einem Buch auf den Knieen und blickte zu den beiden Vorfahrenbildern empor, um den Tonfall der Sprache nachzugenießen, der ich mich hingegeben hatte, während ein unfruchtbares Chaos von halben Gedanken und Phantasie-bildern mich erfüllte...

Meine Schwestern hatten sich kurz nacheinander verheiratet, und ich ging, wenn ich nicht im Geschäft war, oft ins Wohnzimmer hinunter, wo meine Mutter, die ein wenig kränkelte, und deren Gesicht stets kindlicher und stiller wurde, nun meistens ganz einsam saß. Wenn sie mir Chopin vorgespielt und ich ihr einen neuen Einfall von Harmonien-Verbindung gezeigt hatte, fragte sie mich wohl, ob ich zufrieden in meinem Berufe und glücklich sei... Kein Zweifel, daß ich glücklich war.

Ich war nicht viel älter als zwanzig Jahre, meine Lebenslage war nichts als provisorisch, und der Gedanke war mir nicht fremd, daß ich ganz und gar nicht gezwungen sei, mein Leben bei Herrn Schlievogt oder in einem Holzgeschäfte noch größeren Stils zu verbringen, daß ich mich eines Tages frei machen könne, um die giebelige Stadt zu verlassen und irgendwo in der Welt meinen Neigungen zu leben: gute und feingeschriebene Romane zu lesen, ins Theater zu gehen, ein wenig Musik zu machen... Glücklich? Aber ich speiste vorzüglich, ich ging aufs beste gekleidet, und früh bereits, wenn ich etwa während meiner Schulzeit gesehen hatte, wie arme und schlecht gekleidete Kameraden sich gewohnheitsmäßig duckten und mich und meinesgleichen mit einer Art schmeichlerischer Scheu willig als Herren und Tonangebende anerkannten, war ich mir mit Heiterkeit bewußt gewesen, daß ich zu den Oberen, Reichen, Beneideten gehörte, die nun einmal das Recht haben, mit wohlwollender Verachtung auf die Armen, Unglücklichen und Neider hinabzublicken. Wie sollte ich nicht glücklich sein? Mochte alles seinen Gang gehen. Fürs erste hatte es seinen Reiz, sich fremd, überlegen und heiter unter diesen Verwandten und Bekannten zu bewegen, über deren Begrenztheit ich mich moquierte, während ich ihnen, aus Lust daran, zu gefallen, mit gewandter Liebenswürdigkeit begegnete und mich wohlgefällig in dem unklaren Respekte sonnte, den alle diese Leute vor meinem Sein und Wesen erkennen ließen, weil sie mit Unsicherheit etwas Oppositionelles und Extravagantes darin vermuteten.

VI.

Es begann eine Veränderung mit meinem Vater vor sich zu gehen. Wenn er um vier Uhr zu Tische kam, so schienen die Falten zwischen seinen Brauen täglich tiefer, und er schob nicht mehr mit einer imposanten Gebärde die Hand in den Rockaufschlag, sondern zeigte ein gedrücktes, nervöses und scheues Wesen. Eines Tages sagte er zu mir:

– »Du bist alt genug, die Sorgen, die meine Gesundheit untergraben, mit mir zu teilen. Übrigens habe ich die Verpflichtung, Dich mit ihnen bekannt zu machen, damit Du Dich über Deine künftige Lebenslage keinen falschen Erwartungen hingibst. Du weißt, daß die Heiraten Deiner Schwestern beträchtliche Opfer gefordert haben. Neuerdings hat die Firma Verluste erlitten, welche geeignet waren, das Vermögen erheblich zu reduzieren. Ich bin ein alter Mann, fühle mich entmutigt, und glaube nicht, daß an der Sachlage Wesentliches zu ändern sein wird. Ich bitte Dich, zu bemerken, daß Du auf Dich selbst gestellt sein wirst...«

Dies sprach er zwei Monate etwa vor seinem Tode. Eines Tages fand man ihn gelblich, gelähmt und lallend in dem Armsessel seines Privatcomptoirs, und eine Woche darauf nahm die ganze Stadt an seinem Begräbnis teil.

Meine Mutter saß zart und still auf dem Sofa an dem runden Tische im Wohnzimmer, und ihre Augen waren meist geschlossen. Wenn meine Schwestern und ich uns um sie bemühten, so nickte sie vielleicht und lächelte, worauf sie fortfuhr, zu schweigen und regungslos, die Hände im Schoße gefaltet, mit einem großen, fremden und traurigen Blick eine Götterfigur der Tapete zu betrachten. Wenn die Herren in Gehröcken kamen, um über den Verlauf der Liquidation Bericht zu erstatten, so nickte sie gleichfalls und schloß aufs neue die Augen.

Sie spielte nicht mehr Chopin, und wenn sie hie und da leise über den Scheitel strich, so zitterte ihre blasse, zarte und müde Hand. Kaum ein halbes Jahr nach meines Vaters Tode legte sie sich nieder, und sie starb, ohne einen Wehelaut, ohne einen Kampf um ihr Leben...

Nun war das alles zu Ende. Was hielt mich eigentlich am Orte? Die Geschäfte waren erledigt worden, gehe es gut oder schlecht, es ergab sich, daß auf mich ein Erbteil von ungefähr hunderttausend Mark gefallen war, und das genügte, um mich unabhängig zu machen – von aller Welt um so mehr, als man mich aus irgend einem gleichgültigen Grunde für militäruntüchtig erklärt hatte.

Nichts verband mich länger mit den Leuten, zwischen denen ich aufgewachsen war, deren Blicke mich stets fremder und erstaunter betrachteten, und deren Weltanschauung zu einseitig war, als daß ich geneigt gewesen wäre, mich ihr zu fügen. Zugegeben, daß sie mich richtig kannten, und zwar als ausgemacht unnützlichen Menschen, so kannte auch ich mich. Aber skeptisch und fatalistisch genug, um – mit dem Worte meines Vaters – meine »Bajazzobegabung« von der heiteren Seite zu nehmen, und fröhlich gewillt, das Leben auf meine Art zu genießen, fehlte mir nichts an Selbstzufriedenheit.

Ich erhob mein kleines Vermögen, und beinahe ohne mich zu verabschieden, verließ ich die Stadt, um mich vorerst auf Reisen zu begeben.

VII.

Dieser drei Jahre, die nun folgten, und in denen ich mich mit begieriger Empfänglichkeit tausend neuen, wechselnden, reichen Eindrücken hingab, erinnere ich mich wie eines schönen, fernen Traumes. Wie lange ist es her, daß ich bei den Mönchen auf dem Symplon zwischen Schnee und Eis ein Neujahrsfest verbrachte; daß ich zu Verona über die Piazza Erbe schlenderte; daß ich vom Borgo San Spirito aus zum ersten Male unter die Kolonnaden von Sankt Peter trat und meine eingeschüchterten Augen sich auf dem ungeheuren Platze verloren; daß ich vom Corso Vittorio Emanuele über das weißschimmernde Neapel hinabblickte und fern im Meere die graziöse Silhouette von Capri in blauem Dunst verschwimmen sah... Es sind in Wirklichkeit sechs Jahre und nicht viel mehr.

Oh, ich lebte vollkommen vorsichtig und meinen Verhältnissen entsprechend: in einfachen Privatzimmern, in wohlfeilen Pensionen – bei dem häufigen Ortswechsel aber, und weil es mir anfangs schwer fiel, mich meiner gutbürgerlichen Gewohnheiten zu entwöhnen, waren größere Ausgaben gleichwohl nicht zu vermeiden. Ich hatte mir für die Zeit meiner Wanderungen 15 000 Mark meines Kapitals ausgesetzt; diese Summe freilich ward überschritten.

Übrigens befand ich mich wohl unter den Leuten, mit denen ich unterwegs hier und da in Berührung kam, uninteressierte und sehr interessante Existenzen oft, denen ich allerdings nicht wie meiner ehemaligen Umgebung ein Gegenstand des Respekts war, aber von denen ich auch keine befremdeten Blicke und Fragen zu befürchten hatte.

Mit meiner Art von gesellschaftlicher Begabung erfreute ich mich in Pensionen zuweilen aufrichtiger Beliebtheit bei der übrigen Reisegesellschaft – wobei ich mich einer Scene im Salon der Pension Minelli zu Palermo erinnere. In einem Kreise von Franzosen verschiedenen Alters hatte ich am Pianino von ungefähr begonnen, mit großem Aufwand von tragischem Mienenspiel, deklamierendem Gesang und rollenden Harmonieen ein Musikdrama »von Richard Wagner« zu improvisieren, und ich hatte soeben unter ungeheurem Beifall geschlossen, als ein alter Herr auf mich zueilte, der beinahe kein Haar mehr auf dem Kopfe hatte, und dessen weiße, spärliche Côtelettes auf seine graue Reisejoppe hinabflatterten. Er ergriff meine beiden Hände und rief mit Tränen in den Augen:

– »Aber das ist erstaunlich! Das ist erstaunlich, mein teurer Herr! Ich schwöre Ihnen, daß ich mich seit dreißig Jahren nicht mehr so köstlich unterhalten habe! Ah, Sie gestatten, daß ich Ihnen aus vollem Herzen danke, nicht wahr! Aber es ist nötig, daß Sie Schauspieler oder Musiker werden!«

Es ist wahr, daß ich bei solchen Gelegenheiten etwas von dem genialen Übermut eines großen Malers empfand, der im Freundeskreis sich herbeiließ, eine lächerliche zugleich und geistreiche Karikatur auf die Tischplatte zu zeichnen. Nach dem Diner aber begab ich mich allein in den Salon zurück und verbrachte eine einsame und wehmütige Stunde damit, dem Instrumente getragene Akkorde zu entlocken, in die ich die Stimmung zu legen glaubte, die der Anblick Palermos in mir erweckt.

Ich hatte von Sizilien aus Afrika ganz flüchtig berührt, war alsdann nach Spanien gegangen und dort, in der Nähe von Madrid, auf dem Lande war es, im Winter, an einem trüben, regnerischen Nachmittage, als ich zum ersten Male den Wunsch empfand, nach Deutschland zurückzukehren – und die Notwendigkeit obendrein. Denn abgesehen davon, daß ich begann, mich nach einem ruhigen, geregelten und ansässigen Leben zu sehnen, war es nicht schwer, mir auszurechnen, daß bis zu meiner Ankunft in Deutschland bei aller Einschränkung 20 000 Mark verausgabt sein würden.

Ich zögerte nicht allzu lange, den langsamen Rückweg durch Frankreich anzutreten, auf den ich bei längerem Aufenthalt in einzelnen Städten annähernd ein halbes Jahr verwendete, und ich erinnere mich mit wehmütiger Deutlichkeit des Sommerabends, an dem ich in den Bahnhof der mitteldeutschen Residenzstadt einfuhr, die ich mir beim Beginn meiner Reise bereits ausersehen hatte, – ein wenig unterrichtet nunmehr, mit einigen Erfahrungen und Kenntnissen versehen und ganz voll von einer kindlichen Freude, mir hier, in meiner sorglosen Unabhängigkeit und gern meinen bescheidenen Mitteln gemäß, nun ein ungestörtes und beschauliches Dasein gründen zu können.

Damals war ich 25 Jahre alt.

VIII.

Der Platz war nicht übel gewählt. Es ist eine ansehnliche Stadt, noch ohne allzu lärmenden Großstadttrubel und allzu anstößiges Geschäftstreiben, mit einigen ziemlich beträchtlichen alten Plätzen andererseits und einem Straßenleben, das weder der Lebhaftigkeit noch zum Teile der Elégance entbehrt. Die Umgebung besitzt mancherlei angenehme Punkte; aber ich habe stets die geschmackvoll angelegte Promenade bevorzugt, die sich auf dem »Lerchenberge« hinzieht, einem schmalen und langgestreckten Hügel, an den ein großer Teil der Stadt sich lehnt, und von dem man einen weiten Ausblick über Häuser, Kirchen und den weich geschlängelten Fluß hinweg ins Freie genießt. An einigen Punkten, und besonders, wenn an schönen Sommernachmittagen eine Militärkapelle konzertiert und Equipagen und Spaziergänger sich hin und her bewegen, wird man dort an den Pincio erinnert. – Aber ich werde dieser Promenade noch zu erwähnen haben...

Niemand glaubt, mit welchem umständlichen Vergnügen ich mir das geräumige Zimmer herrichtete, das ich nebst anstoßender Schlafkammer etwa inmitten der Stadt, in belebter Gegend gemietet hatte. Die elterlichen Möbel waren zwar zum größten Teil in den Besitz meiner Schwestern übergegangen, indessen war mir immerhin zugefallen, was ich gebrauchte: stattliche und gediegene Dinge, die zusammen mit meinen Büchern und den beiden Vorfahrenporträts eintrafen; vor allem aber der alte Flügel, den meine Mutter für mich bestimmt hatte.

In der Tat, als alles aufgestellt und geordnet war, als die Photographieen, die ich auf Reisen gesammelt, alle Wände sowie den schweren Mahagoni-Schreibtisch und die bauchige Kommode schmückten, und als ich mich, fertig und geborgen, in einem Lehnsessel am Fenster niederließ, um abwechselnd die Straßen draußen und meine neue Wohnung zu betrachten, war mein Behagen nicht gering. Und dennoch – ich habe diesen Augenblick nicht vergessen – dennoch regte sich neben Zufriedenheit und Vertrauen sacht etwas anderes in mir, irgend ein kleines Gefühl von Ängstlichkeit und Unruhe, das leise Bewußtsein irgend einer Art von Empörung und Auflehnung meinerseits gegen eine drohende Macht... der leicht bedrückende Gedanke, daß meine Lage, die bislang niemals mehr als etwas Vorläufiges gewesen war, nunmehr zum ersten Male als definitiv und unabänderlich betrachtet werden mußte...

Ich verschweige nicht, daß diese und ähnliche Empfindungen sich hie und da wiederholten. Aber sind die gewissen Nachmittagsstunden überhaupt zu vermeiden, in denen man hinaus in die wachsende Dämmerung und vielleicht in einen langsamen Regen blickt und das Opfer trübseherischer Anwandlungen wird? In jedem Falle stand fest, daß meine Zukunft vollkommen gesichert war. Ich hatte die runde Summe von 80000 Mark der städtischen Bank vertraut, die Zinsen betrugen – mein Gott, die Zeiten sind schlecht! – etwa 600 Mark für das Vierteljahr und gestatteten mir also, anständig zu leben, mich mit Lektüre zu versehen, hier und da ein Theater zu besuchen – ein bißchen leichteren Zeitvertreibs nicht ausgeschlossen.

Meine Tage vergingen fortab in Wirklichkeit dem Ideale gemäß, das von jeher mein Ziel gewesen war. Ich erhob mich etwa um 10 Uhr, frühstückte und verbrachte die Zeit bis zum Mittage am Klavier und mit der Lektüre einer literarischen Zeitschrift oder eines Buches. Dann schlenderte ich die Straße hinauf zu dem kleinen Restaurant, in dem ich mit Regelmäßigkeit verkehrte, speiste und machte darauf einen längeren Spaziergang durch die Straßen, durch eine Galerie, in die Umgegend, auf den Lerchenberg. Ich kehrte nach Hause zurück und nahm die Beschäftigungen des Vormittags wieder auf: ich las, musizierte, unterhielt mich manchmal sogar mit einer Art von Zeichenkunst oder schrieb mit Sorgfalt einen Brief. Wenn ich mich nach dem Abendessen nicht in ein Theater oder ein Konzert begab, so hielt ich mich im Café auf und las bis zum Schlafengehen die Zeitungen. Der Tag aber war gut und schön gewesen, er hatte einen beglückenden Inhalt gehabt, wenn mir am Klaviere ein Motiv gelungen war, das mir neu und schön erschien, wenn ich aus der Lektüre einer Novelle, aus dem Anblick eines Bildes eine zarte und anhaltende Stimmung davongetragen hatte...

Übrigens unterlasse ich es nicht, zu sagen, daß ich in meinen Dispositionen mit einer gewissen Idealität zu Werke ging und daß ich mit Ernst darauf bedacht war, meinen Tagen so viel »Inhalt« zu geben, wie nur immer möglich. Ich speiste bescheiden, hielt mir in der Regel nur einen Anzug, kurz, schränkte

Class!

meine leiblichen Bedürfnisse mit Vorsicht ein, um andererseits in der Lage zu sein, für einen guten Platz in der Oper oder im Konzert einen hohen Preis zu zahlen, mir neue literarische Erscheinungen zu kaufen, diese oder jene Kunstausstellung zu besuchen...

Die Tage aber verstrichen, und es wurden Wochen und Monate daraus – Langeweile? Ich gebe zu: es ist nicht immer ein Buch zur Hand, das einer Reihe von Stunden den Inhalt verschaffen könnte; übrigens hast du ohne jedes Glück versucht, auf dem Klavier zu phantasieren, du sitzest am Fenster, rauchst Cigaretten, und unwiderstehlich beschleicht dich ein Gefühl der Abneigung von aller Welt und dir selbst; die Ängstlichkeit befällt dich wieder, die übelbekannte Ängstlichkeit, und du springst auf und machst dich davon, um dir auf der Straße mit dem heiteren Achselzucken des Glücklichen die Berufs- und Arbeitsleute zu betrachten, die geistig und materiell zu unbegabt sind für Muße und Genuß.

IX.

Ist ein Siebenundzwanzigjähriger überhaupt imstande, an die endgültige Unabänderlichkeit seiner Lage, und sei diese Unabänderlichkeit nur zu wahrscheinlich, im Ernste zu glauben? Das Zwitschern eines Vogels, ein winziges Stück Himmelsblau, irgend ein halber und verwischter Traum zur Nacht, alles ist geeignet, plötzliche Ströme von vager Hoffnung in sein Herz zu ergießen und es mit der festlichen Erwartung eines großen, unvorhergesehenen Glückes zu erfüllen... Ich schlenderte von einem Tag in den andern – beschaulich, ohne ein Ziel, beschäftigt mit dieser oder jener kleinen Hoffnung, handele es sich auch nur um den Tag der Herausgabe einer unterhaltenden Zeitschrift, mit der energischen Überzeugung, glücklich zu sein, und hin und wieder ein wenig müde vor Einsamkeit.

Wahrhaftig, die Stunden waren nicht gerade selten, in denen ein Unwille über Mangel an Verkehr und Gesellschaft mich er-

griff, – denn ist es nötig, diesen Mangel zu erklären? Mir fehlte
jede Verbindung mit der guten Gesellschaft und den ersten und
zweiten Kreisen der Stadt; um mich bei der goldenen Jugend als
fêtard einzuführen, gebrach es mir bei Gott an Mitteln, – und
andererseits die Bohème? Aber ich bin ein Mensch von Erziehung, ich trage saubere Wäsche und einen heilen Anzug, und ich
finde schlechterdings keine Lust darin, mit ungepflegten jungen
Leuten an absinthklebrigen Tischen anarchistische Gespräche zu
führen. Um kurz zu sein: es gab keinen bestimmten Gesell-
schaftskreis, dem ich mit Selbstverständlichkeit angehört hätte,
und die Bekanntschaften, die sich auf eine oder die andere Weise
von selbst ergaben, waren selten, oberflächlich und kühl – durch
mein eigenes Verschulden, wie ich zugebe, denn ich hielt mich
auch in solchen Fällen mit einem Gefühl der Unsicherheit zurück und mit dem unangenehmen Bewußtsein, nicht einmal
einem verbummelten Maler auf kurze, klare und Anerkennung
erweckende Weise sagen zu können, wer und was ich eigentlich
sei.

Übrigens hatte ich ja wohl mit der »Gesellschaft« gebrochen
und auf sie verzichtet, als ich mir die Freiheit nahm, ohne ihr in
irgend einer Weise zu dienen, meine eigenen Wege zu gehen, und
wenn ich, um glücklich zu sein, der »Leute« bedurft hätte, so
mußte ich mir erlauben, mich zu fragen, ob ich in diesem Falle
nicht zur Stunde damit beschäftigt gewesen wäre, mich als Geschäftsmann größeren Stils gemeinnützlich zu bereichern und
mir den allgemeinen Neid und Respekt zu verschaffen.

Indessen – indessen! Die Tatsache bestand, daß mich meine
philosophische Vereinsamung in viel zu hohem Grade verdroß,
und daß sie am Ende durchaus nicht mit meiner Auffassung von
»Glück« übereinstimmen wollte, mit meinem Bewußtsein, meiner Überzeugung, glücklich zu sein, deren Erschütterung doch
– es bestand kein Zweifel – schlechthin unmöglich war. Nicht
glücklich sein, unglücklich sein: aber war das überhaupt denkbar? Es war undenkbar, und mit diesem Entscheid war die Frage
erledigt, bis aufs neue Stunden kamen, in denen mir dieses Für-
sich-sitzen, diese Zurückgezogenheit und Außerhalbstellung

nicht in der Ordnung, durchaus nicht in der Ordnung erscheinen wollte und mich zum Erschrecken mürrisch machte.

»Mürrisch« – war das eine Eigenschaft des Glücklichen? Ich erinnerte mich meines Lebens daheim in dem beschränkten Kreise, in dem ich mich mit dem vergnügten Bewußtsein meiner genial-artistischen Veranlagung bewegt hatte – gesellig, liebenswürdig, die Augen voll Heiterkeit, Moquerie und überlegenem Wohlwollen für alle Welt, im Urteil der Leute ein wenig verwunderlich und dennoch beliebt. Damals war ich glücklich gewesen, trotzdem ich in dem großen Holzgeschäfte des Herrn Schlievogt hatte arbeiten müssen; und nun? Und nun?...

Aber ein über die Maßen interessantes Buch ist erschienen, ein neuer französischer Roman, dessen Ankauf ich mir gestattet habe, und den ich, behaglich im Lehnsessel, mit Muße genießen werde. Dreihundert Seiten, wieder einmal, voll Geschmack, Blague und auserlesener Kunst! Ah, ich habe mir mein Leben zu meinem Wohlgefallen eingerichtet! Bin ich vielleicht nicht glücklich? Eine Lächerlichkeit, diese Frage, und weiter nichts...

X.

Wieder einmal ist ein Tag zu Ende, ein Tag, dem nicht abzusprechen ist, Gott sei Dank, daß er Inhalt hatte; der Abend ist da, die Vorhänge des Fensters sind geschlossen, auf dem Schreibtische brennt die Lampe, es ist beinahe schon Mitternacht. Man könnte zu Bette gehen, aber man verharrt halb liegend im Lehnsessel, und die Hände im Schoße gefaltet, blickt man zur Decke empor, um mit Ergebenheit das leise Graben und Zehren irgend eines halb unbestimmten Schmerzes zu verfolgen, der nicht hat verscheucht werden können.

Vor ein paar Stunden noch habe ich mich der Wirkung eines großen Kunstwerkes hingegeben, einer dieser ungeheuren und grausamen Schöpfungen, welche mit dem verderbten Pomp eines ruchlos genialen Dilettantismus rütteln, betäuben, peinigen, beseligen, niederschmettern... Meine Nerven beben noch, meine Phantasie ist aufgewühlt, seltene Stimmungen wogen in mir auf und nieder, Stimmungen von Sehnsucht, religiöser Inbrunst, Triumph, mystischem Frieden, – und ein Bedürfnis ist dabei, das sie stets aufs neue emportreibt, das sie heraustreiben möchte: das Bedürfnis, sie zu äußern, sie mitzuteilen, sie zu zeigen, »etwas daraus zu machen«...

Wie, wenn ich in der Tat ein Künstler wäre, befähigt, mich in Ton, Wort oder Bildwerk zu äußern – am liebsten, aufrichtig gesprochen, in allem zu gleicher Zeit? – Aber es ist wahr, daß ich allerhand vermag! Ich kann, zum guten Beispiel, mich am Flügel niederlassen, um mir im stillen Kämmerlein meine schönen Gefühle vollauf zum Besten zu geben, und das sollte mir billig genügen; denn wenn ich, um glücklich zu sein, der »Leute« bedürfte – zugegeben dies alles! Allein gesetzt, daß ich auch auf den Erfolg ein wenig Wert legte, auf den Ruhm, die Anerkennung, das Lob, den Neid, die Liebe?... Bei Gott! Schon wenn ich mich an die Scene in jenem Salon zu Palermo erinnere, so muß ich zugeben, daß ein ähnlicher Vorfall in diesem Augenblick für mich eine unvergleichlich wohltuende Ermunterung bedeuten würde.

Wohlüberlegt, ich kann nicht umhin, mir diese sophistische und lächerliche Begriffsunterscheidung zu gestehen: die Unterscheidung zwischen innerem und äußerem Glück! – Das »äußere Glück«, was ist das eigentlich? – Es gibt eine Art von Menschen, Lieblingskinder Gottes, wie es scheint, deren Glück das Genie und deren Genie das Glück ist, Lichtmenschen, die mit dem Widerspiel und Abglanz der Sonne in ihren Augen auf eine leichte, anmutige und liebenswürdige Weise durchs Leben tändeln, während alle Welt sie umringt, während alle Welt sie bewundert, belobt, beneidet und liebt, weil auch der Neid unfähig ist, sie zu hassen. Sie aber blicken darein wie die Kinder, spöttisch, verwöhnt, launisch, übermütig, mit einer sonnigen Freundlichkeit, sicher ihres Glückes und Genies, und als könne das alles durchaus nicht anders sein...

Was mich betrifft, ich leugne die Schwäche nicht, daß ich zu diesen Menschen gehören möchte, und es will mich, gleichviel ob mit Recht oder Unrecht, immer aufs neue bedünken, als hätte ich einstmals zu ihnen gehört: vollkommen »gleichviel«, denn seien wir ehrlich: es kommt darauf an, für was man sich hält, für was man sich gibt, für was man die Sicherheit hat, sich zu geben!

Vielleicht verhält es sich in Wirklichkeit nicht anders, als daß ich auf dieses »äußere Glück« verzichtet habe, indem ich mich dem Dienst der »Gesellschaft« entzog und mir mein Leben ohne die »Leute« einrichtete. An meiner Zufriedenheit aber, damit ist, wie selbstverständlich, in keinem Augenblick zu zweifeln, kann nicht gezweifelt werden, darf nicht gezweifelt werden – denn um es zu wiederholen, und zwar mit einem verzweifelten Nachdruck zu wiederholen: Ich will und muß glücklich sein! Die Auffassung des »Glückes« als eine Art von Verdienst, Genie, Vornehmheit, Liebenswürdigkeit, die Auffassung des »Unglücks« als etwas Häßliches, Lichtscheues, Verächtliches und mit einem Worte Lächerliches ist mir zu tief eigentlich, als daß ich mich selbst noch zu achten vermöchte, wenn ich unglücklich wäre.

Wie dürfte ich mir gestatten, unglücklich zu sein? Welche Rolle müßte ich vor mir spielen? Müßte ich nicht als eine Art von Fledermaus oder Eule im Dunkeln hocken und neidisch zu den »Lichtmenschen« hinüberblinzeln, den liebenswürdigen Glücklichen? Ich müßte sie hassen, mit jenem Haß, der nichts ist als eine vergiftete Liebe, – und mich verachten!

»Im Dunkeln hocken!« Ah, und mir fällt ein, was ich seit manchem Monat hin und wieder über meine »Außerhalb-Stellung« und »philosophische Vereinsamung« gedacht und gefühlt habe! Und die Angst meldet sich wieder, die übelbekannte Angst! Und das Bewußtsein irgend einer Art von Empörung gegen eine drohende Macht...

– Unzweifelhaft, daß sich ein Trost fand, eine Ablenkung, eine Betäubung für dieses Mal und ein anderes und wiederum ein nächstes. Aber es kehrte wieder, alles dies, es kehrte tausendmal wieder im Laufe der Monate und der Jahre.

XI.

Es gibt Herbsttage, die wie ein Wunder sind. Der Sommer ist vorüber, draußen hat längst das Laub zu vergilben begonnen, und in der Straße hat tagelang bereits der Wind um alle Ecken gepfiffen, während in den Rinnsteinen unreinliche Bäche sprudelten. Du hast dich darein ergeben, du hast dich sozusagen am Ofen bereit gesetzt, um den Winter über dich ergehen zu lassen; eines Morgens aber beim Erwachen bemerkst du mit ungläubigen Augen, daß ein schmaler Streif von leuchtendem Blau zwischen den Fenstervorhängen hindurch in dein Zimmer blitzt. Ganz erstaunt springst du aus dem Bette, du öffnest das Fenster, eine Woge von zitterndem Sonnenlicht strömt dir entgegen, und zugleich vernimmst du durch alles Straßengeräusch hindurch ein geschwätziges und munteres Vogelgezwitscher, während es dir nicht anders ist, als atmetest du mit der frischen und leichten Luft eines ersten Oktobertages die unvergleichlich süße und verheißungsvolle Würze ein, die sonst den Winden des Mai gehört. Es ist Frühling, es ist ganz augenscheinlich Frühling, dem Kalender zum Trotz, und du wirfst dich in die Kleider, um unter dem schimmernden Himmel durch die Straßen und ins Freie zu eilen...

Ein so unverhoffter und merkwürdiger Tag erschien vor nunmehr etwa vier Monaten, – wir stehen augenblicklich am Anfang des Februar – und an diesem Tage sah ich etwas ausnehmend Hübsches. Vor neun Uhr am Morgen hatte ich mich aufgemacht, und ganz erfüllt von einer leichten und freudigen Stimmung, von einer unbestimmten Hoffnung auf Veränderungen, Überraschungen und Glück schlug ich den Weg zum Lerchenberge ein. Ich stieg am rechten Ende den Hügel hinan, und ich verfolgte seinen ganzen Rücken der Länge nach, indem ich mich stets auf der Hauptpromenade am Rande und an der niedrigen Steinrampe hielt, um auf dem ganzen Wege, der wohl eine kleine halbe Stunde in Anspruch nimmt, den Ausblick über die leicht terrassenförmig abfallende Stadt und den Fluß freizuhaben, dessen Schlingungen in der Sonne blinkten und hinter dem die Landschaft mit Hügeln und Grün im Sonnendunst verschwamm.

Es war noch beinahe menschenleer hier oben. Die Bänke jenseits des Weges standen einsam, und hie und da blickte zwischen den Bäumen eine Statue hervor, weißschimmernd vor Sonne, während doch ein welkes Blatt dann und wann langsam darauf niedertaumelte. Die Stille, der ich horchte, während ich im Wandern den Blick auf das lichte Panorama zur Seite gerichtet hielt, blieb ungestört, bis ich das Ende des Hügels erreicht hatte, und der Weg sich zwischen alten Kastanien zu senken begann. Hier jedoch klang hinter mir Pferdegestampf und das Rollen eines Wagens auf, der sich in raschem Trabe näherte, und dem ich an der Mitte etwa des Abstieges Platz machen mußte. Ich trat zur Seite und blieb stehen.

Es war ein kleiner, ganz leichter und zweirädriger Jagdwagen, bespannt mit zwei großen, blanken und lebhaft schnaubenden Füchsen. Die Zügel hielt eine junge Dame von neunzehn vielleicht oder zwanzig Jahren, neben der ein alter Herr von stattlichem und vornehmem Äußern saß, mit weißem à la russe aufgebürstetem Schnurrbart und dichten, weißen Augenbrauen. Ein Bedienter in einfacher, schwarz-silberner Livree dekorierte den Rücksitz.

Das Tempo der Pferde war bei Beginn des Abstieges zum Schritt verzögert worden, da das eine von ihnen nervös und unruhig schien. Es hatte sich weit seitwärts von der Deichsel entfernt, drückte den Kopf auf die Brust und setzte seine schlanken Beine mit einem so zitternden Widerstreben, daß der alte Herr, ein wenig besorgt, sich vorbeugte, um mit seiner elegant behandschuhten Linken der jungen Dame beim Straffziehen der Zügel behilflich zu sein. Die Lenkung schien ihr nur vorübergehend und halb zum Scherze anvertraut worden, wenigstens sah es aus, als ob sie das Kutschieren mit einer Art von kindlicher Wichtigkeit und Unerfahrenheit zugleich behandelte. Sie machte eine kleine, ernsthafte und indignierte Kopfbewegung, während sie das scheuende und stolpernde Tier zu beruhigen suchte.

Sie war brünett und schlank. Auf ihrem Haar, das überm Nacken zu einem festen Knoten gewunden war und das sich ganz leicht und lose um Stirn und Schläfen legte, so daß einzelne lichtbraune Fäden zu unterscheiden waren, saß ein runder, dunkelfarbiger Strohhut, geschmückt ausschließlich mit einem kleinen Arrangement von Bandwerk. Übrigens trug sie eine kurze, dunkelblaue Jacke und einen schlichtgearbeiteten Rock aus hellgrauem Tuch.

In ihrem ovalen und feingeformten Gesicht, dessen zartbrünetter Teint von der Morgenluft frisch gerötet war, bildeten das Anziehendste sicherlich die Augen: ein Paar schmaler und langgeschnittener Augen, deren kaum zur Hälfte sichtbare Iris blitzend schwarz war, und über denen sich außerordentlich gleichmäßige und wie mit der Feder gezeichnete Brauen wölbten. Die Nase war vielleicht ein wenig lang, und der Mund, dessen Lippenlinien jedenfalls klar und fein waren, hätte schmaler sein dürfen. Im Augenblicke aber wurde ihm durch die schimmernd weißen und etwas von einander entfernt stehenden Zähne ein Reiz gegeben, die das junge Mädchen bei den Bemühungen um das Pferd energisch auf die Unterlippe drückte, und mit denen sie das fast kindlich runde Kinn ein wenig emporzog.

Es wäre ganz falsch, zu sagen, daß dieses Gesicht von auffallender und bewunderungswürdiger Schönheit gewesen sei. Es besaß den Reiz der Jugend und der fröhlichen Frische, und dieser Reiz war gleichsam geglättet, stillgemacht und veredelt durch die wohlhabende Sorglosigkeit, vornehme Erziehung und luxuriöse Pflege; es war gewiß, daß diese schmalen und blitzenden Augen, die jetzt mit verwöhnter Ärgerlichkeit auf das störrische Pferd blickten, in der nächsten Minute wieder den Ausdruck sicheren und selbstverständlichen Glückes annehmen würden. – Die Ärmel der Jacke, die an den Schultern weit und bauschig waren, umspannten ganz knapp die schlanken Handgelenke, und niemals habe ich einen entzückenderen Eindruck von auserlesener Eleganz empfangen, als durch die Art, mit der diese schmalen, unbekleideten, mattweißen Hände die Zügel hielten! –

Ich stand am Wege, von keinem Blicke gestreift, während der

Wagen vorüberfuhr, und ich ging langsam weiter, als er sich wieder in Trab setzte und rasch verschwand. Was ich empfand, war Freude und Bewunderung; aber irgend ein seltsamer und stechender Schmerz meldete sich zur gleichen Zeit, ein herbes und drängendes Gefühl von – Neid? von Liebe? – ich wagte es nicht auszudenken – von Selbstverachtung?

Während ich schreibe, kommt mir die Vorstellung eines armseligen Bettlers, der vor dem Schaufenster eines Juweliers in den kostbaren Schimmer eines Edelsteinkleinods starrt. Dieser Mensch wird es in seinem Inneren nicht zu dem klaren Wunsche bringen, das Geschmeid zu besitzen; denn schon der Gedanke an diesen Wunsch wäre eine lächerliche Unmöglichkeit, die ihn vor sich selbst zum Gespött machen würde.

XII.

Ich will erzählen, daß ich infolge eines Zufalles diese junge Dame nach Verlauf von acht Tagen bereits zum zweiten Male sah, und zwar in der Oper. Man gab Gounods »Margarethe«, und kaum hatte ich den hellerleuchteten Saal betreten, um mich zu meinem Parkettplatze zu begeben, als ich sie zur Linken des alten Herrn in einer Proseceniumsloge der anderen Seite gewahrte. Nebenbei stellte ich fest, daß mich lächerlicherweise ein kleiner Schreck und etwas wie Verwirrung dabei berührte, und daß ich aus irgend einem Grunde meine Augen sofort abschweifen und über die anderen Ränge und Logen hinwandern ließ. Erst beim Beginn der Ouvertüre entschloß ich mich, die Herrschaften ein wenig eingehender zu betrachten.

Der alte Herr, in streng geschlossenem Gehrock mit schwarzer Schleife, saß mit einer ruhigen Würde in seinen Sessel zurückgelehnt und ließ die eine der braun bekleideten Hände leicht auf dem Sammet der Logenbrüstung ruhen, während die andere hie und da langsam über den Bart oder über das kurzgehaltene ergraute Haupthaar strich. Das junge Mädchen dagegen – seine Tochter, ohne Zweifel? – saß interessiert und lebhaft vorgebeugt, beide Hände, in denen sie ihren Fächer hielt, auf dem Sammetpolster. Dann und wann machte sie eine kurze Kopfbewegung, um das lockere, lichtbraune Haar ein wenig von der Stirn und den Schläfen zurückzuwerfen.

Sie trug eine ganz leichte Bluse aus heller Seide, in deren Gürtel ein Veilchensträußchen steckte, und ihre schmalen Augen blitzten in der scharfen Beleuchtung noch schwärzer als vor acht Tagen. Übrigens machte ich die Beobachtung, daß die Mundhaltung, die ich damals an ihr bemerkt hatte, ihr überhaupt eigentümlich war: in jedem Augenblicke setzte sie ihre weißen, in kleinen, regelmäßigen Abständen schimmernden Zähne auf die Unterlippe und zog das Kinn ein wenig empor. Diese unschuldige Miene, die von gar keiner Koketterie zeugte, der ruhig und fröhlich zugleich umherwandernde Blick ihrer Augen, ihr zarter und weißer Hals, welcher frei war, und um den sich ein schmales Seidenband von der Farbe der Taille schmiegte, die Bewegung, mit der sie sich hie und da an den alten Herrn wandte, um ihn auf irgend etwas im Orchester, am Vorhang, in einer Loge aufmerksam zu machen – alles brachte den Eindruck einer unsäglich feinen und lieblichen Kindlichkeit hervor, die jedoch nichts in irgend einem Grade Rührendes und »Mitleid«-Erregendes an sich hatte. Es war eine vornehme, abgemessene und durch elegantes Wohlleben sicher und überlegen gemachte Kindlichkeit, und sie legte ein Glück an den Tag, dem nichts Übermütiges, sondern eher etwas Stilles eignete, weil es selbstverständlich war.

Gounods geistreiche und zärtliche Musik war, wie mich dünkte, keine falsche Begleitung zu diesem Anblick, und ich lauschte ihr, ohne auf die Bühne zu achten, und ganz und gar hingegeben an eine milde und nachdenkliche Stimmung, deren Wehmut ohne diese Musik vielleicht schmerzlicher gewesen wäre. In der Pause aber bereits, die dem ersten Akte folgte, erhob sich von seinem Parkettplatz ein Herr von sagen wir einmal: siebenundzwanzig bis dreißig Jahren, welcher verschwand und gleich darauf mit einer geschickten Verbeugung in der Loge meiner Aufmerksamkeit erschien. Der alte Herr streckte ihm alsbald die Hand entgegen, und auch die junge Dame reichte ihm mit einem freundlichen Kopfnicken die ihre, die er mit Anstand an seine Lippen führte, worauf man ihn nötigte, Platz zu nehmen.

Ich erkläre mich bereit, zu bekennen, daß dieser Herr den unvergleichlichsten Hemdeinsatz besaß, den ich in meinem Leben erblicken durfte. Er war vollkommen bloßgelegt dieser Hemdeinsatz, denn die Weste war nichts als ein schmaler, schwarzer Streifen, und die Frackjacke, die nicht früher als weit unterhalb des Magens durch einen Knopf geschlossen wurde, war von den Schultern aus in ungewöhnlich weitem Bogen ausgeschnitten. Der Hemdeinsatz aber, der an dem hohen und scharf zurückgeschlagenen Stehkragen durch eine breite, schwarze Schleife abgeschlossen wurde, und auf dem in gemessenen Abständen zwei große, viereckige und ebenfalls schwarze Knöpfe standen, war von blendendem Weiß, und er war bewunderungswürdig gestärkt, ohne darum der Schmiegsamkeit zu ermangeln, denn in der Gegend des Magens bildete er auf angenehme Art eine Vertiefung, um sich dann wiederum zu einem gefälligen und schimmernden Buckel zu erheben.

Es versteht sich, daß dieses Hemd den größten Teil der Aufmerksamkeit für sich verlangte; der Kopf aber, seinerseits, der vollkommen rund war, und dessen Schädel eine Decke ganz kurzgeschorenen, hellblonden Haares überzog, war geschmückt mit einem rand- und bandlosen Binocle, einem nicht zu starken, blonden und leichtgekräuselten Schnurrbart und auf der einen Wange mit einer Menge von kleinen Mensurschrammen, die sich bis zur Schläfe hinaufzogen. Übrigens war dieser Herr ohne Fehler gebaut und bewegte sich mit Sicherheit.

Ich habe im Verlaufe des Abends – denn er verblieb in der Loge – zwei Positionen an ihm beobachtet, die ihm besonders eigentümlich schienen. Gesetzt nämlich, daß die Unterhaltung mit den Herrschaften ruhte, so saß er, ein Bein über das andere geschlagen und das Fernglas auf den Knien, mit Bequemlichkeit zurückgelehnt, senkte das Haupt und schob den ganzen Mund heftig hervor, um sich in die Betrachtung seiner beiden Schnurrbartenden zu versenken, gänzlich hypnotisiert davon, wie es schien, und indem er langsam und still den Kopf von der einen Seite nach der anderen wandte. In einer Konversation, andernfalls, mit der jungen Dame begriffen, änderte er aus Ehrerbietung die Stellung seiner Beine, lehnte sich jedoch noch weiter zurück, wobei er mit beiden Händen seinen Sessel erfaßte, erhob das Haupt so weit wie immer möglich und lächelte mit ziemlich weit geöffnetem Munde in liebenswürdiger und bis zu einem gewissen Grade überlegener Weise auf seine junge Nachbarin nieder. Diesen Herrn mußte ein wundervoll glückliches Selbstbewußtsein erfüllen…

Im Ernste gesprochen, ich weiß dergleichen zu schätzen. Keiner seiner Bewegungen, und sei ihre Nonchalance immerhin gewagt gewesen, folgte eine peinliche Verlegenheit; er war getragen von Selbstgefühl. Und warum sollte dies anders sein? Es war klar: er hatte, ohne sich vielleicht besonders hervorzutun, seinen korrekten Weg gemacht, er würde denselben bis zu klaren und nützlichen Zielen verfolgen, er lebte im Schatten des Einverständnisses mit aller Welt und in der Sonne der allgemeinen Achtung. Mittlerweile saß er dort in der Loge und plauderte mit einem jungen Mädchen, für dessen reinen und köstlichen Reiz er vielleicht nicht unzugänglich war, und dessen Hand er in diesem Falle sich guten Mutes erbitten konnte. Wahrhaftig, ich spüre keine Lust, irgendein mißächtliches Wort über diesen Herrn zu äußern!

Ich aber, ich meinesteils? Ich saß hier unten und mochte aus der Entfernung, aus dem Dunkel heraus grämlich beobachten, wie jenes kostbare und unerreichliche Geschöpf mit diesem Nichtswürdigen plauderte und lachte! Ausgeschlossen, unbeachtet, unberechtigt, fremd, hors ligne, deklassiert, Paria, erbärmlich vor mir selbst…

Ich blieb bis zum Ende, und ich traf die drei Herrschaften in der Garderobe wieder, wo man sich beim Umlegen der Pelze ein wenig aufhielt und mit diesem oder jenem ein paar Worte wechselte, hier mit einer Dame, dort mit einem Offizier… Der junge Herr begleitete Vater und Tochter, als sie das Theater verließen, und ich folgte ihnen in einem kleinen Abstande durch das Vestibül.

Es regnete nicht, es standen ein paar Sterne am Himmel, und man nahm keinen Wagen. Gemächlich und plaudernd schritten die drei vor mir her, der ich sie in scheuer Entfernung verfolgte, – niedergedrückt, gepeinigt von einem stechend schmerzlichen, höhnischen, elenden Gefühl... Man hatte nicht weit zu gehen; kaum war eine Straße zurückgelegt, als man vor einem stattlichen Hause mit schlichter Fassade stehen blieb, und gleich darauf verschwanden Vater und Tochter nach herzlicher Verabschiedung von ihrem Begleiter, der seinerseits beschleunigten Schrittes davonging.

An der schweren, geschnitzten Tür des Hauses war der Name »Justizrat Rainer« zu lesen.

XIII.

Ich bin entschlossen, diese Niederschrift zu Ende zu führen, obgleich ich vor innerem Widerstreben in jedem Augenblicke aufspringen und davonlaufen möchte. Ich habe in dieser Angelegenheit so bis zur Erschlaffung gegraben und gebohrt! Ich bin alles dessen so bis zur Übelkeit überdrüssig!...

Es sind nicht völlig drei Monate, daß mich die Zeitungen über einen »Bazar« unterrichteten, der zu Zwecken der Wohltätigkeit im Rathause der Stadt arrangiert worden war, und zwar unter Beteiligung der vornehmen Welt. Ich las diese Annonce mit Aufmerksamkeit, und ich war gleich darauf entschlossen, den Bazar zu besuchen. Sie wird dort sein, dachte ich, vielleicht als Verkäuferin, und in diesem Falle wird nichts mich abhalten, mich ihr zu nähern. Ruhig überlegt bin ich Mensch von Bildung und guter Familie, und wenn mir dieses Fräulein Rainer gefällt, so ist es mir bei solcher Gelegenheit so wenig wie dem Herrn mit dem erstaunlichen Hemdeinsatz verwehrt, sie anzureden, ein paar scherzhafte Worte mit ihr zu wechseln...

Es war ein windiger und regnerischer Nachmittag, als ich mich zum Rathause begab, vor dessen Portal ein Gedränge von Menschen und Wagen herrschte. Ich bahnte mir einen Weg in das Gebäude, erlegte das Eintrittsgeld, gab Überzieher und Hut in Verwahrung und gelangte mit einiger Anstrengung die breite, mit Menschen bedeckte Treppe hinauf ins erste Stockwerk und in den Festsaal, aus dem mir ein schwüler Dunst von Wein, Speisen, Parfüms und Tannengeruch, ein wirrer Lärm von Gelächter, Gespräch, Musik, Ausrufen und Gongschlägen entgegendrang.

Der ungeheuer hohe und weite Raum war mit Fahnen und Guirlanden buntfarbig geschmückt, und an den Wänden wie in der Mitte zogen sich die Buden hin, offene Verkaufsstellen sowohl, wie geschlossene Verschläge, deren Besuch phantastisch maskierte Herren aus vollen Lungen empfahlen. Die Damen, die ringsumher Blumen, Handarbeiten, Tabak und Erfrischungen aller Art verkauften, waren gleichfalls in verschiedener Weise kostümiert. Am oberen Ende des Saales lärmte auf einer mit Pflanzen besetzten Estrade die Musikkapelle, während in dem nicht breiten Gange, den die Buden freiließen, ein kompakter Zug von Menschen sich langsam vorwärts bewegte.

Ein wenig frappiert von dem Geräusch der Musik, der Glückshäfen, der lustigen Reklame, schloß ich mich dem Strome an, und noch war keine Minute vergangen, als ich vier Schritte links vom Eingange die junge Dame erblickte, die ich hier suchte. Sie hielt in einer kleinen, mit Tannenlaub bekränzten Bude Weine und Limonaden feil und war als Italienerin gekleidet: mit dem bunten Rock, der weißen, rechtwinkligen Kopfbedeckung und dem kurzen Mieder der Albanerinnen, dessen Hemdärmel ihre zarten Arme bis zu den Ellenbogen entblößt ließen. Ein wenig erhitzt lehnte sie seitwärts am Verkaufstisch, spielte mit ihrem bunten Fächer und plauderte mit einer Anzahl von Herren, die rauchend die Bude umstanden, und unter denen ich mit dem ersten Blicke den Wohlbekannten gewahrte; ihr zunächst stand er am Tische, vier Finger jeder Hand in den Seitentaschen seines Jaquetts.

Ich drängte langsam vorüber, entschlossen, zu ihr zu treten, sobald eine Gelegenheit sich böte, sobald sie weniger in Anspruch genommen wäre... Ah! Es sollte sich erweisen nunmehr, ob ich noch über einen Rest von fröhlicher Sicherheit und selbstbewußter Gewandtheit verfügte, oder ob die Morosität und die halbe Verzweiflung meiner letzten Wochen berechtigt gewesen war! Was hatte mich eigentlich angefochten? Woher angesichts dieses Mädchens dies peinigende und elende Mischgefühl aus Neid, Liebe, Scham und gereizter Bitterkeit, das mir auch nun wieder, ich bekenne es, das Gesicht erhitzte? Freimut! Liebenswürdigkeit! Heitere und anmutige Selbstgefälligkeit, zum Teufel, wie sie einem begabten und glücklichen Menschen geziemt! Und ich dachte mit einem nervösen Eifer der scherzhaften Wendung, dem guten Worte, der italienischen Anrede nach, mit der ich mich ihr zu nähern beabsichtigte...

Es währte eine gute Weile, bis ich in der schwerfällig vorwärts schiebenden Menge den Weg um den Saal zurückgelegt hatte, – und in der Tat: als ich mich aufs neue bei der kleinen Weinbude befand, war der Halbkreis von Herren verschwunden, und nur der Wohlbekannte lehnte noch am Schanktische, indem er sich aufs lebhafteste mit der jungen Verkäuferin unterhielt. Nun wohl, so mußte ich mir erlauben, diese Unterhaltung zu unterbrechen... Und mit einer kurzen Wendung verließ ich den Strom und stand am Tische.

Was geschah? Ah, nichts! Beinahe nichts! Die Konversation brach ab, der Wohlbekannte trat einen Schritt zur Seite, indem er mit allen fünf Fingern sein rand- und bandloses Binocle erfaßte und mich zwischen diesen Fingern hindurch betrachtete, und die junge Dame ließ einen ruhigen und prüfenden Blick über mich hingleiten – über meinen Anzug bis auf die Stiefel hinab. Dieser Anzug war keineswegs neu, und diese Stiefel waren vom Straßenkot besudelt, ich wußte das. Überdies war ich erhitzt, und mein Haar war sehr möglicherweise in Unordnung. Ich war nicht kühl, nicht frei, nicht auf der Höhe der Situation. Das Gefühl, daß ich, ein Fremder, Unberechtigter, Unzugehöriger, hier störte und mich lächerlich machte, befiel mich. Unsicherheit, Hilflosigkeit, Haß und Jämmerlichkeit verwirrten mir den Blick, und mit einem Worte, ich führte meine munteren Absichten aus, indem ich mit finster zusammengezogenen

Brauen, mit heiserer Stimme und auf kurze, beinahe grobe Weise sagte:

»Ich bitte um ein Glas Wein.«

Es ist vollkommen gleichgültig, ob ich mich irrte, als ich zu bemerken glaubte, daß das junge Mädchen einen raschen und spöttischen Blick zu ihrem Freunde hinüberspielen ließ. Schweigend wie er und ich gab sie mir den Wein, und ohne den Blick zu erheben, rot und verstört vor Wut und Schmerz, eine unglückliche und lächerliche Figur, stand ich zwischen diesen beiden, trank ein paar Schlucke, legte das Geld auf den Tisch, verbeugte mich fassungslos, verließ den Saal und stürzte ins Freie.

Seit diesem Augenblicke ist es zu Ende mit mir, und es fügt der Sache bitterwenig hinzu, daß ich ein paar Tage später in den Journalen die Verkündigung fand:

»Die Verlobung meiner Tochter Anna mit Herrn Assessor Dr. Alfred Witznagel beehre ich mich ergebenst anzuzeigen. Justizrat Rainer.«

XIV.

Seit diesem Augenblick ist es zu Ende mit mir. Mein letzter Rest von Glücksbewußtsein und Selbstgefälligkeit ist zu Tode gehetzt zusammengebrochen, ich kann nicht mehr, ja, ich bin unglücklich, ich gestehe es ein, und ich sehe eine klägliche und lächerliche Figur in mir! – Aber ich halte das nicht aus! Ich gehe zu Grunde! Ich werde mich totschießen, sei es heut oder morgen!

Meine erste Regung, mein erster Instinkt war der schlaue Versuch, das Belletristische aus der Sache zu ziehen und mein erbärmliches Übelbefinden in »unglückliche Liebe« umzudeuten: Eine Albernheit, wie sich von selbst versteht. Man geht an keiner unglücklichen Liebe zu Grunde. Eine unglückliche Liebe ist eine Attitüde, die nicht übel ist. In einer unglücklichen Liebe gefällt man sich. Ich aber gehe daran zu Grunde, daß es mit allem Gefallen an mir selbst so ohne Hoffnung zu Ende ist!

Liebte ich, wenn endlich einmal diese Frage erlaubt ist, liebte ich dieses Mädchen denn eigentlich? – Vielleicht... aber wie und warum? War diese Liebe nicht eine Ausgeburt meiner längst schon gereizten und kranken Eitelkeit, die beim ersten Anblick dieser unerreichbaren Kostbarkeit peinigend aufbegehrt war und Gefühle von Neid, Haß und Selbstverachtung hervorgebracht hatte, für die dann die Liebe bloß Vorwand, Ausweg und Rettung war?

Ja, das alles ist Eitelkeit! Und hat mich nicht mein Vater schon einst einen Bajazzo genannt?

Ach, ich war nicht berechtigt, ich am wenigsten, mich seitab zu setzen und die »Gesellschaft« zu ignorieren, ich, der ich zu eitel bin, ihre Miß- und Nichtachtung zu ertragen, der ich ihrer und ihres Beifalls nicht zu entraten vermag! – Aber es handelt sich nicht um Berechtigung? Sondern um Notwendigkeit? Und mein unbrauchbares Bajazzotum hätte für keine sociale Stellung getaugt? Nun wohl, eben dieses Bajazzotum ist es, an dem ich in jedem Falle zu Grunde gehen mußte.

Gleichgültigkeit, ich weiß, das wäre eine Art von Glück... Aber ich bin nicht imstande, gleichgültig gegen mich zu sein, ich bin nicht imstande, mich mit anderen Augen anzusehen, als mit denen der »Leute«, und ich gehe an bösem Gewissen zu Grunde – erfüllt von Unschuld... Sollte das böse Gewissen denn niemals etwas anderes sein, als eiternde Eitelkeit? –

Es gibt nur ein Unglück: das Gefallen an sich selbst einbüßen. Sich nicht mehr zu gefallen, das ist das Unglück – ah, und ich habe das stets sehr deutlich gefühlt! Alles übrige ist Spiel und Bereicherung des Lebens, in jedem anderen Leiden kann man so außerordentlich mit sich zufrieden sein, sich so vorzüglich ausnehmen. Die Zwietracht erst mit dir selbst, das böse Gewissen im Leiden, die Kämpfe der Eitelkeit erst sind es, die dich zu einem kläglichen und widerwärtigen Anblick machen...

Ein alter Bekannter erschien auf der Bildfläche, ein Herr Namens Schilling, mit dem ich einst in dem großen Holzgeschäfte des Herrn Schlievogt gemeinschaftlich der Gesellschaft diente. Er berührte in Geschäften die Stadt und kam, mich zu besuchen – ein »skeptisches Individuum«, die Hände in den Hosentaschen, mit einem schwarzgeränderten Pincenez und einem realistisch duldsamen Achselzucken. Er traf des Abends ein und sagte: »Ich bleibe ein paar Tage hier.« – Wir gingen in eine Weinstube.

Er begegnete mir, als sei ich noch der glückliche Selbstgefällige, als den er mich gekannt hatte, und in dem guten Glauben, mir nur meine eigne fröhliche Meinung entgegen zu bringen, sagte er:

– »Bei Gott, Du hast Dir Dein Leben angenehm eingerichtet, mein Junge! Unabhängig, was? frei! Eigentlich hast Du recht, zum Teufel! Man lebt nur einmal, wie? Was geht einen im Grunde das übrige an? Du bist der Klügere von uns beiden, das muß ich sagen. Übrigens, Du warst immer ein Genie...« Und wie ehemals fuhr er fort, mich bereitwilligst anzuerkennen und mir gefällig zu sein, ohne zu ahnen, daß ich meinerseits voll Angst war, zu mißfallen.

Mit verzweifelten Anstrengungen bemühte ich mich, den Platz zu behaupten, den ich in seinen Augen einnahm, nach wie vor auf der Höhe zu erscheinen, glücklich und selbstzufrieden zu erscheinen – umsonst! Mir fehlte jedes Rückgrat, jeder gute Mut, jede Contenance, ich kam ihm mit einer matten Verlegenheit, einer geduckten Unsicherheit entgegen – und er erfaßte das mit unglaublicher Schnelligkeit! Es war entsetzlich, zu sehen, wie er, der vollkommen bereit gewesen war, mich als glücklichen und überlegenen Menschen anzuerkennen, begann, mich zu durchschauen, mich erstaunt anzusehen, kühl zu werden, überlegen zu werden, ungeduldig und widerwillig zu werden und mir schließlich seine Verachtung mit jeder Miene zu zeigen. Er brach früh auf, und am nächsten Tage belehrten mich ein paar flüchtige Zeilen darüber, daß er dennoch genötigt gewesen sei, abzureisen.

Es ist Tatsache, alle Welt ist viel zu angelegentlich mit sich selbst beschäftigt, als daß man ernstlich eine Meinung über einen anderen zu haben vermöchte; man acceptiert mit träger Bereitwilligkeit den Grad von Respekt, den du die Sicherheit hast, vor dir selber an den Tag zu legen. Sei, wie du willst, lebe, wie du willst, aber zeige kecke Zuversicht und kein böses Gewissen, und niemand wird moralisch genug sein, dich zu verachten. Erlebe es andererseits, die Einigkeit mit dir zu verlieren, die Selbstgefälligkeit einzubüßen, zeige, daß du dich verachtest, und blindlings wird man dir recht geben. – Was mich betrifft, ich bin verloren...

Ich höre auf zu schreiben, ich werfe die Feder fort – voll Ekel, voll Ekel! – Ein Ende machen: aber wäre das nicht beinahe zu heldenhaft für einen »Bajazzo«? Es wird sich ergeben, fürchte ich, daß ich weiter leben, weiter essen, schlafen und mich ein wenig beschäftigen werde und mich allgemach dumpfsinnig daran gewöhnen, eine »unglückliche und lächerliche Figur« zu sein.

Mein Gott, wer hätte es gedacht, wer hätte es denken können, daß es ein solches Verhängnis und Unglück ist, als ein »Bajazzo« geboren zu werden!...

Tobias Mindernickel

I.

Eine der Straßen, die von der Quaigasse aus ziemlich steil zur mittleren Stadt emporführen, heißt der Graue Weg. Etwa in der Mitte dieser Straße und rechter Hand, wenn man vom Flusse kommt, steht das Haus No. 47, ein schmales, trübfarbiges Gebäude, das sich durch nichts von seinen Nachbarn unterscheidet. In seinem Erdgeschoß befindet sich ein Krämerladen, in welchem man auch Gummischuhe und Ricinusöl erhalten kann. Geht man, mit dem Durchblick auf einen Hofraum, in dem sich Katzen umhertreiben, über den Flur, so führt eine enge und ausgetretene Holztreppe, auf der es unaussprechlich dumpfig und ärmlich riecht, in die Etagen hinauf. Im ersten Stockwerk links wohnt ein Schreiner, rechts eine Hebamme. Im zweiten Stockwerk links wohnt ein Flickschuster, rechts eine Dame, welche laut zu singen beginnt, sobald sich Schritte auf der Treppe vernehmen lassen. Im dritten Stockwerk steht linker Hand die Wohnung leer, rechts wohnt ein Mann namens Mindernickel, der obendrein Tobias heißt. Von diesem Manne gibt es eine Geschichte, die erzählt werden soll, weil sie rätselhaft und über alle Begriffe schändlich ist.

Das Äußere Mindernickels ist auffallend, sonderbar und lächerlich. Sieht man beispielsweise, wenn er einen Spaziergang unternimmt, seine magere, auf einen Stock gestützte Gestalt sich die Straße hinaufbewegen, so ist er schwarz gekleidet, und zwar vom Kopfe bis zu den Füßen. Er trägt einen altmodischen, geschweiften und rauhen Cylinder, einen engen und altersblanken Gehrock und in gleichem Maße schäbige Beinkleider, die unten ausgefranst und so kurz sind, daß man den Gummieinsatz der Stiefeletten sieht. Übrigens muß gesagt werden, daß diese Kleidung aufs reinlichste gebürstet ist. Sein hagerer Hals er-

scheint um so länger, als er sich aus einem niedrigen Klappkragen erhebt. Das ergraute Haar ist glatt und tief in die Schläfen
gestrichen, und der breite Rand des Cylinders beschattet ein ra-
siertes und fahles Gesicht mit eingefallenen Wangen, mit entzündeten Augen, die sich selten vom Boden erheben, und zwei
tiefen Furchen, die grämlich von der Nase bis zu den abwärts
gezogenen Mundwinkeln laufen.

Mindernickel verläßt selten das Haus, und das hat seinen
Grund. Sobald er nämlich auf der Straße erscheint, laufen viele
Kinder zusammen, ziehen ein gutes Stück Wegs hinter ihm
drein, lachen, höhnen, singen: »Ho, ho, Tobias!« und zupfen
ihn wohl auch am Rocke, während die Leute vor die Türen treten und sich amüsieren. Er selbst aber geht, ohne sich zu wehren
und scheu um sich blickend, mit hochgezogenen Schultern und
vorgestrecktem Kopfe davon, wie ein Mensch, der ohne Schirm
durch einen Platzregen eilt; und obgleich man ihm ins Gesicht
lacht, grüßt er hie und da mit einer demütigen Höflichkeit jemanden von den Leuten, die vor den Türen stehn. Später, wenn
die Kinder zurückbleiben, wenn man ihn nicht mehr kennt und
nur wenige sich nach ihm umsehen, ändert sich sein Benehmen
nicht wesentlich. Er fährt fort, ängstlich um sich zu blicken und
geduckt davonzustreben, als fühlte er tausend höhnische Blicke
auf sich, und wenn er unschlüssig und scheu den Blick vom Boden erhebt, so bemerkt man das Sonderbare, daß er nicht imstande ist, irgendeinen Menschen oder auch nur ein Ding mit
Festigkeit und Ruhe ins Auge zu fassen. Es scheint, möge es
fremdartig klingen, ihm die natürliche, sinnlich wahrnehmende
Überlegenheit zu fehlen, mit der das Einzelwesen auf die Welt
der Erscheinungen blickt, er scheint sich einer jeden Erscheinung unterlegen zu fühlen, und seine haltlosen Augen müssen
vor Mensch und Ding zu Boden kriechen...

Was für eine Bewandtnis hat es mit diesem Manne, der stets
allein ist und der in ungewöhnlichem Grade unglücklich zu sein
scheint? Seine gewaltsam bürgerliche Kleidung sowie eine gewisse sorgfältige Bewegung der Hand über das Kinn scheint anzudeuten, daß er keineswegs zu der Bevölkerungsklasse gerech-

net werden will, in deren Mitte er wohnt. Gott weiß, in welcher Weise ihm mitgespielt worden ist. Sein Gesicht sieht aus, als hätte ihm das Leben verächtlich lachend mit voller Faust hineingeschlagen... Übrigens ist es sehr möglich, daß er, ohne schwere Schicksalsschläge erlebt zu haben, einfach dem Dasein selbst nicht gewachsen ist, und die leidende Unterlegenheit und Blödigkeit seiner Erscheinung macht den peinvollen Eindruck, als hätte die Natur ihm das Maß von Gleichgewicht, Kraft und Rückgrat versagt, das hinlänglich wäre, mit erhobenem Kopfe zu existieren.

Hat er, gestützt auf seinen schwarzen Stock, einen Gang in die Stadt hinauf gemacht, so kehrt er, im Grauen Weg von den Kindern johlend empfangen, in seine Wohnung zurück; er begibt sich die dumpfige Treppe hinauf in sein Zimmer, das ärmlich und schmucklos ist. Nur die Kommode, ein solides Empire-Möbel mit schweren Metallgriffen, ist von Wert und Schönheit. Vor dem Fenster, dessen Aussicht von der grauen Seitenmauer des Nachbarhauses hoffnungslos abgeschnitten ist, steht ein Blumentopf, voll von Erde, in der jedoch durchaus nichts wächst; gleichwohl tritt Tobias Mindernickel zuweilen dorthin, betrachtet den Blumentopf und riecht an der bloßen Erde. – Neben dieser Stube liegt eine kleine, dunkle Schlafkammer. – Nachdem er eingetreten, legt Tobias Cylinder und Stock auf den Tisch, setzt sich auf das grün überzogene Sofa, das nach Staub riecht, stützt das Kinn in die Hand und blickt mit erhobenen Augenbrauen vor sich nieder zu Boden. Es scheint, daß es für ihn auf Erden nichts weiter zu tun gibt.

Was Mindernickels Charakter betrifft, so ist es sehr schwer, darüber zu urteilen; der folgende Vorfall scheint zu Gunsten desselben zu sprechen. Als der sonderbare Mann eines Tages das Haus verließ und wie gewöhnlich eine Schar von Kindern sich einfand, die ihn mit Spottrufen und Gelächter verfolgten, strauchelte ein Junge von etwa zehn Jahren über den Fuß eines anderen und schlug so heftig auf das Pflaster, daß ihm das Blut aus der Nase und von der Stirne lief und er weinend liegen blieb. Alsbald wandte Tobias sich um, eilte auf den Gestürzten zu, beugte

sich über ihn und begann mit milder und bebender Stimme ihn
zu bemitleiden. »Du armes Kind«, sagte er, »hast Du Dir weh-
getan? Du blutest! Seht, das Blut läuft ihm von der Stirn herunter! Ja, ja, wie elend Du nun daliegst! Freilich, es tut so weh, daß
es weint, das arme Kind! Welch Erbarmen ich mit Dir habe! Es
war Deine Schuld, aber ich will Dir mein Taschentuch um den
Kopf binden... So, so! Nun fasse Dich nur, nun erhebe Dich
nur wieder...« Und nachdem er mit diesen Worten dem Jungen
in der Tat sein eigenes Schnupftuch umgewunden hatte, stellte
er ihn mit Sorgfalt auf die Füße und ging davon. Seine Haltung
und sein Gesicht aber zeigten in diesem Augenblicke einen entschieden anderen Ausdruck als gewöhnlich. Er schritt fest und
aufrecht, und seine Brust atmete tief unter dem engen Gehrock;
seine Augen hatten sich vergrößert, sie hatten Glanz erhalten
und faßten mit Sicherheit Menschen und Dinge, während um
seinen Mund ein Zug von schmerzlichem Glücke lag...

Dieser Vorfall hatte zur Folge, daß sich die Spottlust der Leute
vom Grauen Wege zunächst ein wenig verminderte. Nach Verlauf einiger Zeit jedoch war sein überraschendes Betragen vergessen, und eine Menge von gesunden, wohlgemuten und grausamen Kehlen sang wieder hinter dem geduckten und haltlosen
Manne drein: »Ho, ho, Tobias!«

II.

Eines sonnigen Vormittags um 11 Uhr verließ Mindernickel das
Haus und begab sich durch die ganze Stadt hinauf zum Lerchenberge, jenem langgestreckten Hügel, der um die Nachmittagsstunden die vornehmste Promenade der Stadt bildet, der aber
bei dem ausgezeichneten Frühlingswetter, welches herrschte,
auch um diese Zeit bereits von einigen Wagen und Fußgängern
besucht war. Unter einem Baum der großen Hauptallee stand
ein Mann mit einem jungen Jagdhund an der Leine, den er den
Vorübergehenden mit der ersichtlichen Absicht zeigte, ihn zu
verkaufen; es war ein kleines gelbes und muskulöses Tier von

etwa vier Monaten, mit einem schwarzen Augenring und einem schwarzen Ohr.

Als Tobias dies aus einer Entfernung von zehn Schritten bemerkte, blieb er stehen, strich mehrere Male mit der Hand über das Kinn und blickte nachdenklich auf den Verkäufer und auf das alert mit dem Schwanze wedelnde Hündchen. Hierauf begann er aufs neue zu gehen, umkreiste, die Krücke seines Stockes gegen den Mund gedrückt, dreimal den Baum, an welchem der Mann lehnte, trat dann auf den letzteren zu und sagte, während er unverwandt das Tier im Auge behielt, mit leiser und hastiger Stimme:

»Was kostet dieser Hund?«

»Zehn Mark«, antwortete der Mann.

Tobias schwieg einen Augenblick und wiederholte dann unschlüssig:

»Zehn Mark?«

»Ja«, sagte der Mann.

Da zog Tobias eine schwarze Lederbörse aus der Tasche, entnahm derselben einen Fünf-Mark-Schein, ein Drei- und ein Zwei-Mark-Stück, händigte rasch dieses Geld dem Verkäufer ein, ergriff die Leine und zerrte eilig, gebückt und scheu um sich blickend, da einige Leute den Kauf beobachtet hatten und lachten, das quiekende und sich sträubende Tier hinter sich her. Es wehrte sich während der Dauer des ganzen Weges, stemmte die Vorderbeine gegen den Boden und blickte ängstlich fragend zu seinem neuen Herrn empor; er jedoch zerrte schweigend und mit Energie und gelangte glücklich durch die Stadt hinunter.

Unter der Straßenjugend des Grauen Weges entstand ein ungeheurer Lärm, als Tobias mit dem Hunde erschien, aber er nahm ihn auf den Arm, beugte sich über ihn und eilte verhöhnt und am Rocke gezupft durch die Spottrufe und das Gelächter hindurch, die Treppen hinauf und in sein Zimmer. Hier setzte er den Hund, der beständig winselte, auf den Boden, streichelte ihn mit Wohlwollen und sagte herablassend:

»Nun, nun, Du brauchst Dich nicht vor mir zu fürchten, Du Tier; das ist nicht nötig.«

Hierauf entnahm er einer Kommodenschieblade einen Teller mit gekochtem Fleisch und Kartoffeln und warf dem Tiere einen Anteil davon zu, worauf es seine Klagelaute einstellte und schmatzend und wedelnd das Mahl verzehrte.

»Übrigens sollst Du Esau heißen«, sagte Tobias; »verstehst Du mich? Esau. Du kannst den einfachen Klang sehr wohl behalten...« Und indem er vor sich auf den Boden zeigte, rief er befehlend:

»Esau!«

Der Hund, in der Erwartung vielleicht, noch mehr zu essen zu erhalten, kam in der Tat herbei, und Tobias klopfte ihn beifällig auf die Seite, indem er sagte:

»So ist es recht, mein Freund; ich darf Dich loben.«

Dann trat er ein paar Schritte zurück, wies auf den Boden und befahl aufs neue:

»Esau!«

Und das Tier, das ganz munter geworden war, sprang wiederum herzu und leckte den Stiefel seines Herrn.

Diese Übung wiederholte Tobias mit unermüdlicher Freude am Befehl und dessen Ausführung wohl zwölf- bis vierzehnmal; endlich jedoch schien der Hund ermüdet, er schien Lust zu haben, zu ruhen und zu verdauen, und legte sich in der anmutigen und klugen Pose der Jagdhunde auf den Boden, beide langen und fein gebauten Vorderbeine dicht nebeneinander ausgestreckt.

»Noch einmal!« sagte Tobias. »Esau!«

Aber Esau wandte den Kopf zur Seite und verharrte am Platze.

»Esau!« rief Tobias mit herrisch erhobener Stimme; »Du hast zu kommen, auch wenn Du müde bist!«

Aber Esau legte den Kopf auf die Pfoten und kam durchaus nicht.

»Höre«, sagte Tobias, und sein Ton war voll von leiser und furchtbarer Drohung; »gehorche, oder Du wirst erfahren, daß es nicht klug ist, mich zu reizen!«

Allein das Tier bewegte kaum ein wenig seinen Schwanz.

Da packte den Mindernickel ein maßloser, ein unverhältnismäßiger und toller Zorn. Er ergriff seinen schwarzen Stock, hob Esau am Nackenfell empor und hieb auf das schreiende Tierchen ein, indem er außer sich vor entrüsteter Wut und mit schrecklich zischender Stimme ein Mal über das andere wiederholte:

»Wie, Du gehorchst nicht? Du wagst es, mir nicht zu gehorchen?«

Endlich warf er den Stock beiseite, setzte den winselnden Hund auf den Boden und begann tief atmend und die Hände auf dem Rücken mit langen Schritten vor ihm auf und ab zu schreiten, während er dann und wann einen stolzen und zornigen Blick auf Esau warf. Nachdem er diese Promenade eine Zeit lang fortgesetzt hatte, blieb er bei dem Tiere stehen, das auf dem Rücken lag und die Vorderbeine flehend bewegte, verschränkte die Arme auf der Brust und sprach mit dem entsetzlich kalten und harten Blick und Ton, mit dem Napoleon vor die Compagnie hintrat, die in der Schlacht ihren Adler verloren:

»Wie hast Du Dich betragen, wenn ich Dich fragen darf?«

Und der Hund, glücklich bereits über diese Annäherung, kroch noch näher herbei, schmiegte sich gegen das Bein des Herrn und blickte mit seinen blanken Augen bittend zu ihm empor.

Während einer guten Weile betrachtete Tobias das demütige Wesen schweigend und von oben herab; dann jedoch, als er die rührende Wärme des Körpers an seinem Bein verspürte, hob er Esau zu sich empor.

»Nun, ich will Erbarmen mit Dir haben«, sagte er; als aber das gute Tier begann, ihm das Gesicht zu lecken, schlug plötzlich seine Stimmung völlig in Rührung und Wehmut um. Er preßte den Hund mit schmerzlicher Liebe an sich, seine Augen füllten sich mit Tränen, und ohne den Satz zu vollenden, wiederholte er mehrere Male mit erstickter Stimme:

»Sieh, Du bist ja mein einziger... mein einziger...« Dann bettete er Esau mit Sorgfalt auf das Sofa, setzte sich neben ihn, stützte das Kinn in die Hand und sah ihn mit milden und stillen Augen an.

Tobias Mindernickel verließ nunmehr das Haus noch seltener als
früher, denn er verspürte keine Neigung, sich mit Esau in der
Öffentlichkeit zu zeigen. Seine ganze Aufmerksamkeit aber
widmete er dem Hunde, ja, er beschäftigte sich vom Morgen bis
zum Abend mit nichts Anderem, als ihn zu füttern, ihm die
Augen auszuwischen, ihm Befehle zu erteilen, ihn zu schelten
und aufs menschlichste mit ihm zu reden. Allein die Sache war
die, daß Esau sich nicht immer zu seinem Wohlgefallen betrug.
Wenn er neben ihm auf dem Sofa lag und ihn, schläfrig vor Mangel an Luft und Freiheit, mit melancholischen Augen ansah, so
war Tobias voll Zufriedenheit; er saß in stiller und selbstgefälli-
ger Haltung da und streichelte mitleidig Esaus Rücken, indem er
sagte:

»Siehst Du mich schmerzlich an, mein armer Freund? Ja, ja,
die Welt ist traurig, das erfährst auch Du, so jung Du bist...«

Wenn aber das Tier, blind und toll vor Spiel- und Jagdtrieb, im
Zimmer umherfuhr, sich mit einem Pantoffel balgte, auf die
Stühle sprang und sich mit ungeheurer Munterkeit überkugelte,
so verfolgte Tobias seine Bewegungen aus der Entfernung mit
einem ratlosen, mißgünstigen und unsicheren Blick und einem
Lächeln, das häßlich und ärgervoll war, bis er es endlich in un-
wirschem Tone zu sich rief und es anherrschte:

»Laß nun den Übermut. Es liegt kein Grund vor, umherzu-
tanzen.«

Einmal geschah es sogar, daß Esau aus der Stube entwischte
und die Treppen hinunter auf die Straße sprang, woselbst er
alsbald begann, eine Katze zu jagen, Pferdekot zu fressen und
sich überglücklich mit den Kindern umherzutreiben. Als aber
Tobias unter dem Applaus und Gelächter der halben Straße mit
schmerzlich verzogenem Gesichte erschien, geschah das Traurige, daß der Hund in langen Sätzen vor seinem Herrn davonlief... An diesem Tage prügelte Tobias ihn lange und mit
Erbitterung.

Eines Tages – der Hund gehörte ihm bereits seit einigen Wochen – nahm Tobias, um Esau zu füttern, einen Brotlaib aus der Kommodenschieblade und begann mit dem großen Messer mit Knochengriff, dessen er sich hierbei zu bedienen pflegte, in gebückter Haltung kleine Stücke abzuschneiden und auf den Boden fallen zu lassen. Das Tier aber, unsinnig vor Appetit und Albernheit, sprang blindlings herzu, rannte sich das ungeschickt gehaltene Messer unter das rechte Schulterblatt und wand sich blutend am Boden.

Erschrocken warf Tobias alles beiseite und beugte sich über den Verwundeten; plötzlich jedoch veränderte sich der Ausdruck seines Gesichtes, und es ist wahr, daß ein Schimmer von Erleichterung und Glück darüber hin ging. Behutsam trug er den wimmernden Hund auf das Sofa, und niemand vermag auszudenken, mit welcher Hingebung er den Kranken zu pflegen begann. Er wich während des Tages nicht von ihm, er ließ ihn zur Nacht auf seinem eigenen Lager schlafen, er wusch und verband ihn, streichelte, tröstete und bemitleidete ihn mit unermüdlicher Freude und Sorgfalt.

»Schmerzt es sehr?« sagte er. »Ja, ja, Du leidest bitterlich, mein armes Tier! Aber sei still, wir müssen es ertragen...« Sein Gesicht war ruhig, wehmütig und glücklich bei solchen Worten.

In dem Grade jedoch, in welchem Esau zu Kräften kam, fröhlicher wurde und genas, ward das Benehmen des Tobias unruhiger und unzufriedener. Er befand es nunmehr für gut, sich nicht mehr um die Wunde zu bekümmern, sondern lediglich durch Worte und Streicheln dem Hunde sein Erbarmen zu zeigen. Allein die Heilung war weit vorgeschritten, Esau besaß eine gute Natur, er begann bereits wieder, sich im Zimmer umherzubewegen, und eines Tages, nachdem er einen Teller mit Milch und Weißbrot leergeschlappt hatte, sprang er völlig gesundet vom Sofa herunter, um mit freudigem Geblaff und der alten Unbändigkeit durch die beiden Stuben zu fahren, an der Bettdecke zu zerren, eine Kartoffel vor sich her zu jagen und sich vor Lust zu überkugeln.

Tobias stand am Fenster, am Blumentopfe, und während eine seiner Hände, die lang und mager aus dem ausgefransten Ärmel hervorsah, mechanisch an dem tief in die Schläfen gestrichenen Haare drehte, hob seine Gestalt sich schwarz und sonderbar von der grauen Mauer des Nachbarhauses ab. Sein Gesicht war bleich und gramverzerrt, und mit einem scheelen, verlegenen, neidischen und bösen Blick verfolgte er unbeweglich Esaus Sprünge. Plötzlich jedoch raffte er sich auf, schritt auf ihn zu, hielt ihn an und nahm ihn langsam in seine Arme.

»Mein armes Tier...«, begann er mit wehleidiger Stimme – aber Esau, ausgelassen und gar nicht geneigt, sich ferner in dieser Weise behandeln zu lassen, schnappte munter nach der Hand, die ihn streicheln wollte, entwand sich den Armen, sprang zu Boden, machte einen neckischen Seitensatz, blaffte auf und rannte fröhlich davon.

Was nun geschah, war etwas so Unverständliches und Infames, daß ich mich weigere, es ausführlich zu erzählen. Tobias Mindernickel stand mit am Leibe herunterhängenden Armen ein wenig vorgebeugt, seine Lippen waren zusammengepreßt, und seine Augäpfel zitterten unheimlich in ihren Höhlen. Und dann, plötzlich, mit einer Art von irrsinnigem Sprunge, hatte er das Tier ergriffen, ein großer, blanker Gegenstand blitzte in seiner Hand, und mit einem Schnitt, der von der rechten Schulter bis tief in die Brust lief, stürzte der Hund zu Boden – er gab keinen Laut von sich, er fiel einfach auf die Seite, blutend und bebend...

Im nächsten Augenblicke lag er auf dem Sofa, und Tobias kniete vor ihm, drückte ein Tuch auf die Wunde und stammelte:

»Mein armes Tier! Mein armes Tier! Wie traurig alles ist! Wie traurig wir beide sind! Leidest Du? Ja, ja, ich weiß, Du leidest... wie kläglich Du da vor mir liegst! Aber ich, ich bin bei Dir! Ich tröste Dich! Ich werde mein bestes Taschentuch...«

Allein Esau lag da und röchelte. Seine getrübten und fragenden Augen waren voll Verständnislosigkeit, Unschuld und Klage auf seinen Herrn gerichtet – und dann streckte er ein wenig seine Beine und starb.

Tobias aber verharrte unbeweglich in seiner Stellung. Er hatte das Gesicht auf Esaus Körper gelegt und weinte bitterlich.

Luischen

I.

Es gibt Ehen, deren Entstehung die belletristisch geübteste Phantasie sich nicht vorzustellen vermag. Man muß sie hinnehmen, wie man im Theater die abenteuerlichen Verbindungen von Gegensätzen wie Alt und Stupide mit Schön und Lebhaft hinnimmt, die als Voraussetzung gegeben sind und die Grundlage für den mathematischen Aufbau einer Posse bilden.

Was die Gattin des Rechtsanwalts Jacoby betrifft, so war sie jung und schön, eine Frau von ungewöhnlichen Reizen. Vor – sagen wir einmal – dreißig Jahren war sie auf die Namen Anna, Margarethe, Rosa, Amalie getauft worden, aber man hatte sie, indem man die Anfangsbuchstaben dieser Vornamen zusammenstellte, von jeher nicht anders als Amra genannt, ein Name, der mit seinem exotischen Klange zu ihrer Persönlichkeit paßte wie kein anderer. Denn obgleich die Dunkelheit ihres starken, weichen Haares, das sie seitwärts gescheitelt und nach beiden Seiten schräg von der schmalen Stirn hinweggestrichen trug, nur die Bräune des Kastanienkernes war, so zeigte ihre Haut doch ein vollkommen südliches mattes und dunkles Gelb, und diese Haut umspannte Formen, die ebenfalls von einer südlichen Sonne gereift erschienen und mit ihrer vegetativen und indolenten Üppigkeit an diejenigen einer Sultanin gemahnten. Mit diesem Eindruck, den jede ihrer begehrlich trägen Bewegungen hervorrief, stimmte durchaus überein, daß höchst wahrscheinlich ihr Verstand von Herzen untergeordnet war. Sie brauchte jemanden ein einziges Mal, indem sie auf originelle Art ihre hübschen Brauen ganz waagerecht in die fast rührend schmale Stirn erhob, aus ihren unwissenden, braunen Augen angeblickt zu haben, und man wußte das. Aber auch sie selbst, sie war nicht einfältig genug, es nicht zu wissen; sie vermied es ganz einfach, sich Blößen zu geben, indem sie selten und wenig sprach: und gegen eine Frau, welche schön ist und schweigt, ist nichts einzuwenden. Oh! das Wort »einfältig« war überhaupt wohl am wenigsten bezeichnend für sie. Ihr Blick war nicht nur töricht, sondern auch von einer gewissen lüsternen Verschlagenheit und man sah wohl, daß diese Frau nicht zu beschränkt war, um geneigt zu sein, Unheil zu stiften... Übrigens war vielleicht ihre Nase im Profile ein wenig zu stark und fleischig; aber ihr üppiger und breiter Mund war vollendet schön, wenn auch ohne einen anderen Ausdruck, als den der Sinnlichkeit.

Diese besorgniserregende Frau also war die Gattin des etwa vierzig Jahre alten Rechtsanwaltes Jacoby – und wer diesen sah, der staunte. Er war beleibt, der Rechtsanwalt, er war mehr als beleibt, er war ein wahrer Koloß von einem Manne! Seine Beine, die stets in aschgrauen Hosen steckten, erinnerten in ihrer säulenhaften Formlosigkeit an diejenigen eines Elefanten, sein von Fettpolstern gewölbter Rücken war der eines Bären, und über der ungeheuren Rundung seines Bauches war das sonderbare grüngraue Jäckchen, das er zu tragen pflegte, so mühsam mit einem einzigen Knopfe geschlossen, daß es nach beiden Seiten bis zu den Schultern zurückschnellte, sobald der Knopf geöffnet wurde. Auf diesem gewaltigen Rumpf aber saß, fast ohne den Übergang eines Halses, ein verhältnismäßig kleiner Kopf mit schmalen und wässerigen Äuglein, einer kurzen, gedrungenen Nase und vor Überfülle herabhängenden Wangen, zwischen denen sich ein ganz winziger Mund mit wehmütig gesenkten Winkeln verlor. Den runden Schädel sowie die Oberlippe bedeckten spärliche und harte, hellblonde Borsten, die überall die nackte Haut hervorschimmern ließen, wie bei einem überfütterten Hunde... Ach! es mußte aller Welt klar sein, daß die Leibesfülle des Rechtsanwalts nicht von gesunder Art war. Sein in der Länge wie in der Breite riesenhafter Körper war überfett, ohne muskulös zu sein, und oft konnte man beobachten, wie ein plötzlicher Blutstrom sich in sein verquollenes Gesicht ergoß, um ebenso plötzlich einer gelblichen Blässe zu weichen, während sein Mund sich auf säuerliche Weise verzog...

148

Die Praxis des Rechtsanwalts war ganz beschränkt; aber da er, zum Teile von seiten seiner Gattin, ein gutes Vermögen besaß, so bewohnte das – übrigens kinderlose – Paar in der Kaiserstraße ein komfortables Stockwerk und unterhielt einen lebhaften gesellschaftlichen Verkehr: lediglich, wie gewiß ist, den Neigungen Frau Amras gemäß, denn es ist unmöglich, daß der Rechtsanwalt, der nur mit einem gequälten Eifer bei der Sache zu sein schien, sich glücklich dabei befand. Der Charakter dieses dicken Mannes war der sonderbarste. Es gab keinen Menschen, der gegen alle Welt höflicher, zuvorkommender, nachgiebiger gewesen wäre, als er; aber ohne es sich vielleicht auszusprechen, empfand man, daß sein überfreundliches und schmeichlerisches Betragen aus irgend welchen Gründen erzwungen war, daß es auf Kleinmut und innerer Unsicherheit beruhte, und fühlte sich unangenehm berührt. Kein Anblick ist häßlicher, als derjenige eines Menschen, der sich selbst verachtet, der aber aus Feigheit und Eitelkeit dennoch liebenswürdig sein und gefallen möchte: und nicht anders verhielt es sich, meiner Überzeugung nach, mit dem Rechtsanwalt, der in seiner fast kriechenden Selbstverkleinerung zu weit ging, als daß er sich die notwendige persönliche Würde bewahrt haben konnte. Er war im stande, zu einer Dame, die er zu Tische führen wollte, zu sprechen: »Gnädige Frau, ich bin ein widerlicher Mensch, aber wollen Sie die Güte haben?...« Und dies sagte er, ohne Talent zur Selbstverspottung, bittersüßlich, gequält und abstoßend. – Die folgende Anekdote beruht gleichfalls auf Wahrheit. Als der Rechtsanwalt eines Tages spazieren ging, kam ein rüder Dienstmann mit einem Handwagen daher und fuhr ihm mit dem einen Rade heftig über den Fuß. Zu spät hielt der Mann den Wagen an und wandte sich um, – worauf der Rechtsanwalt, gänzlich fassungslos, blaß und mit bebenden Wangen, ganz tief den Hut zog und stammelte: »Verzeihen Sie mir!« – Dergleichen empört. Aber dieser sonderbare Koloß schien beständig vom bösen Gewissen geplagt zu sein. Wenn er mit seiner Gattin auf dem »Lerchenberge« erschien, der Hauptpromenade der Stadt, so grüßte er, während er hie und da einen scheuen Blick auf die wundervoll elastisch daherschreitende Amra warf, so übereifrig, ängstlich und beflissen nach allen Seiten, als ob er das Bedürfnis empfände, sich demütig vor jedem Leutnant zu bücken und um Verzeihung zu bitten, daß er, gerade er im Besitz dieser schönen Frau sich befinde; und der kläglich freundliche Ausdruck seines Mundes schien zu flehen, daß man ihn nicht verspotten möge.

II.

Es ist schon angedeutet worden: Warum eigentlich Amra den Rechtsanwalt Jacoby geheiratet hatte, das steht dahin. Er aber, von seiner Seite, er liebte sie, und zwar mit einer Liebe, so inbrünstig, wie sie bei Leuten seiner Körperbildung sicherlich selten zu finden ist, und so demütig und angstvoll, wie sie seinem übrigen Wesen entsprach. Oftmals, spät abends, wenn Amra bereits in dem großen Schlafzimmer, dessen hohe Fenster mit faltigen geblümten Gardinen verhängt waren, sich zur Ruhe gelegt hatte, kam der Rechtsanwalt, so leise, daß man nicht seine Schritte, sondern nur das langsame Schüttern des Fußbodens und der Meubles vernahm, an ihr schweres Bett, kniete nieder und ergriff mit unendlicher Vorsicht ihre Hand. Amra pflegte in solchen Fällen ihre Brauen waagerecht in die Stirn zu ziehen und ihren ungeheuren Gatten, der im schwachen Licht der Nachtlampe vor ihr lag, schweigend und mit einem Ausdruck sinnlicher Bosheit zu betrachten. Er aber, während er mit seinen plumpen und zitternden Händen behutsam das Hemd von ihrem Arm zurückstrich und sein traurig dickes Gesicht in das weiche Gelenk dieses vollen und bräunlichen Armes drückte, dort, wo sich kleine, blaue Adern von dem dunklen Teint abzeichneten, – er begann mit unterdrückter und bebender Stimme zu sprechen, wie ein verständiger Mensch eigentlich im alltäglichen Leben nicht zu sprechen pflegt. »Amra«, flüsterte er, »meine liebe Amra! Ich störe dich nicht? Du schliefst noch nicht? Lieber Gott, ich habe den ganzen Tag darüber nachgedacht, wie schön du bist und wie ich dich liebe!... Paß auf, was ich dir sagen will (es ist so schwer, es auszudrücken)... Ich liebe dich so sehr, daß sich manchmal mein Herz zusammenzieht und ich nicht weiß, wohin ich gehen soll; ich liebe dich über meine Kraft! Du verstehst das wohl nicht, aber du wirst es mir glauben, und du mußt mir ein einziges Mal sagen, daß du mir ein wenig dankbar dafür sein wirst, denn, siehst du, eine solche Liebe, wie die meine zu dir, hat ihren Wert in diesem Leben... und daß du mich niemals verraten und hintergehen wirst, auch wenn du mich wohl nicht lieben kannst, aber aus Dankbarkeit, allein aus Dankbarkeit... ich komme zu dir, um dich darum zu bitten, so herzlich, so innig ich bitten kann...« Und solche Reden pflegten damit zu enden, daß der Rechtsanwalt, ohne seine Lage zu verändern, anfing, leise und bitterlich zu weinen. In diesem Falle aber ward Amra gerührt, strich mit der Hand über die Borsten ihres Gatten und sagte mehrere Male in dem langgezogenen, tröstenden und moquanten Tone, in dem man zu einem Hunde spricht, der kommt, einem die Füße zu lecken: »Ja –! Ja –! Du gutes Tier –!«

Dieses Benehmen Amras war sicherlich nicht dasjenige einer Frau von Sitten. Auch ist es an der Zeit, daß ich mich der Wahrheit entlaste, die ich bislang zurückhielt, der Wahrheit nämlich, daß sie ihren Gatten dennoch täuschte, daß sie ihn, sage ich, betrog, und zwar mit einem Herrn namens Alfred Läutner. Dies war ein junger Musiker von Begabung, der sich durch amüsante kleine Kompositionen mit seinen siebenundzwanzig Jahren bereits einen hübschen Ruf erworben hatte; ein schlanker Mensch mit keckem Gesicht, einer blonden, losen Frisur und einem sonnigen Lächeln in den Augen, das sehr bewußt war. Er gehörte zu dem Schlage jener kleinen Artisten von heutzutage, die nicht allzu viel von sich verlangen, in erster Linie glückliche und liebenswürdige Menschen sein wollen, sich ihres angenehmen kleinen Talentes bedienen, um ihre persönliche Liebenswürdigkeit zu erhöhen, und in Gesellschaft gern das naive Genie spielen. Bewußt kindlich, unmoralisch, skrupellos, fröhlich, selbstgefällig wie sie sind, und gesund genug, um sich auch in ihren Krankheiten noch gefallen zu können, ist ihre Eitelkeit in der Tat liebenswürdig, solange sie noch niemals verwundet wurde. Wehe jedoch diesen kleinen Glücklichen und Mimen, wenn ein ernsthaftes Unglück sie befällt, ein Leiden, mit dem sich nicht kokettieren läßt, in dem sie sich nicht mehr gefallen können! Sie werden es nicht verstehen, auf anständige Art unglücklich zu sein, sie werden mit dem Leiden nichts »anzufangen« wissen, sie werden zu Grunde gehen... allein das ist eine Geschichte für sich. – Herr Läutner machte hübsche Sachen: Walzer und Mazurken zumeist, deren Vergnügtheit zwar ein wenig zu populär war, als daß sie (soweit ich mich darauf verstehe) zur »Musik« hätten gerechnet werden können, würde nicht jede dieser Kompositionen eine kleine, originelle Stelle enthalten haben, einen Übergang, einen Einsatz, eine harmonische Wendung, irgend eine kleine nervöse Wirkung, die Witz und Erfindsamkeit verriet, um derentwillen sie gemacht schienen, und die sie auch für ernsthafte Kenner interessant machte. Oftmals hatten diese zwei einsamen Takte etwas wunderlich Wehmütiges und Melancholisches an sich, was plötzlich und schnell vergehend in der Tanzsaalheiterkeit der Werkchen aufklang...

Für diesen jungen Mann also war Amra Jacoby in sträflicher Neigung entbrannt, und er seinesteils hatte nicht genug Sittlichkeit besessen, ihren Anlockungen zu widerstehen. Man traf sich hier, man traf sich dort, und ein unkeusches Verhältnis verband seit Jahr und Tag die beiden: ein Verhältnis, von dem die ganze Stadt wußte, und über das sich die ganze Stadt hinter dem Rükken des Rechtsanwalts unterhielt. Und was ihn, den letzteren, betraf? Amra war zu dumm, um an bösem Gewissen leiden und sich ihm dadurch verraten zu können. Es muß durchaus als ausgemacht hingestellt werden, daß der Rechtsanwalt, wie sehr auch immer sein Herz von Sorge und Angst beschwert gewesen sein mag, keinen bestimmten Verdacht gegen seine Gattin hegen konnte.

III.

Nun war, um jedes Herz zu erfreuen, der Frühling ins Land gezogen, und Amra hatte einen allerliebsten Einfall gehabt.

»Christian«, sagte sie – der Rechtsanwalt hieß Christian – »wir wollen ein Fest geben, ein großes Fest dem neugebrauten Frühlingsbiere zu Ehren, – ganz einfach natürlich, nur kalter Kalbsbraten, aber mit vielen Leuten.«

»Gewiß«, antwortete der Rechtsanwalt. »Aber könnten wir es nicht vielleicht noch ein wenig hinausschieben?«

Hierauf antwortete Amra nicht, sondern ging sofort auf Einzelheiten ein.

»Es werden so viele Leute sein, weißt du, daß unser Raum hier zu beschränkt sein wird; wir müssen uns ein Etablissement, einen Garten, einen Saal vorm Tore mieten, um hinreichend Platz und Luft zu haben. Das wirst du begreifen. Ich denke in erster Linie an den großen Saal des Herrn Wendelin, am Fuße des Lerchenberges. Dieser Saal liegt frei und ist mit der eigentlichen Wirtschaft und der Brauerei nur durch einen Durchgang verbunden. Man kann ihn festlich ausschmücken, man kann dort lange Tische aufstellen und Frühlingsbier trinken; man kann dort tanzen und musizieren, vielleicht auch ein bißchen Theater spielen, denn ich weiß, daß eine kleine Bühne dort ist, worauf ich besonderes Gewicht lege... Kurz und gut: es soll ein ganz originelles Fest werden, und wir werden uns wundervoll unterhalten.«

Das Gesicht des Rechtsanwaltes war während dieses Gespräches leicht gelblich geworden, und seine Mundwinkel zuckten abwärts. Er sagte:

»Ich freue mich von Herzen darauf, meine liebe Amra. Ich weiß, daß ich alles deiner Geschicklichkeit überlassen darf. Ich bitte dich, deine Vorbereitungen zu treffen...«

IV.

Und Amra traf ihre Vorbereitungen. Sie nahm Rücksprache mit verschiedenen Damen und Herren, sie mietete persönlich den großen Saal des Herrn Wendelin, sie bildete sogar eine Art von Komitee aus Herrschaften, die aufgefordert worden waren oder sich erboten hatten, bei den heiteren Darstellungen mitzuwirken, welche das Fest verschönern sollten... Dieses Komitee bestand ausschließlich aus Herren, bis auf die Gattin des Hofschauspielers Hildebrandt, welche Sängerin war. Im übrigen zählten Herr Hildebrandt selbst, ein Assessor Witznagel, ein junger Maler und Herr Alfred Läutner dazu, abgesehen von einigen Studenten, die durch den Assessor eingeführt worden waren und Negertänze zur Aufführung bringen sollten.

Acht Tage bereits, nachdem Amra ihren Entschluß gefaßt hatte, war dieses Komitee, um Rats zu pflegen, in der Kaiserstraße versammelt, und zwar in Amras Salon, einem kleinen, warmen und vollen Raum, der mit einem dicken Teppich, einer Ottomane nebst vielen Kissen, einer Fächerpalme, englischen Ledersesseln und einem Mahagoni-Tisch mit geschweiften Beinen ausgestattet war, auf dem eine Plüschdecke und mehrere Prachtwerke lagen. Auch ein Kamin war vorhanden, der noch ein wenig geheizt war; auf der schwarzen Steinplatte standen einige Teller mit fein belegtem Butterbrot, Gläser und zwei Karaffen mit Sherry. – Amra lehnte, einen Fuß leicht über den andern gestellt, in den Kissen der Ottomane, die von der Fächerpalme beschattet ward, und war schön wie eine warme Nacht. Eine Bluse aus heller und ganz leichter Seide umhüllte ihre Büste, ihr Rock aber war aus einem schweren, dunklen und mit großen Blumen bestickten Stoff; hier und da strich sie mit einer Hand die kastanienbraune Haarwelle aus der schmalen Stirn. – Frau Hildebrandt, die Sängerin, saß gleichfalls auf der Ottomane neben ihr; sie hatte rotes Haar und war im Reitkleide. Gegenüber aber den beiden Damen hatten in gedrängtem Halbkreise die Herren Platz genommen – mitten unter ihnen der Rechtsanwalt, der nur einen ganz niedrigen Ledersessel gefunden hatte und sich unsäglich unglücklich ausnahm; dann und wann tat er einen schweren Atemzug und schluckte hinunter, als ob er gegen aufsteigende Übelkeit ankämpfte... Herr Alfred Läutner, im Lawn-Tennis-Anzug, hatte auf einen Stuhl verzichtet und lehnte schmuck und fröhlich am Kamin, weil er behauptete, nicht so lange ruhig sitzen zu können.

Herr Hildebrandt sprach mit wohltönender Stimme über englische Lieder. Er war ein äußerst solid und gut in Schwarz gekleideter Mann mit dickem Cäsarenkopf und sicherem Auftreten – ein Hofschauspieler von Bildung, gediegenen Kenntnissen und geläutertem Geschmack. Er liebte es, in ernsten Gesprächen Ibsen, Zola und Tolstoi zu verurteilen, die ja die gleichen verwerflichen Ziele verfolgten; heute aber war er mit Leutseligkeit bei der geringfügigen Sache.

»Kennen die Herrschaften vielleicht das köstliche Lied ›That's Maria!‹?« sagte er... »Es ist ein wenig pikant, aber von ganz ungemeiner Wirksamkeit. Auch wäre da noch das berühmte –« und er brachte noch einige Lieder in Vorschlag, über die man sich schließlich einigte, und die Frau Hildebrandt singen zu wollen erklärte. – Der junge Maler, ein Herr mit stark abfallenden Schultern und blondem Spitzbart, sollte einen Zauberkünstler parodieren, während Herr Hildebrandt beabsichtigte, berühmte Männer darzustellen... kurz, alles entwickelte sich zum Besten, und das Programm schien bereits fertiggestellt, als Herr Assessor Witznagel, der über kulante Bewegungen und viele Mensur-Narben verfügte, plötzlich aufs neue das Wort ergriff.

»Schön und gut, meine Herrschaften, das alles verspricht in der Tat unterhaltend zu werden. Allein, ich stehe nicht an, noch eines auszusprechen. Mich dünkt, uns fehlt noch etwas, und zwar die Hauptnummer, die Glanznummer, der Clou, der Höhepunkt... etwas ganz Besonderes, ganz Verblüffendes, ein Spaß, der die Heiterkeit auf den Gipfel bringt... kurz, ich stelle anheim, ich habe keinen bestimmten Gedanken; jedoch meinem Gefühle nach...«

»Das ist im Grunde wahr!« ließ Herr Läutner vom Kamine her seine Tenorstimme vernehmen. »Witznagel hat recht. Eine

Haupt- und Schlußnummer wäre sehr wünschenswert. Denken wir nach…« Und während er mit einigen raschen Griffen seinen roten Gürtel zurecht schob, blickte er forschend umher. Der Ausdruck seines Gesichtes war wirklich liebenswürdig.

»Je nun«, sagte Herr Hildebrandt; »wenn man die großen Männer nicht als Höhepunkt auffassen will…«

Alle stimmten dem Assessor bei. Eine besonders scherzhafte Hauptnummer sei wünschenswert. Selbst der Rechtsanwalt nickte und sagte leise: »Wahrhaftig – etwas hervorragend Heiteres…« Alle versanken in Nachdenken.

Und am Ende dieser Gesprächspause, die etwa eine Minute dauerte und nur durch kleine Ausrufe des Überlegens unterbrochen ward, geschah das Seltsame. Amra saß in die Kissen der Ottomane zurückgelehnt und nagte flink und eifrig wie eine Maus an dem spitzen Nagel ihres kleinen Fingers, während ihr Gesicht einen ganz eigenartigen Ausdruck zeigte. Ein Lächeln lag um ihren Mund, ein abwesendes und beinahe irres Lächeln, das von einer schmerzlichen und zugleich grausamen Lüsternheit redete, und ihre Augen, welche ganz weit geöffnet und ganz blank waren, schweiften langsam zum Kamin hinüber, wo sie für eine Sekunde in dem Blicke des jungen Musikers hängen blieben. Dann aber, mit einem Ruck, schob sie den ganzen Oberkörper zur Seite, ihrem Gatten, dem Rechtsanwalte, entgegen, und während sie ihm, beide Hände im Schoß, mit einem klammernden und saugenden Blick ins Gesicht starrte, wobei ihr Antlitz sichtlich erbleichte, sprach sie mit voller und langsamer Stimme:

»Christian, ich schlage vor, daß du zum Schlusse als Chanteuse mit einem rotseidenen Babykleide auftrittst und uns etwas vortanzest.« –

Die Wirkung dieser wenigen Worte war ungeheuer. Nur der junge Maler versuchte gutmütig zu lachen, während Herr Hildebrandt mit steinkaltem Gesicht seinen Ärmel säuberte, die Studenten husteten und unziemlich laut ihre Schnupftücher gebrauchten, Frau Hildebrandt heftig errötete, was nicht oft geschah, und Assessor Witznagel einfach davonlief, um sich ein

Butterbrot zu holen. Der Rechtsanwalt hockte in qualvoller Stellung auf seinem niedrigen Sessel und blickte mit gelbem Gesicht und einem angsterfüllten Lächeln umher, indem er stammelte:

»Aber mein Gott... ich... wohl kaum befähigt... nicht als ob... verzeihen Sie mir...«

Alfred Läutner hatte kein sorgloses Gesicht mehr. Es sah aus, als ob er ein wenig rot geworden sei, und mit vorgestrecktem Kopf blickte er in Amras Augen, verstört, verständnislos, forschend...

Sie aber, Amra, ohne ihre eindringliche Stellung zu verändern, fuhr mit derselben gewichtigen Betonung zu sprechen fort:

»Und zwar solltest du ein Lied singen, Christian, das Herr Läutner komponiert hat, und das er dich auf dem Klavier begleiten wird; das wird der beste und wirksamste Höhepunkt unseres Festes sein.«

Eine Pause trat ein, eine drückende Pause. Dann jedoch, ganz plötzlich, begab sich das Sonderbare, daß Herr Läutner, angesteckt gleichsam, mitgerissen und aufgeregt, einen Schritt vortrat und zitternd vor einer Art jäher Begeisterung rasch zu sprechen begann:

»Bei Gott, Herr Rechtsanwalt, ich bin bereit, ich erkläre mich bereit, Ihnen etwas zu komponieren... Sie müssen es singen, Sie müssen es tanzen... Es ist der einzig denkbare Höhepunkt des Festes... Sie werden sehen, Sie werden sehen – es wird das Beste sein, was ich gemacht habe und jemals machen werde... In rotseidenem Babykleide! Ach, Ihre Frau Gemahlin ist eine Künstlerin, eine Künstlerin sage ich! Sie hätte sonst nicht auf diesen Gedanken kommen können! Sagen Sie ja, ich flehe Sie an, willigen Sie ein! Ich werde etwas leisten, ich werde etwas machen, Sie werden sehen...«

Hier löste sich alles, und alles geriet in Bewegung. Sei es aus Bosheit oder aus Höflichkeit – alles begann, auf den Rechtsanwalt mit Bitten einzustürmen, und Frau Hildebrandt ging so weit, mit ihrer Brünnhildenstimme ganz laut zu sagen: »Herr Rechtsanwalt, Sie sind doch sonst ein lustiger und unterhaltender Mann!« Aber auch er selbst, der Rechtsanwalt, fand nun Worte, und ein wenig gelb noch, aber mit einem starken Aufwand von Entschiedenheit, sagte er:

»Hören Sie mich an, meine Herrschaften – was soll ich Ihnen sagen? Ich bin nicht geeignet, glauben Sie mir. Ich besitze wenig komische Begabung, und abgesehen davon... kurz, nein, das ist leider unmöglich.«

Bei dieser Weigerung beharrte er hartnäckig, und da Amra nicht mehr in die Unterhaltung eingriff, da sie mit ziemlich abwesendem Gesichtsausdruck zurückgelehnt saß, und da auch Herr Läutner kein Wort mehr sprach, sondern in tiefer Betrachtung auf eine Arabeske des Teppichs starrte, so gelang es Herrn Hildebrandt, dem Gespräche eine andere Wendung zu geben, und bald darauf löste sich die Gesellschaft auf, ohne über die letzte Frage zu einer Entscheidung gelangt zu sein. –

Am Abend des nämlichen Tages jedoch, als Amra schlafen gegangen war und mit offenen Augen lag, trat schweren Schrittes ihr Gatte ein, zog einen Stuhl an ihr Bett, ließ sich nieder und sagte leise und zögernd:

»Höre, Amra, um offen zu sein, so bin ich von Bedenken bedrückt. Wenn ich heute den Herrschaften allzu abweisend begegnet bin, wenn ich sie vor die Stirn gestoßen habe – Gott weiß, daß es nicht meine Absicht war! Oder solltest du ernstlich der Meinung sein... ich bitte dich...«

Amra schwieg einen Augenblick, während ihre Brauen sich langsam in die Stirn zogen. Dann zuckte sie die Achseln und sagte:

»Ich weiß nicht, was ich dir antworten soll, mein Freund. Du hast dich betragen, wie ich es niemals von dir erwartet hätte. Du hast dich mit unfreundlichen Worten geweigert, die Aufführungen durch deine Mitwirkung zu unterstützen, die, was dir nur schmeichelhaft sein kann, von allen für notwendig gehalten wurde. Du hast alle Welt, um mich eines gelinden Ausdruckes zu bedienen, aufs schwerste enttäuscht, und du hast das ganze Fest durch deine rauhe Ungefälligkeit gestört, während es deine Pflicht als Gastgeber gewesen wäre...«

Der Rechtsanwalt hatte den Kopf sinken lassen, und schwer atmend sagte er:

»Nein, Amra, ich habe nicht ungefällig sein wollen, glaube mir das. Ich will niemand beleidigen und niemandem mißfallen, und wenn ich mich häßlich benommen habe, so bin ich bereit, es wieder gut zu machen. Es handelt sich um einen Scherz, eine Mummerei, einen unschuldigen Spaß – warum nicht? Ich will das Fest nicht stören, ich erkläre mich bereit...«

– Am nächsten Nachmittage fuhr Amra wieder einmal aus, um »Besorgungen« zu machen. Sie hielt in der Holzstraße Nr. 78 und stieg in das zweite Stockwerk hinauf, woselbst man sie erwartete. Und während sie hingestreckt und aufgelöst in Liebe seinen Kopf an ihre Brust drückte, flüsterte sie mit Leidenschaft:

»Setze es vierhändig, hörst du! Wir werden ihn miteinander begleiten, während er singt und tanzt. Ich, ich werde für das Kostüm sorgen...«

Und ein seltsamer Schauer, ein unterdrücktes und krampfhaftes Gelächter ging durch die Glieder beider. –

V.

Jedem, der ein Fest zu geben wünscht, eine Unterhaltung größeren Stils im Freien, sind die Lokalitäten des Herrn Wendelin am Lerchenberge aufs beste zu empfehlen. Von der anmutigen Vorstadtstraße aus betritt man durch ein hohes Gattertor den parkartigen Garten, der dem Etablissement zugehört, und in dessen Mitte die weitläufige Festhalle gelegen ist. Diese Halle, die nur ein schmaler Durchgang mit dem Restaurant, der Küche und der Brauerei verbindet, und die aus lustig bunt bemaltem Holz in einem drolligen Stilgemisch aus Chinesisch und Renaissance erbaut ist, besitzt große Flügeltüren, die man bei gutem Wetter geöffnet halten kann, um den Atem der Bäume herein zu lassen, und faßt eine Menge von Menschen.

Heute wurden die heranrollenden Wagen schon in der Ferne von farbigem Lichtschimmer begrüßt, denn das ganze Gitter, die Bäume des Gartens und die Halle selbst waren dicht mit bunten Lampions geschmückt, und was den inneren Festsaal betrifft, so bot er einen wahrhaft freudigen Anblick. Unterhalb der Decke zogen sich starke Guirlanden hin, an denen wiederum zahlreiche Papierlaternen befestigt waren, obgleich zwischen dem Schmuck der Wände, der aus Fahnen, Strauchwerk und künstlichen Blumen bestand, eine Menge elektrischer Glühlampen hervorstrahlten, die den Saal aufs glänzendste beleuchteten. An seinem Ende befand sich die Bühne, zu deren Seiten Blattpflanzen standen, und auf deren rotem Vorhang ein von Künstlerhand gemalter Genius schwebte. Vom andern Ende des Raumes aber zogen sich, fast bis zur Bühne hin, die langen, mit Blumen geschmückten Tafeln, an denen die Gäste des Rechtsanwalts Jacoby sich in Frühlingsbier und Kalbsbraten gütlich taten: Juristen, Offiziere, Kaufherren, Künstler, hohe Beamte nebst ihren Gattinnen und Töchtern – mehr als hundertundfünfzig Herrschaften sicherlich. Man war ganz einfach, in schwarzem Rock und halbheller Frühlingstoilette, erschienen, denn heitere Ungezwungenheit war heute Gesetz. Die Herren liefen persönlich mit den Krügen zu den großen Fässern, die an der einen Seitenwand aufgestellt waren, und in dem weiten, bunten und lichten Raume, den der süßliche und schwüle Festdunst von Tannen, Blumen, Menschen, Bier und Speisen erfüllte, schwirrte und toste das Geklapper, das laute und einfache Gespräch, das helle, höfliche, lebhafte und sorglose Gelächter aller dieser Leute... Der Rechtsanwalt saß unförmig und hilflos am Ende der einen Tafel, nahe der Bühne; er trank nicht viel und richtete hie und da ein mühsames Wort an seine Nachbarin, die Regierungsrätin Havermann. Er atmete widerwillig mit hängenden Mundwinkeln, und seine verquollenen, trübewässerigen Augen blickten unbeweglich und mit einer Art schwermütiger Befremdung in das fröhliche Treiben hinein, als läge in diesem Festdunst, in dieser geräuschvollen Heiterkeit etwas unsäglich Trauriges und Unverständliches...

Nun wurden große Torten herumgereicht, wozu man anfing, süßen Wein zu trinken und Reden zu halten. Herr Hildebrandt, der Hofschauspieler, feierte das Frühlingsbier in einer Ansprache, die ganz aus klassischen Citaten, ja, auch aus griechischen, bestand, und Assessor Witznagel toastete mit seinen coulantesten Bewegungen in der feinsinnigsten Weise auf die anwesenden Damen, indem er aus der nächsten Vase und vom Tischtuch eine Handvoll Blumen nahm und jeder davon eine Dame verglich. Amra Jacoby aber, die ihm in einer Toilette aus dünner, gelber Seide gegenüber saß, ward »die schönere Schwester der Teerose« genannt.

Gleich darauf strich sie mit der Hand über ihren weichen Scheitel, hob die Augenbrauen und nickte ihrem Gatten ernsthaft zu, – worauf der dicke Mann sich erhob und beinahe die ganze Stimmung verdorben hätte, indem er in seiner peinlichen Art mit häßlichem Lächeln ein paar armselige Worte stammelte ... Nur ein paar künstliche Bravos wurden laut, und einen Augenblick herrschte bedrücktes Schweigen. Alsbald jedoch trug die Fröhlichkeit wieder den Sieg davon, und schon begann man auch, sich rauchend und ziemlich bezecht zu erheben und eigenhändig unter großem Lärm die Tische aus dem Saale zu schaffen, denn man wollte tanzen ...

Es war nach elf Uhr, und die Zwanglosigkeit war vollkommen geworden. Ein Teil der Gesellschaft war in den bunt beleuchteten Garten hinausgeströmt, um frische Luft zu schöpfen, während ein anderer im Saale verblieb, in Gruppen beisammenstand, rauchte, plauderte, Bier zapfte, im Stehen trank ... Da erscholl von der Bühne ein starker Trompetenstoß, der alles in den Saal berief. Musiker – Bläser und Streicher – waren eingetroffen und hatten sich vorm Vorhang niedergelassen; Stuhlreihen, auf denen rote Programme lagen, waren aufgestellt worden, und die Damen ließen sich nieder, während die Herren hinter ihnen oder zu beiden Seiten sich aufstellten. Es herrschte erwartungsvolle Stille.

Dann spielte das kleine Orchester eine rauschende Ouvertüre, der Vorhang öffnete sich – und siehe, da stand eine Anzahl scheußlicher Neger, in schreienden Kostümen und mit blutroten Lippen, welche die Zähne fletschten und ein barbarisches

Geheul begannen... Diese Aufführungen bildeten in der Tat den Höhepunkt von Amras Fest. Begeisterter Applaus brach los, und Nummer für Nummer entwickelte sich das klug komponierte Programm: Frau Hildebrandt trat mit einer gepuderten Perücke auf, stieß mit einem langen Stock auf den Fußboden und sang überlaut: ›That's Maria!‹ Ein Zauberkünstler erschien in ordenbedecktem Frack, um das Erstaunlichste zu vollführen, Herr Hildebrandt stellte Goethe, Bismarck und Napoleon zum Erschrecken ähnlich dar, und Redakteur Doktor Wiesensprung übernahm im letzten Augenblick einen humoristischen Vortrag über das Thema: »Das Frühlingsbier in seiner sozialen Bedeutung.« Am Ende jedoch erreichte die Spannung ihren Gipfel, denn die letzte Nummer stand bevor, diese geheimnisvolle Nummer, die auf dem Programm mit einem Lorbeerkranze eingerahmt war und also lautete: »Luischen. Gesang und Tanz. Musik von Alfred Läutner.« –

Eine Bewegung ging durch den Saal, und die Blicke trafen sich, als die Musiker ihre Instrumente beiseite stellten und Herr Läutner, der bislang schweigsam und die Cigarette zwischen den gleichgilitig aufgeworfenen Lippen an einer Tür gelehnt hatte, zusammen mit Amra Jacoby an dem Piano Platz nahm, das in der Mitte vorm Vorhang stand. Sein Gesicht war gerötet, und er blätterte nervös in den geschriebenen Noten, während Amra, die im Gegenteile ein wenig blaß war, einen Arm auf die Stuhllehne gestützt, mit einem lauernden Blick ins Publikum sah. Dann erscholl, während alle Hälse sich reckten, das scharfe Klingelzeichen. Herr Läutner und Amra spielten ein paar Takte belangloser Einleitung, der Vorhang rollte empor, Luischen erschien...

Ein Ruck der Verblüffung und des Erstarrens pflanzte sich durch die Menge der Zuschauer fort, als diese traurige und gräßlich aufgeputzte Masse in mühsamem Bärentanzschritt hereinkam. Es war der Rechtsanwalt. Ein weites, faltenloses Kleid aus blutroter Seide, welches bis zu den Füßen hinabfiel, umgab seinen unförmigen Körper, und dieses Kleid war ausgeschnitten, sodaß der mit Mehlpuder betupfte Hals widerlich freilag. Auch die Ärmel waren an den Schultern ganz kurz gepufft, aber lange, hellgelbe Handschuhe bedeckten die dicken und muskellosen Arme, während auf dem Kopfe eine hohe, semmelblonde Locken-Coiffüre saß, auf der eine grüne Feder hin und wieder wankte. Unter dieser Perücke aber blickte ein gelbes, verquollenes, unglückliches und verzweifelt munteres Gesicht hervor, dessen Wangen beständig in mitleiderregender Weise auf- und niederbebten, und dessen kleine, rotgeränderte Augen, ohne etwas zu sehen, angestrengt auf den Fußboden niederstarrten, während der dicke Mann sich mühsam von einem Bein auf das andere warf, wobei er entweder mit beiden Händen sein Kleid erfaßt hielt oder mit kraftlosen Armen beide Zeigefinger emporhob – er wußte keine andere Bewegung; und mit gepreßter und keuchender Stimme sang er zu den Klängen des Pianos ein albernes Lied...

Ging nicht mehr als jemals von dieser jammervollen Figur ein kalter Hauch des Leidens aus, der jede unbefangene Fröhlichkeit tötete und sich wie ein unabwendbarer Druck peinvoller Mißstimmung über diese ganze Gesellschaft legte?... Das nämliche Grauen lag im Grunde aller der zahllosen Augen, die sich wie gebannt geradeaus auf dieses Bild richteten, auf dieses Paar am Klaviere und auf diesen Ehegatten dort oben... Der stille, unerhörte Skandal dauerte wohl fünf lange Minuten.

Dann aber trat der Augenblick ein, den niemand, der ihm beigewohnt, während der Dauer seines Lebens vergessen wird... Vergegenwärtigen wir uns, was in dieser kleinen furchtbaren und komplizierten Zeitspanne eigentlich vor sich ging.

Man kennt das lächerliche Couplet, das »Luischen« betitelt ist, und man erinnert sich ohne Zweifel der Zeilen, welche lauten:

> »Den Walzertanz und auch die Polke
> Hat keine noch, wie ich, vollführt;
> Ich bin Luischen aus dem Volke,
> Die manches Männerherz gerührt...«

– dieser unschönen und leichtfertigen Verse, die den Refrain der drei ziemlich langen Strophen bilden. Nun wohl, bei der Neukomposition dieser Worte hatte Alfred Läutner sein Meisterstück vollbracht, indem er seine Manier, inmitten eines vulgären und komischen Machwerkes durch ein plötzliches Kunststück der hohen Musik zu verblüffen, auf die Spitze getrieben hatte. Die Melodie, die sich in cis-dur bewegte, war während der ersten Strophen ziemlich hübsch und ganz banal gewesen. Zu Beginn des citierten Refrains wurde das Zeitmaß belebter, und Dissonanzen traten auf, die durch das immer lebhaftere Hervorklingen eines h einen Übergang nach fis-dur erwarten ließen. Diese Disharmonieen komplizierten sich bis zu dem Worte »vollführt«, und nach dem »ich bin«, das die Verwicklung und Spannung vollständig machte, mußte eine Auflösung nach fis-dur hin erfolgen. Statt dessen geschah das Überraschendste. Durch eine jähe Wendung nämlich, vermittelst eines nahezu genialen Einfalles, schlug hier die Tonart nach f-dur um, und dieser Einsatz, der unter Benutzung beider Pedale auf der lang ausgehaltenen zweiten Silbe des Wortes »Luischen« erfolgte, war von unbeschreiblicher, von ganz unerhörter Wirkung! Es war eine vollkommen verblüffende Überrumpelung, eine jähe Berührung der Nerven, die den Rücken hinunterschauerte, es war ein Wunder, eine Enthüllung, eine in ihrer Plötzlichkeit fast grausame Entschleierung, ein Vorhang, der zerreißt...

Und bei diesem F-dur-Accord hörte der Rechtsanwalt Jacoby zu tanzen auf. Er stand still, er stand inmitten der Bühne wie angewurzelt, beide Zeigefinger noch immer erhoben – einen ein wenig niedriger als den anderen – das i von Luischen brach ihm vom Munde ab, er verstummte, und während fast gleichzeitig auch die Klavierbegleitung sich scharf unterbrach, starrte diese abenteuerliche und gräßlich lächerliche Erscheinung dort oben mit tierisch vorgeschobenem Kopf und entzündeten Augen gerade aus... Er starrte in diesen geputzten, hellen und menschenvollen Festsaal hinein, in dem, wie eine Ausdünstung aller dieser Menschen, der fast zur Atmosphäre verdichtete Skandal lagerte... Er starrte in alle diese erhobenen, verzogenen und scharfbeleuchteten Gesichter, in diese Hunderte von Augen, die alle sich mit dem gleichen Ausdruck von Wissen auf das Paar dort unten vor ihm und auf ihn selbst richteten... Er ließ, während eine furchtbare, von keinem Laut unterbrochene Stille über allen lagerte, seine immer mehr sich erweiternden Augen langsam und unheimlich von diesem Paar auf das Publikum und von dem Publikum auf dies Paar wandern... eine Erkenntnis schien plötzlich über sein Gesicht zu gehen, ein Blutstrom ergoß sich in dieses Gesicht, um es rot wie das Seidenkleid aufquellen zu machen und es gleich darauf wachsgelb zurückzulassen – und der dicke Mann brach zusammen, daß die Bretter krachten.

– Während eines Augenblickes herrschte die Stille fort; dann wurden Schreie laut, Tumult entstand, ein paar beherzte Herren, darunter ein junger Arzt, sprangen vom Orchester aus auf die Bühne, der Vorhang ward herabgelassen...

Amra Jacoby und Alfred Läutner saßen, voneinander abgewandt, noch immer am Klavier. Er, gesenkten Hauptes, schien noch seinem Übergang nach F-dur nachzuhorchen; sie, unfähig, mit ihrem Spatzenhirn so rasch zu begreifen, was vor sich ging, blickte mit vollkommen leerem Gesichte um sich her...

Gleich darauf erschien der junge Arzt aufs neue im Saal, ein kleiner jüdischer Herr mit ernstem Gesicht und schwarzem Spitzbart. Einigen Herrschaften, die ihn an der Tür umringten, antwortete er achselzuckend:

»Aus.«

Der Kleiderschrank

Es war trübe, dämmerig und kühl, als der Schnellzug Berlin–Rom in eine mittelgroße Bahnhofshalle einfuhr. In einem Coupé erster Klasse mit Spitzendecken über den breiten Plüschsesseln richtete sich ein Alleinreisender empor: Albrecht van der Qualen. Er erwachte. Er verspürte einen faden Geschmack im Munde, und sein Körper war voll von dem nicht sehr angenehmen Gefühl, das durch das Stillstehen nach längerer Fahrt, das Verstummen des rhythmisch rollenden Gestampfes, die Stille hervorgebracht wird, von welcher die Geräusche draußen, die Rufe und Signale sich merkwürdig bedeutsam abheben... Dieser Zustand ist wie ein Zusichkommen aus einem Rausche, einer Betäubung. Unseren Nerven ist plötzlich der Halt, der Rhythmus genommen, dem sie sich hingegeben haben: nun fühlen sie sich äußerst verstört und verlassen. Und dies desto mehr, wenn wir gleichzeitig aus dem dumpfen Reiseschlaf erwachen.

Albrecht van der Qualen reckte sich ein wenig, trat ans Fenster und ließ die Scheibe herunter. Er blickte am Zuge entlang. Droben am Postwagen machten sich verschiedene Männer mit dem Ein- und Ausladen von Paketen zu schaffen. Die Lokomotive gab mehrere Laute von sich, nieste und kollerte ein wenig, schwieg dann und verhielt sich still; aber nur wie ein Pferd stillsteht, das bebend die Hufe hebt, die Ohren bewegt und gierig auf das Zeichen zum Anziehen wartet. Eine große und dicke Dame in langem Regenmantel schleppte mit unendlich besorgtem Gesicht eine centnerschwere Reisetasche, die sie mit einem Knie ruckweise vor sich her stieß, beständig an den Waggons hin und her: stumm, gehetzt und mit angstvollen Augen. Besonders ihre Oberlippe, die sie weit hervorschob und auf der ganz kleine Schweißtropfen standen, hatte etwas namenlos Rührendes... Du Liebe, Arme! dachte van der Qualen. Wenn ich dir helfen könnte, dich unterbringen, dich beruhigen, nur deiner Oberlippe zu Gefallen! Aber jeder für sich, so ist's eingerichtet, und ich, der ich in diesem Augenblicke ganz ohne Angst bin, stehe hier und sehe dir zu, wie einem Käfer, der auf den Rücken gefallen ist...

Dämmerung herrschte in der bescheidenen Halle. War es Abend oder Morgen? Er wußte es nicht. Er hatte geschlafen, und es war ganz und gar unbestimmt, ob er zwei, fünf, oder zwölf Stunden geschlafen hatte. Kam es nicht vor, daß er 24 Stunden und länger schlief, ohne die geringste Unterbrechung, tief, außerordentlich tief? – Er war ein Herr in einem halblangen, dunkelbraunen Winterüberzieher mit Sammetkragen. Aus seinen Zügen war sein Alter sehr schwer zu erkennen; man konnte geradezu zwischen 25 und dem Ende der Dreißiger schwanken. Er besaß einen gelblichen Teint, seine Augen aber waren glühend schwarz wie Kohlen und tief umschattet. Diese Augen verrieten nichts Gutes. Verschiedene Ärzte hatten ihm, in ernsten und offenen Gesprächen unter zwei Männern, nicht mehr viele Monate gegeben... Übrigens war sein dunkles Haar seitwärts glatt gescheitelt.

Er hatte in Berlin – obgleich Berlin nicht der Ausgangspunkt seiner Reise war – gelegentlich mit seiner Handtasche aus rotem Leder den grade abgehenden Schnellzug bestiegen, er hatte geschlafen, und nun, da er erwachte, fühlte er sich so völlig der Zeit enthoben, daß ihn das Behagen durchströmte. Er besaß keine Uhr. Er war glücklich, an der dünnen, goldenen Kette, die er um den Hals gehängt trug, nur ein kleines Medaillon in seiner Westentasche zu wissen. Er liebte es nicht, sich in Kenntnis über die Stunde oder auch nur den Wochentag zu befinden, denn auch einen Kalender hielt er sich nicht. Seit längerer Zeit hatte er sich der Gewohnheit entschlagen, zu wissen, den wievielten Tag des Monats oder auch nur welchen Monat, ja sogar welche Jahreszahl man schrieb. Alles muß in der Luft stehen, pflegte er zu denken, und er verstand ziemlich viel darunter, obgleich es eine etwas dunkle Redewendung war. Er ward selten oder niemals in dieser Unkenntnis gestört, da er sich bemühte, alle Störungen solcher Art von sich fern zu halten. Genügte es ihm vielleicht nicht, ungefähr zu bemerken, welche Jahreszeit man hatte? Es ist gewissermaßen Herbst, dachte er, während er in die trübe und feuchte Halle hinausblickte. Mehr weiß ich nicht! Weiß ich überhaupt, wo ich bin?...

Und plötzlich, bei diesem Gedanken, ward die Zufriedenheit, die er empfand, zu einem freudigen Entsetzen. Nein, er wußte nicht, wo er sich befand! War er noch in Deutschland? Zweifelsohne. In Norddeutschland? Das stand dahin! Mit Augen, die noch blöde waren vom Schlafe, hatte er das Fenster seines Coupés an einer erleuchteten Tafel vorübergleiten sehen, die möglicherweise den Namen der Station aufgewiesen hatte... nicht das Bild eines Buchstabens war zu seinem Hirn gelangt. In noch trunkenem Zustande hatte er die Schaffner zwei- oder dreimal den Namen rufen hören... nicht einen Laut davon hatte er verstanden. Dort aber, dort, in einer Dämmerung, von der er nicht wußte, ob sie Morgen oder Abend bedeutete, lag ein fremder Ort, eine unbekannte Stadt... Albrecht van der Qualen nahm seinen Filzhut aus dem Netz, ergriff seine rotlederne Reisetasche, deren Schnallriemen gleichzeitig eine rot und weiß gewürfelte Decke aus Seiden-Wolle umfaßte, in welcher wiederum ~~ein Regenschirm~~ mit silberner Krücke steckte – und obgleich sein Billett nach Florenz lautete, verließ er das Coupé, schritt die bescheidene Halle entlang, legte sein Gepäck in dem betreffenden Bureau nieder, zündete eine Cigarre an, steckte die Hände – er trug weder Stock noch Schirm – in die Paletottaschen und verließ den Bahnhof.

Draußen auf dem trüben, feuchten und ziemlich leeren Platze knallten fünf oder sechs Droschkenkutscher mit ihren Peitschen, und ein Mann mit betreßter Mütze und langem Mantel, in den er sich fröstelnd hüllte, sagte mit fragender Betonung: »Hotel zum braven Manne?« Van der Qualen dankte ihm höflich und ging seines Wegs gradaus. Die Leute, denen er begegnete, hatten die Kragen ihrer Mäntel emporgeklappt; darum tat er es auch, schmiegte das Kinn in den Sammet, rauchte und schritt nicht schnell und nicht langsam fürbaß.

Er kam an einem untersetzten Gemäuer vorüber, einem alten Tore mit zwei massiven Türmen, und überschritt eine Brücke, an deren Geländern Statuen standen und unter der das Wasser sich trübe und träge dahinwälzte. Ein langer, morscher Kahn kam vorbei, an dessen Hinterteil ein Mann mit einer langen Stange ruderte. Van der Qualen blieb ein wenig stehen und beugte sich über die Brüstung. Sieh da, dachte er, ein Fluß; der Fluß. Angenehm, daß ich seinen ordinären Namen nicht weiß ... Dann ging er weiter.

Er ging noch eine Weile auf dem Trottoir einer Straße geradeaus, die weder sehr breit, noch sehr schmal war, und bog dann irgendwo zur linken Hand ab. Es war Abend. Die elektrischen Bogenlampen zuckten auf, flackerten ein paarmal, glühten, zischten und leuchteten dann im Nebel. Die Läden schlossen. Also sagen wir, es ist in jeder Beziehung Herbst, dachte van der Qualen und schritt auf dem schwarznassen Trottoir dahin. Er trug keine Galoschen, aber seine Stiefel waren außerordentlich breit, fest, durabel und ermangelten trotzdem nicht der Eleganz.

Er ging andauernd nach links. Menschen schritten und eilten an ihm vorüber, gingen ihren Geschäften nach oder kamen von Geschäften. Und ich gehe mitten unter ihnen, dachte er, und bin so allein und fremd, wie es mutmaßlich kein Mensch gewesen ist. Ich habe kein Geschäft und kein Ziel. Ich habe nicht einmal einen Stock, auf den ich mich stütze. Haltloser, freier, unbeteiligter kann niemand sein. Niemand verdankt mir etwas, und ich verdanke niemandem etwas. Gott hat seine Hand niemals über mir gehalten, er kennt mich gar nicht. Treues Unglück ohne Almosen ist eine gute Sache; man kann sich sagen: Ich bin Gott nichts schuldig ...

Die Stadt war bald zu Ende. Wahrscheinlich war er etwa von der Mitte aus in die Quere gegangen. Er befand sich auf einer breiten Vorstadtstraße mit Bäumen und Villen, bog rechts ab, passierte drei oder vier fast dorfartige, nur von Gaslaternen beleuchtete Gassen und blieb schließlich in einer etwas breiteren vor einer Holzpforte stehen, die sich rechts neben einem gewöhnlichen, trübgelb gestrichenen Hause befand, welches sich seinerseits durch völlig undurchsichtige und sehr stark gewölbte Spiegel-Fensterscheiben auszeichnete. An der Pforte jedoch war ein Schild befestigt mit der Aufschrift: »In diesem Hause im 3. Stock sind Zimmer zu vermieten.« So? sagte er, warf den Rest seiner Cigarre fort, ging durch die Pforte, an einer Planke entlang, die das Grundstück von dem benachbarten trennte, linker Hand durch die Haustür, mit zwei Schritten über den Vorplatz, auf dem ein ärmlicher Läufer, eine alte, graue Decke lag, und begann, die anspruchslosen Holztreppen hinaufzusteigen.

Auch die Etagentüren waren sehr bescheiden, mit Milchglasscheiben, vor denen sich Drahtgeflechte befanden, und irgendwelche Namensschilder waren daran. Die Treppenabsätze waren von Petroleumlampen beleuchtet. Im dritten Stockwerk aber – es war das letzte, und hierauf kam der Speicher – befanden sich auch rechts und links von der Treppe noch Eingänge: einfache bräunliche Stubentüren; ein Name war nicht zu bemerken. Van der Qualen zog in der Mitte den messingnen Klingelknopf... Es schellte, aber drinnen ward keine Bewegung laut. Er pochte links... Keine Antwort. Er pochte rechts... Lange, leichte Schritte ließen sich vernehmen, und man öffnete.

Es war eine Frau, eine große, magere Dame, alt und lang. Sie trug eine Haube mit einer großen, mattlilafarbenen Schleife und ein altmodisches, verschossenes, schwarzes Kleid. Sie zeigte ein eingefallenes Vogelgesicht, und auf ihrer Stirn war ein Stück Ausschlag zu sehen, ein moosartiges Gewächs. Es war etwas ziemlich Abscheuliches.

»Guten Abend«, sagte van der Qualen. »Die Zimmer...«

Die alte Dame nickte; sie nickte und lächelte langsam, stumm und voll Verständnis und wies mit einer schönen, weißen, langen Hand, mit langsamer, müder und vornehmer Gebärde auf die gegenüberliegende, die linke Tür. Dann zog sie sich zurück und erschien aufs neue mit einem Schlüssel. Sieh da, dachte er, der hinter ihr stand, während sie aufschloß. Sie sind ja wie ein Alb, wie eine Figur von Hoffmann, gnädige Frau... Sie nahm die Petroleumlampe vom Haken und ließ ihn eintreten.

Es war ein kleiner, niedriger Raum mit brauner Diele; seine Wände aber waren bis oben hinauf mit strohfarbenen Matten bekleidet. Das Fenster an der Rückwand rechts verhüllte in langen, schlanken Falten ein weißer Mousselinvorhang. Die weiße Tür zum Nebenzimmer befand sich rechter Hand.

Die alte Dame öffnete und hob ihre Lampe empor. Dieses Zimmer war erbärmlich kahl, mit nackten, weißen Wänden, von denen sich drei hellrot lackierte Rohrstühle abhoben wie Erdbeeren von Schlagsahne. Ein Kleiderschrank, eine Waschkommode nebst Spiegel... Das Bett, ein außerordentlich mächtiges Mahagonimöbel, stand frei in der Mitte des Raumes.

»Haben Sie etwas dawider?« fragte die alte Dame und fuhr mit ihrer schönen, langen, weißen Hand leicht über das Moosgewächs an ihrer Stirn... Es war, als sagte sie das nur aus Versehen, als könne sie sich eines gewöhnlicheren Ausdruckes für den Augenblick nicht entsinnen. Sie fügte sofort hinzu: »So zu sagen –?«

»Nein, ich habe nichts dawider«, sagte van der Qualen. »Die Zimmer sind ziemlich witzig eingerichtet. Ich miete sie... Ich möchte, daß irgend jemand meine Sachen vom Bahnhofe abholt, hier ist der Schein. Sie werden die Gefälligkeit haben, das Bett, den Nachttisch herrichten zu lassen... mir jetzt sogleich den Hausschlüssel, den Etagenschlüssel einzuhändigen... sowie Sie mir auch ein paar Handtücher verschaffen werden. Ich möchte ein wenig Toilette machen, dann in die Stadt zum Essen gehen und später zurückkehren.«

Er zog ein vernickeltes Etui aus der Tasche, entnahm ihm Seife und begann, sich an der Waschkommode Gesicht und Hände zu erfrischen. Zwischendurch blickte er durch die stark nach außen gewölbten Fensterscheiben tief hinab über kotige Vorstadtstraßen im Gaslicht, auf Bogenlampen und Villen... Während er seine Hände trocknete, ging er hinüber zum Kleiderschrank. Es war ein vierschrötiges, braungebeiztes, ein wenig wackeliges Ding mit einer einfältig verzierten Krönung und stand inmitten der rechten Seitenwand genau in der Nische einer zweiten weißen Tür, die in die Räumlichkeiten führen mußte, zu welchen draußen an der Treppe die Haupt- und Mitteltür den Eingang bildete. Einiges in der Welt ist gut eingerichtet, dachte van der Qualen. Dieser Kleiderschrank paßt in die Türnische, als wäre er dafür gemacht... Er öffnete... Der Schrank war vollkommen leer, mit mehreren Reihen von Haken an der Decke; aber es zeigte sich, daß dieses solide Möbel gar keine Rückwand besaß, sondern hinten durch einen grauen Stoff, hartes, gewöhnliches Rupfenzeug abgeschlossen war, das mit Nägeln oder Reißstiften an den vier Ecken befestigt war. –

Van der Qualen verschloß den Schrank, nahm seinen Hut, klappte den Kragen seines Paletots wieder empor, löschte die Kerze und brach auf. Während er durch das vordere Zimmer ging, glaubte er, zwischen dem Geräusch seiner Schritte, nebenan, in jenen anderen Räumlichkeiten, einen Klang zu hören, einen leisen, hellen, metallischen Ton ... aber es ist ganz unsicher, ob es nicht Täuschung war. Wie wenn ein goldener Ring in ein silbernes Becken fällt, dachte er, während er die Wohnung verschloß, ging die Treppen hinunter, verließ das Haus und fand den Weg zurück zur Stadt.

In einer belebten Straße betrat er ein erleuchtetes Restaurant und nahm an einem der vorderen Tische Platz, indem er aller Welt den Rücken zuwandte. Er aß eine Kräutersuppe mit geröstetem Brot, ein Beefsteak mit Ei, Kompott und Wein, ein Stückchen grünen Gorgonzola und die Hälfte einer Birne. Während er bezahlte und sich ankleidete, tat er ein paar Züge aus einer russischen Cigarette, zündete dann eine Cigarre an und ging. Er schlenderte ein wenig umher, spürte seinen Heimweg in die Vorstadt auf und legte ihn ohne Eile zurück.

Das Haus mit den Spiegelscheiben lag völlig dunkel und schweigend da, als van der Qualen sich die Haustür öffnete und die finsteren Stiegen hinanstieg. Er leuchtete mit einem Zündhölzchen vor sich her und öffnete im dritten Stockwerk die braune Tür zur Linken, die in seine Zimmer führte. Nachdem er Überzieher und Hut auf den Diwan gelegt, entzündete er die Lampe auf dem großen Schreibtisch und fand daselbst seine Reisetasche, sowie die Plaidrolle mit dem Regenschirm. Er rollte die Decke auseinander und zog eine Cognacflasche hervor, worauf er der Ledertasche ein Gläschen entnahm und, während er seine

Cigarre zu Ende rauchte, im Armstuhle hier und da einen Schluck tat. Angenehm, dachte er, daß es auf der Welt doch immerhin Cognac gibt... Dann ging er ins Schlafzimmer, wo er die Kerze auf dem Nachttisch entzündete, löschte drüben die Lampe und begann, sich zu entkleiden. Er legte Stück für Stück seines grauen, unauffälligen und dauerhaften Anzuges auf den roten Stuhl am Bette; dann jedoch, als er das Tragband löste, fielen ihm Hut und Paletot ein, die noch auf dem Diwan lagen; er holte sie herüber, er öffnete den Kleiderschrank... Er tat einen Schritt rückwärts und griff mit der Hand hinter sich nach einer der großen, dunkelroten Mahagonikugeln, welche die vier Ecken des Bettes zierten.

Das Zimmer mit seinen kahlen, weißen Wänden, von denen sich die rotlackierten Stühle abhoben, wie Erdbeeren von Schlagsahne, lag in dem unruhigen Lichte der Kerze. Dort aber, der Kleiderschrank, dessen Tür weit offen stand: er war nicht leer, jemand stand darin, eine Gestalt, ein Wesen, so hold, daß Albrecht van der Qualens Herz einen Augenblick stillstand und dann mit vollen, langsamen, sanften Schlägen zu arbeiten fortfuhr... Sie war ganz nackt und hielt einen ihrer schmalen, zarten Arme empor, indem sie mit dem Zeigefinger einen Haken an der Decke des Schrankes umfaßte. Wellen ihres langen, braunen Haares ruhten auf ihren Kinderschultern, von welchen ein Liebreiz ausging, auf den man nur mit Schluchzen antworten kann. In ihren länglichen schwarzen Augen spiegelte sich der Schein der Kerze... Ihr Mund war ein wenig breit, aber von einem Ausdruck, so süß, wie die Lippen des Schlafes, wenn sie sich nach Tagen der Pein auf unsere Stirn senken. Sie hielt die Fersen fest geschlossen, und ihre schlanken Beine schmiegten sich aneinander...

Albrecht van der Qualen strich sich mit der Hand über die Augen und sah... er sah auch, daß dort unten in der rechten Ecke das graue Rupfenzeug vom Schranke gelöst war... »Wie?« sagte er... »Wollen Sie nicht hereinkommen?... wie soll ich sagen... herauskommen? Nehmen Sie nicht ein Gläschen Cognac? Ein halbes Gläschen?...«

Aber er erwartete keine Antwort hierauf und bekam auch keine. Ihre schmalen, glänzenden und so schwarzen Augen, daß sie ohne Ausdruck, unergründlich und stumm erschienen – sie waren auf ihn gerichtet, aber ohne Halt und Ziel, verschwommen, und als sähen sie ihn nicht.

»Soll ich dir erzählen?« sagte sie plötzlich mit ruhiger, verschleierter Stimme.

»Erzähle...« antwortete er. Er war in sitzender Haltung auf den Bettrand gesunken, der Überzieher lag auf seinen Knieen, und seine zusammengelegten Hände ruhten darauf. Sein Mund stand ein wenig geöffnet, und seine Augen waren halb geschlossen. Aber das Blut kreiste warm und milde pulsierend durch seinen Körper, und in seinen Ohren sauste es leise.

Sie hatte sich im Schranke niedergelassen und umschlang mit ihren zarten Armen das eine ihrer Kniee, das sie emporgezogen hatte, während das andere Bein nach außen hing. Ihre kleinen Brüste wurden durch die Oberarme zusammengepreßt, und die gestraffte Haut ihres Knies glänzte. Sie erzählte... erzählte mit leiser Stimme, während die Kerzenflamme lautlose Tänze aufführte...

Zwei gingen über das Heideland, und ihr Haupt lag auf seiner Schulter. Die Kräuter dufteten stark, aber schon stiegen die wolkigen Abendnebel vom Grunde: So fing es an. Und oftmals waren es Verse, die sich auf so unvergleichlich leichte und süße Art reimten, wie es uns hie und da in Fiebernächten im Halbschlaf geschieht. Aber es ging nicht gut aus. Das Ende war so traurig, wie wenn Zwei sich unauflöslich umschlungen halten, und, während ihre Lippen aufeinander liegen, das eine dem anderen ein breites Messer oberhalb des Gürtels in den Körper stößt, und zwar aus guten Gründen. So aber schloß es. Und dann stand sie mit einer unendlich stillen und bescheidenen Gebärde auf, lüftete dort unten den rechten Zipfel des grauen Zeuges, das die Rückwand des Schrankes bildete, und war nicht mehr da.

Von nun an fand er sie allabendlich in seinem Kleiderschranke und hörte ihr zu... wie viele Abende? Wie viele Tage, Wochen oder Monate verblieb er in dieser Wohnung und in dieser Stadt? – Niemandem würde es nützen, wenn hier die Zahl stünde. Wer würde sich an einer armseligen Zahl erfreuen?... Und wir wissen, daß Albrecht van der Qualen von mehreren Ärzten nicht mehr viele Monate zugestanden bekommen hatte.

Sie erzählte ihm... und es waren traurige Geschichten, ohne Trost; aber sie legten sich als eine süße Last auf das Herz und ließen es langsamer und seliger schlagen. Oftmals vergaß er sich... Sein Blut wallte auf in ihm, er streckte die Hände nach ihr aus, und sie wehrte ihm nicht. Aber er fand sie dann mehrere Abende nicht im Schranke, und wenn sie wiederkehrte, so erzählte sie doch noch mehrere Abende nichts und begann dann langsam wieder, bis er sich abermals vergaß.

Wie lange dauerte das... wer weiß es? Wer weiß auch nur, ob überhaupt Albrecht van der Qualen an jenem Nachmittage wirklich erwachte und sich in die unbekannte Stadt begab; ob er nicht vielmehr schlafend in seinem Coupé erster Klasse verblieb und von dem Schnellzuge Berlin–Rom mit ungeheurer Geschwindigkeit über alle Berge getragen ward? Wer unter uns möchte sich unterfangen, eine Antwort auf diese Frage mit Bestimmtheit und auf seine Verantwortung hin zu vertreten? Das ist ganz ungewiß. »Alles muß in der Luft stehen...«

Gerächt
Novellistische Studie

»An die einfachsten und grundsätzlichsten Wahrheiten«, sagte Anselm zu vorgerückter Stunde, »verschwendet das Leben manchmal die originellsten Belege. «

Als ich Dunja Stegemann kennenlernte, war ich zwanzig Jahre alt und von extremer Gimpelhaftigkeit. Emsig damit beschäftigt, mir die Hörner abzulaufen, war ich weit von der Vollendung dieses Geschäftes entfernt. Meine Begierden waren zügellos, ohne Skrupel gab ich mich ihrer Befriedigung hin, und mit der neugierigen Lasterhaftigkeit meiner Lebensführung verband ich aufs anmutigste jenen Idealismus, der mich zum Beispiel die reine, geistige – aber absolut geistige – Vertrautheit mit einer Frau innig erwünschen ließ. – Was die Stegemann anging, so war sie zu Moskau von deutschen Eltern geboren und dortselbst, oder doch in Rußland, aufgewachsen. Dreier Sprachen, des Russischen, Französischen und Deutschen mächtig, war sie als Gouvernante nach Deutschland gekommen; aber mit artistischen Instinkten ausgestattet, hatte sie diesen Beruf nach einigen Jahren fahrenlassen und lebte nun als intelligentes und freies Frauenzimmer, als Philosophin und Junggesellin, indem sie eine Zeitung zweiten oder dritten Ranges mit Literatur- und Musikberichten versah.

Sie war dreißig Jahre alt, als ich, am Tage meiner Ankunft in B., an der spärlich besetzten Table d'hôte einer kleinen Pension mit ihr zusammentraf: – eine große Person mit flacher Brust, flachen Hüften, hellgrünlichen Augen, die keines verwirrten Ausdrucks fähig waren, einer übermäßig aufgeworfenen Nase und einer kunstlosen Frisur von indifferentem Blond. Ihr schlichtes, dunkelbraunes Kleid war so schmuck- und kokette-rielos wie ihre Hände. Noch niemals hatte ich bei einer Frau eine so unzweideutige und resolute Häßlichkeit gesehen.

Beim Roastbeef kamen wir in ein Gespräch über Wagner im allgemeinen und den ›Tristan‹ im besonderen. Die Freiheit ihres Geistes verblüffte mich. Ihre Emanzipation war so ungewollt, so ohne Übertreibung und Unterstreichung, so ruhig, sicher und selbstverständlich, wie ich es nicht für möglich gehalten hatte. Die objektive Gelassenheit, mit der sie im Laufe unseres Gespräches Ausdrücke wie »entfleischte Brunst« gebrauchte, erschütterte mich. Und dem entsprachen ihre Blicke, ihre Bewegungen, die kameradschaftliche Art, in der sie die Hand auf meinen Arm legte...

Unsere Unterhaltung war lebhaft und tiefgehend, wir setzten sie nach Tische, als die vier oder fünf übrigen Gäste das Speisezimmer längst verlassen hatten, noch stundenlang fort, wir sahen uns beim Abendessen wieder, musizierten später auf dem verstimmten Piano der Pension, tauschten wiederum Gedanken und Empfindungen aus und verstanden uns bis auf den Grund. Ich empfand viel Genugtuung. Hier war ein Weib mit vollkommen männlich gebildetem Hirn. Ihre Worte dienten der Sache und keiner persönlichen Koketterie, während ihre Vorurteilslosigkeit jenen intimen Radikalismus im Austausche von Erlebnissen, Stimmungen und Sensationen ermöglichte, der damals meine Leidenschaft war. Hier war mein Verlangen erfüllt: ein weiblicher Kamerad gefunden, dessen sublime Unbefangenheit nichts Beunruhigendes aufkommen ließ, und in dessen Nähe ich sicher und getrost sein konnte, daß ausschließlich mein Geist in Bewegung geriet; denn die körperlichen Reize dieser Intellektuellen waren die eines Besens. Ja, meine Sicherheit in dieser Beziehung war um so größer, als alles, was an Dunja Stegemann fleischlich war, mir in dem Maße, wie unsere seelische Vertrautheit zunahm, mehr und mehr zuwider und geradezu zum Ekel wurde: – ein Triumph des Geistes, wie ich ihn nicht glänzender hatte ersehnen können.

Und dennoch... dennoch, zu welcher Vollkommenheit sich unsere Freundschaft entwickelte, so unbedenklich wir, als wir beide die Pension verlassen, uns einander in unseren Wohnungen besuchten, dennoch stand oftmals etwas zwischen uns, was der erhabenen Kälte unseres eigenartigen Verhältnisses dreimal fremd hätte sein sollen... stand zwischen uns gerade dann, wenn unsere Seelen ihre letzten und keuschesten Geheimnisse voreinander enthüllten, unsere Geister an der Lösung ihrer subtilsten Rätsel arbeiteten, wenn das »Sie«, das in minder gehobenen Stunden unsere Anrede blieb, einem makellosen »Du« wich... ein übler Reiz lag dabei in der Luft, verunreinigte sie und behinderte mir die Atmung... Sie schien nichts davon zu verspüren. Ihre Stärke und Freiheit war so groß! Ich aber empfand es und litt darunter.

So, und empfindlicher als jemals, war es eines Abends, als wir zusammen in psychologischem Gespräch auf meinem Zimmer saßen. Sie hatte bei mir gegessen; bis auf den Rotwein, dem zuzusprechen wir fortfuhren, war der runde Tisch abgeräumt, und die vollständig ungalante Situation, in der wir unsere Zigaretten rauchten, war bezeichnend für unser Verhältnis: Dunja Stegemann saß aufrecht am Tische, während ich, das Gesicht derselben Richtung zugewandt, halb liegend auf der Chaiselongue ruhte. – Unser bohrendes, zerlegendes und radikal offenherziges Gespräch, das sich mit den Seelenzuständen beschäftigte, welche die Liebe beim Mann und beim Weibe bewirkt, nahm seinen Fortgang. Ich aber war nicht ruhig, nicht frei und vielleicht ungewöhnlich reizbar, da ich stark getrunken hatte. Jenes Etwas war zugegen... jener üble Reiz lag in der Luft und verunreinigte sie in einer Weise, die mir immer unerträglicher wurde. Das Bedürfnis, gleichsam ein Fenster aufzustoßen, indem ich endlich einmal ausdrücklich mit einem geraden und brutalen Worte das unberechtigt Beunruhigende für jetzt und immer ins Reich der Nichtigkeit verwies, nahm mich ganz in Anspruch. Was ich auszusprechen beschloß, war nicht stärker und ehrlicher als vieles andere, was wir einander ausgesprochen hatten, und mußte einmal erledigt werden. Mein Gott, für Rücksichten der Höflichkeit und Galanterie würde sie am wenigsten Dank wissen...

»Hören Sie«, sagte ich, indem ich die Knie emporzog und ein Bein über das andere legte, »was ich noch immer festzustellen vergaß. Weißt du, was für mich unserem Verhältnis den originellsten und feinsten Charme gibt? Es ist die intime Vertrautheit unserer Geister, die mir unentbehrlich geworden ist, im Gegensatze zu der prononcierten Abneigung, die ich körperlich dir gegenüber empfinde.«

Stillschweigen. – »Ja, ja«, sagte sie dann, »das ist amüsant.« Und damit war dieser Einwurf abgetan, und unser Gespräch über die Liebe ward wieder aufgenommen. Ich atmete auf dabei. Das Fenster war geöffnet. Die Klarheit, Reinlichkeit und Sicherheit der Lage war hergestellt, wie es ohne Zweifel auch ihr Bedürfnis gewesen. Wir rauchten und sprachen.

»Und dann das Eine«, sagte sie plötzlich, »das einmal zwischen uns zur Sprache kommen muß... Du weißt nämlich nicht, daß ich einmal ein Liebesverhältnis gehabt habe.«

Ich wandte den Kopf nach ihr und starrte sie fassungslos an. Sie saß aufrecht, ganz ruhig, und bewegte die Hand, in der sie die Zigarette hielt, ein wenig auf dem Tische hin und her. Ihr Mund hatte sich leicht geöffnet, und ihre hellgrünen Augen blickten unbeweglich geradeaus. Ich rief:

»Du?... Sie?... Ein platonisches?«

»Nein; ein... ernstes.«

»Wo... wann... mit wem?!«

»In Frankfurt am Main, vor einem Jahre, mit einem Bankbeamten, einem noch jungen, sehr schönen Manne... Ich fühlte das Bedürfnis, es dir einmal zu sagen... Es ist mir lieb, daß du es nun weißt. – Oder bin ich in deiner Achtung gesunken?«

Ich lachte, streckte mich wieder aus und trommelte mit den Fingern neben mir an der Wand.

»Wahrscheinlich!« sagte ich mit großartiger Ironie. Ich blickte sie nicht mehr an, sondern hielt das Gesicht nach der Wand gedreht und sah meinen trommelnden Fingern zu. Mit einem Schlage hatte sich die eben noch gereinigte Atmosphäre so verdickt, daß das Blut mir zu Kopfe stieg und meine Augen trübte... Dieses Weib hatte sich lieben lassen. Ihr Körper war von einem Manne umfangen worden. Ohne mein Gesicht von der Wand zu wenden, ließ ich meine Phantasie diesen Körper entkleiden und fand einen abstoßenden Reiz an ihm. Ich goß noch ein – das wievielte? – Glas Rotwein hinunter. Stillschweigen.

»Ja«, wiederholte sie mit halber Stimme, »es ist mir lieb, daß du es nun weißt.« Und die unzweifelhaft bedeutsame Betonung, mit der sie dies sprach, machte, daß ich in ein niederträchtiges Zittern geriet. Sie saß da, allein mit mir gegen Mitternacht im Zimmer, aufrecht, ohne sich zu rühren, in wartender, anbietender Bewegungslosigkeit... Meine lasterhaften Instinkte waren in Aufruhr. Die Vorstellung des Raffinements, das darin liegen konnte, mich mit dieser Frau einer schamlosen und diabolischen Ausschweifung hinzugeben, ließ mein Herz in unerträglicher Weise hämmern.

»Sieh da!« sagte ich mit schwerer Zunge. »Das ist mir äußerst interessant!... Und er hat dich amüsiert, dieser Bankbeamte?«

Sie antwortete: »O ja.«

»Und«, fuhr ich fort, immer ohne sie anzusehen, »du würdest nichts dagegen haben, dergleichen noch einmal zu erleben?«

»Gar nichts –«

Brüsk, mit einem Ruck, warf ich mich herum, stützte die Hand auf das Polster und fragte mit der Frechheit der übermäßigen Gier:

»Wie wäre es mit uns?«

Sie wandte mir langsam das Gesicht zu und sah mich mit freundlichem Erstaunen an.

»Oh, mein Lieber, wie verfallen Sie darauf? – Nein, unser Verhältnis ist denn doch zu rein geistiger Natur...«

»Nun ja... nun ja... aber das ist doch eine Sache für sich! Wir können uns doch, unbeschadet unserer sonstigen Freundschaft und ganz abgesehen von dieser, auch einmal in anderer Weise zusammenfinden...«

»Aber nein! Sie hören ja, daß ich nein sage!« antwortete sie immer erstaunter.

Ich rief mit der Wut des Wüstlings, der nicht gewohnt ist, sich der schmutzigsten Grille zu entschlagen:

»Warum nicht? Warum nicht? Warum zierst du dich denn?!«

Und ich machte Miene, zu Tätlichkeiten überzugehen. – Dunja Stegemann stand auf.

»Nehmen Sie sich doch zusammen«, sagte sie. »Sie sind ja ganz außer sich! Ich kenne Ihre Schwäche, aber dies ist Ihrer unwürdig. Ich habe nein gesagt und habe Ihnen gesagt, daß unsere beiderseitige Sympathie zu absolut geistiger Natur ist. Verstehen Sie das denn nicht? – Und nun will ich gehen. Es ist spät geworden.«

Ich war ernüchtert, und meine Fassung war zurückgekehrt.

»Also ein Korb!?« sagte ich lachend... »Nun, ich hoffe, daß auch der an unserer Freundschaft nichts ändern wird...«

»Warum nicht gar!« antwortete sie und schüttelte kameradschaftlich meine Hand, wobei ein ziemlich spöttisches Lächeln um ihren unschönen Mund lag. – Dann ging sie.

Ich stand inmitten des Zimmers, und mein Gesicht war nicht geistvoll, während ich mir dies allerliebste Abenteuer noch einmal durch den Sinn gehen ließ. Am Ende schlug ich mir mit der Hand vor die Stirn und ging schlafen.

Der Weg zum Friedhof

Der Weg zum Friedhof lief immer neben der Chaussee, immer an ihrer Seite hin, bis er sein Ziel erreicht hatte, nämlich den Friedhof. An seiner anderen Seite lagen anfänglich menschliche Wohnungen, Neubauten der Vorstadt, an denen zum Teil noch gearbeitet wurde; und dann kamen Felder. Was die Chaussee betraf, die von Bäumen, knorrigen Buchen gesetzten Alters, flankiert wurde, so war sie zur Hälfte gepflastert, zur Hälfte war sie's nicht. Aber der Weg zum Friedhof war leicht mit Kies bestreut, was ihm den Charakter eines angenehmen Fußpfades gab. Ein schmaler, trockener Graben, von Gras und Wiesenblumen ausgefüllt, zog sich zwischen beiden hin.

Es war Frühling, beinahe schon Sommer. Die Welt lächelte. Gottes blauer Himmel war mit lauter kleinen, runden, kompakten Wolkenstückchen besetzt, betupft mit lauter schneeweißen Klümpchen von humoristischem Ausdruck. Die Vögel zwitscherten in den Buchen, und über die Felder daher kam ein milder Wind.

Auf der Chaussee schlich ein Wagen vom nächsten Dorfe her gegen die Stadt, er fuhr zur Hälfte auf dem gepflasterten, zur anderen Hälfte auf dem nicht gepflasterten Teile der Straße. Der Fuhrmann ließ seine Beine zu beiden Seiten der Deichsel hinabhängen und pfiff aufs unreinste. Am äußersten Hinterteile aber saß ein gelbes Hündchen, das ihm den Rücken zuwandte und über sein spitzes Schnäuzchen hinweg mit unsäglich ernster und gesammelter Miene auf den Weg zurückblickte, den es gekommen war. Es war ein unvergleichliches Hündchen, Goldes wert, tief erheiternd; aber leider gehört es nicht zur Sache, weshalb wir uns von ihm abkehren müssen. – Ein Trupp Soldaten zog vorüber. Sie kamen von der unfernen Kaserne, marschierten in ihrem Dunst und sangen. Ein zweiter Wagen schlich, von der Stadt kommend, gegen das nächste Dorf. Der Fuhrmann schlief, und ein Hündchen war nicht darauf, weshalb dieses Fuhrwerk ganz ohne Interesse ist. Zwei Handwerksburschen kamen des Weges, der eine bucklig, der andere ein Riese an Gestalt. Sie gingen barfuß, weil sie ihre Stiefel auf dem Rücken trugen, riefen dem schlafenden Fuhrmann etwas Gutgelauntes zu und zogen fürbaß. Es war ein maßvoller Verkehr, der sich ohne Verwicklungen und Zwischenfälle erledigte.

Auf dem Wege zum Friedhof ging nur ein Mann; er ging langsam, gesenkten Hauptes und gestützt auf einen schwarzen Stock. Dieser Mann hieß Piepsam, Lobgott Piepsam und nicht anders. Wir nennen ausdrücklich seinen Namen, weil er sich in der Folge aufs sonderbarste benahm.

Er war schwarz gekleidet, denn er befand sich auf dem Wege zu den Gräbern seiner Lieben. Er trug einen rauhen, geschweiften Cylinderhut, einen altersblanken Gehrock, Beinkleider, die sowohl zu eng als auch zu kurz waren, und schwarze, überall abgeschabte Glacéhandschuhe. Sein Hals, ein langer, dürrer Hals mit großem Kehlkopfapfel, erhob sich aus einem Klappkragen, der ausfranste, ja, er war an den Kanten schon ein wenig aufgerauht, dieser Klappkragen. Wenn aber der Mann seinen Kopf erhob, was er zuweilen tat, um zu sehen, wie weit er noch vom Friedhof entfernt sei, so bekam man etwas zu sehen, ein seltenes Gesicht, ohne Frage ein Gesicht, das man nicht so schnell wieder vergaß.

Es war glatt rasiert und bleich. Zwischen den ausgehöhlten Wangen aber trat eine vorn sich knollenartig verdickende Nase hervor, die in einer unmäßigen, unnatürlichen Röte glühte und zum Überfluß von einer Menge kleiner Auswüchse strotzte, ungesunder Gewächse, die ihr ein unregelmäßiges und phantastisches Aussehen verliehen. Diese Nase, deren tiefe Glut scharf gegen die matte Blässe der Gesichtsfläche abstach, hatte etwas Unwahrscheinliches und Pittoreskes, sie sah aus wie angesetzt, wie eine Faschingsnase, wie ein melancholischer Spaß. Aber es war nicht an dem... Seinen Mund, einen breiten Mund mit gesenkten Winkeln, hielt der Mann fest geschlossen, und wenn er aufblickte, so zog er seine schwarzen, mit weißen Härchen durchsetzten Brauen hoch unter die Hutkrempe empor, daß man so recht zu sehen vermochte, wie entzündet und jämmerlich umrändert seine Augen waren. Kurzum, es war ein Gesicht, dem man die lebhafteste Sympathie dauernd nicht versagen konnte.

Lobgott Piepsams Erscheinung war nicht freudig, sie paßte schlecht zu diesem lieblichen Vormittag, und auch für einen, der die Gräber seiner Lieben besuchen will, war sie allzu trübselig. Wenn man aber in sein Inneres sah, so mußte man zugeben, daß ausreichende Gründe dafür vorhanden waren. Er war ein wenig gedrückt, wie? . . . es ist schwer, so lustigen Leuten wie euch dergleichen begreiflich zu machen . . . ein wenig unglücklich, nicht wahr? ein bißchen schlecht behandelt. Ach, die Wahrheit zu reden, so war er dies nicht nur ein wenig, er war es in hohem Grade, es war ohne Übertreibung elend mit ihm bestellt.

Erstens trank er. Nun, davon wird noch die Rede sein. Ferner war er verwitwet, verwaist und von aller Welt verlassen; er hatte nicht eine liebende Seele auf Erden. Seine Frau, eine geborene Lebzelt, war ihm entrissen worden, als sie ihm vor Halbjahrsfrist ein Kind geschenkt hatte; es war das dritte Kind und es war tot gewesen. Auch die beiden anderen Kinder waren gestorben; das eine an der Diphtherie, das andere an nichts und wieder nichts, vielleicht an allgemeiner Unzulänglichkeit. Nicht genug damit, hatte er bald darauf seine Erwerbsstelle eingebüßt, war schimpflich aus Amt und Brot gejagt worden, und das hing mit jener Leidenschaft zusammen, die stärker war als Piepsam.

Er hatte ihr ehemals einigermaßen Widerpart zu halten vermocht, obgleich er ihr periodenweise unmäßig gefrönt hatte. Als ihm aber Weib und Kinder entrafft waren, als er ohne Halt und Stütze, von allem Anhang entblößt, allein auf Erden stand, war das Laster Herr über ihn geworden und hatte seinen seelischen Widerstand mehr und mehr gebrochen. Er war Beamter im Dienste einer Versicherungssozietät gewesen, eine Art von höherem Kopisten mit monatlich neunzig Reichsmark bar. In unzurechnungsfähigem Zustande jedoch hatte er sich grober

Versehen schuldig gemacht und war, nach wiederholten Vermahnungen, endlich als dauernd unzuverlässig entlassen worden.

Es ist klar, daß dies durchaus keine sittliche Erhebung Piepsams zur Folge gehabt hatte, daß er nun vielmehr vollends dem Ruin anheimgefallen war. Ihr müßt nämlich wissen, daß das Unglück des Menschen Würde ertötet – es ist immerhin gut, ein wenig Einsicht in diese Dinge zu besitzen. Es hat eine sonderbare und schauerliche Bewandtnis hiermit. Es nützt nichts, daß der Mensch sich selbst seine Unschuld beteuert: in den meisten Fällen wird er sich für sein Unglück verachten. Selbstverachtung und Laster aber stehen in der schauderhaftesten Wechselbeziehung, sie nähren einander, sie arbeiten einander in die Hände, daß es ein Graus ist. So war es auch mit Piepsam. Er trank, weil er sich nicht achtete, und er achtete sich weniger und weniger, weil das immer erneute Zuschandenwerden aller guten Vorsätze sein Selbstvertrauen zerfraß. Zu Hause in seinem Kleiderschranke pflegte eine Flasche mit einer giftgelben Flüssigkeit zu stehen, einer verderblichen Flüssigkeit, wir nennen aus Vorsicht nicht ihren Namen. Vor diesem Schranke hatte Lobgott Piepsam buchstäblich schon auf den Knien gelegen und sich die Zunge zerbissen; und dennoch war er schließlich erlegen... Wir erzählen euch nicht gern solche Dinge; aber sie sind immerhin lehrreich. – Nun ging er auf dem Wege zum Friedhof und stieß seinen schwarzen Stock vor sich hin. Der milde Wind umspielte auch seine Nase, aber er fühlte es nicht. Mit hoch emporgezogenen Brauen starrte er hohl und trüb in die Welt, ein elender und verlorener Mensch. – Plötzlich vernahm er hinter sich ein Geräusch und horchte auf: ein sanftes Rauschen näherte sich aus weiter Ferne her mit großer Geschwindigkeit. Er wandte sich um und blieb stehen... Es war ein Fahrrad, dessen Pneumatik auf dem leicht mit Kies bestreuten Boden knirschte, und das in voller Karriere herankam, dann aber sein Tempo verlangsamte, da Piepsam mitten im Wege stand.

Ein junger Mann saß auf dem Sattel, ein Jüngling, ein unbesorgter Tourist. Ach, mein Gott, er erhob durchaus nicht den

Anspruch, zu den Großen und Herrlichen dieser Erde gezählt zu werden! Er fuhr eine Maschine von mittlerer Qualität, gleichviel aus welcher Fabrik, ein Rad im Preise von zweihundert Mark, auf gut Glück geraten. Und damit kutschierte er ein wenig über Land, frisch aus der Stadt hinaus, mit blitzenden Pedalen in Gottes freie Natur hinein, hurra! Er trug ein buntes Hemd und eine graue Jacke darüber, Sportgamaschen und das keckste Mützchen der Welt – ein Witz von einem Mützchen, bräunlich kariert, mit einem Knopf auf der Höhe. Darunter aber kam ein Wust, ein dicker Schopf von blondem Haar hervor, das ihm über die Stirne emporstand. Seine Augen waren blitzblau. Er kam daher wie das Leben und rührte die Glocke; aber Piepsam ging nicht um eines Haares Breite aus dem Wege. Er stand da und blickte das Leben mit unbeweglicher Miene an.

Es warf ihm einen ärgerlichen Blick zu und fuhr langsam an ihm vorüber, worauf Piepsam ebenfalls wieder vorwärts zu gehen begann. Als es aber vor ihm war, sagte er langsam und mit schwerer Betonung:

»Numero neuntausendsiebenhundertundsieben.« Dann kniff er die Lippen zusammen und blickte unverwandt vor sich nieder, während er fühlte, daß des Lebens Blick verdutzt auf ihm ruhte.

Es hatte sich umgewendet, den Sattel hinter sich mit der einen Hand erfaßt und fuhr ganz langsam.

»Wie?« fragte es ...

»Numero neuntausendsiebenhundertundsieben«, wiederholte Piepsam. »O nichts. Ich werde Sie anzeigen.«

»Sie werden mich anzeigen?« fragte das Leben, wandte sich noch weiter herum und fuhr noch langsamer, so daß es angestrengt mit der Lenkstange hin- und herbalancieren mußte ...

»Gewiß«, antwortete Piepsam in einer Entfernung von fünf oder sechs Schritten.

»Warum?« fragte das Leben und stieg ab. Es blieb stehen und sah sehr erwartungsvoll aus.

»Das wissen Sie selbst sehr wohl.«

»Nein, das weiß ich nicht.«

»Sie müssen es wissen.«

»Aber ich weiß es nicht«, sagte das Leben, »und es interessiert mich auch außerordentlich wenig!« Damit machte es sich an sein Fahrrad, um wieder aufzusteigen. Es war durchaus nicht auf den Mund gefallen.

»Ich werde Sie anzeigen, weil Sie hier fahren, nicht dort draußen auf der Chaussee, sondern hier auf dem Wege zum Friedhof«, sagte Piepsam.

»Aber, lieber Herr!« sagte das Leben mit einem ärgerlichen und ungeduldigen Lachen, wandte sich neuerdings um und blieb stehen... »Sie sehen hier Spuren von Fahrrädern den ganzen Weg entlang... Hier fährt jedermann...«

»Das ist mir ganz gleich«, entgegnete Piepsam, »ich werde Sie anzeigen.«

»Ei, so tun Sie, was Ihnen Vergnügen macht!« rief das Leben und stieg zu Rade. Es stieg wirklich auf, es blamierte sich nicht, indem ihm das Aufsteigen mißlang; es stieß sich nur ein einziges Mal mit dem Fuße ab, saß sicher im Sattel und legte sich ins Zeug, um wieder ein Tempo zu gewinnen, das seinem Temperamente entsprach.

»Wenn Sie nun noch weiter hier fahren, hier, auf dem Wege zum Friedhof, so werde ich Sie ganz sicher anzeigen«, sprach Piepsam mit erhöhter und bebender Stimme. Aber das Leben kümmerte sich jämmerlich wenig darum; es fuhr mit wachsender Geschwindigkeit weiter.

Hättet ihr in diesem Augenblick Lobgott Piepsams Gesicht gesehen, ihr wäret tief erschrocken gewesen. Er kniff die Lippen so fest zusammen, daß seine Wangen und sogar die glühende Nase sich ganz und gar verschoben, und unter den unnatürlich hoch emporgezogenen Brauen starrten seine Augen dem entrollenden Fahrzeug mit wahnsinnigem Ausdruck nach. Plötzlich stürzte er vorwärts. Er legte die kurze Strecke, die ihn von der Maschine trennte, rennend zurück und ergriff die Satteltasche; er klammerte sich mit beiden Händen daran fest, hing sich förmlich daran und, immer mit übermenschlich fest zusammengekniffenen Lippen, stumm und mit wilden Augen, zerrte er aus

Leibeskräften an dem vorwärtsstrebenden und balancierenden Zweirad. Wer ihn sah, konnte im Zweifel sein, ob er aus Bosheit beabsichtigte, den jungen Mann am Weiterfahren zu hindern, oder ob er von dem Wunsche gepackt worden war, sich ins Schlepptau nehmen zu lassen, sich hinten aufzuschwingen und mitzufahren, ebenfalls ein wenig hinauszukutschieren, mit blitzenden Pedalen in Gottes freie Natur hinein, hurra! ... Das Zweirad konnte dieser verzweifelten Last nicht lange widerstehen; es stand, es neigte sich, es fiel um.

Nun aber wurde das Leben grob. Es war auf ein Bein zu stehen gekommen, holte mit dem rechten Arme aus und gab Herrn Piepsam einen solchen Stoß vor die Brust, daß er mehrere Schritte zurücktaumelte. Dann sagte es mit bedrohlich anschwellender Stimme:

»Sie sind wohl besoffen, Kerl! Wenn Sie sonderbarer Patron sich's nun noch einmal einfallen lassen, mich aufzuhalten, so haue ich Sie in die Pfanne, verstehen Sie das? Ich schlage Ihnen die Knochen entzwei! Wollen Sie das zur Kenntnis nehmen!« Und damit drehte es Herrn Piepsam den Rücken zu, zog mit einer entrüsteten Bewegung sein Mützchen fester über den Kopf und stieg wieder aufs Rad. Nein, es war durchaus nicht auf den Mund gefallen. Auch mißlang ihm das Aufsteigen ebensowenig wie vorhin. Es trat wieder nur einmal an, saß sicher im Sattel und hatte die Maschine sofort in der Gewalt. Piepsam sah seinen Rücken sich rascher und rascher entfernen.

Er stand da, keuchte und starrte dem Leben nach... Es stürzte nicht, es geschah ihm kein Unglück, kein Pneumatik platzte, und kein Stein lag ihm im Wege; federnd fuhr es dahin. Da begann Piepsam zu schreien und zu schimpfen – man konnte es ein Gebrüll heißen, es war gar keine menschliche Stimme mehr.

»Sie fahren nicht weiter!« schrie er. »Sie tun es nicht! Sie fahren dort draußen und nicht auf dem Wege zum Friedhof, hören Sie mich?! ... Sie steigen ab, Sie steigen sofort ab! Oh! Oh! ich zeige Sie an! ich verklage Sie! Ach, Herr du mein Gott, wenn du stürztest, wenn du stürzen wolltest, du windige Kanaille, ich würde dich treten, mit dem Stiefel in dein Gesicht treten, du verfluchter Bube...«

Niemals wurde dergleichen ersehen! Ein schimpfender Mann auf dem Wege zum Friedhof, ein Mann, der mit geschwollenem Kopfe brüllt, ein Mann, der vor Schimpfen tanzt, Kapriolen macht, Arme und Beine um sich wirft und sich nicht zu lassen weiß! Das Fahrzeug war schon gar nicht mehr sichtbar, und Piepsam tobte noch immer an derselben Stelle umher.

»Haltet ihn! Haltet ihn! Er fährt auf dem Wege zum Friedhof! Reißt ihn doch herunter, den verdammten Laffen! Ach... ach... hätte ich dich, wie wollte ich dich schinden, du alberner Hund, du dummer Windbeutel, du Hans Narr, du unwissender Geck... Sie steigen ab! Sie steigen in diesem Augenblick ab! Wirft ihn denn keiner in den Staub, den Wicht?! ...Spazierenfahren, wie? Auf dem Wege zum Friedhof, was?! Du Schurke! Du dreister Bengel! Du verdammter Affe! Blitzblaue Augen, nicht wahr? Und was sonst noch? Der Teufel kratze sie dir aus, du unwissender, unwissender, unwissender Geck!!...«

Piepsam ging nun zu Redewendungen über, die nicht wiederzugeben sind, er schäumte und stieß mit geborstener Stimme die schändlichsten Schimpfworte hervor, indes die Raserei seines Körpers sich immer mehr verstärkte. Ein paar Kinder mit einem Korbe und einem Pinscherhunde kamen von der Chaussee herüber; sie kletterten über den Graben, umringten den schreienden Mann und blickten neugierig in sein verzerrtes Gesicht. Einige Leute, die dort hinten an den Neubauten arbeiteten oder eben ihre Mittagspause begonnen hatten, wurden ebenfalls aufmerksam, und Männer sowohl wie Mörtelweiber kamen den Weg daher auf die Gruppe zu. Aber Piepsam wütete immer weiter, es wurde immer schlimmer mit ihm. Er schüttelte blind und toll die Fäuste gen Himmel und nach allen Richtungen hin, zappelte mit den Beinen, drehte sich um sich selbst, beugte die Kniee und schnellte wieder empor vor unmäßiger Anstrengung, recht laut zu schreien. Er machte nicht einen Augenblick Pause im Schimpfen, er ließ sich kaum Zeit zu atmen, und es war zum Erstaunen, woher ihm all die Worte kamen. Sein Gesicht war

fürchterlich geschwollen, sein Cylinderhut saß ihm im Nakken, und sein umgebundenes Vorhemd hing ihm aus der Weste
heraus. Dabei war er längst bei Allgemeinheiten angelangt und
stieß Dinge hervor, die nicht im entferntesten mehr zur Sache
gehörten. Es waren Anspielungen auf sein Lasterleben und re-
ligiöse Hindeutungen, in so unpassendem Tone vorgebracht
und mit Schimpfwörtern liederlich untermischt.

»Kommt nur her, kommt nur alle herbei!« brüllte er. »Nicht
ihr, nicht bloß ihr, auch ihr anderen, ihr mit den Mützchen und
den blitzblauen Augen! Ich will euch Wahrheiten in die Ohren
schreien, daß euch ewig grausen soll, euch windigen Wich-
ten! ... Grinst ihr? Zuckt ihr die Achseln? ... Ich trinke ... gewiß, ich trinke! Ich saufe sogar, wenn ihr's hören wollt! Was
bedeutet das?! Es ist noch nicht aller Tage Abend! Es kommt
der Tag, ihr nichtiges Geschmeiß, da Gott uns alle wägen
wird... Ach... ach... des Menschen Sohn wird kommen in
den Wolken, ihr unschuldigen Kanaillen, und seine Gerechtigkeit ist nicht von dieser Welt! Er wird euch in die äußerste Finsternis werfen, euch munteres Gezücht, wo da ist Heulen
und...«

Er war jetzt von einer stattlichen Menschenansammlung
umgeben. Einige lachten, und einige sahen ihn mit gerunzel-
ten Brauen an. Es waren noch mehr Arbeiter und Mörtelweiber von den Bauten herangekommen. Ein Fuhrmann war von
seinem Wagen gestiegen, der auf der Landstraße hielt, und, die
Peitsche in der Hand, ebenfalls über den Graben herzugetreten.
Ein Mann rüttelte Piepsam am Arme, aber das führte zu nichts.
Ein Trupp Soldaten, der vorübermarschierte, reckte lachend
die Hälse nach ihm. Der Pinscherhund konnte nicht länger an
sich halten, stemmte die Vorderbeine gegen den Boden und
heulte ihm mit eingeklemmtem Schwanze gerade ins Gesicht
hinein.

Plötzlich schrie Lobgott Piepsam noch einmal aus voller
Kraft: »Du steigst ab, du steigst sofort ab, du unwissender
Geck!« beschrieb mit einem Arme einen weiten Halbkreis und
stürzte in sich selbst zusammen. Er lag da, jäh verstummt, als

ein schwarzer Haufen inmitten der Neugierigen. Sein geschweifter Cylinderhut flog davon, sprang einmal vom Boden empor und blieb dann ebenfalls liegen.

Zwei Maurersleute beugten sich über den unbeweglichen Piepsam und verhandelten in dem biederen und vernünftigen Ton von arbeitenden Männern über den Fall. Dann machte sich der eine von ihnen auf die Beine und verschwand im Geschwindschritt. Die Zurückbleibenden nahmen noch einige Experimente mit dem Bewußtlosen vor. Der eine besprengte ihn aus einer Bütte mit Wasser, ein anderer goß aus seiner Flasche Branntwein in die hohle Hand und rieb ihm die Schläfen damit. Aber diese Bemühungen wurden von keinem Erfolge gekrönt.

So verging eine kleine Weile. Dann wurden Räder laut, und ein Wagen kam auf der Chaussee heran. Es war ein Sanitätswagen, und an Ort und Stelle machte er halt: mit zwei hübschen kleinen Pferden bespannt und mit einem ungeheuren roten Kreuze an jeder Seite bemalt. Zwei Männer in kleidsamer Uniform kletterten vom Bocke herab, und während der eine sich an das Hinterteil des Wagens begab, um es zu öffnen und das verschiebbare Bett herauszuziehen, sprang der andere auf den Weg zum Friedhof, schob die Gaffer beiseite und schleppte mit Hilfe eines Mannes aus dem Volke Herrn Piepsam zum Wagen. Er wurde auf das Bett gestreckt und hineingeschoben wie ein Brot in den Backofen, worauf die Tür wieder zuschnappte und die beiden Uniformierten wieder auf den Bock kletterten. Das alles ging mit großer Präzision, mit ein paar geübten Griffen, klipp und klapp, wie im Affentheater.

Und dann fuhren sie Lobgott Piepsam von hinnen.

Gladius Dei

I.

München leuchtete. Über den festlichen Plätzen und weißen Säulentempeln, den antikisierenden Monumenten und Barockkirchen, den springenden Brunnen, Palästen und Gartenanlagen der Residenz spannte sich strahlend ein Himmel von blauer Seide, und ihre breiten und lichten, umgrünten und wohlberechneten Perspektiven lagen in dem Sonnendunst eines ersten, schönen Junitages.

Vogelgeschwätz und heimlicher Jubel über allen Gassen... Und auf Plätzen und Zeilen rollt, wallt und summt das unüberstürzte und amüsante Treiben der schönen und gemächlichen Stadt. Reisende aller Nationen kutschieren in den kleinen, langsamen Droschken umher, indem sie rechts und links in wahlloser Neugier an den Wänden der Häuser hinaufschauen, und steigen die Freitreppen der Museen hinan...

Viele Fenster stehen geöffnet, und aus vielen klingt Musik auf die Straßen hinaus, Übungen auf dem Klavier, der Geige oder dem Violoncell, redliche und wohlgemeinte dilettantische Bemühungen. Im »Odeon« aber wird, wie man vernimmt, an mehreren Flügeln ernstlich studiert.

Junge Leute, die das Nothung-Motiv pfeifen und abends die Hintergründe des modernen Schauspielhauses füllen, wandern, literarische Zeitschriften in den Seitentaschen ihrer Jacketts, in der Universität und der Staatsbibliothek aus und ein. Vor der Akademie der bildenden Künste, die ihre weißen Arme zwischen der Türkenstraße und dem Siegestor ausbreitet, hält eine Hofkarosse. Und auf der Höhe der Rampe stehen, sitzen und lagern in farbigen Gruppen die Modelle, pittoreske Greise, Kinder und Frauen in der Tracht der Albaner Berge.

Lässigkeit und hastloses Schlendern in all den langen Straßenzügen des Nordens... Man ist von Erwerbsgier nicht gerade gehetzt und verzehrt dortselbst, sondern lebt angenehmen Zwecken. Junge Künstler, runde Hütchen auf den Hinterköpfen, mit lockeren Kravatten und ohne Stock, unbesorgte Gesellen, die ihren Mietzins mit Farbenskizzen bezahlen, gehen spazieren, um diesen hellblauen Vormittag auf ihre Stimmung wirken zu lassen, und sehen den kleinen Mädchen nach, diesem hübschen, untersetzten Typus mit den brünetten Haarbandeaux, den etwas zu großen Füßen und den unbedenklichen Sitten ... Jedes fünfte Haus läßt Atelierfensterscheiben in der Sonne blinken. Manchmal tritt ein Kunstbau aus der Reihe der bürgerlichen hervor, das Werk eines phantasievollen jungen Architekten, breit und flachbogig, mit bizarrer Ornamentik, voll Witz und Stil. Und plötzlich ist irgendwo die Tür an einer allzu langweiligen Fassade von einer kecken Improvisation umrahmt, von fließenden Linien und sonnigen Farben, Bacchanten, Nixen, rosigen Nacktheiten...

Es ist stets aufs neue ergötzlich, vor den Auslagen der Kunstschreinereien und der Basare für moderne Luxusartikel zu verweilen. Wie viel phantasievoller Komfort, wie viel linearer Humor in der Gestalt aller Dinge! Überall sind die kleinen Skulptur-, Rahmen- und Antiquitätenhandlungen verstreut, aus deren Schaufenstern dir die Büsten der florentinischen Quattrocento-Frauen voll einer edlen Pikanterie entgegenschauen. Und der Besitzer des kleinsten und billigsten dieser Läden spricht dir von Donatello und Mino da Fiesole, als habe er das Vervielfältigungsrecht von ihnen persönlich empfangen...

Aber dort oben am Odeonsplatz, angesichts der gewaltigen Loggia, vor der sich die geräumige Mosaikfläche ausbreitet, und schräg gegenüber dem Palast des Regenten, drängen sich die Leute um die breiten Fenster und Schaukästen des großen Kunstmagazins, des weitläufigen Schönheitsgeschäftes von M. Blüthenzweig. Welche freudige Pracht der Auslage! Reproduktionen von Meisterwerken aus allen Galerieen der Erde, eingefaßt in kostbare, raffiniert getönte und ornamentierte Rahmen in einem Geschmack von preziöser Einfachheit; Abbildungen moderner Gemälde, sinnenfroher Phantasieen, in denen die Antike auf eine humorvolle und realistische Weise wiedergeboren zu sein scheint; die Plastik der Renaissance in vollendeten Abgüssen; nackte Bronzeleiber und zerbrechliche Ziergläser; irdene Vasen von steilem Stil, die aus Bädern von Metalldämpfen in einem schillernden Farbenmantel hervorgegangen sind; Prachtbände, Triumphe der neuen Ausstattungskunst, Werke modischer Lyriker, gehüllt in einen dekorativen und vornehmen Prunk; dazwischen die Portraits von Künstlern, Musikern, Philosophen, Schauspielern, Dichtern, der Volksneugier nach Persönlichem ausgehängt... In dem ersten Fenster, der anstoßenden Buchhandlung zunächst, steht auf einer Staffelei ein großes Bild, vor dem die Menge sich staut: eine wertvolle, in rotbraunem Tone ausgeführte Photographie in breitem, altgoldenem Rahmen, ein Aufsehen erregendes Stück, eine Nachbildung des Clou der großen internationalen Ausstellung des Jahres, zu deren Besuch an den Litfaßsäulen, zwischen Konzertprospekten und künstlerisch ausgestatteten Empfehlungen von Toilettenmitteln, archaisierende und wirksame Plakate einladen.

Blick' um dich, sieh' in die Fenster der Buchläden. Deinen Augen begegnen Titel wie »Die Wohnungskunst seit der Renaissance«, »Die Erziehung des Farbensinnes«, »Die Renaissance im modernen Kunstgewerbe«, »Das Buch als Kunstwerk«, »Die dekorative Kunst«, »Der Hunger nach Kunst« – und du mußt wissen, daß diese Weckschriften tausendfach gekauft und gelesen werden, und daß abends über ebendieselben Gegenstände vor vollen Sälen geredet wird...

Hast du Glück, so begegnet dir eine der berühmten Frauen in Person, die man durch das Medium der Kunst zu schauen gewohnt ist, eine jener reichen und schönen Damen von künstlich hergestelltem tizianischen Blond und im Brillantenschmuck, deren betörenden Zügen durch die Hand eines genialen Portraitisten die Ewigkeit zuteil geworden ist, und von deren Liebesleben die Stadt spricht – Königinnen der Künstlerfeste im Karneval, ein wenig geschminkt, ein wenig gemalt, voll einer edlen Pikanterie, gefallsüchtig und anbetungswürdig. Und sieh, dort fährt ein großer Maler mit seiner Geliebten in einem Wagen die Ludwigstraße hinauf. Man zeigt sich das Gefährt, man bleibt stehen und blickt den beiden nach. Viele Leute grüßen. Und es fehlt nicht viel, daß die Schutzleute Front machen.

Die Kunst blüht, die Kunst ist an der Herrschaft, die Kunst streckt ihr rosenumwundenes Scepter über die Stadt hin und lächelt. Eine allseitige respektvolle Anteilnahme an ihrem Gedeihen, eine allseitige, fleißige und hingebungsvolle Übung und Propaganda in ihrem Dienste, ein treuherziger Kultus der Linie, des Schmuckes, der Form, der Sinne, der Schönheit obwaltet... München leuchtete.

II.

Es schritt ein Jüngling die Schellingstraße hinan; er schritt, umklingelt von den Radfahrern, in der Mitte des Holzpflasters der breiten Fassade der Ludwigskirche entgegen. Sah man ihn an, so war es, als ob ein Schatten über die Sonne ginge oder über das Gemüt eine Erinnerung an schwere Stunden. Liebte er die Sonne nicht, die die schöne Stadt in Festglanz tauchte? Warum hielt er in sich gekehrt und abgewandt die Augen zu Boden gerichtet, indes er wandelte?

Er trug keinen Hut, woran bei der Kostümfreiheit der leichtgemuten Stadt keine Seele Anstoß nahm, sondern hatte statt dessen die Kapuze seines weiten, schwarzen Mantels über den Kopf gezogen, die seine niedrige, eckig hervorspringende Stirn beschattete, seine Ohren bedeckte und seine hageren Wangen umrahmte. Welcher Gewissensgram, welche Skrupeln und welche Mißhandlungen seiner selbst hatten diese Wangen so auszuhöhlen vermocht? Ist es nicht schauerlich, an solchem Sonnentage den Kummer in den Wangenhöhlen eines Menschen wohnen zu sehen? Seine dunklen Brauen verdickten sich stark an der schmalen Wurzel seiner Nase, die groß und gehöckert aus dem Gesichte hervorsprang, und seine Lippen waren stark und wulstig. Wenn er seine ziemlich nahe bei einander liegenden braunen Augen erhob, bildeten sich Querfalten auf seiner kantigen Stirn. Er blickte mit einem Ausdruck von Wissen, Begrenztheit und Leiden. Im Profil gesehen, glich dieses Gesicht genau einem alten Bildnis von Möncheshand, aufbewahrt zu Florenz in einer engen und harten Klosterzelle, aus welcher einstmals ein furchtbarer und niederschmetternder Protest gegen das Leben und seinen Triumph erging...

Hieronymus schritt die Schellingstraße hinan, schritt langsam und fest, indes er seinen weiten Mantel von innen mit beiden Händen zusammenhielt. Zwei kleine Mädchen, zwei dieser hübschen, untersetzten Wesen mit den Haarbandeaux, den zu großen Füßen und den unbedenklichen Sitten, die Arm in Arm und abenteuerlustig an ihm vorüberschlenderten, stießen sich an und lachten, legten sich vornüber und gerieten ins Laufen vor Lachen über seine Kapuze und sein Gesicht. Aber er achtete dessen nicht. Gesenkten Hauptes und ohne nach rechts oder links zu blicken, überschritt er die Ludwigstraße und stieg die Stufen der Kirche hinan.

Die großen Flügel der Mitteltür standen weit geöffnet. In der geweihten Dämmerung, kühl, dumpfig und mit Opferrauch geschwängert, war irgendwo fern ein schwaches, rötliches Glühen bemerkbar. Ein altes Weib mit blutigen Augen erhob sich von einer Betbank und schleppte sich an Krücken zwischen den Säulen hindurch. Sonst war die Kirche leer.

Hieronymus benetzte sich Stirn und Brust am Becken, beugte das Knie vor dem Hochaltar und blieb dann im Mittelschiffe stehen. War es nicht, als sei seine Gestalt gewachsen, hier drinnen? Aufrecht und unbeweglich, mit frei erhobenem Haupte stand er da, seine große, gehöckerte Nase schien mit einem herrischen Ausdruck über den starken Lippen hervorzuspringen, und seine Augen waren nicht mehr zu Boden gerichtet, sondern blickten kühn und geradeswegs ins Weite, zu dem Kruzifix auf dem Hochaltar hinüber. So verharrte er reglos eine Weile; dann beugte er zurücktretend aufs neue das Knie und verließ die Kirche.

Er schritt die Ludwigstraße hinauf, langsam und fest, gesenkten Hauptes, inmitten des breiten, ungepflasterten Fahrdammes, entgegen der gewaltigen Loggia mit ihren Statuen. Aber auf dem Odeonsplatze angelangt, blickte er auf, so daß sich Querfalten auf seiner kantigen Stirne bildeten, und hemmte seine Schritte: aufmerksam gemacht durch die Menschenansammlung vor den Auslagen der großen Kunsthandlung, des weitläufigen Schönheitsgeschäftes von M. Blüthenzweig.

Die Leute gingen von Fenster zu Fenster, zeigten sich die ausgestellten Schätze und tauschten ihre Meinungen aus, indes einer über des anderen Schulter blickte. Hieronymus mischte sich unter sie und begann, auch seinerseits alle diese Dinge zu betrachten, alles in Augenschein zu nehmen, Stück für Stück.

Er sah die Nachbildungen von Meisterwerken aus allen Galerieen der Erde, die kostbaren Rahmen in ihrer simplen Bizarrerie, die Renaissanceplastik, die Bronzeleiber und Ziergläser, die schillernden Vasen, den Buchschmuck und die Portraits der Künstler, Musiker, Philosophen, Schauspieler, Dichter, sah alles an und wandte an jeden Gegenstand einen Augenblick. Indem er seinen Mantel von innen mit beiden Händen fest zusammenhielt, drehte er seinen von der Kapuze bedeckten Kopf in kleinen, kurzen Wendungen von einer Sache zur nächsten, und unter seinen dunklen, an der Nasenwurzel stark sich verdichtenden Brauen, die er emporzog, blickten seine Augen mit einem befremdeten, stumpfen und kühl erstaunten Ausdruck auf jedes Ding eine Weile. So erreichte er das erste Fenster, dasjenige, hinter dem das aufsehenerregende Bild sich befand, blickte eine Zeitlang den vor ihm sich drängenden Leuten über die Schultern und gelangte endlich nach vorn, dicht an die Auslage heran.

Die große, rötlichbraune Photographie stand, mit äußerstem Geschmack in Altgold gerahmt, auf einer Staffelei inmitten des Fensterraumes. Es war eine Madonna, eine durchaus modern empfundene, von jeder Konvention freie Arbeit. Die Gestalt der heiligen Gebärerin war von berückender Weiblichkeit, entblößt und schön. Ihre großen, schwülen Augen waren dunkel umrändert, und ihre delikat und seltsam lächelnden Lippen standen halb geöffnet. Ihre schmalen, ein wenig nervös und krampfhaft gruppierten Finger umfaßten die Hüfte des Kindes, eines nackten Knaben von distinguierter und fast primitiver Schlankheit, der mit ihrer Brust spielte und dabei seine Augen mit einem klugen Seitenblick auf den Beschauer gerichtet hielt.

Zwei andere Jünglinge standen neben Hieronymus und unterhielten sich über das Bild, zwei junge Männer mit Büchern unter dem Arm, die sie aus der Staatsbibliothek geholt hatten oder dorthin brachten, humanistisch gebildete Leute, beschlagen in Kunst und Wissenschaft.

»Der Kleine hat es gut, hol' mich der Teufel!« sagte der eine.

»Und augenscheinlich hat er die Absicht, einen neidisch zu machen«, versetzte der andere... »Ein bedenkliches Weib!«

»Ein Weib zum Rasendwerden! Man wird ein wenig irre am Dogma von der unbefleckten Empfängnis...«

»Ja, ja, sie macht einen ziemlich berührten Eindruck... Hast du das Original gesehen?«

»Selbstverständlich. Ich war ganz angegriffen. Sie wirkt in der Farbe noch weit aphrodisischer... besonders die Augen.«

»Die Ähnlichkeit ist eigentlich doch ausgesprochen.«

»Wieso?«

»Kennst du nicht das Modell? Er hat doch seine kleine Putzmacherin dazu benützt. Es ist beinahe Portrait, nur stark ins Gebiet des Korrupten hinaufstilisiert... Die Kleine ist harmloser.«

»Das hoffe ich. Das Leben wäre allzu anstrengend, wenn es viele gäbe wie diese mater amata...«

»Die Pinakothek hat es angekauft.«

»Wahrhaftig? Sieh' da! Sie wußte wohl übrigens, was sie tat. Die Behandlung des Fleisches und der Linienfluß des Gewandes ist wirklich eminent.«

»Ja; ein unglaublich begabter Kerl.«

»Kennst du ihn?«

»Ein wenig. Er wird Karriere machen, das ist sicher. Er war schon zweimal beim Regenten zur Tafel...«

Das letzte sprachen sie, während sie anfingen, voneinander Abschied zu nehmen.

»Sieht man dich heute Abend im Theater?« fragte der eine.

»Der dramatische Verein gibt Macchiavellis Mandragola zum besten.«

»O, bravo. Davon kann man sich Spaß versprechen. Ich hatte vor, ins Künstlervariété zu gehen, aber es ist wahrscheinlich, daß ich den wackeren Nicolo schließlich vorziehe. Auf Wiedersehen...«

Sie trennten sich, traten zurück und gingen nach rechts und links auseinander. Neue Leute rückten an ihre Stelle und betrachteten das erfolgreiche Bild. Aber Hieronymus stand unbeweglich an seinem Platze; er stand mit vorgestrecktem Kopfe, und man sah, wie seine Hände, mit denen er auf der Brust seinen Mantel von innen zusammenhielt, sich krampfhaft ballten. Seine Brauen waren nicht mehr mit jenem kühl und ein wenig gehässig erstaunten Ausdruck emporgezogen, sie hatten sich gesenkt und verfinstert, seine Wangen, von der schwarzen Kapuze halb bedeckt, schienen tiefer ausgehöhlt, als vordem, und seine dicken Lippen waren ganz bleich. Langsam neigte sein Kopf sich tiefer und tiefer, so daß er schließlich seine Augen ganz von unten herauf starr auf das Kunstwerk gerichtet hielt. Die Flügel seiner großen Nase bebten.

In dieser Haltung verblieb er wohl eine Viertelstunde. Die Leute um ihn her lösten sich ab, er aber wich nicht vom Platze. Endlich drehte er sich langsam, langsam auf den Fußballen herum und ging fort.

III.

Aber das Bild der Madonna ging mit ihm. Immerdar, mochte er nun in seinem engen und harten Kämmerlein weilen oder in den kühlen Kirchen knieen, stand es vor seiner empörten Seele, mit schwülen, umränderten Augen, mit rätselhaft lächelnden Lippen, entblößt und schön. Und kein Gebet vermochte, es zu verscheuchen.

In der dritten Nacht aber geschah es, daß ein Befehl und Ruf aus der Höhe an Hieronymus erging, einzuschreiten und seine Stimme zu erheben gegen leichtherzige Ruchlosigkeit und frechen Schönheitsdünkel. Vergebens wendete er, Mosen gleich, seine blöde Zunge vor; Gottes Wille blieb unerschütterlich und verlangte laut von seiner Zaghaftigkeit diesen Opfergang unter die lachenden Feinde.

Da machte er sich auf am Vormittage und ging, weil Gott es wollte, den Weg zur Kunsthandlung, zum großen Schönheitsgeschäft von M. Blüthenzweig. Er trug die Kapuze über dem Kopf und hielt seinen Mantel von innen mit beiden Händen zusammen, indes er wandelte.

IV.

Es war schwül geworden; der Himmel war fahl, und ein Gewitter drohte. Wiederum belagerte viel Volks die Fenster der Kunsthandlung, besonders aber dasjenige, in dem das Madonnenbild sich befand. Hieronymus warf nur einen kurzen Blick dorthin; dann drückte er die Klinke der mit Plakaten und Kunstzeitschriften verhangenen Glastür. »Gott will es!« sagte er und trat in den Laden.

Ein junges Mädchen, das irgendwo an einem Pult in einem großen Buche geschrieben hatte, ein hübsches, brünettes Wesen mit Haarbandeaux und zu großen Füßen, trat auf ihn zu und fragte freundlich, was ihm zu Diensten stehe.

»Ich danke Ihnen«, sagte Hieronymus leise und blickte ihr, Querfalten in seiner kantigen Stirn, ernst in die Augen. »Nicht Sie will ich sprechen, sondern den Inhaber des Geschäftes, Herrn Blüthenzweig.«

Ein wenig zögernd zog sie sich von ihm zurück und nahm ihre Beschäftigung wieder auf. Er stand inmitten des Ladens.

Alles, was draußen in einzelnen Beispielen zur Schau gestellt war, es war hier drinnen zwanzigfach zu Hauf getürmt und üppig ausgebreitet: eine Fülle von Farbe, Linie und Form, von Stil, Witz, Wohlgeschmack und Schönheit. Hieronymus blickte langsam nach beiden Seiten, und dann zog er die Falten seines schwarzen Mantels fester um sich zusammen.

Es waren mehrere Leute im Laden anwesend. An einem der breiten Tische, die sich quer durch den Raum zogen, saß ein Herr in gelbem Anzug und mit schwarzem Ziegenbart und betrachtete eine Mappe mit französischen Zeichnungen, über die er manchmal ein meckerndes Lachen vernehmen ließ. Ein junger Mensch mit einem Aspekt von Schlechtbezahltheit und Pflanzenkost bediente ihn, indem er neue Mappen zur Ansicht herbeischleppte. Dem meckernden Herrn schräg gegenüber prüfte eine vornehme alte Dame moderne Kunststickereien, große Fabelblumen in blassen Tönen, die auf langen, steifen Stielen senkrecht nebeneinander standen. Auch um sie bemühte sich ein Angestellter des Geschäfts. An einem zweiten Tische saß, die Reisemütze auf dem Kopfe und die Holzpfeife im Munde, nachlässig ein Engländer. Durabel gekleidet, glatt rasiert, kalt und unbestimmten Alters, wählte er unter Bronzen, die Herr Blüthenzweig ihm persönlich herzutrug. Die ziere Gestalt eines nackten kleinen Mädchens, welche, unreif und zart gegliedert, ihre Händchen in koketter Keuschheit auf der Brust kreuzte, hielt er am Kopfe erfaßt und musterte sie eingehend, indem er sie langsam um sich selbst drehte.

Herr Blüthenzweig, ein Mann mit kurzem braunen Vollbart und blanken Augen von ebenderselben Farbe, bewegte sich händereibend um ihn herum, indem er das kleine Mädchen mit allen Vokabeln pries, deren er habhaft werden konnte.

»Hundertfünfzig Mark, Sir«, sagte er auf englisch; »Münchener Kunst, Sir. Sehr lieblich in der Tat. Voller Reiz, wissen Sie. Es ist die Grazie selbst, Sir. Wirklich äußerst hübsch, niedlich und bewunderungswürdig.« Hierauf fiel ihm noch etwas ein und er sagte: »Höchst anziehend und verlockend.« Dann fing er wieder von vorne an.

Seine Nase lag ein wenig platt auf der Oberlippe, so daß er beständig mit einem leicht fauchenden Geräusch in seinen Schnurrbart schnüffelte. Manchmal näherte er sich dabei dem Käufer in gebückter Haltung, als beröche er ihn. Als Hieronymus eintrat, untersuchte Herr Blüthenzweig ihn flüchtig in eben dieser Weise, widmete sich aber alsbald wieder dem Engländer.

Die vornehme Dame hatte ihre Wahl getroffen und verließ den Laden. Ein neuer Herr trat ein. Herr Blüthenzweig beroch ihn kurz, als wollte er so den Grad seiner Kauffähigkeit erkunden, und überließ es der jungen Buchhalterin, ihn zu bedienen. Der Herr erstand nur eine Fayencebüste Pieros, Sohn des prächtigen Medici, und entfernte sich wieder. Auch der Engländer begann nun, aufzubrechen. Er hatte sich das kleine Mädchen zu eigen gemacht und ging unter den Verbeugungen Herrn Blüthenzweigs. Dann wandte sich der Kunsthändler zu Hieronymus und stellte sich vor ihn hin.

»Sie wünschen...« fragte er ohne viel Demut.

Hieronymus hielt seinen Mantel von innen mit beiden Händen zusammen und blickte Herrn Blüthenzweig fast ohne mit den Wimpern zu zucken ins Gesicht. Er trennte langsam seine dicken Lippen und sagte:

»Ich komme zu Ihnen wegen des Bildes in jenem Fenster dort, der großen Photographie, der Madonna.« – Seine Stimme war belegt und modulationslos.

»Jawohl, ganz recht«, sagte Herr Blüthenzweig lebhaft und begann, sich die Hände zu reiben: »Siebenzig Mark im Rahmen, mein Herr. Es ist unveränderlich... eine erstklassige Reproduktion. Höchst anziehend und reizvoll.«

Hieronymus schwieg. Er neigte seinen Kopf in der Kapuze und sank ein wenig in sich zusammen, während der Kunsthändler sprach; dann richtete er sich wieder auf und sagte:

»Ich bemerke Ihnen im voraus, daß ich nicht in der Lage, noch überhaupt willens bin, irgend etwas zu kaufen. Es tut mir leid, Ihre Erwartungen enttäuschen zu müssen. Ich habe Mitleid mit Ihnen, wenn Ihnen das Schmerz bereitet. Aber erstens bin ich arm, und zweitens liebe ich die Dinge nicht, die Sie feilhalten. Nein, kaufen kann ich nichts.«

»Nicht... also nicht«, sagte Herr Blüthenzweig und schnüffelte stark. »Nun, darf ich fragen...«

»Wie ich Sie zu kennen glaube«, fuhr Hieronymus fort, »so verachten Sie mich darum, daß ich nicht imstande bin, Ihnen etwas abzukaufen...«

»Hm...« sagte Herr Blüthenzweig. »Nicht doch! Nur...«

»Dennoch bitte ich Sie, mir Gehör zu schenken und meinen Worten Gewicht beizulegen.«

»Gewicht beizulegen. Hm. Darf ich fragen...«

»Sie dürfen fragen«, sagte Hieronymus, »und ich werde Ihnen antworten. Ich bin gekommen, Sie zu bitten, daß Sie jenes Bild, die große Photographie, die Madonna, sogleich aus Ihrem Fenster entfernen und sie niemals wieder zur Schau stellen.«

Herr Blüthenzweig blickte eine Weile stumm in Hieronymus' Gesicht, mit einem Ausdruck, als forderte er ihn auf, über seine abenteuerlichen Worte in Verlegenheit zu geraten. Da dies aber keineswegs geschah, so schnüffelte er heftig und brachte hervor:

»Wollen Sie die Güte haben, mir mitzuteilen, ob Sie hier in irgend einer amtlichen Eigenschaft stehen, die Sie befugt, mir Vorschriften zu machen, oder was Sie eigentlich herführt...«

»O nein«, antwortete Hieronymus; »ich habe weder Amt noch Würde von Staates wegen. Die Macht ist nicht auf meiner Seite, Herr. Was mich herführt, ist allein mein Gewissen.«

Herr Blüthenzweig bewegte nach Worten suchend den Kopf hin und her, blies heftig mit der Nase in seinen Schnurrbart und rang mit der Sprache. Endlich sagte er:

»Ihr Gewissen... Nun, so wollen Sie gefälligst... Notiz davon nehmen... daß Ihr Gewissen für uns eine... eine gänzlich belanglose Einrichtung ist!« –

Damit drehte er sich um, ging schnell zu seinem Pult im Hintergrunde des Ladens und begann zu schreiben. Die beiden Ladendiener lachten von Herzen. Auch das hübsche Fräulein kicherte über ihrem Kontobuche. Was den gelben Herrn mit dem schwarzen Ziegenbart betraf, so zeigte es sich, daß er ein Fremder war, denn er verstand augenscheinlich nichts von dem Gespräch, sondern fuhr fort, sich mit den französischen Zeichnungen zu beschäftigen, wobei er von Zeit zu Zeit sein meckerndes Lachen vernehmen ließ. –

»Wollen Sie den Herrn abfertigen«, sagte Herr Blüthenzweig über die Schulter hinweg zu seinem Gehilfen. Dann schrieb er weiter. Der junge Mensch mit dem Aspekt von Schlechtbezahltheit und Pflanzenkost trat auf Hieronymus zu, indem er sich des Lachens zu enthalten trachtete, und auch der andere Verkäufer näherte sich.

»Können wir Ihnen sonst irgendwie dienlich sein?« fragte der Schlechtbezahlte sanft. Hieronymus hielt unverwandt seinen leidenden, stumpfen und dennoch durchdringenden Blick auf ihn gerichtet.

»Nein«, sagte er, »sonst können Sie es nicht. Ich bitte Sie, das Madonnenbild unverzüglich aus dem Fenster zu entfernen, und zwar für immer. «

»O... Warum?«

»Es ist die heilige Mutter Gottes...« sagte Hieronymus gedämpft.

»Allerdings... Sie hören ja aber, daß Herr Blüthenzweig nicht geneigt ist, Ihren Wunsch zu erfüllen. «

»Man muß bedenken, daß es die heilige Mutter Gottes ist«, sagte Hieronymus, und sein Kopf zitterte.

»Das ist richtig. – Und weiter? Darf man keine Madonnen ausstellen? Darf man keine malen?«

»Nicht so! Nicht so!« sagte Hieronymus beinahe flüsternd, indem er sich hoch emporrichtete und mehrmals heftig den Kopf schüttelte. Seine kantige Stirn unter der Kapuze war ganz von langen und tiefen Querfalten durchfurcht. »Sie wissen sehr wohl, daß es das Laster selbst ist, das ein Mensch dort gemalt hat... die entblößte Wollust! Von zwei schlichten und unbewußten Leuten, die dieses Madonnenbild betrachteten, habe ich mit meinen Ohren gehört, daß es sie an dem Dogma der unbefleckten Empfängnis irre mache...«

»O, erlauben Sie, nicht darum handelt es sich«, sagte der junge Verkäufer überlegen lächelnd. Er schrieb in seinen Mußestunden eine Broschüre über die moderne Kunstbewegung und war sehr wohl im stande, ein gebildetes Gespräch zu führen. »Das Bild ist ein Kunstwerk«, fuhr er fort, »und man muß den Maßstab daran legen, der ihm gebührt. Es hat allerseits den größten Beifall gehabt. Der Staat hat es angekauft...«

»Ich weiß, daß der Staat es angekauft hat«, sagte Hieronymus.

»Ich weiß auch, daß der Maler zweimal beim Regenten gespeist hat. Das Volk spricht davon, und Gott weiß, wie es sich die Tatsache deutet, daß jemand für ein solches Werk zum hochgeehrten Manne wird. Wovon legt diese Tatsache Zeugnis ab? Von der Blindheit der Welt, einer Blindheit, die unfaßlich ist, wenn sie nicht auf schamloser Heuchelei beruht. Dieses Gebilde ist aus Sinnenlust entstanden und wird in Sinnenlust genossen... ist dies wahr oder nicht? Antworten Sie; antworten auch Sie, Herr Blüthenzweig!«

Eine Pause trat ein. Hieronymus schien allen Ernstes eine Antwort zu verlangen und blickte mit seinen leidenden und durchdringenden braunen Augen abwechselnd auf die beiden Verkäufer, die ihn neugierig und verdutzt anstarrten, und auf Herrn Blüthenzweigs runden Rücken. Es herrschte Stille. Nur der gelbe Herr mit dem schwarzen Ziegenbart ließ, über die französischen Zeichnungen gebeugt, sein meckerndes Lachen vernehmen.

»Es i s t wahr!« fuhr Hieronymus fort, und in seiner belegten Stimme bebte eine tiefe Entrüstung... »Sie wagen nicht, es zu leugnen! Wie aber ist es dann möglich, den Verfertiger dieses Gebildes im Ernste zu feiern, als habe er der Menschheit ideale Güter um eines vermehrt? Wie ist es dann möglich, davor zu stehen, sich unbedenklich dem schnöden Genusse hinzugeben, den es verursacht, und sein Gewissen mit dem Worte Schönheit zum Schweigen zu bringen, ja, sich ernstlich einzureden, man überlasse sich dabei einem edlen, erlesenen und höchst menschenwürdigen Zustande? Ist dies ruchlose Unwissenheit oder verworfene Heuchelei? Mein Verstand steht still an dieser Stelle... er steht still vor der absurden Tatsache, daß ein Mensch durch die dumme und zuversichtliche Entfaltung seiner tierischen Triebe auf Erden zu höchstem Ruhme gelangen kann!... Schönheit... Was ist Schönheit? Wodurch wird die Schönheit zutage getrieben und worauf wirkt sie? Es ist unmöglich, dies nicht zu wissen, Herr Blüthenzweig! Wie aber ist es denkbar, eine Sache so sehr zu durchschauen und nicht angesichts ihrer von Ekel und Gram erfüllt zu werden? Es ist verbrecherisch, die Unwissenheit der schamlosen Kinder und kecken Unbedenklichen durch die Erhöhung und frevle Anbetung der Schönheit zu bestätigen, zu bekräftigen und ihr zur Macht zu verhelfen, denn sie sind weit vom Leiden und weiter noch von der Erlösung! ... Du blickst schwarz, antworten Sie mir, du, Unbekannter. Das Wissen, sage ich Ihnen, ist die tiefste Qual der Welt; aber es ist das Fegefeuer, ohne dessen läuternde Pein keines Menschen Seele zum Heile gelangt. Nicht kecker Kindersinn und ruchlose Unbefangenheit frommt, Herr Blüthenzweig, sondern jene Erkenntnis, in der die Leidenschaften unseres eklen Fleisches hinsterben und verlöschen. «

Stillschweigen. Der gelbe Herr mit dem schwarzen Ziegenbart meckerte kurz.

»Sie müssen nun wohl gehen«, sagte der Schlechtbezahlte sanft.

Aber Hieronymus machte keineswegs Anstalten, zu gehen. Hoch aufgerichtet in seinem Kapuzenmantel, mit brennenden Augen stand er inmitten des Kunstladens, und seine dicken Lippen formten mit hartem und gleichsam rostigem Klange unaufhaltsam verdammende Worte...

»Kunst! rufen sie, Genuß! Schönheit! Hüllt die Welt in Schönheit ein und verleiht jedem Dinge den Adel des Stiles! ... Geht mir, Verruchte! Denkt man, mit prunkenden Farben das Elend der Welt zu übertünchen? Glaubt man, mit dem Festlärm des üppigen Wohlgeschmacks das Ächzen der gequälten Erde übertönen zu können? Ihr irrt, Schamlose! Gott läßt sich nicht spotten, und ein Greuel ist in seinen Augen euer frecher Götzendienst der gleißenden Oberfläche! ... Du schmähst die Kunst, antworten Sie mir, du, Unbekannter. Sie lügen, sage ich Ihnen, ich schmähe nicht die Kunst! Die Kunst ist kein gewissenloser Trug, der lockend zur Bekräftigung und Bestätigung des Lebens im Fleische reizt! Die Kunst ist die heilige Fackel, die barmherzig hineinleuchte in alle fürchterlichen Tiefen, in alle scham- und gramvollen Abgründe des Daseins; die Kunst ist das göttliche Feuer, das an die Welt gelegt werde, damit sie aufflamme und zergehe samt all ihrer Schande und Marter in erlösendem Mitleid! ... Nehmen Sie, Herr Blüthenzweig, nehmen Sie das Werk des berühmten Malers dort aus Ihrem Fenster... ja, Sie täten gut, es mit einem heißen Feuer zu verbrennen und seine Asche in alle Winde zu streuen, in alle vier Winde!...«

Seine unschöne Stimme brach ab. Er hatte einen heftigen Schritt rückwärts getan, hatte einen Arm der Umhüllung des schwarzen Mantels entrissen, hatte ihn mit leidenschaftlicher Bewegung weit hinausgereckt und wies mit einer seltsam verzerrten, krampfhaft auf- und niederbebenden Hand auf die Auslage, das Schaufenster, dorthin, wo das Aufsehen erregende Madonnenbild seinen Platz hatte. In dieser herrischen Haltung verharrte er. Seine große, gehöckerte Nase schien mit einem befehlshaberischen Ausdruck hervorzuspringen, seine dunklen, an der Nasenwurzel stark sich verdickenden Brauen waren so hoch emporgezogen, daß die kantige, von der Kapuze beschattete Stirn ganz in breiten Querfalten lag, und über seinen Wangenhöhlen hatte sich eine hektische Hitze entzündet.

Hier aber wandte Herr Blüthenzweig sich um. Sei es, daß die Zumutung, diese Siebenzig-Mark-Reproduktion zu verbrennen, ihn so aufrichtig entrüstete, oder daß überhaupt Hieronymus' Reden seine Geduld am Ende erschöpft hatten: jedenfalls bot er ein Bild gerechten und starken Zornes. Er wies mit dem Federhalter auf die Ladentür, blies mehrere Male kurz und erregt mit der Nase in den Schnurrbart, rang mit der Sprache und brachte dann mit höchstem Nachdruck hervor:

»Wenn Sie Patron nun nicht augenblicklich von der Bildfläche verschwinden, so lasse ich Ihnen durch den Packer den Abgang erleichtern, verstehen Sie mich?!«

»O, Sie schüchtern mich nicht ein, Sie verjagen mich nicht, Sie bringen meine Stimme nicht zum Schweigen!« rief Hieronymus, indem er oberhalb der Brust seine Kapuze mit der Faust zusammenraffte und furchtlos den Kopf schüttelte... »Ich weiß, daß ich einsam und machtlos bin, und dennoch verstumme ich nicht, bis Sie mich hören, Herr Blüthenzweig! Nehmen Sie das Bild aus Ihrem Fenster und verbrennen Sie es noch heute! Ach, verbrennen Sie nicht dies allein! Verbrennen Sie auch diese Statuetten und Büsten, deren Anblick in Sünde

stürzt, verbrennen Sie diese Vasen und Zierate, diese schamlosen Wiedergeburten des Heidentums, diese üppig ausgestatteten
Liebesverse! Verbrennen Sie alles, was Ihr Laden birgt, Herr
Blüthenzweig, denn es ist ein Unrat in Gottes Augen! Verbrennen, verbrennen, verbrennen Sie es!« rief er außer sich, indem er
eine wilde, weite Bewegung rings in die Runde vollführte...
»Die Ernte ist reif für den Schnitter... Die Frechheit dieser Zeit
durchbricht alle Dämme... Ich aber sage Ihnen...«

»Krauthuber!« ließ Herr Blüthenzweig, einer Tür im Hintergrund zugewandt, mit Anstrengung seine Stimme vernehmen... »Kommen Sie sofort herein!«

Das, was infolge dieses Befehles auf dem Schauplatze erschien,
war ein massiges und übergewaltiges Etwas, eine ungeheuerliche
und strotzende menschliche Erscheinung von schreckenein-
flößender Fülle, deren schwellende, quellende, gepolsterte
Gliedmaßen überall formlos ineinander übergingen... eine
unmäßige, langsam über den Boden wuchtende und schwer pu-
stende Riesengestalt, genährt mit Malz, ein Sohn des Volkes von
fürchterlicher Rüstigkeit! Ein fransenartiger Seehundsschnauz-
bart war droben in seinem Angesicht bemerkbar, ein gewaltiges,
mit Kleister besudeltes Schurzfell bedeckte seinen Leib, und die
gelben Ärmel seines Hemdes waren von seinen sagenhaften Armen zurückgerollt.

»Wollen Sie diesem Herrn die Türe öffnen, Krauthuber«,
sagte Herr Blüthenzweig, »und, sollte er sie dennoch nicht finden, ihm auf die Straße hinausverhelfen.«

»Ha?« sagte der Mann, indem er mit seinen kleinen Elefan-
tenaugen abwechselnd Hieronymus und seinen erzürnten
Brotherrn betrachtete... Es war ein dumpfer Laut von mühsam
zurückgedämmter Kraft. Dann ging er, mit seinen Tritten alles
um sich her erschütternd, zur Tür und öffnete sie.

Hieronymus war sehr bleich geworden. »Verbrennen Sie...«
wollte er sagen, aber schon fühlte er sich von einer furchtbaren
Übermacht umgewandt, von einer Körperwucht, gegen die
kein Widerstand denkbar war, langsam und unaufhaltsam der
Tür entgegengedrängt.

»Ich bin schwach . . .« brachte er hervor. »Mein Fleisch erträgt nicht die Gewalt . . . es hält nicht stand, nein . . . Was beweist das? Verbrennen Sie . . .«

Er verstummte. Er befand sich außerhalb des Kunstladens. Herrn Blüthenzweigs riesiger Knecht hatte ihn schließlich mit einem kleinen Stoß und Schwung fahren lassen, so daß er, auf eine Hand gestützt, seitwärts auf die steinerne Stufe niedergesunken war. Und hinter ihm schloß sich klirrend die Glastür.

Er richtete sich empor. Er stand aufrecht und hielt schwer atmend mit der einen Faust seine Kapuze oberhalb der Brust zusammengerafft, indes er die andere unter dem Mantel hinabhängen ließ. In seinen Wangenhöhlen lagerte eine graue Blässe; die Flügel seiner großen, gehöckerten Nase blähten und schlossen sich zuckend; seine häßlichen Lippen waren zu dem Ausdruck eines verzweifelten Hasses verzerrt, und seine Augen, von Glut umzogen, schweiften irr und ekstatisch über den schönen Platz.

Er sah nicht die neugierig und lachend auf ihn gerichteten Blicke. Er sah auf der Mosaikfläche vor der großen Loggia die Eitelkeiten der Welt, die Maskenkostüme der Künstlerfeste, die Zierate, Vasen, Schmuckstücke und Stilgegenstände, die nackten Statuen und Frauenbüsten, die malerischen Wiedergeburten des Heidentums, die Portraits der berühmten Schönheiten von Meisterhand, die üppig ausgestatteten Liebesverse und Propagandaschriften der Kunst pyramidenartig aufgetürmt und unter dem Jubelgeschrei des durch seine furchtbaren Worte geknechteten Volkes in prasselnde Flammen aufgehen . . . Er sah gegen die gelbliche Wolkenwand, die von der Theatinerstraße heraufgezogen war und in der es leise donnerte, ein breites Feuerschwert stehen, das sich im Schwefellicht über die frohe Stadt hinreckte . . .

»Gladius Dei super terram . . .« flüsterten seine dicken Lippen, und in seinem Kapuzenmantel sich höher emporrichtend, mit einem versteckten und krampfigen Schütteln seiner hinabhängenden Faust, murmelte er bebend: »Cito et velociter!«

Tristan

I.

Hier ist »Einfried«, das Sanatorium! Weiß und geradlinig liegt es mit seinem langgestreckten Hauptgebäude und seinem Seitenflügel inmitten des weiten Gartens, der mit Grotten, Laubengängen und kleinen Pavillons aus Baumrinde ergötzlich ausgestattet ist, und hinter seinen Schieferdächern ragen tannengrün, massig und weich zerklüftet die Berge himmelan.

Nach wie vor leitet Doktor Leander die Anstalt. Mit seinem zweispitzigen schwarzen Bart, der hart und kraus ist, wie das Roßhaar, mit dem man die Meubles stopft, seinen dicken, funkelnden Brillengläsern und diesem Aspekt eines Mannes, den die Wissenschaft gekältet, gehärtet und mit stillem, nachsichtigem Pessimismus erfüllt hat, hält er auf kurz angebundene und verschlossene Art die Leidenden in seinem Bann, – alle diese Individuen, die, zu schwach, sich selbst Gesetze zu geben und sie zu halten, ihm ihr Vermögen ausliefern, um sich von seiner Strenge stützen lassen zu dürfen.

Was Fräulein von Osterloh betrifft, so steht sie mit unermüdlicher Hingabe dem Haushalte vor. Mein Gott, wie tätig sie, treppauf und treppab, von einem Ende der Anstalt zum anderen eilt! Sie herrscht in Küche und Vorratskammer, sie klettert in den Wäscheschränken umher, sie kommandiert die Dienerschaft und bestellt unter den Gesichtspunkten der Sparsamkeit, der Hygiene, des Wohlgeschmacks und der äußeren Anmut den Tisch des Hauses, sie wirtschaftet mit einer rasenden Umsicht, und in ihrer extremen Tüchtigkeit liegt ein beständiger Vorwurf für die gesamte Männerwelt verborgen, von der noch niemand darauf verfallen ist, sie heimzuführen. Auf ihren Wangen aber glüht in zwei runden, karmoisinroten Flecken die unauslöschliche Hoffnung, dereinst Frau Doktor Leander zu werden...

Ozon und stille, stille Luft... für Lungenkranke ist »Einfried«, was Doktor Leanders Neider und Rivalen auch sagen mögen, aufs wärmste zu empfehlen. Aber es halten sich nicht nur Phthisiker, es halten sich Patienten aller Art, Herren, Damen und sogar Kinder hier auf: Doktor Leander hat auf den verschiedensten Gebieten Erfolge aufzuweisen. Es gibt hier gastrisch Leidende, wie die Magistratsrätin Spatz, die überdies an den Ohren krankt, Herrschaften mit Herzfehlern, Paralytiker, Rheumatiker und Nervöse in allen Zuständen. Ein diabetischer General verzehrt hier unter immerwährendem Murren seine Pension. Mehrere Herren mit entfleischten Gesichtern werfen auf jene unbeherrschte Art ihre Beine, die nichts Gutes bedeutet. Eine fünfzigjährige Dame, die Pastorin Höhlenrauch, die neunzehn Kinder zur Welt gebracht hat und absolut keines Gedankens mehr fähig ist, gelangt dennoch nicht zum Frieden, sondern irrt, von einer blöden Unrast getrieben, seit einem Jahre bereits am Arm ihrer Privatpflegerin starr und stumm, ziellos und unheimlich durch das ganze Haus.

Dann und wann stirbt jemand von den »Schweren«, die in ihren Zimmern liegen und nicht zu den Mahlzeiten noch im Konversationszimmer erscheinen, und niemand, selbst der Zimmernachbar nicht, erfährt etwas davon. In stiller Nacht wird der wächserne Gast beiseite geschafft, und ungestört nimmt das Treiben in »Einfried« seinen Fortgang, das Massieren, Elektrisieren und Injizieren, das Duschen, Baden, Turnen, Schwitzen und Inhalieren in den verschiedenen mit allen Errungenschaften der Neuzeit ausgestatteten Räumlichkeiten...

Ja, es geht lebhaft zu hierselbst. Das Institut steht in Flor. Der Portier, am Eingange des Seitenflügels, rührt die große Glocke, wenn neue Gäste eintreffen, und in aller Form geleitet Doktor Leander, zusammen mit Fräulein von Osterloh, die Abreisenden zum Wagen. Was für Existenzen hat »Einfried« nicht schon beherbergt! Sogar ein Schriftsteller ist da, ein excentrischer Mensch, der den Namen irgend eines Minerals oder Edelsteines führt und hier dem Herrgott die Tage stiehlt...

Übrigens ist, neben Herrn Doktor Leander, noch ein zweiter Arzt vorhanden, für die leichten Fälle und die Hoffnungslosen. Aber er heißt Müller und ist überhaupt nicht der Rede wert.

II.

Anfang Januar brachte Großkaufmann Klöterjahn – in Firma A. C. Klöterjahn u. Comp. – seine Gattin nach »Einfried«; der Portier rührte die Glocke, und Fräulein von Osterloh begrüßte die weither gereisten Herrschaften im Empfangszimmer zu ebener Erde, das, wie beinahe das ganze vornehme alte Haus, in wunderbar reinem Empirestil eingerichtet war. Gleich darauf erschien auch Doktor Leander; er verbeugte sich, und es entspann sich eine erste, für beide Teile orientierende Konversation.

Draußen lag der winterliche Garten mit Matten über den Beeten, verschneiten Grotten und vereinsamten Tempelchen, und zwei Hausknechte schleppten vom Wagen her, der auf der Chaussee vor der Gatterpforte hielt, – denn es führte keine Anfahrt zum Hause – die Koffer der neuen Gäste herbei.

»Langsam, Gabriele, take care, mein Engel, und halte den Mund zu«, hatte Herr Klöterjahn gesagt, als er seine Frau durch den Garten führte; und in dieses »take care« mußte zärtlichen und zitternden Herzens jedermann innerlich einstimmen, der sie erblickte, – wenn auch nicht zu leugnen ist, daß Herr Klöterjahn es anstandslos auf deutsch hätte sagen können.

Der Kutscher, welcher die Herrschaften von der Station zum Sanatorium gefahren hatte, ein roher, unbewußter Mann ohne Feingefühl, hatte geradezu die Zunge zwischen die Zähne genommen vor ohnmächtiger Behutsamkeit, während der Großkaufmann seiner Gattin beim Aussteigen behilflich war; ja, es hatte ausgesehen, als ob die beiden Braunen, in der stillen Frostluft qualmend, mit rückwärts gerollten Augen angestrengt diesen ängstlichen Vorgang verfolgten, voll Besorgnis für soviel schwache Grazie und zarten Liebreiz.

Die junge Frau litt an der Luftröhre, wie ausdrücklich in dem anmeldenden Schreiben zu lesen stand, das Herr Klöterjahn vom Strande der Ostsee aus an den dirigierenden Arzt von »Einfried« gerichtet hatte, und Gott sei Dank, daß es nicht die Lunge war! Wenn es aber dennoch die Lunge gewesen wäre, – diese neue Patientin hätte keinen holderen und veredelteren, keinen entrückteren und unstofflicheren Anblick gewähren können, als jetzt, da sie an der Seite ihres stämmigen Gatten, weich und ermüdet in den weiß lackierten, gradlinigen Armsessel zurückgelehnt, dem Gespräche folgte.

Ihre schönen, blassen Hände, ohne Schmuck bis auf den schlichten Ehering, ruhten in den Schoßfalten eines schweren und dunklen Tuchrockes, und sie trug eine silbergraue, anschließende Taille mit festem Stehkragen, die mit hochaufliegenden Sammetarabesken über und über besetzt war. Aber diese gewichtigen und warmen Stoffe ließen die unsägliche Zartheit, Süßigkeit und Mattigkeit des Köpfchens nur noch rührender, unirdischer und lieblicher erscheinen. Ihr lichtbraunes Haar, tief im Nacken zu einem Knoten zusammengefaßt, war glatt zurückgestrichen, und nur in der Nähe der rechten Schläfe fiel eine krause, lose Locke in die Stirn, unfern der Stelle, wo über der markant gezeichneten Braue ein kleines, seltsames Äderchen sich blaßblau und kränklich in der Klarheit und Makellosigkeit dieser wie durchsichtigen Stirn verzweigte. Dies blaue Äderchen über dem Auge beherrschte auf eine beunruhigende Art das ganze feine Oval des Gesichts. Es trat sichtbarer hervor, sobald die Frau zu sprechen begann, ja, sobald sie auch nur lächelte, und es gab alsdann dem Gesichtsausdruck etwas Angestrengtes, ja selbst Bedrängtes, was unbestimmte Befürchtungen erweckte. Dennoch sprach sie und lächelte. Sie sprach freimütig und freundlich mit ihrer leicht verschleierten Stimme, und sie lächelte mit ihren Augen, die ein wenig mühsam blickten, ja hie und da eine kleine Neigung zum Verschießen zeigten, und deren Winkel, zu beiden Seiten der schmalen Nasenwurzel, in tiefem Schatten lagen, sowie mit ihrem schönen, breiten Munde, der blaß war und dennoch zu leuchten schien, vielleicht, weil seine Lippen so überaus scharf und deutlich umrissen waren. Manchmal hüstelte sie. Hierbei führte sie ihr Taschentuch zum Munde und betrachtete es alsdann.

»Hüstle nicht, Gabriele«, sagte Herr Klöterjahn. »Du weißt, daß Doktor Hinzpeter zu Hause es dir extra verboten hat, darling, und es ist bloß, daß man sich zusammennimmt, mein Engel. Es ist, wie gesagt, die Luftröhre«, wiederholte er. »Ich glaubte wahrhaftig, es wäre die Lunge, als es losging, und kriegte, weiß Gott, einen Schreck. Aber es ist nicht die Lunge, nee, Deubel noch mal, auf so was lassen wir uns nicht ein, was, Gabriele? hö, hö!«

»Zweifelsohne«, sagte Doktor Leander und funkelte sie mit seinen Brillengläsern an.

Hierauf verlangte Herr Klöterjahn Kaffee – Kaffee und Buttersemmeln, und er hatte eine anschauliche Art, den K-Laut ganz hinten im Schlunde zu bilden und »Bottersemmeln« zu sagen, daß jedermann Appetit bekommen mußte.

Er bekam, was er wünschte, bekam auch Zimmer für sich und seine Gattin, und man richtete sich ein.

Übrigens übernahm Doktor Leander selbst die Behandlung, ohne Doktor Müller für den Fall in Anspruch zu nehmen.

III.

Die Persönlichkeit der neuen Patientin erregte ungewöhnliches Aufsehen in »Einfried«, und Herr Klöterjahn, gewöhnt an solche Erfolge, nahm jede Huldigung, die man ihr darbrachte, mit Genugtuung entgegen. Der diabetische General hörte einen Augenblick zu murren auf, als er ihrer zum ersten Male ansichtig wurde, die Herren mit den entfleischten Gesichtern lächelten und versuchten angestrengt, ihre Beine zu beherrschen, wenn sie in ihre Nähe kamen, und die Magistratsrätin Spatz schloß sich ihr sofort als ältere Freundin an. Ja, sie machte Eindruck, die Frau, die Herrn Klöterjahns Namen trug! Ein Schriftsteller, der seit ein paar Wochen in »Einfried« seine Zeit verbrachte, ein befremdender Kauz, dessen

Name wie der eines Edelgesteines lautete, verfärbte sich geradezu, als sie auf dem Korridor an ihm vorüberging, blieb stehen
und stand noch immer wie angewurzelt, als sie schon längst entschwunden war.

Zwei Tage waren noch nicht vergangen, als die ganze Kurgesellschaft mit ihrer Geschichte vertraut war. Sie war aus Bremen
gebürtig, was übrigens, wenn sie sprach, an gewissen liebenswürdigen Lautverzerrungen zu erkennen war, und hatte dortselbst vor zwiefacher Jahresfrist dem Großhändler Klöterjahn ihr
Ja-Wort fürs Leben erteilt. Sie war ihm in seine Vaterstadt, dort
oben am Ostseestrande, gefolgt und hatte ihm vor nun etwa zehn
Monaten unter ganz außergewöhnlich schweren und gefährlichen Umständen ein Kind, einen bewundernswert lebhaften
und wohlgeratenen Sohn und Erben beschert. Seit diesen furchtbaren Tagen aber war sie nicht wieder zu Kräften gekommen,
gesetzt, daß sie jemals bei Kräften gewesen war. Sie war kaum
vom Wochenbette erstanden, äußerst erschöpft, äußerst verarmt
an Lebenskräften, als sie beim Husten ein wenig Blut aufgebracht
hatte, – o, nicht viel, ein unbedeutendes bißchen Blut; aber es
wäre doch besser überhaupt nicht zum Vorschein gekommen,
und das Bedenkliche war, daß der selbe kleine, unheimliche Vorfall sich nach kurzer Zeit wiederholte. Nun, es gab Mittel hier-
gegen, und Doktor Hinzpeter, der Hausarzt, bediente sich ihrer.
Vollständige Ruhe wurde geboten, Eisstückchen wurden ge-
schluckt, Morphium ward gegen den Hustenreiz verabfolgt und
das Herz nach Möglichkeit beruhigt. Die Genesung aber wollte
sich nicht einstellen, und während das Kind, Anton Klöterjahn
der Jüngere, ein Prachtstück von einem Baby, mit ungeheurer
Energie und Rücksichtslosigkeit seinen Platz im Leben eroberte
und behauptete, schien die junge Mutter in einer sanften und
stillen Glut dahinzuschwinden… Es war, wie gesagt, die Luftröhre, ein Wort, das in Doktor Hinzpeters Munde eine überraschend tröstliche, beruhigende, fast erheiternde Wirkung auf
alle Gemüter ausübte. Aber obgleich es nicht die Lunge war, hatte
der Doktor schließlich den Einfluß eines milderen Klimas und des
Aufenthaltes in einer Kuranstalt zur Beschleunigung der Hei-

lung als dringend wünschenswert erachtet, und der Ruf des Sanatoriums »Einfried« und seines Leiters hatte das übrige getan.

So verhielt es sich; und Herr Klöterjahn selbst erzählte es jedem, der Interesse dafür an den Tag legte. Er redete laut, salopp und gutgelaunt, wie ein Mann, dessen Verdauung sich in so guter Ordnung befindet wie seine Börse, mit weit ausladenden Lippenbewegungen, in der breiten und dennoch rapiden Art der Küstenbewohner vom Norden. Manche Worte schleuderte er hervor, daß jeder Laut einer kleinen Entladung glich, und lachte darüber wie über einen gelungenen Spaß.

Er war mittelgroß, breit, stark und kurzbeinig und besaß ein volles, rotes Gesicht mit wasserblauen Augen, die von ganz hellblonden Wimpern beschattet waren, geräumigen Nüstern und feuchten Lippen. Er trug einen englischen Backenbart, war ganz englisch gekleidet und zeigte sich entzückt, eine englische Familie, Vater, Mutter und drei hübsche Kinder mit ihrer nurse, in »Einfried« anzutreffen, die sich hier aufhielt, einzig und allein, weil sie nicht wußte, wo sie sich sonst aufhalten sollte, und mit der er morgens englisch frühstückte. Überhaupt liebte er es, viel und gut zu speisen und zu trinken, zeigte sich als ein wirklicher Kenner von Küche und Keller und unterhielt die Kurgesellschaft aufs anregendste von den Diners, die daheim in seinem Bekanntenkreise gegeben wurden, sowie mit der Schilderung gewisser auserlesener, hier unbekannter Platten. Hierbei zogen seine Augen sich mit freundlichem Ausdruck zusammen und seine Sprache erhielt etwas Gaumiges und Nasales, indes leicht schmatzende Geräusche im Schlunde sie begleiteten. Daß er auch anderen irdischen Freuden nicht grundsätzlich abhold war, bewies er an jenem Abend, als ein Kurgast von »Einfried«, ein Schriftsteller von Beruf, ihn auf dem Korridor in ziemlich unerlaubter Weise mit einem Stubenmädchen scherzen sah, – ein kleiner, humoristischer Vorgang, zu dem der betreffende Schriftsteller eine lächerlich angeekelte Miene machte.

Was Herrn Klöterjahns Gattin anging, so war klar und deutlich zu beobachten, daß sie ihm von Herzen zugetan war. Sie folgte lächelnd seinen Worten und Bewegungen: nicht mit der überheblichen Nachsicht, die manche Leidenden den Gesunden entgegenbringen, sondern mit der liebenswürdigen Freude und Teilnahme gutgearteter Kranker an den zuversichtlichen Lebensäußerungen von Leuten, die in ihrer Haut sich wohlfühlen.

Herr Klöterjahn verweilte nicht lange in »Einfried«. Er hatte seine Gattin hierher geleitet; nach Verlauf einer Woche aber, als er sie wohl aufgehoben und in guten Händen wußte, war seines Bleibens nicht länger. Pflichten von gleicher Wichtigkeit, sein blühendes Kind, sein ebenfalls blühendes Geschäft, riefen ihn in die Heimat zurück; sie zwangen ihn, abzureisen und seine Frau im Genusse der besten Pflege zurückzulassen.

IV.

Spinell hieß der Schriftsteller, der seit mehreren Wochen in »Einfried« lebte, Detlev Spinell war sein Name, und sein Äußeres war wunderlich.

Man vergegenwärtige sich einen Brünetten am Anfang der Dreißiger und von stattlicher Statur, dessen Haar an den Schläfen schon merklich zu ergrauen beginnt, dessen rundes, weißes, ein wenig gedunsenes Gesicht aber nicht die Spur irgend eines Bartwuchses zeigt. Es war nicht rasiert, – man hätte es gesehen; weich, verwischt und knabenhaft, war es nur hier und da mit einzelnen Flaumhärchen besetzt. Und das sah ganz merkwürdig aus. Der Blick seiner rehbraunen, blanken Augen war von sanftem Ausdruck, die Nase gedrungen und ein wenig zu fleischig. Ferner besaß Herr Spinell eine gewölbte, poröse Oberlippe römischen Charakters, große, kariöse Zähne und Füße von seltenem Umfange. Einer der Herren mit den unbeherrschten Beinen, der ein Cyniker und Witzbold war, hatte ihn hinter seinem Rücken »der verweste Säugling« getauft; aber das war hämisch und wenig zutreffend. – Er ging gut und modisch gekleidet, in langem schwarzen Rock und farbig punktierter Weste.

Er war ungesellig und hielt mit keiner Seele Gemeinschaft. Nur zuweilen konnte eine leutselige, liebevolle und überquellende Stimmung ihn befallen, und das geschah jedesmal, wenn Herr Spinell in ästhetischen Zustand verfiel, wenn der Anblick von irgend etwas Schönem, der Zusammenklang zweier Farben, eine Vase von edler Form, das vom Sonnenuntergang bestrahlte Gebirge ihn zu lauter Bewunderung hinriß. »Wie schön!« sagte er dann, indem er den Kopf auf die Seite legte, die Schultern emporzog, die Hände spreizte und Nase und Lippen krauste. »Gott, sehen Sie, wie schön!« Und er war imstande, blindlings die distinguiertesten Herrschaften, ob Mann oder Weib, zu umhalsen in der Bewegung solcher Augenblicke...

Beständig lag auf seinem Tische, für jeden sichtbar, der sein Zimmer betrat, das Buch, das er geschrieben hatte. Es war ein Roman von mäßigem Umfange, mit einer vollkommen verwirrenden Umschlagzeichnung versehen und gedruckt auf einer Art von Kaffee-Sieb-Papier mit Buchstaben, von denen ein jeder aussah wie eine gotische Kathedrale. Fräulein von Osterloh hatte es in einer müßigen Viertelstunde gelesen und fand es »raffiniert«, was ihre Form war, das Urteil »unmenschlich langweilig« zu umschreiben. Es spielte in mondänen Salons, in üppigen Frauengemächern, die voller erlesener Gegenstände waren, voll von Gobelins, uralten Meubles, köstlichem Porzellan, unbezahlbaren Stoffen und künstlerischen Kleinodien aller Art. Auf die Schilderung dieser Dinge war der liebevollste Wert gelegt, und beständig sah man dabei Herrn Spinell, wie er die Nase kraus zog und sagte: »Wie schön! Gott, sehen Sie, wie schön!« ... Übrigens mußte es wunder nehmen, daß er noch nicht mehr Bücher verfaßt hatte, als dieses eine, denn augenscheinlich schrieb er mit Leidenschaft. Er verbrachte den größeren Teil des Tages schreibend auf seinem Zimmer und ließ außerordentlich viele Briefe zur Post befördern, fast täglich einen oder zwei, – wobei es nur als befremdend und belustigend auffiel, daß er seinerseits höchst selten welche empfing...

V.

Herr Spinell saß der Gattin Herrn Klöterjahns bei Tische gegenüber. Zur ersten Mahlzeit, an der die Herrschaften teilnahmen,
erschien er ein wenig zu spät in dem großen Speisesaal im Erdgeschoß des Seitenflügels, sprach mit weicher Stimme einen an alle
gerichteten Gruß und begab sich an seinen Platz, worauf Doktor
Leander ihn ohne viel Ceremonie den neu Angekommenen vorstellte. Er verbeugte sich und begann dann, offenbar ein wenig
verlegen, zu essen, indem er Messer und Gabel mit seinen großen, weißen und schön geformten Händen, die aus sehr engen
Ärmeln hervorsahen, in ziemlich affektierter Weise bewegte.
Später ward er frei und betrachtete in Gelassenheit abwechselnd
Herrn Klöterjahn und seine Gattin. Auch richtete Herr Klöterjahn im Verlaufe der Mahlzeit einige Fragen und Bemerkungen
betreffend die Anlage und das Klima von »Einfried« an ihn, in
die seine Frau in ihrer lieblichen Art zwei oder drei Worte einfließen ließ, und die Herr Spinell höflich beantwortete. Seine
Stimme war mild und recht angenehm; aber er hatte eine etwas
behinderte und schlürfende Art zu sprechen, als seien seine
Zähne der Zunge im Wege.

Nach Tische, als man ins Konversationszimmer hinüberge-
gangen war und Doktor Leander den neuen Gästen im besonderen eine gesegnete Mahlzeit wünschte, erkundigte sich Herrn
Klöterjahns Gattin nach ihrem Gegenüber.

»Wie heißt der Herr?« fragte sie... »Spinelli? Ich habe den
Namen nicht verstanden.«

»Spinell... nicht Spinelli, gnädige Frau. Nein, er ist kein Italiener, sondern bloß aus Lemberg gebürtig, soviel ich weiß...«

»Was sagten Sie? Er ist Schriftsteller? Oder was?« fragte Herr
Klöterjahn; er hielt die Hände in den Taschen seiner bequemen
englischen Hose, neigte sein Ohr dem Doktor zu und öffnete,
wie manche Leute pflegen, den Mund beim Horchen.

»Ja, ich weiß nicht, – er schreibt...« antwortete Doktor Leander. »Er hat, glaube ich, ein Buch veröffentlicht, eine Art Roman, ich weiß wirklich nicht...«

Dieses wiederholte »Ich weiß nicht« deutete an, daß Doktor Leander keine großen Stücke auf den Schriftsteller hielt und jede Verantwortung für ihn ablehnte.

»Aber das ist ja sehr interessant!« sagte Herrn Klöterjahns Gattin. Sie hatte noch nie einen Schriftsteller von Angesicht zu Angesicht gesehen.

»Oh ja«, erwiderte Doktor Leander entgegenkommend. »Er soll sich eines gewissen Rufes erfreuen...« Dann wurde nicht mehr von dem Schriftsteller gesprochen.

Aber ein wenig später, als die neuen Gäste sich zurückgezogen hatten und Doktor Leander ebenfalls das Konversationszimmer verlassen wollte, hielt Herr Spinell ihn zurück und erkundigte sich auch seinerseits.

»Wie ist der Name des Paares?« fragte er... »Ich habe natürlich nichts verstanden.«

»Klöterjahn«, antwortete Doktor Leander und ging schon wieder.

»Wie heißt der Mann?« fragte Herr Spinell...

»Klöterjahn heißen sie!« sagte Doktor Leander und ging seiner Wege. – Er hielt gar keine großen Stücke auf den Schriftsteller.

VI.

Waren wir schon so weit, daß Herr Klöterjahn in die Heimat zurückgekehrt war? Ja, er weilte wieder am Ostseestrande, bei seinen Geschäften und seinem Kinde, diesem rücksichtslosen und lebensvollen kleinen Geschöpf, das seiner Mutter sehr viele Leiden und einen kleinen Defekt an der Luftröhre gekostet hatte. Sie selbst aber, die junge Frau, blieb in »Einfried« zurück, und die Magistratsrätin Spatz schloß sich ihr als ältere Freundin an. Das aber hinderte nicht, daß Herrn Klöterjahns Gattin auch mit den übrigen Kurgästen gute Kameradschaft pflegte, zum Beispiel mit Herrn Spinell, der ihr zum Erstaunen aller (denn er hatte bislang mit keiner Seele Gemeinschaft gehalten) von Anbeginn eine außerordentliche Ergebenheit und Dienstfertigkeit entgegenbrachte, und mit dem sie in den Freistunden, die eine strenge Tagesordnung ihr ließ, nicht ungern plauderte.

Er näherte sich ihr mit einer ungeheuren Behutsamkeit und Ehrerbietung und sprach zu ihr nicht anders, als mit sorgfältig gedämpfter Stimme, sodaß die Rätin Spatz, die an den Ohren krankte, meistens überhaupt nichts von dem verstand, was er sagte. Er trat auf den Spitzen seiner großen Füße zu dem Sessel, in dem Herrn Klöterjahns Gattin zart und lächelnd lehnte, blieb in einer Entfernung von zwei Schritten stehen, hielt das eine Bein zurückgestellt und den Oberkörper vorgebeugt und sprach in seiner etwas behinderten und schlürfenden Art leise, eindringlich und jeden Augenblick bereit, eilends zurückzutreten und zu verschwinden, sobald ein Zeichen von Ermüdung und Überdruß sich auf ihrem Gesicht bemerkbar machen würde. Aber er verdroß sie nicht; sie forderte ihn auf, sich zu ihr und der Rätin zu setzen, richtete irgend eine Frage an ihn und hörte ihm dann lächelnd und neugierig zu, denn manchmal ließ er sich so amüsant und seltsam vernehmen, wie es ihr noch niemals begegnet war.

»Warum sind Sie eigentlich in ›Einfried‹?« fragte sie. »Welche Kur gebrauchen Sie, Herr Spinell?«

»Kur? . . . Ich werde ein bißchen elektrisiert. Nein, das ist nicht der Rede wert. Ich werde Ihnen sagen, gnädige Frau, warum ich hier bin. – Des Stiles wegen.«

»Ah!« sagte Herrn Klöterjahns Gattin, stützte das Kinn in die Hand und wandte sich ihm mit einem übertriebenen Eifer zu, wie man ihn Kindern vorspielt, wenn sie etwas erzählen wollen.

»Ja, gnädige Frau. ›Einfried‹ ist ganz empire, es ist ehedem ein Schloß, eine Sommer-Residenz gewesen, wie man mir sagt. Dieser Seitenflügel ist ja ein Anbau aus späterer Zeit, aber das Hauptgebäude ist alt und echt. Es gibt nun Zeiten, in denen ich das empire einfach nicht entbehren kann, in denen es mir, um einen bescheidenen Grad des Wohlbefindens zu erreichen, unbedingt nötig ist. Es ist klar, daß man sich anders befindet zwischen Möbeln, weich und bequem bis zur Lascivität, und anders zwischen diesen geradlinigen Tischen, Sesseln und Draperieen... Diese Helligkeit und Härte, diese kalte, herbe Einfachheit und reservierte Strenge verleiht mir Haltung und Würde, gnädige Frau, sie hat auf die Dauer eine innere Reinigung und Restaurierung zur Folge, sie hebt mich sittlich, ohne Frage...«

»Ja, das ist merkwürdig«, sagte sie. »Übrigens verstehe ich es, wenn ich mir Mühe gebe.«

Hierauf erwiderte er, daß es irgend welcher Mühe nicht lohne, und dann lachten sie miteinander. Auch die Rätin Spatz lachte und fand es merkwürdig; aber sie sagte nicht, daß sie es verstünde.

Das Konversationszimmer war geräumig und schön. Die hohe, weiße Flügeltür zu dem anstoßenden Billard-Raume stand weit geöffnet, wo die Herren mit den unbeherrschten Beinen und andere sich vergnügten. Andererseits gewährte eine Glastür den Ausblick auf die breite Terrasse und den Garten. Seitwärts davon stand ein Piano. Ein grün ausgeschlagener Spieltisch war vorhanden, an dem der diabetische General mit ein paar anderen Herren Whist spielte. Damen lasen und waren mit Handarbeiten beschäftigt. Ein eiserner Ofen besorgte die Heizung, aber vor dem stilvollen Kamin, in dem nachgeahmte, mit glühroten Papierstreifen beklebte Kohlen lagen, waren behagliche Plauderplätze.

»Sie sind ein Frühaufsteher, Herr Spinell«, sagte Herrn Klöterjahns Gattin. »Zufällig habe ich Sie nun schon zwei- oder dreimal um halb acht Uhr am Morgen das Haus verlassen sehen.«

»Ein Frühaufsteher? Ach, sehr mit Unterschied, gnädige Frau. Die Sache ist die, daß ich früh aufstehe, weil ich eigentlich ein Langschläfer bin.«

»Das müssen Sie nun erklären, Herr Spinell!« – Auch die Rätin Spatz wollte es erklärt haben.

»Nun... ist man ein Frühaufsteher, so hat man es, dünkt mich, nicht nötig, gar so früh aufzustehen. Das Gewissen, gnädige Frau... es ist eine schlimme Sache mit dem Gewissen! Ich und meinesgleichen, wir schlagen uns Zeit unseres Lebens damit herum und haben alle Hände voll zu tun, es hier und da zu betrügen und ihm kleine, schlaue Genugtuungen zu teil werden zu lassen. Wir sind unnütze Geschöpfe, ich und meinesgleichen, und abgesehen von wenigen guten Stunden schleppen wir uns an dem Bewußtsein unserer Unnützlichkeit wund und krank. Wir hassen das Nützliche, wir wissen, daß es gemein und unschön ist, und wir verteidigen diese Wahrheit, wie man nur Wahrheiten verteidigt, die man unbedingt nötig hat. Und dennoch sind wir so ganz vom bösen Gewissen zernagt, daß kein heiler Fleck mehr an uns ist. Hinzu kommt, daß die ganze Art unserer inneren Existenz, unsere Weltanschauung, unsere Arbeitsweise... von schrecklich ungesunder, unterminierender, aufreibender Wirkung ist, und auch dies verschlimmert die Sache. Da gibt es nun kleine Linderungsmittel, ohne die man es einfach nicht aushielte. Eine gewisse Artigkeit und hygienische Strenge der Lebensführung zum Beispiel ist manchen von uns Bedürfnis. Früh aufstehen, grausam früh, ein kaltes Bad und ein Spaziergang hinaus in den Schnee... Das macht, daß wir vielleicht eine Stunde lang ein wenig zufrieden mit uns sind. Gäbe ich mich, wie ich bin, so würde ich bis in den Nachmittag hinein im Bette liegen, glauben Sie mir. Wenn ich früh aufstehe, so ist das eigentlich Heuchelei.«

»Nein, weshalb, Herr Spinell! Ich nenne das Selbstüberwindung... Nicht wahr, Frau Rätin?« – Auch die Rätin Spatz nannte es Selbstüberwindung.

»Heuchelei oder Selbstüberwindung, gnädige Frau! Welches Wort man nun vorzieht. Ich bin so gramvoll ehrlich veranlagt, daß ich...«

»Das ist es. Sicher grämen Sie sich zu viel.«

»Ja, gnädige Frau, ich gräme mich viel.«

– Das gute Wetter hielt an. Weiß, hart und sauber, in Windstille und lichtem Frost, in blendender Helle und bläulichem Schatten lag die Gegend, lagen Berge, Haus und Garten, und ein zartblauer Himmel, in dem Myriaden von flimmernden Leuchtkörperchen, von glitzernden Krystallen zu tanzen schienen, wölbte sich makellos über dem Ganzen. Der Gattin Herrn Klöterjahns ging es leidlich in dieser Zeit; sie war fieberfrei, hustete fast gar nicht und aß ohne allzu viel Widerwillen. Oftmals saß

223

sie, wie das ihre Vorschrift war, stundenlang im sonnigen Frost auf der Terrasse. Sie saß im Schnee, ganz in Decken und Pelzwerk verpackt, und atmete hoffnungsvoll die reine, eisige Luft, um ihrer Luftröhre zu dienen. Dann bemerkte sie zuweilen Herrn Spinell, wie er, ebenfalls warm gekleidet und in Pelzschuhen, die seinen Füßen einen phantastischen Umfang verliehen, sich im Garten erging. Er ging mit tastenden Schritten und einer gewissen behutsamen und steif-graziösen Armhaltung durch den Schnee, grüßte sie ehrerbietig, wenn er zur Terrasse kam, und stieg die unteren Stufen hinan, um ein kleines Gespräch zu beginnen.

»Heute, auf meinem Morgenspaziergang, habe ich eine schöne Frau gesehen... Gott, sie war schön!« sagte er, legte den Kopf auf die Seite und spreizte die Hände.

»Wirklich, Herr Spinell? Beschreiben Sie sie mir doch!«

»Nein, das kann ich nicht. Oder ich würde Ihnen doch ein unrichtiges Bild von ihr geben. Ich habe die Dame im Vorübergehen nur mit einem halben Blicke gestreift, ich habe sie in Wirklichkeit nicht gesehen. Aber der verwischte Schatten von ihr, den ich empfing, hat genügt, meine Phantasie anzuregen und mich ein Bild mit fortnehmen zu lassen, das schön ist... Gott, es ist schön!«

Sie lachte. »Ist das Ihre Art, sich schöne Frauen zu betrachten, Herr Spinell?«

»Ja, gnädige Frau; und es ist eine bessere Art, als wenn ich ihnen plump und wirklichkeitsgierig ins Gesicht starrte und den Eindruck einer fehlerhaften Tatsächlichkeit davontrüge...«

»Wirklichkeitsgierig... Das ist ein sonderbares Wort! Ein richtiges Schriftstellerwort, Herr Spinell! Aber es macht Eindruck auf mich, will ich Ihnen sagen. Es liegt so manches darin, wovon ich ein wenig verstehe, etwas Unabhängiges und Freies, das sogar der Wirklichkeit die Achtung kündigt, obgleich sie doch das Respektabelste ist, was es gibt, ja das Respektable selbst... Und dann begreife ich, daß es etwas gibt außer dem Handgreiflichen, etwas Zarteres...«

»Ich weiß nur ein Gesicht«, sagte er plötzlich mit einer seltsam

224

freudigen Bewegung in der Stimme, erhob seine geballten Hände zu den Schultern und ließ in einem exaltierten Lächeln seine kariösen Zähne sehen... »Ich weiß nur ein Gesicht, dessen veredelte Wirklichkeit durch meine Einbildung korrigieren zu wollen sündhaft wäre, das ich betrachten, auf dem ich verweilen möchte, nicht Minuten, nicht Stunden, sondern mein ganzes Leben lang, mich ganz darin verlieren und alles Irdische darüber vergessen...«

»Ja, ja, Herr Spinell! Nur daß Fräulein von Osterloh doch ziemlich abstehende Ohren hat.«

Er schwieg und verbeugte sich tief. Als er wieder aufrecht stand, ruhten seine Augen mit einem Ausdruck von Verlegenheit und Schmerz auf dem kleinen, seltsamen Äderchen, das sich blaßblau und kränklich in der Klarheit ihrer wie durchsichtigen Stirn verzweigte.

VII.

Ein Kauz, ein ganz wunderlicher Kauz! Herrn Klöterjahns Gattin dachte zuweilen nach über ihn, denn sie hatte sehr viel Zeit zum Nachdenken. Sei es, daß der Luftwechsel anfing, die Wirkung zu versagen, oder daß irgend ein positiv schädlicher Einfluß sie berührt hatte: ihr Befinden war schlechter geworden, der Zustand ihrer Luftröhre schien zu wünschen übrig zu lassen, sie fühlte sich schwach, müde, appetitlos, fieberte nicht selten; und Doktor Leander hatte ihr aufs entschiedenste Ruhe, Stillverhalten und Vorsicht empfohlen. So saß sie, wenn sie nicht liegen mußte, in Gesellschaft der Rätin Spatz, verhielt sich still und hing, eine Handarbeit im Schoße, an der sie nicht arbeitete, diesem oder jenem Gedanken nach.

Ja, er machte ihr Gedanken, dieser absonderliche Herr Spinell, und, was das Merkwürdige war, nicht sowohl über seine als über ihre eigene Person; auf irgend eine Weise rief er in ihr eine seltsame Neugier, ein nie gekanntes Interesse für ihr eigenes Sein hervor. Eines Tages hatte er gesprächsweise geäußert:

»Nein, es sind rätselvolle Tatsachen, die Frauen... so wenig neu es ist, so wenig kann man ablassen, davor zu stehen und zu staunen. Da ist ein wunderbares Geschöpf, eine Sylphe, ein Duftgebild, ein Märchentraum von einem Wesen. Was tut sie? Sie geht hin und ergibt sich einem Jahrmarktsherkules oder Schlächterburschen. Sie kommt an seinem Arme daher, lehnt vielleicht sogar ihren Kopf an seine Schulter und blickt dabei verschlagen lächelnd um sich her, als wollte sie sagen: Ja, nun zerbrecht euch die Köpfe über diese Erscheinung! – Und wir zerbrechen sie uns. –«

Hiermit hatte Herrn Klöterjahns Gattin sich wiederholt beschäftigt.

Eines anderen Tages fand zum Erstaunen der Rätin Spatz folgendes Zwiegespräch zwischen ihnen statt.

»Darf ich einmal fragen, gnädige Frau (aber es ist wohl naseweis), wie Sie heißen, wie eigentlich Ihr Name ist?«

»Ich heiße doch Klöterjahn, Herr Spinell!«

»Hm. – Das weiß ich. Oder vielmehr: ich leugne es. Ich meine natürlich Ihren eigenen Namen, Ihren Mädchennamen. Sie werden gerecht sein und einräumen, gnädige Frau, daß, wer Sie ›Frau Klöterjahn‹ nennen wollte, die Peitsche verdiente.«

Sie lachte so herzlich, daß das blaue Äderchen über ihrer Braue beängstigend deutlich hervortrat und ihrem zarten, süßen Gesicht einen Ausdruck von Anstrengung und Bedrängnis verlieh, der tief beunruhigte.

»Nein! Bewahre, Herr Spinell! Die Peitsche? Ist ›Klöterjahn‹ Ihnen so fürchterlich?«

»Ja, gnädige Frau, ich hasse diesen Namen aus Herzensgrund, seit ich ihn zum erstenmal vernahm. Er ist komisch und zum Verzweifeln unschön, und es ist Barbarei und Niedertracht, wenn man die Sitte so weit treibt, auf Sie den Namen Ihres Herrn Gemahls zu übertragen.«

»Nun, und ›Eckhof‹? Ist Eckhof schöner? Mein Vater heißt Eckhof.«

»Oh, sehen Sie! ›Eckhof‹ ist etwas ganz anderes! Eckhof hieß sogar ein großer Schauspieler. Eckhof passiert. – Sie erwähnten nur Ihres Vaters. Ist Ihre Frau Mutter . . .«

»Ja; meine Mutter starb, als ich noch klein war.«

»Ah. – Sprechen Sie mir doch ein wenig mehr von Ihnen, darf ich Sie bitten? Wenn es Sie ermüdet, dann nicht. Dann ruhen Sie, und ich fahre fort, Ihnen von Paris zu erzählen, wie neulich. Aber Sie könnten ja ganz leise reden, ja, wenn Sie flüstern, so wird das alles nur schöner machen... Sie wurden in Bremen geboren?« Und diese Frage tat er beinahe tonlos, mit einem ehrfurchtsvollen und inhaltsschweren Ausdruck, als sei Bremen eine Stadt ohnegleichen, eine Stadt voller unnennbarer Abenteuer und verschwiegener Schönheiten, in der geboren zu sein eine geheimnisvolle Hoheit verleihe.

»Ja, denken Sie!« sagte sie unwillkürlich. »Ich bin aus Bremen.«

»Ich war einmal dort«, bemerkte er nachdenklich. –

»Mein Gott, Sie waren auch d o r t? Nein, hören Sie, Herr Spinell, zwischen Tunis und Spitzbergen haben Sie, glaube ich, alles gesehen!«

»Ja, ich war einmal dort«, wiederholte er. »Ein paar kurze Abendstunden. Ich entsinne mich einer alten, schmalen Straße, über deren Giebeln schief und seltsam der Mond stand. Dann war ich in einem Keller, in dem es nach Wein und Moder roch. Das ist eine durchdringende Erinnerung...«

»Wirklich? Wo mag das gewesen sein? – Ja, in solchem grauen Giebelhause, einem alten Kaufmannshause mit hallender Diele und weiß lackierter Galerie, bin ich geboren.«

»Ihr Herr Vater ist also Kaufmann?« fragte er ein wenig zögernd.

»Ja. Aber außerdem und eigentlich wohl in erster Linie ist er ein Künstler.«

»Ah! Ah! Inwiefern?«

»Er spielt die Geige... Aber das sagt nicht viel. W i e er sie spielt, Herr Spinell, das ist die Sache! Einige Töne habe ich niemals hören können, ohne daß mir die Tränen so merkwürdig brennend in die Augen stiegen, wie sonst bei keinem Erlebnis. Sie glauben es nicht...«

»Ich glaube es! Ach, ob ich es glaube! ... Sagen Sie mir, gnä-

227

dige Frau: Ihre Familie ist wohl alt? Es haben wohl schon viele Generationen in dem grauen Giebelhaus gelebt, gearbeitet und das Zeitliche gesegnet?«

»Ja. – Warum fragen Sie übrigens?«

»Weil es nicht selten geschieht, daß ein Geschlecht mit praktischen, bürgerlichen und trockenen Traditionen sich gegen das Ende seiner Tage noch einmal durch die Kunst verklärt.«

»Ist dem so? – Ja, was meinen Vater betrifft, so ist er sicherlich mehr ein Künstler, als mancher, der sich so nennt und vom Ruhme lebt. Ich spiele nur ein bißchen Klavier. Jetzt haben sie es mir ja verboten; aber damals, zu Hause, spielte ich noch. Mein Vater und ich, wir spielten zusammen... Ja, ich habe all die Jahre in lieber Erinnerung; besonders den Garten, unseren Garten, hinterm Hause. Er war jämmerlich verwildert und verwuchert und von zerbröckelten, bemoosten Mauern eingeschlossen; aber gerade das gab ihm viel Reiz. In der Mitte war ein Springbrunnen, mit einem dichten Kranz von Schwertlilien umgeben. Im Sommer verbrachte ich dort lange Stunden mit meinen Freundinnen. Wir saßen alle auf kleinen Feldsesseln rund um den Springbrunnen herum...«

»Wie schön!« sagte Herr Spinell und zog die Schultern empor. »Saßen Sie und sangen?«

»Nein, wir häkelten meistens.«

»Immerhin... Immerhin...«

»Ja, wir häkelten und schwatzten, meine sechs Freundinnen und ich...«

»Wie schön! Gott, hören Sie, wie schön!« rief Herr Spinell, und sein Gesicht war gänzlich verzerrt.

»Was finden Sie nun hieran so besonders schön, Herr Spinell!«

»Oh, dies, daß es sechs außer Ihnen waren, daß Sie nicht in diese Zahl eingeschlossen waren, sondern daß Sie gleichsam als Königin daraus hervortraten... Sie waren ausgezeichnet vor Ihren sechs Freundinnen. Eine kleine goldene Krone, ganz unscheinbar aber bedeutungsvoll, saß in Ihrem Haar und blinkte...«

»Nein, Unsinn, nichts von einer Krone...«

»Doch, sie blinkte heimlich. Ich hätte sie gesehen, hätte sie deutlich in Ihrem Haar gesehen, wenn ich in einer dieser Stunden unvermerkt im Gestrüpp gestanden hätte...«

»Gott weiß, was Sie gesehen hätten. Sie standen aber nicht dort, sondern eines Tages war es mein jetziger Mann, der zusammen mit meinem Vater aus dem Gebüsch hervortrat. Ich fürchte, sie hatten sogar allerhand von unserem Geschwätz belauscht...«

»Dort war es also, wo Sie Ihren Herrn Gemahl kennen lernten, gnädige Frau?«

»Ja, dort lernte ich ihn kennen!« sagte sie laut und fröhlich, und indem sie lächelte, trat das zartblaue Äderchen angestrengt und seltsam über ihrer Braue hervor. »Er besuchte meinen Vater in Geschäften, wissen Sie. Am nächsten Tage war er zum Diner geladen, und noch drei Tage später hielt er um meine Hand an.«

»Wirklich! Ging das alles so außerordentlich schnell?«

»Ja... Das heißt, von nun an ging es ein wenig langsamer. Denn mein Vater war der Sache eigentlich gar nicht geneigt, müssen Sie wissen, und machte eine längere Bedenkzeit zur Bedingung. Erstens wollte er mich lieber bei sich behalten, und dann hatte er noch andere Skrupeln. Aber...«

»Aber?«

»Aber ich w o l l t e es eben«, sagte sie lächelnd, und wieder beherrschte das blaßblaue Äderchen mit einem bedrängten und kränklichen Ausdruck ihr ganzes liebliches Gesicht.

»Ah, Sie wollten es.«

»Ja, und ich habe einen ganz festen und respektablen Willen gezeigt, wie Sie sehen...«

»Wie ich es sehe. Ja.«

»... sodaß mein Vater sich schließlich darein ergeben mußte.«

»Und so verließen Sie ihn denn und seine Geige, verließen das alte Haus, den verwucherten Garten, den Springbrunnen und Ihre sechs Freundinnen und zogen mit Herrn Klöterjahn.«

»Und zog mit... Sie haben eine Ausdrucksweise, Herr Spi-

nell –! Beinahe biblisch! – Ja, ich verließ das alles, denn so will es
ja die Natur.«

»Ja, so will sie es wohl.«

»Und dann handelte es sich ja um mein Glück.«

»Gewiß. Und es kam, das Glück...«

»Das kam in der Stunde, Herr Spinell, als man mir zuerst den
kleinen Anton brachte, unseren kleinen Anton, und als er so
kräftig mit seinen kleinen gesunden Lungen schrie, stark und
gesund wie er ist...«

»Es ist nicht das erste Mal, daß ich Sie von der Gesundheit
Ihres kleinen Anton sprechen höre, gnädige Frau. Er muß ganz
ungewöhnlich gesund sein?«

»Das ist er. Und er sieht meinem Mann so lächerlich ähnlich!«

»Ah! – Ja, so begab es sich also. Und nun heißen Sie nicht
mehr Eckhof sondern anders und haben den kleinen gesunden
Anton und leiden ein wenig an der Luftröhre.«

»Ja. – Und Sie sind ein durch und durch rätselhafter Mensch,
Herr Spinell, dessen versichere ich Sie...«

»Ja, straf' mich Gott, das sind Sie!« sagte die Rätin Spatz, die
übrigens auch noch vorhanden war.

Aber auch mit diesem Gespräch beschäftigte Herrn Klöterjahns Gattin sich mehrere Male in ihrem Innern. So nichtssagend
es war, so barg es doch einiges auf seinem Grunde, was ihren
Gedanken über sich selbst Nahrung gab. War dies der schädliche Einfluß, der sie berührte? Ihre Schwäche nahm zu, und oft
stellte Fieber sich ein, eine stille Glut, in der sie mit einem Gefühle
sanfter Gehobenheit ruhte, der sie sich in einer nachdenklichen,
preziösen, selbstgefälligen und ein wenig beleidigten Stimmung
überließ. Wenn sie nicht das Bett hütete und Herr Spinell auf den
Spitzen seiner großen Füße mit ungeheurer Behutsamkeit zu ihr
trat, in einer Entfernung von zwei Schritten stehen blieb und, das
eine Bein zurückgestellt und den Oberkörper vorgebeugt, mit
ehrfürchtig gedämpfter Stimme zu ihr sprach, wie als höbe er sie
in scheuer Andacht sanft und hoch empor und bettete sie auf
Wolkenpfühle, woselbst kein schriller Laut und keine irdische
Berührung sie erreichen solle..., so erinnerte sie sich der Art, in

der Herr Klöterjahn zu sagen pflegte: »Vorsichtig, Gabriele, take care, mein Engel, und halte den Mund zu!« eine Art, die wirkte, als schlüge er einem hart und wohlmeinend auf die Schulter. Dann aber wandte sie sich rasch von dieser Erinnerung ab, um in Schwäche und Gehobenheit auf den Wolkenpfühlen zu ruhen, die Herr Spinell ihr dienend bereitete.

Eines Tages kam sie unvermittelt auf das kleine Gespräch zurück, das sie mit ihm über ihre Herkunft und Jugend geführt hatte.

»Es ist also wahr«, fragte sie, »Herr Spinell, daß Sie die Krone gesehen hätten?«

Und obgleich jene Plauderei schon vierzehn Tage zurücklag, wußte er sofort, um was es sich handelte, und versicherte ihr mit bewegten Worten, daß er damals am Springbrunnen, als sie unter ihren sechs Freundinnen saß, die kleine Krone hätte blinken – sie heimlich in ihrem Haar hätte blinken sehen.

Einige Tage später erkundigte sich ein Kurgast aus Artigkeit bei ihr nach dem Wohlergehen ihres kleinen Anton daheim. Sie ließ zu Herrn Spinell, der sich in der Nähe befand, einen hurtigen Blick hinübergleiten und antwortete ein wenig gelangweilt:

»Danke; wie soll es dem wohl gehen? – Ihm und meinem Mann geht es gut.«

VIII.

Ende Februar, an einem Frosttage, reiner und leuchtender, als alle, die vorhergegangen waren, herrschte in »Einfried« nichts als Übermut. Die Herrschaften mit den Herzfehlern besprachen sich untereinander mit geröteten Wangen, der diabetische General trällerte wie ein Jüngling, und die Herren mit den unbeherrschten Beinen waren ganz außer Rand und Band. Was ging vor? Nichts Geringeres, als daß eine gemeinsame Ausfahrt unternommen werden sollte, eine Schlittenpartie in mehreren Fuhrwerken mit Schellenklang und Peitschenknall ins Gebirge hinein: Doktor Leander hatte zur Zerstreuung seiner Patienten diesen Beschluß gefaßt.

Natürlich mußten die »Schweren« zu Hause bleiben. Die armen »Schweren«! Man nickte sich zu und verabredete sich, sie nichts von dem Ganzen wissen zu lassen; es tat allgemein wohl, ein wenig Mitleid üben und Rücksicht nehmen zu können. Aber auch von denen, die sich an dem Vergnügen sehr wohl hätten beteiligen können, schlossen sich einige aus. Was Fräulein von Osterloh anging, so war sie ohne weiteres entschuldigt. Wer wie sie mit Pflichten überhäuft war, durfte an Schlittenpartieen nicht ernstlich denken. Der Hausstand verlangte gebieterisch ihre Anwesenheit, und kurzum: sie blieb in »Einfried«. Daß aber auch Herrn Klöterjahns Gattin erklärte, daheim bleiben zu wollen, verstimmte allseitig. Vergebens redete Doktor Leander ihr zu, die frische Fahrt auf sich wirken zu lassen; sie behauptete, nicht aufgelegt zu sein, Migräne zu haben, sich matt zu fühlen, und so mußte man sich fügen. Der Cyniker und Witzbold aber nahm Anlaß zu der Bemerkung:

»Geben Sie acht, nun fährt auch der verweste Säugling nicht mit.«

Und er bekam recht, denn Herr Spinell ließ wissen, daß er heute Nachmittag arbeiten wolle – er gebrauchte sehr gern das Wort »arbeiten« für seine zweifelhafte Tätigkeit. Übrigens beklagte sich keine Seele über sein Fortbleiben, und ebenso leicht verschmerzte man es, daß die Rätin Spatz sich entschloß, ihrer jüngeren Freundin Gesellschaft zu leisten, da das Fahren sie seekrank mache.

Gleich nach dem Mittagessen, das heute schon gegen zwölf Uhr stattgefunden hatte, hielten die Schlitten vor »Einfried«, und in lebhaften Gruppen, warm vermummt, neugierig und angeregt, bewegten sich die Gäste durch den Garten. Herrn Klöterjahns Gattin stand mit der Rätin Spatz an der Glastür, die zur Terrasse führte, und Herr Spinell am Fenster seines Zimmers, um der Abfahrt zuzusehen. Sie beobachteten, wie unter Scherzen und Gelächter kleine Kämpfe um die besten Plätze entstanden, wie Fräulein von Osterloh, eine Pelzboa um den Hals, von einem Gespann zum anderen lief, um Körbe mit Eßwaren unter die Sitze zu schieben, wie Doktor Leander, die Pelzmütze in der

Stirn, mit seinen funkelnden Brillengläsern noch einmal das Ganze überschaute, dann ebenfalls Platz nahm und das Zeichen zum Aufbruch gab... Die Pferde zogen an, ein paar Damen kreischten und fielen hintüber, die Schellen klapperten, die kurzstieligen Peitschen knallten und ließen ihre langen Schnüre im Schnee hinter den Kufen dreinschleppen, und Fräulein von Osterloh stand an der Gatterpforte und winkte mit ihrem Schnupftuch, bis an einer Biegung der Landstraße die gleitenden Gefährte verschwanden, das frohe Geräusch sich verlor. Dann kehrte sie durch den Garten zurück, um ihren Pflichten nachzueilen, die beiden Damen verließen die Glastür, und fast gleichzeitig trat auch Herr Spinell von seinem Aussichtspunkte ab.

Ruhe herrschte in »Einfried«. Die Expedition war vor Abend nicht zurückzuerwarten. Die »Schweren« lagen in ihren Zimmern und litten. Herrn Klöterjahns Gattin und ihre ältere Freundin unternahmen einen kurzen Spaziergang, worauf sie in ihre Gemächer zurückkehrten. Auch Herr Spinell befand sich in dem seinen und beschäftigte sich auf seine Art. Gegen vier Uhr brachte man den Damen je einen halben Liter Milch, während Herr Spinell seinen leichten Tee erhielt. Kurze Zeit darauf pochte Herrn Klöterjahns Gattin an die Wand, die ihr Zimmer von dem der Magistratsrätin Spatz trennte, und sagte:

»Wollen wir nicht ins Konversationszimmer hinuntergehen, Frau Rätin? Ich weiß nicht mehr, was ich hier anfangen soll.«

»Sogleich, meine Liebe!« antwortete die Rätin. »Ich ziehe nur meine Stiefel an, wenn Sie erlauben. Ich habe nämlich auf dem Bette gelegen, müssen Sie wissen.«

Wie zu erwarten stand, war das Konversationszimmer leer. Die Damen nahmen am Kamine Platz. Die Rätin Spatz stickte Blumen auf ein Stück Stramin, und auch Herrn Klöterjahns Gattin tat ein paar Stiche, worauf sie die Handarbeit in den Schoß sinken ließ und über die Armlehne ihres Sessels hinweg ins Leere träumte. Schließlich machte sie eine Bemerkung, die nicht lohnte, daß man ihretwegen die Zähne voneinander tat; da aber die Rätin Spatz trotzdem »Wie?« fragte, so mußte sie zu ihrer Demütigung den ganzen Satz wiederholen. Die Rätin Spatz fragte nochmals »Wie?« In diesem Augenblicke aber wurden auf dem Vorplatze Schritte laut, die Tür öffnete sich, und Herr Spinell trat ein.

»Störe ich?« fragte er noch an der Schwelle mit sanfter Stimme, während er ausschließlich Herrn Klöterjahns Gattin anblickte und den Oberkörper auf eine gewisse zarte und schwebende Art nach vorne beugte... Die junge Frau antwortete:

»Ei, warum nicht gar? Erstens ist dieses Zimmer doch als Freihafen gedacht, Herr Spinell, und dann: worin sollten Sie uns stören. Ich habe das entschiedene Gefühl, die Rätin zu langweilen...«

Hierauf wußte er nichts mehr zu erwidern, sondern ließ nur lächelnd seine kariösen Zähne sehen und ging unter den Augen der Damen mit ziemlich unfreien Schritten bis zur Glastür, woselbst er stehen blieb und hinausschaute, indem er in etwas unerzogener Weise den Damen den Rücken zuwandte. Dann machte er eine halbe Wendung rückwärts, fuhr aber fort, in den Garten hinauszublicken, indes er sagte:

»Die Sonne ist fort. Unvermerkt hat der Himmel sich bezogen. Es fängt schon an, dunkel zu werden.«

»Wahrhaftig, ja, alles liegt in Schatten«, antwortete Herrn Klöterjahns Gattin. »Unsere Ausflügler werden doch noch Schnee bekommen, wie es scheint. Gestern war es um diese Zeit noch voller Tag; nun dämmert es schon.«

»Ach«, sagte er, »nach allen diesen überhellen Wochen tut das Dunkel den Augen wohl. Ich bin dieser Sonne, die Schönes und Gemeines mit gleich aufdringlicher Deutlichkeit bestrahlt, geradezu dankbar, daß sie sich endlich ein wenig verhüllt.«

»Lieben Sie die Sonne nicht, Herr Spinell?«

»Da ich kein Maler bin... Man wird innerlicher, ohne Sonne. – Es ist eine dicke, weißgraue Wolkenschicht. Vielleicht bedeutet es Tauwetter für morgen. Übrigens würde ich Ihnen nicht raten, dort hinten noch auf die Handarbeit zu blicken, gnädige Frau.«

»Ach, seien Sie unbesorgt, das tue ich ohnehin nicht. Aber was soll man beginnen?«

Er hatte sich auf den Drehsessel vorm Piano niedergelassen, indem er einen Arm auf den Deckel des Instrumentes stützte.

»Musik...« sagte er. »Wer jetzt ein bißchen Musik zu hören bekäme! Manchmal singen die englischen Kinder kleine nigger-songs, das ist alles.«

»Und gestern Nachmittag hat Fräulein von Osterloh in aller Eile die Klosterglocken gespielt«, bemerkte Herrn Klöterjahns Gattin.

»Aber Sie spielen ja, gnädige Frau«, sagte er bittend und stand auf... »Sie haben ehemals täglich mit Ihrem Herrn Vater musi-ziert.«

»Ja, Herr Spinell, das war damals! Zur Zeit des Springbrun-nens, wissen Sie...«

»Tun Sie es heute!« bat er. »Lassen Sie dies eine Mal ein paar Takte hören! Wenn Sie wüßten, wie ich dürste...«

»Unser Hausarzt sowohl wie Doktor Leander haben es mir ausdrücklich verboten, Herr Spinell.«

»Sie sind nicht da, weder der eine noch der andere! Wir sind frei... Sie sind frei, gnädige Frau! Ein paar armselige Accorde...«

»Nein, Herr Spinell, daraus wird nichts. Wer weiß, was für Wunderdinge Sie von mir erwarten! Und ich habe alles verlernt, glauben Sie mir. Auswendig kann ich beinahe nichts.«

»Oh, dann spielen Sie dieses Beinahe-nichts! Und zum Über-fluß sind hier Noten, hier liegen sie, oben auf dem Klavier. Nein, dies hier ist nichts. Aber hier ist Chopin...«

»Chopin?«

»Ja, die Nocturnes. Und nun fehlt nur, daß ich die Kerzen anzünde...«

»Glauben Sie nicht, daß ich spiele, Herr Spinell! Ich darf nicht. Wenn es mir nun schadet?!« –

Er verstummte. Er stand, mit seinen großen Füßen, seinem langen, schwarzen Rock und seinem grauhaarigen, verwisch-ten, bartlosen Kopf, im Lichte der beiden Klavierkerzen und ließ die Hände hinunterhängen.

»Nun bitte ich nicht mehr«, sagte er endlich leise. »Wenn Sie fürchten, sich zu schaden, gnädige Frau, so lassen Sie die Schönheit tot und stumm, die unter Ihren Fingern laut werden möchte. Sie waren nicht immer so sehr verständig; wenigstens nicht, als es im Gegenteile galt, sich der Schönheit zu begeben. Sie waren nicht besorgt um Ihren Körper und zeigten einen unbedenklicheren und festeren Willen, als Sie den Springbrunnen verließen und die kleine goldene Krone ablegten... Hören Sie«, sagte er nach einer Pause, und seine Stimme senkte sich noch mehr, »wenn Sie jetzt hier niedersitzen und spielen wie einst, als noch Ihr Vater neben Ihnen stand und seine Geige jene Töne singen ließ, die Sie weinen machten... dann kann es geschehen, daß man sie wieder heimlich in Ihrem Haare blinken sieht, die kleine, goldene Krone...«

»Wirklich?« fragte sie und lächelte... Zufällig versagte ihr die Stimme bei diesem Wort, sodaß es zur Hälfte heiser und zur Hälfte tonlos herauskam. Sie hüstelte und sagte dann:

»Sind es wirklich die Nocturnes von Chopin, die Sie da haben?«

»Gewiß. Sie sind aufgeschlagen, und alles ist bereit.«

»Nun, so will ich denn in Gottes Namen eins davon spielen«, sagte sie. »Aber nur eines, hören Sie? Dann werden Sie ohnehin für immer genug haben.«

Damit erhob sie sich, legte ihre Handarbeit beiseite und ging zum Klavier. Sie nahm auf dem Drehsessel Platz, auf dem ein paar gebundene Notenbücher lagen, richtete die Leuchter und blätterte in den Noten. Herr Spinell hatte einen Stuhl an ihre Seite gerückt und saß neben ihr wie ein Musiklehrer.

Sie spielte das Nocturne in es-dur, opus 9, Nummer 2. Wenn sie wirklich einiges verlernt hatte, so mußte ihr Vortrag ehedem vollkommen künstlerisch gewesen sein. Das Piano war nur mittelmäßig, aber schon nach den ersten Griffen wußte sie es mit sicherem Geschmack zu behandeln. Sie zeigte einen nervösen Sinn für differenzierte Klangfarbe und eine Freude an rhythmischer Beweglichkeit, die bis zum Phantastischen ging. Ihr Anschlag war sowohl fest als weich. Unter ihren Händen sang die Melodie ihre letzte Süßigkeit aus, und mit einer zögernden Grazie schmiegten sich die Verzierungen um ihre Glieder.

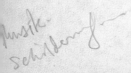

Sie trug das Kleid vom Tage ihrer Ankunft: die dunkle, gewichtige Taille mit den plastischen Sammetarabesken, die Haupt und Hände so unirdisch zart erscheinen ließ. Ihr Gesichtsausdruck veränderte sich nicht beim Spiele, aber es schien, als ob die Umrisse ihrer Lippen noch klarer würden, die Schatten in den Winkeln ihrer Augen sich vertieften. Als sie geendigt hatte, legte sie die Hände in den Schoß und fuhr fort, auf die Noten zu blicken. Herr Spinell blieb ohne Laut und Bewegung sitzen.

Sie spielte noch ein Nocturne, spielte ein zweites und drittes. Dann erhob sie sich; aber nur, um auf dem oberen Klavierdeckel nach neuen Noten zu suchen.

Herr Spinell hatte den Einfall, die Bände in schwarzen Pappdeckeln zu untersuchen, die auf dem Drehsessel lagen. Plötzlich stieß er einen unverständlichen Laut aus, und seine großen, weißen Hände fingerten leidenschaftlich an einem dieser vernachlässigten Bücher.

»Nicht möglich! ... Es ist nicht wahr! ... « sagte er ... »Und dennoch täusche ich mich nicht! ... Wissen Sie, was es ist? ... Was hier lag? ... Was ich hier halte? ... «

»Was ist es?« fragte sie.

Da wies er ihr stumm das Titelblatt. Er war ganz bleich, ließ das Buch sinken und sah sie mit zitternden Lippen an.

»Wahrhaftig? Wie kommt das hierher? Also geben Sie«, sagte sie einfach, stellte die Noten aufs Pult, setzte sich und begann nach einem Augenblick der Stille mit der ersten Seite.

Er saß neben ihr, vornübergebeugt, die Hände zwischen den Knieen gefaltet, mit gesenktem Kopfe. Sie spielte den Anfang mit einer ausschweifenden und quälenden Langsamkeit, mit beunruhigend gedehnten Pausen zwischen den einzelnen Figuren. Das Sehnsuchtsmotiv, eine einsame und irrende Stimme in der Nacht, ließ leise seine bange Frage vernehmen. Eine Stille und ein Warten. Und siehe, es antwortet: derselbe zage und einsame Klang, nur heller, nur zarter. Ein neues Schweigen. Da setzte mit jenem gedämpften und wundervollen Sforzato, das ist wie ein Sich-Aufraffen und seliges Aufbegehren der Leidenschaft, das Liebesmotiv ein, stieg aufwärts, rang sich entzückt empor bis zur süßen Verschlingung, sank, sich lösend, zurück, und mit ihrem tiefen Gesange von schwerer, schmerzlicher Wonne traten die Celli hervor und führten die Weise fort...

Nicht ohne Erfolg versuchte die Spielende auf dem armseligen Instrument die Wirkungen des Orchesters anzudeuten. Die Violinläufe der großen Steigerung erklangen mit leuchtender Präzision. Sie spielte mit preziöser Andacht, verharrte gläubig bei jedem Gebilde und hob demütig und demonstrativ das Einzelne hervor, wie der Priester das Allerheiligste über sein Haupt erhebt. Was geschah? Zwei Kräfte, zwei entrückte Wesen strebten in Leiden und Seligkeit nach einander und umarmten sich in dem verzückten und wahnsinnigen Begehren nach dem Ewigen und Absoluten... Das Vorspiel flammte auf und neigte sich. Sie endigte da, wo der Vorhang sich teilt, und fuhr dann fort, schweigend auf die Noten zu blicken.

Unterdessen hatte bei der Rätin Spatz die Langeweile jenen Grad erreicht, wo sie des Menschen Antlitz entstellt, ihm die Augen aus dem Kopfe treibt und ihm einen leichenhaften und furchteinflößenden Ausdruck verleiht. Außerdem wirkte diese Art von Musik auf ihre Magennerven, sie versetzte diesen dyspeptischen Organismus in Angstzustände und machte, daß die Rätin einen Krampfanfall befürchtete.

»Ich bin genötigt, auf mein Zimmer zu gehen«, sagte sie schwach. »Leben Sie wohl, ich kehre zurück...«

Damit ging sie. Die Dämmerung war weit vorgeschritten. Draußen sah man dicht und lautlos den Schnee auf die Terrasse herniedergehen. Die beiden Kerzen gaben ein wankendes und begrenztes Licht.

»Den zweiten Aufzug«, flüsterte er; und sie wandte die Seiten und begann mit dem zweiten Aufzug.

Hörnerschall verlor sich in der Ferne. Wie? oder war es das Säuseln des Laubes? Das sanfte Rieseln des Quells? Schon hatte die Nacht ihr Schweigen durch Hain und Haus gegossen, und kein flehendes Mahnen vermochte dem Walten der Sehnsucht mehr Einhalt zu tun. Das heilige Geheimnis vollendete sich. Die

Leuchte erlosch, mit einer seltsamen, plötzlich gedeckten Klangfarbe senkte das Todesmotiv sich herab, und in jagender Ungeduld ließ die Sehnsucht ihren weißen Schleier dem Geliebten entgegenflattern, der ihr mit ausgebreiteten Armen durchs Dunkel nahte.

O überschwänglicher und unersättlicher Jubel der Vereinigung im ewigen Jenseits der Dinge! Des quälenden Irrtums entledigt, den Fesseln des Raumes und der Zeit entronnen verschmolzen das Du und das Ich, das Dein und Mein sich zu erhabener Wonne. Trennen konnte sie des Tages tückisches Blendwerk, doch seine prahlende Lüge vermochte die Nachtsichtigen nicht mehr zu täuschen, seit die Kraft des Zaubertrankes ihnen den Blick geweiht. Wer liebend des Todes Nacht und ihr süßes Geheimnis erschaute, dem blieb im Wahn des Lichtes ein einzig Sehnen, die Sehnsucht hin zur heiligen Nacht, der ewigen, wahren, der einsmachenden ...

O sink hernieder, Nacht der Liebe, gib ihnen jenes Vergessen, das sie ersehnen, umschließe sie ganz mit deiner Wonne und löse sie los von der Welt des Truges und der Trennung. Siehe, die letzte Leuchte verlosch! Denken und Dünken versank in heiliger Dämmerung, die sich welterlösend über des Wahnes Qualen breitet. Dann, wenn das Blendwerk erbleicht, wenn in Entzükken sich mein Auge bricht: Das, wovon die Lüge des Tages mich ausschloß, was sie zu unstillbarer Qual meiner Sehnsucht täuschend entgegenstellte, – selbst dann, o Wunder der Erfüllung! selbst dann bin ich die Welt. – Und es erfolgte zu Brangänens dunklem Habet-Acht-Gesange jener Aufstieg der Violinen, welcher höher ist, als alle Vernunft.

»Ich verstehe nicht alles, Herr Spinell; sehr vieles ahne ich nur. Was bedeutet doch dieses – Selbst – dann bin ich die Welt?«

Er erklärte es ihr, leise und kurz.

»Ja, so ist es. – Wie kommt es nur, daß Sie, der Sie es so gut verstehen, es nicht auch spielen können?«

Seltsamerweise vermochte er dieser harmlosen Frage nicht stand zu halten. Er errötete, rang die Hände und versank gleichsam mit seinem Stuhle.

»Das trifft selten zusammen«, sagte er endlich gequält. »Nein, spielen kann ich nicht. – Aber fahren Sie fort.«

Und sie fuhren fort in den trunkenen Gesängen des Mysterienspieles. Starb je die Liebe? Tristans Liebe? Die Liebe deiner und meiner Isolde? Oh, des Todes Streiche erreichen die Ewige nicht! Was stürbe wohl ihm, als was uns stört, was die Einigen täuschend entzweit? Durch ein süßes Und verknüpfte sie beide die Liebe... zerriß es der Tod, wie anders, als mit des einen eigenem Leben, wäre dem anderen der Tod gegeben? Und ein geheimnisvoller Zwiegesang vereinigte sie in der namenlosen Hoffnung des Liebestodes, des endlos ungetrennten Umfangenseins im Wunderreiche der Nacht. Süße Nacht! Ewige Liebesnacht! Alles umspannendes Land der Seligkeit! Wer dich ahnend erschaut, wie könnte er ohne Bangen je zum öden Tage zurückerwachen? Banne du das Bangen, holder Tod! Löse du nun die Sehnenden ganz von der Not des Erwachens! O fassungsloser Sturm der Rhythmen! O chromatisch empordrängendes Entzücken der metaphysischen Erkenntnis! Wie sie fassen, wie sie lassen, diese Wonne fern den Trennungsqualen des Lichts? Sanftes Sehnen ohne Trug und Bangen, hehres, leidloses Verlöschen, überseliges Dämmern im Unermeßlichen! Du Isolde, Tristan ich, nicht mehr Tristan, nicht mehr Isolde – – –

Plötzlich geschah etwas Erschreckendes. Die Spielende brach ab und führte ihre Hand über die Augen, um ins Dunkel zu spähen, und Herr Spinell wandte sich rasch auf seinem Sitze herum. Die Tür dort hinten, die zum Korridor führte, hatte sich geöffnet, und herein kam eine finstere Gestalt, gestützt auf den Arm einer zweiten. Es war ein Gast von »Einfried«, der gleichfalls nicht in der Lage gewesen war, an der Schlittenpartie teilzunehmen, sondern diese Abendstunde zu einem seiner instinktiven und traurigen Rundgänge durch die Anstalt benutzte, es war jene Kranke, die neunzehn Kinder zur Welt gebracht hatte und keines Gedankens mehr fähig war, es war die Pastorin Höhlenrauch am Arme ihrer Pflegerin. Ohne aufzublicken, durchmaß sie mit tappenden, wandernden Schritten den Hintergrund des

Gemaches und entschwand durch die entgegengesetzte Tür, – stumm und stier, irrwandelnd und unbewußt. – Es herrschte Stille.

»Das war die Pastorin Höhlenrauch«, sagte er.

»Ja, das war die arme Höhlenrauch«, sagte sie. Dann wandte sie die Blätter und spielte den Schluß des Ganzen, spielte Isoldens Liebestod.

Wie farblos und klar ihre Lippen waren, und wie die Schatten in den Winkeln ihrer Augen sich vertieften! Oberhalb der Braue, in ihrer durchsichtigen Stirn, trat angestrengt und beunruhigend das blaßblaue Äderchen deutlicher und deutlicher hervor. Unter ihren arbeitenden Händen vollzog sich die unerhörte Steigerung, zerteilt von jenem beinahe ruchlosen, plötzlichen Pianissimo, das wie ein Entgleiten des Bodens unter den Füßen und wie ein Versinken in sublimer Begierde ist. Der Überschwang einer ungeheuren Lösung und Erfüllung brach herein, wiederholte sich, ein betäubendes Brausen maßloser Befriedigung, unersättlich wieder und wieder, formte sich zurückflutend um, schien verhauchen zu wollen, wob noch einmal das Sehnsuchtsmotiv in seine Harmonie, atmete aus, erstarb, verklang, entschwebte. Tiefe Stille.

Sie horchten beide, legten die Köpfe auf die Seite und horchten.

»Das sind Schellen«, sagte sie.

»Es sind die Schlitten«, sagte er. »Ich gehe.«

Er stand auf und ging durch das Zimmer. An der Tür dort hinten machte er halt, wandte sich um und trat einen Augenblick unruhig von einem Fuß auf den anderen. Und dann begab es sich, daß er, fünfzehn oder zwanzig Schritte von ihr entfernt, auf seine Kniee sank, lautlos auf beide Kniee. Sein langer, schwarzer Gehrock breitete sich auf dem Boden aus. Er hielt die Hände über seinem Munde gefaltet, und seine Schultern zuckten.

Sie saß, die Hände im Schoße, vornüber gelehnt, vom Klavier abgewandt, und blickte auf ihn. Ein ungewisses und bedrängtes Lächeln lag auf ihrem Gesicht, und ihre Augen spähten sinnend und so mühsam ins Halbdunkel, daß sie eine kleine Neigung zum Verschießen zeigten.

Aus weiter Ferne her näherten sich Schellenklappern, Peitschenknall und das Ineinanderklingen menschlicher Stimmen.

IX.

Die Schlittenpartie, von der lange noch alle sprachen, hatte am 26. Februar stattgefunden. Am 27., einem Tauwettertage, an dem alles sich erweichte, tropfte, planschte, floß, ging es der Gattin Herrn Klöterjahns vortrefflich. Am 28. gab sie ein wenig Blut von sich... o, unbedeutend; aber es war Blut. Zu gleicher Zeit wurde sie von einer Schwäche befallen, so groß wie noch niemals, und legte sich nieder.

Doktor Leander untersuchte sie, und sein Gesicht war steinkalt dabei. Dann verordnete er, was die Wissenschaft vorschreibt: Eisstückchen, Morphium, unbedingte Ruhe. Übrigens legte er am folgenden Tage wegen Überbürdung die Behandlung nieder und übertrug sie an Doktor Müller, der sie pflicht- und kontraktgemäß in aller Sanftmut übernahm: ein stiller, blasser, unbedeutender und wehmütiger Mann, dessen bescheidene und ruhmlose Tätigkeit den beinahe Gesunden und den Hoffnungslosen gewidmet war.

Die Ansicht, der er vor allem Ausdruck gab, war die, daß die Trennung zwischen dem Klöterjahnschen Ehepaare nun schon recht lange währe. Es sei dringend wünschenswert, daß Herr Klöterjahn, wenn anders sein blühendes Geschäft es irgend gestatte, wieder einmal zu Besuch nach »Einfried« käme. Man könne ihm schreiben, ihm vielleicht ein kleines Telegramm zukommen lassen... Und sicherlich werde es die junge Mutter beglücken und stärken, wenn er den kleinen Anton mitbrächte: abgesehen davon, daß es für die Ärzte geradezu interessant sein werde, die Bekanntschaft dieses gesunden kleinen Anton zu machen.

Und siehe, Herr Klöterjahn erschien. Er hatte Doktor Müllers kleines Telegramm erhalten und kam vom Strande der Ostsee. Er stieg aus dem Wagen, ließ sich Kaffee und Buttersemmeln geben und sah sehr verdutzt aus.

»Herr«, sagte er, »was ist? Warum ruft man mich zu ihr?«

»Weil es wünschenswert ist«, antwortete Doktor Müller, »daß Sie jetzt in der Nähe Ihrer Frau Gemahlin weilen.«

»Wünschenswert... Wünschenswert... Aber auch notwendig? Ich sehe auf mein Geld, mein Herr, die Zeiten sind schlecht und die Eisenbahnen sind teuer. War diese Tagesreise nicht zu umgehen? Ich wollte nichts sagen, wenn es beispielsweise die Lunge wäre; aber da es Gott sei Dank die Luftröhre ist...«

»Herr Klöterjahn«, sagte Doktor Müller sanft, »erstens ist die Luftröhre ein wichtiges Organ...« Er sagte unkorrekterweise »erstens«, obgleich er gar kein »Zweitens« darauf folgen ließ.

Gleichzeitig aber mit Herrn Klöterjahn war eine üppige, ganz in Rot, Schottisch und Gold gehüllte Person in »Einfried« eingetroffen, und sie war es, die auf ihrem Arme Anton Klöterjahn den Jüngeren, den kleinen gesunden Anton trug. Ja, er war da, und niemand konnte leugnen, daß er in der Tat von einer excessiven Gesundheit war. Rosig und weiß, sauber und frisch gekleidet, dick und duftig lastete er auf dem nackten, roten Arm seiner betreßten Dienerin, verschlang gewaltige Mengen von Milch und gehacktem Fleisch, schrie und überließ sich in jeder Beziehung seinen Instinkten.

Vom Fenster seines Zimmers aus hatte der Schriftsteller Spinell die Ankunft des jungen Klöterjahn beobachtet. Mit einem seltsamen, verschleierten und dennoch scharfen Blick hatte er ihn ins Auge gefaßt, während er vom Wagen ins Haus getragen wurde, und war dann noch längere Zeit mit demselben Gesichtsausdruck an seinem Platze verharrt.

Von da an mied er das Zusammentreffen mit Anton Klöterjahn dem Jüngeren so weit als tunlich.

X.

Herr Spinell saß in seinem Zimmer und »arbeitete«.

Es war ein Zimmer wie alle in »Einfried«: altmodisch, einfach und distinguiert. Die massige Kommode war mit metallenen Löwenköpfen beschlagen, der hohe Wandspiegel war keine glatte Fläche, sondern aus vielen kleinen quadratischen in Blei gefaßten Scherben zusammengesetzt, kein Teppich bedeckte den bläulich lackierten Estrich, in dem die steifen Beine der Meubles als klare Schatten sich fortsetzten. Ein geräumiger Schreibtisch stand in der Nähe des Fensters, vor welches der Romancier einen gelben Vorhang gezogen hatte, wahrscheinlich, um sich innerlicher zu machen.

In gelblicher Dämmerung saß er über die Platte des Sekretärs gebeugt und schrieb, — schrieb an einem jener zahlreichen Briefe, die er allwöchentlich zur Post befördern ließ, und auf die er belustigenderweise meistens gar keine Antwort erhielt. Ein großer, starker Bogen lag vor ihm, in dessen linkem oberen Winkel unter einer verzwickt gezeichneten Landschaft der Name Detlev Spinell in völlig neuartigen Lettern zu lesen war, und den er mit einer kleinen, sorgfältig gemalten und überaus reinlichen Handschrift bedeckte.

»Mein Herr!« stand dort. »Ich richte die folgenden Zeilen an Sie, weil ich nicht anders kann, weil das, was ich Ihnen zu sagen habe, mich erfüllt, mich quält und zittern macht, weil mir die Worte mit einer solchen Heftigkeit zuströmen, daß ich an ihnen ersticken würde, dürfte ich mich ihrer nicht in diesem Briefe entlasten...«

Der Wahrheit die Ehre zu geben, so war dies mit dem »Zuströmen« ganz einfach nicht der Fall, und Gott wußte, aus was für eitlen Gründen Herr Spinell es behauptete. Die Worte schienen ihm durchaus nicht zuzuströmen, für einen, dessen bürgerlicher Beruf das Schreiben ist, kam er jämmerlich langsam von der Stelle, und wer ihn sah, mußte zu der Anschauung gelangen, daß ein Schriftsteller ein Mann ist, dem das Schreiben schwerer fällt, als allen anderen Leuten.

Mit zwei Fingerspitzen hielt er eins der sonderbaren Flaumhärchen an seiner Wange erfaßt und drehte Viertelstunden lang
daran, indem er ins Leere starrte und nicht um eine Zeile vorwärts rückte, schrieb dann ein paar zierliche Wörter und stockte
aufs neue. Andererseits muß man zugeben, daß das, was schließlich zustande kam, den Eindruck der Glätte und Lebhaftigkeit
erweckte, wenn es auch inhaltlich einen wunderlichen, fragwürdigen und oft sogar unverständlichen Charakter trug.

»Es ist«, so setzte der Brief sich fort, »das unabweisliche Bedürfnis, das, was ich sehe, was seit Wochen als eine unauslöschliche Vision vor meinen Augen steht, auch Sie sehen zu machen,
es Sie mit meinen Augen, in derjenigen sprachlichen Beleuchtung schauen zu lassen, in der es vor meinem inneren Blicke
steht. Ich bin gewohnt, diesem Drange zu weichen, der mich
zwingt, in unvergeßlich und flammend richtig an ihrem Platze
stehenden Worten meine Erlebnisse zu denen der Welt zu machen. Und darum hören Sie mich an.

Ich will nichts, als sagen, was war und ist, ich erzähle lediglich
eine Geschichte, eine ganz kurze, unsäglich empörende Geschichte, erzähle sie ohne Kommentar, ohne Anklage und
Urteil, nur mit meinen Worten. Es ist die Geschichte Gabriele
Eckhofs, mein Herr, der Frau, die Sie die Ihrige nennen... und
merken Sie wohl! Sie waren es, der sie erlebte; und dennoch bin
ich es, dessen Wort sie Ihnen erst in Wahrheit zur Bedeutung
eines Erlebnisses erheben wird.

Erinnern Sie sich des Gartens, mein Herr, des alten, verwucherten Gartens hinter dem grauen Patrizierhause? Das grüne
Moos sproß in den Fugen der verwitterten Mauern, die seine
verträumte Wildnis umschlossen. Erinnern Sie sich auch des
Springbrunnens in seiner Mitte? Lilafarbene Lilien neigten sich
über sein morsches Rund, und sein weißer Strahl plauderte geheimnisvoll auf das zerklüftete Gestein hinab. Der Sommertag
neigte sich.

Sieben Jungfrauen saßen im Kreis um den Brunnen; in das
Haar der Siebenten aber, der Ersten, der Einen, schien die sin-
kende Sonne heimlich ein schimmerndes Abzeichen der Ober-

245

hoheit zu weben. Ihre Augen waren wie ängstliche Träume, und dennoch lächelten ihre klaren Lippen...

Sie sangen. Sie hielten ihre schmalen Gesichter zur Höhe des Springstrahles emporgewandt, dorthin, wo er in müder und edler Rundung sich zum Falle neigte, und ihre leisen, hellen Stimmen umschwebten seinen schlanken Tanz. Vielleicht hielten sie ihre zarten Hände um ihre Knie gefaltet, indes sie sangen...

Entsinnen Sie sich des Bildes, mein Herr? Sahen Sie es? Sie sahen es nicht. Ihre Augen waren nicht geschaffen dafür, und Ihre Ohren nicht, die keusche Süßigkeit seiner Melodie zu vernehmen. Sahen Sie es – Sie durften nicht wagen, zu atmen, Sie mußten Ihrem Herzen zu schlagen verwehren. Sie mußten gehen, zurück ins Leben, in Ihr Leben, und für den Rest Ihres Erdendaseins das Geschaute als ein unantastbares und unverletzliches Heiligtum in Ihrer Seele bewahren. Was aber taten Sie?

Dies Bild war ein Ende, mein Herr; mußten Sie kommen und es zerstören, um ihm eine Fortsetzung der Gemeinheit und des häßlichen Leidens zu geben? Es war eine rührende und friedevolle Apotheose, getaucht in die abendliche Verklärung des Verfalles, der Auflösung und des Verlöschens. Ein altes Geschlecht, zu müde bereits und zu edel zur Tat und zum Leben, steht am Ende seiner Tage, und seine letzten Äußerungen sind Laute der Kunst, ein paar Geigentöne, voll von der wissenden Wehmut der Sterbensreife... Sahen Sie die Augen, denen diese Töne Tränen entlockten? Vielleicht, daß die Seelen der sechs Gespielinnen dem Leben gehörten; diejenige aber ihrer schwesterlichen Herrin gehörte der Schönheit und dem Tode.

Sie sahen sie, diese Todesschönheit: sahen sie an, um ihrer zu begehren. Nichts von Ehrfurcht, nichts von Scheu berührte Ihr Herz gegenüber ihrer rührenden Heiligkeit. Es genügte Ihnen nicht, zu schauen; Sie mußten besitzen, ausnützen, entweihen... Wie fein Sie Ihre Wahl trafen! Sie sind ein Gourmand, mein Herr, ein plebejischer Gourmand, ein Bauer mit Geschmack.

Ich bitte Sie, zu bemerken, daß ich keineswegs den Wunsch hege, Sie zu kränken. Was ich sage, ist kein Schimpf, sondern die

246

Formel, die einfache psychologische Formel für Ihre einfache, literarisch gänzlich uninteressante Persönlichkeit, und ich spreche sie aus, nur weil es mich treibt, Ihnen Ihr eigenes Tun und Wesen ein wenig zu erhellen, weil es auf Erden mein unausweichlicher Beruf ist, die Dinge bei Namen zu nennen, sie reden zu machen, und das Unbewußte zu durchleuchten. Die Welt ist voll von dem, was ich den ›unbewußten Typus‹ nenne: und ich ertrage sie nicht, alle diese unbewußten Typen! Ich ertrage es nicht, all dies dumpfe, unwissende und erkenntnislose Leben und Handeln, diese Welt von aufreizender Naivität um mich her! Es treibt mich mit qualvoller Unwiderstehlichkeit, alles Sein in der Runde – so weit meine Kräfte reichen – zu erläutern, auszusprechen und zum Bewußtsein zu bringen, – unbekümmert darum, ob dies eine fördernde oder hemmende Wirkung nach sich zieht, ob es Trost und Linderung bringt oder Schmerz zufügt.

Sie sind, mein Herr, wie ich sagte, ein plebejischer Gourmand, ein Bauer mit Geschmack. Eigentlich von plumper Konstitution und auf einer äußerst niedrigen Entwicklungsstufe befindlich, sind Sie durch Reichtum und sitzende Lebensweise zu einer plötzlichen, unhistorischen und barbarischen Korruption des Nervensystems gelangt, die eine gewisse lüsterne Verfeinerung des Genußbedürfnisses nach sich zieht. Wohl möglich, daß die Muskeln Ihres Schlundes in eine schmatzende Bewegung gerieten, wie angesichts einer köstlichen Suppe oder seltenen Platte, als Sie beschlossen, Gabriele Eckhof zu eigen zu nehmen...

In der Tat, Sie lenken ihren verträumten Willen in die Irre, Sie führen sie aus dem verwucherten Garten in das Leben und in die Häßlichkeit, Sie geben ihr Ihren ordinären Namen und machen sie zum Eheweibe, zur Hausfrau, machen sie zur Mutter. Sie erniedrigen die müde, scheue und in erhabener Unbrauchbarkeit blühende Schönheit des Todes in den Dienst des gemeinen Alltags und jenes blöden, ungefügen und verächtlichen Götzen, den man die Natur nennt, und nicht eine Ahnung von der tiefen Niedertracht dieses Beginnens regt sich in Ihrem bäuerischen Gewissen.

Nochmals: Was geschieht? Sie, mit den Augen, die wie ängstliche Träume sind, schenkt Ihnen ein Kind; sie gibt diesem Wesen, das eine Fortsetzung der niedrigen Existenz seines Erzeugers ist, alles mit, was sie an Blut und Lebensmöglichkeit besitzt, und stirbt. Sie stirbt, mein Herr! Und wenn sie nicht in Gemeinheit dahinfährt, wenn sie dennoch zuletzt sich aus den Tiefen ihrer Erniedrigung erhob und stolz und selig unter dem tödlichen Kusse der Schönheit vergeht, so ist das meine Sorge gewesen. Die Ihrige war es wohl unterdessen, sich auf verschwiegenen Korridoren mit Stubenmädchen die Zeit zu verkürzen.

Ihr Kind aber, Gabriele Eckhofs Sohn, gedeiht, lebt und triumphiert. Vielleicht wird er das Leben seines Vaters fortführen, ein handeltreibender, Steuern zahlender und gut speisender Bürger werden; vielleicht ein Soldat oder Beamter, eine unwissende und tüchtige Stütze des Staates; in jedem Falle ein amusisches, normal funktionierendes Geschöpf, skrupellos und zuversichtlich, stark und dumm.

Nehmen Sie das Geständnis, mein Herr, daß ich Sie hasse, Sie und Ihr Kind, wie ich das Leben selbst hasse, das gemeine, das lächerliche und dennoch triumphierende Leben, das Sie darstellen, den ewigen Gegensatz und Todfeind der Schönheit. Ich darf nicht sagen, daß ich Sie verachte. Ich kann es nicht. Ich bin ehrlich. Sie sind der Stärkere. Ich habe Ihnen im Kampfe nur eines entgegenzustellen, das erhabene Gewaffen und Rachewerkzeug der Schwachen: Geist und Wort. Heute habe ich mich seiner bedient. Denn dieser Brief – auch darin bin ich ehrlich, mein Herr, – ist nichts als ein Racheakt, und ist nur ein einziges Wort darin scharf, glänzend und schön genug, Sie betroffen zu machen, Sie eine fremde Macht spüren zu lassen, Ihren robusten Gleichmut einen Augenblick ins Wanken zu bringen, so will ich frohlocken.

Detlev Spinell. «

Und dieses Schriftstück couvertierte und frankierte Herr Spinell, versah es mit einer zierlichen Adresse und überlieferte es der Post.

Herr Klöterjahn pochte an Herrn Spinells Stubentür; er hielt einen großen, reinlich beschriebenen Bogen in der Hand und sah aus wie ein Mann, der entschlossen ist, energisch vorzugehen. Die Post hatte ihre Pflicht getan, der Brief war seinen Weg gegangen, er hatte die wunderliche Reise von »Einfried« nach »Einfried« gemacht und war richtig in die Hände des Adressaten gelangt. Es war vier Uhr am Nachmittage.

Als Herr Klöterjahn eintrat, saß Herr Spinell auf dem Sofa und las in seinem eigenen Roman mit der verwirrenden Umschlagzeichnung. Er stand auf und sah den Besucher überrascht und fragend an, obgleich er deutlich errötete.

»Guten Tag«, sagte Herr Klöterjahn. »Entschuldigen Sie, daß ich Sie in Ihren Beschäftigungen störe. Aber darf ich fragen, ob Sie dies geschrieben haben?« Damit hielt er den großen, reinlich beschriebenen Bogen mit der linken Hand empor und schlug mit dem Rücken der Rechten darauf, sodaß es heftig knisterte. Hierauf schob er die Rechte in die Tasche seines weiten, bequemen Beinkleides, legte den Kopf auf die Seite und öffnete, wie manche Leute pflegen, den Mund zum Horchen.

Sonderbarerweise lächelte Herr Spinell; er lächelte zuvorkommend, ein wenig verwirrt und halb entschuldigend, führte die Hand zum Kopfe, als besänne er sich und sagte:

»Ah, richtig ... ja ... ich erlaubte mir ...«

Die Sache war die, daß er sich heute gegeben hatte, wie er war, und bis gegen Mittag geschlafen hatte. Infolge hiervon litt er an schlimmem Gewissen und blödem Kopfe, fühlte er sich nervös und wenig widerstandsfähig. Hinzu kam, daß die Frühlingsluft, die eingetreten war, ihn matt und zur Verzweiflung geneigt machte. Dies alles muß erwähnt werden als Erklärung dafür, daß er sich während dieser Scene so äußerst albern benahm.

»So! Aha! Schön!« sagte Herr Klöterjahn, indem er das Kinn auf die Brust drückte, die Brauen emporzog, die Arme reckte und eine Menge ähnlicher Anstalten traf, nach Erledigung dieser Formfrage ohne Erbarmen zur Sache zu kommen. Aus Freude an seiner Person ging er ein wenig zu weit in diesen Anstalten; was schließlich erfolgte, entsprach nicht völlig der drohenden Umständlichkeit dieser mimischen Vorbereitungen. Aber Herr Spinell war ziemlich bleich.

»Sehr schön!« wiederholte Herr Klöterjahn. »Dann lassen Sie sich die Antwort mündlich geben, mein Lieber, und zwar in Anbetracht des Umstandes, daß ich es für blödsinnig halte, jemandem, den man stündlich sprechen kann, seitenlange Briefe zu schreiben...«

»Nun... blödsinnig...« sagte Herr Spinell lächelnd, entschuldigend und beinahe demütig...

»Blödsinnig!« wiederholte Herr Klöterjahn und schüttelte heftig den Kopf, um zu zeigen, wie unangreifbar sicher er seiner Sache sei. »Und ich würde dies Geschreibsel nicht eines Wortes würdigen, es wäre mir, offen gestanden, ganz einfach als Butterbrotpapier zu schlecht, wenn es mich nicht über gewisse Dinge aufklärte, die ich bis dahin nicht begriff, gewisse Veränderungen... Übrigens geht Sie das nichts an und gehört nicht zur Sache. Ich bin ein tätiger Mann, ich habe Besseres zu bedenken, als Ihre unaussprechlichen Visionen...«

»Ich habe ›unauslöschliche Vision‹ geschrieben«, sagte Herr Spinell und richtete sich auf. Es war der einzige Moment dieses Auftrittes, in dem er ein wenig Würde an den Tag legte.

»Unauslöschlich... unaussprechlich...!« entgegnete Herr Klöterjahn und blickte ins Manuskript. »Sie schreiben eine Hand, die miserabel ist, mein Lieber; ich möchte Sie nicht in meinem Kontor beschäftigen. Auf den ersten Blick scheint es ganz sauber, aber bei Licht besehen ist es voller Lücken und Zittrigkeiten. Aber das ist Ihre Sache und geht mich nichts an. Ich bin gekommen, um Ihnen zu sagen, daß Sie erstens ein Hanswurst sind, – nun, das ist Ihnen hoffentlich bekannt. Außerdem aber sind Sie ein großer Feigling, und auch das brauche ich Ihnen wohl nicht ausführlich zu beweisen. Meine Frau hat mir einmal geschrieben, Sie sähen den Weibspersonen, denen Sie begegnen, nicht ins Gesicht, sondern schielten nur so hin, um eine schöne Ahnung davonzutragen, aus Angst vor der Wirklichkeit. Leider hat sie später aufgehört, in ihren Briefen von Ihnen zu erzählen; sonst wüßte ich noch mehr Geschichten von Ihnen. Aber so sind Sie. ›Schönheit‹ ist Ihr drittes Wort, aber im Grunde ist es nichts als Bangebüchsigkeit und Duckmäuserei und Neid, und daher wohl auch Ihre unverschämte Bemerkung von den ›verschwiegenen Korridoren‹, die mich wahrscheinlich so recht durchbohren sollte und mir doch bloß Spaß gemacht hat. Spaß hat sie mir gemacht! Aber wissen Sie nun Bescheid? Habe ich Ihnen Ihr... Ihr ›Tun und Wesen‹ nun ›ein wenig erhellt‹, Sie Jammermensch? Obgleich es nicht mein ›unausbleiblicher Beruf‹ ist, hö, hö!... «

»Ich habe ›unausweichlicher Beruf‹ geschrieben«, sagte Herr Spinell; aber er gab es gleich wieder auf. Er stand da, hilflos und abgekanzelt, wie ein großer, kläglicher, grauhaariger Schuljunge.

»Unausweichlich... unausbleiblich... Ein niederträchtiger Feigling sind Sie, sage ich Ihnen. Täglich sehen Sie mich bei Tische. Sie grüßen mich und lächeln, Sie reichen mir Schüsseln und lächeln, Sie wünschen mir gesegnete Mahlzeit und lächeln. Und eines Tages schicken Sie mir solch einen Wisch voll blödsinniger Injurien auf den Hals. Hö, ja, schriftlich haben Sie Mut! Und wenn es bloß dieser lachhafte Brief wäre. Aber Sie haben gegen mich intriguiert, hinter meinem Rücken gegen mich intriguiert, ich begreife es jetzt sehr wohl... obgleich Sie sich nicht einzubilden brauchen, daß es Ihnen etwas genützt hat! Wenn Sie sich etwa der Hoffnung hingeben, meiner Frau Grillen in den Kopf gesetzt zu haben, so befinden Sie sich auf dem Holzwege, mein wertgeschätzter Herr, dazu ist sie ein zu vernünftiger Mensch! Oder wenn Sie am Ende gar glauben, daß sie mich irgendwie anders als sonst empfangen hat, mich und das Kind, als wir kamen, so setzten Sie Ihrer Abgeschmacktheit die Krone auf! Wenn sie dem Kleinen keinen Kuß gegeben hat, so geschah es aus Vorsicht, weil neuerdings die Hypothese aufgetaucht ist, daß es nicht die Luftröhre, sondern die Lunge ist und man in diesem Falle nicht wissen kann... obgleich es übrigens noch sehr zu beweisen ist, das mit der Lunge, und Sie mit Ihrem – ›sie stirbt, mein Herr!‹ Sie sind ein Esel!«

Hier suchte Herr Klöterjahn seine Atmung ein wenig zu regeln. Er war nun sehr in Zorn geraten, stach beständig mit dem rechten Zeigefinger in die Luft und richtete das Manuskript in seiner Linken aufs übelste zu. Sein Gesicht, zwischen dem blonden englischen Backenbart, war furchtbar rot, und seine umwölkte Stirn war von geschwollenen Adern zerrissen wie von Zornesblitzen.

»Sie hassen mich«, fuhr er fort, »und Sie würden mich verachten, wenn ich nicht der Stärkere wäre... Ja, das bin ich, zum Teufel, ich habe das Herz auf dem rechten Fleck, während Sie das Ihre wohl meistens in den Hosen haben, und ich würde Sie in die Pfanne hauen mitsamt Ihrem ›Geist und Wort‹, Sie hinterlistiger Idiot, wenn das nicht verboten wäre. Aber damit ist nicht gesagt, mein Lieber, daß ich mir Ihre Invektiven so ohne weiteres gefallen lasse, und wenn ich das mit dem ›ordinären Namen‹ zu Haus meinem Anwalt zeige, so wollen wir sehen, ob Sie nicht Ihr blaues Wunder erleben. Mein Name ist gut, mein Herr, und zwar durch mein Verdienst. Ob Ihnen jemand auf den Ihren auch nur einen Silbergroschen borgt, diese Frage mögen Sie mit sich selbst erörtern, Sie hergelaufener Bummler! Gegen Sie muß man gesetzlich vorgehen! Sie sind gemeingefährlich! Sie machen die Leute verrückt!... Obgleich Sie sich nicht einzubilden brauchen, daß es Ihnen diesmal gelungen ist, Sie heimtückischer Patron! Von Individuen, wie Sie eins sind, lasse ich mich denn doch nicht aus dem Felde schlagen. Ich habe das Herz auf dem rechten Fleck...«

Herr Klöterjahn war nun wirklich äußerst erregt. Er schrie und sagte wiederholt, daß er das Herz auf dem rechten Fleck habe.

»›Sie sangen.‹ Punkt. Sie sangen gar nicht! Sie strickten. Außerdem sprachen sie, soviel ich verstanden habe, von einem Rezept für Kartoffelpuffer, und wenn ich das mit dem ›Verfall‹ und der ›Auflösung‹ meinem Schwiegervater sage, so belangt er Sie gleichfalls von Rechts wegen, da können Sie sicher sein! ... Sahen Sie das Bild, sahen Sie es? Natürlich sah ich es, aber ich begreife nicht, warum ich deshalb den Atem anhalten und davonlaufen sollte. Ich schiele den Weibern nicht am Gesicht vorbei, ich sehe sie mir an, und wenn sie mir gefallen, und wenn sie mich wollen, so nehme ich sie mir. Ich habe das Herz auf dem rechten Fl...«

Es pochte. – Es pochte gleich neun- oder zehnmal ganz rasch hinter einander an die Stubentür, ein kleiner, heftiger, ängstlicher Wirbel, der Herrn Klöterjahn verstummen machte, und eine Stimme, die gar keinen Halt hatte, sondern vor Bedrängnis fortwährend aus den Fugen ging, sagte in größter Hast:

»Herr Klöterjahn, Herr Klöterjahn, ach, ist Herr Klöterjahn da?«

»Draußen bleiben«, sagte Herr Klöterjahn unwirsch... »Was ist? Ich habe hier zu reden.«

»Herr Klöterjahn«, sagte die schwankende und sich brechende Stimme, »Sie müssen kommen... auch die Ärzte sind da... oh, es ist so entsetzlich traurig...«

Da war er mit einem Schritt an der Tür und riß sie auf. Die Rätin Spatz stand draußen. Sie hielt ihr Schnupftuch vor den Mund, und große, längliche Tränen rollten paarweise in dieses Tuch hinein.

»Herr Klöterjahn«, brachte sie hervor..., »es ist so entsetzlich traurig... Sie hat so viel Blut aufgebracht, so fürchterlich viel... Sie saß ganz ruhig im Bette und summte ein Stückchen Musik vor sich hin, und da kam es, lieber Gott, so übermäßig viel...«

»Ist sie tot?!« schrie Herr Klöterjahn... Dabei packte er die Rätin am Oberarm und zog sie auf der Schwelle hin und her. »Nein, nicht ganz, wie? Noch nicht ganz, sie kann mich noch sehen... Hat sie wieder ein bißchen Blut aufgebracht? Aus der Lunge, wie? Ich gebe zu, daß es vielleicht aus der Lunge kommt... Gabriele!« sagte er plötzlich, indem die Augen ihm übergingen, und man sah, wie ein warmes, gutes, menschliches und redliches Gefühl aus ihm hervorbrach. »Ja, ich komme!« sagte er, und mit langen Schritten schleppte er die Rätin aus dem Zimmer hinaus und über den Korridor davon. Von einem entlegenen Teile des Wandelganges her vernahm man noch immer sein rasch sich entfernendes »Nicht ganz, wie? ... Aus der Lunge, was? ...«

Herr Spinell stand auf dem Fleck, wo er während Herrn Klöterjahns so jäh unterbrochener Visite gestanden hatte und blickte
auf die offene Tür. Endlich tat er ein paar Schritte vorwärts und
horchte ins Weite. Aber alles war still, und so schloß er die Tür
und kehrte ins Zimmer zurück.

Eine Weile betrachtete er sich im Spiegel. Hierauf ging er zum
Schreibtisch, holte ein kleines Flacon und ein Gläschen aus
einem Fache hervor und nahm einen Cognac zu sich, was kein
Mensch ihm verdenken konnte. Dann streckte er sich auf dem
Sofa aus und schloß die Augen.

Die obere Klappe des Fensters stand offen. Draußen im Garten von »Einfried« zwitscherten die Vögel, und in diesen kleinen, zarten und kecken Lauten lag fein und durchdringend der
ganze Frühling ausgedrückt. Einmal sagte Herr Spinell leise vor
sich hin: »Unausbleiblicher Beruf...« Dann bewegte er den
Kopf hin und her und zog die Luft durch die Zähne ein, wie bei
einem heftigen Nervenschmerz.

Es war unmöglich, zur Ruhe und Sammlung zu gelangen.
Man ist nicht geschaffen für so plumpe Erlebnisse wie dieses da!
– Durch einen seelischen Vorgang, dessen Analyse zu weit führen würde, gelangte Herr Spinell zu dem Entschlusse, sich zu
erheben und sich ein wenig Bewegung zu machen, sich ein wenig im Freien zu ergehen. So nahm er den Hut und verließ das
Zimmer.

Als er aus dem Hause trat und die milde, würzige Luft ihn
umfing, wandte er das Haupt und ließ seine Augen langsam
an dem Gebäude empor bis zu einem der Fenster gleiten,
einem verhängten Fenster, an dem sein Blick eine Weile ernst,
fest und dunkel haftete. Dann legte er die Hände auf den Rükken und schritt über die Kieswege dahin. Er schritt in tiefem
Sinnen.

Noch waren die Beete mit Matten bedeckt, und Bäume und
Sträucher waren noch nackt; aber der Schnee war fort, und die
Wege zeigten nur hier und da noch feuchte Spuren. Der weite

Garten mit seinen Grotten, Laubengängen und kleinen Pavillons lag in prächtig farbiger Nachmittagsbeleuchtung, mit kräftigen Schatten und sattem, goldigem Licht, und das dunkle Geäst der Bäume stand scharf und zart gegliedert gegen den hellen Himmel.

Es war um die Stunde, da die Sonne Gestalt annimmt, da die formlose Lichtmasse zur sichtbar sinkenden Scheibe wird, deren sattere, mildere Glut das Auge duldet. Herr Spinell sah die Sonne nicht; sein Weg führte ihn so, daß sie ihm verdeckt und verborgen war. Er ging gesenkten Hauptes und summte ein Stückchen Musik vor sich hin, ein kurzes Gebild, eine bang und klagend aufwärtssteigende Figur, das Sehnsuchtsmotiv... Plötzlich aber, mit einem Ruck, einem kurzen, krampfhaften Aufatmen, blieb er gefesselt stehen, und unter heftig zusammengezogenen Brauen starrten seine erweiterten Augen mit dem Ausdruck entsetzter Abwehr geradeaus...

Der Weg wandte sich; er führte der sinkenden Sonne entgegen. Durchzogen von zwei schmalen, erleuchteten Wolkenstreifen mit vergoldeten Rändern stand sie groß und schräge am Himmel, setzte die Wipfel der Bäume in Glut und goß ihren gelbrötlichen Glanz über den Garten hin. Und inmitten dieser goldigen Verklärung, die gewaltige Gloriole der Sonnenscheibe zu Häupten, stand hochaufgerichtet im Wege eine üppige, ganz in Rot, Gold und Schottisch gekleidete Person, die ihre Rechte in die schwellende Hüfte stemmte und mit der Linken ein grazil geformtes Wägelchen leicht vor sich hin und her bewegte. In diesem Wägelchen aber saß das Kind, saß Anton Klöterjahn der Jüngere, saß Gabriele Eckhofs dicker Sohn!

Er saß, bekleidet mit einer weißen Flausjacke und einem großen weißen Hut, pausbäckig, prächtig und wohlgeraten in den Kissen, und sein Blick begegnete lustig und unbeirrbar demjenigen Herrn Spinells. Der Romancier war im Begriffe, sich aufzuraffen, er war ein Mann, er hätte die Kraft besessen, an dieser unerwarteten, in Glanz getauchten Erscheinung vorüberzuschreiten und seinen Spaziergang fortzusetzen. Da aber geschah das Gräßliche, daß Anton Klöterjahn zu lachen und zu jubeln begann, er kreischte vor unerklärlicher Lust, es konnte einem unheimlich zu Sinne werden.

Gott weiß, was ihn anfocht, ob die schwarze Gestalt ihm gegenüber ihn in diese wilde Heiterkeit versetzte oder was für ein Anfall von animalischem Wohlbefinden ihn packte. Er hielt in der einen Hand einen knöchernen Beißring und in der anderen eine blecherne Klapperbüchse. Diese beiden Gegenstände reckte er jauchzend in den Sonnenschein empor, schüttelte sie und schlug sie zusammen, als wollte er jemanden spottend verscheuchen. Seine Augen waren beinahe geschlossen vor Vergnügen, und sein Mund war so klaffend aufgerissen, daß man seinen ganzen rosigen Gaumen sah. Er warf sogar seinen Kopf hin und her, indes er jauchzte.

Da machte Herr Spinell kehrt und ging von dannen. Er ging, gefolgt von dem Jubilieren des kleinen Klöterjahn, mit einer gewissen behutsamen und steif-graziösen Armhaltung über den Kies, mit den gewaltsam zögernden Schritten jemandes, der verbergen will, daß er innerlich davonläuft.

Die Hungernden
Studie

In einem Augenblick, da Detlef sich von dem Gefühl seiner Überflüssigkeit zu innerst ergriffen fühlte, ließ er, wie unversehens, sich von dem festlichen Gewühle hinwegtragen und entschwand ohne Abschied den Blicken der beiden Menschenkinder.

Er überließ sich einer Strömung, die ihn der einen Längswand des üppigen Theatersaales entlangführte, und nicht bevor er sich weit von Lilli und dem kleinen Maler entfernt wußte, leistete er Widerstand und faßte festen Fuß: nahe der Bühne, an die mit Gold überladene Wölbung einer Proszeniumsloge gelehnt, zwischen einer bärtigen Barockkaryatide mit tragend gebeugtem Nacken und ihrem weiblichen Gegenstück, das ein Paar schwellender Brüste in den Saal hinausschob. So gut und schlecht es ging, gab er sich die Haltung behaglichen Schauens, indem er hie und da das Opernglas zu den Augen hob, und sein umhergleitender Blick mied in der strahlenden Runde nur einen Punkt.

Das Fest war auf seiner Höhe. In den Hintergründen der bauchigen Logen ward an gedeckten Tischen gespeist und getrunken, indes an den Brüstungen sich Herren in schwarzen und farbigen Fräcken, riesige Chrysanthemen im Knopfloch, zu den gepuderten Schultern phantastisch gewandeter und ausschweifend coiffirter Damen niederbeugten und plaudernd hinabwiesen auf das bunte Gewimmel im Saal, das sich in Gruppen sonderte, sich strömend dahinschob, sich staute, in Wirbeln zusammenquirlte und sich in raschem Farbenspiel wieder lichtete...

Die Frauen, in fließenden Roben, die schutenartigen Hüte in grotesken Schleifen unterm Kinn befestigt und gestützt auf hohe Stöcke, hielten langgestielte Lorgnons vor die Augen, und der

Männer gepuffte Ärmel ragten fast bis zu den Krempen ihrer grauen Zylinderhüte empor... Laute Scherze flogen zu den Rängen hinauf und Bier- und Sektgläser wurden dort grüßend erhoben. Man drängte sich zurückgelegten Hauptes vor der offenen Bühne, auf welcher sich, bunt und kreischend, irgend etwas Exzentrisches vollzog. Dann, als der Vorhang zusammenrauschte, stob unter Gelächter und Beifall alles zurück. Das Orchester erbrauste. Man drängte sich lustwandelnd durcheinander. Und das goldgelbe, weit übertaghelle Licht, das den Prunkraum erfüllte, gab aller Augen einen blanken Schein, indes alle in beschleunigten, ziellos begehrlichen Atemzügen den warmen und erregenden Dunst einsogen von Blumen und Wein, von Speisen, Staub, Puder, Parfüm und festlich erhitzten Körpern...

Das Orchester brach ab. Arm in Arm blieb man stehen und blickte lachend zur Bühne, auf der sich, quäkend und seufzend, etwas Neues begab. Vier oder fünf Personen in Bauernkostüm parodierten auf Klarinetten und näselnden Streichinstrumenten das chromatische Ringen der Tristanmusik... Detlef schloß einen Augenblick seine Lider, die ihm brannten. Sein Sinn war so geartet, daß er die leidende Einheitssehnsucht vernehmen mußte, die aus diesen Tönen auch noch in ihrer mutwilligen Entstellung sprach, und plötzlich stieg aufs neue die erstickende Wehmut des Einsamen in ihm auf, der sich in Neid und Liebe an ein lichtes und gewöhnliches Kind des Lebens verlor...

Lilli... Seine Seele bildete den Namen aus Flehen und Zärtlichkeit; und nun konnte er doch seinem Blick nicht länger wehren, heimlich zu jenem fernen Punkt zu gleiten... Ja, sie war noch da, stand noch dort hinten an derselben Stelle, wo er sie vorhin verlassen hatte, und zuweilen, wenn das Gedränge sich teilte, ersah er sie ganz, wie sie in ihrem milchweißen mit Silber besetzten Kleide, den blonden Kopf ein wenig schief geneigt und die Hände auf dem Rücken, an der Wand lehnte und plaudernd dem kleinen Maler in die Augen blickte, schelmisch und unverwandt in seine Augen, die ebenso blau, so freiliegend und ungetrübt waren, wie ihre eigenen...

Wovon sprachen sie, wovon sprachen sie nur noch immer?

Ach, dieses Geplauder, das so leicht und mühelos aus dem unerschöpflichen Born der Harmlosigkeit, der Anspruchslosigkeit, Unschuld und Munterkeit floß und an dem er, ernst und langsam gemacht durch ein Leben der Träumerei und Erkenntnis, durch lähmende Einsichten und die Drangsal des Schaffens, nicht teilzunehmen verstand! Er war gegangen, hatte sich in einem Anfall von Trotz, Verzweiflung und Großmut davongestohlen und die beiden Menschenkinder allein gelassen, um dann noch, aus der Ferne, mit dieser würgenden Eifersucht in der Kehle des Lächelns der Erleichterung gewahr zu werden, mit dem sie sich, voll Einverständnis, seiner drückenden Gegenwart ledig sahen.

Warum war er gekommen, warum war er nur heute wieder gekommen? Was trieb ihn, sich zu seiner Qual unter die Menge der Unbefangenen zu mischen, die ihn umdrängte und erregte, ohne ihn je in Wirklichkeit in sich aufzunehmen? Er kannte es wohl, dies Verlangen! »Wir Einsamen«, so hatte er irgendwo einmal in einer bekenntnisstillen Stunde geschrieben, »wir abgeschiedenen Träumer und Enterbten des Lebens, die wir in einem künstlichen und eisigen Abseits und Außerhalb unsere grüblerischen Tage verbringen... wir, die wir einen kalten Hauch unbesiegbarer Befremdung um uns verbreiten, sobald wir unsere mit dem Mal der Erkenntnis und der Mutlosigkeit gezeichneten Stirnen unter lebendigen Wesen sehen lassen... wir armen Gespenster des Daseins, denen man mit einer scheuen Achtung begegnet und die man sobald als möglich wieder sich selbst überläßt, damit unser hohler und wissender Blick die Freude nicht länger störe... wir alle hegen eine verstohlene und zehrende Sehnsucht in uns nach dem Harmlosen, Einfachen und Lebendigen, nach ein wenig Freundschaft, Hingebung, Vertraulichkeit und menschlichem Glück. Das ›Leben‹, von dem wir ausgeschlossen sind, – nicht als eine Vision von blutiger Größe und wilder Schönheit, nicht als das Ungewöhnliche stellt es uns Ungewöhnlichen sich dar; sondern das Normale, Wohlanständige und Liebenswürdige ist das Reich unserer Sehnsucht, ist das Leben in seiner verführerischen Banalität!...«

Er blickte hinüber zu den Plaudernden, während durch den ganzen Saal ein gutmütiges Gelächter das Spiel der Klarinetten unterbrach, die das schwere und süße Liebesmelos zu gellender Sentimentalität verzerrten... Ihr seid es, empfand er. Ihr seid das warme, holde, törichte Leben, wie es als ewiger Gegensatz dem Geist gegenübersteht. Glaubt nicht, daß er euch verachtet. Glaubt ihm nicht eine Miene der Geringschätzung. Wir schleichen euch nach, wir tiefen Kobolde und erkenntnisstummen Unholde, wir stehen ferne und in unseren Augen brennt eine gierig schauende Sehnsucht, euch gleich zu sein.

Regt sich der Stolz? Möchte er leugnen, daß wir einsam sind? Prahlt er, daß des Geistes Werk der Liebe eine höhere Vereinigung sichert mit Lebenden an allen Orten und zu aller Zeit? Ach, mit wem? Mit wem? Immer doch nur mit unseresgleichen, mit Leidenden und Sehnsüchtigen und Armen, und niemals mit euch, ihr Blauäugigen, die ihr den Geist nicht nötig habt!

... Nun tanzten sie. Die Produktionen auf der Bühne waren beendet. Das Orchester schmetterte und sang. Auf dem glatten Boden schleiften, drehten und wiegten sich die Paare. Und Lilli tanzte mit dem kleinen Maler. Wie zierlich ihr holdes Köpfchen aus dem Kelch des silbergestickten steifen Kragens erwuchs! In einem gelassenen und elastischen Schreiten und Wenden bewegten sie sich auf engem Raume umher; sein Gesicht war dem ihren zugewandt, und lächelnd, in beherrschter Hingabe an die süße Trivialität der Rhythmen, fuhren sie fort zu plaudern.

Eine Bewegung wie von greifenden und formenden Händen entstand plötzlich in dem Einsamen. Ihr seid dennoch mein, empfand er, und ich bin über euch! Durchschaue ich nicht lächelnd eure einfachen Seelen? Merke und bewahre ich nicht mit spöttischer Liebe jede naive Regung eurer Körper? Spannen sich nicht angesichts eures unbewußten Treibens in mir die Kräfte des Wortes und der Ironie, daß mir das Herz pocht vor Begier und lustvollem Machtgefühl, euch spielend nachzubilden und im Lichte meiner Kunst euer törichtes Glück der Rührung der Welt preiszugeben?...

Und dann sank matt und sehnsüchtig alles wieder in ihm zusammen, was sich so trotzig aufgerichtet hatte. Ach, einmal, nur eine Nacht wie diese, kein Künstler sein, sondern ein Mensch! Einmal dem Fluche entfliehen, der da unverbrüchlich lautete: Du darfst nicht sein, du sollst schauen; du darfst nicht leben, du sollst schaffen; du darfst nicht lieben, du sollst wissen! Einmal in treuherzigem und schlichtem Gefühle leben, lieben und loben! Einmal unter euch sein, in euch sein, ihr sein, ihr Lebendigen! Einmal euch in entzückten Zügen schlürfen – ihr Wonnen der Gewöhnlichkeit!

... Er zuckte zusammen, wandte sich ab. Ihm war, als ob in alle diese hübschen, erhitzten Gesichter, wurden sie seiner gewahr, ein forschender und abgestoßener Ausdruck träte. Der Wunsch, das Feld zu räumen, die Stille und Dunkelheit zu suchen, wurde plötzlich so stark in ihm, daß er nicht widerstand. Ja, fortgehen, ohne Abschied sich ganz zurückziehen, wie er sich vorhin von Lillis Seite zurückgezogen hatte, und daheim den heißen und unselig berauschten Kopf auf ein kühles Kissen legen. Er schritt zum Ausgang.

Würde sie es bemerken? Er kannte es so wohl, dies Fortgehen, dies schweigende, stolze und verzweifelte Entweichen aus einem Saale, einem Garten, von irgendeinem Orte fröhlicher Geselligkeit, mit der verhehlten Hoffnung, dem lichten Wesen, zu dem man sich hinübersehnt, einen kurzen Augenblick des Schattens, des betroffenen Nachdenkens, des Mitleidens zu bereiten... Er blieb stehen, schaute noch einmal hinüber. Ein Flehen entstand in ihm. Dableiben, ausharren, bei ihr verweilen, wenn auch von ferne, und irgendein unvorhergesehenes Glück erwarten? – Umsonst. Es gab keine Annäherung, keine Verständigung, keine Hoffnung. Geh, geh ins Dunkel, stütze den Kopf in die Hände und weine, wenn du kannst, wenn es Tränen gibt in deiner Welt der Erstarrung, der Öde, des Eises, des Geistes und der Kunst! – Er verließ den Saal.

Ein brennender, still bohrender Schmerz war in seiner Brust und zugleich eine unsinnige, unvernünftige Erwartung... Sie müßte es sehen, müßte begreifen, müßte kommen, ihm folgen, wenn auch aus Mitleid nur, müßte ihn aufhalten auf halbem

Wege und zu ihm sagen: Bleib da, sei froh, ich liebe dich. Und er ging ganz langsam, obgleich er wußte, so zum Lachen gewiß wußte, daß sie keineswegs kommen werde, die kleine tanzende, plaudernde Lilli...

Es war zwei Uhr am Morgen. Die Korridore lagen verödet, und hinter den langen Tischen der Garderoben nickten schläfrig die Aufseherinnen. Kein Mensch außer ihm dachte ans Heimgehen. – Er hüllte sich in seinen Mantel, nahm Hut und Stock und verließ das Theater.

Auf dem Platze, in dem weißlich durchleuchteten Nebel der Winternacht, standen Droschken in langer Reihe. Mit hängenden Köpfen, Decken über den Rücken, hielten die Pferde vor den Wagen, indes die vermummten Kutscher in Gruppen den harten Schnee stampften. Detlef winkte einem von ihnen, und während der Mann sein Tier bereitete, verharrte er im Ausgang des erleuchteten Vestibüls und ließ die kalte, herbe Luft seine pochenden Schläfen umspielen.

Der fade Nachgeschmack des Schaumweins machte ihm Lust zu rauchen. Mechanisch zog er eine Zigarette hervor, entzündete ein Streichholz und setzte sie in Brand. Und da, in diesem Augenblick, als das Flämmchen erlosch, begegnete ihm etwas, was er zunächst nicht begriff, wovor er ratlos und entsetzt mit hängenden Armen stand, was er nicht verwinden, nicht vergessen konnte...

Aus dem Dunkel tauchte, wie seine Sehkraft sich von der Blendung durch das kleine Feuer erholte, ein verwildertes, ausgehöhltes, rotbärtiges Antlitz auf, dessen entzündete und elend umränderte Augen mit einem Ausdruck von wüstem Hohn und einem gewissen gierigen Forschen in die seinen starrten... Zwei oder drei Schritte nur von ihm entfernt, die Fäuste in den tief sitzenden Taschen seiner Hose vergraben, den Kragen seiner zerlumpten Jacke emporgeklappt, lehnte an einem der Laternenpfähle, die den Eingang des Theaters flankierten, der Mensch, dem dies leidvolle Gesicht gehörte. Sein Blick glitt über Detlefs ganze Gestalt, über seinen Pelzmantel, auf dem das Opernglas hing, hinab bis auf seine Lackschuhe, um sich dann wieder mit diesem lüsternen und gierigen Prüfen in den seinen zu bohren; ein einziges Mal stieß der Mensch kurz und verächtlich die Luft durch die Nase aus... und dann schauerte sein Körper im Frost zusammen, schienen seine schlaffen Wangen sich noch tiefer auszuhöhlen, indes seine Lider sich zitternd schlossen und seine Mundwinkel sich hämisch zugleich und gramvoll abwärts zogen.

Detlef stand erstarrt. Er rang danach, zu begreifen... Der Anschein von Behagen und Wohlleben, mit dem er, der Festteilnehmer, das Vestibül verlassen, dem Kutscher gewinkt, seiner silbernen Dose die Zigarette entnommen haben mochte, kam ihm plötzlich zum Bewußtsein. Unwillkürlich erhob er die Hand, im Begriffe sich an den Kopf zu schlagen. Er tat einen Schritt auf den Menschen zu, er atmete auf, um zu sprechen, zu erklären... Und dann stieg er dennoch stumm in den bereitstehenden Wagen, indem er fast dem Kutscher die Adresse zu nennen vergaß, fassungslos, außer sich über die Unmöglichkeit, hier Klarheit zu schaffen.

Welch Irrtum, mein Gott – welch ungeheures Mißverständnis! Dieser Darbende und Ausgeschlossene hatte ihn mit Gier und Bitterkeit betrachtet, mit der gewaltsamen Verachtung, welche Neid und Sehnsucht ist! Hatte er sich nicht ein wenig zur Schau gestellt, dieser Hungernde? Hatte aus seinem Frösteln, seiner gramvollen und hämischen Grimasse nicht der Wunsch gesprochen, Eindruck zu machen, ihm, dem kecken Glücklichen einen Augenblick des Schattens, des betroffenen Nachdenkens, des Mitleidens zu bereiten? Du irrst, Freund, du verfehltest die Wirkung; dein Jammerbild ist mir keine schreckende und beschämende Mahnung aus einer fremden, furchtbaren Welt. Wir sind ja Brüder! –

Sitzt es hier, Kamerad, hier oberhalb der Brust und brennt? Wie wohl ich das kenne! Und warum kamst du doch? Warum bleibst du nicht trotzig und stolz im Dunkel, sondern nimmst deinen Platz unter erleuchteten Fenstern, hinter denen Musik und das Lachen des Lebens ist? Kenne ich nicht auch das kranke Verlangen, das dich dorthin trieb, dieses dein Elend zu nähren, das man ebensowohl Liebe heißen kann wie Haß?

Nichts ist mir fremd von allem Jammer, der dich beseelt, und du dachtest, mich zu beschämen! Was ist Geist? Spielender Haß! Was ist Kunst? Bildende Sehnsucht! Daheim sind wir beide im Lande der Betrogenen, der Hungernden, Anklagenden und Verneinenden, und auch die verräterischen Stunden voll Selbstverachtung sind uns gemeinsam, da wir uns in schmählicher Liebe an das Leben, das törichte Glück verlieren. Aber du erkanntest mich nicht.

Irrtum! Irrtum!... Und wie dies Bedauern ihn ganz erfüllte, glänzte irgendwo in seiner Tiefe eine schmerzliche zugleich und süße Ahnung auf... Irrt denn nur jener? Wo ist des Irrtums Ende? Ist nicht alle Sehnsucht auf Erden ein Irrtum, die meine zuerst, die dem einfach und triebhaft Lebendigen gilt, dem stummen Leben, das die Verklärung durch Geist und Kunst, die Erlösung durch das Wort nicht kennt? Ach, wir sind alle Geschwister, wir Geschöpfe des friedlos leidenden Willens; und wir erkennen uns nicht. Eine andere Liebe tut not, eine andere...

Und während er daheim unter seinen Büchern, Bildern und still schauenden Büsten saß, bewegte ihn dies milde Wort: »Kindlein, liebet einander...«

Tonio Kröger

1.

Die Wintersonne stand nur als armer Schein, milchig und matt hinter Wolkenschichten über der engen Stadt. Naß und zugig war's in den giebeligen Gassen, und manchmal fiel eine Art von weichem Hagel, nicht Eis, nicht Schnee.

Die Schule war aus. Über den gepflasterten Hof und heraus aus der Gatterpforte strömten die Scharen der Befreiten, teilten sich und enteilten nach rechts und links. Große Schüler hielten mit Würde ihre Bücherpäckchen hoch gegen die linke Schulter gedrückt, indem sie mit dem rechten Arm wider den Wind dem Mittagessen entgegen ruderten; kleines Volk setzte sich lustig in Trab, daß der Eisbrei umherspritzte und die Siebensachen der Wissenschaft in den Seehundsränzeln klapperten. Aber hie und da riß alles mit frommen Augen die Mützen herunter vor dem Wotanshut und dem Jupiterbart eines gemessen hinschreitenden Oberlehrers...

»Kommst du endlich, Hans?« sagte Tonio Kröger, der lange auf dem Fahrdamm gewartet hatte; lächelnd trat er dem Freunde entgegen, der im Gespräch mit anderen Kameraden aus der Pforte kam und schon im Begriffe war, mit ihnen davon zu gehen... »Wieso?« fragte er und sah Tonio an... »Ja, das ist wahr! Nun gehen wir noch ein bißchen.«

Tonio verstummte, und seine Augen trübten sich. Hatte Hans es vergessen, fiel es ihm erst jetzt wieder ein, daß sie heute Mittag ein wenig zusammen spazieren gehen wollten? Und er selbst hatte sich seit der Verabredung beinahe unausgesetzt darauf gefreut!

»Ja, adieu, ihr!« sagte Hans Hansen zu den Kameraden. »Dann gehe ich noch ein bißchen mit Kröger.« – Und die Beiden wandten sich nach links, indes die Anderen nach rechts schlenderten.

Dynastisch #

Hans und Tonio hatten Zeit, nach der Schule spazieren zu gehen, weil sie beide Häusern angehörten, in denen erst um vier Uhr zu Mittag gegessen wurde. Ihre Väter waren große Kaufleute, die öffentliche Ämter bekleideten und mächtig waren in der Stadt. Den Hansens gehörten schon seit manchem Menschenalter die weitläufigen Holz-Lagerplätze drunten am Fluß, wo gewaltige Sägemaschinen unter Fauchen und Zischen die Stämme zerlegten. Aber Tonio war Konsul Krögers Sohn, dessen Getreidesäcke mit dem breiten schwarzen Firmendruck man Tag für Tag durch die Straßen kutschieren sah; und seiner Vorfahren großes altes Haus war das herrschaftlichste der ganzen Stadt... Beständig mußten die Freunde, der vielen Bekannten wegen, die Mützen herunternehmen, ja, von manchen Leuten wurden die Vierzehnjährigen zuerst gegrüßt...

Beide hatten die Schulmappen über die Schultern gehängt, und beide waren sie gut und warm gekleidet; Hans in eine kurze Seemanns-Überjacke, über welcher auf Schultern und Rücken der breite, blaue Kragen seines Marine-Anzuges lag, und Tonio in einen grauen Gurt-Paletot. Hans trug eine dänische Matrosenmütze mit kurzen Bändern, unter der ein Schopf seines bastblonden Haares hervorquoll. Er war außerordentlich hübsch und wohlgestaltet, breit in den Schultern und schmal in den Hüften, mit freiliegenden und scharf blickenden stahlblauen Augen. Aber unter Tonios runder Pelzmütze blickten aus einem brünetten und ganz südlich scharf geschnittenen Gesicht dunkle und zart umschattete Augen mit zu schweren Lidern träumerisch und ein wenig zaghaft hervor... Mund und Kinn waren ihm ungewöhnlich weich gebildet. Er ging nachlässig und ungleichmäßig, während Hansens schlanke Beine in den schwarzen Strümpfen so elastisch und taktfest einherschritten...

Tonio sprach nicht. Er empfand Schmerz. Indem er seine etwas schräg stehenden Brauen zusammenzog und die Lippen zum Pfeifen gerundet hielt, blickte er seitwärts geneigten Kopfes ins Weite. Diese Haltung und Miene war ihm eigentümlich.

Plötzlich schob Hans seinen Arm unter den Tonios und sah

266

ihn dabei von der Seite an, denn er begriff sehr wohl, um was es sich handelte. Und obgleich Tonio auch bei den nächsten Schritten noch schwieg, so ward er doch auf einmal sehr weich gestimmt.

»Ich hatte es nämlich nicht vergessen, Tonio«, sagte Hans und blickte vor sich nieder auf das Trottoir, »sondern ich dachte nur, daß heute doch wohl nichts daraus werden könnte, weil es ja so naß und windig ist. Aber mir macht das gar nichts, und ich finde es famos, daß du trotzdem auf mich gewartet hast. Ich glaubte schon, du seist nach Hause gegangen, und ärgerte mich...«

Alles in Tonio geriet in eine hüpfende und jubelnde Bewegung bei diesen Worten.

»Ja, wir gehen nun also über die Wälle!« sagte er mit bewegter Stimme. »Über den Mühlenwall und den Holstenwall, und so bringe ich dich nach Hause, Hans... Bewahre, das schadet gar nichts, daß ich dann meinen Heimweg allein mache; das nächste Mal begleitest du mich.«

Im Grunde glaubte er nicht sehr fest an das, was Hans gesagt hatte, und fühlte genau, daß jener nur halb so viel Gewicht auf diesen Spaziergang zu zweien legte, wie er. Aber er sah doch, daß Hans seine Vergeßlichkeit bereute und es sich angelegen sein ließ, ihn zu versöhnen. Und er war weit von der Absicht entfernt, die Versöhnung hintanzuhalten...

Die Sache war die, daß Tonio Hans Hansen liebte und schon Vieles um ihn gelitten hatte. Wer am meisten liebt, ist der Unterlegene und muß leiden, – diese schlichte und harte Lehre hatte seine vierzehnjährige Seele bereits vom Leben entgegengenommen; und er war so geartet, daß er solche Erfahrungen wohl vermerkte, sie gleichsam innerlich aufschrieb und gewissermaßen seine Freude daran hatte, ohne sich freilich für seine Person danach zu richten und praktischen Nutzen daraus zu ziehen. Auch war es so mit ihm bestellt, daß er solche Lehren weit wichtiger und interessanter achtete, als die Kenntnisse, die man ihm in der Schule aufnötigte, ja, daß er sich während der Unterrichtsstunden in den gotischen Klassengewölben meistens damit abgab, solche Einsichten bis auf den Grund zu empfinden und völlig auszudenken. Und diese Beschäftigung bereitete ihm eine ganz ähnliche Genugtuung, wie wenn er mit seiner Geige (denn er spielte die Geige) in seinem Zimmer umherging und die Töne, so weich, wie er sie nur hervorzubringen vermochte, in das Plätschern des Springstrahles hinein erklingen ließ, der drunten im Garten unter den Zweigen des alten Walnußbaumes tänzelnd emporstieg...

Der Springbrunnen, der alte Walnußbaum, seine Geige und in der Ferne das Meer, die Ostsee, deren sommerliche Träume er in den Ferien belauschen durfte, diese Dinge waren es, die er liebte, mit denen er sich gleichsam umstellte, und zwischen denen sich sein inneres Leben abspielte, Dinge, deren Namen mit guter Wirkung in Versen zu verwenden sind und auch wirklich in den Versen, die Tonio Kröger zuweilen verfertigte, immer wieder erklangen.

Dieses, daß er ein Heft mit selbstgeschriebenen Versen besaß, war durch sein eigenes Verschulden bekannt geworden und schadete ihm sehr, bei seinen Mitschülern sowohl wie bei den Lehrern. Dem Sohne Konsul Krögers schien es einerseits, als sei es dumm und gemein, daran Anstoß zu nehmen, und er verachtete dafür sowohl die Mitschüler wie die Lehrer, deren schlechte Manieren ihn obendrein abstießen, und deren persönliche Schwächen er seltsam eindringlich durchschaute. Andererseits aber empfand er selbst es als ausschweifend und eigentlich ungehörig, Verse zu machen, und mußte all denen gewissermaßen recht geben, die es für eine befremdende Beschäftigung hielten. Allein das vermochte ihn nicht, davon abzulassen...

Da er daheim seine Zeit vertat, beim Unterricht langsamen und abgewandten Geistes war und bei den Lehrern schlecht angeschrieben stand, so brachte er beständig die erbärmlichsten Zensuren nach Hause, worüber sein Vater, ein langer, sorgfältig gekleideter Herr mit sinnenden blauen Augen, der immer eine Feldblume im Knopfloch trug, sich sehr erzürnt und bekümmert zeigte. Der Mutter Tonios jedoch, seiner schönen, schwarzhaarigen Mutter, die Consuelo mit Vornamen hieß und überhaupt so anders war als die übrigen Damen der Stadt, weil

der Vater sie sich einstmals von ganz unten auf der Landkarte
heraufgeholt hatte, – seiner Mutter waren die Zeugnisse grund-
einerlei...

Tonio liebte seine dunkle und feurige Mutter, die so wunderbar den Flügel und die Mandoline spielte, und er war froh, daß
sie sich ob seiner zweifelhaften Stellung unter den Menschen
nicht grämte. Andererseits aber empfand er, daß der Zorn des
Vaters weit würdiger und respektabler sei, und war, obgleich er
von ihm gescholten wurde, im Grunde ganz einverstanden mit
ihm, während er die heitere Gleichgültigkeit der Mutter ein wenig liederlich fand. Manchmal dachte er ungefähr: Es ist gerade
genug, daß ich bin, wie ich bin, und mich nicht ändern will und
kann, fahrlässig, widerspenstig und auf Dinge bedacht, an die
sonst niemand denkt. Wenigstens gehört es sich, daß man mich
ernstlich schilt und straft dafür, und nicht mit Küssen und Musik
darüber hinweggeht. Wir sind doch keine Zigeuner im grünen
Wagen, sondern anständige Leute, Konsul Krögers, die Familie
der Kröger... Nicht selten dachte er auch: Warum bin ich doch
so sonderlich und in Widerstreit mit allem, zerfallen mit den
Lehrern und fremd unter den anderen Jungen? Siehe sie an, die
guten Schüler und die von solider Mittelmäßigkeit. Sie finden
die Lehrer nicht komisch, sie machen keine Verse und denken
nur Dinge, die man eben denkt und die man laut aussprechen
kann. Wie ordentlich und einverstanden mit allem und jedermann sie sich fühlen müssen! Das muß gut sein... Was aber ist
mit mir, und wie wird dies alles ablaufen?

Diese Art und Weise, sich selbst und sein Verhältnis zum Leben zu betrachten, spielte eine wichtige Rolle in Tonios Liebe zu
Hans Hansen. Er liebte ihn zunächst, weil er schön war; dann
aber, weil er in allen Stücken als sein eigenes Widerspiel und
Gegenteil erschien. Hans Hansen war ein vortrefflicher Schüler
und außerdem ein frischer Gesell, der ritt, turnte, schwamm wie
ein Held und sich der allgemeinen Beliebtheit erfreute. Die Lehrer waren ihm beinahe mit Zärtlichkeit zugetan, nannten ihn mit
Vornamen und förderten ihn auf alle Weise, die Kameraden waren auf seine Gunst bedacht, und auf der Straße hielten ihn Her-

ren und Damen an, faßten ihn an dem Schopfe bastblonden Haares, der unter seiner dänischen Schiffermütze hervorquoll und sagten: »Guten Tag, Hans Hansen, mit deinem netten Schopf! Bist du noch Primus? Grüß' Papa und Mama, mein prächtiger Junge...«

So war Hans Hansen, und seit Tonio Kröger ihn kannte, empfand er Sehnsucht, sobald er ihn erblickte, eine neidische Sehnsucht, die oberhalb der Brust saß und brannte. Wer so blaue Augen hätte, dachte er, und so in Ordnung und glücklicher Gemeinschaft mit aller Welt lebte, wie du! Stets bist du auf eine wohlanständige und allgemein respektierte Weise beschäftigt. Wenn du die Schulaufgaben erledigt hast, so nimmst du Reitstunden oder arbeitest mit der Laubsäge, und selbst in den Ferien, an der See, bist du vom Rudern, Segeln und Schwimmen in Anspruch genommen, indes ich müßiggängerisch und verloren im Sande liege und auf die geheimnisvoll wechselnden Mienenspiele starre, die über des Meeres Antlitz huschen. Aber darum sind deine Augen so klar. Zu sein wie du...

Er machte nicht den Versuch, zu werden wie Hans Hansen, und vielleicht war es ihm nicht einmal sehr ernst mit diesem Wunsche. Aber er begehrte schmerzlich, so, wie er war, von ihm geliebt zu werden, und er warb um seine Liebe auf seine Art, eine langsame und innige, hingebungsvolle, leidende und wehmütige Art, aber von einer Wehmut, die tiefer und zehrender brennen kann, als alle jähe Leidenschaftlichkeit, die man von seinem fremden Äußeren hätte erwarten können.

Und er warb nicht ganz vergebens, denn Hans, der übrigens eine gewisse Überlegenheit an ihm achtete, eine Gewandtheit des Mundes, die Tonio befähigte, schwierige Dinge auszusprechen, begriff ganz wohl, daß hier eine ungewöhnlich starke und zarte Empfindung für ihn lebendig sei, erwies sich dankbar und bereitete ihm manches Glück durch sein Entgegenkommen – aber auch manche Pein der Eifersucht, der Enttäuschung und der vergeblichen Mühe, eine geistige Gemeinschaft herzustellen. Denn es war das Merkwürdige, daß Tonio, der Hans Hansen doch um seine Daseinsart beneidete, beständig trachtete, ihn zu seiner eigenen herüberzuziehen, was höchstens auf Augenblicke und auch dann nur scheinbar gelingen konnte...

»Ich habe jetzt etwas Wundervolles gelesen, etwas Prachtvolles...« sagte er. Sie gingen und aßen gemeinsam aus einer Tüte Fruchtbonbons, die sie bei Krämer Iwersen in der Mühlenstraße für zehn Pfennige erstanden hatten. »Du mußt es lesen, Hans, es ist nämlich Don Carlos von Schiller... Ich leihe es dir, wenn du willst...«

»Ach nein«, sagte Hans Hansen, »das laß nur, Tonio, das paßt nicht für mich. Ich bleibe bei meinen Pferdebüchern, weißt du. Famose Abbildungen sind darin, sage ich dir. Wenn du mal bei mir bist, zeige ich sie dir. Es sind Augenblicks-Photographien, und man sieht die Gäule im Trab und im Galopp und im Sprunge, in allen Stellungen, die man in Wirklichkeit gar nicht zu sehen bekommt, weil es zu schnell geht...«

»In allen Stellungen?« fragte Tonio höflich. »Ja, das ist fein. Was aber Don Carlos betrifft, so geht das über alle Begriffe. Es sind Stellen darin, du sollst sehen, die so schön sind, daß es einem einen Ruck gibt, daß es gleichsam knallt...«

»Knallt es?« fragte Hans Hansen... »Wieso?«

»Da ist zum Beispiel die Stelle, wo der König geweint hat, weil er von dem Marquis betrogen ist... aber der Marquis hat ihn nur dem Prinzen zu Liebe betrogen, verstehst du, für den er sich opfert. Und nun kommt aus dem Kabinett in das Vorzimmer die Nachricht, daß der König geweint hat. ›Geweint?‹ ›Der König geweint?‹ Alle Hofmänner sind fürchterlich betreten, und es geht einem durch und durch, denn es ist ein schrecklich starrer und strenger König. Aber man begreift es so gut, daß er geweint hat, und mir tut er eigentlich mehr leid als der Prinz und der Marquis zusammengenommen. Er ist immer so ganz allein und ohne Liebe, und nun glaubt er einen Menschen gefunden zu haben, und der verrät ihn...«

Hans Hansen sah von der Seite in Tonios Gesicht, und irgend etwas in diesem Gesicht mußte ihn wohl dem Gegenstande gewinnen, denn er schob plötzlich wieder seinen Arm unter den Tonios und fragte:

»Auf welche Weise verrät er ihn denn, Tonio?«

Tonio geriet in Bewegung.

»Ja, die Sache ist«, fing er an, »daß alle Briefe nach Brabant und Flandern...«

»Da kommt Erwin Jimmerthal«, sagte Hans.

Tonio verstummte. Möchte ihn doch, dachte er, die Erde verschlingen, diesen Jimmerthal! Warum muß er kommen und uns stören! Wenn er nur nicht mit uns geht und den ganzen Weg von der Reitstunde spricht... Denn Erwin Jimmerthal hatte ebenfalls Reitstunde. Er war der Sohn des Bankdirektors und wohnte hier draußen vorm Tore. Mit seinen krummen Beinen und Schlitzaugen kam er ihnen, schon ohne Schulmappe, durch die Allee entgegen.

»Tag, Jimmerthal«, sagte Hans. »Ich gehe ein bißchen mit Kröger...«

»Ich muß zur Stadt«, sagte Jimmerthal, »und etwas besorgen. Aber ich gehe noch ein Stück mit euch... Das sind wohl Fruchtbonbons, die ihr da habt? Ja, danke, ein paar esse ich. Morgen haben wir wieder Stunde, Hans.« – Es war die Reitstunde gemeint.

»Famos!« sagte Hans. »Ich bekomme jetzt die ledernen Gamaschen, du, weil ich neulich die Eins im Exercitium hatte...«

»Du hast wohl keine Reitstunde, Kröger?« fragte Jimmerthal, und seine Augen waren nur ein Paar blanker Ritzen...

»Nein...« antwortete Tonio mit ganz ungewisser Betonung.

»Du solltest«, bemerkte Hans Hansen, »deinen Vater bitten, daß du auch Stunde bekommst, Kröger.«

»Ja...« sagte Tonio zugleich hastig und gleichgültig. Einen Augenblick schnürte sich ihm die Kehle zusammen, weil Hans ihn mit Nachnamen angeredet hatte; und Hans schien dies zu fühlen, denn er sagte erläuternd:

»Ich nenne dich Kröger, weil dein Vorname so verrückt ist, du, entschuldige, aber ich mag ihn nicht leiden. Tonio... Das ist doch überhaupt kein Name. Übrigens kannst du ja nichts dafür, bewahre!«

»Nein, du heißt wohl hauptsächlich so, weil es so ausländisch klingt und etwas Besonderes ist...« sagte Jimmerthal und tat, als ob er zum Guten reden wollte.

Tonios Mund zuckte. Er nahm sich zusammen und sagte:

»Ja, es ist ein alberner Name, ich möchte, weiß Gott, lieber Heinrich oder Wilhelm heißen, das könnt ihr mir glauben. Aber es kommt daher, daß ein Bruder meiner Mutter, nach dem ich getauft worden bin, Antonio heißt; denn meine Mutter ist doch von drüben...«

Dann schwieg er und ließ die beiden von Pferden und Lederzeug sprechen. Hans hatte Jimmerthal untergefaßt und redete mit einer geläufigen Teilnahme, die für Don Carlos niemals in ihm zu erwecken gewesen wäre... Von Zeit zu Zeit fühlte Tonio, wie der Drang zu weinen ihm prickelnd in die Nase stieg; auch hatte er Mühe, sein Kinn in der Gewalt zu behalten, das beständig ins Zittern geriet...

Hans mochte seinen Namen nicht leiden, – was war dabei zu tun? Es selbst hieß Hans, und Jimmerthal hieß Erwin, gut, das waren allgemein anerkannte Namen, die niemand befremdeten. Aber »Tonio« war etwas Ausländisches und Besonderes. Ja, es war in allen Stücken etwas Besonderes mit ihm, ob er wollte oder nicht, und er war allein und ausgeschlossen von den Ordentlichen und Gewöhnlichen, obgleich er doch kein Zigeuner im grünen Wagen war, sondern ein Sohn Konsul Krögers, aus der Familie der Kröger... Aber warum nannte Hans ihn Tonio, solange sie allein waren, wenn er, kam ein dritter hinzu, anfing, sich seiner zu schämen? Zuweilen war er ihm nahe und gewonnen, ja. Auf welche Weise verrät er ihn denn, Tonio? hatte er gefragt und ihn untergefaßt. Aber als dann Jimmerthal gekommen war, hatte er dennoch erleichtert aufgeatmet, hatte ihn verlassen und ihm ohne Not seinen fremden Rufnamen vorgeworfen. Wie weh es tat, dies alles durchschauen zu müssen!... Hans Hansen hatte ihn im Grunde ein wenig gern, wenn sie unter sich waren, er wußte es. Aber kam ein dritter, so schämte er sich dessen und opferte ihn auf. Und er war wieder allein. Er dachte an König Philipp. Der König hat geweint...

»Gott bewahre«, sagte Erwin Jimmerthal, »nun muß ich aber

wirklich zur Stadt! Adieu, ihr, und Dank für die Fruchtbonbons!« Darauf sprang er auf eine Bank, die am Wege stand, lief
mit seinen krummen Beinen darauf entlang und trabte davon.

»Jimmerthal mag ich leiden!« sagte Hans mit Nachdruck. Er
hatte eine verwöhnte und selbstbewußte Art, seine Sympathien
und Abneigungen kundzugeben, sie gleichsam gnädigst zu verteilen... Und dann fuhr er fort, von der Reitstunde zu sprechen, weil er einmal im Zuge war. Es war auch nicht mehr
so weit bis zum Hansenschen Wohnhause; der Weg über die
Wälle nahm nicht so viel Zeit in Anspruch. Sie hielten ihre
Mützen fest und beugten die Köpfe vor dem starken, feuchten
Wind, der in dem kahlen Geäst der Bäume knarrte und stöhnte.
Und Hans Hansen sprach, während Tonio nur dann und wann
ein künstliches Ach und Jaja einfließen ließ, ohne Freude darüber, daß Hans ihn im Eifer der Rede wieder untergefaßt hatte,
denn das war nur eine scheinbare Annäherung, ohne Bedeutung.

Dann verließen sie die Wallanlagen unfern des Bahnhofes,
sahen einen Zug mit plumper Eilfertigkeit vorüberpuffen,
zählten zum Zeitvertreib die Wagen und winkten dem Manne
zu, der in seinen Pelz vermummt zuhöchst auf dem allerletzten
saß. Und am Lindenplatze, vor Großhändler Hansens Villa,
blieben sie stehen, und Hans zeigte ausführlich, wie amüsant es
sei, sich unten auf die Gartenpforte zu stellen und sich in den
Angeln hin und her zu schlenkern, daß es nur so kreischte.
Aber hierauf verabschiedete er sich.

»Ja, nun muß ich hinein«, sagte er. »Adieu, Tonio. Das nächste Mal begleite ich dich nach Hause, sei sicher.«

»Adieu, Hans«, sagte Tonio, »es war nett, spazieren zu gehen.«

Ihre Hände, die sich drückten, waren ganz naß und rostig
von der Gartenpforte. Als aber Hans in Tonios Augen sah,
entstand etwas wie reuiges Besinnen in seinem hübschen Gesicht.

»Übrigens werde ich nächstens ›Don Carlos‹ lesen!« sagte er
rasch. »Das mit dem König im Kabinett muß famos sein!«

Dann nahm er seine Mappe unter den Arm und lief durch den Vorgarten. Bevor er im Hause verschwand, nickte er noch einmal zurück.

Und Tonio Kröger ging ganz verklärt und beschwingt von dannen. Der Wind trug ihn von hinten, aber es war nicht darum allein, daß er so leicht von der Stelle kam.

Hans würde ›Don Carlos‹ lesen, und dann würden sie etwas miteinander haben, worüber weder Jimmerthal noch irgend ein Anderer mitreden konnte! Wie gut sie einander verstanden! Wer wußte, – vielleicht brachte er ihn noch dazu, ebenfalls Verse zu schreiben?... Nein, nein, das wollte er nicht! Hans sollte nicht werden, wie Tonio, sondern bleiben, wie er war, so hell und stark, wie alle ihn liebten und Tonio am meisten! Aber daß er ›Don Carlos‹ las, würde trotzdem nicht schaden... Und Tonio ging durch das alte, untersetzte Tor, ging am Hafen entlang und die steile, zugige und nasse Giebelgasse hinauf zum Haus seiner Eltern. Damals lebte sein Herz; Sehnsucht war darin und schwermütiger Neid und ein klein wenig Verachtung und eine ganze keusche Seligkeit.

2.

Die blonde Inge, Ingeborg Holm, Doktor Holms Tochter, der am Markte wohnte, dort, wo hoch, spitzig und vielfach der gotische Brunnen stand, sie war's, die Tonio Kröger liebte, als er sechzehn Jahre alt war.

Wie geschah das? Er hatte sie tausendmal gesehen; an einem Abend jedoch sah er sie in einer gewissen Beleuchtung, sah, wie sie im Gespräch mit einer Freundin auf eine gewisse übermütige Art lachend den Kopf zur Seite warf, auf eine gewisse Art ihre Hand, eine gar nicht besonders schmale, gar nicht besonders feine Klein-Mädchen-Hand zum Hinterkopfe führte, wobei der weiße Gaze-Ärmel von ihrem Ellenbogen zurückglitt, hörte, wie sie ein Wort, ein gleichgültiges Wort, auf eine gewisse Art betonte, wobei ein warmes Klingen in ihrer Stimme war, und ein Entzücken ergriff sein Herz, weit stärker als jenes, das er früher zuweilen empfunden hatte, wenn er Hans Hansen betrachtete, als er noch ein kleiner, dummer Junge war.

An diesem Abend nahm er ihr Bild mit fort, mit dem dicken, blonden Zopf, den länglich geschnittenen, lachenden, blauen Augen und dem zart angedeuteten Sattel von Sommersprossen über der Nase, konnte nicht einschlafen, weil er das Klingen in ihrer Stimme hörte, versuchte leise, die Betonung nachzuahmen, mit der sie das gleichgültige Wort ausgesprochen hatte, und erschauerte dabei. Die Erfahrung lehrte ihn, daß dies die Liebe sei. Aber obgleich er genau wußte, daß die Liebe ihm viel Schmerz, Drangsal und Demütigung bringen müsse, daß sie überdies den Frieden zerstöre und das Herz mit Melodieen überfülle, ohne daß man Ruhe fand, eine Sache rund zu formen und in Gelassenheit etwas Ganzes daraus zu schmieden, so nahm er sie doch mit Freuden auf, überließ sich ihr ganz und pflegte sie mit den Kräften seines Gemütes, denn er wußte, daß sie reich und lebendig mache, und er sehnte sich, reich und lebendig zu sein, statt in Gelassenheit etwas Ganzes zu schmieden...

Dies, daß Tonio Kröger sich an die lustige Inge Holm verlor, ereignete sich in dem ausgeräumten Salon der Konsulin Husteede, die es an jenem Abend traf, die Tanzstunde zu geben; denn es war ein Privat-Kursus, an dem nur Angehörige von ersten Familien teilnahmen, und man versammelte sich reihum in den elterlichen Häusern, um sich Unterricht in Tanz und Anstand erteilen zu lassen. Aber zu diesem Behufe kam allwöchentlich Ballettmeister Knaak eigens von Hamburg herbei.

François Knaak war sein Name, und was für ein Mann war das! »J'ai l'honneur de me vous représenter«, sagte er, »mon nom est Knaak... Und dies spricht man nicht aus, während man sich verbeugt, sondern wenn man wieder aufrecht steht, – gedämpft und dennoch deutlich. Man ist nicht täglich in der Lage, sich auf Französisch vorstellen zu müssen, aber kann man es in dieser Sprache korrekt und tadellos, so wird es einem auf Deutsch erst recht nicht fehlen.« Wie wunderbar der seidig schwarze Gehrock sich an seine fetten Hüften schmiegte! In weichen Falten fiel sein Beinkleid auf seine Lackschuhe hinab, die mit breiten Atlasschleifen geschmückt waren, und seine braunen Augen blickten mit einem müden Glück über ihre eigene Schönheit umher…

Jedermann ward erdrückt durch das Übermaß seiner Sicherheit und Wohlanständigkeit. Er schritt – und niemand schritt wie er, elastisch, wogend, wiegend, königlich – auf die Herrin des Hauses zu, verbeugte sich und wartete, daß man ihm die Hand reiche. Erhielt er sie, so dankte er mit leiser Stimme dafür, trat federnd zurück, wandte sich auf dem linken Fuße, schnellte den rechten mit niedergedrückter Spitze seitwärts vom Boden ab und schritt mit bebenden Hüften davon…

Man ging rückwärts und unter Verbeugungen zur Tür hinaus, wenn man eine Gesellschaft verließ, man schleppte einen Stuhl nicht herbei, indem man ihn an einem Bein ergriff, oder am Boden entlang schleifte, sondern man trug ihn leicht an der Lehne herzu und setzte ihn geräuschlos nieder. Man stand nicht da, indem man die Hände auf dem Bauch faltete und die Zunge in den Mundwinkel schob; tat man es dennoch, so hatte Herr Knaak eine Art, es ebenso zu machen, daß man für den Rest seines Lebens einen Ekel vor dieser Haltung bewahrte…

Dies war der Anstand. Was aber den Tanz betraf, so meisterte Herr Knaak ihn womöglich in noch höherem Grade. In dem ausgeräumten Salon brannten die Gasflammen des Kronleuchters und die Kerzen auf dem Kamin. Der Boden war mit Talkum bestreut, und in stummem Halbkreise standen die Eleven umher. Aber jenseits der Portièren, in der anstoßenden Stube, saßen auf Plüschstühlen die Mütter und Tanten, und betrachteten durch ihre Lorgnetten Herrn Knaak, wie er, in gebückter Haltung, den Saum seines Gehrockes mit je zwei Fingern erfaßt hielt und mit federnden Beinen die einzelnen Teile der Mazurka demonstrierte. Beabsichtigte er aber, sein Publikum gänzlich zu verblüffen, so schnellte er sich plötzlich und ohne zwingenden Grund vom Boden empor, indem er seine Beine mit verwirrender Schnelligkeit in der Luft umeinander wirbelte, gleichsam mit denselben trillerte, worauf er mit einem gedämpften, aber

alles in seinen Festen erschütternden Plumps zu dieser Erde zurückkehrte...

Was für ein unbegreiflicher Affe, dachte Tonio Kröger in seinem Sinn. Aber er sah wohl, daß Inge Holm, die lustige Inge,
oft mit einem selbstvergessenen Lächeln Herrn Knaaks Bewegungen verfolgte, und nicht dies allein war es, weshalb alle
diese wundervoll beherrschte Körperlichkeit ihm im Grunde
etwas wie Bewunderung abgewann. Wie ruhevoll und unver-
wirrbar Herrn Knaaks Augen blickten! Sie sahen nicht in die
Dinge hinein, bis dorthin, wo sie kompliziert und traurig werden; sie wußten nichts, als daß sie braun und schön seien. Aber
deshalb war seine Haltung so stolz! Ja, man mußte dumm sein,
um so schreiten zu können, wie er; und dann wurde man geliebt, denn man war liebenswürdig. Er verstand es so gut, daß
Inge, die blonde, süße Inge, auf Herrn Knaak blickte, wie sie es
tat. Aber würde denn niemals ein Mädchen so auf ihn selbst
blicken?

O doch, das kam vor. Da war Magdalena Vermehren,
Rechtsanwalt Vermehrens Tochter, mit dem sanften Mund und
den großen, dunklen, blanken Augen voll Ernst und Schwärmerei. Sie fiel oft hin beim Tanzen; aber sie kam zu ihm bei der
Damenwahl, sie wußte, daß er Verse dichtete, sie hatte ihn
zweimal gebeten, sie ihr zu zeigen, und oftmals schaute sie ihn
von Weitem mit gesenktem Kopfe an. Aber was sollte ihm
das? Er, er liebte Inge Holm, die blonde, lustige Inge, die ihn
sicher darum verachtete, daß er poetische Sachen schrieb... er
sah sie an, sah ihre schmalgeschnittenen, blauen Augen, die
voll Glück und Spott waren, und eine neidische Sehnsucht, ein
herber, drängender Schmerz, von ihr ausgeschlossen und ihr
ewig fremd zu sein, saß in seiner Brust und brannte...

»Erstes Paar en avant!« sagte Herr Knaak, und keine Worte
schildern, wie wunderbar der Mann den Nasal-Laut hervorbrachte. Man übte Quadrille, und zu Tonio Krögers tiefem Erschrecken befand er sich mit Inge Holm in ein und demselben
Carré. Er mied sie, wie er konnte, und dennoch geriet er beständig in ihre Nähe; er wehrte seinen Augen, sich ihr zu na-

hen, und dennoch traf sein Blick beständig auf sie... Nun kam sie an der Hand des rotköpfigen Ferdinand Matthiessen gleitend und laufend herbei, warf den Zopf zurück und stellte sich aufatmend ihm gegenüber; Herr Heinzelmann, der Klavierspieler, griff mit seinen knochigen Händen in die Tasten, Herr Knaak kommandierte, die Quadrille begann.

Sie bewegte sich vor ihm hin und her, vorwärts und rückwärts, schreitend und drehend, ein Duft, der von ihrem Haar oder dem zarten, weißen Stoff ihres Kleides ausging, berührte ihn manchmal, und seine Augen trübten sich mehr und mehr. Ich liebe dich, liebe, süße Inge, sagte er innerlich, und er legte in diese Worte seinen ganzen Schmerz darüber, daß sie so eifrig und lustig bei der Sache war und sein nicht achtete. Ein wunderschönes Gedicht von Storm fiel ihm ein: »Ich möchte schlafen; aber du mußt tanzen.« Der demütigende Widersinn quälte ihn, der darin lag, tanzen zu müssen, während man liebte...

»Erstes Paar en avant!« sagte Herr Knaak, denn es kam eine neue Tour. »Compliment! Moulinet des dames! Tour de main!« Und niemand beschreibt, auf welch graziöse Art er das stumme e vom »de« verschluckte.

»Zweites Paar en avant!« Tonio Kröger und seine Dame waren daran. »Compliment!« Und Tonio Kröger verbeugte sich. »Moulinet des dames!« Und Tonio Kröger, mit gesenktem Kopfe und finsteren Brauen, legte seine Hand auf die Hände der vier Damen, auf die Inge Holms, und tanzte »moulinet«.

Ringsum entstand ein Kichern und Lachen. Herr Knaak fiel in eine Ballett-Pose, welche ein stilisiertes Entsetzen ausdrückte. »O weh!« rief er. »Halt, halt! Kröger ist unter die Damen geraten! En arrière, Fräulein Kröger, zurück, fi donc! Alle haben es nun verstanden, nur Sie nicht. Husch! Fort! Zurück mit Ihnen!« Und er zog sein gelbseidenes Taschentuch und scheuchte Tonio Kröger damit an seinen Platz zurück.

Alles lachte, die Jungen, die Mädchen und die Damen jenseits der Portièren, denn Herr Knaak hatte etwas gar zu Drolliges aus dem Zwischenfall gemacht, und man amüsierte sich wie im Theater. Nur Herr Heinzelmann wartete mit trockener Geschäftsmiene auf das Zeichen zum Weiterspielen, denn er war abgehärtet gegen Herrn Knaaks Wirkungen.

Dann ward die Quadrille fortgesetzt. Und dann war Pause. Das Folgmädchen klirrte mit einem Teebrett voll Weingelee-Gläsern zur Tür herein, und die Köchin folgte mit einer Ladung Plumcake in ihrem Kielwasser. Aber Tonio Kröger stahl sich fort, ging heimlich auf den Korridor hinaus und stellte sich dort, die Hände auf dem Rücken, vor ein Fenster mit herabgelassener Jalousie, ohne zu bedenken, daß man durch diese Jalousie gar nichts sehen konnte, und daß es also lächerlich sei, davorzustehen und zu tun, als blicke man hinaus.

Er blickte aber in sich hinein, wo so viel Gram und Sehnsucht war. Warum, warum war er hier? Warum saß er nicht in seiner Stube am Fenster und las in Storms »Immensee« und blickte hie und da in den abendlichen Garten hinaus, wo der alte Walnußbaum schwerfällig knarrte? Das wäre sein Platz gewesen. Mochten die anderen tanzen und frisch und geschickt bei der Sache sein!... Nein, nein, sein Platz war dennoch hier, wo er sich in Inges Nähe wußte, wenn er auch nur einsam von ferne stand und versuchte, in dem Summen, Klirren und Lachen dort drinnen ihre Stimme zu unterscheiden, in welcher es klang von warmem Leben. Deine länglich geschnittenen, blauen, lachenden Augen, du blonde Inge! So schön und heiter wie du kann man nur sein, wenn man nicht »Immensee« liest und niemals versucht, selbst dergleichen zu machen; das ist das Traurige!...

Sie müßte kommen! Sie müßte bemerken, daß er fort war, müßte fühlen, wie es um ihn stand, müßte ihm heimlich folgen, wenn auch nur aus Mitleid, ihm ihre Hand auf die Schulter legen und sagen: Komm herein zu uns, sei froh, ich liebe dich. Und er horchte hinter sich und wartete in unvernünftiger Spannung, daß sie kommen möge. Aber sie kam keines Weges. Dergleichen geschah nicht auf Erden.

Hatte auch sie ihn verlacht, gleich allen anderen? Ja, das hatte sie getan, so gern er es ihret- und seinetwegen geleugnet hätte. Und doch hatte er nur aus Versunkenheit in ihre Nähe »moulinet des dames« mitgetanzt. Und was verschlug das? Man würde vielleicht einmal aufhören, zu lachen! Hatte etwa nicht kürzlich eine Zeitschrift ein Gedicht von ihm angenommen, wenn sie dann auch wieder eingegangen war, bevor das Gedicht hatte erscheinen können? Es kam der Tag, wo er berühmt war, wo alles gedruckt wurde, was er schrieb, und dann würde man sehen, ob es nicht Eindruck auf Inge Holm machen würde... Es würde k e i n e n Eindruck machen, nein, das war es ja. Auf Magdalena Vermehren, die immer hinfiel, ja, auf die. Aber niemals auf Inge Holm, niemals auf die blauäugige, lustige Inge. Und war es also nicht vergebens?...

Tonio Krögers Herz zog sich schmerzlich zusammen bei diesem Gedanken. Zu fühlen, wie wunderbare spielende und schwermütige Kräfte sich in dir regen, und dabei zu wissen, daß diejenigen, zu denen du dich hinübersehnst, ihnen in heiterer Unzugänglichkeit gegenüberstehen, das tut sehr weh. Aber obgleich er einsam, ausgeschlossen und ohne Hoffnung vor einer geschlossenen Jalousie stand und in seinem Kummer tat, als könne er hindurchblicken, so war er dennoch glücklich. Denn damals lebte sein Herz. Warm und traurig schlug es für dich, Ingeborg Holm, und seine Seele umfaßte deine blonde, lichte und übermütig gewöhnliche kleine Persönlichkeit in seliger Selbstverleugnung.

Mehr als einmal stand er mit erhitztem Angesicht an einsamen Stellen, wohin Musik, Blumenduft und Gläsergeklirr nur leise drangen, und suchte in dem fernen Festgeräusch deine klingende Stimme zu unterscheiden, stand in Schmerzen um dich und war dennoch glücklich. Mehr als einmal kränkte es ihn, daß er mit Magdalena Vermehren, die immer hinfiel, sprechen konnte, daß sie ihn verstand und mit ihm lachte und ernst war, während die blonde Inge, saß er auch neben ihr, ihm fern und fremd und befremdet erschien, denn seine Sprache war nicht ihre Sprache; und dennoch war er glücklich. Denn das Glück, sagte er sich, ist nicht, geliebt zu werden; das ist eine mit Ekel gemischte Genugtuung für die Eitelkeit. Das Glück ist, zu lieben und vielleicht kleine, trügerische Annäherungen an den geliebten Gegenstand zu erhaschen. Und er schrieb diesen Gedanken innerlich auf, dachte ihn völlig aus und empfand ihn bis auf den Grund.

Treue! dachte Tonio Kröger. Ich will treu sein und dich lieben, Ingeborg, solange ich lebe! So wohlmeinend war er. Und dennoch flüsterte in ihm eine leise Furcht und Trauer, daß er ja auch Hans Hansen ganz und gar vergessen habe, obgleich er ihn täglich sah. Und es war das Häßliche und Erbärmliche, daß diese leise und ein wenig hämische Stimme recht behielt, daß die Zeit verging und Tage kamen, da Tonio Kröger nicht mehr so unbedingt wie ehemals für die lustige Inge zu sterben bereit war, weil er Lust und Kräfte in sich fühlte, auf seine Art in der Welt eine Menge des Merkwürdigen zu leisten.

Und er umkreiste behutsam den Opfer-Altar, auf dem die lautere und keusche Flamme seiner Liebe loderte, kniete davor und schürte und nährte sie auf alle Weise, weil er treu sein wollte. Und über eine Weile, unmerklich, ohne Aufsehen und Geräusch, war sie dennoch erloschen.

Aber Tonio Kröger stand noch eine Zeit lang vor dem erkalteten Altar, voll Staunen und Enttäuschung darüber, daß Treue auf Erden unmöglich war. Dann zuckte er die Achseln und ging seiner Wege.

3.

Er ging den Weg, den er gehen mußte, ein wenig nachlässig und ungleichmäßig, vor sich hinpfeifend, mit seitwärts geneigtem Kopfe ins Weite blickend, und wenn er irre ging, so geschah es, weil es für Etliche einen richtigen Weg überhaupt nicht gibt. Fragte man ihn, was in aller Welt er zu werden gedachte, so erteilte er wechselnde Auskunft, denn er pflegte zu sagen (und hatte es auch bereits aufgeschrieben), daß er die Möglichkeiten zu tausend Daseinsformen in sich trage, zusammen mit dem heimlichen Bewußtsein, daß es im Grunde lauter Unmöglichkeiten seien...

Schon bevor er von der engen Vaterstadt schied, hatten sich leise die Klammern und Fäden gelöst, mit denen sie ihn hielt.

Die alte Familie der Kröger war nach und nach in einen Zustand des Abbröckelns und der Zersetzung geraten, und die Leute hatten Grund, Tonio Krögers eigenes Sein und Wesen ebenfalls zu den Merkmalen dieses Zustandes zu rechnen. Seines Vaters Mutter war gestorben, das Haupt des Geschlechts, und nicht lange darauf, so folgte sein Vater, der lange, sinnende, sorgfältig gekleidete Herr mit der Feldblume im Knopfloch, ihr im Tode nach. Das große Krögersche Haus stand mitsamt seiner würdigen Geschichte zum Verkaufe, und die Firma ward ausgelöscht. Tonios Mutter jedoch, seine schöne, feurige Mutter, die so wunderbar den Flügel und die Mandoline spielte und der alles ganz einerlei war, vermählte sich nach Jahresfrist aufs Neue und zwar mit einem Musiker, einem Virtuosen mit italienischem Namen, dem sie in blaue Fernen folgte. Tonio Kröger fand dies ein wenig liederlich; aber war er berufen, es ihr zu wehren? Er schrieb Verse und konnte nicht einmal beantworten, was in aller Welt er zu werden gedachte...

Und er verließ die winklige Heimatstadt, um deren Giebel der feuchte Wind pfiff, verließ den Springbrunnen und den alten Walnußbaum im Garten, die Vertrauten seiner Jugend, verließ auch das Meer, das er so sehr liebte, und empfand keinen Schmerz dabei. Denn er war groß und klug geworden, hatte begriffen, was für eine Bewandtnis es mit ihm hatte, und war voller Spott für das plumpe und niedrige Dasein, das ihn so lange in seiner Mitte gehalten hatte.

Er ergab sich ganz der Macht, die ihm als die erhabenste auf Erden erschien, zu deren Dienst er sich berufen fühlte, und die ihm Hoheit und Ehren versprach, der Macht des Geistes und Wortes, die lächelnd über dem unbewußten und stummen Leben thront. Mit seiner jungen Leidenschaft ergab er sich ihr, und sie lohnte ihm mit allem, was sie zu schenken hat, und nahm ihm unerbittlich all das, was sie als Entgelt dafür zu nehmen pflegt.

Sie schärfte seinen Blick und ließ ihn die großen Wörter durchschauen, die der Menschen Busen blähen, sie erschloß ihm der Menschen Seelen und seine eigene, machte ihn hellsehend

und zeigte ihm das Innere der Welt und alles Letzte, was hinter
den Worten und Taten ist. Was er aber sah, war dies: Komik und
Elend – Komik und Elend.

Da kam, mit der Qual und dem Hochmut der Erkenntnis, die
Einsamkeit, weil es ihn im Kreise der Harmlosen mit dem fröhlich dunklen Sinn nicht litt und das Mal an seiner Stirn sie verstörte. Aber mehr und mehr versüßte sich ihm auch die Lust am
Worte und der Form, denn er pflegte zu sagen (und hatte es auch
bereits aufgeschrieben), daß die Kenntnis der Seele allein unfehlbar trübsinnig machen würde, wenn nicht die Vergnügungen
des Ausdrucks uns wach und munter erhielten...

Er lebte in großen Städten und im Süden, von dessen Sonne er
sich ein üppigeres Reifen seiner Kunst versprach; und vielleicht
war es das Blut seiner Mutter, welches ihn dorthin zog. Aber da
sein Herz tot und ohne Liebe war, so geriet er in Abenteuer des
Fleisches, stieg tief hinab in Wollust und heiße Schuld und litt
unsäglich dabei. Vielleicht war es das Erbteil seines Vaters in
ihm, des langen, sinnenden, reinlich gekleideten Mannes mit der
Feldblume im Knopfloch, das ihn dort unten so leiden machte
und manchmal eine schwache, sehnsüchtige Erinnerung in ihm
sich regen ließ an eine Lust der Seele, die einstmals sein eigen
gewesen war, und die er in allen Lüsten nicht wiederfand.

Ein Ekel und Haß gegen die Sinne erfaßte ihn und ein Lechzen
nach Reinheit und wohlanständigem Frieden, während er doch
die Luft der Kunst atmete, die laue und süße, duftgeschwängerte
Luft eines beständigen Frühlings, in der es treibt und braut und
keimt in heimlicher Zeugungswonne. So kam es nur dahin, daß
er, haltlos zwischen krassen Extremen, zwischen eisiger Geistigkeit und verzehrender Sinnenglut hin- und hergeworfen, unter
Gewissensnöten ein erschöpfendes Leben führte, ein ausbün-
diges, ausschweifendes und außerordentliches Leben, das er,
Tonio Kröger, im Grunde verabscheute. Welch Irrgang! dachte
er zuweilen. Wie war es nur möglich, daß ich in alle diese excen-
trischen Abenteuer geriet? Ich bin doch kein Zigeuner im grünen Wagen, von Hause aus...

Aber in dem Maße, wie seine Gesundheit geschwächt ward,

Tkr als verlorene Sohn?

verschärfte sich seine Künstlerschaft, ward wählerisch, erlesen, kostbar, fein, reizbar gegen das Banale und aufs höchste empfindlich in Fragen des Taktes und Geschmacks. Als er zum ersten Male hervortrat, wurde unter denen, die es anging, viel Beifall und Freude laut, denn es war ein wertvoll gearbeitetes Ding, was er geliefert hatte, voll Humor und Kenntnis des Leidens. Und schnell ward sein Name, derselbe, mit dem ihn einst seine Lehrer scheltend gerufen hatten, derselbe, mit dem er seine ersten Reime an den Walnußbaum, den Springbrunnen und das Meer unterzeichnet hatte, dieser aus Süd und Nord zusammengesetzte Klang, dieser exotisch angehauchte Bürgersname zu einer Formel, die Vortreffliches bezeichnete; denn der schmerzlichen Gründlichkeit seiner Erfahrungen gesellte sich ein seltener, zäh ausharrender und ehrsüchtiger Fleiß, der im Kampf mit der wählerischen Reizbarkeit seines Geschmacks unter heftigen Qualen ungewöhnliche Werke entstehen ließ.

Er arbeitete nicht wie Jemand, der arbeitet, um zu leben, sondern wie Einer, der nichts will, als arbeiten, weil er sich als lebendigen Menschen für nichts achtet, nur als Schaffender in Betracht zu kommen wünscht und im Übrigen grau und unauffällig umhergeht, wie ein abgeschminkter Schauspieler, der nichts ist, solange er nichts darzustellen hat. Er arbeitete stumm, abgeschlossen, unsichtbar und voller Verachtung für jene Kleinen, denen das Talent ein geselliger Schmuck war, die, ob sie nun arm oder reich waren, wild und abgerissen einhergingen oder mit persönlichen Krawatten Luxus trieben, in erster Linie glücklich, liebenswürdig und künstlerisch zu leben bedacht waren, unwissend darüber, daß gute Werke nur unter dem Druck eines schlimmen Lebens entstehen, daß, wer lebt, nicht arbeitet, und daß man gestorben sein muß, um ganz ein Schaffender zu sein.

Litteratur

»Störe ich?« fragte Tonio Kröger auf der Schwelle des Ateliers. Er hielt seinen Hut in der Hand und verbeugte sich sogar ein wenig, obgleich Lisaweta Iwanowna seine Freundin war, der er Alles sagte.

»Erbarmen Sie sich, Tonio Kröger, und kommen Sie ohne Ceremonien herein!« antwortete sie mit ihrer hüpfenden Betonung. »Es ist bekannt, daß Sie eine gute Kinderstube genossen haben und wissen, was sich schickt.« Dabei steckte sie ihren Pinsel zu der Palette in die linke Hand, reichte ihm die rechte und blickte ihm lachend und kopfschüttelnd ins Gesicht.

»Ja, aber Sie arbeiten«, sagte er. »Lassen Sie sehen... O, Sie sind vorwärts gekommen.« Und er betrachtete abwechselnd die farbigen Skizzen, die zu beiden Seiten der Staffelei auf Stühlen lehnten, und die große, mit einem quadratischen Linien-Netz überzogene Leinwand, auf welcher, in dem verworrenen und schemenhaften Kohle-Entwurf, die ersten Farbflecke aufzutauchen begannen.

Es war in München, in einem Rückgebäude der Schelling-straße, mehrere Stiegen hoch. Draußen, hinter dem breiten Nordlicht-Fenster, herrschte Himmelsblau, Vogelgezwitscher und Sonnenschein, und des Frühlings junger, süßer Atem, der durch eine offene Klappe hereinströmte, vermischte sich mit dem Geruch von Fixativ und Ölfarbe, der den weiten Arbeits-raum erfüllte. Ungehindert überflutete das goldige Licht des hellen Nachmittags die weitläufige Kahlheit des Ateliers, be-schien freimütig den ein wenig schadhaften Fußboden, den ro-hen, mit Fläschchen, Tuben und Pinseln bedeckten Tisch un-term Fenster und die ungerahmten Studien an den untapezierten Wänden, beschien den Wandschirm aus rissiger Seide, der in der Nähe der Tür einen kleinen, stilvoll möblierten Wohn- und Mußewinkel begrenzte, beschien das werdende Werk auf der Staffelei und davor die Malerin und den Dichter.

Sie mochte etwa so alt sein, wie er, nämlich ein wenig jenseits der Dreißig. In ihrem dunkelblauen, fleckigen Schürzenkleide saß sie auf einem niedrigen Schemel und stützte das Kinn in die Hand. Ihr braunes Haar, fest frisiert und an den Seiten schon leicht ergraut, bedeckte in leisen Scheitelwellen ihre Schläfen und gab den Rahmen zu ihrem brünetten, slavisch geformten, unendlich sympathischen Gesicht mit der Stumpfnase, den scharf herausgearbeiteten Wangenknochen und den kleinen, schwarzen, blanken Augen. Gespannt, mißtrauisch und gleichsam gereizt musterte sie schiefen und gekniffenen Blicks ihre Arbeit...

Er stand neben ihr, hielt die rechte Hand in die Hüfte gestemmt und drehte mit der Linken eilig an seinem braunen Schnurrbart. Seine schrägen Brauen waren in einer finsteren und angestrengten Bewegung, wobei er leise vor sich hinpfiff, wie gewöhnlich. Er war äußerst sorgfältig und gediegen gekleidet, in einen Anzug von ruhigem Grau und reserviertem Schnitt. Aber in seiner durcharbeiteten Stirn, über der sein dunkles Haar so außerordentlich simpel und korrekt sich scheitelte, war ein nervöses Zucken, und die Züge seines südlich geschnittenen Gesichts waren schon scharf, von einem harten Griffel gleichsam nachgezogen und ausgeprägt, während doch sein Mund so sanft umrissen, sein Kinn so weich gebildet erschien... Nach einer Weile strich er mit der Hand über Stirn und Augen und wandte sich ab.

»Ich hätte nicht kommen sollen«, sagte er.

»Warum hätten Sie nicht, Tonio Kröger?«

»Eben stehe ich von meiner Arbeit auf, Lisaweta, und in meinem Kopf sieht es genau aus wie auf dieser Leinwand. Ein Gerüst, ein blasser, von Korrekturen beschmutzter Entwurf und ein paar Farbflecke, ja; und nun komme ich hierher und sehe das Selbe. Und auch den Konflikt und Gegensatz finde ich hier wieder«, sagte er und schnupperte in die Luft, »der mich zu Hause quälte. Seltsam ist es. Beherrscht dich ein Gedanke, so findest du ihn überall ausgedrückt, du riechst ihn sogar im Winde. Fixativ und Frühlingsarom, nicht wahr? Kunst und – ja, was ist das Andere? Sagen Sie nicht ›Natur‹, Lisaweta, ›Natur‹ ist nicht erschöpfend. Ach, nein, ich hätte wohl lieber spazieren gehen sollen, obgleich es die Frage ist, ob ich mich dabei wohler befunden hätte: Vor fünf Minuten, nicht weit von hier, traf ich einen Kollegen, Adalbert, den Novellisten. ›Gott verdamme den Frühling!‹ sagte er in seinem aggressiven Stil. ›Er ist und bleibt die gräßlichste Jahreszeit! Können Sie einen vernünftigen Gedanken fassen, Kröger, können Sie die kleinste Pointe und Wirkung in Gelassenheit ausarbeiten, wenn es Ihnen auf eine unanständige Weise im Blute kribbelt und eine Menge von unzugehörigen Sensationen Sie beunruhigt, die, sobald Sie sie prüfen, sich als ausgemacht triviales und gänzlich unbrauchbares Zeug entpuppen? Was mich betrifft, so gehe ich nun ins Café. Das ist neutrales, vom Wechsel der Jahreszeiten unberührtes Gebiet, wissen Sie, das stellt sozusagen die entrückte und erhabene Sphäre des Literarischen dar, in der man nur vornehmerer Einfälle fähig ist...‹ Und er ging ins Café; und vielleicht hätte ich mitgehen sollen.«

Lisaweta amüsierte sich.

»Das ist gut, Tonio Kröger. Das mit dem ›unanständigen Kribbeln‹ ist gut. Und er hat ja gewissermaßen recht, denn mit dem Arbeiten ist es wirklich nicht sonderlich bestellt im Frühling. Aber nun geben Sie acht. Nun mache ich trotzdem noch diese kleine Sache hier, diese kleine Pointe und Wirkung, wie Adalbert sagen würde. Nachher gehen wir in den ›Salon‹ und trinken Tee, und Sie sprechen sich aus; denn das sehe ich genau, daß Sie heute geladen sind. Bis dahin gruppieren Sie sich wohl irgendwo, zum Beispiel auf der Kiste da, wenn Sie nicht für Ihre Patrizier-Gewänder fürchten...«

»Ach, lassen Sie mich mit meinen Gewändern in Ruh, Lisaweta Iwanowna! Wünschten Sie, daß ich in einer zerrissenen Sammetjacke oder einer rotseidenen Weste umherliefe? Man ist als Künstler innerlich immer Abenteurer genug. Äußerlich soll man sich gut anziehen, zum Teufel, und sich benehmen wie ein anständiger Mensch... Nein, geladen bin ich nicht«, sagte er und sah zu, wie sie auf der Palette eine Mischung bereitete. »Sie hören ja, daß es nur ein Problem und Gegensatz ist, was mir im Sinne liegt und mich bei der Arbeit störte... Ja, wovon sprachen wir eben? Von Adalbert, dem Novellisten, und was für ein stolzer und fester Mann er ist. ›Der Frühling ist die gräßlichste Jahreszeit‹, sagte er und ging ins Café. Denn man muß wissen, was man will, nicht wahr? Sehen Sie, auch mich macht der Frühling nervös, auch mich setzt die holde Trivialität der Erinnerungen und Empfindungen, die er erweckt, in Verwirrung; nur, daß ich es nicht über mich gewinne, ihn dafür zu schelten und zu verachten; denn die Sache ist die, daß ich mich vor ihm schäme, mich schäme vor seiner reinen Natürlichkeit und seiner siegenden Jugend. Und ich weiß nicht, ob ich Adalbert beneiden oder geringschätzen soll, dafür, daß er nichts davon weiß...

Man arbeitet schlecht im Frühling, gewiß, und warum? Weil man empfindet. Und weil der ein Stümper ist, der glaubt, der Schaffende dürfe empfinden. Jeder echte und aufrichtige Künstler lächelt über die Naivität dieses Pfuscher-Irrtums, – melancholisch vielleicht, aber er lächelt. Denn das, was man sagt, darf ja niemals die Hauptsache sein, sondern nur das an und für sich gleichgültige Material, aus dem das ästhetische Gebilde in spielender und gelassener Überlegenheit zusammenzusetzen ist. Liegt Ihnen zu viel an dem, was Sie zu sagen haben, schlägt Ihr Herz zu warm dafür, so können Sie eines vollständigen Fiaskos sicher sein. Sie werden pathetisch, Sie werden sentimental, etwas Schwerfälliges, Täppisch-Ernstes, Unbeherrschtes, Unironisches, Ungewürztes, Langweiliges, Banales entsteht unter Ihren Händen, und nichts als Gleichgültigkeit bei den Leuten, nichts als Enttäuschung und Jammer bei Ihnen selbst ist das Ende... Denn so ist es ja, Lisaweta: Das Gefühl, das warme, herzliche Gefühl ist immer banal und unbrauchbar, und künstlerisch sind bloß die Gereiztheiten und kalten Ekstasen unseres verdorbenen, unseres artistischen Nervensystems. Es ist nötig, daß man irgend etwas Außermenschliches und Unmenschliches sei, daß man zum Menschlichen in einem seltsam fernen und unbeteiligten Verhältnis stehe, um imstande und überhaupt versucht zu sein, es zu spielen, damit zu spielen, es wirksam und geschmackvoll darzustellen. Die Begabung für Stil, Form und Ausdruck setzt bereits dies kühle und wählerische Verhältnis zum Menschlichen, ja, eine gewisse menschliche Verarmung und Verödung voraus. Denn das gesunde und starke Gefühl, dabei bleibt es, hat keinen Geschmack. Es ist aus mit dem Künstler, sobald er Mensch wird und zu empfinden beginnt. Das wußte Adalbert, und darum begab er sich ins Café, in die ›entrückte Sphäre‹, jawohl!«

»Nun, Gott mit ihm, Batuschka«, sagte Lisaweta und wusch sich die Hände in einer Blechwanne; »Sie brauchen ihm ja nicht zu folgen.«

»Nein, Lisaweta, ich folge ihm nicht, und zwar einzig, weil ich hie und da imstande bin, mich vor dem Frühling meines Künstlertums ein wenig zu schämen. Sehen Sie, zuweilen erhalte ich Briefe von fremder Hand, Lob- und Dankschreiben aus meinem Publikum, bewunderungsvolle Zuschriften ergriffener Leute. Ich lese diese Zuschriften, und Rührung beschleicht mich angesichts des warmen und unbeholfenen menschlichen Gefühls, das meine Kunst hier bewirkt hat, eine Art von Mitleid faßt mich an gegenüber der begeisterten Naivetät, die aus den Zeilen spricht, und ich erröte bei dem Gedanken, wie sehr dieser redliche Mensch ernüchtert sein müßte, wenn er je einen Blick hinter die Kulissen täte, wenn seine Unschuld je begriffe, daß ein rechtschaffener, gesunder und anständiger Mensch überhaupt nicht schreibt, mimt, komponiert... was alles ja nicht hindert, daß ich seine Bewunderung für mein Genie benütze, um mich zu steigern und zu stimulieren, daß ich sie gewaltig ernst nehme, und ein Gesicht dazu mache, wie ein Affe, der den großen Mann spielt... Ach, reden Sie mir nicht darein, Lisaweta! Ich sage Ihnen, daß ich es oft sterbensmüde bin, das Menschliche darzustellen, ohne am Menschlichen teilzuhaben... Ist der Künstler überhaupt ein Mann? Man frage ›das Weib‹ danach! Mir scheint, wir Künstler teilen alle ein wenig das Schicksal jener präparierten päpstlichen Sänger... Wir singen ganz rührend schön. Jedoch –«

»Sie sollten sich ein bißchen schämen, Tonio Kröger. Kommen Sie nun zum Tee. Das Wasser wird gleich kochen, und hier sind Papyros. Beim Sopran-Singen waren Sie stehen geblieben;

und fahren Sie da nur fort. Aber schämen sollten Sie sich. Wenn ich nicht wüßte, mit welch stolzer Leidenschaft Sie Ihrem Berufe ergeben sind . . . «

»Sagen Sie nichts von ›Beruf‹, Lisaweta Iwanowna! Die Literatur ist überhaupt kein Beruf, sondern ein Fluch, – damit Sie's wissen. Wann beginnt er fühlbar zu werden, dieser Fluch? Früh, schrecklich früh. Zu einer Zeit, da man billig noch in Frieden und Eintracht mit Gott und der Welt leben sollte. Sie fangen an, sich gezeichnet, sich in einem rätselhaften Gegensatz zu den Anderen, den Gewöhnlichen, den Ordentlichen zu fühlen, der Abgrund von Ironie, Unglaube, Opposition, Erkenntnis, Gefühl, der Sie von den Menschen trennt, klafft tiefer und tiefer, Sie sind einsam, und fortan gibt es keine Verständigung mehr. Was für ein Schicksal! Gesetzt, daß das Herz lebendig genug, l i e b e v o l l genug geblieben ist, es als furchtbar zu empfinden! . . . Ihr Selbstbewußtsein entzündet sich, weil Sie unter Tausenden das Zeichen an Ihrer Stirne spüren und fühlen, daß es Niemandem entgeht. Ich kannte einen Schauspieler von Genie, der als Mensch mit einer krankhaften Befangenheit und Haltlosigkeit zu kämpfen hatte. Sein überreiztes Ichgefühl zusammen mit dem Mangel an Rolle, an darstellerischer Aufgabe, bewirkten das bei diesem vollkommenen Künstler und verarmten Menschen . . . Einen Künstler, einen wirklichen, nicht einen, dessen bürgerlicher Beruf die Kunst ist, sondern einen vorbestimmten und verdammten, ersehen Sie mit geringem Scharfblick aus einer Menschenmasse. Das Gefühl der Separation und Unzugehörigkeit, des Erkannt- und Beobachtetseins, etwas zugleich Königliches und Verlegenes ist in seinem Gesicht. In den Zügen eines Fürsten, der in Civil durch eine Volksmenge schreitet, kann man etwas Ähnliches beobachten. Aber da hilft kein Civil, Lisaweta! Verkleiden Sie sich, vermummen Sie sich, ziehen Sie sich an wie ein Attaché oder ein Gardeleutnant in Urlaub: Sie werden kaum die Augen aufzuschlagen und ein Wort zu sprechen brauchen, und jedermann wird wissen, daß Sie kein Mensch sind, sondern irgend etwas Fremdes, Befremdendes, Anderes . . .

Aber was ist der Künstler? Vor keiner Frage hat die Bequemlichkeit und Erkenntnisträgheit der Menschheit sich zäher erwiesen als vor dieser. ›Dergleichen ist Gabe‹, sagen demütig die braven Leute, die unter der Wirkung eines Künstlers stehen, und weil heitere und erhabene Wirkungen nach ihrer gutmütigen Meinung ganz unbedingt auch heitere und erhabene Ursprünge haben müssen, so argwöhnt niemand, daß es sich hier vielleicht um eine äußerst schlimm bedingte, äußerst fragwürdige ›Gabe‹ handelt... Man weiß, daß Künstler leicht verletzlich sind, – nun, man weiß auch, daß dies bei Leuten mit gutem Gewissen und solid gegründetem Selbstgefühl nicht zuzutreffen pflegt... Sehen Sie, Lisaweta, ich hege auf dem Grunde meiner Seele – ins Geistige übertragen – gegen den Typus des Künstlers den ganzen Verdacht, den jeder meiner ehrenfesten Vorfahren droben in der engen Stadt irgend einem Gaukler und abenteuernden Artisten entgegengebracht hätte, der in sein Haus gekommen wäre. Hören Sie Folgendes. Ich kenne einen Bankier, einen ergrauten Geschäftsmann, der die Gabe besitzt, Novellen zu schreiben. Er macht von dieser Gabe in seinen Mußestunden Gebrauch, und seine Arbeiten sind manchmal ganz ausgezeichnet. Trotz – ich sage ›trotz‹ – dieser süblimen Veranlagung ist dieser Mann nicht völlig unbescholten; er hat im Gegenteil bereits eine schwere Freiheitsstrafe zu verbüßen gehabt, und zwar aus triftigen Gründen. Ja, es geschah ganz eigentlich erst in der Strafanstalt, daß er seiner Begabung inne wurde, und seine Sträflingserfahrungen bilden das Grundmotiv in allen seinen Produktionen. Man könnte daraus, mit einiger Keckheit, folgern, daß es nötig sei, in irgend einer Art von Strafanstalt zu Hause zu sein, um zum Dichter zu werden. Aber drängt sich nicht der Verdacht auf, daß seine Erlebnisse im Zuchthause weniger innig mit den Wurzeln und Ursprüngen seiner Künstlerschaft verwachsen gewesen sein möchten, als das, was ihn hineinbrachte –? Ein Bankier, der Novellen dichtet, das ist eine Rarität, nicht wahr? Aber ein nicht krimineller, ein unbescholtener und solider Bankier, welcher Novellen dichtete, – das kommt nicht vor... Ja, da lachen Sie nun, und dennoch scherze ich nur halb und halb. Kein Problem, keines in der Welt, ist quälender, als das vom Künstlertum und seiner menschlichen Wirkung. Nehmen Sie das wunderartigste Gebilde des typischsten und darum mächtigsten Künstlers, nehmen Sie ein so morbides und tief zweideutiges Werk wie ›Tristan und Isolde‹ und beobachten Sie die Wirkung, die dieses Werk auf einen jungen, gesunden, stark normal empfindenden Menschen ausübt. Sie sehen Gehobenheit, Gestärktheit, warme, rechtschaffene Begeisterung, Angeregtheit vielleicht zu eigenem ›künstlerischen‹ Schaffen... Der gute Dilettant! In uns Künstlern sieht es gründlich anders aus, als er mit seinem ›warmen Herzen‹ und ›ehrlichen Enthusiasmus‹ sich träumen mag. Ich habe Künstler von Frauen und Jünglingen umschwärmt und umjubelt gesehen, während ich über sie wußte... Man macht, was die Herkunft, die Miterscheinungen und Bedingungen des Künstlertums betrifft, immer wieder die merkwürdigsten Erfahrungen...«

»An Anderen, Tonio Kröger – verzeihen Sie – oder nicht nur an Anderen?«

Er schwieg. Er zog seine schrägen Brauen zusammen und pfiff vor sich hin.

»Ich bitte um Ihre Tasse, Tonio. Er ist nicht stark. Und nehmen Sie eine neue Cigarette. Übrigens wissen Sie sehr wohl, daß Sie die Dinge ansehen, wie sie nicht notwendig angesehen zu werden brauchen...«

»Das ist die Antwort des Horatio, liebe Lisaweta. ›Die Dinge so betrachten, hieße, sie zu genau betrachten‹, nicht wahr?«

»Ich sage, daß man sie ebenso genau von einer anderen Seite betrachten kann, Tonio Kröger. Ich bin bloß ein dummes malendes Frauenzimmer, und wenn ich Ihnen überhaupt etwas zu erwidern weiß, wenn ich Ihren eigenen Beruf ein wenig gegen Sie in Schutz nehmen kann, so ist es sicherlich nichts Neues, was ich vorbringe, sondern nur eine Mahnung an das, was Sie selbst sehr wohl wissen... Wie also: Die reinigende, heiligende Wirkung der Literatur, die Zerstörung der Leidenschaften durch die Erkenntnis und das Wort, die Literatur als Weg zum Verstehen, zum Vergeben und zur Liebe, die erlösende Macht der Sprache, der literarische Geist als die edelste Erscheinung des Menschengeistes überhaupt, der Literat als vollkommener Mensch, als Heiliger, – die Dinge so betrachten, hieße, sie nicht genau genug betrachten?«

»Sie haben ein Recht, so zu sprechen, Lisaweta Iwanowna, und zwar im Hinblick auf das Werk Ihrer Dichter, auf die anbetungswürdige russische Literatur, die so recht eigentlich die heilige Literatur darstellt, von der Sie reden. Aber ich habe Ihre Einwände nicht außer Acht gelassen, sondern sie gehören mit zu dem, was mir heute im Sinne liegt... Sehen Sie mich an. Ich sehe nicht übermäßig munter aus, wie? Ein bißchen alt und scharfzügig und müde, nicht wahr? Nun, um auf die ›Erkenntnis‹ zurückzukommen, so ließe sich ein Mensch denken, der, von Hause aus gutgläubig, sanftmütig, wohlmeinend und ein wenig sentimental, durch die psychologische Hellsicht ganz einfach aufgerieben und zu Grunde gerichtet würde. Sich von der Traurigkeit der Welt nicht übermannen lassen; beobachten, merken, einfügen, auch das Quälendste, und übrigens guter Dinge sein, schon im Vollgefühl der sittlichen Überlegenheit über die abscheuliche Erfindung des Seins, – ja freilich! Jedoch zuweilen wächst Ihnen die Sache trotz aller Vergnügungen des Ausdrucks ein wenig über den Kopf. Alles verstehen hieße Alles verzeihen? Ich weiß doch nicht. Es gibt etwas, was ich Erkenntnisekel nenne, Lisaweta: Der Zustand, in dem es dem Menschen genügt, eine Sache zu durchschauen, um sich bereits zum Sterben angewidert (und durchaus nicht versöhnlich gestimmt) zu fühlen, – der Fall Hamlets, des Dänen, dieses typischen Literaten. Er wußte, was das ist: zum Wissen berufen werden, ohne dazu geboren zu sein. Hellsehen noch durch den Tränenschleier des Gefühls hindurch, erkennen, merken, beobachten und das Beobachtete lächelnd bei Seite legen müssen noch in Augenblikken, wo Hände sich umschlingen, Lippen sich finden, wo des Menschen Blick, erblindet von Empfindung, sich bricht, – es ist infam, Lisaweta, es ist niederträchtig, empörend... aber was hilft es, sich zu empören?

Eine andere, aber nicht minder liebenswürdige Seite der Sache ist dann freilich die Blasiertheit, Gleichgültigkeit und ironische Müdigkeit aller Wahrheit gegenüber, wie es denn Tatsache ist, daß es nirgends in der Welt stummer und hoffnungsloser zugeht als in einem Kreise von geistreichen Leuten, die bereits mit allen Hunden gehetzt sind. Alle Erkenntnis ist alt und langweilig. Sprechen Sie eine Wahrheit aus, an deren Eroberung und Besitz Sie vielleicht eine gewisse jugendliche Freude haben, und man wird Ihre ordinäre Aufgeklärtheit mit einem ganz kurzen Entlassen der Luft durch die Nase beantworten... Ach, ja, die Literatur macht müde, Lisaweta! In menschlicher Gesellschaft kann es einem, ich versichere Sie, geschehen, daß man vor lauter Skepsis und Meinungsenthaltsamkeit für dumm gehalten wird, während man doch nur hochmütig und mutlos ist... Dies zur ›Erkenntnis‹. Was aber das ›Wort‹ betrifft, so handelt es sich da vielleicht weniger um eine Erlösung als um ein Kaltstellen und Aufs-Eis-Legen der Empfindung? Im Ernst, es hat eine eisige und empörend anmaßliche Bewandtnis mit dieser prompten und oberflächlichen Erledigung des Gefühls durch die literarische Sprache. Ist Ihnen das Herz zu voll, fühlen Sie sich von einem süßen oder erhabenen Erlebnis allzu sehr ergriffen: nichts einfacher! Sie gehen zum Literaten, und Alles wird in kürzester Frist geregelt sein. Er wird Ihnen Ihre Angelegenheit analysieren und formulieren, bei Namen nennen, aussprechen und zum Reden bringen, wird Ihnen das Ganze für alle Zeit erledigen und gleichgültig machen und keinen Dank dafür nehmen. Sie aber werden erleichtert, gekühlt und geklärt nach Hause gehen und sich wundern, was an der Sache Sie eigentlich soeben noch mit so süßem Tumult verstören konnte. Und für diesen kalten und eitlen Charlatan wollen Sie ernstlich eintreten? Was ausgesprochen ist, so lautet sein Glaubensbekenntnis, ist erledigt. Ist die ganze Welt ausgesprochen, so ist sie erledigt, erlöst, abgetan... Sehr gut! Jedoch ich bin kein Nihilist...«

»Sie sind kein —« sagte Lisaweta... Sie hielt gerade ihr Löffelchen mit Tee in der Nähe des Mundes und erstarrte in dieser Haltung.

»Nun ja... nun ja... kommen Sie zu sich, Lisaweta! Ich bin es nicht, sage ich Ihnen, in Bezug auf das lebendige Gefühl. Sehen Sie, der Literat begreift im Grunde nicht, daß das Leben noch fortfahren mag, zu leben, daß es sich dessen nicht schämt, nachdem es doch ausgesprochen und ›erledigt‹ ist. Aber siehe da, es sündigt trotz aller Erlösung durch die Literatur unentwegt darauf los; denn alles Handeln ist Sünde in den Augen des Geistes...

Ich bin am Ziel, Lisaweta. Hören Sie mich an. Ich liebe das Leben – dies ist ein Geständnis. Nehmen Sie es und bewahren Sie es, – ich habe es noch Keinem gemacht. Man hat gesagt, man hat es sogar geschrieben und drucken lassen, daß ich das Leben hasse oder fürchte oder verachte oder verabscheue. Ich habe dies gern gehört, es hat mir geschmeichelt; aber darum ist es nicht weniger falsch. Ich liebe das Leben... Sie lächeln, Lisaweta, und ich weiß, worüber. Aber ich beschwöre Sie, halten Sie es nicht für Literatur, was ich da sage! Denken Sie nicht an Cesare Borgia oder an irgend eine trunkene Philosophie, die ihn aufs Schild erhebt! Er ist mir nichts, dieser Cesare Borgia, ich halte nicht das Geringste auf ihn, und ich werde nie und nimmer begreifen, wie man das Außerordentliche und Dämonische als Ideal verehren mag. Nein, das ›Leben‹, wie es als ewiger Gegensatz dem Geiste und der Kunst gegenübersteht, – nicht als eine Vision von blutiger Größe und wilder Schönheit, nicht als das Ungewöhnliche stellt es uns Ungewöhnlichen sich dar; sondern das Normale, Wohlanständige und Liebenswürdige ist das Reich unserer Sehnsucht, ist das Leben in seiner verführerischen Banalität! Der ist noch lange kein Künstler, meine Liebe, dessen letzte und tiefste Schwärmerei das Raffinierte, Excentrische und Satanische ist, der die Sehnsucht nicht kennt nach dem Harmlosen, Einfachen und Lebendigen, nach ein wenig Freundschaft, Hingebung, Vertraulichkeit und menschlichem Glück, – die verstohlene und zehrende Sehnsucht, Lisaweta, nach den Wonnen der Gewöhnlichkeit!...

Ein menschlicher Freund! Wollen Sie glauben, daß es mich stolz und glücklich machen würde, unter Menschen einen Freund zu besitzen? Aber bislang habe ich nur unter Dämonen,

Kobolden, tiefen Unholden und erkenntnisstummen Gespenstern, das heißt: unter Literaten Freunde gehabt.

Zuweilen gerate ich auf irgend ein Podium, finde mich in einem Saale Menschen gegenüber, die gekommen sind, mir zuzuhören. Sehen Sie, dann geschieht es, daß ich mich bei einer Umschau im Publikum beobachte, mich ertappe, wie ich heimlich im Auditorium umherspähe, mit der Frage im Herzen, wer es ist, der zu mir kam, wessen Beifall und Dank zu mir dringt, mit wem meine Kunst mir hier eine ideale Vereinigung schafft... Ich finde nicht, was ich suche, Lisaweta. Ich finde die Herde und Gemeinde, die mir wohlbekannt ist, eine Versammlung von ersten Christen gleichsam: Leute mit ungeschickten Körpern und feinen Seelen, Leute, die immer hinfallen, sozusagen, Sie versteh'n mich, und denen die Poesie eine sanfte Rache am Leben ist, – immer nur Leidende und Sehnsüchtige und Arme und niemals jemand von den Anderen, den Blauäugigen, Lisaweta, die den Geist nicht nötig haben!...

Und wäre es nicht zuletzt ein bedauerlicher Mangel an Folgerichtigkeit, sich zu freuen, wenn es anders wäre? Es ist widersinnig, das Leben zu lieben und dennoch mit allen Künsten bestrebt zu sein, es auf seine Seite zu ziehen, es für die Finessen und Melancholieen, den ganzen kranken Adel der Literatur zu gewinnen. Das Reich der Kunst nimmt zu, und das der Gesundheit und Unschuld nimmt ab auf Erden. Man sollte, was noch davon übrig ist, aufs Sorgfältigste konservieren und man sollte nicht Leute, die viel lieber in Pferdebüchern mit Momentaufnahmen lesen, zur Poesie verführen wollen!

Denn schließlich, – welcher Anblick wäre kläglicher, als der des Lebens, wenn es sich in der Kunst versucht? Wir Künstler verachten niemand gründlicher, als den Dilettanten, den Lebendigen, der glaubt, obendrein bei Gelegenheit einmal ein Künstler sein zu können. Ich versichere Sie, diese Art von Verachtung gehört zu meinen persönlichsten Erlebnissen. Ich befinde mich in einer Gesellschaft in gutem Hause, man ißt, trinkt und plaudert, man versteht sich aufs Beste, und ich fühle mich froh und dankbar, eine Weile unter harmlosen und regelrechten Leuten als ihresgleichen verschwinden zu können. Plötzlich (dies ist mir begegnet) erhebt sich ein Offizier, ein Leutnant, ein hübscher und strammer Mensch, dem ich niemals eine seines Ehrenkleides unwürdige Handlungsweise zugetraut hätte, und bittet mit unzweideutigen Worten um die Erlaubnis, uns einige Verse mitzuteilen, die er angefertigt habe. Man gibt ihm, mit bestürztem Lächeln, diese Erlaubnis, und er führt sein Vorhaben aus, indem er von einem Zettel, den er bis dahin in seinem Rockschoß verborgen gehalten hat, seine Arbeit vorliest, etwas an die Musik und die Liebe, kurzum, ebenso tief empfunden wie unwirksam. Nun bitte ich aber jedermann: ein Leutnant! Ein Herr der Welt! Er hätte es doch wahrhaftig nicht nötig...! Nun, es erfolgt, was erfolgen muß: Lange Gesichter, Stillschweigen, ein wenig künstlicher Beifall und tiefstes Mißbehagen ringsum. Die erste seelische Tatsache, deren ich mir bewußt werde, ist die, daß ich mich mitschuldig fühle an der Verstörung, die dieser unbedachte junge Mann über die Gesellschaft gebracht; und kein Zweifel: auch mich, in dessen Handwerk er gepfuscht hat, treffen spöttische und entfremdete Blicke. Aber die zweite besteht darin, daß dieser Mensch, vor dessen Sein und Wesen ich soeben noch den ehrlichsten Respekt empfand, in meinen Augen plötzlich sinkt, sinkt, sinkt... Ein mitleidiges Wohlwollen faßt mich an. Ich trete, gleich einigen anderen beherzten und gutmütigen Herren, an ihn heran und rede ihm zu. ›Meinen Glückwunsch‹, sage ich, ›Herr Leutnant! Welch hübsche Begabung! Nein, das war allerliebst!‹ Und es fehlt nicht viel, daß ich ihm auf die Schulter klopfe. Aber ist Wohlwollen die Empfindung, die man einem Leutnant entgegenzubringen hat?... Seine Schuld! Da stand er und büßte in großer Verlegenheit den Irrtum, daß man ein Blättchen pflücken dürfe, ein einziges, vom Lorbeerbaume der Kunst, ohne mit seinem Leben dafür zu zahlen. Nein, da halte ich es mit meinem Kollegen, dem kriminellen Bankier – –. Aber finden Sie nicht, Lisaweta, daß ich heute von einer hamletischen Redseligkeit bin?«

»Sind Sie nun fertig, Tonio Kröger?«

»Nein. Aber ich sage nichts mehr.«

»Und es genügt auch. – Erwarten Sie eine Antwort?«

»Haben Sie eine?«

»Ich dächte doch. – Ich habe Ihnen gut zugehört, Tonio, von Anfang bis zu Ende, und ich will Ihnen die Antwort geben, die auf Alles paßt, was Sie heute Nachmittag gesagt haben, und die die Lösung ist für das Problem, das Sie so sehr beunruhigt hat. Nun also! Die Lösung ist die, daß Sie, wie Sie da sitzen, ganz einfach ein Bürger sind.«

»Bin ich?« fragte er und sank ein wenig in sich zusammen...

»Nicht wahr, das trifft Sie hart, und das muß es ja auch. Und darum will ich den Urteilsspruch um etwas mildern, denn das kann ich. Sie sind ein Bürger auf Irrwegen, Tonio Kröger, – ein verirrter Bürger.«

– Stillschweigen. Dann stand er entschlossen auf und griff nach Hut und Stock.

»Ich danke Ihnen, Lisaweta Iwanowna; nun kann ich getrost nach Hause gehn. Ich bin erledigt.«

5.

Gegen den Herbst sagte Tonio Kröger zu Lisaweta Iwanowna:

»Ja, ich verreise nun, Lisaweta; ich muß mich auslüften, ich mache mich fort, ich suche das Weite.«

»Nun, wie denn, Väterchen, geruhen Sie wieder nach Italien zu fahren?«

»Gott, gehen Sie mir doch mit Italien, Lisaweta! Italien ist mir bis zur Verachtung gleichgültig! Das ist lange her, daß ich mir einbildete, dorthin zu gehören. Kunst, nicht wahr? Sammetblauer Himmel, heißer Wein und süße Sinnlichkeit... Kurzum, ich mag das nicht. Ich verzichte. Die ganze bellezza macht mich nervös. Ich mag auch alle diese fürchterlich lebhaften Menschen dort unten mit dem schwarzen Tierblick nicht leiden. Diese Romanen haben kein Gewissen in den Augen... Nein, ich gehe nun ein bißchen nach Dänemark.«

»Nach Dänemark?«

»Ja. Und ich verspreche mir Gutes davon. Ich bin aus Zufall noch niemals hinaufgelangt, so nah ich während meiner ganzen Jugend der Grenze war, und dennoch habe ich das Land von jeher gekannt und geliebt. Ich muß wohl diese nördliche Neigung von meinem Vater haben, denn meine Mutter war doch eigentlich mehr für die bellezza, sofern ihr nämlich nicht Alles ganz einerlei war. Aber nehmen Sie die Bücher, die dort oben geschrieben werden, diese tiefen, reinen und humoristischen Bücher, Lisaweta, – es geht mir nichts darüber, ich liebe sie. Nehmen Sie die skandinavischen Mahlzeiten, diese unvergleichlichen Mahlzeiten, die man nur in einer starken Salzluft verträgt (ich weiß nicht, ob ich sie überhaupt noch vertrage), und die ich von zu Hause aus ein wenig kenne, denn man ißt schon ganz so bei mir zu Hause. Nehmen Sie auch nur die Namen, die Vornamen, mit denen die Leute dort oben geschmückt sind und von denen es ebenfalls schon viele bei mir zu Hause gibt, einen Laut wie ›Ingeborg‹, ein Harfenschlag makellosester Poesie. Und dann die See, – sie haben die Ostsee dort oben!... Mit einem Worte, ich fahre hinauf, Lisaweta. Ich will die Ostsee wiedersehen, will diese Vornamen wieder hören, diese Bücher an Ort und Stelle lesen; ich will auch auf der Terrasse von Kronborg stehen, wo der ›Geist‹ zu Hamlet kam und Not und Tod über den armen, edlen jungen Menschen brachte...«

»Wie fahren Sie, Tonio, wenn ich fragen darf? Welche Route nehmen Sie?«

»Die übliche«, sagte er achselzuckend und errötete deutlich. »Ja, ich berühre meine – meinen Ausgangspunkt, Lisaweta, nach dreizehn Jahren, und das kann ziemlich komisch werden.«

Sie lächelte.

»Das ist es, was ich hören wollte, Tonio Kröger. Und also fahren Sie mit Gott. Versäumen Sie auch nicht, mir zu schreiben, hören Sie? Ich verspreche mir einen erlebnisvollen Brief von Ihrer Reise nach – Dänemark...«

6.

Und Tonio Kröger fuhr gen Norden. Er fuhr mit Komfort (denn er pflegte zu sagen, daß jemand, der es innerlich so viel schwerer hat, als andere Leute, gerechten Anspruch auf ein wenig äußeres Behagen habe), und er rastete nicht eher, als bis die Türme der engen Stadt, von der er ausgegangen war, sich vor ihm in die graue Luft erhoben. Dort nahm er einen kurzen, seltsamen Aufenthalt...

Ein trüber Nachmittag ging schon in den Abend über, als der Zug in die schmale, verräucherte, so wunderlich vertraute Halle einfuhr; noch immer ballte sich unter dem schmutzigen Glasdach der Qualm in Klumpen zusammen und zog in gedehnten Fetzen hin und wider, wie damals, als Tonio Kröger, nichts als Spott im Herzen, von hier gefahren war. – Er versorgte sein Gepäck, ordnete an, daß es ins Hotel geschafft werde, und verließ den Bahnhof.

Das waren die zweispännigen, schwarzen, unmäßig hohen und breiten Droschken der Stadt, die draußen in einer Reihe standen! Er nahm keine davon; er sah sie nur an, wie er Alles ansah, die schmalen Giebel und spitzen Türme, die über die nächsten Dächer herübergrüßten, die blonden und lässig-plumpen Menschen mit ihrer breiten und dennoch rapiden Redeweise rings um ihn her, und ein nervöses Gelächter stieg in ihm auf, das eine heimliche Verwandtschaft mit Schluchzen hatte. – Er ging zu Fuß, ging langsam, den unablässigen Druck des feuchten Windes im Gesicht, über die Brücke, an deren Geländer mythologische Statuen standen, und eine Strecke am Hafen entlang.

Großer Gott, wie winzig und winklig das Ganze erschien! Waren hier in all der Zeit die schmalen Giebelgassen so putzig steil zur Stadt emporgestiegen? Die Schornsteine und Maste der Schiffe schaukelten leise in Wind und Dämmerung auf dem trüben Flusse. Sollte er jene Straße hinaufgehen, die dort, an der das Haus lag, das er im Sinne hatte? Nein, morgen. Er war so schläfrig jetzt. Sein Kopf war schwer von der Fahrt, und langsame, nebelhafte Gedanken zogen ihm durch den Sinn.

Zuweilen in diesen dreizehn Jahren, wenn sein Magen verdorben gewesen war, hatte ihm geträumt, daß er wieder daheim sei in dem alten, hallenden Haus an der schrägen Gasse, daß auch sein Vater wieder da sei und ihn hart anlasse wegen seiner entarteten Lebensführung, was er jedesmal sehr in der Ordnung gefunden hatte. Und diese Gegenwart nun unterschied sich durch nichts von einem dieser betörenden und unzerreißbaren Traumgespinste, in denen man sich fragen kann, ob dies Trug oder Wirklichkeit ist, und sich notgedrungen mit Überzeugung für das Letztere entscheidet, um dennoch am Ende zu erwachen... Er schritt durch die wenig belebten, zugigen Straßen, hielt den Kopf gegen den Wind gebeugt und schritt wie schlafwandelnd in der Richtung des Hotels, des ersten der Stadt, wo er übernachten wollte. Ein krummbeiniger Mann mit einer Stange, an deren Spitze ein Feuerchen brannte, ging mit wiegendem Matrosentritt vor ihm her und zündete die Gaslaternen an.

Wie war ihm doch? Was war das alles, was unter der Asche seiner Müdigkeit, ohne zur klaren Flamme zu werden, so dunkel und schmerzlich glomm? Still, still und kein Wort! Keine Worte! Er wäre gern lange so dahingegangen, im Wind durch die dämmerigen, traumhaft vertrauten Gassen. Aber Alles war so eng und nah beieinander. Gleich war man am Ziel.

In der oberen Stadt gab es Bogenlampen, und eben erglühten sie. Da war das Hotel, und es waren die beiden schwarzen Löwen, die davor lagen, und vor denen er sich als Kind gefürchtet hatte. Noch immer blickten sie mit einer Miene, als wollten sie niesen, einander an; aber sie schienen viel kleiner geworden, seit damals. – Tonio Kröger ging zwischen ihnen hindurch.

Da er zu Fuß kam, wurde er ohne viel Feierlichkeit empfangen. Der Portier und ein sehr feiner, schwarzgekleideter Herr, welcher die Honneurs machte und beständig mit den kleinen Fingern seine Manschetten in die Ärmel zurückstieß, musterten ihn prüfend und wägend vom Scheitel bis zu den Stiefeln, sichtlich bestrebt, ihn gesellschaftlich ein wenig zu bestimmen, ihn hierarchisch und bürgerlich unterzubringen und ihm einen Platz in ihrer Achtung anzuweisen, ohne doch zu einem beruhigenden Ergebnis gelangen zu können, weshalb sie sich für eine gemäßigte Höflichkeit entschieden. Ein Kellner, ein milder Mensch mit brotblonden Backenbartstreifen, einem altersblanken Frack und Rosetten auf den lautlosen Schuhen, führte ihn zwei Treppen hinauf in ein reinlich und altväterlich eingerichtetes Zimmer, hinter dessen Fenster sich im Zwielicht ein pittoresker und mittelalterlicher Ausblick auf Höfe, Giebel und die bizarren Massen der Kirche eröffnete, in deren Nähe das Hotel gelegen war. Tonio Kröger stand eine Weile vor diesem Fenster; dann setzte er sich mit gekreuzten Armen auf das weitschweifige Sofa, zog seine Brauen zusammen und pfiff vor sich hin.

Man brachte Licht, und sein Gepäck kam. Gleichzeitig legte der milde Kellner den Meldezettel auf den Tisch, und Tonio Kröger malte mit seitwärts geneigtem Kopfe etwas darauf, das aussah wie Name, Stand und Herkunft. Hierauf bestellte er ein wenig Abendbrot, und fuhr fort, von seinem Sofawinkel aus ins Leere zu blicken. Als das Essen vor ihm stand, ließ er es noch lange unberührt, nahm endlich ein paar Bissen und ging noch eine Stunde im Zimmer auf und ab, wobei er zuweilen stehen blieb und die Augen schloß. Dann entkleidete er sich mit langsamen Bewegungen und ging zu Bette. Er schlief lange, unter verworrenen und seltsam sehnsüchtigen Träumen. –

Als er erwachte, sah er sein Zimmer von hellem Tage erfüllt. Verwirrt und hastig besann er sich, wo er sei, und machte sich auf, um die Vorhänge zu öffnen. Des Himmels schon ein wenig blasses Spätsommer-Blau war von dünnen, vom Wind zerzupften Wolkenfetzchen durchzogen; aber die Sonne schien über seiner Vaterstadt.

Er verwandte noch mehr Sorgfalt auf seine Toilette, als gewöhnlich, wusch und rasierte sich aufs Beste und machte sich so frisch und reinlich, als habe er einen Besuch in gutem, korrektem Hause vor, wo es gelte, einen schmucken und untadelhaften Eindruck zu machen; und während der Hantierungen des Ankleidens horchte er auf das ängstliche Pochen seines Herzens.

Wie hell es draußen war! Er hätte sich wohler gefühlt, wenn, wie gestern, Dämmerung in den Straßen gelegen hätte; nun aber sollte er unter den Augen der Leute durch den klaren Sonnenschein gehen. Würde er auf Bekannte stoßen, angehalten, befragt werden und Rede stehen müssen, wie er diese dreizehn Jahre verbracht? Nein, gottlob, es kannte ihn keiner mehr, und wer sich seiner erinnerte, würde ihn nicht erkennen, denn er hatte sich wirklich ein wenig verändert unterdessen. Er betrachtete sich aufmerksam im Spiegel, und plötzlich fühlte er sich sicherer hinter seiner Maske, hinter seinem früh durcharbeiteten Gesicht, das älter als seine Jahre war... Er ließ Frühstück kommen und ging dann aus, ging unter den abschätzenden Blicken des Portiers und des feinen Herrn in Schwarz durch das Vestibule und zwischen den beiden Löwen hindurch ins Freie.

Wohin ging er? Er wußte es kaum. Es war wie gestern. Kaum daß er sich wieder von diesem wunderlich würdigen und urvertrauten Beieinander von Giebeln, Türmchen, Arkaden, Brunnen umgeben sah, kaum daß er den Druck des Windes, des starken Windes, der ein zartes und herbes Aroma aus fernen Träumen mit sich führte, wieder im Angesicht spürte, als es sich ihm wie Schleier und Nebelgespinst um die Sinne legte... Die Muskeln seines Gesichtes spannten sich ab; und mit stille gewordenem Blick betrachtete er Menschen und Dinge. Vielleicht, daß er dort, an jener Straßenecke, dennoch erwachte...

Wohin ging er? Ihm war, als stehe die Richtung, die er einschlug, in einem Zusammenhange mit seinen traurigen und seltsam reuevollen Träumen zur Nacht... Auf den Markt ging er, unter den Bogengewölben des Rathauses hindurch, wo Fleischer mit blutigen Händen ihre Ware wogen, auf den Marktplatz, wo hoch, spitzig und vielfach der gotische Brunnen stand. Dort blieb er vor einem Hause stehen, einem schmalen und schlichten, gleich anderen mehr, mit einem geschwungenen, durchbrochenen Giebel, und versank in dessen Anblick. Er las das Namensschild an der Tür und ließ seine Augen ein Weilchen auf jedem der Fenster ruhen. Dann wandte er sich langsam zum Gehen.

Wohin ging er? Heimwärts. Aber er nahm einen Umweg, machte einen Spaziergang vors Tor hinaus, weil er Zeit hatte. Er ging über den Mühlenwall und den Holstenwall und hielt seinen Hut fest vor dem Winde, der in den Bäumen rauschte und knarrte. Dann verließ er die Wallanlagen unfern des Bahnhofes, sah einen Zug mit plumper Eilfertigkeit vorüberpuffen, zählte zum Zeitvertreib die Wagen und blickte dem Manne nach, der zuhöchst auf dem allerletzten saß. Aber am Lindenplatze machte er vor einer der hübschen Villen Halt, die dort standen, spähte lange in den Garten und zu den Fenstern hinauf und verfiel am Ende darauf, die Gatterpforte in ihren Angeln hin- und herzuschlenkern, so daß es kreischte. Dann betrachtete er eine Weile seine Hand, die kalt und rostig geworden war, und ging weiter, ging durch das alte, untersetzte Tor, am Hafen entlang und die steile zugige Gasse hinauf zum Haus seiner Eltern.

Es stand, eingeschlossen von den Nachbarhäusern, die sein Giebel überragte, grau und ernst wie seit dreihundert Jahren, und Tonio Kröger las den frommen Spruch, der in halb verwischten Lettern über dem Eingang stand. Dann atmete er auf und ging hinein.

Sein Herz schlug ängstlich, denn er gewärtigte, sein Vater könnte aus einer der Türen zu ebener Erde, an denen er vorüberschritt, hervortreten, im Kontor-Rock und die Feder hinterm Ohr, ihn anhalten und ihn wegen seines extravaganten Lebens streng zur Rede stellen, was er sehr in der Ordnung gefunden hätte. Aber er gelangte unbehelligt vorbei. Die Windfangtür war nicht geschlossen, sondern nur angelehnt, was er als tadelnswert empfand, während ihm gleichzeitig zu Mute war wie in gewissen leichten Träumen, in denen die Hindernisse von selbst vor einem weichen und man, von wunderbarem Glück begünstigt, ungehindert vorwärts dringt... Die weite Diele, mit großen, viereckigen Steinfliesen gepflastert, widerhallte von seinen Schritten. Der Küche gegenüber, in der es still war, sprangen wie vor Alters in beträchtlicher Höhe die seltsamen, plumpen, aber reinlich lackierten Holzgelasse aus der Wand hervor, die Mägdekammern, die nur durch eine Art freiliegender Stiege von der Diele aus zu erreichen waren. Aber die großen Schränke und die geschnitzte Truhe waren nicht mehr da, die hier gestanden hatten... Der Sohn des Hauses beschritt die gewaltige Treppe und stützte sich mit der Hand auf das weißlackierte, durchbrochene Holzgeländer, indem er sie bei jedem Schritte erhob und beim nächsten sacht wieder darauf niedersinken ließ, wie als versuche er schüchtern, ob die ehemalige Vertrautheit mit diesem alten, soliden Geländer wieder herzustellen sei... Aber auf dem Treppenabsatz blieb er stehen, vorm Eingang zum Zwischengeschoß. An der Tür war ein weißes Schild befestigt, auf dem in schwarzen Buchstaben zu lesen war: Volksbibliothek.

Volksbibliothek? dachte Tonio Kröger, denn er fand, daß hier weder das Volk noch die Literatur etwas zu suchen hatten. Er klopfte an die Tür... Ein Herein ward laut, und er folgte ihm. Gespannt und finster blickte er in eine höchst unziemliche Veränderung hinein.

Das Geschoß war drei Stuben tief, deren Verbindungstüren offen standen. Die Wände waren fast in ihrer ganzen Höhe mit gleichförmig gebundenen Büchern bedeckt, die auf dunklen Gestellen in langen Reihen standen. In jedem Zimmer saß hinter einer Art von Ladentisch ein dürftiger Mensch und schrieb. Zwei davon wandten nur die Köpfe nach Tonio Kröger, aber der erste stand eilig auf, wobei er sich mit beiden Händen auf die Tischplatte stützte, den Kopf vorschob, die Lippen spitzte, die Brauen emporzog und den Besucher mit eifrig zwinkernden Augen anblickte...

»Verzeihung«, sagte Tonio Kröger, ohne den Blick von den vielen Büchern zu wenden. »Ich bin hier fremd, ich besichtige die Stadt. Dies ist also die Volksbibliothek? Würden Sie erlauben, daß ich mir ein wenig Einblick in die Sammlung verschaffe?«

»Gern!« sagte der Beamte und zwinkerte noch heftiger... »Gewiß, das steht jedermann frei. Wollen Sie sich nur umsehen... Ist Ihnen ein Katalog gefällig?«

»Danke«, antwortete Tonio Kröger. »Ich orientiere mich leicht.« Damit begann er, langsam an den Wänden entlang zu schreiten, indem er sich den Anschein gab, als studiere er die

Titel auf den Bücherrücken. Schließlich nahm er einen Band heraus, öffnete ihn und stellte sich damit ans Fenster.

Hier war das Frühstückszimmer gewesen. Man hatte hier morgens gefrühstückt, nicht droben im großen Eßsaal, wo aus der blauen Tapete weiße Götterstatuen hervortraten... Das dort hatte als Schlafzimmer gedient. Seines Vaters Mutter war dort gestorben, so alt sie war, unter schweren Kämpfen, denn sie war eine genußfrohe Weltdame und hing am Leben. Und später hatte dort sein Vater selbst den letzten Seufzer getan, der lange, korrekte, ein wenig wehmütige und nachdenkliche Herr mit der Feldblume im Knopfloch... Tonio hatte am Fußende seines Sterbebettes gesessen, mit heißen Augen, ehrlich und gänzlich hingegeben an ein stummes und starkes Gefühl, an Liebe und Schmerz. Und auch seine Mutter hatte am Lager gekniet, seine schöne, feurige Mutter, ganz aufgelöst in heißen Tränen; worauf sie mit dem südlichen Künstler in blaue Fernen gezogen war... Aber dort hinten, das kleinere, dritte Zimmer, nun ebenfalls ganz mit Büchern angefüllt, die ein dürftiger Mensch bewachte, war lange Jahre hindurch sein eigenes gewesen. Dorthin war er nach der Schule heimgekehrt, nachdem er einen Spaziergang, wie eben jetzt, gemacht, an jener Wand hatte sein Tisch gestanden, in dessen Schublade er seine ersten, innigen und hilflosen Verse verwahrt hatte... Der Walnußbaum... Eine stechende Wehmut durchzuckte ihn. Er blickte seitwärts durchs Fenster hinaus. Der Garten lag wüst, aber der alte Walnußbaum stand an seinem Platze, schwerfällig knarrend und rauschend im Winde. Und Tonio Kröger ließ die Augen auf das Buch zurückgleiten, das er in Händen hielt, ein hervorragendes Dichtwerk und ihm wohlbekannt. Er blickte auf diese schwarzen Zeilen und Satzgruppen nieder, folgte eine Strecke dem kunstvollen Fluß des Vortrags, wie er in gestaltender Leidenschaft sich zu einer Pointe und Wirkung erhob und dann effektvoll absetzte...

Ja, das ist gut gemacht, sagte er, stellte das Dichtwerk weg und wandte sich. Da sah er, daß der Beamte noch immer aufrecht stand und mit einem Mischausdruck von Diensteifer und nachdenklichem Mißtrauen seine Augen zwinkern ließ.

»Eine ausgezeichnete Sammlung, wie ich sehe«, sagte Tonio Kröger. »Ich habe schon einen Überblick gewonnen. Ich bin Ihnen sehr verbunden. Adieu.« Damit ging er zur Tür hinaus; aber es war ein zweifelhafter Abgang, und er fühlte deutlich, daß der Beamte, voller Unruhe über diesen Besuch, noch minutenlang stehen und zwinkern würde.

Er spürte keine Neigung, noch weiter vorzudringen. Er war zu Hause gewesen. Droben, in den großen Zimmern hinter der Säulenhalle, wohnten fremde Leute, er sah es; denn der Treppenkopf war durch eine Glastür verschlossen, die ehemals nicht dagewesen war, und irgend ein Namensschild war daran. Er ging fort, ging die Treppe hinunter, über die hallende Diele, und verließ sein Elternhaus. In einem Winkel eines Restaurants nahm er in sich gekehrt eine schwere und fette Mahlzeit ein, und kehrte dann ins Hotel zurück.

»Ich bin fertig«, sagte er zu dem feinen Herrn in Schwarz. »Ich reise heute Nachmittag.« Und er bestellte seine Rechnung, sowie den Wagen, der ihn an den Hafen bringen sollte, zum Dampfschiff nach Kopenhagen. Dann ging er auf sein Zimmer und setzte sich an den Tisch, saß still und aufrecht, indem er die Wange in die Hand stützte und mit blicklosen Augen auf die Tischplatte niedersah. Später beglich er seine Rechnung und machte seine Sachen bereit. Zur festgesetzten Zeit ward der Wagen gemeldet, und Tonio Kröger stieg reisefertig hinab.

Drunten, am Fuße der Treppe, erwartete ihn der feine Herr in Schwarz.

»Um Vergebung!« sagte er und stieß mit den kleinen Fingern seine Manschetten in die Ärmel zurück... »Verzeihen Sie, mein Herr, daß wir Sie noch eine Minute in Anspruch nehmen müssen. Herr Seehaase – der Besitzer des Hotels – ersucht Sie um eine Unterredung von zwei Worten. Eine Formalität... Er befindet sich dort hinten... Wollen Sie die Güte haben, sich mit mir zu bemühen... Es ist nur Herr Seehaase, der Besitzer des Hotels.«

Und er führte Tonio Kröger unter einladendem Gestenspiel in den Hintergrund des Vestibules. Dort stand in der Tat Herr

Seehaase. Tonio Kröger kannte ihn von Ansehen aus alter Zeit. Er war klein, fett und krummbeinig. Sein geschorener Backenbart war weiß geworden; aber noch immer trug er eine weit ausgeschnittene Frackjacke und dazu ein grün gesticktes Sammetmützchen. Übrigens war er nicht allein. Bei ihm, an einem kleinen, an der Wand befestigten Pultbrett, stand, den Helm auf dem Kopf, ein Polizist, welcher seine behandschuhte Rechte auf einem bunt beschriebenen Papier ruhen ließ, das vor ihm auf dem Pulte lag, und Tonio Kröger mit seinem ehrlichen Soldatengesicht so entgegensah, als erwartete er, daß dieser bei seinem Anblick in den Boden versinken müsse.

Tonio Kröger blickte von Einem zum Andern und verlegte sich aufs Warten.

»Sie kommen von München?« fragte endlich der Polizist mit einer gutmütigen und schwerfälligen Stimme.

Tonio Kröger bejahte dies.

»Sie reisen nach Kopenhagen?«

»Ja, ich bin auf der Reise in ein dänisches Seebad.«

»Seebad? – Ja, Sie müssen mal Ihre Papiere vorweisen«, sagte der Polizist, indem er das letzte Wort mit besonderer Genugtuung aussprach.

»Papiere...« Er hatte keine Papiere. Er zog seine Brieftasche hervor und blickte hinein; aber es befand sich außer einigen Geldscheinen nichts darin, als die Korrektur einer Novelle, die er an seinem Reiseziel zu erledigen gedachte. Er verkehrte nicht gern mit Beamten und hatte sich noch niemals einen Paß ausstellen lassen...

»Es tut mir leid«, sagte er, »aber ich führe keine Papiere bei mir.«

»So?« sagte der Polizist... »Gar keine? – Wie ist Ihr Name?«

Tonio Kröger antwortete ihm.

»Ist das auch wahr?!« fragte der Polizist, reckte sich auf und öffnete plötzlich seine Nasenlöcher, so weit er konnte...

»Vollkommen wahr«, antwortete Tonio Kröger.

»Was sind Sie denn?«

Tonio Kröger schluckte hinunter und nannte mit fester

Stimme sein Gewerbe. – Herr Seehaase hob den Kopf und sah neugierig in sein Gesicht empor.

»Hm!« sagte der Polizist. »Und Sie geben an, nicht identisch zu sein mit einem Individium namens –« Er sagte »Individium« und buchstabierte dann aus dem bunt beschriebenen Papier einen ganz verzwickten und romantischen Namen zusammen, der aus den Lauten verschiedener Rassen abenteuerlich gemischt erschien und den Tonio Kröger im nächsten Augenblick wieder vergessen hatte. »– Welcher«, fuhr er fort, »von unbekannten Eltern und unbestimmter Zuständigkeit wegen verschiedener Betrügereien und anderer Vergehen von der Münchener Polizei verfolgt wird und sich wahrscheinlich auf der Flucht nach Dänemark befindet?«

»Ich gebe das nicht nur an«, sagte Tonio Kröger und machte eine nervöse Bewegung mit den Schultern. – Dies rief einen gewissen Eindruck hervor.

»Wie? Ach so, na gewiß!« sagte der Polizist. »Aber daß Sie auch gar nichts vorweisen können!«

Auch Herr Seehaase legte sich beschwichtigend ins Mittel.

»Das Ganze ist eine Formalität«, sagte er, »nichts weiter! Sie müssen bedenken, daß der Beamte nur seine Schuldigkeit tut. Wenn Sie sich irgendwie legitimieren könnten... Ein Papier...«

Alle schwiegen. Sollte er der Sache ein Ende machen, indem er sich zu erkennen gab, indem er Herrn Seehaase eröffnete, daß er kein Hochstapler von unbestimmter Zuständigkeit sei, von Geburt kein Zigeuner im grünen Wagen, sondern der Sohn Konsul Krögers, aus der Familie der Kröger? Nein, er hatte keine Lust dazu. Und waren diese Männer der bürgerlichen Ordnung nicht im Grunde ein wenig im Recht? Gewissermaßen war er ganz einverstanden mit ihnen... Er zuckte die Achseln und blieb stumm.

»Was haben Sie denn da?« fragte der Polizist. »Da, in dem Porteföhch?«

»Hier? Nichts. Es ist eine Korrektur«, antwortete Tonio Kröger.

»Korrektur? Wieso? Lassen Sie mal sehen.«

Und Tonio Kröger überreichte ihm seine Arbeit. Der Polizist breitete sie auf der Pultplatte aus und begann, darin zu lesen. Auch Herr Seehaase trat näher herzu und beteiligte sich an der Lektüre. Tonio Kröger blickte ihnen über die Schultern und beobachtete, bei welcher Stelle sie seien. Es war ein guter Moment, eine Pointe und Wirkung, die er vortrefflich herausgearbeitet hatte. Er war zufrieden mit sich.

»Sehen Sie!« sagte er. »Da steht mein Name. Ich habe dies geschrieben, und nun wird es veröffentlicht, verstehen Sie.«

»Nun, das genügt!« sagte Herr Seehaase mit Entschluß, raffte die Blätter zusammen, faltete sie und gab sie ihm zurück. »Das muß genügen, Petersen!« wiederholte er kurz, in dem er verstohlen die Augen schloß und abwinkend den Kopf schüttelte. »Wir dürfen den Herrn nicht länger aufhalten. Der Wagen wartet. Ich bitte sehr, die kleine Störung zu entschuldigen, mein Herr. Der Beamte hat ja nur seine Pflicht getan, aber ich sagte ihm sofort, daß er auf falscher Fährte sei...«

So? dachte Tonio Kröger.

Der Polizist schien nicht ganz einverstanden; er wandte noch etwas ein von ›Individium‹ und ›vorweisen‹. Aber Herr Seehaase führte seinen Gast unter wiederholten Ausdrücken des Bedauerns durch das Vestibule zurück, geleitete ihn zwischen den beiden Löwen hindurch zum Wagen und schloß selbst unter Achtungsbezeugungen den Schlag hinter ihm. Und dann rollte die lächerlich hohe und breite Droschke stolpernd, klirrend und lärmend die steilen Gassen hinab zum Hafen...

Dies war Tonio Krögers seltsamer Aufenthalt in seiner Vaterstadt.

7.

Die Nacht fiel ein, und mit einem schwimmenden Silberglanz stieg schon der Mond empor, als Tonio Krögers Schiff die offene See gewann. Er stand am Bugspriet, in seinen Mantel gehüllt vor dem Winde, der mehr und mehr erstarkte, und blickte hinab in das dunkle Wandern und Treiben der starken, glatten Wellenleiber dort unten, die umeinander schwankten, sich klatschend begegneten, in unerwarteten Richtungen auseinanderschossen und plötzlich schaumig aufleuchteten...

Eine schaukelnde und still entzückte Stimmung erfüllte ihn. Er war ein wenig niedergeschlagen gewesen, daß man ihn daheim als Hochstapler hatte verhaften wollen, ja, – obgleich er es gewissermaßen in der Ordnung gefunden hatte. Aber dann, nachdem er sich eingeschifft, hatte er, wie als Knabe zuweilen mit seinem Vater, dem Verladen der Waren zugesehen, mit denen man, unter Rufen, die ein Gemisch aus Dänisch und Plattdeutsch waren, den tiefen Bauch des Dampfers füllte, hatte gesehen, wie man außer den Ballen und Kisten auch einen Eisbären und einen Königstiger in dick vergitterten Käfigen hinabließ, die wohl von Hamburg kamen und für eine dänische Menagerie bestimmt waren; und dies hatte ihn zerstreut. Während dann das Schiff zwischen den flachen Ufern den Fluß entlang glitt, hatte er Polizist Petersens Verhör ganz und gar vergessen, und alles, was vorher gewesen war, seine süßen, traurigen und reuigen Träume der Nacht, der Spaziergang, den er gemacht, der Anblick des Walnußbaumes, war wieder in seiner Seele stark geworden. Und nun, da das Meer sich öffnete, sah er von fern den Strand, an dem er als Knabe die sommerlichen Träume des Meeres hatte belauschen dürfen, sah die Glut des Leuchtturms und die Lichter des Kurhauses, darin er mit seinen Eltern gewohnt... Die Ostsee! Er lehnte den Kopf gegen den starken Salzwind, der frei und ohne Hindernis daherkam, die Ohren umhüllte und einen gelinden Schwindel, eine gedämpfte Betäubung hervorrief, in der die Erinnerung an alles Böse, an Qual und Irrsal, an Wollen und Mühen träge und selig unterging. Und in dem Sausen, Klatschen, Schäumen und Ächzen rings um ihn her glaubte er das Rauschen und Knarren des alten Walnußbaumes, das Kreischen einer Gartenpforte zu hören... Es dunkelte mehr und mehr.

»Die Sderne, Gott, sehen Sie doch bloß die Sderne an«, sagte plötzlich mit schwerfällig singender Betonung eine Stimme, die aus dem Innern einer Tonne zu kommen schien. Er kannte sie schon. Sie gehörte einem rotblonden und schlicht gekleideten Mann mit geröteten Augenlidern und einem feuchtkalten Aussehen, als habe er soeben gebadet. Beim Abendessen in der Kajüte war er Tonio Krögers Nachbar gewesen und hatte mit zagen und bescheidenen Bewegungen erstaunliche Mengen von Hummer-Omelette zu sich genommen. Nun lehnte er neben ihm an der Brüstung und blickte zum Himmel empor, indem er sein Kinn mit Daumen und Zeigefinger erfaßt hielt. Ohne Zweifel befand er sich in einer jener außerordentlichen und festlich-beschaulichen Stimmungen, in denen die Schranken zwischen den Menschen dahinsinken, in denen das Herz auch Fremden sich öffnet und der Mund Dinge spricht, vor denen er sich sonst schamhaft verschließen würde...

»Sehen Sie, Herr, doch bloß die Sderne an. Da sdehen sie und glitzern, es ist, weiß Gott, der ganze Himmel voll. Und nun bitt' ich Sie, wenn man hinaufsieht und bedenkt, daß viele davon doch hundertmal größer sein sollen als die Erde, wie wird einem da zu Sinn? Wir Menschen haben den Telegraphen erfunden und das Telephon und so viele Errungenschaften der Neuzeit, ja, das haben wir. Aber wenn wir da hinaufsehen, so müssen wir doch erkennen und versdehen, daß wir im Grunde Gewürm sind, elendes Gewürm und nichts weiter, – hab' ich Recht oder Unrecht, Herr? Ja, wir sind Gewürm!« antwortete er sich selbst und nickte demütig und zerknirscht zum Firmament empor.

Au... nein, der hat keine Literatur im Leibe! dachte Tonio Kröger. Und alsbald fiel ihm etwas ein, was er kürzlich gelesen hatte, der Aufsatz eines berühmten französischen Schriftstellers über kosmologische und psychologische Weltanschauung; es war ein recht feines Geschwätz gewesen.

Er gab dem jungen Mann etwas wie eine Antwort auf seine tief erlebte Bemerkung, und dann fuhren sie fort, miteinander zu sprechen, indem sie, über die Brüstung gelehnt, in den unruhig erhellten, bewegten Abend hinausblickten. Es erwies sich, daß der Reisegefährte ein junger Kaufmann aus Hamburg war, der seinen Urlaub zu dieser Vergnügungsfahrt benutzte...

»Sollst«, sagte er, »ein bißchen mit dem steamer nach Kopenhagen fahren, denk' ich, und da sdeh ich nun, und es ist ja so weit ganz schön. Aber das mit den Hummer-Omeletten, das war nicht richtig, Herr, das sollen Sie sehn, denn die Nacht wird sdürmisch, das hat der Kapitän selbst gesagt, und mit so einem unbekömmlichen Essen im Magen ist das kein Sbaß...«

Tonio Kröger lauschte all dieser zutunlichen Torheit mit einem heimlichen und freundschaftlichen Gefühl.

»Ja«, sagte er, »man ißt überhaupt zu schwer hier oben. Das macht faul und wehmütig.«

»Wehmütig?« wiederholte der junge Mann und betrachtete ihn verdutzt... »Sie sind wohl fremd hier, Herr?« fragte er plötzlich...

»Ach ja, ich komme weit her!« antwortete Tonio Kröger mit einer vagen und abwehrenden Armbewegung.

»Aber Sie haben Recht«, sagte der junge Mann; »Sie haben, weiß Gott, Recht in dem, was Sie von wehmütig sagen! Ich bin fast immer wehmütig, aber besonders an solchen Abenden, wie heute, wenn die Sderne am Himmel sdehn.« Und er stützte wieder sein Kinn mit Daumen und Zeigefinger.

Sicherlich schreibt er Verse, dachte Tonio Kröger, tief ehrlich empfundene Kaufmannsverse...

Der Abend rückte vor, und der Wind war nun so heftig geworden, daß er das Sprechen behinderte. So beschlossen sie, ein wenig zu schlafen, und wünschten einander gute Nacht.

Tonio Kröger streckte sich in seiner Koje auf der schmalen Bettstatt aus, aber er fand keine Ruhe. Der strenge Wind und sein herbes Arom hatten ihn seltsam erregt, und sein Herz war unruhig wie in ängstlicher Erwartung von etwas Süßem. Auch verursachte die Erschütterung, welche entstand, wenn das Schiff einen steilen Wogenberg hinabglitt und die Schraube wie im Krampf außerhalb des Wassers arbeitete, ihm arge Übelkeit. Er kleidete sich wieder vollends an und stieg ins Freie hinauf.

Wolken jagten am Monde vorbei. Das Meer tanzte. Nicht runde und gleichmäßige Wellen kamen in Ordnung daher, sondern weithin, in bleichem und flackerndem Licht, war die See zerrissen, zerpeitscht, zerwühlt, leckte und sprang in spitzen,

flammenartigen Riesenzungen empor, warf neben schaum-
erfüllten Klüften zackige und unwahrscheinliche Gebilde auf
und schien mit der Kraft ungeheurer Arme in tollem Spiel den
Gischt in alle Lüfte zu schleudern. Das Schiff hatte schwere
Fahrt; stampfend, schlenkernd und ächzend arbeitete es sich
durch den Tumult, und manchmal hörte man den Eisbären und
den Tiger, die unter dem Seegang litten, in seinem Innern brüllen. Ein Mann im Wachstuchmantel, die Kapuze überm Kopf
und eine Laterne um den Leib geschnallt, ging breitbeinig und
mühsam balancierend auf dem Verdecke hin und her. Aber dort
hinten stand, tief über Bord gebeugt, der junge Mann aus Hamburg und ließ es sich schlecht ergehen. »Gott«, sagte er mit hohler und wankender Stimme, als er Tonio Kröger gewahrte, »sehen Sie doch bloß den Aufruhr der Elemente, Herr!« Aber dann
wurde er unterbrochen und wandte sich eilig ab.

Tonio Kröger hielt sich an irgend einem gestrafften Tau und
blickte hinaus in all den unbändigen Übermut. In ihm schwang
sich ein Jauchzen auf, und ihm war, als sei es mächtig genug, um
Sturm und Flut zu übertönen. Ein Sang an das Meer, begeistert
von Liebe, tönte in ihm. Du meiner Jugend wilder Freund, so
sind wir einmal noch vereint... Aber dann war das Gedicht zu
Ende. Es ward nicht fertig, nicht rund geformt und nicht in Gelassenheit zu etwas Ganzem geschmiedet. Sein Herz lebte...

Lange stand er so; dann streckte er sich auf einer Bank am
Kajütenhäuschen aus und blickte zum Himmel hinauf, an dem
die Sterne flackerten. Er schlummerte sogar ein wenig. Und
wenn der kalte Schaum in sein Gesicht spritzte, so war es ihm im
Halbschlaf wie eine Liebkosung.

Senkrechte Kreidefelsen, gespenstisch im Mondschein, kamen in Sicht und näherten sich; das war Möen, die Insel. Und
wieder trat Schlummer dazwischen, unterbrochen von salzigen
Sprühschauern, die scharf ins Gesicht bissen und die Züge er-
starren ließen... Als er völlig wach wurde, war es schon Tag,
ein hellgrauer, frischer Tag, und die grüne See ging ruhiger.
Beim Frühstück sah er den jungen Kaufmann wieder, der heftig
errötete, wahrscheinlich vor Scham, im Dunklen so poetische

und blamable Dinge geäußert zu haben, mit allen fünf Fingern seinen kleinen rötlichen Schnurrbart emporstrich und ihm einen soldatisch scharfen Morgengruß zurief, um ihn dann ängstlich zu meiden.

Und Tonio Kröger landete in Dänemark. Er hielt Ankunft in Kopenhagen, gab Trinkgeld an Jeden, der sich die Miene gab, als hätte er Anspruch darauf, durchwanderte von seinem Hotelzimmer aus drei Tage lang die Stadt, indem er sein Reisebüchlein aufgeschlagen vor sich her trug, und benahm sich ganz wie ein besserer Fremder, der seine Kenntnisse zu bereichern wünscht. Er betrachtete des Königs Neumarkt und das »Pferd« in seiner Mitte, blickte achtungsvoll an den Säulen der Frauenkirche empor, stand lange vor Thorwaldsens edlen und lieblichen Bildwerken, stieg auf den Runden Turm, besichtigte Schlösser und verbrachte zwei bunte Abende im Tivoli. Aber es war nicht so recht eigentlich all dies, was er sah.

An den Häusern, die oft ganz das Aussehen der alten Häuser seiner Vaterstadt mit geschwungenen, durchbrochenen Giebeln hatten, sah er Namen, die ihm aus alten Tagen bekannt waren, die ihm etwas Zartes und Köstliches zu bezeichnen schienen und bei alledem etwas wie Vorwurf, Klage und Sehnsucht nach Verlorenem in sich schlossen. Und allerwegen, indes er in verlangsamten, nachdenklichen Zügen die feuchte Seeluft atmete, sah er Augen, die so blau, Haare, die so blond, Gesichter, die von eben der Art und Bildung waren, wie er sie in den seltsam wehen und reuigen Träumen der Nacht geschaut, die er in seiner Vaterstadt verbracht hatte. Es konnte geschehen, daß auf offener Straße ein Blick, ein klingendes Wort, ein Auflachen ihn ins Innerste traf...

Es litt ihn nicht lange in der munteren Stadt. Eine Unruhe, süß und töricht, Erinnerung halb und halb Erwartung, bewegte ihn, zusammen mit dem Verlangen, irgendwo still am Strande liegen zu dürfen und nicht den angelegentlich sich umtuenden Touristen spielen zu müssen. So schiffte er sich aufs Neue ein und fuhr an einem trüben Tage (die See ging schwarz) nordwärts die Küste von Seeland entlang gen Helsingör. Von dort setzte er seine Reise unverzüglich zu Wagen auf dem Chausseewege fort, noch drei Viertelstunden lang, immer ein wenig oberhalb des Meeres, bis er an seinem letzten und eigentlichen Ziele hielt, dem kleinen weißen Badehotel mit grünen Fensterläden, das inmitten einer Siedelung niedriger Häuschen stand und mit seinem holzgedeckten Turm auf den Sund und die schwedische Küste hinausblickte. Hier stieg er ab, nahm Besitz von dem hellen Zimmer, das man ihm bereit gehalten, füllte Bord und Spind mit dem, was er mit sich führte, und schickte sich an, hier eine Weile zu leben.

8.

Schon rückte der September vor: es waren nicht mehr viele Gäste in Aalsgaard. Bei den Mahlzeiten in dem großen, balkengedeckten Eßsaal zu ebener Erde, dessen hohe Fenster auf die Glas-Veranda und die See hinausführten, führte die Wirtin den Vorsitz, ein bejahrtes Mädchen mit weißem Haar, farblosen Augen, zartrosigen Wangen und einer haltlosen Zwitscherstimme, das immer seine roten Hände auf dem Tafeltuche ein wenig vorteilhaft zu gruppieren trachtete. Ein kurzhalsiger alter Herr mit eisgrauem Schifferbart und dunkelbläulichem Gesicht war da, ein Fischhändler aus der Hauptstadt, der des Deutschen mächtig war. Er schien gänzlich verstopft und zum Schlagfluß geneigt, denn er atmete kurz und stoßweise und hob von Zeit zu Zeit den beringten Zeigefinger zu einem seiner Nasenlöcher empor, um es zuzudrücken und dem anderen durch starkes Blasen ein wenig Luft zu verschaffen. Nichtsdestoweniger sprach er beständig der Aquavitflasche zu, die sowohl beim Frühstück als beim Mittag- und Abendessen vor ihm stand. Dann waren nur noch drei große amerikanische Jünglinge mit ihrem Gouverneur oder Hauslehrer zugegen, der schweigend an seiner Brille rückte und tagüber mit ihnen Fußball spielte. Sie trugen ihr rotgelbes Haar in der Mitte gescheitelt und hatten lange, unbewegte Gesichter. »Please, give me the wurst-things there!« sagte der Eine. »That's not wurst, that's schinken!« sagte ein Anderer, und dies war alles, was sowohl sie als der Hauslehrer zur Unterhaltung beitrugen; denn sonst saßen sie still und tranken heißes Wasser.

Tonio Kröger hätte sich keine andere Art von Tischgesellschaft gewünscht. Er genoß seinen Frieden, horchte auf die dänischen Kehllaute, die hellen und trüben Vokale, in denen der Fischhändler und die Wirtin zuweilen konversierten, wechselte hie und da mit dem Ersteren eine schlichte Bemerkung über den Barometerstand und erhob sich dann, um durch die Veranda wieder an den Strand hinunterzugehen, wo er schon lange Morgenstunden verbracht hatte.

Manchmal war es dort still und sommerlich. Die See ruhte träge und glatt, in blauen, flaschengrünen und rötlichen Streifen, von silbrig glitzernden Lichtreflexen überspielt, der Tang dörrte zu Heu in der Sonne, und die Quallen lagen da und verdunsteten. Es roch ein wenig faulig und ein wenig auch nach dem Teer des Fischerbootes, an welches Tonio Kröger, im Sande sitzend, den Rücken lehnte, – so gewandt, daß er den offenen Horizont und nicht die schwedische Küste vor Augen hatte; aber des Meeres leiser Atem strich rein und frisch über alles hin.

Und graue, stürmische Tage kamen. Die Wellen beugten die Köpfe wie Stiere, die die Hörner zum Stoße einlegen, und rannten wütend gegen den Strand, der hoch hinauf überspült und mit naßglänzendem Seegras, Muscheln und angeschwemmtem Holzwerk bedeckt war. Zwischen den langgestreckten Wellenhügeln dehnten sich unter dem verhängten Himmel blaßgrünschaumig die Täler; aber dort, wo hinter den Wolken die Sonne stand, lag auf den Wassern ein weißlicher Sammetglanz.

Tonio Kröger stand in Wind und Brausen eingehüllt, versunken in dies ewige, schwere, betäubende Getöse, das er so sehr liebte. Wandte er sich und ging fort, so schien es plötzlich ganz ruhig und warm um ihn her. Aber im Rücken wußte er sich das Meer; es rief, lockte und grüßte. Und er lächelte.

Er ging landeinwärts, auf Wiesenwegen durch die Einsamkeit, und bald nahm Buchenwald ihn auf, der sich hügelig weit in die Gegend erstreckte. Er setzte sich ins Moos, an einen Baum gelehnt, so, daß er zwischen den Stämmen einen Streifen des Meeres gewahren konnte. Zuweilen trug der Wind das Geräusch der Brandung zu ihm, das klang, wie wenn in der Ferne Bretter aufeinander fallen. Krähengeschrei über den Wipfeln, heiser, öde und verloren... Er hielt ein Buch auf den Knien, aber er las nicht eine Zeile darin. Er genoß ein tiefes Vergessen, ein erlöstes Schweben über Raum und Zeit, und nur zuweilen war es, als würde sein Herz von einem Weh durchzuckt, einem kurzen, stechenden Gefühl von Sehnsucht oder Reue, das nach Namen und Herkunft zu fragen er zu träge und versunken war.

So verging mancher Tag; er hätte nicht zu sagen vermocht, wie viele, und trug kein Verlangen danach, es zu wissen. Dann aber kam einer, an welchem etwas geschah; es geschah, während die Sonne am Himmel stand und Menschen zugegen waren, und Tonio Kröger war nicht einmal so außerordentlich erstaunt darüber.

Gleich dieses Tages Anfang gestaltete sich festlich und entzückend. Tonio Kröger erwachte sehr früh und ganz plötzlich, fuhr mit einem feinen und unbestimmten Erschrecken aus dem Schlafe empor und glaubte, in ein Wunder, einen feenhaften Beleuchtungszauber hineinzublicken. Sein Zimmer, mit Glastür und Balkon nach dem Sunde hinaus gelegen und durch einen dünnen, weißen Gaze-Vorhang in Wohn- und Schlafraum geteilt, war zartfarbig tapeziert und mit leichten, hellen Möbeln versehen, sodaß es stets einen lichten und freundlichen Anblick bot. Nun aber sahen seine schlaftrunkenen Augen es in einer unirdischen Verklärung und Illumination vor sich liegen, über und über getaucht in einen unsäglich holden und duftigen Rosenschein, der Wände und Möbel vergoldete und den Gaze-Vorhang in ein mildes, rotes Glühen versetzte... Tonio Kröger begriff lange nicht, was sich ereignete. Als er aber vor der Glastür stand und hinausblickte, sah er, daß es die Sonne war, die aufging.

Mehrere Tage lang war es trüb und regnicht gewesen; jetzt aber spannte sich der Himmel wie aus straffer, blaßblauer Seide schimmernd klar über See und Land, und durchquert und umgeben von rot und golden durchleuchteten Wolken, erhob sich feierlich die Sonnenscheibe über das flimmernd gekrauste Meer, das unter ihr zu erschauern und zu erglühen schien ... So hub der Tag an, und verwirrt und glücklich warf Tonio Kröger sich in die Kleider, frühstückte vor allen Anderen drunten in der Veranda, schwamm hierauf von dem kleinen hölzernen Badehäuschen aus eine Strecke in den Sund hinaus und tat dann einen stundenlangen Gang am Strande hin. Als er zurückkehrte, hielten mehrere omnibusartige Wagen vorm Hotel, und vom Eßsaal aus gewahrte er, daß sowohl in dem anstoßenden Gesellschaftszimmer, dort, wo das Klavier stand, als auch in der Veranda und auf der Terrasse, die davor lag, Menschen in großer Anzahl, kleinbürgerlich gekleidete Herrschaften, an runden Tischen saßen und unter angeregten Gesprächen Bier mit Butterbrot genossen. Es waren ganze Familien, ältere und junge Leute, ja sogar ein paar Kinder.

Beim zweiten Frühstück (der Tisch trug schwer an kalter Küche, Geräuchertem, Gesalzenem und Gebackenem) erkundigte sich Tonio Kröger, was vor sich gehe.

»Gäste!« sagte der Fischhändler. »Ausflügler und Ballgäste aus Helsingör! Ja, Gott soll uns bewahren, wir werden nicht schlafen können, diese Nacht! Es wird Tanz geben, Tanz und Musik, und man muß fürchten, daß das lange dauert. Es ist eine Familienvereinigung, eine Landpartie nebst Réunion, kurzum, eine Subskription oder dergleichen, und sie genießen den schönen Tag. Sie sind zu Boot und zu Wagen gekommen, und jetzt frühstücken sie. Später fahren sie noch weiter über Land, aber abends kommen sie wieder, und dann ist Tanzbelustigung hier im Saale. Ja, verdammt und verflucht, wir werden kein Auge zutun ...«

»Das ist eine hübsche Abwechslung«, sagte Tonio Kröger.

Hierauf wurde längere Zeit nichts mehr gesprochen. Die Wirtin ordnete ihre roten Finger, der Fischhändler blies durch das rechte Nasenloch, um sich ein wenig Luft zu verschaffen, und die Amerikaner tranken heißes Wasser und machten lange Gesichter dazu.

Da geschah dies auf einmal: Hans Hansen und Ingeborg Holm gingen durch den Saal. –

Tonio Kröger lehnte, in einer wohligen Ermüdung nach dem Bade und seinem hurtigen Gang, im Stuhl und aß geräucherten Lachs auf Röstbrot; – er saß der Veranda und dem Meere zugewandt. Und plötzlich öffnete sich die Tür, und Hand in Hand kamen die Beiden herein, – schlendernd und ohne Eile. Ingeborg, die blonde Inge, war hell gekleidet, wie sie in der Tanzstunde bei Herrn Knaak zu sein pflegte. Das leichte, geblümte Kleid reichte ihr nur bis zu den Knöcheln, und um die Schultern trug sie einen breiten, weißen Tüllbesatz mit spitzem Ausschnitt, der ihren weichen, geschmeidigen Hals freiließ. Der Hut hing ihr an seinen zusammengeknüpften Bändern über dem einen Arm. Sie war vielleicht ein klein wenig erwachsener als sonst, und trug ihren wunderbaren Zopf nun um den Kopf gelegt; aber Hans Hansen war ganz wie immer. Er hatte seine Seemanns-Überjacke mit den goldenen Knöpfen an, über welcher auf Schultern und Rücken der breite, blaue Kragen lag; die Matrosenmütze mit den kurzen Bändern hielt er in der hinabhängenden Hand und schlenkerte sie sorglos hin und her. Ingeborg hielt ihre schmal geschnittenen Augen abgewandt, vielleicht ein wenig geniert durch die speisenden Leute, die auf sie schauten. Allein Hans Hansen wandte nun grade und aller Welt zum Trotz den Kopf nach der Frühstückstafel und musterte mit seinen stahlblauen Augen Einen nach dem Anderen herausfordernd und gewissermaßen verächtlich; er ließ sogar Ingeborgs Hand fahren und schwenkte seine Mütze noch heftiger hin und her, um zu zeigen, was für ein Mann er sei. So gingen die Beiden, mit dem still blauenden Meere als Hintergrund, vor Tonio Krögers Augen vorüber, durchmaßen den Saal seiner Länge nach und verschwanden durch die entgegengesetzte Tür im Klavierzimmer.

Dies begab sich um halb zwölf Uhr vormittags, und noch während die Kurgäste beim Frühstück saßen, brach nebenan und in der Veranda die Gesellschaft auf und verließ, ohne daß noch jemand den Eßsaal betreten hätte, durch den Seitenzugang, der vorhanden war, das Hotel. Man hörte, wie draußen unter

Scherzen und Gelächter die Wagen bestiegen wurden, wie ein Gefährt nach dem anderen auf der Landstraße sich knirschend in Bewegung setzte und davonrollte...

»Sie kommen also wieder?« fragte Tonio Kröger...

»Das tun sie!« sagte der Fischhändler. »Und Gott sei's geklagt. Sie haben Musik bestellt, müssen Sie wissen, und ich schlafe hier überm Saale.«

»Das ist eine hübsche Abwechslung«, wiederholte Tonio Kröger. Dann stand er auf und ging fort.

Er verbrachte den Tag, wie er die anderen verbracht hatte, am Strande, im Walde, hielt ein Buch auf den Knien und blinzelte in die Sonne. Er bewegte nur einen Gedanken: diesen, daß sie wiederkehren und im Saale Tanzbelustigung abhalten würden, wie es der Fischhändler versprochen hatte; und er tat nichts, als sich hierauf freuen, mit einer so ängstlichen und süßen Freude, wie er sie lange, tote Jahre hindurch nicht mehr erprobt hatte. Einmal, durch irgend eine Verknüpfung von Vorstellungen, erinnerte er sich flüchtig eines fernen Bekannten, Adalberts, des Novellisten, der wußte, was er wollte, und sich ins Kaffeehaus begeben hatte, um der Frühlingsluft zu entgehen. Und er zuckte die Achseln über ihn...

Es wurde früher als gewöhnlich zu Mittag gegessen, und das Abendbrot nahm man ebenfalls zeitiger als sonst, im Klavierzimmer, weil im Saale schon Vorbereitungen zum Balle getroffen wurden: auf so festliche Art war alles in Unordnung gebracht. Dann, als es schon dunkel war und Tonio Kröger in seinem Zimmer saß, ward es wieder lebendig auf der Landstraße und im Hause. Die Ausflügler kehrten zurück; ja, aus der Richtung von Helsingör trafen zu Rad und zu Wagen noch neue Gäste ein, und bereits hörte man drunten im Hause eine Geige stimmen und eine Klarinette näselnde Übungsläufe vollführen... Alles versprach, daß es ein glänzendes Ballfest geben werde.

Nun setzte das kleine Orchester mit einem Marsche ein: gedämpft und taktfest scholl es herauf: man eröffnete den Tanz mit einer Polonaise. Tonio Kröger saß noch eine Weile still und lauschte. Als er aber vernahm, wie das Marschtempo in Walzertakt überging, machte er sich auf und schlich geräuschlos aus seinem Zimmer.

Von dem Korridor, an dem es gelegen war, konnte man über eine Nebentreppe zu dem Seiteneingang des Hotels und von dort, ohne ein Zimmer zu berühren, in die Glasveranda gelangen. Diesen Weg nahm er, leise und verstohlen, als befinde er sich auf verbotenen Pfaden, tastete sich behutsam durch das Dunkel, unwiderstehlich angezogen von dieser dummen und selig wiegenden Musik, deren Klänge schon klar und ungedämpft zu ihm drangen.

Die Veranda war leer und unerleuchtet, aber die Glastür zum Saale, wo die beiden großen, mit blanken Reflektoren versehenen Petroleum-Lampen hell erstrahlten, stand geöffnet. Dorthin schlich er sich auf leisen Sohlen, und der diebische Genuß, hier im Dunkeln stehen und ungesehen Die belauschen zu dürfen, die im Lichte tanzten, verursachte ein Prickeln in seiner Haut. Hastig und begierig sandte er seine Blicke nach den Beiden aus, die er suchte...

Die Fröhlichkeit des Festes schien schon ganz frei entfaltet, obgleich es kaum seit einer halben Stunde eröffnet war; aber man war ja bereits warm und angeregt hierhergekommen, nachdem man den ganzen Tag miteinander verbracht, sorglos, gemeinsam und glücklich. Im Klavierzimmer, das Tonio Kröger überblicken konnte, wenn er sich ein wenig weiter vorwagte, hatten sich mehrere ältere Herren rauchend und trinkend beim Kartenspiel vereinigt; aber andere saßen bei ihren Gattinnen im Vordergrunde auf den Plüschstühlen und an den Wänden des Saales und sahen dem Tanze zu. Sie hielten die Hände auf die gespreizten Knie gestützt und bliesen mit einem wohlhabenden Ausdruck die Wangen auf, indes die Mütter, Kapotthütchen auf den Scheiteln, die Hände unter der Brust zusammenlegten und mit seitwärts geneigten Köpfen in das Getümmel der jungen Leute schauten. Ein Podium war an der einen Längswand des Saales errichtet worden, und dort taten die Musikanten ihr Bestes. Sogar eine Trompete war da, welche mit einer gewissen zögernden Behutsamkeit blies, als fürchtete sie sich vor ihrer

eigenen Stimme, die sich dennoch beständig brach und über-
schlug... Wogend und kreisend bewegten sich die Paare umeinander, indes andere Arm in Arm den Saal umwandelten. Man
war nicht ballmäßig gekleidet, sondern nur wie an einem Som-
mer-Sonntag, den man im Freien verbringt: die Kavaliere in
kleinstädtisch geschnittenen Anzügen, denen man ansah, daß
sie die ganze Woche geschont wurden, und die jungen Mädchen
in lichten und leichten Kleidern mit Feldblumensträußchen an
den Miedern. Auch ein paar Kinder waren im Saale und tanzten
unter einander auf ihre Art, sogar, wenn die Musik pausierte.
Ein langbeiniger Mensch in schwalbenschwanzförmigem
Röckchen, ein Provinzlöwe mit Augenglas und gebranntem
Haupthaar, Post-Adjunkt oder dergleichen und wie die fleisch-
gewordene komische Figur aus einem dänischen Roman, schien
Festordner und Kommandeur des Balles zu sein. Eilfertig, tran-
spirierend und mit ganzer Seele bei der Sache, war er überall
zugleich, schwänzelte übergeschäftig durch den Saal, indem er
kunstvoll mit den Zehenspitzen zuerst auftrat und die Füße, die
in glatten und spitzen Militär-Stiefeletten steckten, auf eine verzwickte Art kreuzweis übereinander setzte, schwang die Arme
in der Luft, traf Anordnungen, rief nach Musik, klatschte in die
Hände, und bei all dem flogen die Bänder der großen, bunten
Schleife, die als Zeichen seiner Würde auf seiner Schulter befestigt war, und nach der er manchmal liebevoll den Kopf
drehte, flatternd hinter ihm drein.

Ja, sie waren da, die Beiden, die heute im Sonnenlicht an Tonio Kröger vorübergezogen waren, er sah sie wieder und erschrak vor Freude, als er sie fast gleichzeitig gewahrte. Hier
stand Hans Hansen, ganz nahe bei ihm, dicht an der Tür; breitbeinig und ein wenig vorgebeugt, verzehrte er bedächtig ein
großes Stück Sandtorte, wobei er die hohle Hand unters Kinn
hielt, um die Krümel aufzufangen. Und dort an der Wand saß
Ingeborg Holm, die blonde Inge, und eben schwänzelte der Adjunkt auf sie zu, um sie durch eine ausgesuchte Verbeugung zum
Tanze aufzufordern, wobei er die eine Hand auf den Rücken
legte und die andere graziös in den Busen schob; aber sie schüt-

telte den Kopf und deutete an, daß sie zu atemlos sei und ein wenig ruhen müsse, worauf der Adjunkt sich neben sie setzte.

Tonio Kröger sah sie an, die Beiden, um die er vor Zeiten Liebe gelitten hatte, – Hans und Ingeborg. Sie waren es nicht so sehr vermöge einzelner Merkmale und der Ähnlichkeit der Kleidung, als kraft der Gleichheit der Rasse und des Typus, dieser lichten, stahlblauäugigen und blondhaarigen Art, die eine Vorstellung von Reinheit, Ungetrübtheit, Heiterkeit und einer zugleich stolzen und schlichten, unberührbaren Sprödigkeit hervorrief... Er sah sie an, sah, wie Hans Hansen so keck und wohlgestaltet wie nur jemals, breit in den Schultern und schmal in den Hüften, in seinem Matrosenanzug dastand, sah, wie Ingeborg auf eine gewisse übermütige Art lachend den Kopf zur Seite warf, auf eine gewisse Art ihre Hand, eine gar nicht besonders schmale, gar nicht besonders feine Klein-Mädchen-Hand, zum Hinterkopfe führte, wobei der leichte Ärmel von ihrem Ellenbogen zurückglitt, – und plötzlich erschütterte das Heimweh seine Brust mit einem solchen Schmerz, daß er unwillkürlich weiter ins Dunkel zurückwich, damit niemand das Zucken seines Gesichtes sähe.

Hatte ich euch vergessen? fragte er. Nein, niemals! Nicht dich, Hans, noch dich, blonde Inge! Ihr wart es ja, für die ich arbeitete, und wenn ich Applaus vernahm, blickte ich heimlich um mich, ob ihr daran teilhättet... Hast du nun den Don Carlos gelesen, Hans Hansen, wie du es mir an eurer Gartenpforte versprachst? Tu's nicht! ich verlange es nicht mehr von dir. Was geht dich der König an, der weint, weil er einsam ist? Du sollst deine hellen Augen nicht trüb und traumblöde machen vom Starren in Verse und Melancholie... Zu sein wie du! Noch einmal anfangen, aufwachsen gleich dir, rechtschaffen, fröhlich und schlicht, regelrecht, ordnungsgemäß und im Einverständnis mit Gott und der Welt, geliebt werden von den Harmlosen und Glücklichen, dich zum Weibe nehmen, Ingeborg Holm, und einen Sohn haben wie du, Hans Hansen, – frei vom Fluch der Erkenntnis und der schöpferischen Qual leben, lieben und loben in seliger Gewöhnlichkeit! ... Noch einmal anfangen?

Aber es hülfe nichts. Es würde wieder so werden, – Alles würde wieder so kommen, wie es gekommen ist. Denn Etliche gehen mit Notwendigkeit in die Irre, weil es einen rechten Weg für sie überhaupt nicht gibt.

Nun schwieg die Musik; es war Pause, und Erfrischungen wurden gereicht. Der Adjunkt eilte persönlich mit einem Teebrett voll Häringssalat umher und bediente die Damen; aber vor Ingeborg Holm ließ er sich sogar auf ein Knie nieder, als er ihr das Schälchen reichte, und sie errötete vor Freude darüber.

Man begann jetzt dennoch im Saale, auf den Zuschauer unter der Glastür aufmerksam zu werden, und aus hübschen, erhitzten Gesichtern trafen ihn fremde und forschende Blicke; aber er behauptete trotzdem seinen Platz. Auch Ingeborg und Hans streiften ihn beinahe gleichzeitig mit den Augen, mit jener vollkommenen Gleichgültigkeit, die fast das Ansehen der Verachtung hat. Plötzlich jedoch ward er sich bewußt, daß von irgendwoher ein Blick zu ihm drang und auf ihm ruhte... Er wandte den Kopf, und sofort trafen seine Augen mit denen zusammen, deren Berührung er empfunden hatte. Ein Mädchen stand nicht weit von ihm, mit blassem, schmalen und feinen Gesicht, das er schon früher bemerkt hatte. Sie hatte nicht viel getanzt, die Kavaliere hatten sich nicht sonderlich um sie bemüht, und er hatte sie einsam mit herb geschlossenen Lippen an der Wand sitzen sehen. Auch jetzt stand sie allein. Sie war hell und duftig gekleidet, wie die Anderen, aber unter dem durchsichtigen Stoff ihres Kleides schimmerten ihre bloßen Schultern spitz und dürftig, und der magere Hals stak so tief zwischen diesen armseligen Schultern, daß das stille Mädchen fast ein wenig verwachsen erschien. Ihre Hände, mit dünnen Halbhandschuhen bekleidet, hielt sie so vor der flachen Brust, daß die Fingerspitzen sich sacht berührten. Gesenkten Kopfes blickte sie Tonio Kröger von unten herauf mit schwarzen, schwimmenden Augen an. Er wandte sich ab...

Hier, ganz nahe bei ihm, saßen Hans und Ingeborg. Er hatte sich zu ihr gesetzt, die vielleicht seine Schwester war, und umgeben von anderen rotwangigen Menschenkindern aßen und tranken sie, schwatzten und vergnügten sich, riefen sich mit klingenden Stimmen Neckereien zu und lachten hell in die Luft. Konnte er sich ihnen nicht ein wenig nähern? Nicht an ihn oder sie ein Scherzwort richten, das ihm einfiel, und das sie ihm wenigstens mit einem Lächeln beantworten mußten? Es würde ihn beglücken, er sehnte sich danach; er würde dann zufriedener in sein Zimmer zurückkehren, mit dem Bewußtsein, eine kleine Gemeinschaft mit den Beiden hergestellt zu haben. Er dachte sich aus, was er sagen könnte; aber er fand nicht den Mut, es zu sagen. Auch war es ja wie immer: sie würden ihn nicht verstehen, würden befremdet auf das horchen, was er zu sagen vermöchte. Denn ihre Sprache war nicht seine Sprache.

Nun schien der Tanz aufs Neue beginnen zu sollen. Der Adjunkt entfaltete eine umfassende Tätigkeit. Er eilte umher und forderte alle Welt zum Engagieren auf, räumte mit Hilfe des Kellners Stühle und Gläser aus dem Wege, erteilte den Musikern Befehle und schob einzelne Täppische, die nicht wußten wohin, an den Schultern vor sich her. Was hatte man vor? Je vier und vier Paare bildeten Carrés... Eine schreckliche Erinnerung machte Tonio Kröger erröten. Man tanzte Quadrille.

Die Musik setzte ein, und die Paare schritten unter Verbeugungen durcheinander. Der Adjunkt kommandierte; er kommandierte, bei Gott, auf Französisch und brachte die Nasallaute auf unvergleichlich distinguierte Art hervor. Ingeborg Holm tanzte dicht vor Tonio Kröger, in dem Carré, das sich unmittelbar an der Glastür befand. Sie bewegte sich vor ihm hin und her, vorwärts und rückwärts, schreitend und drehend; ein Duft, der von ihrem Haar oder dem zarten Stoff ihres Kleides ausging, berührte ihn manchmal, und er schloß die Augen in einem Gefühl, das ihm von je so wohl bekannt gewesen, dessen Arom und herben Reiz er in all diesen letzten Tagen leise verspürt hatte, und das ihn nun wieder ganz mit seiner süßen Drangsal erfüllte. Was war es doch? Sehnsucht? Zärtlichkeit? Neid, Selbstverachtung?... Moulinet des dames! Lachtest du, blonde Inge, lachtest du mich aus, als ich moulinet tanzte und mich so jämmerlich blamierte? Und würdest du auch heute noch lachen, nun, da ich doch so etwas wie ein berühmter Mann geworden bin? Ja, das würdest du und würdest dreimal recht daran tun! Und wenn ich, ich ganz allein, die neun Symphonieen, Die Welt als Wille und Vorstellung und Das Jüngste Gericht vollbracht hätte, – du würdest ewig Recht haben zu lachen... Er sah sie an, und eine Verszeile fiel ihm ein, deren er sich lange nicht erinnert hatte, und die ihm doch so vertraut und verwandt war: »Ich möchte schlafen, aber du mußt tanzen.« Er kannte sie so gut, die melancholisch-nordische, innig-ungeschickte Schwerfälligkeit der Empfindung, die daraus sprach. Schlafen... Sich danach sehnen, einfach und völlig dem Gefühle leben zu dürfen, das ohne die Verpflichtung, zur Tat und zum Tanz zu werden, süß und träge in sich selber ruht, – und dennoch tanzen, behend und geistesgegenwärtig den schweren, schweren und gefährlichen Messertanz der Kunst vollführen zu müssen, ohne je ganz des demütigenden Widersinnes zu vergessen, der darin lag, tanzen zu müssen, indes man liebte...

Auf einmal geriet das Ganze in eine tolle und ausgelassene Bewegung. Die Carrés hatten sich aufgelöst, und springend und gleitend stob Alles umher; man beschloß die Quadrille mit einem Galopp. Die Paare flogen zum rasenden Eiltakt der Musik an Tonio Kröger vorüber, chassierend, hastend, einander überholend, mit kurzem, atemlosem Gelächter. Eines kam daher, mitgerissen von der allgemeinen Jagd, kreisend und vorwärts sausend. Das Mädchen hatte ein blasses, feines Gesicht und magere, zu hohe Schultern. Und plötzlich, dicht vor ihm, entstand ein Stolpern, Rutschen und Stürzen... Das blasse Mädchen fiel hin. Sie fiel so hart und heftig, daß es fast gefährlich aussah, und mit ihr der Kavalier. Dieser mußte sich so gröblich weh getan haben, daß er seiner Tänzerin ganz vergaß, denn, nur halbwegs aufgerichtet, begann er unter Grimassen seine Kniee mit den Händen zu reiben; und das Mädchen, scheinbar ganz betäubt vom Falle, lag noch immer am Boden. Da trat Tonio Kröger vor, faßte sie sacht an den Armen und hob sie auf. Abgehetzt, verwirrt und unglücklich sah sie zu ihm empor, und plötzlich färbte ihr zartes Gesicht sich mit einer matten Röte.

»Tak! O, mange Tak!« sagte sie und sah ihn von unten herauf mit dunklen, schwimmenden Augen an.

»Sie sollten nicht mehr tanzen, Fräulein«, sagte er sanft. Dann blickte er sich noch einmal nach ihnen um, nach Hans und Ingeborg, und ging fort, verließ die Veranda und den Ball und ging in sein Zimmer hinauf.

Er war berauscht von dem Feste, an dem er nicht Teil gehabt, und müde von Eifersucht. Wie früher, ganz wie früher war es gewesen! Mit erhitztem Gesicht hatte er an dunkler Stelle gestanden, in Schmerzen um euch, ihr Blonden, Lebendigen, Glücklichen, und war dann einsam hinweggegangen. Jemand müßte nun kommen! Ingeborg müßte nun kommen, müßte bemerken, daß er fort war, müßte ihm heimlich folgen, ihm die Hand auf die Schulter legen und sagen: Komm herein zu uns! Sei froh! Ich liebe dich! . . . Aber sie kam keines Weges. Dergleichen geschah nicht. Ja, wie damals war es, und er war glücklich wie damals. Denn sein Herz lebte. Was aber war gewesen während all der Zeit, in der er das geworden, was er nun war? – Erstarrung; Öde; Eis; und Geist! Und Kunst! . . .

Er entkleidete sich, legte sich zur Ruhe, löschte das Licht. Er flüsterte zwei Namen in das Kissen hinein, diese paar keuschen, nordischen Silben, die ihm seine eigentliche und ursprüngliche Liebes-, Leides- und Glückesart, das Leben, das simple und innige Gefühl, die Heimat bezeichneten. Er blickte zurück auf die Jahre seit damals bis auf diesen Tag. Er gedachte der wüsten Abenteuer der Sinne, der Nerven und des Gedankens, die er durchlebt, sah sich zerfressen von Ironie und Geist, verödet und gelähmt von Erkenntnis, halb aufgerieben von den Fiebern und Frösten des Schaffens, haltlos und unter Gewissensnöten zwischen krassen Extremen, zwischen Heiligkeit und Brunst hin- und hergeworfen, raffiniert, verarmt, erschöpft von kalten und künstlich erlesenen Exaltationen, verirrt, verwüstet, zermartert, krank – und schluchzte vor Reue und Heimweh.

Um ihn war es still und dunkel. Aber von unten tönte gedämpft und wiegend des Lebens süßer, trivialer Dreitakt zu ihm herauf.

Tonio Kröger saß im Norden und schrieb an Lisaweta Iwanowna, seine Freundin, wie er es ihr versprochen hatte.

Liebe Lisaweta dort unten in Arkadien, wohin ich bald zurückkehren werde, schrieb er. Hier ist nun also so etwas wie ein Brief, aber er wird Sie wohl enttäuschen, denn ich denke, ihn ein wenig allgemein zu halten. Nicht, daß ich so gar nichts zu erzählen, auf meine Weise nicht dies und das erlebt hätte. Zu Hause, in meiner Vaterstadt, wollte man mich sogar verhaften... aber davon sollen Sie mündlich hören. Ich habe jetzt manchmal Tage, an denen ich es vorziehe, auf gute Art etwas Allgemeines zu sagen, anstatt Geschichten zu erzählen.

Wissen Sie wohl noch, Lisaweta, daß Sie mich einmal einen Bürger, einen verirrten Bürger nannten? Sie nannten mich so in einer Stunde, da ich Ihnen, verführt durch andere Geständnisse, die ich mir vorher hatte entschlüpfen lassen, meine Liebe zu dem gestand, was ich das Leben nenne; und ich frage mich, ob Sie wohl wußten, wie sehr Sie damit die Wahrheit trafen, wie sehr mein Bürgertum und meine Liebe zum »Leben« eins und dasselbe sind. Diese Reise hat mir Veranlassung gegeben, darüber nachzudenken...

Mein Vater, wissen Sie, war ein nordisches Temperament: betrachtsam, gründlich, korrekt aus Puritanismus und zur Wehmut geneigt; meine Mutter von unbestimmt exotischem Blut, schön, sinnlich, naiv, zugleich fahrlässig und leidenschaftlich und von einer impulsiven Liederlichkeit. Ganz ohne Zweifel war dies eine Mischung, die außerordentliche Möglichkeiten – und außerordentliche Gefahren in sich schloß. Was herauskam, war dies: ein Bürger, der sich in die Kunst verirrte, ein Bohémien mit Heimweh nach der guten Kinderstube, ein Künstler mit schlechtem Gewissen. Denn mein bürgerliches Gewissen ist es ja, was mich in allem Künstlertum, aller Außerordentlichkeit und allem Genie etwas tief Zweideutiges, tief Anrüchiges, tief Zweifelhaftes erblicken läßt, was mich mit dieser verliebten Schwäche für das Simple, Treuherzige und Angenehm-Normale, das Ungeniale und Anständige erfüllt.

Ich stehe zwischen zwei Welten, bin in keiner daheim und habe es infolge dessen ein wenig schwer. Ihr Künstler nennt mich einen Bürger, und die Bürger sind versucht, mich zu verhaften... ich weiß nicht, was von beidem mich bitterer kränkt. Die Bürger sind dumm; ihr Anbeter der Schönheit aber, die ihr mich phlegmatisch und ohne Sehnsucht heißt, solltet bedenken, daß es ein Künstlertum gibt, so tief, so von Anbeginn und Schicksals wegen, daß keine Sehnsucht ihm süßer und empfindenswerter erscheint als die nach den Wonnen der Gewöhnlichkeit.

Ich bewundere die Stolzen und Kalten, die auf den Pfaden der großen, der dämonischen Schönheit abenteuern und den »Menschen« verachten, – aber ich beneide sie nicht. Denn wenn irgend etwas imstande ist, aus einem Literaten einen Dichter zu machen, so ist es diese meine Bürgerliebe zum Menschlichen, Lebendigen und Gewöhnlichen. Alle Wärme, alle Güte, aller Humor kommt aus ihr, und fast will mir scheinen, als sei sie jene Liebe selbst, von der geschrieben steht, daß Einer mit Menschen- und Engelszungen reden könne und ohne sie doch nur ein tönendes Erz und eine klingende Schelle sei.

Was ich getan habe, ist nichts, nicht viel, so gut wie nichts. Ich werde Besseres machen, Lisaweta, – dies ist ein Versprechen. Während ich schreibe, rauscht das Meer zu mir herauf, und ich schließe die Augen. Ich schaue in eine ungeborene und schemenhafte Welt hinein, die geordnet und gebildet sein will, ich sehe in ein Gewimmel von Schatten menschlicher Gestalten, die mir winken, daß ich sie banne und erlöse: tragische und lächerliche und solche, die beides zugleich sind, – und diesen bin ich sehr zugetan. Aber meine tiefste und verstohlenste Liebe gehört den Blonden und Blauäugigen, den hellen Lebendigen, den Glücklichen, Liebenswürdigen und Gewöhnlichen.

Schelten Sie diese Liebe nicht, Lisaweta; sie ist gut und fruchtbar. Sehnsucht ist darin und schwermütiger Neid und ein klein wenig Verachtung und eine ganze keusche Seligkeit.

Ein Glück

Still! Wir wollen in eine Seele schauen. Im Fluge gleichsam, im Vorüberstreichen und nur ein paar Seiten lang, denn wir sind gewaltig beschäftigt. Wir kommen aus Florenz, aus alter Zeit; dort handelt es sich um letzte und schwierige Angelegenheiten. Und sind sie bezwungen, – wohin? Zu Hofe vielleicht, in ein Königsschloß, – wer weiß? Seltsame, matt schimmernde Dinge sind im Begriffe, sich zurechtzuschieben... Anna, arme kleine Baronin Anna, wir haben nicht lange Zeit für dich! – – –

Dreitakt und Gläserklang, – Tumult, Dunst, Summen und Tanzschritt: man kennt uns, man kennt unsere kleine Schwäche. Ist es, weil dort der Schmerz die tiefsten, sehnsüchtigsten Augen bekommt, daß wir heimlich so gern an Orten verweilen, wo das Leben seine simplen Feste feiert?

»Avantageur!« rief Baron Harry, der Rittmeister, durch den ganzen Saal, indem er zu tanzen aufhörte. Er hielt noch mit dem rechten Arm seine Dame umschlungen und stemmte die linke Hand in die Seite. »Das ist kein Walzer, sondern ein Trauergeläute, Mensch! Sie haben ja keinen Takt im Leibe; Sie schwimmen und schweben bloß immer so. Leutnant von Gelbsattel soll wieder spielen, damit man doch einen Rhythmus hat. Treten Sie ab, Avantageur! Tanzen Sie, wenn Sie das besser können!«

Und der Avantageur stand auf, schlug die Sporen zusammen und räumte schweigend das Podium dem Leutnant von Gelbsattel, der alsbald mit seinen großen und weißen, weit gespreizten Händen das klirrende und surrende Fortepiano zu schlagen begann.

Baron Harry nämlich hatte Takt im Leibe, Walzer- und Marschtakt, Frohmut und Stolz, Glück, Rhythmus und Siegersinn. Die golden verschnürte Husarenjacke stand prächtig zu seinem jungen, erhitzten Gesicht, das nicht einen Zug von Sorge und Nachdenken zeigte. Es war rötlich verbrannt, wie bei blon-

332

den Leuten, obgleich Haupthaar und Schnurrbart braun erschienen, und das war eine Pikanterie für die Damen. Die rote Narbe über der rechten Backe gab seiner offenen Miene einen wildkekken Ausdruck. Man wußte nicht, ob sie Waffenhieb oder Sturz vom Pferde bedeute, – auf jeden Fall etwas Herrliches. Er tanzte wie ein Gott.

Aber der Avantageur schwamm und schwebte, wenn es erlaubt ist, Baron Harrys Redewendung in übertragener Bedeutung zu gebrauchen. Seine Lider waren viel zu lang, so daß er niemals ordentlich die Augen zu öffnen vermochte; auch saß ihm die Uniform ein wenig schlottricht und unwahrscheinlich am Leibe, und Gott mochte wissen, wie er in die soldatische Laufbahn geraten war. Er hatte sich nur ungern an diesem Kasinospaß mit den »Schwalben« beteiligt, aber er war dennoch gekommen, weil er ohnedies auf seiner Hut sein mußte, Anstoß zu erregen; denn erstens war er bürgerlicher Herkunft, und zweitens gab es eine Art Buch von ihm, eine Reihe erdichteter Geschichten, die er selbst geschrieben oder verfaßt hatte, wie man es nennt, und die jedermann im Buchladen kaufen konnte. Dies mußte ein gewisses Mißtrauen gegen den Avantageur erwekken.

Der Saal des Offizierskasinos in Hohendamm war lang und breit, er war eigentlich viel zu geräumig für die dreißig Herrschaften, die sich heute abend darin belustigten. Die Wände und die Musikantentribüne waren mit falschen Draperien aus rot bemaltem Gips geziert, und von der geschmacklosen Decke hingen zwei verbogene Kronleuchter herab, in denen schief und triefend die Kerzen brannten. Aber der gedielte Fußboden war von sieben hierzu kommandierten Husaren den ganzen Vormittag gescheuert worden, und am Ende konnten selbst die Herren Offiziere in einem Nest, einem Abdera und Krähwinkel wie Hohendamm keine größere Pracht verlangen. Auch wurde, was etwa dem Feste an Glanz gebrach, durch die eigentümliche, verschmitzte Stimmung ersetzt, die dem Abend sein Gepräge gab, durch das verbotene und übermütige Gefühl, mit den »Schwalben« zusammen zu sein. Selbst die dummen Ordonnanzen schmunzelten auf verschlagene Weise, wenn sie neue Champagnerflaschen in die Eiskübel zur Seite der weißgedeckten Tischchen stellten, die an drei Saalseiten aufgeschlagen waren, blickten sich um und schlugen lächelnd die Augen nieder, wie dienende Leute, die schweigend und verantwortungslos ihre Beihilfe zu einer gewagten Ausschreitung gewähren, – alles im Hinblick auf die »Schwalben«.

Die Schwalben, die Schwalben? – Nun, kurzum, es waren die »Wiener Schwalben«! Sie zogen durch die Lande wie ein Schwarm von Wandervögeln, schwangen sich, wohl dreißig an der Zahl, von Stadt zu Stadt und traten in Singspielhallen und Varietétheatern fünften Ranges auf, indem sie in zwangloser Haltung mit jubelnden und zwitschernden Stimmen ihr Leib- und Glanzlied sangen:

> »Wenn die Schwalben wiederkommen,
> Die wer'n schau'n! Die wer'n schau'n!«

Es war ein gutes Lied, von leicht faßlichem Humor, und sie sangen es unter dem Beifall des verständnisvollen Teils des Publikums.

So waren die »Schwalben« nach Hohendamm gekommen und sangen in Gugelfings Bierhalle. Garnison lag in Hohendamm, ein ganzes Regiment Husaren, und also waren sie berechtigt, bei den maßgebenden Kreisen ein tieferes Interesse vorauszusetzen. Sie fanden mehr, sie fanden Begeisterung. Abend für Abend saßen die unverheirateten Offiziere zu ihren Füßen, hörten das Schwalbenlied und tranken den Mädchen mit Gugelfings gelbem Biere zu; nicht lange, so fanden sich auch die verheirateten Herren ein, und eines Abends war Oberst von Rummler in eigener Person erschienen, war dem Programm mit gespannter Teilnahme gefolgt und hatte sich endlich nach verschiedenen Seiten mit rückhaltloser Anerkennung über die »Schwalben« geäußert.

Da aber war unter den Leutnants und Rittmeistern der Plan gereift, die »Schwalben« in die Intimität zu ziehen, eine Auswahl von ihnen, zehn der Hübschesten etwa, auf einen lustigen

Abend mit Schaumwein und Hallo ins Kasino zu laden. Die höheren Herren durften der Welt gegenüber von dem Unternehmen nichts wissen und mußten sich schweren Herzens davon zurückhalten; aber nicht nur die ledigen Leutnants, sondern auch die verheirateten Oberleutnants und Rittmeister nahmen teil daran, und zwar (dies war das Prickelnde an der Sache, die eigentliche Pointe) und zwar mit ihren Damen.

Hindernisse und Bedenken? Oberleutnant von Levzahn hatte das goldene Wort gefunden, daß für den Soldaten Hindernisse und Bedenken dazu da seien, überwunden und zerstreut zu werden! Mochten die guten Hohendammer, wenn sie's vernahmen, entsetzt darüber sein, daß die Offiziere ihre Damen mit den »Schwalben« zusammenbrachten, – sie freilich hätten sich dergleichen nicht erlauben dürfen. Aber es gibt eine Höhe, gibt kecke und jenseitige Regionen des Lebens, in welchen es bereits wieder freisteht, zu tun, was in tieferen Sphären besudeln und entehren würde. Und waren vielleicht die ehrsamen Eingeborenen nicht g e w o h n t, allerlei Ungewöhnliches von ihren Husaren zu gewärtigen? Die Offiziere ritten in Gottes hellem Sonnenschein auf dem Trottoir, wenn es ihnen einfiel: Das war vorgekommen. Einmal, gegen Abend, war auf dem Marktplatz mit Pistolen geschossen worden, was ebenfalls nur die Offiziere gewesen sein konnten: und hatte sich's jemand beikommen lassen, darüber zu murren? Die folgende Anekdote ist mehrfach verbürgt.

Eines Morgens zwischen fünf und sechs Uhr befand sich Rittmeister Baron Harry in angeregter Stimmung mit einigen Kameraden auf dem Heimwege von einer nächtlichen Unterhaltung; es waren Rittmeister von Hühnemann sowie die Oberleutnants und Leutnants Le Maistre, Baron Truchseß, von Trautenau und von Lichterloh. Als die Herren die Alte Brücke passierten, begegnete ihnen ein Bäckerjunge, der, einen großen Korb mit Semmeln auf der Schulter tragend und sorglos sein Lied pfeifend, durch den frischen Morgen seines Weges zog. »Hergeben!« rief Baron Harry, ergriff den Korb beim Henkel, schwang ihn so geschickt, daß ihm nicht eine Semmel entfiel, dreimal im Kreise herum und schleuderte ihn dann in einem Bogen, der von der Kraft seines Armes zeugte, weit hinaus in die trüben Fluten. Der Bäckerjunge, anfangs schreckerstarrt, hob dann, als er seine Semmeln schwimmen und versinken sah, unter Jammerrufen die Arme empor und gebärdete sich wie ein Verzweifelter. Nachdem aber die Herren sich eine Weile an seiner kindischen Angst ergötzt hatten, warf ihm Baron Harry ein Geldstück zu, das an Wert den Inhalt des Korbes um das Dreifache übertraf, worauf die Offiziere lachend ihren Heimweg fortsetzten. Da begriff der Knabe, daß er es mit Edelleuten zu tun gehabt habe und verstummte...

Diese Geschichte war rasch in der Leute Mund gekommen, aber es hätte nur jemand wagen sollen, ein Maul darüber zu ziehen! Lächelnd oder knirschend – man nahm sie hin von Baron Harry und seinen Kameraden. Herren waren sie! Herren über Hohendamm! Und so kamen die Offiziersdamen mit den »Schwalben« zusammen. – –

Es schien, daß der Avantageur sich auch auf das Tanzen nicht besser verstand als aufs Walzerspielen, denn er ließ sich, ohne zu engagieren, mit einer Verbeugung an einem der Tischchen nieder, neben der kleinen Baronin Anna, der Gattin Baron Harrys, an die er einige schüchterne Worte richtete. Mit den »Schwalben« sich zu unterhalten war der junge Mann außerstande. Er hatte eine wahre Angst vor ihnen, da er sich einbildete, daß diese Art von Mädchen ihn, was er auch sprechen mochte, befremdet ansah; und dies schmerzte den Avantageur. Da ihn aber, nach Art vieler schlaffer und untauglicher Naturen, selbst die schlechteste Musik in eine schweigsame, müdselige und brütende Stimmung versetzte, auch die Baronin Anna, der er vollständig gleichgültig war, nur zerstreute Antworten gab, so verstummten beide bald und beschränkten sich darauf, mit einem etwas starren und etwas verzerrten Lächeln, das ihnen merkwürdigerweise gemeinsam war, in das Wiegen und Kreisen des Tanzes zu blicken.

Die Kerzen der Kronleuchter flackerten und troffen so sehr, daß sie durch knorrige und halberstarrte Stearinauswüchse ganz verunstaltet waren, und unter ihnen drehten sich und glitten zu Leutnant von Gelbsattels befeuernden Rhythmen die Paare. Mit niedergedrückten Spitzen schritten die Füße aus, wandten sich elastisch und schleiften dahin. Die langen Beine der Herren bogen sich ein wenig, federten, schnellten und schwangen sich fort. Die Röcke flogen. Die bunten Husarenjacken wirbelten durcheinander, und mit einer genußsüchtigen Kopfneigung lehnten die Damen ihre Taillen in die Arme der Tänzer.

Baron Harry hielt eine erstaunlich hübsche »Schwalbe« ziemlich fest an seine verschnürte Brust gepreßt, indem er sein Gesicht nahe dem ihrigen hielt und ihr unverwandt in die Augen blickte. Baronin Annas Lächeln folgte dem Paare. Dort rollte der ellenlange Leutnant von Lichterloh eine kleine, fette, kugelrunde und ungewöhnlich dekolletierte »Schwalbe« mit sich fort. Aber unter dem einen Kronleuchter tanzte wahr und wahrhaftig Frau Rittmeister von Hühnemann, die den Champagner über alle Dinge liebte, völlig selbstvergessen mit einer dritten »Schwalbe« im Kreise herum, einem niedlichen, sommersprossigen Geschöpf, dessen Gesicht über die ungewohnte Ehre über und über erstrahlte. »Liebe Baronin«, äußerte sich später Frau von Hühnemann gegen Frau Oberleutnant von Truchseß, »diese Mädchen sind gar nicht ungebildet, sie zählen Ihnen alle Kavalleriegarnisonen des Reiches an den Fingern her. « Sie tanzten miteinander, weil zwei Damen überzählig waren und beachteten gar nicht, daß alles sich nach und nach vom Schauplatz zurückzog, um sie ganz allein sich produzieren zu lassen. Endlich merkten sie es dennoch und standen nebeneinander inmitten des Saales, ganz von Gelächter, Applaus und Bravorufen überschüttet...

Dann wurde Champagner getrunken, und die Ordonnanzen liefen mit ihren weißen Handschuhen von Tisch zu Tisch, um einzuschenken. Aber dann mußten die »Schwalben« noch einmal singen, ganz einerlei, das mußten sie, ob sie nun außer Atem waren oder nicht!

In einer Reihe standen sie auf dem Podium, das die eine Schmalseite des Saales einnahm, und machten Augen. Ihre Schultern und Arme waren nackt, und ihre Kleider waren so

gearbeitet, daß sie hellgraue Westen mit dunkleren Schwalben-
fräcken darüber darstellten. Dazu trugen sie graue Zwickel-
strümpfe und weit ausgeschnittene Schuhe mit gewaltig hohen
Absätzen. Es waren Blonde und Schwarze, Gutmütig-Dicke
und solche von interessanter Dürre, solche mit ganz eigentümlich stumpf karmoisinroten Wangen und andere, die so weiß im
Gesicht waren wie Clowns. Aber die Hübscheste von allen war
doch die kleine Bräunliche mit den Kinderarmen und den man-
delförmig umrissenen Augen, mit der Baron Harry soeben getanzt hatte. Auch Baronin Anna fand, daß diese die Hübscheste
sei, und fuhr fort zu lächeln.

Nun sangen die »Schwalben« und Leutnant von Gelbsattel
begleitete sie, indem er zurückgeworfenen Oberleibes den Kopf
nach ihnen umwandte und dabei mit weit ausgestreckten Armen
in die Tasten griff. Sie sangen einstimmig, daß sie flotte Vögel
seien, die schon die ganze Welt bereist hätten und alle Herzen mit
sich nähmen, wenn sie davonflögen. Sie sangen ein äußerst me-
lodiöses Lied, das mit den Worten begann:

>   »Ja, ja, das Militär,
>   Das lieben wir gar sehr!«

und auch ganz ähnlich endigte. Aber dann sangen sie auf stürmi-
sches Verlangen noch einmal das Schwalbenlied, und die Herren, die es schon ebensogut auswendig konnten wie sie, stimmten begeistert ein:

>   »Wenn die Schwalben wiederkommen,
>   Die wer'n schau'n! Die wer'n schau'n!«

Der Saal dröhnte von Gesang, von Lachen und dem Klirren und
Stampfen der besporten Füße, die den Takt traten.

Auch Baronin Anna lachte über all den Unfug und Übermut;
sie hatte schon den ganzen Abend so viel gelacht, daß ihr der
Kopf und das Herz davon weh tat und sie gern in Frieden und
Dunkelheit die Augen geschlossen hätte, wenn Harry hier nicht
so eifrig bei der Sache gewesen wäre... »Heute bin ich lustig«,
hatte sie vorhin, in einem Augenblick, als sie es selber glaubte,

zu ihrer Tischnachbarin geäußert; aber dies hatte ihr ein Schweigen und einen spöttischen Blick eingetragen, worauf sie sich besonnen hatte, daß es unter Leuten nicht üblich war, dergleichen zu sagen. War man lustig, so benahm man sich demgemäß; es festzustellen und auszusprechen war bereits gewagt und wunderlich; aber zu sagen: »Ich bin traurig«, wäre direkt unmöglich gewesen.

Baronin Anna war in so großer Einsamkeit und Stille aufgewachsen, auf ihres Vaters Gut am Meere, daß sie noch immer allzusehr geneigt war, solche Wahrheiten außer acht zu lassen, obgleich sie sich davor fürchtete, die Leute zu befremden, und sehnlich wünschte, ganz ebenso zu sein wie die anderen, damit man sie ein wenig liebe... Sie hatte blasse Hände und aschblondes Haar, das viel zu schwer war im Verhältnis zu ihrem schmalen, zartknochigen Gesichtchen. Zwischen ihren hellen Brauen stand eine senkrechte Falte, die ihrem Lächeln etwas Bedrängtes und Wundes gab...

Es stand so mit ihr, daß sie ihren Gatten liebte... Niemand soll lachen! Sie liebte ihn sogar noch um der Geschichte mit den Semmeln willen, liebte ihn feig und elend, obgleich er sie betrog und täglich ihr Herz mißhandelte wie ein Knabe, litt Liebe um ihn wie ein Weib, das seine eigene Zartheit und Schwäche verachtet und weiß, daß die Kraft und das starke Glück auf Erden im Rechte sind. Ja, sie gab sich dieser Liebe und ihren Qualen hin, wie sie damals, als er in einem kurzen Anfall von Zärtlichkeit um sie geworben, sich ihm selbst hingegeben hatte: mit dem durstigen Verlangen eines einsamen und verträumten Geschöpfes nach dem Leben, der Leidenschaft und den Stürmen des Gefühls...

Dreitakt und Gläserklang, – Tumult, Dunst, Summen und Tanzschritt: Das war Harrys Welt und sein Reich; und es war das Reich ihrer Träume, weil dort das Glück war, Gewöhnlichkeit, Liebe und Leben.

Geselligkeit! Harmlose, festliche Geselligkeit, entnervendes, entwürdigendes, verführerisches Gift voll unfruchtbarer Reize, buhlerische Feindin des Gedankens und des Friedens, du bist etwas Fürchterliches! – Da saß sie, Abende und Nächte, gemartert von dem grellen Gegensatz zwischen der vollständigen Leere und Nichtigkeit rings umher und der dabei herrschenden fieberhaften Erregung infolge des Weins, des Kaffees, der sinnlichen Musik und des Tanzes, saß und sah, wie Harry hübsche und lustige Frauen bezauberte, nicht, weil sie ihn sonderlich beglückten, sondern weil seine Eitelkeit verlangte, daß er sich vor den Leuten mit ihnen zeige, als ein Glücklicher, der wohl versorgt ist, keineswegs ausgeschlossen ist, keine Sehnsucht kennt... Wie weh diese Eitelkeit ihr tat und wie sie sie dennoch liebte! Wie süß es war, zu finden, daß er schön aussah, jung, herrlich und betörend! Wie die Liebe anderer zu ihm ihre eigene zu einem qualvollen Aufflammen brachte! ... Und wenn es vorüber war, wenn er am Schluß eines Festes, das sie in Not und Pein um ihn verbrachte, sich in unwissenden und egoistischen Lobpreisungen dieser Stunden erging, so kamen jene Augenblicke, wo ihr Haß und ihre Verachtung ihrer Liebe gleichkam, wo sie ihn »Wicht« und »Fant« nannte in ihrem Herzen und ihn durch Schweigen zu strafen suchte, durch lächerliches, verzweifeltes Schweigen...

Wissen wir's recht, kleine Baronin Anna? Machen wir reden, was alles sich hinter deinem armen Lächeln verbirgt, während die »Schwalben« singen? – Und es kommt jener erbärmliche und unwürdige Zustand, in dem du gegen Morgen nach der harmlosen Geselligkeit in deinem Bette liegst und deine Geisteskräfte an das Nachdenken über Scherze, Witzworte, gute Antworten verausgabst, die du hättest finden müssen, um liebenswürdig zu sein, und die du nicht gefunden hast. Es kommen jene Träume ums Tagesgrauen, daß du, vom Schmerze ganz schwach gemacht, an seiner Schulter weinst, daß er dich mit einem seiner leeren, netten, gewöhnlichen Worte zu trösten sucht und du plötzlich durchdrungen bist von dem beschämenden Widersinn, der darin liegt, an seiner Schulter über die Welt zu weinen...

Wenn er krank würde, nicht wahr? Raten wir recht, daß aus einem kleinen, gleichgültigen Übelbefinden seinerseits dir eine ganze Welt von Träumen ersteht, in denen du ihn als deinen leidenden Pflegling siehst, in denen er hilflos und zerbrochen vor dir liegt und endlich, endlich dir gehört? Schäme dich nicht! Verabscheue dich nicht! Der Kummer macht ein wenig schlecht zuweilen, – wir wissen es, wir sehen es, ach, arme kleine Seele, wir sahen ganz anderes auf unseren Reisen! Aber um den jungen Avantageur mit den zu langen Augenlidern könntest du dich ein bißchen kümmern, der neben dir sitzt und seine Einsamkeit gern mit deiner zusammentäte. Warum verschmähst du ihn? Warum verachtest du ihn? Weil er von deiner eigenen Welt ist und nicht von der anderen, wo Frohmut und Stolz herrscht, Glück, Rhythmus und Siegersinn? Freilich, es ist schwer, in einer Welt nicht heimisch zu sein und nicht in der anderen, – wir wissen es! Aber es gibt keine Versöhnung...

Der Beifall rauschte in Leutnant von Gelbsattels Nachspiel hinein, die »Schwalben« waren fertig. Ohne die Stufen zu benutzen sprangen sie vom Podium herunter, plumpsend und flatternd, und die Herren drängten sich, um ihnen behilflich zu sein. Baron Harry half der Kleinen, Bräunlichen mit den Kinderarmen, er tat es ausführlich und mit Verstand. Er umfaßte mit dem einen Arm ihre Oberschenkel und mit dem anderen ihre Taille, ließ sich Zeit, sie niederzusetzen, und trug sie beinahe zu dem Sekttischchen, wo er ihr Glas füllte, daß es überschäumte, und mit ihr anstieß, langsam und beziehungsvoll, indem er mit einem gegenstandslosen und eindringlichen Lächeln in ihre Augen blickte. Er hatte stark getrunken und die Narbe glühte rot in seiner weißen Stirn, die scharf gegen sein verbranntes Gesicht abstach; aber er war aufgeräumt und frei, durchaus heiter erregt und ungetrübt von Leidenschaft.

Der Tisch stand demjenigen Baronin Annas gegenüber, an der entgegengesetzten Längsseite des Saales, und indem sie mit irgend jemandem in ihrer Nähe gleich gültige Worte wechselte, horchte sie durstig auf das Lachen dort drüben, spähte schimpflich und verstohlen nach jeder Bewegung, – in diesem seltsamen Zustand voll schmerzlicher Anspannung, die es einem erlaubt, mechanisch und unter Wahrung aller gesellschaftlichen Formen eine Unterhaltung mit einer Person aufrecht zu erhalten und dabei geistig vollkommen abseits zu sein, nämlich bei einer anderen Person, die man beobachtet...

Ein- oder zweimal schien es ihr, als ob der Blick der kleinen »Schwalbe« den ihren streifte... Kannte sie sie? Wußte sie, wer sie sei? Wie schön sie war! Wie keck und gedankenlos lebensvoll und verführerisch! Wenn Harry sie geliebt, sich nach ihr verzehrt, um sie gelitten hätte, sie würde es verziehen, begriffen, mitempfunden haben. Und plötzlich fühlte sie, daß ihre eigene Sehnsucht nach der kleinen »Schwalbe« heißer und tiefer war, als Harrys.

Die kleine »Schwalbe«! Lieber Gott, sie hieß Emmy und war gründlich ordinär. Aber wundervoll war sie mit ihren schwarzen Haarsträhnen, die das breite, begehrliche Gesicht umfingen, ihren dunkel umrissenen Mandelaugen, ihrem großen Mund voll weiß blitzender Zähne und ihren bräunlichen, weich und lockend geformten Armen; und das Schönste an ihr waren die Schultern, die bei gewissen Bewegungen auf unvergleichlich geschmeidige Art in den Gelenken rollten... Baron Harry war voller Interesse für diese Schultern; er wollte durchaus nicht dulden, daß sie sie verhüllte, sondern veranstaltete einen geräuschvollen Kampf um den Schal, den umzulegen sie sich in den Kopf gesetzt hatte, – und bei alledem merkte niemand weit und breit, weder Baron Harry, noch seine Gattin, noch sonst irgend jemand, daß dieses kleine verwahrloste Geschöpf, das der Wein sentimental machte, den ganzen Abend zu dem jungen Avantageur hinüber schmachtete, der vorhin wegen Mangel an Rhythmus vom Klavier vertrieben worden war. Seine müden Augen und die Art seines Spieles hatten es ihr angetan, er dünkte sie edel, poetisch und aus einer anderen Welt, während Baron Harrys Sein und Wesen ihr allzu bekannt und langweilig erschien, und sie war ganz unglücklich und leiderfüllt darüber, daß der Avantageur seinerseits ihr nicht das kleinste Liebeszeichen gab...

Die tief herabgebrannten Kerzen brannten trüb in den Zigarettenrauch, der in bläulichen Schichten über den Köpfen schwebte. Kaffeegeruch zog durch den Saal. Eine fade und schwere Atmosphäre, Festdunst, Geselligkeitsbrodem, verdickt und verwirrend gemacht durch die gewagten Parfüme der »Schwalben« lagerte über allem, den weißgedeckten Tischen und Champagnerkühlern, den übernächtigen und ausgelassenen Menschen und ihrem Gesumme, Gelächter, Gekicher und Liebesgetändel.

Baronin Anna sprach nicht mehr. Die Verzweiflung und jenes furchtbare Beieinander von Sehnsucht, Neid, Liebe und Selbstverachtung, das man Eifersucht nennt und das nicht da sein dürfte, wenn die Welt gut sein sollte, hatten ihr Herz so sehr unterjocht, daß sie nicht mehr die Kraft hatte, sich zu verstellen. Mochte er sehen, wie es um sie stand, mochte er sich ihrer schämen, damit doch ein Gefühl, das sich auf sie bezog, in seiner Brust wäre.

Sie blickte hinüber... Das Spiel dort drüben ging ein wenig weit, und alles schaute ihm lachend und neugierig zu. Harry hatte eine neue Art von zärtlichem Ringkampf mit der kleinen »Schwalbe« ausfindig gemacht. Er bestand darauf, die Ringe mit ihr zu wechseln, und, seine Knie gegen die ihren gestemmt, hielt er sie auf dem Stuhle fest, haschte ausgelassen und in toller Jagd nach ihrer Hand und suchte ihre kleine, festgeballte Faust zu erbrechen. Endlich obsiegte er. Und unter dem lärmenden Beifall der Gesellschaft entwand er ihr umständlich den schmalen Schlangenreif und zwang triumphierend seinen eigenen Ehering an ihren Finger.

Da stand Baronin Anna auf. Zorn und Leid, die Sehnsucht, sich mit ihrem Gram um seine geliebte Nichtigkeit im Dunkeln zu verbergen, der verzweifelte Wunsch, ihn durch einen Skandal zu strafen, irgendwie seine Aufmerksamkeit auf sich zu lenken, überwältigten sie. Bleich schob sie ihren Stuhl zurück und ging mitten durch den Saal zur Tür.

Ein Aufsehen entstand. Ernst und ernüchtert sah man sich an. Ein paar Herren riefen mit lauter Stimme Harry bei Namen. Der Lärm verstummte.

Und da begab sich etwas ganz Seltsames. Die »Schwalbe« Emmy nämlich ergriff mit vollster Entschiedenheit für Baronin Anna Partei. Sei es, daß ein allgemeiner Weibesinstinkt für den

Schmerz und die leidende Liebe ihr Benehmen bestimmte, sei es, daß ihr eigener Kummer um den Avantageur mit den müden Augenlidern sie in Baronin Anna eine Kameradin erblicken ließ, – sie handelte zum allgemeinen Erstaunen.

»Sie sind gemein!« sagte sie laut in der herrschenden Stille, indem sie den verblüfften Baron Harry zurückstieß. Diesen einen Satz: »Sie sind gemein!« Und dann war sie auf einmal bei Baronin Anna, die schon den Türgriff erfaßt hielt.

»Verzeihen Sie!« sagte sie so leise, als sei niemand in der Runde sonst wert, es zu hören. »Hier ist der Ring.« Damit schob sie Harrys Ehering in Baronin Annas Hand. Und plötzlich fühlte Baronin Anna des Mädchens breites, warmes Gesichtchen über dieser ihrer Hand und einen weichen, inbrünstigen Kuß darauf brennen. »Verzeihen Sie!« flüsterte die kleine »Schwalbe« noch einmal und lief dann fort.

Aber Baronin Anna stand draußen im Dunklen, noch ganz betäubt, und wartete darauf, daß dies unerwartete Begebnis in ihr Gestalt und Sinn annähme. Und es kam, daß ein Glück, ein süßes, heißes und heimliches Glück einen Augenblick ihre Augen schloß...

Halt! Genug und nichts weiter! Seht doch die kostbare kleine Einzelheit! Da stand sie, ganz entzückt und bezaubert, weil dies Närrchen von einer Landstreicherin gekommen war, ihr die Hand zu küssen!

Wir verlassen dich, Baronin Anna, wir küssen dir die Stirn, leb wohl, wir enteilen! Schlafe nun! Du wirst die ganze Nacht von der »Schwalbe« träumen, die zu dir kam, und ein wenig glücklich sein.

Denn ein Glück, ein kleiner Schauer und Rausch von Glück berührt das Herz, wenn jene zwei Welten, zwischen denen die Sehnsucht hin und wider irrt, sich in einer kurzen, trügerischen Annäherung zusammenfinden.

Das Wunderkind

Das Wunderkind kommt herein – im Saale wird's still.

Es wird still, und dann beginnen die Leute zu klatschen, weil irgendwo seitwärts ein geborener Herrscher und Herdenführer zuerst in die Hände geschlagen hat. Sie haben noch nichts gehört, aber sie klatschen Beifall; denn ein gewaltiger Reklameapparat hat dem Wunderkinde vorgearbeitet, und die Leute sind schon betört, ob sie es wissen oder nicht.

Das Wunderkind kommt hinter einem prachtvollen Wandschirm hervor, der ganz mit Empirekränzen und großen Fabelblumen bestickt ist, klettert hurtig die Stufen zum Podium empor und geht in den Applaus hinein, wie in ein Bad, ein wenig fröstelnd, von einem kleinen Schauer angeweht, aber doch wie in ein freundliches Element. Es geht an den Rand des Podiums vor, lächelt, als sollte es photographiert werden, und dankt mit einem kleinen, schüchternen und lieblichen Damengruß, obgleich es ein Knabe ist.

Es ist ganz in weiße Seide gekleidet, was eine gewisse Rührung im Saale verbreitet. Es trägt ein weißseidenes Jäckchen von phantastischem Schnitt mit einer Schärpe darunter, und sogar seine Schuhe sind aus weißer Seide. Aber gegen die weißseidenen Höschen stechen scharf die bloßen Beinchen ab, die ganz braun sind; denn es ist ein Griechenknabe.

Bibi Saccellaphylaccas heißt er. Dies ist einmal sein Name. Von welchem Vornamen »Bibi« die Abkürzung oder Koseform ist, weiß niemand, ausgenommen der Impresario, und der betrachtet es als Geschäftsgeheimnis. Bibi hat glattes, schwarzes Haar, das ihm bis zu den Schultern hinabhängt und trotzdem seitwärts gescheitelt und mit einer kleinen seidenen Schleife aus der schmal gewölbten, bräunlichen Stirn zurückgebunden ist. Er hat das harmloseste Kindergesichtchen von der Welt, ein unfertiges Näschen und einen ahnungslosen Mund; nur die Partie unter seinen pechschwarzen Mausaugen ist schon ein wenig matt und von zwei Charakterzügen deutlich begrenzt. Er sieht aus, als sei er neun Jahre alt, zählt aber erst acht und wird für siebenjährig ausgegeben. Die Leute wissen selbst nicht, ob sie es eigentlich glauben. Vielleicht wissen sie es besser und glauben dennoch daran, wie sie es in so manchen Fällen zu tun gewohnt sind. Ein wenig Lüge, denken sie, gehört zur Schönheit. Wo, denken sie, bliebe die Erbauung und Erhebung nach dem Alltag, wenn man nicht ein bißchen guten Willen mitbrächte, fünf gerade sein zu lassen? Und sie haben ganz recht in ihren Leutehirnen!

Das Wunderkind dankt, bis das Begrüßungsgeprassel sich legt; dann geht es zum Flügel, und die Leute werfen einen letzten Blick auf das Programm. Zuerst kommt »Marche solennelle«, dann »Rêverie«, und dann »Le hibou et les moineaux« – alles von Bibi Saccellaphylaccas. Das ganze Programm ist von ihm, es sind seine Kompositionen. Er kann sie zwar nicht aufschreiben, aber er hat sie alle in seinem kleinen ungewöhnlichen Kopf, und es muß ihnen künstlerische Bedeutung zugestanden werden, wie ernst und sachlich auf den Plakaten vermerkt ist, die der Impresario abgefaßt hat. Es scheint, daß der Impresario dieses Zugeständnis seiner kritischen Natur in harten Kämpfen abgerungen hat.

Das Wunderkind setzt sich auf den Drehsessel und angelt mit seinen Beinchen nach den Pedalen, die vermittels eines sinnreichen Mechanismus viel höher angebracht sind als gewöhnlich, damit Bibi sie erreichen kann. Es ist sein eigener Flügel, den er überall hin mitnimmt. Er ruht auf Holzböcken, und seine Politur ist ziemlich strapaziert von den vielen Transporten; aber das alles macht die Sache nur interessanter.

Bibi setzt seine weißseidenen Füße auf die Pedale; dann macht er eine kleine spitzfindige Miene, sieht geradeaus und hebt die rechte Hand. Es ist ein bräunliches naives Kinderhändchen, aber das Gelenk ist stark und unkindlich und zeigt hart ausgearbeitete Knöchel.

Seine Miene macht Bibi für die Leute, weil er weiß, daß er sie ein wenig unterhalten muß. Aber er selbst für sein Teil hat im stillen sein besonderes Vergnügen bei der Sache, ein Vergnügen, das er niemandem beschreiben könnte. Es ist dieses prickelnde Glück, dieser heimliche Wonneschauer, der ihn jedesmal über-rieselt, wenn er wieder an einem offenen Klavier sitzt – er wird das niemals verlieren. Wieder bietet sich ihm die Tastatur dar, diese sieben schwarz-weißen Oktaven, unter denen er sich so oft in Abenteuer und tief erregende Schicksale verloren, und die doch wieder so reinlich und unberührt erscheinen, wie eine ge-putzte Zeichentafel. Es ist die Musik, die ganze Musik, die vor ihm liegt! Sie liegt vor ihm ausgebreitet wie ein lockendes Meer, und er kann sich hineinstürzen und selig schwimmen, sich tra-gen und entführen lassen und im Sturme gänzlich untergehen, und dennoch dabei die Herrschaft in Händen halten, regieren und verfügen... Er hält seine rechte Hand in der Luft.

Im Saal ist atemlose Stille. Es ist diese Spannung vor dem er-sten Ton... Wie wird es anfangen? So fängt es an. Und Bibi holt mit seinem Zeigefinger den ersten Ton aus dem Flügel, einen ganz unerwartet kraftvollen Ton in der Mittellage, ähnlich einem Trompetenstoß. Andere fügen sich daran, eine Introduk-tion ergibt sich – man löst die Glieder.

Es ist ein prunkhafter Saal, gelegen in einem modischen Gast-hof ersten Ranges, mit rosig fleischlichen Gemälden an den Wänden, mit üppigen Pfeilern, umschnörkelten Spiegeln und einer Unzahl, einem wahren Weltensystem von elektrischen Glühlampen, die in Dolden, in ganzen Bündeln überall hervor-sprießen und den Raum mit einem weit übertaghellen, dünnen, goldigen, himmlischen Licht durchzittern... Kein Stuhl ist un-besetzt, ja selbst in den Seitengängen und dem Hintergrunde stehen die Leute. Vorn, wo es zwölf Mark kostet (denn der Im-presario huldigt dem Prinzip der ehrfurchtgebietenden Preise) reiht sich die vornehme Gesellschaft; es ist in den höchsten Krei-sen ein lebhaftes Interesse für das Wunderkind vorhanden. Man sieht viele Uniformen, viel erwählten Geschmack der Toi-lette... Sogar eine Anzahl von Kindern ist da, die auf wohlerzo-gene Art ihre Beine vom Stuhl hängen lassen und mit glänzen-den Augen ihren kleinen begnadeten weißseidenen Kollegen betrachten...

Vorn links sitzt die Mutter des Wunderkindes, eine äußerst beleibte Dame, mit gepudertem Doppelkinn und einer Feder auf dem Kopf, und an ihrer Seite der Impresario, ein Herr von orientalischem Typus mit großen goldenen Knöpfen an den weit hervorstehenden Manschetten. Aber vorn in der Mitte sitzt die Prinzessin. Es ist eine kleine, runzelige, verschrumpfte alte Prinzessin, aber sie fördert die Künste, soweit sie zartsinnig sind. Sie sitzt in einem tiefen Sammetfauteuil, und zu ihren Füßen sind Perserteppiche ausgebreitet. Sie hält die Hände dicht unter der Brust auf ihrem graugestreiften Seidenkleid zusammengelegt, beugt den Kopf zur Seite und bietet ein Bild vornehmen Friedens, indes sie dem arbeitenden Wunderkinde zuschaut. Neben ihr sitzt ihre Hofdame, die sogar ein grüngestreiftes Seidenkleid trägt. Aber darum ist sie doch nur eine Hofdame und darf sich nicht einmal anlehnen.

Bibi schließt unter großem Gepränge. Mit welcher Kraft dieser Knirps den Flügel behandelt! Man traut seinen Ohren nicht. Das Thema des Marsches, eine schwunghafte, enthusiastische Melodie bricht in voller harmonischer Ausstattung noch einmal hervor, breit und prahlerisch, und Bibi wirft bei jedem Takt den Oberkörper zurück, als marschierte er triumphierend im Festzuge. Dann schließt er gewaltig, schiebt sich gebückt und seitwärts vom Sessel herunter und lauert lächelnd auf den Applaus.

Und der Applaus bricht los, einmütig, gerührt, begeistert: Seht doch, was für zierliche Hüften das Kind hat, indes es seinen kleinen Damengruß exekutiert! Klatscht, klatscht! Wartet, nun ziehe ich meine Handschuhe aus. Bravo, kleiner Saccophylax oder wie du heißt –! Aber das ist ja ein Teufelskerl! – – –

Bibi muß dreimal wieder hinter dem Wandschirm hervorkommen, ehe man Ruhe gibt. Einige Nachzügler, verspätete Ankömmlinge, drängen von hinten herein und bringen sich mühsam im vollen Saale unter. Dann nimmt das Konzert seinen Fortgang.

Bibi säuselt seine »Rêverie«, die ganz aus Arpeggien besteht, über welche sich manchmal mit schwachen Flügeln ein Stückchen Melodie erhebt; und dann spielt er »Le hibou et les moineaux«. Dieses Stück hat durchschlagenden Erfolg, übt eine zündende Wirkung. Es ist ein richtiges Kinderstück und von wunderbarer Anschaulichkeit. Im Baß sieht man den Uhu sitzen und grämlich mit seinen Schleieraugen klappen, indes im Diskant zugleich frech und ängstlich die Spatzen schwirren, die ihn necken wollen. Bibi wird viermal hervorgejubelt nach dieser Pièce. Ein Hotelbedienter mit blanken Knöpfen trägt ihm drei große Lorbeerkränze aufs Podium hinauf und hält sie von der Seite vor ihn hin, während Bibi grüßt und dankt. Sogar die Prinzessin beteiligt sich an dem Applaus, indem sie ganz zart ihre flachen Hände gegeneinander bewegt, ohne daß es irgendeinen Laut ergibt...

Wie dieser kleine versierte Wicht den Beifall hinzuziehen versteht! Er läßt hinter dem Wandschirm auf sich warten, versäumt sich ein bißchen auf den Stufen zum Podium, betrachtet mit kindischem Vergnügen die bunten Atlasschleifen der Kränze, obgleich sie ihn längst schon langweilen, grüßt lieblich und zögernd und läßt den Leuten Zeit, sich auszutoben, damit nichts von dem wertvollen Geräusch ihrer Hände verlorengehe. »Le hibou« ist mein Reißer, denkt er; denn diesen Ausdruck hat er vom Impresario gelernt. Nachher kommt die Fantaisie, die eigentlich viel besser ist, besonders die Stelle, wo es nach Cis geht. Aber ihr habt ja an diesem hibou einen Narren gefressen, ihr Publikum, obgleich er das erste und dümmste ist, was ich gemacht habe. Und er dankt lieblich.

Dann spielt er eine Meditation und dann eine Etüde – es ist ein ordentlich umfangreiches Programm. Die Meditation geht ganz ähnlich wie die »Rêverie«, was kein Einwand gegen sie ist, und in der Etüde zeigt Bibi all seine technische Fertigkeit, die übrigens hinter seiner Erfindungsgabe ein wenig zurücksteht. Aber dann kommt die Fantaisie. Sie ist sein Lieblingsstück. Er spielt sie jedesmal ein bißchen anders, behandelt sie frei und überrascht sich zuweilen selbst dabei durch neue Einfälle und Wendungen, wenn er seinen guten Abend hat.

Er sitzt und spielt, ganz klein und weiß glänzend vor dem großen, schwarzen Flügel, allein und auserkoren auf dem Podium über der verschwommenen Menschenmasse, die zusammen nur eine dumpfe, schwer bewegliche Seele hat, auf die er mit seiner einzelnen und herausgehobenen Seele wirken soll... Sein weiches, schwarzes Haar ist ihm mitsamt der weißseidenen Schleife in die Stirn gefallen, seine starkknochigen, trainierten Handgelenke arbeiten, und man sieht die Muskeln seiner bräunlichen, kindlichen Wangen erbeben.

Zuweilen kommen Sekunden des Vergessens und Alleinseins, wo seine seltsamen, matt umränderten Mausaugen zur Seite gleiten, vom Publikum weg auf die bemalte Saalwand an seiner Seite, durch die sie hindurchblicken, um sich in einer ereignisvollen, von vagem Leben erfüllten Weite zu verlieren. Aber dann zuckt ein Blick aus dem Augenwinkel zurück in den Saal, und er ist wieder vor den Leuten.

Klage und Jubel, Aufschwung und tiefer Sturz – »meine Fantaisie!« denkt Bibi ganz liebevoll. »Hört doch, nun kommt die Stelle, wo es nach Cis geht!« Und er läßt die Verschiebung spielen, indes es nach Cis geht. »Ob sie es merken?« Ach nein, bewahre, sie merken es nicht! Und darum vollführt er wenigstens einen hübschen Augenaufschlag zum Plafond, damit sie doch etwas zu sehen haben.

Die Leute sitzen in langen Reihen und sehen dem Wunderkinde zu. Sie denken auch allerlei in ihren Leutehirnen. Ein alter Herr mit einem weißen Bart, einem Siegelring am Zeigefinger und einer knolligen Geschwulst auf der Glatze, einem Auswuchs, wenn man will, denkt bei sich: »Eigentlich sollte man sich schämen. Man hat es nie über ›Drei Jäger aus Kurpfalz‹ hinausgebracht, und da sitzt man nun als eisgrauer Kerl und läßt sich von diesem Dreikäsehoch Wunderdinge vormachen. Aber man muß bedenken, daß es von oben kommt. Gott verteilt seine Gaben, da ist nichts zu tun, und es ist keine Schande, ein gewöhnlicher Mensch zu sein. Es ist etwas wie mit dem Jesuskind. Man darf sich vor einem Kinde beugen, ohne sich schämen zu müssen. Wie seltsam wohltuend das ist!« – Er wagt nicht zu denken: »Wie süß das ist!« – »Süß« wäre blamabel für einen kräftigen, alten Herrn. Aber er fühlt es! Er fühlt es dennoch!

»Kunst...« denkt der Geschäftsmann mit der Papageiennase. »Ja freilich, das bringt ein bißchen Schimmer ins Leben, ein wenig Klingklang und weiße Seide. Übrigens schneidet er nicht übel ab. Es sind reichlich fünfzig Plätze zu zwölf Mark verkauft: das macht allein sechshundert Mark – und dann alles übrige. Bringt man Saalmiete, Beleuchtung und Programme in Abzug, so bleiben gut und gern tausend Mark netto. Das ist mitzunehmen.«

»Nun, das war Chopin, was er da eben zum besten gab!« denkt die Klavierlehrerin, eine spitznäsige Dame in den Jahren, da die Hoffnungen sich schlafen legen und der Verstand an Schärfe gewinnt. »Man darf sagen, daß er nicht sehr unmittelbar ist. Ich werde nachher äußern: ›Er ist wenig unmittelbar.‹ Das klingt gut. Übrigens ist seine Handhaltung vollständig unerzogen. Man muß einen Taler auf den Handrücken legen können... Ich würde ihn mit dem Lineal behandeln.«

Ein junges Mädchen, das ganz wächsern aussieht und sich in einem gespannten Alter befindet, in welchem man sehr wohl auf delikate Gedanken verfallen kann, denkt im geheimen: »Aber was ist das! Was spielt er da! Es ist ja die Leidenschaft, die er da spielt! Aber er ist doch ein Kind?! Wenn er mich küßte, so wär es, als küßte mein kleiner Bruder mich – es wäre kein Kuß. Gibt es denn eine losgelöste Leidenschaft, eine Leidenschaft an sich und ohne irdischen Gegenstand, die nur ein inbrünstiges Kinderspiel wäre?... Gut, wenn ich dies laut sagte, würde man mir Lebertran verabfolgen. So ist die Welt.«

An einem Pfeiler steht ein Offizier. Er betrachtet den erfolgreichen Bibi und denkt: »Du bist etwas, und ich bin etwas, jeder auf seine Art!« Im übrigen zieht er die Absätze zusammen und zollt dem Wunderkinde den Respekt, den er allen bestehenden Mächten zollt.

Aber der Kritiker, ein alternder Mann in blankem, schwarzem Rock und aufgekrempten, bespritzten Beinkleidern, sitzt auf seinem Freiplatze und denkt: »Man sehe ihn an, diesen Bibi, diesen Fratz! Als Einzelwesen hat er noch ein Ende zu wachsen, aber als Typus ist er ganz fertig, als Typus des Künstlers. Er hat in sich des Künstlers Hoheit und seine Würdelosigkeit, seine Scharlatanerie und seinen heiligen Funken, seine Verachtung und seinen heimlichen Rausch. Aber das darf ich nicht schreiben; es ist zu gut. Ach, glaubt mir, ich wäre selbst ein Künstler geworden, wenn ich nicht das alles so klar durchschaute...«

Da ist das Wunderkind fertig, und ein wahrer Sturm erhebt sich im Saale. Er muß hervor und wieder hervor hinter seinem Wandschirm. Der Mann mit den blanken Knöpfen schleppt neue Kränze herbei, vier Lorbeerkränze, eine Lyra aus Veilchen, ein Bukett aus Rosen. Er hat nicht Arme genug, dem Wunderkinde all die Spenden zu reichen, der Impresario begibt sich persönlich aufs Podium, um ihm behilflich zu sein. Er hängt einen Lorbeerkranz um Bibis Hals, er streichelt zärtlich sein schwarzes Haar. Und plötzlich, wie übermannt, beugt er sich nieder und gibt dem Wunderkinde einen Kuß, einen schallenden Kuß, gerade auf den Mund. Da aber schwillt der Sturm zum Orkan. Dieser Kuß fährt wie ein elektrischer Stoß in den Saal, durchläuft die Menge wie ein nervöser Schauer. Ein tolles Lärmbedürfnis reißt die Leute hin. Laute Hochrufe mischen sich in das wilde Geprassel der Hände. Einige von Bibis kleinen gewöhnlichen Kameraden dort unten wehen mit ihren Taschentüchern... Aber der Kritiker denkt: »Freilich, dieser Impresariokuß mußte kommen. Ein alter, wirksamer Scherz. Ja, Herrgott, wenn man nicht alles so klar durchschaute!«

Und dann geht das Konzert des Wunderkindes zu Ende. Um halb acht Uhr hat es angefangen, um halb neun Uhr ist es aus. Das Podium ist voller Kränze, und zwei kleine Blumentöpfe stehen auf den Lampenbrettern des Flügels. Bibi spielt als letzte Nummer seine »Rhapsodie grecque«, welche schließlich in die griechische Hymne übergeht, und seine anwesenden Landsleute hätten nicht übel Lust, mitzusingen, wenn es nicht ein vornehmes Konzert wäre. Dafür entschädigen sie sich am Schluß durch einen gewaltigen Lärm, einen heißblütigen Radau, eine nationale Demonstration. Aber der alternde Kritiker denkt: »Freilich, die Hymne mußte kommen. Man spielt die Sache auf ein anderes Gebiet hinüber, man läßt kein Begeisterungsmittel unversucht. Ich werde schreiben, daß das unkünstlerisch ist. Aber vielleicht ist es gerade künstlerisch. Was ist der Künstler? Ein Hanswurst. Die Kritik ist das Höchste. Aber das darf ich nicht schreiben.« Und er entfernt sich in seinen bespritzten Hosen.

Nach neun oder zehn Hervorrufen begibt sich das erhitzte Wunderkind nicht mehr hinter den Wandschirm, sondern geht zu seiner Mama und dem Impresario hinunter in den Saal. Die Leute stehen zwischen den durcheinandergerückten Stühlen und applaudieren und drängen vorwärts, um Bibi aus der Nähe zu sehen. Einige wollen auch die Prinzessin sehen: es bilden sich vor dem Podium zwei dichte Kreise um das Wunderkind und um die Prinzessin, und man weiß nicht recht, wer von beiden eigentlich Cercle hält. Aber die Hofdame verfügt sich auf Befehl zu Bibi; sie zupft und glättet ein wenig an seiner seidenen Jacke, um ihn hoffähig zu machen, führt ihn am Arm vor die Prinzessin und bedeutet ihm ernst, Ihrer königlichen Hoheit die Hand zu küssen. »Wie machst du es, Kind?« fragt die Prinzessin. »Kommt es dir von selbst in den Sinn, wenn du niedersitzest?« – »Oui, Madame«, antwortet Bibi. Aber inwendig denkt er: »Ach, du dumme, alte Prinzessin...!« Dann dreht er sich scheu und unerzogen um und geht wieder zu seinen Angehörigen.

Draußen an den Garderoben herrscht dichtes Gewühl. Man hält seine Nummer empor, man empfängt mit offenen Armen Pelze, Schale und Gummischuhe über die Tische hinüber. Irgendwo steht die Klavierlehrerin unter Bekannten und hält Kritik. »Er ist wenig unmittelbar«, sagt sie laut und sieht sich um...

Vor einem der großen Wandspiegel läßt sich eine junge, vornehme Dame von ihren Brüdern, zwei Leutnants, Abendmantel und Pelzschuhe anlegen. Sie ist wunderschön mit ihren stahlblauen Augen und ihrem klaren, reinrassigen Gesicht, ein richtiges Edelfräulein. Als sie fertig ist, wartet sie auf ihre Brüder. »Steh nicht so lange vor dem Spiegel, Adolf!« sagt sie leise und ärgerlich zu dem einen, der sich von dem Anblick seines hübschen, simplen Gesichts nicht trennen kann. Nun, das ist gut! Leutnant Adolf wird sich doch vor dem Spiegel seinen Paletot zuknöpfen dürfen, mit ihrer gütigen Erlaubnis! – Dann gehen sie, und draußen auf der Straße, wo die Bogenlampen trübe durch den Schneenebel schimmern, fängt Leutnant Adolf im Gehen ein bißchen an auszuschlagen, mit emporgeklapptem Kragen und die Hände in den schrägen Manteltaschen auf dem hartgefrorenen Schnee einen kleinen nigger-dance aufzuführen, weil es so kalt ist.

»Ein Kind!« denkt das unfrisierte Mädchen, welches mit frei hängenden Armen in Begleitung eines düsteren Jünglings hinter ihnen geht. »Ein liebenswürdiges Kind! Dort drinnen war ein verehrungswürdiges...« Und mit lauter, eintöniger Stimme sagt sie: »Wir sind alle Wunderkinder, wir Schaffenden.«

»Nun!« denkt der alte Herr, der es nicht über »Drei Jäger aus Kurpfalz« hinausgebracht hat und dessen Auswuchs jetzt von einem Zylinder bedeckt ist, »was ist denn das! Eine Art Pythia, wie mir scheint.«

Aber der düstere Jüngling, der sie aufs Wort versteht, nickt langsam.

Dann schweigen sie, und das unfrisierte Mädchen blickt den drei adeligen Geschwistern nach. Sie verachtet sie, aber sie blickt ihnen nach, bis sie um die Ecke entschwunden sind.

Beim Propheten

Seltsame Orte gibt es, seltsame Gehirne, seltsame Regionen des
Geistes, hoch und ärmlich. An den Peripherien der Großstädte,
dort, wo die Laternen spärlicher werden und die Gendarmen zu
zweien gehen, muß man in den Häusern emporsteigen, bis es
nicht weiter geht, bis in schräge Dachkammern, wo junge, bleiche Genies, Verbrecher des Traumes, mit verschränkten Armen
vor sich hinbrüten, bis in billig und bedeutungsvoll geschmückte
Ateliers, wo einsame, empörte und von innen verzehrte Künstler, hungrig und stolz, im Zigarettenqualm mit letzten und wüsten Idealen ringen. Hier ist das Ende, das Eis, die Reinheit und
das Nichts. Hier gilt kein Vertrag, kein Zugeständnis, keine
Nachsicht, kein Maß und kein Wert. Hier ist die Luft so dünn und
keusch, daß die Miasmen des Lebens nicht mehr gedeihen. Hier
herrscht der Trotz, die äußerste Konsequenz, das verzweifelt
thronende Ich, die Freiheit, der Wahnsinn und der Tod...

Es war Karfreitag, abends um acht. Mehrere von denen, die
Daniel geladen hatte, kamen zu gleicher Zeit. Sie hatten Einladungen in Quartformat erhalten, auf denen ein Adler einen
nackten Degen in seinen Fängen durch die Lüfte trug und die in
eigenartiger Schrift die Aufforderung zeigten, an dem Konvent
zur Verlesung von Daniels Proklamationen am Karfreitagabend
teilzunehmen, und sie trafen nun zur bestimmten Stunde in der
öden und halbdunklen Vorstadtstraße vor dem banalen Miets-
hause zusammen, in welchem die leibliche Wohnstätte des Pro-
pheten gelegen war.

Einige kannten einander und tauschten Grüße. Es waren der
polnische Maler und das schmale Mädchen, das mit ihm lebte,
der Lyriker, ein langer, schwarzbärtiger Semit mit seiner
schweren, bleichen und in hängende Gewänder gekleideten Gattin, eine Persönlichkeit von zugleich martialischem und kränk-
lichem Aussehen, Spiritist und Rittmeister außer Dienst, und

ein junger Philosoph mit dem Äußern eines Känguruhs. Nur der Novellist, ein Herr mit steifem Hut und gepflegtem Schnurrbart, kannte niemanden. Er kam aus einer andern Sphäre, war nur zufällig hierher geraten. Er hatte ein gewisses Verhältnis zum Leben, und ein Buch von ihm wurde in bürgerlichen Kreisen gelesen. Er war entschlossen, sich streng bescheiden, dankbar und im ganzen wie ein Geduldeter zu benehmen. In einem kleinen Abstande folgte er den anderen ins Haus.

Sie stiegen die Treppe empor, eine nach der andern, gestützt auf das gußeiserne Geländer. Sie schwiegen, denn es waren Menschen, die den Wert des Wortes kannten und nicht unnütz zu reden pflegten. Im trüben Licht der kleinen Petroleumlampen, die an den Biegungen der Treppe auf den Fenstergesimsen standen, lasen sie im Vorübergehen die Namen an den Wohnungstüren. Sie stiegen an den Heim- und Sorgenstätten eines Versicherungsbeamten, einer Hebamme, einer Feinwäscherin, eines »Agenten«, eines Leichdornoperateurs vorüber, still, ohne Verachtung, aber fremd. Sie stiegen in dem engen Treppenhaus wie in einem halbdunklen Schacht empor, zuversichtlich und ohne Aufenthalt; denn von oben, von dort, wo es nicht weiter ging, winkte ihnen ein Schimmer, ein zarter und flüchtig bewegter Schein aus letzter Höhe.

Endlich standen sie am Ziel, unter dem Dach, im Lichte von sechs Kerzen, die in verschiedenen Leuchtern auf einem mit verblichenen Altardeckchen belegten Tischchen zu Häupten der Treppe brannten. An der Tür, welche bereits den Charakter eines Speichereinganges trug, war ein graues Pappschild befestigt, auf dem in römischen Lettern, mit schwarzer Kreide ausgeführt, der Name »Daniel« zu lesen war. Sie schellten...

Ein breitköpfiger, freundlich blickender Knabe in einem neuen blauen Anzug und mit blanken Schaftstiefeln öffnete ihnen, eine Kerze in der Hand, und leuchtete ihnen schräg über den kleinen, dunklen Korridor in einen untapezierten und mansardenartigen Raum, der bis auf einen hölzernen Garderobehalter durchaus leer war. Wortlos, mit einer Geste, die von einem lallenden Kehllaut begleitet war, forderte der Knabe zum

Ablegen auf, und als der Novellist aus allgemeiner Teilnahme eine Frage an ihn richtete, erwies es sich vollends, daß das Kind stumm war. Es führte die Gäste mit seinem Licht über den Korridor zurück zu einer anderen Tür und ließ sie eintreten. Der Novellist folgte als letzter. Er trug Gehrock und Handschuhe, entschlossen, sich wie in der Kirche zu benehmen.

Eine feierlich schwankende und flimmernde Helligkeit, erzeugt von zwanzig oder fünfundzwanzig brennenden Kerzen, herrschte in dem mäßig großen Raum, den sie betraten. Ein junges Mädchen mit weißem Fallkragen und Manschetten über dem schlichten Kleid, Maria Josefa, Daniels Schwester, rein und töricht von Angesicht, stand dicht bei der Tür und reichte allen die Hand. Der Novellist kannte sie. Er war an einem literarischen Teetische mit ihr zusammengetroffen. Sie hatte aufrecht dagesessen, die Tasse in der Hand, und mit klarer und inniger Stimme von ihrem Bruder gesprochen. Sie betete Daniel an.

Der Novellist suchte ihn mit den Augen...

»Er ist nicht hier«, sagte Maria Josefa. »Er ist abwesend, ich weiß nicht, wo. Aber im Geiste wird er unter uns sein und die Proklamationen Satz für Satz verfolgen, während sie hier verlesen werden.«

»Wer wird sie verlesen?« fragte der Novellist gedämpft und ehrerbietig. Es war ihm ernst. Er war ein wohlmeinender und innerlich bescheidener Mensch, voller Ehrfurcht vor allen Erscheinungen der Welt, bereit, zu lernen und zu würdigen, was zu würdigen war.

»Ein Jünger meines Bruders«, antwortete Maria Josefa, »den wir aus der Schweiz erwarten. Er ist noch nicht da. Er wird im rechten Augenblick zur Stelle sein.«

Gegenüber der Tür, auf einem Tisch stehend und mit dem oberen Rande an die schräg abfallende Decke gelehnt, zeigte sich im Kerzenschein eine große, in heftigen Strichen ausgeführte Kreidezeichnung, die Napoleon darstellte, wie er in plumper und despotischer Haltung seine mit Kanonenstiefeln bekleideten Füße an einem Kamin wärmte. Zur Rechten des Einganges erhob sich ein altarartiger Schrein, auf welchem zwischen Kerzen,

die in silbernen Armleuchtern brannten, eine bemalte Heiligen-
figur mit aufwärts gerichteten Augen ihre Hände ausbreitete.
Eine Betbank stand davor, und näherte man sich, so gewahrte
man eine kleine, aufrecht an einem Fuße des Heiligen lehnende
Amateurphotographie, die einen etwa dreißigjährigen jungen
Mann mit gewaltig hoher, bleich zurückspringender Stirn und
einem bartlosen, knochigen, raubvogelähnlichen Gesicht von
konzentrierter Geistigkeit zeigte.

Der Novellist verweilte eine Weile vor Daniels Bildnis; dann
wagte er sich behutsam weiter ins Zimmer hinein. Hinter einem
großen Rundtisch, in dessen gelbpolierte Platte, von einem Lorbeerkranz umrahmt, derselbe degentragende Adler eingebrannt
war, den man auf den Einladungen erblickt hatte, ragte zwischen niedrigen Holzsesseln ein strenger, schmaler und steiler
gotischer Stuhl wie ein Thron und Hochsitz empor. Eine lange,
schlicht gezimmerte Bank, mit billigem Stoff überdeckt, erstreckte sich vor der geräumigen, von Mauer und Dach gebildeten Nische, in der das niedrige Fenster gelegen war. Es stand
offen, vermutlich, weil der untersetzt gebaute Kachelofen sich
als überheizt erwiesen hatte, und gewährte den Ausblick auf ein
Stück blauer Nacht, in deren Tiefe und Weite die unregelmäßig
verteilten Gaslaternen als gelblich glühende Punkte sich in immer größeren Abständen verloren.

Aber dem Fenster gegenüber verengerte sich der Raum zu
einem alkovenartigen Gelaß, das heller als der übrige Teil der
Mansarde erleuchtet war und halb als Kabinett, halb als Kapelle
behandelt erschien. In seiner Tiefe befand sich ein mit dünnem
blassen Stoffe bedeckter Diwan. Zur Rechten gewahrte man ein
verhängtes Büchergestell, auf dessen Höhe Kerzen in Armleuchtern und antik geformte Öllampen brannten. Zur Linken
war ein weiß gedeckter Tisch aufgeschlagen, der ein Kruzifix,
einen siebenarmigen Leuchter, einen mit rotem Weine gefüllten
Becher und ein Stück Rosinenkuchen auf einem Teller trug. Im
Vordergrunde des Alkovens jedoch erhob sich, von einem eisernen Kandelaber noch überragt, auf einem flachen Podium eine
vergoldete Gipssäule, deren Kapitäl von einer blutrot-seidenen

Altardecke überhangen wurde. Und darauf ruhte ein Stapel beschriebenen Papiers in Folioformat: Daniels Proklamationen. Eine helle, mit kleinen Empirekränzen bedruckte Tapete bedeckte die Mauer und die schrägen Teile der Decke; Totenmasken, Rosenkränze, ein großes, rostiges Schwert hingen an den Wänden; und außer dem großen Napoleonbildnis waren in verschiedenartiger Ausführung die Porträte von Luther, Nietzsche, Moltke, Alexander dem Sechsten, Robespierre und Savonarola im Raume verteilt...

»Dies alles ist erlebt«, sagte Maria Josefa, indem sie die Wirkung der Einrichtung in dem respektvoll verschlossenen Gesicht des Novellisten zu erforschen suchte. Aber unterdessen waren weitere Gäste gekommen, still und feierlich, und man fing an, sich in gemessener Haltung auf Bänken und Stühlen niederzulassen. Es saßen dort jetzt außer den zuerst Gekommenen noch ein phantastischer Zeichner mit greisenhaftem Kindergesicht, eine hinkende Dame, die sich als »Erotikerin« vorstellen zu lassen pflegte, eine unverheiratete junge Mutter von adeliger Herkunft, die von ihrer Familie verstoßen, aber ohne alle geistigen Ansprüche war und einzig und allein auf Grund ihrer Mutterschaft in diesen Kreisen Aufnahme gefunden hatte, eine ältere Schriftstellerin und ein verwachsener Musiker... im ganzen etwa zwölf Personen. Der Novellist hatte sich in die Fensternische zurückgezogen, und Maria Josefa saß dicht neben der Tür auf einem Stuhl, die Hände auf den Knien nebeneinander gelegt. So warteten sie auf den Jünger aus der Schweiz, der im rechten Augenblick zur Stelle sein würde.

Plötzlich kam noch die reiche Dame an, die aus Liebhaberei solche Veranstaltungen zu besuchen pflegte. Sie war in ihrem seidenen Coupé aus der Stadt, aus ihrem prachtvollen Hause mit den Gobelins und den Türumrahmungen aus Giallo antico hierhergekommen, war alle Treppen heraufgestiegen und kam zur Tür herein, schön, duftend, luxuriös, in einem blauen Tuchkleid mit gelber Stickerei, den Pariser Hut auf dem rotbraunen Haar, und lächelte mit ihren Tizian-Augen. Sie kam aus Neugier, aus Langerweile, aus Lust an Gegensätzen, aus gutem Willen zu allem, was ein bißchen außerordentlich war, aus liebenswürdiger Extravaganz, begrüßte Daniels Schwester und den Novellisten, der in ihrem Hause verkehrte, und setzte sich auf die Bank vor der Fensternische zwischen die Erotikerin und den Philosophen mit dem Äußern eines Känguruhs, als ob das in der Ordnung sei.

»Fast wäre ich zu spät gekommen«, sagte sie leise mit ihrem schönen, beweglichen Mund zu dem Novellisten, der hinter ihr saß. »Ich hatte Leute zum Tee; das hat sich hingezogen...«

Der Novellist war ganz ergriffen und dankte Gott, daß er in präsentabler Toilette war. Wie schön sie ist! dachte er. Sie ist wert, die Mutter dieser Tochter zu sein...

»Und Fräulein Sonja?« fragte er über ihre Schulter hinweg... »Sie haben Fräulein Sonja nicht mitgebracht?«

Sonja war die Tochter der reichen Dame und in des Novellisten Augen ein unglaubhafter Glücksfall von einem Geschöpf, ein Wunder an allseitiger Ausbildung, ein erreichtes Kulturideal. Er sagte ihren Namen zweimal, weil es ihm einen unbeschreiblichen Genuß bereitete, ihn auszusprechen.

»Sonja ist leidend«, sagte die reiche Dame. »Ja, denken Sie, sie hat einen schlimmen Fuß. Oh, nichts, eine Geschwulst, etwas wie eine kleine Entzündung oder Verfüllung. Es ist geschnitten worden. Vielleicht wäre es nicht nötig gewesen, aber sie wollte es selbst.«

»Sie wollte es selbst!« wiederholte der Novellist mit begeisterter Flüsterstimme. »Daran erkenn' ich sie! Aber wie in aller Welt kann man ihr seine Teilnahme kundgeben?«

»Nun, ich werde sie grüßen«, sagte die reiche Dame. Und da er schwieg: »Genügt Ihnen das nicht?«

»Nein, es genügt mir nicht«, sagte er ganz leise, und da sie seine Bücher schätzte, erwiderte sie lächelnd:

»So schicken Sie ihr ein Blümchen.«

»Danke!« sagte er. »Danke! Das will ich!« Und innerlich dachte er: »Ein Blümchen? Ein Bukett! Einen ganzen Strauß! Ungefrühstückt fahre ich morgen in einer Droschke zum Blumenhändler –!« – Und er fühlte, daß er ein gewisses Verhältnis zum Leben habe.

Da ward draußen ein flüchtiges Geräusch laut, die Tür öffnete und schloß sich kurz und ruckhaft, und vor den Gästen stand im Kerzenschein ein untersetzter und stämmiger junger Mann in dunklem Jackenanzug: Der Jünger aus der Schweiz. Er überflog das Gemach mit einem drohenden Blick, ging mit heftigen Schritten zu der Gipssäule vorm Alkoven, stellte sich hinter sie auf das flache Podium mit einem Nachdruck, als wollte er dort einwurzeln, ergriff den zu oberst liegenden Bogen der Handschrift und begann sofort zu lesen.

Er war etwa achtundzwanzigjährig, kurzhalsig und häßlich. Sein geschorenes Haar wuchs in Form eines spitzen Winkels sonderbar weit in die ohnedies niedrige und gefurchte Stirn hinein. Sein Gesicht, bartlos, mürrisch und plump, zeigte eine Doggennase, grobe Backenknochen, eine eingefallene Wangenpartie und wulstig hervorspringende Lippen, die nur schwer, widerwillig und gleichsam mit einem schlaffen Zorn die Wörter zu bilden schienen. Dies Gesicht war roh und dennoch bleich. Er las mit einer wilden und überlauten Stimme, die aber gleichwohl im Innersten bebte, wankte und von Kurzluftigkeit beeinträchtigt war. Die Hand, in der er den beschriebenen Bogen hielt, war breit und rot, und dennoch zitterte sie. Er stellte ein unheimliches Gemisch von Brutalität und Schwäche dar, und was er las, stimmte auf seltsame Art damit überein.

Es waren Predigten, Gleichnisse, Thesen, Gesetze, Visionen, Prophezeiungen und tagesbefehlartige Aufrufe, die in einem Stilgemisch aus Psalter- und Offenbarungston mit militärisch-strategischen sowie philosophisch-kritischen Fachausdrücken in bunter und unabsehbarer Reihe einander folgten. Ein fieberhaftes und furchtbar gereiztes Ich reckte sich im einsamen Größenwahn empor und bedrohte die Welt mit einem Schwall von gewaltsamen Worten. Christus imperator maximus war sein Name, und er warb todbereite Truppen zur Unterwerfung des Erdballs, erließ Botschaften, stellte seine unerbittlichen Bedingungen, Armut und Keuschheit verlangte er, und wiederholte in grenzenlosem Aufruhr mit einer Art widernatürlicher Wollust immer wieder das Gebot des unbedingten Gehorsams. Buddha,

Alexander, Napoleon und Jesus wurden als seine demütigen Vorläufer genannt, nicht wert, dem geistlichen Kaiser die Schuhriemen zu lösen...

Der Jünger las eine Stunde; dann trank er zitternd einen Schluck aus dem Becher mit rotem Wein und griff nach neuen Proklamationen. Schweiß perlte auf seiner niedrigen Stirn, seine wulstigen Lippen bebten, und zwischen den Worten stieß er beständig mit einem kurz fauchenden Geräusch die Luft durch die Nase aus, erschöpft und brüllend. Das einsame Ich sang, raste und kommandierte. Es verlor sich in irre Bilder, ging in einem Wirbel von Unlogik unter und tauchte plötzlich an gänzlich unerwarteter Stelle gräßlich wieder empor. Lästerungen und Hosianna — Weihrauch und Qualm von Blut vermischten sich. In donnernden Schlachten ward die Welt erobert und erlöst...

Es wäre schwer gewesen, die Wirkung von Daniels Proklamationen auf die Zuhörer festzustellen. Einige blickten, weit zurückgelehnten Hauptes, mit erloschenen Augen zur Decke empor; andere hielten, tief über ihre Knie gebeugt, das Gesicht in den Händen vergraben. Die Augen der Erotikerin verschleierten sich jedesmal auf seltsame Art, wenn das Wort »Keuschheit« ertönte und der Philosoph mit dem Äußern eines Känguruhs schrieb dann und wann etwas Ungewisses mit seinem langen und krummen Zeigefinger in die Luft. Der Novellist suchte seit längerer Zeit vergebens nach einer passenden Haltung für seinen schmerzenden Rücken. Um zehn Uhr kam ihm die Vision einer Schinkensemmel, aber er verscheuchte sie mannhaft.

Gegen halb elf Uhr sah man, daß der Jünger das letzte Folioblatt in seiner roten und zitternden Rechten hielt. Er war zu Ende. »Soldaten!« schloß er, am äußersten Rande seiner Kraft, mit versagender Donnerstimme: »Ich überliefere euch zur Plünderung – die Welt!« Dann trat er vom Podium herunter, sah alle mit einem drohenden Blick an und ging heftig, wie er gekommen war, zur Tür hinaus.

Die Zuhörer verharrten noch eine Minute lang unbeweglich in der Stellung, die sie zuletzt innegehabt hatten. Dann standen sie wie mit einem gemeinsamen Entschlusse auf und gingen unverzüglich, nachdem jeder mit einem leisen Worte Maria Josefas Hand gedrückt hatte, die wieder mit ihrem weißen Fallkragen, still und rein, dicht an der Tür stand.

Der stumme Knabe war draußen zur Stelle. Er leuchtete den Gästen in den Garderoberaum, war ihnen beim Anlegen der Überkleider behilflich und führte sie durch das enge Stiegenhaus, in welches aus höchster Höhe, aus Daniels Reich, der bewegte Schein der Kerzen fiel, hinunter zur Haustür, die er aufschloß. Einer nach dem andern traten die Gäste auf die öde Vorstadtstraße hinaus.

Das Coupé der reichen Dame hielt vorm Hause; man sah, wie der Kutscher auf dem Bock zwischen den beiden hellstrahlenden Laternen die Hand mit dem Peitschenstiel zum Hute führte. Der Novellist geleitete die reiche Dame zum Schlage.

»Wie befinden Sie sich?« fragte er.

»Ich äußere mich ungern über solche Dinge«, antwortete sie. »Vielleicht ist er wirklich ein Genie oder doch etwas Ähnliches...«

»Ja, was ist das Genie«, sagte er nachdenklich. »Bei diesem Daniel sind alle Vorbedingungen vorhanden: die Einsamkeit, die Freiheit, die geistige Leidenschaft, die großartige Optik, der Glaube an sich selbst, sogar die Nähe von Verbrechen und Wahnsinn. Was fehlt? Vielleicht das Menschliche? Ein wenig Gefühl, Sehnsucht, Liebe? Aber das ist eine vollständig improvisierte Hypothese...

Grüßen Sie Sonja«, sagte er, als sie ihm vom Sitze aus zum Abschied die Hand reichte, und dabei las er mit Spannung in ihrer Miene, wie sie es aufnehmen werde, daß er einfach von »Sonja«, nicht von »Fräulein Sonja« oder von »Fräulein Tochter« sprach.

Sie schätzte seine Bücher, und so duldete sie es lächelnd.

»Ich werde es ausrichten.«

»Danke!« sagte er, und ein Rausch von Hoffnung verwirrte ihn. »Nun will ich zu Abend essen wie ein Wolf!«

Er hatte ein gewisses Verhältnis zum Leben.

Schwere Stunde

Er stand vom Schreibtisch auf, von seiner kleinen, gebrech-
lichen Schreibkommode, stand auf wie ein Verzweifelter und
ging mit hängendem Kopfe in den entgegengesetzten Winkel
des Zimmers zum Ofen, der lang und schlank war wie eine
Säule. Er legte die Hände an die Kacheln, aber sie waren fast
ganz erkaltet, denn Mitternacht war lange vorbei, und so lehnte
er, ohne die kleine Wohltat empfangen zu haben, die er suchte,
den Rücken daran, zog hustend die Schöße seines Schlafrockes
zusammen, aus dessen Brustaufschlägen das verwaschene Spit-
zenjabot heraushing, und schnob mühsam durch die Nase, um
sich ein wenig Luft zu verschaffen; denn er hatte den Schnupfen
wie gewöhnlich.

Das war ein besonderer und unheimlicher Schnupfen, der ihn
fast nie völlig verließ. Seine Augenlider waren entflammt und
die Ränder seiner Nasenlöcher ganz wund davon, und in Kopf
und Gliedern lag dieser Schnupfen ihm wie eine schwere,
schmerzliche Trunkenheit. Oder war an all der Schlaffheit und
Schwere das leidige Zimmergewahrsam schuld, das der Arzt
nun schon wieder seit Wochen über ihn verhängt hielt? Gott
wußte, ob er wohl daran tat. Der ewige Katarrh und die
Krämpfe in Brust und Unterleib mochten es nötig machen, und
schlechtes Wetter war über Jena, seit Wochen, seit Wochen, das
war richtig, ein miserables und hassenswertes Wetter, das man in
allen Nerven spürte, wüst, finster und kalt, und der Dezember-
wind heulte im Ofenrohr, verwahrlost und gottverlassen, daß es
klang nach nächtiger Heide im Sturm und Irrsal und heillosem
Gram der Seele. Aber gut war sie nicht, diese enge Gefangen-
schaft, nicht gut für die Gedanken und den Rhythmus des Blutes, aus dem die Gedanken kamen...

Das sechseckige Zimmer, kahl, nüchtern und unbequem, mit
seiner geweißten Decke, unter der Tabaksrauch schwebte, sei-

ner schräg karierten Tapete, auf der oval gerahmte Silhouetten hingen, und seinen vier, fünf dünnbeinigen Möbeln, lag im Lichte der beiden Kerzen, die zu Häupten des Manuskripts auf der Schreibkommode brannten. Rote Vorhänge hingen über den oberen Rahmen der Fenster, Fähnchen nur, symmetrisch geraffte Kattune; aber sie waren rot, von einem warmen, sonoren Rot, und er liebte sie und wollte sie niemals missen, weil sie etwas von Üppigkeit und Wollust in die unsinnlich-enthaltsame Dürftigkeit seines Zimmers brachten...

Er stand am Ofen und blickte mit einem raschen und schmerzlich angestrengten Blinzeln hinüber zu dem Werk, von dem er geflohen war, dieser Last, diesem Druck, dieser Gewissensqual, diesem Meer, das auszutrinken, dieser furchtbaren Aufgabe, die sein Stolz und sein Elend, sein Himmel und seine Verdammnis war. Es schleppte sich, es stockte, es stand – schon wieder, schon wieder! Das Wetter war schuld und sein Katarrh und seine Müdigkeit. Oder das Werk? Die Arbeit selbst? Die eine unglückselige und der Verzweiflung geweihte Empfängnis war?

Er war aufgestanden, um sich ein wenig Distanz davon zu verschaffen, denn oft bewirkte die räumliche Entfernung vom Manuskript, daß man Übersicht gewann, einen weiteren Blick über den Stoff, und Verfügungen zu treffen vermochte. Ja, es gab Fälle, wo das Erleichterungsgefühl, wenn man sich abwendete von der Stätte des Ringens, begeisternd wirkte. Und das war eine unschuldigere Begeisterung, als wenn man Likör nahm oder schwarzen, starken Kaffee... Die kleine Tasse stand auf dem Tischchen. Wenn sie ihm über das Hemmnis hülfe? Nein, nein, nicht mehr! Nicht der Arzt nur, auch ein zweiter noch, ein Ansehnlicherer, hatte ihm dergleichen behutsam widerraten: der Andere, der dort, in Weimar, den er mit einer sehnsüchtigen Feindschaft liebte. Der war weise. Der wußte zu leben, zu schaffen; mißhandelte sich nicht; war voller Rücksicht gegen sich selbst...

Stille herrschte im Hause. Nur der Wind war hörbar, der die Schloßgasse hinunter sauste, und der Regen, wenn er prickelnd gegen die Fenster getrieben ward. Alles schlief, der Hauswirt und die Seinen, Lotte und die Kinder. Und er stand einsam wach am erkalteten Ofen und blinzelte gequält zu dem Werk hinüber, an das seine kranke Ungenügsamkeit ihn glauben ließ... Sein weißer Hals ragte lang aus der Binde hervor, und zwischen den Schößen des Schlafrocks sah man seine nach innen gekrümmten Beine. Sein rotes Haar war aus der hohen und zarten Stirn zurückgestrichen, ließ blaß geäderte Buchten über den Schläfen frei und bedeckte die Ohren in dünnen Locken. An der Wurzel der großen, gebogenen Nase, die unvermittelt in eine weißliche Spitze endete, traten die starken Brauen, dunkler als das Haupthaar, nahe zusammen, was dem Blick der tiefliegenden, wunden Augen etwas tragisch Schauendes gab. Gezwungen, durch den Mund zu atmen, öffnete er die dünnen Lippen, und seine Wangen, sommersprossig und von Stubenluft fahl, erschlafften und fielen ein...

Nein, es mißlang, und alles war vergebens! Die Armee! Die Armee hätte gezeigt werden müssen! Die Armee war die Basis von allem! Da sie nicht vors Auge gebracht werden konnte – war die ungeheure Kunst denkbar, sie der Einbildung aufzuzwingen? Und der Held war kein Held; er war unedel und kalt! Die Anlage war falsch, und die Sprache war falsch, und es war ein trockenes und schwungloses Kolleg in Historie, breit, nüchtern und für die Schaubühne verloren!

Gut, es war also aus. Eine Niederlage. Ein verfehltes Unternehmen. Bankerott. Er wollte es Körnern schreiben, dem guten Körner, der an ihn glaubte, der in kindischem Vertrauen seinem Genius anhing. Er würde höhnen, flehen, poltern – der Freund; würde ihn an den Carlos gemahnen, der auch aus Zweifeln und Mühen und Wandlungen hervorgegangen und sich am Ende, nach aller Qual, als ein weithin Vortreffliches, eine ruhmvolle Tat erwiesen hat. Doch das war anders gewesen. Damals war er der Mann noch, eine Sache mit glücklicher Hand zu packen und sich den Sieg daraus zu gestalten. Skrupel und Kämpfe? O ja. Und krank war er gewesen, wohl kränker als jetzt, ein Darbender, Flüchtiger, mit der Welt Zerfallener, gedrückt und im Menschlichen bettelarm. Aber jung, ganz jung noch! Jedesmal,

wie tief auch gebeugt, war sein Geist geschmeidig emporge-
schnellt, und nach den Stunden des Harms waren die anderen
des Glaubens und des inneren Triumphes gekommen. Die kamen nicht mehr, kamen kaum noch. Eine Nacht der flammenden Stimmung, da man auf einmal in einem genialisch leidenschaftlichen Lichte sah, was werden könnte, wenn man immer
solcher Gnade genießen dürfte, mußte bezahlt werden mit einer
Woche der Finsternis und der Lähmung. Müde war er, sieben-
unddreißig erst alt und schon am Ende. Der Glaube lebte nicht
mehr, der an die Zukunft, der im Elend sein Stern gewesen. Und
so war es, dies war die verzweifelte Wahrheit: Die Jahre der Not
und der Nichtigkeit, die er für Leidens- und Prüfungsjahre gehalten, sie eigentlich waren reiche und fruchtbare Jahre gewesen; und nun, da ein wenig Glück sich herniedergelassen, da er
aus dem Freibeutertum des Geistes in einige Rechtlichkeit und
bürgerliche Verbindung eingetreten war, Amt und Ehren trug,
Weib und Kinder besaß, nun war er erschöpft und fertig. Versagen und verzagen – das war's, was übrig blieb.

Er stöhnte, preßte die Hände vor die Augen und ging wie
gehetzt durch das Zimmer. Was er da eben gedacht, war so
furchtbar, daß er nicht an der Stelle zu bleiben vermochte, wo
ihm der Gedanke gekommen war. Er setzte sich auf einen Stuhl
an der Wand, ließ die gefalteten Hände zwischen den Knien hangen und starrte trüb auf die Diele nieder.

Das Gewissen... wie laut sein Gewissen schrie! Er hatte ge-
sündigt, sich versündigt gegen sich selbst in all den Jahren, gegen das zarte Instrument seines Körpers. Die Ausschweifungen
seines Jugendmutes, die durchwachten Nächte, die Tage in ta-
bakrauchiger Stubenluft, übergeistig und des Leibes uneingedenk, die Rauschmittel, mit denen er sich zur Arbeit gestachelt –
das rächte, rächte sich jetzt!

Und rächte es sich, so wollte er den Göttern trotzen, die
Schuld schickten und dann Strafe verhängten. Er hatte gelebt,
wie er leben mußte, er hatte nicht Zeit gehabt, weise, nicht Zeit,
bedächtig zu sein. Hier, an dieser Stelle der Brust, wenn er atmete, hustete, gähnte, immer am selben Punkt dieser Schmerz,

diese kleine, teuflische, stechende, bohrende Mahnung, die nicht schwieg, seitdem vor fünf Jahren in Erfurt das Katarrhfieber, jene hitzige Brustkrankheit, ihn angefallen – was wollte sie sagen? In Wahrheit, er wußte es nur zu gut, was sie meinte – mochte der Arzt sich stellen wie er konnte und wollte. Er hatte nicht Zeit, sich mit kluger Schonung zu begegnen, mit milder Sittlichkeit hauszuhalten. Was er tun wollte, mußte er bald tun, heute noch, schnell... Sittlichkeit? Aber wie kam es zuletzt, daß die Sünde gerade, die Hingabe an das Schädliche und Verzehrende ihn moralischer dünkte als alle Weisheit und kühle Zucht? Nicht sie, nicht die verächtliche Kunst des guten Gewissens waren das Sittliche, sondern der Kampf und die Not, die Leidenschaft und der Schmerz!

Der Schmerz... Wie das Wort ihm die Brust weitete! Er reckte sich auf, verschränkte die Arme; und sein Blick, unter den rötlichen, zusammenstehenden Brauen, beseelte sich mit schöner Klage. Man war noch nicht elend, ganz elend noch nicht, solange es möglich war, seinem Elend eine stolze und edle Benennung zu schenken. Eins war not: Der gute Mut, seinem Leben große und schöne Namen zu geben! Das Leid nicht auf Stubenluft und Konstipation zurückzuführen! Gesund genug sein, um pathetisch sein – um über das Körperliche hinwegsehen, hinwegfühlen zu können! Nur hierin naiv sein, wenn auch sonst wissend in allem! Glauben, an den Schmerz glauben können... Aber er glaubte ja an den Schmerz, so tief, so innig, daß etwas, was unter Schmerzen geschah, diesem Glauben zufolge weder nutzlos noch schlecht sein konnte. Sein Blick schwang sich zum Manuskript hinüber, und seine Arme verschränkten sich fester über der Brust... Das Talent selbst – war es nicht Schmerz? Und wenn das dort, das unselige Werk, ihn leiden machte, war es nicht in der Ordnung so und fast schon ein gutes Zeichen? Es hatte noch niemals gesprudelt, und sein Mißtrauen würde erst eigentlich beginnen, wenn es das täte. Nur bei Stümpern und Dilettanten sprudelte es, bei den Schnellzufriedenen und Unwissenden, die nicht unter dem Druck und der Zucht des Talentes lebten. Denn das Talent, meine Herren und Damen dort unten, weithin im Parterre, das Talent ist nichts Leichtes, nichts Tändelndes, es ist nicht ohne weiteres ein Können. In der Wurzel ist es Bedürfnis, ein kritisches Wissen um das Ideal, eine Ungenügsamkeit, die sich ihr Können nicht ohne Qual erst schafft und steigert. Und den Größten, den Ungenügsamsten ist ihr Talent die schärfste Geißel... Nicht klagen! Nicht prahlen! Bescheiden, geduldig denken von dem, was man trug! Und wenn nicht ein Tag in der Woche, nicht eine Stunde von Leiden frei war – was weiter? Die Lasten und Leistungen, die Anforderungen, Beschwerden, Strapazen gering achten, klein sehen – das war's, was groß machte!

Er stand auf, zog die Dose und schnupfte gierig, warf dann die Hände auf den Rücken und schritt so heftig durch das Zimmer, daß die Flammen der Kerzen im Luftzuge flatterten... Größe! Außerordentlichkeit! Welteroberung und Unsterblichkeit des Namens! Was galt alles Glück der ewig Unbekannten gegen dies Ziel? Gekannt sein – gekannt und geliebt von den Völkern der Erde! Schwatzet von Ichsucht, die ihr nichts wißt von der Süßigkeit dieses Traumes und Dranges! Ichsüchtig ist alles Außerordentliche, sofern es leidet. Mögt ihr selbst zusehen, spricht es, ihr Sendungslosen, die ihr's auf Erden so viel leichter habt! Und der Ehrgeiz spricht: Soll das Leiden umsonst gewesen sein? Groß muß es mich machen!...

Die Flügel seiner großen Nase waren gespannt, sein Blick drohte und schweifte. Seine Rechte war heftig und tief in den Aufschlag seines Schlafrockes geschoben, während die Linke geballt herniederhing. Eine fliegende Röte war in seine hageren Wangen getreten, eine Lohe, emporgeschlagen aus der Glut seines Künstleregoismus, jener Leidenschaft für sein Ich, die unauslöschlich in seiner Tiefe brannte. Er kannte ihn wohl, den heimlichen Rausch dieser Liebe. Zuweilen brauchte er nur seine Hand zu betrachten, um von einer begeisterten Zärtlichkeit für sich selbst erfüllt zu werden, in deren Dienst er alles, was ihm an Waffen des Talentes und der Kunst gegeben war, zu stellen beschloß. Er durfte es, nichts war unedel daran. Denn tiefer noch, als diese Ichsucht, lebte das Bewußtsein, sich dennoch bei alldem

369

im Dienste vor irgend etwas Hohem, ohne Verdienst freilich, sondern unter einer Notwendigkeit, uneigennützig zu verzehren und aufzuopfern. Und dies war seine Eifersucht: daß niemand größer werde als er, der nicht auch tiefer als er um dieses Hohe gelitten.

Niemand! ... Er blieb stehen, die Hand über den Augen, den Oberkörper halb seitwärts gewandt, ausweichend, fliehend. Aber er fühlte schon den Stachel dieses unvermeidlichen Gedankens in seinem Herzen, des Gedankens an ihn, den anderen, den Hellen, Tastseligen, Sinnlichen, Göttlich-Unbewußten, an den dort, in Weimar, den er mit einer sehnsüchtigen Feindschaft liebte... Und wieder, wie stets, in tiefer Unruhe, mit Hast und Eifer, fühlte er die Arbeit in sich beginnen, die diesem Gedanken folgte: das eigene Wesen und Künstlertum gegen das des anderen zu behaupten und abzugrenzen... War er denn größer? Worin? Warum? War es ein blutendes Trotzdem, wenn er siegte? Würde je sein Erliegen ein tragisches Schauspiel sein? Ein Gott, vielleicht – ein Held war er nicht. Aber es war leichter, ein Gott zu sein, als ein Held! – Leichter... Der andere hatte es leichter! Mit weiser und glücklicher Hand Erkennen und Schaffen zu scheiden, das mochte heiter und quallos und quellend fruchtbar machen. Aber war Schaffen göttlich, so war Erkenntnis Heldentum, und beides war der, ein Gott und ein Held, welcher erkennend schuf!

Der Wille zum Schweren... Ahnte man, wieviel Zucht und Selbstüberwindung ein Satz, ein strenger Gedanke ihn kostete? Denn zuletzt war er unwissend und wenig geschult, ein dumpfer und schwärmender Träumer. Es war schwerer, einen Brief des Julius zu schreiben, als die beste Szene zu machen – und war es nicht darum auch fast schon das Höhere? – Vom ersten rhythmischen Drange innerer Kunst nach Stoff, Materie, Möglichkeit des Ergusses – bis zum Gedanken, zum Bilde, zum Worte, zur Zeile: welch Ringen! welch Leidensweg! Wunder der Sehnsucht waren seine Werke, der Sehnsucht nach Form, Gestalt, Begrenzung, Körperlichkeit, der Sehnsucht hinüber in die klare Welt des anderen, der unmittelbar und mit göttlichem Mund die besonnten Dinge bei Namen nannte.

Dennoch, und jenem zum Trotz: Wer war ein Künstler, ein Dichter gleich ihm, ihm selbst? Wer schuf, wie er, aus dem Nichts, aus der eigenen Brust? War nicht als Musik, als reines Urbild des Seins ein Gedicht in seiner Seele geboren, lange bevor es sich Gleichnis und Kleid aus der Welt der Erscheinungen lieh? Geschichte, Weltweisheit, Leidenschaft: Mittel und Vorwände, nicht mehr, für etwas, was wenig mit ihnen zu schaffen, was seine Heimat in orphischen Tiefen hatte. Worte, Begriffe: Tasten nur, die sein Künstlertum schlug, um ein verborgenes Saitenspiel klingen zu machen... Wußte man das? Sie priesen ihn sehr, die guten Leute, für die Kraft der Gesinnung, mit welcher er die oder jene Taste schlug. Und sein Lieblingswort, sein letztes Pathos, die große Glocke, mit der er zu den höchsten Festen der Seele rief, sie lockte viele herbei... Freiheit... Mehr und weniger, wahrhaftig, begriff er darunter als sie, wenn sie jubelten. Freiheit – was hieß das? Ein wenig Bürgerwürde doch nicht vor Fürstenthronen? Laßt ihr euch träumen, was alles ein Geist mit dem Worte zu meinen wagt? Freiheit wovon? Wovon zuletzt noch? Vielleicht sogar noch vom Glück, vom Menschenglück, dieser seidenen Fessel, dieser weichen und holden Verpflichtung...

Vom Glück... Seine Lippen zuckten; es war, als kehrte sein Blick sich nach innen, und langsam ließ er das Gesicht in die Hände sinken... Er war im Nebenzimmer. Bläuliches Licht floß von der Ampel, und der geblümte Vorhang verhüllte in stillen Falten das Fenster. Er stand am Bette, beugte sich über das süße Haupt auf dem Kissen... Eine schwarze Locke ringelte sich über die Wange, die von der Blässe der Perlen schien, und die kindlichen Lippen waren im Schlummer geöffnet... Mein Weib! Geliebte! Folgtest du meiner Sehnsucht und tratest du zu mir, mein Glück zu sein? Du bist es, sei still! Und schlafe! Schlag jetzt nicht diese süßen, langschattenden Wimpern auf, um mich anzuschauen, so groß und dunkel, wie manchmal, als fragtest und suchtest du mich! Bei Gott, bei Gott, ich liebe dich sehr! Ich kann mein Gefühl nur zuweilen nicht finden, weil ich oft sehr müde vom Leiden bin und vom Ringen mit jener Aufgabe, welche mein Selbst mir stellt. Und ich darf nicht allzusehr dein, nie ganz in dir glücklich sein, um dessentwillen, was meine Sendung ist...

Er küßte sie, trennte sich von der lieblichen Wärme ihres Schlummers, sah um sich, kehrte zurück. Die Glocke mahnte ihn, wie weit schon die Nacht vorgeschritten, aber es war auch zugleich, als zeigte sie gütig das Ende einer schweren Stunde an. Er atmete auf, seine Lippen schlossen sich fest; er ging und ergriff die Feder... Nicht grübeln! Er war zu tief, um grübeln zu dürfen! Nicht ins Chaos hinabsteigen, sich wenigstens nicht dort aufhalten! Sondern aus dem Chaos, welches die Fülle ist, ans Licht emporheben, was fähig und reif ist, Form zu gewinnen. Nicht grübeln: Arbeiten! Begrenzen, ausschalten, gestalten, fertig werden...

Und es wurde fertig, das Leidenswerk. Es wurde vielleicht nicht gut, aber es wurde fertig. Und als es fertig war, siehe, da war es auch gut. Und aus seiner Seele, aus Musik und Idee, rangen sich neue Werke hervor, klingende und schimmernde Gebilde, die in heiliger Form die unendliche Heimat wunderbar ahnen ließen, wie in der Muschel das Meer saust, dem sie entfischt ist.

Wälsungenblut

Da es sieben Minuten vor zwölf war, kam Wendelin in den Vorsaal des ersten Stockes und rührte das Tamtam. Breitbeinig, in seinen veilchenfarbenen Kniehosen, stand er auf einem altersblassen Gebetsteppich und bearbeitete das Metall mit dem Klöppel. Der erzene Lärm, wild, kannibalisch und übertrieben für seinen Zweck, drang überall hin: in die Salons zur Rechten und Linken, den Billardsaal, die Bibliothek, den Wintergarten, hinab und hinauf durch das ganze Haus, dessen gleichmäßig erwärmte Atmosphäre durchaus mit einem süßen und exotischen Parfum geschwängert war. Endlich schwieg er, und Wendelin ging noch sieben Minuten lang anderen Geschäften nach, indes Florian im Eßsaal die letzte Hand an den Frühstückstisch legte. Aber Schlag zwölf Uhr ertönte die kriegerische Mahnung zum zweitenmal. Und hierauf erschien man.

Herr Aarenhold kam mit kurzen Schritten aus der Bibliothek, wo er sich mit seinen alten Drucken beschäftigt hatte. Er erwarb beständig literarische Altertümer, Ausgaben erster Hand in allen Sprachen, kostbare und moderige Scharteken. Indem er sich leise die Hände rieb, fragte er in seiner gedämpften und ein wenig leidenden Art: »Ist Beckerath noch nicht da?«

»Nun, er wird kommen. Wie wird er nicht kommen? Er spart ein Frühstück im Restaurant«, antwortete Frau Aarenhold, indem sie auf dem dicken Läufer geräuschlos über die Treppe kam, auf deren Absatz eine kleine, uralte Kirchenorgel stand.

Herr Aarenhold blinzelte. Seine Frau war unmöglich. Sie war klein, häßlich, früh gealtert und wie unter einer fremden, heißeren Sonne verdorrt. Eine Kette von Brillanten lag auf ihrer eingefallenen Brust. Sie trug ihr graues Haar in vielen Schnörkeln und Ausladungen zu einer umständlichen und hochgebauten Coiffure angeordnet, in welcher, irgendwo seitwärts, eine große, farbig funkelnde und ihrerseits mit einem weißen Federbüschel gezierte Brillant-Agraffe befestigt war. Herr Aarenhold und die Kinder hatten ihr diese Haartracht mehr als einmal mit gut gesetzten Worten verwiesen. Aber Frau Aarenhold bestand mit Zähigkeit auf ihrem Geschmack.

Die Kinder kamen. Es waren Kunz und Märit, Siegmund und Sieglind. Kunz war in betreßter Uniform, ein schöner, brauner Mensch mit aufgeworfenen Lippen und einer gefährlichen Hiebnarbe. Er übte sechs Wochen bei seinem Husarenregiment. Märit erschien in miederlosem Gewande. Sie war aschblond, ein strenges Mädchen von achtundzwanzig mit Hakennase, grauen Raubvogelaugen und einem bittern Munde. Sie studierte die Rechte und ging mit einem Ausdruck von Verachtung durchaus ihre eigenen Wege.

Siegmund und Sieglind kamen zuletzt, Hand in Hand, aus dem zweiten Stock. Sie waren Zwillinge und die Jüngsten: grazil wie Gerten und kindlich von Wuchs bei ihren neunzehn Jahren. Sie trug ein bordeauxrotes Samtkleid, zu schwer für ihre Gestalt und im Schnitt der florentinischen Mode von Fünfzehnhundert sich nähernd. Er trug einen grauen Jackett-Anzug mit einer Krawatte aus himbeerfarbener Rohseide, Lackschuhe an seinen schlanken Füßen und Manschettenknöpfe, die mit kleinen Brillanten besetzt waren. Sein starker, schwarzer Bartwuchs war rasiert, so daß auch seinem mageren und fahlen Gesicht mit den schwarz zusammengewachsenen Brauen das Ephebenhafte seiner Gestalt bewahrt blieb. Sein Kopf war mit dichten, schwarzen, gewaltsam auf der Seite gescheitelten Locken bedeckt, die ihm weit in die Schläfen wuchsen. In ihrem dunkelbraunen Haar, das in tiefem, glatten Scheitel über die Ohren frisiert war, lag ein goldener Reif, von dem in ihre Stirn hinab eine große Perle hing, – ein Geschenk von ihm. Um eines seiner knabenhaften Handgelenke lag eine gewichtige goldene Fessel, – ein Geschenk von ihr. Sie waren einander sehr ähnlich. Sie hatten dieselbe ein wenig niedergedrückte Nase, dieselben voll und weich aufeinander ruhenden Lippen, hervortretenden Wangenknochen, schwarzen und blanken Augen. Aber am meisten glichen sich ihre langen und schmalen Hände, – dergestalt, daß die seinen keine männlichere Form, nur eine rötlichere Färbung aufwiesen als die ihren. Und sie hielten einander beständig daran, worin sie nicht störte, daß ihrer beider Hände zum Feuchtwerden neigten...

Man stand eine Weile auf den Teppichen in der Halle und sprach fast nichts. Endlich kam von Beckerath, der Verlobte Sieglindens. Wendelin öffnete ihm die Flurtüre, und er kam herein in schwarzem Schoßrock und entschuldigte sein Zuspätkommen nach allen Seiten. Er war Verwaltungsbeamter und von Familie, – klein, kanariengelb, spitzbärtig und von eifriger Artigkeit. Bevor er einen Satz begann, zog er rasch die Luft durch den offenen Mund ein, indem er das Kinn auf die Brust drückte.

Er küßte Sieglinden die Hand und sagte:

»Ja, entschuldigen auch Sie, Sieglinde! Der Weg vom Ministerium zum Tiergarten ist so weit...« Er durfte sie noch nicht duzen; sie liebte das nicht. Sie antwortete ohne Zögern:

»Sehr weit. Und wie nun übrigens, wenn Sie in Anbetracht dieses Weges Ihr Ministerium ein wenig früher verließen?«

Kunz fügte hinzu, und seine schwarzen Augen wurden zu blitzenden Ritzen:

»Das würde von entschieden befeuernder Wirkung auf den Gang unseres Hauswesens sein.«

»Ja, mein Gott... Geschäfte...«, sagte von Beckerath matt. Er zählte fünfunddreißig Jahre.

Die Geschwister hatten mundfertig und mit scharfer Zunge gesprochen, scheinbar im Angriff und doch vielleicht nur aus eingeborener Abwehr, verletzend und wahrscheinlich doch nur aus Freude am guten Wort, so daß es pedantisch gewesen wäre, ihnen gram zu sein. Sie ließen seine arme Antwort gelten, als fänden sie, daß sie ihm angemessen sei und daß seine Art die Wehr des Witzes nicht nötig habe. Man ging zu Tische, voran Herr Aarenhold, der Herrn von Beckerath zeigen wollte, daß er Hunger habe.

Sie setzten sich, sie entfalteten die steifen Servietten. In dem ungeheuren, mit Teppichen belegten und rings mit einer Boiserie aus dem achtzehnten Jahrhundert bekleideten Speisesaal, von dessen Decke drei elektrische Lüster hingen, verlor sich der Familientisch mit den sieben Personen. Er war an das große, bis zum Boden reichende Fenster gerückt, zu dessen Füßen, hinter niedrigem Gitter, der zierliche Silberstrahl eines Springbrunnens tänzelte und das einen weiten Blick über den noch winterlichen Garten bot. Gobelins mit Schäfer-Idyllen, die wie die Täfelung vorzeiten ein französisches Schloß geschmückt hatten, bedeckten den oberen Teil der Wände. Man saß tief am Tische, auf Stühlen, deren breite und nachgiebige Polster mit Gobelins bespannt waren. Auf dem starken, blitzend weißen und scharf gebügelten Damast stand bei jedem Besteck ein Spitzglas mit zwei Orchideen. Herr Aarenhold befestigte mit seiner hageren und vorsichtigen Hand das Pincenez auf halber Höhe seiner Nase und las mit argwöhnischer Miene das Menü, das in drei Exemplaren auf dem Tische lag. Er litt an einer Schwäche des Sonnengeflechts, jenes Nervenkomplexes, der sich unterhalb des Magens befindet und die Quelle schwerer Mißhelligkeiten werden kann. Er war daher gehalten, zu prüfen, was er zu sich nahm.

Es gab Fleischbrühe mit Rindermark, Sole au vin blanc, Fasan und Ananas. Nichts weiter. Es war ein Familienfrühstück. Aber Herr Aarenhold war zufrieden: es waren gute, bekömmliche Sachen. Die Suppe kam. Eine Winde, die ins Büfett mündete, trug sie geräuschlos aus der Küche herab, und die Diener reichten sie um den Tisch, gebückt, mit konzentrierter Miene, in einer Art Leidenschaft des Dienens. Es waren winzige Täßchen aus zartestem durchschimmerndem Porzellan. Die weißlichen Markklümpchen schwammen in dem heißen, goldgelben Saft.

Herr Aarenhold fand sich durch die Erwärmung angeregt, ein wenig Luft aufzubringen. Mit behutsamen Fingern führte er die Serviette zum Munde und suchte nach einer Ausdrucksmöglichkeit für das, was ihm den Geist bewegte.

»Nehmen Sie noch ein Täßchen, Beckerath«, sagte er. »Das nährt. Wer arbeitet, hat das Recht, sich zu pflegen, und zwar mit Genuß... Essen Sie eigentlich gern? Essen Sie mit Vergnügen?

Wo nicht, desto schlimmer für Sie. Mir ist jede Mahlzeit ein kleines Fest. Jemand hat gesagt, das Leben sei doch schön, da es so eingerichtet sei, daß man täglich viermal essen könne. Er ist mein Mann. Aber um diese Einrichtung würdigen zu können, dazu gehört eine gewisse Jugendlichkeit und Dankbarkeit, die sich nicht jeder zu erhalten versteht... Man wird alt, gut, daran ändern wir nichts. Aber worauf es ankommt, ist, daß die Dinge einem neu bleiben, und daß man sich eigentlich an nichts gewöhnt... Da sind nun«, fuhr er fort, indem er ein wenig Rindermark auf einen Semmelbrocken bettete und Salz darauf streute, »Ihre Verhältnisse im Begriffe, sich zu ändern; das Niveau Ihres Daseins soll sich nicht unwesentlich erhöhen.« (Von Beckerath lächelte.) »Wenn Sie Ihr Leben genießen wollen, wahrhaft genießen, bewußt, künstlerisch, so trachten Sie, sich niemals an die neuen Umstände zu gewöhnen. Gewöhnung ist der Tod. Sie ist der Stumpfsinn. Leben Sie sich nicht ein, lassen Sie sich nichts selbstverständlich werden, bewahren Sie sich einen Kindergeschmack für die Süßigkeiten des Wohlstandes. Sehen Sie... Ich bin nun seit manchem Jahr in der Lage, mir einige Annehmlichkeiten des Lebens zu gönnen« (von Beckerath lächelte), »und doch versichere ich Sie, daß ich noch heute jeden Morgen, den Gott werden läßt, beim Erwachen ein wenig Herzklopfen habe, weil meine Bettdecke aus Seide ist. Das ist Jugendlichkeit... Ich weiß doch, wie ich's gemacht habe; und doch, ich kann um mich blicken wie ein verwunschener Prinz...«

Die Kinder tauschten Blicke, jedes mit jedem und so rücksichtslos, daß Herr Aarenhold nicht umhinkonnte, es zu bemerken und sichtlich in Verlegenheit geriet. Er wußte, daß sie einig gegen ihn waren und daß sie ihn verachteten: für seine Herkunft, für das Blut, das in ihm floß und das sie von ihm empfangen, für die Art, in der er seinen Reichtum erworben, für seine Liebhabereien, die ihm in ihren Augen nicht zukamen, für seine Selbstpflege, auf die er ebenfalls kein Recht haben sollte, für seine weiche und dichterische Geschwätzigkeit, der die Hemmungen des Geschmackes fehlten... Er wußte es und gab ihnen gewissermaßen recht; er war nicht ohne Schuldbewußtsein ihnen gegenüber. Aber zuletzt mußte er seine Persönlichkeit behaupten, mußte sein Leben führen und auch davon sprechen dürfen, namentlich dies. Er hatte ein Recht darauf, hatte nachgewiesen, daß er der Betrachtung wert war. Er war ein Wurm gewesen, eine Laus, jawohl; aber eben die Fähigkeit, dies so inbrünstig und selbstverachtungsvoll zu empfinden, war zur Ursache jenes zähen und niemals genügsamen Strebens geworden, das ihn groß gemacht hatte... Herr Aarenhold war im Osten an entlegener Stätte geboren, hatte eines begüterten Händlers Tochter geehelicht und vermittelst einer kühnen und klugen Unternehmung, großartiger Machenschaften, welche ein Bergwerk, den Aufschluß eines Kohlenlagers zum Gegenstand gehabt hatten, einen gewaltigen und unversieglichen Goldstrom in seine Kasse gelenkt...

Das Fischgericht stieg hernieder. Die Diener eilten damit vom Büfett durch die Weite des Saales. Sie reichten die cremeartige Sauce dazu und schenkten Rheinwein, der leis auf der Zunge prickelte. Man sprach von Sieglindens und Beckeraths Hochzeit.

Sie stand nahe bevor, in acht Tagen sollte sie stattfinden. Man erwähnte der Aussteuer, man entwarf die Route der Hochzeitsreise nach Spanien. Eigentlich erörterte Herr Aarenhold allein diese Gegenstände, von seiten von Beckeraths durch eine artige Fügsamkeit unterstützt. Frau Aarenhold speiste gierig und antwortete, nach ihrer Art, ausschließlich mit Gegenfragen, die wenig förderlich waren. Ihre Rede war mit sonderbaren und an Kehllauten reichen Worten durchsetzt, Ausdrücken aus dem Dialekt ihrer Kindheit. Märit war voll schweigenden Widerstandes gegen die kirchliche Trauung, die in Aussicht genommen war und die sie in ihren vollständig aufgeklärten Überzeugungen beleidigte. Übrigens stand auch Herr Aarenhold dieser Trauung kühl gegenüber, da von Beckerath Protestant war. Eine protestantische Trauung sei ohne Schönheitswert. Ein anderes, wenn von Beckerath dem katholischen Bekenntnis angehört hätte. – Kunz blieb stumm, weil er sich in von Beckeraths Gegenwart an seiner Mutter ärgerte. Und weder Siegmund noch

Sieglind legten Teilnahme an den Tag. Sie hielten einander zwischen den Stühlen an ihren schmalen und feuchten Händen. Zuweilen fanden sich ihre Blicke, verschmolzen, schlossen ein Einvernehmen, zu dem es von außen nicht Wege noch Zugang gab. Von Beckerath saß an Sieglindens anderer Seite.

»Fünfzig Stunden«, sagte Herr Aarenhold, »und Sie sind in Madrid, wenn Sie wollen. Man schreitet fort, ich habe auf dem kürzesten Wege sechzig gebraucht... Ich nehme an, daß Sie den Landweg dem Seewege von Rotterdam aus vorziehen?«

Von Beckerath zog den Landweg eilfertig vor.

»Aber Sie werden Paris nicht links liegenlassen. Sie haben die Möglichkeit, direkt über Lyon zu fahren... Sieglinde kennt Paris. Aber Sie sollten sich die Gelegenheit nicht entgehen lassen... Ich stelle Ihnen anheim, ob Sie vorher Aufenthalt nehmen wollen. Die Wahl des Ortes, wo Ihnen der Honigmond anbrechen soll, bleibt billig Ihnen selbst überlassen...«

Sieglinde wandte den Kopf, wandte ihn zum erstenmal ihrem Verlobten zu: unverhohlen und frei, ganz unbesorgt, ob jemand acht darauf habe. Sie sah in die artige Miene an ihrer Seite, groß und schwarz, prüfend, erwartungsvoll, fragend, mit einem glänzend ernsten Blick, der diese drei Sekunden lang begrifflos redete wie der eines Tieres. Doch zwischen den Stühlen hielt sie die schmale Hand ihres Zwillings, dessen zusammengewachsene Brauen an der Nasenwurzel zwei schwarze Falten bildeten...

Das Gespräch glitt ab, plänkelte eine Weile unstet hin und her, berührte eine Sendung frischer Zigarren, welche, in Zink verschlossen, eigens für Herrn Aarenhold aus Habana eingetroffen waren, und zog dann Kreise um einen Punkt, eine Frage rein logischer Natur, die beiläufig von Kunz aufgeworfen war: ob nämlich, wenn a die notwendige und ausreichende Bedingung für b sei, auch b die notwendige und ausreichende Bedingung für a sein müsse. Dies umstritt man, zersetzte es in Scharfsinn, brachte Beispiele bei, kam vom Hundertsten ins Tausendste, befehdete einander mit einer stählernen und abstrakten Dialektik und erhitzte sich nicht wenig. Märit hatte eine philosophische

Unterscheidung, nämlich die zwischen dem realen und dem kausalen Grunde, in die Debatte eingeführt. Kunz erklärte, indem er mit erhobenem Kopfe auf sie hinabredete, den »kausalen Grund« für einen Pleonasmus. Märit bestand mit gereizten Worten auf dem Rechte ihrer eigenen Terminologie. Herr Aarenhold setzte sich zurecht, hob ein Brotstückchen zwischen Daumen und Zeigefinger empor und machte sich anheischig, das Ganze zu erklären. Er erlitt ein vollkommenes Fiasko. Die Kinder lachten ihn aus. Sogar Frau Aarenhold wies ihn zurück. »Was redest du?« sagte sie. »Hast du's gelernt? Wenig hast du gelernt!« Und als von Beckerath das Kinn auf die Brust drückte und die Luft durch den Mund einzog, um seine Meinung zu äußern, war man bereits bei etwas anderem.

Siegmund sprach. Er erzählte in ironisch gerührtem Tone von der gewinnenden Einfalt und Naturnähe eines Bekannten, der sich in Unwissenheit darüber erhalten habe, welches Kleidungsstück man als Jackett und welches als Smoking bezeichne. Dieser Parsifal rede von einem karierten Smoking... Kunz kannte einen noch beweglicheren Fall von Unverdorbenheit. Er handelte von einem, der zum Five o'clock tea im Smoking erschienen sei.

»Nachmittags im Smoking?« sagte Sieglinde und verzog ihre Lippen... »Das tun doch sonst nur die Tiere.«

Von Beckerath lachte eifrig, zumal sein Gewissen ihn mahnte, daß er selbst schon zu Tees im Smoking gegangen sei... Man kam so, beim Geflügel, von Fragen allgemein kultureller Natur auf Kunst zu sprechen: auf bildende Kunst, in der von Beckerath Kenner und Liebhaber war, auf Literatur und Theater, wofür im Hause Aarenhold die Neigung vorherrschte, obgleich sich Siegmund mit Malerei beschäftigte.

Die Unterhaltung ward lebhaft und allgemein, die Kinder nahmen entscheidenden Anteil daran, sie sprachen gut, ihr Gebärdenspiel war nervös und anmaßend. Sie marschierten an der Spitze des Geschmacks und verlangten das Äußerste. Sie gingen hinweg über das, was Absicht, Gesinnung, Traum und ringender Wille geblieben war, sie bestanden erbarmungslos auf dem

Können, der Leistung, dem Erfolg im grausamen Wettstreit der Kräfte, und das sieghafte Kunststück war es, was sie ohne Bewunderung, doch mit Anerkennung begrüßten. Herr Aarenhold selbst sagte zu von Beckerath:

»Sie sind sehr gutmütig, mein Lieber, Sie nehmen den guten Willen in Schutz. *Resultate*, – mein Freund! Sie sagen: Es ist zwar nicht ganz gut, was er macht, aber er war nur ein Bauer, bevor er zur Kunst ging; so ist auch dies schon erstaunlich. Nichts da. Die Leistung ist absolut. Es gibt keine mildernden Umstände. Er mache, was ersten Ranges ist, oder er fahre Mist. Wie weit hätte ich es gebracht mit Ihrer dankbaren Gesinnung? Ich hätte mir sagen können: Du bist nur ein Lump, ursprünglich; 's ist rührend, wenn du dich aufschwingst zum eigenen Kontor. Ich säße nicht hier. Ich habe die Welt zwingen müssen, mich anzuerkennen, – nun also, auch ich will zur Anerkennung gezwungen sein. Hier ist Rhodus; belieben Sie gütigst zu tanzen!«

Die Kinder lachten. Einen Augenblick verachteten sie ihn nicht. Sie saßen tief und weich am Tische im Saal, in lässiger Haltung, mit launisch verwöhnten Mienen, sie saßen in üppiger Sicherheit, aber ihre Rede ging scharf wie dort, wo es gilt, wo Helligkeit, Härte und Notwehr und wachsamer Witz zum Leben geboten sind. Ihr Lob war eine gehaltene Zustimmung, ihr Tadel, behend, geweckt und respektlos, entwaffnete im Handumdrehen, setzte die Begeisterung matt, machte sie dumm und stumm. Sie nannten »sehr gut« das Werk, das durch eine unverträumte Intellektualität vor jedem Einwand gesichert schien, und sie verhöhnten den Fehlgriff der Leidenschaft. Von Beckerath, zu einem unbewaffneten Enthusiasmus geneigt, hatte schweren Stand, besonders, da er der ältere war. Er ward beständig kleiner auf seinem Stuhl, drückte das Kinn auf die Brust und atmete verstört durch den offenen Mund, bedrängt von ihrer lustigen Übermacht. Sie widersprachen auf jeden Fall, als schiene es ihnen unmöglich, kümmerlich, schimpflich, nicht zu widersprechen, sie widersprachen vorzüglich, und ihre Augen wurden zu blitzenden Ritzen dabei. Sie fielen über ein Wort her, ein einzelnes, das er gebraucht hatte, zerzausten es, verwarfen es und trieben ein anderes auf, ein tödlich bezeichnendes, das schwirrte, traf und bebend im Schwarzen saß... Von Beckerath hatte rote Augen und bot einen derangierten Anblick, als das Frühstück zu Ende ging.

Plötzlich – man streute sich Zucker auf die Ananasschnitten – sagte Siegmund und verzerrte nach seiner Art beim Sprechen das Gesicht wie jemand, den die Sonne blendet:

»Ach, hören Sie, Beckerath, eh' wir's vergessen, noch eins... Sieglind und ich, wir nahen uns Ihnen in bittender Haltung... Es ist die ›Walküre‹ heute im Opernhaus... Wir möchten sie, Sieglind und ich, noch einmal zusammen hören... dürfen wir das? Es hängt natürlich von Ihrer Huld und Gnade ab...«

»Wie sinnig!« sagte Herr Aarenhold.

Kunz trommelte auf dem Tischtuch den Rhythmus des Hunding-Motivs.

Von Beckerath, bestürzt, daß man in irgendeiner Sache nach seiner Erlaubnis verlangte, antwortete eifrig:

»Aber, Siegmund, gewiß... und Sie, Sieglind... ich finde das sehr vernünftig... gehen Sie unbedingt... ich bin imstande und schließe mich an... Es ist eine vorzügliche Besetzung heute...«

Aarenholds beugten sich lachend über ihre Teller. Von Beckerath, ausgeschlossen und blinzelnd nach Orientierung ringend, versuchte, so gut es ging, sich an ihrer Heiterkeit zu beteiligen.

Siegmund sagte vor allen Dingen:

»Ach, denken Sie, ich finde die Besetzung schlecht. Im übrigen, seien Sie unserer Dankbarkeit wohl versehen; aber Sie haben uns mißverstanden. Sieglinde und ich, wir bitten, vor der Hochzeit noch einmal *allein* miteinander die ›Walküre‹ hören zu dürfen. Ich weiß nicht, ob Sie jetzt...«

»Aber natürlich... Ich verstehe vollkommen. Das ist reizend. Sie müssen unbedingt gehen...«

»Danke. Wir danken Ihnen sehr. – Dann lasse ich also Percy und Leiermann für uns anspannen.«

»Ich erlaube mir, dir zu bemerken«, sagte Herr Aarenhold, »daß deine Mutter und ich zum Diner bei Erlangers fahren, und zwar mit Percy und Leiermann. Ihr werdet die Herablassung haben, Euch mit Baal und Zampa zu begnügen und das braune Coupé zu benützen.«

»Und Plätze?« fragte Kunz...

»Ich habe sie längst«, sagte Siegmund und warf den Kopf zurück.

Sie lachten, indem sie dem Bräutigam in die Augen sahen.

Herr Aarenhold entfaltete mit spitzen Fingern die Hülse eines Belladonna-Pulvers und schüttete es sich behutsam in den Mund. Er zündete sich hierauf eine breite Zigarette an, die alsbald einen köstlichen Duft verbreitete. Die Diener sprangen herzu, die Stühle hinter ihm und Frau Aarenhold fortzuziehen. Befehl erging, daß der Kaffee im Wintergarten gereicht werde. Kunz verlangte mit scharfer Stimme nach seinem Dogcart, um in die Kaserne zu fahren.

Siegmund machte Toilette für die Oper, und zwar seit einer Stunde. Ein außerordentliches und fortwährendes Bedürfnis nach Reinigung war ihm eigen, dergestalt, daß er einen beträchtlichen Teil des Tages vorm Lavoir verbrachte. Er stand jetzt vor seinem großen, weißgerahmten Empire-Spiegel, tauchte den Puderquast in die getriebene Büchse und puderte sich Kinn und Wangen, die frisch rasiert waren; denn sein Bartwuchs war so stark, daß er, wenn er abends ausging, genötigt war, sich ein zweitesmal davon zu säubern.

Er stand dort ein wenig bunt: in rosaseidenen Unterbeinkleidern und Socken, roten Saffian-Pantoffeln und einer dunkel gemusterten wattierten Hausjacke mit hellgrauen Pelzaufschlägen. Und um ihn war das große, ganz mit weißlackierten und vornehm praktischen Dingen ausgestattete Schlafzimmer, hinter dessen Fenstern die nackten und nebeligen Wipfelmassen des Tiergartens lagen.

Da es allzusehr dunkelte, ließ er die Leuchtkörper erglühen, die, an dem weißen Plafond in großem Kreise angeordnet, das Zimmer mit einer milchigen Helligkeit erfüllten, und zog die samtnen Vorhänge vor die dämmernden Scheiben. Das Licht ward aufgenommen von den wasserklaren Spiegeltiefen des Schrankes, des Waschtisches, der Toilette; es blitzte in den geschliffenen Flakons auf den mit Kacheln ausgelegten Borden. Und Siegmund fuhr fort, an sich zu arbeiten. Zuweilen, bei irgendeinem Gedanken, bildeten seine zusammengewachsenen Brauen über der Nasenwurzel zwei schwarze Falten.

Sein Tag war vergangen, wie seine Tage zu vergehen pflegten: leer und geschwinde. Da das Theater um halb sieben begann und da er schon um halb fünf begonnen hatte, sich umzukleiden, so hatte es kaum einen Nachmittag für ihn gegeben. Nachdem er von zwei bis drei Uhr auf seiner Chaiselongue geruht, hatte er den Tee genommen und dann die überzählige Stunde genützt, indem er, ausgestreckt in einem tiefen Lederfauteuil des Arbeitszimmers, das er mit seinem Bruder Kunz teilte, in mehreren neu erschienenen Romanen je ein paar Seiten gelesen hatte. Er hatte diese Leistungen sämtlich erbärmlich schwach gefunden, immerhin aber ein paar davon zum Buchbinder gesandt, um sie für seine Bibliothek künstlerisch binden zu lassen.

Übrigens hatte er vormittags gearbeitet. Er hatte die Morgenstunde von zehn bis elf Uhr in dem Atelier seines Professors verbracht. Dieser Professor, ein Künstler von europäischem Ruf, bildete Siegmunds Talent im Zeichnen und Malen aus und erhielt von Herrn Aarenhold zweitausend Mark für den Monat. Es war gleichwohl zum Lächeln, was Siegmund malte. Er wußte es selbst und war weit entfernt, feurige Erwartungen in sein Künstlertum zu setzen. Er war zu scharfsinnig, um nicht zu begreifen, daß die Bedingungen seines Daseins für die Entwickkelung einer gestaltenden Gabe nicht eben die günstigsten waren.

Die Ausstattung des Lebens war so reich, so vielfach, so überladen, daß für das Leben selbst beinahe kein Platz blieb. Jegliches Stück dieser Ausstattung war so kostbar und schön, daß es sich anspruchsvoll über seinen dienenden Zweck erhob, verwirrte, Aufmerksamkeit verbrauchte. Siegmund war in den Überfluß hinein geboren, er war seiner ohne Zweifel gewohnt. Und dennoch bestand die Tatsache, daß dieser Überfluß nie aufhörte, ihn zu beschäftigen und zu erregen, ihn mit beständiger Wollust zu reizen. Es erging ihm darin, ob er wollte oder nicht, wie Herrn Aarenhold, der die Kunst übte, sich eigentlich an nichts zu gewöhnen...

Er liebte zu lesen, trachtete nach dem Wort und dem Geist als nach einem Rüstzeug, auf das ein tiefer Trieb ihn verwies. Aber niemals hatte er sich an ein Buch hingegeben und verloren, wie es geschieht, wenn einem dies eine Buch als das wichtigste, einzige gilt, als die kleine Welt, über die man nicht hinausblickt, in die man sich verschließt und versenkt, um Nahrung noch aus der letzten Silbe zu saugen. Die Bücher und Zeitschriften strömten herzu, er konnte sie alle kaufen, sie häuften sich um ihn, und während er lesen wollte, beunruhigte ihn die Menge des noch zu Lesenden. Aber die Bücher wurden gebunden. In gepreßtem Leder, mit Siegmund Aarenholds schönem Zeichen versehen, prachtvoll und selbstgenügsam standen sie da und beschwerten sein Leben wie ein Besitz, den sich zu unterwerfen ihm nicht gelang.

Der Tag war sein, war frei, war ihm geschenkt mit allen seinen Stunden von Sonnen-Aufgang bis -Untergang; und dennoch fand Siegmund in seinem Innern keine Zeit zu einem Wollen, geschweige zu einem Vollbringen. Er war kein Held, er gebot nicht über Riesenkräfte. Die Vorkehrungen, die luxuriösen Zurüstungen zu dem, was das Eigentliche und Ernste sein mochte, verbrauchten, was er einzusetzen hatte. Wieviel Umsicht und Geisteskraft ging nicht auf bei einer gründlichen und vollkommenen Toilette, wieviel Aufmerksamkeit in der Überwachung seiner Garderobe, seines Bestandes an Zigaretten, Seifen, Parfums, wieviel Entschlußfähigkeit in jenem zwei- oder dreimal täglich wiederkehrenden Augenblick, da es galt, die Krawatte zu wählen! Und es galt. Es lag daran. Mochten die blonden Bürger des Landes unbekümmert in Zugstiefeletten und Klappkrägen gehen. Er gerade, er mußte unangreifbar und ohne Tadel an seinem Äußeren sein vom Kopf bis zu Füßen...

Am Ende, niemand erwartete mehr von ihm als dies. Zuweilen, in Augenblicken, wenn eine Unruhe um das, was das

›Eigentliche‹ sein mochte, sich schwach in ihm regte, empfand er, wie dieser Mangel an fremder Erwartung sie wieder lähmte und löste... Die Zeiteinteilung im Hause war unter dem Gesichtspunkte getroffen, daß der Tag schnell und ohne fühlbare Stundenleere verstreichen möge. Stets rückte rasch die nächste Mahlzeit heran. Man dinierte vor sieben; der Abend, die Zeit des Müßigganges mit gutem Gewissen, war lang. Die Tage entschwanden, und so hurtig kamen und gingen die Jahreszeiten. Man verbrachte zwei Sommermonate in dem Schlößchen am See, dem weiten und prangenden Garten mit den Tennis-Plätzen, den kühlen Parkwegen und den Bronzestatuen auf dem geschorenen Rasen, – den dritten am Meere, im Hochgebirg, in Gasthöfen, die den Hausstand daheim an Aufwand zu überbieten suchten... An einigen Wintertagen hatte er sich vor kurzem noch zur Hochschule fahren lassen, um ein zu bequemer Stunde stattfindendes Kolleg über Kunstgeschichte zu hören; er besuchte es nicht mehr, da die Herren, die außer ihm daran teilnahmen, dem Urteil seiner Geruchsnerven nach bei weitem nicht genug badeten...

Statt dessen ging er mit Sieglinde spazieren. Sie war an seiner Seite gewesen seit fernstem Anbeginn, sie hing ihm an, seit beide die ersten Laute gelallt, die ersten Schritte getan, und er hatte keinen Freund, nie einen gehabt, als sie, die mit ihm geboren, sein kostbar geschmücktes, dunkel liebliches Ebenbild, dessen schmale und feuchte Hand er hielt, während die reich behangenen Tage mit leeren Augen an ihnen vorüberglitten. Sie nahmen frische Blumen auf ihre Spaziergänge mit, ein Veilchen-, ein Maiglocken-Sträußchen, daran sie abwechselnd rochen, zuweilen auch beide zugleich. Sie atmeten im Gehen den holden Duft mit wollüstiger und fahrlässiger Hingabe, pflegten sich damit wie egoistische Kranke, berauschten sich wie Hoffnungslose, wiesen mit einer inneren Gebärde die übelriechende Welt von sich weg und liebten einander um ihrer erlesenen Nutzlosigkeit willen. Aber was sie sprachen, war scharf und funkelnd gefügt; es traf die Menschen, die ihnen begegneten, die Dinge, die sie gesehen, gehört, gelesen hatten und die von anderen gemacht waren, von jenen, die dazu da waren, dem Wort, der Bezeichnung, dem witzigen Widerspruch ein Werk auszusetzen...

Dann war von Beckerath gekommen, im Ministerium tätig und von Familie. Er hatte um Sieglind geworben und dabei die wohlwollende Neutralität Herrn Aarenholds, die Fürsprache Frau Aarenholds, die eifernde Unterstützung Kunzens, des Husaren, auf seiner Seite gehabt. Er war geduldig, beflissen und von unendlicher Artigkeit gewesen. Und endlich, nachdem sie ihm oft genug gesagt, daß sie ihn nicht liebe, hatte Sieglind begonnen, ihn prüfend, erwartungsvoll, stumm zu betrachten, mit einem glänzend ernsten Blick, der begrifflos redete wie der eines Tieres – und hatte Ja gesagt. Und Siegmund selbst, dem sie untertan war, hatte an diesem Ausgang teil, er verachtete sich, aber er war dem nicht entgegen gewesen, weil von Beckerath im Ministerium tätig und von Familie war... Zuweilen, während er an seiner Toilette arbeitete, bildeten seine zusammengewachsenen Brauen über der Nasenwurzel zwei schwarze Falten...

Er stand auf dem Eisbärfell, das vor dem Bette seine Tatzen ausstreckte und in dem seine Füße verschwanden, und nahm das gefältete Frackhemd, nachdem er sich gänzlich mit einem aromatischen Wasser gewaschen. Sein gelblicher Oberkörper, über den das gestärkte und schimmernde Leinen glitt, war mager wie der eines Knaben und dabei zottig von schwarzem Haar. Er bekleidete sich weiter mit schwarzseidenen Unterhosen, Socken von schwarzer Seide und schwarzen Strumpfbändern mit silbernen Schnallen, legte die gebügelten Beinkleider an, deren schwarzes Tuch seidig schimmerte, befestigte weißseidene Hosenträger über seinen schmalen Schultern und fing an, den Fuß auf einen Schemel gestellt, die Knöpfe seiner Lackstiefel zu schließen. – Es klopfte.

»Darf ich kommen, Gigi?« fragte Sieglinde draußen...

»Ja, komm«, antwortete er.

Sie trat ein, schon fertig. Sie trug ein Kleid aus seegrüner, glänzender Seide, dessen eckiger Halsausschnitt von einer breiten écru-Stickerei umgeben war. Zwei gestickte Pfauen, einander zugewandt, hielten oberhalb des Gürtels in ihren Schnäbeln eine Girlande. Sieglindens tiefdunkles Haar war nun ohne Schmuck; aber an einer dünnen Perlenkette lag ein großer, eiförmiger Edelstein auf ihrem bloßen Halse, dessen Haut die Farbe angerauchten Meerschaums hatte. Über ihrem Arm hing ein schwer mit Silber durchwirktes Tuch.

»Ich verhehle dir nicht«, sagte sie, »daß der Wagen wartet.«

»Ich stehe nicht an, zu behaupten, daß er sich noch zwei Minuten gedulden wird«, sagte er, Schlag auf Schlag. Es wurden zehn Minuten. Sie saß auf der weißsamtnen Chaiselongue und sah ihm zu, der eifriger arbeitete.

Er wählte aus einem Farbenwust von Krawatten ein weißes Piquéband und begann, es vorm Spiegel zur Schleife zu schlingen.

»Beckerath«, sagte sie, »trägt auch die farbigen Krawatten immer noch quer gebunden, wie es voriges Jahr Mode war.«

»Beckerath«, sagte er, »ist die trivialste Existenz, in die ich Einblick gewonnen habe.« Dann fügte er, sich nach ihr umwendend, hinzu und verzerrte dabei sein Gesicht wie jemand, den die Sonne blendet:

»Übrigens möchte ich dich bitten, dieses Germanen im Laufe des heutigen Abends nicht mehr Erwähnung zu tun.«

Sie lachte kurz auf und antwortete:

»Du kannst dich versichert halten, daß mir das unschwer gelingen wird.«

Er legte die tief ausgeschnittene Piqué-Weste an und zog darüber den Frack, den fünfmal probierten Frack, dessen weichseidenes Futter den Händen schmeichelte, während sie durch die Ärmel glitten.

»Laß sehen, welche Knopfgarnitur du genommen hast«, sagte Sieglind und trat zu ihm hin. Es war die Amethystgarnitur. Die Knöpfe des Hemdeinsatzes, der Manschetten, der weißen Weste waren von gleicher Art.

Sie betrachtete ihn mit Bewunderung, mit Stolz, mit Andacht, – eine tiefe, dunkle Zärtlichkeit in ihren blanken Augen. Da ihre Lippen so weich aufeinander ruhten, küßte er sie darauf.

Sie setzten sich auf die Chaiselongue, um noch einen Augenblick zu kosen, wie sie es liebten.

»Ganz, ganz weich bist du wieder«, sagte sie und streichelte seine rasierten Wangen.

»Wie Atlas fühlen sich deine Ärmchen an«, sagte er und ließ seine Hand über ihren zarten Unterarm gleiten, während er zugleich den Veilchenhauch ihres Haares atmete.

Sie küßte ihn auf seine geschlossenen Augen; er küßte sie auf den Hals, zur Seite des Edelsteins. Sie küßten einander die Hände. Mit einer süßen Sinnlichkeit liebte jedes das andere um seiner verwöhnten und köstlichen Gepflegtheit und seines guten Duftes willen. Schließlich spielten sie wie kleine Hunde, die sich mit den Lippen beißen. Dann stand er auf.

»Wir wollen heut' nicht zu spät kommen«, sagte er. Er drückte noch den Mund des Parfumfläschchens auf sein Taschentuch, verrieb einen Tropfen in seinen schmalen und roten Händen, nahm die Handschuhe und erklärte, fertig zu sein.

Er löschte das Licht und sie gingen: den rötlich erhellten Korridor entlang, wo dunkle, alte Gemälde hingen, und vorbei an der Orgel die Treppen hinunter. In der Vorhalle des Erdgeschosses stand Wendelin, riesengroß in seinem langen, gelben Paletot, und wartete mit den Mänteln. Sie ließen sie sich anlegen. Sieglindens dunkles Köpfchen verschwand zur Hälfte in dem Silberfuchskragen des ihren. Sie gingen, gefolgt von dem Diener, durch den steinernen Flur und traten hinaus.

Es war mild und schneite etwas, im weißlichen Licht, in großen, fetzenartigen Flocken. Das Coupé hielt dicht am Hause. Der Kutscher, die Hand am Rosettenhut, hielt sich ein wenig vom Bocke geneigt, indes Wendelin das Einsteigen der Geschwister überwachte. Dann klappte der Schlag, Wendelin schwang sich zum Kutscher, und der Wagen, sofort in schneller Gangart, knirschte über den Kies des Vorgartens, glitt durch die hohe und weit geöffnete Gatterpforte, bog in geschmeidiger Kurve rechtsum und rollte dahin...

Der kleine, weiche Raum, darin sie saßen, war sanft durchwärmt.

389

»Soll ich schließen?« fragte Siegmund... Und da sie zustimmte, zog er die braunseidenen Vorhänge vor die geschliffenen Scheiben.

Sie waren im Herzen der Stadt. Lichter stoben hinter den Gardinen vorbei. Rings um den taktfest hurtigen Hufschlag ihrer Pferde, um die lautlose Geschwindigkeit ihres Wagens, der sie federnd über Unebenheiten des Bodens trug, brauste, gellte und dröhnte das Triebwerk des großen Lebens. Und abgeschlossen davon, weichlich bewahrt davor, saßen sie still in den gesteppten, braunseidenen Polstern, – Hand in Hand.

Der Wagen fuhr vor und stand. Wendelin war am Schlage, um ihnen beim Aussteigen dienlich zu sein. In der Helligkeit der Bogenlampen sahen graue, frierende Leute ihrer Ankunft zu. Sie gingen zwischen ihren forschenden und gehässigen Blicken hindurch, gefolgt von dem Diener, durch das Vestibül. Es war schon spät, schon still. Sie stiegen die Freitreppe empor, warfen ihre Überkleider auf Wendelins Arm, verweilten eine Sekunde nebeneinander vor einem hohen Spiegel und traten durch die kleine Logentür in den Rang. Das Klappen der Sessel, das letzte Aufbrausen des Gesprächs vor der Stille empfing sie. In dem Augenblick, da der Theaterdiener die Samt-Lehnsessel unter sie schob, hüllte der Saal sich in Dunkelheit, und mit einem wilden Akzent setzte drunten das Vorspiel ein.

Sturm, Sturm... Auf leichte und schwebend begünstigte Art hieher gelangt, unzerstreut, unabgenutzt von Hindernissen, von kleinen verstimmenden Widrigkeiten, waren Siegmund und Sieglind sofort bei der Sache. Sturm und Gewitterbrunst, Wetterwüten im Walde. Der rauhe Befehl des Gottes erschallte, wiederholte sich, verzerrt vor Zorn, und gehorsam krachte der Donner darein. Der Vorhang flog auf, wie vom Sturm auseinandergeweht. Der heidnische Saal war da, mit der Glut des Herdes im Dunkeln, dem ragenden Umriß des Eschenstammes in der Mitte. Siegmund, ein rosiger Mann mit brotfarbenem Bart, erschien in der hölzernen Tür und lehnte sich verhetzt und erschöpft gegen den Pfosten. Dann trugen seine starken, mit Fell und Riemen umwickelten Beine ihn in tragisch schleppenden

390

Schritten nach vorn. Seine blauen Augen unter den blonden Brauen, dem blonden Stirngelock seiner Perücke, waren gebrochenen Blicks, wie bittend, auf den Kapellmeister gerichtet; und endlich wich die Musik zurück, setzte aus, um seine Stimme hören zu lassen, die hell und ehern klang, obgleich er sie keuchend dämpfte. Er sang kurz, daß er rasten müsse, wem immer der Herd gehöre; und beim letzten Wort ließ er sich schwer auf das Bärenfell fallen und blieb liegen, das Haupt auf den fleischigen Arm gebettet. Seine Brust arbeitete im Schlummer.

Eine Minute verging, ausgefüllt von dem singenden, sagenden, kündenden Fluß der Musik, die zu Füßen der Ereignisse ihre Flut dahinwälzte... Dann kam Sieglinde von links. Sie hatte einen alabasternen Busen, der wunderbar in dem Ausschnitt ihres mit Fell behangenen Musselinkleides wogte. Mit Staunen gewahrte sie den fremden Mann; und so drückte sie das Kinn auf die Brust, daß es sich faltete, stellte formend die Lippen ein und gab ihm Ausdruck, diesem Erstaunen, in Tönen, die weich und warm aus ihrem weißen Kehlkopf emporstiegen und die sie mit der Zunge, dem beweglichen Munde gestaltete...

Sie pflegte ihn. Zu ihm gebeugt, daß ihre Brust aus dem wilden Fell ihm entgegenblühte, reichte sie ihm mit beiden Händen das Horn. Er trank. Rührend sprach die Musik von Labsal und kühler Wohltat. Dann betrachteten sie einander mit einem ersten Entzücken, einem ersten, dunklen Erkennen, schweigend dem Augenblick hingegeben, der unten als tiefer, ziehender Sang ertönte...

Sie brachte ihm Met, berührte zuerst das Horn mit den Lippen und sah dann zu, wie er lange trank. Und wieder sanken ihre Blicke ineinander, wieder zog und sehnte sich drunten die tiefe Melodie... Dann brach er auf, verdüstert, in schmerzlicher Abwehr, ging, indem er seine nackten Arme hängen ließ, zur Tür, um sein Leid, seine Einsamkeit, sein verfolgtes, verhaßtes Dasein von ihr fort, zurück in die Wildnis zu tragen. Sie rief ihn, und da er nicht hörte, ließ sie sich rücksichtslos, mit erhobenen Händen, das Geständnis ihres eignen Unheils entfahren. Er stand. Sie senkte die Augen. Zu ihren Füßen sprach es dunkel

erzählend von Leid, das beide verband. Er blieb. Mit gekreuzten
Armen stand er vor dem Herd, des Schicksals gewärtig.

Hunding kam, bauchig und x-beinig wie eine Kuh. Sein Bart
war schwarz, mit braunen Zotten durchsetzt. Sein geharnischtes
Motiv kündigte ihn an, und er stand da, finster und plump auf
seinen Speer gelehnt, und blickte mit Büffelaugen auf den Gast,
dessen Gegenwart er dann, aus einer Art wilder Gesittung, gut
und willkommen hieß. Sein Baß war rostig und kolossal.

Sieglinde rüstete den Abendtisch; und während sie schaffte,
ging Hundings langsamer und mißtrauischer Blick hin und her
zwischen ihr und dem Fremden. Dieser Tölpel sah sehr wohl,
daß sie einander glichen, von ein und derselben Art waren, jener
ungebundenen, widerspenstigen und außerordentlichen Art,
die er haßte und der er sich nicht gewachsen fühlte...

Dann saßen sie nieder, und Hunding stellte sich vor, erklärte
einfach und mit zwei Worten seine einfache, ordnungsgemäße
und in der allgemeinen Achtung ruhende Existenz. Er zwang
aber Siegmund so, sich ebenfalls bekannt zu geben, was ungleich
schwieriger war. Doch Siegmund sang – sang hell und wunderschön von seinem Leben und Leiden und wie zu Zwei er zur
Welt gekommen, eine Zwillingsschwester und er... legte sich,
nach der Art von Leuten, die ein wenig vorsichtig sein müssen,
einen falschen Namen bei und kündete ausgezeichnet von dem
Haß, der Scheelsucht, womit man seinen fremdartigen Vater
und ihn verfolgt, von dem Brand ihres Saales, dem Entschwin-
den der Schwester, von dem vogelfreien, gehetzten, verrufenen
Dasein des Alten und Jungen im Walde und wie er zuletzt auch
des Vaters geheimnisvollerweise verlustig geworden sei... Und
dann sang Siegmund das Schmerzlichste: seinen Drang zu den
Menschen, seine Sehnsucht und seine unendliche Einsamkeit.
Um Männer und Frauen, sang er, um Freundschaft und Liebe
habe er geworben und sei doch immer zurückgestoßen worden.
Ein Fluch habe auf ihm gelegen, das Brandmal seiner seltsamen
Herkunft ihn immer gezeichnet. Seine Sprache sei nicht die der
anderen gewesen und ihre nicht seine. Was ihm gut geschienen,
habe die Mehrzahl gereizt, was jenen in alten Ehren gestanden,

habe ihm Galle gemacht. In Streit und Empörung habe er gelegen, immer und überall, Verachtung und Haß und Schmähung sei ihm im Nacken gewesen, weil er von fremder, von hoffnungslos anderer Art als die andern...

Es war so überaus kennzeichnend für Hunding, wie er sich zu all dem verhielt. Nichts von Teilnahme und nichts von Verstehen sprach aus dem, was er antwortete: nur Widerwillen und finsteres Mißtrauen gegen Siegmunds fragwürdige, abenteuerliche und unregelmäßige Art von Dasein. Und als er nun gar begriff, daß er den Geächteten, zu dessen Verfolgung er aufgerufen und ausgezogen war, im eignen Hause habe, da benahm er sich ganz, wie man es von seiner vierschrötigen Pedanterie zu gewärtigen hatte. Mit jener Gesittung, die ihn fürchterlich kleidete, erklärte er wieder, daß sein Haus heilig sei und den Flüchtling für heute schütze, daß er aber morgen die Ehre haben werde, Siegmund im Kampfe zu fällen. Hierauf bedeutete er Sieglinden rauh, ihm drinnen den Nachttrunk zu würzen und im Bette auf ihn zu warten, stieß noch zwei oder drei Drohungen aus und ging dann fort, indem er alle seine Waffen mit sich nahm und Siegmund in der verzweifeltsten Lage allein ließ.

Siegmund, aus seinem Fauteuil über die Samtbrüstung gebeugt, stützte den dunklen Knabenkopf in die schmale und rote Hand. Seine Brauen bildeten zwei schwarze Falten, und der eine seiner Füße, nur auf dem Absatz des Lackstiefels stehend, war in einer fortwährenden nervösen, rastlos drehenden und nickenden Bewegung. Er tat dem Einhalt, als er neben sich ein Flüstern hörte: »Gigi...«

Und wie er den Kopf wandte, hatte sein Mund einen frechen Zug.

Sieglind bot ihm eine perlmutterne Dose mit Kognak-Kirschen dar.

»Die Maraschino-Bohnen liegen unten«, flüsterte sie. Aber er nahm nur eine Kirsche, und während er die Hülse aus Seidenpapier löste, beugte sie sich nochmals zu seinem Ohr und sagte:

»Sie kommt gleich wieder zurück zu ihm.«

»Das ist mir nicht vollständig unbekannt«, sagte er so laut, daß mehrere Köpfe sich gehässig gegen sie kehrten... Der große Siegmund sang unten für sich allein im Dunkeln. Aus tiefster Brust rief er nach dem Schwert, der blanken Handhabe, die er schwingen könnte, wenn eines Tages in hellem Aufruhr hervorbräche, was jetzt sein Herz noch zornig verschlossen hielt; sein Haß und seine Sehnsucht... Er sah den Schwertgriff am Baume leuchten, sah Glanz und Herdfeuer verlöschen, sank zurück zu verzweifeltem Schlummer – und stützte sich köstlich entsetzt auf die Hände, da Sieglind im Dunkeln zu ihm schlich.

Hunding schlief wie ein Stein, betäubt, betrunken gemacht. Sie freuten sich miteinander, daß der schwere Dummkopf überlistet war, – und ihre Augen hatten dieselbe Art, sich lächelnd zu verkleinern... Aber dann sah Sieglind verstohlen den Kapellmeister an und erhielt ihren Einsatz, stellte formend die Lippen ein und sang ausführlich, wie alles stand und lag, – sang herzzerreißend, wie man die Einsame, fremd und wild Erwachsene ungefragt dem finstern und plumpen Manne geschenkt und noch verlangt habe, daß sie sich glücklich preise ob der achtbaren Ehe, geeignet, ihre dunkle Herkunft vergessen zu machen... sang tief und tröstlich von dem Alten im Hut und wie er das Schwert in den Stamm der Esche gestoßen – für den Einen, der einzig berufen sei, es aus der Haft zu lösen; sang außer sich, daß er es sein möge, den sie meine und kenne und gramvoll ersehne, der Freund, der mehr als ihr Freund, der Tröster ihrer Not, der Rächer ihrer Schmach, er, den sie einst verloren und den sie in Schanden beweint, der Bruder im Leid, der Retter, der Befreier...

Da aber warf Siegmund seine beiden rosigen, fleischigen Arme um sie, drückte ihre Wange gegen das Fell auf seiner Brust und sang über ihren Kopf hinaus mit entfesselter und silbern schmetternder Stimme seinen Jubel in alle Lüfte. Seine Brust war heiß von dem Schwur, der ihn mit ihr, der holden Genossin, verband. Alle Sehnsucht seines verrufenen Lebens war gestillt in ihr, und alles, was sich ihm kränkend versagt, wenn er sich zu Männern und Frauen gedrängt, wenn er mit jener Frechheit, welche Scheu und das Bewußtsein seines Brandmals war, um Freundschaft und Liebe geworben hatte, – es war gefunden in ihr. In Schmach lag sie wie er im Leide, entehrt war sie wie er in Acht, und Rache – Rache sollte nun ihre geschwisterliche Liebe sein!

Ein Windstoß fauchte, die große, gezimmerte Tür sprang auf, eine Flut von weißem elektrischen Licht ergoß sich breit in den Saal, und plötzlich entblößt von der Dunkelheit standen sie da und sangen das Lied von dem Lenz und seiner Schwester, der Liebe.

Sie kauerten auf dem Bärenfell, sie sahen sich an im Licht und sangen sich süße Dinge. Ihre nackten Arme berührten sich, sie hielten einander bei den Schläfen, blickten sich in die Augen und ihre Münder waren sich nahe beim Singen. Ihre Augen und Schläfen, Stirnen und Stimmen, sie verglichen sie miteinander und fanden sie gleich. Das drängende, wachsende Wiedererkennen entriß ihm den Namen des Vaters, sie rief ihn bei seinem: Siegmund! Siegmund! er schwang das befreite Schwert überm Haupt, beseligt sang sie ihm zu, wer sie sei: seine Zwillingsschwester, Sieglinde... er streckte trunken die Arme nach ihr, seiner Braut, sie sank ihm ans Herz, der Vorhang rauschte zusammen, die Musik drehte sich in einem tosenden, brausenden, schäumenden Wirbel reißender Leidenschaft, drehte sich, drehte sich und stand mit gewaltigem Schlage still!

Lebhafter Beifall. Das Licht ging auf. Tausend Leute erhoben sich, reckten sich unvermerkt und applaudierten, den Körper schon zum Ausgange, den Kopf noch zur Bühne gewandt, den Sängern, die dort nebeneinander vorm Vorhang erschienen, wie Masken vor einer Jahrmarktsbude. Auch Hunding kam heraus und lächelte artig, trotz allem, was geschehen...

Siegmund schob seinen Sessel zurück und stand auf. Es war ihm heiß; auf seinen Wangenknochen, unter den fahlen und mageren rasierten Wangen, glomm eine Röte.

»Soweit ich in Frage komme«, sagte er, »so suche ich nun, bessere Luft zu gewinnen. Übrigens war der Siegmund nahezu schwach.«

»Auch fühlte«, sagte Sieglinde, »das Orchester sich bewogen, bei dem Frühlingslied schrecklich zu schleppen.«

»Sentimental«, sagte Siegmund und zuckte im Frack seine schmalen Schultern. »Kommst du?«

Sie zögerte noch einen Augenblick, saß noch aufgestützt und blickte zur Bühne hinüber. Er sah sie an, als sie aufstand und das Silbertuch nahm, um mit ihm zu gehen. Ihre voll und weich aufeinander ruhenden Lippen zuckten...

Sie gingen ins Foyer, bewegten sich in der langsamen Menge, grüßten Bekannte, taten einen Gang über die Treppen, zuweilen Hand in Hand.

»Ich möchte Eis nehmen«, sagte sie, »wenn es nicht höchstwahrscheinlich so minderwertig wäre.«

»Unmöglich!« sagte er. Und so aßen sie von den Süßigkeiten aus ihrer Dose, Kognak-Kirschen und bohnenförmige Schokolade-Bonbons, die mit Maraschino gefüllt waren.

Als es schellte, sahen sie abseits mit einer Art von Verachtung zu, wie die Menge von Eile ergriffen wurde und sich staute, warteten ab, bis es still auf den Wandelgängen geworden war, und traten im letzten Augenblick in ihre Loge, als das Licht schon entwich, die Dunkelheit sich stillend und löschend auf die wirre Regsamkeit des Saales senkte... Es läutete leise, der Dirigent reckte die Arme, und der erhabene Lärm, dem er befahl, erfüllte wieder die Ohren, die ein wenig geruht hatten.

Siegmund sah ins Orchester. Der vertiefte Raum war hell gegen das lauschende Haus und von Arbeit erfüllt, von fingernden Händen, fiedelnden Armen, blasend geblähten Backen, von schlichten und eifrigen Leuten, die dienend das Werk einer großen, leidenden Kraft vollzogen, – dies Werk, das dort oben in kindlich hohen Gesichten erschien... Ein Werk! Wie tat man ein Werk? Ein Schmerz war in Siegmunds Brust, ein Brennen oder Zehren, irgend etwas wie eine süße Drangsal – wohin? wonach? Es war so dunkel, so schimpflich unklar. Er fühlte zwei Worte: Schöpfertum... Leidenschaft. Und während die Hitze in seinen Schläfen pochte, war es wie ein sehnsüchtiger Einblick, daß das Schöpfertum aus der Leidenschaft kam und wieder die Gestalt der Leidenschaft annahm. Er sah das weiße, erschöpfte Weib auf dem Schoße des flüchtigen Mannes hängen, dem es sich hingegeben, sah ihre Liebe und Not und fühlte, daß so das Leben sein müsse, um schöpferisch zu sein. Er sah sein eigenes Leben an, dies Leben, das sich aus Weichheit und Witz, aus Verwöhnung und Verneinung, Luxus und Widerspruch, Üppigkeit und Verstandeshelle, reicher Sicherheit und tändelndem Haß zusammensetzte, dies Leben, in dem es kein Erlebnis, nur logisches Spiel, keine Empfindung, nur tötendes Bezeichnen gab, – und ein Brennen oder Zehren war in seiner Brust, irgend etwas wie eine süße Drangsal – wohin? wonach? Nach dem Werk? Dem Erlebnis? Der Leidenschaft?

Vorhangrauschen und großer Schluß! Licht, Beifall und Aufbruch nach allen Türen. Siegmund und Sieglind verbrachten die Pause wie die vorige. Sie sprachen fast nichts, gingen langsam über Gänge und Treppen, zuweilen Hand in Hand. Sie bot ihm Kognak-Kirschen, aber er nahm nicht mehr. Sie sah ihn an, und als er den Blick auf sie richtete, zog sie den ihren zurück, ging still und in etwas gespannter Haltung an seiner Seite und ließ es geschehen, daß er sie betrachtete. Ihre kindlichen Schultern, unter dem Silbergewirk, waren ein wenig zu hoch und waagerecht, wie man es an ägyptischen Statuen sieht. Auf ihren Wangenknochen lag dieselbe Hitze, die er auf seinen spürte.

Sie warteten wieder, bis die große Menge sich verlaufen hatte, und nahmen im letzten Augenblick ihre Armstühle ein. Sturmwind und Wolkenritt und heidnisch verzerrtes Jauchzen. Acht Damen, ein wenig untergeordnet von Erscheinung, stellten auf der felsigen Bühne eine jungfräuliche und lachende Wildheit dar. Schreckhaft brach Brünnhildens Angst in ihre Lustigkeit. Wotans Zorn, fürchterlich herannahend, fegte die Schwestern hinweg, stürzte sich allein auf Brünnhilde, machte sie fast zunichte, tobte sich aus und besänftigte sich langsam, langsam zu Milde und Wehmut. Es ging zu Ende. Ein großer Fernblick, eine erhabene Absicht tat sich auf. Epische Weihe war alles. Brünnhilde schlief; der Gott stieg über die Felsen. Dickleibige Flammen, auffliegend und verwehend, lohten rings um die Bretterstätte. In Funken und rotem Rauch, umtänzelt, umzüngelt, umzaubert von dem berauschenden Klingklang und Schlummerlied des

Feuers, lag unter Brünne und Schild auf ihrem Mooslager die Walküre ausgestreckt. Jedoch im Schoße des Weibes, das zu erretten sie Zeit gehabt, keimte es zähe fort, das verhaßte, respektlose und gotterwählte Geschlecht, aus welchem ein Zwillingspaar seine Not und sein Leid zu so freier Wonne vereint...

Als Siegmund und Sieglind aus ihrer Loge traten, stand Wendelin draußen, riesengroß in seinem gelben Paletot, und hielt ihre Überkleider bereit. Hinter den beiden zierlichen und warm vermummten, dunklen, seltsamen Geschöpfen stieg er, ein ragender Sklave, die Treppe hinab.

Der Wagen stand bereit. Die beiden Pferde, hoch, vornehm und einander vollkommen gleich, verharrten auf ihren schlanken Beinen still und blank im Nebel der Winternacht und warfen nur hie und da auf stolze Art ihre Köpfe. Der kleine, gewärmte, seidengepolsterte Aufenthalt umfing die Zwillinge. Hinter ihnen schloß sich der Schlag. Einen Augenblick, eine kleine Sekunde noch stand das Coupé, leise erschüttert von dem geübten Schwung, mit dem Wendelin sich zum Kutscher emporbegab. Ein weiches und rasches Vorwärts-Entgleiten dann, und das Portal des Theaters blieb dahinten.

Und wieder diese lautlos rollende Geschwindigkeit zum hurtig taktfesten Hufschlag der Pferde, dies sanfte, federnde Getragenwerden über Unebenheiten des Bodens, dies zärtliche Bewahrtsein vor dem schrillen Leben ringsum. Sie schwiegen, abgeschlossen vom Alltag, noch ganz wie auf ihren Sammetstühlen gegenüber der Bühne und gleichsam noch in derselben Atmosphäre. Nichts konnte an sie, was sie der wilden, brünstigen und überschwenglichen Welt hätte abwendig machen können, die mit Zaubermitteln auf sie gewirkt, sie zu sich und in sich gezogen... Sie begriffen nicht gleich, warum der Wagen stand; sie glaubten, ein Hindernis sei im Wege. Aber sie hielten schon vor dem elterlichen Hause, und Wendelin erschien am Schlage.

Der Hausmeister war aus seiner Wohnung gekommen, um ihnen das Tor zu öffnen.

»Sind Herr und Frau Aarenhold schon zurück?« fragte Siegmund ihn, indem er über des Hausmeisters Kopf hinwegsah und das Gesicht verzerrte, wie jemand, den die Sonne blendet...

Sie waren noch nicht zurück vom Diner bei Erlangers. Auch Kunz war nicht zu Hause. Was Märit betraf, so war sie ebenfalls abwesend; niemand wußte wo, da sie durchaus ihre eigenen Wege ging.

Sie ließen sich in der Halle des Erdgeschosses die Überkleider abnehmen und gingen die Treppe hinauf, durch den Vorsaal des ersten Stockes und ins Speisezimmer. Es lag, ungeheuer, in halbdunkler Pracht. Nur über dem gedeckten Tisch am jenseitigen Ende brannte ein Lüster, und dort wartete Florian. Sie schritten rasch und lautlos über die teppichbelegte Weite. Florian schob die Stühle unter sie, als sie sich setzten. Dann bedeutete ihm ein Wink von Siegmunds Seite, er sei entbehrlich.

Eine Platte mit Sandwiches, ein Aufsatz mit Früchten, eine Karaffe Rotwein standen auf dem Tische. Auf einem gewaltigen silbernen Teebrett summte, umgeben von Zubehör, der elektrisch geheizte Teekessel.

Siegmund aß ein Kaviarbrötchen und trank in hastigem Zuge von dem Wein, der dunkel im zarten Glase glühte. Dann klagte er mit gereizter Stimme, daß Kaviar und Rotwein eine kulturwidrige Zusammenstellung sei. Mit kurzen Bewegungen nahm er eine Zigarette aus seinem silbernen Etui und begann, zurückgelehnt, die Hände in den Hosentaschen, zu rauchen, indem er die Zigarette mit verzerrter Miene von einem Mundwinkel in den anderen gleiten ließ. Seine Wangen, unter den hervortretenden Knochen, fingen schon wieder an, sich dunkler zu färben vom Bartwuchs. Seine Brauen bildeten an der Nasenwurzel zwei schwarze Falten.

Sieglinde hatte sich Tee bereitet und einen Schluck Burgunder hinzugetan. Ihre Lippen umfaßten voll und weich den dünnen Rand der Tasse, und während sie trank, blickten ihre großen, feuchtschwarzen Augen zu Siegmund hinüber.

Sie setzte die Tasse nieder und stützte den dunklen, süßen, exotischen Kopf in die schmale und rötliche Hand. Ihre Augen blieben auf ihn gerichtet, so sprechend, mit einer so eindringlichen und fließenden Beredsamkeit, daß das, was sie wirklich sagte, wie weniger als nichts dagegen erschien.

»Willst du denn nichts mehr essen, Gigi?«

»Da ich rauche«, antwortete er, »ist nicht wohl anzunehmen, daß ich beabsichtige, noch etwas zu essen.«

»Aber du hast seit dem Tee nichts genommen, außer Bonbons. Wenigstens einen Pfirsich...«

Er zuckte die Schultern, rollte sie wie ein eigensinniges Kind im Frack hin und her.

»Nun, das ist langweilig. Ich gehe hinauf. Guten Abend.«

Er trank den Rest seines Rotweins aus, warf die Serviette fort, stand auf und verschwand, die Zigarette im Munde, die Hände in den Hosentaschen, mit verdrießlich schlendernden Bewegungen in der Dämmerung des Saales.

Er ging in sein Schlafzimmer und machte Licht, – nicht viel, nur zwei oder drei der Lampen, die an der Decke einen weiten Kreis bildeten, ließ er erglühen und stand dann still, im Zweifel, was zu beginnen sei. Der Abschied von Sieglind war nicht von endgültiger Art gewesen. So pflegten sie einander nicht gute Nacht zu sagen. Sie würde noch kommen, das war sicher. Er warf den Frack ab, legte die mit Pelz besetzte Hausjacke an und nahm eine neue Zigarette. Dann streckte er sich auf die Chaiselongue, setzte sich auf, versuchte die Seitenlage, die Wange im seidenen Kissen, warf sich wieder auf den Rücken und blieb, die Hände unter dem Kopf, eine Weile so liegen.

Der feine und herbe Duft des Tabaks vermischte sich mit dem der Kosmetiken, der Seife, der aromatischen Wasser. Siegmund atmete diese Wohlgerüche, die in der laulich erwärmten Luft des Zimmers schwammen; er war sich ihrer bewußt und fand sie süßer als sonst. Die Augen schließend, gab er sich ihnen hin wie jemand, der schmerzlich ein wenig Wonne und zartes Glück der Sinne genießt in der Strenge und Außergewöhnlichkeit seines Schicksals...

Plötzlich erhob er sich, warf die Zigarette fort und trat vor den weißen Schrank, in dessen drei Teile enorme Spiegel eingelassen waren. Er stand vor dem Mittelstück, ganz dicht, Aug in Aug mit sich selbst, und betrachtete sein Gesicht. Sorgfältig und neugierig prüfte er jeden Zug, öffnete die beiden Flügel des Schrankes und sah sich, zwischen drei Spiegeln stehend, auch im Profil. Lange stand er und prüfte die Abzeichen seines Blutes, die ein wenig niedergedrückte Nase, die voll und weich aufeinander ruhenden Lippen, die hervorspringenden Wangenknochen, sein dichtes, schwarz gelocktes, gewaltsam auf der Seite gescheiteltes Haar, das ihm weit in die Schläfen wuchs, und seine Augen selbst unter den starken, zusammengewachsenen Brauen, – diese großen, schwarzen und feuchtblanken Augen, die er klagevoll blicken ließ und in müdem Leide.

Hinter sich gewahrte er im Spiegel das Eisbärfell, das vor dem Bette seine Tatzen ausstreckte. Er wandte sich, ging mit tragisch schleppenden Schritten hinüber, und nach einem Augenblick des Zögerns ließ er sich der Länge nach auf das Fell sinken, den Kopf auf den Arm gebettet.

Eine Weile lag er ganz still; dann stemmte er den Ellbogen auf, stützte die Wange in seine schmale und rötliche Hand und blieb so, versunken in den Anblick seines Spiegelbildes dort drüben im Schranke. Es pochte. Er schrak zusammen, errötete, wollte sich aufmachen. Aber dann sank er zurück, ließ wieder den Kopf ganz hinab auf den ausgestreckten Arm fallen und schwieg.

Sieglind trat ein. Ihre Augen suchten nach ihm im Zimmer, ohne ihn gleich zu finden. Schließlich gewahrte sie ihn auf dem Bärenfell und entsetzte sich.

»Gigi... was tust du?... Bist du krank?« Sie lief zu ihm, beugte sich über ihn, und mit der Hand über seine Stirn und sein Haar streichend, wiederholte sie: »Du bist doch nicht krank?«

Er schüttelte den Kopf und sah sie an, von unten, auf seinem Arm liegend, von ihr gestreichelt.

Sie war, halb fertig für die Nacht, auf Pantöffelchen aus ihrem Schlafzimmer gekommen, das dem seinen am Korridor gegenüberlag. Ihr aufgelöstes Haar fiel hinab auf ihren offenen, weißen Frisiermantel. Unter den Spitzen ihres Mieders sah Siegmund ihre kleinen Brüste, deren Hautfarbe wie angerauchter Meerschaum war.

»Du warst so bös«, sagte sie; »du gingst so häßlich weg. Ich wollte gar nicht mehr kommen. Aber dann bin ich doch gekommen, weil das keine gute Nacht war, vorhin...«

»Ich habe auf dich gewartet«, sagte er.

Noch immer im Stehen gebückt, verzog sie vor Schmerz das Gesicht, wodurch die physiognomischen Eigentümlichkeiten ihrer Art außerordentlich hervortraten.

»Was nicht hindert«, sagte sie in dem gewohnten Ton, »daß meine gegenwärtige Haltung mir ein ziemlich nennenswertes Unbehagen im Rücken verursacht.«

Er warf sich abwehrend hin und her.

»Laß das, laß das... Nicht so, nicht so... So muß es nicht sein, Sieglind, verstehst du...« Er sprach seltsam, er hörte es selbst. Sein Kopf stand in trockener Glut und seine Glieder waren feucht und kalt. Sie kniete nun bei ihm auf dem Fell; ihre Hand in seinem Haar. Er hielt, halb aufgerichtet, einen Arm um ihren Nacken geschlungen und sah sie an, betrachtete sie, wie er vorhin sich selbst betrachtet, ihre Augen und Schläfen, Stirne und Wangen...

»Du bist ganz wie ich«, sagte er mit lahmen Lippen und schluckte hinunter, weil seine Kehle verdorrt war... »Alles ist... wie mit mir... und für das... mit dem Erlebnis... bei mir, ist bei dir das mit Beckerath... das hält sich die Waage... Sieglind... und im ganzen ist es... dasselbe, besonders, was das betrifft... sich zu rächen, Sieglind...«

Es trachtete, sich in Logik zu kleiden, was er sagte, und kam doch gewagt und wunderlich, wie aus wirrem Traum.

Ihr klang es nicht fremd, nicht sonderbar. Sie schämte sich nicht, ihn so Ungefeiltes, so Trübe-Verworrenes reden zu hören. Seine Worte legten sich wie ein Nebel um ihren Sinn, zogen sie hinab, dorthin, woher sie kamen, in ein tiefes Reich, wohin sie noch nie gelangt, zu dessen Grenzen aber, seit sie verlobt war, zuweilen erwartungsvolle Träume sie getragen.

Sie küßte ihn auf seine geschlossenen Augen; er küßte sie auf den Hals unter den Spitzen des Mieders. Sie küßten einander die Hände. Mit einer süßen Sinnlichkeit liebte jedes das andere um seiner verwöhnten und köstlichen Gepflegtheit und seines guten Duftes willen. Sie atmeten diesen Duft mit einer wollüstigen und fahrlässigen Hingabe, pflegten sich damit wie egoistische Kranke, berauschten sich wie Hoffnungslose, verloren sich in Liebkosungen, die übergriffen und ein hastiges Getümmel wurden und zuletzt nur ein Schluchzen waren – –

Sie saß noch auf dem Fell, mit offenen Lippen, auf eine Hand gestützt, und strich sich das Haar von den Augen. Er lehnte, die Hände auf dem Rücken, an der weißen Kommode, wiegte sich in den Hüften hin und her und sah in die Luft.

»Aber Beckerath...« sagte sie und suchte ihre Gedanken zu ordnen. »Beckerath, Gigi... was ist nun mit ihm?...«

»Nun«, sagte er, und einen Augenblick traten die Merkzeichen seiner Art sehr scharf auf seinem Gesichte hervor, »dankbar soll er uns sein. Er wird ein minder triviales Dasein führen, von nun an.«

Anekdote

Wir hatten, ein Kreis von Freunden, miteinander zu Abend gegessen und saßen noch spät in dem Arbeitszimmer des Gast-
gebers. Wir rauchten, und unser Gespräch war beschaulich und
ein wenig gefühlvoll. Wir sprachen vom Schleier der Maja und
seinem schillernden Blendwerk, von dem, was Buddha »das
Dürsten« nennt, von der Süßigkeit der Sehnsucht und von der
Bitterkeit der Erkenntnis, von der großen Verführung und dem
großen Betrug. Das Wort von der »Blamage der Sehnsucht«
war gefallen; der philosophische Satz war aufgestellt, das Ziel
aller Sehnsucht sei die Überwindung der Welt. Und angeregt
durch diese Betrachtungen, erzählte jemand die folgende Anekdote, die sich nach seiner Versicherung buchstäblich so, wie er
sie wiedergab, in der eleganten Gesellschaft seiner Vaterstadt ereignet haben sollte.

»Hättet ihr Angela gekannt, Direktor Beckers Frau, die himmlische kleine Angela Becker, – hättet ihr ihre blauen, lächelnden
Augen, ihren süßen Mund, das köstliche Grübchen in ihrer
Wange, das blonde Gelock an ihren Schläfen gesehen, wäret ihr
einmal der hinreißenden Lieblichkeit ihres Wesens teilhaftig geworden, ihr wäret vernarrt in sie gewesen wie ich und alle! Was ist
ein Ideal? Ist es vor allem eine *belebende* Macht, eine Glücksverhei-
ßung, eine Quelle der Begeisterung und der Kraft, folglich – ein
Stachel und Anreiz aller seelischen Energien von seiten des Lebens selbst? Dann war Angela Becker das Ideal unserer Gesellschaft, ihr Stern, ihr Wunschbild. Wenigstens glaube ich, daß
niemand, zu dessen Welt sie gehörte, sie wegdenken, niemand
sich ihren Verlust vorstellen konnte, ohne zugleich eine Einbuße
an Daseinslust und Willen zum Leben, eine unmittelbare dynami-
sche Beeinträchtigung zu empfinden. Auf mein Wort, so war es!

Ernst Becker hatte sie von auswärts mitgebracht, – ein stiller,
höflicher und übrigens nicht bedeutender Mann mit braunem

Vollbart. Gott wußte, wie er Angela gewonnen hatte; kurzum, sie war die Seine. Ursprünglich Jurist und Staatsbeamter, war er mit dreißig Jahren ins Bankfach übergetreten, – offenbar um dem Mädchen, das er heimzuführen wünschte, Wohlleben und reichen Hausstand bieten zu können, denn gleich danach hatte er geheiratet.

Als Mitdirektor der Hypothekenbank bezog er ein Einkommen von dreißig- oder fünfunddreißigtausend Mark, und Bekkers, die übrigens kinderlos waren, nahmen lebhaften Anteil an dem gesellschaftlichen Leben der Stadt. Angela war die Königin der Saison, die Siegerin der Kotillons, der Mittelpunkt der Abendgesellschaften. Ihre Theaterloge war in den Pausen gefüllt von Aufwartenden, Lächelnden, Entzückten. Ihre Bude bei den Wohltätigkeitsbasaren war umlagert von Käufern, die sich drängten, ihre Börsen zu erleichtern, um dafür Angela's kleine Hand küssen zu dürfen, ein Lächeln ihrer holden Lippen dafür zu gewinnen. Was hülfe es, sie glänzend und wonnevoll zu nennen? Nur durch die Wirkungen, die er hervorbrachte, ist der süße Reiz ihrer Person zu schildern. Sie hatte alt und jung in Liebesbande geschlagen. Frauen und Mädchen beteten sie an. Jünglinge schickten ihr Verse unter Blumen. Ein Leutnant schoß einen Regierungsrat im Duell durch die Schulter anläßlich eines Streites, den die beiden auf einem Ballfest eines Walzers mit Angela wegen gehabt. Später wurden sie unzertrennliche Freunde, zusammengeschlossen durch die Verehrung für sie. Alte Herren umringten sie nach den Diners, um sich an ihrem holdseligen Geplauder, ihrem göttlich schalkhaften Mienenspiel zu erlaben; das Blut kehrte in die Wangen der Greise zurück, sie hingen am Leben, sie waren glücklich. Einmal hatte ein General – natürlich im Scherz, aber doch nicht ohne den vollen Ausdruck des Gefühls – im Salon vor ihr auf den Knien gelegen.

Dabei konnte eigentlich niemand, weder Mann noch Frau, sich rühmen, ihr wirklich vertraut oder befreundet zu sein, ausgenommen Ernst Becker natürlich, und der war zu still und bescheiden, zu ausdruckslos auch wohl, um von seinem Glücke ein Rühmens zu machen. Zwischen uns und ihr blieb immer eine schöne Entfernung, wozu der Umstand beitragen mochte, daß man ihrer außerhalb des Salons, des Ballsaales nur selten ansichtig wurde; ja, besann man sich recht, so fand man, daß man dies festliche Wesen kaum jemals bei nüchternem Tage, sondern immer erst abends zur Zeit des künstlichen Lichts und der geselligen Erwärmung erblickt hatte. Sie hatte uns alle zu Anbetern, aber weder Freund noch Freundin: und so war es recht, denn was wäre ein Ideal, mit dem man auf dem Duzfuß steht?

Ihre Tage widmete Angela offenbar der Betreuung ihres Hausstandes – dem wohligen Glanz nach zu urteilen, der ihre eigenen Abendgesellschaften auszeichnete. Diese waren berühmt und in der Tat der Höhepunkt des Winters: ein Verdienst der Wirtin, wie man hinzufügen muß, denn Becker war nur ein höflicher, kein unterhaltender Gastgeber. Angela übertraf an diesen Abenden sich selbst. Nach dem Essen setzte sie sich an ihre Harfe und sang zum Rauschen der Saiten mit ihrer Silberstimme. Man vergißt das nicht. Der Geschmack, die Anmut, die lebendige Geistesgegenwart, mit der sie den Abend gestaltete, waren bezaubernd; ihre gleichmäßige, überall hinstrahlende Liebenswürdigkeit gewann jedes Herz; und die innig aufmerksame, auch wohl verstohlen zärtliche Art, mit der sie ihrem Gatten begegnete, zeigte uns das Glück, die Möglichkeit des Glücks, erfüllte uns mit einem erquickenden und sehnsüchtigen Glauben an das Gute, wie etwa die Vervollkommnung des Lebens durch die Kunst ihn zu schenken vermag.

Das war Ernst Beckers Frau, und hoffentlich wußte er ihren Besitz zu würdigen. Gab es einen Menschen in der Stadt, der beneidet wurde, so war es dieser, und man kann sich denken, daß er es oft zu hören bekam, was für ein begnadeter Mann er sei. Jeder sagte es ihm, und er nahm alle diese Huldigungen des Neides mit freundlicher Zustimmung entgegen. Zehn Jahre waren Beckers verheiratet; der Direktor war vierzig und Angela ungefähr dreißig Jahre alt. Da kam folgendes:

Beckers gaben Gesellschaft, einen ihrer vorbildlichen Abende, ein Souper zu etwa zwanzig Gedecken. Das Menu ist vortrefflich, die Stimmung die angeregteste. Als zum Gefrorenen der

Champagner geschenkt wird, erhebt sich ein Herr, ein Jung-
geselle gesetzten Alters, und toastet. Er feiert die Wirte, feiert
ihre Gastlichkeit, jene wahre und reiche Gastlichkeit, die aus
einem Überfluß an Glück hervorgehe und aus dem Wunsche,
viele daran teilnehmen zu lassen. Er spricht von Angela, er preist
sie aus voller Brust. ›Ja, liebe, herrliche, gnädige Frau‹, sagt er,
mit dem Glas in der Hand zu ihr gewendet, ›wenn ich als Hage-
stolz mein Leben verbringe, so geschieht es, weil ich die Frau
nicht fand, die gewesen wäre wie Sie, und wenn ich mich jemals
verheiraten sollte, – das eine steht fest: meine Frau müßte aufs
Haar Ihnen gleichen!‹ Dann wendet er sich zu Ernst Becker und
bittet um die Erlaubnis, ihm nochmals zu sagen, was er so oft
schon vernommen: wie sehr wir alle ihn beneideten, beglück-
wünschten, seligpriesen. Dann fordert er die Anwesenden auf,
einzustimmen in sein Lebehoch auf unsere gottgesegneten Gastgeber, Herrn und Frau Becker.

Das Hoch erschallt, man verläßt die Sitze, man will sich zum
Anstoßen mit dem gefeierten Paare drängen. Da plötzlich wird
es still, denn Becker steht auf, Direktor Becker, und er ist toten-
bleich.

Er ist bleich, und nur seine Augen sind rot. Mit bebender
Feierlichkeit beginnt er zu sprechen.

Einmal – stößt er aus ringender Brust hervor – einmal müsse
er es sagen! Einmal sich von der Wahrheit entlasten, die er solange allein getragen! Einmal endlich uns Verblendeten, Betörten die Augen öffnen über das Idol, um dessen Besitz wir ihn so
sehr beneideten! Und während die Gäste, teils sitzend, teils stehend, erstarrt, gelähmt, ohne ihren Ohren zu trauen, mit erweiterten Augen die geschmückte Tafel umgeben, entwirft dieser
Mensch in furchtbarem Ausbruch das Bild seiner Ehe, – seiner
Hölle von einer Ehe...

Diese Frau – die dort –, wie falsch, verlogen und tierisch grausam sie sei. Wie liebeleer und widrig verödet. Wie sie den ganzen Tag in verkommener und liederlicher Schlaffheit verliege,
um erst abends, bei künstlichem Licht, zu einem gleißnerischen
Leben zu erwachen. Wie es tagüber ihre einzige Tätigkeit sei,

ihre Katze auf greulich erfinderische Art zu martern. Wie bis aufs Blut sie ihn selbst durch ihre boshaften Launen quäle. Wie sie ihn schamlos betrogen, ihn mit Dienern, mit Handwerksgehilfen, mit Bettlern, die an ihre Tür gekommen, zum Hahnrei gemacht habe. Wie sie vordem ihn selbst in den Schlund ihrer Verderbtheit hinabgezogen, ihn erniedrigt, befleckt, vergiftet habe. Wie er das alles getragen, getragen habe um der Liebe willen, die er ehemals für die Gauklerin gehegt, und weil sie zuletzt nur elend und unendlich erbarmenswert sei. Wie er aber endlich des Neides, der Beglückwünschungen, der Lebehochs müde geworden sei und es einmal, – einmal habe sagen müssen.

›Warum‹, ruft er, ›sie wäscht sich ja nicht einmal! Sie ist zu träge dazu! Sie ist schmutzig unter ihrer Spitzenwäsche!‹

Zwei Herren führten ihn hinaus. Die Gesellschaft zerstreute sich.

Einige Tage später begab sich Becker, offenbar einer Vereinbarung mit seiner Gattin gemäß, in eine Nervenheilanstalt. Er war aber vollkommen gesund und lediglich zum Äußersten gebracht.

Später verzogen Beckers in eine andere Stadt.«

Das Eisenbahnunglück

Etwas erzählen? Aber ich weiß nichts. Gut, also ich werde etwas erzählen.

Einmal, es ist schon zwei Jahre her, habe ich ein Eisenbahnunglück mitgemacht – alle Einzelheiten stehen mir klar vor Augen.

Es war keines vom ersten Range, keine allgemeine Harmonika mit »unkenntlichen Massen« und so weiter, das nicht. Aber es war doch ein ganz richtiges Eisenbahnunglück mit Zubehör und obendrein zu nächtlicher Stunde. Nicht jeder hat das erlebt, und darum will ich es zum besten geben.

Ich fuhr damals nach Dresden, eingeladen von Förderern der Literatur. Eine Kunst- und Virtuosenfahrt also, wie ich sie von Zeit zu Zeit nicht ungern unternehme. Man repräsentiert, man tritt auf, man zeigt sich der jauchzenden Menge; man ist nicht umsonst ein Untertan Wilhelms II. Auch ist Dresden ja schön (besonders der Zwinger), und nachher wollte ich auf zehn, vierzehn Tage zum »Weißen Hirsch« hinauf, um mich ein wenig zu pflegen und, wenn vermöge der »Applikationen«, der Geist über mich käme, auch wohl zu arbeiten. Zu diesem Behufe hatte ich mein Manuskript zuunterst in meinen Koffer gelegt, zusammen mit dem Notizenmaterial, ein stattliches Konvolut, in braunes Packpapier geschlagen und mit starkem Spagat in den bayrischen Farben umwunden.

Ich reise gern mit Komfort, besonders, wenn man es mir bezahlt. Ich benützte also den Schlafwagen, hatte mir tags zuvor ein Abteil erster Klasse gesichert und war geborgen. Trotzdem hatte ich Fieber, wie immer bei solchen Gelegenheiten, denn eine Abreise bleibt ein Abenteuer, und nie werde ich in Verkehrsdingen die rechte Abgebrühtheit gewinnen. Ich weiß ganz gut, daß der Nachtzug nach Dresden gewohnheitsmäßig jeden Abend vom Münchener Hauptbahnhof abfährt und jeden Morgen in Dresden ist. Aber wenn ich selber mitfahre und mein bedeutsames Schicksal mit dem seinen verbinde, so ist das eben doch eine große Sache. Ich kann mich dann der Vorstellung nicht entschlagen, als führe er einzig heute und meinetwegen, und dieser unvernünftige Irrtum hat natürlich eine stille, tiefe Erregung zur Folge, die mich nicht eher verläßt, als bis ich alle Umständlichkeiten der Abreise, das Kofferpacken, die Fahrt mit der belasteten Droschke zum Bahnhof, die Ankunft dortselbst, die Aufgabe des Gepäcks hinter mir habe und mich endgültig untergebracht und in Sicherheit weiß. Dann freilich tritt eine wohlige Abspannung ein, der Geist wendet sich neuen Dingen zu, die große Fremde eröffnet sich dort hinter den Bogen des Glasgewölbes, und freudige Erwartung beschäftigt das Gemüt.

So war es auch diesmal. Ich hatte den Träger meines Handgepäcks reich belohnt, so daß er die Mütze gezogen und mir angenehme Reise gewünscht hatte, und stand mit meiner Abendzigarre an einem Gangfenster des Schlafwagens, um das Treiben auf dem Perron zu betrachten. Da war Zischen und Rollen, Hasten, Abschiednehmen und das singende Ausrufen der Zeitungs- und Erfrischungsverkäufer, und über allem glühten die großen elektrischen Monde im Nebel des Oktoberabends. Zwei rüstige Männer zogen einen Handkarren mit großem Gepäck den Zug entlang nach vorn zum Gepäckwagen. Ich erkannte wohl, an gewissen vertrauten Merkmalen, meinen eigenen Koffer. Da lag er, ein Stück unter vielen, und auf seinem Grunde ruhte das kostbare Konvolut. Nun, dachte ich, keine Besorgnis, es ist in guten Händen! Sieh diesen Schaffner an mit dem Lederbandelier, dem gewaltigen Wachtmeisterschnauzbart und dem unwirsch wachsamen Blick. Sieh, wie er die alte Frau in der fadenscheinigen schwarzen Mantille anherrscht, weil sie um ein Haar in die zweite Klasse gestiegen wäre. Das ist der Staat, unser Vater, die Autorität und die Sicherheit. Man verkehrt nicht gern mit ihm, er ist streng, er ist wohl gar rauh, aber Verlaß, Verlaß ist auf ihn, und dein Koffer ist aufgehoben wie in Abrahams Schoß.

Ein Herr lustwandelt auf dem Perron, in Gamaschen und gelbem Herbstpaletot, einen Hund an der Leine führend. Nie sah ich ein hübscheres Hündchen. Es ist eine gedrungene Dogge, blank, muskulös, schwarz gefleckt und so gepflegt und drollig wie die Hündchen, die man zuweilen im Zirkus sieht und die das Publikum belustigen, indem sie aus allen Kräften ihres kleinen Leibes um die Manege rennen. Der Hund trägt ein silbernes Halsband, und die Schnur, daran er geführt wird, ist aus farbig geflochtenem Leder. Aber das alles kann nicht wundernehmen angesichts seines Herrn, des Herrn in Gamaschen, der sicher von edelster Abkunft ist. Er trägt ein Glas im Auge, was seine Miene verschärft, ohne sie zu verzerren, und sein Schnurrbart ist trotzig aufgesetzt, wodurch seine Mundwinkel wie sein Kinn einen verachtungsvollen und willensstarken Ausdruck gewinnen. Er richtet eine Frage an den martialischen Schaffner, und der schlichte Mann, der deutlich fühlt, mit wem er es zu tun hat, antwortet ihm, die Hand an der Mütze. Da wandelt der Herr weiter, zufrieden mit der Wirkung seiner Person. Er wandelt sicher in seinen Gamaschen, sein Antlitz ist kalt, scharf faßt er Menschen und Dinge ins Auge. Er ist weit entfernt vom Reisefieber, das sieht man klar, für ihn ist etwas so Gewöhnliches wie eine Abreise kein Abenteuer. Er ist zu Hause im Leben und ohne Scheu vor seinen Einrichtungen und Gewalten, er selbst gehört zu diesen Gewalten, mit einem Worte: ein Herr. Ich kann mich nicht satt an ihm sehen.

Als es ihn an der Zeit dünkt, steigt er ein (der Schaffner wandte gerade den Rücken). Er geht im Korridor hinter mir vorbei, und obgleich er mich anstößt, sagt er nicht »Pardon!« Was für ein Herr! Aber das ist nichts gegen das Weitere, was nun folgt: Der Herr nimmt, ohne mit der Wimper zu zucken, seinen Hund mit sich in sein Schlafkabinett hinein! Das ist zweifellos verboten. Wie würde ich mich vermessen, einen Hund mit in den Schlafwagen zu nehmen. Er aber tut es kraft seines Herrenrechtes im Leben und zieht die Tür hinter sich zu.

Es pfiff, die Lokomotive antwortete, der Zug setzte sich sanft in Bewegung. Ich blieb noch ein wenig am Fenster stehen, sah die zurückbleibenden winkenden Menschen, sah die eiserne Brücke, sah Lichter schweben und wandern... Dann zog ich mich ins Innere des Wagens zurück.

Der Schlafwagen war nicht übermäßig besetzt; ein Abteil neben dem meinen war leer, war nicht zum Schlafen eingerichtet, und ich beschloß, es mir auf eine friedliche Lesestunde darin bequem zu machen. Ich holte also mein Buch und richtete mich ein. Das Sofa ist mit seidigem lachsfarbenen Stoff überzogen, auf dem Klapptischchen steht der Aschenbecher, das Gas brennt hell. Und rauchend las ich.

Der Schlafwagenkondukteur kommt dienstlich herein, er ersucht mich um mein Fahrscheinheft für die Nacht und ich übergebe es seinen schwärzlichen Händen. Er redet höflich, aber rein amtlich, er spart sich den »Gute Nacht!«-Gruß von Mensch zu Mensch und geht, um an das anstoßende Kabinett zu klopfen. Aber das hätte er lassen sollen, denn dort wohnte der Herr mit den Gamaschen, und sei es nun, daß der Herr seinen Hund nicht sehen lassen wollte oder daß er bereits zu Bette gegangen war, kurz, er wurde furchtbar zornig, weil man es unternahm, ihn zu stören, ja, trotz dem Rollen des Zuges vernahm ich durch die dünne Wand den unmittelbaren und elementaren Ausbruch seines Grimmes. »Was ist denn?!« schrie er. »Lassen Sie mich in Ruhe – Affenschwanz!!« Er gebrauchte den Ausdruck »Affenschwanz« – ein Herrenausdruck, ein Reiter- und Kavaliersausdruck, herzstärkend anzuhören. Aber der Schlafwagenkondukteur legte sich aufs Unterhandeln, denn er mußte den Fahrschein des Herrn wohl wirklich haben, und da ich auf den Gang trat, um alles genau zu verfolgen, so sah ich mit an, wie schließlich die Tür des Herrn mit kurzem Ruck ein wenig geöffnet wurde und das Fahrscheinheft dem Kondukteur ins Gesicht flog, hart und heftig gerade ins Gesicht. Er fing es mit beiden Armen auf, und obgleich er die eine Ecke ins Auge bekommen hatte, so daß es tränte, zog er die Beine zusammen und dankte, die Hand an der Mütze. Erschüttert kehrte ich zu meinem Buch zurück.

Ich erwäge, was etwa dagegen sprechen könnte, noch eine Zigarre zu rauchen, und finde, daß es so gut wie nichts ist. Ich rauche also noch eine im Rollen und Lesen und fühle mich wohl und gedankenreich. Die Zeit vergeht, es wird zehn Uhr, halb elf Uhr oder mehr, die Insassen des Schlafwagens sind alle zur Ruhe gegangen, und schließlich komme ich mit mir überein, ein Gleiches zu tun.

Ich erhebe mich also und gehe in mein Schlafkabinett. Ein richtiges, luxuriöses Schlafzimmerchen, mit gepreßter Ledertapete, mit Kleiderhaken und vernickeltem Waschbecken. Das untere Bett ist schneeig bereitet, die Decke einladend zurückgeschlagen. O große Neuzeit! denke ich. Man legt sich in dieses Bett wie zu Hause, es bebt ein wenig die Nacht hindurch, und das hat zur Folge, daß man am Morgen in Dresden ist. Ich nahm meine Handtasche aus dem Netz, um etwas Toilette zu machen. Mit ausgestreckten Armen hielt ich sie über meinem Kopfe.

In diesem Augenblick geschieht das Eisenbahnunglück. Ich weiß es wie heute.

Es gab einen Stoß – aber mit »Stoß« ist wenig gesagt. Es war ein Stoß, der sich sofort als unbedingt bösartig kennzeichnete, ein in sich abscheulich krachender Stoß und von solcher Gewalt, daß mir die Handtasche, ich weiß nicht, wohin, aus den Händen flog und ich selbst mit der Schulter schmerzhaft gegen die Wand geschleudert wurde. Dabei war keine Zeit zur Besinnung. Aber was folgte, war ein entsetzliches Schlenkern des Wagens, und während seiner Dauer hatte man Muße, sich zu ängstigen. Ein Eisenbahnwagen schlenkert wohl, bei Weichen, bei scharfen Kurven, das kennt man. Aber dies war ein Schlenkern, daß man nicht stehen konnte, daß man von einer Wand zur andern geworfen wurde und dem Kentern des Wagens entgegensah. Ich dachte etwas sehr Einfaches, aber ich dachte es konzentriert und ausschließlich. Ich dachte: »Das geht nicht gut, das geht nicht gut, das geht keinesfalls gut.« Wörtlich so. Außerdem dachte ich: »Halt! Halt! Halt!« Denn ich wußte, daß, wenn der Zug erst stünde, sehr viel gewonnen sein würde. Und siehe, auf dieses mein stilles und inbrünstiges Kommando stand der Zug.

Bisher hatte Totenstille im Schlafwagen geherrscht. Nun kam der Schrecken zum Ausbruch. Schrille Damenschreie mischen sich mit den dumpfen Bestürzungsrufen von Männern. Neben mir höre ich »Hilfe!« rufen, und kein Zweifel, es ist die Stimme, die sich vorhin des Ausdrucks »Affenschwanz« bediente, die

Stimme des Herrn in Gamaschen, seine von Angst entstellte Stimme. »Hilfe!« ruft er, und in dem Augenblick, wo ich den Gang betrete, auf dem die Fahrgäste zusammenlaufen, bricht er in seidenem Schlafanzug aus seinem Abteil hervor und steht da mit irren Blicken. »Großer Gott!« sagt er, »Allmächtiger Gott!« Und um sich gänzlich zu demütigen und so vielleicht seine Vernichtung abzuwenden, sagt er auch noch in bittendem Tone: »Lieber Gott...« Aber plötzlich besinnt er sich eines andern und greift zur Selbsthilfe. Er wirft sich auf das Wandschränkchen, in welchem für alle Fälle ein Beil und eine Säge hängen, schlägt mit der Faust die Glasscheibe entzwei, läßt aber, da er nicht gleich dazu gelangen kann, das Werkzeug in Ruh, bahnt sich mit wilden Püffen einen Weg durch die versammelten Fahrgäste, so daß die halbnackten Damen aufs neue kreischen, und springt ins Freie.

Das war das Werk eines Augenblicks. Ich spürte erst jetzt meinen Schrecken: eine gewisse Schwäche im Rücken, eine vorübergehende Unfähigkeit, hinunterzuschlucken. Alles umdrängte den schwarzhändigen Schlafwagenbeamten, der mit roten Augen ebenfalls herbeigekommen war; die Damen, mit bloßen Armen und Schultern, rangen die Hände.

Das sei eine Entgleisung, erklärte der Mann, wir seien entgleist. Was nicht zutraf, wie sich später erwies. Aber siehe, der Mann war gesprächig unter diesen Umständen, er ließ seine amtliche Sachlichkeit dahinfahren, die großen Ereignisse lösten seine Zunge und er sprach intim von seiner Frau. »Ich hab' noch zu meiner Frau gesagt: Frau, sag' ich, mir ist ganz, als ob heut was passieren müßt'!« Na und ob nun vielleicht nichts passiert sei. Ja, darin gaben alle ihm recht. Rauch entwickelte sich im Wagen, dichter Qualm, man wußte nicht, woher, und nun zogen wir alle es vor, uns in die Nacht hinauszubegeben.

Das war nur mittelst eines ziemlich hohen Sprunges vom Trittbrett auf den Bahnkörper möglich, denn es war kein Perron vorhanden, und zudem stand unser Schlafwagen bemerkbar schief, auf die andere Seite geneigt. Aber die Damen, die eilig ihre Blößen bedeckt hatten, sprangen verzweifelt, und bald standen wir alle zwischen den Schienensträngen.

Es war fast finster, aber man sah doch, daß bei uns hinten den Wagen eigentlich nichts fehlte, obgleich sie schief standen. Aber vorn – fünfzehn oder zwanzig Schritte weiter vorn! Nicht umsonst hatte der Stoß in sich so abscheulich gekracht. Dort war eine Trümmerwüste – man sah ihre Ränder, wenn man sich näherte, und die kleinen Laternen der Schaffner irrten darüber hin.

Nachrichten kamen von dort, aufgeregte Leute, die Meldungen über die Lage brachten. Wir befanden uns dicht bei einer kleinen Station, nicht weit hinter Regensburg, und durch Schuld einer defekten Weiche war unser Schnellzug auf ein falsches Geleise geraten und in voller Fahrt einem Güterzug, der dort hielt, in den Rücken gefahren, hatte ihn aus der Station hinausgeworfen, seinen hinteren Teil zermalmt und selbst schwer gelitten. Die große Schnellzugsmaschine von Maffei in München war hin und entzwei. Preis siebzigtausend Mark. Und in den vorderen Wagen, die beinahe auf der Seite lagen, waren zum Teil die Bänke ineinandergeschoben. Nein, Menschenverluste waren, gottlob, wohl nicht zu beklagen. Man sprach von einer alten Frau, die »herausgezogen« worden sei, aber niemand hatte sie gesehen. Jedenfalls waren die Leute durcheinandergeworfen worden, Kinder hatten unter Gepäck vergraben gelegen, und das Entsetzen war groß. Der Gepäckwagen war zertrümmert. Wie war das mit dem Gepäckwagen? Er war zertrümmert.

Da stand ich...

Ein Beamter läuft ohne Mütze den Zug entlang, es ist der Stationschef, und wild und weinerlich erteilt er Befehle an die Passagiere, um sie in Zucht zu halten und von den Geleisen in die Wagen zu schicken. Aber niemand achtet sein, da er ohne Mütze und Haltung ist. Beklagenswerter Mann! Ihn traf wohl die Verantwortung. Vielleicht war seine Laufbahn zu Ende, sein Leben zerstört. Es wäre nicht taktvoll gewesen, ihn nach dem großen Gepäck zu fragen.

Ein anderer Beamter kommt daher – er hinkt daher, und ich erkenne ihn an seinem Wachtmeisterschnauzbart. Es ist der Schaffner, der unwirsch wachsame Schaffner von heute abends, der Staat, unser Vater. Er hinkt gebückt, die eine Hand auf sein Knie gestützt, und kümmert sich um nichts, als um dieses sein Knie. »Ach, ach!« sagt er. »Ach!« – »Nun, nun, was ist denn?« – »Ach, mein Herr, ich steckte ja dazwischen, es ging mir ja gegen die Brust, ich bin ja über das Dach entkommen, ach, ach!« – Dieses »über das Dach entkommen« schmeckte nach Zeitungsbericht, der Mann brauchte bestimmt in der Regel nicht das Wort »entkommen«, er hatte nicht sowohl sein Unglück, als vielmehr einen Zeitungsbericht über sein Unglück erlebt, aber was half mir das? Er war nicht in dem Zustande, mir Auskunft über mein Manuskript zu geben. Und ich fragte einen jungen Menschen, der frisch, wichtig und angeregt von der Trümmerwüste kam, nach dem großen Gepäck.

»Ja, mein Herr, das weiß niemand nicht, wie es da ausschaut!« Und sein Ton bedeutete mir, daß ich froh sein solle, mit heilen Gliedern davongekommen zu sein. »Da liegt alles durcheinander. Damenschuhe...« sagte er mit einer wilden Vernichtungsgebärde und zog die Nase kraus. »Die Räumungsarbeiten müssen es zeigen. Damenschuhe...«

Da stand ich. Ganz für mich allein stand ich in der Nacht zwischen den Schienensträngen und prüfte mein Herz. Räumungsarbeiten. Es sollten Räumungsarbeiten mit meinem Manuskript vorgenommen werden. Zerstört also, zerfetzt, zerquetscht, wahrscheinlich. Mein Bienenstock, mein Kunstgespinst, mein kluger Fuchsbau, mein Stolz und Mühsal, das Beste von mir. Was würde ich tun, wenn es sich so verhielt? Ich hatte keine Abschrift von dem, was schon dastand, schon fertig gefügt und geschmiedet war, schon lebte und klang – zu schweigen von meinen Notizen und Studien, meinem ganzen in Jahren zusammengetragenen, erworbenen, erhorchten, erschlichenen, erlittenen Hamsterschatz von Material. Was würde ich also tun? Ich prüfte mich genau und ich erkannte, daß ich von vorn beginnen würde. Ja, mit tierischer Geduld, mit der Zähigkeit eines tiefstehenden Lebewesens, dem man das wunderliche und komplizierte Werk seines kleinen Scharfsinnes und Fleißes zerstört hat, würde ich nach einem Augenblick der Verwirrung und Ratlosigkeit das Ganze wieder von vorn beginnen, und vielleicht würde es diesmal ein wenig leichter gehen...

Aber unterdessen war Feuerwehr eingetroffen, mit Fackeln, die rotes Licht über die Trümmerwüste warfen, und als ich nach vorn ging, um nach dem Gepäckwagen zu sehen, da zeigte es sich, daß er fast heil war, und daß den Koffern nichts fehlte. Die Dinge und Waren, die dort verstreut lagen, stammten aus dem Güterzuge, eine unzählige Menge Spagatknäuel zumal, ein Meer von Spagatknäueln, das weithin den Boden bedeckte.

Da ward mir leicht, und ich mischte mich unter die Leute, die standen und schwatzten und sich anfreundeten gelegentlich ihres Mißgeschickes und aufschnitten und sich wichtig machten. So viel schien sicher, daß der Zugführer sich brav benommen und großem Unglück vorgebeugt hatte, indem er im letzten Augenblick die Notbremse gezogen. Sonst, sagte man, hätte es unweigerlich eine allgemeine Harmonika gegeben, und der Zug wäre wohl auch die ziemlich hohe Böschung zur Linken hinabgestürzt. Preiswürd'ger Zugführer! Er war nicht sichtbar, niemand hatte ihn gesehen. Aber sein Ruhm verbreitete sich den ganzen Zug entlang, und wir alle lobten ihn in seiner Abwesenheit. »Der Mann«, sagte ein Herr und wies mit der ausgestreckten Hand irgendwohin in die Nacht, »der Mann hat uns alle gerettet.« Und jeder nickte dazu.

Aber unser Zug stand auf einem Geleise, das ihm nicht zukam, und darum galt es, ihn nach hinten zu sichern, damit ihm kein anderer in den Rücken fahre. So stellten sich die Feuerwehrleute mit Pechfackeln am letzten Wagen auf, und auch der angeregte junge Mann, der mich so sehr mit seinen Damenstiefeln geängstigt, hatte eine Fackel ergriffen und schwenkte sie signalisierend, obgleich in aller Weite kein Zug zu sehen war.

Und mehr und mehr kam etwas wie Ordnung in die Sache, und der Staat, unser Vater, gewann wieder Haltung und Ansehen. Man hatte telegraphiert und alle Schritte getan, ein Hilfszug aus Regensburg dampfte behutsam in die Station und große Gasleuchtapparate mit Reflektoren wurden an der Trümmerstätte aufgestellt. Wir Passagiere wurden nun ausquartiert und angewiesen, im Stationshäuschen unserer Weiterbeförderung zu harren. Beladen mit unserem Handgepäck und zum Teil mit verbundenen Köpfen zogen wir durch ein Spalier von neugierigen Eingeborenen in das Warteräumchen ein, wo wir uns, wie es gehen wollte, zusammenpferchten. Und abermals nach einer Stunde war alles aufs Geratewohl in einem Extrazuge verstaut.

Ich hatte einen Fahrschein erster Klasse (weil man mir die Reise bezahlte), aber das half mir gar nichts, denn jedermann gab der ersten Klasse den Vorzug, und diese Abteile waren noch voller als die anderen. Jedoch, wie ich eben mein Plätzchen gefunden, wen gewahre ich mir schräg gegenüber, in eine Ecke gedrängt? Den Herrn mit den Gamaschen und den Reiterausdrücken, meinen Helden. Er hat sein Hündchen nicht bei sich, man hat es ihm genommen, es sitzt, allen Herrenrechten zuwider, in einem finsteren Verlies gleich hinter der Lokomotive und heult. Der Herr hat auch einen gelben Fahrschein, der ihm nichts nützt, und er murrt, er macht einen Versuch, sich aufzulehnen gegen den Kommunismus, gegen den großen Ausgleich vor der Majestät des Unglücks. Aber ein Mann antwortet ihm mit biederer Stimme: »San's froh, daß Sie sitzen!« Und sauer lächelnd ergibt sich der Herr in die tolle Lage.

Wer kommt herein, gestützt auf zwei Feuerwehrmänner? Eine kleine Alte, ein Mütterchen in zerschlissener Mantille, dasselbe, das in München um ein Haar in die zweite Klasse gestiegen wäre. »Ist dies die erste Klasse?« fragt sie immer wieder. »Ist dies auch wirklich die erste Klasse?« Und als man es ihr versichert und ihr Platz macht, sinkt sie mit einem »Gottlob!« auf das Plüschkissen nieder, als ob sie erst jetzt gerettet sei.

In Hof war es fünf Uhr und hell. Dort gab es Frühstück und dort nahm ein Schnellzug mich auf, der mich und das Meine mit dreistündiger Verspätung nach Dresden brachte.

Ja, das war das Eisenbahnunglück, das ich erlebte. Einmal mußte es ja wohl sein. Und obgleich die Logiker Einwände machen, glaube ich nun doch gute Chancen zu haben, daß mir sobald nicht wieder dergleichen begegnet.

Wie Jappe und Do Escobar sich prügelten

Ich war sehr erschüttert, als Johnny Bishop mir sagte, daß Jappe und Do Escobar sich hauen wollten und daß wir hingehen wollten, um zuzusehen.

Es war in den Sommerferien, in Travemünde, an einem brutheißen Tage mit mattem Landwind und flacher, weit zurückgetretener See. Wir waren wohl drei Viertelstunden lang im Wasser gewesen und lagen unter dem Balken- und Bretterwerk der Badeanstalt auf dem festen Sande, zusammen mit Jürgen Brattström, dem Sohn des Reeders. Johnny und Brattström lagen vollständig nackt auf dem Rücken, während es mir angenehmer war, mein Badetuch um die Hüften gewickelt zu haben. Brattström fragte mich, warum ich das täte, und da ich nichts Rechtes darauf zu antworten wußte, so sagte Johnny mit seinem gewinnenden, lieblichen Lächeln: ich wäre wohl schon etwas zu groß, um nackend zu liegen. Wirklich war ich größer und entwickelter als er und Brattström, auch wohl ein wenig älter als sie, ungefähr dreizehn. So nahm ich Johnnys Erklärung stillschweigend an, obgleich sie eine gewisse Kränkung für mich enthielt. Denn in Johnnys Gesellschaft geriet man leicht in ein etwas komisches Licht, wenn man weniger klein, fein und körperlich kindlich war als er, der das alles in so hohem Grade war. Er konnte dann mit seinen hübschen blauen, zugleich freundlich und spöttisch lächelnden Mädchenaugen an einem hinaufsehen, mit einem Ausdruck, als wollte er sagen: »Was bist du schon für ein langer Flegel!« Das Ideal der Männlichkeit und der langen Hosen kam abhanden in seiner Nähe, und das zu einer Zeit, nicht lange nach dem Kriege, als Kraft, Mut und jederlei rauhe Tugend unter uns Jungen sehr hoch im Preise stand und alles mögliche für weichlich galt. Aber Johnny, als Ausländer oder halber Ausländer, war unbeeinflußt von dieser Stimmung und hatte im Gegenteil etwas von einer Frau, die sich konserviert und über andere lustig macht, die es weniger tun. Auch war er bei weitem der erste Knabe der Stadt, der elegant und ausgesprochen herrschaftlich gekleidet wurde, nämlich in echte englische Matrosenanzüge mit blauem Leinwandkragen, Schifferknoten, Schnüren, einer silbernen Pfeife in der Brusttasche und einem Anker auf dem bauschigen, am Handgelenk eng zulaufenden Ärmel. Dergleichen wäre bei jedem anderen als geckenhaft verhöhnt und bestraft worden. Ihm aber, da er es mit Anmut und Selbstverständlichkeit trug, schadete es gar nicht, und nie hatte er im geringsten darunter zu leiden gehabt.

Er sah aus wie ein kleiner magerer Amor, wie er da lag, mit erhobenen Armen, seinen hübschen blond- und weichlockigen, länglichen, englischen Kopf in die schmalen Hände gebettet. Sein Papa war ein deutscher Kaufmann gewesen, der sich in England hatte naturalisieren lassen und vor Jahren gestorben war. Aber seine Mutter war Engländerin von Geblüt, eine Dame von mildem, ruhigem Wesen und mit langem Gesicht, die sich mit ihren Kindern, Johnny und einem ebenso hübschen, etwas tückischen kleinen Mädchen, in unserer Stadt niedergelassen hatte. Sie ging immer noch ausschließlich schwarz, in beständiger Trauer um ihren Mann, und sie ehrte wohl seinen letzten Willen, wenn sie die Kinder in Deutschland aufwachsen ließ. Offenbar befand sie sich in angenehmen Verhältnissen. Sie besaß ein geräumiges Haus vor der Stadt und eine Villa an der See, und von Zeit zu Zeit reiste sie mit Johnny und Sissie in ferne Bäder. Zur Gesellschaft gehörte sie nicht, obgleich sie ihr offengestanden hätte. Vielmehr lebte sie, sei es um ihrer Trauer willen, sei es, weil der Horizont unserer herrschenden Familien ihr zu eng war, persönlich in der größten Zurückgezogenheit, sorgte aber durch Einladungen und die Anordnung gemeinsamer Spiele, durch Johnnys und Sissies Teilnahme am Tanz- und Anstandskursus und so weiter für den geselligen Verkehr ihrer Kinder, den sie, wenn nicht selber bestimmte, so doch mit ruhiger Sorgfalt überwachte; und zwar so, daß Johnny und Sissie es ausschließlich nur mit Kindern aus vermögenden Häusern hielten – selbstverständlich nicht zufolge eines ausgesprochenen Prinzips, aber doch der einfachen Tatsache nach. Frau Bishop trug insofern von weitem zu meiner Erziehung bei, als sie mich lehrte, daß, um von anderen geachtet zu werden, nichts weiter nötig ist, als selber auf sich zu halten. Des männlichen Oberhauptes beraubt, zeigte die kleine Familie keines der Merkmale von Verwahrlosung und Niedergang, die sonst in diesem Falle so oft das bürgerliche Mißtrauen erwecken. Ohne weiteren Verwandtschaftsanhang, ohne Titel, Überlieferung, Einfluß und öffentliche Stellung war ihr Dasein zugleich separiert und anspruchsvoll: und zwar dermaßen sicher und abwägend anspruchsvoll, daß man ihr stillschweigend und unbedenklich jedes Zugeständnis machte und die Freundschaft der Kinder bei Jungen und Mädchen sehr hoch bewertet wurde. – Was nebenbei Jürgen Brattström betraf, so war erst sein Vater zu Reichtum und öffentlichen Ämtern aufgerückt und hatte sich und den Seinen das rote Sandsteinhaus am Burgfelde gebaut, das dem der Frau Bishop benachbart war. Jürgen war also, unter Frau Bishops ruhiger Genehmigung, Johnnys Gartengespiele und Schulweggefährte – ein phlegmatisch zutunlicher, kurzgliedriger Knabe ohne hervorstechende Charaktereigenschaften, der unter der Hand schon einen kleinen Lakritzenhandel betrieb.

Wie gesagt, war ich äußerst erschrocken über Johnnys Mitteilung von Jappes und Do Escobars bevorstehendem Zweikampf, der heute um zwölf Uhr in bitterem Ernst auf dem Leuchtenfeld ausgefochten werden sollte. Das konnte furchtbar werden, denn Jappe und Escobar waren starke, kühne Gesellen mit Ritterehre, deren feindliches Zusammentreffen wohl Bangigkeit erregen konnte. In der Erinnerung erscheinen sie mir noch immer so groß und männerhaft wie damals, obwohl sie nicht älter als fünfzehnjährig gewesen sein können. Jappe entstammte dem Mittelstande der Stadt; er war wenig beaufsichtigt und eigentlich beinahe schon das, was wir damals einen »Butcher« (will sagen Stromer) nannten, jedoch mit der Nuance des Lebemännischen. Do Escobar war frei von Natur, ein exotischer Fremdling, der nicht einmal regelmäßig zur Schule

421

Duell — Krieg

ging, sondern nur hospitierte und zuhörte (ein unordentliches, aber paradiesisches Dasein!) – der bei irgendwelchen Bürgersleuten Pension bezahlte und sich vollständiger Selbständigkeit erfreute. Beide waren sie Leute, die zu spät zu Bett gingen, Wirtshäuser besuchten, abends in der Breitenstraße bummelten, den Mädchen nachstiegen, wagehalsig turnten, kurz: Kavaliere. Obwohl sie in Travemünde nicht im Kurhotel – wohin sie auch nicht gehört hätten – sondern irgendwo im Städtchen logierten, waren sie draußen im Kurgarten als Weltleute zu Hause, und ich wußte, daß sie abends, namentlich Sonntags, wenn ich längst in einem der Schweizerhäuser in meinem Bette lag und unter den Klängen des Kurkonzerts friedlich entschlummert war, nebst anderen Mitgliedern der jugendlichen Lebewelt unternehmend im Strome der Badegäste und Ausflügler vor dem langen Zeltdach der Konditorei hin und her flanierten und erwachsene Unterhaltung suchten und fanden. Hierbei waren sie aneinander geraten – Gott wußte, wie und warum. Möglich, daß sie einander nur im Vorbeischlendern mit den Schultern gestoßen und in ihrer Ehrenhaftigkeit einen Kriegsfall daraus gemacht hatten. Johnny, der natürlich ebenfalls längst geschlafen hatte und auch nur durch Hörensagen von dem Handel unterrichtet war, äußerte mit seiner so angenehmen, ein wenig verschleierten Kinderstimme, daß es sich wohl um eine »Deern« gehandelt haben werde, und das war unschwer zu denken bei Jappes und Do Escobars verwegener Fortgeschrittenheit. Kurz, sie hatten unter den Leuten kein Aufhebens gemacht, sondern, vor Zeugen, mit knappen und verbissenen Worten Ort und Stunde zum Austrag der Ehrensache verabredet. Morgen um zwölf Rendezvous da und da auf dem Leuchtenfelde. Guten Abend! Auch Ballettmeister Knaak von Hamburg, Maître de plaisir und Leiter der Reunions im Kurhause, war zugegen gewesen und hatte sein Erscheinen am Walplatze zugesagt.

Johnny freute sich rückhaltlos auf den Kampf, ohne daß er oder Brattström die Beklemmung geteilt hätten, die ich empfand. Wiederholt versicherte er, indem er nach seiner reizenden Art das R weit vorne am Gaumen bildete, daß die beiden sich in vollem Ernst und als Feinde hauen würden; und dann erwog er mit vergnügter und etwas spöttischer Sachlichkeit die Siegeschancen. Jappe und Do Escobar waren beide schrecklich stark, hö, beide schon gewaltige Flegel. Es war amüsant, daß sie es einmal so ernstlich ausmachen würden, welcher von beiden der gewaltigste Flegel sei. Jappe, meinte Johnny, habe eine breite Brust und vorzügliche Arm- und Beinmuskeln, wie man täglich beim Baden beobachten könne. Aber Do Escobar sei außerordentlich sehnig und wild, so daß es schwer sei, vorherzusagen, wer die Oberhand behalten werde. Es war sonderbar, Johnny so souverän über Jappes und Do Escobars Qualitäten sich äußern zu hören und dabei seine eigenen schwachen Kinderarme zu sehen, mit denen er nie einen Schlag weder zu geben noch abzuwehren vermocht hätte. Was mich selbst betraf, so war ich zwar weit entfernt, mich vom Besuche der Schlägerei auszuschließen. Das wäre lächerlich gewesen, und außerdem zog das Bevorstehende mich mächtig an. Unbedingt mußte ich hingehen und alles mit ansehen, da ich einmal davon erfahren hatte – dies war eine Art Pflichtgefühl, das aber in hartem Kampfe mit widerstrebenden Empfindungen lag: mit einer großen Scheu und Scham, unkriegerisch und wenig beherzt wie ich war, mich auf den Schauplatz mannhafter Taten zu wagen; einer nervösen Furcht vor den Erschütterungen, die der Anblick eines erbitterten Kampfes, im Ernst und sozusagen auf Leben und Tod, in mir hervorbringen würde und die ich im voraus empfand; einer einfachen feigen Besorgnis auch wohl, daß ich dort, mitgefangen und mitgehangen, für meine eigene Person Anforderungen möchte ausgesetzt sein, die meiner innersten Natur zuwiderliefen – der Besorgnis, herangezogen und genötigt zu werden, mich auch meinerseits als ein schneidiger Bursche zu erweisen, ein Erweis, den ich wie nichts Zweites verabscheute. Anderseits aber konnte ich nicht umhin, mich in Jappes und Do Escobars Lage zu versetzen und die verzehrenden Empfindungen, die ich bei ihnen voraussetzte, innerlich nachzufühlen. Ich stellte mir die Beleidigung und Herausforderung im Kurgarten vor, ich unterdrückte mit ihnen, eleganter Rücksichten halber, den Drang, sofort mit den Fäusten übereinander herzufallen. Ich erprobte ihre empörte Rechtsleidenschaft, den Gram, den flakkernden, hirnzerreißenden Haß, die Anfälle von rasender Ungeduld und Rache, unter denen sie die Nacht verbracht haben mußten. Zum Äußersten gebracht, über alle Furchtsamkeit hinausgerissen, schlug ich mich im Geiste blind und blutig mit einem ebenso entmenschten Gegner herum, trieb ihm mit allen Kräften meines Wesens die Faust ins verhaßte Maul, daß sämtliche Zähne zerbrachen, empfing dafür einen brutalen Tritt in den Unterleib und ging unter in roten Wogen, worauf ich mit gestillten Nerven und Eisumschlägen unter den sanften Vorwürfen der Meinen in meinem Bette erwachte... Kurz, als es halb zwölf war und wir aufstanden, um uns anzuziehen, war ich halb erschöpft vor Aufregung, und in der Kabine sowohl wie nachher, als wir fertig angekleidet die Badeanstalt verließen, pochte das Herz mir genau, als sei ich es selbst, der sich hauen sollte, mit Jappe oder Do Escobar, öffentlich und unter schweren Bedingungen.

Ich weiß noch genau, wie wir zu dritt die schwanke Holzbrücke hinabgingen, die vom Strande schräg zur Badeanstalt anstieg. Selbstverständlich hüpften wir, um die Brücke tunlichst ins Schwingen zu versetzen und uns emporschnellen zu lassen wie vom Trampolin. Aber unten angelangt, verfolgten wir nicht den Brettersteg, der zwischen Pavillonen und Sitzkörben hin den Strand entlang führte, sondern hielten den Kurs landeinwärts, ungefähr auf das Kurhaus zu, eher mehr links. Auf den Dünen brütete die Sonne und entlockte dem spärlich und dürr bewachsenen Boden, den Stranddisteln, den Binsen, die uns in die Beine stachen, seinen trockenen und hitzigen Duft. Nichts war zu hören als das ununterbrochene Summen der metallblauen Fliegen, die scheinbar unbeweglich in der schweren Wärme standen, plötzlich den Platz wechselten und an anderer Stelle ihren scharfen und monotonen Gesang wieder aufnahmen. Die kühlende Wirkung des Bades war längst verbraucht. Brattström und ich lüfteten abwechselnd unsere Kopfbedeckungen – er seine schwedische Schifferkappe mit vorspringendem

Wachstuchschirm, ich meine runde Helgoländer Wollmütze, eine sogenannte Tam-o-shanter – um uns den Schweiß zu trocknen. Johnny litt wenig unter der Hitze, dank seiner Magerkeit und besonders wohl auch, weil seine Kleidung dem Sommertag eleganter angepaßt war, als die unsere. In seinem leichten und komfortablen Matrosenanzug aus gestreiftem Waschstoff, der Hals und Waden freiließ, die blaue, kurz bebänderte Mütze mit englischer Inschrift auf dem schönen Köpfchen, die langen und schmalen Füße in feinen, fast absatzlosen Halbschuhen aus weißem Leder, ging er mit ausgreifenden, steigenden Schritten und etwas krummen Knien zwischen Brattström und mir und sang mit seinem anmutigen Akzent das Gassenlied »Fischerin, du Kleine«, das damals im Schwange war; sang es mit einer unanständigen Variante, die von der frühreifen Jugend dafür erfunden worden. Denn so war er: In aller Kindlichkeit wußte er schon mancherlei und war gar nicht zu zimperlich, es im Munde zu führen. Dann aber setzte er eine kleine scheinheilige Miene auf, sagte: »Pfui, wer wird wohl so böse Lieder singen!« und tat ganz, als seien wir es gewesen, die die kleine Fischerin so schlüpfrig apostrophiert hatten.

Mir war überhaupt nicht nach Singen zumute, so nahe wie wir dem Treffpunkte und Schicksalsplatze schon waren. Das scharfe Dünengras war in sandiges Moos, in mageren Wiesengrund übergegangen, es war das Leuchtenfeld, wo wir schritten, so genannt nach dem gelben und runden Leuchtturm, der links in großer Entfernung emporragte, – und unversehens kamen wir an und waren am Ziel.

Es war ein warmer, friedlicher Ort, von Menschen fast nie begangen, den Blicken durch Weidengesträuch verborgen. Und auf dem freien Platze, innerhalb des Gebüsches, hatte wie eine lebendige Schranke ein Kreis junger Leute sich gesetzt und gelagert, fast alle älter als wir und aus verschiedenen Gesellschaftsschichten. Offenbar waren wir die letzten Zuschauer, die eintrafen. Nur auf Ballettmeister Knaak, der als Schiedsrichter und Unparteiischer dem Kampfe anwohnen sollte, wurde noch gewartet. Aber sowohl Jappe wie Do Escobar waren zur Stelle –

ich erblickte sie sofort. Sie saßen weit voneinander entfernt im Kreise und taten, als sähen sie einander nicht. Nachdem wir durch stummes Kopfnicken einige Bekannte begrüßt hatten, ließen auch wir uns mit eingezogenen Schenkeln auf dem warmen Erdboden nieder.

Es wurde geraucht. Auch Jappe und Do Escobar hielten Zigaretten in den Mundwinkeln, wobei sie, vor dem Rauch blinzelnd, jeder ein Auge schlossen, und man sah wohl, daß sie nicht ohne Gefühl für die Großartigkeit waren, die darin lag, so dazusitzen und in aller Nachlässigkeit eine Zigarette zu rauchen, bevor man sich haute. Beide waren schon herrenmäßig gekleidet, aber Do Escobar bedeutend weltmännischer als Jappe. Er trug sehr spitzige gelbe Schuhe zu seinem hellgrauen Sommeranzug, ein rosafarbenes Manschettenhemd, buntseidene Krawatte und einen runden, schmalrandigen Strohhut, nach hinten auf den Wirbel gerückt, so daß der dichte und feste, schwarzblank pomadisierte Hügel, zu dem er sein gescheiteltes Haar seitlich über der Stirn emporfrisiert hatte, darunter zum Vorschein kam. Zuweilen hob und schüttelte er die rechte Hand, um das silberne Armband, das er trug, in die Manschette zurückzuwerfen. Jappe sah wesentlich unscheinbarer aus. Seine Beine staken in eng anliegenden Hosen, die, heller als Rock und Weste, unter seinen schwarzen Wichsstiefeln mit Stegen befestigt waren, und die karierte Sportmütze, die sein blondes lockiges Haar bedeckte, hatte er im Gegensatz zu Do Escobar tief in die Stirn gezogen. Er hielt in hockender Stellung seine Knie mit den Armen umschlungen, und dabei bemerkte man erstens, daß er lose Manschetten über den Hemdärmeln trug, und zweitens, daß die Nägel seiner verschränkten Finger entweder viel zu kurz beschnitten waren oder daß er dem Laster frönte, sie abzunagen. Übrigens war trotz der flotten und selbständigen Attitüde des Rauchens die Stimmung im Kreise ernst, ja befangen und vorwiegend schweigsam. Wer sich dagegen auflehnte, war eigentlich nur Do Escobar, der unaufhörlich laut, heiser und mit wirbelndem Zungen-R zu seiner Umgebung sprach, indem er den Rauch durch die Nase strömen ließ. Sein Gerassel stieß mich ab, und trotz seiner allzu kurzen Nägel fühlte ich mich geneigt, es mit Jappe zu halten, der kaum dann und wann über die Schulter hinweg ein Wort an seine Nachbarn richtete und im übrigen scheinbar vollkommen ruhig dem Rauch seiner Zigarette nachblickte.

Dann kam Herr Knaak – noch sehe ich ihn in seinem Morgenanzug aus bläulich gestreiftem Flanell, beschwingten Schrittes aus der Richtung des Kurhauses daherkommen und, den Strohhut lüftend, außerhalb unseres Kreises stehen bleiben. Daß er gern kam, glaube ich nicht, bin vielmehr überzeugt, daß er in einen sauren Apfel biß, indem er einer Prügelei seine Gegenwart schenkte; aber seine Stellung, sein schwieriges Verhältnis zu der streitbaren und ausgesprochen männlich gesinnten Jugend nötigte ihn wohl dazu. Braun, schön und fett (fett namentlich in der Hüftengegend), erteilte er zur Winterszeit Tanz- und Anstandsunterricht sowohl in einem geschlossenen Familienzirkel wie auch öffentlich im Kasino, und versah im Sommer den Posten eines Festarrangeurs und Badekommissärs im Kurhause zu Travemünde. Mit seinen eitlen Augen, seinem wogenden, wiegenden Gang, bei dem er die sehr auswärts gerichteten Fußspitzen sorgfältig zuerst auf den Boden setzte und den übrigen Teil des Fußes nachfallen ließ, seiner selbstgefälligen und studierten Sprechweise, der bühnenmäßigen Sicherheit seines Auftretens, der unerhörten, demonstrativen Gewähltheit seiner Manieren, war er das Entzücken des weiblichen Geschlechts, während die Männerwelt, und namentlich die kritische halbwüchsige, ihn bezweifelte. Ich habe oft über die Stellung François Knaaks im Leben nachgedacht und sie immer sonderbar und phantastisch gefunden. Kleiner Leute Kind, wie er war, schwebte er mit seiner Pflege der höchsten Lebensart schlechthin in der Luft, und ohne zur Gesellschaft zu gehören wurde er von ihr als Hüter und Lehrmeister ihres Sittenideals bezahlt. Auch Jappe und Do Escobar waren seine Schüler; nicht im Privatkursus wie Johnny, Brattström und ich, sondern beim öffentlichen Unterricht im Kasino; und hier war es, wo das Sein und Wesen Herrn Knaaks der schärfsten Abschätzung von seiten der jungen Leute unterlag (denn wir im Privatkursus waren sanfter). Ein Kerl, der den zierlichen Umgang mit kleinen Mädchen lehrte, ein Kerl, über den das unwiderlegte Gerücht in Umlauf war, daß er ein Korsett trage, der mit den Fingerspitzen den Saum seines Gehrockes erfaßte, knickste, Kapriolen schnitt und unversehens in die Lüfte sprang, um dort oben mit den Füßen zu trillern und federnd auf das Parkett zurückzuplumpsen: war das überhaupt ein Kerl? Dies der Verdacht, der auf Herrn Knaaks Person und Dasein lastete; und gerade seine übermäßige Sicherheit und Überlegenheit reizte dazu. Sein Vorsprung an Jahren war bedeutend und es hieß, daß er (eine komische Vorstellung!) in Hamburg Frau und Kinder besitze. Diese seine Eigenschaft als Erwachsener und der Umstand, daß man ihm immer nur im Tanzsaal begegnete, schützte ihn davor, überführt und entlarvt zu werden. Konnte er turnen? Hatte er es jemals gekonnt? Hatte er Mut? Hatte er Kräfte? Kurz, war er als honorig zu betrachten? Er kam nicht in die Lage, sich über die solideren Eigenschaften auszuweisen, die seinen Salonkünsten hätten die Waage halten müssen, um ihn respektabel zu machen. Aber es gab Jungen, die umhergingen und ihn geradeheraus einen Affen und Feigling nannten. Wahrscheinlich wußte er das, und darum war er heute gekommen, um sein Interesse an einer ordentlichen Prügelei zu bekunden und es als Kamerad mit den jungen Leuten zu halten, obgleich er doch eigentlich als Badekommissär den ungesetzlichen Ehrenhandel nicht hätte dulden dürfen. Aber nach meiner Überzeugung fühlte er sich nicht wohl bei der Sache und war sich deutlich bewußt, auf Glatteis getreten zu sein. Manche prüften ihn kalt mit den Augen, und er selbst sah sich unruhig um, ob auch Leute kämen.

Höflich entschuldigte er sein verspätetes Eintreffen. Eine Unterredung mit der Kurhausdirektion in betreff der Reunion am Sonnabend, sagte er, habe ihn aufgehalten. »Sind die Kombattanten zur Stelle?« fragte er hierauf in strammem Ton. »Dann können wir anfangen.« Auf seinen Stock gestützt und die Füße gekreuzt, stand er außerhalb unseres Kreises, erfaßte seinen weichen braunen Schnurrbart mit der Unterlippe und machte finstere Kenneraugen.

Jappe und Do Escobar standen auf, warfen ihre Zigaretten fort und begannen, sich zum Kampfe bereit zu machen. Do Escobar tat es im Fluge, mit eindrucksvoller Geschwindigkeit. Er warf seinen Hut, seine Jacke und Weste zu Boden, knüpfte auch Krawatte, Halskragen und Tragbänder ab und warf sie zum übrigen. Dann zog er sogar sein rosafarbenes Manschettenhemd aus der Hose hervor, entwand sich behende den Ärmeln und stand da im weiß- und rotgestreiften Trikotunterjäckchen, das seine gelblichen, schon schwarz behaarten Arme von der Mitte der Oberarme an bloß ließ. »Darf ich bitten, mein Herr?« sagte er mit rasselndem R, indem er rasch in die Mitte des Platzes trat und mit gestraffter Brust seine Schultern in den Gelenken zurechtrückte... Sein silbernes Armband hatte er anbehalten.

Jappe, der noch nicht fertig war, wandte den Kopf nach ihm und, die Brauen emporgezogen, sah er ihm einen Augenblick mit beinahe geschlossenen Lidern auf die Füße, als wollte er sagen: »Warte gefälligst. Ich komme auch ohne deinen gespreizten Schnack.« Obgleich er breiter in den Schultern war, erschien er bei weitem nicht so athletisch und kampfgemäß wie Do Escobar, als er sich ihm entgegenstellte. Seine Beine in den prallen Steghosen neigten zur X-Form, und sein weiches, schon etwas gelbliches Hemd mit den weiten, an den Handgelenken mit Knöpfen geschlossenen Ärmeln und den grauen Gummihosenträgern darüber, sah nach gar nichts aus, während Do Escobars gestreiftes Trikot und namentlich die schwarzen Haare auf seinen Armen außerordentlich streitbar und gefährlich wirkten. Beide waren bleich, aber bei Jappe sah man es deutlicher, weil er gewöhnlich rotbackig war. Er hatte das Gesicht eines munteren und etwas brutalen Blondins mit Stülpnase und einem Sattel von Sommersprossen darüber. Do Escobars Nase dagegen war kurz, gerade und abfallend, und über seinen aufgeworfenen Lippen sah man einen schwarzen Anflug von Schnurrbart.

Sie standen mit hängenden Armen fast Brust an Brust und blickten mit finsterer, verächtlicher Miene der eine dem anderen in die Magengegend. Ersichtlich wußten sie nicht recht, was sie miteinander anfangen sollten, und das entsprach ganz meinem eigenen Empfinden. Seit ihrem Zusammentreffen war die ganze Nacht und der halbe Tag verflossen, und ihre Lust, aufeinander loszuschlagen, die gestern abend so lebhaft gewesen und nur von ihrer Ritterlichkeit gezügelt worden war, hatte Zeit gehabt, sich abzukühlen. Nun sollten sie zu festgesetzter Stunde, mit nüchternem Blut und vor versammeltem Publikum auf Kommando tun, was sie gestern so gern aus lebendigem Antriebe getan hätten. Aber schließlich waren sie gesittete Jungen und keine Gladiatoren des Altertums. Man trägt bei ruhigem Verstande doch eine menschliche Scheu, jemandem mit den Fäusten den gesunden Leib zu zerschlagen. So dachte ich es mir, und so war es wohl auch.

Da aber ehrenhalber etwas geschehen mußte, fingen sie an, einander mit den fünf Fingerspitzen vor die Brust zu stoßen, als glaubten sie in gegenseitiger Geringschätzung, den Gegner so leichthin zu Boden strecken zu können, und zu dem deutlichen Zweck, einander zu reizen. In dem Augenblick aber, als Jappes Miene anfing, sich zu verzerren, brach Do Escobar das Vorgefecht ab.

»Pardon, mein Herr!« sagte er, indem er zwei Schritte zurücktrat und sich abwandte. Er tat es, um seine Hosenschnalle im Rücken fester anzuziehen; denn er hatte ja seine Tragbänder abgelegt, und da er schmal in den Hüften war, so fing seine Hose wohl an, zu rutschen. Als er fertig und frisch gegürtet war, sagte er etwas Rasselndes, Gaumiges, Spanisches, das niemand verstand und das wohl heißen sollte, daß er nun erst richtig bereit sei, warf aufs neue die Schultern zurück und trat wieder vor. Offenbar war er maßlos eitel.

Das plänkelnde Puffen mit Schultern und flachen Händen begann von vorn. Auf einmal aber, ganz unerwartet, entstand ein kurzes, blindes, rasendes Handgemenge, ein wirbelndes Durcheinander ihrer Fäuste, das drei Sekunden dauerte und dann ebenso plötzlich wieder abbrach.

»Jetzt sind sie in Stimmung«, sagte Johnny, der neben mir saß und einen dürren Grashalm im Munde hatte. »Ich wette mit euch, daß Jappe ihn unterkriegt. Do Escobar ist zu machig. Seht mal, er schielt immer zu den anderen hin! Jappe ist fest bei der Sache. Wetten, daß er ihn mächtig verhauen wird?«

Sie waren voneinander abgeprallt und standen mit arbeitender Brust, die Fäuste an den Hüften. Zweifellos hatten beide Empfindliches abbekommen, denn ihre Gesichter waren böse, und beide schoben mit einem entrüsteten Ausdruck ihre Lippen vor, als wollten sie sagen: »Was fällt dir ein, mir so weh zu tun!« Jappe hatte rote Augen und Do Escobar zeigte seine weißen Zähne, als sie wieder losgingen.

Sie schlugen einander nun mit aller Kraft, abwechselnd und mit kurzen Pausen auf die Schultern, die Unterarme und vor die Brust. »Das ist nichts«, sagte Johnny mit seinem lieblichen Akzent. »So wird keiner fertig gemacht. Unters Kinn müssen sie hauen, so von unten her in den Kinnbacken. Das gibt aus.« Aber unterdessen hatte es sich so gemacht, daß Do Escobar mit seinem linken Arm Jappes beide Arme gefangen hatte, sie wie in einem Schraubstock fest gegen seine Brust gepreßt hielt und mit der rechten Faust unaufhörlich Jappes Flanke bearbeitete.

Eine große Bewegung entstand. »Nicht festhalten!« riefen viele und sprangen auf. Herr Knaak eilte erschrocken ins Zentrum. »Nicht festhalten!« rief auch er. »Sie halten ihn ja fest, lieber Freund! Das widerspricht jedem Komment.« Er trennte sie und belehrte Do Escobar nochmals, daß Festhalten völlig verboten sei. Dann zog er sich wieder hinter die Peripherie zurück.

Jappe war wütend, das sah man deutlich. Sehr blaß massierte er sich die Seite, indem er Do Escobar mit einem langsamen und Unheil verkündenden Kopfnicken betrachtete. Und als er den nächsten Gang begann, da zeugte seine Miene von solcher Entschlossenheit, daß jeder sich entscheidender Taten von ihm versah.

Und wirklich, sobald das neue Treffen sich eingeleitet hatte, vollführte Jappe einen Coup – bediente er sich einer Finte, die er wahrscheinlich im voraus ersonnen hatte. Ein Scheinstoß mit der Linken nach oben veranlaßte Do Escobar, sein Gesicht zu decken; aber, indem er es tat, traf Jappes Rechte ihn so hart in den Magen, daß Do Escobar sich vorwärts krümmte und sein Gesicht das Aussehen gelben Wachses gewann.

»Das saß«, sagte Johnny. »Da tut es weh. Nun kann es sein, daß er sich aufnimmt und Ernst macht, um sich zu rächen.« Aber der Magenstoß hatte zu derb getroffen, und Do Escobars Nervensystem war sichtlich erschüttert. Man konnte sehen, daß er gar keine ordentlichen Fäuste mehr machen konnte, um zu schlagen, und seine Augen hatten einen Ausdruck, als sei er nicht mehr recht bei Bewußtsein. Da er aber fühlte, daß seine Muskeln versagten, so beredete seine Eitelkeit ihn, sich folgendermaßen zu benehmen: Er fing an, den leichtbeweglichen Südländer zu spielen, der den deutschen Bären durch seine Behendigkeit neckt und zur Verzweiflung bringt. Mit kurzen Schritten und unter allerlei nutzlosen Wendungen tänzelte er in kleinen Kreisen um Jappe herum, und dazu versuchte er, übermütig zu lächeln, was bei seinem reduzierten Zustande einen heldenhaften Eindruck auf mich machte. Aber Jappe geriet durchaus nicht in Verzweiflung, sondern drehte sich einfach auf dem Absatz mit und versetzte ihm manchen schweren Schlag, während er mit dem linken Arm Do Escobars schwach tändelnde Angriffe abwehrte. Was jedoch Do Escobars Schicksal besiegelte, war der Umstand, daß seine Hose beständig rutschte, so, daß auch sein Trikothemdchen daraus hervor und in die Höhe glitt und ein Stück seines bloßen, gelblichen Körpers sehen ließ, worüber einige lachten. Warum hatte er auch seine Tragbänder abgelegt! Schönheitsgründe hätte er außer acht lassen sollen. Denn nun störte ihn die Hose, hatte ihn während des ganzen Kampfes gestört. Immer wollte er daran ziehen und das Jäckchen hineinstopfen, denn trotz seiner üblen Verfassung ertrug er nicht das Gefühl, einen derangierten und komischen Anblick zu bieten. Und so geschah es schließlich, daß Jappe ihm, als er nur mit einer Hand focht und mit der anderen an seiner Toilette zu bessern suchte, einen solchen Schlag auf die Nase verabfolgte, daß ich noch heute nicht verstehe, wieso sie nicht ganz in die Brüche ging.

Aber das Blut stürzte hervor, und Do Escobar wandte sich ab und ging fort von Jappe, suchte mit der rechten Hand die Blutung zu hemmen und gab mit der Linken ein vielsagendes Zeichen nach hinten. Jappe stand noch, die X-Beine gespreizt und mit eingelegten Fäusten, und wartete, daß Do Escobar wiederkäme. Aber Do Escobar tat nicht mehr mit. Verstand ich ihn recht, so war er der Gesittetere von beiden und fand, daß es hohe Zeit sei, der Sache ein Ende zu machen. Jappe würde ohne Zweifel mit blutender Nase weitergekämpft haben; aber fast ebenso sicher hätte Do Escobar auch in diesem Falle seine weitere Mitwirkung verweigert, und um so entschiedener tat er das jetzt, da er selber es war, der blutete. Man hatte ihm das Blut aus der Nase getrieben, zum Teufel, so weit hätte es nach seiner Ansicht niemals kommen dürfen. Das Blut lief ihm zwischen den Fingern hindurch auf die Kleider, besudelte sein helles Beinkleid und tropfte hinab auf seine gelben Schuhe. Das war eine Schweinerei, nichts weiter, und unter diesen Umständen lehnte er es als unmenschlich ab, sich weiter zu schlagen.

Übrigens war seine Auffassung diejenige der Mehrheit. Herr Knaak kam in den Kreis und erklärte den Kampf für beendet. »Der Ehre ist Genüge geschehen«, sagte er. »Beide haben sich vorzüglich gehalten.« Man sah ihm an, wie erleichtert er sich fühlte, weil die Sache so glimpflich abgelaufen war. »Aber es ist ja keiner gefallen«, sagte Johnny erstaunt und enttäuscht. Doch auch Jappe war durchaus damit einverstanden, den Fall als erledigt zu betrachten und ging aufatmend zu seinen Kleidern. Herrn Knaaks so zarte Fiktion, daß der Zweikampf unentschieden geblieben sei, wurde allgemein angenommen. Jappe ward nur verstohlen beglückwünscht; andere liehen Do Escobar ihre Taschentücher, da sein eigenes rasch von Blut übersättigt war. »Weiter!« hieß es hierauf. »Nun sollen ein paar andere sich hauen.«

Das war der Versammlung aus der Seele gesprochen. Jappes und Do Escobars Handel hatte so kurz gewährt, nur gute zehn Minuten, kaum länger. Man war einmal da, man hatte noch Zeit, man mußte doch etwas vornehmen! Zwei andere also, und in die Arena, wer ebenfalls zeigen wollte, daß er ein Junge zu heißen verdiene!

Niemand meldete sich. Warum aber begann bei diesem Aufruf mein Herz wie eine kleine Pauke zu schlagen? Was ich gefürchtet hatte, war eingetreten: die Anforderungen griffen auf die Zuschauer über. Aber warum war mir nun fast, als hätte ich mich auf diesen großen Augenblick die ganze Zeit mit Schrecken gefreut, und warum fand ich mich, sowie er eintrat, in einen Strudel widerstreitender Empfindungen gestürzt? Ich sah Johnny an: Vollkommen gelassen und unbeteiligt saß er neben mir, drehte seinen Strohhalm im Munde herum und blickte mit offener, neugieriger Miene im Kreise umher, ob noch ein paar starke Flegel sich fänden, die sich zu seinem Privatvergnügen die Nasen entzwei schlagen wollten. Warum mußte ich mich persönlich getroffen und aufgefordert – in furchtbarer Erregung mir selbst gegenüber verpflichtet fühlen, meine Scheu mit gewaltiger und traumhafter Anstrengung zu überwinden und die Aufmerksamkeit aller auf mich zu lenken, indem ich als Held in die Schranken trat? Tatsächlich, sei es aus Dünkel oder übergroßer Schüchternheit, war ich im Begriff, meine Hand zu erheben und mich zum Kampf zu melden, als irgendwo im Kreise eine dreiste Stimme sich hören ließ:

»Jetzt soll Herr Knaak sich mal hauen!«

Alle Augen richteten sich scharf auf Herrn Knaak. Sagte ich es nicht, daß er sich auf Glatteis begeben, sich der Gefahr einer Prüfung auf Herz und Nieren ausgesetzt hatte? Aber er antwortete:

»Danke, ich habe in meiner Jugend genug Prügel bekommen.«

Er war gerettet. Aalglatt hatte er sich aus der Schlinge gezogen, hatte auf seine Jahre hingewiesen, zu verstehen gegeben, daß er früher einer ehrlichen Prügelei keineswegs ausgewichen sei, und dabei nicht einmal geprahlt, sondern seinen Worten das Gepräge der Wahrheit zu geben gewußt, indem er mit sympathischer Selbstverspottung eingestand, daß er verhauen worden sei. Man ließ ab von ihm. Man sah ein, daß es schwer, wenn nicht unmöglich war, ihn zu Fall zu bringen.

»Dann soll gerungen werden!« verlangte jemand. Dieser Vorschlag fand wenig Beifall. Aber mitten hinein in die Beratungen darüber ließ Do Escobar (und ich vergesse nie den peinlichen Eindruck, den es machte) hinter seinem blutigen Schnupftuch hervor seine heisere spanische Stimme vernehmen: »Ringen ist feige. Ringen tun die Deutschen!« – Eine unerhörte Taktlosigkeit von seiner Seite, die denn auch sofort die gebührende Abfertigung fand. Denn hier war es, wo Herr Knaak ihm die ausgezeichnete Antwort erteilte: »Möglich. Aber es scheint auch, daß die Deutschen den Spaniern zuweilen tüchtige Prügel geben.« Beifälliges Gelächter lohnte ihm; seine Stellung war sehr gefestigt seit dieser Entgegnung, und Do Escobar war für heute nun endgültig abgetan.

Aber daß Ringen mehr oder weniger langweilig sei, war doch die vorherrschende Meinung, und so ging man denn dazu über, sich mit allerlei Turnerstückchen: Bockspringen über des Nächsten Rücken, Kopfstehen, Handgehen und dergleichen mehr, die Zeit zu vertreiben. – »Kommt, nun gehen wir«, sagte Johnny zu Brattström und mir und stand auf. Das war ganz Johnny Bishop. Er war hergekommen, weil ihm etwas Reelles mit blutigem Ausgang geboten werden sollte. Da die Sache in Spielerei verlief, so ging er.

Er vermittelte mir die ersten Eindrücke von der eigentümlichen Überlegenheit des englischen Nationalcharakters, den ich später so sehr bewundern lernte.

Der Tod in Venedig

Gustav Aschenbach oder von Aschenbach, wie seit seinem fünfzigsten Geburtstag amtlich sein Name lautete, hatte an einem
Frühlingsnachmittag des Jahres 19.., das unserem Kontinent
monatelang eine so gefahrdrohende Miene zeigte, von seiner
Wohnung in der Prinz-Regentenstraße zu München aus allein
einen weiteren Spaziergang unternommen. Überreizt von der
schwierigen und gefährlichen, eben jetzt eine höchste Behutsamkeit, Umsicht, Eindringlichkeit und Genauigkeit des Willens erfordernden Arbeit der Vormittagsstunden, hatte der
Schriftsteller dem Fortschwingen des produzierenden Trieb-
werkes in seinem Innern, jenem »motus animi continuus«,
worin nach Cicero das Wesen der Beredsamkeit besteht, auch
nach der Mittagsmahlzeit nicht Einhalt zu tun vermocht und den
entlastenden Schlummer nicht gefunden, der ihm, bei zunehmender Abnutzbarkeit seiner Kräfte, einmal untertags so nötig
war. So hatte er bald nach dem Tee das Freie gesucht, in der
Hoffnung, daß Luft und Bewegung ihn wiederherstellen und
ihm zu einem ersprießlichen Abend verhelfen würden.

Es war Anfang Mai und, nach naßkalten Wochen, ein falscher
Hochsommer eingefallen. Der Englische Garten, obgleich nur
erst zart belaubt, war dumpfig wie im August und in der Nähe
der Stadt voller Wagen und Spaziergänger gewesen. Beim
Aumeister, wohin stillere und stillere Wege ihn geführt, hatte
Aschenbach eine kleine Weile den volkstümlich belebten Wirtsgarten überblickt, an dessen Rand einige Droschken und Equipagen hielten, hatte von dort bei sinkender Sonne seinen Heimweg außerhalb des Parks über die offene Flur genommen und
erwartete, da er sich müde fühlte und über Föhring Gewitter
drohte, am Nördlichen Friedhof die Tram, die ihn in gerader
Linie zur Stadt zurückbringen sollte.

Zufällig fand er den Halteplatz und seine Umgebung von Menschen leer. Weder auf der gepflasterten Ungererstraße, deren Schienengeleise sich einsam gleißend gegen Schwabing erstreckten, noch auf der Föhringer Chaussee war ein Fuhrwerk zu sehen; hinter den Zäunen der Steinmetzereien, wo zu Kauf stehende Kreuze, Gedächtnistafeln und Monumente ein zweites, unbehaustes Gräberfeld bilden, regte sich nichts, und das byzantinische Bauwerk der Aussegnungshalle gegenüber lag schweigend im Abglanz des scheidenden Tages. Ihre Stirnseite, mit griechischen Kreuzen und hieratischen Schildereien in lichten Farben geschmückt, weist überdies symmetrisch angeordnete Inschriften in Goldlettern auf, ausgewählte, das jenseitige Leben betreffende Schriftworte, wie etwa: »Sie gehen ein in die Wohnung Gottes« oder: »Das ewige Licht leuchte ihnen«; und der Wartende hatte während einiger Minuten eine ernste Zerstreuung darin gefunden, die Formeln abzulesen und sein geistiges Auge in ihrer durchscheinenden Mystik sich verlieren zu lassen, als er, aus seinen Träumereien zurückkehrend, im Portikus, oberhalb der beiden apokalyptischen Tiere, welche die Freitreppe bewachen, einen Mann bemerkte, dessen nicht ganz gewöhnliche Erscheinung seinen Gedanken eine völlig andere Richtung gab.

Ob er nun aus dem Innern der Halle durch das bronzene Tor hervorgetreten oder von außen unversehens heran und hinauf gelangt war, blieb ungewiß. Aschenbach, ohne sich sonderlich in die Frage zu vertiefen, neigte zur ersteren Annahme. Mäßig hochgewachsen, mager, bartlos und auffallend stumpfnäsig, gehörte der Mann zum rothaarigen Typ und besaß dessen milchige und sommersprossige Haut. Offenbar war er durchaus nicht bajuwarischen Schlages: wie denn wenigstens der breit und gerade gerandete Basthut, der ihm den Kopf bedeckte, seinem Aussehen ein Gepräge des Fremdländischen und Weitherkommenden verlieh. Freilich trug er dazu den landesüblichen Rucksack um die Schultern geschnallt, einen gelblichen Gurtanzug aus Lodenstoff, wie es schien, einen grauen Wetterkragen über dem linken Unterarm, den er in die Weiche gestützt hielt, und in der

Rechten einen mit eiserner Spitze versehenen Stock, welchen er schräg gegen den Boden stemmte und auf dessen Krücke er, bei gekreuzten Füßen, die Hüfte lehnte. Erhobenen Hauptes, so daß an seinem hager dem losen Sporthemd entwachsenden Halse der Adamsapfel stark und nackt hervortrat, blickte er mit farblosen, rotbewimperten Augen, zwischen denen, sonderbar genug zu seiner kurz aufgeworfenen Nase passend, zwei senkrechte, energische Furchen standen, scharf spähend ins Weite. So – und vielleicht trug sein erhöhter und erhöhender Standort zu diesem Eindruck bei – hatte seine Haltung etwas herrisch Überschauendes, Kühnes oder selbst Wildes; denn sei es, daß er, geblendet, gegen die untergehende Sonne grimassierte oder daß es sich um eine dauernde physiognomische Entstellung handelte: seine Lippen schienen zu kurz, sie waren völlig von den Zähnen zurückgezogen, dergestalt, daß diese, bis zum Zahnfleisch bloßgelegt, weiß und lang dazwischen hervorbleckten.

Wohl möglich, daß Aschenbach es bei seiner halb zerstreuten, halb inquisitiven Musterung des Fremden an Rücksicht hatte fehlen lassen, denn plötzlich ward er gewahr, daß jener seinen Blick erwiderte und zwar so kriegerisch, so gerade ins Auge hinein, so offenkundig gesonnen, die Sache aufs Äußerste zu treiben, und den Blick des andern zum Abzug zu zwingen, daß Aschenbach, peinlich berührt, sich abwandte und einen Gang die Zäune entlang begann, mit dem beiläufigen Entschluß, des Menschen nicht weiter achtzuhaben. Er hatte ihn in der nächsten Minute vergessen. Mochte nun aber das Wandererhafte in der Erscheinung des Fremden auf seine Einbildungskraft gewirkt haben oder sonst irgendein physischer oder seelischer Einfluß im Spiele sein: eine seltsame Ausweitung seines Innern ward ihm ganz überraschend bewußt, eine Art schweifender Unruhe, ein jugendlich durstiges Verlangen in die Ferne, ein Gefühl, so lebhaft, so neu oder doch so längst entwöhnt und verlernt, daß er, die Hände auf dem Rücken und den Blick am Boden, gefesselt stehen blieb, um die Empfindung auf Wesen und Ziel zu prüfen.

Es war Reiselust, nichts weiter; aber wahrhaft als Anfall auftretend und ins Leidenschaftliche, ja bis zur Sinnestäuschung gesteigert. Seine Begierde ward sehend, seine Einbildungskraft, noch nicht zur Ruhe gekommen seit den Stunden der Arbeit, schuf sich ein Beispiel für alle Wunder und Schrecken der mannigfaltigen Erde, die sie auf einmal sich vorzustellen bestrebt war: er sah, sah eine Landschaft, ein tropisches Sumpfgebiet unter dickdunstigem Himmel, feucht, üppig und ungeheuer, eine Art Urweltwildnis aus Inseln, Morästen und Schlamm führenden Wasserarmen, – sah aus geilem Farrengewucher, aus Gründen von fettem, gequollenem und abenteuerlich blühendem Pflanzenwerk haarige Palmenschäfte nah und ferne emporstreben, sah wunderlich ungestalte Bäume ihre Wurzeln durch die Luft in den Boden, in stockende, grünschattig spiegelnde Fluten versenken, wo zwischen schwimmenden Blumen, die milchweiß und groß wie Schüsseln waren, Vögel von fremder Art, hochschultrig, mit unförmigen Schnäbeln, im Seichten standen und unbeweglich zur Seite blickten, sah zwischen den knotigen Rohrstämmen des Bambusdickichts die Lichter eines kauernden Tigers funkeln – und fühlte sein Herz pochen vor Entsetzen und rätselhaftem Verlangen. Dann wich das Gesicht; und mit einem Kopfschütteln nahm Aschenbach seine Promenade an den Zäunen der Grabsteinmetzereien wieder auf.

Er hatte, zum mindesten, seit ihm die Mittel zu Gebote gewesen waren, die Vorteile des Weltverkehrs beliebig zu genießen, das Reisen nicht anders, denn als eine hygienische Maßregel betrachtet, die gegen Sinn und Neigung dann und wann hatte getroffen werden müssen. Zu beschäftigt mit den Aufgaben, welche sein Ich und die europäische Seele ihm stellten, zu belastet von der Verpflichtung zur Produktion, der Zerstreuung zu abgeneigt, um zum Liebhaber der bunten Außenwelt zu taugen, hatte er sich durchaus mit der Anschauung begnügt, die jedermann, ohne sich weit aus seinem Kreise zu rühren, von der Oberfläche der Erde gewinnen kann, und war niemals auch nur versucht gewesen, Europa zu verlassen. Zumal seit sein Leben sich langsam neigte, seit seine Künstlerfurcht, nicht fertig zu werden, – diese Besorgnis, die Uhr möchte abgelaufen sein, bevor er das Seine getan und völlig sich selbst gegeben, nicht mehr als bloße Grille von der Hand zu weisen war, hatte sein äußeres Dasein sich fast ausschließlich auf die schöne Stadt, die ihm zur Heimat geworden, und auf den rauhen Landsitz beschränkt, den er sich im Gebirge errichtet und wo er die regnerischen Sommer verbrachte.

Auch wurde denn, was ihn da eben so spät und plötzlich angewandelt, sehr bald durch Vernunft und von jung auf geübte Selbstzucht gemäßigt und richtig gestellt. Er hatte beabsichtigt, das Werk, für welches er lebte, bis zu einem gewissen Punkte zu fördern, bevor er aufs Land übersiedelte, und der Gedanke einer Weltbummelei, die ihn auf Monate seiner Arbeit entführen würde, schien allzu locker und planwidrig, er durfte nicht ernstlich in Frage kommen. Und doch wußte er nur zu wohl, aus welchem Grunde die Anfechtung so unversehens hervorgegangen war. Fluchtdrang war sie, daß er es sich eingestand, diese Sehnsucht ins Ferne und Neue, diese Begierde nach Befreiung, Entbürdung und Vergessen, – der Drang hinweg vom Werke, von der Alltagsstätte eines starren, kalten und leidenschaftlichen Dienstes. Zwar liebte er ihn und liebte auch fast schon den entnervenden, sich täglich erneuernden Kampf zwischen seinem zähen und stolzen, so oft erprobten Willen und dieser wachsenden Müdigkeit, von der niemand wissen und die das Produkt auf keine Weise, durch kein Anzeichen des Versagens und der Laßheit verraten durfte. Aber verständig schien es, den Bogen nicht zu überspannen und ein so lebhaft ausbrechendes Bedürfnis nicht eigensinnig zu ersticken. Er dachte an seine Arbeit, dachte an die Stelle, an der er sie auch heute wieder, wie gestern schon, hatte verlassen müssen und die weder geduldiger Pflege noch einem raschen Handstreich sich fügen zu wollen schien. Er prüfte sie aufs neue, versuchte die Hemmung zu durchbrechen oder aufzulösen und ließ mit einem Schauder des Widerwillens vom Angriff ab. Hier bot sich keine außerordentliche Schwierigkeit, sondern was ihn lähmte, waren die Skrupel der Unlust, die sich als eine durch nichts mehr zu befriedigende Ungenügsamkeit darstellte. Ungenügsamkeit freilich hatte schon dem Jüngling als Wesen und innerste Natur des Talentes gegolten, und um ihretwillen hatte er das Gefühl gezügelt und erkältet, weil er wußte, daß es geneigt ist, sich mit einem fröhlichen Ungefähr und mit einer halben Vollkommenheit zu begnügen. Rächte sich nun also die geknechtete Empfindung, indem sie ihn verließ, indem sie seine Kunst fürder zu tragen und zu beflügeln sich weigerte und alle Lust, alles Entzücken an der Form und am Ausdruck mit sich hinwegnahm? Nicht, daß er Schlechtes herstellte: dies wenigstens war der Vorteil seiner Jahre, daß er sich seiner Meisterschaft jeden Augenblick in Gelassenheit sicher fühlte. Aber er selbst, während die Nation sie ehrte, er ward ihrer nicht froh, und es schien ihm, als ermangle sein Werk jener Merkmale feurig spielender Laune, die, ein Erzeugnis der Freude, mehr als irgendein innerer Gehalt, ein gewichtigerer Vorzug, die Freude der genießenden Welt bildeten. Er fürchtete sich vor dem Sommer auf dem Lande, allein in dem kleinen Hause mit der Magd, die ihm das Essen bereitete, und dem Diener, der es ihm auftrug; fürchtete sich vor den vertrauten Angesichten der Berggipfel und -wände, die wiederum seine unzufriedene Langsamkeit umstehen würden. Und so tat denn eine Einschaltung not, etwas Stegreifdasein, Tagediebrei, Fernluft und Zufuhr neuen Blutes, damit der Sommer erträglich und ergiebig werde. Reisen also, – er war es zufrieden. Nicht gar weit, nicht gerade bis zu den Tigern. Eine Nacht im Schlafwagen und eine Siesta von drei, vier Wochen an irgendeinem Allerweltsferienplatze im liebenswürdigen Süden...

So dachte er, während der Lärm der elektrischen Tram die Ungererstraße daher sich näherte, und einsteigend beschloß er, diesen Abend dem Studium von Karte und Kursbuch zu widmen. Auf der Plattform fiel ihm ein, nach dem Manne im Basthut, dem Genossen dieses immerhin folgereichen Aufenthaltes, Umschau zu halten. Doch wurde ihm dessen Verbleib nicht deutlich, da er weder an seinem vorherigen Standort, noch auf dem weiteren Halteplatz, noch auch im Wagen ausfindig zu machen war.

Zweites Kapitel

Der Autor der klaren und mächtigen Prosa-Epopöe vom Leben
Friedrichs von Preußen; der geduldige Künstler, der in langem
Fleiß den figurenreichen, so vielerlei Menschenschicksal im
Schatten einer Idee versammelnden Romanteppich, »Maja« mit
Namen, wob; der Schöpfer jener starken Erzählung, die »Ein
Elender« überschrieben ist und einer ganzen dankbaren Jugend
die Möglichkeit sittlicher Entschlossenheit jenseits der tiefsten
Erkenntnis zeigte; der Verfasser endlich (und damit sind die
Werke seiner Reifezeit kurz bezeichnet) der leidenschaftlichen
Abhandlung über »Geist und Kunst«, deren ordnende Kraft und
antithetische Beredsamkeit ernste Beurteiler vermochte, sie unmittelbar neben Schillers Raisonnement über naive und senti-
mentalische Dichtung zu stellen: Gustav Aschenbach also war
zu L., einer Kreisstadt der Provinz Schlesien, als Sohn eines
höheren Justizbeamten geboren. Seine Vorfahren waren Offiziere, Richter, Verwaltungsfunktionäre gewesen, Männer, die im
Dienste des Königs, des Staates ihr straffes, anständig karges
Leben geführt hatten. Innigere Geistigkeit hatte sich einmal, in
der Person eines Predigers, unter ihnen verkörpert; rascheres,
sinnlicheres Blut war der Familie in der vorigen Generation
durch die Mutter des Dichters, Tochter eines böhmischen Ka-
pellmeisters, zugekommen. Von ihr stammten die Merkmale
fremder Rasse in seinem Äußern. Die Vermählung dienstlich
nüchterner Gewissenhaftigkeit mit dunkleren, feurigeren Im-
pulsen ließ einen Künstler und diesen besonderen Künstler er-
stehen.

Da sein ganzes Wesen auf Ruhm gestellt war, zeigte er sich,
wenn nicht eigentlich frühreif, so doch, dank der Entschiedenheit und persönlichen Prägnanz seines Tonfalls, früh für die Öffentlichkeit reif und geschickt. Beinahe noch Gymnasiast, besaß
er einen Namen. Zehn Jahre später hatte er gelernt, von seinem
Schreibtische aus zu repräsentieren, seinen Ruhm zu verwalten,
in einem Briefsatz, der kurz sein mußte (denn viele Ansprüche
dringen auf den Erfolgreichen, den Vertrauenswürdigen ein)

gütig und bedeutend zu sein. Der Vierziger hatte, ermattet von den Strapazen und Wechselfällen der eigentlichen Arbeit, alltäglich eine Post zu bewältigen, die Wertzeichen aus aller Herren Ländern trug.

Ebenso weit entfernt vom Banalen wie vom Exzentrischen, war sein Talent geschaffen, den Glauben des breiten Publikums und die bewundernde, fordernde Teilnahme der Wählerischen zugleich zu gewinnen. So, schon als Jüngling von allen Seiten auf die Leistung – und zwar die außerordentliche – verpflichtet, hatte er niemals den Müßiggang, niemals die sorglose Fahrlässigkeit der Jugend gekannt. Als er um sein fünfunddreißigstes Jahr in Wien erkrankte, äußerte ein feiner Beobachter über ihn in Gesellschaft: »Sehen Sie, Aschenbach hat von jeher nur so gelebt« – und der Sprecher schloß die Finger seiner Linken fest zur Faust –; »niemals so« – und er ließ die geöffnete Hand bequem von der Lehne des Sessels hängen. Das traf zu; und das Tapfer-Sittliche daran war, daß seine Natur von nichts weniger als robuster Verfassung und zur ständigen Anspannung nur berufen, nicht eigentlich geboren war.

Ärztliche Fürsorge hatte den Knaben vom Schulbesuch ausgeschlossen und auf häuslichen Unterricht gedrungen. Einzeln, ohne Kameradschaft war er aufgewachsen und hatte doch zeitig erkennen müssen, daß er einem Geschlecht angehörte, in dem nicht das Talent, wohl aber die physische Basis eine Seltenheit war, deren das Talent zu seiner Erfüllung bedarf, – einem Geschlechte, das früh sein Bestes zu geben pflegt und in dem das Können es selten zu Jahren bringt. Aber sein Lieblingswort war »Durchhalten«, – er sah in seinem Friedrich-Roman nichts anderes als die Apotheose dieses Befehlswortes, das ihm als der Inbegriff leidend-tätiger Tugend erschien. Auch wünschte er sehnlichst, alt zu werden, denn er hatte von jeher dafür gehalten, daß wahrhaft groß, umfassend, ja wahrhaft ehrenwert nur das Künstlertum zu nennen sei, dem es beschieden war, auf allen Stufen des Menschlichen charakteristisch fruchtbar zu sein.

Da er also die Aufgaben, mit denen sein Talent ihn belud, auf zarten Schultern tragen und weit gehen wollte, so bedurfte er

höchlich der Zucht, – und Zucht war ja zum Glücke sein einge-
borenes Erbteil von väterlicher Seite. Mit vierzig, mit fünfzig
Jahren wie schon in einem Alter, wo andere verschwenden,
schwärmen, die Ausführung großer Pläne getrost verschieben,
begann er seinen Tag beizeiten mit Stürzen kalten Wassers über
Brust und Rücken und brachte dann, ein Paar hoher Wachsker-
zen in silbernen Leuchtern zu Häupten des Manuskripts, die
Kräfte, die er im Schlaf gesammelt, in zwei oder drei inbrünstig
gewissenhaften Morgenstunden der Kunst zum Opfer dar. Es
war verzeihlich, ja, es bedeutete recht eigentlich den Sieg seiner
Moralität, wenn Unkundige die Maja-Welt oder die epischen
Massen, in denen sich Friedrichs Heldenleben entrollte, für das
Erzeugnis gedrungener Kraft und eines langen Atems hielten,
während sie vielmehr in kleinen Tagewerken aus aberhundert
Einzelinspirationen zur Größe emporgeschichtet und nur darum
so durchaus und an jedem Punkte vortrefflich waren, weil ihr
Schöpfer mit einer Willensdauer und Zähigkeit, derjenigen ähnlich, die seine Heimatprovinz eroberte, jahrelang unter der
Spannung eines und desselben Werkes ausgehalten und an die
eigentliche Herstellung ausschließlich seine stärksten und wür-
digsten Stunden gewandt hatte.

Damit ein bedeutendes Geistesprodukt auf der Stelle eine
breite und tiefe Wirkung zu üben vermöge, muß eine geheime
Verwandtschaft, ja Übereinstimmung zwischen dem persönlichen Schicksal seines Urhebers und dem allgemeinen des mit-
lebenden Geschlechtes bestehen. Die Menschen wissen nicht,
warum sie einem Kunstwerke Ruhm bereiten. Weit entfernt von
Kennerschaft, glauben sie hundert Vorzüge daran zu entdecken,
um so viel Teilnahme zu rechtfertigen; aber der eigentliche
Grund ihres Beifalls ist ein Unwägbares, ist Sympathie. Aschenbach hatte es einmal an wenig sichtbarer Stelle unmittelbar
ausgesprochen, daß beinahe alles Große, was dastehe, als ein
Trotzdem dastehe, trotz Kummer und Qual, Armut, Verlassen-
heit, Körperschwäche, Laster, Leidenschaft und tausend Hemm-
nissen zustande gekommen sei. Aber das war mehr als eine Bemerkung, es war eine Erfahrung, war geradezu die Formel seines

Lebens und Ruhmes, der Schlüssel zu seinem Werk; und was Wunder also, wenn es auch der sittliche Charakter, die äußere Gebärde seiner eigentümlichsten Figuren war?

Über den neuen, in mannigfach individuellen Erscheinungen wiederkehrenden Heldentyp, den dieser Schriftsteller bevorzugte, hatte schon frühzeitig ein kluger Zergliederer geschrieben: daß er die Konzeption »einer intellektuellen und jünglinghaften Männlichkeit« sei, »die in stolzer Scham die Zähne aufeinanderbeißt und ruhig dasteht, während ihr die Schwerter und Speere durch den Leib gehen«. Das war schön, geistreich und exakt, trotz seiner scheinbar allzu passivischen Prägung. Denn Haltung im Schicksal, Anmut in der Qual bedeutet nicht nur ein Dulden; sie ist eine aktive Leistung, ein positiver Triumph, und die Sebastian-Gestalt ist das schönste Sinnbild, wenn nicht der Kunst überhaupt, so doch gewiß der in Rede stehenden Kunst. Blickte man hinein in diese erzählte Welt, sah man: die elegante Selbstbeherrschung, die bis zum letzten Augenblick eine innere Unterhöhlung, den biologischen Verfall vor den Augen der Welt verbirgt; die gelbe, sinnlich benachteiligte Häßlichkeit, die es vermag, ihre schwelende Brunst zur reinen Flamme zu entfachen, ja, sich zur Herrschaft im Reiche der Schönheit aufzuschwingen; die bleiche Ohnmacht, welche aus den glühenden Tiefen des Geistes die Kraft holt, ein ganzes übermütiges Volk zu Füßen des Kreuzes, zu ihren Füßen niederzuwerfen; die liebenswürdige Haltung im leeren und strengen Dienste der Form; das falsche, gefährliche Leben, die rasch entnervende Sehnsucht und Kunst des geborenen Betrügers: betrachtete man all dies Schicksal und wieviel gleichartiges noch, so konnte man zweifeln, ob es überhaupt einen anderen Heroismus gäbe, als denjenigen der Schwäche. Welches Heldentum aber jedenfalls wäre zeitgemäßer als dieses? Gustav Aschenbach war der Dichter all derer, die am Rande der Erschöpfung arbeiten, der Überbürdeten, schon Aufgeriebenen, sich noch Aufrechthaltenden, all dieser Moralisten der Leistung, die, schmächtig von Wuchs und spröde von Mitteln, durch Willensverzückung und kluge Verwaltung sich wenigstens eine Zeitlang die Wirkungen der Größe abgewinnen. Ihrer sind viele, sie sind die Helden des Zeitalters. Und sie alle erkannten sich wieder in seinem Werk, sie fanden sich bestätigt, erhoben, besungen darin, sie wußten ihm Dank, sie verkündeten seinen Namen.

Er war jung und roh gewesen mit der Zeit und, schlecht beraten von ihr, war er öffentlich gestrauchelt, hatte Mißgriffe getan, sich bloßgestellt, Verstöße gegen Takt und Besonnenheit begangen in Wort und Werk. Aber er hatte die Würde gewonnen, nach welcher, wie er behauptete, jedem großen Talente ein natürlicher Drang und Stachel eingeboren ist, ja, man kann sagen, daß seine ganze Entwicklung ein bewußter und trotziger, alle Hemmungen des Zweifels und der Ironie zurücklassender Aufstieg zur Würde gewesen war.

Lebendige, geistig unverbindliche Greifbarkeit der Gestaltung bildet das Ergötzen der bürgerlichen Massen, aber leidenschaftlich unbedingte Jugend wird nur durch das Problematische gefesselt: und Aschenbach war problematisch, war unbedingt gewesen wie nur irgendein Jüngling. Er hatte dem Geiste gefrönt, mit der Erkenntnis Raubbau getrieben, Saatfrucht vermahlen, Geheimnisse preisgegeben, das Talent verdächtigt, die Kunst verraten, – ja, während seine Bildwerke die gläubig Genießenden unterhielten, erhoben, belebten, hatte er, der jugendliche Künstler, die Zwanzigjährigen durch seine Zynismen über das fragwürdige Wesen der Kunst, des Künstlertums selbst in Atem gehalten.

Aber es scheint, daß gegen nichts ein edler und tüchtiger Geist sich rascher, sich gründlicher abstumpft, als gegen den scharfen und bitteren Reiz der Erkenntnis; und gewiß ist, daß die schwermütig gewissenhafteste Gründlichkeit des Jünglings Seichtheit bedeutet im Vergleich mit dem tiefen Entschlusse des Meister gewordenen Mannes, das Wissen zu leugnen, es abzulehnen, erhobenen Hauptes darüber hinwegzugehen, sofern es den Willen, die Tat, das Gefühl und selbst die Leidenschaft im geringsten zu lähmen, zu entmutigen, zu entwürdigen geeignet ist. Wie wäre die berühmte Erzählung vom »Elenden« wohl anders zu deuten, denn als Ausbruch des Ekels gegen den unanständigen Psychologismus der Zeit, verkörpert in der Figur jenes weichen und albernen Halbschurken, der sich ein Schicksal erschleicht, indem er sein Weib, aus Ohnmacht, aus Lasterhaftigkeit, aus ethischer Velleität, in die Arme eines Unbärtigen treibt und aus Tiefe Nichtswürdigkeiten begehen zu dürfen glaubt? Die Wucht des Wortes, mit welchem hier das Verworfene verworfen wurde, verkündete die Abkehr von allem moralischen Zweifelsinn, von jeder Sympathie mit dem Abgrund, die Absage an die Laxheit des Mitleidssatzes, daß alles verstehen alles verzeihen heiße, und was sich hier vorbereitete, ja schon vollzog, war jenes »Wunder der wiedergeborenen Unbefangenheit«, auf welches ein wenig später in einem der Dialoge des Autors ausdrücklich und nicht ohne geheimnisvolle Betonung die Rede kam. Seltsame Zusammenhänge! War es eine geistige Folge dieser »Wiedergeburt«, dieser neuen Würde und Strenge, daß man um dieselbe Zeit ein fast übermäßiges Erstarken seines Schönheitssinnes beobachtete, jene adelige Reinheit, Einfachheit und Ebenmäßigkeit der Formgebung, welche seinen Produkten fortan ein so sinnfälliges, ja gewolltes Gepräge der Meisterlichkeit und Klassizität verlieh? Aber moralische Entschlossenheit jenseits des Wissens, der auflösenden und hemmenden Erkenntnis, – bedeutet sie nicht wiederum eine Vereinfachung, eine sittliche Vereinfältigung der Welt und der Seele und also auch ein Erstarken zum Bösen, Verbotenen, zum sittlich Unmöglichen? Und hat Form nicht zweierlei Gesicht? Ist sie nicht sittlich und unsittlich zugleich, – sittlich als Ergebnis und Ausdruck der Zucht, unsittlich aber und selbst widersittlich, sofern sie von Natur eine moralische Gleichgültigkeit in sich schließt, ja wesentlich bestrebt ist, das Moralische unter ihr stolzes und unumschränktes Szepter zu beugen?

Wie dem auch sei! Eine Entwicklung ist ein Schicksal; und wie sollte nicht diejenige anders verlaufen, die von der Teilnahme, dem Massenzutrauen einer weiten Öffentlichkeit begleitet wird, als jene, die sich ohne den Glanz und die Verbindlichkeiten des Ruhmes vollzieht? Nur ewiges Zigeunertum findet es langweilig und ist zu spotten geneigt, wenn ein großes Talent dem libertinischen Puppenstande entwächst, die Würde des Geistes ausdrucksvoll wahrzunehmen sich gewöhnt und die Hofsitten einer Einsamkeit annimmt, die voll unberatener, hart selbständiger Leiden und Kämpfe war und es zu Macht und Ehren unter den Menschen brachte. Wieviel Spiel, Trotz, Genuß ist übrigens in der Selbstgestaltung des Talentes! Etwas Amtlich-Erzieherisches trat mit der Zeit in Gustav Aschenbachs Vorführungen ein, sein Stil entriet in späteren Jahren der unmittelbaren Kühnheiten, der subtilen und neuen Abschattungen, er wandelte sich ins Mustergültig-Feststehende, Geschliffen-Herkömmliche, Erhaltende, Formelle, selbst Formelhafte, und wie die Überlieferung es von Ludwig dem XIV. wissen will, so verbannte der Alternde aus seiner Sprachweise jedes gemeine Wort. Damals geschah es, daß die Unterrichtsbehörde ausgewählte Seiten von ihm in die vorgeschriebenen Schul-Lesebücher übernahm. Es war ihm innerlich gemäß, und er lehnte nicht ab, als ein deutscher Fürst, soeben zum Throne gelangt, dem Dichter des »Friedrich« zu seinem fünfzigsten Geburtstag den persönlichen Adel verlieh.

Nach einigen Jahren der Unruhe, einigen Versuchsaufenthalten da und dort wählte er frühzeitig München zum dauernden Wohnsitz und lebte dort in bürgerlichem Ehrenstande, wie er dem Geiste in besonderen Einzelfällen zuteil wird. Die Ehe, die er in noch jugendlichem Alter mit einem Mädchen aus gelehrter Familie eingegangen, wurde nach kurzer Glücksfrist durch den Tod getrennt. Eine Tochter, schon Gattin, war ihm geblieben. Einen Sohn hatte er nie besessen.

Gustav von Aschenbach war etwas unter Mittelgröße, brünett, rasiert. Sein Kopf erschien ein wenig zu groß im Verhältnis zu der fast zierlichen Gestalt. Sein rückwärts gebürstetes Haar, am Scheitel gelichtet, an den Schläfen sehr voll und stark ergraut, umrahmte eine hohe, zerklüftete und gleichsam narbige Stirn. Der Bügel einer Goldbrille mit randlosen Gläsern schnitt in die Wurzel der gedrungenen, edel gebogenen Nase ein. Der Mund war groß, oft schlaff, oft plötzlich schmal und gespannt; die Wangenpartie mager und gefurcht, das wohlausgebildete

Kinn weich gespalten. Bedeutende Schicksale schienen über dies meist leidend seitwärts geneigte Haupt hinweggegangen zu sein, und doch war die Kunst es gewesen, die hier jene physiognomische Durchbildung übernommen hatte, welche sonst das Werk eines schweren, bewegten Lebens ist. Hinter dieser Stirn waren die blitzenden Repliken des Gesprächs zwischen Voltaire und dem Könige über den Krieg geboren; diese Augen, müde und tief durch die Gläser blickend, hatten das blutige Inferno der Lazarette des Siebenjährigen Krieges gesehen. Auch persönlich genommen ist ja die Kunst ein erhöhtes Leben. Sie beglückt tiefer, sie verzehrt rascher. Sie gräbt in das Antlitz ihres Dieners die Spuren imaginärer und geistiger Abenteuer, und sie erzeugt, selbst bei klösterlicher Stille des äußeren Daseins, auf die Dauer eine Verwöhntheit, Überfeinerung, Müdigkeit und Neugier der Nerven, wie ein Leben voll ausschweifender Leidenschaften und Genüsse sie kaum hervorzubringen vermag.

Drittes Kapitel

Mehrere Geschäfte weltlicher und literarischer Natur hielten den Reiselustigen noch etwa zwei Wochen nach jenem Spaziergang in München zurück. Er gab endlich Auftrag, sein Landhaus binnen vier Wochen zum Einzuge instandzusetzen und reiste an einem Tage zwischen Mitte und Ende des Mai mit dem Nachtzuge nach Triest, wo er nur vierundzwanzig Stunden verweilte und sich am nächstfolgenden Morgen nach Pola einschiffte.

Was er suchte, war das Fremdartige und Bezuglose, welches jedoch rasch zu erreichen wäre, und so nahm er Aufenthalt auf einer seit einigen Jahren gerühmten Insel der Adria, unfern der istrischen Küste gelegen, mit farbig zerlumptem, in wildfremden Lauten redendem Landvolk und schön zerrissenen Klippenpartien dort, wo das Meer offen war. Allein Regen und schwere Luft, eine kleinweltliche, geschlossen österreichische Hotelgesellschaft und der Mangel jenes ruhevoll innigen Verhältnisses zum Meere, das nur ein sanfter, sandiger Strand gewährt, verdrossen ihn, ließen ihn nicht das Bewußtsein gewinnen, den Ort seiner Bestimmung getroffen zu haben; ein Zug seines Innern, ihm war noch nicht deutlich, wohin, beunruhigte ihn, er studierte Schiffsverbindungen, er blickte suchend umher, und auf einmal, zugleich überraschend und selbstverständlich, stand ihm sein Ziel vor Augen. Wenn man über Nacht das Unvergleichliche, das märchenhaft Abweichende zu erreichen wünschte, wohin ging man? Aber das war klar. Was sollte er hier? Er war fehlgegangen. Dorthin hatte er reisen wollen. Er säumte nicht, den irrigen Aufenthalt zu kündigen. Anderthalb Wochen nach seiner Ankunft auf der Insel trug ein geschwindes Motorboot ihn und sein Gepäck in dunstiger Frühe über die Wasser in den Kriegshafen zurück, und er ging dort nur an Land, um sogleich über einen Brettersteg das feuchte Verdeck eines Schiffes zu beschreiten, das unter Dampf zur Fahrt nach Venedig lag.

Es war ein betagtes Fahrzeug italienischer Nationalität, veraltet, rußig und düster. In einer höhlenartigen, künstlich erleuchteten Koje des inneren Raumes, wohin Aschenbach sofort nach Betreten des Schiffes von einem buckligen und unreinlichen Matrosen mit grinsender Höflichkeit genötigt wurde, saß hinter einem Tische, den Hut schief in der Stirn und einen Zigarettenstummel im Mundwinkel, ein ziegenbärtiger Mann von der Physiognomie eines altmodischen Zirkusdirektors, der mit grimassenhaft leichtem Geschäftsgebaren die Personalien der Reisenden aufnahm und ihnen die Fahrscheine ausstellte. »Nach Venedig!« wiederholte er Aschenbachs Ansuchen, indem er den Arm reckte und die Feder in den breiigen Restinhalt eines schräg geneigten Tintenfasses stieß. »Nach Venedig erster Klasse! Sie sind bedient, mein Herr!« Und er schrieb große Krähenfüße, streute aus einer Büchse blauen Sand auf die Schrift, ließ ihn in eine tönerne Schale ablaufen, faltete das Papier mit gelben und knochigen Fingern und schrieb aufs neue. »Ein glücklich gewähltes Reiseziel!« schwatzte er unterdessen. »Ah, Venedig! Eine herrliche Stadt! Eine Stadt von unwiderstehlicher Anziehungskraft für den Gebildeten, ihrer Geschichte sowohl wie ihrer gegenwärtigen Reize wegen!« Die glatte Raschheit seiner Bewegungen und das leere Gerede, womit er sie begleitete, hatten etwas Betäubendes und Ablenkendes, etwa als besorgte er, der Reisende möchte in seinem Entschluß, nach Venedig zu fahren, noch wankend werden. Er kassierte eilig und ließ mit Croupiergewandtheit den Differenzbetrag auf den fleckigen Tuchbezug des Tisches fallen. »Gute Unterhaltung, mein Herr!« sagte er mit schauspielerischer Verbeugung. »Es ist mir eine Ehre, Sie zu befördern… Meine Herren!« rief er sogleich mit erhobenem Arm und tat, als sei das Geschäft im flottesten Gange, obgleich niemand mehr da war, der nach Abfertigung verlangt hätte. Aschenbach kehrte auf das Verdeck zurück.

Einen Arm auf die Brüstung gelehnt, betrachtete er das müßige Volk, das, der Abfahrt des Schiffes beizuwohnen, am Quai lungerte, und die Passagiere an Bord. Diejenigen der zweiten Klasse kauerten, Männer und Weiber, auf dem Vorderdeck, indem sie Kisten und Bündel als Sitze benutzten. Eine Gruppe junger Leute bildete die Reisegesellschaft des ersten Verdecks, Polenser Handelsgehilfen, wie es schien, die sich in angeregter Laune zu einem Ausfluge nach Italien vereinigt hatten. Sie machten nicht wenig Aufhebens von sich und ihrem Unternehmen, schwatzten, lachten, genossen selbstgefällig das eigene Gebärdenspiel und riefen den Kameraden, die, Portefeuilles unterm Arm, in Geschäften die Hafenstraße entlang gingen und den Feiernden mit dem Stöckchen drohten, über das Geländer gebeugt, zungengeläufige Spottreden nach. Einer, in hellgelbem, übermodisch geschnittenem Sommeranzug, roter Krawatte und kühn aufgebogenem Panama, tat sich mit krähender Stimme an Aufgeräumtheit vor allen andern hervor. Kaum aber hatte Aschenbach ihn genauer ins Auge gefaßt, als er mit einer Art von Entsetzen erkannte, daß der Jüngling falsch war. Er war alt, man konnte nicht zweifeln. Runzeln umgaben ihm Augen und Mund. Das matte Karmesin der Wangen war Schminke, das braune Haar unter dem farbig umwundenen Strohhut Perücke, sein Hals verfallen und sehnig, sein aufgesetztes Schnurrbärtchen und die Fliege am Kinn gefärbt, sein gelbes und vollzähliges Gebiß, das er lachend zeigte, ein billiger Ersatz, und seine Hände, mit Siegelringen an beiden Zeigefingern, waren die eines Greises. Schauerlich angemutet sah Aschenbach ihm und seiner Gemeinschaft mit den Freunden zu. Wußten, bemerkten sie nicht, daß er alt war, daß er zu Unrecht ihre stutzerhafte und bunte Kleidung trug, zu Unrecht einen der ihren spielte? Selbstverständlich und gewohnheitsmäßig, wie es schien, duldeten sie ihn in ihrer Mitte, behandelten ihn als ihresgleichen, erwiderten ohne Widerwillen seine neckischen Rippenstöße. Wie ging das zu? Aschenbach bedeckte seine Stirn mit der Hand und schloß die Augen, die heiß waren, da er zu wenig geschlafen hatte. Ihm war, als lasse nicht alles sich ganz gewöhnlich an, als beginne eine träumerische Entfremdung, eine Entstellung der Welt ins Sonderbare um sich zu greifen, der vielleicht Einhalt zu tun wäre, wenn er sein Gesicht ein wenig verdunkelte und aufs neue um sich schaute. In diesem Augenblick jedoch berührte ihn das Gefühl des Schwimmens, und mit unvernünftigem Erschrecken aufsehend, gewahrte er, daß der schwere und düstere Körper des Schiffes sich langsam vom gemauerten Ufer löste. Zollweise, unter dem Vorwärts- und Rückwärtsarbeiten der Maschine, verbreiterte sich der Streifen schmutzig schillernden Wassers zwischen Quai und Schiffswand, und nach schwerfälligen Manövern kehrte der Dampfer seinen Bugspriet dem offenen Meere zu. Aschenbach ging nach der Steuerbordseite hinüber, wo der Bucklige ihm einen Liegestuhl aufgeschlagen hatte und ein Steward in fleckigem Frack nach seinen Befehlen fragte.

Der Himmel war grau, der Wind feucht. Hafen und Inseln waren zurückgeblieben, und rasch verlor sich aus dem dunstigen Gesichtskreise alles Land. Flocken von Kohlenstaub gingen, gedunsen von Nässe, auf das gewaschene Deck nieder, das nicht trocknen wollte. Schon nach einer Stunde spannte man ein Segeldach aus, da es zu regnen begann.

In seinen Mantel geschlossen, ein Buch im Schoße, ruhte der

Reisende, und die Stunden verrannen ihm unversehens. Es hatte zu regnen aufgehört; man entfernte das leinene Dach. Der Horizont war vollkommen. Unter der trüben Kuppel des Himmels dehnte sich rings die ungeheure Scheibe des öden Meeres. Aber im leeren, im ungegliederten Raume fehlt unserem Sinn auch das Maß der Zeit, und wir dämmern im Ungemessenen. Schattenhaft sonderbare Gestalten, der greise Geck, der Ziegenbart aus dem Schiffsinnern, gingen mit unbestimmten Gebärden, mit verwirrten Traumworten durch den Geist des Ruhenden, und er schlief ein.

Um Mittag nötigte man ihn zur Kollation in den korridorartigen Speisesaal hinab, auf den die Türen der Schlafkojen mündeten und wo am ~~im~~ Ende des langen Tisches, zu dessen Häupten er speiste, die Handelsgehilfen, einschließlich des Alten, seit zehn Uhr mit dem munteren Kapitän pokulierten. Die Mahlzeit war armselig, und er beendete sie rasch. Es trieb ihn ins Freie, nach dem Himmel zu sehen: ob er denn nicht über Venedig sich erhellen wollte.

Er hatte nicht anders gedacht, als daß dies geschehen müsse, denn stets hatte die Stadt ihn im Glanze empfangen. Aber Himmel und Meer blieben trüb und bleiern, zeitweilig ging neblichter Regen nieder, und er fand sich darein, auf dem Wasserwege ein anderes Venedig zu erreichen, als er, zu Lande sich nähernd, je angetroffen hatte. Er stand am Fockmast, den Blick im Weiten, das Land erwartend. Er gedachte des schwermütig-enthusiastischen Dichters, dem vormals die Kuppeln und Glockentürme seines Traumes aus diesen Fluten gestiegen waren, er wiederholte im stillen einiges von dem, was damals an Ehrfurcht, Glück und Trauer zu maßvollem Gesange geworden, und von schon gestalteter Empfindung mühelos bewegt, prüfte er sein ernstes und müdes Herz, ob eine neue Begeisterung und Verwirrung, ein spätes Abenteuer des Gefühles dem fahrenden Müßiggänger vielleicht noch vorbehalten sein könne.

Da tauchte zur Rechten die flache Küste auf, Fischerboote belebten das Meer, die Bäderinsel erschien, der Dampfer ließ sie zur Linken, glitt verlangsamten Ganges durch den schmalen Port, der nach ihr benannt ist, und auf der Lagune, angesichts bunt armseliger Behausungen, hielt er ganz, da die Barke des Sanitätsdienstes erwartet werden mußte.

Eine Stunde verging, bis sie erschien. Man war angekommen und war es nicht; man hatte keine Eile und fühlte sich doch von Ungeduld getrieben. Die jungen Polesaner, patriotisch angezogen auch wohl von den militärischen Hornsignalen, die aus der Gegend der öffentlichen Gärten her über das Wasser klangen, waren auf Deck gekommen und, vom Asti begeistert, brachten sie Lebehochs auf die drüben exerzierenden Bersaglieri aus. Aber widerlich war es zu sehen, in welchen Zustand den aufgestutzten Greisen seine falsche Gemeinschaft mit der Jugend gebracht hatte. Sein altes Hirn hatte dem Weine nicht wie die jugendlich rüstigen standzuhalten vermocht, er war kläglich betrunken. Verblödeten Blicks, eine Zigarette zwischen den zitternden Fingern, schwankte er, mühsam das Gleichgewicht haltend, auf der Stelle, vom Rausche vorwärts und rückwärts gezogen. Da er beim ersten Schritte gefallen wäre, getraute er sich nicht vom Fleck, doch zeigte er einen jammervollen Übermut, hielt jeden, der sich ihm näherte, am Knopfe fest, lallte, zwinkerte, kicherte, hob seinen beringten, runzeligen Zeigefinger zu alberner Neckerei und leckte auf abscheulich zweideutige Art mit der Zungenspitze die Mundwinkel. Aschenbach sah ihm mit finsteren Brauen zu, und wiederum kam ein Gefühl von Benommenheit ihn an, so, als zeige die Welt eine leichte, doch nicht zu hemmende Neigung, sich ins Sonderbare und Fratzenhafte zu entstellen: ein Gefühl, dem nachzuhängen freilich die Umstände ihn abhielten, da eben die stampfende Tätigkeit der Maschine aufs neue begann und das Schiff seine so nah dem Ziel unterbrochene Fahrt durch den Kanal von San Marco wieder aufnahm.

So sah er ihn denn wieder, den erstaunlichsten Landungsplatz, jene blendende Komposition phantastischen Bauwerks, welche die Republik den ehrfürchtigen Blicken nahender Seefahrer entgegenstellte: die leichte Herrlichkeit des Palastes und die Seufzerbrücke, die Säulen mit Löw' und Heiligem am Ufer, die prunkend vortretende Flanke des Märchentempels, den Durchblick auf Torweg und Riesenuhr, und anschauend bedachte er, daß zu Lande, auf dem Bahnhof in Venedig anlangen, einen Palast durch eine Hintertür betreten heiße, und daß man nicht anders, als wie nun er, als zu Schiffe, als über das hohe Meer die unwahrscheinlichste der Städte erreichen sollte.

Die Maschine stoppte, Gondeln drängten herzu, die Fallreepstreppe ward hinabgelassen, Zollbeamte stiegen an Bord und walteten obenhin ihres Amtes; die Ausschiffung konnte beginnen. Aschenbach gab zu verstehen, daß er eine Gondel wünsche, die ihn und sein Gepäck zur Station jener kleinen Dampfer bringen solle, welche zwischen der Stadt und dem Lido verkehren; denn er gedachte am Meere Wohnung zu nehmen. Man billigt sein Vorhaben, man schreit seinen Wunsch zur Wasserfläche hinab, wo die Gondelführer im Dialekt miteinander zanken. Er ist noch gehindert, hinabzusteigen, sein Koffer hindert ihn, der eben mit Mühsal die leiterartige Treppe hinuntergezerrt und geschleppt wird. So sieht er sich minutenlang außerstande, den Zudringlichkeiten des schauderhaften Alten zu entkommen, den die Trunkenheit dunkel antreibt, dem Fremden Abschiedshonneurs zu machen. »Wir wünschen den glücklichsten Aufenthalt«, meckert er unter Kratzfüßen. »Man empfiehlt sich geneigter Erinnerung! Au revoir, excusez und bon jour, Euer Exzellenz!« Sein Mund wässert, er drückt die Augen zu, er leckt die Mundwinkel, und die gefärbte Bartfliege an seiner Greisenlippe sträubt sich empor. »Unsere Komplimente«, lallt er, zwei Fingerspitzen am Munde, »unsere Komplimente dem Liebchen, dem allerliebsten, dem schönsten Liebchen...« Und plötzlich fällt ihm das falsche Obergebiß vom Kiefer auf die Unterlippe. Aschenbach konnte entweichen. »Dem Liebchen, dem feinen Liebchen«, hörte er in girrenden, hohlen und behinderten Lauten in seinem Rücken, während er, am Strickgeländer sich haltend, die Fallreepstreppe hinabklomm.

Wer hätte nicht einen flüchtigen Schauder, eine geheime Scheu und Beklommenheit zu bekämpfen gehabt, wenn es zum ersten Male oder nach langer Entwöhnung galt, eine venezianische Gondel zu besteigen? Das seltsame Fahrzeug, aus balladesken Zeiten ganz unverändert überkommen und so eigentümlich schwarz, wie sonst unter allen Dingen nur Särge es sind, – es erinnert an lautlose und verbrecherische Abenteuer in plätschernder Nacht, es erinnert noch mehr an den Tod selbst, an Bahre und düsteres Begängnis und letzte, schweigsame Fahrt. Und hat man bemerkt, daß der Sitz einer solchen Barke, dieser sargschwarz lackierte, mattschwarz gepolsterte Armstuhl, der weichste, üppigste, der erschlaffendste Sitz von der Welt ist? Aschenbach ward es gewahr, als er zu Füßen des Gondoliers, seinem Gepäck gegenüber, das am Schnabel reinlich beisammen lag, sich niedergelassen hatte. Die Ruderer zankten immer noch, rauh, unverständlich, mit drohenden Gebärden. Aber die besondere Stille der Wasserstadt schien ihre Stimmen sanft aufzunehmen, zu entkörpern, über der Flut zu zerstreuen. Es war warm hier im Hafen. Lau angerührt vom Hauch des Scirocco, auf dem nachgiebigen Element in Kissen gelehnt, schloß der Reisende die Augen im Genusse einer so ungewohnten als süßen Lässigkeit. Die Fahrt wird kurz sein, dachte er; möchte sie immer währen! In leisem Schwanken fühlte er sich dem Gedränge, dem Stimmengewirr entgleiten.

Wie still und stiller es um ihn wurde! Nichts war zu vernehmen, als das Plätschern des Ruders, das hohle Aufschlagen der Wellen gegen den Schnabel der Barke, der steil, schwarz und an der Spitze hellebardenartig bewehrt über dem Wasser stand, und noch ein drittes, ein Reden, ein Raunen, – das Flüstern des Gondoliers, der zwischen den Zähnen, stoßweise, in Lauten, die von der Arbeit seiner Arme gepreßt waren, zu sich selber sprach. Aschenbach blickte auf, und mit leichter Befremdung gewahrte er, daß um ihn her die Lagune sich weitete und seine Fahrt gegen das offene Meer gerichtet war. Es schien folglich, daß er nicht allzu sehr ruhen dürfe, sondern auf den Vollzug seines Willens ein wenig bedacht sein müsse.

»Zur Dampferstation also,« sagte er mit einer halben Wendung rückwärts. Das Raunen verstummte. Er erhielt keine Antwort.

»Zur Dampferstation also!« wiederholte er, indem er sich vollends umwandte und in das Gesicht des Gondoliers empor- blickte, der hinter ihm, auf erhöhtem Borde stehend, vor dem fahlen Himmel aufragte. Es war ein Mann von ungefälliger, ja brutaler Physiognomie, seemännisch blau gekleidet, mit einer gelben Schärpe gegürtet und einen formlosen Strohhut, dessen Geflecht sich aufzulösen begann, verwegen schief auf dem Kopfe. Seine Gesichtsbildung, sein blonder, lockiger Schnurr- bart unter der kurz aufgeworfenen Nase ließen ihn durchaus nicht italienischen Schlages erscheinen. Obgleich eher schmäch- tig von Leibesbeschaffenheit, so daß man ihn für seinen Beruf nicht sonderlich geschickt geglaubt hätte, führte er das Ruder, bei jedem Schlage den ganzen Körper einsetzend, mit großer Energie. Ein paarmal zog er vor Anstrengung die Lippen zurück und entblößte seine weißen Zähne. Die rötlichen Brauen gerun- zelt, blickte er über den Gast hinweg, indem er bestimmten, fast groben Tones erwiderte:

»Sie fahren zum Lido.«

Aschenbach entgegnete:

»Allerdings. Aber ich habe die Gondel nur genommen, um mich nach San Marco übersetzen zu lassen. Ich wünsche den Vaporetto zu benutzen.«

»Sie können den Vaporetto nicht benutzen, mein Herr.«

»Und warum nicht?«

»Weil der Vaporetto kein Gepäck befördert.«

Das war richtig; Aschenbach erinnerte sich. Er schwieg. Aber die schroffe, überhebliche, einem Fremden gegenüber so wenig landesübliche Art des Menschen schien unleidlich. Er sagte:

»Das ist meine Sache. Vielleicht will ich mein Gepäck in Ver- wahrung geben. Sie werden umkehren.«

Es blieb still. Das Ruder plätscherte, das Wasser schlug dumpf an den Bug. Und das Reden und Raunen begann wieder: Der Gondolier sprach zwischen den Zähnen mit sich selbst.

Was war zu tun? Allein auf der Flut mit dem sonderbar un- botmäßigen, unheimlich entschlossenen Menschen, sah der Reisende kein Mittel, seinen Willen durchzusetzen. Wie weich er übrigens ruhen durfte, wenn er sich nicht empörte! Hatte er nicht gewünscht, daß die Fahrt lange, daß sie immer dauern möge? Es war das Klügste, den Dingen ihren Lauf zu lassen, und es war hauptsächlich höchst angenehm. Ein Bann der Trägheit schien auszugehen von seinem Sitz, von diesem niedrigen, schwarzgepolsterten Armstuhl, so sanft gewiegt von den Ruderschlägen des eigenmächtigen Gondoliers in seinem Rücken. Die Vorstellung, einem Verbrecher in die Hände gefallen zu sein, streifte träumerisch Aschenbachs Sinne, – unvermögend, seine Gedanken zu tätiger Abwehr aufzurufen. Verdrießlicher schien die Möglichkeit, daß alles auf simple Geldschneiderei angelegt sei. Eine Art von Pflichtgefühl oder Stolz, die Erinnerung gleichsam, daß man dem vorbeugen müsse, vermochte ihn, sich noch einmal aufzuraffen. Er fragte:

»Was fordern Sie für die Fahrt?«

Und über ihn hinsehend antwortete der Gondolier:

»Sie werden bezahlen.«

Es stand fest, was hierauf zurückzugeben war. Aschenbach sagte mechanisch:

»Ich werde nichts bezahlen, durchaus nichts, wenn Sie mich fahren, wohin ich nicht will.«

»Sie wollen zum Lido.«

»Aber nicht mit Ihnen.«

»Ich fahre Sie gut.«

Das ist wahr, dachte Aschenbach und spannte sich ab. Das ist wahr, du fährst mich gut. Selbst, wenn du es auf meine Barschaft abgesehen hast und mich hinterrücks mit einem Ruderschlage ins Haus des Aides schickst, wirst du mich gut gefahren haben.

Allein nichts dergleichen geschah. Sogar Gesellschaft stellte sich ein, ein Boot mit musikalischen Wegelagerern, Männern und Weibern, die zur Gitarre, zur Mandoline sangen, aufdringlich Bord an Bord mit der Gondel fuhren und die Stille über den Wassern mit ihrer gewinnsüchtigen Fremdenpoesie erfüllten. Aschenbach warf Geld in den hingehaltenen Hut. Sie schwiegen dann und fuhren davon. Und das Flüstern des Gondoliers war wieder wahrnehmbar, der stoßweise und abgerissen mit sich selber sprach.

So kam man denn an, geschaukelt vom Kielwasser eines zur Stadt fahrenden Dampfers. Zwei Munizipalbeamte, die Hände auf dem Rücken, die Gesichter der Lagune zugewandt, gingen am Ufer auf und ab. Aschenbach verließ am Stege die Gondel, unterstützt von jenem Alten, der an jedem Landungsplatze Venedigs mit seinem Enterhaken zur Stelle ist; und da es ihm an kleinerem Gelde fehlte, ging er hinüber in das der Dampferbrücke benachbarte Hotel, um dort zu wechseln und den Ruderer nach Gutdünken abzulohnen. Er wird in der Halle bedient, er kehrt zurück, er findet sein Reisegut auf einem Karren am Quai, und Gondel und Gondolier sind verschwunden.

»Er hat sich fortgemacht«, sagte der Alte mit dem Enterhaken. »Ein schlechter Mann, ein Mann ohne Konzession, gnädiger Herr. Er ist der einzige Gondolier, der keine Konzession besitzt. Die andern haben hierher telephoniert. Er sah, daß er erwartet wurde. Da hat er sich fortgemacht.«

Aschenbach zuckte die Achseln.

»Der Herr ist umsonst gefahren«, sagte der Alte und hielt den Hut hin. Aschenbach warf Münzen hinein. Er gab Weisung, sein Gepäck ins Bäder-Hotel zu bringen und folgte dem Karren durch die Allee, die weißblühende Allee, welche, Tavernen, Basare, Pensionen zu beiden Seiten, quer über die Insel zum Strande läuft.

Er betrat das weitläufige Hotel von hinten, von der Gartenterrasse aus und begab sich durch die große Halle und die Vorhalle ins Office. Da er angemeldet war, wurde er mit dienstfertigem Einverständnis empfangen. Ein Manager, ein kleiner, leiser, schmeichelnd höflicher Mann mit schwarzem Schnurrbart und in französisch geschnittenem Gehrock, begleitete ihn im Lift zum zweiten Stockwerk hinauf und wies ihm sein Zimmer an, einen angenehmen, in Kirschholz möblierten Raum, den man mit stark duftenden Blumen geschmückt hatte und dessen hohe Fenster die Aussicht aufs offene Meer gewährten. Er trat an eins davon, nachdem der Angestellte sich zurückgezogen, und während man hinter ihm sein Gepäck hereinschaffte und im Zimmer unterbrachte, blickte er hinaus auf den nachmittäglich menschenarmen Strand und die unbesonnte See, die Flutzeit hatte und niedrige, gestreckte Wellen in ruhigem Gleichtakt gegen das Ufer sandte.

Die Beobachtungen und Begegnisse des Einsam-Stummen sind zugleich verschwommener und eindringlicher, als die des Geselligen, seine Gedanken schwerer, wunderlicher und nie ohne einen Anflug von Traurigkeit. Bilder und Wahrnehmungen, die mit einem Blick, einem Lachen, einem Urteilsaustausch leichthin abzutun wären, beschäftigen ihn über Gebühr, vertiefen sich im Schweigen, werden bedeutsam, Erlebnis, Abenteuer, Gefühl. Einsamkeit zeitigt das Originale, das gewagt und befremdend Schöne, das Gedicht. Einsamkeit zeitigt aber auch das Verkehrte, das Unverhältnismäßige, das Absurde und Unerlaubte. – So beunruhigten die Erscheinungen der Herreise, der gräßliche alte Stutzer mit seinem Gefasel vom Liebchen, der verpönte, um seinen Lohn geprellte Gondolier, noch jetzt das Gemüt des Reisenden. Ohne der Vernunft Schwierigkeiten zu bieten, ohne eigentlich Stoff zum Nachdenken zu geben, waren sie dennoch grundsonderbar von Natur, wie es ihm schien, und beunruhigend wohl eben durch diesen Widerspruch. Dazwischen grüßte er das Meer mit den Augen und empfand Freude, Venedig in so leicht erreichbarer Nähe zu wissen. Er wandte sich endlich, badete sein Gesicht, traf gegen das Zimmermädchen einige Anordnungen zur Vervollständigung seiner Bequemlichkeit und ließ sich von dem grüngekleideten Schweizer, der den Lift bediente, ins Erdgeschoß hinunterfahren.

Er nahm seinen Tee auf der Terrasse der Seeseite, stieg dann hinab und verfolgte den Promenadenquai eine gute Strecke in der Richtung auf das Hotel Excelsior. Als er zurückkehrte, schien es schon an der Zeit, sich zur Abendmahlzeit umzukleiden. Er tat es langsam und genau, nach seiner Art, da er bei der Toilette zu arbeiten gewöhnt war, und fand sich trotzdem ein wenig verfrüht in der Halle ein, wo er einen großen Teil der Hotelgäste, fremd untereinander und in gespielter gegenseitiger

Teilnahmslosigkeit, aber in der gemeinsamen Erwartung des Essens, versammelt fand. Er nahm eine Zeitung vom Tische, ließ sich in einen Ledersessel nieder und betrachtete die Gesellschaft, die sich von derjenigen seines ersten Aufenthaltes in einer ihm angenehmen Weise unterschied.

Ein weiter, duldsam vieles umfassender Horizont tat sich auf. Gedämpft vermischten sich die Laute der großen Sprachen. Der weltgültige Abendanzug, eine Uniform der Gesittung, faßte äußerlich die Spielarten des Menschlichen zu anständiger Einheit zusammen. Man sah die trockene und lange Miene des Amerikaners, die vielgliedrige russische Familie, englische Damen, deutsche Kinder mit französischen Bonnen. Der slawische Bestandteil schien vorzuherrschen. Gleich in der Nähe ward polnisch gesprochen.

Es war eine Gruppe halb und kaum Erwachsener, unter der Obhut einer Erzieherin oder Gesellschafterin um ein Rohrtischchen versammelt: Drei junge Mädchen, fünfzehn- bis siebzehnjährig, wie es schien, und ein langhaariger Knabe von vielleicht vierzehn Jahren. Mit Erstaunen bemerkte Aschenbach, daß der Knabe vollkommen schön war. Sein Antlitz, bleich und anmutig verschlossen, von honigfarbenem Haar umringelt, mit der gerade abfallenden Nase, dem lieblichen Munde, dem Ausdruck von holdem und göttlichem Ernst, erinnerte an griechische Bildwerke aus edelster Zeit, und bei reinster Vollendung der Form war es von so einmalig persönlichem Reiz, daß der Schauende weder in Natur noch bildender Kunst etwas ähnlich Geglücktes angetroffen zu haben glaubte. Was ferner auffiel, war ein offenbar grundsätzlicher Kontrast zwischen den erzieherischen Gesichtspunkten, nach denen die Geschwister gekleidet und allgemein gehalten schienen. Die Herrichtung der drei Mädchen, von denen die Älteste für erwachsen gelten konnte, war bis zum Entstellenden herb und keusch. Eine gleichmäßig klösterliche Tracht, schieferfarben, halblang, nüchtern und gewollt unkleidsam von Schnitt, mit weißen Fallkrägen als einziger Aufhellung, unterdrückte und verhinderte jede Gefälligkeit der Gestalt. Das glatt und fest an den Kopf geklebte Haar ließ die Gesichter nonnenhaft leer und nichtssagend erscheinen. Gewiß, es war eine Mutter, die hier waltete, und sie dachte nicht einmal daran, auch auf den Knaben die pädagogische Strenge anzuwenden, die ihr den Mädchen gegenüber geboten schien. Weichheit und Zärtlichkeit bestimmten ersichtlich seine Existenz. Man hatte sich gehütet, die Schere an sein schönes Haar zu legen; wie beim Dornauszieher lockte es sich in die Stirn, über die Ohren und tiefer noch in den Nacken. Das englische Matrosenkostüm, dessen bauschige Ärmel sich nach unten verengerten und die feinen Gelenke seiner noch kindlichen, aber schmalen Hände knapp umspannten, verlieh mit seinen Schnüren, Maschen und Stickereien der zarten Gestalt etwas Reiches und Verwöhntes. Er saß, im Halbprofil gegen den Betrachtenden, einen Fuß im schwarzen Lackschuh vor den andern gestellt, einen Ellenbogen auf die Armlehne seines Korbsessels gestützt, die Wange an die geschlossene Hand geschmiegt, in einer Haltung von lässigem Anstand und ganz ohne die fast untergeordnete Steifheit, an die seine weiblichen Geschwister gewöhnt schienen. War er leidend? Denn die Haut seines Gesichtes stach weiß wie Elfenbein gegen das goldige Dunkel der umrahmenden Locken ab. Oder war er einfach ein verzärteltes Vorzugskind, von parteilicher und launischer Liebe getragen? Aschenbach war geneigt, dies zu glauben. Fast jedem Künstlernaturell ist ein üppiger und verräterischer Hang eingeboren, Schönheit schaffende Ungerechtigkeit anzuerkennen und aristokratischer Bevorzugung Teilnahme und Huldigung entgegenzubringen.

Ein Kellner ging umher und meldete auf englisch, daß die Mahlzeit bereit sei. Allmählich verlor sich die Gesellschaft durch die Glastür in den Speisesaal. Nachzügler, vom Vestibül, von den Lifts kommend, gingen vorüber. Man hatte drinnen zu servieren begonnen, aber die jungen Polen verharrten noch um ihr Rohrtischchen, und Aschenbach, in tiefem Sessel behaglich aufgehoben und übrigens das Schöne vor Augen, wartete mit ihnen.

Die Gouvernante, eine kleine und korpulente Halbdame mit

rotem Gesicht, gab endlich das Zeichen, sich zu erheben. Mit hochgezogenen Brauen schob sie ihren Stuhl zurück und verneigte sich, als eine große Frau, grau-weiß gekleidet und sehr reich mit Perlen geschmückt, die Halle betrat. Die Haltung dieser Frau war kühl und gemessen, die Anordnung ihres leicht gepuderten Haares sowohl wie die Machart ihres Kleides von jener Einfachheit, die überall da den Geschmack bestimmt, wo Frömmigkeit als Bestandteil der Vornehmheit gilt. Sie hätte die Frau eines hohen deutschen Beamten sein können. Etwas phantastisch Luxuriöses kam in ihre Erscheinung einzig durch ihren Schmuck, der in der Tat kaum schätzbar war und aus Ohrgehängen, sowie einer dreifachen, sehr langen Kette kirschengroßer, mild schimmernder Perlen bestand.

Die Geschwister waren rasch aufgestanden. Sie beugten sich zum Kuß über die Hand ihrer Mutter, die mit einem zurückhaltenden Lächeln ihres gepflegten, doch etwas müden und spitznäsigen Gesichtes über ihre Köpfe hinwegblickte und einige Worte in französischer Sprache an die Erzieherin richtete. Dann schritt sie zur Glastür. Die Geschwister folgten ihr: die Mädchen in der Reihenfolge ihres Alters, nach ihnen die Gouvernante, zuletzt der Knabe. Aus irgendeinem Grunde wandte er sich um, bevor er die Schwelle überschritt, und da niemand sonst mehr in der Halle sich aufhielt, begegneten seine eigentümlich dämmergrauen Augen denen Aschenbachs, der, seine Zeitung auf den Knien, in Anschauung versunken, der Gruppe nachblickte.

Was er gesehen, war gewiß in keiner Einzelheit auffallend gewesen. Man war nicht vor der Mutter zu Tische gegangen, man hatte sie erwartet, sie ehrerbietig begrüßt und beim Eintritt in den Saal gebräuchliche Formen beobachtet. Allein das alles hatte sich so ausdrücklich, mit einem solchen Akzent von Zucht, Verpflichtung und Selbstachtung dargestellt, daß Aschenbach sich sonderbar ergriffen fühlte. Er zögerte noch einige Augenblicke, ging dann auch seinerseits in den Speisesaal hinüber und ließ sich sein Tischchen anweisen, das, wie er mit einer kurzen Regung des Bedauerns feststellte, sehr weit von dem der polnischen Familie entfernt war.

Müde und dennoch geistig bewegt, unterhielt er sich während der langwierigen Mahlzeit mit abstrakten, ja transzendenten Dingen, sann nach über die geheimnisvolle Verbindung, welche das Gesetzmäßige mit dem Individuellen eingehen müsse, damit menschliche Schönheit entstehe, kam von da aus auf allgemeine Probleme der Form und der Kunst und fand am Ende, daß seine Gedanken und Funde gewissen scheinbar glücklichen Einflüsterungen des Traumes glichen, die sich bei ernüchtertem Sinn als vollständig schal und untauglich erweisen. Er hielt sich nach Tische rauchend, sitzend, umherwandelnd, in dem abendlich duftenden Parke auf, ging zeitig zur Ruhe und verbrachte die Nacht in anhaltend tiefem, aber von Traumbildern verschiedentlich belebtem Schlaf.

Das Wetter ließ sich am folgenden Tage nicht günstiger an. Landwind ging. Unter fahl bedecktem Himmel lag das Meer in stumpfer Ruhe, verschrumpft gleichsam, mit nüchtern nahem Horizont und so weit vom Strande zurückgetreten, daß es mehrere Reihen langer Sandbänke freiließ. Als Aschenbach sein Fenster öffnete, glaubte er den fauligen Geruch der Lagune zu spüren.

Verstimmung befiel ihn. Schon in diesem Augenblick dachte er an Abreise. Einmal, vor Jahren, hatte nach heiteren Frühlingswochen hier dies Wetter ihn heimgesucht und sein Befinden so schwer geschädigt, daß er Venedig wie ein Fliehender hatte verlassen müssen. Stellte nicht schon wieder die fiebrige Unlust von damals, der Druck in den Schläfen, die Schwere der Augenlider sich ein? Noch einmal den Aufenthalt zu wechseln würde lästig sein; wenn aber der Wind nicht umschlug, so war seines Bleibens hier nicht. Er packte zur Sicherheit nicht völlig aus. Um neun Uhr frühstückte er in dem hiefür vorbehaltenen Büfettzimmer zwischen Halle und Speisesaal.

In dem Raum herrschte die feierliche Stille, die zum Ehrgeiz der großen Hotels gehört. Die bedienenden Kellner gingen auf leisen Sohlen umher. Ein Klappern des Teegerätes, ein halbgeflüstertes Wort war alles, was man vernahm. In einem Winkel, schräg gegenüber der Tür und zwei Tische von seinem entfernt, bemerkte Aschenbach die polnischen Mädchen mit ihrer Erzieherin. Sehr aufrecht, das aschblonde Haar neu geglättet und mit geröteten Augen, in steifen blauleinenen Kleidern mit kleinen weißen Fallkrägen und Manschetten saßen sie da und reichten einander ein Glas mit Eingemachtem. Sie waren mit ihrem Frühstück fast fertig. Der Knabe fehlte.

Aschenbach lächelte. Nun kleiner Phäake! dachte er. Du scheinst vor diesen das Vorrecht beliebigen Ausschlafens zu genießen. Und plötzlich aufgeheitert rezitierte er bei sich selbst den Vers:

»Oft veränderten Schmuck und warme Bäder und Ruhe.«

Er frühstückte ohne Eile, empfing aus der Hand des Portiers, der mit gezogener Tressenmütze in den Saal kam, einige nachgesandte Post und öffnete, eine Zigarette rauchend, ein paar Briefe. So geschah es, daß er dem Eintritt des Langschläfers noch beiwohnte, den man dort drüben erwartete.

Er kam durch die Glastür und ging in der Stille schräg durch den Raum zum Tisch seiner Schwestern. Sein Gehen war sowohl in der Haltung des Oberkörpers wie in der Bewegung der Knie, dem Aufsetzen des weiß beschuhten Fußes von außerordentlicher Anmut, sehr leicht, zugleich zart und stolz und verschönt noch durch die kindliche Verschämtheit, in welcher er zweimal unterwegs, mit einer Kopfwendung in den Saal, die Augen aufschlug und senkte. Lächelnd, mit einem halblauten Wort in seiner weich verschwommenen Sprache nahm er seinen Platz ein, und jetzt zumal, da er dem Schauenden sein genaues Profil zuwandte, erstaunte dieser aufs neue, ja erschrak über die wahrhaft gottähnliche Schönheit des Menschenkindes. Der Knabe trug heute einen leichten Blusenanzug aus blau und weiß gestreiftem Waschstoff mit rotseidener Masche auf der Brust und am Halse von einem einfachen weißen Stehkragen abgeschlossen. Auf diesem Kragen aber, der nicht einmal sonderlich elegant zum Charakter des Anzugs passen wollte, ruhte die Blüte des Hauptes in unvergleichlichem Liebreiz, – das Haupt des Eros, vom gelblichen Schmelze parischen Marmors, mit feinen und ernsten Brauen, Schläfen und Ohr vom rechtwinklig einspringenden Geringel des Haares dunkel und weich bedeckt.

Gut, gut! dachte Aschenbach mit jener fachmännisch kühlen Billigung, in welche Künstler zuweilen einem Meisterwerk gegenüber ihr Entzücken, ihre Hingerissenheit kleiden. Und weiter dachte er: Wahrhaftig, erwarteten mich nicht Meer und Strand, ich bliebe hier, solange du bleibst! So aber ging er denn, ging unter den Aufmerksamkeiten des Personals durch die Halle, die große Terrasse hinab und geradeaus über den Bretterssteg zum abgesperrten Strand der Hotelgäste. Er ließ sich von dem barfüßigen Alten, der sich in Leinwandhose, Matrosenbluse und Strohhut dort unten als Bademeister tätig zeigte, die gemietete Strandhütte zuweisen, ließ Tisch und Sessel hinaus auf die sandig bretterne Plattform stellen und machte es sich bequem in dem Liegestuhl, den er weiter zum Meere hin in den wachsgelben Sand gezogen hatte.

Das Strandbild, dieser Anblick sorglos sinnlich genießender Kultur am Rande des Elementes, unterhielt und erfreute ihn wie nur je. Schon war die graue und flache See belebt von watenden Kindern, Schwimmern, bunten Gestalten, welche die Arme unter dem Kopf verschränkt auf den Sandbänken lagen. Andere ruderten in kleinen rot und blau gestrichenen Booten ohne Kiel und kenterten lachend. Vor der gedehnten Zeile der Capannen, auf deren Plattformen man wie auf kleinen Veranden saß, gab es spielende Bewegung und träg hingestreckte Ruhe, Besuche und Geplauder, sorgfältige Morgen-Eleganz neben der Nacktheit, die keck-behaglich die Freiheiten des Ortes genoß. Vorn auf dem feuchten und festen Sande lustwandelten einzelne in weißen Bademänteln, in weiten, starkfarbigen Hemdgewändern. Eine vielfältige Sandburg zur Rechten, von Kindern hergestellt, war rings mit kleinen Flaggen in den Farben aller Länder besteckt. Verkäufer von Muscheln, Kuchen und Früchten breiteten kniend ihre Waren aus. Links, vor einer der Hütten, die quer zu den übrigen und zum Meere standen und auf dieser Seite einen Abschluß des Strandes bildeten, kampierte eine russische Familie: Männer mit Bärten und großen Zähnen, mürbe und träge

Frauen, ein baltisches Fräulein, das an einer Staffelei sitzend unter Ausrufen der Verzweiflung das Meer malte, zwei gutmütighäßliche Kinder, eine alte Magd im Kopftuch und mit zärtlich unterwürfigen Sklavenmanieren. Dankbar genießend lebten sie dort, riefen unermüdlich die Namen der unfolgsam sich tummelnden Kinder, scherzten vermittelst weniger italienischer Worte lange mit dem humoristischen Alten, von dem sie Zukkerwerk kauften, küßten einander auf die Wangen und kümmerten sich um keinen Beobachter ihrer menschlichen Gemeinschaft.

Ich will also bleiben, dachte Aschenbach. Wo wäre es besser? Und die Hände im Schoß gefaltet, ließ er seine Augen sich in den Weiten des Meeres verlieren, seinen Blick entgleiten, verschwimmen, sich brechen im eintönigen Dunst der Raumeswüste. Er liebte das Meer aus tiefen Gründen: aus dem Ruheverlangen des schwer arbeitenden Künstlers, der vor der anspruchsvollen Vielgestalt der Erscheinungen an der Brust des Einfachen, Ungeheueren sich zu bergen begehrt; aus einem verbotenen, seiner Aufgabe gerade entgegengesetzten und ebendarum verführerischen Hange zum Ungegliederten, Maßlosen, Ewigen, zum Nichts. Am Vollkommenen zu ruhen, ist die Sehnsucht dessen, der sich um das Vortreffliche müht; und ist nicht das Nichts eine Form des Vollkommenen? Wie er nun aber so tief ins Leere träumte, ward plötzlich die Horizontale des Ufersaumes von einer menschlichen Gestalt überschnitten, und als er seinen Blick aus dem Unbegrenzten einholte und sammelte, da war es der schöne Knabe, der von links kommend vor ihm im Sande vorüberging. Er ging barfuß, zum Waten bereit, die schlanken Beine bis über die Knie entblößt, langsam, aber so leicht und stolz, als sei er ohne Schuhwerk sich zu bewegen ganz gewöhnt, und schaute sich nach den querstehenden Hütten um. Kaum aber hatte er die russische Familie bemerkt, die dort in dankbarer Eintracht ihr Wesen trieb, als ein Unwetter zorniger Verachtung sein Gesicht überzog. Seine Stirn verfinsterte sich, sein Mund ward emporgehoben, von den Lippen nach einer Seite ging ein erbittertes Zerren, das die Wange zerriß, und seine Brauen waren so schwer gerunzelt, daß unter ihrem Druck die Augen eingesunken schienen und böse und dunkel darunter hervor die Sprache des Hasses führten. Er blickte zu Boden, blickte noch einmal drohend zurück, tat dann mit der Schulter eine heftig wegwerfende, sich abwendende Bewegung und ließ die Feinde im Rücken.

Eine Art Zartgefühl oder Erschrockenheit, etwas wie Achtung und Scham, veranlaßte Aschenbach, sich abzuwenden, als ob er nichts gesehen hätte; denn dem ernsten Zufallsbeobachter der Leidenschaft widerstrebt es, von seinen Wahrnehmungen auch nur vor sich selber Gebrauch zu machen. Er war aber erheitert und erschüttert zugleich, das heißt: beglückt. Dieser kindische Fanatismus, gerichtet gegen das gutmütigste Stück Leben, – er stellte das Göttlich-Nichtssagende in menschliche Beziehungen, er ließ ein kostbares Bildwerk der Natur, das nur zur Augenweide getaugt hatte, einer tieferen Teilnahme wert erscheinen; und er verlieh der ohnehin durch Schönheit bedeutenden Gestalt des Halbwüchsigen eine Folie, die gestattete, ihn über seine Jahre ernst zu nehmen.

Noch abgewandt, lauschte Aschenbach auf die Stimme des Knaben, seine helle, ein wenig schwache Stimme, mit der er sich von weitem schon den um die Sandburg beschäftigten Gespielen grüßend anzukündigen suchte. Man antwortete ihm, indem man ihm seinen Namen oder eine Koseform seines Namens mehrfach entgegenrief, und Aschenbach horchte mit einer gewissen Neugier darauf, ohne Genaueres erfassen zu können, als zwei melodische Silben wie »Adgio« oder öfter noch »Adgiu« mit rufend gedehntem u-Laut am Ende. Er freute sich des Klanges, er fand ihn in seinem Wohllaut dem Gegenstande angemessen, wiederholte ihn im stillen und wandte sich befriedigt seinen Briefen und Papieren zu.

Seine kleine Reise-Schreibmappe auf den Knien, begann er, mit dem Füllfederhalter diese und jene Korrespondenz zu erledigen. Aber nach einer Viertelstunde schon fand er es schade, die Situation, die genießenswerteste, die er kannte, so im Geist zu verlassen und durch gleichgültige Tätigkeit zu versäumen. Er warf das Schreibzeug beiseite, er kehrte zum Meere zurück; und nicht lange, so wandte er, abgelenkt von den Stimmen der Jugend am Sandbau, den Kopf bequem an der Lehne des Stuhles nach rechts, um sich nach dem Treiben und Bleiben des trefflichen Adgio wieder umzutun.

Der erste Blick fand ihn; die rote Masche auf seiner Brust war nicht zu verfehlen. Mit anderen beschäftigt, eine alte Planke als Brücke über den feuchten Graben der Sandburg zu legen, gab er rufend und mit dem Kopfe winkend seine Anweisungen zu diesem Werk. Es waren da mit ihm ungefähr zehn Genossen, Knaben und Mädchen, von seinem Alter und einige jünger, die in Zungen, polnisch, französisch und auch in Balkan-Idiomen durcheinander schwatzten. Aber sein Name war es, der am öftesten erklang. Offenbar war er begehrt, umworben, bewundert. Einer namentlich, Pole gleich ihm, ein stämmiger Bursche, der ähnlich wie »Jaschu« gerufen wurde, mit schwarzem, pomadisiertem Haar und leinenem Gürtelanzug, schien sein nächster Vasall und Freund. Sie gingen, als für diesmal die Arbeit am Sandbau beendigt war, umschlungen den Strand entlang und der, welcher »Jaschu« gerufen wurde, küßte den Schönen.

Aschenbach war versucht, ihm mit dem Finger zu drohen. »Dir aber rat ich, Kritobulos«, dachte er lächelnd, »geh ein Jahr auf Reisen! Denn soviel brauchst du mindestens Zeit zur Genesung.« Und dann frühstückte er große, vollreife Erdbeeren, die er von einem Händler erstand. Es war sehr warm geworden, obgleich die Sonne die Dunstschicht des Himmels nicht zu durchdringen vermochte. Trägheit fesselte den Geist, indes die Sinne die ungeheure und betäubende Unterhaltung der Meeresstille genossen. Zu erraten, zu erforschen, welcher Name es sei, der ungefähr »Adgio« lautete, schien dem ernsten Mann eine angemessene, vollkommen ausfüllende Aufgabe und Beschäftigung. Und mit Hilfe einiger polnischer Erinnerungen stellte er fest, daß »Tadzio« gemeint sein müsse, die Abkürzung von »Tadeusz« und im Anrufe »Tadziu« lautend.

Tadzio badete. Aschenbach, der ihn aus den Augen verloren

hatte, entdeckte seinen Kopf, seinen Arm, mit dem er rudernd
ausholte, weit draußen im Meer; denn das Meer mochte flach
sein bis weit hinaus. Aber schon schien man besorgt um ihn,
schon riefen Frauenstimmen nach ihm von den Hütten, stießen
wiederum diesen Namen aus, der den Strand beinahe wie eine
Losung beherrschte und, mit seinen weichen Mitlauten, seinem
gezogenen u-Ruf am Ende, etwas zugleich Süßes und Wildes
hatte: »Tadziu, Tadziu!« Er kehrte zurück, er lief, das widerstrebende Wasser mit den Beinen zu Schaum schlagend, hintübergeworfenen Kopfes durch die Flut; und zu sehen, wie die
lebendige Gestalt, vormännlich hold und herb, mit triefenden
Locken und schön wie ein zarter Gott, herkommend aus den
Tiefen von Himmel und Meer, dem Elemente entstieg und ent-
rann: dieser Anblick gab mythische Vorstellungen ein, er war
wie Dichterkunde von anfänglichen Zeiten, vom Ursprung der
Form und von der Geburt der Götter. Aschenbach lauschte mit
geschlossenen Augen auf diesen in seinem Innern antönenden
Gesang, und abermals dachte er, daß es hier gut sei und daß er
bleiben wolle.

Später lag Tadzio, vom Bade ausruhend, im Sande, gehüllt
in sein weißes Laken, das unter der rechten Schulter durchge-
zogen war, den Kopf auf den bloßen Arm gebettet; und auch
wenn Aschenbach ihn nicht betrachtete, sondern einige Seiten
in seinem Buche las, vergaß er fast niemals, daß jener dort lag
und daß es ihn nur eine leichte Wendung des Kopfes nach
rechts kostete, um das Bewunderungswürdige zu erblicken.
Beinahe schien es ihm, als säße er hier, um den Ruhenden zu
behüten, – mit eigenen Angelegenheiten beschäftigt und dabei
doch in beständiger Wachsamkeit für das edle Menschenbild
dort zur Rechten, nicht weit von ihm. Und eine väterliche
Huld, die gerührte Hinneigung dessen, der sich opfernd im
Geiste das Schöne zeugt, zu dem, der die Schönheit hat, erfüllte
und bewegte sein Herz.

Nach Mittag verließ er den Strand, kehrte ins Hotel zurück
und ließ sich hinauf vor sein Zimmer fahren. Er verweilte dort
drinnen längere Zeit vor dem Spiegel und betrachtete sein

graues Haar, sein müdes und scharfes Gesicht. In diesem Augenblick dachte er an seinen Ruhm und daran, daß viele ihn auf den Straßen kannten und ehrerbietig betrachteten, um seines sicher treffenden und mit Anmut gekrönten Wortes willen, – rief alle äußeren Erfolge seines Talentes auf, die ihm irgend einfallen wollten, und gedachte sogar seiner Nobilitierung. Er begab sich dann zum Lunch hinab in den Saal und speiste an seinem Tischchen. Als er nach beendeter Mahlzeit den Lift bestieg, drängte junges Volk, das gleichfalls vom Frühstück kam, ihm nach in das schwebende Kämmerchen, und auch Tadzio trat ein. Er stand ganz nahe bei Aschenbach, zum ersten Male so nah, daß dieser ihn nicht in bildmäßigem Abstand, sondern genau, mit den Einzelheiten seiner Menschlichkeit wahrnahm und erkannte. Der Knabe ward angeredet von irgend jemandem, und während er mit unbeschreiblich lieblichem Lächeln antwortete, trat er schon wieder aus, im ersten Stockwerk, rückwärts, mit niedergeschlagenen Augen. Schönheit macht schamhaft, dachte Aschenbach und bedachte sehr eindringlich, warum. Er hatte jedoch bemerkt, daß Tadzios Zähne nicht recht erfreulich waren: etwas zackig und blaß, ohne den Schmelz der Gesundheit und von eigentümlich spröder Durchsichtigkeit, wie zuweilen bei Bleichsüchtigen. Er ist sehr zart, er ist kränklich, dachte Aschenbach. Er wird wahrscheinlich nicht alt werden. Und er verzichtete darauf, sich Rechenschaft von einem Gefühl der Genugtuung oder Beruhigung zu geben, das diesen Gedanken begleitete.

Er verbrachte zwei Stunden auf seinem Zimmer und fuhr am Nachmittag mit dem Vaporetto über die faul riechende Lagune nach Venedig. Er stieg aus bei San Marco, nahm den Tee auf dem Platze und trat dann, seiner hiesigen Tagesordnung gemäß, einen Spaziergang durch die Straßen an. Es war jedoch dieser Gang, der einen völligen Umschwung seiner Stimmung, seiner Entschlüsse herbeiführte.

Eine widerliche Schwüle lag in den Gassen; die Luft war so dick, daß die Gerüche, die aus Wohnungen, Läden, Garküchen quollen, Öldunst, Wolken von Parfum und viele andere in

Schwaden standen, ohne sich zu zerstreuen. Zigarettenrauch hing an seinem Orte und entwich nur langsam. Das Menschengeschiebe in der Enge belästigte den Spaziergänger statt ihn zu unterhalten. Je länger er ging, desto quälender bemächtigte sich seiner der abscheuliche Zustand, den die Seeluft zusammen mit dem Scirocco hervorbringen kann, und der zugleich Erregung und Erschlaffung ist. Peinlicher Schweiß brach ihm aus. Die Augen versagten den Dienst, die Brust war beklommen, er fieberte, das Blut pochte im Kopf. Er floh aus den drangvollen Geschäftsgassen über Brücken in die Gänge der Armen. Dort behelligten ihn Bettler, und die üblen Ausdünstungen der Kanäle verleideten das Atmen. Auf stillem Platz, einer jener vergessen und verwunschen anmutenden Örtlichkeiten, die sich im Innern Venedigs finden, am Rande eines Brunnens rastend, trocknete er die Stirn und sah ein, daß er reisen müsse.

Zum zweitenmal und nun endgültig war es erwiesen, daß diese Stadt bei dieser Witterung ihm höchst schädlich war. Eigensinniges Ausharren erschien vernunftwidrig, die Aussicht auf ein Umschlagen des Windes ganz ungewiß. Es galt rasche Entscheidung. Schon jetzt nach Hause zurückzukehren, verbot sich. Weder Sommer- noch Winterquartier war bereit, ihn aufzunehmen. Aber nicht nur hier gab es Meer und Strand, und anderwärts fanden sie sich ohne die böse Zutat der Lagune und ihres Fieberdunstes. Er erinnerte sich eines kleinen Seebades nicht weit von Triest, das man ihm rühmlich genannt hatte. Warum nicht dorthin? Und zwar ohne Verzug, damit der abermalige Aufenthaltswechsel sich noch lohne. Er erklärte sich für entschlossen und stand auf. Am nächsten Gondel-Halteplatz nahm er ein Fahrzeug und ließ sich durch das trübe Labyrinth der Kanäle, unter zierlichen Marmorbalkonen hin, die von Löwenbildern flankiert waren, um glitschige Mauerecken, vorbei an trauernden Palastfassaden, die große Firmenschilder im Abfall schaukelnden Wasser spiegelten, nach San Marco leiten. Er hatte Mühe, dorthin zu gelangen, denn der Gondolier, der mit Spitzenfabriken und Glasbläsereien im Bunde stand, versuchte überall, ihn zu Besichtigung und Einkauf abzusetzen, und wenn die bizarre Fahrt durch Venedig ihren Zauber zu üben begann, so tat der beutelschneiderische Geschäftsgeist der gesunkenen Königin das Seine, den Sinn wieder verdrießlich zu ernüchtern.

Ins Hotel zurückgekehrt, gab er noch vor dem Diner im Bureau die Erklärung ab, daß unvorhergesehene Umstände ihn nötigten, morgen früh abzureisen. Man bedauerte, man quittierte seine Rechnung. Er speiste und verbrachte den lauen Abend, Journale lesend, in einem Schaukelstuhl auf der rückwärtigen Terrasse. Bevor er zur Ruhe ging, machte er sein Gepäck vollkommen zur Abreise fertig.

Er schlief nicht zum besten, da der bevorstehende Wiederaufbruch ihn beunruhigte. Als er am Morgen die Fenster öffnete, war der Himmel bezogen nach wie vor, aber die Luft schien frischer, und – es begann auch schon seine Reue. War diese Kündigung nicht überstürzt und irrtümlich, die Handlung eines kranken und unmaßgeblichen Zustandes gewesen? Hätte er sie ein wenig zurückbehalten, hätte er es, ohne so rasch zu verzagen, auf den Versuch einer Anpassung an die venezianische Luft oder auf Besserung des Wetters ankommen lassen, so stand ihm jetzt, statt Hast und Last, ein Vormittag am Strande gleich dem gestrigen bevor. Zu spät. Nun mußte er fortfahren, zu wollen, was er gestern gewollt hatte. Er kleidete sich an und fuhr um acht Uhr zum Frühstück ins Erdgeschoß hinab.

Der Büfettraum war, als er eintrat, noch leer von Gästen. Einzelne kamen, während er saß und das Bestellte erwartete. Die Teetasse am Munde, sah er die polnischen Mädchen nebst ihrer Begleiterin sich einfinden; streng und morgenfrisch, mit geröteten Augen, schritten sie zu ihrem Tisch in der Fensterecke. Gleich darauf näherte sich ihm der Portier mit gezogener Mütze und mahnte zum Aufbruch. Das Automobil stehe bereit, ihn und andere Reisende nach dem Hotel Excelsior zu bringen, von wo das Motorboot die Herrschaften durch den Privatkanal der Gesellschaft zum Bahnhof befördern werde. Die Zeit dränge. – Aschenbach fand, daß sie das keineswegs tue. Mehr als eine Stunde blieb bis zur Abfahrt seines Zuges. Er ärgerte sich an der Gasthofssitte, den Abreisenden vorzeitig aus dem Hause zu

schaffen und bedeutete den Portier, daß er in Ruhe zu frühstük-
ken wünsche. Der Mann zog sich zögernd zurück, um nach fünf
Minuten wieder aufzutreten. Unmöglich, daß der Wagen länger
warte. Dann möge er fahren und seinen Koffer mitnehmen, entgegnete Aschenbach gereizt. Er selbst wolle zur gegebenen Zeit
das öffentliche Dampfboot benutzen und bitte, die Sorge um
sein Fortkommen ihm selber zu überlassen. Der Angestellte verbeugte sich. Aschenbach, froh, die lästigen Mahnungen abge-
wehrt zu haben, beendete seinen Imbiß ohne Eile, ja, ließ sich
sogar noch vom Kellner eine Zeitung reichen. Die Zeit war
recht knapp geworden, als er sich endlich erhob. Es fügte sich,
daß im selben Augenblick Tadzio durch die Glastür hereinkam.

Er kreuzte, zum Tische der Seinen gehend, den Weg des Auf-
brechenden, schlug vor dem grauhaarigen, hochgestirnten
Mann bescheiden die Augen nieder, um sie nach seiner lieblichen
Art sogleich wieder weich und voll zu ihm aufzuschlagen und
war vorüber. Adieu, Tadzio! dachte Aschenbach. Ich sah dich
kurz. Und indem er gegen seine Gewohnheit das Gedachte
wirklich mit den Lippen ausbildete und vor sich hinsprach, fügte
er hinzu: »Sei gesegnet!« – Er hielt dann Abreise, verteilte
Trinkgelder, ward von dem kleinen, leisen Manager im französischen Gehrock verabschiedet und verließ das Hotel zu Fuß,
wie er gekommen, um sich, gefolgt von dem Handgepäck tragenden Hausdiener, durch die weiß blühende Allee quer über die
Insel zur Dampferbrücke zu begeben. Er erreicht sie, er nimmt
Platz, – und was folgte, war eine Leidensfahrt, kummervoll,
durch alle Tiefen der Reue.

Es war die vertraute Fahrt über die Lagune, an San Marco
vorbei, den großen Kanal hinauf. Aschenbach saß auf der Rundbank am Buge, den Arm aufs Geländer gestützt, mit der Hand
die Augen beschattend. Die öffentlichen Gärten blieben zurück,
die Piazzetta eröffnete sich noch einmal in fürstlicher Anmut
und ward verlassen, es kam die große Flucht der Paläste, und als
die Wasserstraße sich wendete, erschien des Rialto prächtig gespannter Marmorbogen. Der Reisende schaute, und seine Brust
war zerrissen. Die Atmosphäre der Stadt, diesen leis fauligen

Geruch von Meer und Sumpf, den zu fliehen es ihn so sehr gedrängt hatte, – er atmete ihn jetzt in tiefen, zärtlich schmerzlichen Zügen. War es möglich, daß er nicht gewußt, nicht bedacht hatte, wie sehr sein Herz an dem allen hing? Was heute morgen ein halbes Bedauern, ein leiser Zweifel an der Richtigkeit seines Tuns gewesen war, das wurde jetzt zum Harm, zum wirklichen Weh, zu einer Seelennot, so bitter, daß sie ihm mehrmals Tränen in die Augen trieb, und von der er sich sagte, daß er sie unmöglich habe vorhersehen können. Was er als so schwer erträglich, ja zuweilen als völlig unleidlich empfand, war offenbar der Gedanke, daß er Venedig nie wiedersehen solle, daß dies ein Abschied für immer sei. Denn da sich zum zweiten Male gezeigt hatte, daß die Stadt ihn krank mache, da er sie zum zweiten Male Hals über Kopf zu verlassen gezwungen war, so hatte er sie ja fortan als einen ihm unmöglichen und verbotenen Aufenthalt zu betrachten, dem er nicht gewachsen war und den wieder aufzusuchen sinnlos gewesen wäre. Ja, er empfand, daß, wenn er jetzt abreise, Scham und Trotz ihn hindern müßten, die geliebte Stadt je wiederzusehen, vor der er zweimal körperlich versagt hatte; und dieser Streitfall zwischen seelischer Neigung und körperlichem Vermögen schien dem Alternden auf einmal so schwer und wichtig, die physische Niederlage so schmählich, so um jeden Preis hintanzuhalten, daß er die leichtfertige Ergebung nicht begriff, mit welcher er gestern, ohne ernstlichen Kampf, sie zu tragen und anzuerkennen beschlossen hatte.

Unterdessen nähert sich das Dampfboot dem Bahnhof, und Schmerz und Ratlosigkeit steigen bis zur Verwirrung. Die Abreise dünkt den Gequälten unmöglich, die Umkehr nicht minder. So ganz zerrissen betritt er die Station. Es ist sehr spät, er hat keinen Augenblick zu verlieren, wenn er den Zug erreichen will. Er will es und will es nicht. Aber die Zeit drängt, sie geißelt ihn vorwärts; er eilt, sich sein Billett zu verschaffen und sieht sich im Tumult der Halle nach dem hier stationierten Beamten der Hotelgesellschaft um. Der Mensch zeigt sich und meldet, der große Koffer sei aufgegeben. Schon aufgegeben? Ja, bestens, – nach

Como. Nach Como? Und aus hastigem Hin und Her, aus zornigen Fragen und betretenen Antworten kommt zutage, daß der Koffer, schon im Gepäckbeförderungsamt des Hotels Excelsior zusammen mit anderer, fremder Bagage, in völlig falsche Richtung geleitet wurde.

Aschenbach hatte Mühe, die Miene zu bewahren, die unter diesen Umständen einzig begreiflich war. Eine abenteuerliche Freude, eine unglaubliche Heiterkeit erschütterte von innen fast krampfhaft seine Brust. Der Angestellte stürzte davon, um möglicherweise den Koffer noch anzuhalten und kehrte, wie zu erwarten gewesen, unverrichteter Dinge zurück. Da erklärte denn Aschenbach, daß er ohne sein Gepäck nicht zu reisen wünsche, sondern umzukehren und das Wiedereintreffen des Stückes im Bäder-Hotel zu erwarten entschlossen sei. Ob das Motorboot der Gesellschaft am Bahnhof liege. Der Mann beteuerte, es liege vor der Tür. Er bestimmte in italienischer Suade den Schalterbeamten, den gelösten Fahrschein zurückzunehmen, er schwor, daß depeschiert werden, daß nichts gespart und versäumt werden solle, um den Koffer in Bälde zurückzugewinnen, und – so fand das Seltsame statt, daß der Reisende, zwanzig Minuten nach seiner Ankunft am Bahnhof, sich wieder im Großen Kanal auf dem Rückweg zum Lido sah.

Wunderlich unglaubhaftes, beschämendes, komisch-traumartiges Abenteuer: Stätten, von denen man eben in tiefster Wehmut Abschied auf immer genommen, vom Schicksal umgewandt und zurückverschlagen, in derselben Stunde noch wiederzusehen! Schaum vor dem Buge, drollig behend zwischen Gondeln und Dampfern lavierend, schoß das kleine eilfertige Fahrzeug seinem Ziele zu, indes sein einziger Passagier unter der Maske ärgerlicher Resignation die ängstlich-übermütige Erregung eines entlaufenen Knaben verbarg. Noch immer, von Zeit zu Zeit, ward seine Brust bewegt von Lachen über dies Mißgeschick, das, wie er sich sagte, ein Sonntagskind nicht gefälliger hätte heimsuchen können. Es waren Erklärungen zu geben, erstaunte Gesichter zu bestehen, – dann war, so sagte er sich, alles wieder gut, dann war ein Unglück verhütet, ein schwerer Irr-

tum richtig gestellt, und alles, was er im Rücken zu lassen geglaubt hatte, eröffnete sich ihm wieder, war auf beliebige Zeit
wieder sein... Täuschte ihn übrigens die rasche Fahrt oder kam
wirklich zum Überfluß der Wind nun dennoch vom Meere her?

Die Wellen schlugen gegen die betonierten Wände des schmalen Kanals, der durch die Insel zum Hotel Excelsior gelegt ist.
Ein automobiler Omnibus erwartete dort den Wiederkehrenden
und führte ihn oberhalb des gekräuselten Meeres auf geradem
Wege zum Bäder-Hotel. Der kleine schnurrbärtige Manager im
geschweiften Gehrock kam zur Begrüßung die Freitreppe
herab.

Leise schmeichelnd bedauerte er den Zwischenfall, nannte
ihn äußerst peinlich für ihn und das Institut, billigte aber mit
Überzeugung Aschenbachs Entschluß, das Gepäckstück hier zu
erwarten. Freilich sei sein Zimmer vergeben, ein anderes jedoch, nicht schlechter, sogleich zur Verfügung. »Pas de chance,
monsieur«, sagte der schweizerische Liftführer lächelnd, als
man hinaufglitt. Und so wurde der Flüchtling wieder einquar-
tiert, in einem Zimmer, das dem vorigen nach Lage und Einrichtung fast vollkommen glich.

Ermüdet, betäubt von dem Wirbel dieses seltsamen Vormittags, ließ er sich, nachdem er den Inhalt seiner Handtasche im
Zimmer verteilt, in einem Lehnstuhl am offenen Fenster nieder.
Das Meer hatte eine blaßgrüne Färbung angenommen, die Luft
schien dünner und reiner, der Strand mit seinen Hütten und
Booten farbiger, obgleich der Himmel noch grau war. Aschenbach blickte hinaus, die Hände im Schoß gefaltet, zufrieden,
wieder hier zu sein, kopfschüttelnd unzufrieden über seinen
Wankelmut, seine Unkenntnis der eigenen Wünsche. So saß er
wohl eine Stunde, ruhend und gedankenlos träumend. Um Mittag erblickte er Tadzio, der in gestreiftem Leinenanzug mit roter
Masche, vom Meere her, durch die Strandsperre und die Bret-
terwege entlang zum Hotel zurückkehrte. Aschenbach erkannte
ihn aus seiner Höhe sofort, bevor er ihn eigentlich ins Auge gefaßt, und wollte etwas denken, wie: Sieh, Tadzio, da bist ja
auch du wieder! Aber im gleichen Augenblick fühlte er, wie der

lässige Gruß vor der Wahrheit seines Herzens hinsank und verstummte, – fühlte die Begeisterung seines Blutes, die Freude, den Schmerz seiner Seele und erkannte, daß ihm um Tadzios willen der Abschied so schwer geworden war.

Er saß ganz still, ganz ungesehen an seinem hohen Platze und blickte in sich hinein. Seine Züge waren erwacht, seine Brauen stiegen, ein aufmerksames, neugierig geistreiches Lächeln spannte seinen Mund. Dann hob er den Kopf und beschrieb mit beiden schlaff über die Lehne des Sessels hinabhängenden Armen eine langsam drehende und hebende Bewegung, die Handflächen vorwärtskehrend, so, als deute er ein Öffnen und Ausbreiten der Arme an. Es war eine bereitwillig willkommen heißende, gelassen aufnehmende Gebärde.

Viertes Kapitel

Nun lenkte Tag für Tag der Gott mit den hitzigen Wangen nakkend sein gluthauchendes Viergespann durch die Räume des Himmels, und sein gelbes Gelock flatterte im zugleich ausstürmenden Ostwind. Weißlich seidiger Glanz lag auf den Weiten des träge wallenden Pontos. Der Sand glühte. Unter der silbrig flirrenden Bläue des Äthers waren rostfarbene Segeltücher vor den Strandhütten ausgespannt, und auf dem scharf umgrenzten Schattenfleck, den sie boten, verbrachte man die Vormittagsstunden. Aber köstlich war auch der Abend, wenn die Pflanzen des Parks balsamisch dufteten, die Gestirne droben ihren Reigen schritten und das Murmeln des umnachteten Meeres, leise heraufdringend, die Seele besprach. Solch ein Abend trug in sich die freudige Gewähr eines neuen Sonnentages von leicht geordneter Muße und geschmückt mit zahllosen, dicht beieinander liegenden Möglichkeiten lieblichen Zufalls.

Der Gast, den ein so gefügiges Mißgeschick hier festgehalten, war weit entfernt, in der Rückgewinnung seiner Habe einen Grund zu erneutem Aufbruch zu sehen. Er hatte zwei Tage lang einige Entbehrung dulden und zu den Mahlzeiten im großen

Speisesaal im Reiseanzug erscheinen müssen. Dann, als man endlich die verirrte Last wieder in seinem Zimmer niedersetzte, packte er gründlich aus und füllte Schrank und Schubfächer mit dem Seinen, entschlossen zu vorläufig unabsehbarem Verweilen, vergnügt, die Stunden des Strandes in seidenem Anzug verbringen und beim Diner sich wieder in schicklicher Abendtracht an seinem Tischchen zeigen zu können.

Der wohlige Gleichtakt dieses Daseins hatte ihn schon in seinen Bann gezogen, die weiche und glänzende Milde dieser Lebensführung ihn rasch berückt. Welch ein Aufenthalt in der Tat, der die Reize eines gepflegten Badelebens an südlichem Strande mit der traulich bereiten Nähe der wunderlich-wundersamen Stadt verbindet! Aschenbach liebte nicht den Genuß. Wann immer und wo es galt, zu feiern, der Ruhe zu pflegen, sich gute Tage zu machen, verlangte ihn bald – und namentlich in jüngeren Jahren war dies so gewesen – mit Unruhe und Widerwillen zurück in die hohe Mühsal, den heilig nüchternen Dienst seines Alltags. Nur dieser Ort verzauberte ihn, entspannte sein Wollen, machte ihn glücklich. Manchmal vormittags, unter dem Schattentuch seiner Hütte, hinträumend über die Bläue des Südmeers, oder bei lauer Nacht auch wohl, gelehnt in die Kissen der Gondel, die ihn vom Markusplatz, wo er sich lange verweilt, unter dem groß gestirnten Himmel heimwärts zum Lido führte – und die bunten Lichter, die schmelzenden Klänge der Serenade blieben zurück, – erinnerte er sich seines Landsitzes in den Bergen, der Stätte seines sommerlichen Ringens, wo die Wolken tief durch den Garten zogen, fürchterliche Gewitter am Abend das Licht des Hauses löschten und die Raben, die er fütterte, sich in den Wipfeln der Fichten schwangen. Dann schien es ihm wohl, als sei er entrückt ins elysische Land, an die Grenzen der Erde, wo leichtestes Leben den Menschen beschert ist, wo nicht Schnee ist und Winter, noch Sturm und strömender Regen, sondern immer sanft kühlenden Anhauch Okeanos aufsteigen läßt und in seliger Muße die Tage verrinnen, mühelos, kampflos und ganz nur der Sonne und ihren Festen geweiht.

Viel, fast beständig sah Aschenbach den Knaben Tadzio; ein

beschränkter Raum, eine jedem gegebene Lebensordnung brachten es mit sich, daß der Schöne ihm tagüber mit kurzen Unterbrechungen nahe war. Er sah, er traf ihn überall: in den unteren Räumen des Hotels, auf den kühlenden Wasserfahrten zur Stadt und von dort zurück, im Gepränge des Platzes selbst und oft noch zwischenein auf Wegen und Stegen, wenn der Zufall ein Übriges tat. Hauptsächlich aber und mit der glücklichsten Regelmäßigkeit bot ihm der Vormittag am Strande ausgedehnte Gelegenheit, der holden Erscheinung Andacht und Studium zu widmen. Ja, diese Gebundenheit des Glückes, diese täglich gleichmäßig wieder anbrechende Gunst der Umstände war es so recht, was ihn mit Zufriedenheit und Lebensfreude erfüllte, was ihm den Aufenthalt teuer machte und einen Sonnentag so gefällig hinhaltend sich an den anderen reihen ließ.

Er war früh auf, wie sonst wohl bei pochendem Arbeitsdrange, und vor den Meisten am Strand, wenn die Sonne noch milde war und das Meer weiß blendend in Morgenträumen lag. Er grüßte menschenfreundlich den Wächter der Sperre, grüßte auch vertraulich den barfüßigen Weißbart, der ihm die Stätte bereitet, das braune Schattentuch ausgespannt, die Möbel der Hütte hinaus auf die Plattform gerückt hatte, und ließ sich nieder. Drei Stunden oder vier waren dann sein, in denen die Sonne zur Höhe stieg und furchtbare Macht gewann, in denen das Meer tiefer und tiefer blaute und in denen er Tadzio sehen durfte.

Er sah ihn kommen, von links, am Rande des Meeres daher, sah ihn von rückwärts zwischen den Hütten hervortreten oder fand auch wohl plötzlich, und nicht ohne ein frohes Erschrekken, daß er sein Kommen versäumt und daß er schon da war, schon in dem blau und weißen Badeanzug, der jetzt am Strand seine einzige Kleidung war, sein gewohntes Treiben in Sonne und Sand wieder aufgenommen hatte, – dies lieblich nichtige, müßig unstete Leben, das Spiel war und Ruhe, ein Schlendern, Waten, Graben, Haschen, Lagern und Schwimmen, bewacht, berufen von den Frauen auf der Plattform, die mit Kopfstimmen seinen Namen ertönen ließen: »Tadziu! Tadziu!« und zu denen er mit eifrigem Gebärdenspiel gelaufen kam, ihnen zu erzählen, was er erlebt, ihnen zu zeigen, was er gefunden, gefangen: Muscheln, Seepferdchen, Quallen und seitlich laufende Krebse. Aschenbach verstand nicht ein Wort von dem, was er sagte, und mochte es das Alltäglichste sein, es war verschwommener Wohllaut in seinem Ohr. So erhob Fremdheit des Knaben Rede zur Musik, eine übermütige Sonne goß verschwenderischen Glanz über ihn aus, und die erhabene Tiefsicht des Meeres war immer seiner Erscheinung Folie und Hintergrund.

Bald kannte der Betrachtende jede Linie und Pose dieses so gehobenen, so frei sich darstellenden Körpers, begrüßte freudig jede schon vertraute Schönheit aufs neue und fand der Bewunderung, der zarten Sinneslust kein Ende. Man rief den Knaben, einen Gast zu begrüßen, der den Frauen bei der Hütte aufwartete; er lief herbei, lief naß vielleicht aus der Flut, er warf die Locken, und indem er die Hand reichte, auf einem Beine ruhend, den anderen Fuß auf die Zehenspitzen gestellt, hatte er eine reizende Drehung und Wendung des Körpers, anmutig spannungsvoll, verschämt aus Liebenswürdigkeit, gefallsüchtig aus adeliger Pflicht. Er lag ausgestreckt, das Badetuch um die Brust geschlungen, den zart gemeißelten Arm in den Sand gestützt, das Kinn in der hohlen Hand; der, welcher »Jaschu« gerufen wurde, saß kauernd bei ihm und tat ihm schön, und nichts konnte bezaubernder sein, als das Lächeln der Augen und Lippen, mit dem der Ausgezeichnete zu dem Geringeren, Dienenden aufblickte. Er stand am Rande der See, allein, abseits von den Seinen, ganz nahe bei Aschenbach, – aufrecht, die Hände im Nacken verschlungen, langsam sich auf den Fußballen schaukelnd, und träumte ins Blaue, während kleine Wellen, die anliefen, seine Zehen badeten. Sein honigfarbenes Haar schmiegte sich in Ringeln an die Schläfen und in den Nacken, die Sonne erleuchtete den Flaum des oberen Rückgrats, die feine Zeichnung der Rippen, das Gleichmaß der Brust traten durch die knappe Umhüllung des Rumpfes hervor, seine Achselhöhlen waren noch glatt wie bei einer Statue, seine Kniekehlen glänzten, und ihr bläuliches Geäder ließ seinen Körper wie aus klarerem Stoffe gebildet erscheinen. Welch eine Zucht, welche Präzision des Gedankens war ausgedrückt in diesem gestreckten und jugendlich vollkommenen Leibe! Der strenge und reine Wille jedoch, der, dunkel tätig, dies göttliche Bildwerk ans Licht zu treiben vermocht hatte, – war er nicht ihm, dem Künstler, bekannt und vertraut? Wirkte er nicht auch in ihm, wenn er, nüchterner Leidenschaft voll, aus der Marmormasse der Sprache die schlanke Form befreite, die er im Geiste geschaut und die er als Standbild und Spiegel geistiger Schönheit den Menschen darstellte?

Standbild und Spiegel! Seine Augen umfaßten die edle Gestalt dort am Rande des Blauen, und in aufschwärmendem Entzükken glaubte er mit diesem Blick das Schöne selbst zu begreifen, die Form als Gottesgedanken, die eine und reine Vollkommenheit, die im Geiste lebt und von der ein menschliches Abbild und Gleichnis hier leicht und hold zur Anbetung aufgerichtet war. Das war der Rausch; und unbedenklich, ja gierig hieß der alternde Künstler ihn willkommen. Sein Geist kreißte, seine Bildung geriet ins Wallen, sein Gedächtnis warf uralte, seiner Jugend überlieferte und bis dahin niemals von eigenem Feuer belebte Gedanken auf. Stand nicht geschrieben, daß die Sonne unsere Aufmerksamkeit von den intellektuellen auf die sinnlichen Dinge wendet? Sie betäube und bezaubere, hieß es, Verstand und Gedächtnis dergestalt, daß die Seele vor Vergnügen ihres eigentlichen Zustandes ganz vergesse und mit staunender Bewunderung an dem schönsten der besonnten Gegenstände hängen bleibe: ja, nur mit Hilfe eines Körpers vermöge sie dann noch zu höherer Betrachtung sich zu erheben. Amor fürwahr tat es den Mathematikern gleich, die unfähigen Kindern greifbare Bilder der reinen Formen vorzeigen: So auch bediente der Gott sich, um uns das Geistige sichtbar zu machen, gern der Gestalt und Farbe menschlicher Jugend, die er zum Werkzeug der Erinnerung mit allem Abglanz der Schönheit schmückte und bei deren Anblick wir dann wohl in Schmerz und Hoffnung entbrannten.

So dachte der Enthusiasmierte; so vermochte er zu empfinden. Und aus Meerrausch und Sonnenglast spann sich ihm ein reizendes Bild. Es war die alte Platane unfern den Mauern Athens, – war jener heilig-schattige, vom Dufte der Keuschbaumblüten erfüllte Ort, den Weihbilder und fromme Gaben schmückten zu Ehren der Nymphen und des Acheloos. Ganz klar fiel der Bach zu Füßen des breitgeästeten Baums über glatte Kiesel; die Grillen geigten. Auf dem Rasen aber, der sanft abfiel, so, daß man im Liegen den Kopf hochhalten konnte, lagerten zwei, geborgen hier vor der Glut des Tages: ein Ältlicher und ein Junger, ein Häßlicher und ein Schöner, der Weise beim Liebenswürdigen. Und unter Artigkeiten und geistreich werbenden Scherzen belehrte Sokrates den Phaidros über Sehnsucht und Tugend. Er sprach ihm von dem heißen Erschrecken, das der Fühlende leidet, wenn sein Auge ein Gleichnis der ewigen Schönheit erblickt; sprach ihm von den Begierden des Weihelosen und Schlechten, der die Schönheit nicht denken kann, wenn er ihr Abbild sieht, und der Ehrfurcht nicht fähig ist; sprach von der heiligen Angst, die den Edlen befällt, wenn ein gottgleiches Antlitz, ein vollkommener Leib ihm erscheint, – wie er dann aufbebt und außer sich ist und hinzusehen sich kaum getraut und den verehrt, der die Schönheit hat, ja, ihm opfern würde, wie einer Bildsäule, wenn er nicht fürchten müßte, den Menschen närrisch zu scheinen. Denn die Schönheit, mein Phaidros, nur sie, ist liebenswürdig und sichtbar zugleich: sie ist, merke das wohl! die einzige Form des Geistigen, welche wir sinnlich empfangen, sinnlich ertragen können. Oder was würde aus uns, wenn das Göttliche sonst, wenn Vernunft und Tugend und Wahrheit uns sinnlich erscheinen wollten? Würden wir nicht vergehen und verbrennen vor Liebe, wie Semele einstmals vor Zeus? So ist die Schönheit der Weg des Fühlenden zum Geiste, – nur der Weg, ein Mittel nur, kleiner Phaidros... Und dann sprach er das Feinste aus, der verschlagene Hofmacher: Dies, daß der Liebende göttlicher sei als der Geliebte, weil in jenem der Gott sei, nicht aber im andern, – diesen zärtlichsten, spöttischsten Gedanken vielleicht, der jemals gedacht ward und dem alle Schalkheit und heimlichste Wollust der Sehnsucht entspringt.

Glück des Schriftstellers ist der Gedanke, der ganz Gefühl, ist das Gefühl, das ganz Gedanke zu werden vermag. Solch ein pulsender Gedanke, solch genaues Gefühl gehörte und gehorchte dem Einsamen damals: nämlich, daß die Natur vor Wonne erschaure, wenn der Geist sich huldigend vor der Schönheit neige. Er wünschte plötzlich, zu schreiben. Zwar liebt Eros, heißt es, den Müßiggang und für solchen nur ist er geschaffen. Aber an diesem Punkte der Krisis war die Erregung des Heimgesuchten auf Produktion gerichtet. Fast gleichgültig der Anlaß. Eine Frage, eine Anregung, über ein gewisses großes und brennendes Problem der Kultur und des Geschmackes sich bekennend vernehmen zu lassen, war in die geistige Welt ergangen und bei dem Verreisten eingelaufen. Der Gegenstand war ihm geläufig, war ihm Erlebnis; sein Gelüst ihn im Licht seines Wortes erglänzen zu lassen auf einmal unwiderstehlich. Und zwar ging sein Verlangen dahin, in Tadzios Gegenwart zu arbeiten, beim Schreiben den Wuchs des Knaben zum Muster zu nehmen, seinen Stil den Linien dieses Körpers folgen zu lassen, der ihm göttlich schien, und seine Schönheit ins Geistige zu tragen, wie der Adler einst den troischen Hirten zum Äther trug. Nie hatte er die Lust des Wortes süßer empfunden, nie so gewußt, daß Eros im Worte sei, wie während der gefährlich köstlichen Stunden, in denen er, an seinem rohen Tische unter dem Schattentuch, im Angesicht des Idols und die Musik seiner Stimme im Ohr, nach Tadzios Schönheit seine kleine Abhandlung, – jene anderthalb Seiten erlesener Prosa formte, deren Lauterkeit, Adel und schwingende Gefühlsspannung binnen kurzem die Bewunderung vieler erregen sollte. Es ist sicher gut, daß die Welt nur das schöne Werk, nicht auch seine Ursprünge, nicht seine Entstehungsbedingungen kennt; denn die Kenntnis der Quellen, aus denen dem Künstler Eingebung floß, würde sie oftmals verwirren, abschrecken und so die Wirkungen des Vortrefflichen aufheben. Sonderbare Stunden! Sonderbar entnervende Mühe! Seltsam zeugender Verkehr des Geistes mit einem Körper! Als Aschenbach seine Arbeit verwahrte und vom Strande aufbrach, fühlte er sich erschöpft, ja

zerrüttet, und ihm war, als ob sein Gewissen wie nach einer Ausschweifung Klage führe.

Es war am folgenden Morgen, daß er, im Begriff das Hotel zu
verlassen, von der Freitreppe aus gewahrte, wie Tadzio, schon
unterwegs zum Meere – und zwar allein –, sich eben der Strandsperre näherte. Der Wunsch, der einfache Gedanke, die Gelegenheit zu nutzen und mit dem, der ihm unwissentlich so viel
Erhebung und Bewegung bereitet, leichte, heitere Bekanntschaft zu machen, ihn anzureden, sich seiner Antwort, seines
Blickes zu erfreuen, lag nahe und drängte sich auf. Der Schöne
ging schlendernd, er war einzuholen, und Aschenbach beschleu-
nigte seine Schritte. Er erreicht ihn auf dem Brettersteig hinter
den Hütten, er will ihm die Hand aufs Haupt, auf die Schulter
legen und irgendein Wort, eine freundliche französische Phrase
schwebt ihm auf den Lippen: da fühlt er, daß sein Herz, vielleicht auch vom schnellen Gang, wie ein Hammer schlägt, daß
er, so knapp bei Atem, nur gepreßt und bebend wird sprechen
können; er zögert, er sucht sich zu beherrschen, er fürchtet
plötzlich, schon zu lange dicht hinter dem Schönen zu gehen,
fürchtet sein Aufmerksamwerden, sein fragendes Umschauen,
nimmt noch einen Anlauf, versagt, verzichtet und geht gesenkten Hauptes vorüber.

Zu spät! dachte er in diesem Augenblick. Zu spät! Jedoch war
es zu spät? Dieser Schritt, den zu tun er versäumte, er hätte sehr
möglicherweise zum Guten, Leichten und Frohen, zu heilsamer
Ernüchterung geführt. Allein es war wohl an dem, daß der Alternde die Ernüchterung nicht wollte, daß der Rausch ihm zu
teuer war. Wer enträtselt Wesen und Gepräge des Künstlertums!
Wer begreift die tiefe Instinktverschmelzung von Zucht und Zügellosigkeit, worin es beruht! Denn heilsame Ernüchterung
nicht wollen zu können, ist Zügellosigkeit. Aschenbach war zur
Selbstkritik nicht mehr aufgelegt; der Geschmack, die geistige
Verfassung seiner Jahre, Selbstachtung, Reife und späte Einfachheit machten ihn nicht geneigt, Beweggründe zu zergliedern
und zu entscheiden, ob er aus Gewissen, ob aus Liederlichkeit
und Schwäche sein Vorhaben nicht ausgeführt habe. Er war ver-

wirrt, er fürchtete, daß irgend jemand, wenn auch der Strand-
wächter nur, seinen Lauf, seine Niederlage beobachtet haben
möchte, fürchtete sehr die Lächerlichkeit. Im übrigen scherzte er
bei sich selbst über seine komisch-heilige Angst. »Bestürzt«,
dachte er, »bestürzt wie ein Hahn, der angstvoll seine Flügel im
Kampfe hängen läßt. Das ist wahrlich der Gott, der beim Anblick des Liebenswürdigen so unseren Mut bricht und unseren
stolzen Sinn so gänzlich zu Boden drückt...« Er spielte,
schwärmte und war viel zu hochmütig, um ein Gefühl zu fürchten.

Schon überwachte er nicht mehr den Ablauf der Mußezeit,
die er sich selber gewährt; der Gedanke an Heimkehr berührte
ihn nicht einmal. Er hatte sich reichlich Geld verschrieben.
Seine Besorgnis galt einzig der möglichen Abreise der polnischen Familie; doch hatte er unter der Hand, durch beiläufige
Erkundigung beim Coiffeur des Hotels erfahren, daß diese
Herrschaften ganz kurz vor seiner eigenen Ankunft hier abge-
stiegen seien. Die Sonne bräunte ihm Antlitz und Hände, der
erregende Salzhauch stärkte ihn zum Gefühl, und wie er sonst
jede Erquickung, die Schlaf, Nahrung oder Natur ihm gespen-
det, sogleich an ein Werk zu verausgaben gewohnt gewesen
war, so ließ er nun alles, was Sonne, Muße und Meerluft ihm
an täglicher Kräftigung zuführten, hochherzig-unwirtschaft-
lich aufgehen in Rausch und Empfindung.

Sein Schlaf war flüchtig; die köstlich einförmigen Tage waren
getrennt durch kurze Nächte voll glücklicher Unruhe. Zwar
zog er sich zeitig zurück, denn um neun Uhr, wenn Tadzio vom
Schauplatz verschwunden war, schien der Tag ihm beendet.
Aber ums erste Morgengrauen weckte ihn ein zart durchdrin-
gendes Erschrecken, sein Herz erinnerte sich seines Abenteuers,
es litt ihn nicht mehr in den Kissen, er erhob sich, und leicht
eingehüllt gegen die Schauer der Frühe setzte er sich ans offene
Fenster, den Aufgang der Sonne zu erwarten. Das wundervolle
Ereignis erfüllte seine vom Schlafe geweihte Seele mit Andacht.
Noch lagen Himmel, Erde und Meer in geisterhaft glasiger
Dämmerblässe; noch schwamm ein vergehender Stern im We-

senlosen. Aber ein Wehen kam, eine beschwingte Kunde von unnahbaren Wohnplätzen, daß Eos sich von der Seite des Gatten erhebe, und jenes erste, süße Erröten der fernsten Himmels- und Meeresstriche geschah, durch welches das Sinnlichwerden der Schöpfung sich anzeigt. Die Göttin nahte, die Jünglingsentführerin, die den Kleitos, den Kephalos raubte und dem Neide aller Olympischen trotzend die Liebe des schönen Orion genoß. Ein Rosenstreuen begann da am Rande der Welt, ein unsäglich holdes Scheinen und Blühen, kindliche Wolken, verklärt, durchleuchtet, schwebten gleich dienenden Amoretten im rosigen, bläulichen Duft, Purpur fiel auf das Meer, das ihn wallend vorwärts zu schwemmen schien, goldene Speere zuckten von unten zur Höhe des Himmels hinauf, der Glanz ward zum Brande, lautlos, mit göttlicher Übergewalt wälzten sich Glut und Brunst und lodernde Flammen herauf, und mit raffenden Hufen stiegen des Bruders heilige Renner über den Erdkreis empor. Angestrahlt von der Pracht des Gottes saß der Einsam-Wache, er schloß die Augen und ließ von der Glorie seine Lider küssen. Ehemalige Gefühle, frühe, köstliche Drangsale des Herzens, die im strengen Dienst seines Lebens erstorben waren und nun so sonderbar gewandelt zurückkehrten, – er erkannte sie mit verwirrtem, verwundertem Lächeln. Er sann, er träumte, langsam bildeten seine Lippen einen Namen, und noch immer lächelnd, mit aufwärts gekehrtem Antlitz, die Hände im Schoß gefaltet, entschlummerte er in seinem Sessel noch einmal.

Aber der Tag, der so feurig-festlich begann, war im ganzen seltsam gehoben und mythisch verwandelt. Woher kam und stammte der Hauch, der auf einmal so sanft und bedeutend, höherer Einflüsterung gleich, Schläfe und Ohr umspielte? Weiße Federwölkchen standen in verbreiteten Scharen am Himmel, gleich weidenden Herden der Götter. Stärkerer Wind erhob sich, und die Rosse Poseidons liefen, sich bäumend, daher, Stiere auch wohl, dem Bläulichgelockten gehörig, welche mit Brüllen anrennend die Hörner senkten. Zwischen dem Felsengeröll des entfernteren Strandes jedoch hüpften die Wellen empor als springende Ziegen. Eine heilig entstellte Welt voll panischen Lebens schloß den Berückten ein, und sein Herz träumte zarte Fabeln. Mehrmals, wenn hinter Venedig die Sonne sank, saß er auf einer Bank im Park, um Tadzio zuzuschauen, der sich, weiß gekleidet und farbig gegürtet, auf dem gewalzten Kiesplatz mit Ballspiel vergnügte, und Hyakinthos war es, den er zu sehen glaubte, und der sterben mußte, weil zwei Götter ihn liebten. Ja, er empfand Zephyrs schmerzenden Neid auf den Nebenbuhler, der des Orakels, des Bogens und der Kithara vergaß, um immer mit dem Schönen zu spielen; er sah die Wurfscheibe, von grausamer Eifersucht gelenkt, das liebliche Haupt treffen, er empfing, erblassend auch er, den geknickten Leib, und die Blume, dem süßen Blute entsprossen, trug die Inschrift seiner unendlichen Klage...

Seltsamer, heikler ist nichts als das Verhältnis von Menschen, die sich nur mit den Augen kennen, – die täglich, ja stündlich einander begegnen, beobachten und dabei den Schein gleichgültiger Fremdheit grußlos und wortlos aufrecht zu halten durch Sittenzwang oder eigene Grille genötigt sind. Zwischen ihnen ist Unruhe und überreizte Neugier, die Hysterie eines unbefriedigten, unnatürlich unterdrückten Erkenntnis- und Austauschbedürfnisses und namentlich auch eine Art von gespannter Achtung. Denn der Mensch liebt und ehrt den Menschen, solange er ihn nicht zu beurteilen vermag, und die Sehnsucht ist ein Erzeugnis mangelhafter Erkenntnis.

Irgendeine Beziehung und Bekanntschaft mußte sich notwendig ausbilden zwischen Aschenbach und dem jungen Tadzio, und mit durchdringender Freude konnte der Ältere feststellen, daß Teilnahme und Aufmerksamkeit nicht völlig unerwidert blieben. Was bewog zum Beispiel den Schönen, niemals mehr, wenn er morgens am Strande erschien, den Brettersteg an der Rückseite der Hütten zu benutzen, sondern nur noch auf dem vorderen Wege, durch den Sand, an Aschenbachs Wohnplatz vorbei und manchmal unnötig dicht an ihm vorbei, seinen Tisch, seinen Stuhl fast streifend, zur Hütte der Seinen zu schlendern? Wirkte so die Anziehung, die Faszination eines überlegenen Gefühls auf seinen zarten und gedankenlosen Gegenstand?

Aschenbach erwartete täglich Tadzios Auftreten, und zuweilen tat er, als sei er beschäftigt, wenn es sich vollzog, und ließ den Schönen scheinbar unbeachtet vorübergehen. Zuweilen aber auch blickte er auf, und ihre Blicke trafen sich. Sie waren beide tiefernst, wenn das geschah. In der gebildeten und würdevollen Miene des Älteren verriet nichts eine innere Bewegung; aber in Tadzios Augen war ein Forschen, ein nachdenkliches Fragen, in seinen Gang kam ein Zögern, er blickte zu Boden, er blickte lieblich wieder auf, und wenn er vorüber war, so schien ein Etwas in seiner Haltung auszudrücken, daß nur Erziehung ihn hinderte, sich umzuwenden.

Einmal jedoch, eines Abends, begab es sich anders. Die polnischen Geschwister hatten nebst ihrer Gouvernante bei der Hauptmahlzeit im großen Saale gefehlt, – mit Besorgnis hatte Aschenbach es wahrgenommen. Er erging sich nach Tische, sehr unruhig über ihren Verbleib, in Abendanzug und Strohhut vor dem Hotel, zu Füßen der Terrasse, als er plötzlich die nonnenähnlichen Schwestern mit der Erzieherin und vier Schritte hinter ihnen Tadzio im Lichte der Bogenlampen auftauchen sah. Offenbar kamen sie von der Dampferbrücke, nachdem sie aus irgendeinem Grunde in der Stadt gespeist. Auf dem Wasser war es wohl kühl gewesen; Tadzio trug eine dunkelblaue Seemanns-Überjacke mit goldenen Knöpfen und auf dem Kopf eine zugehörige Mütze. Sonne und Seeluft verbrannten ihn nicht, seine Hautfarbe war marmorhaft gelblich geblieben wie zu Beginn; doch schien er blässer heute, als sonst, sei es infolge der Kühle oder durch den bleichenden Mondschein der Lampen. Seine ebenmäßigen Brauen zeichneten sich schärfer ab, seine Augen dunkelten tief. Er war schöner, als es sich sagen läßt, und Aschenbach empfand wie schon oftmals mit Schmerzen, daß das Wort die sinnliche Schönheit nur zu preisen, nicht wiederzugeben vermag.

Er war der teuren Erscheinung nicht gewärtig gewesen, sie kam unverhofft, er hatte nicht Zeit gehabt, seine Miene zu Ruhe und Würde zu befestigen. Freude, Überraschung, Bewunderung mochten sich offen darin malen, als sein Blick dem des

Vermißten begegnete, – und in dieser Sekunde geschah es, daß Tadzio lächelte: ihn anlächelte, sprechend, vertraut, liebreizend und unverhohlen, mit Lippen, die sich im Lächeln erst langsam öffneten. Es war das Lächeln des Narziß, der sich über das spiegelnde Wasser neigt, jenes tiefe, bezauberte, hingezogene Lächeln, mit dem er nach dem Widerscheine der eigenen Schönheit die Arme streckt, – ein ganz wenig verzerrtes Lächeln, verzerrt von der Aussichtslosigkeit seines Trachtens, die holden Lippen seines Schattens zu küssen, kokett, neugierig und leise gequält, betört und betörend.

Der, welcher dies Lächeln empfangen, enteilte damit wie mit einem verhängnisvollen Geschenk. Er war so sehr erschüttert, daß er das Licht der Terrasse, des Vorgartens zu fliehen gezwungen war und mit hastigen Schritten das Dunkel des rückwärtigen Parkes suchte. Sonderbar entrüstete und zärtliche Vermahnungen entrangen sich ihm: »Du darfst so nicht lächeln! Höre, man darf so niemandem lächeln!« Er warf sich auf eine Bank, er atmete außer sich den nächtlichen Duft der Pflanzen. Und zurückgelehnt, mit hängenden Armen, überwältigt und mehrfach von Schauern überlaufen, flüsterte er die stehende Formel der Sehnsucht, – unmöglich hier, absurd, verworfen, lächerlich und heilig doch, ehrwürdig auch hier noch: »Ich liebe dich!«

Fünftes Kapitel

In der vierten Woche seines Aufenthalts auf dem Lido machte Gustav von Aschenbach einige die Außenwelt betreffende unheimliche Wahrnehmungen. Erstens schien es ihm, als ob bei steigender Jahreszeit die Frequenz seines Gasthofes eher ab- als zunähme, und insbesondere, als ob die deutsche Sprache um ihn her versiege und verstumme, so daß bei Tisch und am Strand endlich nur noch fremde Laute sein Ohr trafen. Eines Tages dann fing er beim Coiffeur, den er jetzt häufig besuchte, im Gespräche ein Wort auf, das ihn stutzig machte. Der Mann hatte einer deutschen Familie erwähnt, die soeben nach kurzem Verweilen abgereist war und setzte plaudernd und schmeichelnd hinzu: »Sie bleiben, mein Herr; Sie haben keine Furcht vor dem Übel.« Aschenbach sah ihn an. »Dem Übel?« wiederholte er. Der Schwätzer verstummte, tat beschäftigt, überhörte die Frage. Und als sie dringlicher gestellt ward, erklärte er, er wisse von nichts und suchte mit verlegener Beredsamkeit abzulenken.

Das war um Mittag. Nachmittags fuhr Aschenbach bei Windstille und schwerem Sonnenbrand nach Venedig; denn ihn trieb die Manie, den polnischen Geschwistern zu folgen, die er mit ihrer Begleiterin den Weg zur Dampferbrücke hatte einschlagen sehen. Er fand den Abgott nicht bei San Marco. Aber beim Tee, an seinem eisernen Rundtischchen auf der Schattenseite des Platzes sitzend, witterte er plötzlich in der Luft ein eigentümliches Arom, von dem ihm jetzt schien, als habe es schon seit Tagen, ohne ihm ins Bewußtsein zu dringen, seinen Sinn berührt, – einen süßlich-offizinellen Geruch, der an Elend und Wunden und verdächtige Reinlichkeit erinnerte. Er prüfte und erkannte ihn nachdenklich, beendete seinen Imbiß und verließ den Platz auf der dem Tempel gegenüberliegenden Seite. In der Enge verstärkte sich der Geruch. An den Straßenecken hafteten gedruckte Anschläge, durch welche die Bevölkerung wegen gewisser Erkrankungen des gastrischen Systems, die bei dieser Witterung an der Tagesordnung seien, vor dem Genusse von Austern und Muscheln, auch vor dem Wasser der Kanäle stadtväterlich gewarnt wurde. Die beschönigende Natur des Erlasses war deutlich. Volksgruppen standen schweigsam auf Brücken und Plätzen beisammen; und der Fremde stand spürend und grübelnd unter ihnen.

Einen Ladeninhaber, der zwischen Korallenschnüren und falschen Amethyst-Geschmeiden in der Tür seines Gewölbes lehnte, bat er um Auskunft über den fatalen Geruch. Der Mann maß ihn mit schweren Augen und ermunterte sich hastig. »Eine vorbeugende Maßregel, mein Herr!« antwortete er mit Gebärdenspiel. »Eine Verfügung der Polizei, die man billigen muß. Diese Witterung drückt, der Scirocco ist der Gesundheit nicht zuträglich. Kurz, Sie verstehen, – eine vielleicht übertriebene

Vorsicht...« Aschenbach dankte ihm und ging weiter. Auch auf dem Dampfer, der ihn zum Lido zurücktrug, spürte er jetzt den Geruch des keimbekämpfenden Mittels.

Ins Hotel zurückgekehrt, begab er sich sogleich in die Halle zum Zeitungstisch und hielt in den Blättern Umschau. Er fand in den fremdsprachigen nichts. Die heimatlichen verzeichneten Gerüchte, führten schwankende Ziffern an, gaben amtliche Ableugnungen wieder und bezweifelten deren Wahrhaftigkeit. So erklärte sich der Abzug des deutschen und österreichischen Elementes. Die Angehörigen der anderen Nationen wußten offenbar nichts, ahnten nichts, waren noch nicht beunruhigt. »Man soll schweigen!« dachte Aschenbach erregt, indem er die Journale auf den Tisch zurückwarf. »Man soll das verschweigen!« Aber zugleich füllte sein Herz sich mit Genugtuung über das Abenteuer, in welches die Außenwelt geraten wollte. Denn der Leidenschaft ist, wie dem Verbrechen, die gesicherte Ordnung und Wohlfahrt des Alltags nicht gemäß, und jede Lockerung des bürgerlichen Gefüges, jede Verwirrung und Heimsuchung der Welt muß ihr willkommen sein, weil sie ihren Vorteil dabei zu finden unbestimmt hoffen kann. So empfand Aschenbach eine dunkle Zufriedenheit über die obrigkeitlich bemäntelten Vorgänge in den schmutzigen Gäßchen Venedigs, – dieses schlimme Geheimnis der Stadt, das mit seinem eigensten Geheimnis verschmolz, und an dessen Bewahrung auch ihm so sehr gelegen war. Denn der Verliebte besorgte nichts, als daß Tadzio abreisen könnte und erkannte nicht ohne Entsetzen, daß er nicht mehr zu leben wissen werde, wenn das geschähe.

Neuerdings begnügte er sich nicht damit, Nähe und Anblick des Schönen der Tagesregel und dem Glücke zu danken; er verfolgte ihn, er stellte ihm nach. Sonntags zum Beispiel erschienen die Polen niemals am Strande; er erriet, daß sie die Messe in San Marco besuchten, er eilte dorthin, und aus der Glut des Platzes in die goldene Dämmerung des Heiligtums eintretend, fand er den Entbehrten, über ein Betpult gebeugt beim Gottesdienst. Dann stand er im Hintergrunde, auf zerklüftetem Mosaikboden, inmitten knienden, murmelnden, kreuzschlagenden Volkes, und die gedrungene Pracht des morgenländischen Tempels lastete üppig auf seinen Sinnen. Vorn wandelte, hantierte und sang der schwergeschmückte Priester, Weihrauch quoll auf, er umnebelte die kraftlosen Flämmchen der Altarkerzen, und in den dumpfsüßen Opferduft schien sich leise ein anderer zu mischen: der Geruch der erkrankten Stadt. Aber durch Dunst und Gefunkel sah Aschenbach, wie der Schöne dort vorn den Kopf wandte, ihn suchte und ihn erblickte.

Wenn dann die Menge durch die geöffneten Portale hinausströmte auf den leuchtenden, von Tauben wimmelnden Platz, verbarg sich der Betörte in der Vorhalle, er versteckte sich, er legte sich auf die Lauer. Er sah die Polen die Kirche verlassen, sah, wie die Geschwister sich auf zeremoniöse Art von der Mutter verabschiedeten und wie diese sich heimkehrend zur Piazzetta wandte; er stellte fest, daß der Schöne, die klösterlichen Schwestern und die Gouvernante den Weg zur Rechten durch das Tor des Uhrturmes und in die Merceria einschlugen, und nachdem er sie einigen Vorsprung hatte gewinnen lassen, folgte er ihnen, folgte ihnen verstohlen auf ihrem Spaziergang durch Venedig. Er mußte stehen bleiben, wenn sie sich verweilten, mußte in Garküchen und Höfe flüchten, um die Umkehrenden vorüber zu lassen; er verlor sie, suchte erhitzt und erschöpft nach ihnen über Brücken und in schmutzigen Sackgassen und erduldete Minuten tödlicher Pein, wenn er sie plötzlich in enger Passage, wo kein Ausweichen möglich war, sich entgegenkommen sah. Dennoch kann man nicht sagen, daß er litt. Haupt und Herz waren ihm trunken, und seine Schritte folgten den Weisungen des Dämons, dem es Lust ist, des Menschen Vernunft und Würde unter seine Füße zu treten.

Irgendwo nahmen Tadzio und die Seinen dann wohl eine Gondel, und Aschenbach, den, während sie einstiegen, ein Vorbau, ein Brunnen verborgen gehalten hatte, tat, kurz nachdem sie vom Ufer abgestoßen, ein Gleiches. Er sprach hastig und gedämpft, wenn er den Ruderer, unter dem Versprechen eines reichlichen Trinkgeldes, anwies, jener Gondel, die eben dort um die Ecke biege, unauffällig in einigem Abstand zu folgen; und es

überrieselte ihn, wenn der Mensch, mit der spitzbübischen Erbötigkeit eines Gelegenheitsmachers, ihm in demselben Tone
versicherte, daß er bedient, daß er gewissenhaft bedient werden
solle.

So glitt und schwankte er denn, in weiche, schwarze Kissen
gelehnt, der anderen schwarzen, geschnabelten Barke nach, an
deren Spur die Passion ihn fesselte. Zuweilen entschwand sie
ihm: dann fühlte er Kummer und Unruhe. Aber sein Führer, als
sei er in solchen Aufträgen wohl geübt, wußte ihm stets durch
schlaue Manöver, durch rasche Querfahrten und Abkürzungen
das Begehrte wieder vor Augen zu bringen. Die Luft war still
und riechend, schwer brannte die Sonne durch den Dunst, der
den Himmel schieferig färbte. Wasser schlug glucksend gegen
Holz und Stein. Der Ruf des Gondoliers, halb Warnung, halb
Gruß, ward fernher aus der Stille des Labyrinths nach sonderbarer Übereinkunft beantwortet. Aus kleinen, hochliegenden
Gärten hingen Blütendolden, weiß und purpurn, nach Mandeln
duftend, über morsches Gemäuer. Arabische Fensterumrah-
mungen bildeten sich im Trüben ab. Die Marmorstufen einer
Kirche stiegen in die Flut; ein Bettler, darauf kauernd, sein
Elend beteuernd, hielt seinen Hut hin und zeigte das Weiße der
Augen, als sei er blind; ein Altertumshändler, vor seiner Spe-
lunke, lud den Vorüberziehenden mit kriecherischen Gebärden
zum Aufenthalt ein, in der Hoffnung, ihn zu betrügen. Das war
Venedig, die schmeichlerische und verdächtige Schöne, – diese
Stadt, halb Märchen, halb Fremdenfalle, in deren fauliger Luft
die Kunst einst schwelgerisch aufwucherte und welche den Musikern Klänge eingab, die wiegen und buhlerisch einlullen. Dem
Abenteuernden war es, als tränke sein Auge dergleichen Üppigkeit, als würde sein Ohr von solchen Melodien umworben; er
erinnerte sich auch, daß die Stadt krank sei und es aus Gewinn-
sucht verheimliche, und er spähte ungezügelter aus nach der
voranschwebenden Gondel.

So wußte und wollte denn der Verwirrte nichts anderes mehr,
als den Gegenstand, der ihn entzündete, ohne Unterlaß zu verfolgen, von ihm zu träumen, wenn er abwesend war, und, nach

der Weise der Liebenden, seinem bloßen Schattenbild zärtliche Worte zu geben. Einsamkeit, Fremde und das Glück eines späten und tiefen Rausches ermutigten und überredeten ihn, sich auch das Befremdlichste ohne Scheu und Erröten durchgehen zu lassen, wie es denn vorgekommen war, daß er, spät abends von Venedig heimkehrend, im ersten Stock des Hotels an des Schönen Zimmertür Halt gemacht, seine Stirn in völliger Trunkenheit an die Angel der Tür gelehnt und sich lange von dort nicht zu trennen vermocht hatte, auf die Gefahr, in einer so wahnsinnigen Lage ertappt und betroffen zu werden.

Dennoch fehlte es nicht an Augenblicken des Innehaltens und der halben Besinnung. Auf welchen Wegen! dachte er dann mit Bestürzung. Auf welchen Wegen! Wie jeder Mann, dem natürliche Verdienste ein aristokratisches Interesse für seine Abstammung einflößen, war er gewohnt, bei den Leistungen und Erfolgen seines Lebens der Vorfahren zu gedenken, sich ihrer Zustimmung, ihrer Genugtuung, ihrer notgedrungenen Achtung im Geiste zu versichern. Er dachte ihrer auch jetzt und hier, verstrickt in ein so unstatthaftes Erlebnis, begriffen in so exotischen Ausschweifungen des Gefühls, gedachte der haltungsvollen Strenge, der anständigen Männlichkeit ihres Wesens und lächelte schwermütig. Was würden sie sagen? Aber freilich, was hätten sie zu seinem ganzen Leben gesagt, das von dem ihren so bis zur Entartung abgewichen war, zu diesem Leben im Banne der Kunst, über das er selbst einst, im Bürgersinne der Väter, so spöttische Jünglingserkenntnisse hatte verlauten lassen und das dem ihren im Grunde so ähnlich gewesen war! Auch er hatte gedient, auch er war Soldat und Kriegsmann gewesen, gleich manchem von ihnen, – denn die Kunst war ein Krieg, ein aufreibender Kampf, für welchen man heute nicht lange taugte. Ein Leben der Selbstüberwindung und des Trotzdem, ein herbes, standhaftes und enthaltsames Leben, das er zum Sinnbild für einen zarten und zeitgemäßen Heroismus gestaltet hatte, – wohl durfte er es männlich, durfte es tapfer nennen, und es wollte ihm scheinen, als sei der Eros, der sich seiner bemeistert, einem solchen Leben auf irgendeine Weise besonders gemäß und geneigt.

Hatte er nicht bei den tapfersten Völkern vorzüglich in Ansehen gestanden, ja, hieß es nicht, daß er durch Tapferkeit in ihren Städten geblüht habe? Zahlreiche Kriegshelden der Vorzeit hatten willig sein Joch getragen, denn gar keine Erniedrigung galt, die der Gott verhängte, und Taten, die als Merkmale der Feigheit wären gescholten worden, wenn sie um anderer Zwecke willen geschehen wären: Fußfälle, Schwüre, inständige Bitten und sklavisches Wesen, solche gereichten dem Liebenden nicht zur Schande, sondern er erntete vielmehr noch Lob dafür.

So war des Betörten Denkweise bestimmt, so suchte er sich zu stützen, seine Würde zu wahren. Aber zugleich wandte er beständig eine spürende und eigensinnige Aufmerksamkeit den unsauberen Vorgängen im Inneren Venedigs zu, jenem Abenteuer der Außenwelt, das mit dem seines Herzens dunkel zusammenfloß und seine Leidenschaft mit unbestimmten, gesetzlosen Hoffnungen nährte. Versessen darauf, Neues und Sicheres über Stand und Fortschritt des Übels zu erfahren, durchstöberte er in den Kaffeehäusern der Stadt die heimatlichen Blätter, da sie vom Lesetisch der Hotelhalle seit mehreren Tagen verschwunden waren. Behauptungen und Widerrufe wechselten darin. Die Zahl der Erkrankungs-, der Todesfälle sollte sich auf zwanzig, auf vierzig, ja hundert und mehr belaufen, und gleich darauf wurde jedes Auftreten der Seuche, wenn nicht rundweg in Abrede gestellt, so doch auf völlig vereinzelte, von außen eingeschleppte Fälle zurückgeführt. Warnende Bedenken, Proteste gegen das gefährliche Spiel der welschen Behörden waren eingestreut. Gewißheit war nicht zu erlangen.

Dennoch war sich der Einsame eines besonderen Anrechtes bewußt, an dem Geheimnis teilzuhaben, und, gleichwohl ausgeschlossen, fand er eine bizarre Genugtuung darin, die Wissenden mit verfänglichen Fragen anzugehen und sie, die zum Schweigen verbündet waren, zur ausdrücklichen Lüge zu nötigen. Eines Tages beim Frühstück im großen Speisesaal stellte er so den Geschäftsführer zur Rede, jenen kleinen, leise auftretenden Menschen im französischen Gehrock, der sich grüßend und beaufsichtigend zwischen den Speisenden bewegte und auch an

Aschenbachs Tischchen zu einigen Plauderworten Halt machte. Warum man denn eigentlich, fragte der Gast in lässiger und beiläufiger Weise, warum in aller Welt man seit einiger Zeit Venedig desinfiziere? – »Es handelt sich«, antwortete der Schleicher, »um eine Maßnahme der Polizei, bestimmt, allerlei Unzuträglichkeiten oder Störungen der öffentlichen Gesundheit, welche durch die brütende und ausnehmend warme Witterung erzeugt werden möchten, pflichtgemäß und bei Zeiten hintanzuhalten.« – »Die Polizei ist zu loben«, erwiderte Aschenbach; und nach Austausch einiger meteorologischer Bemerkungen empfahl sich der Manager.

Selbigen Tages noch, abends, nach dem Diner, geschah es, daß eine kleine Bande von Straßensängern aus der Stadt sich im Vorgarten des Gasthofes hören ließ. Sie standen, zwei Männer und zwei Weiber, an dem eisernen Mast einer Bogenlampe und wandten ihre weißbeschienenen Gesichter zur großen Terrasse empor, wo die Kurgesellschaft sich bei Kaffee und kühlenden Getränken die volkstümliche Darbietung gefallen ließ. Das Hotel-Personal, Liftboys, Kellner und Angestellte des Office, zeigte sich lauschend an den Türen zur Halle. Die russische Familie, eifrig und genau im Genuß, hatte sich Rohrstühle in den Garten hinabstellen lassen, um den Ausübenden näher zu sein, und saß dort dankbar im Halbkreise. Hinter der Herrschaft, in turbanartigem Kopftuch, stand ihre alte Sklavin.

Mandoline, Guitarre, Harmonika und eine quinkelierende Geige waren unter den Händen der Bettelvirtuosen in Tätigkeit. Mit instrumentalen Durchführungen wechselten Gesangsnummern, wie denn das jüngere der Weiber, scharf und quäkend von Stimme, sich mit dem süß falsettierenden Tenor zu einem verlangenden Liebesduett zusammentat. Aber als das eigentliche Talent und Haupt der Vereinigung zeigte sich unzweideutig der andere der Männer, Inhaber der Guitarre und im Charakter eine Art Bariton-Buffo, fast ohne Stimme dabei, aber mimisch begabt und von bemerkenswerter komischer Energie. Oftmals löste er sich, sein großes Instrument im Arm, von der Gruppe der anderen los und drang agierend gegen die Rampe vor, wo man seine Eulenspiegeleien mit aufmunterndem Lachen belohnte. Namentlich die Russen, in ihrem Parterre, zeigten sich entzückt über soviel südliche Beweglichkeit und ermutigten ihn durch Beifall und Zurufe, immer kecker und sicherer aus sich heraus zu gehen.

Aschenbach saß an der Balustrade und kühlte zuweilen die Lippen mit einem Gemisch aus Granatapfelsaft und Soda, das vor ihm rubinrot im Glase funkelte. Seine Nerven nahmen die dudelnden Klänge, die vulgären und schmachtenden Melodien begierig auf, denn die Leidenschaft lähmt den wählerischen Sinn und läßt sich allen Ernstes mit Reizen ein, welche die Nüchternheit humoristisch aufnehmen oder unwillig ablehnen würde. Seine Züge waren durch die Sprünge des Gauklers zu einem fix gewordenen und schon schmerzenden Lächeln verrenkt. Er saß lässig da, während eine äußerste Aufmerksamkeit sein Inneres spannte; denn sechs Schritte von ihm lehnte Tadzio am Steingeländer.

Er stand dort in dem weißen Gürtelanzug, den er zuweilen zur Hauptmahlzeit anlegte, in unvermeidlicher und anerschaffener Grazie, den linken Unterarm auf der Brüstung, die Füße gekreuzt, die rechte Hand in der tragenden Hüfte, und blickte mit einem Ausdruck, der kaum ein Lächeln, nur eine entfernte Neugier, ein höfliches Entgegennehmen war, zu den Bänkelsängern hinab. Manchmal richtete er sich gerade auf und zog, indem er die Brust dehnte, mit einer schönen Bewegung beider Arme den weißen Kittel durch den Ledergürtel hinunter. Manchmal aber auch, und der Alternde gewahrte es mit Triumph, mit einem Taumeln seiner Vernunft und auch mit Entsetzen, wandte er zögernd und behutsam oder auch rasch und plötzlich, als gelte es eine Überrumpelung, den Kopf über die linke Schulter gegen den Platz seines Liebhabers. Er fand nicht dessen Augen, denn eine schmähliche Besorgnis zwang den Verirrten, seine Blicke ängstlich im Zaum zu halten. Im Hintergrund der Terrasse saßen die Frauen, die Tadzio behüteten, und es war dahin gekommen, daß der Verliebte fürchten mußte, auffällig geworden und beargwöhnt zu sein. Ja, mit einer Art von Erstarrung hatte er mehrmals, am Strande, in der Hotelhalle und auf der Piazza San Marco, zu bemerken gehabt, daß man Tadzio aus seiner Nähe zurückrief, ihn von ihm fernzuhalten bedacht war – und eine furchtbare Beleidigung daraus entnehmen müssen, unter der sein Stolz sich in ungekannten Qualen wand und welche von sich zu weisen sein Gewissen ihn hinderte.

Unterdessen hatte der Guitarrist zu eigener Begleitung ein Solo begonnen, einen mehrstrophigen, eben in ganz Italien florierenden Gassenhauer, in dessen Kehrreim seine Gesellschaft jedesmal mit Gesang und sämtlichem Musikzeug einfiel und den er auf eine plastisch-dramatische Art zum Vortrag zu bringen wußte. Schmächtig gebaut und auch von Antlitz mager und ausgemergelt, stand er, abgetrennt von den Seinen, den schäbigen Filz im Nacken, so daß ein Wulst seines roten Haars unter der Krempe hervorquoll, in einer Haltung von frecher Bravour auf dem Kies und schleuderte zum Schollern der Saiten in eindringlichem Sprechgesang seine Späße zur Terrasse empor, indes vor produzierender Anstrengung die Adern auf seiner Stirne schwollen. Er schien nicht venezianischen Schlages, vielmehr von der Rasse der neapolitanischen Komiker, halb Zuhälter, halb Komödiant, brutal und verwegen, gefährlich und unterhaltend. Sein Lied, lediglich albern dem Wortlaut nach, gewann in seinem Munde, durch sein Mienenspiel, seine Körperbewegungen, seine Art, andeutend zu blinzeln und die Zunge schlüpfrig im Mundwinkel spielen zu lassen etwas Zweideutiges, unbestimmt Anstößiges. Dem weichen Kragen des Sporthemdes, das er zu übrigens städtischer Kleidung trug, entwuchs sein hagerer Hals mit auffallend groß und nackt wirkendem Adamsapfel. Sein bleiches, stumpfnäsiges Gesicht, aus dessen bartlosen Zügen schwer auf sein Alter zu schließen war, schien durchpflügt von Grimassen und Laster, und sonderbar wollten zum Grinsen seines beweglichen Mundes die beiden Furchen passen, die trotzig, herrisch, fast wild zwischen seinen rötlichen Brauen standen. Was jedoch des Einsamen tiefe Achtsamkeit eigentlich auf ihn lenkte, war die Bemerkung, daß die verdächtige Figur auch ihre eigene verdächtige Atmosphäre mit sich zu führen schien. Jedesmal nämlich, wenn der Refrain wieder einsetzte, unternahm der Sänger unter Faxen und grüßendem Handschütteln einen grotesken Rundmarsch, der ihn unmittelbar unter Aschenbachs Platz vorüberführte, und jedesmal, wenn das geschah, wehte, von seinen Kleidern, seinem Körper ausgehend, ein Schwaden starken Karbolgeruchs zur Terrasse empor.

Nach geendigtem Couplet begann er, Geld einzuziehen. Er fing bei den Russen an, die man bereitwillig spenden sah, und kam dann die Stufen herauf. So frech er sich bei der Produktion benommen, so demütig zeigte er sich hier oben. Katzbuckelnd, unter Kratzfüßen schlich er zwischen den Tischen umher, und ein Lächeln tückischer Unterwürfigkeit entblößte seine starken Zähne, während doch immer noch die beiden Furchen drohend zwischen seinen roten Brauen standen. Man musterte das fremdartige, seinen Unterhalt einsammelnde Wesen mit Neugier und einigem Abscheu, man warf mit spitzen Fingern Münzen in seinen Filz und hütete sich, ihn zu berühren. Die Aufhebung der physischen Distanz zwischen dem Komödianten und den Anständigen erzeugt, und war das Vergnügen noch so groß, stets eine gewisse Verlegenheit. Er fühlte sie und suchte, sich durch Kriecherei zu entschuldigen. Er kam zu Aschenbach und mit ihm der Geruch, über den niemand ringsum sich Gedanken zu machen schien.

»Höre!« sagte der Einsame gedämpft und fast mechanisch. »Man desinfiziert Venedig. Warum?« – Der Spaßmacher antwortete heiser: »Von wegen der Polizei! Das ist Vorschrift, mein Herr, bei solcher Hitze und bei Scirocco. Der Scirocco drückt. Er ist der Gesundheit nicht zuträglich...« Er sprach wie verwundert darüber, daß man dergleichen fragen könne und demonstrierte mit der flachen Hand, wie sehr der Scirocco drücke. – »Es ist also kein Übel in Venedig?« fragte Aschenbach sehr leise und zwischen den Zähnen. – Die muskulösen Züge des Possenreißers fielen in eine Grimasse komischer Ratlosigkeit. »Ein Übel? Aber was für ein Übel? Ist der Scirocco ein Übel? Ist vielleicht unsere Polizei ein Übel? Sie belieben zu scherzen! Ein Übel! Warum nicht gar! Eine vorbeugende Maßregel, verstehen Sie doch! Eine polizeiliche Anordnung gegen die Wirkungen der drückenden Witterung...« Er gestikulierte. – »Es ist gut«, sagte Aschenbach wiederum kurz und leise und ließ rasch ein ungebührlich bedeutendes Geldstück in den Hut fallen. Dann winkte er dem Menschen mit den Augen, zu gehen. Er gehorchte grinsend, unter Bücklingen. Aber er hatte noch nicht die Treppe erreicht, als zwei Hotel-Angestellte sich auf ihn warfen und ihn, ihre Gesichter dicht an dem seinen, in ein geflüstertes Kreuzverhör nahmen. Er zuckte die Achseln, er gab Beteuerungen, er schwor, verschwiegen gewesen zu sein; man sah es. Entlassen, kehrte er in den Garten zurück, und, nach einer kurzen Verabredung mit den Seinen unter der Bogenlampe, trat er zu einem Dank- und Abschiedsliede noch einmal vor.

Es war ein Lied, das jemals gehört zu haben der Einsame sich nicht erinnerte; ein dreister Schlager in unverständlichem Dialekt und ausgestattet mit einem Lach-Refrain, in den die Bande regelmäßig aus vollem Halse einfiel. Es hörten hierbei sowohl die Worte wie auch die Begleitung der Instrumente auf, und nichts blieb übrig als ein rhythmisch irgendwie geordnetes, aber sehr natürlich behandeltes Lachen, das namentlich der Solist mit großem Talent zu täuschendster Lebendigkeit zu gestalten wußte. Er hatte bei wiederhergestelltem künstlerischen Abstand zwischen ihm und den Herrschaften seine ganze Frechheit wiedergefunden, und sein Kunstlachen, unverschämt zur Terrasse emporgesandt, war Hohngelächter. Schon gegen das Ende des artikulierten Teiles der Strophe schien er mit einem unwiderstehlichen Kitzel zu kämpfen. Er schluchzte, seine Stimme schwankte, er preßte die Hand gegen den Mund, er verzog die Schultern, und im gegebenen Augenblick brach, heulte und platzte das unbändige Lachen aus ihm hervor, mit solcher Wahrheit, daß es ansteckend wirkte und sich den Zuhörern mitteilte, daß auch auf der Terrasse eine gegenstandlose und nur von sich selbst lebende Heiterkeit um sich griff. Dies aber eben schien des Sängers Ausgelassenheit zu verdoppeln. Er beugte die Knie, er schlug die Schenkel, er hielt sich die Seiten, er wollte sich ausschütten, er lachte nicht mehr, er schrie; er wies mit dem Finger hinauf, als gäbe es nichts Komischeres als die lachende Gesellschaft dort oben, und endlich lachte dann alles im Garten und auf der Veranda, bis zu den Kellnern, Liftboys und Hausdienern in den Türen.

Aschenbach ruhte nicht mehr im Stuhl, er saß aufgerichtet wie zum Versuche der Abwehr oder Flucht. Aber das Gelächter, der heraufwehende Hospitalgeruch und die Nähe des Schönen verwoben sich ihm zu einem Traumbann, der unzerreißbar und unentrinnbar sein Haupt, seinen Sinn umfangen hielt. In der allgemeinen Bewegung und Zerstreuung wagte er es, zu Tadzio hinüberzublicken, und indem er es tat, durfte er bemerken, daß der Schöne, in Erwiderung seines Blickes, ebenfalls ernst blieb, ganz so, als richte er Verhalten und Miene nach der des anderen und als vermöge die allgemeine Stimmung nichts über ihn, da jener sich ihr entzog. Diese kindliche und beziehungsvolle Folgsamkeit hatte etwas so Entwaffnendes, Überwältigendes, daß der Grauhaarige sich mit Mühe enthielt, sein Gesicht in den Händen zu verbergen. Auch hatte es ihm geschienen, als bedeute Tadzios gelegentliches Sichaufrichten und Aufatmen ein Seufzen, eine Beklemmung der Brust. »Er ist kränklich, er wird wahrscheinlich nicht alt werden«, dachte er wiederum mit jener Sachlichkeit, zu welcher Rausch und Sehnsucht bisweilen sich sonderbar emanzipieren; und reine Fürsorge zugleich mit einer ausschweifenden Genugtuung erfüllte sein Herz.

Die Venezianer unterdessen hatten geendigt und zogen ab. Beifall begleitete sie, und ihr Anführer versäumte nicht, noch seinen Abgang mit Späßen auszuschmücken. Seine Kratzfüße, seine Kußhände wurden belacht, und er verdoppelte sie daher. Als die Seinen schon draußen waren, tat er noch, als renne er rückwärts empfindlich gegen einen Lampenmast und schlich scheinbar krumm vor Schmerzen zur Pforte. Dort endlich warf er auf einmal die Maske des komischen Pechvogels ab, richtete sich, ja schnellte elastisch auf, bleckte den Gästen auf der Terrasse frech die Zunge heraus und schlüpfte ins Dunkel. Die Badegesellschaft verlor sich; Tadzio stand längst nicht mehr an der Balustrade. Aber der Einsame saß noch lange, zum Befremden der Kellner, bei dem Rest seines Granatapfel-Getränks an seinem Tischchen. Die Nacht schritt vor, die Zeit zerfiel. Im Hause seiner Eltern, vor vielen Jahren, hatte es eine Sanduhr gegeben, – er sah das gebrechliche und bedeutende Gerätchen auf einmal wieder, als stünde es vor ihm. Lautlos und fein rann der rostrot gefärbte Sand durch die gläserne Enge, und da er in der oberen Höhlung zur Neige ging, hatte sich dort ein kleiner, reißender Strudel gebildet.

Schon am folgenden Tage, nachmittags, tat der Starrsinnige einen neuen Schritt zur Versuchung der Außenwelt und diesmal mit allem möglichen Erfolge. Er trat nämlich vom Markusplatz in das dort gelegene englische Reisebureau, und nachdem er an der Kasse einiges Geld gewechselt, richtete er mit der Miene des mißtrauischen Fremden an den ihn bedienenden Clerk seine fatale Frage. Es war ein wollig gekleideter Brite, noch jung, mit in der Mitte geteiltem Haar, nahe beieinander liegenden Augen und von jener gesetzten Loyalität des Wesens, die im spitzbübisch behenden Süden so fremd, so merkwürdig anmutet. Er fing an: »Kein Grund zur Besorgnis, Sir. Eine Maßregel ohne ernste Bedeutung. Solche Anordnungen werden häufig getroffen, um gesundheitsschädlichen Wirkungen der Hitze und des Scirocco vorzubeugen...« Aber seine blauen Augen aufschlagend, begegnete er dem Blicke des Fremden, einem müden und etwas traurigen Blick, der mit leichter Verachtung auf seine Lippen gerichtet war. Da errötete der Engländer. »Dies ist«, fuhr er halblaut und in einiger Bewegung fort, »die amtliche Erklärung, auf der zu bestehen man hier für gut befindet. Ich werde Ihnen sagen, daß noch etwas anderes dahinter steckt.« Und dann sagte er in seiner redlichen und bequemen Sprache die Wahrheit.

Seit mehreren Jahren schon hatte die indische Cholera eine verstärkte Neigung zur Ausbreitung und Wanderung an den Tag gelegt. Erzeugt aus den warmen Morästen des Ganges-Deltas, aufgestiegen mit dem mephitischen Odem jener üppig-untauglichen, von Menschen gemiedenen Urwelt- und Inselwildnis, in deren Bambusdickichten der Tiger kauert, hatte die Seuche in ganz Hindustan andauernd und ungewöhnlich heftig gewütet, hatte östlich nach China, westlich nach Afghanistan und Persien übergegriffen und, den Hauptstraßen des Karawanenverkehrs folgend, ihre Schrecken bis Astrachan, ja selbst bis Moskau getragen. Aber während Europa zitterte, das Gespenst möchte von dort aus und zu Lande seinen Einzug halten, war es, von syrischen Kauffahrern übers Meer verschleppt, fast gleichzeitig in mehreren Mittelmeerhäfen aufgetaucht, hatte in Toulon und Malaga sein Haupt erhoben, in Palermo und Neapel mehrfach seine Maske gezeigt und schien aus ganz Kalabrien und Apulien nicht mehr weichen zu wollen. Der Norden der Halbinsel war verschont geblieben. Jedoch Mitte Mai dieses Jahres fand man zu Venedig an ein und demselben Tage die furchtbaren Vibrionen in den ausgemergelten, schwärzlichen Leichnamen eines Schifferknechtes und einer Grünwarenhändlerin. Die Fälle wurden verheimlicht. Aber nach einer Woche waren es deren zehn, waren es zwanzig, dreißig und zwar in verschiedenen Quartieren. Ein Mann aus der österreichischen Provinz, der sich zu seinem Vergnügen einige Tage in Venedig aufgehalten, starb, in sein Heimatstädtchen zurückgekehrt, unter unzweideutigen Anzeichen, und so kam es, daß die ersten Gerüchte von der Heimsuchung der Lagunenstadt in deutsche Tagesblätter gelangten. Venedigs Obrigkeit ließ antworten, daß die Gesundheitsverhältnisse der Stadt nie besser gewesen seien und traf die notwendigsten Maßregeln zur Bekämpfung. Aber wahrscheinlich waren Nahrungsmittel infiziert worden, Gemüse, Fleisch oder Milch, denn geleugnet und vertuscht fraß das Sterben in der Enge der Gäßchen um sich, und die vorzeitig eingefallene Sommerhitze, welche das Wasser der Kanäle laulich erwärmte, war der Verbreitung besonders günstig. Ja, es schien, als ob die Seuche eine Neubelebung ihrer Kräfte erfahren, als ob die Tenazität und Fruchtbarkeit ihrer Erreger sich verdoppelt hätte. Fälle der Genesung waren selten; achtzig vom Hundert der Befallenen starben und zwar auf entsetzliche Weise, denn das Übel trat mit äußerster Wildheit auf und zeigte häufig jene gefährlichste Form, welche »die trockene« benannt ist. Hierbei vermochte der Körper das aus den Blutgefäßen massenhaft abgesonderte Wasser nicht einmal auszutreiben. Binnen wenigen Stunden verdorrte der Kranke und erstickte am pechartig zähe gewordenen Blut unter Krämpfen und heiseren Klagen. Wohl ihm, wenn, was zuweilen geschah, der Ausbruch nach leichtem Übelbefinden in Gestalt einer tiefen Ohnmacht erfolgte, aus der er nicht mehr oder kaum noch erwachte. Anfang Juni füllten sich in der Stille die Isolierbaracken des Ospedale civico, in den beiden Waisenhäusern begann es an Platz zu mangeln, und ein schauerlich reger Verkehr herrschte zwischen dem Kai der neuen Fundamente und San Michele, der Friedhofsinsel. Aber die Furcht vor allgemeiner Schädigung, die Rücksicht auf die kürzlich eröffnete Gemäldeausstellung in den öffentlichen Gärten, auf die gewaltigen Ausfälle, von denen im Falle der Panik und des Verrufes die Hotels, die Geschäfte, das ganze vielfältige Fremdengewerbe bedroht waren, zeigte sich mächtiger in der Stadt als Wahrheitsliebe und Achtung vor internationalen Abmachungen; sie vermochte die Behörde, ihre Politik des Verschweigens und des Ableugnens hartnäckig aufrecht zu erhalten. Der oberste Medizinalbeamte Venedigs, ein verdienter Mann, war entrüstet von seinem Posten zurückgetreten und unter der Hand durch eine gefügigere Persönlichkeit ersetzt worden. Das Volk wußte das; und die Korruption der Oberen zusammen mit der herrschenden Unsicherheit, dem Ausnahmezustand, in welchen der umgehende Tod die Stadt versetzte, brachte eine gewisse Entsittlichung der unteren Schichten hervor, eine Ermutigung lichtscheuer und antisozialer Triebe, die sich in Unmäßigkeit, Schamlosigkeit und wachsender Kriminalität bekundete. Gegen die Regel bemerkte man abends viele Betrunkene; bösartiges Gesindel machte, so hieß es, nachts die Straßen unsicher; räuberische Anfälle und selbst Mordtaten wiederholten sich, denn schon zweimal hatte sich erwiesen, daß angeblich der Seuche zum Opfer gefallene Personen vielmehr von ihren eigenen Anverwandten mit Gift aus dem Leben geräumt worden waren; und die gewerbsmäßige Liederlichkeit nahm aufdringliche und ausschweifende Formen an, wie sie sonst hier nicht bekannt und nur im Süden des Landes und im Orient zu Hause gewesen waren.

Von diesen Dingen sprach der Engländer das Entscheidende aus. »Sie täten gut«, schloß er, »lieber heute als morgen zu reisen. Länger als ein paar Tage noch, kann die Verhängung der Sperre kaum auf sich warten lassen.« – »Danke Ihnen«, sagte Aschenbach und verließ das Amt.

Der Platz lag in sonnenloser Schwüle. Unwissende Fremde saßen vor den Cafés oder standen, ganz von Tauben bedeckt, vor der Kirche und sahen zu, wie die Tiere, wimmelnd, flügelschlagend, einander verdrängend, nach den in hohlen Händen dargebotenen Maiskörnern pickten. In fiebriger Erregung, triumphierend im Besitze der Wahrheit, einen Geschmack von Ekel dabei auf der Zunge und ein phantastisches Grauen im Herzen, schritt der Einsame die Fliesen des Prachthofes auf und nieder. Er erwog eine reinigende und anständige Handlung. Er konnte heute Abend nach dem Diner der perlengeschmückten Frau sich nähern und zu ihr sprechen, was er wörtlich entwarf: »Gestatten Sie dem Fremden, Madame, Ihnen mit einem Rat, einer Warnung zu dienen, die der Eigennutz Ihnen vorenthält. Reisen Sie ab, sogleich, mit Tadzio und Ihren Töchtern! Venedig ist verseucht.« Er konnte dann dem Werkzeug einer höhnischen Gottheit zum Abschied die Hand aufs Haupt legen, sich wegwenden und diesem Sumpfe entfliehen. Aber er fühlte zugleich, daß er unendlich weit entfernt war, einen solchen Schritt im Ernste zu wollen. Er würde ihn zurückführen, würde ihn sich selber wiedergeben; aber wer außer sich ist, verabscheut nichts mehr, als wieder in sich zu gehen. Er erinnerte sich eines weißen Bauwerks, geschmückt mit abendlich gleißenden Inschriften, in deren durchscheinender Mystik das Auge seines Geistes sich verloren hatte; jener seltsamen Wandrergestalt sodann, die dem Alternden schweifende Jünglingssehnsucht ins Weite und Fremde erweckt hatte; und der Gedanke an Heimkehr, an Besonnenheit, Nüchternheit, Mühsal und Meisterschaft, widerte ihn in solchem Maße, daß sein Gesicht sich zum Ausdruck physischer Übelkeit verzerrte. »Man soll schweigen!« flüsterte er heftig. Und: »Ich werde schweigen!« Das Bewußtsein seiner Mitwisserschaft, seiner Mitschuld berauschte ihn, wie geringe Mengen Weines ein müdes Hirn berauschen. Das Bild der heimgesuchten und verwahrlosten Stadt, wüst seinem Geiste vorschwebend, entzündete in ihm Hoffnungen, unfaßbar, die Vernunft überschreitend, und von ungeheuerlicher Süßigkeit. Was war ihm das zarte Glück, von dem er vorhin einen Augenblick geträumt, verglichen mit diesen Erwartungen? Was galt ihm noch Kunst und Tugend gegenüber den Vorteilen des Chaos? Er schwieg und blieb.

In dieser Nacht hatte er einen furchtbaren Traum, – wenn man als Traum ein körperhaft-geistiges Erlebnis bezeichnen kann, das ihm zwar im tiefsten Schlaf und in völligster Unabhängigkeit und sinnlicher Gegenwart widerfuhr, aber ohne daß er sich außer den Geschehnissen im Raume wandelnd und anwesend sah; sondern ihr Schauplatz war vielmehr seine Seele selbst, und sie brachen von außen herein, seinen Widerstand – einen tiefen und geistigen Widerstand – gewalttätig niederwerfend, gingen hindurch und ließen seine Existenz, ließen die Kultur seines Lebens verheert, vernichtet zurück.

Angst war der Anfang, Angst und Lust und eine entsetzte Neugier nach dem, was kommen wollte. Nacht herrschte und seine Sinne lauschten; denn von weither näherte sich Getümmel, Getöse, ein Gemisch von Lärm: Rasseln, Schmettern und dumpfes Donnern, schrilles Jauchzen dazu und ein bestimmtes Geheul im gezogenen u-Laut, – alles durchsetzt und grauenhaft süß übertönt von tief girrendem, ruchlos beharrlichem Flötenspiel, welches auf schamlos zudringende Art die Eingeweide bezauberte. Aber er wußte ein Wort, dunkel, doch das benennend, was kam: »Der fremde Gott!« Qualmige Glut glomm auf: da erkannte er Bergland, ähnlich dem um sein Sommerhaus. Und in zerrissenem Licht, von bewaldeter Höhe, zwischen Stämmen und moosigen Felstrümmern wälzte es sich und stürzte wirbelnd herab: Menschen, Tiere, ein Schwarm, eine tobende Rotte, –

und überschwemmte die Halde mit Leibern, Flammen, Tumult und taumelndem Rundtanz. Weiber, strauchelnd über zu lange Fellgewänder, die ihnen vom Gürtel hingen, schüttelten Schellentrommeln über ihren stöhnend zurückgeworfenen Häuptern, schwangen stiebende Fackelbrände und nackte Dolche, hielten züngelnde Schlangen in der Mitte des Leibes erfaßt oder trugen schreiend ihre Brüste in beiden Händen. Männer, Hörner über den Stirnen, mit Pelzwerk geschürzt und zottig von Haut, beugten die Nacken und hoben Arme und Schenkel, ließen eherne Becken erdröhnen und schlugen wütend auf Pauken, während glatte Knaben mit umlaubten Stäben Böcke stachelten, an deren Hörner sie sich klammerten und von deren Sprüngen sie sich jauchzend schleifen ließen. Und die Begeisterten heulten den Ruf aus weichen Mitlauten und gezogenem u-Ruf am Ende, süß und wild zugleich, wie kein jemals erhörter: – hier klang er auf, in die Lüfte geröhrt, wie von Hirschen, und dort gab man ihn wieder, vielstimmig, in wüstem Triumph, hetzte einander damit zum Tanz und Schleudern der Glieder und ließ ihn niemals verstummen. Aber alles durchdrang und beherrschte der tiefe, lockende Flötenton. Lockte er nicht auch ihn, den widerstrebend Erlebenden, schamlos beharrlich zum Fest und Unmaß des äußersten Opfers? Groß war sein Abscheu, groß seine Furcht, redlich sein Wille, bis zuletzt das Seine zu schützen gegen den Fremden, den Feind des gefaßten und würdigen Geistes. Aber der Lärm, das Geheul, vervielfacht von hallender Bergwand, wuchs, nahm überhand, schwoll zu hinreißendem Wahnsinn. Dünste bedrängten den Sinn, der beizende Ruch der Böcke, Witterung keuchender Leiber und ein Hauch wie von faulenden Wassern, dazu ein anderer noch, vertraut: nach Wunden und umlaufender Krankheit. Mit den Paukenschlägen dröhnte sein Herz, sein Gehirn kreiste, Wut ergriff ihn, Verblendung, betäubende Wollust, und seine Seele begehrte, sich anzuschließen dem Reigen des Gottes. Das obszöne Symbol, riesig, aus Holz, ward enthüllt und erhöht: da heulten sie zügelloser die Losung. Schaum vor den Lippen tobten sie, reizten einander mit geilen Gebärden und buhlenden Händen, lachend und ächzend, stießen die Stachelstäbe einander ins Fleisch und leckten das Blut von den Gliedern. Aber mit ihnen, in ihnen war der Träumende nun und dem fremden Gotte gehörig. Ja, sie waren er selbst, als sie reißend und mordend sich auf die Tiere hinwarfen und dampfende Fetzen verschlangen, als auf zerwühltem Moosgrund grenzenlose Vermischung begann, dem Gotte zum Opfer. Und seine Seele kostete Unzucht und Raserei des Unterganges.

Aus diesem Traum erwachte der Heimgesuchte entnervt, zerrüttet und kraftlos dem Dämon verfallen. Er scheute nicht mehr die beobachtenden Blicke der Menschen; ob er sich ihrem Verdacht aussetze, kümmerte ihn nicht. Auch flohen sie ja, reisten ab; zahlreiche Strandhütten standen leer, die Besetzung des Speisesaals wies größere Lücken auf, und in der Stadt sah man selten noch einen Fremden. Die Wahrheit schien durchgesickert, die Panik, trotz zähen Zusammenhaltens der Interessenten, nicht länger hintanzuhalten. Aber die Frau im Perlenschmuck blieb mit den Ihren, sei es, weil die Gerüchte nicht zu ihr drangen, oder weil sie zu stolz und furchtlos war, um ihnen zu weichen: Tadzio blieb; und jenem, in seiner Umfangenheit, war es zuweilen, als könne Flucht und Tod alles störende Leben in der Runde entfernen und er allein mit dem Schönen auf dieser Insel zurückbleiben, – ja, wenn vormittags am Meere sein Blick schwer, unverantwortlich, unverwandt auf dem Begehrten ruhte, wenn er bei sinkendem Tage durch Gassen, in denen verheimlichter Weise das ekle Sterben umging, ihm unwürdig nachfolgte, so schien das Ungeheuerliche ihm aussichtsreich und hinfällig das Sittengesetz.

Wie irgendein Liebender wünschte er, zu gefallen und empfand bittere Angst, daß es nicht möglich sein möchte. Er fügte seinem Anzuge jugendlich aufheiternde Einzelheiten hinzu, er legte Edelsteine an und benutzte Parfums, er brauchte mehrmals am Tage viel Zeit für seine Toilette und kam geschmückt, erregt und gespannt zu Tische. Angesichts der süßen Jugend, die es ihm angetan, ekelte ihn sein alternder Leib; der Anblick seines grauen Haares, seiner scharfen Gesichtszüge stürzte ihn in

Scham und Hoffnungslosigkeit. Es trieb ihn, sich körperlich zu erquicken und wiederherzustellen; er besuchte häufig den Coiffeur des Hauses.

Im Frisiermantel, unter den pflegenden Händen des Schwätzers im Stuhle zurückgelehnt, betrachtete er gequälten Blickes sein Spiegelbild.

»Grau«, sagte er mit verzerrtem Munde.

»Ein wenig«, antwortete der Mensch. »Nämlich durch Schuld einer kleinen Vernachlässigung, einer Indifferenz in äußerlichen Dingen, die bei bedeutenden Personen begreiflich ist, die man aber doch nicht unbedingt loben kann und zwar um so weniger, als gerade solchen Personen Vorurteile in Sachen des Natürlichen oder Künstlichen wenig angemessen sind. Würde sich die Sittenstrenge gewisser Leute gegenüber der kosmetischen Kunst logischer Weise auch auf ihre Zähne erstrecken, so würden sie nicht wenig Anstoß erregen. Schließlich sind wir so alt, wie unser Geist, unser Herz sich fühlen, und graues Haar bedeutet unter Umständen eine wirklichere Unwahrheit, als die verschmähte Korrektur bedeuten würde. In Ihrem Falle, mein Herr, hat man ein Recht auf seine natürliche Haarfarbe. Sie erlauben mir, Ihnen die Ihrige einfach zurückzugeben?«

»Wie das?« fragte Aschenbach.

Da wusch der Beredte das Haar des Gastes mit zweierlei Wasser, einem klaren und einem dunklen, und es war schwarz wie in jungen Jahren. Er bog es hierauf mit der Brennschere in weiche Lagen, trat rückwärts und musterte das behandelte Haupt.

»Es wäre nun nur noch«, sagte er, »die Gesichtshaut ein wenig aufzufrischen.«

Und wie jemand, der nicht enden, sich nicht genugtun kann, ging er mit immer neu belebter Geschäftigkeit von einer Hantierung zur anderen über. Aschenbach, bequem ruhend, der Abwehr nicht fähig, hoffnungsvoll erregt vielmehr von dem, was geschah, sah im Glase seine Brauen sich entschiedener und ebenmäßiger wölben, den Schnitt seiner Augen sich verlängern, ihren Glanz durch eine leichte Untermalung des Lides sich heben, sah weiter unten, wo die Haut bräunlich-ledern gewesen, weich aufgetragen, ein zartes Karmin erwachen, seine Lippen, blutarm soeben noch, himbeerfarben schwellen, die Furchen der Wangen, des Mundes, die Runzeln der Augen unter Crème und Jugendhauch verschwinden, – erblickte mit Herzklopfen einen blühenden Jüngling. Der Kosmetiker gab sich endlich zufrieden, indem er nach Art solcher Leute dem, den er bedient hatte, mit kriechender Höflichkeit dankte. »Eine unbedeutende Nachhilfe«, sagte er, indem er eine letzte Hand an Aschenbachs Äußeres legte. »Nun kann der Herr sich unbedenklich verlieben.« Der Berückte ging, traumglücklich, verwirrt und furchtsam. Seine Kravatte war rot, sein breitschattender Strohhut mit einem mehrfarbigen Bande umwunden.

Lauwarmer Sturmwind war aufgekommen; es regnete selten und spärlich, aber die Luft war feucht, dick und von Fäulnisdünsten erfüllt. Flattern, Klatschen und Sausen umgab das Gehör, und dem unter der Schminke Fiebernden schienen Windgeister üblen Geschlechts im Raume ihr Wesen zu treiben, unholdes Gevögel des Meeres, das des Verurteilten Mahl zerwühlt, zernagt und mit Unrat schändet. Denn die Schwüle wehrte der Eßlust, und die Vorstellung drängte sich auf, daß die Speisen mit Ansteckungsstoffen vergiftet seien.

Auf den Spuren des Schönen hatte Aschenbach sich eines Nachmittags in das innere Gewirr der kranken Stadt vertieft. Mit versagendem Ortssinn, da die Gäßchen, Gewässer, Brücken und Plätzchen des Labyrinthes zu sehr einander gleichen, auch der Himmelsgegenden nicht mehr sicher, war er durchaus darauf bedacht, das sehnlich verfolgte Bild nicht aus den Augen zu verlieren, und, zu schmählicher Behutsamkeit genötigt, an Mauern gedrückt, hinter dem Rücken Vorangehender Schutz suchend, ward er sich lange nicht der Müdigkeit, der Erschöpfung bewußt, welche Gefühl und immerwährende Spannung seinem Körper, seinem Geiste zugefügt hatten. Tadzio ging hinter den Seinen, er ließ der Pflegerin und den nonnenähnlichen Schwestern in der Enge gewöhnlich den Vortritt, und einzeln schlendernd wandte er zuweilen das Haupt, um sich über die Schulter hinweg der Gefolgschaft seines Liebhabers mit einem

Blick seiner eigentümlich dämmergrauen Augen zu versichern. Er sah ihn und er verriet ihn nicht. Berauscht von dieser Erkenntnis, von diesen Augen vorwärts gelockt, am Narrenseile geleitet von der Passion, stahl der Verliebte sich seiner unziemlichen Hoffnung nach – und sah sich schließlich dennoch um ihren Anblick betrogen. Die Polen hatten eine kurz gewölbte Brücke überschritten, die Höhe des Bogens verbarg sie dem Nachfolgenden, und seinerseits hinaufgelangt, entdeckte er sie nicht mehr. Er forschte nach ihnen in drei Richtungen, geradeaus und nach beiden Seiten den schmalen und schmutzigen Quai entlang, vergebens. Entnervung, Hinfälligkeit nötigten ihn endlich, vom Suchen abzulassen.

Sein Kopf brannte, sein Körper war mit klebrigem Schweiß bedeckt, sein Genick zitterte, ein nicht mehr erträglicher Durst peinigte ihn, er sah sich nach irgendwelcher, nach augenblicklicher Labung um. Vor einem kleinen Gemüseladen kaufte er einige Früchte, Erdbeeren, überreife und weiche Ware, und aß im Gehen davon. Ein kleiner Platz, verlassen, verwunschen anmutend, öffnete sich vor ihm, er erkannte ihn, es war hier gewesen, wo er vor Wochen den vereitelten Fluchtplan gefaßt hatte. Auf den Stufen der Zisterne, inmitten des Ortes, ließ er sich niedersinken und lehnte den Kopf an das steinerne Rund. Es war still, Gras wuchs zwischen dem Pflaster, Abfälle lagen umher. Unter den verwitterten, unregelmäßig hohen Häusern in der Runde erschien eines palastartig, mit Spitzbogenfenstern, hinter denen die Leere wohnte, und kleinen Löwenbalkonen. Im Erdgeschoß eines anderen befand sich eine Apotheke. Warme Windstöße brachten zuweilen Karbolgeruch.

Er saß dort, der Meister, der würdig gewordene Künstler, der Autor des »Elenden«, der in so vorbildlich reiner Form dem Zigeunertum und der trüben Tiefe abgesagt, dem Abgrunde die Sympathie gekündigt und das Verworfene verworfen hatte, der Hochgestiegene, der, Überwinder seines Wissens und aller Ironie entwachsen, in die Verbindlichkeiten des Massenzutrauens sich gewöhnt hatte, er, dessen Ruhm amtlich, dessen Name geadelt war und an dessen Stil die Knaben sich zu bilden angehalten/wurden, – er saß dort, seine Lider waren geschlossen, nur zuweilen glitt, rasch sich wieder verbergend, ein spöttischer und betretener Blick seitlich darunter hervor, und seine schlaffen Lippen, kosmetisch aufgehöht, bildeten einzelne Worte aus von dem, was sein halb schlummerndes Hirn an seltsamer Traumlogik hervorbrachte.

»Denn die Schönheit, Phaidros, merke das wohl, nur die Schönheit ist göttlich und sichtbar zugleich, und so ist sie denn also des Sinnlichen Weg, ist, kleiner Phaidros, der Weg des Künstlers zum Geiste. Glaubst du nun aber, mein Lieber, daß derjenige jemals Weisheit und wahre Manneswürde gewinnen könne, für den der Weg zum Geistigen durch die Sinne führt? Oder glaubst du vielmehr (ich stelle dir die Entscheidung frei), daß dies ein gefährlich-lieblicher Weg sei, wahrhaft ein Irr- und Sündenweg, der mit Notwendigkeit in die Irre leitet? Denn du mußt wissen, daß wir Dichter den Weg der Schönheit nicht gehen können, ohne daß Eros sich zugesellt und sich zum Führer aufwirft; ja, mögen wir auch Helden auf unsere Art und züchtige Kriegsleute sein, so sind wir wie Weiber, denn Leidenschaft ist unsere Erhebung, und unsere Sehnsucht muß Liebe bleiben, – das ist unsere Lust und unsere Schande. Siehst du nun wohl, daß wir Dichter nicht weise noch würdig sein können? Daß wir notwendig in die Irre gehen, notwendig liederlich und Abenteurer des Gefühles bleiben? Die Meisterhaltung unseres Stiles ist Lüge und Narrentum, unser Ruhm und Ehrenstand eine Posse, das Vertrauen der Menge zu uns höchst lächerlich, Volks- und Jugenderziehung durch die Kunst ein gewagtes, zu verbietendes Unternehmen. Denn wie sollte wohl der zum Erzieher taugen, dem eine unverbesserliche und natürliche Richtung zum Abgrunde eingeboren ist? Wir möchten ihn wohl verleugnen und Würde gewinnen, aber wie wir uns auch wenden mögen, er zieht uns an. So sagen wir etwa der auflösenden Erkenntnis ab, denn die Erkenntnis, Phaidros, hat keine Würde und Strenge; sie ist wissend, verstehend, verzeihend, ohne Haltung und Form; sie hat Sympathie mit dem Abgrund, sie ist der Abgrund. Diese also verwerfen wir mit

Entschlossenheit, und fortan gilt unser Trachten einzig der Schönheit, das will sagen der Einfachheit, Größe und neuen Strenge, der zweiten Unbefangenheit und der Form. Aber Form und Unbefangenheit, Phaidros, führen zum Rausch und zur Begierde, führen den Edlen vielleicht zu grauenhaftem Gefühlsfrevel, den seine eigene schöne Strenge als infam verwirft, führen zum Abgrund, zum Abgrund auch sie. Uns Dichter, sage ich, führen sie dahin, denn wir vermögen nicht, uns aufzuschwingen, wir vermögen nur auszuschweifen. Und nun gehe ich, Phaidros, bleibe du hier; und erst wenn du mich nicht mehr siehst, so gehe auch du.«

Einige Tage später verließ Gustav von Aschenbach, da er sich leidend fühlte, das Bäder-Hotel zu späterer Morgenstunde, als gewöhnlich. Er hatte mit gewissen, nur halb körperlichen Schwindelanfällen zu kämpfen, die von einer heftig aufsteigenden Angst begleitet waren, einem Gefühl der Ausweg- und Aussichtslosigkeit, von dem nicht klar wurde, ob es sich auf die äußere Welt oder auf seine eigene Existenz bezog. In der Halle bemerkte er eine große Menge zum Transport bereitliegenden Gepäcks, fragte einen Türhüter, wer es sei, der reise, und erhielt zur Antwort den polnischen Adelsnamen, dessen er insgeheim gewärtig gewesen war. Er empfing ihn, ohne daß seine verfallenen Gesichtszüge sich verändert hätten, mit jener kurzen Hebung des Kopfes, mit der man etwas, was man nicht zu wissen brauchte, beiläufig zur Kenntnis nimmt, und fragte noch: »Wann?« Man antwortete ihm: »Nach dem Lunch.« Er nickte und ging zum Meere.

Es war unwirtlich dort. Über das weite, flache Gewässer, das den Strand von der ersten gestreckten Sandbank trennte, liefen kräuselnde Schauer von vorn nach hinten. Herbstlichkeit, Überlebtheit schien über dem einst so farbig belebten, nun fast verlassenen Lustorte zu liegen, dessen Sand nicht mehr reinlich gehalten wurde. Ein photographischer Apparat, scheinbar herrenlos, stand auf seinem dreibeinigen Stativ am Rande der See, und ein schwarzes Tuch, darüber gebreitet, flatterte klatschend im kälteren Winde.

Tadzio, mit drei oder vier Gespielen, die ihm geblieben waren, bewegte sich zur Rechten vor der Hütte der Seinen, und, eine Decke über den Knien, etwa in der Mitte zwischen dem Meer und der Reihe der Strandhütten in seinem Liegestuhl ruhend, sah Aschenbach ihm noch einmal zu. Das Spiel, das unbeaufsichtigt war, denn die Frauen mochten mit Reisevorbereitungen beschäftigt sein, schien regellos und artete aus. Jener Stämmige, im Gürtelanzug und mit schwarzem, pomadisiertem Haar, der »Jaschu« gerufen wurde, durch einen Sandwurf ins Gesicht gereizt und geblendet, zwang Tadzio zum Ringkampf, der rasch mit dem Fall des schwächeren Schönen endete. Aber als ob in der Abschiedsstunde das dienende Gefühl des Geringeren sich in grausame Roheit verkehre und für eine lange Sklaverei Rache zu nehmen trachte, ließ der Sieger auch dann noch nicht von dem Unterlegenen ab, sondern drückte, auf seinem Rücken kniend, dessen Gesicht so anhaltend in den Sand, daß Tadzio, ohnedies vom Kampf außer Atem, zu ersticken drohte. Seine Versuche, den Lastenden abzuschütteln, waren krampfhaft, sie unterblieben auf Augenblicke ganz und wiederholten sich nur noch als ein Zucken. Entsetzt wollte Aschenbach zur Rettung aufspringen, als der Gewalttätige endlich sein Opfer freigab. Tadzio, sehr bleich, richtete sich zur Hälfte auf und saß, auf einen Arm gestützt, mehrere Minuten lang unbeweglich, mit verwirrtem Haar und dunkelnden Augen. Dann stand er vollends auf und entfernte sich langsam. Man rief ihn, anfänglich munter, dann bänglich und bittend; er hörte nicht. Der Schwarze, den Reue über seine Ausschreitung sogleich erfaßt haben mochte, holte ihn ein und suchte ihn zu versöhnen. Eine Schulterbewegung wies ihn zurück. Tadzio ging schräg hinunter zum Wasser. Er war barfuß und trug seinen gestreiften Leinenanzug mit roter Schleife.

Am Rande der Flut verweilte er sich, gesenkten Hauptes mit einer Fußspitze Figuren im feuchten Sande zeichnend, und ging dann in die seichte Vorsee, die an ihrer tiefsten Stelle noch nicht seine Knie benetzte, durchschritt sie, lässig vordringend, und gelangte zur Sandbank. Dort stand er einen Augenblick, das Gesicht der Weite zugekehrt, und begann hierauf, die lange und schmale Strecke entblößten Grundes nach links hin langsam abzuschreiten. Vom Festlande geschieden durch breite Wasser, geschieden von den Genossen durch stolze Laune, wandelte er, eine höchst abgesonderte und verbindungslose Erscheinung, mit flatterndem Haar dort draußen im Meere, im Winde, vorm Nebelhaft-Grenzenlosen. Abermals blieb er zur Ausschau stehen. Und plötzlich, wie unter einer Erinnerung, einem Impuls, wandte er den Oberkörper, eine Hand in der Hüfte, in schöner Drehung aus seiner Grundpositur und blickte über die Schulter zum Ufer. Der Schauende dort saß, wie er einst gesessen, als zuerst, von jener Schwelle zurückgesandt, dieser dämmergraue Blick dem seinen begegnet war. Sein Haupt war an der Lehne des Stuhles langsam der Bewegung des draußen Schreitenden gefolgt; nun hob es sich, gleichsam dem Blicke entgegen, und sank auf die Brust, so daß seine Augen von unten sahen, indes sein Antlitz den schlaffen, innig versunkenen Ausdruck tiefen Schlummers zeigte. Ihm war aber, als ob der bleiche und liebliche Psychagog dort draußen ihm lächle, ihm winke; als ob er, die Hand aus der Hüfte lösend, hinausdeute, voranschwebe ins Verheißungsvoll-Ungeheure. Und, wie so oft, machte er sich auf, ihm zu folgen.

Minuten vergingen, bis man dem seitlich im Stuhle Hinabgesunkenen zu Hilfe eilte. Man brachte ihn auf sein Zimmer. Und noch desselben Tages empfing eine respektvoll erschütterte Welt die Nachricht von seinem Tode.

Herr und Hund
Ein Idyll

Er kommt um die Ecke

Wenn die schöne Jahreszeit ihrem Namen Ehre macht und das
Tirili der Vögel mich zeitig wecken konnte, weil ich den vorigen
Tag zur rechten Stunde beendigte, gehe ich gern schon vor der
ersten Mahlzeit und ohne Hut auf eine halbe Stunde ins Freie, in
die Allee vorm Hause oder auch in die weiteren Anlagen, um
von der jungen Morgenluft einige Züge zu tun und, bevor die
Arbeit mich hinnimmt, an den Freuden der reinen Frühe ein wenig teilzuhaben. Auf den Stufen, welche zur Haustüre führen,
lasse ich dann einen Pfiff von zwei Tönen hören, Grundton und
tiefere Quart, so, wie die Melodie des zweiten Satzes von Schu-
berts unvollendeter Sinfonie beginnt, – ein Signal, das etwa als
die Vertonung eines zweisilbigen Rufnamens gelten kann.
Schon im nächsten Augenblick, während ich gegen die Gartenpforte weitergehe, wird in der Ferne, kaum hörbar zuerst, doch
rasch sich nähernd und verdeutlichend, ein feines Klingeln laut,
wie es entstehen mag, wenn eine Polizeimarke gegen den Me-
tallbeschlag eines Halsbandes schlägt; und wenn ich mich um-
wende, sehe ich Bauschan in vollem Lauf um die rückwärtige
Hausecke biegen und gerade auf mich zustürzen, als plane er,
mich über den Haufen zu rennen. Vor Anstrengung schürzt er
die Unterlippe ein wenig, so daß zwei, drei seiner unteren Vor-
derzähne entblößt sind und prächtig weiß in der frühen Sonne
blitzen.

Er kommt aus seiner Hütte, die dort hinten unter dem Boden
der auf Pfeilern ruhenden Veranda steht, und worin er, bis mein
zweisilbiger Pfiff ihn aufs äußerste belebte, nach wechselvoll
verbrachter Nacht in kurzem Morgenschlummer gelegen haben
mag. Die Hütte ist mit Vorhängen aus derbem Stoff versehen

517

und mit Stroh ausgelegt, woher es kommt, daß ein oder der andere Halm in Bauschans obendrein vom Liegen etwas struppigem Fell haftet oder sogar zwischen seinen Zehen steckt: ein Anblick, der mich jedesmal an den alten Grafen von Moor erinnert, wie ich ihn einst, in einer Aufführung von höchst akkurater Einbildungskraft, dem Hungerturme entsteigen sah, einen Strohhalm zwischen zwei Trikotzehen seiner armen Füße. Unwillkürlich stelle ich mich seitlich gegen den Heranstürmenden, in Abwehrpositur, denn seine Scheinabsicht, mir zwischen die Füße zu stoßen und mich zu Falle zu bringen, hat unfehlbare Täuschungskraft. Im letzten Augenblick aber und dicht vor dem Anprall weiß er zu bremsen und einzuschwenken, was sowohl für seine körperliche als seine geistige Selbstbeherrschung zeugt; und nun beginnt er, ohne Laut zu geben – denn er macht einen sparsamen Gebrauch von seiner sonoren und ausdrucksfähigen Stimme –, einen wirren Begrüßungstanz um mich herum zu vollführen, bestehend aus Trampeln, maßlosem Wedeln, das sich nicht auf das hierzu bestimmte Ausdruckswerkzeug des Schwanzes beschränkt, sondern den ganzen Hinterleib bis zu den Rippen in Mitleidenschaft zieht, ferner einem ringelnden Sichzusammenziehen seines Körpers, sowie schnellenden, schleudernden Luftsprüngen nebst Drehungen um die eigene Achse, – Aufführungen, die er aber merkwürdigerweise meinen Blicken zu entziehen trachtet, indem er ihren Schauplatz, wie ich mich auch wende, immer auf die entgegengesetzte Seite verlegt. In dem Augenblick jedoch, wo ich mich niederbeuge und die Hand ausstrecke, ist er plötzlich mit einem Sprunge neben mir und steht, die Schulter gegen mein Schienbein gepreßt, wie eine Bildsäule: schräg an mich gelehnt steht er, die starken Pfoten gegen den Boden gestemmt, das Gesicht gegen das meine erhoben, so daß er mir verkehrt und von unten herauf in die Augen blickt, und seine Reglosigkeit, während ich ihm unter halblauten und guten Worten das Schulterblatt klopfe, atmet dieselbe Konzentration und Leidenschaft wie der vorhergegangene Taumel.

Es ist ein kurzhaariger deutscher Hühnerhund, – wenn man

diese Bezeichnung nicht allzu streng und strikt nehmen, sondern sie mit einem Körnchen Salz verstehen will; denn ein Hühnerhund wie er im Buche steht und nach der peinlichsten Observanz ist Bauschan wohl eigentlich nicht. Für einen solchen ist er erstens vielleicht ein wenig zu klein, – er ist, dies will betont sein, entschieden etwas unter der Größe eines Vorstehhundes; und dann sind auch seine Vorderbeine nicht ganz gerade, eher etwas nach außen gebogen, – was ebenfalls jenem Idealbilde reiner Züchtung nur ungenau entsprechen mag. Die kleine Neigung zur »Wamme«, das heißt: zu jener faltigen Hautsackbildung am Halse, die einen so würdigen Ausdruck verleihen kann, kleidet ihn ausgezeichnet; doch würde auch sie wohl von unerbittlichen Zuchtmeistern als fehlerhaft beanstandet werden, denn beim Hühnerhund, höre ich, soll die Halshaut glatt die Kehle umspannen. Bauschans Färbung ist sehr schön. Sein Fell ist rostbraun im Grunde und schwarz getigert. Aber auch viel Weiß mischt sich darein, das an der Brust, den Pfoten, dem Bauche entschieden vorherrscht, während die ganze gedrungene Nase in Schwarz getaucht erscheint. Auf seinem breiten Schädeldach sowie an den kühlen Ohrlappen bildet das Schwarz mit dem Rostbraun ein schönes, samtenes Muster, und zum Erfreulichsten an seiner Erscheinung ist der Wirbel, Büschel oder Zipfel zu rechnen, zu dem das weiße Haar an seiner Brust sich zusammendreht, und der gleich dem Stachel alter Brustharnische waagerecht vorragt. Übrigens mag auch die etwas willkürliche Farbenpracht seines Felles demjenigen für »unzulässig« gelten, dem die Gesetze der Art vor den Persönlichkeitswerten gehen, denn der klassische Hühnerhund hat möglicherweise einfarbig oder mit abweichend gefärbten Platten geschmückt, aber nicht getigert zu sein. Am eindringlichsten aber mahnt von einer starr schematisierenden Einreihung Bauschans eine gewisse hängende Behaarungsart seiner Mundwinkel und der Unterseite seines Maules ab, die man nicht ohne einen Schein von Recht als Schnauz- und Knebelbart ansprechen könnte, und die, wenn man sie eben ins Auge faßt, von fern oder näherhin an den Typus des Pinschers oder Schnauzels denken läßt.

Aber Hühnerhund her und Pinscher hin – welch ein schönes und gutes Tier ist Bauschan auf jeden Fall, wie er da straff an mein Knie gelehnt steht und mit tief gesammelter Hingabe zu mir emporblickt! Namentlich das Auge ist schön, sanft und klug, wenn auch vielleicht ein wenig gläsern vortretend. Die Iris ist rostbraun – von der Farbe des Felles; doch bildet sie eigentlich nur einen schmalen Ring, vermöge einer gewaltigen Ausdehnung der schwarz spiegelnden Pupillen, und andererseits tritt ihre Färbung ins Weiße des Auges über und schwimmt darin. Der Ausdruck seines Kopfes, ein Ausdruck verständigen Biedersinnes, bekundet eine Männlichkeit seines moralischen Teiles, die sein Körperbau im Physischen wiederholt: der gewölbte Brustkorb, unter dessen glatt und geschmeidig anliegender Haut die Rippen sich kräftig abzeichnen, die eingezogenen Hüften, die nervicht geäderten Beine, die derben und wohlgebildeten Füße – dies alles spricht von Wackerkeit und viriler Tugend, es spricht von bäurischem Jägerblut, ja, der Jäger und Vorsteher waltet eben doch mächtig vor in Bauschans Bildung, er ist ein rechtlicher Hühnerhund, wenn man mich fragt, obgleich er gewiß keinem Akte hochnäsiger Inzucht sein Dasein verdankt; und eben dies mag denn auch der Sinn der sonst ziemlich verworrenen und logisch ungeordneten Worte sein, die ich an ihn richte, während ich ihm das Schulterblatt klopfe.

Er steht und schaut, er lauscht auf den Tonfall meiner Stimme, durchdringt sie mit den Akzenten einer entschiedenen Billigung seiner Existenz, die ich meiner Ansprache stark aufsetze. Und plötzlich vollführt er, den Kopf vorstoßend und die Lippen rasch öffnend und schließend, einen Schnapper hinauf gegen mein Gesicht, als wollte er mir die Nase abbeißen, eine Pantomime, die offenbar als Antwort auf mein Zureden gemeint ist und mich regelmäßig lachend zurückprallen läßt, was Bauschan auch im voraus weiß. Es ist eine Art Luftkuß, halb Zärtlichkeit, halb Neckerei, ein Manöver, das ihm von klein auf eigentümlich war, während ich es sonst bei keinem seiner Vorgänger beobachtete. Übrigens entschuldigt er sich sogleich durch Wedeln, kurze Verbeugungen und eine verlegen-heitere Miene für die Freiheit, die er sich nahm. Und dann treten wir durch die Gartenpforte ins Freie.

Rauschen wie das des Meeres umgibt uns; denn mein Haus liegt fast unmittelbar an dem schnell strömenden und über flache Terrassen schäumenden Fluß, getrennt von ihm nur durch die Pappelallee, einen eingegitterten, mit jungem Ahorn bepflanzten Grasstreifen und einen erhöhten Weg, den gewaltige Espen einsäumen, weidenartig bizarr sich gebärdende Riesen, deren weiße, samentragende Wolle zu Anfang Juni die ganze Gegend verschneit. Flußaufwärts, gegen die Stadt hin, üben Pioniere sich im Bau einer Pontonbrücke. Die Tritte ihrer schweren Stiefel auf den Brettern und Rufe der Befehlshaber schallen herüber. Aber vom jenseitigen Ufer kommen Geräusche des Gewerbefleißes, denn dort, eine Strecke flußabwärts vom Hause, ist eine Lokomotivfabrik mit zeitgemäß erweitertem Tätigkeitsbezirk gelegen, deren hohe Hallenfenster zu jeder Nachtstunde durch das Dunkel glühen. Neue und schön lackierte Maschinen eilen dort probeweise hin und her; eine Dampfpfeife läßt zuweilen ihren heulenden Kopfton hören, dumpfes Gepolter unbestimmter Herkunft erschüttert von Zeit zu Zeit die Luft, und aus mehreren Turmschloten quillt der Rauch, den aber ein günstiger Wind hinwegtreibt, über die jenseitigen Waldungen hin, und der überhaupt nur schwer über den Fluß gelangt. So mischen sich in der vorstädtisch-halbländlichen Abgeschiedenheit dieser Gegend die Laute in sich selbst versunkener Natur mit denen menschlicher Regsamkeit, und über allem liegt die blankäugige Frische der Morgenstunde.

Es mag halb acht Uhr sein im Sinne des Gesetzes, wenn ich so ausgehe, in Wirklichkeit also halb sieben. Ich gehe, die Arme auf dem Rücken, im zarten Sonnenschein die von den langen Schatten der Pappeln schraffierte Allee hinunter, ich sehe den Fluß nicht von hier, aber ich höre seinen breiten, gleichmäßigen Gang; gelinde flüstert es in den Bäumen, das durchdringende Zirpen, Flöten, Zwitschern und schluchzende Trillern der Singvögel erfüllt die Luft, unter dem feuchtblauen Himmel steuert ein Flugzeug, von Osten kommend, ein starr mechanischer Vogel, mit leise an- und abschwellendem Dröhnen, über Land und Fluß hin seine unabhängige Bahn, und Bauschan erfreut mein Auge durch schöne, gestreckte Sprünge über das niedrige Gitter des Grasstreifens zur Linken, hinüber – herüber. Er springt in der Tat, weil er weiß, daß ich Gefallen daran finde; denn öfters habe ich ihn durch Zurufe und Klopfen auf das Gitter dazu angehalten und ihn belobt, wenn er meinem Wunsche entsprochen hatte; und auch jetzt kommt er beinahe nach jedem Satz, um sich sagen zu lassen, daß er ein kühner und eleganter Springer ist, worauf er auch noch gegen mein Gesicht emporspringt und meinen abwehrenden Arm mit der Nässe seines Maules verunreinigt. Zum zweiten aber obliegt er diesen Übungen im Sinne einer gymnastischen Morgentoilette; denn er glättet sein rauhgelegenes Fell durch die turnerische Bewegung und verliert daraus die Strohhalme des alten Moor, die es verunzierten.

Es ist gut, so am Morgen zu gehen, die Sinne verjüngt, die Seele gereinigt von dem Heilbade und langen Lethetrunke der Nacht. Mit kräftigem Vertrauen blickst du dem bevorstehenden Tage entgegen, aber du zögerst wohlig, ihn zu beginnen, Herr einer außerordentlichen, unbeanspruchten und unbeschwerten Zeitspanne zwischen Traum und Tag, die dir zum Lohn ward für eine sittliche Führung. Die Illusion eines stetigen, einfachen, unzerstreuten und beschaulich in sich gekehrten Lebens, die Illusion, ganz dir selbst zu gehören, beglückt dich; denn der Mensch ist geneigt, seinen augenblicklichen Zustand, sei dieser nun heiter oder verworren, friedlich oder leidenschaftlich, für den wahren, eigentümlichen und dauernden seines Lebens zu halten und namentlich jedes glückliche ex tempore sogleich in seiner Phantasie zur schönen Regel und unverbrüchlichen Gepflogenheit zu erheben, während er doch eigentlich verurteilt ist, aus dem Stegreif und moralisch von der Hand in den Mund zu leben. So glaubst du auch jetzt, die Morgenluft einziehend, an deine Freiheit und Tugend, während du wissen solltest und im Grunde auch weißt, daß die Welt ihre Netze bereit hält, dich darein zu verstricken, und daß du wahrscheinlich morgen schon wieder bis neun Uhr im Bette liegen wirst, weil du um zwei erhitzt, umnebelt und leidenschaftlich unterhalten hineingefunden... Sei es denn so. Heute bist du der Mann der Nüchternheit und der Frühe, der rechte Herr des Jägerburschen da, der eben wieder über das Gitter setzt, vor Freude, daß du heute mit ihm und nicht mit der Welt dort hinten leben zu wollen scheinst.

Wir verfolgen die Allee etwa fünf Minuten weit, bis zu dem Punkte, wo sie aufhört Allee zu sein und als grobe Kieswüste weiter dem Lauf des Flusses folgt; wir lassen diesen im Rücken und schlagen eine breit angelegte und, wie die Allee, mit einem Radfahrweg versehene, aber noch unbebaute Straße von feinerem Kiesgrund ein, die rechtshin, zwischen niedriger gelegenen Waldparzellen, gegen den Hang führt, welcher unsere Ufergegend, Bauschans Lebensschauplatz, im Osten begrenzt. Wir überschreiten eine andere, offen zwischen Wald und Wiesen hinlaufende Straße von ähnlichem Zukunftscharakter, die weiter oben, gegen die Stadt und die Trambahnhaltestelle hin, geschlossen mit Miethäusern bebaut ist; und ein abfallender Kiesweg führt uns in einen schön angelegten Grund, kurgartenartig zu schauen, aber menschenleer, wie die ganze Örtlichkeit um diese Stunde, mit Ruhebänken an den gewölbten Wegen, die sich an mehreren Stellen zu Rondells, reinlichen Kinderspielplätzen erweitern, und geräumigen Rasenplänen, auf welchen alte und wohlgeformte Bäume mit tief herabreichenden Kronen, so daß nur ein kurzes Stück der Stämme über dem Rasen zu sehen ist – Ulmen, Buchen, Linden und silbrige Weiden – in parkgemäßen Gruppen stehen. Ich habe meine Freude an der sorgfältigen Anlage, in der ich nicht ungestörter wandeln könnte, wenn sie mir gehörte. An nichts hat man es fehlen lassen. Die Kiespfade, welche die umgebenden sanften Grashänge herabkommen, sind sogar mit zementierten Rinnsteinen versehen. Und es gibt tiefe und anmutige Durchblicke zwischen all dem Grün, mit der Architektur einer der Villen als fernem Abschluß, die von zwei Seiten hereinblicken.

Hier ergehe ich mich ein Weilchen auf den Wegen, während

Bauschan in zentrifugaler Schräglage seines Körpers, berauscht vom Glücke des planen Raumes, die Rasenplätze mit tummelnden Kreuzundquer-Galoppaden erfüllt oder etwa mit einem Gebell, worin Entrüstung und Vergnügen sich mischen, ein Vöglein verfolgt, das, von Angst behext oder um ihn zu necken, immer dicht vor seinem Maule dahinflattert. Da ich mich aber auf eine Bank setze, ist auch er zur Stelle und nimmt auf meinem Fuße Platz. Denn ein Gesetz seines Lebens ist, daß er nur rennt, wenn ich selbst mich in Bewegung befinde, sobald ich mich aber niederlasse, ebenfalls Ruhe beobachtet. Das hat keine erkennbare Notwendigkeit; aber Bauschan hält fest daran.

Es ist sonderbar, traulich und drollig, ihn auf meinem Fuße sitzen zu fühlen, den er mit seiner fieberhaften Körperwärme durchdringt. Erheiterung und Sympathie bewegen mir die Brust, wie fast ohne Unterlaß in seiner Gesellschaft und Anschauung. Er hat eine stark bäurische Art zu sitzen, die Schulterblätter nach außen gedreht, bei ungleichmäßig einwärts gestellten Pfoten. Seine Figur scheint kleiner und plumper, als wahr ist, in diesem Zustande, und mit komischer Wirkung wird der weiße Haarwirbel an seiner Brust dabei vorgedrängt. Aber der würdig in den Nacken gestemmte Kopf macht jede Einbuße an schöner Haltung wett kraft all der hohen Aufmerksamkeit, die sich darin ausprägt... Es ist so still, da wir beide uns still verhalten. Sehr abgedämpft dringt das Rauschen des Flusses hierher. Da werden die kleinen und heimlichen Regungen in der Runde bedeutend und spannen die Sinne: das kurze Rascheln einer Eidechse, ein Vogellaut, das Wühlen eines Maulwurfs im Grunde. Bauschans Ohren sind aufgerichtet, soweit eben die Muskulatur von Schlappohren dies zuläßt. Er legt den Kopf schief, um sein Gehör zu schärfen. Und die Flügel seiner feuchtschwarzen Nase sind in unaufhörlicher, empfindlich witternder Bewegung.

Dann legt er sich nieder, wobei er jedoch die Berührung mit meinem Fuße wahrt. Er liegt im Profil gegen mich, in der uralten, ebenmäßigen und tierisch-idolhaften Haltung der Sphinx, Kopf und Brust erhoben, die vier Oberschenkel am Leibe, die Pfoten gleichlaufend vorgestreckt. Da ihm warm geworden, öffnet er den Rachen, wodurch die gesammelte Klugheit seiner Miene sich ins Bestialische löst, seine Augen sich blinzelnd verschmälern; und zwischen seinen weißen, kernigen Eckzähnen schlappt lang eine rosenrote Zunge hervor.

Wie wir Bauschan gewannen

Ein ansprechend gedrungenes, schwarzäugiges Fräulein, das, unterstützt von einer kräftig heranwachsenden und ebenfalls schwarzäugigen Tochter, in der Nähe von Tölz eine Bergwirtschaft betreibt, vermittelte uns die Bekanntschaft mit Bauschan und seine Erwerbung. Das ist zwei Jahre her, und er war damals ein halbes alt. Anastasia – dies der Name der Wirtin – wußte wohl, daß wir unsern Percy, einen schottischen Schäferhund und harmlos geisteskranken Aristokraten, der bei vorgerücktem Alter von einer peinvollen und entstellenden Hautkrankheit heimgesucht worden, hatten erschießen lassen müssen und seit Jahr und Tag des Wächters entbehrten. Darum meldete sie uns von ihrem Berge herab durch den Fernsprecher, daß ein Hund, wie wir ihn uns nur wünschen könnten, sich bei ihr in Kost und Kommission befinde und jederzeit zu besichtigen sei.

So stiegen wir denn, da die Kinder drängten und die Neugier der Erwachsenen kaum hinter der ihren zurückstand, schon am folgenden Nachmittag Anastasias Höhe hinan und fanden die Pächterin in ihrer geräumigen, von warmen und nahrhaften Dünsten erfüllten Küche, wo sie, die runden Unterarme entblößt und das Kleid am Halse geöffnet, mit hochgerötetem, feuchtem Gesicht die Abendmahlzeit für ihre Pensionäre bereitete, wobei die Tochter, in ruhigem Fleiße hin und her gehend, ihr Handreichungen leistete. Wir wurden freundlich begrüßt, daß wir die Angelegenheit nicht auf die lange Bank geschoben und den Weg daher gleich gefunden hätten, ward lobend bemerkt. Und auf unser fragendes Umsehen führte Resi, die Tochter, uns vor den Küchentisch, wo sie die Hände auf die Knie stützte und einige schmeichelnd ermutigende Worte unter die

Platte richtete. Denn dort, mit einem schadhaften Strick an ein Tischbein gebunden, stand ein Wesen, dessen wir im lodernden Halbdunkel des Raumes bisher nicht gewahr geworden, bei dessen Anblick aber niemand eines jammervollen Gelächters sich hätte enthalten können.

Er stand da auf hohen Knickbeinen, den Schwanz zwischen den Hinterschenkeln, die vier Füße nahe beieinander, den Rükken gekrümmt, und zitterte. Er mochte vor Furcht zittern, aber man gewann eher den Eindruck, daß es aus Mangel an wärmendem Fleische geschähe, denn nur ein Skelettchen stellte das Wesen dar, ein Brustgitter nebst Wirbelsäule, mit ruppigem Fell überzogen und vierfach gestelzt. Er hatte die Ohren zurückgelegt – eine Muskelstellung, die ja sofort jedes Licht verständigen Frohmuts in einer Hundephysiognomie zum Erlöschen bringt und in seinem übrigens noch ganz kindlichen Gesicht diese Wirkung denn auch so völlig erzielte, daß nichts als Dummheit und Elend sowie die inständige Bitte um Nachsicht sich darin ausdrückten, wozu noch kam, daß das, was man noch heute seinen Schnauz- und Knebelbart nennen könnte, damals im Verhältnis viel stärker ausgebildet war und dem Gesamtjammer seiner Erscheinung eine Schattierung säuerlicher Schwermut hinzufügte.

Alles beugte sich nieder, um dem Kummerbilde Lock- und Trostworte zuzuwenden. Und in den mitleidigen Jubel der Kinder hinein gab Anastasia vom Herde her ihre Erläuterungen zu der Person des Köstlings. Er werde vorläufig Lux gerufen und sei bester Eltern Sohn, sagte sie mit ihrer angenehmen, gesetzten Stimme. Die Mutter habe sie selbst gekannt und von dem Vater nur Gutes gehört. Gebürtig sei Lux von einer Ökonomie in Huglfing, und nur bestimmter Umstände wegen wünschten seine Besitzer ihn preiswert abzugeben, weshalb sie ihn zu ihr gebracht hätten, im Hinblick auf den vielfachen Verkehr in ihrem Hause. Sie seien in ihrem Wägelchen gekommen, und Lux sei unverzagt zwischen den Hinterrädern gelaufen, die ganzen zwanzig Kilometer. Gleich habe sie ihn uns zugedacht, da wir nach einem guten Hunde doch ausschauten, und sie sei beinahe gewiß, daß wir uns zu ihm entschließen würden. Wollten wir es doch tun, dann sei allen Teilen geholfen! Wir würden bestimmt viel Freude an ihm haben, er für sein Teil stehe dann nicht mehr allein in der Welt, sondern habe ein behagliches Plätzchen gefunden, und sie, Anastasia, könne beruhigt seiner gedenken. Wir möchten uns nur nicht durch das Gesicht, das er jetzt mache, gegen ihn einnehmen lassen. Jetzt sei er betreten und ohne Selbstvertrauen infolge der fremden Umgebung. Aber in kürzester Zeit werde es sich schon zeigen, daß er von hervorragend guten Eltern stamme.

– Ja, aber sie hätten offenbar nicht recht zueinander gepaßt?

– Doch; insofern es beides ausgezeichnete Tiere gewesen seien. In ihm lägen die besten Eigenschaften, dafür leiste sie, Fräulein Anastasia, Gewähr. Auch sei er unverwöhnt und mäßig in seinen Bedürfnissen, was heutzutage ja ins Gewicht falle: bisher habe er sich überhaupt nur mit Kartoffelschalen genährt. Wir sollten ihn nur erst einmal heimführen, probeweise und ohne Verbindlichkeit. Sie nehme ihn zurück und zahle die kleine Kaufsumme wieder, sollten wir finden, daß wir kein Herz zu ihm fassen könnten. Das sage sie ungescheut und besorge gar nicht, daß wir sie beim Wort nehmen möchten. Denn wie sie ihn kenne und uns kenne – beide Parteien also –, sei sie überzeugt, daß wir ihn liebgewinnen und gar nicht daran denken würden, uns wieder von ihm zu trennen.

Sie sagte noch vieles in diesem Sinne, ruhig, fließend und angenehm, während sie am Herde hantierte und zuweilen die Flammen zauberisch vor ihr emporschlugen. Endlich kam sie sogar selbst und öffnete mit beiden Händen Luxens Maul, um uns seine schönen Zähne und aus irgendwelchen Gründen auch seinen rosigen, geriefelten Gaumen zu zeigen. Die fachmännisch vorgelegte Frage, ob er schon die Staupe gehabt, erklärte sie mit leichter Ungeduld, nicht beantworten zu können. Und was die Größe betreffe, die er erreichen werde, so werde es die unseres verstorbenen Percy sein, entgegnete sie schlagfertig. Es gab noch viel Hin und Her, viel warmherziges Zureden auf Anastasias Seite, das in den Fürbitten der Kinder Verstärkung fand, viel halbgewonnene Ratlosigkeit auf der unserigen. Schließlich suchten wir um kurze Bedenkzeit nach, die gern gewährt wurde, und stiegen nachdenklich zu Tal, unsere Eindrücke prüfend und überschlagend.

Aber den Kindern hatte die vierbeinige Trübsal unter dem Tisch es natürlich angetan, und wir Erwachsenen gaben uns vergebens die Miene, ihre Wahl- und Urteilslosigkeit zu belächeln: auch wir fühlten den Stachel im Herzen und sahen wohl, daß es uns schwer fallen würde, das Bild des armen Lux wieder aus unsrem Gedächtnis zu tilgen. Was würde aus ihm werden, wenn wir ihn verschmähten? In welche Hände würde er geraten? Eine mysteriöse und schreckliche Gestalt erhob sich in unsrer Phantasie: der Wasenmeister, vor dessen abscheulichem Zugriff wir Percy einst durch ein paar ritterliche Kugeln des Büchsenmachers und durch eine ehrliche Grabstätte am Rande unsres Gartens bewahrt hatten. Wollten wir Lux einem ungewissen und vielleicht schaurigen Schicksal überlassen, so hätten wir uns hüten sollen, seine Bekanntschaft zu machen und sein Kindergesicht mit dem Schnurr- und Knebelbart zu studieren; da wir um seine Existenz nun einmal wußten, schien eine Verantwortung auf uns gelegt, die wir schwerlich und nur gewaltsamerweise würden verleugnen können. – So kam es, daß schon der dritte Tag uns wieder jenen sanften Ausläufer der Alpen erklimmen sah. Nicht daß wir zu der Erwerbung entschlossen gewesen wären. Aber wir sahen wohl, daß die Sache, wie alles stand und lag, einen andern Ausgang kaum würde nehmen können.

Diesmal saßen Anastasia und ihre Tochter an den Schmalseiten des Küchentisches einander gegenüber und tranken Kaffee. Zwischen ihnen, vor dem Tische, saß der mit dem vorläufigen Namen Lux – saß schon ganz so, wie er heute zu sitzen pflegt, die Schulterblätter bäurisch verdreht, die Pfoten einwärts gestellt, und hinter seinem vertragenen Lederhalsband stak ein Feldblumensträußchen, das eine festliche Aufhöhung seiner Erscheinung entschieden bewirkte und ihm ein wenig die Miene eines sonntäglich unternehmenden Dorfburschen oder ländlichen Hochzeiters verlieh. Das jüngere Fräulein, selbst schmuck in ihrer volkstümlichen Miedertracht, hatte ihn damit angetan, zum Einzuge in das neue Heim, wie sie sagte. Und Mutter und Tochter versicherten, nichts sei ihnen gewisser gewesen, als daß wir wiederkommen würden, um unsern Lux zu holen, und zwar ausgemacht heute.

So erwies sich denn gleich bei unserm Eintritt jede weitere Debatte als unmöglich und abgeschnitten. Anastasia bedankte sich in ihrer angenehmen Art für den Kaufschilling, den wir ihr einhändigten, und der sich auf zehn Mark belief. Es war klar, daß sie ihn uns mehr in unserm Interesse als in dem ihren oder dem der Ökonomensleute auferlegt hatte: um nämlich dem armen Lux in unsrer Vorstellung einen positiven und ziffernmäßigen Wert zu verleihen. Dies verstanden wir und erlegten die Abgabe gern. Lux ward losgebunden von seinem Tischbein, das Ende des Strickes mir eingehändigt, und die freundlichsten Wünsche und Verheißungen folgten unserm Zuge über Fräulein Anastasias Küchenschwelle.

Es war kein Triumphzug, worin wir mit unserm neuen Hausgenossen den etwa einstündigen Heimweg zurücklegten, zumal der Hochzeiter sein Sträußchen in der Bewegung bald eingebüßt hatte. Wir lasen wohl Heiterkeit, aber auch spöttische Geringschätzung in den Blicken der Begegnenden, wozu die Gelegenheit sich vervielfältigte, als unser Weg uns durch den Marktflecken führte, und zwar der Länge nach. Zum Überfluß hatte sich bald herausgestellt, daß Lux, wahrscheinlich von langer Hand her, an einer Diarrhöe litt, was uns zu häufigem Verweilen unter den Augen der Städter zwang. Wir umstanden dann schützend im Kreise sein inniges Elend, indem wir uns fragten, ob es nicht schon die Staupe sei, die da ihre schlimmen Merkmale kundgebe, – eine hinfällige Besorgnis, wie die Zukunft lehrte, die überhaupt an den Tag brachte, daß wir es mit einer reinen und festen Natur zu tun hatten, welche sich gegen Seuchen und Süchte bis auf diesen Augenblick im Kerne gefeit erwiesen hat.

Sobald wir angelangt, wurden die Dienstmädchen zur Stelle beordert, damit sie mit dem Familienzuwachs Bekanntschaft machten und auch wohl ihr bescheidenes Gutachten über ihn abgäben. Man sah wohl, wie sie sich zur Bewunderung anschickten; nachdem sie ihn aber ins Auge gefaßt und in unsern schwankenden Mienen gelesen, lachten sie derb, wandten dem traurig Blickenden die Schultern zu und machten abwehrende Handbewegungen gegen ihn. Hierdurch in dem Zweifel bestärkt, ob für den menschenfreundlichen Sinn der Spesen, die Anastasia uns abgefordert, Verständnis bei ihnen vorauszusetzen sei, sagten wir ihnen, daß wir den Hund geschenkt bekommen hätten, und führten Lux auf die Veranda, um ihm eine aus gehaltvollen Abfällen zusammengesetzte Empfangsmahlzeit anzubieten.

Kleinmut ließ ihn alles zurückweisen. Er beroch wohl die Bissen, zu denen man ihn einlud, stand aber scheu davon ab, unfähig, sich zu dem Glauben zu ermannen, daß Käserinde und Hühnerbeine für ihn bestimmt sein könnten. Dagegen schlug er das mit Seegras gefüllte Sackkissen nicht aus, das zu seiner Bequemlichkeit auf dem Flur bereitgelegt worden, und ruhte dort mit unter sich gezogenen Pfoten, während in den inneren Zimmern der Name beraten und endgültig bestimmt wurde, den er in Zukunft führen sollte.

Auch am folgenden Tage noch weigerte er sich, zu essen, dann folgte ein Zeitabschnitt, während dessen er ohne Maß und Unterschied alles verschlang, was in den Bereich seines Maules kam, bis er endlich in Dingen der Ernährung zu ruhiger Regel und prüfender Würde gelangte. Es ist damit der Prozeß seiner Eingewöhnung und bürgerlichen Festigung in großem Zuge bezeichnet. Ich verliere mich nicht in eine übergetreue Ausmalung dieses Prozesses. Er erlitt eine Unterbrechung durch das vorübergehende Abhandenkommen Bauschans: die Kinder hatten ihn in den Garten geführt, sie hatten ihn der Leine entledigt, um ihm Bewegungsfreiheit zu gönnen, und in einem unbewachten Augenblick hatte er durch die niedrige Lücke, die die Zaunpforte über dem Boden ließ, das Weite gewonnen. Sein Verschwinden erregte Bestürzung und Trauer, zum mindesten in der herrschaftlichen Sphäre, da die Dienstmädchen den Verlust eines geschenkten Hundes auf die leichte Achsel zu nehmen geneigt waren, oder ihn als Verlust wohl überhaupt nicht anerkennen wollten. Das Telephon spielte stürmisch zwischen uns und Anastasias Bergwirtschaft, wo wir ihn hoffnungsweise vermuteten. Umsonst, er hatte sich dort nicht sehen lassen; und zwei Tage mußten vergehen, bis das Fräulein uns melden konnte, sie habe Botschaft aus Huglfing, vor anderthalb Stunden sei Lux auf der heimatlichen Ökonomie erschienen. Ja, er war dort, der Idealismus seines Instinktes hatte ihn zurückgezogen in die Welt der Kartoffelschalen und ihn die zwanzig Kilometer Weges, die er einst zwischen den Rädern zurückgelegt, in einsamen Tagemärschen, bei Wind und Wetter, wieder überwinden lassen! So mußten seine ehemaligen Besitzer ihr Wägelchen neuerdings anspannen, um ihn zunächst in Anastasias Hände zurückzuliefern, und nach Verlauf von weiteren zwei Tagen machten wir uns abermals auf, den Irrfahrer einzuholen, den wir wie vordem an das Tischbein gefesselt fanden, zerzaust und abgetrieben, mit dem Kot der Landstraßen bespritzt. Wahrhaftig, er gab Zeichen des Wiedererkennens und der Freude, als er unsrer ansichtig wurde! Aber warum hatte er uns dann verlassen?

Es kam eine Zeit, da deutlich war, daß er sich die Ökonomie wohl aus dem Sinne geschlagen, bei uns aber auch so recht noch nicht Wurzel gefaßt hatte, so daß er in seiner Seele herrenlos und gleich einem taumelnden Blatt im Winde war. Damals mußte man beim Spazierengehen scharf auf ihn achthaben, da er sehr dazu neigte, das schwache sympathetische Band zwischen sich und uns unvermerkt zu zerreißen und sich in den Wäldern zu verlieren, wo er gewiß bei selbständig schweifender Lebensweise auf den Zustand seiner wilden Urelltern zurückgesunken wäre. Unsere Fürsorge bewahrte ihn vor diesem dunkeln Schicksal, sie hielt ihn fest auf der hohen, von seinem Geschlecht in Jahrtausenden erreichten Gesittungsstufe an der Seite des Menschen; und dann trug ein einschneidender Ortswechsel, unsere Übersiedelung in die Stadt oder Vorstadt, mit einem Schlage viel dazu bei, ihn eindeutig auf uns anzuweisen und ihn unserm Hauswesen mit Entschiedenheit zu verbinden.

Ein Mann im Isartale hatte mir gesagt, diese Art Hunde könne lästig fallen, sie wolle immer beim Herrn sein. So war ich gewarnt, die zähe Treue, die Bauschan mir wirklich alsbald zu beweisen begann, in ihrem Ursprunge allzu persönlich zu nehmen, wodurch es mir wiederum leichter wurde, sie zurückzudämmen und, soweit es nötig schien, von mir abzuwehren. Es handelt sich da um einen von weither überkommenen patriarchalischen Instinkt des Hundes, der ihn, wenigstens in seinen mannhafteren, die freie Luft liebenden Arten, bestimmt, im Manne, im Haus- und Familienoberhaupt unbedingt den Herrn, den Schützer des Herdes, den Gebieter zu erblicken und zu verehren, in einem besonderen Verhältnis ergebener Knechtsfreundschaft zu ihm seine Lebenswürde zu finden und gegen die übrigen Hausgenossen eine viel größere Unabhängigkeit zu bewahren. In diesem Geiste hielt es auch Bauschan mit mir beinahe vom ersten Tage an, hing mit mannentreuen Augen an meiner Person, indem er nach Befehlen zu fragen schien, die ich vorzog nicht zu erteilen, da sich bald zeigte, daß er im Gehorsam durchaus nicht besonders stark war, und heftete sich an meine Fersen in der sichtlichen Überzeugung, daß seine Unzertrennlichkeit von mir in der heiligen Natur der Dinge liege. Es war selbstverständlich, daß er im Familienkreise seinen Platz zu meinen und keines andren Füßen nahm. Es war ebenso selbstverständlich, daß er, wenn ich mich unterwegs von der Gemeinschaft absonderte, um irgendwelche eigenen Wege zu gehen, sich mir anschloß und meinen Schritten folgte. Er bestand auch auf meiner Gesellschaft, wenn ich arbeitete, und wenn er die Gartentür geschlossen fand, so kam er mit jähem, erschreckendem Satz durchs offene Fenster herein, wobei viel Kies ins Zimmer stob, und warf sich hochaufseufzend unter den Schreibtisch nieder.

Es gibt aber eine Achtung vor dem Lebendigen, zu wach, als daß nicht auch eines Hundes Gegenwart uns stören könnte, wenn es darauf ankommt, allein zu sein; und dann störte Bauschan mich auch auf handgreifliche Weise. Er trat neben meinen Stuhl, wedelte, sah mich mit verzehrenden Blicken an und trampelte auffordernd. Die geringste entgegenkommende Bewegung hatte zur Folge, daß er mit den Vorderbeinen die Armlehne des Sessels erkletterte, sich an meine Brust drängte, mich mit Luftküssen zum Lachen brachte, dann zu einer Untersuchung der Tischplatte überging, in der Annahme wohl, daß dort Eßbares zu finden sein müsse, da ich mich so angelegentlich darüber beugte, und mit seinen breiten, haarigen Jägerpfoten die frische Schrift verwischte. Scharf zur Ruhe gewiesen, legte er sich wohl nieder und schlief ein. Aber sobald er schlief, begann er zu träumen, wobei er mit allen vier ausgestreckten Füßen Laufbewegungen vollführte und ein zugleich hohes und dumpfes, gleichsam bauchrednerisches und wie aus einer andern Welt kommendes Gebell vernehmen ließ. Daß dies erregend und ablenkend auf mich wirkte, kann nicht wundernehmen, denn erstens war es unheimlich, und außerdem rührte und belästigte es mein Gewissen. Dieses Traumleben war zu offenkundig nur ein künstlicher Ersatz für wirkliches Rennen und Jagen, den seine Natur sich bereitete, weil das Glück der Bewegung im Freien ihm beim Zusammenleben mit mir nicht in dem Maße zuteil wurde, wie sein Blut und Sinn es verlangte. Das ging mir nahe; da es aber nicht zu ändern war, so geboten höhere Interessen, mir die Beunruhigung vom Halse zu schaffen, wobei ich vor mir selbst darauf hinweisen konnte, daß er bei schlechtem Wetter viel Schmutz ins Zimmer brachte und überdies mit seinen Klauen die Teppiche zerriß.

So wurde ihm denn der Aufenthalt in den Wohnräumen des Hauses und das Zusammensein mit mir, solange ich mich eben im Hause hielt, grundsätzlich, wenn auch unter Zulassung von Ausnahmen, verwehrt; und er begriff rasch das Verbot und fügte sich in das Widernatürliche, da gerade dies der unerforschliche Wille des Herrn und Hausgebieters war. Die Entfernung von mir, die oft und namentlich im Winter für große Teile des Tages gilt, ist nur eine Entfernung, keine wirkliche Trennung und Verbindungslosigkeit. Er ist nicht bei mir, auf meinen Befehl, aber das ist eben nur die Ausführung eines Befehles, ein verneintes Beimirsein, und von einem selbständigen Leben Bauschans, das er ohne mich während dieser Stunden führte, kann nicht gesprochen werden. Ich sehe wohl durch die Glastür meines Zimmers, wie er sich auf der kleinen Gartenwiese vorm Hause auf onkelhafte, ungeschickt possenhafte Art an den Spielen der Kinder beteiligt. Aber zwischendurch kommt er beständig zur Tür herauf, schnüffelt, da er mich durch die innere Tüllbespannung nicht sehen kann, an der Spalte, um sich meiner Anwesenheit zu versichern, und sitzt, dem Zimmer den Rücken zugewandt, wachthabend auf den Stufen. Ich sehe ihn wohl auch von meinem Tische aus auf dem erhöhten Wege drüben, zwischen den alten Espen, in nachdenklichem Bummeltrabe sich hinbewegen; doch solche Promenaden sind nur ein matter Zeitvertreib, ohne Stolz, Glück und Leben, und völlig undenkbar bleibt, daß Bauschan sich etwa auf eigene Hand dem herrlichen Jagdvergnügen hingeben könnte, obgleich niemand ihn daran hindern würde und meine Gegenwart, wie sich zeigen wird, nicht unbedingt erforderlich dazu wäre.

Sein Leben beginnt, wenn ich ausgehe – und ach, auch dann beginnt es oftmals noch nicht! Denn indem ich das Haus verlasse, fragt es sich, ob ich mich nach rechts wenden werde, die Allee hinunter, dorthin, wo es ins Freie und in die Einsamkeit unserer Jagdgründe geht, oder nach links, gegen die Trambahnstation, um in die Stadt zu fahren – und nur im ersteren Falle hat es für Bauschan einen Sinn, mich zu begleiten. Anfangs schloß er sich mir an, wenn ich die Welt wählte, nahm mit Erstaunen den herandonnernden Wagen wahr und folgte mir, seine Scheu gewaltsam unterdrückend, mit einem blinden und treuen Sprung auf die Plattform, mitten unter die Menschen. Aber ein Sturm der öffentlichen Entrüstung fegte ihn wieder hinunter, und so entschloß er sich denn, im Galopp neben dem brausenden Vehikel herzurennen, das so wenig dem Wägelchen glich, zwischen dessen Rädern er vor Zeiten getrabt. Redlich hielt er Schritt, solange es gehen wollte, und seine Atemkraft hätte ihn schwerlich im Stich gelassen. Aber den Sohn der Ökonomie verwirrte das städtische Treiben; er geriet Menschen zwischen die Füße, fremde Hunde fielen ihm in die Flanke, ein Tumult wilder Gerüche, wie er dergleichen noch nie erfahren, reizte und verstörte seinen Sinn, Häuserecken, durchsättigt mit den Essenzen alter Abenteuer, bannten ihn unwiderstehlich, er blieb zurück, er holte den Schienenwagen wohl wieder ein, allein es war ein falscher gewesen, dem er sich angeschlossen, ein dem richtigen vollständig ähnlicher; Bauschan lief blindlings in falscher Richtung fort, geriet tiefer und tiefer in die tolle Fremde hinein und fand sich erst nach zwei Tagen, ausgehungert und hinkend, in den Frieden des äußersten Hauses am Flusse heim, wohin zurückzukehren auch der Herr unterdessen vernünftig genug gewesen war.

Das geschah zweimal und dreimal; dann verzichtete Bauschan und stand endgültig ab davon, mich nach links zu begleiten. Er erkennt es sofort, was ich im Sinne habe, den Jagdgrund oder die Welt, wenn ich aus der Haustür trete. Er springt auf von der Fußmatte, darauf er, unter dem schützenden Portalbogen, mein Ausgehen herangewartet hat. Er springt auf, und in demselben Augenblick sieht er, wohin meine Absichten gehen: meine Kleidung verrät es ihm, der Stock, den ich trage, auch wohl meine Miene und Haltung, der Blick, den ich kalt und beschäftigt über ihn hinschweifen lasse oder ihm auffordernd zuwende. Er begreift. Er stürzt sich kopfüber die Stufen hinab und tanzt unter Schleuderdrehungen, in stummer Begeisterung, vor mir her zur Pforte, wenn der Ausgang gesichert scheint; er duckt sich, er legt die Ohren zurück, seine Miene erlischt, fällt gleichsam in Asche und Trübsal zusammen, wenn die Hoffnung entflieht, und seine Augen füllen sich mit dem Ausdruck scheuen Sünderelends, den das Unglück im Blicke der Menschen und Tiere erzeugt.

Zuweilen kann er nicht glauben, was er doch sieht und weiß, daß nämlich für diesmal alles aus und an kein Jagen zu denken ist. Seine Begierde war zu heftig, er leugnet die Merkmale, er will den städtischen Stock, die hochbürgerliche Herrichtung meiner Person nicht bemerkt haben. Er drängt sich mit mir durch die Pforte, schnellt sich draußen um seine Achse, sucht mich nach rechts zu ziehen, indem er zum Galopp ansetzt in dieser Richtung und den Kopf nach mir wendet, und zwingt sich, das schicksalhafte Nein zu übersehen, das ich seinen Anstrengungen entgegensetze. Er kommt zurück, wenn ich wirklich nach links gehe, begleitet mich, aus tiefster Brust schnaubend und kleine, wirre, hohe Laute ausstoßend, die sich aus der Überspannung seines Inneren lösen, den Zaun des Vorgartens entlang und fängt an, über das Gitter der anstoßenden öffentlichen Anlage hin und her zu springen, obgleich dies Gitter ziemlich hoch ist und er in der Luft etwas ächzen muß, in Besorgnis, sich weh zu tun. Er springt aus einer Art von verzweifelter, die Tatsachen verwerfender Munterkeit und auch um mich zu bestechen, mich durch seine Tüchtigkeit für sich zu gewinnen. Denn noch ist es nicht ganz – bei aller Unwahrscheinlichkeit nicht ganz und gar ausgeschlossen, daß ich am Ende der Anlage dennoch den Stadtweg verlasse, noch einmal nach links einbiege und ihn auf geringem Umwege, über den Briefkasten nämlich, wenn ich Post zu versorgen habe, dennoch ins Freie führe. Das kommt vor, aber es kommt selten vor, und wenn auch diese Hoffnung zerstob, so setzt Bauschan sich nieder und läßt mich ziehen.

Da sitzt er, in seiner bäurisch ungeschickten Haltung, mitten auf der Straße und blickt mir nach, den ganzen langen Prospekt hinauf. Drehe ich den Kopf nach ihm, so spitzt er die Ohren, aber er folgt nicht, auch auf Ruf und Pfiff würde er nicht folgen, er weiß, daß es zwecklos wäre. Noch am Ausgange der Allee kann ich ihn sitzen sehen, als kleines, dunkles, ungeschicktes Pünktchen inmitten der Straße, und es gibt mir einen Stich ins Herz, ich besteige die Tram nicht anders als mit Gewissensbissen. Er hat so sehr gewartet, und man weiß doch, wie Warten foltern kann! Sein Leben ist Warten – auf den nächsten Spaziergang ins Freie, und dieses Warten beginnt, wenn er ausgeruht ist von dem letzten Mal. Auch in der Nacht wartet er, denn sein Schlaf verteilt sich auf die ganzen vierundzwanzig Stunden des

Sonnenumlaufs, und manches Schlummerstündchen auf dem Grasteppich des Gartens, während die Sonne den Pelz wärmt, oder hinter den Vorhängen der Hütte muß die leeren Tagesstrekken verkürzen. So ist seine Nachtruhe denn auch zerrissen und ohne Einheit, vielfältig treibt es ihn um in der Finsternis, durch Hof und Garten, er wirft sich hierhin und dorthin und wartet. Er wartet auf den wiederkehrenden Besuch des Schließers mit der Laterne, dessen stapfenden Rundgang er gegen besseres Wissen mit grauenvoll meldendem Gebell begleitet; er wartet auf das Erbleichen des Himmels, das Krähen des Hahnes in einer entlegenen Gärtnerei, das Erwachen des Morgenwindes in den Bäumen und darauf, daß der Kücheneingang geöffnet wird, damit er hineinschlüpfen kann, um sich am Herde zu wärmen.

Aber ich glaube, die Marter der nächtlichen Langeweile ist milde, verglichen mit der, die Bauschan am hellen Tag zu erdulden hat, besonders, wenn schönes Wetter ist, sei es nun Winter oder Sommer, wenn die Sonne ins Freie lockt, das Verlangen nach starker Bewegung in allen Muskeln zerrt, und der Herr, ohne den nun einmal eine rechte Unternehmung nicht möglich ist, noch immer nicht seinen Platz hinter der Glastür verlassen will. Bauschans beweglicher kleiner Leib, in dem das Leben so rasch und fieberhaft pulst, ist durch und durch und im Überfluß ausgeruht, an Schlaf ist nicht mehr zu denken. Er kommt auf die Terrasse vor meiner Tür, läßt sich mit einem Seufzer, der aus der Tiefe seines Innern kommt, auf den Kies fallen und legt den Kopf auf die Pfoten, indem er von unten herauf mit einem Dulderblick gen Himmel schaut. Das dauert nur ein paar Sekunden, dann ist er der Lage schon satt und übersatt, empfindet sie als unhaltbar. Etwas kann er noch tun. Er kann die Stufen hinabsteigen und an einem der pyramidenförmigen Lebensbäumchen, welche die Rosenbeete flankieren, das Bein heben – dem rechter Hand, das dank Bauschans Gewohnheiten alljährlich an Verätzung eingeht und ausgewechselt werden muß. Er steigt also hinab und tut, wozu kein wahres Bedürfnis ihn treibt, was aber vorübergehend immerhin zu seiner Zerstreuung dienen kann. Lange steht er, trotz vollständiger Unergiebigkeit seines Tuns, auf drei Beinen, so lange, daß das vierte in der Luft zu zittern beginnt und Bauschan hüpfen muß, um sein Gleichgewicht zu wahren. Dann steht er wieder auf allen Vieren und ist nicht besser daran als zuvor. Stumpf blickt er empor in die Zweige der Eschengruppe, durch die mit Zwitschern zwei Vögel huschen, sieht den Gefiederten nach, wie sie pfeilschnell davonstreichen, und wendet sich ab, indem er über soviel kindliche Leichtlebigkeit die Achseln zu zucken scheint. Er reckt und streckt sich, als wollte er sich auseinanderreißen, und zwar zerlegt er, der Ausführlichkeit halber, das Unternehmen in zwei Abteilungen: Er dehnt zuerst die vorderen Gliedmaßen, wobei er das Hinterteil in die Lüfte erhebt, und hierauf dieses, mit weit hinausgestreckten Hinterbeinen; und beide Male reißt er in viehischem Gähnen den Rachen auf. Dann ist auch dies geschehen – die Handlung ließ sich nicht weiter ausgestalten, und hat man sich eben nach allen Regeln gestreckt, so kann man es vorläufig nicht wieder tun. Bauschan steht also und blickt in trübem Sinnen vor sich zu Boden. Dann beginnt er, sich langsam und suchend um sich selber zu drehen, als wollte er sich niederlegen und sei nur noch ungewiß, in welcher Weise. Doch entschließt er sich anders und geht trägen Schrittes in die Mitte des Rasenplatzes, wo er sich mit einer plötzlichen, fast wilden Bewegung auf den Rücken wirft, um diesen in lebhaftem Hinundherwälzen auf dem gemähten Grasboden zu scheuern und zu kühlen. Das muß mit starkem Wonnegefühl verbunden sein, denn er zieht krampfig die Pfoten an, indem er sich wälzt, und beißt im Taumel des Reizes und der Befriedigung nach allen Seiten in die Luft. Ja, um so leidenschaftlicher kostet er die Lust bis zur schalen Neige, als er weiß, daß sie keinen Bestand hat, daß man sich nicht länger als allenfalls zehn Sekunden so wälzen kann, und daß nicht jene gute Müdigkeit darauf folgt, die man durch fröhliche Anstrengung erwirbt, sondern nur die Ernüchterung und verdoppelte Öde, mit der man den Rausch, die betäubende Ausschweifung bezahlt. Er liegt einen Augenblick mit verdrehten Augen und wie tot auf der Seite. Dann steht er auf, um sich zu schütteln. Er schüttelt sich, wie nur seinesgleichen sich schütteln kann, ohne eine Gehirnerschütterung besorgen zu müssen, schüttelt sich, daß es klatscht und klappert, daß ihm die Ohren unter die Kinnbacken schlagen und die Lefzen von den weiß schimmernden Eckzähnen fliegen. Und dann? Dann steht er regungslos, in starrer Weltverlorenheit auf dem Plan und weiß endgültig auch nicht das geringste mehr mit sich anzufangen. Unter diesen Umständen greift er zu etwas Äußerstem. Er ersteigt die Terrasse, kommt an die Glastür, und mit zurückgelegten Ohren und einer wahren Bettlermiene hebt er zögernd die eine Vorderpfote und kratzt an der Tür – nur einmal und nur ganz schwach, aber diese sanft und zaghaft erhobene Pfote, dies zarte und einmalige Kratzen, zu dem er sich entschloß, da er sich anders nicht mehr zu raten wußte, ergreifen mich mächtig, und ich stehe auf, um ihm zu öffnen, um ihn zu mir einzulassen, obgleich ich weiß, daß das zu nichts Gutem führen kann; denn sofort beginnt er zu springen und zu tanzen, im Sinne der Aufforderung zu männlichen Unternehmungen, schiebt dabei den Teppich in hundert Falten, bringt das Zimmer in Aufruhr, und um meine Ruhe ist es geschehen.

Aber nun urteile man doch, ob es mir leicht fallen kann, mit der Tram davonzufahren, nachdem ich Bauschan so habe warten sehen, und ihn als trauriges Pünktchen tief unten in der Pappelallee sitzen zu lassen! Im Sommer, bei lang währendem Tageslicht, ist schließlich das Unglück noch nicht so groß, denn dann besteht gute Aussicht, daß wenigstens noch mein Abendspaziergang mich ins Freie führt, so daß Bauschan, wenn auch nach härtester Wartefrist, doch noch auf seine Kosten kommt und, einiges Jagdglück vorausgesetzt, einen Hasen hetzen kann. Im Winter aber ist alles aus für diesen Tag, wenn ich mittags davonfahre, und Bauschan muß auf vierundzwanzig Stunden jede Hoffnung begraben. Denn dann ist zur Stunde meines zweiten Ausgangs schon lange die Nacht eingefallen, die Jagdgründe liegen in unzugänglicher Finsternis, ich muß meine Schritte in künstlich beleuchtete Gegenden lenken, flußaufwärts, durch Straßen und städtische Anlagen, und das ist nichts für Bauschans Natur und schlichten Sinn; er folgte wohl anfangs, verzichtete aber bald und blieb zu Hause. Nicht nur, daß sichtige Tummelfreiheit ihm fehlte – das Helldunkel machte ihn schreckhaft, er scheute wirrköpfig vor Mensch und Strauch, die aufwehende Pelerine eines Schutzmannes ließ ihn heulend zur Seite springen und mit dem Mut des Entsetzens den ebenfalls zu Tode erschreckten Beamten anfahren, der den erlittenen Choc durch einen Strom derber und drohender Schimpfreden an meine und Bauschans Adresse aufzuheben suchte – und was der Verdrießlichkeiten noch mehr waren, die uns beiden erwuchsen, wenn er mich bei Nacht und Nebel begleitete. – Bei Gelegenheit des Schutzmannes will ich übrigens einflechten, daß es drei Arten von Menschen sind, denen Bauschans ganze Abneigung gehört, nämlich Schutzleute, Mönche und Schornsteinfeger. Diese kann er nicht leiden und fällt sie mit wütendem Bellen an, wenn sie am Hause vorübergehen oder wo und wann immer sie ihm sonst unter die Augen kommen.

Überdies nun aber ist ja der Winter die Jahreszeit, wo die Welt unserer Freiheit und Tugend am dreistesten nachstellt, uns ein gleichmäßig gesammeltes Dasein, ein Dasein der Zurückgezogenheit und der stillen Vertiefung am wenigsten gönnt, und so zieht mich die Stadt denn nur allzuoft noch ein zweites Mal, auch abends noch, an sich, die Gesellschaft macht ihre Rechte geltend, und erst spät, um Mitternacht, setzt eine letzte Tram mich draußen am vorletzten Haltepunkt ihrer Linie ab, oder ich komme auch wohl noch später, wenn schon längst keine Fahrgelegenheit sich mehr bietet, zu Fuße daher, zerstreut, weinselig, rauchend, jenseits natürlicher Müdigkeit und von falscher Sorglosigkeit in betreff aller Dinge umfangen. Dann geschieht es wohl, daß mein Zuhause, mein eigentliches und stilles Leben mir entgegenkommt, mich nicht allein ohne Vorwürfe und Empfindlichkeit, sondern mit größter Freude begrüßt und willkommen heißt und bei mir selbst wieder einführt – und zwar in Bauschans Gestalt. In völliger Dunkelheit, beim Rauschen des Flusses, biege ich in die Pappelallee, und nach ein paar Schritten fühle ich mich lautlos umtanzt und umfuchtelt, – ich wußte anfangs minutenlang nicht, wie mir geschah. »Bauschan?« fragte ich in das Dunkel hinein... Da verstärkt sich das Tanzen und Fuchteln aufs äußerste, es artet aus ins Derwischmäßige und Berserkerhafte, bei dauernder Lautlosigkeit, und in dem Augenblick, wo ich stehenbleibe, habe ich die ehrlichen, wenn auch nassen und schmutzigen Pfoten auf dem Brustaufschlag meines Mantels, und es schnappt und schlappt vor meinem Gesicht, so daß ich mich zurückbeugen muß, indes ich das magere, von Schnee oder Regen ebenfalls nasse Schulterblatt klopfe... Ja, er hat mich von der Tram abgeholt, der Gute; wohl auf dem Laufenden über mein Tun und Lassen, wie immer, hat er sich aufgemacht, als es ihm an der Zeit schien, und mich an der Station erwartet – hat vielleicht lange gewartet, in Schnee oder Regen, und seine Freude über mein endliches Eintreffen weiß nichts von Nachträgerei meiner grausamen Treulosigkeit wegen, obgleich ich ihn heute völlig vernachlässigt habe und all sein Hoffen und Harren vergeblich war. Ich lobe ihn sehr, während ich ihn klopfe und während wir heimwärts gehen. Ich sage ihm, daß er schön gehandelt, und gebe bindende Versprechungen ab in betreff des morgenden Tages, sichere ihm zu (das heißt: nicht sowohl ihm als mir), daß wir morgen mittag bestimmt und bei jeder Witterung auf die Jagd miteinander gehen werden, und unter solchen Vorsätzen verraucht meine Weltlaune, Ernst und Nüchternheit kehren in mein Gemüt zurück, und mit der Vorstellung der Jagdgründe und ihrer Einsamkeit verbindet sich der Gedanke an höhere, geheime und wunderliche Obliegenheiten...

Aber ich will weitere Einzelzüge zu Bauschans Charakterbild beibringen, so, daß es dem willigen Leser in höchst erreichbarer Lebendigkeit vor Augen trete. Vielleicht gehe ich am geschicktesten vor, indem ich dasjenige des verstorbenen Percy zur Vergleichung heranziehe; denn ein ausgeprägterer Gegensatz, als der zwischen diesen beiden Naturen ist innerhalb ein und derselben Gattung kaum erdenklich. Als grundlegend ist festzuhalten, daß Bauschan sich vollkommener geistiger Gesundheit erfreut, während Percy, wie ich schon einflocht, und wie es bei adligen Hunden nicht selten vorkommt, Zeit seines Lebens ein Narr war, verrückt, das Musterbild überzüchteter Unmöglichkeit. Es ist davon früher, in größerem Zusammenhange, die Rede gewesen. Hier sei nur Bauschans volkstümlich schlichter Sinn dagegengestellt, sich äußernd zum Beispiel bei Ausgängen oder Begrüßungen, wo denn die Kundgebungen seiner Gemütsbewegung sich durchaus im Bereich des Verständigen und einer gesunden Herzlichkeit halten, ohne je die Grenzen der Hysterie auch nur zu streifen, welche Percys Gebaren bei jeder solchen Gelegenheit in oft empörender Weise überschritt.

Dennoch ist hiermit nicht der ganze Gegensatz zwischen den beiden Geschöpfen aufgezeigt; in Wahrheit ist er verwickelter und gemischter. Bauschan nämlich ist zwar derb, wie das Volk, aber auch wehleidig wie dieses; während sein adliger Vorgänger mit mehr Zartheit und Leidensfähigkeit eine unvergleichlich festere und stolzere Seele verband und trotz aller Narrheit es an Selbstzucht dem Bäuerlein bei weitem zuvortat. Nicht im Sinne einer aristokratischen Lehrmeinung, sondern einzig und allein der Lebenswahrheit zu Ehren hebe ich diese Mischung der Gegensätze von grob und weichlich, zart und standhaft hervor. Bauschan zum Beispiel ist ganz der Mann, auch die kältesten Winternächte im Freien, das heißt auf dem Stroh und hinter den Rupfenvorhängen seiner Hütte zu verbringen. Eine Blasenschwäche hindert ihn, sieben Stunden ununterbrochen sich in geschlossenem Raume aufzuhalten, ohne sich zu vergehen; und so mußte man sich entschließen, ihn auch zu unwirtlicher Jahreszeit auszusperren, in gerechtem Vertrauen auf seine robuste Gesundheit. Denn kaum daß er mir einmal, nach besonders eisiger Nebelnacht, nicht nur mit märchenhaft bereiftem Schnurr- und Knebelbart, sondern auch ein wenig erkältet, mit dem einsilbig-stoßhaften Husten der Hunde entgegenkommt, – nach wenig Stunden schon hat er die Reizbarkeit überwunden und trägt keinen Schaden davon. Wer hätte sich wohl getraut, den seidenhaarigen Percy dem Grimme solcher Nacht auszusetzen? Andererseits hegt Bauschan eine Angst vor jedem, auch dem geringsten Schmerz und antwortet auf einen solchen mit einer Erbärmlichkeit, die Widerwillen erregen müßte, wenn sie nicht eben durch ihre naive Volkstümlichkeit entwaffnete und Heiterkeit einflößte. Jeden Augenblick, während er im Unterholz pirscht, höre ich ihn laut aufquieken, weil ein Dorn ihn geritzt, ein schnellender Zweig ihn getroffen hat; und läßt ihn beim Sprung über ein Gitter sich ein wenig den Bauch geschunden, den Fuß verstaucht haben, das gibt ein antikisches Heldengeschrei, ein dreibeiniges Gehumpelt-Kommen, ein fassungsloses Weinen und Sichbeklagen, – desto durchdringender übrigens, je mitleidiger man ihm zuredet, und all dies, obgleich er nach einer Viertelstunde wieder rennen und springen wird wie zuvor.

Da war es ein ander Ding mit Perceval. Der biß die Zähne zusammen. Die Lederpeitsche fürchtete er, wie Bauschan sie fürchtet, und leider bekam er sie öfter zu kosten als dieser; denn erstens war ich jünger und hitziger in seinen Lebenstagen als gegenwärtig, und außerdem nahm seine Kopflosigkeit nicht selten ein frevelhaftes und böses Gepräge an, welches nach Züchtigung geradezu schrie und dazu aufreizte. Wenn ich denn also, zum äußersten gebracht, die Karbatsche vom Nagel nahm, so verkroch er sich wohl zusammengeduckt unter Tisch und Bank; aber nicht ein Wehelaut kam über seine Lippen, wenn der Schlag und noch einer, niedersauste, höchstens ein ernstes Stöhnen, falls es ihn allzu beißend getroffen hatte – während Gevatter Bauschan vor ordinärer Feigheit schon quiekt und schreit, wenn ich nur den Arm hebe. Kurzum, keine Ehre, keine Strenge gegen sich selbst. Übrigens gibt seine Führung zu strafendem Einschreiten kaum jemals Veranlassung, zumal ich es längst verlernt habe, Leistungen von ihm zu verlangen, die seiner Natur widersprechen, und deren Forderung also zum Zusammenstoß führen könnte.

Kunststücke, zum Beispiel, verlange ich nicht von ihm; es wäre vergebens. Er ist kein Gelehrter, kein Marktwunder, kein pudelnärrischer Aufwärter; er ist ein vitaler Jägerbursch und kein Professor. Ich hob hervor, daß er ein vorzüglicher Springer ist. Wenn es darauf ankommt, so nimmt er jedes Hindernis – ist es allzu hoch, um in freiem Sprunge bewältigt zu werden, so klettert er anspringend hinauf und läßt sich jenseits hinunterfallen, genug, er nimmt es. Aber das Hindernis muß ein wirkliches

543

Hindernis sein, das heißt ein solches, unter dem man nicht durchlaufen oder durchschlüpfen kann: sonst würde Bauschan es als verrückt empfinden, darüber wegzuspringen. Eine Mauer, ein Graben, ein Gitter, ein lückenloser Zaun das sind solche Hindernisse. Eine querliegende Stange, ein vorgehaltener Stock, das ist k e i n solches, und also kann man auch nicht darüberspringen, ohne mit sich selbst und den Dingen in närrischen Widerspruch zu geraten. Bauschan weigert sich, dies zu tun. Er weigert sich – versuche es, ihn zum Sprung über ein solches unwirkliches Hindernis zu bewegen; in deiner Wut wird dir schließlich nichts übrigbleiben, als ihn beim Kragen zu nehmen und den gellend Quiekenden hinüberzuwerfen, worauf er sich dann die Miene gibt, als sei hiermit das Ziel deiner Wünsche erreicht, und das Ergebnis mit Tänzen und begeistertem Bellen feiert. Schmeichle ihm, prügle ihn – hier herrscht ein Vernunftwiderstand gegen das reine Kunststück, den du auf keine Weise brechen wirst. Er ist nicht ungefällig, die Zufriedenheit des Herrn ist ihm wert, er setzt über eine geschlossene Hecke auf meinen Wunsch oder Befehl, nicht nur aus eigenem Antriebe, und holt sich freudig das Lob und den Dank dafür. Über die Stange, den Stock springt er nicht, sondern läuft darunter hindurch, und schlüge man ihn tot. Hundertfach bittet er um Vergebung, um Nachsicht, um Schonung, denn er fürchtet ja den Schmerz, fürchtet ihn bis zur Memmenhaftigkeit; aber keine Furcht und kein Schmerz vermögen ihn zu einer Leistung, die in körperlicher Hinsicht nur ein Kinderspiel für ihn wäre, zu der ihm aber offenbar die seelische Möglichkeit fehlt, zu zwingen. Sie von ihm fordern heißt nicht, ihn vor die Frage stellen, ob er springen wird oder nicht; diese Frage ist im voraus entschieden, und der Befehl bedeutet ohne weiteres Prügel. Denn das Unverständliche und wegen Unverständlichkeit Untunliche von ihm zu fordern, heißt in seinen Augen nur einen Vorwand für Streit, Störung der Freundschaft und Prügel suchen und ist selbst schon der Anfang von alldem. Dies ist Bauschans Auffassung, soviel ich sehe, und mir ist zweifelhaft, ob man hier von Verstocktheit reden darf. Verstocktheit ist schließlich zu brechen, ja, will sogar gebrochen sein; seinen Widerstand aber gegen das absolute Kunststück würde er mit dem Tode besiegeln.

Wunderliche Seele! So nah befreundet und doch so fremd, so abweichend in gewissen Punkten, daß unser Wort sich als unfähig erweist, ihrer Logik gerecht zu werden. Welche Bewandtnis hat es zum Beispiel mit den furchtbaren, für Beteiligte wie Zuschauer entnervenden Umständlichkeiten, unter denen das Zusammentreffen, das Bekanntschaftmachen oder auch nur voneinander Kenntnisnehmen der Hunde sich vollzieht? Hundertmal machten meine Streifzüge mit Bauschan mich zum Zeugen eines solchen Zusammentreffens – ich sage besser: sie zwangen mich, beklommener Zeuge davon zu sein; und jedesmal, für die Dauer der Szene, wurde sein sonst vertrautes Benehmen mir undurchsichtig – ich fand es unmöglich, in die Empfindungen, Gesetze, Stammessitten, die diesem Benehmen zugrunde liegen, sympathisch einzudringen. Wirklich gehört die Begegnung zweier einander fremder Hunde im Freien zu den peinlichsten, spannendsten und fatalsten aller denkbaren Vorgänge; sie ist von Dämonie und Sonderbarkeit umwittert. Eine Gebundenheit waltet da, für die es genauere Namen nicht gibt; sie kommen nicht aneinander vorbei, es ist eine schreckliche Verlegenheit.

Ich rede kaum von dem Fall, daß der eine Teil sich eingesperrt auf seinem Anwesen, hinter Zaun und Hecke befindet – auch dann ist nicht einzusehen, wie den beiden zumute wird, aber die Sache ist vergleichsweise weniger brenzlich. Sie wittern einander aus unabsehbarer Ferne, und Bauschan kommt plötzlich, wie Schutz suchend, in meine Nähe, indem er ein Winseln vernehmen läßt, das von unbestimmbarer, mit keinem Worte zu treffender Seelenpein und Bedrängnis Kunde gibt, während gleichzeitig der Fremde, Eingesperrte ein wütendes Bellen anhebt, das den Charakter energisch meldender Wachsamkeit vortäuschen zu wollen scheint, zwischendurch aber unversehens in Töne umschlägt, die denen Bauschans gleichen, in ein sehnsüchtiges, weinerlich-eifersüchtiges, notvolles Winseln also. Wir nähern uns dem Orte, wir kommen heran. Der fremde Hund hat uns hinter dem Zaun erwartet, er steht dort schimpfend und seine Ohnmacht beweinend, springt wild am Zaun empor und gibt sich die Miene – wieweit es ihm ernst ist, weiß niemand –, als würde er Bauschan unfehlbar in Stücke reißen, wenn er nur an ihn gelangen könnte. Trotzdem geht Bauschan, der ja an meiner Seite bleiben und vorübergehen könnte, an den Zaun; er muß es, er täte es auch gegen mein Wort; sein Fernbleiben würde innere Gesetze verletzen – weit tiefer gegründet und unverbrüchlicher als mein Verbot. Er geht also heran und vollzieht vor allen Dingen mit demütiger und still verschlossener Miene jene Opferhandlung, durch welche, wie er wohl weiß, immer eine gewisse Beruhigung und vorübergehende Versöhnung des anderen zu bewirken ist, solange nämlich dieser an anderer Stelle dasselbe tut, wenn auch unter leisem Schimpfen und Weinen. Dann beginnen die beiden eine wilde Jagd den Zaun entlang, der eine diesseits, der andere jenseits, stumm und immer hart nebeneinander. Sie machen gleichzeitig kehrt am Ende des Anwesens und rasen nach der anderen Seite zurück, machen wieder kehrt und rasen noch einmal. Plötzlich aber, in der Mitte, bleiben sie wie angewurzelt stehen, nicht mehr seitlich zum Zaun, sondern senkrecht zu ihm, und halten durch ihn hindurch ihre Nasen aneinander. So stehen sie eine geraume Weile, um hierauf ihren sonderbaren und ergebnislosen Wettlauf, Schulter an Schulter, zu beiden Seiten des Zauns wiederaufzunehmen. Schließlich aber macht der Meine von seiner Freiheit Gebrauch und entfernt sich. Das ist ein furchtbarer Augenblick für den Eingesperrten! Er steht es nicht aus, er sieht eine beispiellose Niedertracht darin, daß der andere sich einfallen läßt, einfach fortzugehen; er tobt, geifert, gebärdet sich wie verrückt vor Wut, rast allein sein Anwesen auf und ab, droht über den Zaun zu springen, um den Treulosen zu erwürgen, und sendet ihm die gemeinsten Schmähungen nach. Bauschan hört dies alles und ist sehr peinlich berührt davon, wie seine stille und betretene Miene bekundet; aber er sieht sich nicht um und trollt sich sachte weiter, während hinter uns das gräßliche Fluchen allmählich wieder in Winseln übergeht und langsam verstummt.

So spielt der Auftritt sich beiläufig ab, wenn der eine Teil sich in Gewahrsam befindet. Allein die Mißlichkeit kommt auf ihren Gipfel, wenn das Zusammentreffen unter gleichen Bedingungen erfolgt und beide auf freiem Fuße sind – unangenehm ist das auszumalen; es ist die bedrückendste, verfänglichste und kritischste Sache von der Welt. Bauschan, der eben noch sorglos umhersprang, kommt zu mir, drängt sich förmlich in meine Nähe, mit jenem aus tiefster Seele kommenden Miefen und Winseln, von dem nicht zu sagen ist, welcher Gemütsbewegung es Ausdruck gibt, das ich aber sofort erkenne, und aus dem ich auf die Annäherung eines fremden Hundes zu schließen habe. Ich muß scharf ausspähen: es ist richtig, da kommt er, und man sieht schon von weitem an seinem zögernden und gespannten Gebaren, daß auch er des anderen wohl gewahr geworden. Meine eigene Befangenheit steht der der beiden kaum nach; der Zwischenfall ist mir höchst unerwünscht. »Geh weg!« sage ich zu Bauschan. »Warum an meinem Bein? Könnt ihr den Handel nicht unter euch ausmachen, in einiger Entfernung?« Und ich suche ihn mit dem Stocke von mir zu scheuchen; denn wenn es zu einer Beißerei kommt, was, ob ich den Grund nun einsehe oder nicht, durchaus nicht unwahrscheinlich ist, so wird sie an meinem Fuße vor sich gehen, und ich werde die unliebsamste Aufregung davon haben: »Geh weg!« sage ich leise. Aber Bauschan geht nicht weg, fest und beklommen hält er sich zu mir, und nur auf einen Augenblick geht er seitwärts an einen Baum, um das Opfer zu verrichten, während der Fremde dort hinten, wie ich sehe, dasselbe tut. Nun ist man einander auf zwanzig Schritte nahe gekommen, die Spannung ist furchtbar. Der Fremde hat sich auf den Bauch gelegt, sich niedergekauert wie eine Tigerkatze, mit vorgestrecktem Kopfe, und in dieser Wegelagererpose erwartet er Bauschans Herankommen, offenbar, um ihm im gegebenen Augenblick an die Kehle zu springen. Dies geschieht jedoch nicht, und Bauschan scheint es auch nicht zu erwarten; jedenfalls geht er, wenn auch schrecklich zögernd und schweren Herzens, gerade auf den Lauernden zu, täte es auch dann und müßte es tun, wenn ich meinerseits mich jetzt von ihm ablöste, einen Seitenpfad einschlüge und ihn allen Schwierigkeiten der Lage allein überließe. So drückend die Begegnung ihm ist – an ein Ausweichen, ein Entkommen ist nicht zu denken. Gebannt geht er, er ist an den anderen gebunden, sie sind beide auf eine heikle und dunkle Weise aneinander gebunden und dürfen das nicht verleugnen. Wir sind nun auf zwei Schritte herangekommen.

Da steht der andere stille auf, als hätte er sich nie die Miene eines Dschungeltigers gegeben, und steht nun ebenso da wie Bauschan – begossen, elend und tief verlegen stehen sie beide und kommen nicht aneinander vorbei. Sie möchten wohl, sie wenden die Köpfe ab, sie schielen traurig beiseite, ein gemeinsames Schuldbewußtsein scheint auf ihnen zu liegen. So schieben und schleichen sie sich gespannt und mit trüber Behutsamkeit zueinander und nebeneinander, Flanke an Flanke, und beschnüffeln einander das Geheimnis der Zeugung. Hierbei beginnen sie wohl zu knurren, und ich nenne Bauschan mit gesenkter Stimme bei Namen und warne ihn, denn dies ist der Augenblick, wo sich entscheidet, ob es zur Beißerei kommen wird oder ob ich dieser Erschütterung überhoben sein werde. Die Beißerei ist da, man weiß nicht wie, und noch weniger, warum – auf einmal sind beide nur noch ein Knäuel und rasendes Getümmel, aus dem die gräßlichsten Kehllaute reißender Bestien dringen. Dann muß ich mit dem Stocke hineinregieren, um ein Unglück zu verhüten, muß auch wohl Bauschan am Halsband oder Nackenfell zu ergreifen suchen, um ihn aus freiem Arm in die Luft zu erheben, während der andere verbissen an ihm hängt, und was der Schrecken noch mehr sein mögen, die ich noch während eines beträchtlichen Teiles des Spazierganges in den Gliedern spüre. Es kann aber auch sein, daß das Ganze, nach allen Veranstaltungen und Umständlichkeiten, ausgeht wie das Hornberger Schießen und still im Sande verläuft. Zwar schwer hält es auf jeden Fall, von der Stelle zu kommen: auch wenn sie sich nicht ineinander verbeißen, hangen die beiden doch gar zu zäh durch ein innerlich Band zusammen. Schon scheinen sie an einander vorbei, sie zögern nicht mehr

Flanke an Flanke, sondern stehen fast schon in gerader Linie, der eine hierhin gewandt, der andere dorthin, sie sehen sich nicht, sie drehen auch kaum die Köpfe zurück, nur mit den Augäpfeln schielen sie hinter sich, soweit es geht. Aber obgleich schon Raum zwischen ihnen ist, hält doch das zähe, traurige Band, und keiner weiß, ob schon der Augenblick erlaubter Befreiung gekommen, es möchten wohl beide fort, allein aus irgendeiner Gewissensbesorgnis wagt keiner sich loszumachen. Bis endlich, endlich der Bann gebrochen ist, das Band zerreißt und Bauschan dahinspringt, erlöst, erleichterten Herzens, als sei ihm das Leben wiedergeschenkt.

Ich rede von diesen Dingen, um anzudeuten, wie wildfremd und sonderbar das Wesen eines so nahen Freundes sich mir unter Umständen darstellt – es wird mir unheimlich und dunkel dann; kopfschüttelnd betrachte ich es, und nur ahnungsweise finde ich mich hinein. Sonst aber kenne ich sein Inneres so gut, verstehe mich mit heiterer Sympathie auf alle Äußerungen desselben, sein Mienenspiel, sein ganzes Gebaren. Wie kenne ich, um nur irgendein Beispiel anzuführen, das gewisse piepsende Gähnen, das er an sich hat, wenn ein Ausgang ihn dadurch enttäuschte, daß er allzu kurz und sportlich unfruchtbar war: wenn ich den Tag spät begonnen habe, nur gerade vor Tisch noch auf eine Viertelstunde mit Bauschan ins Freie gegangen und gleich wieder umgekehrt bin. Dann geht er neben mir und gähnt. Es ist ein unverschämtes, unhöfliches, sperrangelweites, viehisches Gähnen, begleitet von einem piepsenden Kehllaut und von beleidigend gelangweiltem Ausdruck. »Einen schönen Herrn habe ich«, drückt es aus. »Spät in der Nacht habe ich ihn von der Brücke abgeholt, und da sitzt er denn heut hinter der Glastür und läßt einen auf den Ausgang warten, daß man vor Langerweile verenden möchte, wenn er aber endlich ausgeht, so tut er es, um wieder umzukehren, bevor man nur irgendein Wild gerochen. Ah-i, ein schöner Herr! Kein rechter Herr! Ein lumpiger Herr!«

Dies also drückt sein Gähnen mit grober Deutlichkeit aus, so daß es unmöglich mißzuverstehen ist. Auch sehe ich ein, daß er im Recht damit ist, und daß ich schuldig vor ihm bin, und so strecke ich denn wohl die Hand aus, um ihm tröstlich die Schulter zu klopfen oder die Schädelplatte zu streicheln. Aber er dankt für Liebkosungen unter solchen Umständen, er nimmt sie nicht an, er gähnt noch einmal, womöglich noch unhöflicher, und entzieht sich der Hand, obgleich er von Natur, zum Unterschiede von Percy und in Übereinstimmung mit seiner volkstümlichen Wehleidigkeit, ein großer Freund weichlicher Liebkosungen ist. Besonders schätzt er es, an der Kehle gekraut zu werden, und hat eine drollig energische Art, die Hand durch kurze Kopfbewegungen an diese Stelle zu leiten. Daß er aber jetzt von Zärtlichkeiten nichts wissen will, hängt, außer mit seiner Enttäuschtheit, damit zusammen, daß er überhaupt im Zustande der Bewegung, das heißt: wenn auch ich mich in Bewegung befinde, keinen Sinn und kein Interesse dafür hat. Er befindet sich dann in einer zu männlichen Gemütsverfassung, um Geschmack daran zu finden – was sich aber sofort ändert, wenn ich mich niederlasse. Dann ist er für Freundlichkeiten von Herzen empfänglich, und seine Art, sie zu erwidern, ist von täppisch-schwärmerischer Zudringlichkeit.

Gern, wenn ich, auf meinem Stuhl in der Mauerecke des Gartens oder draußen im Gras, den Rücken an einen bevorzugten Baum gelehnt, in einem Buche lese, unterbreche ich mich in meiner geistigen Beschäftigung, um etwas mit Bauschan zu sprechen und zu spielen. Was ich denn zu ihm spreche? Meist sage ich ihm seinen Namen vor, den Laut, der ihn unter allen am meisten angeht, weil er ihn selbst bezeichnet, und der darum auf sein ganzes Wesen elektrisierend wirkt – stachle und befeuere sein Ichgefühl, indem ich ihm mit verschiedener Betonung versichere und recht zu bedenken gebe, daß er Bauschan heißt und ist; und wenn ich dies eine Weile fortsetze, kann ich ihn dadurch in eine wahre Verzückung, eine Art von Identitätsrausch versetzen, so daß er anfängt, sich um sich selber zu drehen und aus der stolzen Bedrängnis seiner Brust laut und jubelnd gen Himmel zu bellen. Oder wir unterhalten uns, indem ich ihm auf die Nase schlage, und er nach meiner Hand schnappt wie nach einer

Fliege. Dies bringt uns beide zum Lachen – ja, auch Bauschan muß lachen, und das ist für mich, der ebenfalls lacht, der wunderlichste und rührendste Anblick von der Welt. Es ist ergreifend zu sehen, wie unter dem Reiz der Neckerei es um seine Mundwinkel, in seiner tierisch hageren Wange zuckt und ruckt, wie in der schwärzlichen Miene der Kreatur der physiognomische Ausdruck des menschlichen Lachens oder doch ein trüber, unbeholfener und melancholischer Abglanz davon erscheint, wieder verschwindet, um den Merkmalen der Erschrockenheit und Verlegenheit Platz zu machen, und abermals zerrend hervortritt...

Aber ich will hier abbrechen und mich nicht weiter in Einzelheiten verlieren. Ohnedies macht der Umfang mir Sorge, den diese kleine Beschreibung ganz gegen mein Vorhaben anzunehmen droht. Ich will meinen Helden nun kurzerhand in seiner Pracht und in seinem Elemente zeigen, in jener Lebenslage, worin er am meisten er selbst ist, und die alle seine Gaben am schönsten begünstigt, nämlich auf der Jagd. Vorher muß ich aber den Leser mit dem Schauplatz dieser Freuden genauer bekannt machen, unserem Jagdrevier, meiner Landschaft am Fluß; denn sie hängt nahe mit Bauschans Person zusammen, ja ist mir auf ganz verwandte Art lieb, vertraut und bedeutend wie er – was man denn folgerechterweise auch ohne weiteren novellistischen Anlaß als Rechtstitel zu ihrer Schilderung wird gelten lassen müssen.

Das Revier

In den Gärten unserer kleinen, weiträumig angelegten Kolonie zeichnen sich alte, die Dächer überhöhende Baumriesen überall scharf gegen die zarten Neupflanzungen ab und geben sich als Originalwuchs und Ureinwohner dieser Gegend unzweideutig zu erkennen. Sie sind der Stolz und die Zierde dieser noch jungen Niederlassung; man hat sie sorgfältig geschont und erhalten, sofern es irgend tunlich war, und wo es bei der Ausmessung und Einfriedung der Grundstücke zu einem Konflikt mit einem von ihnen kam, das heißt: wo sich erwies, daß so ein moosig-silbriger Würdenstamm gerade auf der Demarkationslinie stand, da beschreibt wohl ein Zaun eine kleine Ausbuchtung um ihn herum, um ihn mit in den Garten aufzunehmen, oder in dem Beton einer Mauer ist eine höfliche Lücke gelassen, in welcher der Alte nun ragt, halb privat und halb öffentlich, die kahlen Äste mit Schnee belastet oder im Schmuck seines kleinblättrigen, spätsprießenden Laubes.

Denn es sind Exemplare der Esche, eines Baumes, der die Feuchtigkeit wie wenige liebt – und damit ist über die Grundbesonderheit unsres Landstriches etwas Entscheidendes ausgesagt. Es ist noch nicht lange, daß Menschenwitz ihn urbar und siedelungsfähig gemacht hat – anderthalb Jahrzehnte etwa, nicht mehr. Vordem war hier eine Sumpfwildnis – ein wahres Mükkenloch, wo Weiden, Krüppelpappeln und dergleichen verkrümmtes Baumzeug sich in faul stehenden Teichen spiegelte. Die Gegend nämlich ist Schwemmgebiet; einige Meter unter dem Boden befindet sich eine undurchlässige Erdschicht: so war der Grund denn morastig von jeher, und überall in seinen Vertiefungen stand Wasser. Die Austrocknung geschah, indem man den Flußspiegel tiefer legte – ich verstehe mich nicht auf ingeniöse Dinge, aber im wesentlichen lief es auf diesen Kunstgriff hinaus, durch welchen das Wasser, das nicht versickern konnte, zum Ablauf bewogen wurde, so daß nun vieler Orten unterirdische Bäche sich in den Fluß ergießen und das Erdreich Festigkeit gewinnen konnte, wenigstens größtenteils; denn wenn man die Örtlichkeit kennt, wie ich und Bauschan sie kennen, so weiß man flußabwärts im Dickicht manche schilfige Niederung, die an ihren ursprünglichen Zustand gemahnt, verschwiegene Orte, deren feuchter Kühle der heißeste Sommertag nichts anhaben kann, und wo man an solchen Tagen gern ein paar Minuten atmend verweilt.

Überhaupt aber hat die Gegend ihre kuriose Eigenart, worin sie sich auch von den Ufern des Bergwassers, wie sie sich sonst wohl mit ihren Nadelwäldern und moosigen Wiesen gewöhnlich darstellen, auf den ersten Blick unterscheidet – sie hat, sage ich, ihre anfängliche Eigenart, auch seit das Grundstücksgeschäft sich ihrer bemächtigt, vollauf bewahrt, und überall, auch außerhalb der Gärten, hält ihre Ur- und Originalvegetation deutlich das Übergewicht gegen die eingeführte und nachgepflanzte. Da kommt wohl in Alleen und öffentlichen Anlagen die Roßkastanie vor, der rasch wachsende Ahorn, selbst Buchen und allerlei Ziergesträuch; doch alles das ist nicht urwüchsig, das ist gesetzt, so gut wie die welsche Pappel, die aufgereiht ragt in ihrer sterilen Männlichkeit. Ich nannte die Esche als autochthonen Baum – sie ist sehr stark verbreitet, man findet sie in allen Lebensaltern, als hundertjährigen Riesen wie auch als weichen Schößling, der massenweise wie Unkraut dem Kies entsproßt; und sie ist es, die zusammen mit der Silber- und Zitterpappel, der Birke, der Weide als Baum und Gebüsch der Landschaft ihr eigentliches Gepräge verleiht. Das sind aber lauter kleinblättrige Bäume, und Kleinblättrigkeit, die Zierlichkeit des Laubwerks, bei oft gigantischen Ausmaßen der Baumgestalten, ist denn auch ein sofort auffallendes Merkmal der Gegend. Eine Ausnahme bildet die Ulme, die vielfach ihr geräumiges, wie mit der Säge gezacktes und an der Oberfläche klebrig glänzendes Blatt der Sonne hinbreitet, und dann die große Menge des Schlinggewächses, das überall im Gehölz die jüngeren Stämme umspinnt und verwirrend sein Laub mit dem ihrigen mischt. Die schlanke Figur der Erle tritt an vertieften Stellen zu kleinen Hainen zusammen. Die Linde aber findet sich sehr selten; die Eiche kommt überhaupt nicht vor; die Fichte auch nicht. Doch stehen solche an mehreren Stellen den östlichen Hang hinauf, die Grenze unsres Gebietes, an welcher mit andrer Bodenbeschaffenheit ein andrer Pflanzenwuchs, der sonst gewohnte, beginnt. Schwarz gegen den Himmel ragen sie dort und blicken wachthabend in unsre Niederung herab.

Vom Hang bis zum Fluß sind es nicht mehr als fünfhundert Meter, ich habe es ausgeschritten. Mag sein, daß sich flußabwärts der Uferstreifen ein wenig fächerförmig erweitert – bedeutend ist die Abweichung keineswegs, und merkwürdig bleibt, welch reiche landschaftliche Abwechslung die schmale Gegend gewährt, auch wenn man von dem beliebigen Spielraum, den sie der Länge nach, in Richtung des Flußlaufes bietet, so mäßigen Gebrauch macht wie Bauschan und ich, die wir unsre Streifzüge nur selten über das Zeitmaß von zwei Stunden hin ausdehnen, den Vor- und Rückmarsch zusammengerechnet. Die Vielfältigkeit der Ansichten aber, und daß man seine Spaziergänge beständig abzuwandeln und wechselnd zusammenzusetzen vermag, auch darum der Landschaft trotz langer Vertrautheit nicht überdrüssig und sich ihrer Enge gar nicht bewußt wird, beruht darauf, daß sie in drei untereinander ganz verschiedene Regionen oder Zonen zerfällt, denen man sich einzeln widmen oder die man auf schrägen Querpfaden nach und nach miteinander verbinden mag: die Region des Flusses und seines unmittelbaren Ufers einerseits, die Region des Hanges auf der andern Seite und die Waldregion in der Mitte.

Den größten Teil der Breite nimmt die Zone des Waldes, des Parks, des Weidichts, des Ufergehölzes ein – ich sehe mich nach einem Namen um für das wunderliche Gelände, der es besser träfe und anschaulicher machte als das Wort Wald, und finde das eigentlich rechte doch nicht, wie mir scheint. Von einem Wald im üblichen Wortverstande – so einem Saal mit Moos- und Streugrund und ungefähr gleichstarken Baumsäulen, kann keinesfalls die Rede sein. Die Bäume unsres Reviers sind ganz verschiedenen Alters und Umfanges; es gibt unter ihnen riesige Urväter des Weiden- und Pappelgeschlechtes, namentlich entlang des Flusses, doch auch im inneren Holze; dann sind andere, schon wohl ausgewachsen, die etwa zehn oder fünfzehn Jahre zählen mögen, und endlich eine Legion von dünnen Stämmchen, wilde Baumschulen einer Natursaat von jungen Eschen, Birken und Erlen, welche aber einen Eindruck von Magerkeit darum durchaus nicht hervorrufen, weil sie, wie ich schon angab, sämtlich von Schlingpflanzen dick umwickelt sind, die im ganzen vielmehr ein fast tropisch wucherisches Bild ergeben; doch habe ich sie in dem Verdachte, daß sie das Wachstum ihrer Wirte hemmen, denn in den Jahren, die ich hier lebe, meine ich nicht gesehen zu haben, daß viele dieser Stämmchen dicker geworden wären.

Der Bäume sind wenige, nahe verwandte Arten. Die Erle ist von der Familie der Birke, die Pappel zuletzt nichts sehr andres als eine Weide. Und eine Annäherung ihrer aller an den Grundtypus dieser letzteren ließe sich behaupten – wie ja die Forstleute wissen, daß das Geschlecht der Bäume zur Anpassung an das Gepräge der umgebenden Örtlichkeit, einer gewissen Nachahmung des jeweilig herrschenden Linien- und Formengeschmacks, sehr bereit ist. Hier nun herrscht die phantastische, hexenhaft verwachsene Linie der Weide, dieser getreuen Begleiterin und Anwohnerin fließender wie ruhender Gewässer, mit den krummfingerig ausholenden, besenhaft bezweigten Ästen, und ihrem Wesen suchen die andern es sichtlich nachzutun. Die Silberpappel krümmt sich völlig in ihrem Geschmack; aber von dieser ist oft nur schwer die Birke zu unterscheiden, welche, vom Ortsgeist verleitet, sich ebenfalls zuweilen in den sonderbarsten Verkrümmungen gefällt – womit nicht gesagt sein soll, daß dieser liebenswürdige Baum nicht auch hier, und zwar zahlreich, in höchst wohlgestalteten, ja bei günstig-farbiger Nachmittagsbeleuchtung das Auge bezaubernden Individuen vorkäme. Die Gegend kennt ihn als silbernes Stengelchen mit wenigen einzeln stehenden Blättchen zur Krone; als lieblich herangewachsene, adrett geformte Jungfrau mit dem schmucksten kreidigen Stamm, die auf ziere und schmachtende Art die Locken ihres Laubes herabhängen läßt; und ebensowohl in wahrhaft elefantenhaftem Wuchs, mit einem Stamm, den kein Mann mit den Armen umfassen könnte, und dessen Rinde nur hoch oben noch Spuren der glatten Weiße zeigt, weiter unten aber zur groben, kohligen, rissigen Borke geworden ist...

Den Boden angehend, so hat er mit dem eines Waldes fast gar keine Ähnlichkeit. Er ist kiesig, lehmig und sogar sandig, und man sollte ihn nicht für fruchtbar halten. Dennoch ist er es in seinen Grenzen bis zur Üppigkeit. Ein hochwucherndes Gras gedeiht darauf, welches oft einen trockenen, scharfkantigen, dünenmäßigen Charakter annimmt und im Winter wie zertretenes

Heu den Boden bedeckt, oft auch geradezu in Schilf übergeht, anderwärts aber weich, dick und strotzend, untermischt mit Schierling, Brennesseln, Huflattich, allerlei kriechendem Blattwerk, hoch aufgeschossenen Disteln und jungen, noch weichen Baumtrieben, ein günstiger Unterschlupf für Fasanen und andre Wildhühner, gegen die Wurzelknollen der Bäume heranwogt. Aus diesem Schwall und Bodendickicht nun aber ranken überall die Waldrebe, der wilde Hopfen spiralförmig, in breitblättrigen Girlanden an den Bäumen empor, und noch im Winter halten ihre Stengel die Stämme wie harter, unzerreißbarer Draht umschlungen.

Das ist kein Wald und kein Park, das ist ein Zaubergarten, nicht mehr und nicht weniger. Ich will das Wort vertreten, obgleich es sich im Grunde um eine karge, eingeschränkte und zur Krüppelhaftigkeit geneigte Natur handelt, die mit ein paar einfachen botanischen Namen erschöpft und bezeichnet ist. Der Grund ist wellig, er hebt und senkt sich beständig, und das ergibt die schöne Geschlossenheit der Veduten, die Unabsehbarkeit auch nach den Seiten hin; ja, wenn die Holzung sich meilenweit nach rechts und links erstreckte oder so weit, wie sie sich in die Länge erstreckt, statt daß sie von der Mitte her beiderseits nur ein hundert und etliche Schritte mißt, so könnte man sich nicht geborgener, vertiefter und abgeschiedener in ihr fühlen. Einzig das Ohr ist durch gleichmäßiges Rauschen von Westen her gemahnt an die befreundete Nähe des Flusses, den man nicht sieht... Es gibt da Schluchten, ganz angefüllt mit Holunder-, Liguster-, Jasmin- und Faulbaum-Gebüsch, so daß an qualmigen Junitagen die Brust den Duft kaum zu bergen weiß. Und wieder gibt es Bodenvertiefungen – die reinen Kiesgruben, an deren Abhängen und auf deren Grunde nichts als ein paar Weidentriebe und ein wenig trockener Salbei gedeihen.

Das alles will nicht aufhören, sonderbar auf mich zu wirken, obwohl es mir seit manchem Jahr zum täglichen Aufenthalt geworden. Irgendwie berührt dies viele Eschenlaub, das an riesige Farren erinnert, berühren diese Schlingranken und dies Röhricht, diese Feuchtigkeit und Dürre, dies kärgliche Dickicht mich phantastisch, und um meinen ganzen Eindruck zu sagen: es ist ein wenig, als finde man sich in die Landschaft einer anderen Erdperiode versetzt, oder auch in eine unterseeische, als wandle man auf Wassersboden – eine Vorstellung, die ja mit der Wahrheit dies und das zu tun hat; denn Wasser stand hier ehemals vieler Orten, in jenen Senkungen zumal, die jetzt als viereckige Wiesenbassins, mit wilden Baumschulen naturgesäter Eschen bestanden, Schafen zur Weide dienen, und von denen eine gleich hinter meinem Hause gelegen ist.

Die Wildnis ist in die Kreuz und Quere von Pfaden durchzogen, Streifen niedergetretenen Grases teilweise nur, oder auch kiesigen Fußsteigen, die ganz offenbar nicht angelegt, sondern eben nur durch Begehung entstanden sind, ohne daß man zu sagen vermöchte, wer sie wohl ausgetreten haben könnte: denn daß Bauschan und ich einem Menschen darauf begegnen, ist eine befremdende Ausnahme, und mein Begleiter bleibt bei solchem Anblick wohl stutzend stehen und läßt einen einzelnen dumpfen Blaff vernehmen, der ziemlich genau auch meine eigenen Empfindungen dem Zwischenfall gegenüber zum Ausdruck bringt. Selbst an schönen Sonntag-Nachmittagen im Sommer, wenn aus der Stadt eine große Menge Spaziergänger sich in unsre Gegend ergießt (denn immer ist es hier um ein paar Grad kühler als anderwärts), können wir auf diesen inneren Wegen so gut wie ungestört wandeln; denn die Leute kennen sie nicht, und dann zieht auch das Wasser, der Fluß, wie es zu gehen pflegt, sie mächtig an, und dicht an ihn gedrängt, so dicht wie möglich, auf dem untersten Quai, wenn es angeht, das heißt: wenn er nicht überschwemmt ist, bewegt sich der Menschenstrom in die Landschaft hinaus und abends wieder zurück. Höchstens, daß uns da drinnen im Busche ein gelagertes Liebespaar aufstößt, welches mit kecken und scheuen Tieraugen uns aus seinem Neste entgegenblickt, so, als wollte es trotzig fragen, ob wir etwa gegen seine Anwesenheit dahier und gegen sein Tun und abseitiges Treiben irgendetwas zu erinnern hätten – was wir schweigend verneinen, indem wir uns beiseite machen: Bauschan mit jener Gleichgültigkeit, in der ihn alles beläßt, was nicht Wildgeruch nach sich zieht, und ich mit vollkommen verschlossener und ausdrucksloser Miene, welches alles auf sich beruhen und weder Beifall noch Mißbilligung im geringsten durchscheinen läßt.

Jene Pfade nun aber sind nicht die einzigen Verkehrs- und Verbindungsmittel in meinem Park. Es gibt daselbst S t r a ß e n – genauer gesagt, Zurüstungen sind vorhanden, die einmal Straßen gewesen sind, oder solche einmal haben werden sollen, oder, will's Gott, vielleicht auch wirklich noch einmal sein werden... Die Sache ist diese: Spuren der bahnbrechenden Hacke und eines sanguinischen Unternehmertums zeigen sich noch ein gutes Stück über den angebauten Teil der Gegend, die kleine Villenkolonie hinaus. Man hatte weit geschaut, kühn geplant. Die Handelssozietät, die vor zehn oder fünfzehn Jahren den Landstrich in die Hand genommen, hatte es anders, großartiger nämlich, damit (und mit sich selber) im Sinne gehabt, als es dann kam; nicht auf die Handvoll Villen, die dastehen, hatte die Siedelung sich beschränken sollen. Baugründe waren in Menge vorhanden, wohl einen Kilometer flußabwärts war – und ist heute noch – alles zum Empfange von Käufern und Liebhabern einer seßhaften Lebensweise bereit. Großzügigkeit hatte geherrscht in den Ratssitzungen der Genossenschaft. Man hatte sich nicht mit sichernden Uferbauten, mit der Herstellung eines gangbaren Quais, mit gärtnerischen Anpflanzungen begnügt; ziemlich weit hinaus hatte man an das Gehölz selbst die kultivierende Hand angelegt, Rodungen vorgenommen, Schwemmkies aufgeschüttet, die Wildnis durch Straßen gegliedert, ein paarmal in die Länge und öfter noch in die Quere – schön gedachte, splendide Straßen oder Entwürfe zu solchen aus grobem Schwemmkies, mit der Andeutung eines Fahrdammes und geräumiger Bürgersteige, auf welchen nun aber keine Bürger wandeln, außer Bauschan und mir: jener auf dem guten und haltbaren Leder seiner vier Sohlen, ich auf genagelten Stiefeln, von wegen des Schwemmkieses. Denn die Villen, die nach Berechnung und Absicht der Sozietät längst freundlich an ihnen prangen müßten, sind vorderhand ausgeblieben, obgleich doch ich mit so gutem Beispiel vorangegangen bin und mein Haus in dieser Gegend gebaut habe. Sie sind, sage ich, ausgeblieben seit zehn, seit fünfzehn Jahren, und kein Wunder also, daß eine gewisse Mißstimmung sich auf die Gegend herniedersenkte, daß Unlust zu weiteren Aufwendungen und zur Fertigstellung des weitläufig Begonnenen Platz griff im Schoße der Sozietät.

Und doch war die Sache schon so weit gediehen, daß diese Straßen ohne Anwohner ihre ordnungsmäßigen Namen haben, so gut wie irgendeine im Weichbilde der Stadt oder außerhalb seiner; das aber wüßte ich gern, welcher Träumer und sinnig rückblickende Schöngeist von Spekulant sie ihnen zuerteilt haben mag. Da ist eine Gellert-, eine Opitz-, eine Fleming-, eine Bürger-Straße, und sogar eine Adalbert-Stifter-Straße ist da, auf der ich mich mit besonders sympathischer Andacht in meinen Nagelschuhen ergehe. Pfähle sind, wie es bei ungeschlossen bebauten Vorstadtstraßen, die keine Hausecke darbieten, zu geschehen pflegt, an ihren Eingängen errichtet und an ihnen Straßenschilder befestigt: blaue Emailschilder, wie hierzulande üblich, mit weißen Lettern. Aber ach, dieselben sind nicht in dem besten Zustande, allzu lange schon nennen sie Straßenskizzen beim Namen, an denen niemand wohnen will, und nicht zuletzt sind sie es, die die Merkmale der Mißstimmung, des Fiaskos und der stockenden Entwicklung hier deutlich zur Schau stellen. Vernachlässigt ragen sie; für ihre Unterhaltung, ihre Erneuerung ist nicht gesorgt, und Wetter und Sonne haben ihnen übel mitgespielt. Die Schmalte ist vielfach abgesprungen, die weißen Lettern vom Rost zerstört, so daß statt einzelner von ihnen nur braune Flecken und Lücken mit häßlich gezackten Rändern gähnen, welche die Namensbilder zerreißen und ihre Ablesung oft erschweren. Namentlich eines der Schilder machte mir strenge Kopfarbeit, als ich zuerst hierher kam und die Gegend forschend durchdrang. Es war ein ausnehmend langes Schild und das Wort »Straße« ohne Unterbrechung erhalten; von dem eigentlichen Namen aber, der, wie gesagt, sehr lang war oder gewesen war, zeigte sich die übergroße Mehrzahl der Buchstaben völlig blind und vom Roste zerfressen: die braunen Lücken ließen auf ihre Anzahl schließen; erkennbar aber war nichts als am Anfang die

Hälfte eines S, irgendwo in der Mitte ein e und am Schlusse wieder ein e. Das war zu wenig für meinen Scharfsinn, ich fand, daß es eine Rechnung mit allzu vielen Unbekannten sei. Lange stand ich, die Hände auf dem Rücken, blickte zu dem langen Schilde empor und studierte. Dann ging ich weiter mit Bauschan auf dem Bürgersteige. Aber während ich mir einbildete, an andre Dinge zu denken, arbeitete es unter der Hand in mir weiter, mein Geist trachtete nach dem zerstörten Namen, und plötzlich schoß es mir ein – ich blieb stehen und erschrak: hastig ging ich zurück, nahm abermals vor dem Schilde Aufstellung, verglich und probierte. Ja, es traf zu und kam aus. Es war die Shakespeare-Straße, in der ich wandelte.

Die passenden Schilder sind das zu diesen Straßen und genau die Straßen zu diesen Schildern – träumerisch und wunderlich verkommend. Sie laufen durch das Gehölz, in das sie gebrochen sind; das Gehölz aber ruht nicht, es läßt die Straßen nicht jahrzehntelang unberührt, bis Ansiedler kommen; es trifft alle Anstalten, sich wieder zu schließen, denn was hier wächst, scheut den Kies nicht, es ist gewohnt, darin zu gedeihen, und so sprießen purpurköpfige Disteln, blauer Salbei, silbriges Weidengebüsch und das Grün junger Eschen überall auf den Fahrdämmen und ungescheut auch auf den Bürgersteigen: es ist kein Zweifel, die Parkstraßen mit den poetischen Namen wuchern zu, das Dickicht verschlingt sie wieder, und ob man es nun beklagen oder beifällig begrüßen will, in weiteren zehn Jahren werden die Opitz-, die Fleming-Straße nicht mehr gangbar und wahrscheinlich so gut wie verschwunden sein. Im Augenblick ist freilich zur Klage kein Anlaß, denn unter dem malerischen und dem romantischen Gesichtspunkt gibt es gewiß in der ganzen Welt keine schöneren Straßen als diese in ihrem derzeitigen Zustande. Nichts erfreulicher, als durch die Verwahrlosung ihrer Unfertigkeit zu schlendern, wenn man derb beschuht ist und den groben Kies nicht zu fürchten braucht – als hinzublicken über den mannigfaltigen Wildwuchs ihres Grundes auf den kleinblättrigen, von weicher Feuchtigkeit gebundenen Baumschlag, der ihre Perspektiven umrahmt und schließt. Es ist ein

Baumschlag, wie jener lothringische Landschaftsmeister vor dreihundert Jahren ihn malte ... Aber was sage ich, – wie er ihn malte? Diesen hat er gemalt! Er war hier, er kannte die Gegend, er hat sie sicher studiert; und wenn nicht der schwärmerische Sozietär, der meine Parkstraßen benannte, sich so streng auf die Literatur beschränkt hätte, so dürfte wohl eines der verrosteten Schilder den Namen Claude Lorrains zu erraten geben.

So habe ich die Region des mittleren Gehölzes beschrieben. Aber auch die des östlichen Hanges hat unverächtliche Reize, für mich und für Bauschan ebenfalls, aus später folgenden Gründen. Man könnte sie auch die Zone des Baches nennen, denn ein solcher gibt ihr das idyllisch-landschaftliche Gepräge und bildet mit der Beschaulichkeit seiner Vergißmeinnicht-Gründe das diesseitige Gegenstück zu der Zone des starken Flusses dort drüben, dessen Rauschen man bei meistens wehendem Westwind leise auch hier noch vernimmt. Wo die erste der querlaufenden Kunststraßen, von der Pappelallee dammartig zwischen Wiesenbassins und Waldparzellen zum Hange laufend, an dessen Fuße mündet, führt links ein Weg, der im Winter von der Jugend als Rodelbahn benutzt wird, in das tiefer liegende Gelände hinab. Dort, wo er eben wird, beginnt der Bach seinen Lauf, und zu seiner Seite, rechts oder links von ihm, worin man wiederum abwechseln kann, ergehen Herr und Hund sich gern, entlang dem verschieden gestalteten Hange. Zur Linken breiten baumbestandene Wiesen sich aus. Eine ländliche Gartenwirtschaft ist dort gelegen und zeigt die Rückseite ihrer Ökonomiegebäude, Schafe weiden und rupfen den Klee, regiert von einem nicht ganz gescheiten kleinen Mädchen in rotem Rock, das beständig in befehlshaberischer Wut die Hände auf die Knie stützt und aus Leibeskräften mit mißtöniger Stimme schreit, sich aber dabei entsetzlich vor dem großen, durch seine Wolle majestätisch dick erscheinenden Schafbock fürchtet, welcher sich nichts untersagen läßt und völlig tut, was er will. Am gräßlichsten schreit das Kind, wenn durch Bauschans Erscheinen eine Panik unter den Schafen erregt wird, was fast regelmäßig geschieht, ganz gegen Bauschans Absicht und Meinung, welchem vielmehr die Schafe in tiefster Seele gleichgültig sind, ja, der sie völlig wie Luft behandelt und sogar durch eine betonte Nichtachtung und verächtliche Vorsicht den Ausbruch der Torheit bei ihnen hintanzuhalten sucht. Denn obgleich sie für meine Nase stark genug (übrigens nicht unangenehm) duften, so ist es doch kein Wildgeruch, was sie ausströmen, und folglich hat Bauschan nicht das leiseste Interesse daran, sie zu hetzen. Trotzdem genügt eine plötzliche Bewegung von seiner Seite oder auch schon sein bloßes Auftreten, daß auf einmal die ganze Herde, die eben noch, mit Kinder- und Männerstimmen friedlich bähend, weit auseinander gezogen graste, in geschlossener Masse, Rücken an Rücken, nach ein und derselben Seite davonstürzt, während das unkluge Kind tief gebückt hinter ihnen her schreit, daß ihr die Stimme birst und die Augen ihr aus dem Kopfe treten. Bauschan aber sieht zu mir auf ungefähr in dem Sinne: sage selbst, ob ich schuld bin und Anlaß gegeben habe.

Einmal jedoch geschah etwas Gegenteiliges, was eher noch peinlicher und jedenfalls sonderbarer anmutete als die Panik. Eines der Schafe nämlich, ein gewöhnliches Beispiel seiner Gattung, von mittlerer Größe und durchschnittsmäßigem Schafsgesicht, übrigens mit einem schmalen, aufwärts gebogenen Munde, der zu lächeln schien und dem Wesen einen Ausdruck fast hämischer Dummheit verlieh, schien sich in Bauschan vergafft und vernarrt zu haben und schloß sich ihm an. Es folgte ihm einfach – es löste sich von der Herde ab, verließ die Weide und heftete sich an Bauschans Fersen, still und in übertriebener Dummheit lächelnd, wohin er sich auch wandte. Er verließ den Weg, und es folgte ihm; er lief, und es setzte sich ebenfalls in Galopp; er blieb stehen, und es tat ein gleiches, unmittelbar hinter ihm und geheimnisvoll lächelnd. Unmut und Verlegenheit malte sich in Bauschans Miene, und wirklich war seine Lage im höchsten Grade abgeschmackt, weder im Guten noch im Bösen hatte sie irgendwelchen Sinn und Verstand, sie schien so albern, wie weder ihm noch mir jemals etwas vorgekommen war. Das Schaf entfernte sich mehr und mehr von seiner Basis, aber das schien es nicht anzufechten, es folgte dem verärgerten Bauschan immer weiter, sichtlich entschlossen, sich nicht mehr von ihm zu trennen, sondern ihm anzuhaften, wie weit und wohin er nun gehen möge. Still hielt er sich zu mir, weniger aus Besorgnis, zu der kein Grund vorhanden war, als aus Scham über die Ehrlosigkeit seines Zustandes. Endlich, als habe er es satt, blieb er stehen, wandte den Kopf und knurrte drohend. Da blökte das Schaf, daß es klang, wie wenn ein Mensch recht boshaft lacht, und das entsetzte den armen Bauschan so, daß er mit eingekniffenem Schwanze davonrannte – das Schaf in lächerlichen Sprüngen hinter ihm drein.

Unterdessen, wir waren schon weit von der Herde, schrie das närrische kleine Mädchen, als sollte es zerspringen, indem es sich nicht nur auf seine Knie beugte, sondern diese im Schreien auch abwechselnd bis zum Gesicht emporzog, so daß es von weitem einen ganz verkrümmten und rasenden Anblick bot. Und dann kam eine geschürzte Hofmagd gelaufen, entweder auf das Schreien hin oder weil ihr der Vorgang sonst bemerklich geworden war. Sie lief, in der einen Hand eine Mistgabel, und hielt sich mit der anderen Hand die unbefestigte Brust, die im Laufen allzusehr schwankte, kam atemlos zu uns und machte sich daran, das Schaf, das wieder im Schritt ging, da auch Bauschan dies tat, mit der Gabel in der gehörigen Richtung zurückzuscheuchen, was aber nicht gelang. Das Schaf sprang wohl vor der Gabel beiseite, sogleich aber war es mit einem Einschwenken wieder auf Bauschans Spuren, und keine Macht schien imstande, es davon abzubringen. Da sah ich, was einzig frommte, und machte kehrt. Wir gingen alle zurück, an meiner Seite Bauschan, hinter ihm das Schaf und hinter diesem die Magd mit der Gabel, indes das rotröckige Kind uns gebückt und stampfend entgegenschrie. Es war aber nicht genug, daß wir bis zur Herde zurückkehrten, wir mußten ganze Arbeit tun und den Gang zu Ende gehen. Auf dem Hof mußten wir und zum Schafstall, dessen breite Schiebetür die Magd mit Leibeskraft vor uns aufrollte. Dort zogen wir ein; und als wir alle darin waren, mußten wir anderen geschickt wieder entwischen und dem betrogenen Schaf die Stalltür rasch vor der Nase zuschieben, so daß es gefangen war. Erst dann konnten Bauschan und ich unter den Danksagungen der Magd den unterbrochenen Spaziergang wiederaufnehmen, auf welchem Bauschan jedoch bis ans Ende ein verstimmtes und gedemütigtes Wesen bewahrte.

So viel von den Schafen. An die Wirtschaftsgebäude schließt sich zur Linken eine ausgedehnte Laubenkolonie, die friedhofartig wirkt mit ihren Lauben und Sommerhäuschen, welche Kapellen gleichen, und den vielen Einhegungen ihrer winzigen Gärtchen. Sie selbst als Ganzes ist wohl umfriedet; nur die Heimgärtner haben Zutritt durch die Gitterpforte, die ihren Eingang bildet, und zuweilen sehe ich dort einen bloßarmigen Mann sein neun Schuh großes Gemüseäckerchen umgraben, so daß es aussieht, als grabe er sich sein eigenes Grab. Dann kommen wieder offene Wiesen, die sich, mit Maulwurfshügeln bedeckt, bis zum Rande der mittleren Waldregion hindehnen, und in welchen außer den Maulwürfen auch viele Feldmäuse hausen, was im Hinblick auf Bauschan und seine vielfältige Jagdlust bemerkt sei.

Andererseits, das heißt, zur Rechten, laufen Bach und Hang immer fort, dieser, wie ich sagte, in wechselnder Gestalt. Anfangs hat er ein düsteres, unbesonntes Gepräge und ist mit Fichten bestanden. Später wird er zur Sandgrube, welche die Sonnenstrahlen warm zurückwirft, noch später zur Kiesgrube, endlich zu einem Sturz von Ziegelsteinen, als habe man dort oben ein Haus abgebrochen und die wertlosen Trümmer einfach hier heruntergeworfen, so daß dem Lauf des Baches vorübergehend Schwierigkeiten bereitet werden. Aber er wird schon fertig damit, seine Wasser stauen sich etwas und treten über, rot gefärbt von dem Staub der gebrannten Steine und auch das Ufergras färbend, das sie benetzen. Dann aber fließen sie desto klarer und heiterer fort, Sonnengeglitzer hier und da an ihrer Oberfläche.

Wie alle Gewässer vom Meere bis zum kleinsten Schilftümpel liebe ich Bäche sehr, und wenn mein Ohr, im sommerlichen Gebirge etwa, das heimliche Geplansch und Geplauder eines solchen von ferne vernimmt, so gehe ich dem flüssigen Laute wohl lange nach, wenn es sein muß, um seinen Ort zu finden, dem versteckt-gesprächigen Söhnchen der Höhen ins Angesicht zu sehen und seine Bekanntschaft zu machen. Schön sind Gießbäche, die zwischen Tannen und über steile Felsenstufen mit hellem Donnern herabkommen, grüne, eiskalte Bäder bilden und in weißer Auflösung senkrecht zur nächsten Stufe stürzen. Aber auch den Bächen der Ebene sehe ich mit Vergnügen und Neigung zu, ob sie nun flach sind, so daß sie kaum die geschliffenen, silbrig-schlüpfrigen Kiesel ihres Bettes bedecken, oder so tief wie kleine Flüsse, die im Schutze beiderseits tief überhangender Weiden voll und kräftig dahinwallen, in der Mitte rascher strömend als an den Seiten. Wer folgte nicht auf Wanderungen dem Lauf der Gewässer, wenn er nur frei ist, seine Wahl zu treffen? Die Anziehungskraft, die das Wasser auf den Menschen übt, ist natürlich und sympathetischer Art. Der Mensch ist ein Kind des Wassers, zu neun Zehnteln besteht unser Leib daraus, und in einem bestimmten Stadium unserer Entwicklung vor der Geburt besitzen wir Kiemen. Für meine Person bekenne ich gern, daß die Anschauung des Wassers in jederlei Erscheinungsform und Gestalt mir die weitaus unmittelbarste und eindringlichste Art des Naturgenusses bedeutet, ja, daß wahre Versunkenheit, wahres Selbstvergessen, die rechte Hinlösung des eigenen beschränkten Seins in das allgemeine mir nur in dieser Anschauung gewährt ist. Sie kann mich, etwa gar die des schlafenden oder schmetternd anrennenden Meeres in einen Zustand so tiefer organischer Träumerei, so weiter Abwesenheit von mir selbst versetzen, daß jedes Zeitgefühl mir abhanden kommt und Langeweile zum nichtigen Begriff wird, da Stunden in solcher Vereinigung und Gesellschaft mir wie Minuten vergehen. Aber auch über das Geländer eines Steges, der über einen Bach führt, gebeugt, könnte ich stehen, solange ihr wollt, verloren in den Anblick des Fließens, Strudelns und Strömens, und ohne daß jenes andere Fließen um mich und in mir, das eilige Schleichen der Zeit, mir in Angst oder Ungeduld etwas anzuhaben vermöchte. Solche Sympathie mit der Wassernatur macht es mir wert und wichtig, daß die schmale Gegend, in der ich wohne, zu beiden Seiten von Wasser eingefaßt ist.

Der hiesige Bach nun also ist von den Schlichten und Treuherzigen unter den Seinen, es ist nichts Besonderes mit ihm, sein Charakter ist der einer freundlichen Durchschnittlichkeit. Von glasheller Naivität, ohne Falsch und Hehl, ist er weit entfernt, durch Trübheit Tiefe vorzutäuschen, er ist flach und klar und zeigt harmlos, daß auf seinem Grunde verworfene Blechtöpfe und die Leiche eines Schnürschuhes im grünen Schlamme liegen. Übrigens ist er tief genug, um hübschen, silbrig-grauen und äußerst gewandten Fischlein zur Wohnung zu dienen, welche bei unserer Annäherung in weitläufigen Zickzacklinien entschlüpfen. Er erweitert sich teichartig an mehreren Stellen, und schöne Weiden stehen an seinem Ranft, von denen ich eine im Vorübergehen mit Vorliebe betrachte. Sie wächst am Hange, in einiger Entfernung also von dem Gewässer. Aber einen ihrer Äste streckt sie von dorther sehnsüchtig zum Bache hinüber und hinunter und hat es wirklich erreicht, daß das fließende Wasser das silbrige Laub dieser Zweigspitze leicht benetzt. So steht sie und genießt die Berührung.

Es ist gut, hier zu gehen, sanft angefahren vom warmen Sommerwind. Ist es sehr warm, so geht Bauschan wohl in den Bach, um sich den Bauch zu kühlen; denn höhere Körperteile bringt er freiwillig mit Wasser nicht in Berührung. Er steht dort, die Ohren zurückgelegt, mit einer Miene voller Frömmigkeit und läßt das Wasser um sich herum- und vorüberströmen. Dann kommt er zu mir, um sich abzuschütteln, was seiner Überzeugung nach in meiner unmittelbaren Nähe geschehen muß, obgleich bei dem Nachdruck, womit er sich schüttelt, ein ganzer Sprühregen von Wasser und Schlamm mich anfliegt. Es nützt nichts, daß ich ihn mit Wort und Stock von mir abwehre. Was ihm natürlich, gesetzmäßig und unumgänglich scheint, darin läßt er sich nicht beeinträchtigen.

Weiterhin wendet der Bachlauf sich gegen Abend einer kleinen Ortschaft zu, die zwischen Wald und Hang im Norden die Aussicht beherrscht, und an deren Eingang das Wirtshaus liegt. Der Bach bildet dort wieder einen Teich, in welchem die Dörflerinnen knieend Wäsche schwemmen. Ein Steg führt hinüber, und überschreitet man ihn, so betritt man einen Fahrweg, der vom Dorf zwischen Waldsaum und Wiesenrand gegen die Stadt führt. Aber ihn nach rechts hin verlassend, kann man auf einem ebenfalls ausgefahrenen Wege durch das Gehölz mit wenigen Schritten zum Flusse gelangen.

Das ist denn nun die Zone des Flusses, er selbst liegt vor uns, grün und in weißem Brausen, er ist im Grunde nichts, als ein großer Gießbach aus den Bergen, aber sein immerwährendes Geräusch, das mehr oder weniger gedämpft überall in der Gegend zu hören ist, hier aber frei waltend das Ohr erfüllt, kann wohl Ersatz bieten für den heiligen Anprall des Meeres, wenn man dieses nun einmal nicht haben kann. Das unaufhörliche Geschrei zahlloser Möwen mischt sich darein, welche im Herbst, Winter und noch im Frühling mit hungrigem Krächzen die Mündungen der Abflußrohre umkreisen und ihre Nahrung hier finden, bis die Jahreszeit es ihnen erlaubt, an den oberen Seen wieder Aufenthalt zu nehmen – gleich den wilden und halbwilden Enten, die ebenfalls die kühlen und kalten Monate hier in der Nähe der Stadt verbringen, sich auf den Wellen wiegen, vom Gefälle, das sie dreht und schaukelt, sich dahintragen lassen, von einer Stromschnelle im letzten Augenblick auffliegen und sich weiter oben wieder aufs Wasser setzen...

Die Uferregion ist folgendermaßen gegliedert und abgestuft: Nächst dem Rand des Gehölzes erstreckt sich eine breite Kiesebene als Fortsetzung der oft genannten Pappelallee, wohl einen Kilometer weit flußabwärts, das heißt bis zum Fährhaus, von dem noch die Rede sein wird, und hinter welchem das Dickicht näher ans Flußbett herantritt. Man weiß schon, was es auf sich hat mit der Kieswüste: es ist die erste und wichtigste der längslaufenden Kunststraßen, üppig geplant von der Sozietät als landschaftlich reizvollste Esplanade für eleganten Wagenverkehr, wo Herren zu Pferde sich dem Schlage glänzend lackierter Landauer hätten nähern und mit lächelnd zurückgelehnten Damen fein tändelnde Worte wechseln sollen. Neben dem Fährhaus belehrt eine große, schon baufällig schiefstehende Holztafel darüber, welches das unmittelbare Ziel, der vorläufige Endpunkt des Wagenkorsos hätte sein sollen, denn in breiten Buchstaben ist darauf mitgeteilt, daß dieser Eckplatz zum Zweck der Errichtung eines Parkcafés und vornehmen Erfrischungsetablissements verkäuflich ist... Ja, das ist er und bleibt er. Denn an Stelle des Parkcafés mit seinen Tischchen, umhereilenden Kellnern und schlürfenden Gästen, ragt immer noch die schiefe Holztafel, ein verzagend hinsinkendes Angebot ohne Nachfrage, und der Korso ist nur eine Wüste aus gröbstem Schwemmkies, mit Weidengebüsch und blauem Salbei beinah schon so dicht wie die Opitz- und Fleming-Straße bewachsen.

Neben der Esplanade, näher gegen den Fluß hin, läuft ein schmaler und ebenfalls arg verwucherter Kiesdamm mit Grasböschungen, auf dem Telegraphenstangen stehen, den ich aber doch beim Spazierengehn gern benütze, erstens der Abwechslung halber, und dann, weil der Kies ein reinliches, wenn auch beschwerliches Gehen ermöglicht, wenn der lehmige Fußweg dort unten bei schwerem Regenwetter nicht gangbar erscheint. Dieser Fußweg, die eigentliche Promenade, die sich stundenweit längs des Flußlaufes hinzieht, um endlich in wilde Uferpfade überzugehen, ist an der Wasserseite mit jungen Bäumchen, Ahorn und Birken, bepflanzt, und an der Landseite stehen die mächtigen Ureinwohner der Gegend, Weiden, Espen und Silberpappeln von kolossalischen Ausmaßen. Steil und tief fällt seine Böschung gegen das Flußbett ab. Sie ist mit klugen Arbeiten aus Weidenruten und obendrein noch durch die Betonierung ihres unteren Teiles gesichert gegen das Hochwasser, das ein- oder zweimal im Jahre, zur Zeit der Schneeschmelze im Gebirge oder bei andauernden Regengüssen, wohl zu ihr dringt. Hier und da bietet sie hölzerne Sprossensteige, halb Leitern, halb Treppen, auf denen man ziemlich bequem in das eigentliche Flußbett hinabsteigen kann: das meistens trocken liegende, ungefähr sechs Meter breite Reserve-Kiesbett des großen Wildbaches, welcher sich ganz nach Art der kleinen und kleinsten seiner Familie verhält, nämlich zu Zeiten und je nach den Wasserverhältnissen in den oberen Gegenden seines Laufs nur ein grünes Rinnsal vorstellt, mit kaum überspülten Klippen, wo Möwen hochbeinig auf dem Wasser zu stehen scheinen – unter anderen Umständen aber ein geradezu gefährliches Wesen annimmt, zum Strome schwillt, sein weites Bett mit gräulichem Toben erfüllt, ungehörige Gegenstände, Kiepen, Sträucher und Katzenkadaver kreiselnd mit sich dahinreißt und zu Übertritt und Gewalttat sich höchst aufgelegt zeigt. Auch das Reservebett ist gegen Hochwasser befestigt, durch gleichlaufend schrägstehende, hürdenartige Vorkehrungen aus Weidengeflecht. Es ist bestanden mit Dünengras, mit Strandhafer sowie der überall gegenwärtigen Prunkpflanze der Gegend, dem trockenen, blauen Salbei; und es ist gut gangbar dank dem Quaistreifen aus ebenen Steinen, der ganz außen am Rande der Wellen bereitet ist und mir eine weitere, und zwar die liebste Möglichkeit bietet, meine Spaziergänge abzuwandeln. Zwar ist auf dem unnachgiebigen Stein kein ganz behagliches Gehen; aber vollauf entschädigt dafür die intime Nähe des Wassers, und dann kann man zuweilen auch neben dem Quai im Sande gehen – ja, es ist Sand da, zwischen dem Kies und dem Dünengras, ein wenig mit Lehm versetzt, nicht von so heiliger Reinlichkeit wie der des Meeres, aber wirklicher Schwemmsand doch, und das ist ein Strandspaziergang hier unten, unabsehbar sich hinziehend am Rande der Flut – es fehlt weder Rauschen noch Möwenschrei, noch jene Zeit und Raum verschlingende Einförmigkeit, die eine Art von betäubender Kurzweil gewährt. Überall rauschen die flachen Katarakte, und auf halbem Wege zum Fährhaus mischt sich das Brausen des Wasserfalles darein, mit welchem drüben ein schräg einmündender Kanal sich in den Fluß ergießt. Der Leib des Falles ist gewölbt, blank, glasig, wie der eines Fisches, und an seinem Fuße ist immerwährendes Kochen.

Schön ist es hier bei blauem Himmel, wenn der Fährkahn mit einem Wimpel geschmückt ist, dem Wetter zu Ehren oder sonst aus einem festlichen Anlaß. Es liegen noch andere Kähne an diesem Ort, aber der Fährkahn hängt an einem Drahtseil, welches seinerseits mit einem anderen, noch dickeren, quer über den Fluß gespannten Drahtseil verbunden ist, so nämlich, daß er mit einer Rolle daran entlang läuft. Die Strömung selbst muß die

Fähre treiben, und ein Steuerdruck von der Hand des Fährmannes tut das übrige. Der Fährmann wohnt mit Weib und Kind in dem Fährhause, das von dem oberen Fußweg ein wenig zurückliegt, mit Nutzgärtchen und Hühnerstall, und das gewiß eine Amts- und Freiwohnung ist. Es ist eine Art von Villa in zwerghaften Ausmaßen, launisch und leicht gebaut, mit Erkerchen und Söllerchen, und scheint zwei Stuben unten und zwei Stuben oben zu haben. Ich sitze gern auf der Bank vor dem Gärtchen, gleich an dem oberen Fußwege, Bauschan sitzt auf meinem Fuß, die Hühner des Fährmannes umwandeln mich, indem sie bei jedem Schritt den Kopf vorstoßen, und meistens erhebt sich der Hahn auf die Rückenlehne der Bank, läßt die grünen Bersaglieri-Federn seines Schwanzes nach hinten herabhangen und sitzt so neben mir, mich grell von der Seite mit einem roten Auge musternd. Ich sehe dem Fährbetrieb zu, der nicht eben stürmisch, kaum lebhaft zu nennen ist, vielmehr sich in großen Pausen vollzieht. Desto lieber sehe ich es, wenn hüben oder drüben ein Mann oder eine korbtragende Frau sich einstellt und über den Fluß gesetzt zu werden verlangt; denn die Poesie des »Holüber« bleibt menschlich anziehend wie in den ältesten Tagen, auch wenn die Handlung, wie hier, in neuzeitlich fortgeschritteneren Formen vonstatten geht. Hölzerne Doppeltreppen, für die Kommenden und Gehenden, führen beiderseits die Böschung hinab in das Flußbett und zu den Stegen, und je ein elektrischer Klingelknopf ist hier und jenseits seitlich von ihren Eingängen angebracht. Da erscheint denn ein Mann dort drüben am anderen Ufer, steht still und blickt über das Wasser her. Er ruft nicht mehr, wie einst, durch die hohlen Hände. Er geht auf den Klingelknopf zu, streckt den Arm aus und drückt. Schrill klingelt es in der Villa des Fährmannes: das ist das »Holüber«; auch so und immer noch ist es poetisch. Dann steht der Harrende, wartet und späht. Und fast in demselben Augenblick, in dem die Klingel schrillt, tritt auch der Fährmann aus seinem Amtshäuschen, als hätte er hinter der Tür gestanden oder auf einem Stuhle, nur auf das Zeichen passend, dahinter gesessen – er kommt heraus, und in seinen Schritten ist etwas, als sei er mechanisch unmittelbar durch den Druck auf den Knopf in Bewegung gesetzt, wie wenn man in Schießbuden auf die Tür eines Häuschens schießt: hat man getroffen, so springt sie auf, und eine Figur kommt heraus, eine Sennerin oder ein Wachtsoldat. Ohne sich zu übereilen und gleichmäßig mit den Armen schlenkernd, geht der Fährmann durch sein Gärtchen, über den Fußweg und die Holztreppe hinunter zum Fluß, macht den Fährkahn flott und hält das Steuer, während die Rolle an dem querlaufenden Drahtseil entlang läuft und der Kahn hinübergetrieben wird. Drüben läßt er den Fremden zu sich hineinspringen, der ihm am diesseitigen Stege seinen Nickel reicht, froh die Treppe hinaufläuft, nachdem er den Fluß überwunden, und sich nach rechts oder links wendet. Manchmal, wenn der Fährmann verhindert ist, sei es durch Unpäßlichkeit oder durch vordringliche häusliche Geschäfte, kommt auch sein Weib oder selbst sein Kind heraus und holen den Fremden; denn diese können es ebensogut wie er, und ich könnte es auch. Das Amt des Fährmannes ist leicht und erfordert keine besondere Veranlagung oder Vorbildung. Er kann von Glück und Schicksalsgunst sagen, daß er die Pfründe sein eigen nennt und die Zwergenvilla bewohnen darf. Jeder Dummkopf könnte ihn ohne weiteres ablösen, und er weiß es wohl auch und verhält sich bescheiden und dankbar. Auf dem Heimwege sagt er mir höflich Grüß Gott, der ich zwischen Hund und Hahn auf der Bank sitze, und man merkt ihm an, daß er sich keine Feinde zu machen wünscht.

Teergeruch, Wasserwind – und dumpf planscht es gegen das Holz der Kähne. Was will ich mehr? Manchmal kommt eine andre heimatliche Erinnerung mich an: das Wasser steht tief, es riecht etwas faulig – das ist die Lagune, das ist Venedig. Aber dann wieder ist Sturmflut, unendlicher Regen schüttet hernieder, im Gummimantel, das Gesicht überschwemmt, stemme ich mich auf dem oberen Weg gegen den steifen West, der in der Allee die jungen Pappeln von ihren Pfählen reißt, und es erklärlich macht, warum hier die Bäume zur Windschiefheit neigen, einseitig ausgewachsene Kronen haben; und Bauschan bleibt oft auf dem Wege stehen, um sich zu schütteln, daß es nach allen

Seiten spritzt. Der Fluß ist nicht mehr, der er war. Geschwollen, gelbdunkel, trägt er sich mit katastrophalem Ausdruck daher. Das ist ein Schwanken, Drängen und schweres Eilen der Wild-flut – in schmutzigen Wogen nimmt sie das ganze Reservebett bis zum Rande der Böschung ein, ja schlägt an der Betonierung, den Sicherungsarbeiten aus Weidengeflecht empor, so daß man die Vorsorge segnet, die da gewaltet. Das Unheimliche ist: der Fluß wird still, viel stiller als sonst, fast lautlos in diesem Zu-stande. Er bietet die gewohnten Stromschnellen nicht mehr, er steht zu hoch dazu; aber jene Stellen sind doch daran zu erken-nen, daß die Wogen dort tiefere Täler bilden und höher gehen als anderswo, und daß ihre Kämme sich rückwärts – nicht wie die Kämme der Brandung nach vorn – überschlagen. Der Wasserfall spielt überhaupt keine Rolle mehr; sein Leib ist flach und arm-selig, das Gebrause zu seinen Füßen durch die Höhe des Wasser-standes fast aufgehoben. Was aber bei alledem Bauschan betrifft, so kennt sein Erstaunen über eine solche Veränderung der Dinge keine Grenzen. Er kommt aus dem Stutzen überhaupt nicht her-aus, er begreift es nicht, daß der trockne Raum, wo er sonst zu traben und zu rennen gewohnt war, heute verschwunden, vom Wasser bedeckt ist; erschrocken flüchtet er vor der hochanschla-genden Flut die Böschung hinauf, sieht sich wedelnd nach mir um, sieht wieder das Wasser an und hat dabei eine verlegene Art, das Maul schief zu öffnen, es wieder zu schließen und dabei mit der Zunge in den Winkel zu fahren – ein Mienenspiel, das ebenso menschlich wie tierisch anmutet, als Ausdrucksmittel etwas un-fein und untergeordnet, aber durchaus verständlich ist, und das ganz ebenso, angesichts einer vertrackten Sachlage, ein etwas einfältiger und niedriggeborener Mensch zeigen könnte, indem er sich allenfalls noch das Genick dazu kratzte. –

Nachdem ich nun auch auf die Zone des Flusses näher einge-gangen, habe ich die ganze Gegend beschrieben und, soviel ich sehe, alles getan, um sie anschaulich zu machen. Sie gefällt mir gut in der Beschreibung, aber als Natur gefällt sie mir doch noch besser. Sie ist immerhin genauer und vielfältiger in dieser Sphäre, wie ja auch Bauschan selbst in Wirklichkeit wärmer, lebendiger und lustiger ist als sein magisches Spiegelbild. Ich bin der Landschaft anhänglich und dankbar, darum habe ich sie beschrieben. Sie ist mein Park und meine Einsamkeit; meine Gedanken und Träume sind mit ihren Bildern vermischt und verwachsen, wie das Laub ihrer Schlingpflanzen mit dem ihrer Bäume. Ich habe sie angeschaut zu allen Tages- und Jahreszeiten: im Herbst, wenn der chemische Geruch des welkenden Laubes die Luft erfüllt, wenn die Menge der Distelstauden wollig abblüht, die großen Buchen des »Kurgartens« einen rostfarbenen Laubteppich um sich her auf die Wiese breiten und goldtriefende Nachmittage in theatralisch-romantische Frühabende übergehen, mit der am Himmel schwimmenden Mondsichel, milchigem Nebelgebräu, das über den Gründen schwebt, und einem durch schwarze Baumsilhouetten brennenden Abendrot... Im Herbst also und auch im Winter, wenn aller Kies mit Schnee bedeckt und weich ausgeglichen ist, so daß man mit Gummiüberschuhen darauf gehen kann; wenn der Fluß schwarz zwischen den bleichen, frostgebundenen Ufern dahinschießt und das Geschrei der Hunderte von Möwen von morgens bis abends die Luft erfüllt. Aber der zwangloseste und vertrauteste Umgang mit ihr ist eben doch in den milden Monaten, wo es keiner Zurüstung bedarf, um rasch, zwischen zwei Regenschauern, auf ein Viertelstündchen hinauszutreten, im Vorübergehen einen Faulbaumzweig vor das Gesicht zu biegen und nur eben einmal einen Blick in die wandernden Wellen zu tun. Vielleicht waren Gäste im Hause, nun sind sie fort, zermürbt von Konservation ist man in seinen vier Wänden zurückgeblieben, wo der Hauch der Fremden noch in der Atmosphäre schwebt. Da ist es gut, wie man geht und steht ein wenig auf die Gellert-, die Stifter-Straße hinauszuschlendern, um aufzuatmen und sich zu erholen. Man blickt zum Himmel empor, man blickt in die Tiefen des zierlichen und weichen Blätterschlages, die Nerven beruhigen sich, und Ernst und Stille kehren in das Gemüt zurück.

Bauschan aber ist immer dabei. Er hat das Eindringen der Welt in das Haus nicht verhindern können, mit fürchterlicher Stimme hat er Einspruch erhoben und sich ihr entgegengestellt, aber das nützte nichts, und so ging er beiseite. Nun ist er froh, daß ich wieder mit ihm im Reviere bin. Einen Ohrlappen nachlässig zurückgeschlagen und nach allgemeiner Hundeart schief laufend, so daß die Hinterbeine nicht gerade hinter den vordern, sondern etwas seitlich davon sich bewegen, trabt er auf dem Kies vor mir her. Und plötzlich sehe ich, wie es ihn an Leib und Seele packt, sein steif aufgerichteter Stummelschwanz in ein wildes Fuchteln gerät. Sein Kopf stößt vorwärts und abwärts, sein Körper spannt sich und zieht sich in die Länge, er springt dahin und dorthin und schießt im nächsten Augenblick, immer die Nase am Boden, in einer bestimmten Richtung davon. Das ist eine Fährte. Er ist einem Hasen auf der Spur.

Die Jagd

Die Gegend ist reich an jagdbarem Wild, und wir jagen es; das will sagen: Bauschan jagt es, und ich sehe zu. Auf diese Weise jagen wir: Hasen, Feldhühner, Feldmäuse, Maulwürfe, Enten und Möwen. Aber auch vor der hohen Jagd scheuen wir nicht zurück, wir pirschen auch auf Fasanen und selbst auf Rehe, wenn ein solches sich, etwa im Winter, einmal in unser Revier verirrt. Das ist dann ein erregender Anblick, wenn das hochbeinige, leicht gebaute Tier, gelb gegen den Schnee, mit hoch wippendem weißen Hinterteil, vor dem kleinen, alle Kräfte einsetzenden Bauschan dahinfliegt – ich verfolge den Vorgang mit der größten Teilnahme und Spannung. Nicht, daß etwas dabei herauskäme; das ist noch nie geschehen und wird auch nicht. Aber das Fehlen handgreiflicher Ergebnisse vermindert weder Bauschans Lust und Leidenschaft, noch tut es meinem eignen Vergnügen den geringsten Abbruch. Wir pflegen die Jagd um ihrer selbst, nicht um der Beute, des Nutzens willen, und Bauschan ist, wie gesagt, der tätige Teil. Von mir versieht er sich eines mehr als moralischen Beistandes nicht, da er eine andre Art des Zusammenwirkens, eine schärfere und sachlichere Manier, das Ding zu betreiben, aus persönlicher und unmittelbarer Erfahrung nicht kennt. Ich betone diese Wörter: »persönlich« und »unmittelbar«; denn daß seine Vorfahren, wenigstens soweit sie der Hühnerhundlinie angehörten, ein wirklicheres Jagen gekannt haben, ist mehr als wahrscheinlich, und gelegentlich habe ich mich gefragt, ob wohl eine Erinnerung daran auf ihn gekommen sein und durch einen zufälligen Anstoß geweckt werden könnte. Auf seiner Stufe sondert gewiß das Leben des Einzelwesens sich oberflächlicher von dem der Gattung als in unserm Falle, Geburt und Tod bedeuten ein weniger tiefreichendes Schwanken des Seins, vielleicht erhalten die Überlieferungen des Geblütes sich unversehrter, so daß es nur ein Scheinwiderspruch wäre, von eingebornen Erfahrungen, unbewußten Erinnerungen zu reden, die, hervorgerufen, das Geschöpf an seinen persönlichen Erfahrungen irre zu machen, es damit unzufrieden zu machen vermöchten. Diesem Gedanken hing ich einmal nach, mit einiger Unruhe; aber ich schlug ihn mir ebenso bald wieder aus dem Sinn, wie Bauschan sich offenbar das brutale Vorkommnis aus dem Sinne schlug, dessen Zeuge er gewesen, und das mir zu meinen Erwägungen Anlaß gegeben.

Wenn ich zur Jagd mit ihm ausziehe, pflegt es Mittag zu sein, halb zwölf oder zwölf Uhr, zuweilen, besonders an sehr warmen Sommertagen, ist es auch vorgerückter Nachmittag, sechs Uhr und später, oder es geschieht auch um diese Zeit schon zum zweitenmal; in jedem Falle ist mein Zustand dabei ein ganz andrer als bei unsrem ersten lässigen Ausgang am Morgen. Die Unberührtheit und Frische jener Stunde ist längst dahin, ich habe gesorgt und gekämpft unterdessen, habe Schwierigkeiten überwunden, daß es nur so knirschte, mich mit dem einzelnen herumgeschlagen, während gleichzeitig ein weitläufiger und vielfacher Zusammenhang fest im Sinne zu halten, in seinen letzten Verzweigungen mit Geistesgegenwart zu durchdringen war, und mein Kopf ist müde. Da ist es die Jagd mit Bauschan, die mich zerstreut und erheitert, die mir die Lebensgeister weckt und mich für den Rest des Tages, an dem noch manches zu leisten ist, wieder instandsetzt. Aus Dankbarkeit beschreibe ich sie.

Natürlich ist es nicht so, daß wir von den Wildarten, die ich nannte, tagweise eine bestimmte aufs Korn nähmen und etwa nur auf die Hasen- oder Entenjagd gingen. Vielmehr jagen wir alles durcheinander, was uns eben – ich hätte beinahe gesagt: vor die Flinte kommt; und wir brauchen nicht weit zu gehen, um auf Wild zu stoßen, die Jagd kann buchstäblich gleich außerhalb der Gartenpforte beginnen, denn Feldmäuse und Maulwürfe gibt es im Grunde des Wiesenbeckens hinter dem Hause schon eine Menge. Diese Pelzträger sind ja genau genommen kein Wild; aber ihr heimlich-wühlerisches Wesen, namentlich die listige Behendigkeit der Mäuse, welche nicht tagblind sind, wie ihr schaufelnder Vetter, und sich oft an der Erdoberfläche klüglich herumtreiben, bei Annäherung einer Gefahr aber in das schwarze Schlupfloch hineinzucken, ohne daß man ihre Beine und deren Bewegung zu unterscheiden vermöchte – wirkt immerhin mächtig auf seinen Verfolgungstrieb, und dann sind gerade sie die einzige Wildart, die ihm zuweilen zur Beute wird: eine Feldmaus, ein Maulwurf, das ist ein Bissen – nicht zu verachten in so mageren Zeiten wie den gegenwärtigen, wo er in seinem Napf neben der Hütte oft nichts als ein wenig geschmacklose Rollgerstensuppe findet.

So habe ich denn kaum meinen Stock ein paar Schritte die Pappelallee hinaufgesetzt, und kaum hat Bauschan sich, um die Partie zu eröffnen, ein wenig ausgetollt, da sehe ich ihn schon zur Rechten die sonderbarsten Kapriolen vollführen: Schon hält die Jagdleidenschaft ihn umfangen, er hört und sieht nichts mehr als das aufreizend versteckte Treiben der Lebewesen rings um ihn her: gespannt, wedelnd, die Beine behutsam hochhebend, schleicht er durch das Gras, hält mitten im Schritte ein, von den Vorder- und Hinterbeinen je eins in der Luft, äugt schiefköpfig, mit spitzer Schnauze von oben herab in den Grund, wobei ihm die Lappen der straff aufgerichteten Ohren zu beiden Seiten der Augen nach vorn fallen, springt zutappend mit beiden Vorderpfoten auf einmal vorwärts und wieder vorwärts und guckt mit stutziger Miene dorthin, wo eben etwas war, und wo nun nichts mehr ist. Dann beginnt er zu graben... Ich habe die größte Lust, zu ihm zu stoßen und den Erfolg abzuwarten; aber wir kämen ja nicht vom Fleck, er würde seine ganze für diesen Tag angesammelte Jagdlust hier auf der Wiese verausgaben. So gehe ich denn weiter, unbekümmert darum, daß jener mich einholt, auch wenn er noch lange zurückbleibt und nicht gesehen hat, wohin ich mich wandte: meine Spur ist ihm nicht weniger deutlich als die eines Wildes, den Kopf zwischen den Vorderpfoten pirscht er ihr nach, wenn er mich aus den Augen verloren, schon höre ich das Klingeln seiner Steuermarke, seinen festen Galopp in meinem Rücken, er schießt an mir vorbei und macht kehrt, um sich wedelnd zur Stelle zu melden.

Aber draußen im Holz oder auf den Wiesenbreiten der Bachregion halte ich doch so manches Mal an und sehe ihm zu, wenn ich ihn beim Graben nach einer Maus betreffe, angenommen selbst, daß es schon spät ist, und daß ich beim Zuschauen die gemessene Zeit zum Spazierengehen versäume. Seine leidenschaftliche Arbeit ist gar zu fesselnd, sein tiefer Eifer steckt an, ich kann nicht umhin, ihm von Herzen Erfolg zu wünschen und möchte um vieles gern Zeuge davon sein. Der Stelle, wo er gräbt, war vielleicht von außen nichts anzumerken – vielleicht ist es eine moosige, von Baumwurzeln durchzogene Erhöhung am Fuß einer Birke. Aber er hat das Wild dort gehört, gerochen, hat wohl gar noch gesehen, wie es wegzuckte; er ist sicher, daß es dort unter der Erde in seinem Gange und Baue sitzt, es gilt nur zu ihm zu gelangen, und so gräbt er aus Leibeskräften, in unbedingter und weltvergessener Hingebung, nicht wütend, aber mit sportlich sachlicher Leidenschaft – es ist prachtvoll zu sehen. Sein kleiner getigerter Körper, unter dessen glatter Haut die Rippen sich abzeichnen, die Muskeln spielen, ist in der Mitte durchgedrückt, das Hinterteil mit dem unaufhörlich im raschesten Zeitmaß hin- und hergehenden Stummelschwanz ragt steil empor, der Kopf ist unten bei den Vorderpfoten in der schon ausgehobenen, schräg einlaufenden Höhlung, und abgewandten Gesichts reißt er mit den metallharten Klauen, so geschwinde es geht, den Boden weiter und weiter auf, daß Erdklumpen, Steinchen, Grasfetzen und holzige Wurzelteilchen mir bis unter die Hutkrempe fliegen. Dazwischen tönt in der Stille sein Schnauben, wenn er nach einigem Vordringen die Schnauze ins Erdreich wühlt, um das kluge, stille, ängstliche Wesen dort innen mit dem Geruchsinn zu belagern. Dumpf tönt es: er stößt den Atem hastig hinein, um nur rasch die Lunge zu leeren und wieder einwittern – den feinen, scharfen, wenn auch noch fernen und verdeckten Mäuseduft wieder einwittern zu können. Wie mag dem Tierchen dort unten zumute sein bei diesem dumpfen Schnauben? Ja, das ist seine Sache oder auch Gottes Sache, der Bauschan zum Feind und Verfolger der Erdmäuse gesetzt hat, und dann ist die Angst ja auch ein verstärktes Lebensgefühl, das Mäuschen würde sich wahrscheinlich langweilen, wenn kein Bauschan wäre, und wozu wäre dann seine perläugige Klugheit und flinke Minierkunst gut, wodurch die Kampfbedingungen sich reichlich ausgleichen, so daß der Erfolg des Angreifers immer recht unwahrscheinlich bleibt? Kurzum, ich fühle kein Mitleid mit der Maus, innerlich bin ich auf Bauschans Seite, und oftmals leidet es mich nicht in der Rolle des Zuschauers: mit dem Stock greife ich ein, wenn ein festeingebetteter Kiesel, ein zäher Wurzelstrang ihm im Wege ist, und helfe ihm bohrend und hebend das Hindernis zu beseitigen. Dann sendet er wohl, aus der Arbeit heraus, einen raschen, erhitzten Blick des Einverständnisses zu mir empor. Mit vollen Kinnbacken beißt er in die zähe, durchwachsene Erde, reißt Schollen ab, wirft sie beiseite, schnaubt abermals dumpf in die Tiefe und setzt, von der Witterung befeuert, die Klauen wieder in rasende Tätigkeit...

In der großen Mehrzahl der Fälle ist das alles verlorene Mühe. Mit erdiger Nase, bis zu den Schultern beschmutzt, spürt Bauschan noch einmal oberflächlich an dem Orte umher und läßt dann ab davon, trollt sich gleichgültig weiter. »Es war nichts, Bauschan«, sage ich, wenn er mich ansieht. »Nichts war es«, wiederhole ich, indem ich der Verständlichkeit halber den Kopf schüttle und Brauen und Schultern emporziehe. Aber es ist nicht im mindesten nötig, ihn zu trösten, der Mißerfolg drückt ihn keinen Augenblick nieder. Jagd ist Jagd, der Braten ist das wenigste, und eine herrliche Anstrengung war es doch, denkt er, soweit er überhaupt noch an die ebenso heftig betriebene Angelegenheit zurückdenkt; denn schon ist er auf neue Unternehmungen aus, zu denen es in allen drei Zonen an Gelegenheit wahrhaftig nicht fehlt.

Aber es kommt auch vor, daß er das Mäuschen erwischt, und das läuft nicht ohne Erschütterung für mich ab, denn er frißt es ja ohne Erbarmen bei lebendigem Leibe mit Pelz und Knochen, wenn er seiner habhaft wird. Vielleicht war das unglückselige Wesen von seinem Lebenstriebe nicht gut beraten gewesen und hatte sich eine allzu weiche, ungesicherte und leicht aufwühlbare Stelle zu seinem Bau erwählt; vielleicht reichte der Stollen nicht tief genug, und vor Schreck war es dem Tierchen mißlungen, ihn rasch weiter hinab zu treiben, es hatte den Kopf verloren und hockte nun wenige Zoll unter der Oberfläche, während ihm bei dem furchtbaren Schnauben, das zu ihm drang, vor Entsetzen die Perläuglein aus dem Kopfe traten. Genug, die eiserne Klaue legt es bloß, wirft es auf – herauf, an den grausamen Tag, verlorenes Mäuschen! Mit Recht hast du dich so geängstigt, und es ist nur gut, daß die große berechtigte Angst dich wahrscheinlich schon halb bewußtlos gemacht hat, denn nun wirst du in Speisebrei verwandelt. Er hat es am Schwanz, zwei-, dreimal schleudert er es am Boden hin und her, ein ganz schwaches Pfeifen wird hörbar, das letzte dem gottverlassnen Mäuschen vergönnte, und dann schnappt Bauschan es ein, in seinen Rachen, zwischen die weißen Zähne. Breitbeinig, die Vorderpfoten aufgestemmt, mit gebeugtem Nacken steht er da und stößt beim Kauen den Kopf vor, indem er den Bissen gleichsam immer von neuem fängt und ihn sich im Maule zurechtwirft. Die Knöchlein knacken, noch hängt ein Pelzfetzen einen Augenblick im Winkel seines Maules, er fängt ihn, dann ist es geschehen, und Bauschan beginnt eine Art von Freuden- und Siegestanz um mich herum aufzuführen, der ich auf meinen Stock gelehnt an der Stätte stehe, wie ich während des ganzen Vorganges zuschauend gestanden habe. »Du bist mir einer!« sage ich mit grausenvoller Anerkennung zu ihm und nicke. »Ein schöner Mörder und Kannibale bist du mir ja!« Auf solche Worte hin verstärkt er sein

Tanzen, und es fehlt nur, daß er laut dazu lachte. So gehe ich denn auf meinem Pfade weiter, etwas kalt in den Gliedern von dem, was ich gesehen habe, und doch auch wieder aufgeräumt in meinem Innern durch den rohen Humor des Lebens. Die Sache ist in der natürlichen Ordnung, und ein von seinen Instinkten mangelhaft beratenes Mäuschen wird eben in Speisebrei verwandelt. Aber lieb ist es mir doch, wenn ich in solchem Falle der natürlichen Ordnung nicht mit dem Stocke nachgeholfen, sondern mich rein betrachtend verhalten habe.

Es ist erschreckend, wenn plötzlich der Fasan aus dem Dickicht bricht, wo er schlafend saß oder wachend unentdeckt zu bleiben hoffte, und von wo Bauschans Spürnase nach einigem Suchen ihn aufstörte. Klappernd und polternd, unter angstvoll entrüstetem Geschrei und Gegacker erhebt sich der große, rostrote, langbefiederte Vogel und flüchtet sich, seinen Kot aus der Höhe ins Holz fallen lassend, mit der törichten Kopflosigkeit des Huhns auf einen Baum, wo er fortfährt zu zetern, während Bauschan, am Stamme aufgerichtet, stürmisch zu ihm emporbellt. Auf, auf! heißt dieses Gebell. Flieg weiter, alberner Gegenstand meiner Lust, daß ich dich jagen kann! Und das Wildhuhn widersteht nicht der mächtigen Stimme, rauschend löst es sich wieder von seinem Zweige und macht sich schweren Fluges durch die Wipfel weiter davon, immer krähend und sich beklagend, indes Bauschan es zu ebener Erde scharf und in männlichem Stillschweigen verfolgt.

Hierin besteht seine Wonne; er will und weiß nichts weiter. Denn was wäre auch, wenn er des Vogels habhaft würde? Nichts wäre – ich habe gesehen, wie er einen zwischen den Klauen hatte, er mochte ihn in tiefem Schlafe betreten haben, so daß das schwerfällige Geflügel sich nicht rechtzeitig vom Boden hatte erheben können: nun stand er über ihm, ein verwirrter Sieger und wußte nichts damit anzufangen. Einen Fittich gespreizt, mit weggedehntem Halse lag der Fasan im Grase und schrie, schrie ohne Pause, daß es klang, wie wenn im Gebüsch eine Greisin gemordet würde, und ich herzueilte, um etwas Gräßliches zu verhüten. Aber ich überzeugte mich rasch, daß nichts zu befürchten sei: Bauschans zutage liegende Ratlosigkeit, die halb neugierige, halb angewiderte Miene, mit der er schiefköpfig auf seinen Gefangenen niederblickte, versicherte mich dessen. Das Weibsgeschrei zu seinen Füßen mochte ihm auf die Nerven gehen, der ganze Zufall ihm mehr Verlegenheit als Triumph bereiten. Rupfte er ehren- und schandenhalber das Wild ein wenig? Ich sah, glaube ich, daß er ihm mit den Lippen, ohne die Zähne zu brauchen, ein paar Federn aus seinem Kleide zog und sie mit ärgerlichem Kopfschleudern beiseite warf. Dann trat er ab von ihm und gab ihn frei – nicht aus Großmut, sondern weil die Sachlage ihn langweilte, ihm nichts mehr mit fröhlicher Jagd zu tun zu haben schien. Nie habe ich einen verblüffteren Vogel gesehen! Er hatte mit dem Leben wohl abgeschlossen, und es schien vorübergehend, als wisse er keinen Gebrauch mehr davon zu machen: wie tot lag er eine Weile im Grase. Dann taumelte er ein Stück am Boden hin, schwankte auf einen Baum, schien herunterfallen zu wollen, raffte sich auf und suchte mit schwer schleppenden Gewändern das Weite. Er schrie nicht mehr, er hielt den Schnabel. Stumm flog er über den Park, den Fluß, die jenseitigen Wälder, fort, fort, so weit wie möglich, und ist gewiß nie wieder gekommen.

Aber es gibt viele seinesgleichen in unserm Revier, und Bauschan jagt sie in Züchten und Ehren. Der Mäusefraß bleibt seine einzige Blutschuld, und auch sie erscheint als etwas Entbehrlich-Beiläufiges, das Spüren, Auftreiben, Rennen, Verfolgen als hochherziger Selbstzweck – jedem erschiene es so, der ihn bei diesem glänzenden Spiele beobachtete. Wie schön er wird, wie idealisch, wie vollkommen! So wird der bäurische, plumpe Gebirgsbursch vollkommen und bildhaft, steht er als Gemsjäger im Gesteine. Alles Edle, Echte und Beste in Bauschan wird nach außen getrieben und gelangt zu prächtiger Entfaltung in diesen Stunden; darum verlangt er so sehr nach ihnen und leidet, wenn sie unnütz verstreichen. Das ist kein Pinscher, das ist der Weidner und Spürer wie er im Buche steht, und hohe Freude an sich selbst spricht aus jeder der kriegerischen, männlich ursprünglichen Posen, die er in stetem Wechsel entwickelt. Ich wüßte nicht viele Dinge, die mir das Auge erquickten wie sein Anblick, wenn er in federndem Trabe durch das Gestrüpp zieht und dann gefesselt ansteht, eine Pfote zierlich erhoben und nach innen gebogen, klug, achtsam, bedeutend, in schöner Spannung aller seiner Eigenschaften! Dazwischen quiekt er. Er hat sich mit dem Fuße in etwas Dornigem verfangen, und laut schreit er auf. Aber auch das ist Natur, auch das erheiternder Mut zur schönen Einfalt, und nur flüchtig vermag es seine Würde zu beeinträchtigen, die Pracht seiner Haltung ist im nächsten Augenblicke wieder vollkommen hergestellt.

Ich sehe ihm zu und erinnere mich eines Zeitpunktes, da er all seines Stolzes und seines Edelmutes verlustig gegangen und buchstäblich wieder auf den körperlichen und seelischen Tiefstand herabgekommen war, worauf er sich zuerst in der Küche des Bergfräuleins uns dargestellt, und von welchem er sich mühselig genug zum Glauben an sich selbst und die Welt erhoben hatte. Ich weiß nicht, was mit ihm war – er blutete aus dem Maule oder aus der Nase oder aus dem Halse, ich weiß es bis heute nicht; wo er ging und stand, hinterließ er Blutspuren, im Grase des Reviers, auf dem Stroh seines Lagers, auf dem Fußboden des Zimmers, das er betrat – ohne daß irgendeine äußere Verletzung nachzuweisen gewesen wäre. Oft erschien seine Schnauze wie mit roter Ölfarbe beschmiert. Er nieste, und es gingen Blutspritzer von ihm, in die er mit der Pfote trat, so daß der ziegelfarbene Abdruck seiner Zehen zurückblieb, wo er geschritten war. Sorgfältige Untersuchungen führten zu keinem Ergebnis und damit zu wachsender Beunruhigung. War er lungensüchtig? Oder sonst mit einem uns unbekannten Übel geschlagen, dem seine Art ausgesetzt sein mochte? Als die so unheimliche wie unreinliche Erscheinung nach einigen Tagen nicht weichen wollte, wurde seine Einlieferung in die tierärztliche Klinik beschlossen.

Am folgenden Tage, gegen Mittag, nötigte der Herr ihm mit freundlicher Festigkeit den Maulkorb auf, jene lederne Gittermaske, die Bauschan wie wenige Dinge verabscheut, und deren er sich durch Kopfschütteln und Pfotenstreichen beständig zu entledigen sucht, legte ihn an die geflochtene Schnur und leitete den so Aufgeschirrten links hin die Allee hinauf, dann durch den Stadtpark und dann eine städtische Straße empor zu den Baulichkeiten der Hochschule, deren Tor und Hof wir durchschritten. Ein Warteraum nahm uns auf, an dessen Wänden mehrere Personen saßen, von denen eine jede gleich mir einen Hund an der Leine hielt – Hunde verschiedener Größe und Art, die einander durch ihre Ledervisiere schwermütig betrachteten. Es war da ein Mütterchen mit ihrem schlagflüssigen Mops, ein Livreebedienter mit einem hohen und blütenweißen russischen Windhund, der von Zeit zu Zeit einen vornehm krächzenden Husten vernehmen ließ, ein ländlicher Mann mit einem Teckelhund, welcher wohl der orthopädischen Wissenschaft vorgeführt werden sollte, da alle Füße ihm völlig falsch, verkrümmt und verschroben am Leibe saßen, und andre mehr. Sie alle ließ der hin- und widergehende Anstaltsdiener nach und nach in das anstoßende Ordinationszimmer ein, dessen Tür er endlich auch für mich und Bauschan öffnete.

Der Professor, ein Mann auf der Höhe der Jahre, in weißem Operationsmantel, mit goldner Brille, einem lockigen Scheitel und von so kundiger, lebensfreundlicher Milde des Wesens, daß ich ihm unbedenklich mich selbst und alle die Meinen in jeder Leibesnot anvertraut haben würde, lächelte während meines Vortrages väterlich auf den vor ihm sitzenden und von seiner Seite vertrauensvoll zu ihm aufblickenden Klienten hinab. »Schöne Augen hat er«, sagte er, ohne des Knebelbartes zu gedenken, und erklärte sich dann bereit, eine Untersuchung sogleich zu vollziehen. Mit Hilfe des Dieners wurde der vor Erstaunen widerstandslose Bauschan auf einen Tisch gebreitet, und dann war es rührend zu sehen, wie der Arzt ihm das schwarze Hörrohr ansetzte und das getigerte Männchen gewissenhaft auskultierte, ganz wie ich es mehr als einmal im Leben bei mir selbst hatte geschehen lassen. Er behorchte sein geschwinde arbeitendes Hundeherz, behorchte sein organisches Innenleben von verschiedenen Punkten aus. Hierauf untersuchte er, das Hörrohr unter dem Arm, mit beiden Händen Bauschans Augen, seine Nase sowie die Höhle seines Maules und kam dann zu einem vorläufigen Spruch. Der Hund sei ein wenig nervös und anämisch, sagte er, sonst aber in gutem Stande. Die Herkunft der Blutungen sei ungewiß. Es könne sich um Epistaxis handeln oder um Hämathemesis. Aber auch ein Fall von trachealen oder pharyngealen Blutungen könne vorliegen, das sei nicht ausgeschlossen. Vielleicht spreche man bis auf weiteres am zutreffendsten von Hämoptyse. Eine sorgfältige Beobachtung des Tieres sei geboten. Ich möge es an Ort und Stelle lassen und mich in acht Tagen wieder nach ihm umsehen.

So belehrt, empfahl ich mich dankend und klopfte Bauschan zum Abschied die Schulter. Ich sah noch, wie der Gehilfe den neu Aufgenommenen über den Hof gegen den Eingang eines rückwärts gelegenen Gebäudes führte und wie Bauschan sich mit verwirrtem und ängstlichem Gesichtsausdruck nach mir umblickte. Und doch hätte er sich geschmeichelt fühlen sollen, wie ich selbst nicht umhin konnte, mich zu fühlen, weil der Professor ihn für nervös und anämisch erklärt hatte. Es war ihm nicht an der Wiege gesungen worden, daß man ihn eines Tages dafür erklären und es überhaupt so gelehrt und genau mit ihm nehmen werde.

Aber meine Spaziergänge waren fortan, was ungesalzene Speisen dem Gaumen sind; sie gewährten mir nur wenig Vergnügen. Kein stiller Freudensturm herrschte bei meinem Ausgang, kein stolzes Jagdgetümmel um mich her unterwegs. Der Park schien mir öde, ich langweilte mich. Ich unterließ nicht, Erkundigungen durch den Fernsprecher in die Wartezeit einzulegen. Die Antwort, von einem untergeordneten Organe erteilt, lautete, der Patient befinde sich den Umständen entsprechend – Umständen, deren nähere Kennzeichnung man aus guten oder schlimmen Gründen vermied. Da wieder der Wochentag herangekommen, an dem ich Bauschan in die Anstalt verbracht hatte, machte ich mich abermals dorthin auf.

Geleitet von reichlich angebrachten Schildern mit Inschriften und weisenden Händen, gelangte ich auf geradem Wege und ohne Irrgang vor die Tür der klinischen Abteilung, die Bauschan beherbergte, unterließ es, auf ein an der Tür angebrachtes

Geheiß, zu klopfen und trat ein. Der mäßig große Raum, der mich umgab, erweckte den Eindruck eines Raubtierhauses, und auch die Atmosphäre eines solchen herrschte darin; nur daß der wild-tierische Menagerie-Geruch hier mit allerlei medikamentösen Dünsten süßlich versetzt erschien – eine beklemmende und erregende Mischung. Gitterkäfige liefen ringsherum, fast alle bewohnt. Tiefes Gebell schlug mir aus einem von ihnen entgegen, an dessen offener Pforte ein Mann, offenbar der Wärter, sich eben mit Rechen und Schaufel zu schaffen machte. Ohne seine Arbeit zu unterbrechen, begnügte er sich damit, meinen Gruß zu erwidern, mich übrigens vorderhand meinen Eindrükken überlassend.

Der erste Rundblick, bei noch offener Tür, hatte mich Bauschan erkennen lassen, und ich trat auf ihn zu. Er lag hinter den Traljen seines Zwingers auf einer Bodenstreu, die aus Lohe oder ähnlichem Stoffe bestehen mochte und ihren besondern Duft dem Geruch der Tierkörper und dem des Karbols oder Lysoforms noch hinzufügte – lag dort wie ein Leopard, aber wie ein sehr müder, sehr teilnahmsloser und verdrossener Leopard: ich erschrak über die mürrische Gleichgültigkeit, die er meinem Ein- und Herantreten entgegensetzte. Schwach pochte er ein- oder zweimal mit dem Schwanz auf den Boden, und erst als ich ihn anredete hob er den Kopf von den Pfoten, aber nur, um ihn sogleich wieder fallen zu lassen und trübe zur Seite zu blinzeln. Ein irdener Napf mit Wasser stand im Hintergrunde des Käfigs zu seiner Verfügung. Außen, an den Gitterstäben, war eine in einen Rahmen gespannte, teils vorgedruckte, teils handschriftliche Tabelle befestigt, die unter der Angabe von Bauschans Namen, Art, Geschlecht und Alter eine Fieberkurve zeigte. »Hühnerhund-Bastard«, stand dort, »genannt Bauschan. Männlich. Zwei Jahre alt. Eingeliefert an dem und dem Tage und Monat des Jahres –, zur Beobachtung wegen okkulter Blutungen.« Und dann folgte die mit der Feder gezogene und übrigens in geringen Schwankungen verlaufende Wärmekurve nebst ziffernmäßigen Angaben über die Häufigkeit von Bauschans Puls. Er wurde also gemessen, wie ich sah, und auch der Puls wurde ihm gefühlt von ärztlicher Seite – in dieser Richtung fehlte es an nichts. Aber sein Gemütszustand war es, der mir Sorge machte.

»Ist das der Ihrige?« fragte der Wärter, der sich mir unterdessen, sein Gerät in Händen, genähert hatte. Er war mit einer Art von Gärtnerschürze bekleidet, ein gedrungener, rundbärtiger und rotbäckiger Mann mit braunen, etwas blutunterlaufenen Augen, deren treuer und feuchter Blick selbst auffallend hundemäßig anmutete.

Ich bejahte seine Frage, berief mich auf die erhaltene Weisung, heute wieder vorzusprechen, auf die geführten Ferngespräche und erklärte, ich sei gekommen zu hören, wie alles stehe. Der Mann warf einen Blick auf die Tabelle. Ja, es seien okkulte Blutungen, woran der Hund leide, sagte er, und damit sei es immer eine langwierige Sache, besonders wenn man nicht recht wisse, woher sie kämen. – Ob denn das noch immer der Fall nicht sei. – Nein, man wisse es noch nicht recht. Aber der Hund sei ja zur Beobachtung da, und er werde beobachtet. – Und die Blutungen dauerten noch an? – Ja, mitunter wiederholten sie sich noch. – Und dann würden sie beobachtet? – Ja, ganz genau. – Ob denn Fieber vorhanden sei, fragte ich, indem ich aus der Kurve am Gitter klug zu werden suchte. – Nein, kein Fieber. Der Hund habe seine ordnungsmäßige Wärme und Pulszahl, ungefähr neunzig Schläge in der Minute, das sei das richtige, weniger dürften es gar nicht sein, und wenn es viel weniger wären, so müßte er noch viel schärfer beobachtet werden. Überhaupt sei ja der Hund bis auf die okkulten Blutungen recht gut beisammen. Er habe wohl anfangs geheult, rund vierundzwanzig Stunden lang, aber dann sei er eingelebt gewesen. Fressen möge er freilich nicht viel; aber er habe ja auch keine Bewegung, und dann komme es darauf an, wieviel er früher gefressen habe. – Was man ihm denn gäbe? – Suppe, sagte der Mann. Aber, wie schon gesagt, er nehme nicht viel davon. – »Er macht einen gedrückten Eindruck«, bemerkte ich mit gespielter Sachlichkeit. – Ja, das tue er wohl, aber das habe nichts weiter zu sagen. Denn es sei ja am Ende nicht lustig für einen Hund, so dazuliegen und beobachtet zu werden. Gedrückt seien sie alle mehr oder weniger, das heiße: die Gutartigen; manch einer werde sogar tückisch und bissig dabei. Aber das könne er von dem da nicht sagen. Das sei ein Gutartiger, der würde nicht bissig werden, und wenn man ihn bis an sein Lebensende beobachte. – Darin gab ich dem Manne recht, aber ich tat es, Kummer und Empörung im Herzen. Auf wie lange denn, fragte ich, man schätzungsweise Bauschans Aufenthalt dahier noch berechne. – Wieder blickte der Mann auf die Tafel. Acht Tage noch, sagte er, seien nötig zur Beobachtung, so habe der Herr Professor gesagt. Nach weiteren acht Tagen möchte ich wiederkommen und nachfragen; dann würden es vierzehn im ganzen sein, und dann werde man mir sichern Bescheid geben können über den Hund und in betreff seiner Heilung von den okkulten Blutungen.

Ich ging, nachdem ich noch einmal versucht hatte, Bauschans Lebensgeister durch frischen Zuspruch zu wecken. Er wurde durch meinen Weggang sowenig wie durch mein Erscheinen bewegt. Verachtung und bittere Hoffnungslosigkeit schienen auf ihm zu liegen. »Da du fähig warst«, schien seine Haltung auszudrücken, »mich in diesen Käfig zu liefern, erwarte ich nichts mehr von dir.« Und mußte er nicht irre werden und verzweifeln an Vernunft und Gerechtigkeit? Was hatte er verschuldet, daß ihm dies geschah, und daß ich es nicht nur zuließ, sondern es selbst in die Wege geleitet? Ich hatte es gut und würdig mit ihm im Sinne gehabt. Er hatte geblutet, und wenn das ihm selbst auch weiter nichts auszumachen schien, so hatte doch ich es für angemessen erachtet, daß die verordnete Wissenschaft sich seiner annähme, als eines Hundes in guten Umständen, und hatte es denn ja auch erlebt, daß sie ihn als etwas nervös und anämisch bezeichnet hatte wie ein Grafenkind. Und nun mußte es so für ihn ausgehen! Wie ihm begreiflich machen, daß man ihm Ehre und Aufmerksamkeit erwies, indem man ihn hinter Gitterstangen sperrte wie einen Jaguar, ihm Luft, Sonne und freie Bewegung entzog, um ihm statt dessen tagein, tagaus mit dem Thermometer beschwerlich zu fallen?

So fragte ich mich, indem ich nach Hause ging, und während ich bis dahin Bauschan nur vermißt hatte, gesellten sich nun zu dieser Empfindung Sorge um ihn, um sein Seelenheil und zweifelnde Selbstanklagen. War es nicht endlich nur Eitelkeit und selbstsüchtige Hoffart gewesen, was mich vermocht hatte, ihn auf die Hochschule zu führen? War überdies vielleicht der geheime Wunsch damit verbunden gewesen, mich seiner auf einige Zeit zu entledigen, eine gewisse Neugierde und Lüsternheit, mich von seiner inständigen Bewachung einmal frei zu machen und zu sehen, wie es sei, wenn ich in kühler Seelenruhe mich nach rechts oder links würde wenden können, ohne in der belebten Außenwelt irgendwelche Gefühle, sei es der Freude oder der bittern Enttäuschung, dadurch zu wecken? Wirklich genoß ich einer gewissen und lange nicht mehr erprobten inneren Unabhängigkeit seit Bauschans Internierung. Niemand behelligte mich durch die Glastür mit dem Anblick seines Wartemartyriums. Niemand kam, um mit zag erhobener Pfote mir die Brust mit einem Gelächter des Erbarmens zu erschüttern und mich zu alsbaldigem Aufbruch zu bewegen. Ob ich den Park suchte oder das Zimmer hütete, focht niemanden an. Das war bequem, beruhigend und hatte den Reiz der Neuheit. Da aber der gewohnte Ansporn fehlte, so ging ich beinahe nicht mehr spazieren. Meine Gesundheit litt; und während mein Zustand demjenigen Bauschans in seinem Käfig nachgerade auffallend ähnlich wurde, stellte ich die sittliche Betrachtung an, daß die Fessel des Mitgefühles meinem eignen Wohlsein zuträglicher gewesen war, als die egoistische Freiheit, nach der mich gelüstet hatte.

Auch die zweite Woche lief ab, und am bestimmten Tage stand ich wieder mit dem rundbärtigen Wächter vor Bauschans Gitterhaus. Der Insasse lag auf der Seite, lag irgendwie hingestreckt auf der Lohestreu seines Käfigs, die ihm das Fell befleckte, und hielt im Liegen den Kopf emporgeworfen, so daß er rückwärts gegen die kalkige Rückwand des Zwingers blickte, mit Augen, glasig und stumpf. Er rührte sich nicht. Daß er atmete, war kaum zu sehen. Nur zuweilen wölbte sich sein Brustkorb, der jede Rippe erkennen ließ, in einem Seufzer, den er mit leisem und herzzerreißendem Anklange seiner Stimmbänder von sich hauchte. Seine Beine schienen zu lang geworden, seine

Pfoten unförmig groß, was von seiner erschreckenden Abmagerung herrührte. Sein Fell war äußerst ruppig, verdrückt und, wie erwähnt, vom Wälzen im Rindenmehle verunreinigt. Er beachtete mich nicht, wie er überhaupt nie wieder irgendetwas beachten zu wollen schien.

Ganz und gar, sagte der Wärter, seien die Blutungen noch nicht verschwunden; sie kämen immer noch einmal wieder vor. Woher sie stammten, sei noch nicht ganz entschieden, auf jeden Fall seien sie harmloser Art. Ich könnte beliebig den Hund noch zu weiterer Beobachtung hierlassen, um ganz sicher zu gehen, oder ich könnte ihn auch wieder mit nach Hause nehmen, wo sich das Übel mit der Zeit denn auch wohl verlieren würde. Da zog ich die geflochtene Schnur aus der Tasche – ich hatte sie zu mir gesteckt – und sagte, ich nähme Bauschan mit mir. Der Wärter fand es vernünftig. Er öffnete die Gittertür, und wir riefen Bauschan beide beim Namen, abwechselnd und gleichzeitig, aber er kam nicht, sondern starrte immer über sich hin gegen die Kalkwand. Indessen wehrte er sich auch nicht, als ich mit dem Arm in den Käfig griff, und ihn am Halsband herauszog. Springend fiel er zur ebenen Erde herab auf seine Füße und stand da mit eingekniffenem Schwanz, die Ohren zurückgelegt, ein Bild des Elends. Ich nahm ihn, reichte dem Wärter ein Biergeld und verließ die Abteilung, um in den vorderen Anstaltsräumen meine Schuld zu begleichen, die sich bei einer Grundtaxe von fünfundsiebzig Pfennigen für den Tag und zuzüglich des ärztlichen Honorars für die erste Untersuchung auf zwölf Mark fünfzig bezifferte. Dann führte ich Bauschan nach Hause, eingehüllt in die süßlich-wilde Atmosphäre der Klinik, die mein Begleiter in seinem Felle trug.

Er war gebrochen an Leib und Seele. Tiere sind ungehemmter und ursprünglicher, also gewissermaßen menschlicher in dem körperlichen Ausdruck ihrer Gemützustände als wir; Redensarten, die unter uns eigentlich nur noch in moralischer Übertragung und als Metapher fortleben, treffen bei ihnen noch – und das hat jedenfalls etwas Erheiterndes für das Auge – im frischen Wortsinne und ohne Gleichnis zu. Bauschan »ließ«, wie man sagt, »den Kopf hängen«, das heißt: er tat es wirklich und anschaulich, tat es wie ein abgetriebenes Droschkenpferd, welches, Geschwüre an den Beinen und dann und wann mit der Haut zuckend, an seinem Halteplatze steht, während eine Zentnerlast seine arme Nase, die von Fliegen wimmelt, gegen das Pflaster zu ziehen scheint. Es war wie ich sagte: diese zwei Hochschulwochen hatten ihn auf den Zustand zurückgeführt, worin ich ihn einst auf dem Vorberge entgegengenommen; er war nur der Schatten seiner selbst, würde ich sagen, wenn das nicht den Schatten des frohen und stolzen Bauschan beleidigen hieße. Der Hospitalgeruch, den er mitgebracht hatte, wich wohl wiederholten Seifenbädern im Waschtroge, bis auf selten aufschwebende Reste; aber wenn ein Bad für uns Menschen den seelischen Einfluß einer symbolischen Handlung besitzen mag, so konnte dem armen Bauschan die körperliche Reinigung noch lange nicht die Wiederaufrichtung seines Gemütes bedeuten. Am ersten Tage schon nahm ich ihn mit mir ins Revier hinaus, aber mit blöde hängender Zunge schlich er an meinem Fuß und die Fasanen erfreuten sich dauernder Schonzeit. Zu Hause lag er noch tagelang, wie er zuletzt im Zwinger gelegen, und blickte gläsern über sich hin, im Innern schlaff, ohne gesunde Ungeduld, ohne mich zum Ausgehen anzuhalten, so daß vielmehr ich ihn von seinem Lagerplatz am Eingang der Hütte abholen und auftreiben mußte. Selbst die wilde und wahllose Art, in der er das Futter in sich schlang, erinnerte an seine unwürdige Frühzeit. Dann aber war es freudig zu sehen, wie er sich wiederfand; wie nach und nach seine Begrüßungen das alte treuherzigscherzhafte Ungestüm zurückgewannen; wie er, statt mürrisch gehinkt zu kommen, zum ersten Male auf meinen Morgenpfiff wieder heranstürmte, um mir die Vorderpfoten auf die Brust zu setzen und nach meinem Gesicht zu schnappen; wie im Freien die stolze Lust an seiner Leiblichkeit ihm wiederkehrte, jene kühnen und anmutigen Vorsteh-Posen, jene steilen Sprünge mit angezogenen Füßen auf irgendein Lebewesen im hohen Grase hinab meinen Augen sich wieder darboten... Er vergaß. Der häßliche und für Bauschans Begriffsvermögen so unsinnige

Zwischenfall sank hinab in die Vergangenheit, unerlöst eigentlich, unaufgehoben durch klärende Verständigung, welche unmöglich gewesen war, aber die Zeit deckte ihn zu, wie es ja auch zwischen Menschen zuweilen geschehen muß, und über ihm lebten wir fort, während das Unausgesprochene tiefer und tiefer ins Vergessen zurücktrat... Einige Wochen lang kam es noch vor, in zunehmenden Abständen, daß Bauschan eine gerötete Nase zeigte; dann verlor die Erscheinung sich, sie war gewesen, und so galt es denn auch gleichviel, ob es sich um Epistaxis oder um Hämathemesis gehandelt hatte...

Da habe ich, gegen mein Vorhaben, nun auch von der Klinik erzählt! Der Leser verzeihe die weitläufige Abschweifung und kehre mit mir in den Park zum Jagdvergnügen zurück, worin wir uns unterbrachen. Kennt er das weinende Geheul, womit ein Hund, seine äußersten Kräfte zusammenreißend, die Verfolgung des flüchtigen Hasen aufnimmt, und in welchem Wut und Wonne, Sehnsucht und ekstatische Verzweiflung sich mischen? Wie oft habe ich Bauschan es ausstoßen hören! Es ist die Leidenschaft, die gewollte, aufgesuchte und trunken genossene Leidenschaft selbst, die da durch die Landschaft gellt, und jedesmal wieder, wenn ihr wilder Schrei von fern oder nah an mein Ohr dringt, erschrecke ich auf eine heitere Weise; er fährt mir in die Glieder; froh, daß Bauschan heute auf seine Kosten kommt, eile ich vorwärts oder zur Seite, um die Hetze womöglich in mein Gesichtsfeld zu bringen, und wenn sie an mir vorüberbraust, stehe ich gebannt und gespannt, obgleich der nichtige Ausgang des Abenteuers im voraus feststeht, und schaue zu, indes ein erregtes Lächeln mir das Gesicht verzieht.

Der gemeine oder furchtsame Hase! Er zieht die Ohren durch die Luft, den Kopf im Genick rennt er um sein Leben und kratzt in langen Sprüngen vor dem innig heulenden Bauschan aus, indem er das Hintergeläuf, das weißlich-gelbe Gesäß in die Lüfte schleudert. Und doch sollte er im Grunde seiner angstvollen und fluchtgewohnten Seele wissen, daß es nicht ernste Gefahr hat, und daß er davon kommen wird, wie noch jeder seiner Brüder und Schwestern und auch er selbst wohl schon ein oder das andere Mal in demselben Falle davonkam. Nie im Leben hat Bauschan einen von ihnen erwischt und wird auch nicht, es ist so gut wie unmöglich. Viele Hunde, so heißt es, sind des Hasen Tod; ein einzelner kann es nicht schaffen, und überträfe er Bauschan auch noch an ausdauernder Schnelligkeit. Denn der Hase verfügt ja über den »Haken« – über den Bauschan nun einmal nicht verfügt; und damit ist die Sache entschieden. Es ist eine unfehlbare Waffe und Fähigkeit des zur Flucht Geborenen, ein jederzeit anwendbares Auskunftsmittel, das er im Sinne trägt, um es im entscheidenden und für Bauschan hoffnungsreichsten Augenblick anzuwenden – und Bauschan ist verkauft und verraten.

Da kommen sie schräge durch das Gehölz, überqueren vor mir den Pfad und schießen gegen den Fluß hin, der Hase stumm und seinen ererbten Trick im Herzen, Bauschan in hohen, jammernden Kopftönen heulend. »Heule nicht!« denke ich. »Du verausgabst Kräfte damit, Lungenkräfte, Atemkräfte, die du sparen solltest und alle zu Rate halten, um ihn zu bekommen!« Und ich denke so, weil ich an der Sache innerlich beteiligt bin, weil ich auf Bauschans Seite stehe, weil seine Leidenschaft auch mich ergreift, so daß ich ihm eifrig den Sieg wünsche, auf die Gefahr, daß er den Hasen vor meinen Augen in Stücke zerrisse. Wie er rennt! Ein Wesen in der äußersten Anspannung aller seiner Kräfte zu sehen, ist schön und genußreich. Er rennt besser als der Hase, seine Muskulatur ist stärker, der Abstand zwischen ihnen hatte sich deutlich verkleinert, bevor sie mir aus den Augen kamen. Und ich eile ebenfalls, ohne Weg, links hin durch den Park und gegen das Ufer und treffe eben rechtzeitig auf der Kiesstraße ein, um die Jagd von rechts anrasen zu sehen – die hoffnungsreiche, erregende Jagd, denn Bauschan ist dem Hasen fast auf den Fersen, er ist verstummt, er rennt mit zusammengebissenen Zähnen, die unmittelbare Witterung treibt ihn zum Letzten, und – »einen Vorstoß noch, Bauschan!« denke ich und möchte ich rufen; »gut gezielt und mit Besonnenheit, gib acht auf den Haken!« Aber da ist der Haken auch schon, das Unglück ist da. Der entscheidende Vorstoß geschah, und in dem gleichen Augenblick geschieht auch ein Ruck, ein kurzes, leichtes und schnippchenhaftes Wegzucken des Hasen im rechten Winkel zur Richtung des Laufes, und an seinem Hinterteile schießt Bauschan vorbei, schießt heulend, hilflos und bremsend, daß Kies und Staub emporstieben, geradeaus, und bis er seiner Bewegung Einhalt getan, sich herumgeworfen und sich in neuer Richtung wieder flott gemacht hat, bis, sage ich, dies unter Seelenqual und Jammergeheul vollbracht, hat der Hase einen bedeutenden Vorsprung gegen das Gehölz hin gewonnen, ja ist dem Verfolger wohl gar aus den Augen gekommen; denn während seines verzweifelten Bremsens konnte dieser nicht sehen, wohin der andre sich wandte.

»Es ist umsonst, es ist schön, aber vergeblich«, denke ich, während die wilde Jagd sich in entgegengesetzter Richtung durch den Park hin entfernt. »Es müßten mehrere Hunde sein, fünf oder sechs, eine ganze Meute. Andre müßten ihm in die Flanke stoßen, ihm von vorn den Weg abschneiden, ihn stellen und ihm den Genickfang geben...« Und mein erregtes Auge erblickt ein Rudel von Schweißhunden, die sich mit hängenden Zungen auf den Hasen in ihrer Mitte stürzen.

Ich denke und träume so aus Jagdleidenschaft, denn was hat mir der Hase getan, daß ich ihm ein entsetzliches Ende wünsche? Zwar steht Bauschan mir näher, und es ist in der Ordnung, daß ich mit ihm fühle und ihn mit meinen Wünschen begleite; aber der Hase ist doch auch ein warmes Leben und hat meinen Jäger nicht aus Bosheit geprellt, sondern aus dem dringenden Wunsch, noch eine kleine Weile weiche Baumtriebe knabbern und seinesgleichen zeugen zu können. »Etwas andres«, fahre ich trotzdem fort zu denken, »etwas andres, wenn dies hier« – und ich betrachte den Spazierstock in meiner Hand – »wenn dies hier nicht so ein unnützer, gutmütiger Stock wäre, sondern ein Ding von ernsterer Konstruktion, blitzträchtig und fernwirkend, womit ich dem wackeren Bauschan zu Hilfe kommen und den Hasen aufhalten könnte, so daß er mit einem Salto mortale zur Stelle bliebe. Dann bedürfte es keiner weiteren Hunde, und Bauschan hätte das Seine getan, wenn er den Hasen nur aufgebracht hätte.« Wie aber die Dinge liegen, ist es umgekehrt Bauschan,

der, wenn er den verdammten »Haken« parieren will, sich zuweilen überkugelt, was übrigens in einigen Fällen auch der Hase tut;
aber für ihn ist es eine Kleinigkeit, etwas Leichtes und Angemes-
senes, mit irgendwelchem Elendsgefühl gewiß nicht verknüpft,
während es für Bauschan eine schwere Erschütterung bedeutet,
bei der er sich recht wohl einmal den Hals brechen kann.

Oft nimmt eine solche Jagd schon in wenigen Minuten wieder
ihr Ende, wenn es nämlich dem Hasen gelingt, sich nach kurzer
Hatz im Unterholze hinzuducken und zu verbergen, oder den
Jäger durch Haken und Finten von seiner Fährte zu bringen, so
daß dieser, unsicher stutzend, hierhin und dorthin sprengt, während ich, in meinem Blutdurst, vergeblich hinter ihm dreinrufe
und ihm mit dem Stock die Richtung zu weisen suche, in der ich
den Hasen entspringen sah. Oft aber auch zieht das Gejaide sich
lange und weit durch die Landschaft hin, so daß Bauschans inbrünstig jaulende Stimme wie ein Hifthorn fern in der Gegend
erklingt, abwechselnd näher und wieder entrückter, während
ich still, in Erwartung seiner Wiederkehr, meines Weges gehe.
Und du mein Gott, in welchem Zustand kehrt er dann endlich
zu mir zurück! Schaum trieft ihm vom Maule, seine Lenden sind
ausgehöhlt, seine Rippen fliegen, lang hängt ihm die Zunge aus
dem unmäßig klaffenden Rachen, der ihm die trunken schwimmenden Augen schief und mongolisch verzerrt, und sein Atem
geht wie eine Dampfmaschine. »Lege dich, Bauschan, und ruhe
aus, oder dich trifft der Lungenschlag!« spreche ich zu ihm und
gehe nicht weiter, um ihm Zeit zur Erholung zu gönnen. Im
Winter zumal wird mir angst und bange um ihn, bei Frost, wenn
er keuchend die eisige Luft in sein erhitztes Inneres pumpt und
als weißen Dampf wieder von sich stößt, auch ganze Mäuler voll
Schnee verschlingt, um seinen Durst zu löschen. Während er
aber daliegt, mit wirren Augen zu mir emporblickt und dann
und wann seinen Geifer einschlappt, kann ich doch nicht völlig
umhin, ihn wegen der unabänderlichen Ergebnislosigkeit seiner
Anstrengung etwas zu verspotten. »Wo ist der Hase, Bauschan?« kann ich wohl fragen. »Das Häschen bringst du mir also
nicht?« Und er schlägt mit dem Schwanz auf den Boden, stellt,

wenn ich spreche, einen Augenblick das hastige Pumpwerk seiner Flanken still und schlappt verlegen, denn er weiß nicht, daß mein Spott nur eine Regung der Scham und des schlechten Gewissens vor ihm und mir selber verschleiern muß, weil ich ihn meinerseits bei dem Handel wieder nicht unterstützen konnte und nicht der Mann war, den Hasen »aufzuhalten«, wie es Sache eines richtigen Herrn gewesen wäre. Er weiß es nicht, und darum kann ich wohl spotten und es so hinstellen, als ob e r es bei alldem irgendwie hätte fehlen lassen...

Seltsame Zwischenfälle ereignen sich bei diesen Jagden. Nie vergesse ich, wie der Hase mir einmal in die Arme lief... Es war am Fluß, auf der schmalen und lehmigen Promenade oberhalb seiner. Bauschan hetzte; und ich kam vom Gehölze her in die Uferzone, schlug mich durch die Distelstauden des Kiesdammes und sprang die grasige Böschung hinab auf den Weg in dem Augenblicke, als der Hase, Bauschan in einem Abstande von fünfzehn Schritten hinter sich, in langen und hüpfenden Sätzen aus der Richtung des Fährhauses, wohin ich mein Gesicht wandte, daherkam, mitten auf dem Wege und genau auf mich zu. Mein erster, jägerisch-feindlicher Antrieb war, die Gelegenheit wahrzunehmen und dem Hasen den Weg zu verstellen, ihn womöglich zurück in den Rachen des schmerzlich jauchzenden Verfolgers zu treiben. So stand ich, wie angewurzelt, reglos am Fleck und wog, von Leidenschaft umfangen, nur insgeheim meinen Stock in der Hand, indes der Hase näher und näher herankam. Sein Gesicht ist sehr schlecht, ich wußte es; einzig Gehör und Geruch vermitteln ihm Warnungen vor Gefahr. Er mochte mich für einen Baum halten, wie ich da stand – es war mein Plan, und ich wünschte heftig, daß er es täte und einem schrecklichen Irrtum damit unterläge, von dessen möglichen Folgen ich mir keine deutliche Rechenschaft gab, den ich aber auszunützen gedachte. Ob er diesem Irrtum zu irgendeinem Zeitpunkt wirklich verfiel, ist ungewiß. Ich glaube, er bemerkte mich überhaupt erst im alleräußersten Augenblick, und was er tat, war so unerwartet, daß es all mein Sinnen und Trachten im Nu über den Haufen warf und einen erschütternd plötzlichen Wechsel meines

Gemütszustandes hervorrief. War er von Sinnen vor Todes-
angst? Genug, er sprang an mir hoch, genau wie ein Hündchen,
lief mit den Vorderpfoten an meinem Überzieher empor und
strebte aufrecht mit dem Kopfe in meinen Schoß, in des Jagd-
herrn schrecklichen Schoß hinein! Mit erhobenen Armen, den
Oberkörper zurückgebeugt, stand ich und sah auf den Hasen
nieder, der seinerseits zu mir aufblickte. Es war nur eine Sekunde lang so, oder auch nur während des Bruchteils einer Sekunde, aber es war so. Ich sah ihn so merkwürdig genau, sah
seine langen Löffel, von denen der eine aufrecht stand, der andere nach unten hing, seine großen und blanken, kurzsichtig
vortretenden Augen, seine schartige Lippe und langen Schnurr-
barthaare, die Weiße seiner Brust und kleinen Pfoten, ich fühlte
oder glaubte zu fühlen das Zucken seines gehetzten Herzchens –
und es war seltsam, ihn so deutlich zu sehen und nahe an mir zu
haben, den kleinen Dämon des Ortes, das innere schlagende
Herz der Landschaft, dies ewig flüchtige Wesen, das ich immer
nur auf kurze Augenblicke in ihren Gründen und Weiten komisch Reißaus nehmend gewahrt hatte, und das sich in seiner
höchsten Not und Auskunftslosigkeit nun an mich drängte und
gleichsam meine Knie umfaßte, die Knie des Menschen – nicht
dessen, so schien mir, der Bauschans Herr war, sondern die Knie
dessen, der Herr ist auch von den Hasen und sein Herr so gut wie
Bauschans. Es war, sage ich, nur eine geringe Sekunde so: dann
hatte schon der Hase sich von mir gelöst, sich wieder auf die
ungleichen Beine gemacht und die Böschung zur Linken er-
sprungen, während statt seiner Bauschan an meinem Standorte
anlangte, Bauschan mit Horrido und allen Kopftönen der Leidenschaft, worin er bei seiner Ankunft scharf unterbrochen
wurde. Denn ein gezielter und vorbedachter Stockschlag vom
Herrn des Hasen ließ ihn quiekend und mit einem vorübergehend gelähmten hinteren Oberschenkel den Abhang zur Rechten ein Stück Weges hinunterstolpern, den er dann hinkend erst
wieder erklettern mußte, bevor er mit starker Verspätung die
Fährte des nicht mehr sichtbaren Hasen wieder aufnehmen
konnte. –

Endlich ist da noch die Jagd auf Wasservögel, der ich ebenfalls einige Zeilen widmen will. Sie kann nur im Winter und im kälteren Frühjahr stattfinden, bevor die Vögel den Aufenthalt nahe der Stadt, der ihnen nur ein Notbehelf und eine Forderung des Magens ist, mit dem an den Seen vertauschen; und sie ist weniger erregend, als die Hasenhetze es sein kann, hat aber gleichwohl ihr Anziehendes für Jäger und Hund, oder vielmehr für den Jäger und seinen Herrn: für diesen namentlich in landschaftlichem Betracht, da die vertrauliche Nähe des lebendigen Wassers damit verbunden ist; dann aber auch, weil es sehr unterhält und zerstreut, die Daseinsform dieser Schwimmer und Flieger anzuschauen und dabei gleichsam aus der eigenen herauszutreten, um versuchsweise an der ihrigen teilzuhaben.

Die Lebensstimmung der Enten ist milder, bürgerlicher, behäbiger als die der Möwen. Sie scheinen fast immer satt und von Nahrungssorgen wenig gequält, wahrscheinlich, weil, was sie brauchen, regelmäßig vorhanden und der Tisch ihnen immer gedeckt ist. Denn, wie ich sehe, fressen sie beinahe alles: Würmer, Schnecken, Insekten oder auch einfach einigen Schlamm und haben dann reichlich Zeit, auf den Ufersteinen in der Sonne zu sitzen, den Schnabel behaglich unter einen Flügel geschoben ein Schläfchen zu machen, sich das Gefieder einzufetten, so daß es mit dem Wasser so gut wie gar nicht in Berührung kommt, welches vielmehr in geronnenen Tropfen von seiner äußersten Oberfläche abperlt – oder auch nur zum bloßen Vergnügen auf den strömenden Fluten spazieren zu fahren, wobei sie, den spitzen Steiß in der Luft, sich drehen und wenden und selbstgefällig die Schultern rücken.

Aber im Wesen der Möwen liegt etwas Wildes, Heiseres, Ödes und Schwermütig-Eintöniges; eine harte Stimmung darbender Räuberei umwittert sie, wie sie beinahe den ganzen Tag in Scharen und schräg kreuzenden Fluges den Wasserfall und jene Stelle umkrächzen, wo sich bräunliche Abwässer aus dem Mündungsschlund weiter Röhren in den Fluß ergießen. Denn das Niederstoßen auf Fische, worin sich einzelne üben, ist bei weitem nicht ergiebig genug zur Stillung ihres schweifenden

Massenhungers, und es mögen widrige Brocken sein, mit denen sie oft vorliebnehmen müssen, wenn sie sie im Fluge den Zuflüssen entrissen und in ihren krummen Schnäbeln beiseite entführt haben. Sie lieben das Ufer nicht. Aber bei niedrigem Wasserstande stehen und kauern sie dichtgedrängt auf den Klippen, die dann aus dem Flusse ragen, und die sie in weißer Masse bedekken, so, wie Klippen und Inseln nordischer Meere weißlich wimmeln mögen von Heeren nistender Eidergänse; und es ist prächtig zu sehen, wie sie sich alle auf einmal krächzend aufmachen und in die Lüfte erheben, wenn Bauschan sie vom Ufer her, über die zwischenliegende Flut hinweg, mit Bellen bedroht. Sie könnten sich sicher fühlen; es hat keine ernste Gefahr. Denn von seiner eingeborenen Wasserscheu ganz zu schweigen, hütet Bauschan sich weislich und mit allem Recht vor der Strömung des Flusses, der seine Kräfte nie und nimmer gewachsen wären, und die ihn unfehlbar, Gott weiß wohin, ins Weite risse, zum Donaustrome vermutlich, doch würde er dahin in äußerst entstelltem Zustande gelangen, wofür wir schon Beispiele vor Augen hatten in Form geblähter Katzenkadaver, die wir unterwegs erblickten nach jenen Fernen. Nie geht er weiter in den Fluß hinein als bis auf die vordersten, schon überspülten Ufersteine, und wenn auch die genußreiche Jagdwut an seinen Gliedern zerrt, wenn er sich auch die Miene gibt, als sei er im genauen Begriff, sich in die Wellen zu stürzen, und nun, im allernächstfolgenden Augenblick, werde er es tun: so ist doch Verlaß auf seine Besonnenheit, die unter der Leidenschaft wachsam bleibt, und es hat bei dem mimischen Anlauf, der äußersten Vorbereitung zur Tat sein Bewenden – leeren Drohungen, die am Ende wohl überhaupt nicht von Leidenschaft diktiert, sondern auf Einschüchterung der Schwimmfüßler in höherer Kaltblütigkeit berechnet sind.

Und die Möwen erweisen sich zu arm an Kopf und Herz, um seiner Anstalten zu spotten. Bauschan kann nicht zu ihnen, aber er sendet sein Gebell, seine über das Wasser hindröhnende Stimme zu ihnen hinüber, diese erreicht sie, und auch sie ist etwas Materielles, ein Ansturm, der sie erschüttert, und dem sie nicht lange standzuhalten vermögen. Sie versuchen es wohl, sie bleiben sitzen, aber ein unruhiges Rücken geht durch ihr Gewimmel, sie drehen die Köpfe, eine und wieder eine lüftet auf alle Fälle die Flügel, und plötzlich rauscht ihre ganze Masse, einer weißlichen Wolke gleich, aus der es bitter und fatalistisch krächzt, in die Lüfte empor, und Bauschan sprengt auf den Steinen hierhin und dorthin, um sie auseinanderzuscheuchen und in Bewegung zu halten: denn Bewegung ist es, worauf es ihm ankommt, sie sollen nicht sitzen, sie sollen fliegen, flußaufwärts und -abwärts, daß er sie jagen kann.

Er fegt das Gestade entlang, von weither prescht er die ganze Länge des Ufers ab, denn überall sitzen Enten, den Schnabel in schnöder Behaglichkeit unter dem Flügel, und überall, wohin er kommt, fliegen sie auf vor ihm, so daß es in der Tat wie ein Reinfegen und lustiges Aufwirbeln des ganzen Strandstreifens ist – gleiten und plumpsen aufs Wasser, das sie in Sicherheit wiegt und dreht, oder fliegen gestreckten Kopfes über ihm hin, während Bauschan, am Ufer rennend, die Kraft seiner Füße ehrenvoll mit der ihrer Schwingen mißt.

Er ist entzückt und dankbar, wenn sie nur fliegen, wenn sie ihm zum herrlichen Wettrennen den Fluß hinauf und hinunter Gelegenheit geben, und sie kennen wohl seine Wünsche und ziehen gelegentlich Nutzen daraus. Ich sah eine Entenmutter mit ihrer Brut – es war im Frühling, der Fluß war schon leer von Vögeln, diese allein war mit ihren Kleinen, die noch nicht ziehen konnten, bei uns zurückgeblieben, und sie hütete sie in einem schlammigen Tümpel, der, von dem letzten Hochwasser zurückgeblieben, eine Vertiefung des trocken liegenden Flußbettes füllte. Dort traf Bauschan sie – ich beobachtete die Szene vom oberen Wege aus. Er sprang in die Pfütze, sprang mit Gebell und wilden Gebärden darin herum und jagte die Entenfamilie schrecklich durcheinander. Versteht sich, er tat keinem Mitgliede etwas Ernstliches an, aber er ängstigte sie über die Maßen, so daß die Küken, mit ihren Stummelflügeln schlagend, nach allen Seiten stoben, die Ente aber von jenem Mutterheroismus ergriffen wurde, der sich blind und tollkühn auch dem stärksten

Feinde zur Deckung der Brut entgegenwirft und diesen oft durch einen rauschhaften, die natürlichen Grenzen scheinbar überschreitenden Mut zu verwirren und ins Bockshorn zu jagen weiß. Mit gesträubten Federn, den Schnabel gräßlich aufgerissen, flatterte sie in wiederholten Angriffen gegen Bauschans Gesicht, stieß heldisch aber- und abermals gegen ihn vor, wobei sie zischte, und wirklich erzielte sie durch den Anblick ihrer verzerrten Unbedingtheit ein verblüfftes Zurückweichen des Feindes, wenn auch, ohne ihn ernstlich und endgültig zum Abzug vermögen zu können, denn immer drang er Laut gebend aufs neue vor. Da wechselte die Ente ihr Verfahren und wählte die Klugheit, da der Heldenmut sich als unpraktisch erwiesen hatte. Wahrscheinlich kannte sie Bauschan, kannte von früher her seine Schwächen und kindischen Wünsche. Sie ließ ihre Kleinen im Stich – sie tat es s c h e i n b a r , sie nahm ihre Zuflucht zur List, flog auf, flog über den Fluß, »verfolgt« von Bauschan, verfolgt, wie er meinte, den sie im Gegenteil führte, und zwar am Narrenseil seiner Passion, flog mit dem Strome, dann gegen ihn, weiter und weiter, während Bauschan im Wettrennen neben ihr her sprengte, so weit flußabwärts und vom Pfuhl mit den Küken weg, daß ich Ente und Hund im Weitergehen ganz aus den Augen verlor. Späterhin fand der Gimpel sich wieder zu mir, gänzlich verhetzt und um den Atem gebracht. Die bestürmte Pfütze aber war, wie wir wieder vorbeikamen, geräumt...

So machte es jene Mutter, und Bauschan wußte ihr noch Dank dafür. Aber er haßt die Enten, die sich in bürgerlicher Gemütsruhe weigern, ihm als Jagdwild zu dienen, die sich einfach, wenn er daherbraust, von den Ufersteinen auf das Wasser hinablassen und sich dort in schnöder Sicherheit vor seiner Nase schaukeln, unerschüttert durch seine machtvolle Stimme, nicht beirrt, wie die nervösen Möwen, durch seine mimischen Anläufe gegen die Flut. Da stehen wir auf den Steinen nebeneinander, Bauschan und ich, und zwei Schritte vor uns schwankt in frecher Sicherheit, den Schnabel in gezierter Würde gegen die Brust gedrückt, die Ente auf den Wellen, bestürmt von Bauschans wütender Stimme, doch gänzlich unangefochten davon in ihrer Vernunft und Nüchternheit. Sie rudert gegen den Strom, so daß sie ungefähr auf der Stelle bleibt; aber ein wenig wird sie doch in seiner Richtung abwärts gezogen, und einen Meter seitlich von ihr ist eine Stromschnelle, einer der schönen, schäumenden Katarakte, dem sie den eitel emporstehenden Steiß zuwendet. Bauschan bellt, indem er die Vorderfüße gegen die Steine stemmt, und ich belle innerlich mit; denn einiger Teilnahme an seinen Haßempfindungen gegen die Ente und ihre freche Vernünftigkeit kann ich mich nicht erwehren und wünsche ihr Böses. »Gib wenigstens acht auf unser Gebell«, denke ich, »und nicht auf den Katarakt, damit du unversehens in den Strudel gezogen wirst und vor unsern Augen in eine schimpfliche und gefährliche Lage gerätst.« Aber auch diese zornige Hoffnung erfüllt sich nicht, denn knapp und genau in dem Augenblick ihrer Ankunft am Rande des Falles flattert die Ente ein wenig auf, fliegt ein paar Mannslängen gegen den Strom und setzt sich wieder, die Unverschämte.

Ich kann nicht denken an den Ärger, mit dem wir beide in solchen Fällen die Ente betrachten, ohne daß ein Abenteuer mir ins Gedächtnis kommt, von dem ich zum Schlusse Bericht erstatten will. Es war mit einer gewissen Genugtuung für mich und meinen Begleiter verbunden, hatte aber auch sein Peinliches, Störendes und Verwirrendes, ja führte eine vorübergehende Erkältung des Verhältnisses zwischen Bauschan und mir herbei, und wenn ich es hätte voraussehen können, würde ich den Ort, wo es unser wartete, lieber gemieden haben.

Es war weit draußen, flußabwärts, jenseits des Fährhauses, dort, wo schon die Uferwildnis nahe an den oberen Strandweg herantritt, auf dem wir uns hinbewegten, ich im Schritte und Bauschan, ein wenig vor mir, in schiefem und lässigem Bummeltrabe. Er hatte einen Hasen gehetzt, oder, wenn man so will, sich von ihm hetzen lassen, hatte drei, vier Fasanen aufgebracht und hielt sich nun eben ein wenig zu mir, um auch den Herrn nicht ganz zu vernachlässigen. Eine kleine Gruppe von Enten flog, die Hälse gestreckt und in keilförmiger Anordnung, über den Fluß, ziemlich hoch und näher gegen das andere Ufer hin, so daß sie als Jagdwild für uns auf keine Weise in Betracht kamen. Sie flogen mit uns, in unserer Richtung, ohne uns zu beachten oder auch nur zu bemerken, und auch von uns warf nur dann und wann der eine und andere einen absichtlich gleichgültigen Blick zu ihnen hinüber.

Da geschah's, daß am jenseitigen, gleich dem unsrigen ziemlich steilen Ufer ein Mann sich aus dem Gebüsche hervorschlug und, sobald er den Schauplatz betreten, in eine Pose fiel, die uns beide, Bauschan ebenso unmittelbar wie mich, bewog, unsre Schritte zu hemmen und betrachtend gegen ihn Front zu machen. Es war ein hinlänglich stattlicher Mann, etwas rauh seinem Äußeren nach, mit einem hängenden Schnurrbart und bekleidet mit Wickelgamaschen, einem Lodenhut, der ihm schief in der Stirne saß, bauschigen Hosen, die aus einer Sorte harten Sammets, sogenanntem Manchester bestehen mochten, und einem entsprechenden Wams, an dem man allerlei Gurt- und Lederwerk bemerkte, denn er trug einen Rucksack auf den Rükken geschnallt und eine Flinte am Riemen über der Schulter. Besser gesagt: er hatte sie so getragen; denn kaum war er auf dem Plan erschienen, als er die Waffe an sich zog und, die Wange schief gegen den Kolben gelehnt, ihren Lauf schräg aufwärts gegen den Himmel richtete. Ein Bein in der Wickelgamasche hatte er vorgestellt, in der Höhle seiner auswärts gedrehten Linken ruhte der Lauf, während er den Ellbogen einwärts unter denselben bog, den andern aber, den des rechten Armes, dessen Hand am Hahne lag, stark seitlich spreizte und sein visierendes Antlitz schief und kühn dem Himmelslicht darbot. Etwas entschieden Opernhaftes lag in des Mannes Erscheinung, wie sie dort über dem Ufergeröll, in dieser Freiluftszenerie von Buschwerk, Fluß und Himmel ragte. Unsre achtungsvolle und eindringliche Anschauung aber konnte nur einen Augenblick währen – da platzte drüben der flache Knall, auf den ich mit innerer Anspannung gewartet hatte, und der mich also zusammenfahren ließ; ein Lichtlein, blaß vor dem hellen Tag, blitzte gleichzeitig auf, ein Wölkchen dampfte ihm nach, und während der Mann sich einen Opernschritt vorwärts fallen ließ, Brust und Angesicht gen

Himmel geworfen, die Flinte am Riemen in der rechten Faust, spielte sich dort oben, wohin er blickte und wohin auch wir blickten, ein Vorgang kurzer, stiebender Verwirrung ab: die Entengruppe fuhr auseinander, ein wildes Flattern entstand, wie wenn ein Stoßwind in losen Segeln knallt, der Versuch eines Gleitflugs folgte, und plötzlich zur Sache geworden, fiel der getroffene Körper, rasch wie ein Stein, in der Nähe des jenseitigen Ufers auf die Wasserfläche hinab.

Es war dies nur die erste Hälfte der Handlung. Doch muß ich mich hier in ihrer Ausmalung unterbrechen, um den lebendigen Blick meiner Erinnerung auf Bauschan zu richten. Geprägte Redensarten bieten sich an, um sein Verhalten zu kennzeichnen, Kurrentmünze, gangbar in großen Fällen, ich könnte sagen, er sei wie vom Donner gerührt gewesen. Allein das mißfällt mir, und ich mag es nicht. Die großen Worte, abgenutzt wie sie sind, eignen sich gar nicht sehr, das Außerordentliche auszudrücken; vielmehr geschieht dies am besten, indem man die kleinen in die Höhe treibt und auf den Gipfel ihrer Bedeutung bringt. Ich sage nichts weiter, als daß Bauschan beim Flintenknall, bei seinen Begleitumständen und Folgeerscheinungen stutzte, und es war dasselbe Stutzen, das ihm überhaupt vor auffälligen Dingen eigentümlich und mir an ihm wohlbekannt ist, nur allerdings ins Grenzenlose gesteigert. Es war ein Stutzen, das seinen Körper nach hinten, nach links und nach rechts schleuderte, ein Stutzen, das ihm beim Zurückprallen den Kopf gegen die Brust riß und ihm beim Vorstoß denselben beinahe aus den Schultern jagte, ein Stutzen, das aus ihm zu schreien schien: »Was? Was? Was war das? Halt, in drei Teufels Namen! Wie war das?!« Er schaute und lauschte die Dinge mit einer Art von Entrüstung, wie das höchste Erstaunen sie auslöst, in sich hinein, und dort waren sie auch schon, dort waren sie, als was für ungeheuerliche Neuigkeiten sie sich auch darstellen mochten, schon immer irgendwie anwesend gewesen. Ja, wenn es ihn riß, so daß er sich satzweise nach rechts und links halb um sich selber drehte, so war es, als schaute er sich im Ruck nach sich selber um, fragend: »Was bin

ich? Wer bin ich? Bin ich's?« In dem Augenblick, da der Enten-
leib auf das Wasser fiel, tat Bauschan einen Sprung nach vorn,
gegen den Rand der Böschung hin, als wollte er in das Flußbett
hinab und sich ins Wasser stürzen. Doch besann er sich auf die
Strömung, stoppte seinen Impuls, schämte sich und verlegte
sich wieder aufs Schauen.

Ich beobachtete ihn mit Unruhe. Als die Ente gefallen war,
fand ich, daß wir genug gesehen hätten, und schlug vor, wir
sollten weitergehen. Er aber hatte sich hingesetzt, auf seine Hin-
terpfoten, das Gesicht mit den hochgespannten Ohren gegen das
jenseitige Ufer gewandt, und als ich sagte: »Gehen wir, Bauschan?« wandte er nur äußerst kurz den Kopf nach meiner Seite,
wie wenn jemand nicht ohne Barschheit sagt: »Bitte mich nicht
zu stören!« – und schaute wieder. So beschied ich mich denn,
kreuzte die Füße, stützte mich auf meinen Stock und sah ebenfalls zu, was weiter geschah.

Die Ente also, eine jener Enten, die sich oft in frecher Sicherheit vor unsrer Nase geschaukelt hatten, trieb auf dem Wasser,
ein Wrack, man wußte nicht mehr, wo vorn und hinten war. Der
Fluß ist ruhiger hier draußen, sein Gefälle nicht mehr so reißend,
wie weiter aufwärts. Immerhin ward der Entenbalg sogleich
von der Strömung ergriffen, um sich selbst gedreht und fort-
gezogen, und wenn es dem Manne nicht nur ums Treffen und
Töten zu tun gewesen war, sondern wenn er mit seinem Tun
einen praktischen Zweck verfolgt hatte, so mußte er sich sputen.
Das tat er, ohne einen Augenblick zu verlieren, es spielte sich
alles in größter Schnelle ab. Kaum war die Ente gestürzt, als er
auch schon springend, stolpernd und beinahe fallend die Böschung hinunterstürmte. Er hielt die Flinte gestreckten Armes
dabei von sich, und wieder mutete es höchst opernhaft und ro-
mantisch an, wie er, gleich einem Räuber und kühnen
Schmuggler des Melodrams, über das dekorationsmäßig wir-
kende Steingeröll hinabsprang. Bezeichnenderweise hielt er
sich ein wenig schräg links, da die treibende Ente vor ihm da-
vonschwamm, und es für ihn darauf ankam, sie abzufangen.
Und wirklich glückte es ihm, mit dem Flintenkolben, den er

nach ihr ausstreckte, weit vorgebeugt und die Füße im Wasser, ihrem Zuge Einhalt zu tun und sie zu fassen: behutsam und unter Schwierigkeiten bugsierte er sie vor dem schiebenden Kolben gegen die Steine und zog sie an Land.

So war das Werk getan, und der Mann atmete auf. Er legte die Waffe neben sich an das Ufer, zog sein Felleisen von den Schultern, stopfte die Beute hinein, schnallte den Sack wieder auf und stieg, so angenehm beladen, gestützt auf seine Flinte wie auf einen Stock, in guter Ruhe über das Geröll und gegen die Büsche empor.

»Nun, der hat seinen Braten für morgen«, dachte ich mit Beifall und Mißgunst. »Komm, Bauschan, nun gehen wir, weiter geschieht nichts.« Aber Bauschan, nachdem er aufgestanden war und sich einmal um sich selbst gedreht hatte, setzte sich wieder und schaute dem Manne nach, auch als dieser vom Schauplatz schon abgetreten und zwischen den Sträuchern verschwunden war. Es fiel mir nicht ein, ihn zweimal zum Mitgehen aufzufordern. Er wußte, wo wir wohnten, und wenn er es vernünftig fand, mochte er noch längere Zeit hier sitzen und glotzen, nachdem die Sache sich abgespielt hatte und nichts mehr zu sehen war. Der Heimweg war lang, und ich für mein Teil machte mich daran, ihn zurückzulegen. Da folgte er denn.

Er hielt sich zu mir auf diesem ganzen peinlichen Heimwege, ohne zu jagen. Er lief nicht schräg vor mir, wie es sonst seine Gewohnheit, wenn er eben zum Stöbern und Spüren nicht aufgelegt ist, sondern ging etwas hinter mir, im Schritt, und zog eine Art von Maul, wie ich bemerken mußte, wenn ich mich zufällig einmal nach ihm umsah. Das hätte hingehen mögen, und viel fehlte, daß ich mich dadurch in Harnisch hätte jagen lassen; im Gegenteil war ich geneigt, zu lachen und die Achseln zu zucken. Aber alle dreißig bis fünfzig Schritte g ä h n t e er, und das war es, was mich erbitterte. Es war das unverschämte, sperrangelweite, grob gelangweilte und von einem piepsenden Kehllaut begleitete Gähnen, das deutlich ausdrückt: »Ein schöner Herr! Kein rechter Herr! Ein lumpiger Herr!«, und wenn der beleidigende Laut mich niemals unempfindlich läßt, so war er diesmal vermögend, unsre Freundschaft bis in den Grund zu stören.

»Geh!« sagte ich. »Geh fort! Geh doch zu deinem Herrn mit der Donnerbüchse und schließ dich ihm an, er scheint ja nicht im Besitze eines Hundes, vielleicht kann er dich brauchen bei seinen Taten. Er ist zwar nur ein Mann in Manchester und kein Herr, aber in deinen Augen mag er ja einer sein, ein Herr für dich, und darum empfehle ich dir aufrichtig, zu ihm überzugehen, da er dir denn nun einmal einen Floh ins Ohr gesetzt hat, zu deinen übrigen.« (So weit ging ich.) »Ob er auch nur einen Jagdschein aufzuweisen hat, wollen wir ihn nicht fragen, es könnte sein, daß ihr in Ungelegenheiten kämet, wenn man euch eines Tages bei eurem sauberen Treiben ertappt, aber das ist eure Sache, und mein Rat ist, wie gesagt, der aufrichtigste. Über dich Jäger! Hast du mir je einen Hasen gebracht für meine Küche, von all denen, die ich dich hetzen ließ? Meine Schuld ist es nicht, wenn du keinen Haken zu schlagen verstehst und mit der Nase in den Kies fährst wie ein Narr, in dem Augenblick, wo es gälte, Gewandtheit zu zeigen! Oder einen Fasan, der doch nicht minder willkommen gewesen wäre in den schmalen Zeiten? Und jetzt gähnst du! Geh, sage ich. Geh zu deinem Herrn mit den Wickelgamaschen und sieh zu, ob er der Mann ist, dich an der Kehle zu krauen oder dich gar dahin zu bringen, daß du lachst – meinem Dafürhalten nach kann er selbst kaum lachen, höchstens sehr roh! Wenn du glaubst, daß er dich wissenschaftlicher Beobachtung übergeben wird, falls es dir einfällt, okkult zu bluten, oder daß du als sein Hund für nervös und anämisch erklärt werden wirst, so geh nur zu ihm, doch könnte es sein, daß du dich im Irrtum wiegtest in Hinsicht auf das Maß von Achtung, das diese Art Herr dir entgegenbringen würde! Es gibt Dinge und Unterschiede, für die solche bewaffneten Leute viel Sinn und Blick besitzen, natürliche Verdienste oder Nachteile, um meine Anspielung schon deutlicher zu machen, knifflige Fragen des Stammbaumes und der Ahnenprobe, daß ich mich ganz unmißverständlich ausdrücke, über die nicht jedermann mit zarter Humanität hinweggeht, und wenn er dir bei der ersten Meinungsverschiedenheit deinen Knebelbart vorhält, dein rüstiger Herr, und dich mit mißlautenden Namen belegt, dann denke an mich und diese meine gegenwärtigen Worte...«

So beißend sprach ich während des Heimweges zu dem hinter mir schleichenden Bauschan, und wenn ich auch nur innerlich redete und meine Worte nicht laut werden ließ, um nicht exaltiert zu erscheinen, so bin ich doch überzeugt, daß er genau verstand, wie ich es meinte, und jedenfalls der Hauptlinie meines Gedankenganges sehr wohl zu folgen vermochte. Kurz, das Zerwürfnis war tiefgreifend, und zu Hause angelangt, ließ ich absichtlich die Gartenpforte knapp hinter mir ins Schloß fallen, so daß er nicht mehr mit durchschlüpfen konnte und mit Ansprung hinüberklettern mußte. Ohne mich auch nur umzusehen, ging ich ins Haus und hörte noch, daß er quiekte, da er sich beim Klettern den Bauch gestoßen, worüber ich nur höhnisch die Achseln zuckte. –

Das aber ist nun schon lange her, mehr als ein halbes Jahr, und es ist damit gegangen wie mit dem klinischen Zwischenfall: Zeit und Vergessen haben es zugedeckt, und auf ihrem Schwemmgrunde, welcher der Grund allen Lebens ist, leben wir fort. Längst, obgleich er noch einige Tage nachdenklich schien, erfreut Bauschan sich wieder in voller Unbefangenheit der Jagd auf Mäuse, Fasanen, Hasen und Wasservögel, und bei unserer Heimkehr beginnt schon sein Warten aufs nächste Mal. Oben vor der Haustür wende ich mich dann wohl noch einmal nach ihm um, und das ist das Zeichen für ihn, in zwei großen Sätzen über die Stufen zu mir heraufzuspringen und mit den Vorderpfoten an der Haustür hinaufzugehen, sich hoch daran aufzurichten, damit ich ihm zum Abschied die Schulter klopfe. »Morgen wieder, Bauschan«, sage ich, »falls ich nicht in die Welt gehen muß.« Und dann spute ich mich, hineinzukommen und meine Nagelschuhe loszuwerden, denn die Suppe steht auf dem Tisch.

Gesang vom Kindchen
Idylle

> *»Hier sind wir denn vorerst ganz still zu Haus,*
> *Von Tür zu Türe sieht es lieblich aus;*
> *Der Künstler froh die stillen Blicke hegt,*
> *Wo Leben sich zum Leben freundlich regt,*
> *Und wie wir auch durch fremde Lande ziehn,*
> *Da kommt es her, da kehrt es wieder hin;*
> *Wir wenden uns, wie auch die Welt entzücke,*
> *Der Enge zu, die uns allein beglücke.«*

Goethe, Campagne in Frankreich

Vorsatz

Bin ich ein Dichter? War ich's zuweilen? Ich weiß nicht. In
  Frankreich
Hieße Poet ich nicht. Man scheidet bequem und verständig
Dort den Reimschmied vom Manne der gradausgehenden Rede.
Jener heißt Dichter, der andere Autor etwa, Stiliste
Oder Schriftsteller; und wahrlich, man schätzt sein Talent nicht
  geringer.
Nur eben Dichter nennt man ihn nicht: er drechselt nicht
  Verse.
Mein Teil nun war immer die Prosa, schon seit dem Knaben
Erste Liebesschmerzen verblüht und frühe der Jüngling
Sich zum Werke nüchtern bereitet. Ein edles Gewaffen
Schuf der Verletzliche sich in ihr, die Welt zu bestehen,
Und er trug es mit Anmut: Gesteh' ich's, manch schönes
  Gelingen
Krönte mein Mühen um deutsches Wort, und ebengeboren

Dünkt' ich mich manchem Sänger an Künstlerwürde und
   -wissen.
Denn Gewissen schien immer mir Sinn und Sache der Prosa:
Das Gewissen des Herzens und das des verfeinerten Ohres.
Ja, sie schien mir Moral und Musik, – so übt' ich sie immer.
Dichter? Ich war es! Denn wo sich ursprünglich die Liebe zur
   Sprache
Jeder Liebe gesellt und allem Erleben sich mischet,
Da sei von Dichtertum kühnlich die Rede, – das Wort ist am
   Platze. –
Dennoch, erinnere dich! Gedenke verjährter Beschämung,
Heimlicher Niederlage, nie eingestandnen Versagens:
Wie du in Tugend den Mangel verkehrt und Staunen sogar
   noch
Endlich dafür geerntet, – doch Bitterkeit bleib auf der Zunge.
Weißt du noch? Höherer Rausch, ein außerordentlich Fühlen
Kam auch wohl über dich einmal und warf dich darnieder,
Daß du lagst, die Stirn in den Händen. Hymnisch erhob sich
Da deine Seele, es drängte der ringende Geist zum Gesange
Unter Tränen sich hin. Doch leider blieb alles beim alten.
Denn ein versachlichend Mühen begann da, ein kältend
   Bemeistern, –
Siehe, es ward dir das trunkene Lied zur sittlichen Fabel.
War es nicht so? Und warum? Es scheint, du wagtest den Flug
   nicht?
Was dir ziemte, was nicht, du wußtest's im innersten Herzen
Und beschiedest dich still; doch schmerzte der tiefere
   Fehlschlag.
Nochmals, war es nicht so? Und sollt' es dabei sein Bewenden
Immer behalten? Schriftsteller bliebst du und Prosaerzähler?
Dürftest nie als Poet dich fühlen, wie er im Buch steht?
So wär's vom Schicksal verbrieft und besiegelt? – Laßt mich
   doch sehen!
Einen Silbenfall weiß ich, – es liebten ihn Griechen und
   Deutsche, –
Mäßigen Sinnes ist er, betrachtsam, heiter und rechtlich;

Zwischen Gesang und verständigem Wort hält er wohlig die
  Mitte,
Festlich und nüchtern zugleich. Die Leidenschaften zu malen,
Innere Dinge zu scheiden, spitzfindig, taugt er nicht eben.
Aber die äußere Welt, die besonnte, in sinnlicher Anmut
Abzuspiegeln in seinem Gekräusel, ist recht er geschaffen.
Plauderhaft gibt er sich gern und schweift zur Seite. Besonders
War es ihm immer gemäß, wenn es häuslich zuging und
  herzlich.
Frühe fiel er ins Ohr mir, auf deutsch, übertragener Weise,
Als der Knabe den Sinn sich erhöht an den Kämpfen Kronions
Statt an Indianergeschichten. Die Weise blieb mir geläufig
Immer seitdem; sie geht mir bequem von der Lippe; und
  manchmal
– Ihr merkt's schwerlich – schlich sie sich ein in meine
  Erzählung,
Wandelnd den ungebundenen Trott zum Reigen der Verse. –
Gönne mir einmal, Muse, den heiter gemessenen Gang denn
Offenkundig! Die Stunde ist da und der trefflichste Anlaß!
Denn ich will sagen und singen vom Kindchen, dem jüngsten
  der meinen,
Das mir erschien in härtester Zeit, da ich nicht mehr jung war.
Und was kein Drang der Seele, kein höher Befahrnis
  vermochte,
Das wirke Vatergefühl: es mach' mich zum metrischen
  Dichter.

Lebensdinge

Letztgeborenes du und Erstgeborenes dennoch
Mit erst in Wahrheit! Denn bedeutende Lebensjahre
Waren mir hingegangen, dem reifenden Manne, seitdem ich
Vater geworden zuletzt; derweilen deine Geschwister
Wuchsen heran: Es sind vier kluge, gutartige Kinder,
Zwischen dreizehn und sieben, nicht weit voneinander im
  Alter.

Staunend sah sie der Jüngling-Vater zusammen sich finden
Binnen so kurzem, Jahr fast um Jahr, – der eben noch einzeln,
Und mit kindischem Stolz ob ihrer muntren Versammlung,
Wie ob aller Wirklichkeit, welche dem Träumer je zufiel.
(Denn den Menschen des Traums dünkt Wirklichkeit nun
    einmal immer
Träumerischer als jeder Traum und schmeichelt ihm tiefer.)
So denn wußt' er nicht wenig sich mit dem stattlichen Anhang
Und der bürgerlichen Befestigung. Aber auch bänglich
Kam es nicht selten ihn an und er wandte im Inneren hinweg
    sich,
Sorgend bedacht, seine Freiheit und Einsamkeit vor dem
    Leben,
Das er doch redlich gesucht und sittlich gewollt, zu bewahren.
Wohl lieb' ich sie, meiner Sehnsucht und meines Schicksals
    Geschöpfe,
Die nun als Menschen wandelten, bergend ihr eigenes
    Schicksal;
Liebte sie um der Mutter, der Märchenbraut willen von
    einstmals,
Die sich der Jüngling erschaut und erworben, – sie waren ihr
    Glück ja.
Und als der Älteste, der schöne, besondere Knabe,
Auf den Tod lag, vielfach vom Messer des Arztes geöffnet,
Untät'gen Eingeweides, nur noch ein hölzernes Püppchen,
Der sonst Blühende, sinnlos, und im Begriffe zu scheiden,
Wollte das Herz mir brechen ob ihrer bitteren Schmerzen,
Und wir weinten innig zusammen. Aber zu plötzlich
Hatte der Baum meines Menschtums, der jüngst ein
    schmächtiger Jünglings-
Stamm noch, reich sich verzweigt und seine Krone gebreitet,
Daß es mich nicht verwirren und lächerlich fast mich bedünken
Hätte sollen. All die Wirklichkeit, die mich umringte,
War sie aus Traum nicht eher entsprungen denn aus dem Leben
(Wenn auch zur menschlichen Unternehmung diesmal der
    Traum mir

Wunderlich ausgeschlagen): nämlich aus Schönheit und
    Sehnsucht?
Und so erschien sie als krauses Abenteuer dem Träumer,
Das er belustigt sich gefallen ließ, aber in Abwehr
Auch, nicht willens, sich dran zu verlieren, neugierige Kühle
Wahrend und oft gereizt, wenn es störend zudrang und lärmte.

So schritt die Zeit, und in ihr schritt ich des eigenen Weges,
Um mich die kleine Gemeinschaft, die traulichste unter den
    Menschen,
Die mir erwachsen aus Traum und lebensgutwilliger Bravheit.
Vierzehn Jahre waren verlebt, seitdem ich die Braut mir
Heimgeführt; in sieben waren die viere gekommen;
Andere sieben vergingen, und unsere Zahl schien vollendet.
Ja, nur Entfaltung noch gab es, nicht Nachkunft mehr, und
    geschlossen
Beieinander wuchsen sie auf, zwei Männlein, zwei Fräulein.
Fortschreitend löste sich das Leben von seinem Ursprung,
Und kein neu aufsprießender Anwuchs knüpfte das Band mehr
Zwischen Sein und Werden. – Aber mich unterdessen
Lehrten Zeit und Gewöhnung herzhaft lieben, was mein war.
Denn des Jünglings Sache ist Sehnsucht, aber des Mannes
Ist die Liebe. Sehnsucht trachtet nach dem, was nicht unser;
Dorthin schlägt sie immer die farbige Brücke und heißet
Das Uneigene schön. Aber herzlich zu hegen
Und mit Schönheit zu segnen, was unser, dieses ist Liebe.
So erfuhr ich's: Ehren lernt' ich das Menschlich-Meine.
Wunderlich schien es mir, das Geschlecht, und unter den
    andern
Ganz besonders; Ausdruck meines eigensten Lebens,
Werk meines Traums, wie nur irgendein andres, und Geist
    meines Geistes.
War nicht Leben und Werk mir immer eines gewesen?
Nicht Erfindung war Kunst mir: nur ein gewissenhaft Leben;
Aber Leben auch Werk, – ich wußt' es niemals zu scheiden.
Also faßt' ich ein Herz mir zu dem, was einst mich verwirrte.

Heiter bejaht' ich's und beruhigt und hielt es als das
Meine wert, nicht länger davon beschwert und belästigt.

Da denn nun, da innerlich alles also bestellt war,
Keimtest du und wardst mir geboren, teuerstes Leben,
Liebes Kindchen! Und wie anders war mein Gemüt nun
Vorbereitet für solchen Empfang auf mancherlei Weise!
Eines Abenteuers leibliche Bilder und Zeichen
Waren mir die anderen gewesen; du erst, mein Liebling,
Warest Frucht der männlichen Liebe, treuen Gefühles,
Langer Gemeinschaft in Glück und Leid. – Orkanische Zeiten
Brachen herein, der Boden wankte, es stürzte ein Weltbau.
Groß war die Not des ernstlich lebenden Menschen, sie hatte
Weicher und fester zugleich mich gemacht und streng mich
    gehalten,
Mit Bewußtsein einzunehmen den Platz, der mir zukam,
Ehrenvoll oder nicht, doch wo ich entschieden nun fußte.
Wird doch die Kraft zur Liebe erst wahrhaft frei und
    vertrauend,
Wenn wir das eigene Schicksal erkennen gelernt, und erkennend
Seiner mächtig geworden, klar als ein Mann es beherrschen.
Dankbarkeit lernen wir dann auch für Liebe, die wir erfahren,
Während das Trachten des Jünglings undankbar darüber
    hinschweift,
Sie gereizt verschmäht und verwirft. Es stellt sich der Stolz ein
Auf den verdienten Freund und seine Leistung, die unsre
Erst ergänzt und verstärkt. Wie waren wir ehemals doch so
Unbedingt! Am eigenen Wert verzagten wir lieber,
Eh' wir den sicheren Wert des Freundes, welcher uns anhing,
Freudig nahmen zur Bürgschaft. – Das alles ändert sich
    nunmehr.
Aufsprang das Tor des fünften Jahrzehnts, wir schritten
    hindurch schon,
Von den Horen geführt, – was hülfe es, wollten wir zaudern!
(Aber es schreitet willig der Mensch und seltsam gelassen
Vorwärts ja in der Zeit: er weiß, es birgt ihn das Leben.)

Silbricht glänzt uns die Schläfe: Da stellt sich anders die Welt
    denn
Nun dem Wandernden dar, und anders lebt sich's als vordem.
Nur des Geistigen achtet der spröde Jüngling, sein Blick ist
Ins Gewirr der inneren Dinge grübelnd verloren,
Und den Sinnen mißtraut er. Aber kommt nur die Zeit erst,
Freundlicher redet Natur dann zu einem schlichteren
    Herzen.
Ehemals rührte uns nicht der wieder keimende Frühling
So und sein lieblicher Anhauch; wir kannten die dankbare
    Inbrunst
Jugendlich nicht, mit der wir heute dem zauberischen
Duft der Sommerrose uns neigen, noch grüßte das Auge
Zärtlich schon, wie heut', das Bild der weißstämmigen Birke,
Welche so zierlich jungfräulich das Gelock ihres Laubes
Hangen läßt am goldenen Nachmittag. – Seltsame Rührung,
Was bedeutest du doch und was dies liebende Anschaun?
Will Natur mit sanfter Verlockung das Herz uns gemahnen,
Daß wir ihr gehören und in sie kehren in Bälde?
Zieht sie schon leise uns hin, zur Süße die Sinne uns reifend? –
Töchterchen, sieh, so war ich im Herzen gestimmt und
    bereitet,
Dich zu empfangen aus dem Schoß des organischen Dunkels,
Das dich treulich gehegt und genauestens fertig gebildet
Nach den Gesetzen der Art. Nicht wußt' ich schon, daß ich
    dich liebte.
Doch als das schwere, heitere, heilige Wunder geschehen;
Als du erschienen warst und dem Lichte gehörtest, wonach du
Lange schon, lebhaft, in Stößen, die ich belauschte, gedränget;
Als ich zuerst die nichtige Last auf ängstlichen Armen
Mir gespürt und mit stillem Entzücken gesehn, wie dein Auge
Widerstrahlte das Himmelslicht; dann dich – oh, wie
    behutsam,
Niedergelassen an deiner Mutter Brust: da füllte
Ganz mit Gefühl sich auf einmal mein Herz, mit segnender
    Liebe.

Wann ich mit erdkaltem Wasser die Augen geklärt mir am
    Morgen,
Froh der erneuerten Frühe und ihrer Reinheit und Tugend,
Kindchen, so ist mein erster Gang zu dir, in dein kleines
Reich, wo eben das Bad dir die zarten Glieder umspület
In der Zwergenwanne auf dem Gestelle, worin es
Dir die Pflegerin mischte. Du aber lachst mir entgegen,
Schon von weitem, wendest nach mir die lustigen Augen
Mit dem Lächeln der Freude und des vertrauten Erkennens,
Das mich so glücklich machte, als ich es erstmals sich regen
Sah und erwachen in deinen Zügen bei meinem Anblick, –
Glücklich fast, ich gesteh's, wie den Liebenden das der Geliebten.
Naß bespritzt ist des Zimmers Bodenbelag in der Runde,
Denn du regst dich lustig im Bade, ziehest und streckest
Keck die Beinchen, stoßweis', und schlägst mit den kleinen
    Armen
In die behagliche Flut mit unternehmender Miene,
Dich zu zeigen stolz, in der nassen Wange ein Grübchen, –
Über den Wannenrand springen die Tropfen und nässen den
    Rock mir.
Nicht bedeckt das Wasser dich ganz, da die Wärterin sorglich
Dir mit der Linken das Köpfchen unterstützt; denn das Wasser,
Das deinem kleinen Leibe dient und schmeichelt, und dem du
Sorglos vertraust, es ist dein Element doch nicht länger,
Seit du im Dunkeln die Stufe der Kiemen hinter dich legtest,
Und das Falsche erstickte dich, wenn man dich ihm überließe.
Unbespült ist dein Brüstchen, und so nehm' ich den kleinen
Goldgelben Schwamm, der im Wasser schwimmt, und drücke
    ihn langsam
Über dir aus und abermals, wieder und wieder, so daß der
Laue, kristallene Strahl sanft niedergeht auf deine Glieder
Und sich abfließend darüber verteilt. Es freut dich das Treiben,
Und du achtest lächelnd der angenehmen Empfindung.
Dann so hebt die Pflegerin dich mit sorglichen Händen

Aus dem Bad, von dem dein Körperchen trieft, und sie legt
    dich
Auf den gepolsterten Tisch, in das flockige Tuch, das bereit
    liegt,
Am elektrischen Ofen gewärmt, und worein sie dich hüllet
Über und über, um dich zu trocknen. Ich aber verweile
Gern noch etwas und habe acht der weiteren Pflege,
Deines kleinen Putzes und Anzugs: wie man dreieckig
Dir das Höschen faltet und die wärmenden Stücke
Eins nach dem andern dir anlegt; denn Wärme ist dir vonnöten
Vor allen Dingen: Du bist sie gewöhnt vom gefriedeten,
    dunklen
Aufenthalt her, den du erst kürzlich verließest, und noch bist
Du ein Neuling auf dieser kühlen Welt und ein Fremdling.
Wohlgewickelt denn nun und walzenförmig zu schauen
Unterwärts bis an die Brust, so stellst du dich vor; doch
    darüber
Stehen die Ärmchen in weißem Pikee dir, gleichwie zwei
    Flügel,
Beiderseits waagerecht ab, und oben auf deinem Haupte,
Gerade über der Stirn, ragt spitz ein wunderlich Schöpfchen
Deines lichtblonden Haars, das die Muhme mit samtenem
    Bürstchen
Dir geglättet: Ganz dünn ist's am hinteren Kopfe vom Liegen,
Aber oben legt sich's und stehet in launischen Wirbeln
Dir um das kleine Haupt; und vorne bäumt sich das
    Schöpfchen.
So begrüße ich dich, ganz fertig, in meinen Armen,
Rückwärts geneigt, dein Augenpaar dicht vor dem meinen;
    und kühnlich
Greifst du mit deinen warmen Händchen in das Gesicht mir,
Packest Lippen und Nase und lachst, wenn mit Brummen und
    Schnappen
Ich gefährlich mich stelle. – Sodann erhältst du dein Frühstück,
Ziehest, im Arm der Wärterin liegend, mit Ernst aus der
    Flasche

Warme Milch, versetzt mit Haferschleim und mit Zucker.
Gerne schluckst du den Trank; doch wie sich der Magen dir
    füllet,
Nach der Bewegung, den Reizen des Bades, schläfert's dich
    wieder.
Viel schon hast du gelebt; man legt dich zurück in dein
    Bettchen,
Und da kaum getan, womit wir anderen Großen
Uns nur erst rüstig machen zum Tage – entschlummerst du
    wieder.

Das Mal

Mich aber nimmt der Tag der Erwachsenen hin, es wechseln
Die geordneten Stunden, und jede bringet das ihre.
Ernst des Alleinseins, leichterer Austausch und einige Ruhe,
Diese wechseln. Und nur von weitem noch blicke ich meistens
Auf dein gesondertes Dasein, dies vorläufige Leben, –
Dämmernd streicht es dahin dir hinter dem Gittergeländer
Deines tiefen Bettchens, darin du beinahe verschwindest,
Da es doch selbst nur so klein: rings um dich her ist die Leere,
Oben und unten und beiderseits, – winzig liegst du in der
    Mitte.
Oder es bietet der sommerlich blühende Garten den Raum dir,
Zu verträumen die flüchtige Frühzeit in deinem Wagen:
(Hochrädrig ist er, gut federnd, mit Gummireifen versehen
Und mit grünen Gardinen aus Seide, zum Schutz vor der
    Sonne.)
Darin liegst du inmitten des Rasenplatzes gen Süden,
Schlafend zumeist. Denn wie im Mutterleibe, wo mählich
Während des Werdens Schlaf und Wachen sich schieden, so ist
    noch
Tag dir wie Nacht, und reichlicher Schlummer verteilt sich auf
    beide.
Doch wenn du wachst, mit offenen Augensternen, so spielen
Deine Händchen wohl mit dem Zipfel der grünen Gardine,

Oder du handhabst leichthin das anmutige Spielzeug,
Das ein Freund des Hauses verstohlen dir in den Wagen
Legte: einen beinernen Ring, woran ein Glöckchen
Hängt, in Form eines Apfels, fein getrieben, aus Silber
Und von dem reinsten Klang, so daß dein Aufenthalt lieblich
Sich von weitem verkündet. Dieses betrachtest und hörst du
Gerne, deinem zarten Sinne einprägend die feine
Unschuldig heitre Gestalt, den reinen Laut dieses Dinges,
Das dein eigen als Erstes. Oder du weinst auch, verdrießlich,
Da du Reiz und Schmerz verspürst des drängenden Zahnbeins,
Das im Begriffe, das zarte Kieferfleisch zu durchbrechen.
Hör' ich dich so, so lasse ich wohl mein Geschäft und trete
Zu dir hinaus durch die Glastür, hinab die steinernen Stufen
Und auf den Rasen: Es setzt mein Knie dein federndes Lager
Leise in seitliches Schwingen, und leise sprech ich dir zu dann,
Mit Vertrauen zu füllen und stille zu machen dein Seelchen
Durch den gleichmäßigen Tonfall ruhiger Liebe. Doch weiß
    ich:
Vorsichtig muß man zu dir treten und schonend; denn ob du
Weinst oder heiter ruhst, dein zarter Aufbau erträgt nicht
Die unverhoffte Erscheinung, die jäh antönende Stimme.
Sie entsetzen dich, du zuckst zusammen, die Ärmchen
Fahren dir über den Kopf, die Augen erweitern sich
    schreckhaft,
Und ein verwirrtes Leuchten bricht aus ihren Sternen. Gelinde
Also muß man dir nahen und so anheben den Zuspruch.
Denn noch ist schwach und schwankend im Gleichgewichte
    dein Wesen,
Und du wurdest empfangen, wurdest ausgebildet
In ungeheuren Zeiten. Qualvoll wälzte die Welt sich
Um, es strömte Blut, jede Brust war bedrängt, den Gedanken
Hetzte die Not. Du freilich warst noch vorm Tage geborgen,
Kindchen, tiefere Stufen durchlaufend in stiller Entfaltung.
Aber es brandete schütternd die Zeit an deine Gefriedung;
In dein Werden pulste der Krampf hinein eines Erdteils;
Mütterlich hegte ratloser Gram dich, was aus der Welt denn

618

Und aus dem Vaterland möchte, dem schuldlos–schuldigen,
   werden.
Dürftig nährte der Deutsche sich, da feindliche Kriegsmacht
Ihm die Zufuhr sperrte; es fehlte an Fett und an Eiweiß.
Rüstiges Alter verfiel, das lang noch sonst sich des Lebens
Mochte erfreuen, und sank ins Grab vorzeitig. Dem Manne
Höhlte die Wange und spitzte das Kinn sich. Keimhafte
   Krankheit
Fand nur zu günstigen Boden im Lande, den Mangel bereitet,
Und im Mutterschoß darbte das stoffbegierige Leben.
Siehe, so kamst du zur Welt: nicht kränklich, aber doch
   reizbar, –
Blüte unserer Sorgen! Ja, es hat die Natur dich
Ausgemerkt vor deinen Geschwistern als Kind dieser Zeiten
Durch ein feurig Mal: links zwischen Schläfe und Stirne
Steht es dir, erbsengroß, zum Zeichen deiner Entstehung.
Jedenfalls deuten wir's so: es scheint uns ein Stigma des
   Krieges.

Schwesterchen

Und sie ehrt und schont dich denn auch, die muntre Gemeine:
Streit und Tumult verstummen, bist du im Kreise zugegen,
Heilig und neu auf Erden, stumm in der geschwätzigen Mitte,
Unkundig noch der Muttersprache, nur schauend und
   lauschend,
Tief unter uns, die lang schon eingebürgert, am Tische,
Über dem Boden gleich, auf deinem winzigen Armstuhl,
Dessen Rückenlehne uns Großen nur bis zum Knie reicht:
Darin sitzest du, schräg in den Winkel gelehnt; und es dämpfen
Ihre Stimmen zärtlich die Großen und Wachsenden, wenn sie
Zu dir sich neigen und zu dir sprechen, so daß du aufblickst,
Herzlich lächelnd, ohne Verständnis, aber der Liebe
Zutraulich lauschend und in der Miene, von Anfang bekannt
   dir,
Klug zu lesen bemüht. Es scheint dein gebrechliches Wesen

Ganz das des hohen Alters: Der zahnlose Mund und der
    mühsam
Suchende Blick, das wackelnde Häuptchen, nicht fest im
    Genick noch,
Und die Schwäche des Rückgrats, – alles gemahnt an sein
    menschlich
Widerspiel am Ende des Lebens; doch ist es lieblich
Anfangs und weckt, nebst Rührung, Entzücken; während das
    späte
Unvermögen, welches wir gleichfalls ehren und schonen,
Hauch der Krypte umweht, so daß es kühl uns
    durchschauert. –
Heiliges Kindchen! So nenn' ich dich oftmals nicht ohne
    Andacht,
Deine süße Würde menschlich im Herzen empfindend.
Rein und unschuldsvoll ist deine Nahrung; den lieblich
    geschürzten,
Bogenförmigen Mund, wie Maler ihn Engeln verliehen,
Niemals entweihte ihn noch das Wort, das da füget zum Wort
    sich,
Und worin Lüge schläft und schlimme Vernunft und der
    Zweifel.
Und ich denke der Stunde, letzthin, an meinem Geburtstag,
Als ich stand und sie dich mir brachten, im Scherze, damit du
Auch gratuliertest. Sie hatten dich festlich geputzt aus dem
    Anlaß,
Und da ich sonst dich nur in Windeln gekannt und im Kissen,
Trugest du erstmals ein Kleid, aus weißer Seide, das lang dir
Über die Füße hing, ein Ornat, und der kürzlich gestärkte
Hals- und Brustlatz umgab dir das Kinn mit spanischer
    Strenge:
Überaus würdig erschienst du mir da und beinahe geistlich. –
»Schwesterchen« heißt du im Hause, und wunderlich lautet der
    Name.
»Schwestern« hießen dereinst in der giebligen Heimat die
    grauen

Bräute des Heilands mit Haube und Rosenkranz, die
    beieinander
Irgendwo wohnten im Winkligen, einer Ob'rin gehorsam,
Wo sie der Knabe besuchte, zu sehen die goldne Kapelle,
Und von denen die Sanfteste pflegte den Vater zu Tode,
Auch uns Kinder oftmals versah, wenn wir fiebrig erkrankten:
Stille kam sie, die Angenehme, stellte die kleine
Reisetasche beiseite, tat dann von sich das graue
Umschlagetuch und die graue Haube, die sie im Freien
Über der weißen, gefältelten trug, und so ging sie auf weichen
Schuhen umher, Kompressen bereitend und die Verordnung
Reichend, indes der hölzerne Rosenkranz an ihrem Gürtel
Leise klapperte. An dem Bette des Fiebernden saß sie
Stundenlang und las ihm Geschichten, las uns die Sagen
Vor, die wir liebten, die schauerlichen; doch tat sie's nicht
    gerne.
Denn der Böse kam öfters drin vor, und sie scheut', ihn zu
    nennen.
Darum sagte sie »Teubel«, »Toixel« oder auch »Deuker«,
Wenn es denn sein mußt', den Namen umschreibend. Wir
    liebten sie alle.
Sie war nicht Magd und nicht Dame, nicht Volk und nicht
    obere Klasse,
War keine Ehefrau, doch schämig spähendes Mädchen
Auch wieder nicht. Sie stand ganz außer aller Gesellschaft
Und bewegte sich still doch in ihr, half leiden und sterben.
Unbeteiligt am Menschlichen, übte sie gleichwohl in linder
Menschlichkeit sich beständig. Ihr Lächeln zeigte die schönsten
Zähne, von reinem Schmelz, und freundlich angestrengt schien
    es,
Da eine Ader, oder war es ein länglicher Muskel,
Auf ihrer Stirn, wenn sie lächelte, unter der Haubenrüsche
Mit unbeschreiblich gütevollem Ausdruck hervortrat.
Niemals sah ich ihr Haar. Sie war nicht weiblichen Wesens,
Und doch von männlichem ganz und gar nicht: Alles in allem

Schien sie ein Engel. »Schwester«, riefen wir sie, wenn uns
    dürstet', –
Mit diesem Namen, der spröde lautet und zärtlich auf einmal,
Kühl und fromm zugleich, vertraulich und heilig gefriedet.
»Schwesterchen«, so heißest du denn, oder so hießest du doch,
    eh'
Du auf einen Christennamen ehrsam getauft warst,
Und noch anders als »Schwester« mutet der Laut an, er klingt
    mir
Heiter versteckt und weither, vorchristlich beinahe und
    mythisch.
Wunderlich herzliche Kraft besitzt die verkleinernde Form doch
In unsrer Sprache, das ungeschlechtliche Diminutivum, –
Wie in dem Worte »Märchen« selbst, so durchaus; und
    besonders
In den heimlichen Namen, womit man ehmals das kleine
Volk benannte der Querge und sein koboldisches Mitglied,
Das im Hause trieb sein neckend-dienendes Wesen;
Hausschrättlein, Heinzlein, Wichtlein, Hütchen hießen die
    Vordern
Zag-vertraulich das fremde, schwer begreifliche Freundchen...
»Schwesterchen!« Will doch der Laut mir heiter- und zärtlich-
    dämonisch
In das Ohr gehn, mit dem wir dich nennen, wenn du vom
    Stühlchen,
Unter dem Tische mehr als an ihm, wackelnd heraufblickst,
Freundlich stumm, noch unzugehörig und eines von uns doch,
In den Kreis der oberen redekundigen Menschen.

Die Unterhaltung

Aber bist du ein Kindchen, ein Märchen, ein Heinzlein, so tut
    doch
Schon dein Geschlecht sich hervor: Man kennt es an deiner
    Gewecktheit.

Weibchen bist du und neubegierig, inständig beflissen,
Das Anschauliche aufzunehmen und dankbar dem Führer,
Der es dir weiset: Da zeigst du dich frühauf, vordrängenden
    Geistes,
Ungleich dem Knaben, der alles verschiebt in schläfriger
    Saumsal.
Kleines Mädchen! Ich unterhalte dich gern, denn es lohnt sich.
Wie du lachst, wenn ich, neben dir kauernd am fahrbaren
    Tischchen,
Beuge den dicken Mann, der nur ein Kopf und ein Bauch ist,
Und dem das Bleigewicht unten liegt, dem Stehauf, so daß er
Taumelnd emporschnellt und schwankt und sich vor Lachen
    den Bauch hält.
Oder wenn ich am Kopf ihn nehme und kreiseln lasse,
Daß er im Torkeltanze sich schwingt wie ein flämischer Bauer!
Das ergötzt dich; doch ist's nur tägliche Kost, und du weißt dir
Ungleich Besseres: Wenn ich aus Tisch und Stühlchen dich
    ziehe
Und dich trage, zu eröffnen die weitere Welt dir:
Über den Vorplatz, die Treppe hinab mit den spanischen
    Bildern,
Über die Diele sodann, wo Kamin und Lüster zu sehn sind,
In mein Bücherzimmer. Du schaust, das Köpfchen im Nacken,
Offenen Mundes staunend der fremderen Wände und Räume.
Nun bist bei mir du, in meinem Eigen, wo du mein Gast bist.
Aufrecht halte ich dich auf meinem Arme, doch lehnst du
Meistens das Häuptchen dabei, das schwanke, an meine
    Schläfe,
Warm und lieblich; es lacht mir in Rührung das Herz. Und ich
    weise
Dir die Dinge der Welt und nenne dir schon ihre Namen, –
Schauend und lauschend nimmst du sie auf, die Sinne
    erprobend,
Und es verschmilzt dir das Bild mit dem Laute, den schon du
    zuweilen
Lallend nachzubilden versuchst mit der tastenden Zunge:

Ein rotes Buch ist's, die blendende Schale, worinnen das Licht
 sich
Spiegelt, das eiserne Menschenhaupt auf dem Gestell und der
 Erdball,
Aber das Liebste und Wunderbarste, wonach du zurückstrebst
Immer mit Kopf und Hand, indes um den Raum ich dich
 führe,
Ist die lebendige Uhr in der Ecke: Dort auf dem Schränkchen
Aus Palisander, eingebaut zwischen Bücherregalen,
Ragt sie hundertjährig und von Gestalt fast ein Tempel.
Ebenholz und leicht geschwellt sind die tragenden Säulen,
Vier an der Zahl, mit bronzenen Kapitälen und Basen;
Ebenholz Sockel und Gesims, mit heitren Beschlägen.
Aber hinter dem bronzenen Zifferblatte hervor und
Zwischen den Säulen hangt und schwingt der wuchtende
 Pendel,
Leierartig zuoberst, doch endend in schwerer Rosette, –
Geht und tickt. Wir sehen uns an und wieder auf ihn dann,
Lachend. Aber dann greife ich nach dem farbigen Schnürchen,
Das am Zifferblatt seitlich herabhängt, und ziehe behutsam
Dran: Da regt es sich geheimnisvoll im Gehäuse,
Und es berichtet gehorsam das Werk uns, wie weit die Stunde
Eben vorgeschritten, – halbweges oder zum Viertel
Oder ganz, in schönen, metallischen Schlägen. Aufschreckst
 du
Freudig, du hebst die Händchen, ihre Flächen nach außen,
Wie zur Verehrung; kleine Rufe, begeistert und wild fast
»Ah!« und »Da!« so lauten sie, stößest du aus, und mit Blicken
Dringlichster Art befragst du das Wunderding und den Führer,
Ungern nur und rückwärts gewandt von der Stelle dich
 trennend.

Ja, es freut mich wohl, dir Sinn und Seelchen zu wecken.
Mit der bunten Welt der Dinge sie zu verbinden
Und sie zu reizen mit anschaulichen Bildern. Doch ist mir's
Lieber fast noch und beglückender, Frieden zu bringen der
    Seele,
Unrast zu stillen, Mittler und Werber zu sein um den süßen
Segen des Schlummers für dich, wenn du unbewußt danach
    trachtest,
Ihn zuinnerst begehrst und doch mit Wehren und Weinen,
Hin und her dich werfend, ihn von dir weisest. Gelingt mir's,
Dich zu befrieden alsdann, wenn sonst alle Mittel vergebens,
Weiß ich mit solcher Kunst mir nicht wenig. So warest du
    neulich
Krank; es hatte die Seuche des Kriegs, die peinliche Grippe,
Dich erfaßt, die neuestens gern die Kleinsten und Schwächsten
Auch befällt, damit kein menschliches Wesen, und sei es
Das unschuldigste auch, mit dem heilig gerechtesten Anspruch
Auf unbetroffene Freiheit, entgehe dem Leiden der Zeit
    ganz.
Hitzig erglühte dein kleiner Körper, es lief dir der Schnupfen,
Und schon erfuhrst du die schnöde Marter des Schmerzes: Wir
    merkten's
An deinem Wehegeschrei mit Zorn und Erbarmen und kannten
Doch ihren Ort nicht. Aber das Ohr war es: Vorsichtig tastend
Machte der kundige Arzt es gewiß, – wie solltest du's sagen.
Fluß des Mittelohrs, also lautet' betrüblich sein Wahrspruch.
Da galt es pfleglich vorzugehen und nach der Verordnung:
Wasserstoffsuperoxyd, das dumpf und brodelnd im Ohr
    braust,
Einzulassen, so daß du betäubt die Augen verdrehtest,
Linderndes Öl, nicht zu kühl, doch um Gott auch wieder zu
    heiß nicht,
In den winzigen Hörgang zu träufeln, wo reißend die Qual dir
Nistete, und mit wärmender Watte den Eingang zu schließen.

Und es schlang noch ein wollenes Tuch um Wänglein und
   Kinn dir
Sorgend die Pflegerin und knotet' es über dem Kopfe,
Daß mit dem leidensalten, erschöpften Gesichtchen du allen
Als ein kümmerlich Spittelweiblein erschienest. Es mischte
Lachen kläglich in unsrer Brust sich mit dem Erbarmen.
Wie du schriest! Sichtlich kränkte dich jede Berührung,
Noch so behutsam; aber daß den Schlaf du erlangtest
Aus dir selber, in deinem Bette, war nicht zu denken.
Siehe, da trug ich dich durch das Zimmer bei Nacht, auf und
   nieder,
Immer dieselbe kurze Strecke, wohl eine Stunde
Oder länger, einlullend die bohrende Pein durch das Gleichmaß
Meines Schrittes, das Hin-und-her, den stillenden Zuspruch.
Peinlich schmerzte der Arm mir, worin du lagst, und von
   unten
Stützt' ich ihn mit dem andern. Aber welch Glück dann, zu
   sehen,
Wie die streckende Folter sich löste, den Gliedern Entspannung
Endlich zuteil ward, und schwerer in den Arm mir einsinkend
Du dich dem Schlaf begütigt vertrautest! Doch nicht vorzeitig
Durft' ich dich von mir tun, damit nicht der plötzliche Wechsel
Von Bewegung und Ruhe, die Störung des Taktes noch einmal
Dir den gütigen Nebel verscheuche. Es mußte die Ruhe
Hinlänglich erst sich vertiefen und festigen, eh' ich es wagen
Konnte, in dein Bette, gebeugt, dich niederzulassen,
Unter dir fortzuziehen behutsam endlich die Hände
Und mit den Lippen leise, wie leise die noch zu gewölbte
Stirn dir im Kuß zu berühren zum Abschied. Süßer dem eignen
Haupte und Herzen erschien nun der Schlummer, da ich die
   Unschuld
Wußte gefriedet, für die ich beharrlich um ihn geworben.

Praktisch lassen Vaterschwäche sich fruchten die Frauen:
Sind sie beschäftiget sonst im Hausstand oder beim Einkauf,
Geben sie gern dich in meine Hut. Sie wissen, ich schlag' es
Ihnen nicht ab. Denn wahrlich, Lieberes weiß ich mir gar nicht
(Dies ihre Rechnung), als so ein Stündchen dich bei mir zu
   haben
Ungestört, in der Sphäre meines stillsten Betreibens,
Zwischen der Arbeit den Sinn zu teilen und zärtlicher Aufsicht.
An meinem Tische sitze ich dann wohl, aber aufs Ruhbett
Mit dem Teppich zu meiner Rechten hat man das heitre
Moses-Körbchen gestellt, worin du liegst. Ein Verdeck hat's,
Welches, aufgerichtet, mit seidenem Bande am Fußend'
Zu befestigen ist, und feine, leichte Gardinen.
Diese schlag' ich zurück, damit ich, wenn ich von Büchern
Und Papieren aufblicke, dein Antlitz sehe, das schlummert
Oder wachend mich anlacht. Und tiefer forsche ich dann wohl
In deinen Zügen, zurückgelehnt, und ihre besondre
Bildung prüf' ich und menschliche Mischung; du wandelst
   noch einmal
Ganz einmalig das Grundbild ab, das zusammen ihr darstellt.
Heimat und phantastische Ferne treffen sich in dir,
Kindchen; Nord im West und östlich tieferer Süden,
Nieder- und Morgenland. Von gelber Wüste erzählet
Mir das zierlich vorgebaute Untergesichtchen
Und das arabische Näschen. Lächelt mir freundlich dein Auge?
Blau zwar strahlt es wie nordisch Eis, doch zuweilen, kaum
   faßbar
Meinem prüfenden Sinn, aus seiner Tiefe erdunkelt's
Irgendwie süß und exotisch, in fremder Schwermut, – indes
   doch
Blond die Braue dir steht, ganz wie den hansischen Vätern
(Lächeln muß ich fürwahr, so wohl erkenn' ich das Merkmal),
Welche mit nüchternem Sinn und würdig schritten zum
   Rathaus

Und im Sitzungssaale die Dose boten dem Nachbarn, –
Kaufherrn zumal, rundbärtig, und Reeder fernreisender
    Schiffe...
Wisse, du bist im Osten gezeugt. Es zeugte im Märchen
Nordisches Seefahrerblut dich, nach Abenteuern begierig.
Doppelt ist deine Heimat, niederdeutsch und exotisch,
Wie meinem Sinn die Vaterstadt zwiefach stehet: am Hafen
Einmal der Ostsee, gotisch und grau, doch als Wunder des
    Aufgangs
Noch einmal, entrückt, die Spitzbögen maurisch verzaubert,
In der Lagune, – vertrautestes Kindheitserbe und dennoch
Fabelfremd, ein ausschweifender Traum. – O Erschrecken des
    Jünglings,
Als ihn die ernste Gondel zuerst, der ruhend hinschwebte,
Trug den großen Kanal entlang, vorbei der Paläste
Unvergleichlicher Flucht, als zum ersten Male sein scheuer
Fuß betrat jenes Prachthofs Fliesen, welchen der Traumbau
Abschließt, golden-bunt, der byzantinische Tempel,
Reich an sich spitzenden Bögen und Pfeilern und Türmchen
    und Kuppeln,
Unter dem seidenen Gezelt von meerwinddurchatmeter Bläue!
Fand er nicht, heimischen Wasserruch witternd, die Rathaus-
    Arkaden,
Wo sie Börse hielten, die wichtigen Bürger der Freistadt,
Wieder am Dogenpalast, mit seiner gedrungenen Bogen-
Halle, worüber die leichtere schwebet in zierlichen Lauben?
Nein, nicht leugne man mir geheimnisvolle Beziehung
Zwischen den Handelshäfen, den adligen Stadtrepubliken,
Zwischen der Heimat nicht und dem Märchen, dem östlichen
    Traume!
Naschte nicht weihnachtlich der Knabe die wonnige Speise,
Weit berühmt durch das Land, die die heimischen
    Zuckerbäcker
Formten in Tortengestalt, aufprägend des türmigen Stadttors
Bild der Masse, indes sie gewiß doch, die klebrige Manna,
Aus dem Orient stammt, ein Haremsnaschwerk aus Mandeln,

Rosenwasser und Zucker, und, getauft auf Sankt Markus,
Über Venedig kam in die Heimat? Mazapan heißt sie
Spanisch, massepain französisch, – wär' es hebräisch das
    mazzoth
Gar, der Osterfladen des wüstendurchwandernden Volkes,
Des zerstreuten, des Mittlervolks zwischen Abend und
    Morgen? –
Wie in Venedig zuerst, in Traumgenügen und Wonne,
So noch einmal wallte das Herz mir, zehn Jahre später:
Als ich im goldenen Saal des Mädchenbildes gewahr ward,
Ihrer, die nun dein Mütterchen, schlicht vertraut durch die Zeit
    mir
Längst, doch damals Prinzessin des Ostens. Es fiel ihr das
    schwarze
Golden gekränzte Haar auf die elfenbeinernen Schultern,
Welche kindlich gebildet und anders als die unsrer Frauen,
Schultern von Flötenspielerinnen, Schultern des Niltals,
Und auf das rote Gewand. Das fremde, ernste Gesichtchen
Zeigt die Blässe der Perlen, und dunkle, fließende Sprache
Führte darin ein Augenpaar, vorherrschend an Größe . . .
Märchenosten! Traum vom Morgenland! Damals, mein
    Schützling,
Als ich, jugendlich willig zum Rausch, auf der süßen Gestalt
    ließ
Ruhen mein Auge, da fiel dir das Los, es rief dich die Stimme
In die Zeit; denn wie ein Mann um die festlich Erschaute
Warb ich, um die Geliebte, fußend auf tüchtiger Leistung,
Und im Wirklichen führte ich heim sie, wie ich es wünschte. –
Also sinn' ich von Heimat zu Heimat in deiner Betrachtung,
Liebling mit der Väterbraue, dem maurischen Näschen.
Tiefste Heimat ist ja der Osten, Heimat der Seele,
Heimat des Menschen, Heimat ältester, mildester Weisheit.
Zeugte denn nicht auch ein Geist, ein hansischer, einstmals im
    Osten
Jenes gewaltige Buch, das, welterklärend, vom Willen

Und von der Vorstellung handelt, einend germanische
    Denkkraft
Mit dem Geheimnis der Upanishaden? Und so umschließt
    denn
Auf einmal mein träumend Gefühl das Liebste auf Erden
Menschlich mir: mein Kindchen, dich, und das geistigste Gut
    noch,
Das ich erwarb und bewahre, im Leben Trost und im Tode,
Sitz' ich beim Korbe des Nils, wachthabend, und halte dein
    Händchen,
Dein Gesichtchen betrachtend und seine besondere Bildung.

Die Taufe

Nun will ich dir von deiner Taufe erzählen für künftig,
Und wie schön sie sich zutrug, damit du es liest, wenn du groß
    bist.
Sorgfältig war bedacht und bereitet das Fest schon von langer
Hand; es hatte der Vater die Sache ans Herz sich genommen
Ganz persönlich und alles geordnet vordenkenden Geistes,
Auch den Pastor erwählt und die zween beistehenden Paten
In bedeutendem Sinn: Um jeden stand es besonders.
Da galt es Schritte zu tun und Briefe zu schreiben
Dahin und dorthin und Interessenkonflikte zu schlichten
In betreff des Termins; nicht leichtlich wollte sich's fügen.
Denn einen Paten lud ich von auswärts, sowie den Pastor,
Welcher im Sächsischen wirkt, ein gar junges Blut und Vikar
    erst,
Aber der Weltweisheit Doktor obendrein und der Dichtkunst
Innig dankbar verbunden. Wir hatten Briefe gewechselt
Vielfach schon, und der gediegenen Schrift, die den Hut ihm
Rühmlich erwirkt, hatte meinen Namen zu freundlicher
    Ehrung
Er vorangesetzt. – Den hatt' ich erwählt dir zum Täufer.
Denn wer weiß, was einem die Lutherkirche ins Haus schickt,

Wenn man es ihr überläßt; wohl gar einen öligen Tölpel,
Welcher mir alles ins Komische zöge. Das wollt' ich
  vermeiden.
Soviel für jetzt nur von jenem: Der Paten gedenk' ich sogleich
  dann. –
Als nun der Tag gekommen, der Herbsttag, welcher bestimmt
  war,
Regten die Eltern sich froh, die Zimmer zu schmücken mit
  Blumen
Wie sie die Jahreszeit bot: Chrysanthemen in reichlicher Anzahl
Brachte der Vater heran; er hatte sie selber erstanden
Käuflich im städt'schen Basar, so weiße wie prunkend Gefärbte
(Denn das Gärtchen gewährte uns nichts mehr, als einiges
  Beiwerk,
Efeu und anderes Grün). Wir füllten Gläser und Schalen,
Auf drei Zimmer verteilend den Flor; besonders der Tauftisch
In deiner Mutter Gemach erhielt ein reiches Gebinde:
Vor das Fenster rückten wir ihn, den heiteren Altar,
Schön gedeckt mit dem feinsten Linnen-Damast, der zur Hand
  nur,
Schimmernd von Silbergerät, Kruzifix und Kanne und
  Leuchtern,
Welche die Kirche gestellt. Das Becken aber gehöret
Zu meinem Hause seit alters. Schon vier Geschlechter zur
  Taufe
Hielt man darüber; und du bist vom vierten. Schön ist die
  Schale,
Einfach, von edler Gestalt, aus glattem, gediegenem Silber,
Ruhend auf rundlichem Fuß und innen vergoldet; doch blich
  schon
Hin das Gold von der Zeit bis zum gelblichen Schimmer. Ein
  Fries läuft
Um den oberen Rand aus Rosen und zackigen Blättern.
Von dem strengen Geschmack der Frühzeit des letzten
  Jahrhunderts
Ist sie geformt; doch der silberne Teller, worauf wir sie stellen,

Ist bedeutend älter: Sechzehnhundertundfünfzig
Kündet die Jahresziffer, umrahmt von krauser Gravierung
In der »modernen Manier« von damals, Wappen und Zierat,
Schwülstig-willkürlich, und Arabesken, die Stern halb, halb
    Blume.
Doch auf der Rückseite sind im Kreis, in verschiedener Schriftart
Einpunktiert die Namen der Häupter, welche des Stückes
Inhaber waren im Gange der Zeit: Es sind deine Ahnen,
Kindchen, von meiner Seite; die Braue hast du von ihnen. –
Dieses Becken denn stellten wir in die Mitte des Tisches,
Blank geputzt vom Anlauf; das Kruzifix ragte dahinter.
Aber davor das Gewicht der altertümlichen Bibel
Legten wir nieder: Auch ein Erbstück, so alt wie der Teller,
Durch die Geschlechterkette gereicht von einem zum andern
Und gedruckt zu Wittenberg mit sächsisch-churfürstlich
Gnädigster Befreyung. Spannbreit ist wohl ihr Rücken,
Und es gleißt des Buchwerks unverwüstlicher Goldschnitt.

Schicklich war der Tisch denn bestellt, und es hatte der Vater
Vorderhand das Seine schon alles getan. Doch der Hausfrau
Lag noch vieles ob, zu bereiten der Gäste Bewirtung:
Nachmittags um fünf, es dunkelte schon der verkürzte
Herbsttag, trafen sie ein in gemessen festlicher Kleidung
Nach und nach und fanden zusammen sich händereichend,
Uns und untereinander, in gemäßigtem Plaudern
Stehend in Diele und Zimmer, untermischt mit den Kindern,
Deinen Geschwistern, sie trugen die besten Wämser und
    Kleider,
Lebhaft erhöhet die Wangen; denn nach dem Außergewohnten
Steht den Geweckten der Sinn, sie durchleben's erpicht bis ins
    Kleinste. –
Auch der geistliche Jüngling war da, ein Gast unter Gästen
Vorderhand noch. Schon gestern hatte er förmlich Visite
Abgelegt in gar knappem Leibrock; aber zur Stunde
Trug er den Gehrock, den später verhüllen sollte die
    Amtstracht,

Welche der Küster oben bereit hielt. Es glänzt' vor den braunen,
Sanften Augen des Jünglings, den buchgelehrten, der
    Zwicker. –
Hin und wider ging damals der Vater und sah nach dem Rechten,
Still in der Seele erregt: Denn sein Tag war heute und deiner,
Und er kam auf für das Ganze, verantwortlich fiebernd. So eilt'
    er
Von den Gästen über die Treppe zu dir, in dein Zimmer,
Wo man dir eben mit nestelnden Händen anlegte das Taufkleid;
Dann zu dem Pastor, der, vor dem Spiegelschrank stehend,
Sich die Beffchen befestigte, – etwas gerötet die Wangen,
Zitterten leicht seine Finger; des herzensruhigen Küsters
Beistand ließ er sich gern gefallen. Dann mit dem Küster,
Dem halbgeistlichen Mann im schwarzen Rocke und Vollbart,
Ging's in die Küche hinab, die Kirchenkanne zu füllen
Mit warmem Wasser, zur Handlung – denn kaltes hätte
    erschreckt dich –,
Aber hinan dann wieder, ins Gästezimmer, damit ich
Nicht deinen Eintritt versäumte: es hätte mich ewig gedauert.
Und er vollzog sich nunmehr. Auf ging die mittlere Türe,
Und aller Blicke wandten sich dorthin, wo auf dem Arme
Deiner Wärterin du erschienest, ergreifende Unschuld.
Nicht ließ das Taufkleid dir, das unvermeidliche Erbstück,
Eben zum besten: kurzärmelig ist es und recht aus der Mode,
Ganz aus gestärktem Spitzenwerk, und unnachgiebig
Stand es um deine kleine Person. Doch das Köpfchen darüber,
Überaus lieblich erschien es, das lichte, ein weniges wackelnd,
Mit der strahlenden Bläue der schreckhaft sich weitenden
    Augen,
Dem geschürzten, bogenförmigen Mund und dem kleinen
Flammenden Zeichen zur Seite der Schläfe sowie dem
    Blondhaar,
Wunderlich stehend und liegend um allerlei Wirbel. Die
    Ärmchen
Hieltst du gebreitet, wie es von Anbeginn deine Gewohnheit,
Aus dem Gelenke erhoben die rosigen Händchen, die Flächen

Auswärts gewandt, wie auf frommen Gemälden das allen
    geborne
Höchste Kindchen man abgebildet sieht, da es segnet
Völker und Erdkreis. Also brachte man dich in die Runde
Der erwachsenen, sorgenden, sündigen Menschen: Es klangen
Leise Rufe entgegen dir freudiger Rührung und Andacht.
Ähnliches wohl empfand mit der tausendköpfigen Menge
Selbst der Ketzer, wenn auf schwankender Höhe des Tragstuhls
Weiß, in heiliger Schwäche, der Greis, der Vater und König,
Schwebt in den ungeheueren Saal, das sühnende Zeichen
Unermüdlich beschreibend und mit wächserner Hand in den
    Lüften,
Während die Häupter sich, bis zum Erdenstaube die Knie
Beugten und manchem Aug' unaufhaltsame Tränen
    entstürzten. –
Da man mit kosendem Wort nun dich zur Begrüßung
    umdrängte,
Schriest du nicht, obgleich dich ängstet' der Schwall, wie man
    wohl sah.
Denn die Zartheit ist tapfer, und wo vierschrötige Derbheit
Simpel sich ausläßt, schließt jene die Lippen und nimmt sich
    zusammen.
Aber indes sie dir huldigten, enteilte der Vater,
Abzuholen den Diener am Wort, der droben noch zögert':
An dem Fenster des Schlafzimmers stand er, seit langem wohl
    fertig,
Blickt' in das Gärtchen still, das Abenteuer bedenkend.
Diesen nun bat ich hinab, da alles bereit, und den Vortritt
Gab ich ihm, wie es sich ziemt, in die wohlgesinnte
    Versammlung;
Unter sie trat er würdig befangen; lang bis zu den Stiefeln
Floß der Talar ihm hinab, und unter dem jugendlich magern
Kinn, das von jedem Härchen gereinigt, saßen die frischen
Beffchen ihm nun vortrefflich. Er hielt die schwarze Agende
Mit dem Goldkreuz darauf an die Schulter gelehnt mit der
    Linken,

Ganz nach der Übung. Es folgt' uns der ministrierende
  Kirchner. –
Niemand fehlte und nichts. So zogen wir denn miteinander
In das anstoßende Zimmer. Es waren die Fenster verhängt dort,
Und schon künstliches Licht entzündet. Zum Altartische
Trat der Prediger seitlich hin; es stellt' sich der Küster
Hinter ihn; auf der andern Seite hielt dich die Muhme
Auf dem Arm; die Mutter saß nahe; im tieferen Zimmer
Faßten wir anderen Platz auf herangezogenen Sesseln,
Oder auch stehend, wie es sich traf. Und in freundlicher Stille
Hub denn zu reden an mit spröder Bewegung der Jüngling.

Siehe, da waren deine beiden Gevattern, mein Liebling,
Sorglich gewählt von mir zu ihrer Freude und meiner:
Männer beide, doch jung noch, wie auch der Pastor, – der
  ältere
Erst Anfang Dreißig; doch hat bedeutenden Klang schon sein
  Name
In der gebildeten Welt; es steigen respektvoll die Brauen,
Wird er genannt. Denn verdient schon im Geiste weiß man den
  Träger
Durch ein vortreffliches Werk. Dort lehnte er lauschend am
  Flügel,
Der anhängliche Freund, im wohlgeschnittenen Gehrock,
Bürgerlich vornehm, ein wenig altfränkisch, der deutsche
  Gelehrte
Und Poet, voll kindlich artigen Frohmuts, jedoch dem
Leiden vertraut, dem Geiste enger verbunden durch Krankheit,
Die ihm fürs Leben vermählt und periodisch ihn martert.
Liebend erkühnt' seine Ehrfurcht sich, Legende und Mythos
Aufzuzeichnen des letzten Ikariden und seines
Tödlichen Loses, welcher, ein Sohn des Faust und Helenens
Wahrhaft auch er, von Wittenberg geprägt und Eleusis,
Stürmte hinan die Schwindelstufen in edelstem Frevel,
Hegend des Todes Gebot in gefährlich doppelter Seele,

Die in furchtbarem Gleichgewicht schwebt zwischen allem,
      was ungleich,
Zwischen Gestern und Morgen, Musik und zielweisendem
      Willen,
Zwischen Geheimnis und Wort, Deutschtum und französischer
      Logik, –
Stürzte (Jammer genug!) in äußerste Nacht: Doch zum
      Himmel
Auf schwebt’ die Aureole, den Menschen ein heiligstes
      Schaubild.
Jener schrieb’s. Er handelt’ es ab in zwanzig Kapiteln, –
Wandelt’ es ab, so sage ich besser, denn Variationen
Sind es über das Thema der tödlich gleichstehenden Waage, –
Adelnd mit tiefem Gefühl das philologische Handwerk
Und in jeden der Teile pressend des Gegenstands ganzen
Unaussprechlichen Reiz. Wie kein neueres liebe das Buch ich.
Von jungauf vertraut ist mir seine vielfache Landschaft,
Teil hat’s an mir, wie ich an ihm, und ich lächele heimlich,
Hör’ ich von Teilnehmenden verständig es loben. –

Soviel von diesem denn. Nicht stand der andere aufrecht
Während der Handlung; er saß im Sessel, die blutleeren Hände
Über der Krücke gekreuzt des Stabs, dessen Gummizwinge
Stand auf dem Teppich, – das fünfundzwanzigjährige Antlitz
Bleich und schon allzu ernst, so saß er und steifte den Rücken
Gleich einem Greis, der sich hält, um männliche Ehre zu
      wahren.
Er trug das grüngraue Kleid; vier Jahre lang lag er zu Felde,
Der ein Student vormals und Poet, und kämpfte für
      Deutschland,
Bis das glühende, zackichte Eisen das Bein ihm zerschmettert’
Gräßlich, in die unförmliche Wunde reißend der Tasche
Sämtlichen Inhalt: Münzen, Schlüssel, Papier und was sonst
      noch.
Im Lazarett lag er lange; mit Mühe erhielt man das Bein ihm.

Fremd war der Jüngling mir, doch ein Briefwechsel, welcher
    sich anspann,
Schon bevor das schmetternde Unglück ihn traf, lehrte
    schätzen
Mich von Herzen das reine, tapfere Wesen des jungen
Feldoffiziers; und nun, da es galt, dir die Bürgen zu stellen,
Dachte ich seiner mit Sinn: Es schien mir von schöner
    Bedeutung,
Dir, dem Kinde dieser zerrütteten Zeit, ihren Kämpfer
An die Seite zu geben, den jungen; ich wußte, es freut' ihn.
Unvollständig genesen, nahm er sich auf (man bedachte
Sich, ihn zu entlassen) und reiste herzu, noch von Kräften,
Wie er war, um mit Freude und Andacht das Jawort zu
    sprechen,
Das gelobende, wie so gern die Jugend es ausspricht
Und der gute, gläubige Mensch, und wie selbst er vor Jahren
Es in seiner Seele gesprochen, als er, ein Knabe
Fast noch, dem Vaterlande sich angelobt, Blutsbürgschaft
Ihm zu leisten und seinem Recht, das ihn heilig bedünkte.
Trog ihn der Glaube? Da ja das dunkel waltende Schicksal
Gegen Liebe und Glauben entschied und zerbrochenen Rechtes
Deutschland liegt, wehrlos, und die Brust sich schlägt in
    zerknirschter
Selbstanklage, – während die Übermacht schelmischer Tugend
Sich berät, wie weit die Strafe wohl klüglich zu treiben,
Ohne daß sie gegen den Nutzen der Sieger sich kehre.
Armer Jüngling! Du bürgtest also für das Verworfne,
Das gezeichnet war mit dem Male der Schande schon damals,
Als es sich um dich erhob, in unsäglicher Wallung, und in dir,
Grenzenloser Tapferkeit voll, die Wut zu bestehen
Einer umringenden Welt, im Herzen heilig versichert,
Daß sein Mut nicht Übermut sei vor dem Auge des Richters?
Scheinbar ehrwürdiger Mut, als unseliger Übermut dennoch
Kläglich nun erwiesen! Denn den Feinden zugunsten
Lautete ehern der Richterspruch, der ohne Berufung
Ist und über Recht und Unrecht gültig entscheidet.

Waren sie besser, da seine Hand das geschichtliche Schicksal
Über sie hielt und dein Volk in Nacht stieß? – Fragen wir also
Nicht! Sie seien dieses Siegs nun wert oder unwert.
Denn es hilft der Weltgeist auch Gleisnern wohl einmal zum
    Siege,
Gilt es, durch weckenden Fall die wichtigste Seele zu retten.
Waren sie besser nicht, so war Deutschland doch schlecht, das
    ist sicher;
Denn die Zeit war gemein, und zu treu nur diente dein Volk
    ihr.
Armer Jüngling, jasagender Bürge, du meintest es anders!
Dir stand im gläubigen Herzen ein anderes Deutschland: Das
    wahre.
Für das tiefsinnige Vaterland zeugtest du, welches den Fremden
Zwar ein Fremdes war und ein hohes Ärgernis immer,
Aber auch Ziel ihrer Ehrfurcht und ihrer heimlichsten
    Hoffnung; –
Nicht für das selbstvergessne, das, strotzenden Leibes, sich
    aufhob,
Sich zum Meister zu machen des gegenwärtigen Weltstands,
Und nun so bitter büßt den unzukömmlichen Vorsatz.
Aber der Ausgang, und scheine er noch so klar und
    entscheidend,
Täuschen mag er. Denn Sieg und Niederlage, wo sind sie?
Sind auch die Namen am Platz? Und ist dieser Ausgang der
    letzte?
Obzusiegen im Streit um die Herrschaft über das Alte,
Welches dahinsinkt und stirbt, verurteilt, ist das ein Sieg auch?
Denn ein Zeitalter endigt; es will sich das menschliche Neue
Nicht dem fragwürdigen Sieg: dem ehrlos äußersten Elend
Will sich's entbinden. Schauen wir still denn, anständiger
    Hoffnung,
Ohne Spott, noch voreiligen Jubel, wie sich's erfülle.
Weiß denn ein Volk auch wohl, zu welchem Ende es aufsteht,
Wie dein Deutschland tat, und wozu es also ergriffen?
Nur daß Gott es ergriff, das fühlt es mit Recht in der Seele.

Denn wir alle sind Werkzeug. Sei'n wir's in Demut und Treue
Und besorgen wir still das Unsere, welches uns obliegt:
Daß es zum Bessern den Menschen gedeihe, mögen wir
    glauben.
Denn gesellig ist die Kunst und menschenverbindend
Unbedingt, sie gebe sich auch noch so gesondert.
Sittigend ist ihr Wesen, befreiend und reinigend. Niemals
Kann sie entgegen sein dem Streben des Menschen zum
    Bessern;
Und wer um das Vollkommene wirbt, der fördert das Gute.

Fließend redete der verordnete Jüngling, es ging ihm
Eben vom kindlichen Mund der evangelische Wortstrom;
Wußt' er nicht weiter, so sagte er gar nichts und redete
    dennoch,
Wort erzeugend aus Wort, wie es Predigerübung und -kunst
    ist.
Aber zu sagen hatte er manches und Bestes, sein Thema
Lag ihm am Herzen. Denn Liebe hieß es: er hätte die Wahl
    nicht
Können glücklicher treffen; wir lauschten ihm alle mit Beifall,
Wie er beweglichen Mundes, der geistlich empfindende
    Jüngling,
Pries jene zweite der Gaben, die größte. Er wußte die Worte
Gar nicht übel zu setzen und seinen Vorteil zu wahren:
Hold anschauliche Gegenwart hilfloser Menschenkindschaft
Nutzte er klug, der platonische Schwarzrock, die Herzen der
    Hörer
Seinem Gegenstand zu gewinnen und sanfte Gefühle
Sich entzünden zu lassen an dem ergreifenden Bilde.
Aber empfänglich ohnedies waren die Hörer; es machte
Wund und weich sie die Härte der Zeit. Und so wurdest du,
    Kindchen,
Damals zum Sinnbild, dargestellt dem Gefühle der Menschen,
Das sich dran klammerte, dankbar, aus Angst und wüster
    Verwirrung,

Froh, das Rührendst-Bleibende anzuschaun und zu finden
Sich aus bösem Tumult auf eine wohltätige Weile.

Und es erhob seine Stimme der Täufling in die Versammlung
Und in die Rede hinein. Der dauernde Gleichlaut mochte
Ihn beängsten und reizen. Weinend warf sich das Kleine
Und mit Protest; man trug es beschwichtigend etwas beiseite.
Aber unbeirrt durch den unverständigen Einspruch
Sagte der Geistliche aus, was zu sagen ihm anlag, die Stimme
Gleichmütig hebend gegen das Greinen, soweit es ihm gut
    schien.
Und so kam er zu fragen kraft seines Amtes die Paten
Feierlich und auf ihr Wort, ob sie beide gelobten, dem neuen
Christenmenschlein treulich zur Seite zu stehn und in Liebe
Seine Seele vor Schaden zu schützen, wie sie's vermöchten.
Und wie aus einem Munde sprachen sie »Ja«, die Erwählten,
Ernst und schicklich gedämpft, die geistliche Würde des jungen
Fragers ehrend sowie die förmliche Stunde, mit Stimmen,
Etwas belegt vom langen Schweigen und Lauschen, der eine
Stehend, der andre im Stuhl, gebückt auf die Krücke des
    Stockes.
Und im Besitz ihres Worts schritt der geistliche Jüngling zur
    Handlung,
Taufte mit Wasser das wieder herbeigetragene Kindchen:
Still war es nun, und willig ließ es vollziehen den uralt
Heiligen Brauch. Die Mutter hatte zuletzt dich getragen,
Aber nun gab sie dich ab an den älteren Paten, den Meister
Jenes Buchs, – er nahm dich verkehrt, der Dichter und Denker,
Links in den Arm nahm er dich, kaum weniger hilflos er selber
Als seine Bürde; doch hielt er dich wacker und ließ dich nicht
    fallen,
Bot dich der Taufe dar, die der Jüngling mit Sprüchen und
    Formeln
Spendete aus der hohlen Hand, worein ihm der Küster
Warmes Wasser goß aus dem stattlichen Kirchengefäße:
Über dein Schöpfchen rann es in die vergoldete Schale,

Wie es über mein Haupt und meiner und deiner Geschwister
Dort hinein geflossen. Und feierlich zur Begrüßung
Wardst du bei Namen gerufen erstmals, wie es zum letzten
Male einst geschieht zur Entlassung über der Grube.
Aber Elisabeth nannten wir dich: Ich hatt' es beschlossen
Nach genauem Bedacht; denn häufig war immer der reine
Name in meinem Geschlecht; es hießen Mütter und Muhmen
So. Und so war mir's ums Herz, dich einzureihen ausdrücklich
In den wallenden Zug; denn tief gemahnte die Zeit mich
An meiner Menschlichkeit Wurzeln und Herkunft: ich fühlte
    mich Enkel. –
Nicht gemein, nicht bösen Willens nenn' ich den Mann mir,
Der, wenn vieles versinkt und grell die Fanfare der Zukunft
Schmettert, auf sie nicht nur lauscht, nicht ganz ausschließlich
    auf sie nur;
Der auch dem Abgelebten, dem Tode und der Geschichte
Einige Treue immer bewahrt und still auf der Dinge
Steten Zusammenhang fortpflegenden Sinnes bedacht bleibt. –
Und so war es getan, das Schlußgebet dankend gesprochen.
In des Mütterchens Arme legte der Pate das neue
Christenmenschlein zurück, so stolz wie erleichtert; es drängten
    drängten
Sich um das ewige Sinnbild die Gäste und wünschten der
    Mutter,
Wünschten dem Kinde Glück, und Wünsche empfing auch der
    Vater.
Froh des vollbrachten Werkes entzog sich der Priester dem
    Schwarme,
Abzulegen das Amtsgewand und wieder im Gehrock
Sich gesellig zu zeigen. Es hub die ganze Versammlung,
Kinder und Große, sich auf, ins Speisezimmer hinüber,
Wo auf festlichen Tischen die Vespermahlzeit bereitstand,
Klug bestellt von der sorgenden Wirtin zur Ehre des Hauses,
Wie die Blockade es zuließ der kalt gebietenden Angeln.

Tristan und Isolde

Herr Tristan am Hofe Markes von Kornwall, Neffe des Königs, Sohn seiner verstorbenen Schwester Blancheflur, und Isolde, Prinzessin von Irland, Tochter des Königs Gurmun und der Königin Isot, sind Berühmtheiten ihrer Zeit und Welt, haben längst gerüchtweise viel voneinander vernommen.

Tristan ist für Isolde, ohne daß sie ihn je gesehen, das Ideal des Mannes, sie für ihn die Verkörperung seiner Träume von weiblicher Holdheit und Hoheit. Tristans Ruhm gründet sich auf seine Tapferkeit, Klugheit und hohe Gesittung, die ein Erbe seines bretonischen Blutes ist (– sein Vater Rimalin von Parmenien kam von dort an den Hof Markes in Tintajol; die Geschichte seiner Liebe zu Blancheflur nahm tragischen Verlauf). Er ist nicht nur der schönste und anmutigste Jüngling weit und breit, ein verschlagener Heerführer, der seinem Oheim zahlreiche und große kriegerische Dienste geleistet, ein glänzender Ritter, dessen Heldenschaft sich in vielen Waffengängen und Abenteuern bewährt hat, sondern auch der kultivierteste Mann seiner Zeit, bewandert in Sprachen und Gesängen und allen Künsten des Friedens, und ein politischer Kopf, kein bloßer Haudegen. Von dem Liebreiz der blonden Isolde, der ebenfalls mit außerordentlichen geistigen Vorzügen verbunden ist (sie hat von ihrer Mutter Geheimnisse der Heilkunde übernommen), wissen die Reisenden, die Irland und seine Hauptstadt Dewelin gesehen, ebenfalls nicht genug Rühmens zu machen. – So trägt also einer des anderen Bild im Herzen, und über die Weite begegnen sich die Gedanken. (Anfangsbilder!)

Daß sie aber je zueinander finden könnten, ist höchst unwahrscheinlich, denn zwischen Irland und Kornwall herrscht alter Zwist. Wiederholte Kriege haben mit wechselndem Ausgang zwischen ihnen gespielt, Ströme Bluts sind geflossen, und der

Haß, gegenseitig, besonders aber irischerseits, ist so groß, daß nach irischem Gesetz jeder Mann aus Kornwall, der aber versuchen sollte, dort zu landen, getötet wird.

Auf Tintajol, Markes Burg, ist die Situation die, daß Marke seinen Neffen innig liebt und ihn zu seinem Erben bestimmt hat, sich daher nicht vermählen will. Tristan aber hat am Hofe unter den Großen des Landes, den Baronen, viele Neider, die gegen ihn konspirieren und beständig in Marke dringen, dem Lande eine Königin zu geben und einen unmittelbaren Erben der Krone. Tristan seinerseits, durchaus unegoistisch, ist Marke in unbedingter Mannentreue ergeben, einem Gefühl, das mit seiner Teilnahme für die hochberühmte Prinzessin Isolde zu dem Gedanken verschmilzt, diese seinem Herrn als Gattin zu gewinnen. Der Plan gewinnt Größe durch seine politische Bedeutung: Tristan will Frieden stiften zwischen den beiden Ländern, die einander durch Haß und Krieg so viel geschadet haben. Der Gedanke ist kühn und scheint unausführbar, auch dem König, als Tristan ihn im Rate vorträgt. Schließlich aber greift Marke die Idee gerade deswegen auf, um dem Zudringen der Barone ein Ende zu machen. Er erklärt, sich mit Isolde vermählen zu wollen und mit keiner andern. Wenn sie nicht zu gewinnen sei, so werde er sich nicht vermählen, und Tristan sei Kronerbe.

Die Barone wollen nun Tristan das gefährliche Abenteuer aufbürden und den König bestimmen, ihn allein nach Irland zu schicken (in der Hoffnung, daß er dabei umkomme). Der König lehnt das zornig ab und will, daß sie ohne seinen Neffen fahren. Aber Tristan nimmt die Fahrt als höchste Ehre für sich in Anspruch und verlangt nur, daß eine Anzahl Barone ihn begleitet. Ungern und sorgenvoll verstehen sie sich dazu.

Sie fahren. In die Nähe der irischen Küste gelangt, begibt Tristan sich in dem ärmlichsten Gewand, das aufzutreiben ist, aus der Barke in ein Boot, mit seiner Harfe. Er befiehlt den anderen, nach Hause zurückzukehren und läßt sagen, er kehre mit Isolde oder überhaupt nicht zurück. Dann läßt er sich in seinem Kahn auf den Wellen schweben, gegen das Ufer.

Von Dewelin aus erblickt man den führerlosen Kahn und sendet nach ihm aus. Dem sich nähernden Landgesinde tönt Gesang und Harfenspiel entgegen, so bezaubernd süß, daß sie regungslos lauschen und Ruder und Steuer vergessen. Dann greifen sie das fremde Fahrzeug und finden Tristan darin, der ihnen eine Lügengeschichte erzählt. Ein höfischer Spielmann aus Spanien, habe er sich auf Handelsgeschäfte geworfen und sei mit einem reichen Genossen und wertvoller Fracht gen Britannien ausgefahren, auf offenem Meer aber von Seeräubern überfallen worden; und während sein Kaufgenosse und die ganze Mannschaft erschlagen worden seien, hätten die Räuber ihn allein, seines schönen Gesanges wegen, aus Gnade in diesem Kahn mit etwas Speisen auf dem Meer ausgesetzt. –

Die irischen Leute bringen ihn an Land, wo eben Isolde mit Brangäne und ihren anderen Frauen vom Bade kommend vorübergeht. Viel Volk läuft herzu, man macht der Prinzessin Meldung, diese läßt Tristan, der sich Tantris nennt und sich todesmatt stellt, vor sich tragen und befiehlt ihm, zu singen und zu spielen. Er tut es und macht größten Eindruck, auch durch Worte und Wesen. Sie befiehlt, den Schiffbrüchigen auf die Königsburg zu schaffen und ihn dort in einem Kämmerlein unterzubringen, damit er sich erhole.

So kommt Tristan an den Hof und weiß dort durch seine Talente und seine Persönlichkeit alles für sich einzunehmen. Er ist durch Geist, Gesittung, Wissenschaft allen überlegen. Mit Isolde treibt er Musik und Sprachen, gibt ihr auch Unterricht in der »Moralität«, der Kunst der schönen Sitten, und sie verlieben sich ineinander. Aber für Tristan tritt dies Gefühl durchaus hinter das Bewußtsein seiner Idee und Sendung, seiner Pflicht gegen Marke zurück, und wenn er bemerkt, daß Isolde ihn liebt, so freut ihn das unter dem Gesichtspunkt, daß sie ihm desto lieber nach Kornwall folgen wird, obgleich es ihn persönlich nur zu sehr beglückt. Sie ihrerseits lebt in der Vorstellung, daß ihre Gefühle niemals irgendwelche Folgen haben können, da sie dem armen, namenlosen, wenn auch erstaunlich herrenmäßigen Spiel- und Handelsmann gelten. –

Endlich erklärt Tristan sich ihr. Es ist ein Auftritt voll der verworrensten Gefühle. Sie erfährt, daß er, den sie liebt, Tristan ist, der Traum ihrer Mädchenschaft, und daß er listigerweise gekommen ist, um sie zu erwerben, nicht für sich, sondern für Marke. Sie soll ihm folgen, aber in die Arme seines Oheims. Er wirbt mit der Leidenschaft eigenen Gefühls im Namen Markes und im Namen seiner politischen Idee und erhält schließlich ihr Ja. Vor den königlichen Eltern wird alles bekanntgemacht, es gibt Überraschung, Zorn, Heiterkeit, Überlegung, Einverständnis, und Tristan führt Isolde nach Kornwall.

Unterwegs auf dem Schiff spinnt ihr seltsames Verhältnis sich fort. Isolde schwankt zwischen ihrer Liebe und ihrem Haß wegen des Betruges, Tristan zwischen seiner Leidenschaft und Mannentreue. Den Ausschlag gibt folgendes:

Die Königin Isot, heil- und zauberkundig, hat einen Liebestrank gebraut, den sie, in einem gläsernen Gefäß, der Brangäne in Verwahrung gegeben hat. Isolde soll ihn in der Brautnacht Marken zu trinken geben, damit dieser für immer in Liebe zu ihr entbrennt. Da nun die Frauen seekrank sind, läuft man unterwegs in einen Hafen ein, und die Mehrzahl der Reisenden geht an Land, auch Brangäne. Das Liebespaar bleibt mit einiger untergeordneter Bedienung zurück, wird durstig, verlangt nach Wein, und eine kleine Magd, die nichts anderes findet als den Liebestrank, der wie Wein aussieht, bringt diesen, sie trinken. Brangäne kommt hinzu, ist entsetzt, erklärt ihnen das Unglück – und ist nun ihre Mitschuldige, die kein Recht mehr hat und es auch für nutzlos hält, die Reinheit Isoldens zu bewachen. Sie ist fortan Dienerin ihrer Liebe, die durch den Trank frei wird (denn gegen sie vermag die Ehre nichts) und sich hemmungslos gehen läßt. Die beiden vereinigen sich und leben als Liebespaar während des Restes der Meerfahrt, deren Ende ihnen undenkbar und furchtbar ist.

Marke holt sie in Kornwall mit großem Gepränge ein, die Hochzeit wird gefeiert, und zur Nacht läßt sich die schuldige Brangäne von den beiden bestimmen, dem König an Stelle Isoldens ihre Magdschaft zu opfern. Danach, als Tristan den üblichen Wein bringt, wird Isolde wieder untergeschoben, und Marke verbringt die weitere Nacht mit ihr.

Marke wird von den beiden, da Tristan freien Zutritt zu Isolde hat, nun dauernd betrogen und würde von selbst nie Verdacht schöpfen. Dagegen wird ihr unseliges Glück von einem Mann erspäht, der Isolde ebenfalls leidenschaftlich verehrt, dem Truchseß des Königs, Marjodo. Er schläft mit Tristan, der aus ihrer gemeinsamen Kammer nachts zur Kemenate schleicht. Unterdessen hat Marjodo den Traum vom Eber, geht Tristan nach, folgt seiner Spur im Schnee und belauscht, obgleich Brangäne das Licht mit einem Schachbrett verstellt hat, Tristan und die Königin im Bette. Schmerz und Wut! Er sagt dem König jedoch nicht, daß er sie belauscht hat, sondern warnt ihn nur vor Gerüchten, macht ihn unruhig und hält selbst scharfe Wacht.

Marke fällt in Zweifel und Qual, da es sich um seine scheinbar so reine »Frau« und um den nächsten Freund seines Herzens handelt. Von ihm und Marjodo, den sein Argwohn nie zur Ruhe kommen läßt, wird der aquitanische Zwerg Melot unter Versprechungen als Späher angestellt. Herrn Tristan wird die Kemenate verboten.

Die Liebenden sind getrennt und härmen sich, was Marken nicht entgeht. Er sagt ein großes Jagen auf zwanzig Tage an. Tristan schließt sich krankheitshalber davon aus. Brangäne gibt dem Liebespaar nun den Rat mit den Spänen vom Ölbaum. Sie befolgen ihn und treffen sich im Garten unter dem Baum, wo der Zwerg sie belauscht, ohne aber die Königin mit Sicherheit zu erkennen. Er stellt Tristan durch falsche Botschaft von Isolde auf die Probe und läuft übel an.

Darauf reitet Melot zum König und führt ihn zum Ölbaum am Brunnen. Szene, wo sie auf dem Baum sitzen, Tristan und Isolde ihre Schatten bemerken und Unschuld spielen, so daß Marke an sie glaubt und Melot in den Bach wirft. Das Paar hat nun wieder freien Verkehr miteinander.

Aber Marjodo und Melot bleiben auf der Hut, beleben Markes Mißtrauen aufs neue, und Gerüchte wollen nicht verstummen. Marke quält sich fort und verfällt endlich auf das Mittel des Gottesgerichtes (das von Isolde auf einem einberufenen Concilium selbst vorgeschlagen wird im Vertrauen auf Gottes Courtoisie). Sie bestellt Tristan als Pilger nach Karlium, die Stätte des Gottesgerichtes, arrangiert mit ihm die Szene (Sturz mit ihr im Arm), auf die sich ihr doppelzüngiger Eid bezieht. Sie trägt unverletzt das glühende Eisen.

Triumph! Das Paar ist wieder ungestört. Aber Marke liest in ihren Mienen, die sich oft nicht verstellen können. Trotz Gottes Spruch, an dem er irre wird, windet er sich bald wieder in Zweifels- und Eifersuchtsqualen, hält es nicht mehr aus und verstößt die beiden, deren Glück er nicht länger ehrlos teilen will, miteinander vom Hofe.

Sie ziehen in die Wildnis und leben in der von Riesen vor Zeiten erbauten Felsengrotte, während Marke in Sehnsucht nach Isolde vergeht und seine Ehrenstrenge verflucht, die ihn hinderte, nicht lieber doch mit Tristan zu teilen. Gewarnt, werden sie entdeckt; Marke erblickt sie durchs Kuppelfenster mit dem Schwert zwischen sich und belügt sich selbst aufs neue. Nach Ratschlag mit seinen Großen wird das Paar zurückgerufen, Marke bittet sie selbst kniefällig, bösen Schein zu meiden, und darf Isolden wieder genießen. Er weiß und will doch nicht wissen, lebt ehrlos mit Isolde, der man Betrug gar nicht mehr vorwerfen kann. Es folgt nun die sommerliche Lager-Szene im Garten, wo Tristan und Isolde nach genossener Lust einschlafen und Marke sie belauscht. Flucht Tristans, nachdem er von Isolde den Ring erhalten. Als Marke mit seinen Räten zurückkehrt, findet er nur noch die Königin, und die Barone machen ihm Vorwürfe wegen seiner Selbstquälerei und Gespensterseherei. Er unternimmt nichts gegen Isolde.

Tristan irrt abenteuernd in der Welt umher und kommt endlich in das Herzogtum Arundel zwischen Bretonen- und England. Dort regiert Herzog Jowelin mit seiner Herzogin Karsie und seinen Kindern Kaëdin und Isot as blanche mans (Isolde Weißhand). Die Burg, in der sie wohnen, heißt Karke, und Tristan wird dort ehrenvoll aufgenommen. Man freut sich des berühmten Gastes, schließt Freundschaft mit ihm. Kaëdin verehrt ihn knabenhaft, zu Isolde Weißhand, deren Namen von vornherein Eindruck auf ihn macht und deren sanfter Liebreiz ihn einnimmt, hat er bald zarte Beziehungen, die von Kaëdin begünstigt werden. Innere Kämpfe Tristans wegen seiner Treue zur irischen Isolde. Gefühlsblendwerk durch den Namen. Treulosigkeit in der Treue. Entschuldigung seiner Gefühle durch die Vorstellung, daß Isolde in Markes Armen liegt (Phantasiebild). Isolde Weißhand liebt ihn; schon aus Höflichkeit kommt er ihr entgegen. Erzählt ihr Mären, singt, schreibt und liest mit ihr. Dichtet Canzonen, in denen immer der Name Isolde vorkommt, so daß alle glauben, er meint Weißhand. Endlich umfängt er sie küssend und geht bei den Eltern werben, die sie ihm freudig zusagen.

Die Hochzeit findet statt unter Gelagen und Turnieren. Man bringt Isolde Weißhand im Brautgemach zu Bette. Auch Tristan wird entkleidet, und als man ihm das Seidenkleid abstreift, fällt der irischen Isolde Ring von seiner Hand. Er betrachtet ihn lange, kämpft mit sich selbst. Er darf die blonde Isolde nicht hintergehen, aber auch seine Gattenpflicht nicht verletzen. Nur Herzensverwirrung hat ihn in diese Lage gebracht und sich selbst belügt er mehr als die Frauen, die er eine mit der anderen betrügt. Er begibt sich endlich zu Isolde, bittet die Zärtliche aber um Geduld, da ein Zauber ihm das Herz bedrücke, von dem er später zu genesen hoffe. Sie ergibt sich liebend darein. Sie leben also nicht anders als Bruder und Schwester.

Nach Jahr und Tag wird Herzog Jowelin von starken Nachbarn mit Krieg überzogen, und seine Truppen geraten in große Bedrängnis. Tristan, der tief unglücklich ist, ergreift froh die Gelegenheit, sich in den Kampf und womöglich in den Tod zu stürzen. Zusammen mit Kaëdin zieht er aus, und seine Klugheit und Tapferkeit tragen den Sieg davon: die Feinde werden zerstreut, aber Tristan bringt man von einem giftigen Pfeil verwundet nach Karke zurück, wo er unheilbar daniederliegt. Kein Mittel verfängt. Da vertraut er seinem ergebenen jungen Freund Kaëdin den Ring Isoldens an und bittet ihn, damit nach Kornwall zu reisen und Isolde zur Fahrt nach Arundel zu bestimmen. Nur sie könne ihm helfen, und sie werde sicher kommen, denn sie liebe Tristan. Als Kaufmann in Seidenwaren solle Kaëdin reisen und der Königin heimlich den Ring weisen, ihr auch schwören, daß Tristan nie eine andere geliebt und berührt, und sie erinnern an Lust und Leid, die sie in alter Zeit zusammen getragen. Kaëdins Schwester sei Magd verblieben, um dieser Liebe willen. Er bittet ihn, gegen sie Stillschweigen zu halten und ihr zu sagen, es handle sich um eine fremde Ärztin. Er solle Tristans Schiff nehmen, darin liegen ein weißes und ein schwarzes Segel. Bringe er Isolde, so solle er das weiße Segel aufziehen; komme er ohne sie, das schwarze. Kaëdin verspricht liebe- und verständnisvoll alles.

Isolde Weißhand aber hat das Gespräch belauscht, an der Wand horchend, an der Tristans Bett steht, während dieser sie und alle hinausgeschickt. Sie weiß nun, warum ihr Leben ohne alle Freude war, und die sanfte Kleine wird zur fauchenden Katze und schwört Rache, heuchelt aber vor Tristan weiter Liebe und Ergebenheit.

Kaëdin steuert nach Kornwall, landet beim Königshaus und hält seine Waren, Tuche, Habichte, Goldgerät, feil. Geht mit schönen Dingen auf die Burg, verkauft etwas dem König und zeigt dann der Königin unter anderem ihren Ring. Isolde wird bleich, nimmt ihn beiseite, und er eröffnet ihr alles. Sie ist tief bewegt, bespricht sich mit Brangäne, die dafür sorgt, daß nachts eine Pforte unbewacht bleibt, und Isolde geht mit Kaëdin zu Schiff. Guter Wind fördert sie, und er zieht das weiße Segel auf.

Unterdessen vergeht Tristan vor Sehnsucht und schickt stündlich Boten, nach dem Schiff zu spähen, läßt sich auch selbst zum Meere hinuntertragen, aber aus Furcht, das schwarze Segel zu erblicken, kehrt er in seine Kammer zurück, um die Kunde lieber aus fremdem Munde zu erfahren. Da tritt Isolde Weißhand zu ihm und meldet ihm tückisch, ein schwarzes Segel nahe. Verzweifelt stirbt er.

Die allgemeine Klage ist groß. Von Herren und Dienern wird

die Leiche prächtig aufgebahrt. Unterdessen landet Isolde und hört in allen Gassen Wehruf und Weinen und Totenglocken von Münstern und Kapellen. Sie fragt –, und ein alter Mann sagt ihr, Tristan ist tot. Erstarrt, tränenlos, allen ihren Begleitern voran, schreitet sie zum Palast, in ihrem Schmerz und ihrer Schönheit von allen bestaunt. Tristan liegt im Kerzenschein. Sie umfängt und küßt ihn und sinkt an der Bahre gebrochenen Herzens tot nieder.

Unordnung und frühes Leid

Als Hauptgericht hat es nur Gemüse gegeben, Wirsing-Kote-letts; darum folgt noch ein Flammeri, hergestellt aus einem der nach Mandeln und Seife schmeckenden Puddingpulver, die man jetzt kauft, und während Xaver, der jugendliche Hausdiener, in einer gestreiften Jacke, welcher er entwachsen ist, weißwollenen Handschuhen und gelben Sandalen, ihn auftischt, erinnern die Großen ihren Vater auf schonende Art daran, daß sie heute Ge-sellschaft haben.

Die Großen, das sind die achtzehnjährige und braunäugige Ingrid, ein sehr reizvolles Mädchen, das zwar vor dem Ab-iturium steht und es wahrscheinlich auch ablegen wird, wenn auch nur, weil sie den Lehrern und namentlich dem Direktor die Köpfe bis zu absoluter Nachsicht zu verdrehen gewußt hat, von ihrem Berechtigungsschein aber keinen Gebrauch zu machen gedenkt, sondern auf Grund ihres angenehmen Lächelns, ihrer ebenfalls wohltuenden Stimme und eines ausgesprochenen und sehr amüsanten parodistischen Talentes zum Theater drängt – und Bert, blond und siebzehnjährig, der die Schule um keinen Preis zu beenden, sondern sich so bald wie möglich ins Leben zu werfen wünscht und entweder Tänzer oder Kabarett-Rezitator oder aber Kellner werden will: dies letztere unbedingt »in Kairo« – zu welchem Ziel er schon einmal, morgens um fünf, einen knapp vereitelten Fluchtversuch unternommen hat. Er zeigt entschiedene Ähnlichkeit mit Xaver Kleinsgütl, dem gleichaltrigen Hausdiener: nicht weil er gewöhnlich aussähe – er gleicht in den Zügen sogar auffallend seinem Vater, Professor Cornelius –, sondern eher kraft einer Annäherung von der ande-ren Seite her, oder allenfalls vermöge einer wechselseitigen An-passung der Typen, bei der ein weitgehender Ausgleich der Kleidung und allgemeinen Haltung die Hauptrolle spielt. Beide tragen ihr dichtes Haar auf dem Kopfe sehr lang, flüchtig in der

Mitte gescheitelt, und haben folglich die gleiche Kopfbewegung, um es aus der Stirn zurückzuwerfen. Wenn einer von ihnen durch die Gartenpforte das Haus verläßt, barhaupt bei jedem Wetter, in einer Windjacke, die aus bloßer Koketterie mit einem Lederriemen gegürtet ist, und mit etwas vorgeneigtem Oberkörper, dazu noch den Kopf auf der Schulter, davonschiebt oder sich aufs Rad setzt – Xaver benutzt willkürlich die Räder seiner Herrschaft, auch die weiblichen und in besonders sorgloser Laune sogar das des Professors –, so kann Doktor Cornelius von seinem Schlafzimmerfenster aus beim besten Willen nicht unterscheiden, wen er vor sich hat, den Burschen oder seinen Sohn. Wie junge Mushiks, findet er, sehen sie aus, einer wie der andere, und beide sind sie leidenschaftliche Zigarettenraucher, wenn auch Bert nicht über die Mittel verfügt, so viele zu rauchen wie Xaver, der es auf dreißig Stück pro Tag gebracht hat, und zwar von einer Marke, die den Namen einer in Flor stehenden Kino-Diva trägt.

Die Großen nennen ihre Eltern »die Greise« – nicht hinter ihrem Rücken, sondern anredeweise und in aller Anhänglichkeit, obgleich Cornelius erst siebenundvierzig und seine Frau noch acht Jahre jünger ist. »Geschätzter Greis!« sagen sie, »treuherzige Greisin!«, und die Eltern des Professors, die in seiner Heimat das bestürzte und verschüchterte Leben alter Leute führen, heißen in ihrem Munde »die Urgreise«. Was die »Kleinen« betrifft, Lorchen und Beißer, die mit der »blauen Anna«, so genannt nach der Bläue ihrer Backen, auf der oberen Diele essen, so reden sie nach dem Beispiel der Mutter den Vater mit Vornamen an, sagen also Abel. Es klingt unbeschreiblich drollig in seiner extravaganten Zutraulichkeit, wenn sie ihn so rufen und nennen, besonders in dem süßen Stimmklang der fünfjährigen Eleonore, die genau aussieht wie Frau Cornelius auf ihren Kinderbildern und die der Professor über alles liebt.

»Greislein«, sagt Ingrid angenehm, indem sie ihre große, aber schöne Hand auf die des Vaters legt, der nach bürgerlichem und nicht unnatürlichem Herkommen dem Familientisch vorsitzt und zu dessen Linken sie, der Mutter gegenüber, ihren Platz hat

– »guter Vorfahr, laß dich nun sanft gemahnen, denn sicher hast du's verdrängt. Es war also heute nachmittag, daß wir unsere kleine Lustbarkeit haben sollten, unser Gänsehüpfen mit Heringssalat – da heißt es für deine Person denn Fassung bewahren und nicht verzagen, um neun Uhr ist alles vorüber.«

»Ach?« sagt Cornelius mit verlängerter Miene – »Gut, gut«, sagt er und schüttelt den Kopf, um sich in Harmonie mit dem Notwendigen zu zeigen. »Ich dachte nur – ist das schon fällig? Donnerstag, ja. Wie die Zeit verfliegt. Wann kommen sie denn?«

Um halb fünf, antwortet Ingrid, der ihr Bruder im Verkehr mit dem Vater den Vortritt läßt, würden die Gäste wohl einlaufen. Im Oberstock, solange er ruhe, höre er fast nichts, und von sieben bis acht halte er seinen Spaziergang. Wenn er wolle, könne er sogar über die Terrasse entweichen.

»Oh –« macht Cornelius im Sinne von »Du übertreibst«. Aber Bert sagt nun doch:

»Es ist der einzige Abend der Woche, an dem Wanja nicht spielen muß. Um halb sieben müßte er gehen an jedem andern. Das wäre doch schmerzlich für alle Beteiligten.«

»Wanja«, das ist Iwan Herzl, der gefeierte jugendliche Liebhaber des Staatstheaters, sehr befreundet mit Bert und Ingrid, die häufig bei ihm Tee trinken und ihn in seiner Garderobe besuchen. Er ist ein Künstler der neueren Schule, der in sonderbaren und, wie es dem Professor scheint, äußerst gezierten und unnatürlichen Tänzerposen auf der Bühne steht und leidvoll schreit. Einen Professor der Geschichte kann das unmöglich ansprechen, aber Bert hat sich stark unter Herzls Einfluß begeben, schwärzt sich den Rand der unteren Augenlider, worüber es zu einigen schweren, aber fruchtlosen Szenen mit dem Vater gekommen ist, und erklärt mit jugendlicher Gefühllosigkeit für die Herzenspein der Altvorderen, daß er sich Herzl nicht nur zum Vorbild nehmen wolle, falls er sich für den Tänzerberuf entscheide, sondern sich auch als Kellner in Kairo genau so zu bewegen gedenke wie er.

Cornelius verbeugt sich leicht gegen seinen Sohn, die Augen-

brauen etwas hochgezogen, jene loyale Bescheidung und Selbstbeherrschung andeutend, die seiner Generation gebührt. Die
Pantomime ist frei von nachweisbarer Ironie und allgemeingül-
tig. Bert mag sie sowohl auf sich, wie auf das Ausdruckstalent
seines Freundes beziehen.

Wer sonst noch komme, erkundigt sich der Hausherr. Man
nennt ihm einige Namen, ihm mehr oder weniger bekannt,
Namen aus der Villenkolonie, aus der Stadt, Namen von Kol-
leginnen Ingrids aus der Oberklasse des Mädchengymna-
siums... Man müsse noch telephonieren, heißt es. Man müsse
zum Beispiel mit Max telephonieren, Max Hergesell, stud.
ing., dessen Namen Ingrid sofort in der gedehnten und näselnden Weise vorbringt, die nach ihrer Angabe die Privat-Sprech-
manier aller Hergesells sein soll, und die sie auf äußerst drollige
und lebenswahrscheinliche Weise zu parodieren fortfährt, so
daß die Eltern vor Lachen in Gefahr kommen, sich mit dem
schlechten Flammeri zu verschlucken. Denn auch in diesen
Zeiten muß man lachen, wenn etwas komisch ist.

Zwischendurch ruft das Telephon im Arbeitszimmer des Professors, und die Großen laufen hinüber, denn sie wissen, daß es
sie angeht. Viele Leute haben das Telephon bei der letzten Ver-
teuerung aufgeben müssen, aber die Cornelius' haben es gerade
noch halten können, wie sie die vor dem Kriege gebaute Villa bis
jetzt noch haben halten können, kraft des leidlich den Umständen angepaßten Millionengehalts, das der Professor als Ordina-
rius für Geschichte bezieht. Das Vorstadthaus ist elegant und
bequem, wenn auch etwas verwahrlost, weil Reparaturen aus
Materialmangel unmöglich sind, und entstellt von eisernen
Öfen mit langen Rohren. Aber es ist der Lebensrahmen des höheren Mittelstandes von ehemals, worin man nun lebt, wie es
nicht mehr dazu paßt, das heißt ärmlich und schwierig, in abge-
tragenen und gewendeten Kleidern. Die Kinder wissen nichts
anderes, für sie ist es Norm und Ordnung, es sind geborene Vil-
lenproletarier. Die Kleiderfrage kümmert sie wenig. Dies Geschlecht hat sich ein zeitgemäßes Kostüm erfunden, ein Produkt
aus Armut und Pfadfindergeschmack, das im Sommer beinahe

nur aus einem gegürteten Leinenkittel und Sandalen besteht. Die bürgerlich Alten haben es schwerer.

Die Großen reden nebenan mit den Freunden, während ihre Servietten über den Stuhllehnen hängen. Es sind Eingeladene, die anrufen. Sie wollen zusagen oder absagen oder über irgend etwas verhandeln, und die Großen verhandeln mit ihnen im Jargon des Kreises, einem Rotwelsch voller Redensartlichkeit und Übermut, von dem die »Greise« selten ein Wort verstehen. Auch diese beraten unterdessen: über die Verpflegung, die man den Gästen bieten wird. Der Professor zeigt bürgerlichen Ehrgeiz. Er möchte, daß es zum Abendessen, nach dem italienischen Salat und dem belegten Schwarzbrot eine Torte gebe, etwas Tortenähnliches; aber Frau Cornelius erklärt, daß das zu weit führen würde – die jungen Leute erwarten es gar nicht, meint sie, und die Kinder stimmen ihr zu, als sie sich noch einmal zum Flammeri setzen.

Die Hausfrau, von der die höher gewachsene Ingrid den Typus hat, ist mürbe und matt von den verrückten Schwierigkeiten der Wirtschaft. Sie müßte ein Bad aufsuchen, aber das Schwanken des Bodens unter den Füßen, das Drüber und Drunter aller Dinge machen das vorläufig untunlich. Sie denkt an die Eier, die heute unbedingt eingekauft werden müssen, und spricht davon: von den Sechstausend-Mark-Eiern, die nur an diesem Wochentage von einem bestimmten Geschäft, eine Viertelstunde von hier, in bestimmter Anzahl abgegeben werden, und zu deren Entgegennahme sich die Kinder unmittelbar nach Tische vor allem anderen aufmachen müssen. Danny, der Nachbarssohn, wird kommen, sie abzuholen, und Xaver wird sich in Zivilkleidung den jungen Herrschaften ebenfalls anschließen. Denn das Geschäft gibt nur fünf Eier pro Woche an einen und denselben Hausstand ab, und darum werden die jungen Leute einzeln, nacheinander und unter verschiedenen angenommenen Namen den Laden betreten, um zwanzig Eier im ganzen für die Villa Cornelius zu erringen: ein wöchentlicher Hauptspaß für alle Beteiligten, den Mushik Kleinsgütl nicht ausgenommen, namentlich aber für Ingrid und Bert, die außerordentlich zur Mystifikation und Irreführung ihrer Mitmenschen neigen und dergleichen auf Schritt und Tritt um seiner selbst willen betreiben, auch wenn durchaus keine Eier dabei herauskommen. Sie lieben es, sich im Trambahnwagen indirekt und auf dem Wege der Darstellung für ganz andere junge Personen auszugeben, als sie in Wirklichkeit sind, indem sie miteinander im Landesdialekt, den sie sonst gar nicht sprechen, öffentlich lange, gefälschte Gespräche führen, so recht ordinäre Gespräche, wie die Leute sie führen: das allergewöhnlichste Zeug über Politik und Lebensmittelpreise und Menschen, die es nicht gibt, so daß der ganze Wagen mit Sympathie und doch mit dem dunklen Argwohn, daß hier irgend etwas nicht stimmt, ihrer grenzenlos gewöhnlichen Zungenfertigkeit lauscht. Dann werden sie immer frecher und fangen an, sich von den Menschen, die es nicht gibt, die abscheulichsten Geschichten zu erzählen. Ingrid ist imstande, mit hoher, schwankender, ordinär zwitschernder Stimme vorzugeben, daß sie ein Ladenfräulein ist, welches ein uneheliches Kind besitzt, einen Sohn, der sadistisch veranlagt ist und neulich auf dem Lande eine Kuh so unbeschreiblich gemartert hat, daß es für einen Christenmenschen kaum anzusehen gewesen ist. Über die Art, wie sie das Wort »gemartert« zwitschert, ist Bert dicht daran herauszuplatzen, legt aber eine schaurige Teilnahme an den Tag und tritt mit dem unglücklichen Ladenfräulein in ein langes und schauriges, zugleich verderbtes und dummes Gespräch über die Natur der krankhaften Grausamkeit ein, bis ein alter Herr, schräg gegenüber, der sein Billett zusammengefaltet zwischen Zeigefinger und Siegelring trägt, das Maß voll findet und sich öffentlich dagegen verwahrt, daß so junge Leute solche Themata (er gebraucht den griechischen Plural »Themata«) in dieser Ausführlichkeit erörtern. Worauf Ingrid so tut, als ob sie in Tränen schwömme, und Bert sich den Anschein gibt, als ob er eine tödliche Wut auf den alten Herrn mit äußerster Anstrengung, aber kaum noch auf lange Zeit, unterdrücke und bändige: die Fäuste geballt, zähneknirschend und am ganzen Leibe zitternd, so daß der alte Herr, der es nur gut gemeint hat, an der nächsten Station schleunig den Wagen verläßt.

Solcherart sind die Unterhaltungen der »Großen«. Das Telephon spielt eine hervorragende Rolle dabei: sie klingeln an bei aller Welt, bei Opernsängern, Staatspersonen und Kirchenfürsten, melden sich als Ladenfräulein oder als Graf und Gräfin Mannsteufel und bequemen sich nur schwer zu der Einsicht, daß sie falsch verbunden sind. Einmal haben sie die Besuchskartenschale der Eltern ausgeleert und die Karten kreuz und quer, aber nicht ohne Sinn für das Verwirrend-Halbwahrscheinliche, in die Briefkästen des Viertels verteilt, woraus viel Unruhe erwuchs, da plötzlich Gott weiß wer bei der Himmel weiß wem Besuch abgelegt zu haben schien.

Xaver, jetzt ohne Servierhandschuhe, so daß man den gelben Kettenring sieht, den er an der Linken trägt, kommt haarwerfend herein, um abzudecken, und während der Professor sein Achttausend-Mark-Dünnbier austrinkt und sich eine Zigarette anzündet, hört man die »Kleinen« sich auf Treppe und Diele tummeln. Sie kommen, wie üblich, die Eltern nach Tisch zu begrüßen, stürmen das Eßzimmer, im Kampf mit der Tür, an deren Klinke sie sich gemeinsam mit den Händchen hängen, und stapfen und stolpern mit ihren eiligen, ungeschickten Beinchen, in roten Filzhausschuhen, über denen die Söckchen faltig heruntergerutscht sind, rufend, berichtend und schwatzend über den Teppich, indem ein jedes nach seinem gewohnten Ziele steuert: Beißer zur Mutter, auf deren Schoß er mit den Knien klettert, um ihr zu sagen, wieviel er gegessen hat, und ihr zum Beweise seinen geschwollenen Bauch zu zeigen, und Lorchen zu ihrem »Abel«, – so sehr der Ihre, weil sie so sehr die Seine ist, weil sie die innige und wie alles tiefe Gefühl etwas melancholische Zärtlichkeit spürt und lächelnd genießt, mit der er ihre Klein-Mädchen-Person umfängt, die Liebe, mit der er sie anblickt und ihr fein gestaltetes Händchen oder ihre Schläfe küßt, auf der sich bläuliche Äderchen so zart und rührend abzeichnen.

Die Kinder zeigen die zugleich starke und unbestimmte, durch gleichmäßige Kleidung und Haartracht unterstützte Ähnlichkeit des Geschwisterpärchens, unterscheiden sich aber auch wieder auffallend voneinander, und zwar im Sinne des Männlichen und Weiblichen. Das ist ein kleiner Adam und eine kleine Eva, deutlich betont, – auf seiten Beißers, wie es scheint, sogar bewußt und vom Selbstgefühl her betont: von Figur schon ist er gedrungener, stämmiger, stärker, unterstreicht aber seine vierjährige Manneswürde noch in Haltung, Miene und Redeweise, indem er die Ärmchen athletisch, wie ein junger Amerikaner, von den etwas gehobenen Schultern hängen läßt, beim Sprechen den Mund hinunterzieht und seiner Stimme einen tiefen, biederen Klang zu geben sucht. Übrigens ist all diese Würde und Männlichkeit mehr angestrebt als wahrhaft in seiner Natur gesichert; denn, gehegt und geboren in wüsten, verstörten Zeiten, hat er ein recht labiles und reizbares Nervensystem mitbekommen, leidet schwer unter den Mißhelligkeiten des Lebens, neigt zu Jähzorn und Wutgetrampel, zu verzweifelten und erbitterten Tränenergüssen über jede Kleinigkeit und ist schon darum der besondere Pflegling der Mutter. Er hat kastanienbraune Kugelaugen, die leicht etwas schielen, weshalb er wohl bald eine korrigierende Brille wird tragen müssen, ein langes Näschen und einen kleinen Mund. Es sind die Nase und der Mund des Vaters, wie recht deutlich geworden, seitdem der Professor sich den Spitzbart hat abnehmen lassen und glatt rasiert geht. (Der Spitzbart war wirklich nicht länger zu halten; auch der historische Mensch bequemt sich schließlich zu solchen Zugeständnissen an die Sitten der Gegenwart.) Aber Cornelius hält sein Töchterchen auf den Knien, sein Eleonorchen, die kleine Eva – so viel graziler, im Ausdruck süßer als der Junge – und läßt sie, indem er die Zigarette weit von ihr weghält, mit ihren feinen Händchen an seiner Brille fingern, deren zum Lesen und Fernsehen abgeteilte Gläser täglich wieder ihre Neugier beschäftigen.

Im Grunde hat er ein Gefühl dafür, daß die Vorliebe seiner Frau wohl hochherziger gewählt hat als die seine und daß die schwierige Männlichkeit Beißers vielleicht mehr wiegt als der ausgeglichenere Liebreiz seines Kindchens. Aber dem Herzen, meint er, läßt sich nicht gebieten, und sein Herz gehört nun einmal der Kleinen, seitdem sie da ist, seitdem er sie zum er-

stenmal gesehen. Auch erinnert er sich fast immer, wenn er sie
in den Armen hält, an dieses erste Mal: es war in einem hellen
Zimmer der Frauenklinik, wo Lorchen zur Welt gekommen, in
zwölfjährigem Abstand von ihren großen Geschwistern. Er trat
herzu, und in dem Augenblick fast, wo er unter dem Lächeln der
Mutter behutsam die Gardine von dem Puppenhimmelbettchen
zog, das neben dem großen stand, und das kleine Wunder gewahrte, das da so wohlausgebildet und wie von der Klarheit süßen Ebenmaßes umflossen in den Kissen lag, mit Händchen, die
schon damals, in noch viel winzigeren Maßen so schön waren,
wie jetzt, mit offenen Augen, die damals himmelblau waren und
den hellen Tag widerstrahlten – fast in derselben Sekunde fühlte
er sich ergriffen und gebunden; es war Liebe auf den ersten Blick
und für immer, ein Gefühl, das ungekannt, unerwartet und un-
erhofft – soweit das Bewußtsein in Frage kam – von ihm Besitz
ergriff und das er sofort mit Erstaunen und Freude als lebensend-
gültig verstand.

Übrigens weiß Doktor Cornelius, daß es mit der Unverhofft-
heit, der gänzlichen Ungeahntheit dieses Gefühls und selbst seiner völligen Unwillkürlichkeit, genau erforscht, nicht ganz
richtig ist. Er versteht im Grunde, daß es ihn nicht so von ungefähr überkommen und sich mit seinem Leben verbunden hat,
sondern daß er unbewußt dennoch darauf vorbereitet oder richtiger: dafür bereitet gewesen ist; daß etwas in ihm bereit war, es
im gegebenen Augenblick aus sich zu erzeugen, und daß dies
Etwas seine Eigenschaft als Professor der Geschichte gewesen ist
– höchst sonderbar zu sagen. Aber Doktor Cornelius sagt es
auch nicht, sondern weiß es eben nur manchmal, mit geheimem
Lächeln. Er weiß, daß Professoren der Geschichte die Geschichte nicht lieben, sofern sie geschieht, sondern sofern sie geschehen ist; daß sie die gegenwärtige Umwälzung hassen, weil
sie sie als gesetzlos, unzusammenhängend und frech, mit einem
Worte, als »unhistorisch« empfinden, und daß ihr Herz der zu-
sammenhängenden, frommen und historischen Vergangenheit
angehört. Denn über dem Vergangenen, so gesteht sich der
Universitätsgelehrte, wenn er vor dem Abendessen am Flusse

spazieren geht, liegt die Stimmung des Zeitlosen und Ewigen, und das ist eine Stimmung, die den Nerven eines Geschichtsprofessors weit mehr zusagt als die Frechheiten der Gegenwart. Das Vergangene ist verewigt, das heißt: es ist tot, und der Tod ist die Quelle aller Frömmigkeit und alles erhaltenden Sinnes. Der Doktor sieht das heimlich ein, wenn er allein im Dunkeln geht. Es ist sein erhaltender Instinkt, sein Sinn für das »Ewige« gewesen, der sich vor den Frechheiten der Zeit in die Liebe zu diesem Töchterchen gerettet hat. Denn Vaterliebe und ein Kindchen an der Mutterbrust, das ist zeitlos und ewig und darum sehr heilig und schön. Und doch versteht Cornelius im Dunkeln, daß etwas nicht ganz recht und gut ist in dieser seiner Liebe – er gesteht es sich theoretisch um der Wissenschaft willen ein. Sie hat ihrem Ursprunge nach etwas Tendenziöses, diese Liebe; es ist Feindseligkeit darin, Opposition gegen die geschehende Geschichte zugunsten der geschehenen, das heißt des Todes. Ja, sonderbar genug, aber wahr, gewissermaßen wahr. Seine Inbrunst für dies süße Stückchen Leben und Nachwuchs hat etwas mit dem Tode zu tun, sie hält zu ihm, gegen das Leben, und das ist in gewissem Sinne nicht ganz schön und gut – obgleich es natürlich die wahnsinnigste Askese wäre, sich wegen solcher gelegentlichen wissenschaftlichen Einsicht das liebste und reinste Gefühl aus dem Herzen zu reißen.

Er hält das Töchterchen auf dem Schoß, das seine dünnen, rosigen Beinchen von seinen Knien hängen läßt, spricht zu ihr, die Augenbrauen hochgezogen, im Ton einer zarten, spaßhaften Ehrerbietung und lauscht entzückt auf das süße, hohe Stimmchen, mit dem sie ihm antwortet und ihn »Abel« nennt. Er tauscht sprechende Blicke dabei mit der Mutter, die ihren Beißer betreut und ihn mit sanftem Vorwurf zu Vernunft und Fassung ermahnt, da er heute, gereizt durch das Leben, wieder einem Wutanfall unterlegen ist und sich wie ein heulender Derwisch benommen hat. Auch zu den »Großen« wirft Cornelius manchmal einen etwas argwöhnischen Blick hinüber, denn er hält es nicht für unmöglich, daß ihnen gewisse wissenschaftliche Einsichten seiner Abendspaziergänge auch nicht ganz fremd sind.

Aber wenn dem so ist, so lassen sie es nicht merken. Hinter ihren Stühlen stehend, die Arme auf die Lehnen gestützt, sehen sie wohlwollend, wenn auch mit einiger Ironie, dem elterlichen Glücke zu.

Die Kinder tragen dicke, ziegelrote, modern bestickte Künstlerkleidchen, die seinerzeit schon Bert und Ingrid gehört haben, und die ganz gleich sind, mit dem einzigen Unterschied, daß bei Beißer kleine, kurze Hosen unter dem Kittel hervorkommen. Auch den gleichen Haarschnitt tragen sie, die Pagenfrisur. Beißers Haar ist unregelmäßig blond, noch in langsamem Nachdunkeln begriffen, ungeschickt angewachsen überall, struppig, und sieht aus wie eine kleine, komische, schlechtsitzende Perücke. Lorchens dagegen ist kastanienbraun, seidenfein, spiegelnd und so angenehm wie das ganze Persönchen. Es verdeckt ihre Ohren, die, wie man weiß, verschieden groß sind: das eine hat richtiges Verhältnis, das andere aber ist etwas ausgeartet, entschieden zu groß. Der Vater holt die Ohren zuweilen hervor, um sich in starken Akzenten darüber zu verwundern, als hätte er den kleinen Schaden noch nie bemerkt, was Lorchen zugleich beschämt und amüsiert. Ihre weit auseinander liegenden Augen sind goldig braun und haben einen süßen Schimmer, den klarsten und lieblichsten Blick. Die Brauen darüber sind blond. Ihre Nase ist noch ganz formlos, mit ziemlich dicken Nüstern, so daß die Löcher fast kreisrund sind, ihr Mündchen groß und ausdrucksvoll, mit schön geschwungener, beweglicher Oberlippe. Wenn sie lacht und ihre getrennt stehenden Perlzähne zeigt (erst einen hat sie verloren; sie hat sich das nach allen Seiten wakkelnde Ding von ihrem Vater mit dem Taschentuch herausbiegen lassen, wobei sie sehr blaß geworden ist und gezittert hat), so bekommt sie Grübchen in die Wangen, die ihre charakteristische, bei aller kindlichen Weichheit etwas gehöhlte Form daher haben, daß ihr Untergesichtchen leicht vorgebaut ist. Auf der einen Wange, nahe gegen den schlichten Fall des Haares hin, hat sie einen Leberflecken mit Flaum darauf.

Im ganzen ist sie selbst von ihrem Äußeren wenig befriedigt – ein Zeichen, daß sie sich darum kümmert. Ihr Gesichtchen, urteilt sie traurig, sei leider nun einmal häßlich, dagegen »das Figürle« recht nett. Sie liebt kleine gewählte, gebildete Ausdrücke und reiht sie aneinander, wie »vielleicht, freilich, am End'«. Beißers selbstkritische Sorgen betreffen mehr das Moralische. Er neigt zur Zerknirschung, hält sich auf Grund seiner Wutanfälle für einen großen Sünder und ist überzeugt, daß er nicht in den Himmel kommen wird, sondern in die »Höhle«. Da hilft kein Zureden, daß Gott viel Einsicht besitze und fünf gern einmal gerade sein lasse: er schüttelt in verstockter Schwermut den Kopf mit der schlechtsitzenden Perücke und erklärt sein Eingehen in die Seligkeit für völlig unmöglich. Ist er erkältet, so scheint er ganz voll von Schleim; er rasselt und knarrt von oben bis unten, wenn man ihn nur anrührt, und hat sofort das höchste Fieber, so daß er nur so pustet. Kinds-Anna neigt denn auch zur Schwarzseherei, was seine Konstitution betrifft, und ist der Meinung, daß einen Knaben mit so »ungemein fettem Blut« jeden Augenblick der Schlag treffen könne. Einmal hat sie diesen furchtbaren Augenblick schon gekommen gewähnt: als man nämlich Beißer, zur Buße für einen berserkerhaften Wutanfall, das Gesicht zur Wand gekehrt, in die Ecke gestellt hatte – und dieses Gesicht bei zufälliger Prüfung sich als über und über blau angelaufen erwies, viel blauer als Kinds-Annas eigenes. Sie brachte das Haus auf die Beine, verkündend, daß des Jungen allzu fettes Blut sein letztes Stündlein nun herbeigeführt habe, und der böse Beißer fand sich zu seiner gerechten Verwunderung plötzlich in angstvolle Zärtlichkeit eingehüllt, bis sich herausstellte, daß die Bläue seiner Züge nicht vom Schlagfluß, sondern von der gestrichenen Wand des Kinderzimmers herrührte, die ihr Indigo an sein tränenüberschwemmtes Gesicht abgegeben hatte.

Kinds-Anna ist ebenfalls mit eingetreten und mit zusammengelegten Händen an der Tür stehen geblieben: in weißer Schürze, mit öliger Frisur, Gänseaugen und einer Miene, in der sich die strenge Würde der Beschränktheit malt. »Die Kinder«, erklärt sie, stolz auf ihre Pflege und Unterweisung, »entziffern sich wunderbar.« Siebzehn vereiterte Zahnstümpfe hat sie sich kürzlich entfernen und sich ein ebenmäßiges Kunstgebiß gelber Zähne mit dunkelrotem Kautschukgaumen dafür anmessen lassen, das nun ihr Bäuerinnengesicht verschönt. Ihr Geist ist von der eigentümlichen Vorstellung umfangen, daß ihr Gebiß den Gesprächsstoff weiter Kreise bildet, daß gleichsam die Spatzen diese Angelegenheit von den Dächern pfeifen. »Es hat viel unnützes Gerede gegeben«, sagt sie streng und mystisch, »weil ich mir bekanntlich Zähne habe setzen lassen.« Überhaupt neigt sie zu dunklen und undeutlichen, dem Verständnis anderer nicht angepaßten Reden, wie zum Beispiel von einem Doktor Bleifuß, den jedes Kind kenne, und »da wohnen mehr im Haus«, sagt sie, »die sich für ihn ausgeben«. Man kann nur nachgiebig darüber hinweggehen. Sie lehrt die Kinder schöne Gedichte, wie zum Beispiel:

>»Eisenbahn, Eisenbahn,
>Lokomotiv'.
>Fahrt sie fort, bleibt sie da,
>Tut sie einen Pfief.«

Oder jenen zeitgemäß entbehrungsreichen, dabei aber vergnügten Wochen-Küchenzettel, der lautet:

>»Montag fängt die Woche an.
>Dienstag sind wir übel dran.
>Mittwoch sind wir mitten drin.
>Donnerstag gibt's Kümmerling.
>Freitag gibt's gebratnen Fisch.
>Samstag tanzen wir um den Tisch.
>Sonntag gibt es Schweinebrätle
>Und dazu ein gut's Salätle.«

Oder auch einen gewissen Vierzeiler von unbegreiflicher und ungelöster Romantik:

>»Macht auf das Tor, macht auf das Tor,
>Es kommt ein großer Wagen.
>Wer sitzt in diesem Wagen?
>Ein Herr mit goldenen Haaren!«

Oder endlich die schrecklich aufgeräumte Ballade von Marie-
chen, die auf einem Stein, einem Stein, einem Stein saß und sich
ihr gleichfalls goldnes Haar, goldnes Haar, goldnes Haar
kämmte. Und von Rudolf, der ein Messer raus, Messer raus,
Messer rauszog, und mit dem es denn auch ein fürchterliches
Ende nahm.

Lorchen sagt und singt das alles ganz reizend mit ihrem beweglichen Mäulchen und ihrer süßen Stimme – viel besser als
Beißer. Sie macht alles besser als er, und er bewundert sie denn
auch ehrlich und ordnet sich ihr, von Anfällen der Auflehnung
und des raufsüchtigen Kollers abgesehen, in allen Stücken unter.
Oft unterrichtet sie ihn wissenschaftlich, erklärt ihm die Vögel
im Bilderbuch, macht sie ihm namhaft: den Wolkenfresser, den
Hagelfresser, den Rabenfresser. Das muß er nachsprechen. Auch
medizinisch unterweist sie ihn, lehrt ihn Krankheiten, wie
Brustentzündung, Blutentzündung und Luftentzündung. Wenn
er nicht achtgibt und es nicht nachsprechen kann, stellt sie ihn in
die Ecke. Einmal hat sie ihm noch dazu eine Ohrfeige gegeben,
aber darüber hat sie sich so geschämt, daß sie sich selber auf
längere Zeit in die Ecke gestellt hat. Ja, sie kommen gut miteinander aus, sind ein Herz und eine Seele. Alles erleben sie gemeinsam, alle Abenteuer. Sie kommen nach Hause und erzählen noch
ganz erregt und wie aus einem Munde, daß sie auf der Landstraße »zwei Kuhli-Muhli und ein Kalbfleisch« gesehen haben.
Mit den Dienstboten unten, mit Xaver und den Damen Hinterhöfer, zwei ehemals bürgerlichen Schwestern, die »au pair«, wie
man sagt, das ist gegen Kost und Logis, die Ämter der Köchin
und des Zimmermädchens versehen, leben sie auf vertrautem
Fuß, empfinden wenigstens zeitweise eine gewisse Verwandtschaft des Verhältnisses dieser Unteren zu den Eltern mit dem
ihren. Sind sie gescholten worden, so gehen sie in die Küche und
sagen: »Unsere Herrschaften sind bös!« Dennoch aber ist es ein
schöneres Spielen mit den Oberen und namentlich mit »Abel«,
wenn er nicht lesen und schreiben muß. Ihm fallen wunder-
vollere Dinge ein als Xaver und den Damen. Die Beiden spielen,
daß sie »vier Herren« sind und spazieren gehen. Dann macht

»Abel« ganz krumme Knie, so daß er ebenso klein ist wie sie, und geht so mit spazieren, Hand in Hand mit ihnen, wovon sie nicht genug haben können. Den ganzen Tag könnten sie, alles in allem fünf Herren, mit dem klein gewordenen »Abel« rund um das Eßzimmer spazieren gehn.

Ferner ist da das äußerst spannende Kissenspiel, darin bestehend, daß eines der Kinder, aber meistens Lorchen, sich, scheinbar unbemerkt von Abel, auf seinen Stuhl am Eßtisch setzt und mäuschenstill sein Kommen erwartet. In der Luft herumblikkend und unter Reden, die laut und stark dem Vertrauen auf die Bequemlichkeit seines Stuhles Ausdruck geben, nähert er sich und nimmt auf Lorchen Platz. »Wie?« sagt er. »Was?« Und rückt hin und her, ohne das versteckte Kichern zu hören, das hinter ihm laut wird. »Man hat mir ein Kissen auf meinen Stuhl gelegt? Was für ein hartes, unregelmäßiges, vertracktes Kissen ist das, auf dem ich so auffallend unbequem sitze?!« Und immer stärker rutscht er auf dem befremdenden Kissen hin und her und greift hinter sich in das entzückte Kichern und Quieken hinein, bis er sich endlich umwendet und eine große Entdeckungs- und Erkennungsszene das Drama beschließt. Auch dieses Spiel büßt durch hundertfache Wiederholung nichts von seinen Spannungsreizen ein.

Heut kommt es nicht zu solchen Vergnügungen. Die Unruhe des bevorstehenden Festes der »Großen« liegt in der Luft, dem noch der Einkauf mit verteilten Rollen vorangehen muß: Lorchen hat nur eben »Eisenbahn, Eisenbahn« rezitiert und Doktor Cornelius gerade zu ihrer Beschämung entdeckt, daß ja ihre Ohren ganz verschieden groß sind, als Danny, der Nachbarssohn, eintrifft, um Bert und Ingrid abzuholen; und auch Xaver hat schon seine gestreifte Livree mit der Ziviljacke vertauscht, die ihm sofort ein etwas strizzihaftes, wenn auch immer noch flottes und sympathisches Aussehen verleiht. So suchen denn die Kleinen mit Kinds-Anna ihr Reich im Obergeschoß wieder auf, während der Professor sich in sein Arbeitszimmer zurückzieht, um zu lesen, wie es nach Tische seine Gewohnheit ist, und seine Frau Gedanken und Tätigkeit auf die Anchovis-Brötchen und

den italienischen Salat richtet, die für die Tanzgesellschaft vorzubereiten sind. Sie muß, bevor die Jugend eintrifft, auch noch
zu Rade mit ihrer Einkaufstasche zur Stadt fahren, um eine
Summe Geldes, die sie in Händen hat, und die sie nicht der Ent-
wertung aussetzen darf, in Lebensmittel umzusetzen.

Cornelius liest, in seinen Stuhl zurückgelehnt. Die Zigarre
zwischen Zeige- und Mittelfinger liest er im Macaulay etwas
nach über die Entstehung der englischen Staatsschuld zu Ende
des siebzehnten Jahrhunderts und danach bei einem französischen Autor etwas über die wachsende Verschuldung Spaniens
gegen Ende des sechzehnten – beides für sein Kolleg von morgen vormittag. Denn er will Englands überraschende wirt-
schaftliche Prosperität von damals vergleichen mit den verhängnisvollen Wirkungen, die die Staatsverschuldung hundert Jahre
früher in Spanien zeitigte, und die ethischen und psychologischen Ursachen dieses Unterschiedes analysieren. Das gibt ihm
nämlich Gelegenheit, von dem England Wilhelms III., um das es
sich eigentlich gerade handelt, auf das Zeitalter Philipps II. und
der Gegenreformation zu kommen, das sein Steckenpferd ist,
und über das er selbst ein verdienstvolles Buch geschrieben hat –
ein vielzitiertes Werk, dem er sein Ordinariat verdankt. Während seine Zigarre zu Ende geht und dabei etwas zu schwer
wird, bewegt er bei sich ein paar leise melancholisch gefärbte
Sätze, die er morgen vor seinen Studenten sprechen will, über
den sachlich aussichtslosen Kampf des langsamen Philipp gegen
das Neue, den Gang der Geschichte, die reichzersetzenden
Kräfte des Individuums und der germanischen Freiheit, über
diesen vom Leben verurteilten und also auch von Gott verwor-
fenen Kampf beharrender Vornehmheit gegen die Mächte des
Fortschritts und der Umgestaltung. Er findet die Sätze gut und
feilt noch daran, während er die benutzten Bücher wieder ein-
räumt und hinauf in sein Schlafzimmer geht, um seinem Tag die
gewohnte Zäsur zu geben, diese Stunde bei geschlossenen Läden
und mit geschlossenen Augen, die er braucht, und die heute, wie
ihm nach der wissenschaftlichen Ablenkung wieder einfällt, im
Zeichen häuslich-festlicher Unruhe stehen wird. Er lächelt über

das schwache Herzklopfen, das diese Erinnerung ihm verursacht; in seinem Kopfe vermischen sich die Satzentwürfe über den in schwarzes Seidentuch gekleideten Philipp mit dem Gedanken an den Hausball der Kinder, und so schläft er auf fünf Minuten ein.

Wiederholt, während er liegt und ruht, hört er die Hausglocke gehen, die Gartenpforte zufallen, und jedesmal empfindet er einen kleinen Stich der Erregung, Erwartung und Beklemmung bei dem Gedanken, daß es die jungen Leute sind, die eintreffen und schon die Diele zu füllen beginnen. Jedesmal wieder lächelt er bei sich selbst über den Stich, aber auch dieses Lächeln noch ist ein Ausdruck einer Nervosität, die natürlich übrigens auch etwas Freude enthält; denn wer freute sich nicht auf ein Fest. Um halb fünf (es ist schon Abend) steht er auf und erfrischt sich am Waschtisch. Die Waschschüssel ist seit einem Jahre entzwei. Es ist eine Kippschüssel, die an einer Seite aus dem Gelenke gebrochen ist und nicht repariert werden kann, weil keine Handwerker kommen, und nicht erneuert, weil kein Geschäft in der Lage ist, eine zu liefern. So ist sie notdürftig über ihrem Ablauf an den Rändern der Marmorplatte aufgehängt und kann nur entleert werden, indem man sie mit beiden Händen hochhebt und ausgießt. Cornelius schüttelt, wie täglich mehrmals, den Kopf über die Schüssel, macht sich dann fertig – mit Sorgfalt übrigens; er putzt unter dem Deckenlicht seine Brille vollkommen blank und durchsichtig – und tritt den Gang hinunter ins Eßzimmer an.

Als er unterwegs die Stimmen hört, die drunten ineinander gehen, und das Grammophon, das schon in Bewegung gesetzt ist, nimmt seine Miene einen gesellschaftlich verbindlichen Ausdruck an. »Bitte, sich nicht stören zu lassen!« beschließt er zu sagen und geradeswegs ins Eßzimmer zum Tee zu gehen. Der Satz erscheint ihm als das gegebene Wort der Stunde: heiterrücksichtsvoll nach außen, wie es ist, und eine gute Brustwehr für ihn selber.

Die Diele ist hell erleuchtet; alle elektrischen Kerzen des Kronleuchters brennen, bis auf eine ganz ausgebrannte. Auf einer unteren Stufe der Treppe bleibt Cornelius stehen und überblickt die Diele. Sie nimmt sich hübsch aus im Licht, mit der Marées-Kopie über dem Backsteinkamin, der Täfelung, die übrigens weiches Holz ist, und dem roten Teppich, darauf die Gäste umherstehen, plaudernd, in den Händen Teetassen und halbe Brotscheiben, die mit Anchovispaste bestrichen sind. Festatmosphäre, ein leichter Dunst von Kleidern, Haar und Atem webt über der Diele, charakteristisch und erinnerungsvoll. Die Tür zur Garderobe ist offen, denn noch kommen neue Geladene.

Gesellschaft blendet im ersten Augenblick; der Professor sieht nur das allgemeine Bild. Er hat nicht bemerkt, daß Ingrid, in dunklem Seidenkleid mit weißem plissierten Schulterüberfall und bloßen Armen, dicht vor ihm mit Freunden am Fuße der Stufen steht. Sie nickt und lächelt mit ihren schönen Zähnen zu ihm herauf.

»Ausgeruht?« fragt sie leise, unter vier Augen. Und als er sie mit ungerechtfertigter Überraschung erkennt, macht sie ihn mit den Freunden bekannt.

»Darf ich dir Herrn Zuber vorstellen?« sagt sie. »Das ist Fräulein Plaichinger. «

Herr Zuber ist dürftigen Ansehens, die Plaichinger dagegen eine Germania, blond, üppig und locker gekleidet, mit Stumpfnase und der hohen Stimme beleibter Frauen, wie sich herausstellt, als sie dem Professor auf seine artige Begrüßung antwortet.

»Oh, herzlich willkommen«, sagt er. »Das ist ja schön, daß Sie uns die Ehre schenken. Coabiturientin wahrscheinlich?«

Herr Zuber ist Golfklub-Genosse Ingrids. Er steht im Wirtschaftsleben, ist in der Brauerei seines Onkels tätig, und der Professor scherzt einen Augenblick mit ihm über das dünne Bier, indem er tut, als ob er den Einfluß des jungen Zuber auf die Qualität des Bieres grenzenlos überschätze. »Aber wollen Sie sich doch ja nicht stören lassen!« sagt er dann und will ins Eßzimmer hinübergehen.

»Da kommt ja auch Max«, sagt Ingrid. »Nun, Max, du Schlot, was bummelst du so spät heran zu Spiel und Tanz!«

Das duzt sich allgemein und geht miteinander um, wie es den

Alten ganz fremd ist: von Züchtigkeit, Galanterie und Salon ist wenig zu spüren.

Ein junger Mensch mit weißer Hemdbrust und schmaler Smokingschleife kommt von der Garderobe her zur Treppe und grüßt – brünett, aber rosig, rasiert natürlich, aber mit einem kleinen Ansatz von Backenbart neben den Ohren, ein bildhübscher Junge, – nicht lächerlich und lodernd schön, wie ein Violin-Zigeuner, sondern hübsch auf eine sehr angenehme, gesittete und gewinnende Art, mit freundlichen, schwarzen Augen, und der Smoking sitzt ihm sogar noch etwas ungeschickt.

»Na, na, nicht schimpfen, Cornelia. Das blöde Kolleg«, sagt er; und Ingrid stellt ihn dem Vater vor als Herrn Hergesell.

So, das ist also Herr Hergesell. Wohlerzogen bedankt er sich beim Hausherrn, der ihm die Hand schüttelt, für die freundliche Einladung. »Ich zügele etwas nach«, sagt er und macht einen kleinen sprachlichen Scherz. »Ausgerechnet Bananen muß ich heute bis vier Uhr Kolleg haben; und dann sollte ich doch noch nach Hause, mich umziehen.« Hierauf spricht er von seinen Pumps, mit denen er eben in der Garderobe große Plage gehabt haben will.

»Ich habe sie im Beutel mitgebracht«, erzählt er. »Es geht doch nicht, daß wir Ihnen hier mit den Straßenschuhen den Teppich zertrampeln. Nun hatte ich aber verblendeterweise keinen Schuhlöffel eingesteckt und konnte bei Gott nicht hineinkommen, haha, stellen Sie sich vor, eine unglaubliche Kiste! Mein Lebtag habe ich nicht so enge Pumps gehabt. Die Nummern fallen verschieden aus, es ist kein Verlaß darauf, und dann ist das Zeug auch hart heutzutage – schauen Sie, das ist kein Leder, das ist Gußeisen! Den ganzen Zeigefinger habe ich mir zerquetscht...« Und er weist zutraulich seinen geröteten Zeigefinger vor, indem er das Ganze noch einmal als eine »Kiste« bezeichnet, und zwar als eine ekelhafte. Er spricht wirklich ganz so, wie Ingrid es nachgemacht hat: nasal und auf besondere Weise gedehnt, aber offenbar ohne jede Affektation, sondern eben nur, weil es so in der Art aller Hergesells liegt.

Doktor Cornelius rügt es, daß kein Schuhlöffel in der Garderobe ist, und erweist dem Zeigefinger alle Teilnahme. »Nun dürfen Sie sich aber absolut nicht stören lassen«, sagt er. »Auf Wiedersehen!« Und er geht über die Diele ins Eßzimmer.

Auch dort sind Gäste; der Familientisch ist lang ausgezogen, und es wird Tee daran getrunken. Aber der Professor geht geradeswegs in den mit Stickerei ausgeschlagenen und von einem eigenen kleinen Deckenkörper besonders beleuchteten Winkel, an dessen Rundtischchen er Tee zu trinken pflegt. Er findet dort seine Frau im Gespräch mit Bert und zwei anderen jungen Herren. Der eine ist Herzl; Cornelius kennt und begrüßt ihn. Der andere heißt Möller – ein Wandervogeltyp, der bürgerliche Festkleider offenbar weder besitzt noch besitzen will (im Grunde gibt es das gar nicht mehr), ein junger Mensch, der fern davon ist, den »Herrn« zu spielen (das gibt es im Grunde auch nicht mehr) – in gegürteter Bluse und kurzer Hose, mit einer dicken Haartolle, langem Hals und einer Hornbrille. Er ist im Bankfach tätig, wie der Professor erfährt, ist aber außerdem etwas wie ein künstlerischer Folklorist, ein Sammler und Sänger von Volksliedern aus allen Zonen und Zungen. Auch heute hat er auf Wunsch seine Gitarre mitgebracht. Sie hängt noch im Wachstuchsack in der Garderobe.

Schauspieler Herzl ist schmal und klein, hat aber einen mächtigen schwarzen Bartwuchs, wie man an der überpuderten Rasur erkennt. Seine Augen sind übergroß, glutvoll und tief schwermütig; dabei hat er jedoch außer dem vielen Rasierpuder offenbar auch etwas Rot aufgelegt – das matte Karmesin auf der Höhe seiner Wangen ist sichtlich kosmetischer Herkunft. Sonderbar, denkt der Professor. Man sollte meinen, entweder Schwermut oder Schminke. Zusammen bildet es doch einen seelischen Widerspruch. Wie mag ein Schwermütiger sich schminken? Aber da haben wir wohl eben die besondere, fremdartige seelische Form des Künstlers, die diesen Widerspruch möglich macht, vielleicht geradezu daraus besteht. Interessant und kein Grund, es an Zuvorkommenheit fehlen zu lassen. Es ist eine legitime Form, eine Urform... »Nehmen Sie etwas Zitrone, Herr Hofschauspieler!«

Hofschauspieler gibt es gar nicht mehr, aber Herzl hört den Titel gern, obgleich er ein revolutionärer Künstler ist. Das ist auch so ein Widerspruch, der zu seiner seelischen Form gehört. Mit Recht setzt der Professor sein Vorhandensein voraus und schmeichelt ihm, gewissermaßen zur Sühne für den geheimen Anstoß, den er an dem leichten Auftrag von Rouge auf Herzls Wangen genommen.

»Allerverbindlichsten Dank, verehrter Herr Professor!« sagt Herzl so überstürzt, daß nur seine hervorragende Sprechtechnik eine Entgleisung seiner Zunge verhütet. Überhaupt ist sein Verhalten gegen die Wirte und gegen den Hausherrn im besonderen von dem größten Respekt, ja von fast übertriebener und unterwürfiger Höflichkeit getragen. Es ist, als habe er ein schlechtes Gewissen wegen des Rouge, das aufzulegen er zwar innerlich gezwungen war, das er aber selbst aus der Seele des Professors heraus mißbilligt, und mit dem er durch größte Bescheidenheit gegen die nicht geschminkte Welt zu versöhnen sucht.

Man unterhält sich, während man Tee trinkt, von Möllers Volksliedern, von spanischen, baskischen Volksliedern, und von da kommt man auf die Neu-Einstudierung von Schillers »Don Carlos« im Staatstheater, eine Aufführung, in der Herzl die Titelrolle spielt. Er spricht von seinem Carlos. »Ich hoffe«, sagt er, »mein Carlos ist aus einem Guß.« Auch von der übrigen Besetzung ist kritisch die Rede, von den Werten der Inszenierung, dem Milieu, und schon sieht sich der Professor wieder in sein Fahrwasser bugsiert, auf das Spanien der Gegenreformation gebracht, was ihn fast peinlich dünkt. Er ist ganz unschuldig daran, hat gar nichts getan, dem Gespräch diese Wendung zu geben. Er fürchtet, daß es aussehen könnte, als habe er die Gelegenheit gesucht, zu dozieren, wundert sich und wird darüber schweigsam. Es ist ihm lieb, daß die Kleinen an den Tisch kommen, Lorchen und Beißer. Sie haben blaue Sammetkleidchen an, ihr Sonntagshabit, und wollen ebenfalls bis zur Schlafensstunde auf ihre Art an dem Feste der Großen teilnehmen. Schüchtern und mit großen Augen sagen sie den Fremden guten Tag, müssen ihre Namen und ihr Alter sagen. Herr Möller sieht sie nur ernsthaft an, aber Schauspieler Herzl zeigt sich völlig berückt, beglückt und entzückt von ihnen. Er segnet sie geradezu, hebt die Augen zum Himmel und faltet die Hände vor seinem Mund. Es kommt ihm gewiß von Herzen, aber die Gewöhnung an die Wirkungsbedingungen des Theaters macht seine Worte und Taten fürchterlich falsch, und außerdem scheint es, als solle auch seine Devotion vor den Kindern mit dem Rouge auf der Höhe seiner Wangen versöhnen.

Der Teetisch der Gäste hat sich schon geleert, auf der Diele wird nun getanzt, die Kleinen laufen dorthin, und der Professor zieht sich zurück. »Recht viel Vergnügen!« sagt er, indem er den Herren Möller und Herzl, die aufgesprungen sind, die Hand schüttelt. Und er geht in sein Arbeitszimmer hinüber, sein gefriedetes Reich, wo er die Rolläden herunterläßt, die Schreibtischlampe andreht und sich zu seiner Arbeit setzt.

Es ist Arbeit, die sich bei unruhiger Umgebung zur Not erledigen läßt: ein paar Briefe, ein paar Exzerpte. Natürlich ist Cornelius zerstreut. Er hängt kleinen Eindrücken nach, den ungeschmeidigen Pumps des Herrn Hergesell, der hohen Stimme in dem dicken Körper der Plaichinger. Auch auf Möllers baskische Liedersammlung gehen seine Gedanken zurück, während er schreibt oder zurückgelehnt ins Leere blickt, auf Herzls Demut und Übertriebenheit, »seinen« Carlos und Philipps Hof. Mit Gesprächen, findet er, ist es geheimnisvoll. Sie sind gefügig, gehen ganz ungelenkt einem insgeheim dominierenden Interesse nach. Er meint das öfters beobachtet zu haben. Zwischendurch lauscht er auf die übrigens keineswegs lärmenden Geräusche des Hausballes draußen. Nur einiges Reden, nicht einmal Tanzgeschlürf ist zu hören. Sie schlürfen und kreisen ja nicht, sie gehen sonderbar auf dem Teppich herum, der sie nicht stört, ganz anders angefaßt, als es zu seiner Zeit geschah, zu den Klängen des Grammophons, denen er hauptsächlich nachhängt, diesen sonderbaren Weisen der neuen Welt, jazzartig instrumentiert, mit allerlei Schlagzeug, das der Apparat vorzüglich wiedergibt, und dem schnalzenden Geknack der Kastagnetten, die aber eben nur als Jazz-Instrument und durchaus nicht spanisch wirken. Nein, spanisch nicht. Und er ist wieder bei seinen Berufsgedanken.

Nach einer halben Stunde fällt ihm ein, daß es nicht mehr als freundlich von ihm wäre, mit einer Schachtel Zigaretten zu der Lustbarkeit beizutragen. Es geht nicht an, findet er, daß die jungen Leute ihre eigenen Zigaretten rauchen – obgleich sie selbst sich wohl nicht viel dabei denken würden. Und er geht ins leere Eßzimmer und nimmt aus dem Wandschränkchen eine Schachtel von seinem Vorrat, nicht gerade die besten, oder doch nicht gerade die, die er selber am liebsten raucht, ein etwas zu langes und dünnes Format, das er nicht ungern los wird bei dieser Gelegenheit, denn schließlich sind es ja junge Leute. Er geht damit auf die Diele, hebt lächelnd die Schachtel hoch und stellt sie offen auf die Kaminplatte, um sich sogleich und nur unter leichter Umschau wieder gegen sein Zimmer zu wenden.

Eben ist Tanzpause, der Musikapparat schweigt. Man steht und sitzt an den Rändern der Diele plaudernd umher, an dem Mappentisch vor den Fenstern, auf den Stühlen vor dem Kamin. Auch auf den Stufen der eingebauten Treppe, ihrem reichlich schadhaften Plüschläufer sitzt junge Welt amphitheatralisch: Max Hergesell zum Beispiel sitzt dort mit der üppig-hochstimmigen Plaichinger, die ihm ins Gesicht blickt, während er halb liegend zu ihr spricht, den einen Ellbogen hinter sich auf die nächsthöhere Stufe gestützt und mit der anderen Hand zu seinen Reden gestikulierend. Die Hauptfläche des Raumes ist leer; nur in der Mitte, gerade unter dem Kronleuchter, sieht man die beiden Kleinen in ihren blauen Kleidchen, ungeschickt umschlungen, sich still, benommen und langsam um sich selber drehen. Cornelius beugt sich im Vorbeigehen zu ihnen nieder und streicht ihnen mit einem guten Wort über das Haar, ohne daß sie sich dadurch stören ließen in ihrem kleinen, ernsthaften Tun. Aber an seiner Türe sieht er noch, wie stud. ing. Hergesell, wahrscheinlich weil er den Professor bemerkt hat, sich mit dem Ellbogen von der Stufe abstößt, herunterkommt und Lorchen aus den Ärmchen ihres Bruders nimmt, um selber drollig und ohne Musik mit ihr zu tanzen. Beinahe wie Cornelius selbst macht er es, wenn dieser mit den »vier Herren« spazieren geht, beugt tief die Knie, indem er sie anzufassen sucht wie eine Große und macht einige Shimmy-Schritte mit dem verschämten Lorchen. Wer es bemerkt, amüsiert sich sehr. Es ist das Zeichen, das Grammophon wieder laufen zu lassen, den Tanz allgemein wieder aufzunehmen. Der Professor, den Türgriff in der Hand, sieht einen Augenblick nickend und mit den Schultern lachend zu und tritt in sein Zimmer. Noch einige Minuten lang halten seine Züge das Lächeln von draußen mechanisch fest.

Er blättert wieder bei seiner Schirmlampe und schreibt, erledigt ein paar anspruchslose Sachlichkeiten. Nach einer Weile beobachtet er, daß die Gesellschaft sich von der Diele in den Salon seiner Frau hinüberzieht, welcher sowohl mit der Diele wie mit seinem Zimmer Verbindung hat. Dort wird nun gesprochen, und Gitarrenklänge mischen sich versuchend darein. Herr Möller will also singen, und er singt auch schon. Zu tönenden Gitarrengriffen singt der junge Beamte mit kräftiger Baßstimme ein Lied in fremder Sprache – kann sein, daß es Schwedisch ist; mit voller Bestimmtheit vermag der Professor es bis zum Schluß, dem mit großem Beifall aufgenommenen Schluß, nicht zu erkennen. Eine Portière ist hinter der Tür zum Salon, sie dämpft den Schall. Als ein neues Lied beginnt, geht Cornelius vorsichtig hinüber.

Es ist halb dunkel im Salon. Nur die verhüllte Stehlampe brennt, und in ihrer Nähe sitzt Möller mit übergeschlagenem Bein auf dem Truhenpolster und greift mit dem Daumen in die Saiten. Die Anordnung des Publikums ist zwanglos, trägt das Gepräge lässigen Notbehelfs, da für so viele Zuhörer nicht Sitzplätze vorhanden sind. Einige stehen, aber viele, auch junge Damen, sitzen einfach am Boden, auf dem Teppich, die Knie mit den Armen umschlungen oder auch die Beine vor sich gestreckt. Hergesell zum Beispiel, wiewohl im Smoking, sitzt so an der Erde, zu Füßen des Flügels, und neben ihm die Plaichinger. Auch die »Kleinen« sind da: Frau Cornelius, in ihrem Lehnstuhl dem Sänger gegenüber, hält sie beide auf dem Schoß, und Beißer, der Barbar, fängt in den Gesang hinein laut zu reden an, so daß er durch Zischen und Fingerdrohen eingeschüchtert werden muß. Nie würde Lorchen sich so etwas zuschulden kommen lassen: sie hält sich zart und still auf dem Knie der Mutter. Der Professor sucht ihren Blick, um seinem Kindchen heimlich zuzuwinken; aber sie sieht ihn nicht, obgleich sie auch den Künstler nicht zu beachten scheint. Ihre Augen gehen tiefer.

Möller singt den »Joli tambour«:

»Sire, mon roi, donnez-moi votre fille –«

Alle sind entzückt. »Wie gut!« hört man Hergesell in der nasalen und besonderen, gleichsam verwöhnten Art aller Hergesells sagen. Es folgt dann etwas Deutsches, wozu Herr Möller selbst die Melodie komponiert hat und was stürmischen Beifall bei der Jugend findet, ein Bettlerlied:

»Bettelweibel will kirfarten gehn,
    Jejucheh!
Bettelmandl will a mitgehn,
    Tideldumteideh.«

Geradezu Jubel herrscht nach dem fröhlichen Bettlerlied. »Wie ausnehmend gut!« sagt Hergesell wieder auf seine Art. Noch etwas Ungarisches kommt, auch ein Schlager, in der wildfremden Originalsprache vorgetragen, und Möller hat starken Erfolg. Auch der Professor beteiligt sich ostentativ an dem Applaus. Dieser Einschlag von Bildung und historisierendrückblickender Kunstübung in die Shimmy-Geselligkeit erwärmt ihn. Er tritt an Möller heran, gratuliert ihm und unterhält sich mit ihm über das Vorgetragene, über seine Quellen, ein Liederbuch mit Noten, das Möller ihm zur Einsichtnahme zu leihen verspricht. Cornelius ist um so liebenswürdiger gegen ihn, als er, nach Art aller Väter, die Gaben und Werte des fremden jungen Menschen sofort mit denen seines eigenen Sohnes vergleicht und Unruhe, Neid und Beschämung dabei empfindet. Da ist nun dieser Möller, denkt er, ein tüchtiger Bankbeamter. (Er weiß gar nicht, ob Möller in der Bank so sehr tüchtig ist.) Und dabei hat er noch dies spezielle Talent aufzuweisen, zu dessen Ausbildung natürlich Energie und Studium gehört haben. Dagegen mein armer Bert, der nichts weiß und nichts kann und nur daran denkt, den Hanswursten zu spielen, obgleich er gewiß nicht einmal dazu Talent hat! – Er möchte gerecht sein, sagt sich versuchsweise, daß Bert bei alledem ein feiner Junge ist, mit mehr Fonds vielleicht als der erfolgreiche Möller; daß möglicherweise ein Dichter in ihm steckt oder so etwas, und daß seine tänzerischen Kellnerpläne bloß knabenhaftes und zeitverstörtes Irrlichtelieren sind. Aber sein neidvoller Vaterpessimismus ist stärker. – Als Möller noch einmal zu singen beginnt, geht Doktor Cornelius wieder zu sich hinüber.

Es wird sieben, während er es bei geteilter Aufmerksamkeit treibt wie bisher; und da ihm noch ein kurzer, sachlicher Brief einfällt, den er ganz gut jetzt schreiben kann, wird es – denn Schreiben ist ein sehr starker Zeitvertreib – beinahe halb acht. Halb neun Uhr soll der italienische Salat eingenommen werden, und so heißt es denn nun ausgehen für den Professor, seine Post einwerfen und sich im Winterdunkel sein Quantum Luft und Bewegung verschaffen. Längst ist der Ball auf der Diele wieder eröffnet; er muß hindurch, um zu seinem Mantel und seinen Überschuhen zu gelangen, aber das hat weiter nichts Spannendes mehr: er ist ja ein wiederholt gesehener Hospitant bei der Jugendgesellighkeit und braucht nicht zu fürchten, daß er stört. Er tritt hinaus, nachdem er seine Papiere verwahrt und seine Briefe an sich genommen, und verweilt sich sogar etwas auf der Diele, da er seine Frau in einem Lehnstuhl neben der Tür seines Zimmers sitzend findet.

Sie sitzt dort und sieht zu, zuweilen besucht von den Großen und anderen jungen Leuten, und Cornelius stellt sich neben sie und blickt ebenfalls lächelnd in das Treiben, das nun offenbar auf den Höhepunkt seiner Lebhaftigkeit gekommen ist. Es sind noch mehr Zuschauer da: die blaue Anna, in strenger Beschränktheit, steht an der Treppe, weil die Kleinen der Festivität nicht satt werden und weil sie achtgeben muß, daß Beißer sich nicht zu heftig dreht und so sein allzu fettes Blut in gefährliche Wallung bringt. Aber auch die untere Welt will etwas vom Tanzvergnügen der Großen haben: sowohl die Damen Hinterhöfer wie auch Xaver stehen an der Tür zur Anrichte und unterhalten sich mit Zusehen. Fräulein Walburga, die ältere der deklassierten Schwestern und der kochende Teil (um sie nicht geradezu als Köchin zu bezeichnen, da sie es nicht gerne hört), schaut mit braunen Augen durch ihre dick geschliffene Rundbrille, deren Nasenbügel, damit er nicht drücke, mit einem Leinenläppchen umwunden ist – ein gutmütig-humoristischer Typ, während Fräulein Cäcilia, die jüngere, wenn auch nicht eben junge, wie stets eine äußerst süffisante Miene zur Schau trägt – in Wahrung ihrer Würde als ehemalige Angehörige des dritten Standes. Sehr bitter leidet Fräulein Cäcilia unter ihrem Sturz aus der kleinbürgerlichen Sphäre in die Dienstbotenregion. Sie lehnt es strikte ab, ein Mützchen oder sonst irgendein Abzeichen des Zimmermädchenberufs zu tragen, und ihre schwerste Stunde kommt regelmäßig am Mittwochabend, wenn Xaver Ausgang hat und sie servieren muß. Sie serviert mit abgewandtem Gesicht und gerümpfter Nase, eine gefallene Königin; es ist eine Qual und tiefe Bedrückung, ihre Erniedrigung mit anzusehen, und die »Kleinen«, als sie einmal zufällig am Abendessen teilnahmen, haben bei ihrem Anblick alle beide und genau gleichzeitig laut zu weinen begonnen.

Solche Leiden kennt Jung-Xaver nicht. Er serviert sogar recht gern, tut es mit einem gewissen sowohl natürlichen wie geübten Geschick, denn er war einmal Pikkolo. Sonst aber ist er wirklich ein ausgemachter Taugenichts und Windbeutel – mit positiven Eigenschaften, wie seine bescheidene Herrschaft jederzeit zuzugeben bereit ist, aber ein unmöglicher Windbeutel eben doch. Man muß ihn nehmen, wie er ist, und von dem Dornbusch nicht Feigen verlangen. Er ist ein Kind und Früchtchen der gelösten Zeit, ein rechtes Beispiel seiner Generation, ein Revolutionsdiener, ein sympathischer Bolschewist. Der Professor pflegt ihn als »Festordner« zu kennzeichnen, da er bei außerordentlichen, bei amüsanten Gelegenheiten durchaus seinen Mann steht, sich anstellig und gefällig erweist. Aber, völlig unbekannt mit der Vorstellung der Pflicht, ist er für die Erfüllung langweilig laufender, alltäglicher Obliegenheiten so wenig zu gewinnen, wie man ge-

677

wisse Hunde dazu bringt, über den Stock zu springen. Offensichtlich wäre es gegen seine Natur, und das entwaffnet und stimmt zum Verzicht. Aus einem bestimmten, ungewöhnlichen und amüsanten Anlaß wäre er bereit, zu jeder beliebigen Nachtstunde das Bett zu verlassen. Alltäglich aber steht er nicht vor acht Uhr auf – er tut es nicht, er springt nicht über den Stock; aber den ganzen Tag schallen die Äußerungen seiner gelösten Existenz, sein Mundharmonikaspiel, sein rauher, aber gefühlvoller Gesang, sein fröhliches Pfeifen aus dem Küchen-Souterrain ins obere Haus empor, während der Rauch seiner Zigaretten die Anrichte füllt. Er steht und sieht den gefallenen Damen zu, die arbeiten. Des Morgens, wenn der Professor frühstückt, reißt er auf dessen Schreibtisch das Kalenderblatt ab – sonst legt er keine Hand an das Zimmer. Er soll das Kalenderblatt in Ruhe lassen, Doktor Cornelius hat es ihm oftmals anbefohlen, da dieser dazu neigt, auch das nächste noch abzureißen, und so Gefahr läuft, aus aller Ordnung zu geraten. Aber diese Arbeit des Blattabreißens gefällt dem jungen Xaver, und darum läßt er sie sich nicht nehmen.

Übrigens ist er ein Kinderfreund, das gehört zu seinen gewinnenden Seiten. Er spielt aufs treuherzigste mit den Kleinen im Garten, schnitzt und bastelt ihnen talentvoll dieses und jenes, ja liest ihnen sogar mit seinen dicken Lippen aus ihren Büchern vor, was wunderlich genug zu hören ist. Das Kino liebt er von ganzer Seele und neigt zu Schwermut, Sehnsucht und Selbstgesprächen, wenn er es besucht hat. Unbestimmte Hoffnungen, dieser Welt eines Tages persönlich anzugehören und darin sein Glück zu machen, bewegen ihn. Er begründet sie auf sein Schüttelhaar und seine körperliche Gewandtheit und Waghalsigkeit. Öfters besteigt er die Esche im Vorgarten, einen hohen, aber schwanken Baum, klettert von Zweig zu Zweig bis in den obersten Wipfel, so daß jedem angst und bange wird, der ihm zusieht. Oben zündet er sich eine Zigarette an, schwingt sich hin und her, daß der hohe Mast bis in seine Wurzeln schwankt, und hält Ausschau nach einem Kinodirektor, der des Weges kommen und ihn engagieren könnte.

Zöge er seine gestreifte Jacke aus und legte Zivil an, so könnte er einfach mittanzen; er würde nicht sonderlich aus dem Rahmen fallen. Die Freundschaft der Großen ist von gemischtem Äußeren; der bürgerliche Gesellschaftsanzug kommt wohl mehrmals vor unter den jungen Leuten, ist aber nicht herrschend: Typen von der Art des Lieder-Möller sind vielfach eingesprengt, und zwar sowohl weiblicherseits wie unter den jungen Herren. Dem Professor, der neben dem Sessel seiner Frau stehend ins Bild blickt, sind die sozialen Umstände dieses Nachwuchses beiläufig und vom Hörensagen bekannt. Es sind Gymnasiastinnen, Studentinnen und Kunstgewerblerinnen; es sind im männlichen Teil manchmal rein abenteuerliche und von der Zeit ganz eigens erfundene Existenzen. Ein bleicher, lang aufgeschossener Jüngling mit Perlen im Hemd, Sohn eines Zahnarztes, ist nichts als Börsenspekulant und lebt nach allem, was der Professor hört, in dieser Eigenschaft wie Aladdin mit der Wunderlampe. Er hält sich ein Auto, gibt seinen Freunden Champagnersoupers und liebt es, bei jeder Gelegenheit Geschenke unter sie zu verteilen, kostbare kleine Andenken aus Gold und Perlmutter. Auch heute hat er den jungen Gastgebern Geschenke mitgebracht: einen goldenen Bleistift für Bert und für Ingrid ein Paar riesiger Ohrringe, wirkliche Ringe und von barbarischer Größe, die aber gottlob nicht im Ernst durchs Läppchen zu ziehen, sondern nur mit einer Zwicke darüber zu befestigen sind. Die »Großen« kommen und zeigen ihre Geschenke lachend den Eltern, und diese schütteln die Köpfe, indem sie sie bewundern, während Aladdin sich wiederholt aus der Ferne verbeugt.

Die Jugend tanzt eifrig, soweit man es Tanzen nennen kann, was sie da mit ruhiger Hingebung vollzieht. Das schiebt sich eigentümlich umfaßt und in neuartiger Haltung, den Unterleib vorgedrückt, die Schultern hochgezogen und mit einigem Wiegen der Hüften, nach undurchsichtiger Vorschrift schreitend, langsam auf dem Teppich umher, ohne zu ermüden, da man auf diese Weise gar nicht ermüden kann. Wogende Busen, erhöhte Wangen auch nur, sind nicht zu bemerken. Hie und da tanzen zwei junge Mädchen zusammen, zuweilen sogar zwei junge

Männer; es ist ihnen alles einerlei. Sie gehen so zu den exotischen Klängen des Grammophons, das mit robusten Nadeln bedient wird, damit es laut klingt, und seine Shimmys, Foxtrotts und Onesteps erschallen läßt, diese Double Fox, Afrikanischen Shimmys, Java dances und Polka Creolas – wildes, parfümiertes Zeug, teils schmachtend, teils exerzierend, von fremdem Rhythmus, ein monotones, mit orchestralem Zierat, Schlagzeug, Geklimper und Schnalzen aufgeputztes Neger-Amüsement.

»Wie heißt die Platte?« erkundigt sich Cornelius bei der mit dem bleichen Spekulanten vorüberschiebenden Ingrid nach einem Stück, das nicht übel schmachtet und exerziert und ihn durch gewisse Einzelheiten der Erfindung vergleichsweise anmutet.

»Fürst von Pappenheim, Tröste dich, mein schönes Kind«, sagt sie und lächelt angenehm mit ihren weißen Zähnen.

Zigarettenrauch schwebt unter dem Kronleuchter. Der Geselligkeitsdunst hat sich verstärkt – dieser trockensüßliche, verdickte, erregende, an Ingredienzien reiche Festbrodem, der für jeden Menschen, besonders aber für den, der eine allzu empfindliche Jugend überstand, so voll ist von Erinnerungen unreifer Herzenspein... Die »Kleinen« sind immer noch auf der Diele; bis acht dürfen sie mittun, da ihnen das Fest so große Freude macht. Die jungen Leute haben sich an ihre Teilnahme gewöhnt; sie gehören dazu auf ihre Art und gewissermaßen. Übrigens haben sie sich getrennt: Beißer dreht sich allein in seinem blausamtenen Kittelchen in der Mitte des Teppichs, während Lorchen drolligerweise hinter einem schiebenden Paar herläuft und den Tänzer an seinem Smoking festzuhalten sucht. Es ist Max Hergesell mit seiner Dame, der Plaichinger. Sie schieben gut, es ist ein Vergnügen, ihnen zuzusehen. Man muß einräumen, daß aus diesen Tänzen der wilden Neuzeit sehr wohl etwas Erfreuliches gemacht werden kann, wenn die rechten Leute sich ihrer annehmen. Der junge Hergesell führt vorzüglich, frei innerhalb der Regel, wie es scheint. Wie elegant er rückwärts auszuschreiten weiß, wenn Raum vorhanden ist! Aber auch auf dem Platz, im

Gedränge versteht er sich mit Geschmack zu halten, unterstützt von der Schmiegsamkeit einer Partnerin, die die überraschende Grazie entwickelt, über welche volleibige Frauen manchmal verfügen. Sie plaudern Gesicht an Gesicht und scheinen das sie verfolgende Lorchen nicht zu beachten. Andere lachen über die Hartnäckigkeit der Kleinen, und Doktor Cornelius sucht, als die Gruppe an ihm vorüberkommt, sein Kindchen abzufangen und an sich zu ziehen. Aber Lorchen entwindet sich ihm fast gequält und will von Abel zur Zeit nichts wissen. Sie kennt ihn nicht, stemmt das Ärmchen gegen seine Brust und strebt, das liebe Gesichtchen abgewandt, nervös und belästigt von ihm fort, ihrer Caprice nach.

Der Professor kann nicht umhin, sich schmerzlich berührt zu fühlen. In diesem Augenblick haßt er das Fest, das mit seinen Ingredienzien das Herz seines Lieblings verwirrt und es ihm entfremdet. Seine Liebe, diese nicht ganz tendenzlose, an ihrer Wurzel nicht ganz einwandfreie Liebe ist empfindlich. Er lächelt mechanisch, aber seine Augen haben sich getrübt und sich irgendwo vor ihm auf dem Teppichmuster, zwischen den Füßen der Tanzenden »festgesehen«.

»Die Kleinen sollten zu Bette gehn«, sagt er zu seiner Frau. Aber sie bittet um noch eine Viertelstunde für die Kinder. Man habe sie ihnen zugesagt, da sie den Trubel so sehr genössen. Er lächelt wieder und schüttelt den Kopf, bleibt noch einen Augenblick an seinem Platz und geht dann in die Garderobe, die überfüllt ist von Mänteln, Tüchern, Hüten und Überschuhen.

Er hat Mühe, seine eigenen Sachen aus dem Wust hervorzukramen, und darüber kommt Max Hergesell in die Garderobe, indem er sich mit dem Taschentuch die Stirn wischt.

»Herr Professor«, sagt er im Tone aller Hergesells und dienert jugendlich, »... wollen Sie ausgehen? Das ist eine ganz blöde Kiste mit meinen Pumps, sie drücken wie Karl der Große. Das Zeug ist mir einfach zu klein, wie sich herausstellt, von der Härte ganz abgesehen. Es drückt mich hier auf den Nagel vom großen Zeh«, sagt er und steht auf einem Bein, während er den andern Fuß in beiden Händen hält, »daß es knapp in Worte zu fassen ist. Ich habe mich entschließen müssen, zu wechseln, die Straßenschuhe müssen nun doch dran glauben... Oh, darf ich Ihnen behilflich sein?«

»Aber danke!« sagt Cornelius. »Lassen Sie doch! Befreien Sie sich lieber von Ihrer Plage! Sehr liebenswürdig von Ihnen.« Denn Hergesell hat sich auf ein Knie niedergelassen und hakt ihm die Schließen seiner Überschuhe zu.

Der Professor bedankt sich, angenehm berührt von soviel respektvoll treuherziger Dienstfertigkeit. »Noch recht viel Vergnügen«, wünscht er, »wenn Sie gewechselt haben! Das geht natürlich nicht an, daß Sie in drückenden Schuhen tanzen. Unbedingt müssen Sie wechseln. Auf Wiedersehn, ich muß etwas Luft schöpfen.«

»Gleich tanze ich wieder mit Lorchen«, ruft Hergesell ihm noch nach. »Das wird mal eine prima Tänzerin, wenn sie in die Jahre kommt. Garantie!«

»Meinen Sie?« antwortet Cornelius vom Hausflur her. »Ja, Sie sind Fachmann und Champion. Daß Sie sich nur keine Rückgratverkrümmung zuziehen beim Bücken!«

Er winkt und geht. Netter Junge, denkt er, während er das Anwesen verläßt. Stud. ing., klare Direktion, alles in Ordnung. Dabei so gut aussehend und freundlich. – Und schon wieder faßt ihn der Vaterneid seines »armen Bert« wegen, diese Unruhe, die ihm die Existenz des fremden jungen Mannes im rosigsten Licht, die seines Sohnes aber im allertrübsten erscheinen läßt. So tritt er seinen Abendspaziergang an.

Er geht die Allee hinauf, über die Brücke und jenseits ein Stück flußaufwärts, die Uferpromenade entlang bis zur übernächsten Brücke. Es ist naßkalt und schneit zuweilen etwas. Er hat den Mantelkragen aufgestellt, hält den Stock im Rücken, die Krücke an den einen Oberarm gehakt und ventiliert dann und wann seine Lunge tief mit der winterlichen Abendluft. Wie gewöhnlich bei dieser Bewegung denkt er an seine wissenschaftlichen Angelegenheiten, sein Kolleg, die Sätze, die er morgen über Philipps Kampf gegen den germanischen Umsturz sprechen will und die getränkt sein sollen mit Gerechtigkeit und

Melancholie. Namentlich mit Gerechtigkeit! denkt er. Sie ist der Geist der Wissenschaft, das Prinzip der Erkenntnis und das Licht, in dem man den jungen Leuten die Dinge zeigen muß, sowohl um der geistigen Zucht willen, wie auch aus menschlich-persönlichen Gründen: um nicht bei ihnen anzustoßen und sie nicht mittelbar in ihren politischen Gesinnungen zu verletzen, die heutzutage natürlich schrecklich zerklüftet und gegensätzlich sind, so daß viel Zündstoff vorhanden ist und man sich leicht das Gescharr der einen Seite zuziehen, womöglich Skandal erregen kann, wenn man historisch Partei nimmt. Aber Parteinahme, denkt er, ist eben auch unhistorisch; historisch allein ist die Gerechtigkeit. Nur allerdings, eben darum und wohlüberlegt... Gerechtigkeit ist nicht Jugendhitze und frisch-fromm-fröhliche Entschlossenheit, sie ist Melancholie. Da sie jedoch von Natur Melancholie ist, so sympathisiert sie auch von Natur und insgeheim mit der melancholischen, der aussichtslosen Partei und Geschichtsmacht mehr als mit der frisch-fromm-fröhlichen. Am Ende besteht sie aus solcher Sympathie und wäre ohne sie gar nicht vorhanden? Am Ende gibt es also gar keine Gerechtigkeit? fragt sich der Professor und ist in diesen Gedanken so vertieft, daß er seine Briefe ganz unbewußt in den Kasten bei der übernächsten Brücke wirft und anfängt zurückzugehen. Es ist ein die Wissenschaft störender Gedanke, dem er da nachhängt, aber er ist selber Wissenschaft, Gewissensangelegenheit, Psychologie und muß pflichtgemäß vorurteilslos aufgenommen werden, ob er nun stört oder nicht... Unter solchen Träumereien kehrt Doktor Cornelius nach Hause zurück.

Im Torbogen der Haustür steht Xaver und scheint nach ihm auszuschauen.

»Herr Professor«, sagt Xaver mit seinen dicken Lippen und wirft das Haar zurück, »gehen S' nur glei nauf zum Lorchen. Die hat's.«

»Was gibt es?« fragt Cornelius erschrocken. »Ist sie krank?«

»Ne, krank grad net«, antwortet Xaver. »Bloß erwischt hat sie's und recht weinen tut s' alleweil recht heftik. Es is zwegn den Herrn, der wo mit ihr tanzt hat, den Frackjacketen, Herrn

Hergesell. Net weg hat s' mögn von der Diele um kein Preis net und weint ganze Bäch. Recht erwischt hat sie's halt bereits recht heftik.«

»Unsinn«, sagt der Professor, der eingetreten ist und seine Sachen in die Garderobe wirft. Er sagt nichts weiter, öffnet die verkleidete Glastür zur Diele und gönnt der Tanzgesellschaft keinen Blick, während er rechtshin zur Treppe geht. Er nimmt die Treppe, indem er jede zweite Stufe überschlägt, und begibt sich über die obere Diele und noch einen kleinen Flur direkt ins Kinderzimmer, gefolgt von Xaver, der an der Tür stehen bleibt.

Im Kinderzimmer ist noch helles Licht. Ein bunter Bilderfries aus Papier läuft rings um die Wände, ein großes Regal ist da, das wirr mit Spielzeug gefüllt ist, ein Schaukelpferd mit rotlackierten Nüstern stemmt die Hufe auf seine geschwungenen Wiegebalken, und weiteres Spielzeug – eine kleine Trompete, Bauklötze, Eisenbahnwaggons – liegt noch auf dem Linoleum des Fußbodens umher. Die weißen Geländerbettchen stehen nicht weit voneinander: das Lorchens ganz in der Ecke am Fenster und Beißers einen Schritt davon, frei ins Zimmer hinein.

Beißer schläft. Er hat wie gewöhnlich, unter Blau-Annas Assistenz, mit schallender Stimme gebetet und ist dann sofort in Schlaf gefallen, in seinen stürmischen, rot glühenden, ungeheuer festen Schlaf, in dem auch ein neben seinem Lager abgefeuerter Kanonenschuß ihn nicht stören würde: seine geballten Fäuste, aufs Kissen zurückgeworfen, liegen zu beiden Seiten des Kopfes, neben der von vehementem Schlaf zerzausten, verklebten, schlecht sitzenden kleinen Perücke.

Lorchens Bett ist von Frauen umgeben: außer der blauen Anna stehen auch die Damen Hinterhöfer an seinem Geländer und besprechen sich mit jener sowohl wie untereinander. Sie treten zur Seite, als der Professor sich nähert, und da sieht man denn Lorchen in ihren kleinen Kissen sitzen, bleich und so bitterlich weinend und schluchzend, wie Doktor Cornelius sich nicht erinnert, sie je gesehn zu haben. Ihre schönen kleinen Hände liegen vor ihr auf der Decke, das mit einer schmalen Spitzenkante versehene Nachthemdchen ist ihr von einer ihrer spatzenhaft mageren Schultern geglitten, und den Kopf, dies süße Köpfchen, das Cornelius so liebt, weil es mit seinem vorgebauten Untergesichtchen so ungewöhnlich blütenhaft auf dem dünnen Stengel des Hälschens sitzt, hat sie schräg in den Nacken gelegt, so daß ihre weinenden Augen hinauf in den Winkel von Decke und Wand gerichtet sind, und dorthin scheint sie ihrem eigenen großen Herzeleid beständig zuzunicken; denn, sei es willkürlich und ausdrucksweise, sei es durch die Erschütterung des Schluchzens – ihr Köpfchen nickt und wackelt immerfort, ihr beweglicher Mund aber, mit der bogenförmig geschnittenen Oberlippe, ist halb geöffnet, wie bei einer kleinen mater dolorosa, und während die Tränen ihren Augen entstürzen, stößt sie monotone Klagelaute aus, die nichts mit dem ärgerlichen und überflüssigen Geschrei unartiger Kinder zu tun haben, sondern aus wirklicher Herzensnot kommen und dem Professor, der Lorchen überhaupt nicht weinen sehen kann, sie aber so noch nie gesehen hat, ein unerträgliches Mitleid zufügen. Dies Mitleid äußert sich vor allem in schärfster Nervosität gegen die beistehenden Damen Hinterhöfer.

»Mit dem Abendessen«, sagt er bewegt, »gibt es sicher eine Menge zu tun. Wie es scheint, überläßt man es der gnädigen Frau allein, sich darum zu kümmern?«

Das genügt für die Feinhörigkeit ehemaliger Mittelstandspersonen. In echter Gekränktheit entfernen sie sich, an der Tür auch noch mimisch verhöhnt von Xaver Kleinsgütl, der frischweg und von vornherein gleich niedrig geboren ist und dem die Gesunkenheit der Damen allezeit den größten Spaß macht.

»Kindchen, Kindchen«, sagt Cornelius gepreßt und schließt das leidende Lorchen in seine Arme, indem er sich auf den Stuhl am Gitterbettchen niederläßt. »Was ist denn mit meinem Kindchen?«

Sie benäßt sein Gesicht mit ihren Tränen.

»Abel… Abel…« stammelt sie schluchzend, »warum… ist… Max… nicht mein Bruder? Max… soll… mein Bruder sein…«

Was für ein Unglück, was für ein peinliches Unglück! Was hat die Tanzgeselligkeit da angerichtet mit ihren Ingredienzien! denkt Cornelius und blickt in voller Ratlosigkeit zur blauen Kinds-Anna auf, welche, die Hände auf der Schürze zusammengelegt, in würdiger Beschränktheit am Fußende des Bettchens steht. »Es verhält sich an dem«, sagt sie streng und weise, mit angezogener Unterlippe, »daß bei dem Kind die weiblichen Triebe ganz uhngemein lepphaft in Vorschein treten.«

»Halten Sie doch den Mund«, antwortet Cornelius gequält. Er muß noch froh sein, daß Lorchen sich ihm wenigstens nicht entzieht, ihn nicht von sich weist, wie vorhin auf der Diele, sondern sich hilfesuchend an ihn schmiegt, während sie ihren törichten, verworrenen Wunsch wiederholt, daß Max doch ihr Bruder sein möchte, und aufjammernd verlangt, zu ihm, auf die Diele, zurückzukehren, damit er wieder mit ihr tanze. Aber Max tanzt ja auf der Diele mit Fräulein Plaichinger, die ein ausgewachsener Koloß ist und alle Rechte auf ihn hat – während Lorchen dem von Mitleid zerrissenen Professor noch nie so winzig und spatzenhaft vorgekommen ist wie jetzt, da sie sich hilflos, von Schluchzen gestoßen, an ihn schmiegt und nicht weiß, wie ihrem armen Seelchen geschieht. Sie weiß es nicht. Es ist ihr nicht deutlich, daß sie um der dicken, ausgewachsenen, vollberechtigten Plaichinger willen leidet, die auf der Diele mit Max Hergesell tanzen darf, während Lorchen es nur spaßeshalber einmal durfte, nur im Scherz, obgleich sie die unvergleichlich Lieblichere ist. Daraus aber dem jungen Hergesell einen Vorwurf zu machen, ist durchaus unmöglich, da es eine wahnsinnige Zumutung an ihn enthalten würde. Lorchens Kummer ist recht- und heillos und müßte sich also verbergen. Da er aber ohne Verstand ist, ist er auch ohne Hemmung, und das erzeugt eine große Peinlichkeit. Blau-Anna und Xaver machen sich gar nichts aus dieser Peinlichkeit, zeigen sich unempfindlich für sie, sei es aus Dummheit, sei es aus trockenem Natursinn. Aber des Professors Vaterherz ist ganz zerrissen von ihr und von den beschämenden Schrecken der recht- und heillosen Leidenschaft.

Es hilft nichts, daß er dem armen Lorchen vorhält, wie sie ja doch einen ausgezeichneten kleinen Bruder habe, in der Person des heftig schlafenden Beißer nebenan. Sie wirft nur durch ihre Tränen einen verächtlichen Schmerzensblick hinüber zum andern Bettchen und verlangt nach Max. Es hilft auch nichts, daß er ihr für morgen einen ausgedehnten Fünf-Herren-Spaziergang ums Eßzimmer verspricht und ihr zu schildern versucht, in welcher glänzenden Ausführlichkeit sie das Kissenspiel vor Tische vollziehen wollen. Sie will von alldem nichts wissen, auch nicht davon, sich niederzulegen und einzuschlafen. Sie will nicht schlafen, sie will aufrecht sitzen und leiden... Aber da horchen beide, Abel und Lorchen, auf etwas Wunderbares, was nun geschieht, was sich schrittweise, in zwei Paar Schritten, dem Kinderzimmer nähert und überwältigend in Erscheinung tritt...

Es ist Xavers Werk – sofort wird das klar. Xaver Kleinsgütl ist nicht die ganze Zeit an der Tür gestanden, wo er die ausgewiesenen Damen verhöhnte. Er hat sich geregt, etwas unternommen und seine Anstalten getroffen. Er ist auf die Diele hinuntergestiegen, hat Herrn Hergesell am Ärmel gezogen, ihm mit seinen dicken Lippen etwas gesagt und eine Bitte an ihn gerichtet. Da sind sie nun beide. Xaver bleibt wiederum an der Tür zurück, nachdem er das Seine getan; aber Max Hergesell kommt durch das Zimmer auf Lorchens Gitterbett zu, in seinem Smoking, mit seinem kleinen dunklen Backenbart-Anflug neben den Ohren und seinen hübschen schwarzen Augen – kommt daher im sichtlichen Vollgefühl seiner Rolle als Glückbringer, Märchenprinz und Schwanenritter, wie einer, der sagt: Nun denn, da bin ich, alle Not hat nun restlos ein Ende!

Cornelius ist fast ebenso überwältigt wie Lorchen.

»Sieh einmal«, sagt er schwach, »wer da kommt. Das ist aber außerordentlich freundlich von Herrn Hergesell.«

»Das ist gar nicht besonders freundlich von ihm!« sagt Hergesell. »Das ist ganz selbstverständlich, daß er noch mal nach seiner Tänzerin sieht und ihr gute Nacht sagt.«

Und er tritt an das Gitter, hinter dem das verstummte Lorchen sitzt. Sie lächelt selig durch ihre Tränen. Ein kleiner, hoher Laut, ein halbes Seufzen des Glücks kommt noch aus ihrem Mund,

und dann blickt sie schweigend zum Schwanenritter auf, mit ihren goldnen Augen, die, obgleich nun verquollen und rot, so unvergleichlich viel lieblicher sind als die der vollbeleibten Plaichinger. Sie hebt nicht die Ärmchen, ihn zu umhalsen. Ihr Glück, wie ihr Schmerz, ist ohne Verstand, aber sie tut das nicht. Ihre schönen, kleinen Hände bleiben still auf der Decke, während Max Hergesell sich mit den Armen auf das Gitter stützt wie auf eine Balkonbrüstung.

»Damit sie nicht«, sagt er, »auf ihrem Bette weinend sitzt die kummervollen Nächte!« Und er äugelt nach dem Professor, um Beifall einzuheimsen für seine Bildung. »Ha, ha, ha, in den Jahren! ›Tröste dich, mein schönes Kind!‹ Du bist gut. Aus dir kann was werden. Du brauchst bloß so zu bleiben. Ha, ha, ha, in den Jahren! Wirst du nun schlafen und nicht mehr weinen, Loreleyerl, wo ich gekommen bin?«

Verklärt blickt Lorchen ihn an. Ihr Spatzenschulterchen ist bloß; der Professor zieht ihr die schmale Klöppelborte darüber. Er muß an eine sentimentale Geschichte denken von dem sterbenden Kind, dem man einen Clown bestellt, den es im Zirkus mit unauslöschlichem Entzücken gesehen. Er kam im Kostüm zu dem Kind in dessen letzter Stunde, vorn und hinten mit silbernen Schmetterlingen bestickt, und es starb in Seligkeit. Max Hergesell ist nicht bestickt, und Lorchen soll gottlob nicht sterben, sondern es hat sie nur »recht heftik erwischt«; aber sonst ist es wirklich eine verwandte Geschichte, und die Empfindungen, die den Professor gegen den jungen Hergesell beseelen, der da lehnt und gar dämlich schwatzt – mehr für den Vater als für das Kind, was Lorchen aber nicht merkt –, sind ganz eigentümlich aus Dankbarkeit, Verlegenheit, Haß und Bewunderung zusammengequirlt.

»Gute Nacht, Loreleyerl!« sagt Hergesell und gibt ihr über das Gitter die Hand. Ihr kleines, schönes, weißes Händchen verschwindet in seiner großen, kräftigen, rötlichen. »Schlafe gut«, sagt er. »Träume süß! Aber nicht von mir! Um Gottes willen! In den Jahren! Ha, ha, ha, ha!« Und er beendet seinen märchenhaften Clownsbesuch, von Cornelius zur Tür geleitet.

»Aber nichts zu danken! Aber absolut kein Wort zu verlieren!« wehrt er höflich-hochherzig ab, während sie zusammen dorthin gehen; und Xaver schließt sich ihm an, um drunten den italienischen Salat zu servieren.

Aber Doktor Cornelius kehrt zu Lorchen zurück, die sich nun niedergelassen, die Wange auf ihr flaches kleines Kopfkissen gelegt hat.

»Das war aber schön«, sagt er, während er zart die Decke über ihr ordnet, und sie nickt mit einem nachschluchzenden Atemzug. Wohl noch eine Viertelstunde sitzt er am Gitter und sieht sie entschlummern, dem Brüderchen nach, das den guten Weg schon soviel früher gefunden. Ihr seidiges braunes Haar gewinnt den schönen, geringelten Fall, den es im Schlafe zu zeigen pflegt; tief liegen die langen Wimpern über den Augen, aus denen sich soviel Leid ergossen; der engelhafte Mund mit der gewölbten, geschwungenen Oberlippe steht in süßer Befriedigung offen, und nur noch manchmal zittert in ihrem langsamen Atem ein verspätetes Schluchzen nach.

Und ihre Händchen, die weiß-rosig blütenhaften Händchen, wie sie da ruhen, das eine auf dem Blau der Steppdecke, das andere vor ihrem Gesicht auf dem Kissen! Doktor Cornelius' Herz füllt sich mit Zärtlichkeit wie mit Wein.

Welch ein Glück, denkt er, daß Lethe mit jedem Atemzug dieses Schlummers in ihre kleine Seele strömt; daß so eine Kindernacht zwischen Tag und Tag einen tiefen und breiten Abgrund bildet! Morgen, das ist gewiß, wird der junge Hergesell nur noch ein blasser Schatten sein, unkräftig, ihrem Herzen irgendwelche Verstörung zuzufügen, und in gedächtnisloser Lust wird sie mit Abel und Beißer dem Fünf-Herren-Spaziergang, dem spannenden Kissenspiel obliegen.

Dem Himmel sei Dank dafür!

Mario und der Zauberer
Ein tragisches Reiseerlebnis

Die Erinnerung an Torre di Venere ist atmosphärisch unangenehm. Ärger, Gereiztheit, Überspannung lagen von Anfang an
in der Luft, und zum Schluß kam dann der Choc mit diesem
schrecklichen Cipolla, in dessen Person sich das eigentümlich
Bösartige der Stimmung auf verhängnishafte und übrigens
menschlich sehr eindrucksvolle Weise zu verkörpern und bedrohlich zusammenzudrängen schien. Daß bei dem Ende mit
Schrecken (einem, wie uns nachträglich schien, vorgezeichneten
und im Wesen der Dinge liegenden Ende) auch noch die Kinder
anwesend sein mußten, war eine traurige und auf Mißverständnis beruhende Ungehörigkeit für sich, verschuldet durch die
falschen Vorspiegelungen des merkwürdigen Mannes. Gottlob
haben sie nicht verstanden, wo das Spektakel aufhörte und die
Katastrophe begann, und man hat sie in dem glücklichen Wahn
gelassen, daß alles Theater gewesen sei.

Torre liegt etwa fünfzehn Kilometer von Portoclemente,
einer der beliebtesten Sommerfrischen am Tyrrhenischen Meer,
städtisch-elegant und monatelang überfüllt, mit bunter Hotel-
und Basarstraße am Meere hin, breitem, von Capannen, be-
wimpelten Burgen und brauner Menschheit bedecktem Strande
und einem geräuschvollen Unterhaltungsbetrieb. Da der
Strand, begleitet von Piniengehölz, auf das aus geringer Entfernung die Berge herniederblicken, diese ganze Küste entlang
seine wohnlich-feinsandige Geräumigkeit behält, ist es kein
Wunder, daß etwas weiterhin stillere Konkurrenz sich schon zeitig aufgetan hat: Torre di Venere, wo man sich übrigens nach
dem Turm, dem es seinen Namen verdankt, längst vergebens
umsieht, ist als Fremdenort ein Ableger des benachbarten Groß-
bades und war während einiger Jahre ein Idyll für wenige, Zuflucht für Freunde des unverweltlichten Elementes. Wie es aber

mit solchen Plätzen zu gehen pflegt, so hat sich der Friede längst eine Strecke weiter begeben müssen, der Küste entlang, nach Marina Petriera und Gott weiß wohin; die Welt, man kennt das, sucht ihn und vertreibt ihn, indem sie sich in lächerlicher Sehnsucht auf ihn stürzt, wähnend, sie könne sich mit ihm vermählen, und wo sie ist, da könne er sein; ja, wenn sie an seiner Stelle schon ihren Jahrmarkt aufgeschlagen hat, ist sie imstande zu glauben, er sei noch da. So ist Torre, wenn auch immer noch beschaulicher und bescheidener als Portoclemente, bei Italienern und Fremden stark in Aufnahme gekommen. Man geht nicht mehr in das Weltbad, wenn auch nur in dem Maße nicht mehr, daß dieses trotzdem ein lärmend ausverkauftes Weltbad bleibt; man geht nebenan, nach Torre, es ist sogar feiner, es ist außerdem billiger, und die Anziehungskraft dieser Eigenschaften fährt fort, sich zu bewähren, während die Eigenschaften selbst schon nicht mehr bestehen. Torre hat ein Grand Hôtel bekommen; zahlreiche Pensionen, anspruchsvolle und schlichtere, sind erstanden; die Besitzer und Mieter der Sommerhäuser und Pineta-Gärten oberhalb des Meeres sind am Strande keineswegs mehr ungestört; im Juli, August unterscheidet das Bild sich dort in nichts mehr von dem in Portoclemente: es wimmelt von zeterndem, zankendem, jauchzendem Badevolk, dem eine wie toll herabbrennende Sonne die Haut von den Nacken schält; flachbodige, grell bemalte Boote, von Kindern bemannt, deren tönende Vornamen, ausgestoßen von Ausschau haltenden Müttern, in heiserer Besorgnis die Lüfte erfüllen, schaukeln auf der blitzenden Bläue, und über die Gliedmaßen der Lagernden tretend bieten die Verkäufer von Austern, Getränken, Blumen, Korallenschmuck und Cornetti al burro, auch sie mit der belegten offenen Stimme des Südens, ihre Ware an.

So sah es am Strande von Torre aus, als wir kamen – hübsch genug, aber wir fanden dennoch, wir seien zu früh gekommen. Es war Mitte August, die italienische Saison stand noch in vollem Flor; das ist für Fremde der rechte Augenblick nicht, die Reize des Ortes schätzen zu lernen. Welch ein Gedränge nachmittags in den Garten-Cafés der Strandpromenade, zum Beispiel im »Esquisito«, wo wir zuweilen saßen, und wo Mario uns bediente, derselbe Mario, von dem ich dann gleich erzählen werde! Man findet kaum einen Tisch, und die Musikkapellen, ohne daß eine von der anderen wissen wollte, fallen einander wirr ins Wort. Gerade nachmittags gibt es übrigens täglich Zuzug aus Portoclemente; denn natürlich ist Torre ein beliebtes Ausflugsziel für die unruhige Gästeschaft jenes Lustplatzes, und dank den hin und her sausenden Fiat-Wagen ist das Lorbeer- und Oleandergebüsch am Saum der verbindenden Landstraße von weißem Staube zolldick verschneit – ein merkwürdiger, aber abstoßender Anblick.

Ernstlich, man soll im September nach Torre di Venere gehen, wenn das Bad sich vom großen Publikum entleert hat, oder im Mai, bevor die Wärme des Meeres den Grad erreicht hat, der den Südländer dafür gewinnt, hineinzutauchen. Auch in der Vor- und Nachsaison ist es nicht leer dort, aber gedämpfter geht es dann zu und weniger national. Das Englische, Deutsche, Französische herrscht vor unter den Schattentüchern der Capannen und in den Speisesälen der Pensionen, während der Fremde noch im August wenigstens das Grand Hôtel, wo wir mangels persönlicherer Adressen Zimmer belegt hatten, so sehr in den Händen der florentinischen und römischen Gesellschaft findet, daß er sich isoliert und augenblicksweise wie ein Gast zweiten Ranges vorkommen mag.

Diese Erfahrung machten wir mit etwas Verdruß am Abend unserer Ankunft, als wir uns zum Diner im Speisesaal einfanden und uns von dem zuständigen Kellner einen Tisch anweisen ließen. Es war gegen diesen Tisch nichts einzuwenden, aber uns fesselte das Bild der anstoßenden, auf das Meer gehenden Glasveranda, die so stark wie der Saal, aber nicht restlos besetzt war, und auf deren Tischchen rotbeschirmte Lampen glühten. Die Kleinen zeigten sich entzückt von dieser Festlichkeit, und wir bekundeten einfach den Entschluß, unsere Mahlzeiten lieber in der Veranda einzunehmen – eine Äußerung der Unwissenheit, wie sich zeigte, denn wir wurden mit etwas verlegener Höflichkeit bedeutet, daß jener anheimelnde Aufenthalt »unserer Kundschaft«, »ai nostri clienti«, vorbehalten sei. Unseren Klienten? Aber das waren wir. Wir waren keine Passanten und Eintagsfliegen, sondern für drei oder vier Wochen Hauszugehörige, Pensionäre. Wir unterließen es übrigens, auf der Klarstellung des Unterschiedes zwischen unsersgleichen und jener Klientele, die bei rot glühenden Lämpchen speisen durfte, zu bestehen und nahmen das Pranzo an unserm allgemein und sachlich beleuchteten Saaltische – eine recht mittelmäßige Mahlzeit, charakterloses und wenig schmackhaftes Hotelschema; wir haben die Küche dann in der Pensione Eleonora, zehn Schritte landeinwärts, viel besser gefunden.

Dorthin nämlich siedelten wir schon über, bevor wir im Grand Hôtel nur erst warm geworden, nach drei oder vier Tagen – nicht der Veranda und ihrer Lämpchen wegen; die Kinder, sofort befreundet mit Kellnern und Pagen, von Meereslust ergriffen, hatten sich jene farbige Lockung sehr bald aus dem Sinn geschlagen. Aber mit gewissen Verandaklienten, oder richtiger wohl nur mit der Hotelleitung, die vor ihnen liebedienerte, ergab sich sogleich einer dieser Konflikte, die einem Aufenthalt von Anfang an den Stempel des Unbehaglichen aufdrücken können. Römischer Hochadel befand sich darunter, ein Principe X. mit Familie, und da die Zimmer dieser Herrschaften in Nachbarschaft der unsrigen lagen, war die Fürstin, große Dame und leidenschaftliche Mutter zugleich, in Schrecken versetzt worden durch die Restspuren eines Keuchhustens, den unsere Kleinen kurz zuvor gemeinsam überstanden hatten, und von dem schwache Nachklänge zuweilen noch nachts den sonst unerschütterlichen Schlaf des Jüngsten unterbrachen. Das Wesen dieser Krankheit ist wenig geklärt, dem Aberglauben hier mancher Spielraum gelassen, und so haben wir es unserer eleganten Nachbarin nie verargt, daß sie der weit verbreiteten Meinung anhing, der Keuchhusten sei akustisch ansteckend, und einfach für ihre Kleinen das schlechte Beispiel fürchtete. Im weiblichen Vollgefühl ihres Ansehens wurde sie vorstellig bei der Direktion, und diese, in der Person des bekannten Gehrockmanagers, beeilte sich, uns mit vielem Bedauern zu bedeuten, unter diesen

Verhältnissen sei unsere Umquartierung in den Nebenbau des Hotels eine unumgängliche Notwendigkeit. Wir hatten gut beteuern, die Kinderkrankheit befinde sich im Stadium letzten Abklingens, sie habe als überwunden zu gelten und stelle keinerlei Gefahr für die Umgebung mehr dar. Alles, was uns zugestanden wurde, war, daß der Fall vor das medizinische Forum gebracht und der Arzt des Hauses – nur dieser, nicht etwa ein von uns bestellter – zur Entscheidung berufen werden möge. Wir willigten in dieses Abkommen, überzeugt, so sei zugleich die Fürstin zu beruhigen und für uns die Unbequemlichkeit eines Umzuges zu vermeiden. Der Doktor kommt und erweist sich als ein loyaler und aufrechter Diener der Wissenschaft. Er untersucht den Kleinen, erklärt das Übel für abgelaufen und verneint jede Bedenklichkeit. Schon glauben wir uns berechtigt, den Zwischenfall für beigelegt zu halten: da erklärt der Manager, daß wir die Zimmer räumten und in der Dependance Wohnung nähmen, bleibe auch nach den Feststellungen des Arztes geboten.

Dieser Byzantinismus empörte uns. Es ist unwahrscheinlich, daß die wortbrüchige Hartnäckigkeit, auf die wir stießen, diejenige der Fürstin war. Der servile Gastwirt hatte wohl nicht einmal gewagt, ihr von dem Votum des Doktors Mitteilung zu machen. Jedenfalls verständigten wir ihn dahin, wir zögen es vor, das Hotel überhaupt und sofort zu verlassen, – und packten. Wir konnten es leichten Herzens tun, denn schon mittlerweile hatten wir zur Pensione Eleonora, deren freundlich privates Äußere uns gleich in die Augen gestochen hatte, im Vorübergehen Beziehungen angeknüpft und in der Person ihrer Besitzerin, Signora Angiolieri, eine sehr sympathische Bekanntschaft gemacht. Frau Angiolieri, eine zierliche, schwarzäugige Dame, toskanischen Typs, wohl anfangs der Dreißiger, mit dem matten Elfenbeinteint der Südländerinnen, und ihr Gatte, ein sorgfältig gekleideter, stiller und kahler Mann, besaßen in Florenz ein größeres Fremdenheim und standen nur im Sommer und frühen Herbst der Filiale in Torre di Venere vor. Früher aber, vor ihrer Verheiratung, war unsere neue Wirtin Gesellschafterin, Reisebegleiterin, Garderobiere, ja

Freundin der Duse gewesen, eine Epoche, die sie offenbar als die große, die glückliche ihres Lebens betrachtete, und von der sie bei unserem ersten Besuch sogleich mit Lebhaftigkeit zu erzählen begann. Zahlreiche Photographien der großen Schauspielerin, mit herzlichen Widmungen versehen, auch weitere Andenken an das Zusammenleben von einst schmückten die Tischchen und Etageren von Frau Angiolieris Salon, und obgleich auf der Hand lag, daß der Kult ihrer interessanten Vergangenheit ein wenig auch die Anziehungskraft ihres gegenwärtigen Unternehmens erhöhen wollte, hörten wir doch, während wir durchs Haus geführt wurden, mit Vergnügen und Anteil ihren in stakkiertem und klingendem Toskanisch vorgetragenen Erzählungen von der leidenden Güte, dem Herzensgenie und dem tiefen Zartsinn ihrer verewigten Herrin zu.

Dorthin also ließen wir unsere Sachen bringen, zum Leidwesen des nach gut italienischer Art sehr kinderlieben Personals vom Grand Hôtel; die uns eingeräumte Wohnung war geschlossen und angenehm, der Kontakt mit dem Meere bequem, vermittelt durch eine Allee junger Platanen, die auf die Strandpromenade stieß, der Speisesaal, wo Mme. Angiolieri jeden Mittag eigenhändig die Suppe auffüllte, kühl und reinlich, die Bedienung aufmerksam und gefällig, die Beköstigung vortrefflich, sogar Wiener Bekannte fanden sich vor, mit denen man nach dem Diner vorm Hause plauderte, und die weitere Bekanntschaften vermittelten, und so hätte alles gut sein können – wir waren unseres Tausches vollkommen froh, und nichts fehlte eigentlich zu einem zufriedenstellenden Aufenthalt.

Dennoch wollte kein rechtes Behagen aufkommen. Vielleicht ging der törichte Anlaß unseres Quartierwechsels uns gleichwohl nach, – ich persönlich gestehe, daß ich schwer über solche Zusammenstöße mit dem landläufig Menschlichen, dem naiven Mißbrauch der Macht, der Ungerechtigkeit, der kriecherischen Korruption hinwegkomme. Sie beschäftigten mich zu lange, stürzten mich in ein irritiertes Nachdenken, das seine Fruchtlosigkeit der übergroßen Selbstverständlichkeit und Natürlichkeit dieser Erscheinungen verdankt. Dabei fühlten wir uns mit dem

Grand Hôtel nicht einmal überworfen. Die Kinder unterhielten ihre Freundschaften dort nach wie vor, der Hausdiener besserte ihnen ihr Spielzeug aus, und dann und wann tranken wir unseren Tee in dem Garten des Etablissements, nicht ohne der Fürstin ansichtig zu werden, welche, die Lippen korallenrot aufgehöht, mit zierlich festen Tritten erschien, um sich nach ihren von einer Engländerin betreuten Lieblingen umzusehen, und sich dabei unserer bedenklichen Nähe nicht vermutend war, denn streng wurde unserem Kleinen, sobald sie sich zeigte, untersagt, sich auch nur zu räuspern.

Die Hitze war unmäßig, soll ich das anführen? Sie war afrikanisch; die Schreckensherrschaft der Sonne, sobald man sich vom Saum der indigoblauen Frische löste, von einer Unerbittlichkeit, die die wenigen Schritte vom Strande zum Mittagstisch, selbst im bloßen Pyjama, zu einem im voraus beseufzten Unternehmen machte. Mögen Sie das? Mögen Sie es wochenlang? Gewiß, es ist der Süden, es ist klassisches Wetter, das Klima erblühender Menschheitskultur, die Sonne Homers und so weiter. Aber nach einer Weile, ich kann mir nicht helfen, werde ich leicht dahin gebracht, es stumpfsinnig zu finden. Die glühende Leere des Himmels Tag für Tag fällt mir bald zur Last, die Grellheit der Farben, die ungeheure Naivität und Ungebrochenheit des Lichts erregt wohl festliche Gefühle, sie gewährt Sorglosigkeit und sichere Unabhängigkeit von Wetterlaunen und -rückschlägen; aber ohne daß man sich anfangs Rechenschaft davon gäbe, läßt sie tiefere, uneinfachere Bedürfnisse der nordischen Seele auf verödende Weise unbefriedigt und flößt auf die Dauer etwas wie Verachtung ein. Sie haben recht, ohne das dumme Geschichtchen mit dem Keuchhusten hätte ich es wohl nicht so empfunden; ich war gereizt, ich wollte es vielleicht empfinden und griff halb unbewußt ein bereitliegendes geistiges Motiv auf, um die Empfindung damit wenn nicht zu erzeugen, so doch zu legitimieren und zu verstärken. Aber rechnen Sie hier mit unserem bösen Willen, – was das Meer betrifft, den Vormittag im feinen Sande, verbracht vor seiner ewigen Herrlichkeit, so kann unmöglich dergleichen in Frage kommen, und doch war es so, daß wir uns, gegen alle Erfahrung, auch am Strande nicht wohl, nicht glücklich fühlten.

Zu früh, zu früh, er war, wie gesagt, noch in den Händen der inländischen Mittelklasse, – eines augenfällig erfreulichen Menschenschlages, auch da haben Sie recht, man sah unter der Jugend viel Wohlschaffenheit und gesunde Anmut, war aber unvermeidlich doch auch umringt von menschlicher Mediokrität und bürgerlichem Kroppzeug, das, geben Sie es zu, von dieser Zone geprägt nicht reizender ist als unter unserem Himmel. Stimmen haben diese Frauen –! Es wird zuweilen recht unwahrscheinlich, daß man sich in der Heimat der abendländischen Gesangskunst befindet. »Fuggièro!« Ich habe den Ruf noch heute im Ohr, da ich ihn zwanzig Vormittage lang hundertmal dicht neben mir erschallen hörte, in heiserer Ungedecktheit, gräßlich akzentuiert, mit grell offenem è, hervorgestoßen von einer Art mechanisch gewordener Verzweiflung. »Fuggièro! Rispondi al mèno!« Wobei das sp populärerweise nach deutscher Art wie schp gesprochen wurde – ein Ärgernis für sich, wenn sowieso üble Laune herrscht. Der Schrei galt einem abscheulichen Jungen mit ekelerregender Sonnenbrandwunde zwischen den Schultern, der an Widerspenstigkeit, Unart und Bosheit das Äußerste zum besten gab, was mir vorgekommen, und außerdem ein großer Feigling war, imstande, durch seine empörende Wehleidigkeit den ganzen Strand in Aufruhr zu bringen. Eines Tages nämlich hatte ihn im Wasser ein Taschenkrebs in die Zehe gezwickt, und das antikische Heldenjammergeschrei, das er ob dieser winzigen Unannehmlichkeit erhob, war markerschütternd und rief den Eindruck eines schrecklichen Unglücksfalls hervor. Offenbar glaubte er sich aufs giftigste verletzt. Ans Land gekrochen, wälzte er sich in scheinbar unerträglichen Qualen umher, brüllte Ohi! und Oimè! und wehrte, mit Armen und Beinen um sich stoßend, die tragischen Beschwörungen seiner Mutter, den Zuspruch Fernerstehender ab. Die Szene hatte Zulauf von allen Seiten. Ein Arzt wurde herbeigeholt, es war derselbe, der unseren Keuchhusten so nüchtern beurteilt hatte, und wieder bewährte sich sein wissenschaftlicher Geradsinn. Gutmütig tröstend erklärte er den Fall für null und nichtig und empfahl einfach des Patienten Rückkehr ins Bad, zur Kühlung der kleinen Kniffwunde. Statt dessen aber wurde Fuggièro, wie ein Abgestürzter oder Ertrunkener, auf einer improvisierten Bahre mit großem Gefolge vom Strande getragen, – um schon am nächsten Morgen wieder, unter dem Scheine der Unabsichtlichkeit, anderen Kindern die Sandbauten zu zerstören. Mit einem Worte, ein Greuel.

Dabei gehörte dieser Zwölfjährige zu den Hauptträgern einer öffentlichen Stimmung, die, schwer greifbar in der Luft liegend, uns einen so lieben Aufenthalt als nicht geheuer verleiden wollte. Auf irgendeine Weise fehlte es der Atmosphäre an Unschuld, an Zwanglosigkeit; dies Publikum »hielt auf sich« – man wußte zunächst nicht recht, in welchem Sinn und Geist, es prästabilierte Würde, stellte voreinander und vor dem Fremden Ernst und Haltung, wach aufgerichtete Ehrliebe zur Schau –, wieso? Man verstand bald, daß Politisches umging, die Idee der Nation im Spiele war. Tatsächlich wimmelte es am Strande von patriotischen Kindern, – eine unnatürliche und niederschlagende Erscheinung. Kinder bilden ja eine Menschenspezies und Gesellschaft für sich, sozusagen eine eigene Nation; leicht und notwendig finden sie sich, auch wenn ihr kleiner Wortschatz verschiedenen Sprachen angehört, auf Grund gemeinsamer Lebensform in der Welt zusammen. Auch die unsrigen spielten bald mit einheimischen sowohl wie solchen wieder anderer Herkunft. Offenbar aber erlitten sie rätselhafte Enttäuschungen. Es gab Empfindlichkeiten, Äußerungen eines Selbstgefühls, das zu heikel und lehrhaft schien, um seinen Namen ganz zu verdienen, einen Flaggenzwist, Streitfragen des Ansehens und Vorranges; Erwachsene mischten sich weniger schlichtend als entscheidend und Grundsätze wahrend ein, Redensarten von der Größe und Würde Italiens fielen, unheiter-spielverderberische Redensarten; wir sahen unsere beiden betroffen und ratlos sich zurückziehen und hatten Mühe, ihnen die Sachlage einigermaßen verständlich zu machen: Diese Leute, erklärten wir ihnen, machten soeben etwas durch, so einen Zustand, etwas wie eine Krankheit, wenn sie wollten, nicht sehr angenehm, aber wohl notwendig.

Es war unsere Schuld, wir hatten es unserer Lässigkeit zuzuschreiben, daß es zu einem Konflikt mit diesem von uns doch erkannten und gewürdigten Zustande kam, – noch einem Konflikt; es schien, daß die vorausgegangenen nicht ganz ungemischte Zufallserzeugnisse gewesen waren. Mit einem Worte, wir verletzten die öffentliche Moral. Unser Töchterchen, achtjährig, aber nach ihrer körperlichen Entwicklung ein gutes Jahr jünger zu schätzen und mager wie ein Spatz, die nach längerem Bad, wie es die Wärme erlaubte, ihr Spiel im nassen Kostüm wieder aufgenommen hatte, erhielt Erlaubnis, den von anklebendem Sande starrenden Anzug noch einmal im Meere zu spülen, um ihn dann wieder anzulegen und vor neuer Verunreinigung zu schützen. Nackt läuft sie zum wenige Meter entfernten Wasser, schwenkt ihr Trikot und kehrt zurück. Hätten wir die Welle von Hohn, Anstoß, Widerspruch voraussehen müssen, die ihr Benehmen, unser Benehmen also, erregte? Ich halte Ihnen keinen Vortrag, aber in der ganzen Welt hat das Verhalten zum Körper und seiner Nacktheit sich während der letzten Jahrzehnte grundsätzlich und das Gefühl bestimmend gewandelt. Es gibt Dinge, bei denen man sich »nichts mehr denkt«, und zu ihnen gehörte die Freiheit, die wir diesem so gar nicht herausfordernden Kinderleibe gewährt hatten. Sie wurde jedoch hierorts als Herausforderung empfunden. Die patriotischen Kinder johlten. Fuggièro pfiff auf den Fingern. Erregtes Gespräch unter Erwachsenen in unserer Nähe wurde laut und verhieß nichts Gutes. Ein Herr in städtischem Schniepel, den wenig strandgerechten Melonenhut im Nacken, versichert seinen entrüsteten Damen, er sei zu korrigierenden Schritten entschlossen; er tritt vor uns hin, und eine Philippika geht auf uns nieder, in der alles Pathos des sinnenfreudigen Südens sich in den Dienst spröder Zucht und Sitte gestellt findet. Die Schamwidrigkeit, die wir uns hätten zuschulden kommen lassen, hieß es, sei um so verurteilenswerter, als sie einem dankvergessenen und beleidigenden Mißbrauch der Gastfreundschaft Italiens gleichkomme. Nicht allein Buchstabe und Geist der öffentlichen Badevorschriften, sondern zugleich auch die Ehre seines Landes seien freventlich verletzt, und in Wahrung dieser Ehre werde er, der Herr im Schniepel, Sorge tragen, daß unser Verstoß gegen die nationale Würde nicht ungeahndet bleibe.

Wir taten unser Bestes, diese Suade mit nachdenklichem Kopfnicken anzuhören. Dem erhitzten Menschen widersprechen hätte zweifellos geheißen, von einem Fehler in den anderen fallen. Wir hatten dies und das auf der Zunge, zum Beispiel, daß nicht alle Umstände zusammenträfen, um das Wort Gastfreundschaft nach seiner reinsten Bedeutung ganz am Platze erscheinen zu lassen, und daß wir, ohne Euphemismus gesprochen, nicht sowohl die Gäste Italiens, sondern der Signora Angiolieri seien, welche eben seit einigen Jahren den Beruf einer Vertrauten der Duse gegen den der Gastlichkeit eingetauscht habe. Auch hatten wir Lust, zu antworten, wie wir nicht wüßten, daß die moralische Verwahrlosung in diesem schönen Lande je einen solchen Grad erreicht gehabt habe, daß ein solcher Rückschlag von Prüderie und Überempfindlichkeit begreiflich und notwendig erscheinen könne. Aber wir beschränkten uns darauf, zu versichern, daß jede Provokation und Respektlosigkeit uns fern gelegen habe, und entschuldigend auf das zarte Alter, die leibliche Unbeträchtlichkeit der kleinen Delinquentin hinzuweisen. Umsonst. Unsere Beteuerungen wurden als unglaubhaft, unsere Verteidigung als hinfällig zurückgewiesen und die Errichtung eines Exempels als notwendig behauptet. Telephonisch, wie ich glaube, wurde die Behörde benachrichtigt, ihr Vertreter erschien am Strande, er nannte den Fall sehr ernst, molto grave, und wir hatten ihm hinauf zum »Platze«, ins Municipio zu folgen, wo ein höherer Beamter das vorläufige Urteil »molto grave« bestätigte, sich in genau denselben, offenbar landläufigen didaktischen Redewendungen über unsere Tat erging wie der Herr im steifen Hut und uns ein Sühne- und Lösegeld von fünfzig Lire auferlegte. Wir fanden, diesen Beitrag zum italienischen Staatshaushalt müsse das Abenteuer uns wert sein, zahlten und gingen. Hätten wir nicht abreisen sollen?

Hätten wir es nur getan! Wir hätten dann diesen fatalen Cipolla vermieden; allein mehreres kam zusammen, den Entschluß zu einem Ortswechsel hintanzuhalten. Ein Dichter hat gesagt, es sei Trägheit, was uns in peinlichen Zuständen festhalte – man könnte das Aperçu zur Erklärung unserer Beharrlichkeit heranziehen. Auch räumt man nach solchem Vorkommnis nicht gern unmittelbar das Feld; man zögert, zuzugeben, daß man sich unmöglich gemacht habe, besonders wenn Sympathiekundgebungen von außen den Trotz ermutigen. In der Villa Eleonora gab es nur eine Stimme über die Ungerechtigkeit unseres Schicksals. Italienische Nach-Tisch-Bekannte wollten finden, es sei dem Rufe des Landes keineswegs zuträglich, und äußerten den Vorsatz, den Herrn im Schniepel landsmannschaftlich zur Rede zu stellen. Aber dieser selbst war vom Strande verschwunden, nebst seiner Gruppe, schon am nächsten Tag – nicht unseretwegen natürlich, aber es mag sein, daß das Bewußtsein seiner dicht bevorstehenden Abreise seiner Tatkraft zuträglich gewesen war, und jedenfalls erleichterte uns seine Entfernung. Um alles zu sagen: Wir blieben auch deshalb, weil der Aufenthalt uns merkwürdig geworden war, und weil Merkwürdigkeit ja in sich selbst einen Wert bedeutet, unabhängig von Behagen und Unbehagen. Soll man die Segel streichen und dem Erlebnis ausweichen, sobald es nicht vollkommen danach angetan ist, Heiterkeit und Vertrauen zu erzeugen? Soll man »abreisen«, wenn das Leben sich ein bißchen unheimlich, nicht ganz geheuer oder etwas peinlich und kränkend anläßt? Nein doch, man soll bleiben, soll sich das ansehen und sich dem aussetzen, gerade dabei gibt es vielleicht etwas zu lernen. Wir blieben also und erlebten als schrecklichen Lohn unserer Standhaftigkeit die eindrucksvollunselige Erscheinung Cipollas.

Daß fast in dem Augenblick unserer staatlichen Maßregelung die Nachsaison einsetzte, habe ich nicht erwähnt. Jener Gestrenge im steifen Hut, unser Angeber, war nicht der einzige Gast, der das Bad jetzt verließ; es gab große Abreise, man sah viele Handkarren mit Gepäck sich zur Station bewegen. Der Strand entnationalisierte sich, das Leben in Torre, in den Cafés, auf den Wegen der Pineta wurde sowohl intimer wie europäischer; wahrscheinlich hätten wir jetzt sogar in der Glasveranda des Grand Hôtel speisen können, aber wir nahmen Abstand davon, wir befanden uns am Tische der Signora Angiolieri vollkommen wohl, – das Wort Wohlbefinden in der Abschattung zu verstehen, die der Ortsdämon ihm zuteil werden ließ. Gleichzeitig aber mit dieser als wohltätig empfundenen Veränderung schlug auch das Wetter um, es zeigte sich fast auf die Stunde im Einvernehmen mit dem Ferienkalender des großen Publikums. Der Himmel bedeckte sich, nicht daß es frischer geworden wäre, aber die offene Glut, die achtzehn Tage seit unserer Ankunft (und vorher wohl lange schon) geherrscht hatte, wich einer stickigen Sciroccoschwüle, und ein schwächlicher Regen netzte von Zeit zu Zeit den samtenen Schauplatz unserer Vormittage. Auch das: zwei Drittel unserer für Torre vorgesehenen Zeit waren ohnehin abgelebt; das schlaffe, entfärbte Meer, in dessen Flachheit träge Quallen trieben, war immerhin eine Neuigkeit; es wäre albern gewesen, nach einer Sonne zurückzuverlangen, der, als sie übermütig waltete, so mancher Seufzer gegolten hatte.

Zu diesem Zeitpunkt also zeigte Cipolla sich an. Cavaliere Cipolla, wie er auf den Plakaten genannt war, die eines Tages überall, auch im Speisesaal der Pensione Eleonora, sich angeschlagen fanden, – ein fahrender Virtuose, ein Unterhaltungskünstler, Forzatore, Illusionista und Prestidigitatore (so bezeichnete er sich), welcher dem hochansehnlichen Publikum von Torre di Venere mit einigen außerordentlichen Phänomenen geheimnisvoller und verblüffender Art aufzuwarten beabsichtigte. Ein Zauberkünstler! Die Ankündigung genügte, unseren Kleinen den Kopf zu verdrehen. Sie hatten noch nie einer solchen Darbietung beigewohnt, diese Ferienreise sollte ihnen die unbekannte Aufregung bescheren. Von Stund an lagen sie uns in den Ohren, für den Abend des Taschenspielers Eintrittskarten zu nehmen, und obgleich uns die späte Anfangsstunde der Veranstaltung, neun Uhr, von vornherein Bedenken machte, gaben wir in der Erwägung nach, daß wir ja nach einiger Kenntnisnahme von Cipollas wahrscheinlich bescheidenen Künsten nach Hause gehen, daß auch die Kinder am folgenden Morgen ausschlafen könnten, und erstanden von Signora Angiolieri selbst, die eine Anzahl von Vorzugsplätzen für ihre Gäste in Kommission hatte, unsere vier Karten. Sie konnte für solide Leistungen des Mannes nicht gutsagen, und wir versahen uns solcher kaum; aber ein gewisses Zerstreuungsbedürfnis empfanden wir selbst, und die dringende Neugier der Kinder bewährte eine Art von Ansteckungskraft.

Das Lokal, in dem der Cavaliere sich vorstellen sollte, war ein Saalbau, der während der Hochsaison zu wöchentlich wechselnden Cinema-Vorführungen gedient hatte. Wir waren nie dort gewesen. Man gelangte dahin, indem man, vorbei am »Palazzo«, einem übrigens verkäuflichen, kastellartigen Gemäuer aus herrschaftlichen Zeiten, die Hauptstraße des Ortes verfolgte, an der auch die Apotheke, der Coiffeur, die gebräuchlichsten Einkaufsläden zu finden waren, und die gleichsam vom Feudalen über das Bürgerliche ins Volkstümliche führte; denn sie lief zwischen ärmlichen Fischerwohnungen aus, vor deren Türen alte Weiber Netze flickten, und hier, schon im Populären, lag die »Sala«, nichts Besseres eigentlich als eine allerdings geräumige Bretterbude, deren torähnlicher Eingang zu beiden Seiten mit buntfarbigen und übereinandergeklebten Plakaten geschmückt war. Einige Zeit nach dem Diner also, am angesetzten Tage, pilgerten wir im Dunkeln dorthin, die Kinder in festlichem Kleidchen und Anzug, beglückt von so viel Ausnahme. Es war schwül, wie seit Tagen, es wetterleuchtete manchmal und regnete etwas. Wir gingen unter Schirmen. Es war eine Viertelstunde Weges.

Im Durchgange kontrolliert, hatten wir unsere Plätze selbst aufzusuchen. Sie fanden sich in der dritten Bank links, und indem wir uns niederließen, mußten wir bemerken, daß man die ohnedies bedenkliche Anfangsstunde auch noch lax behandelte: nur sehr allmählich begann ein Publikum, das es darauf ankommen zu lassen schien, zu spät zu kommen, das Parterre zu besetzen, auf welches, da keine Logen vorhanden waren, der Zuschauerraum sich beschränkte. Diese Säumigkeit machte uns etwas besorgt. Den Kindern färbte schon jetzt eine mit Erwartung hektisch gemischte Müdigkeit die Wangen. Einzig die

Stehplätze in den Seitengängen und im Hintergrunde waren bei unserer Ankunft schon komplett. Es stand da, halbnackte Arme auf gestreifter Trikotbrust verschränkt, allerlei autochthone Männlichkeit von Torre di Venere, Fischervolk, unternehmend blickende junge Burschen; und wenn wir mit der Anwesenheit dieser eingesessenen Volkstümlichkeit, die solchen Veranstaltungen erst Farbe und Humor verleiht, sehr einverstanden waren, so zeigten die Kinder sich entzückt davon. Denn sie hatten Freunde unter diesen Leuten, Bekanntschaften, die sie auf nachmittäglichen Spaziergängen am entfernteren Strande gemacht. Oft, um die Stunde, wenn die Sonne, müde ihrer gewaltigen Arbeit, ins Meer sank und den vordringenden Schaum der Brandung rötlich vergoldete, waren wir heimkehrend auf bloßbeinige Fischergruppen gestoßen, die in Reihen stemmend und ziehend, unter gedehnten Rufen ihre Netze eingeholt, ihren meist dürftigen Fang an Frutti di mare in triefende Körbe geklaubt hatten; und die Kleinen hatten ihnen zugesehen, ihre italienischen Brocken an den Mann gebracht, beim Strickziehen geholfen, Kameradschaft geschlossen. Jetzt tauschten sie Grüße mit der Sphäre der Stehplätze, da war Guiscardo, da war Antonio, sie kannten die Namen, riefen sie winkend mit halber Stimme hinüber und bekamen ein Kopfnicken, ein Lachen sehr gesunder Zähne zur Antwort. Sieh doch, da ist sogar Mario vom »Esquisito«, Mario, der uns die Schokolade bringt! Auch er will den Zauberer sehen, und er muß früh gekommen sein, er steht fast vorn, aber er bemerkt uns nicht, er gibt nicht acht, das ist so seine Art, obgleich er ein Kellnerbursche ist. Dafür winken wir dem Manne zu, der am Strande die Paddelboote vermietet, und der auch da steht, ganz hinten.

Es wurde neun ein Viertel, es wurde beinahe halb zehn Uhr. Sie begreifen unsere Nervosität. Wann würden die Kinder ins Bett kommen? Es war ein Fehler gewesen, sie herzuführen, denn ihnen zuzumuten, den Genuß abzubrechen, kaum daß er recht begonnen, würde sehr hart sein. Mit der Zeit hatte das Parkett sich gut gefüllt; ganz Torre war da, so konnte man sagen, die Gäste des Grand Hôtel, die Gäste der Villa Eleonora und anderer Pensionen, bekannte Gesichter vom Strande. Man hörte Englisch und Deutsch. Man hörte das Französisch, das etwa Rumänen mit Italienern sprechen. Mme. Angiolieri selbst saß zwei Reihen hinter uns an der Seite ihres stillen und glatzköpfigen Gatten, der mit zwei mittleren Fingern seiner Rechten seinen Schnurrbart strich. Alle waren spät gekommen, aber niemand zu spät; Cipolla ließ auf sich warten.

Er ließ auf sich warten, das ist wohl der richtige Ausdruck. Er erhöhte die Spannung durch die Verzögerung seines Auftretens. Auch hatte man Sinn für diese Manier, aber nicht ohne Grenzen. Gegen halb zehn Uhr begann das Publikum zu applaudieren, – eine liebenswürdige Form, rechtmäßige Ungeduld zu äußern, da sie zugleich Beifallslust zum Ausdruck bringt. Für die Kleinen gehörte es schon zum Vergnügen, sich daran zu beteiligen. Alle Kinder lieben es, Beifall zu klatschen. Aus der populären Sphäre rief es energisch: »Pronti!« und »Cominciamo!« Und siehe, wie es zu gehen pflegt: Auf einmal war der Beginn, welche Hindernisse ihm nun so lange entgegengestanden haben mochten, leicht zu ermöglichen. Ein Gongschlag ertönte, der von den Stehplätzen mit mehrstimmigem Ah! beantwortet wurde, und die Gardine ging auseinander. Sie enthüllte ein Podium, das nach seiner Ausstattung eher einer Schulstube als dem Wirkungsfeld eines Taschenspielers glich, und zwar namentlich dank der schwarzen Wandtafel, die auf einer Staffelei links im Vordergrunde stand. Sonst waren noch ein gewöhnlicher gelber Kleiderständer, ein paar landesübliche Strohstühle und, weiter im Hintergrunde, ein Rundtischchen zu sehen, auf dem eine Wasserflasche mit Glas und, auf besonderem Tablett, ein Flakon voll hellgelber Flüssigkeit nebst Likörgläschen standen. Man hatte noch zwei Sekunden Zeit, diese Utensilien ins Auge zu fassen. Dann, ohne daß das Haus sich verdunkelt hätte, hielt Cavaliere Cipolla seinen Auftritt.

Er kam in jenem Geschwindschritt herein, in dem Erbötigkeit gegen das Publikum sich ausdrückt und der die Täuschung erweckt, als habe der Ankommende in diesem Tempo schon eine weite Strecke zurückgelegt, um vor das Angesicht der Menge zu gelangen, während er doch eben noch in der Kulisse stand. Der Anzug Cipollas unterstützte die Fiktion des Von-außen-her-Eintreffens. Ein Mann schwer bestimmbaren Alters, aber keineswegs mehr jung, mit scharfem, zerrüttetem Gesicht, stechenden Augen, faltig verschlossenem Munde, kleinem, schwarz gewichstem Schnurrbärtchen und einer sogenannten Fliege in der Vertiefung zwischen Unterlippe und Kinn, war er in eine Art von komplizierter Abendstraßeneleganz gekleidet. Er trug einen weiten schwarzen und ärmellosen Radmantel mit Samtkragen und atlasgefütterter Pelerine, den er mit den weiß behandschuhten Händen bei behinderter Lage der Arme vorn zusammenhielt, einen weißen Schal um den Hals und einen geschweiften, schief in die Stirne gerückten Zylinderhut. Vielleicht mehr als irgendwo ist in Italien das achtzehnte Jahrhundert noch lebendig und mit ihm der Typus des Scharlatans, des marktschreierischen Possenreißers, der für diese Epoche so charakteristisch war, und dem man nur in Italien noch in ziemlich wohl erhaltenen Beispielen begegnen kann. Cipolla hatte in seinem Gesamthabitus viel von diesem historischen Schlage, und der Eindruck reklamehafter und phantastischer Narretei, die zum Bilde gehört, wurde schon dadurch erweckt, daß die anspruchsvolle Kleidung ihm sonderbar, hier falsch gestrafft und dort in falschen Falten, am Leibe saß oder gleichsam daran aufgehängt war: Irgend etwas war mit seiner Figur nicht in Ordnung, vorn nicht und hinten nicht, – später wurde das deutlicher. Aber ich muß betonen, daß von persönlicher Scherzhaftigkeit oder gar Clownerie in seiner Haltung, seinen Mienen, seinem Benehmen nicht im geringsten die Rede sein konnte; vielmehr sprachen strenge Ernsthaftigkeit, Ablehnung alles Humoristischen, ein gelegentlich übellauniger Stolz, auch jene gewisse Würde und Selbstgefälligkeit des Krüppels daraus, – was freilich nicht hinderte, daß sein Verhalten anfangs an mehreren Stellen des Saales Lachen hervorrief.

Dies Verhalten hatte nichts Dienstfertiges mehr; die Raschheit seiner Auftrittsschritte stellte sich als reine Energieäußerung heraus, an der Unterwürfigkeit keinen Teil gehabt hatte. An der

Rampe stehend und sich mit lässigem Zupfen seiner Handschuhe entledigend, wobei er lange und gelbliche Hände entblößte, deren eine ein Siegelring mit hochragendem Lasurstein schmückte, ließ er seine kleinen strengen Augen, mit schlaffen Säcken darunter, musternd durch den Saal schweifen, nicht rasch, sondern indem er hie und da auf einem Gesicht in überlegener Prüfung verweilte – verkniffenen Mundes, ohne ein Wort zu sprechen. Die zusammengerollten Handschuhe warf er mit ebenso erstaunlicher wie beiläufiger Geschicklichkeit über eine bedeutende Entfernung hin genau in das Wasserglas auf dem Rundtischchen und holte dann, immer stumm umherblickend, aus irgendwelcher inneren Tasche ein Päckchen Zigaretten hervor, die billigste Sorte der Regie, wie man am Karton erkannte, zog mit spitzen Fingern eine aus dem Bündel und entzündete sie, ohne hinzusehen, mit einem prompt funktionierenden Benzinfeuerzeug. Den tief eingeatmeten Rauch stieß er, arrogant grimassierend, beide Lippen zurückgezogen, dabei mit einem Fuße leise aufklopfend, als grauen Sprudel zwischen seinen schadhaft abgenutzten, spitzigen Zähnen hervor.

Das Publikum beobachtete ihn so scharf, wie es sich von ihm durchmustert sah. Bei den jungen Leuten auf den Stehplätzen sah man zusammengezogene Brauen und bohrende, nach einer Blöße spähende Blicke, die dieser allzu Sichere sich geben würde. Er gab sich keine. Das Hervorholen und Wiederverwahren des Zigarettenpäckchens und des Feuerzeuges war umständlich dank seiner Kleidung; er raffte dabei den Abendmantel zurück, und man sah, daß ihm über dem linken Unterarm an einer Lederschlinge unpassenderweise eine Reitpeitsche mit klauenartiger silberner Krücke hing. Man bemerkte ferner, daß er keinen Frack, sondern einen Gehrock trug, und da er auch diesen aufhob, erblickte man eine mehrfarbige, halb von der Weste verdeckte Schärpe, die Cipolla um den Leib trug, und die hinter uns sitzende Zuschauer in halblautem Austausch für das Abzeichen des Cavaliere hielten. Ich lasse das dahingestellt, denn ich habe nie gehört, daß mit dem Cavalieretitel ein derartiges Abzeichen verbunden ist. Vielleicht war die Schärpe reiner Humbug, so gut wie das wortlose Dastehen des Gauklers, der immer noch nichts tat, als dem Publikum lässig und wichtig seine Zigarette vorzurauchen.

Man lachte, wie gesagt, und die Heiterkeit wurde fast allgemein, als eine Stimme im Stehparterre laut und trocken »Buona sera!« sagte.

Cipolla horchte hoch auf. »Wer war das?« fragte er gleichsam zugreifend. »Wer hat soeben gesprochen? Nun? Zuerst so keck und nun bange? Paura, eh?« Er sprach mit ziemlich hoher, etwas asthmatischer, aber metallischer Stimme. Er wartete.

»Ich war's«, sagte in die Stille hinein der junge Mann, der sich so herausgefordert und bei der Ehre genommen sah, – ein schöner Bursche gleich neben uns, im Baumwollhemd, die Jacke über eine Schulter gehängt. Er trug sein schwarzes, starres Kraushaar hoch und wild, die Modefrisur des erweckten Vaterlandes, die ihn etwas entstellte und afrikanisch anmutete. »Bè... Das war ich. Es wäre Ihre Sache gewesen, aber ich zeigte Entgegenkommen.«

Die Heiterkeit erneuerte sich. Der Junge war nicht auf den Mund gefallen. »Ha sciolto lo scilinguagnolo«, äußerte man neben uns. Die populäre Lektion war schließlich am Platze gewesen.

»Ah bravo!« antwortete Cipolla. »Du gefällst mir, Giovanotto. Willst du glauben, daß ich dich längst gesehen habe? Solche Leute, wie du, haben meine besondere Sympathie, ich kann sie brauchen. Offenbar bist du ein ganzer Kerl. Du tust, was du willst. Oder hast du schon einmal nicht getan, was du wolltest? Oder gar getan, was du nicht wolltest? Was nicht du wolltest? Höre, mein Freund, es müßte bequem und lustig sein, nicht immer so den ganzen Kerl spielen und für beides aufkommen zu müssen, das Wollen und das Tun. Arbeitsteilung müßte da einmal eintreten – sistema americano, sa'. Willst du zum Beispiel jetzt dieser gewählten und verehrungswürdigen Gesellschaft hier die Zunge zeigen, und zwar die ganze Zunge bis zur Wurzel?«

»Nein«, sagte der Bursche feindselig. »Das will ich nicht. Es würde von wenig Erziehung zeugen.«

»Es würde von gar nichts zeugen«, erwiderte Cipolla, »denn du tätest es ja nur. Deine Erziehung in Ehren, aber meiner Meinung nach wirst du jetzt, ehe ich bis drei zähle, eine Rechtswendung ausführen und der Gesellschaft die Zunge herausstrekken, länger, als du gewußt hattest, daß du sie herausstrecken könntest.«

Er sah ihn an, wobei seine stechenden Augen tiefer in die Höhlen zu sinken schienen. »Uno«, sagte er und ließ seine Reitpeitsche, deren Schlinge er vom Arme hatte gleiten lassen, einmal kurz durch die Luft pfeifen. Der Bursche machte Front gegen das Publikum und streckte die Zunge so angestrengt-überlang heraus, daß man sah, es war das Äußerste, was er an Zungenlänge nur irgend zu bieten hatte. Dann nahm er mit nichtssagendem Gesicht wieder seine frühere Stellung ein.

»Ich war's«, parodierte Cipolla, indem er zwinkernd mit dem Kopf auf den Jungen deutete. »Bè... das war ich.« Damit wandte er sich, das Publikum seinen Eindrücken überlassend, zum Rundtischchen, goß sich aus dem Flakon, das offenbar Kognak enthielt, ein Gläschen ein und kippte es geübt.

Die Kinder lachten von Herzen. Von den gewechselten Worten hatten sie fast nichts verstanden; daß aber zwischen dem kuriosen Mann dort oben und jemandem aus dem Publikum gleich etwas so Drolliges vor sich gegangen war, amüsierte sie höchlichst, und da sie von den Darbietungen eines Abends, wie er verheißen war, keine bestimmte Vorstellung hatten, waren sie bereit, diesen Anfang köstlich zu finden. Was uns betraf, so tauschten wir einen Blick, und ich erinnere mich, daß ich unwillkürlich mit den Lippen leise das Geräusch nachahmte, mit dem Cipolla seine Reitpeitsche hatte durch die Luft fahren lassen. Übrigens war klar, daß die Leute nicht wußten, was sie aus einer so ungereimten Eröffnung einer Taschenspielersoiree machen sollten, und nicht recht begriffen, was den Giovanotto, der doch sozusagen ihre Sache geführt hatte, plötzlich hatte bestimmen können, seine Keckheit gegen sie, das Publikum, zu wenden. Man fand sein Benehmen läppisch, kümmerte sich nicht weiter um ihn und wandte seine Aufmerksamkeit dem Künstler

zu, der, vom Stärkungstischchen zurückkehrend, folgendermaßen zu sprechen fortfuhr: »Meine Damen und Herren«, sagte er
mit seiner asthmatisch-metallischen Stimme, »Sie sahen mich
soeben etwas empfindlich gegen die Belehrung, die dieser hoffnungsvolle junge Linguist« (»questo linguista di belle speranze«,
– man lachte über das Wortspiel) »mir erteilen zu sollen glaubte.
Ich bin ein Mann von einiger Eigenliebe, nehmen Sie das in
Kauf! Ich finde keinen Geschmack daran, mir anders als ernsthaften und höflichen Sinnes guten Abend wünschen zu lassen, –
es in entgegengesetztem Sinne zu tun, besteht wenig Anlaß. Indem man mir einen guten Abend wünscht, wünscht man sich
selber einen, denn das Publikum wird nur in dem Falle einen
guten Abend haben, daß ich einen habe, und darum tat dieser
Liebling der Mädchen von Torre di Venere« (er hörte nicht auf,
gegen den Burschen zu sticheln) »sehr wohl daran, sogleich
einen Beweis dafür zu geben, daß ich heute einen habe und also
auf seine Wünsche verzichten kann. Ich darf mich rühmen, fast
lauter gute Abende zu haben. Ein schlechterer läuft wohl einmal
mit unter, doch ist das selten. Mein Beruf ist schwer und meine
Gesundheit nicht die robusteste; ich habe einen kleinen Leibesschaden zu beklagen, der mich außerstand gesetzt hat, am
Kriege für die Größe des Vaterlandes teilzunehmen. Allein mit
den Kräften meiner Seele und meines Geistes meistere ich das
Leben, was ja immer nur heißt: sich selbst bemeistern, und
schmeichle mir, mit meiner Arbeit die achtungsvolle Anteilnahme der gebildeten Öffentlichkeit erregt zu haben. Die füh-
rende Presse hat diese Arbeit zu schätzen gewußt, der Corriere
della Sera erwies mir soviel Gerechtigkeit, mich ein Phänomen
zu nennen, und in Rom hatte ich die Ehre, den Bruder des Duce
unter den Besuchern eines der Abende zu sehen, die ich dort
veranstaltete. Kleiner Gewohnheiten, die man mir an so glänzender und erhabener Stelle nachzusehen die Gewogenheit
hatte, glaubte ich mich an einem vergleichsweise immerhin weniger bedeutenden Platz wie Torre di Venere« (man lachte auf
Kosten des armen kleinen Torre) »nicht eigens entschlagen und
nicht dulden zu sollen, daß Personen, die durch die Gunst des

weiblichen Geschlechtes etwas verwöhnt scheinen, sie mir verweisen.« Jetzt hatte wieder der Bursche die Zeche zu zahlen, den Cipolla nicht müde wurde in der Rolle des donnaiuolo und ländlichen Hahnes im Korbe vorzuführen, – wobei die zähe Empfindlichkeit und Animosität, mit der er auf ihn zurückkam, in auffälligem Mißverhältnis zu den Äußerungen seines Selbstgefühles und zu den mondänen Erfolgen stand, deren er sich rühmte. Gewiß mußte der Jüngling einfach als Belustigungsthema herhalten, wie Cipolla sich jeden Abend eines herauszugreifen und aufs Korn zu nehmen gewohnt sein mochte. Aber es sprach aus seinen Spitzen doch auch echte Gehässigkeit, über deren menschlichen Sinn ein Blick auf die Körperlichkeit beider belehrt haben würde, auch wenn der Verwachsene nicht beständig auf das ohne weiteres vorausgesetzte Glück des hübschen Jungen bei den Frauen angespielt hätte.

»Damit wir also unsere Unterhaltung beginnen«, setzte er hinzu, »erlauben Sie, daß ich es mir bequemer mache!«

Und er ging zum Kleiderständer, um abzulegen.

»Parla benissimo«, stellte man in unserer Nähe fest. Der Mann hatte noch nichts geleistet, aber sein Sprechen allein ward als Leistung gewürdigt, er hatte damit zu imponieren gewußt. Unter Südländern ist die Sprache ein Ingredienz der Lebensfreude, dem man weit lebhaftere gesellschaftliche Schätzung entgegenbringt, als der Norden sie kennt. Es sind vorbildliche Ehren, in denen das nationale Bindemittel der Muttersprache bei diesen Völkern steht, und etwas heiter Vorbildliches hat die genußreiche Ehrfurcht, mit der man ihre Formen und Lautgesetze betreut. Man spricht mit Vergnügen, man hört mit Vergnügen – und man hört mit Urteil. Denn es gilt als Maßstab für den persönlichen Rang, wie einer spricht; Nachlässigkeit, Stümperei erregen Verachtung, Eleganz und Meisterschaft verschaffen menschliches Ansehen, weshalb auch der kleine Mann, sobald es ihm um seine Wirkung zu tun ist, sich in gewählten Wendungen versucht und sie mit Sorgfalt gestaltet. In dieser Hinsicht also wenigstens hatte Cipolla sichtlich für sich eingenommen, obgleich er keineswegs dem Menschenschlag angehörte, den der

Italiener, in eigentümlicher Mischung moralischen und ästhetischen Urteils, als »Simpatico« anspricht.

Nachdem er seinen Seidenhut, seinen Schal und Mantel abgetan, kam er, im Rock sich zurechtrückend, die mit großen Knöpfen verschlossenen Manschetten hervorziehend und an seiner Humbugschärpe ordnend, wieder nach vorn. Er hatte sehr häßliches Haar, das heißt: sein oberer Schädel war fast kahl, und nur eine schmale, schwarz gewichste Scheitelfrisur lief, wie angeklebt, vom Wirbel nach vorn, während das Schläfenhaar, ebenfalls geschwärzt, seitlich zu den Augenwinkeln hingestrichen war, – die Haartracht etwa eines altmodischen Zirkusdirektors, lächerlich, aber durchaus zum ausgefallenen Persönlichkeitsstil passend und mit so viel Selbstsicherheit getragen, daß die öffentliche Empfindlichkeit gegen ihre Komik verhalten und stumm blieb. Der »kleine Leibesschaden«, von dem er vorbeugend gesprochen hatte, war jetzt nur allzu deutlich sichtbar, wenn auch immer noch nicht ganz klar nach seiner Beschaffenheit: die Brust war zu hoch, wie gewohnt in solchen Fällen, aber der Verdruß im Rücken schien nicht an der gewohnten Stelle, zwischen den Schultern, zu sitzen, sondern tiefer, als eine Art Hüft- und Gesäßbuckel, der den Gang zwar nicht behinderte, aber ihn grotesk und bei jedem Schritt sonderbar ausladend gestaltete. Übrigens war der Unzuträglichkeit durch ihre Erwähnung gleichsam die Spitze abgebrochen worden, und zivilisiertes Feingefühl beherrschte angesichts ihrer spürbar den Saal.

»Zu Ihren Diensten!« sagte Cipolla. »Ihr Einverständnis vorausgesetzt, werden wir unser Programm mit einigen arithmetischen Übungen beginnen.«

Arithmetik? Das sah nicht nach Zauberkunststücken aus. Die Vermutung regte sich schon, daß der Mann unter falscher Flagge segelte; nur welches seine richtige war, blieb undeutlich. Die Kinder begannen mir leid zu tun; aber für den Augenblick waren sie einfach glücklich, dabei zu sein.

Das Zahlenspiel, das Cipolla nun anstellte, war ebenso einfach wie durch seine Pointe verblüffend. Er fing damit an, ein Blatt Papier mit einem Reißstift an der oberen rechten Ecke der Tafel zu befestigen und, indem er es hoch hob, mit Kreide etwas aufs Holz zu schreiben. Er redete unausgesetzt dabei, besorgt, seine Darbietungen durch immerwährende sprachliche Begleitung und Unterstützung vor Trockenheit zu bewahren, wobei er sich selbst ein zungengewandter und keinen Augenblick um einen plauderhaften Einfall verlegener Conférencier war. Daß er sogleich damit fortfuhr, die Kluft zwischen Podium und Zuschauerraum aufzuheben, die schon durch das sonderbare Geplänkel mit dem Fischerburschen überbrückt worden war; daß er also Vertreter des Publikums auf die Bühne nötigte und seinerseits über die hölzernen Stufen, die dort hinaufführten, herunterkam, um persönliche Berührung mit seinen Gästen zu suchen, gehörte zu seinem Arbeitsstil und gefiel den Kindern sehr. Ich weiß nicht, wie weit die Tatsache, daß er dabei sofort wieder in Häkeleien mit Einzelpersonen geriet, in seinen Absichten und seinem System lag, obgleich er sehr ernst und verdrießlich dabei blieb, – das Publikum, wenigstens in seinen volkstümlichen Elementen, schien jedenfalls der Meinung zu sein, daß dergleichen zur Sache gehöre.

Nachdem er nämlich ausgeschrieben und das Geschriebene unter dem Blatt Papier verheimlicht hatte, drückte er den Wunsch aus, zwei Personen möchten aufs Podium kommen, um beim Ausführen der bevorstehenden Rechnung behilflich zu sein. Das biete keine Schwierigkeiten, auch rechnerisch weniger Begabte seien ohne weiteres geeignet dazu. Wie gewöhnlich meldete sich niemand, und Cipolla hütete sich, den vornehmen Teil seines Publikums zu belästigen. Er hielt sich ans Volk und wandte sich an zwei lümmelstarke Burschen auf Stehplätzen im Hintergrunde des Saales, forderte sie heraus, sprach ihnen Mut zu, fand es tadelnswert, daß sie nur müßig gaffen und der Gesellschaft sich nicht gefällig erweisen wollten, und setzte sie wirklich in Bewegung. Mit plumpen Tritten kamen sie durch den Mittelgang nach vorn, erstiegen die Stufen und stellten sich, linkisch grinsend, unter den Bravi-Rufen ihrer Kameradschaft vor der Tafel auf. Cipolla scherzte noch ein paar Augenblicke mit ihnen, lobte die heroische Festigkeit ihrer Gliedmaßen, die

Größe ihrer Hände, die ganz geschaffen seien, der Versammlung den erbetenen Dienst zu leisten, und gab dann dem einen den Kreidegriffel in die Hand mit der Weisung, einfach die Zahlen nachzuschreiben, die ihm würden zugerufen werden. Aber der Mensch erklärte, nicht schreiben zu können. »Non so scrivere«, sagte er mit grober Stimme, und sein Genosse fügte hinzu: »Ich auch nicht.«

Gott weiß, ob sie die Wahrheit sprachen oder sich nur über Cipolla lustig machen wollten. Jedenfalls war dieser weit entfernt, die Heiterkeit zu teilen, die ihr Geständnis erregte. Er war beleidigt und angewidert. Er saß in diesem Augenblick mit übergeschlagenem Bein auf einem Strohstuhl in der Mitte der Bühne und rauchte wieder eine Zigarette aus dem billigen Bündel, die ihm sichtlich desto besser mundete, als er, während die Trottel zum Podium stapften, einen zweiten Kognak zu sich genommen hatte. Wieder ließ er den tief eingezogenen Rauch zwischen den entblößten Zähnen ausströmen und blickte dabei, mit dem Fuße wippend, in strenger Ablehnung, wie ein Mann, der sich vor einer durchaus verächtlichen Erscheinung auf sich selbst und seine Würde zurückzieht, an den beiden fröhlichen Ehrlosen vorbei und auch über das Publikum hinweg ins Leere.

»Skandalös«, sagte er kalt und verbissen. »Geht an eure Plätze! Jedermann kann schreiben in Italien, dessen Größe der Unwissenheit und Finsternis keinen Raum bietet. Es ist ein schlechter Scherz, vor den Ohren dieser internationalen Gesellschaft eine Bezichtigung laut werden zu lassen, mit der ihr nicht nur euch selbst erniedrigt, sondern auch die Regierung und das Land dem Gerede aussetzt. Wenn wirklich Torre di Venere der letzte Winkel des Vaterlandes sein sollte, in den die Unkenntnis der Elementarwissenschaften sich geflüchtet hat, so müßte ich bedauern, einen Ort aufgesucht zu haben, von dem mir allerdings bekannt sein mußte, daß er an Bedeutung hinter Rom in dieser und jener Beziehung zurücksteht...«

Hier wurde er von dem Burschen mit der nubischen Haartracht und der Jacke über der Schulter unterbrochen, dessen Angriffslust, wie man nun sah, nur vorübergehend abgedankt

hatte, und der sich erhobenen Hauptes zum Ritter seines Hei-
matstädtchens aufwarf.

»Genug!« sagte er laut. »Genug der Witze über Torre. Wir
alle sind von hier und werden nicht dulden, daß man die Stadt
vor den Fremden verhöhnt. Auch diese beiden Leute sind unsere Freunde. Wenn sie keine Gelehrten sind, so sind sie dafür
rechtschaffenere Jungen als vielleicht mancher andere im Saal,
der mit Rom prahlt, obgleich er es auch nicht gegründet hat.«

Das war ja ausgezeichnet. Der junge Mensch hatte wahrhaftig Haare auf den Zähnen. Man unterhielt sich bei dieser Art
von Dramatik, obgleich sie den Eintritt ins eigentliche Programm mehr und mehr verzögerte. Einem Wortwechsel zuzuhören, ist immer fesselnd. Gewisse Menschen belustigt das einfach, und sie genießen aus einer Art von Schadenfreude ihr
Nichtbeteiligtsein; andere empfinden Beklommenheit und Erregung, und ich verstehe sie sehr gut, wenn ich auch damals
den Eindruck hatte, daß alles gewissermaßen auf Übereinkunft
beruhte, und daß sowohl die beiden analphabetischen Dickhäu-
ter wie auch der Giovanotto in der Jacke dem Künstler halb
und halb zur Hand gingen, um Theater zu produzieren. Die
Kinder lauschten mit vollem Genuß. Sie verstanden nichts,
aber die Akzente hielten sie in Atem. Das war also ein Zauber-
abend, zum mindesten ein italienischer. Sie fanden es ausdrücklich sehr schön.

Cipolla war aufgestanden und mit zwei aus der Hüfte laden-
den Schritten an die Rampe gekommen.

»Aber sieh ein bißchen!« sagte er mit grimmiger Herzlichkeit. »Ein alter Bekannter! Ein Jüngling, der das Herz auf
der Zunge hat!« (Er sagte »sulla linguaccia«, was belegte
Zunge heißt und große Heiterkeit hervorrief.) »Geht, meine
Freunde!« wandte er sich an die beiden Tölpel. »Genug von
euch, ich habe es jetzt mit diesem Ehrenmann zu tun, con questo torregiano di Venere, diesem Türmer der Venus, der sich
zweifellos süßer Danksagungen versieht für seine Wachsamkeit...«

»Ah, non scherzamo! Reden wir ernst!« rief der Bursche.

Seine Augen blitzten, und er machte wahrhaftig eine Bewegung, als wollte er die Jacke abwerfen und zur direktesten Auseinandersetzung übergehen.

Cipolla nahm das nicht tragisch. Anders als wir, die einander bedenklich ansahen, hatte der Cavaliere es mit einem Landsmann zu tun, hatte den Boden der Heimat unter den Füßen. Er blieb kalt, zeigte vollkommene Überlegenheit. Eine lächelnde Kopfbewegung seitlich gegen den Kampfhahn, den Blick ins Publikum gerichtet, rief dieses zum mitlächelnden Zeugen seiner Rauflust auf, durch die der Gegner nur die Schlichtheit seiner Lebensform enthüllte. Und dann geschah abermals etwas Merkwürdiges, was jene Überlegenheit in ein unheimliches Licht setzte und die kriegerische Reizung, die von der Szene ausging, auf beschämende und unerklärliche Art ins Lächerliche zog.

Cipolla näherte sich dem Burschen noch mehr, wobei er ihm eigentümlich in die Augen sah. Er kam sogar die Stufen, die dort, links von uns, ins Auditorium führten, halbwegs herab, so daß er, etwas erhöht, dicht vor dem Streitbaren stand. Die Reitpeitsche hing an seinem Arm.

»Du bist nicht zu Scherzen aufgelegt, mein Sohn«, sagte er. »Das ist nur zu begreiflich, denn jedermann sieht, daß du nicht wohl bist. Schon deine Zunge, deren Reinheit zu wünschen übrigließ, deutete auf akute Unordnung des gastrischen Systems. Man sollte keine Abendunterhaltung besuchen, wenn man sich fühlt wie du, und du selbst, ich weiß es, hast geschwankt, ob du nicht besser tätest, ins Bett zu gehen und dir einen Leibwickel zu machen. Es war leichtsinnig, heute nachmittag so viel von diesem weißen Wein zu trinken, der schrecklich sauer war. Jetzt hast du die Kolik, daß du dich krümmen möchtest vor Schmerzen. Tu's nur ungescheut! Es ist eine gewisse Linderung verbunden mit dieser Nachgiebigkeit des Körpers gegen den Krampf der Eingeweide.«

Indem er dies Wort für Wort mit ruhiger Eindringlichkeit und einer Art strenger Teilnahme sprach, schienen seine Augen, in die des jungen Menschen getaucht, über ihren Tränensäcken zugleich welk und brennend zu werden, – es waren sehr sonderbare Augen, und man verstand, daß sein Partner nicht nur aus Mannesstolz die seinen nicht von ihnen lösen mochte. Auch war von solchem Hochmut alsbald in seinem bronzierten Gesicht nichts mehr zu bemerken. Er sah den Cavaliere mit offenem Munde an, und dieser Mund lächelte in seiner Offenheit verstört und kläglich.

»Krümme dich!« wiederholte Cipolla. »Was bleibt dir anderes übrig? Bei solcher Kolik muß man sich krümmen. Du wirst dich doch gegen die natürliche Reflexbewegung nicht sträuben, nur, weil man sie dir empfiehlt.«

Der junge Mann hob langsam die Unterarme, und während er sie anpressend über dem Leibe kreuzte, verbog sich sein Körper, wandte sich seitlich vornüber, tiefer und tiefer, ging bei verstellten Füßen und gegeneinandergekehrten Knien in die Beuge, so daß er endlich, ein Bild verrenkter Pein, beinahe am Boden hockte. So ließ Cipolla ihn einige Sekunden stehen, tat dann mit der Reitpeitsche einen kurzen Hieb durch die Luft und kehrte ausladend zum Rundtischchen zurück, wo er einen Kognak kippte.

»Il boît beaucoup«, stellte hinter uns eine Dame fest. War das alles, was ihr auffiel? Es wollte uns nicht deutlich werden, wie weit das Publikum schon im Bilde war. Der Bursche stand wieder aufrecht, etwas verlegen lächelnd, als wüßte er nicht so recht, wie ihm geschehen. Man hatte die Szene mit Spannung verfolgt und applaudierte ihr, als sie beendet war, indem man sowohl »Bravo, Cipolla!« wie »Bravo, Giovanotto!« rief. Offenbar faßte man den Ausgang des Streites nicht als persönliche Niederlage des jungen Menschen auf, sondern ermunterte ihn wie einen Schauspieler, der eine klägliche Rolle lobenswert durchgeführt hat. Wirklich war seine Art, sich vor Leibschmerzen zu krümmen, höchst ausdrucksvoll, in ihrer Anschaulichkeit gleichsam für die Galerie berechnet und sozusagen eine schauspielerische Leistung gewesen. Aber ich bin nicht sicher, wieweit das Verhalten des Saales nur dem menschlichen Taktgefühl zuzuschreiben war, in dem der Süden uns überlegen ist, und wieweit es auf eigentlicher Einsicht in das Wesen der Dinge beruhte.

Der Cavaliere, gestärkt, hatte sich eine frische Zigarette angezündet. Der arithmetische Versuch konnte wieder in Angriff genommen werden. Ohne Schwierigkeit fand sich ein junger Mann aus den hinteren Sitzreihen, der bereit war, diktierte Ziffern auf die Tafel zu schreiben. Wir kannten ihn auch; die ganze Unterhaltung gewann etwas Familiäres dadurch, daß man so viele Gesichter kannte. Er war der Angestellte des Kolonialwaren- und Obstladens in der Hauptstraße und hatte uns mehrmals in guter Form bedient. Er handhabte die Kreide mit kaufmännischer Gewandtheit, während Cipolla, zu unserer Ebene herabgestiegen, sich in seiner verwachsenen Gangart durch das Publikum bewegte und Zahlen einsammelte, zwei-, drei- und vierstellige nach freier Wahl, die er den Befragten von den Lippen nahm, um sie seinerseits dem jungen Krämer zuzurufen, der sie untereinander reihte. Dabei war alles, im wechselseitigen Einverständnis, auf Unterhaltung, Jux, rednerische Abschweifung berechnet. Es konnte nicht fehlen, daß der Künstler auf Fremde stieß, die mit der inländischen Zahlensprache nicht fertig wurden, und mit denen er sich lange auf hervorgekehrt ritterliche Art bemühte, unter der höflichen Heiterkeit der Landeskinder, die er dann wohl in Verlegenheit brachte, indem er sie nötigte, englisch und französisch vorgebrachte Ziffern zu verdolmetschen. Einige nannten Zahlen, die große Jahre aus der italienischen Geschichte bezeichneten. Cipolla erfaßte sie sofort und knüpfte im Weitergehen patriotische Betrachtungen daran. Jemand sagte »Zero!«, und der Cavaliere, streng beleidigt wie bei jedem Versuch, ihn zum Narren zu halten, erwiderte über die Schulter, das sei eine weniger als zweistellige Zahl, worauf ein anderer Spaßvogel »Null, null« rief und den Heiterkeitserfolg damit hatte, dessen die Anspielung auf natürliche Dinge unter Südländern gewiß sein kann. Der Cavaliere allein hielt sich würdig ablehnend, obgleich er die Anzüglichkeit geradezu herausgefordert hatte; doch gab er achselzuckend auch diesen Rechnungsposten dem Schreiber zu Protokoll.

Als etwa fünfzehn Zahlen in verschieden langen Gliedern auf der Tafel standen, verlangte Cipolla die gemeinsame Addition.

Geübte Rechner möchten sie vor der Schrift im Kopfe vornehmen, aber es stand frei, Crayon und Taschenbuch zu Rate zu ziehen. Cipolla saß, während man arbeitete, auf seinem Stuhl neben der Tafel und rauchte grimassierend, mit dem selbstgefällig anspruchsvollen Gehaben des Krüppels. Die fünfstellige Summe war rasch bereit. Jemand teilte sie mit, ein anderer bestätigte sie, das Ergebnis eines Dritten wich etwas ab, das des Vierten stimmte wieder überein. Cipolla stand auf, klopfte sich etwas Asche vom Rock, lüftete das Blatt Papier an der oberen rechten Ecke der Tafel und ließ das dort von ihm Geschriebene sehen. Die richtige Summe, einer Million sich nähernd, stand schon da. Er hatte sie im voraus aufgezeichnet.

Staunen und großer Beifall. Die Kinder waren überwältigt. Wie er das gemacht habe, wollten sie wissen. Wir bedeuteten sie, das sei ein Trick, nicht ohne weiteres zu verstehen, der Mann sei eben ein Zauberkünstler. Nun wußten sie, was das war, die Soiree eines Taschenspielers. Wie erst der Fischer Leibschmerzen bekam und nun das fertige Resultat auf der Tafel stand, – es war herrlich, und wir sahen mit Besorgnis, daß es trotz ihrer heißen Augen und trotzdem die Uhr schon jetzt fast halb elf war, sehr schwer sein würde, sie wegzubringen. Es würde Tränen geben. Und doch war klar, daß dieser Bucklige nicht zauberte, wenigstens nicht im Sinne der Geschicklichkeit, und daß dies gar nichts für Kinder war. Wiederum weiß ich nicht, was eigentlich das Publikum sich dachte; aber um die »freie Wahl« bei Bestimmung der Summanden war es offenbar recht zweifelhaft bestellt gewesen; dieser und jener der Befragten mochte wohl aus sich selbst geantwortet haben, im ganzen aber war deutlich, daß Cipolla sich seine Leute ausgesucht, und daß der Prozeß, abzielend auf das vorgezeichnete Ergebnis, unter seinem Willen gestanden hatte, – wobei immer noch sein rechnerischer Scharfsinn zu bewundern blieb, wenn das andere sich der Bewunderung seltsam entzog. Dazu der Patriotismus und die reizbare Würde: – die Landsleute des Cavaliere mochten sich bei alldem harmlos in ihrem Elemente fühlen und zu Späßen aufgelegt bleiben; den von außen Kommenden mutete die Mischung beklemmend an.

Übrigens sorgte Cipolla selbst dafür, daß der Charakter seiner Künste jedem irgendwie Wissenden unzweifelhaft wurde, freilich ohne daß ein Name, ein Terminus fiel. Er sprach wohl davon, denn er sprach immerwährend, aber nur in unbestimmten, anmaßenden und reklamehaften Ausdrücken. Er ging noch eine Weile auf dem eingeschlagenen experimentellen Wege fort, machte die Rechnungen erst verwickelter, indem er zur Zusammenzählung Übungen aus den anderen Spezies fügte, und vereinfachte sie dann aufs äußerste, um zu zeigen, wie es zuging. Er ließ einfach Zahlen »raten«, die er vorher unter das Blatt Papier geschrieben hatte. Es gelang fast immer. Jemand gestand, daß er eigentlich einen anderen Betrag habe nennen wollen; da aber im selben Augenblick die Reitpeitsche des Cavaliere vor ihm durch die Luft gepfiffen sei, habe er sich die Zahl entschlüpfen lassen, die sich dann auf der Tafel vorgefunden. Cipolla lachte mit den Schultern. Er heuchelte Bewunderung für das Ingenium der Befragten; aber diese Komplimente hatten etwas Höhnisches und Entwürdigendes, ich glaube nicht, daß sie von den Versuchspersonen angenehm empfunden wurden, obgleich sie dazu lächelten und den Beifall teilweise zu ihren Gunsten buchen mochten. Auch hatte ich nicht den Eindruck, daß der Künstler bei seinem Publikum beliebt war. Eine gewisse Abneigung und Aufsässigkeit war durchzufühlen; aber von der Höflichkeit zu schweigen, die solche Regungen im Zaum hielt, verfehlten Cipollas Können, seine strenge Sicherheit nicht, Eindruck zu machen, und selbst die Reitpeitsche trug, meine ich, etwas dazu bei, daß die Revolte im Unterirdischen blieb.

Vom bloßen Zahlenversuch kam er zu dem mit Karten. Es waren zwei Spiele, die er aus der Tasche zog, und so viel weiß ich noch, daß das Grund- und Musterbeispiel der Experimente, die er damit anstellte, dies war, daß er aus dem einen, ungesehen, drei Karten wählte, die er in der Innentasche seines Gehrocks verbarg, und daß dann die Versuchsperson aus dem vorgehaltenen zweiten Spiel ebendiese drei Karten zog, — nicht immer vollkommen die richtigen; es kam vor, daß nur zweie stimmten, aber in der Mehrzahl der Fälle triumphierte Cipolla, wenn er seine drei Blätter veröffentlichte, und dankte leicht für den Beifall, mit dem man wohl oder übel die Kräfte anerkannte, die er bewährte. Ein junger Herr in vorderster Reihe, rechts von uns, mit stolz geschnittenem Gesicht, Italiener, meldete sich und erklärte, er sei entschlossen, nach klarem Eigenwillen zu wählen und sich jeder wie immer gearteten Beeinflussung bewußt entgegenzustemmen. Wie Cipolla sich unter diesen Umständen den Ausgang denke. – »Sie werden mir«, antwortete der Cavaliere, »damit meine Aufgabe etwas erschweren. An dem Ergebnis wird Ihr Widerstand nichts ändern. Die Freiheit existiert, und auch der Wille existiert; aber die Willensfreiheit existiert nicht, denn ein Wille, der sich auf seine Freiheit richtet, stößt ins Leere. Sie sind frei, zu ziehen oder nicht zu ziehen. Ziehen Sie aber, so werden Sie richtig ziehen, – desto sicherer, je eigensinniger Sie zu handeln versuchen. «

Man mußte zugeben, daß er seine Worte nicht besser hätte wählen können, um die Wasser zu trüben und seelische Verwirrung anzurichten. Der Widerspenstige zögerte nervös, bevor er zugriff. Er zog eine Karte und verlangte sofort zu sehen, ob sie unter den verborgenen sei. »Aber wie?« verwunderte sich Cipolla. »Warum halbe Arbeit tun?« Da jedoch der Trotzige auf dieser Vorprobe bestand: – »E servito«, sagte der Gaukler mit ungewohnt lakaienhafter Gebärde und zeigte, ohne selbst hinzusehen, sein Dreiblatt fächerförmig vor. Die links steckende Karte war die gezogene.

Der Freiheitskämpfer setzte sich zornig, unter dem Beifall des Saales. Wieweit Cipolla die mit ihm geborenen Gaben auch noch durch mechanische Tricks und Behendigkeitsmittelchen unterstützte, mochte der Teufel wissen. Eine solche Verquikkung angenommen, vereinigte die ungebundene Neugier aller sich jedenfalls im Genuß einer phänomenalen Unterhaltung und in der Anerkennung einer Berufstüchtigkeit, die niemand leugnete. »Lavora bene!« Wir hörten die Feststellung da und dort in unserer Nähe, und sie bedeutete den Sieg sachlicher Gerechtigkeit über Antipathie und stille Empörung.

Vor allem, nach seinem letzten, fragmentarischen, doch eben

dadurch nur desto eindrucksvolleren Erfolge, hatte Cipolla sich wieder mit einem Kognak gestärkt. In der Tat, er »trank viel«, und das war etwas schlimm zu sehen. Aber er brauchte Likör und Zigarette offenbar zur Erhaltung und Erneuerung seiner Spannkraft, an die, er hatte es selbst angedeutet, in mehrfacher Beziehung starke Ansprüche gestellt wurden. Wirklich sah er schlecht aus zwischenein, hohläugig und verfallen. Das Gläschen brachte das jeweils ins gleiche, und seine Rede lief danach, während der eingeatmete Rauch ihm grau aus der Lunge sprudelte, belebt und anmaßend. Ich weiß bestimmt, daß er von den Kartenkunststücken zu jener Art von Gesellschaftsspielen überging, die auf über- oder untervernünftigen Fähigkeiten der menschlichen Natur, auf Intuition und »magnetischer« Übertragung, kurzum auf einer niedrigen Form der Offenbarung beruhen. Nur die intimere Reihenfolge seiner Leistungen weiß ich nicht mehr. Auch langweile ich Sie nicht mit der Schilderung dieser Versuche; jeder kennt sie, jeder hat einmal daran teilgenommen, an diesem Auffinden versteckter Gegenstände, diesem blinden Ausführen zusammengesetzter Handlungen, zu dem die Anweisung auf unerforschtem Wege, von Organismus zu Organismus ergeht. Jeder hat auch dabei seine kleinen, neugierig-verächtlichen und kopfschüttelnden Einblicke in den zweideutig-unsauberen und unentwirrbaren Charakter des Okkulten getan, das in der Menschlichkeit seiner Träger immer dazu neigt, sich mit Humbug und nachhelfender Mogelei vexatorisch zu vermischen, ohne daß dieser Einschlag etwas gegen die Echtheit anderer Bestandteile des bedenklichen Amalgams bewiese. Ich sage nur, daß alle Verhältnisse natürlich sich verstärken, der Eindruck nach jeder Seite an Tiefe gewinnt, wenn ein Cipolla Leiter und Hauptakteur des dunklen Spieles ist. Er saß, den Rücken gegen das Publikum gekehrt, im Hintergrunde des Podiums und rauchte, während irgendwo im Saale unter der Hand die Vereinbarungen getroffen wurden, denen er gehorchen, der Gegenstand von Hand zu Hand ging, den er aus seinem Versteck ziehen und mit dem er Vorbestimmtes ausführen sollte. Es war das typische bald getrieben zustoßende, bald lauschend stockende Vorwärtstasten, Fehltappen und sich mit jäh eingegebener Wendung Verbessern, das er zu beobachten gab, wenn er an der Hand eines wissenden Führers, der angewiesen war, sich körperlich rein folgsam zu verhalten, aber seine Gedanken auf das Verabredete zu richten, sich zurückgelegten Hauptes und mit vorgestreckter Hand im Zickzack durch den Saal bewegte. Die Rollen schienen vertauscht, der Strom ging in umgekehrter Richtung, und der Künstler wies in immer fließender Rede ausdrücklich darauf hin. Der leidende, empfangende, der ausführende Teil, dessen Wille ausgeschaltet war, und der einen stummen in der Luft liegenden Gemeinschaftswillen vollführte, war nun er, der solange gewollt und befohlen hatte; aber er betonte, daß es auf eins hinauslaufe. Die Fähigkeit, sagte er, sich seiner selbst zu entäußern, zum Werkzeug zu werden, im unbedingtesten und vollkommensten Sinne zu gehorchen, sei nur die Kehrseite jener anderen, zu wollen und zu befehlen; es sei ein und dieselbe Fähigkeit; Befehlen und Gehorchen, sie bildeten zusammen nur ein Prinzip, eine unauflösliche Einheit; wer zu gehorchen wisse, der wisse auch zu befehlen, und ebenso umgekehrt; der eine Gedanke sei in dem anderen einbegriffen, wie Volk und Führer ineinander einbegriffen seien, aber die Leistung, die äußerst strenge und aufreibende Leistung, sei jedenfalls seine, des Führers und Veranstalters, in welchem der Wille Gehorsam, der Gehorsam Wille werde, dessen Person die Geburtsstätte beider sei, und der es also sehr schwer habe. Er betonte dies stark und oft, daß er es außerordentlich schwer habe, wahrscheinlich um seine Stärkungsbedürftigkeit und das häufige Greifen zum Gläschen zu erklären.

Er tappte seherisch umher, geleitet und getragen vom öffentlichen, geheimen Willen. Er zog eine steinbesetzte Nadel aus dem Schuh einer Engländerin, wo man sie verborgen hatte, trug sie stockend und getrieben zu einer anderen Dame – es war Signora Angiolieri – und überreichte sie ihr kniefällig mit vorbestimmten und, wenn auch naheliegenden, so doch nicht leicht zu treffenden Worten; denn sie waren auf Französisch verabredet worden. »Ich mache Ihnen ein Geschenk zum Zeichen meiner

Verehrung!« hatte er zu sagen, und uns schien, als läge Bosheit in der Härte dieser Bedingung; ein Zwiespalt drückte sich darin aus zwischen dem Interesse am Gelingen des Wunderbaren und dem Wunsch, der anspruchsvolle Mann möchte eine Niederlage erleiden. Aber sehr merkwürdig war es, wie Cipolla, auf den Knien vor Mme. Angiolieri, unter versuchenden Reden um die Erkenntnis des ihm Aufgegebenen rang. »Ich muß etwas sagen«, äußerte er, »und ich fühle deutlich, was es zu sagen gilt. Dennoch fühle ich zugleich, daß es falsch würde, wenn ich es über die Lippen ließe. Hüten Sie sich, mir mit irgendeinem unwillkürlichen Zeichen zu Hilfe zu kommen!« rief er aus, obgleich oder weil zweifellos gerade dies es war, worauf er hoffte… »Pensez très fort!« rief er auf einmal in schlechtem Französisch und sprudelte dann den befohlenen Satz zwar auf Italienisch hervor, aber so, daß er das Schluß- und Hauptwort plötzlich in die ihm wahrscheinlich ganz ungeläufige Schwestersprache fallen ließ und statt »venerazione« »vénération« mit einem unmöglichen Nasal am Ende sagte, – ein Teilerfolg, der nach den schon vollendeten Leistungen, dem Auffinden der Nadel, dem Gang zur Empfängerin und dem Kniefall, fast eindrucksvoller wirkte, als der restlose Sieg es getan hätte, und bewunderungsvollen Beifall hervorrief.

Cipolla trocknete sich aufstehend den Schweiß von der Stirn. Sie verstehen, daß ich nur ein Beispiel seiner Arbeit gab, indem ich von der Nadel erzählte, – es ist mir besonders im Gedächtnis geblieben. Aber er wandelte die Grundform mehrfach ab und durchflocht diese Versuche, so daß viel Zeit darüber verging, mit Improvisationen verwandter Art, zu denen die Berührung mit dem Publikum ihm auf Schritt und Tritt verhalf. Namentlich von der Person unserer Wirtin schien Eingebung auf ihn auszugehen; sie entlockte ihm verblüffende Wahrsagungen. »Es entgeht mir nicht, Signora«, sagte er zu ihr, »daß es mit Ihnen eine besondere und ehrenvolle Bewandtnis hat. Wer zu sehen weiß, der erblickt um Ihre reizende Stirn einen Schein, der, wenn mich nicht alles täuscht, einst stärker war als heute, einen langsam verbleichenden Schein… Kein Wort! Helfen Sie mir nicht! An Ihrer Seite sitzt Ihr Gatte – nicht wahr«, wandte er sich an den stillen Herrn Angiolieri, »Sie sind der Gatte dieser Dame, und Ihr Glück ist vollkommen. Aber in dieses Glück hinein ragen Erinnerungen... fürstliche Erinnerungen... Das Vergangene, Signora, spielt in Ihrem gegenwärtigen Leben, wie mir scheint, eine bedeutende Rolle. Sie kannten einen König... hat nicht ein König in vergangenen Tagen Ihren Lebensweg gekreuzt?«

»Doch nicht«, hauchte die Spenderin unserer Mittagssuppe, und ihre braungoldenen Augen schimmerten in der Edelblässe ihres Gesichtes.

»Doch nicht? Nein, kein König, ich sprach gleichsam nur im rohen und unreinen. Kein König, kein Fürst, – aber dennoch ein Fürst, ein König höherer Reiche. Ein großer Künstler war es, an dessen Seite Sie einst... Sie wollen mir widersprechen, und doch können Sie es nicht mit voller Entschiedenheit, können es nur zur Hälfte tun. Nun denn! Es war eine große, eine weltberühmte Künstlerin, deren Freundschaft Sie in zarter Jugend genossen, und deren heiliges Gedächtnis Ihr ganzes Leben überschattet und verklärt... Den Namen? Ist es nötig, Ihnen den Namen zu nennen, dessen Ruhm sich längst mit dem des Vaterlandes verbunden hat und mit ihm unsterblich ist? Eleonora Duse«, schloß er leise und feierlich.

Die kleine Frau nickte überwältigt in sich hinein. Der Applaus glich einer nationalen Kundgebung. Fast jedermann im Saale wußte von Frau Angiolieris bedeutender Vergangenheit und vermochte also die Intuition des Cavaliere zu würdigen, voran die anwesenden Gäste der Casa Eleonora. Es fragte sich nur, wieviel er selbst davon gewußt, beim ersten berufsmäßigen Umhorchen nach seiner Ankunft in Torre davon in Erfahrung gebracht haben mochte... Aber ich habe gar keinen Grund, Fähigkeiten, die ihm vor unseren Augen zum Verhängnis wurden, rationalistisch zu verdächtigen...

Vor allem gab es nun eine Pause, und unser Gebieter zog sich zurück. Ich gestehe, daß ich mich vor diesem Punkte meines Berichtes gefürchtet habe, fast seit ich zu erzählen begann. Die

Gedanken der Menschen zu lesen, ist meistens nicht schwer, und hier ist es sehr leicht. Unfehlbar werden Sie mich fragen, warum wir nicht endlich weggegangen seien, – und ich muß Ihnen die Antwort schuldig bleiben. Ich verstehe es nicht und weiß mich tatsächlich nicht zu verantworten. Es muß damals bestimmt schon mehr als elf Uhr gewesen sein, wahrscheinlich noch später. Die Kinder schliefen. Die letzte Versuchsserie war für sie recht langweilig gewesen, und so hatte die Natur es leicht, ihr Recht zu erkämpfen. Sie schliefen auf unseren Knien, die Kleine auf den meinen, der Junge auf denen der Mutter. Das war einerseits tröstlich, dann aber doch auch wieder ein Grund zum Erbarmen und eine Mahnung, sie in ihre Betten zu bringen. Ich versichere, daß wir ihr gehorchen wollten, dieser rührenden Mahnung, es ernstlich wollten. Wir weckten die armen Dinger mit der Versicherung, nun sei es entschieden die höchste Zeit zur Heimkehr. Aber ihr flehentlicher Widerstand begann mit dem Augenblick ihrer Selbstbesinnung, und Sie wissen, daß der Abscheu von Kindern gegen das vorzeitige Verlassen einer Unterhaltung nur zu brechen, nicht zu überwinden ist. Es sei herrlich beim Zauberer, klagten sie, wir wüßten nicht, was noch kommen solle, man müsse wenigstens abwarten, womit er nach der Pause beginnen werde, sie schliefen gern zwischendurch ein bißchen, aber nur nicht nach Hause, nur nicht ins Bett, während der schöne Abend hier weitergehe!

Wir gaben nach, wenn auch, soviel wir wußten, nur für den Augenblick, für eine Weile noch, vorläufig. Zu entschuldigen ist es nicht, daß wir blieben, und es zu erklären fast ebenso schwer. Glaubten wir B sagen zu müssen, nachdem wir A gesagt und irrtümlicherweise die Kinder überhaupt hierher gebracht hatten? Ich finde das ungenügend. Unterhielten wir selbst uns denn? Ja und nein, unsere Gefühle für Cavaliere Cipolla waren höchst gemischter Natur, aber das waren, wenn ich nicht irre, die Gefühle des ganzen Saales, und dennoch ging niemand weg. Unterlagen wir einer Faszination, die von diesem auf so sonderbare Weise sein Brot verdienenden Manne auch neben dem Programm, auch zwischen den Kunststücken ausging und unsere

Entschlüsse lähmte? Ebensogut mag die bloße Neugier in Rechnung zu stellen sein. Man möchte wissen, wie ein Abend sich fortsetzen wird, der so begonnen hat, und übrigens hatte Cipolla seinen Abgang mit Ankündigungen begleitet, die darauf schließen ließen, daß er seinen Sack keineswegs geleert habe und eine Steigerung der Effekte zu erwarten sei.

Aber das alles ist es nicht, oder es ist nicht alles. Das richtigste wäre die Frage, warum wir jetzt nicht gingen, mit der anderen zu beantworten, warum wir vorher Torre nicht verlassen hatten. Das ist meiner Meinung nach ein und dieselbe Frage, und um mich herauszuwinden, könnte ich einfach sagen, ich hätte sie schon beantwortet. Es ging hier geradeso merkwürdig und spannend, geradeso unbehaglich, kränkend und bedrückend zu wie in Torre überhaupt, ja, mehr als geradeso: dieser Saal bildete den Sammelpunkt aller Merkwürdigkeit, Nichtgeheuerlichkeit und Gespanntheit, womit uns die Atmosphäre des Aufenthaltes geladen schien; dieser Mann, dessen Rückkehr wir erwarteten, dünkte uns die Personifikation von alledem; und da wir im großen nicht »abgereist« waren, wäre es unlogisch gewesen, es sozusagen im kleinen zu tun. Nehmen Sie das als Erklärung unserer Seßhaftigkeit an oder nicht! Etwas Besseres weiß ich einfach nicht vorzubringen. –

Es gab also eine Pause von zehn Minuten, aus denen annähernd zwanzig wurden. Die Kinder, wach geblieben und entzückt von unserer Nachgiebigkeit, wußten sie vergnüglich auszufüllen. Sie nahmen ihre Beziehungen zur volkstümlichen Sphäre wieder auf, zu Antonio, zu Guiscardo, zu dem Manne der Paddelboote. Sie riefen den Fischern durch die hohlen Hände Wünsche zu, deren Wortlaut sie von uns eingeholt hatten: »Morgen viele Fischchen!« »Ganz voll die Netze!« Sie riefen zu Mario, dem Kellnerburschen vom »Esquisito«, hinüber: »Mario, una cioccolata e biscotti!« Und er gab acht diesmal und antwortete lächelnd: »Subito!« Wir bekamen Gründe, dies freundliche und etwas zerstreutmelancholische Lächeln im Gedächtnis zu bewahren.

So ging die Pause herum, der Gongschlag ertönte, das in Plau-

727

derei gelöste Publikum sammelte sich, die Kinder rückten sich begierig auf ihren Stühlen zurecht, die Hände im Schoß. Die Bühne war offengeblieben. Cipolla betrat sie ausladenden Schrittes und begann sofort, die zweite Folge seiner Darbietungen conférencemäßig einzuleiten.

Lassen Sie mich zusammenfassen: Dieser selbstbewußte Verwachsene war der stärkste Hypnotiseur, der mir in meinem Leben vorgekommen. Wenn er der Öffentlichkeit über die Natur seiner Vorführungen Sand in die Augen gestreut und sich als Geschicklichkeitskünstler angekündigt hatte, so hatten damit offenbar nur polizeiliche Bestimmungen umgangen werden sollen, die eine gewerbsmäßige Ausübung dieser Kräfte grundsätzlich verpönten. Vielleicht ist die formale Verschleierung in solchen Fällen landesüblich und amtlich geduldet oder halb geduldet. Jedenfalls hatte der Gaukler praktisch aus dem wahren Charakter seiner Wirkungen von Anfang an wenig Hehl gemacht, und die zweite Hälfte seines Programms nun war ganz offen und ausschließlich auf den Spezialversuch, die Demonstration der Willensentziehung und -aufnötigung, gestellt, wenn auch rein rednerisch immer noch die Umschreibung herrschte. In einer langwierigen Serie komischer, aufregender, erstaunlicher Versuche, die um Mitternacht noch in vollem Gange waren, bekam man vom Unscheinbaren bis zum Ungeheuerlichen alles zu sehen, was dies natürlich-unheimliche Feld an Phänomenen zu bieten hat, und den grotesken Einzelheiten folgte ein lachendes, kopfschüttelndes, sich aufs Knie schlagendes, applaudierendes Publikum, das deutlich im Bann einer Persönlichkeit von strenger Selbstsicherheit stand, obgleich es, wie mir wenigstens schien, nicht ohne widerspenstiges Gefühl für das eigentümlich Entehrende war, das für den einzelnen und für alle in Cipollas Triumphen lag.

Zwei Dinge spielten die Hauptrolle bei diesen Triumphen: das Stärkungsgläschen und die Reitpeitsche mit dem Klauengriff. Das eine mußte immer wieder dazu dienen, seiner Dämonie einzuheizen, da sonst, wie es schien, Erschöpfung gedroht hätte; und das hätte menschlich besorgt stimmen können um den Mann, wenn nicht das andere, dies beleidigende Symbol seiner Herrschaft, gewesen wäre, diese pfeifende Fuchtel, unter die seine Anmaßung uns alle stellte, und deren Mitwirkung weichere Empfindungen als die einer verwunderten und vertrotzten Unterwerfung nicht aufkommen ließ. Vermißte er sie? Beanspruchte er auch noch unser Mitgefühl? Wollte er alles haben? Eine Äußerung von ihm prägte sich mir ein, die auf solche Eifersucht schließen ließ. Er tat sie, als er, auf dem Höhepunkt seiner Experimente, einen jungen Menschen, der sich ihm zur Verfügung gestellt und sich längst als besonders empfängliches Objekt dieser Einflüsse erwiesen, durch Striche und Anhauch vollkommen kataleptisch gemacht hatte, dergestalt, daß er den in Tiefschlaf Gebannten nicht nur mit Nacken und Füßen auf die Lehnen zweier Stühle legen, sondern sich ihm auch auf den Leib setzen konnte, ohne daß der brettstarre Körper nachgab. Der Anblick des Unholds im Salonrock, hockend auf der verholzten Gestalt, war unglaubwürdig und scheußlich, und das Publikum, in der Vorstellung, daß das Opfer dieser wissenschaftlichen Kurzweil leiden müsse, äußerte Erbarmen. »Poveretto!« »Armer Kerl!« riefen gutmütige Stimmen. »Poveretto!« höhnte Cipolla erbittert. »Das ist falsch adressiert, meine Herrschaften! Sono io, il Poveretto! Ich bin es, der das alles duldet.« Man steckte die Lehre ein. Gut, er selbst mochte es sein, der die Kosten der Unterhaltung trug und der vorstellungsweise auch die Leibschmerzen auf sich genommen haben mochte, von denen der Giovanotto die erbärmliche Grimasse lieferte. Aber der Augenschein sprach dagegen, und man ist nicht aufgelegt, Poveretto zu jemandem zu sagen, der für die Entwürdigung der anderen leidet.

Ich habe vorgegriffen und die Reihenfolge ganz beiseite geworfen. Mein Kopf ist noch heute voll von Erinnerungen an des Cavaliere Duldertaten, nur weiß ich nicht mehr Ordnung darin zu halten, und es kommt auf sie auch nicht an. Soviel aber weiß ich, daß die großen und umständlichen, die am meisten Beifall fanden, mir weniger Eindruck machten als gewisse kleine und rasch vorübergehende. Das Phänomen des Jungen als Sitzbank kam mir soeben nur der daran geknüpften Zurechtweisung wegen gleich in den Sinn... Daß aber eine ältere Dame, auf einem Strohstuhl schlafend, von Cipolla in die Illusion gewiegt wurde, sie mache eine Reise nach Indien, und aus der Trance sehr beweglich von ihren Abenteuern zu Wasser und zu Lande kündete, beschäftigte mich viel weniger, und ich fand es weniger toll, als daß, gleich nach der Pause, ein hoch und breit gebauter Herr militärischen Ansehens den Arm nicht mehr heben konnte, nur weil der Bucklige ihm ankündigte, er werde es nicht mehr tun können, und einmal seine Reitpeitsche dazu durch die Luft pfeifen ließ. Ich sehe noch immer das Gesicht dieses schnurrbärtig stattlichen Colonnello vor mir, dies lächelnde Zähnezusammenbeißen im Ringen nach einer eingebüßten Verfügungsfreiheit. Was für ein konfuser Vorgang! Er schien zu wollen und nicht zu können; aber er konnte wohl nur nicht wollen, und es waltete da jene die Freiheit lähmende Verstrickung des Willens in sich selbst, die unser Bändiger vorhin schon dem römischen Herrn höhnisch vorausgesagt hatte.

Noch weniger vergesse ich in ihrer rührenden und geisterhaften Komik die Szene mit Frau Angiolieri, deren ätherische Widerstandslosigkeit gegen seine Macht der Cavaliere gewiß schon bei seiner ersten dreisten Umschau im Saale erspäht hatte. Er zog sie durch pure Behexung buchstäblich von ihrem Stuhl empor, aus ihrer Reihe heraus mit sich fort, und dabei hatte er, um sein Licht besser leuchten zu lassen, Herrn Angiolieri aufgegeben, seine Frau mit Vornamen zu rufen, gleichsam um das Gewicht seines Daseins und seiner Rechte in die Waagschale zu werfen und mit der Stimme des Gatten alles in der Seele der Gefährtin wachzurufen, was ihre Tugend gegen bösen Zauber zu schützen vermochte. Doch wie vergeblich geschah es! Cipolla, in einiger Entfernung von dem Ehepaar, ließ einmal seine Peitsche pfeifen, mit der Wirkung, daß unsere Wirtin heftig zusammenzuckte und ihm ihr Gesicht zuwandte. »Sofronia!« rief Herr Angiolieri schon hier (wir hatten gar nicht gewußt, daß Frau Angiolieri Sofronia mit Vornamen hieß), und mit Recht begann er zu rufen, denn jedermann sah, daß Gefahr im Verzuge war: seiner Gattin Antlitz blieb unverwandt gegen den verfluchten Cavaliere gerichtet. Dieser nun, die Peitsche ans Handgelenk gehängt, begann mit allen seinen zehn langen und gelben Fingern winkende und ziehende Bewegungen gegen sein Opfer zu vollführen und schrittweise rückwärts zu gehen. Da stieg Frau Angiolieri in schimmernder Blässe von ihrem Sitze auf, wandte sich ganz nach der Seite des Beschwörers und fing an, ihm nachzuschweben. Geisterhafter und fataler Anblick! Mondsüchtigen Ausdrucks, die Arme steif, die schönen Hände etwas aus dem Gelenk erhoben und wie mit geschlossenen Füßen schien sie langsam aus ihrer Bank herauszugleiten, dem ziehenden Verführer nach... »Rufen Sie, mein Herr, rufen Sie doch!« mahnte der Schreckliche. Und Herr Angiolieri rief mit schwacher Stimme: »Sofronia!« Ach, mehrmals rief er es noch, hob sogar, da sein Weib sich mehr und mehr von ihm entfernte, eine hohle Hand zum Munde und winkte mit der andern beim Rufen. Aber ohnmächtig verhallte die arme Stimme der Liebe und Pflicht im Rücken einer Verlorenen, und in mondsüchtigem Gleiten, berückt und taub, schwebte Frau Angiolieri dahin, in den Mittelgang, ihn entlang, gegen den fingernden Bucklichen, auf die Ausgangstür zu. Der Eindruck war zwingend und vollkommen, daß sie ihrem Meister, wenn dieser gewollt hätte, so bis ans Ende der Welt gefolgt wäre.

»Accidente!« rief Herr Angiolieri in wirklichem Schrecken und sprang auf, als die Saaltür erreicht war. Aber im selben Augenblick ließ der Cavaliere den Siegeskranz gleichsam fallen und brach ab. »Genug, Signora, ich danke Ihnen«, sagte er und bot der aus Wolken zu sich Kommenden mit komödiantischer Ritterlichkeit den Arm, um sie Herrn Angiolieri wieder zuzuführen. »Mein Herr«, begrüßte er diesen, »hier ist Ihre Gemahlin! Unversehrt, nebst meinen Komplimenten, liefere ich sie in Ihre Hände zurück. Hüten Sie mit allen Kräften Ihrer Männlichkeit einen Schatz, der so ganz der Ihre ist, und befeuern Sie Ihre Wachsamkeit durch die Einsicht, daß es Mächte gibt, die stärker als Vernunft und Tugend und nur ausnahmsweise mit der Hochherzigkeit der Entsagung gepaart sind!«

Der arme Herr Angiolieri, still und kahl! Er sah nicht aus, als ob er sein Glück auch nur gegen minder dämonische Mächte zu schützen gewußt hätte, als diejenigen waren, die hier zum Schrecken auch noch den Hohn fügten. Gravitätisch und gebläht kehrte der Cavaliere aufs Podium zurück unter einem Beifall, dem seine Beredsamkeit doppelte Fülle verliehen hatte. Namentlich durch diesen Sieg, wenn ich mich nicht irre, war seine Autorität auf einen Grad gestiegen, daß er sein Publikum tanzen lassen konnte, – ja, tanzen. Das ist ganz wörtlich zu verstehen, und es brachte eine gewisse Ausartung, ein gewisses spätnächtliches Drunter und Drüber der Gemüter, eine trunkene Auflösung der kritischen Widerstände mit sich, die so lange dem Wirken des unangenehmen Mannes entgegengestanden waren. Freilich hatte er um die Vollendung seiner Herrschaft hart zu kämpfen, und zwar gegen die Aufsässigkeit des jungen römischen Herrn, dessen moralische Versteifung ein dieser Herrschaft gefährliches öffentliches Beispiel abzugeben drohte. Gerade auf die Wichtigkeit des Beispiels aber verstand sich der Cavaliere, und klug genug, den Ort des geringsten Widerstandes zum Angriffspunkt zu wählen, ließ er die Tanzorgie durch jenen schwächlichen und zur Entgeisterung geneigten Jüngling einleiten, den er vorhin schon stocksteif gemacht hatte. Dieser hatte eine Art, sobald ihn der Meister nur mit dem Blicke anfuhr, wie vom Blitz getroffen den Oberkörper zurückzuwerfen und, Hände an der Hosennaht, in einen Zustand von militärischem Somnambulismus zu verfallen, daß seine Erbötigkeit zu jedem Unsinn, den man ihm auferlegen würde, von vornherein in die Augen sprang. Auch schien er in der Hörigkeit sich ganz zu behagen und seine armselige Selbstbestimmung gern los zu sein; denn immer wieder bot er sich als Versuchsobjekt an und setzte sichtlich seine Ehre darein, ein Musterbeispiel prompter Entseelung und Willenlosigkeit zu bieten. Auch jetzt stieg er aufs Podium, und nur eines Luftstreiches der Peitsche bedurfte es, um ihn nach der Weisung des Cavaliere dort oben »Step« tanzen zu lassen, das heißt in einer Art von wohlgefälliger Ekstase mit geschlossenen Augen und wiegendem Kopf seine dürftigen Glieder nach allen Seiten zu schleudern.

Offenbar war das vergnüglich, und es dauerte nicht lange, bis er Zuzug fand und zwei weitere Personen, ein schlicht und ein gut gekleideter Jüngling, zu seinen beiden Seiten den »Step« vollführten. Hier nun war es, daß der Herr aus Rom sich meldete und trotzig anfragte, ob der Cavaliere sich anheischig mache, ihn tanzen zu lehren, auch wenn er nicht wolle.

»Auch wenn Sie nicht wollen!« antwortete Cipolla in einem Ton, der mir unvergeßlich ist. Ich habe dies fürchterliche »Anche se non vuole!« noch immer im Ohr. Und dann also begann der Kampf. Cipolla, nachdem er ein Gläschen genommen und sich eine frische Zigarette angezündet, stellte den Römer irgendwo im Mittelgang auf, das Gesicht der Ausgangstür zugewandt, nahm selbst in einiger Entfernung hinter ihm Aufstellung und ließ seine Peitsche pfeifen, indem er befahl: »Balla!« Sein Gegner rührte sich nicht. »Balla!« wiederholte der Cavaliere mit Bestimmtheit und schnippte. Man sah, wie der junge Mann den Hals im Kragen rückte und wie gleichzeitig eine seiner Hände sich aus dem Gelenke hob, eine seiner Fersen sich auswärts kehrte. Bei solchen Anzeichen einer zuckenden Versuchung aber, Anzeichen, die jetzt sich verstärkten, jetzt wieder zur Ruhe gebracht wurden, blieb es lange Zeit. Niemand verkannte, daß hier ein vorgefaßter Entschluß zum entschiedenen Widerstande, eine heroische Hartnäckigkeit zu besiegen waren; dieser Brave wollte die Ehre des Menschengeschlechtes heraushauen, er zuckte, aber er tanzte nicht, und der Versuch zog sich so sehr in die Länge, daß der Cavaliere genötigt war, seine Aufmerksamkeit zu teilen; hier und da wandte er sich nach der Bühne und den dort Zappelnden um und ließ seine Peitsche gegen sie pfeifen, um sie in Zucht zu halten, nicht ohne, seitwärts sprechend, das Publikum darüber zu belehren, daß jene Ausgelassenen nachher keinerlei Ermüdung empfinden würden, so lange sie auch tanzten, denn nicht sie seien es eigentlich, die es täten, sondern er. Dann bohrte er wieder den Blick in den Nakken des Römers, die Willensfeste zu berennen, die sich seiner Herrschaft entgegenstellte.

Man sah sie unter seinen immer wiederholten Hieben und unentwegten Anrufen wanken, diese Feste, – sah es mit einer sachlichen Anteilnahme, die von affekthaften Einschlägen, von Bedauern und grausamer Genugtuung nicht frei war. Verstand ich den Vorgang recht, so unterlag dieser Herr der Negativität seiner Kampfposition. Wahrscheinlich kann man vom Nichtwollen seelisch nicht leben; eine Sache nicht tun wollen, das ist auf die Dauer kein Lebensinhalt; etwas nicht wollen und überhaupt nicht mehr wollen, also das Geforderte dennoch tun, das liegt vielleicht zu benachbart, als daß nicht die Freiheitsidee dazwischen ins Gedränge geraten müßte, und in dieser Richtung bewegten sich denn auch die Zureden, die der Cavaliere zwischen Peitschenhiebe und Befehle einflocht, indem er Einwirkungen, die sein Geheimnis waren, mit verwirrend psychologischen mischte. »Balla!« sagte er. »Wer wird sich so quälen? Nennst du es Freiheit – diese Vergewaltigung deiner selbst? Una ballatina! Es reißt dir ja an allen Gliedern. Wie gut wird es sein, ihnen endlich den Willen zu lassen! Da, du tanzest ja schon! Das ist kein Kampf mehr, das ist bereits das Vergnügen!« – So war es, das Zucken und Zerren im Körper des Widerspenstigen nahm überhand, er hob die Arme, die Knie, auf einmal lösten sich alle seine Gelenke, er warf die Glieder, er tanzte, und so führte der Cavaliere ihn, während die Leute klatschten, aufs Podium, um ihn den anderen Hampelmännern anzureihen. Man sah nun das Gesicht des Unterworfenen, es war dort oben veröffentlicht. Er lächelte breit, mit halb geschlossenen Augen, während er sich »vergnügte«. Es war eine Art von Trost, zu sehen, daß ihm offenbar wohler war jetzt als zur Zeit seines Stolzes...

Man kann sagen, daß sein »Fall« Epoche machte. Mit ihm war das Eis gebrochen, Cipollas Triumph auf seiner Höhe; der Stab der Kirke, diese pfeifende Ledergerte mit Klauengriff, herrschte unumschränkt. Zu dem Zeitpunkt, den ich im Sinne habe, und der ziemlich weit nach Mitternacht gelegen gewesen sein muß, tanzten auf der kleinen Bühne acht oder zehn Personen, aber auch im Saale selbst gab es allerlei Beweglichkeit, und eine Angelsächsin mit Zwicker und langen Zähnen war, ohne daß der Meister sich auch nur um sie gekümmert hätte, aus ihrer Reihe hervorgekommen, um im Mittelgang eine Tarantella aufzuführen. Cipolla unterdessen saß in lässiger Haltung auf einem Strohstuhl links auf dem Podium, verschlang den Rauch einer Zigarette und ließ ihn durch seine häßlichen Zähne arrogant wieder ausströmen. Fußwippend und zuweilen mit den Schultern lachend blickte er in die Gelöstheit des Saales und ließ von Zeit zu Zeit, halb rückwärts, die Peitsche gegen einen Zappler pfeifen, der im Vergnügen nachlassen wollte. Die Kinder waren wach um diese Zeit. Ich erwähne sie mit Beschämung. Hier war nicht gut sein, für sie am wenigsten, und daß wir sie immer noch nicht fortgeschafft hatten, kann ich mir nur mit einer gewissen Ansteckung durch die allgemeine Fahrlässigkeit erklären, von der zu dieser Nachtstunde auch wir ergriffen waren. Es war nun schon alles einerlei. Übrigens und gottlob fehlte ihnen der Sinn für das Anrüchige dieser Abendunterhaltung. Ihre Unschuld entzückte sich immer aufs neue an der außerordentlichen Erlaubnis, einem solchen Spektakel, der Soiree des Zauberkünstlers, beizuwohnen. Immer wieder hatten sie viertelstundenweise auf unseren Knien geschlafen und lachten nun mit roten Backen und trunkenen Augen von Herzen über die Sprünge, die der Herr des Abends die Leute machen ließ. Sie hatten es sich so lustig nicht gedacht, sie beteiligten sich mit ungeschickten Händchen freudig an jedem Applaus. Aber vor Lust hüpften sie nach ihrer Art von den Stühlen empor, als Cipolla ihrem Freunde Mario, Mario vom »Esquisito«, winkte, – ihm winkte, recht wie es im Buche steht, indem er die Hand vor die Nase hielt und abwechselnd den Zeigefinger lang aufrichtete und zum Haken krümmte.

Mario gehorchte. Ich sehe ihn noch die Stufen hinauf zum Cavaliere steigen, der dabei immer fortfuhr, in jener grotesk-musterhaften Art mit dem Zeigefinger zu winken. Einen Augenblick hatte der junge Mensch gezögert, auch daran erinnere ich mich genau. Er hatte während des Abends mit verschränkten Armen oder die Hände in den Taschen seiner Jacke im Seitengange an einem Holzpfeiler gelehnt, links von uns, dort, wo auch der Giovanotto mit der kriegerischen Haartracht stand, und war den Darbietungen, soviel wir gesehen hatten, aufmerksam, aber ohne viel Heiterkeit und Gott weiß mit wieviel Verständnis gefolgt. Zu guter Letzt noch zur Mittätigkeit angehalten zu werden war ihm sichtlich nicht angenehm. Dennoch war es nur zu begreiflich, daß er dem Winken folgte. Das lag schon in seinem Beruf; und außerdem war es wohl eine seelische Unmöglichkeit, daß ein schlichter Bursche wie er dem Zeichen eines so im Erfolg thronenden Mannes, wie Cipolla es zu dieser Stunde war, hätte den Gehorsam verweigern sollen. Gern oder ungern, er löste sich also von seinem Pfeiler, dankte denen, die, vor ihm stehend und sich umschauend, ihm den Weg zum Podium freigaben, und stieg hinauf, ein zweifelndes Lächeln um seine aufgeworfenen Lippen.

Stellen Sie ihn sich vor als einen untersetzt gebauten Jungen von zwanzig Jahren mit kurzgeschorenem Haar, niedriger Stirn und zu schweren Lidern über Augen, deren Farbe ein unbestimmtes Grau mit grünen und gelben Einschlägen war. Das weiß ich genau, denn wir hatten oft mit ihm gesprochen. Das Obergesicht mit der eingedrückten Nase, die einen Sattel von Sommersprossen trug, trat zurück gegen das untere, von den dicken Lippen beherrschte, zwischen denen beim Sprechen die feuchten Zähne sichtbar wurden, und diese Wulstlippen verliehen zusammen mit der Verhülltheit der Augen seiner Physiognomie eine primitive Schwermut, die gerade der Grund gewesen war, weshalb wir von jeher etwas übriggehabt hatten für Mario. Von Brutalität des Ausdrucks konnte keine Rede sein; dem hätte schon die ungewöhnliche Schmalheit und Feinheit seiner Hände widersprochen, die selbst unter Südländern als nobel auffielen, und von denen man sich gern bedienen ließ.

Wir kannten ihn menschlich, ohne ihn persönlich zu kennen, wenn Sie mir die Unterscheidung erlauben wollen. Wir sahen ihn fast täglich und hatten eine gewisse Teilnahme gefaßt für seine träumerische, leicht in Geistesabwesenheit sich verlierende Art, die er in hastigem Übergang durch eine besondere Dienstfertigkeit korrigierte; sie war ernst, höchstens durch die Kinder zum Lächeln zu bringen, nicht mürrisch, aber unschmeichlerisch, ohne gewollte Liebenswürdigkeit, oder vielmehr: sie verzichtete auf Liebenswürdigkeit, sie machte sich offenbar keine Hoffnung, zu gefallen. Seine Figur wäre uns auf jeden Fall im Gedächtnis geblieben, eine der unscheinbaren Reiseerinnerungen, die man besser behält als manche erheblichere. Von seinen Umständen aber wußten wir nichts weiter, als daß sein Vater ein kleiner Schreiber im Municipio und seine Mutter Wäscherin war.

Die weiße Jacke, in der er servierte, kleidete ihn besser als der verschossene Complet aus dünnem, gestreiftem Stoff, in dem er jetzt da hinaufstieg, keinen Kragen um den Hals, sondern ein geflammtes Seidentuch, über dessen Enden die Jacke geschlossen war. Er trat an den Cavaliere heran, aber dieser hörte nicht auf, seinen Fingerhaken vor der Nase zu bewegen, so daß Mario noch näher treten mußte, neben die Beine des Gewaltigen, unmittelbar an den Stuhlsitz heran, worauf Cipolla ihn mit gespreizten Ellbogen anfaßte und ihm eine Stellung gab, daß wir sein Gesicht sehen konnten. Er musterte ihn lässig, herrscherlich und heiter von oben bis unten.

»Was ist das, ragazzo mio?« sagte er. »So spät machen wir Bekanntschaft? Dennoch kannst du mir glauben, daß ich die deine längst gemacht habe... Aber ja, ich habe dich längst ins Auge gefaßt und mich deiner vortrefflichen Eigenschaften versichert. Wie konnte ich dich wieder vergessen? So viele Geschäfte, weißt du... Sag mir doch, wie nennst du dich? Nur den Vornamen will ich wissen.«

»Mario heiße ich«, antwortete der junge Mensch leise.

»Ah, Mario, sehr gut. Doch, der Name kommt vor. Ein verbreiteter Name. Ein antiker Name, einer von denen, die die heroischen Überlieferungen des Vaterlandes wach erhalten. Bravo. Salve!« Und er streckte Arm und flache Hand aus seiner schiefen Schulter zum römischen Gruß schräg aufwärts. Wenn er etwas betrunken war, so konnte das nicht wundernehmen; aber er sprach nach wie vor sehr klar akzentuiert und geläufig, wenn auch um diese Zeit in sein ganzes Gehaben und auch in den Tonfall seiner Worte etwas Sattes und Paschahaftes, etwas von Räkelei und Übermut eingetreten war.

»Also denn, mein Mario«, fuhr er fort, »es ist schön, daß du heute abend gekommen bist und noch dazu ein so schmuckes Halstuch angelegt hast, das dir exzellent zu Gesichte steht und dir bei den Mädchen nicht wenig zustatten kommen wird, den reizenden Mädchen von Torre di Venere...«

Von den Stehplätzen her, ungefähr von dort, wo auch Mario gestanden hatte, ertönte ein Lachen, – es war der Giovanotto mit der Kriegsfrisur, der es ausstieß, er stand dort mit seiner geschulterten Jacke und lachte »Haha!« recht roh und höhnisch.

Mario zuckte, glaube ich, die Achseln. Jedenfalls zuckte er. Vielleicht war es eigentlich ein Zusammenzucken und die Bewegung der Achseln nur eine halb nachträgliche Verkleidung dafür, mit der er bekunden wollte, daß das Halstuch sowohl wie das schöne Geschlecht ihm gleichgültig seien.

Der Cavaliere blickte flüchtig hinunter.

»Um den da kümmern wir uns nicht«, sagte er, »er ist eifersüchtig, wahrscheinlich auf die Erfolge deines Tuches bei den Mädchen, vielleicht auch, weil wir uns hier oben so freundschaftlich unterhalten, du und ich... Wenn er will, erinnere ich ihn an seine Kolik. Das kostet mich gar nichts. Sage ein bißchen, Mario: Du zerstreust dich heute abend... Und am Tage bedienst du also in einem Kurzwarengeschäft?«

»In einem Café«, verbesserte der Junge.

»Vielmehr in einem Café! Da hat der Cipolla einmal danebengehauen. Ein Cameriere bist du, ein Schenke, ein Ganymed, – das lasse ich mir gefallen, noch eine antike Erinnerung, – salvietta!« Und dazu streckte der Cavaliere zum Gaudium des Publikums aufs neue grüßend den Arm aus.

Auch Mario lächelte. »Früher aber«, flocht er dann rechtlicherweise ein, »habe ich einige Zeit in Portoclemente in einem Laden bedient.« Es war in seiner Bemerkung etwas von dem menschlichen Wunsch, einer Wahrsagung nachzuhelfen, ihr Zutreffendes abzugewinnen.

»Also, also! In einem Laden für Kurzwaren!«

»Es gab dort Kämme und Bürsten«, erwiderte Mario ausweichend.

»Sagte ich's nicht, daß du nicht immer ein Ganymed warst, nicht immer mit der Serviette bedient hast? Noch wenn der Cipolla danebenhaut, tut er's auf vertrauenerweckende Weise. Sage, hast du Vertrauen zu mir?«

Unbestimmte Bewegung.

»Eine halbe Antwort«, stellte der Cavaliere fest. »Man gewinnt zweifellos schwer dein Vertrauen. Selbst mir, ich sehe es wohl, gelingt das nicht leicht. Ich bemerke in deinem Gesicht einen Zug von Verschlossenheit, von Traurigkeit, un tratto di malinconia... Sage mir doch«, und er ergriff zuredend Marios Hand, »hast du Kummer?«

»Nossignore!« antwortete dieser rasch und bestimmt.

»Du hast Kummer«, beharrte der Gaukler, diese Bestimmtheit autoritär überbietend. »Das sollte ich nicht sehen? Mach du dem Cipolla etwas weis! Selbstverständlich sind es die Mädchen, ein Mädchen ist es. Du hast Liebeskummer.«

Mario schüttelte lebhaft den Kopf. Gleichzeitig erklang neben uns wieder das brutale Lachen des Giovanotto. Der Cavaliere horchte hin. Seine Augen gingen irgendwo in der Luft umher, aber er hielt dem Lachen das Ohr hin und ließ dann, wie schon ein- oder zweimal während seiner Unterhaltung mit Mario, die Reitpeitsche halb rückwärts gegen sein Zappelkorps pfeifen, damit keiner im Eifer erlahme. Dabei aber wäre sein Partner ihm fast entschlüpft, denn in plötzlichem Aufzucken wandte dieser sich von ihm ab und den Stufen zu. Er war rot um die Augen. Cipolla hielt ihn gerade noch fest.

»Halt da!« sagte er. »Das wäre. Du willst ausreißen, Ganymed, im besten Augenblick oder dicht vor dem besten? Hier geblieben, ich verspreche dir schöne Dinge. Ich verspreche dir, dich von der Grundlosigkeit deines Kummers zu überzeugen. Dieses Mädchen, das du kennst und das auch andere kennen, diese – wie heißt sie gleich? Warte! Ich lese den Namen in deinen Augen, er schwebt mir auf der Zunge, und auch du bist, sehe ich, im Begriffe, ihn auszusprechen...«

»Silvestra!« rief der Giovanotto von unten.

Der Cavaliere verzog keine Miene.

»Gibt es nicht vorlaute Leute?« fragte er, ohne hinunterzu-
blicken, vielmehr wie in ungestörter Zwiesprache mit Mario.
»Gibt es nicht überaus vorlaute Hähne, die zur Zeit und Un-
zeit krähen? Da nimmt er uns den Namen von den Lippen,
dir und mir, und glaubt wohl noch, der Eitle, ein besonderes
Anrecht auf ihn zu besitzen. Lassen wir ihn! Die Silvestra
aber, deine Silvestra, ja, sage einmal, das ist ein Mädchen,
was?! Ein wahrer Schatz! Das Herz steht einem still, wenn
man sie gehen, atmen, lachen sieht, so reizend ist sie. Und
ihre runden Arme, wenn sie wäscht und dabei den Kopf in
den Nacken wirft und das Haar aus der Stirn schüttelt! Ein
Engel des Paradieses!«

Mario starrte ihn mit vorgeschobenem Kopfe an. Er schien
seine Lage und das Publikum vergessen zu haben. Die roten
Flecken um seine Augen hatten sich vergrößert und wirkten wie
aufgemalt. Ich habe das selten gesehen. Seine dicken Lippen
standen getrennt.

»Und er macht dir Kummer, dieser Engel«, fuhr Cipolla fort,
»oder vielmehr, du machst dir Kummer um ihn... Das ist ein
Unterschied, mein Lieber, ein schwerwiegender Unterschied,
glaube mir! In der Liebe gibt es Mißverständnisse, – man kann
sagen, daß das Mißverständnis nirgends so sehr zu Hause ist wie
hier. Du wirst meinen, was versteht der Cipolla von der Liebe,
er mit seinem kleinen Leibesschaden? Irrtum, er versteht gar viel
davon, er versteht sich auf eine umfassende und eindringliche
Weise auf sie, es empfiehlt sich, ihm in ihren Angelegenheiten
Gehör zu schenken! Aber lassen wir den Cipolla, lassen wir ihn
ganz aus dem Spiel, und denken wir nur an Silvestra, deine reizende Silvestra! Wie? Sie sollte irgendeinem krähenden Hahn
vor dir den Vorzug geben, so daß er lachen kann und du weinen
mußt? Den Vorzug vor dir, einem so gefühlvollen und sympathischen Burschen? Das ist wenig wahrscheinlich, das ist unmöglich, wir wissen es besser, der Cipolla und sie. Wenn ich
mich an ihre Stelle versetze, siehst du, und die Wahl habe zwischen so einem geteerten Lümmel, so einem Salzfisch und Mee-
resobst – und einem Mario, einem Ritter der Serviette, der sich

unter den Herrschaften bewegt, der den Fremden gewandt Erfrischungen reicht und mich liebt mit wahrem, heißem Gefühl, – meiner Treu, so ist die Entscheidung meinem Herzen nicht schwer gemacht, so weiß ich wohl, wem ich es schenken soll, wem ganz allein ich es längst schon errötend geschenkt habe. Es ist Zeit, daß er's sieht und begreift, mein Erwählter! Es ist Zeit, daß du mich siehst und erkennst, Mario, mein Liebster... Sage, wer bin ich?«

Es war greulich, wie der Betrüger sich lieblich machte, die schiefen Schultern kokett verdrehte, die Beutelaugen schmachten ließ und in süßlichem Lächeln seine splittrigen Zähne zeigte. Ach, aber was war während seiner verblendenden Worte aus unserem Mario geworden? Es wird mir schwer, es zu sagen, wie es mir schwer wurde, es zu sehen, denn das war eine Preisgabe des Innigsten, die öffentliche Ausstellung verzagter und wahnhaft beseligter Leidenschaft. Er hielt die Hände vorm Munde gefaltet, seine Schultern hoben und senkten sich in gewaltsamen Atemzügen. Gewiß traute er vor Glück seinen Augen und Ohren nicht und vergaß eben nur das eine dabei, daß er ihnen wirklich nicht trauen durfte. »Silvestra!« hauchte er überwältigt, aus tiefster Brust.

»Küsse mich!« sagte der Bucklige. »Glaube, daß du es darfst! Ich liebe dich. Küsse mich hierher«, und er wies mit der Spitze des Zeigefingers, Hand, Arm und kleinen Finger wegspreizend, an seine Wange, nahe dem Mund. Und Mario neigte sich und küßte ihn.

Es war recht still im Saale geworden. Der Augenblick war grotesk, ungeheuerlich und spannend, – der Augenblick von Marios Seligkeit. Was hörbar wurde in dieser argen Zeitspanne, in der alle Beziehungen von Glück und Illusion sich dem Gefühle aufdrängten, war, nicht gleich am Anfang, aber sogleich nach der traurigen und skurrilen Vereinigung von Marios Lippen mit dem abscheulichen Fleisch, das sich seiner Zärtlichkeit unterschob, das Lachen des Giovanotto zu unserer Linken, das sich einzeln aus der Erwartung löste, brutal, schadenfroh und dennoch, ich hätte mich sehr täuschen müssen, nicht ohne einen Unterton und Einschlag von Erbarmen mit so viel verträumtem Nachteil, nicht ganz ohne das Mitklingen jenes Rufes »Poveretto!«, den der Zauberer vorhin für falsch gerichtet erklärt und für sich selbst in Anspruch genommen hatte.

Zugleich aber auch schon, während noch dies Lachen erklang, ließ der oben Geliebkoste unten, neben dem Stuhlbein, die Reitpeitsche pfeifen, und Mario, geweckt, fuhr auf und zurück. Er stand und starrte, hintübergebogenen Leibes, drückte die Hände an seine mißbrauchten Lippen, eine über der anderen, schlug sich dann mit den Knöcheln beider mehrmals gegen die Schläfen, machte kehrt und stürzte, während der Saal applaudierte und Cipolla, die Hände im Schoß gefaltet, mit den Schultern lachte, die Stufen hinunter. Unten, in voller Fahrt, warf er sich mit auseinandergerissenen Beinen herum, schleuderte den Arm empor, und zwei flach schmetternde Detonationen durchschlugen Beifall und Gelächter.

Alsbald trat Lautlosigkeit ein. Selbst die Zappler kamen zur Ruhe und glotzten verblüfft. Cipolla war mit einem Satz vom Stuhle aufgesprungen. Er stand da mit abwehrend seitwärtsgestreckten Armen, als wollte er rufen: »Halt! Still! Alles weg von mir! Was ist das?!«, sackte im nächsten Augenblick mit auf die Brust kugelndem Kopf auf den Sitz zurück und fiel im übernächsten seitlich davon herunter, zu Boden, wo er liegen blieb, reglos, ein durcheinandergeworfenes Bündel Kleider und schiefer Knochen.

Der Tumult war grenzenlos. Damen verbargen in Zuckungen das Gesicht an der Brust ihrer Begleiter. Man rief nach einem Arzt, nach der Polizei. Man stürmte das Podium. Man warf sich im Gedränge auf Mario, um ihn zu entwaffnen, ihm die kleine, stumpfmetallne, kaum pistolenförmige Maschinerie zu entwinden, die ihm in der Hand hing, und deren fast nicht vorhandenen Lauf das Schicksal in so unvorhergesehene und fremde Richtung gelenkt hatte.

Wir nahmen – nun also doch – die Kinder und zogen sie an dem einschreitenden Karabinierepaar vorüber gegen den Ausgang. »War das auch das Ende?« wollten sie wissen, um sicherzugehen... »Ja, das war das Ende«, bestätigten wir ihnen. Ein Ende mit Schrecken, ein höchst fatales Ende. Und ein befreiendes Ende dennoch, – ich konnte und kann nicht umhin, es so zu empfinden!

Die vertauschten Köpfe

Eine indische Legende

I.

Die Geschichte der schönhüftigen Sita, Tochter des aus Kriegerblut stammenden Kuhzüchters Sumantra, und ihrer beiden Gatten (wenn man so sagen darf) stellt, blutig und sinnverwirrend
wie sie ist, die höchsten Anforderungen an die Seelenstärke des
Lauschenden und an sein Vermögen, den grausamen Gaukeleien
der Maya des Geistes Spitze zu bieten. Es wäre zu wünschen,
daß die Zuhörer sich an der Festigkeit des Überliefernden ein
Beispiel nähmen, denn fast mehr Mut noch gehört dazu, eine
solche Geschichte zu erzählen, als sie zu vernehmen. Von Anfang bis zu Ende trug sie sich aber zu, wie folgt.

Zu der Zeit, als Erinnerung in den Seelen der Menschen emporstieg, wie wenn ein Opfergefäß sich vom Fuße her langsam
mit Rauschtrank füllte oder mit Blut; als der Schoß strenger
Herrenfrömmigkeit sich dem Samen des Ur-Vorherigen öffnete, Heimweh nach der Mutter alte Sinnbilder mit verjüngten
Schauern umgab und die Pilgerzüge anschwellen ließ, die im
Frühjahr zu den Wohnhäusern der großen Weltamme drängten:
zu dieser Zeit hielten zwei Jünglinge, wenig verschieden an Jahren und Kastenzugehörigkeit, aber sehr ungleich nach ihrer Verkörperung, enge Freundschaft. Der Jüngere von ihnen hieß
Nanda, der etwas Ältere Schridaman. Jener war achtzehn Jahre
alt, dieser schon einundzwanzig, und beide waren, je an ihrem
Tage, mit der heiligen Schnur umgürtet und in die Gemeinschaft
der Zweimalgeborenen aufgenommen worden. Beheimatet
waren sie in demselben Tempeldorfe, mit Namen »Wohlfahrt
der Kühe«, und hingesiedelt vor Zeiten auf Fingerzeig der Götter an seiner Stätte im Lande Kosala. Es war mit einer Kaktus-

hecke und einer Holzmauer umhegt, von deren nach den vier Himmelsgegenden gerichteten Toren ein wandernder Wesens-erkenner und Eingeweihter der Göttin Rede, der kein unrichti-ges Wort sprach und im Dorf gespeist worden war, den Segens-Ausspruch getan hatte, daß ihre Pfosten und Querbalken von Honig und Butter tröffen.

Die Freundschaft der beiden Jünglinge beruhte auf der Unter-schiedlichkeit ihrer Ich- und Mein-Gefühle, von denen die des einen nach denen des anderen trachteten. Einkörperung nämlich schafft Vereinzelung, Vereinzelung schafft Verschiedenheit, Verschiedenheit schafft Vergleichung, Vergleichung schafft Un-ruhe, Unruhe schafft Verwunderung, Verwunderung schafft Bewunderung, Bewunderung aber Verlangen nach Austausch und Vereinigung. Etad vai tad. Dieses ist das. Und auf die Ju-gend zumal trifft die Lehre zu, wenn der Ton des Lebens noch weich ist und die Ich- und Mein-Gefühle noch nicht erstarrt sind in der Zersplitterung des Einen.

Der Jüngling Schridaman war ein Kaufmann und eines Kauf-manns Sohn, Nanda dagegen zugleich ein Schmied und ein Kuhhirt, da sein Vater Garga sowohl den Hammer führte und den Vogelfittich zur Auffachung des Feuers, wie auch Hornvieh unterhielt im Pferch und auf der Weide. Schridamans Erzeuger betreffend, Bhavabhûti mit Namen, so leitete er seine Geburt in der männlichen Linie aus einem vedakundigen Brahmanenge-schlechte her, was Garga und sein Sohn Nanda weit entfernt waren zu tun. Dennoch waren auch sie keine Shûdra, sondern gehörten, obgleich etwas ziegennasig, durchaus der mensch-lichen Gesellschaft an. Auch war für Schridaman und schon für Bhavabhûti das Brahmanentum nur noch eine Erinnerung, denn der Vater dieses bereits war auf der Lebensstufe des Haus-vaters, welche auf die des Lernenden folgt, mit Bewußtsein ste-hen geblieben und hatte sein Leben lang die des Einsiedlers und des Asketen nicht beschritten. Er hatte es verschmäht, nur von frommen Gaben zu leben, die seiner Vedakundigkeit gezollt wurden, oder war nicht satt davon geworden, und hatte einen würdigen Handel aufgetan mit Mull, Kampfer, Sandel, Seide und Zitz. So war auch der Sohn, den er sich zum Opferdienste erzeugt, ein Wânidja oder Kaufmann geworden an der Dorfstätte »Wohlfahrt der Kühe«, und dessen Sohn wieder, Schridaman eben, war in dieselben Fußstapfen getreten, nicht ohne einige Knabenjahre hindurch unter der Obhut eines Guru und geistlichen Meisters der Grammatik, der Sternenkunde und den Grundelementen der Wesensbetrachtung gewidmet zu haben.

Nicht also Nanda, des Garga Sohn. Sein Karman war anders, und nie hatte er, durch Überlieferung und Blutsmischung dazu angehalten, sich mit Geistigem abgegeben, sondern war wie er war, ein Sohn des Volks und von lustiger Einfalt, eine Krischna-Erscheinung, denn er war dunkel nach Haut und Haaren, und sogar die Locke »Glückskalb« hatte er auf der Brust. Vom Schmiedehandwerk hatte er die wackeren Arme und vom Hirtentum noch weiterhin ein gutes Gepräge; denn sein Körper, den er mit Senföl zu salben und mit Ketten wilder Blumen, auch mit Goldschmuck zu behängen liebte, war wohlgestalt, entsprechend seinem netten bartlosen Gesicht, das allenfalls, wie erwähnt, etwas ziegennasig war und gewissermaßen auch wulstlippig, aber beides auf einnehmende Art, und seine schwarzen Augen pflegten zu lachen.

Dies alles gefiel Schridaman bei der Vergleichung mit sich selbst, der um mehrere Schattierungen heller war, als Nanda an Haupt und Gliedern und auch eine abweichende Gesichtsbildung aufwies. Der Rücken seiner Nase war dünn wie Messersschneide, und Augen hatte er, sanft von Stern und Lid, dazu einen weichen fächerförmigen Bart um die Wangen. Weich waren auch seine Glieder und nicht geprägt von Schmiede- und Hirtenwerk, vielmehr teils brahmanenmäßig, teils kaufmannshaft: mit schmaler, etwas schwammiger Brust und einigem Schmer um das Bäuchlein, – übrigens untadlig, mit feinen Knieen und Füßen. Es war ein Körper, wie er wohl einem edlen und wissenden Haupt, welches bei dem Ganzen eben die Hauptsache, als Zubehör und Anhängsel dient, wohingegen bei dem ganzen Nanda sozusagen der Körper die Hauptsache war und der Kopf bloß ein nettes Zubehör. Alles in allem waren die beiden wie Schiwa, wenn er sich verdoppelt und einmal als bärtiger Asket der Göttin wie tot zu Füßen liegt, einmal aber, ihr aufrecht zugewandt, als blühende Jünglingsgestalt die Glieder dehnt.

Da sie jedoch nicht Eins waren, wie Schiwa, der Leben und Tod, Welt und Ewigkeit ist in der Mutter, sondern zweierlei darstellten hienieden, so waren sie einander wie Schaubilder. Eines jeden Meingefühl langweilte sich an sich selbst, und ob auch wissend, daß alles ja doch nur aus Mängeln besteht, lugten sie nach einander um ihrer Verschiedenheit willen. Schridaman, mit seinem feinen Mund im Barte, fand Gefallen an der urwüchsigen Krischna-Natur des wulstlippigen Nanda; und dieser, teils geschmeichelt hiervon, teils auch, und noch mehr, weil Schridamans hellere Farbe, sein edles Haupt und seine richtige Rede, welche bekanntlich mit Weisheit und Wesenserkenntnis Hand in Hand geht und von Anbeginn damit verschmolzen ist, ihm großen Eindruck machten, kannte seinerseits nichts Lieberes, als den Umgang mit jenem, sodaß sie unzertrennliche Freunde wurden. Allerdings war in der Zuneigung eines jeden für den anderen auch einiger Spott enthalten, insofern als Nanda sich über Schridamans hellen Schmer, dünne Nase und richtige Rede, Schridaman dagegen über Nanda's Ziegennasigkeit und nette Popularität sich unter der Hand auch wieder etwas lustig machte. Aber diese Art innere Spötterei ist meistens in Vergleichung und Unruhe einschlägig und bedeutet einen Tribut an das Ich- und Mein-Gefühl, welches dem weiter daraus erwachsenden Maya-Verlangen nicht im geringsten Abbruch tut.

II.

Es geschah nun aber zur lieblichen, von Vogellärm durchtönten Jahreszeit des Frühlings, daß Nanda und Schridaman zusammen eine Fußreise taten über Land, ein jeder aus besonderem Anlaß. Nanda hatte von seinem Vater Garga den Auftrag erhalten, ein Quantum Roherz einzuhandeln von einer gewissen Gruppe tiefstehender, nur mit Schilf geschürzter Leute, die gewohnt und geschickt waren, solches aus dem Eisenstein zu schmelzen, und mit denen Nanda zu reden wußte. Sie wohnten in Kralen einige Tagereisen westlich von der Heimat der Freunde, unweit des städtischen Kuruksheta, das seinerseits etwas nördlich vom volkreichen Indraprastha am Strome Djamna gelegen ist, und wo Schridaman zu tun hatte. Denn er sollte bei einem dortigen Geschäftsfreunde seines Hauses, der ebenfalls ein auf der Stufe des Hausvaters verharrender Brahmane war, eine Partie bunter Gespinste, die die Frauen daheim aus feinem Faden gewoben, mit möglichstem Vorteil eintauschen gegen Reis-Stampfer und eine Art besonders praktischer Feuerhölzer, an denen zu »Wohlfahrt der Kühe« Knappheit eingetreten war.

Als sie nun schon einen Tag und einen halben gereist waren, unter Menschen auf Landstraßen, wie auch allein durch Wälder und Einöden, wobei jeder seine Wegeslast auf dem Rücken trug: Nanda einen Kasten mit Betelnüssen, Kaurimuscheln und auf Bastpapier aufgetragenem Alta-Rot zum Schminken der Fußsohlen, womit er das Roherz der Tiefstehenden zu bezahlen gedachte, und Schridaman die in ein Rehfell eingenähten Gespinste, die aber Nanda aus Freundschaft auch zuweilen noch aufhuckte, kamen sie an einen heiligen Badeplatz Kali's; der Allumfangenden, der Mutter aller Welten und Wesen, die Vischnu's Traumtrunkenheit ist, am Flüßchen »Goldfliege«, das fröhlich wie eine losgelassene Stute aus der Berge Schoß kommt, dann aber seinen Lauf mäßigt und an heiliger Stelle sanft mit dem Strome Djamna zusammenfließt, der seinerseits an überheiliger Stelle in die ewige Ganga mündet, – diese aber mündet vielfach ins Meer. Zahlreiche Badeplätze, hochberühmt, die alle Befleckung tilgen, und wo man, das Wasser des Lebens schöpfend und im Schoße untertauchend, Wiedergeburt empfängt, – viele solche säumen die Ufer und Mündungsstellen der Ganga, und wo andere Flüsse sich in die irdische Milchstraße ergießen, auch wo wieder andere sich mit diesem verbinden, wie »Goldfliege«, das Töchterchen Schneeheims, mit der Djamna tut, überall dort findet man bestimmt solche Stätten der Reinigung und Vereinigung, bequem gemacht für jedermann zu

Opfer und Kommunion, versehen mit heiligen Stufen zum Einstieg, daß nicht der Fromme ohne Form und Weihe durch Lotos und Uferschilf muß in den Schoß patschen, sondern würdig hinabschreiten kann, zu trinken und sich zu begießen.

Der Badeplatz nun, auf den die Freunde stießen, war keiner der großen und vielbeschenkten, von denen die Wissenden Wunderwirkungen auskünden, und zu denen Vornehme und Geringe (allerdings zu verschiedenen Stunden) sich in Scharen drängen. Es war ein kleiner, stiller und heimlicher, an keinem Zusammenfluß, sondern irgendwo schlecht und recht an »Goldflieges« Ufer gelegen, das hügelig anstieg einige Schritte vom Flußbett und auf dessen Höhe ein kleiner, bloß hölzerner und schon etwas baufälliger, aber recht bildreich geschnitzter Tempel der Herrin aller Wünsche und Freuden mit einem bukkelig ausladenden Turm über der Cella stand. Auch die zum Schoße leitenden Stufen waren hölzern und schadhaft, aber zum würdigen Einstieg waren sie hinreichend.

Die Jünglinge äußerten einander ihr Vergnügen, auf diese Stätte gestoßen zu sein, die Gelegenheit zu Andacht, Erfrischung und schattiger Rast auf einmal gewährte. Es war schon sehr heiß um die Tagesmitte; frühzeitig drohte im Frühling der schwere Sommer, und seitwärts vom Tempelchen zog auf der Uferhöhe Gebüsch und Gehölz sich hin von Mango-, Tiek- und Kadambabäumen, Magnolien, Tamarisken und Talapalmen, in deren Schutz gut frühstücken und ruhen sein würde. Die Freunde erfüllten zuerst ihre religiösen Pflichten, so gut die Umstände es erlaubten. Kein Priester war da, der ihnen Öl oder geklärte Butter hätte liefern können, die steinernen Lingam-Bilder damit zu begießen, die auf der kleinen, dem Tempel vorgelagerten Terrasse aufgestellt waren. Mit einer dort vorgefundenen Kelle schöpften sie Wasser aus dem Fluß und tätigten damit, das Zugehörige murmelnd, die gute Handlung. Dann stiegen sie, die hohlen Hände zusammengelegt, in den grünlichen Schoß, tranken, übergossen sich sinngemäß, tauchten und dankten, verweilten auch zum bloßen Vergnügen noch etwas länger als geistlich notwendig im Bade und bezogen danach, den Segen der Vereinigung in allen Gliedern spürend, ihren erkorenen Rastplatz unter den Bäumen.

Hier teilten sie ihr Reise-Mahl miteinander wie Brüder, teilten es, obgleich jeder das Seine hätte essen können und einer auch nichts anderes hatte, als der andere. Wenn Nanda einen Gerstenfladen brach, so reichte er dem Schridaman die eine Hälfte hinüber, indem er sagte: »Da, mein Guter«, und wenn Schridaman eine Frucht zerteilt hatte, gab er mit denselben Worten dem Nanda die Hälfte davon. Schridaman saß seitlich beim Essen in dem hier noch ganz frischgrünen und unversengten Grase, die Kniee und Füße neben sich angeordnet; Nanda dagegen hockte auf etwas populäre Art, mit hochgezogenen Knieen, die Füße vor sich hin gestellt, wie man's nicht lange aushält, wenn man nicht von Geblütes wegen daran gewöhnt ist. Sie nahmen diese Stellungen unbewußt und ohne Überlegung ein, denn wenn sie auf ihre Sitzart acht gehabt hätten, so hätte Schridaman aus Neigung zur Urwüchsigkeit die Kniee aufgestellt und Nanda aus gegenteiligem Verlangen seitlich gesessen. Er trug ein Käppchen auf seinem schwarzen, schlichten, noch nassen Haar, ein Lendentuch aus weißer Baumwolle, Ringe um die Oberarme und um den Hals einen mit goldenen Bändern zusammengefaßten Kettenschmuck von Steinperlen, in dessen Umrahmung man auf seiner Brust die Locke »Glückskalb« bemerkte. Schridaman hatte ein weißes Tuch um den Kopf gewunden und war in seinen ebenfalls weißbaumwollenen Hemdrock mit kurzen Ärmeln gekleidet, der über seinen gebauschten und hosenartig geschlungenen Schurz fiel, und in dessen Halsausschnitt ein Amulett-Beutelchen an dünner Kette hing. Beide trugen das Zeichen ihres Glaubens in mineralischem Weiß auf die Stirn gemalt.

Als sie gegessen hatten, beseitigten sie die Reste und plauderten. Es war so hübsch hier, daß Fürsten und große Könige es nicht besser hätten haben können. Zwischen den Bäumen, in deren Blattwerk und Blütenbüscheln es sich leise regte, den hohen Calamus- und Bambusstämmen des Abhangs erblickte man das Wasser und die unteren Stufen des Einstiegs. Grüne

Schlauch-Girlanden von Schlingpflanzen hingen rings von den Zweigen, die sie anmutig verbanden. Mit dem Zirpen und Trillern unsichtbarer Vögel vermischte sich das Summen der Goldbienen, welche über den Blumen des Grases hin und herschossen und zu dringlichem Besuche bei ihnen einkehrten. Es roch nach Pflanzenkühle und -wärme, sehr stark nach Jasmin, nach dem besonderen Parfüm der Tala-Frucht, nach Sandelholz, außerdem nach dem Senföl, womit Nanda nach der Tauch-Kommunion sich sogleich wieder eingerieben hatte.

»Hier ist es ja wie jenseits der sechs Wogen von Hunger und Durst, Alter und Tod, Leid und Verblendung«, sagte Schridaman. »Außerordentlich friedevoll ist es hier. Es ist, als wäre man aus dem rastlosen Umtriebe des Lebens in seine ruhende Mitte versetzt und dürfte eratmen. Horch, wie lauschig! Ich gebrauche das Wort ›lauschig‹, weil es von der Tätigkeit des Lauschens abstammt, die nur durch die Stille erregt wird. Denn eine solche läßt uns aufhorchen auf alles, was nicht ganz still darin ist, und worin die Stille im Traume redet, wir aber hören es auch wie im Traum.«

»Es ist schon so, wie dein Wort sagt«, erwiderte Nanda. »Im Lärm eines Marktes lauscht man nicht, aber lauschig ist auch wieder nur eine Stille, in der es doch dies und das zu belauschen gibt. Ganz still und von Schweigen erfüllt ist nur Nirwâna, darum kann man's nicht lauschig nennen.«

»Nein«, antwortete Schridaman und mußte lachen. »Darauf ist wohl noch keiner verfallen, das Nirwâna lauschig zu nennen. Du aber verfällst gewissermaßen darauf, wenn auch nur verneinenderweise, indem du sagst, daß man es nicht so nennen kann und dir von allen Verneinungen, die sich darüber aussagen lassen – denn man kann vom Nirwâna ja nur in Verneinungen reden – die allerdrolligste aussuchst. Du äußerst oft so schlaue Dinge, – wenn man das Wort ›schlau‹ anwenden darf auf etwas, was zugleich richtig und lächerlich ist. Ich habe viel dafür übrig, weil es mir manchmal plötzlich die Bauchdecke vibrieren läßt fast wie beim Schluchzen. Da sieht man, wie verwandt doch Lachen und Weinen sind, und daß es nur Täuschung ist, wenn wir zwischen

Lust und Leid einen Wesensunterschied machen und das eine bejahen, das andere aber verneinen, wo sich doch nur beide gemeinsam gut oder schlimm heißen lassen. Es gibt aber eine Verbindung von Weinen und Lachen, die man noch am ehesten bejahen und gut heißen kann unter den Erregungen des Lebens. Für sie ist das Wort ›Rührung‹ geschaffen, welches nämlich ein heiteres Mitleid bezeichnet, und daß das Vibrieren meiner Bauchdecke dem Schluchzen so ähnlich ist, kommt eben von der Rührung her, und daß du mir auch wieder leid tust in deiner Schläue.«

»Warum tue ich dir denn leid?« fragte Nanda.

»Weil du doch eigentlich ein rechtes Kind des Samsâra und der In-sich-Befangenheit des Lebens bist«, erwiderte Schridaman, »und garnicht zu den Seelen gehörst, die es verlangt, aus dem schrecklichen Ozean von Weinen und Lachen hervorzutauchen wie Lotosse sich über die Flut erheben und ihre Kelche dem Himmel öffnen. Dir ist ganz wohl in der Tiefe, wimmelnd voll von Gestalten und Masken, die in verschlungenem Wandel wesen, und daß dir wohl ist, das macht, daß einem ebenfalls wohl wird bei deinem Anblick. Nun aber setzest du dir's in den Kopf und läßt dir's nicht nehmen, dich mit dem Nirwâna abzugeben und Bemerkungen zu machen zu seiner Nein-Bestimmung, der Art, es sei nicht lauschig, was eben zum Weinen drollig oder, mit dem hierfür geschaffenen Worte, rührend ist, indem es einem leid tut um dein wohltuendes Wohlsein.«

»Na, höre mal«, erwiderte Nanda, »wie meinst denn du es mit mir? Wenn ich dir leid täte, weil ich in der Verblendung Samsâra's befangen bin und kein Geschick zum Lotos habe, das ließe ich mir gefallen. Aber daß ich dir leid tue, gerade weil ich mich doch auch, so gut ich es verstehe, mit dem Nirwâna etwas abzugeben versuche, das könnte mich kränken. Ich will dir sagen: du tust mir auch leid.«

»Warum tue denn nun umgekehrt auch ich dir wieder leid?« fragte Schridaman.

»Weil du zwar die Veden gelesen und von Wesenserkenntnis was abbekommen hast«, versetzte Nanda, »dabei aber der Verblendung sogar leichter und bereitwilliger aufsitzest, als solche, die das nicht getan haben. Das ist es, was mir einen Leibkitzel der Rührung erregt, nämlich ein heiteres Mitleid. Denn wo es nur ein bißchen lauschig ist, wie an diesem Ort, da läßt du dich gleich verblenden vom scheinbaren Frieden, träumst dich über die sechs Wogen von Hunger und Durst hinaus und denkst, du bist in des Umtriebes ruhender Mitte. Und dabei ist die Lauschigkeit hier, und daß es so mancherlei zu belauschen gibt in dieser Stille, doch gerade das Zeichen, daß es umtreibt darin mit größter Geschäftigkeit und all deine Friedensgefühle nur Einbildung sind. Diese Vögel girren einander nur zu, um Liebe zu machen, diese Bienen, Libellen und Flugkäfer zucken umher, vom Hunger getrieben, im Grase rumort es heimlich von tausendfachem Lebensstreit, und diese Lianen, die so zierlich die Bäume kränzen, möchten ihnen Odem und Saft abwürgen, um nur selber recht fett und zäh zu werden. Das ist die wahre Wesenserkenntnis.«

»Ich weiß es wohl«, sagte Schridaman, »und verblende mich nicht darüber, oder doch nur für den Augenblick und aus freiem Willen. Denn es gibt nicht nur die Wahrheit und Erkenntnis des Verstandes, sondern auch die gleichnishafte Anschauung des menschlichen Herzens, welche die Schrift der Erscheinungen nicht nur nach ihrem ersten, nüchternen Sinn, sondern auch nach ihrem zweiten und höheren zu lesen weiß und sie als Mittel gebraucht, das Reine und Geistige dadurch anzuschauen. Wie willst du zur Wahrnehmung des Friedens gelangen, und das Glück des Stillstandes im Gemüte erfahren, ohne daß ein Maya-Bild, welches freilich in sich das Glück und der Friede nicht ist, die Handhabe dazu böte? Das ist den Menschen erlaubt und gegeben, daß er sich der Wirklichkeit bediene zur Anschauung der Wahrheit, und es ist das Wort ›Poesie‹, welches die Sprache für diese Gegebenheit und Erlaubnis geprägt hat.«

»Ach, so meinst du das?« lachte Nanda. »Demnach, und wenn man dich hört, wär' also die Poesie die Dummheit, die nach der Gescheitheit kommt, und ist einer dumm, so wäre zu fragen, ob er noch dumm ist oder schon wieder. Ich muß schon sagen, ihr Gescheiten macht's unsereinem nicht leicht. Da denkt man, es kommt darauf an, gescheit zu werden, aber eh' man's noch ist, erfährt man, daß es darauf ankommt, wieder dumm zu werden. Ihr solltet uns die neue und höhere Stufe nicht zeigen, damit wir den Mut nicht verlieren, die vorhergehende zu erklimmen.«

»Von mir hast du's nicht gehört«, sagte Schridaman, »daß man gescheit werden muß. Komm, wir wollen uns ausstrecken im sanften Grase, nachdem wir gespeist, und durch das Gezweig der Bäume in den Himmel blicken. Es ist eine so merkwürdige Schauenserfahrung, aus einer Lage, die uns nicht eigentlich aufzublicken nötigt, sondern in der die Augen schon von selbst nach oben gerichtet sind, den Himmel zu betrachten, auf die Art, wie Erde, die Mutter, selbst es tut.«

»Siyâ, es sei«, stimmte Nanda zu.

»Siyât!« verbesserte ihn Schridaman nach der reinen und richtigen Sprache; und Nanda lachte über sich und ihn.

»Siyât, siyât!« sprach er nach. »Du Silbenstecher, laß mir mein Messingsch! Wenn ich Sanskrit rede, das klingt wie das Schnüffeln einer jungen Kuh, der man einen Strick durch die Nase gezogen.«

Über diesen urwüchsigen Vergleich lachte nun auch Schridaman herzlich, und so streckten sie sich aus nach seinem Vorschlag und sahen geradeaus zwischen den Zweigen und wiegenden Blütenbüscheln in die Bläue Vischnu's hinauf, indem sie mit Blätterwedeln die rot-weißen Fliegen, genannt »Indra-Schützling«, abwehrten, die von ihrer Haut angezogen wurden. Nanda verstand sich zur ebenen Lage nicht, weil ihm sonderlich daran gelegen war, den Himmel nach Art der Mutter Erde zu betrachten, sondern nur aus Gefügigkeit. Er setzte sich auch bald wieder auf und nahm, eine Blume im Mund, seine dravidische Hockstellung wieder ein.

»Der Indra-Schützling ist verdammt lästig«, sagte er, indem er die vielen umherschießenden Fliegen als ein und dasselbe Individuum behandelte. »Wahrscheinlich ist er auf mein gutes Senföl erpicht. Es kann aber auch sein, daß er Auftrag hat von sei-

754

nem Beschützer, dem Elephantenreiter, dem Herrn des Blitz-keils, dem großen Gott, uns zur Strafe zu quälen – du weißt schon wofür.«

»Das sollte nicht dich betreffen«, erwiderte Schridaman, »denn du warst ja unterm Baume dafür, daß Indra's Dankfest vorigen Herbst nach alter, oder sagen wir lieber: nach neuerer Art, den geistlichen Bräuchen gemäß und nach brahmanischer Observanz begangen werde, und kannst deine Hände in Un-schuld waschen, daß wir's im Rate dennoch anders beschlossen und Indra den Dienst kündigten, um uns einem neuen, oder vielmehr älteren Dankesdienst zuzuwenden, der uns Leuten vom Dorf gemäßer und unsrer Frömmigkeit natürlicher ist, als das Sprüche-Brimborium des brahmanischen Zeremoniells für Indra, den Donnerer, der die Burgen des Urvolkes brach.«

»Allerdings, wie dein Wort sagt, so ist es«, versetzte Nanda, »und mir ist noch immer unheimlich davon in der Seele, denn wenn ich auch unterm Baum meine Meinung abgab für Indra, so fürchte ich doch, daß er sich um solche Einzelheiten nicht kümmert und Gesamthaftung walten läßt für »Wohlfahrt der Kühe«, weil er um sein Fest gebracht wurde. Da fällt es den Leuten ein und steigt ihnen auf, ich weiß nicht woher, daß es mit dem Indra-Dank-Dienste nicht mehr das Rechte ist, zum min-desten nicht für uns Hirten und Ackerbürger, sondern daß man auf fromme Vereinfachung sinnen müsse. Was, fragten sie, geht uns der große Indra an? Ihm opfern die vedakundigen Brahma-nen unter endlosen Sprüchen. Wir aber wollen den Kühen und Bergen und Waldweiden opfern, weil es unsere echten und an-gemessenen Gottheiten sind, denn uns ist ganz, als hätten wir es schon früher so gehalten, bevor Indra kam, der den Kommen-den voranzog und die Burgen der Ur-Eingesessenen brach, und wenn wir auch nicht mehr recht wissen, wie es zu machen ist, so wird es uns schon aufsteigen, und unser Herz wird es uns lehren. Wir wollen dem Weideberg ›Buntgipfel‹ dienen, hier in der Nähe, mit frommen Bräuchen, die insofern neu sind, als wir sie erst wieder heraufholen müssen aus unseres Herzens Erinne-rung. Ihm wollen wir reine Tiere opfern und ihm Spenden bringen von saurer Milch, Blumen, Früchten und rohem Reis. Danach sollen die Scharen der Kühe, mit Herbstblumen bekränzt, den Berg umwandeln, indem sie ihm die rechte Flanke zukehren, und die Stiere sollen ihm zubrüllen mit der Donnerstimme regenschwerer Wolken. Das sei unser neu-alter Bergdienst. Damit aber die Brahmanen nichts dagegen haben, werden wir sie speisen zu mehreren Hundert und aus sämtlichen Hürden die Milch zusammentragen, daß sie sich vollschlagen mögen mit Dickmilch und Milchreis, dann werden sie's schon zufrieden sein. – So sprachen einige Leute unter dem Baum, und andere fielen ihnen bei, wieder andere aber nicht. Ich stimmte von Anfang an gegen den Bergdienst, denn ich habe große Furcht und Achtung vor Indra, der die Burgen der Schwarzen brach, und halte nichts vom Heraufholen dessen, wovon man doch nichts Rechtes mehr weiß. Du aber sprachst in reinen und richtigen Worten – ich meine ›richtig‹ in Ansehung der Worte – zugunsten der neuen Festgestaltung und für die Erneuerung des Bergdienstes über Indra's Kopf hinweg, und da verstummte ich. Wenn diejenigen, dachte ich, die in die Schule gegangen sind und vom Wesenswissen was abgekriegt haben, gegen Indra sprechen und für die Vereinfachung, dann haben wir nichts zu sagen und können nur hoffen, daß der große Kömmling und Burgenbrecher ein Einsehen hat und sich mit der Speisung zahlreicher Brahmanen zufrieden gibt, sodaß er uns nicht mit Regenlosigkeit oder mit maßlosen Regen schlägt. Vielleicht, dachte ich, ist er selbst seines Festes müde und wünscht der Belustigung halber, das Bergopfer und den Umzug der Kühe dafür eingesetzt zu sehen. Wir Einfältigen hatten Ehrfurcht vor ihm, aber vielleicht hat er neuerdings keine mehr vor sich selbst. Ich habe denn auch das heraufgeholte Fest sehr genossen und mit Vergnügen geholfen, die bekränzten Kühe um den Berg zu treiben. Aber noch eben wieder, als du mein Prakrit verbessertest und wolltest, daß ich ›Siyât‹ sagte, fiel es mir ein, wie sonderbar es doch ist, daß du in richtigen und geschulten Worten fürs Einfältige redetest.«

»Du kannst mir nichts vorwerfen«, antwortete Schridaman, »denn auf Volkes Art hast du für den Sprüchedienst der Brahmanen geredet. Das freute dich wohl und machte dich glücklich. Ich kann dir aber sagen: Noch weit beglückender ist es, in richtig gebildeten Worten dem Einfachen zugunsten zu reden.«

III.

Danach verstummten sie eine Weile. Schridaman lag weiter so und sah in den Himmel hinauf. Nanda hielt seine wackeren Arme um die aufgestellten Kniee geschlungen und blickte zwischen den Bäumen und Büschen des Abhangs hin nach dem Badeplatz Kali's, der Mutter.

»Pst, Blitzkeil, Wurfring und Wolkendonner!« flüsterte er von einem Augenblick zum anderen und legte den Finger auf seine wulstigen Lippen. »Schridaman, Bruder, sitz leise auf und sieh dir das an! Was dort zum Bade steigt, mein' ich. Mach' deine Augen auf, es lohnt der Mühe! Sie sieht uns nicht, aber wir sehen sie.«

Ein junges Mädchen stand an dem einsamen Ort der Vereinigung, im Begriff, ihre Bade-Andacht zu verrichten. Sie hatte Sari und Mieder auf den Stufen des Einstiegs niedergelegt und stand da ganz nackt, angetan nur mit einigem Kettenschmuck an ihrem Halse, mit schaukelnden Ohrringen und einem weißen Bande um ihr reich geknotetes Haar. Die Lieblichkeit ihres Leibes war blendend. Er war wie aus Maya gefertigt und vom reizendsten Farbton weder zu dunkel noch allzu weißlich, vielmehr wie golden aufgehelltes Erz und herrlich nach Brahma's Gedanken gestaltet, mit süßesten Kinderschultern und wonnig geschwungenen Hüften dazu, die eine geräumige Bauchfläche ergaben, mit jungfräulich starrenden, knospenden Brüsten und prangend ausladendem Hinterteil, sich verjüngend nach oben zum schmalsten, zierlichsten Rücken, der geschmeidig eingebogen erschien, da sie die Lianenarme erhoben und die Hände im Nacken verschränkt hielt, sodaß ihre zarten Achselhöhlen sich dunkelnd eröffneten. Das Aller-Eindrucksvollste und dem Gedanken Brahma's Gemäßeste bei alldem war, unbeschadet der verblendenden und die Seele dem Erscheinungsleben gewinnen-

757

den Süßigkeit der Brüste, die Verbindung dieses großartigen Hinterteils mit der Schmalheit und Gertenschmiegsamkeit des Elfen-Rückens, hervorgebracht und ermöglicht durch den anderen Gegensatz zwischen dem preisgesangwürdig ausladenden Schwunge der Hüften und der ziersamen Eingezogenheit der Taillengegend darüber. Nicht anders konnte das Himmelsmädchen Pramlotscha gebildet gewesen sein, das Indra zu dem großen Asketen Kandu geschickt hatte, damit er durch seine ungeheure Askese nicht göttergleiche Kräfte sammle.

»Wir wollen uns verziehen«, sagte der aufgesessene Schridaman leise, die Augen auf des Mädchens Erscheinung geheftet. »Es ist nicht recht, daß sie uns nicht sieht und wir sie sehen.«

»Warum denn?« erwiderte Nanda flüsternd. »Wir waren hier zuerst, wo es lauschig ist, und belauschten, was es zu belauschen gibt, da können wir nichts dafür. Wir rühren uns nicht, es wäre ja grausam, wenn wir uns knackend und lärmend davon machten und sie gewahrte, daß sie gesehen wurde, während sie nicht sah. Ich sehe das mit Vergnügen. Du etwa nicht? Du hast ja schon rote Augen, wie wenn du Rigveda-Verse sagst.«

»Sei still!« ermahnte ihn Schridaman seinerseits. »Und sei ernst! Es ist eine ernste, heilige Erscheinung, und daß wir sie belauschen, ist nur zu entschuldigen, wenn wir es ernsten und frommen Sinnes tun.«

»Na, sicher doch!« antwortete Nanda. »So etwas ist kein Spaß, aber vergnüglich ist's trotzdem. Du wolltest in den Himmel blicken von ebener Erde hinauf. Nun siehst du, daß man aufrecht und geradeaus manchmal erst recht in den Himmel blickt.«

Danach schwiegen sie eine Weile, hielten sich still und schauten. Das goldene Mädchen legte, wie sie selbst vorhin getan, die hohlen Hände zusammen und betete, bevor sie die Vereinigung vornahm. Sie sahen sie ein wenig von der Seite, sodaß ihnen nicht entging, wie nicht nur ihr Körper, sondern auch ihr Gesicht zwischen den Ohrgehängen von größter Lieblichkeit war, das Näschen, die Lippen, die Brauen und namentlich die wie Lotosblätter langgeschweiften Augen. Besonders, als sie ein wenig den Kopf wendete, sodaß die Freunde schon erschraken, ob sie nicht gar der Belauschung inne geworden sei, konnten sie wahrnehmen, daß nicht etwa diese reizende Körpergestalt durch ein häßliches Antlitz entwertet und seiner Bedeutung beraubt wurde, sondern daß Einheit waltete und die Anmut des Köpf- chens diejenige des Wuchses vollauf bestätigte.

»Aber ich kenne sie ja!« raunte Nanda plötzlich, indem er mit den Fingern schnippte. »Diesen Augenblick erkenne ich sie, und nur bis jetzt entging mir ihre Selbstheit. Es ist Sita, des Sumantra Tochter, vom Dorfe ›Buckelstierheim‹ hier in der Nähe. Von dort kommt sie her, sich rein zu baden, das ist ja klar. Wie sollte ich sie nicht kennen? Ich hab' sie zur Sonne geschaukelt.«

»Du hast sie geschaukelt?« fragte Schridaman leise-eindring- lich. Und Nanda entgegnete:

»Und ob! Aus Armes Kräften hab ich's getan vor allem Volk. Im Kleide hätt' ich sie augenblicklich erkannt. Aber wen erkennt man denn nackend gleich! Es ist die Sita von ›Buckelstierheim‹. Dort war ich voriges Frühjahr zum Besuch meiner Tante, und Sonnen-Hilfsfest war gerade, sie aber...«

»Erzähle mir's später, ich bitte dich!« fiel Schridaman ihm ängstlich flüsternd in die Rede. »Die große Gunst, daß wir sie von nahe sehen, ist von der Ungunst begleitet, daß sie uns leicht- lich hören könnte. Kein Wort mehr, daß wir sie nicht erschrek- ken!«

»Dann könnte sie fliehen, und du würdest sie nicht mehr se- hen, wovon du doch noch lange nicht satt bist«, neckte ihn Nanda. Aber der andere winkte ihm, nur entschieden zu schwei- gen, und so saßen sie denn wieder still und sahen Sita von »Buk- kelstierheim« ihre Badeandacht verrichten. Nachdem sie ausge- betet, sich gebeugt, sowie das Antlitz zum Himmel gekehrt, stieg sie behutsam in den Schoß, schöpfte und trank, duckte sich dann in die Flut und tauchte ein bis zum Scheitel, auf den sie die Hand legte, labte sich danach noch eine Weile fort in anmutigem Auftauchen und seitlichem Sich-wieder-Einschmiegen, und stieg, als das seine Zeit gehabt, wieder aufs Trockene in tropfend gekühlter Schönheit. Aber auch damit war die Gunst, die den

Freunden an diesem Orte gewährt war, noch nicht beendet, sondern nach dem Bade saß die Gereinigte auf den Stufen nieder, um sich von der Sonne trocknen zu lassen, wobei die natürliche Anmut ihres Leibes, im Wahn des Alleinseins gelöst, ihr bald diese bald jene gefällige Stellung eingab, und erst als auch das seine Zeit gehabt, legte sie gemächlich ihr Kleid wieder an und entschwand die Treppe des Einstiegs hinauf gegen den Tempel.

»Aus ist's und gar ist's«, sagte Nanda. »Jetzt können wir wenigstens wieder reden und uns regen. Es ist auf die Dauer recht langweilig, zu tun, als ob man nicht da wäre.«

»Ich begreife nicht, wie du von Langer-Weile sprechen magst«, erwiderte Schridaman. »Gibt es denn einen seligeren Zustand, als sich in einem solchen Bilde zu verlieren und nur in ihm noch da zu sein? Den Atem hätte ich einbehalten mögen die ganze Zeit, nicht aus der Furcht, ihres Anblicks verlustig zu gehen, sondern aus der, sie um die Vorstellung ihres Alleinseins zu bringen, um die ich zitterte, und der ich mich heilig verschuldet fühle. Sita, sagtest du, heißt sie? Es tut mir wohl, das zu wissen, es tröstet mich über meine Verschuldung, daß ich sie bei mir mit ihrem Namen ehren kann. Und du kennst sie vom Schaukeln?«

»Aber wie ich dir sage!« versicherte Nanda. »Sie war zur Sonnenjungfrau gewählt worden voriges Frühjahr, als ich in ihrem Dorfe war, und ich hab' sie geschaukelt, der Sonne zu helfen, so hoch in den Himmel, daß man von oben ihr Kreischen kaum hörte. Es verging ja übrigens auch im allgemeinen Gekreisch.«

»Da warst du gut daran«, sagte Schridaman. »Du bist immer gut daran. Offenbar deiner rüstigen Arme wegen hatte man dich zu ihrem Schaukelherrn bestimmt. Ich stelle mir vor, wie sie stieg und ins Blaue flog. Das Flugbild meiner Vorstellung vermischt sich mit dem Standbilde unserer Wahrnehmung, wie sie betend stand und sich in Frömmigkeit neigte.«

»Allenfalls hat sie Ursach«, erwiderte Nanda, »zum Beten und Büßen, – nicht wegen ihres Tuns, sie ist ein sehr sittsames Mädchen, aber wegen ihrer Erscheinung, für die sie freilich nichts kann, und deren sie, streng genommen, doch auch wieder irgendwie schuldig ist. So eine Wohlgestalt, sagt man, ist fesselnd. Warum aber fesselnd? Nun, eben weil sie uns fesselt an die Welt der Wünsche und Freuden und den, der sie sieht, nur tiefer in die Befangenheit Samsâra's verstrickt, sodaß den Geschöpfen das lautere Bewußtsein ausgeht, genau wie einem der Atem ausgeht. Das ist ihre Wirkung, wenn auch nicht ihre Absicht; aber daß sie sich die Augen so lotosblattförmig verlängert, läßt doch auch wieder auf Absicht schließen. Man hat gut sagen: die Wohlgestalt ist ihr gegeben, sie hat sie nicht willentlich angenommen und hat also nichts zu beten und abzubüßen. Es ist doch so, daß irgendwo kein wahrer Unterschied ist zwischen ›gegeben‹ und ›angenommen‹, das weiß sie auch selbst und betet wohl um Verzeihung, daß sie so fesselnd wirkt. Aber die Wohlgestalt hat sie nun einmal angenommen, – nicht wie man nur etwas annimmt, was einem gegeben wird, sondern von sich aus nahm sie sie an, und daran kann kein frommes Bad etwas ändern: mit demselben verstrickenden Hinterteil ist sie wieder herausgekommen.«

»Du sollst nicht so derb reden«, tadelte Schridaman ihn bewegt, »von einer so zarten und heiligen Erscheinung. Zwar hast du dir vom Wesenswissen einiges beigehen lassen, aber bäurisch kommt's heraus, das laß dir sagen, und der Gebrauch, den du davon machst, läßt klar erkennen, daß du dieser Erscheinung nicht würdig warst, wo doch in unserer Lage alles darauf ankam und davon abhing, ob wir uns ihrer würdig erwiesen und in welchem Geiste wir die Belauschung übten.«

Nanda nahm diese Mißbilligung seiner Rede in aller Bescheidenheit hin.

»Lehre mich also, Dau-ji«, bat er, indem er den Freund mit »Älterer Bruder« anredete, »in welchem Geist du gelauscht hast, und in welchem ich auch hätte lauschen sollen!«

»Sieh!« sagte Schridaman, »alle Wesen haben zweierlei Dasein: eines für sich und eines für die Augen der anderen. Sie sind, und sie sind zu sehen, sind Seele und Bild, und immer ist's sündhaft, sich nur von ihrem Bilde beeindrucken zu lassen, um ihre Seele sich aber nicht zu kümmern. Es ist notwendig, den Ekel zu überwinden, den des räudigen Bettlers Bild uns einflößt. Nicht bei diesem dürfen wir stehen bleiben, wie es auf unsere Augen und anderen Sinne wirkt. Denn was wirkt, ist noch nicht die Wirklichkeit, sondern wir müssen gleichsam dahinter gehen, um die Erkenntnis zu gewinnen, auf die jede Erscheinung Anspruch hat, denn sie ist mehr, als Erscheinung, und ihr Sein, ihre Seele gilt es hinter dem Bilde zu finden. Aber nicht nur nicht in dem Ekel sollen wir stecken bleiben, den uns das Bild des Elends erregt, sondern ebenso wenig, ja, wohl noch weniger, in der Lust, die das Bild des Schönen uns einflößt, denn auch dieses ist mehr als Bild, obgleich die Versuchung der Sinne, es nur als solches zu nehmen, vielleicht noch größer ist als im Falle des Ekel-Erregenden. Scheinbar nämlich stellt das Schöne gar keine Ansprüche an unser Gewissen und an unser Eingehen auf seine Seele, wie des Bettlers Bild, eben vermöge seines Elends, es immerhin tut. Und doch werden wir schuldig auch vor jenem, wenn wir uns nur an seinem Anblick ergötzen, ohne nach seinem Sein zu fragen, und besonders tief, dünkt mich, geraten wir dabei in seine Verschuldung, wenn nur wir es sehen, aber es uns nicht sieht. Wisse, Nanda, es war eine wahre Wohltat für mich, daß du mir den Namen nennen konntest derer, die wir belauschten, Sita, des Sumantra Tochter; denn so hatte und wußte ich doch etwas von dem, was mehr ist, als ihr Bild, da ja der Name ein Stück des Seins und der Seele ist. Aber wie glücklich war ich erst, von dir zu hören, daß sie ein sittsames Mädchen ist, was denn doch heißt, noch besser hinter ihr Bild kommen und sich auf ihre Seele verstehen. Ferner aber heißt es, daß es nur Sitte ist, welche nichts mit der Sittsamkeit zu tun hat, wenn sie sich die Augen lotosblattförmig verlängert, und sich allenfalls ein wenig die Wimpern schminkt, – daß sie es in aller Unschuld tut, in Abhängigkeit ihrer Sittsamkeit von der Gesittung. Hat doch die Schönheit auch Pflichten gegen ihr Bild, mit deren Erfüllung sie vielleicht nur den Anreiz zu erhöhen beabsichtigt, ihrer Seele nachzufragen. Wie gern stelle ich mir vor, daß sie einen würdigen Vater, nämlich den Sumantra, und eine besorgte Mutter hat, die sie in Sittsamkeit aufzogen, und vergegenwärtige mir ihr Leben und Wirken als Tochter des Hauses, wie sie das Korn reibt auf dem Steine, am Herde das Mus bereitet oder die Wolle zu feinem Faden spinnt. Denn mein ganzes Herz, das ihrer Belauschung schuldig geworden, verlangt danach, daß ihm aus dem Bilde eine Person werde.«

»Das kann ich verstehen«, entgegnete Nanda. »Du mußt aber bedenken, daß bei mir dieser Wunsch nicht ebenso lebhaft sein konnte, da sie mir ja dadurch, daß ich sie zur Sonne geschaukelt, schon mehr zur Person geworden war.«

»Nur zu sehr«, versetzte Schridaman mit einem gewissen Beben, das seine Stimme bei diesem Gespräch angenommen hatte. »Offenbar nur zu sehr, denn diese Vertrautheit, deren du gewürdigt warst, – ob mit Recht oder Unrecht, das will ich dahinstellen, denn deiner Arme und überhaupt deines rüstigen Körpers, nicht deines Hauptes und seiner Gedanken wegen warst du ihrer gewürdigt – diese Vertrautheit scheint sie dir ganz und gar zur stofflichen Einzelperson gemacht und dir den Blick gestumpft zu haben für den höheren Sinn einer solchen Erscheinung, sonst hättest du nicht so unverzeihlich derb von der Wohlgestalt reden können, die sie angenommen. Weißt du denn nicht, daß in aller Weibesgestalt, Kind, Jungfrau, Mutter oder Greisin, sie sich verbirgt, die Allgebärerin, Allernährerin, Schakti, die große Göttin, aus deren Schoß alles kommt, und in deren Schoß alles geht, und daß wir in jeder Erscheinung, die ihr Zeichen trägt, sie selbst zu verehren und zu bewundern haben? In ihrer huldvollsten Gestalt hat sie sich uns offenbart hier am Ufer des Flüßchens ›Goldfliege‹, und wir sollten nicht aufs tiefste ergriffen sein von ihrer Selbstoffenbarung in der Erscheinung, also daß mir in der Tat, wie ich selber bemerke, die Stimme etwas zittert beim Sprechen, was aber zum Teil auch aus Unwillen über deine Redeweise geschieht –?«

»Auch deine Wangen und deine Stirn sind gerötet wie vom Sonnenbrand«, sagte Nanda, »und deine Stimme, obgleich sie zittert, hat einen volleren Klang als gewöhnlich. Übrigens kann ich dir versichern, daß ich auch, auf meine Art, ganz hübsch ergriffen war.«

»Dann verstehe ich nicht«, antwortete Schridaman, »wie du

so ungenügend reden und ihr die Wohlgestalt zum Vorwurf machen konntest, mit der sie die Geschöpfe in die Befangenheit verstricke, sodaß ihnen der Atem des Bewußtseins ausgehe. Das heißt doch die Dinge mit sträflicher Einseitigkeit betrachten und sich gänzlich unerfüllt zeigen von dem wahren und ganzen Wesen derer, die sich uns im süßesten Bild offenbarte. Denn sie ist Alles und nicht nur Eines: Leben und Tod, Wahn und Weisheit, Zauberin und Befreierin, weißt du das nicht? Weißt du nur, daß sie der Geschöpfe Schar betört und bezaubert, und nicht auch, daß sie hinausführt über das Dunkel der Befangenheit zur Erkenntnis der Wahrheit? Dann weißt du wenig und hast ein allerdings schwer zu fassendes Geheimnis nicht erfaßt: daß nämlich die Trunkenheit, die sie uns antut, zugleich die Begeisterung ist, die uns zur Wahrheit und Freiheit trägt. Denn dies ist es, daß, was fesselt, zugleich befreit, und daß es die Begeisterung ist, welche Sinnenschönheit und Geist verbindet.«

Nanda's schwarze Augen glitzerten von Tränen, denn er hatte ein leicht bewegliches Gemüt und konnte metaphysische Worte überhaupt kaum hören, ohne zu weinen, besonders aber jetzt nicht, wo Schridamans sonst ziemlich dünne Stimme plötzlich einen so vollen, zu Herzen gehenden Klang angenommen hatte. So schluchzte er etwas durch seine Ziegennase, indem er sagte:

»Wie du heute sprichst, Dau-ji, so feierlich! Ich glaube, noch nie hab' ich dich so gehört; es geht mir sehr nahe. Ich sollte wünschen, daß du nicht fortführest, eben weil es mir gar so nahegeht. Aber sprich doch, bitte, noch weiter von Fessel und Geist und von der Allumfassenden!«

»Da siehst du«, antwortete Schridaman in hoher Stimmung, »welche Bewandtnis es mit ihr hat, und daß sie nicht nur Betörung, sondern auch Weisheit schafft. Wenn meine Worte dir nahe gehen, so darum, weil sie die Herrin der flutenreichen Rede ist, diese aber ist verschmolzen mit Brahmâ's Weisheit. In ihrer Doppelheit müssen wir die Große erkennen, denn sie ist die Zornmütige, schwarz und grauenerregend und trinkt das Blut der Wesen aus dampfender Schale, aber in einem damit ist sie die Weihe- und Huldvolle, aus der alles Dasein quillt, und die alle

Lebensgestalten liebreich an ihren nährenden Brüsten birgt. Vischnu's Große Maya ist sie, und sie hält ihn umfangen, der in ihr träumt; wir aber träumen in ihm. Viele Wasser münden in die ewige Ganga, diese aber mündet in das Meer. So münden wir in Vischnu's weltträumende Gottheit, die aber mündet in das Meer der Mutter. Wisse, wir sind an eine Mündungsstelle unseres Lebenstraumes mit heiligem Badeplatz gekommen, und dort erschien uns die Allgebärerin, Allverschlingerin, in deren Schoß wir gebadet, in ihrer süßesten Gestalt, um uns zu betören und zu begeistern, mutmaßlich zur Belohnung dafür, daß wir ihr zeugendes Zeichen geehrt und es mit Wasser begossen. Lingam und Yoni – es gibt kein größeres Zeichen und keine größere Stunde des Lebens, als wenn der Berufene mit seiner Schakti das Hochzeitsfeuer umkreist, wenn man ihre Hände mit dem Blumenbande vereint und er das Wort spricht: ›Ich habe sie erhalten!‹ Wenn er sie empfängt aus ihrer Eltern Hand und das Königswort spricht: ›Dies bin ich, das bist du; Himmel ich, Erde du; ich Liedes Weise, du Liedes Wort; so wollen wir die Fahrt tun mitsammen!‹ Wenn sie Begegnung feiern, – nicht Menschen mehr, nicht dieser und jene, sondern das große Paar, er Schiwa, sie Durga, die hehre Göttin; wenn ihre Worte irre werden und nicht mehr i h r e Rede sind, sondern ein Stammeln aus trunkenen Tiefen und sie zu höchstem Leben ersterben im Überglück der Umarmung. Dies ist die heilige Stunde, die uns ins Wissen taucht und uns Erlösung schenkt vom Wahn des Ich im Schoß der Mutter. Denn wie Schönheit und Geist zusammenfließen in der Begeisterung, so Leben und Tod in der Liebe!«

Nanda war gänzlich hingerissen von diesen metaphysischen Worten.

»Nein«, sagte er kopfschüttelnd, während ihm die Tränen aus den Augen sprangen, »wie dir die Göttin Rede hold ist und dich mit Brahmâ's Weisheit beschenkt, das ist kaum auszustehen, und doch möchte man zuhören unendlich lange. Wenn ich nur ein Fünftel zu singen und zu sagen vermöchte, was dein Haupt erzeugt, da wollte ich mich lieben und achten in allen meinen Gliedern. Darum bist du mir so nötig, mein älterer Bruder, denn was ich nicht habe, hast du und bist mein Freund, sodaß es beinahe ist, als ob ich selber es hätte. Denn als dein Genoß habe ich Teil an dir und bin auch etwas Schridaman, ohne dich aber wär' ich nur Nanda, und damit komm' ich nicht aus. Offen sag' ich es: Ich würde die Trennung von dir keinen Augenblick überleben wollen, sondern würde ersuchen, mir den Scheiterhaufen zu rüsten und mich zu verbrennen. Soviel sei gesagt. Nimm dies hier, bevor wir gehen!«

Und er suchte in seinem Reisekram mit seinen dunklen, beringten Händen und zog eine Betelrolle hervor, wie man sie gern nach der Mahlzeit kaut, dem Munde Wohlgeruch zu verleihen. Die übergab er dem Schridaman abgewandten, von Tränen befeuchteten Gesichtes. Denn man verehrt sie einander auch zur Besiegelung des Vertrags und der Freundschaft.

IV.

Also zogen sie weiter und gingen ihren Geschäften nach auf zeitweise getrennten Wegen; denn als sie zum segelreichen Djamna-Strome gelangt waren und den Schattenriß des städtischen Kurukshete am Horizonte erblickten, war es an Schridaman, die breite, von Ochsenkarren bedeckte Straße weiter zu verfolgen, um in den drangvollen Gassen der Stadt das Haus des Mannes zu finden, von dem er die Reisstampfer und Feuerhölzer erhandeln sollte; an Nanda aber war es, dem schmalen Pfade nachzugehen, der von der Landstraße abzweigte und zu den Kralen der Tiefstehenden führte, die Roheisen zu vergeben hatten für seines Vaters Schmiede. Sie segneten einander beim Abschiednehmen und kamen überein, am dritten Tage zu bestimmter Stunde an dieser Wegesscheide wieder zusammen zu treffen, um nach Besorgung ihrer Angelegenheiten gemeinsam, wie sie gekommen, nach ihrem Heimatdorfe zurückzukehren.

Als nun die Sonne dreimal aufgegangen war, hatte Nanda auf dem Graueselchen, das er auch von den Tiefstehenden erstanden und dem er die Eisenlast aufgeladen, am Punkt des Scheidens und Wiedertreffens etwas zu warten, denn Schridaman verspätete sich um einiges, und als er schließlich auf der breiten Straße mit seinem Warenpack daherkam, waren seine Schritte matt und schleppend, seine Wangen hohl im weichen, fächerförmigen Barte und seine Augen von Trübnis erfüllt. Keine Freude legte er an den Tag, den Kameraden wiederzusehen, und als dieser sich beeilt hatte, ihm die Traglast abzunehmen und sie ebenfalls seinem Grauesel aufzubürden, änderte Schridamans Haltung sich nicht, sondern noch ebenso gebückt und bedrückt, wie er gekommen, ging er an des Freundes Seite hin, seine Rede war kaum mehr als »Ja, ja«, nämlich auch dann, wenn sie »Nein, nein« hätte lauten sollen, wie sie aber auch gelegentlich lautete, nur leider gerade dann, wenn »Ja, ja« an der Zeit gewesen wäre, nämlich zu Stunden der Stärkungsrast, wo denn Schridaman erklärte, er möge und könne nicht essen, und auf Befragen hinzufügte, daß er auch nicht schlafen könne.

Alles deutete auf eine Krankheit hin, und als es am zweiten Abend der Rückreise unter den Sternen dem besorgten Nanda gelang, ihn ein wenig zum Sprechen zu bringen, gab er nicht nur zu, daß er krank sei, sondern fügte mit verschnürter Stimme bei, daß es sich um eine unheilbare Krankheit, eine Krankheit zum Tode handle, und zwar dergestalt, daß er nicht nur sterben müsse, sondern auch sterben wolle, und daß hier Müssen und Wollen ganz in Eins verflochten und nicht zu unterscheiden seien, sondern zusammen einen zwanghaften Wunsch ausmachten, in welchem das Wollen aus dem Müssen, das Müssen aber aus dem Wollen sich unweigerlich ergäbe. »Wenn es dir mit deiner Freundschaft ernst ist«, sagte er, immer mit jener erstickten und zugleich wild bewegten Stimme zu Nanda, »so erweise mir den letzten Liebesdienst und schichte mir die Scheiterhütte, daß ich mich hineinsetze und im Feuer verbrenne. Denn die unheilbare Krankheit verbrennt mich von innen her unter solchen Qualen, daß die verzehrende Feuersglut mich dagegen wie linderndes Öl und wie ein Labebad anmuten wird in heiligen Fluten.«

»Ja, ihr großen Götter, wo will es mit dir hinaus!« dachte

767

Nanda, als er dies hören mußte. Es ist aber zu sagen, daß er, obgleich ziegennasig und seiner Verkörperung nach eine nette Mitte bildend zwischen den Tiefstehenden, von denen er sein Eisen gekauft, und dem Brahmanen-Enkel Schridaman, sich dieser schwierigen Lage löblich gewachsen zeigte und vor des Freundes erkrankter Überlegenheit nicht den Kopf verlor, sondern diejenige Überlegenheit nutzte, welche ihm, dem Nicht-Erkrankten unter diesen Umständen zufiel, indem er sie treulich in den Dienst seiner Freundschaft für den Erkrankten stellte und, unter Zurückdrängung seines Schreckens, zugleich nachgiebig und vernünftig zu ihm zu reden wußte.

»Sei versichert«, sagte er, »daß ich, wenn wirklich die Unheilbarkeit deiner Krankheit, wie ich nach deiner Versicherung allerdings wohl nicht zweifeln darf, sich herausstellen sollte, nicht zögern werde, deine Anweisung auszuführen und dir die Scheiterhütte zu bauen. Sogar werde ich sie groß genug machen, daß ich, nachdem ich sie angezündet, selbst neben dir Platz habe; denn die Trennung von dir gedenke ich nicht eine Stunde zu überleben, sondern werde mit dir zusammen ins Feuer gehen. Gerade deswegen aber und weil die Sache auch mich so stark angeht, mußt du vor allem mir sagen, was dir fehlt, und mir deine Krankheit nennen, wäre es eben auch nur, damit ich die Überzeugung von ihrer Unheilbarkeit gewinne und unsere gemeinsame Einäscherung zurüste. Du mußt zugeben, daß diese Rede recht und billig ist, und wenn schon ich, bei meinem beschränkten Verstande ihre Richtigkeit einsehe, wieviel mehr mußt dann du, der Klügere, sie billigen. Wenn ich mich an deine Stelle versetze und einen Augenblick mit deinem Kopfe zu denken versuche, als säße er auf meinen Schultern, so kann ich garnicht umhin, mir darin zuzustimmen, daß meine – ich will sagen: deine Überzeugung von der Unheilbarkeit deiner Krankheit der Prüfung und Bestätigung durch andere bedarf, bevor man so weittragende Entschlüsse faßt, wie du sie im Sinne hast. Darum sprich!«

Der hohlwangige Schridaman wollte lange nicht mit der Sprache herauskommen, sondern erklärte, die tödliche Hoffnungslosigkeit seines Leidens bedürfe keines Beweises und keiner Erörterung. Schließlich aber, nach vielem Drängen, bequemte er sich, indem er eine Hand über die Augen legte, um während seiner Rede den Freund nicht ansehen zu müssen, zu folgendem Bekenntnis.

»Seit wir«, sagte er, »jenes Mädchen nackt aber sittsam, die du einmal zur Sonne geschaukelt, Sita, des Sumantra Tochter, am Badeplatze der Dewi belauscht, hat sich der Keim eines Leidens um sie, das sowohl ihrer Nacktheit wie ihrer Sittsamkeit gilt und in beidem zusammen seinen Ursprung hat, in meine Seele gesenkt und seitdem ein stündliches Wachstum erfahren, sodaß es alle meine Glieder bis in die feinsten Verzweigungen ihrer Fibern durchdrungen, mir die Geisteskräfte ausgezehrt, mich des Schlafes und jeder Eßlust beraubt hat und mich langsam aber sicher zu Grunde richtet.« Dieses Leiden, fuhr er fort, sei darum ein Leiden zum Tode und hoffnungslos, weil seine Heilung, nämlich die Erfüllung der in des Mädchens Schönheit und Sittsamkeit gründenden Wünsche, unausdenkbar und unvorstellbar und von überschwänglicher Art sei, kurz über das den Menschen Zustehende weit hinausgehe. Es sei klar, daß, wenn ein Mensch von Glückswünschen heimgesucht würde, an deren Erfüllung, so sehr sie zur Bedingung seines Fortlebens geworden sei, nur ein Gott überhaupt denken dürfe, er zugrunde gehen müsse. »Wenn ich«, so schloß er, »sie nicht habe, Sita, die Rebhuhnäugige, die Schönfarbene mit den herrlichen Hüften, so werden meine Lebensgeister sich von selbst verflüchtigen. Darum richte mir die Feuerhütte, denn nur in der Glut ist Rettung vor dem Widerstreit des Menschlichen und Göttlichen. Wenn du aber mit mir hineinsitzen willst, so tut es mir zwar leid um deine Jugend und um dein frohes, mit der Locke gezeichnetes Wesen, aber auch wieder recht soll es mir sein; denn ohnedies trägt der Gedanke, daß du sie geschaukelt hast, sehr zu dem Brande in meiner Seele bei, und nur ungern würde ich jemanden, dem dies vergönnt war, auf Erden zurücklassen.«

Nachdem er solches vernommen, brach Nanda zu Schridamans tiefernst-verständnislosem Erstaunen in unendliches Ge-

769

lächter aus, indem er abwechselnd den Freund umarmte und auf seinen Beinen am Platze herumtanzte und sprang.

»Verliebt, verliebt, verliebt!« rief er. »Und das ist das Ganze! Und das ist die Krankheit zum Tode! Ist das ein Spaß! Ist das eine Gaudi!« Und er fing an zu singen:

> »Der weise Mann, der weise Mann,
> Wie würdig war sein Sinnen!
> Nun ist's um seinen Witz getan,
> Erleuchtung floh von hinnen.
>
> Ach, eines Mägdleins Augenspiel
> Tät ihm den Kopf verdrehen.
> Ein Affe, der vom Baume fiel,
> Kann nicht verlorener sehen.«

Danach lachte er wieder aus vollem Halse, die Hände auf den Knieen, und rief:

»Schridaman, Bruder, wie froh bin ich, daß es weiter nichts ist, und daß du vom Scheiterhaufen nur faselst, weil deines Herzens Strohhütte Feuer gefangen! Die kleine Hex stand zu lange im Pfad deiner Blicke, da hat dich Kama, der Gott, mit dem Blumenpfeile getroffen, denn was uns das Summen von Honigbienen schien, das war das Schwirren seiner Sehne, und Rati hat es dir angetan, des Lenzes Schwester, die Liebeslust. Das ist ja alles ganz gewöhnlich und lustig-alltäglich und geht über das, was dem Menschen zusteht, um garnichts hinaus. Denn wenn es dir vorkommt, als ob an die Erfüllung deiner Wünsche ein Gott überhaupt nur denken dürfe, so liegt das eben nur an der Innigkeit deiner Wünsche und daran, daß sie zwar von einem Gotte, nämlich Kama, ausgehen, daß sie ihm aber keineswegs zukommen, sondern daß er sie dir hat zukommen lassen. Ich sage es nicht aus Lieblosigkeit, sondern nur, um dir den liebe-entzündeten Sinn etwas zu kühlen, daß du dein Ziel gewaltig überschätzest, wenn du meinst, nur Götter, aber nicht Menschen hätten ein Anrecht darauf, – wo doch nichts menschlicher und natürlicher ist, als daß es dich verlangt, in diese Furche zu säen.« (So drückte er sich aus, weil Sita ›die Furche‹ heißt.) »Aber auf dich«, fuhr er fort, »paßt wahrhaftig der Spruch: ›Am Tag ist die Eule blind, bei Nacht die Krähe. Wen aber die Liebe verblendet, der ist blind bei Tag und Nacht.‹ Diesen Lehrsatz halte ich dir darum vor, damit du dich darin wiedererkennst und dich darauf besinnst, daß die Sita von Buckelstierheim gar keine Göttin ist, obgleich sie dir in ihrer Nacktheit am Badeplatze der Durga so erscheinen mochte, sondern ein ganz gewöhnliches, wenn auch ausnehmend hübsches Ding, das lebt wie andere, Korn reibt, Mus kocht und Wolle spinnt und Eltern hat, die sind wie andere Leut', wenn auch Sumantra, der Vater, noch von ein bißchen Kriegerblut zu sagen weiß in seinen Adern – weit ist's nicht her damit oder allzu weit her! Kurz, es sind Leute, mit denen sich's reden läßt, und wozu hast du einen Freund, wie deinen Nanda, wenn er sich nicht auf die Bein' machen sollt' und diese ganz gewöhnliche und tunliche Sache für dich einfädeln, daß du zu deinem Glücke kommst? Nun? He? Was, du Dummkopf? Statt uns die Gluthütte zu richten, wo ich neben dir hinhocken wollt', will ich dir helfen, dein Ehehaus zimmern, darin du mit deiner Schönhüftigen wohnen sollst!«

»Deine Worte«, antwortete Schridaman nach einem Stillschweigen, »enthielten viel Kränkendes, von dem, was du sangest, ganz abgesehen. Denn kränkend ist es, daß du meine Wunschpein gewöhnlich und alltäglich nennst, wo sie doch über meine Kräfte geht und im Begriffe ist, mir das Leben zu sprengen, und man ein Verlangen, das stärker ist als wir, das heißt: zu stark für uns, mit vollem Recht als dem Menschen unzukömmlich und nur als eines Gottes Sache bezeichnet. Aber ich weiß, daß du es gut mit mir meinst und mich trösten möchtest, und darum verzeihe ich dir die populäre und unwissende Art, wie du dich über meine Todeskrankheit ausgedrückt hast. Nicht nur sogar, daß ich dir verzeihe, sondern deine letzten Worte, und daß du für möglich zu halten scheinst, was du mir damit als möglich darstelltest, haben mein Herz, das sich schon in den Tod zu ergeben gedachte, zu neuem, heftigem Lebensschlage angetrieben – nur durch die Vorstellung der Möglichkeit, durch den Glauben daran, dessen ich nicht fähig bin. Zwar ahnt mir augenblicksweise, daß Unbetroffene, die sich in einer anderen Verfassung befinden, als ich, die Sachlage klarer und richtiger möchten beurteilen können. Dann aber mißtraue ich sogleich wieder jeder anderen Verfassung, als der meinen, und glaube nur dieser, die mich auf den Tod verweist. Wie wahrscheinlich ist es allein schon, daß die himmlische Sita als Kind bereits eine Ehe eingegangen ist und demnächst schon dem mit ihr herangewachsenen Gatten vereint werden soll, – ein Gedanke von so gräßlicher Flammenqual, daß garnichts anderes, als die Flucht in die kühlende Scheiterhütte übrig bleibt!«

Aber Nanda versicherte ihm bei seiner Freundschaft, daß diese Befürchtung vollkommen hinfällig und Sita tatsächlich durch keine Kinderehe gebunden sei. Ihr Vater Sumantra habe sich einer solchen widersetzt, aus dem Hauptgrunde, weil er sie nicht der Schmach des Witwenstandes aussetzen wollte, im Fall, daß der Eheknabe vorzeitig stürbe. Hätte sie doch auch garnicht zur Schaukel-Jungfrau erwählt werden können, wenn sie ein vermähltes Mädchen gewesen wäre. Nein, Sita sei frei und verfügbar, und bei Schridamans guter Kaste, seinen häuslichen Verhältnissen und seiner Beschlagenheit in den Veden bedürfe es nur seines formellen Auftrages an den Freund, die Sache in die Hand zu nehmen und die Verhandlungen von Haus zu Haus zu beginnen, um einen glücklichen Ausgang so gut wie gewiß zu machen.

Bei der Wiedererwähnung des Schaukel-Vorkommnisses hatte es leidend in Schridamans einer Wange gezuckt, aber er erwies sich dem Freunde doch dankbar für seine Hilfsbereitschaft und ließ sich von Nanda's unerkranktem Verstande nach und nach vom Todesverlangen zu dem Glauben bekehren, daß die Erfüllung seiner Glückswünsche, nämlich die Sita als Gattin in seine Arme zu schließen, nicht außer dem Bereich des Faßlichen und einem Menschen Zukömmlichen liege, in dem er allerdings dabei blieb, daß Nanda, wenn die Werbung fehl schlüge, ihm unweigerlich mit seinen wackeren Armen die Brandhütte zu rüsten habe. Das versprach Gargas Sohn ihm mit

beschwichtigenden Worten, redete aber vor allem und Schritt
für Schritt die vorgezeichnete Prozedur der Werbung mit ihm
ab, bei der Schridaman ganz zurückzutreten und nur des Erfolges zu warten hatte: wie also Nanda fürs Erste einmal dem
Bhavabhûti, Schridamans Vater, die Gedanken des Sohnes
eröffnen und ihn bestimmen sollte, mit des Mädchens Eltern die
Verhandlungen aufzunehmen; wie dann auch Nanda als Stell-
vertreter des Freienden und als Brautwerber sich zu Buckelstierheim einfinden und durch seine Freundesperson die weitere Annäherung zwischen dem Paare vermitteln würde.

Wie aber gesagt, so getan. Bhavabhûti, der Wânidja aus
Brahmanenblut, war erfreut über die Mitteilungen, die der Vertraute seines Sohnes ihm machte; Sumantra, der Kuhzüchter
kriegerischer Abkunft, zeigte sich nicht ungehalten über die von
ansehnlichen Geschenken begleiteten Vorschläge, die man ihm
unterbreitete; Nanda sang im Hause der Freiung das Lob des
Freundes in populären aber überzeugenden Tönen; es nahm
auch der Gegenbesuch von Sitas Eltern zu »Wohlfahrt der
Kühe«, bei dem sie des Werbers Rechtschaffenheit prüften,
einen förderlichen Verlauf; und wie unter solchen Schritten und
Handlungen die Tage vergingen, lernte das Mädchen in Schridaman, dem Kaufmannssohn, von weitem den ihr bestimmten
Herrn und Gemahl zu sehen. Der Ehevertrag ward aufgesetzt
und seine Unterfertigung mit einem gastfreien Mahl und dem
Austausch glückverheißender Gaben gefeiert. Der Tag der Vermählung, unter sternkundigem Beirat sorgfältig erlesen, kam
näher, und Nanda, der wußte, daß er herankommen würde, ungeachtet daß Schridamans Vereinigung mit Sita auf ihn angesetzt war, was Schridaman hinderte, an sein Erscheinen zu glauben, lief als Hochzeitsbitter umher, um Magen und Freunde
dazu zu laden. Er war es auch, der, als man im Innenhofe des
Brauthauses unter Spruchlesungen des Hausbrahmanen aus Fladen getrockneten Kuhmistes den Stoß zum Hochzeitsfeuer
schichtete, mit seinen wackeren Armen das Beste tat.

So kam der Tag, wo Sita, die ringsum Schöngliedrige, den
Leib mit Sandel, Kampfer und Kokos gesalbt, mit Geschmeide

geschmückt, im Flittermieder und Wickelkleid, den Kopf in eine Schleierwolke gehüllt, den ihr Beschiedenen erstmals erblickte (während er sie bekanntlich zuvor schon erblickt hatte) und ihn zum ersten Male bei Namen nannte. Es ließ die Stunde zwar auf sich warten, nahm aber endlich dennoch Gegenwart an, wo er das Wort sprach: »Ich habe sie erhalten«; wo er sie unter Reis- und Butteropfern empfing aus ihrer Eltern Hand, sich Himmel nannte und Erde sie, des Liedes Weise sich selbst und sie des Liedes Wort und zum Gesange händeklatschender Frauen dreimal mit ihr den lodernden Stoß umwandelte, worauf er sie mit einem Gespanne weißer Stiere und festlich geleitet heimführte in sein Dorf und in seiner Mutter Schoß.

Da gab es der glückverheißenden Riten noch mehr zu erfüllen, sie gingen ums Feuer auch hier, mit Zuckerrohr speiste er sie, den Ring ließ er in ihr Gewand fallen, zum Festmahl saßen sie nieder mit Sippen und Freunden. Als sie aber gegessen und getrunken hatten, auch noch mit Wasser der Ganga und Rosenöl waren besprengt worden, geleiteten alle sie zu dem Gemach, das den Namen erhalten hatte »Gemach des glücklichen Paares«, und wo das Blumenbett für sie aufgeschlagen war. Dort nahm unter Küssen, Scherzen und Tränen jedermann von ihnen Abschied – Nanda, der immer mit ihnen gewesen war, noch ganz zuletzt auf der Schwelle.

V.

Möchten doch nur die Lauschenden nicht, verführt durch den bisher so freundlichen Gang dieser Geschichte, der Fanggrube der Täuschung anheimgefallen sein über ihren wahren Charakter! Während wir schwiegen, hat sie einen Augenblick ihr Gesicht abgewandt, und wie sie es euch wieder zuwendet, ist es dasselbe nicht mehr: es ist zu einer gräßlichen Maske verzerrt, einem verstörenden, versteinernden oder zu wilden Opfertaten hinreißenden Schreckensantlitz, wie Schridaman, Nanda und Sita es auf der Reise erblickten, welche sie... Aber eins nach dem anderen.

Sechs Monate waren verflossen, seit Schridamans Mutter die schöne Sita als Tochter auf den Schoß genommen und diese ihrem schmalnasigen Gatten den Vollgenuss ehelicher Lust gewährte. Der schwere Sommer war hingegangen, auch schon die Regenzeit, die den Himmel mit Wolkenfluten, die Erde aber mit frisch aufsprießenden Blumen bedeckt, wollte sich enden, fleckenlos war das Gezelt, und herbstlich blühte der Lotos, als die Jungvermählten im Gespräch mit ihrem Freunde Nanda und unter Zustimmung von Schridamans Eltern eine Reise beschlossen zu Sita's Eltern, die ihre Tochter, seit sie den Mann umarmte, nicht mehr gesehen und sich zu überzeugen wünschten, wie ihr die Ehelust anschlüge. Obgleich Sita seit Kurzem Mutterfreuden entgegensah, wagten sie die Wanderung, die nicht weit und bei abkühlendem Jahre nicht sehr beschwerlich war.

Sie reisten in einem überdachten und verhangenen, von einem Zebu-Ochsen und einem einhöckrigen Kamel gezogenen Karren, und Nanda, der Freund, lenkte das Gespann. Vor dem Ehepaar saß er, das Mützchen schief auf dem Kopf, und ließ die Beine baumeln, zu achtsam auf Weg und Schritt, wie es schien, als daß er sich viel nach denen im Wagen hätte umwenden mögen, mit ihnen zu plaudern. Ein und das andere Wort sprach er zu den Tieren, begann auch von Zeit zu Zeit wohl sehr laut und hell ein Lied zu singen, – worauf jedoch jedesmal schon nach den ersten Tönen die Stimme ihm einschrumpfte und zum Summen wurde, ausgehend in ein still gesprochenes Hüh oder Hott. Seine Art aber, aus bedrängter Brust heftig loszusingen, hatte etwas Erschreckendes, und das rasche Zurückgehen der Stimme wiederum auch.

Hinter ihm die Eheleute saßen in Schweigen. Da sie ihn eben vor sich hatten, wäre ihr Blick, wenn sie ihn geradeaus richteten, in Nanda's Nacken gegangen, und das taten zuweilen die Augen der jungen Frau, indem sie sich langsam aus ihrem Schoße erhoben, um nach kurzem Verweilen sehr rasch in diesen zurückzukehren. Schridaman vermied diese Aussicht ganz und gar, indem er das Gesicht seitlich gegen das hängende Sackleinen wendete. Gern hätte er mit Nanda den Platz gewechselt und selber kutschiert, um nicht, wie neben ihm seine Frau, den bräunlichen Rücken mit dem Wirbelgrat, den beweglichen Schulterblättern vor sich zu haben. Doch ging das nicht an, da jene Anordnung, die er sich zur Erleichterung wünschte, auch wieder nicht das Rechte gewesen wäre. – So zogen sie still ihre Straße dahin, dabei aber ging allen dreien der Atem rasch, als wären sie gelaufen, und Röte äderte das Weiße ihrer Augen, was immer ein schweres Zeichen ist. Gewiß, ein Mann von Sehergabe hätte schwarze Fittiche über ihrem Gefährte schattend mitziehen sehen.

Mit Vorliebe zogen sie unterm Fittich der Nacht, will sagen vor Tag, in den frühesten Morgenstunden, wie man es wohl tut, um die Sonnenlast des hohen Tages zu meiden. Sie aber hatten dafür ihre eigenen Gründe. Da nun in ihren Seelen Verirrung wohnte, und Dunkelheit Verirrung begünstigt, so nahmen sie ohne ihr Wissen die Gelegenheit wahr, die Verirrung ihres Inneren im Räumlichen darzustellen und verirrten sich in der Gegend. Nanda nämlich lenkte den Ochsen und das Kamel nicht an dem Punkte von der Straße zur Seite ab, wo es nötig gewesen wäre, um nach Sitas Heimatdorf zu gelangen, sondern, entschuldigt durch den mondlosen, nur von Sternen erhellten Himmel, tat er es an irriger Stelle, und der Weg, den er einschlug, war bald kein Weg mehr, sondern nur noch eine dergleichen vortäuschende Lichtung zwischen Bäumen, die anfangs einzeln gestanden hatten, dann aber sich mehrten, und die ein dichter Wald ihnen entgegensandte, um sie einzufangen und ihnen bald auch die Lichtung aus den Augen zu bringen, der sie gefolgt waren, und die sie zur Rückkehr hätten benutzen können.

Unmöglich war es, zwischen den umringenden Stämmen und auf dem weichen Boden des Waldes mit ihrem Gefährte noch vorwärts zu kommen, und sie gestanden einander zu, sich verfahren zu haben, ohne sich zuzugestehen, daß sie eine Lage herbeigeführt hatten, die der Verfahrenheit ihrer Gemüter entsprach; denn Schridaman und Sita, hinter dem lenkenden Nanda, hatten nicht etwa geschlafen, sondern es offenen Auges zugelassen, daß jener sie in die Irre fuhr. Es blieb ihnen nichts übrig, als an der Stelle, wo sie waren, ein Feuer zu machen, um mit mehr Sicherheit gegen reißende Tiere den Aufgang der Sonne zu erwarten. Als dann der Tag in den Wald schien, untersuchten sie die Umgebung nach verschiedenen Seiten, ließen das ausgeschirrte Gespann einzeln gehen und schoben unter großen Mühen den Reisekarren in die Kreuz und Quere, wo immer das Tiek- und Sandelholz Durchlaß gewährte, zum Rande des Dschungels, wo eine allenfalls fahrbare buschige Steinschlucht sich ihnen auftat, von der Nanda mit Bestimmtheit erklärte, daß sie sie auf den rechten Weg zum Ziele bringen müsse.

Wie sie nun in schiefer Fahrt und unter Stößen den Schluchtweg verfolgten, kamen sie zu einem aus dem Felsen gehauenen Tempel, den sie als ein Heiligtum der Dewi, Durgâ's, der Unnahbaren und Gefahrvollen, Kâlî's, der dunklen Mutter, erkannten; und einem Zuge seines Inneren folgend gab Schridaman den Wunsch zu erkennen, auszusteigen und der Göttin seine Verehrung zu bezeigen. »Ich will nur eben nach ihr schauen, anbeten und in wenigen Augenblicken wiederkehren«, sagte er zu seinen Begleitern. »Wartet ihr hier unterdessen!« Und er verließ den Wagen und stieg zur Seite die rauhen zum Tempel führenden Stufen hinan.

So wenig wie jenes Mutterhaus am lauschigen Badeplatz des Flüßchens »Goldfliege« war dieses hier eins von den großen; doch war es mit reicher Frömmigkeit ausgemeißelt nach Pfeilern und Bildschmuck. Der wilde Berg wuchtete über dem Eingang herab, gestützt von Säulen, die fauchende Pardeltiere bewachten, und bemalte Schildereien waren rechts und links, wie auch zuseiten des inneren Zutritts, aus den Flächen des Felsens gemetzt: Gesichte des Lebens im Fleisch, wie es aus Knochen, Haut, Sehnen und Mark, aus Samen, Schweiß, Tränen und Augenbutter, Kot, Harn und Galle zusammengeschüttet, behaftet mit Leidenschaft, Zorn, Wahn, Begierde, Neid und Verzagen, mit Trennung von Liebem, Bindung an Unliebes, Hunger, Durst, Alter, Kummer und Tod, unversieglich durchströmt vom süßen und heißen Blutstrom, in tausend Gestalten sich leidend genießt, sich wimmelnd verschlingt und in einander sich wandelt, wo denn im fließend-allerfüllenden Gewirr des

Menschlichen, Göttlichen, Tierischen ein Elephantenrüssel den Arm eines Mannes abzugeben, ein Eberkopf aber an die Stelle zu treten schien von eines Weibes Haupt. – Schridaman achtete des Gebildes nicht und glaubte es nicht zu sehen: aber wie beim Zwischendurchgehen seine von Rot durchzogenen Augen es streiften, ging es doch, Zärtlichkeit, Schwindel und Mitleid erregend, in seine Seele ein, sie vorzubereiten auf den Anblick der Mutter.

Halbdunkel herrschte im Felsenhaus; nur von oben her durch den Berg fiel Tageslicht ein in die Versammlungshalle, die er zuerst durchschritt, in die niedriger eingesenkte Torhalle, die sich daran schloß. Da tat sich ihm durch eine tiefe Tür, in der Stufen hinabführten abermals, der Mutterleib auf, der Schoß des Hauses.

Er erbebte am Fuße der Stufen und taumelte auf sie zurück, die Hände gegen die beiden Lingam-Steine zuseiten des Eintritts gespreizt. Das Bild der Kâlî war grauenerregend. Schien es seinen rotgeäderten Augen nur so, oder hatte er die Zornmütige in so triumphierend gräßlicher Gestalt noch nie und nirgends erblickt? Aus einem Rahmenbogen von Schädeln und abgehauenen Händen und Füßen trat das Idol in Farben, die alles Licht an sich rafften und von sich schleuderten, im glitzernden Kronenputz, geschürzt und bekränzt mit Gebein und Gliedmaßen der Wesen, im wirbelnden Rad seiner achtzehn Arme aus der Felswand hervor. Schwerter und Fackeln schwang die Mutter ringsum, Blut dampfte in der Hirnschale, die eine ihrer Hände zum Munde führte, Blut breitete sich zu ihren Füßen aus, – in einem Kahn stand die Entsetzenerregende, der auf dem Meere der Lebensflut, auf einem Blutmeere schwamm. Wirklicher Blutgeruch aber schwebte, Schridamans dünnrückige Nase streifend, ältlich-süßlich in der stockenden Luft der Berghöhle, des unterirdischen Schlachthauses, in dessen Boden klebrig starrende Rinnen zum Abfluß des Lebenssaftes enthaupteter, schnell ausblutender Tiere eingelassen waren. Tierköpfe mit offenen, verglasten Augen, vier oder fünf, vom Büffel, vom Schwein und von der Ziege waren pyramidenförmig auf dem Altar vor dem Bilde der Unentrinnbaren zusammengestellt, und ein Schwert, das zu ihrer Halsschlachtung gedient, scharfschneidend, blank, wenn auch von getrocknetem Blute fleckig ebenfalls, lag seitlich davon auf den Fliesen.

Schridaman starrte mit einem Grausen, das von Augenblick zu Augenblick zur Begeisterung anschwoll, in das wild glotzende Antlitz der Opferheischenden, der Todbringend-Lebenschenkenden, und auf den Wirbel ihrer Arme, der auch ihm den Sinn in trunkenes Kreisen versetzte. Er drückte die geballten Hände gegen seine gewaltsam gehende Brust, und ungeheuerliche Schauer, kalt und heiß, überfluteten ihn einer nach dem anderen und rührten zu äußerster Tat mahnend, zur Tat gegen sich selbst und für den ewigen Schoß, sein Hinterhaupt, seine Herzgrube und sein in Jammer erregtes Geschlecht an. Seine schon blutleeren Lippen beteten:

»Anfangslose, die vor allen Entstandenen war! Mutter ohne Mann, deren Kleid niemand hebt! Lust- und schreckensvoll Allumfangende, die du wieder einschlürfst alle Welten und Bilder, die aus dir quillen! Mit vielen Opfern lebender Wesen verehrt dich das Volk, denn dir gebührt das Lebensblut aller! Wie sollte ich deine Gnade nicht finden zu meinem Heil, wenn ich mich selbst dir zum Opfer bringe? Ich weiß wohl, daß ich dadurch nicht dem Leben entkomme, ob es auch wünschenswert wäre. Aber laß mich wieder eingehen durch die Pforte des Mutterleibes in dich zurück, daß ich dieses Ichs ledig werde und nicht mehr Schridaman bin, dem alle Lust verwirrt ist, weil nicht er es ist, der sie spendet!«

Sprach diese dunklen Worte, griff das Schwert auf dem Boden und trennte sich selbst das Haupt vom Rumpf. –

Das ist schnell gesagt, auch war es nicht anders als schnell zu tun. Und doch hat hier der Überliefernde nur Einen Wunsch: es möchte nämlich der Lauscher die Aussage nicht gleichmütiggedankenlos hinnehmen als etwas Gewohntes und Natürliches, nur weil es so oft überliefert ist, und in den Berichten als etwas Gewöhnliches vorkommt, daß Leute sich selber den Kopf abschnitten. Der Einzelfall ist nie gewöhnlich: das Allergewöhnlichste für den Gedanken und die Aussage sind Geburt und Tod; wohne aber einer Geburt bei oder einem Sterben und frage dich, frage die Kreißende oder den Abscheidenden, ob das etwas Gewöhnliches ist! Die Selbstenthauptung, so oft sie berichtet sein mag, ist eine fast untunliche Tat, zu deren gründlicher Ausführung eine ungeheure Begeisterung und eine furchtbare Versammlung aller Lebens- und Willenskräfte auf den Punkt der Vollbringung gehört; und daß Schridaman mit den gedankensanften Augen und den wenig wackeren brahmanischen Kaufmannsarmen sie hier vollendete, sollte nicht wie etwas Gewohntes, sondern mit fast ungläubigem Staunen hingenommen werden.

Genug nun freilich, daß er das grause Opfer im Handumdrehen tätigte, sodaß hier sein Haupt mit dem sanften Bart um die Wangen und dort sein Körper lag, der das weniger wichtige Zubehör dieses edlen Hauptes gewesen war, und dessen beide Hände noch den Griff des Opferschwertes umklammert hielten. Aus dem Rumpf aber stürzte das Blut mit großer Gewalt, um dann in den schrägwandigen Rinnen, die den Boden durchzogen und nur ein geringes Gefälle hatten, langsam gegen die unter dem Altar ausgehobene Grube zu schleichen, – sehr ähnlich dem Flüßchen »Goldfliege«, das erst wie ein Füllen aus Himawants Tor gerannt kommt, dann aber stiller und stiller seinen Weg zur Mündung dahingeht. –

VI.

Kehren wir nun aus dem Mutterschoß dieses Felsenhauses zurück zu den draußen Wartenden, so dürfen wir uns nicht wundern, sie in anfangs stummer, dann aber auch gesprächsweise ausgetauschter Nachfrage nach Schridaman zu finden, der doch nur zu kurzer Huldigung hatte eintreten wollen, aber so lange nicht wiederkehrte. Die schöne Sita, hinter Nanda sitzend, hatte längere Zeit abwechselnd in seinen Nacken und in ihren Schoß geblickt und sich so still verhalten wie er, der seine Ziegennase und populären Wulstlippen immer vorwärts gegen das Gespann gewandt hielt. Schließlich aber begannen beide auf ihren Sitzen hin und her zu rücken, und nach aber einer Weile wandte der Freund sich mit einem Entschluß nach der jungen Ehefrau um und fragte:

»Hast du eine Idee, warum er uns warten läßt und was er so lange dort treibt?«

»Ich kann es nicht ahnen, Nanda«, versetzte sie, genau mit der süß schwingenden und klingenden Stimme, die zu vernehmen er sich gefürchtet hatte, und sogar, daß sie überflüssiger Weise seinen Namen hinzufügen würde, hatte er im Voraus gefürchtet, obgleich es nicht weniger unnötig war, als wenn er gesagt hätte: »Wo bleibt denn nur Schridaman?« statt einfach zu fragen: »Wo bleibt er nur?«

»Ich kann es mir«, fuhr sie fort, »längst nicht mehr denken, lieber Nanda, und wenn jetzt du dich nicht nach mir umgewandt und mich gefragt hättest, so hätte ich, höchstens ein wenig später, von mir aus die Frage an dich gerichtet.«

Er schüttelte den Kopf, teils aus Verwunderung über des Freundes Säumen, teils auch zur Abwehr des Überflüssigen, das sie immer sagte; denn zu sagen: »umgewandt«, hätte völlig genügt, und die Hinzufügung »nach mir«, obgleich selbstverständlich richtig, war unnötig bis zur Gefährlichkeit – gesprochen beim Warten auf Schridaman mit süß schwingender, leicht unnatürlicher Stimme.

Er schwieg aus Furcht, auch seinerseits mit unnatürlicher Stimme zu sprechen und sie vielleicht dabei mit ihrem Namen anzureden, wozu er nach ihrem Beispiel eine gewisse Versuchung empfand; und so war sie es, die nach kurzer Pause den Vorschlag machte:

»Ich will dir etwas sagen, Nanda, du solltest ihm nachgehen und dich nach ihm umsehen, wo er bleibt, und ihn mit deinen kräftigen Armen rütteln, wenn er sich im Gebete vergessen hat – wir können nicht länger warten, und es ist auffallend sonderbar von ihm, uns hier sitzen und bei steigender Sonne die Zeit versäumen zu lassen, wo wir durch die Verirrung ohnedies schon verspätet sind und meine Eltern vielleicht schon allmählich anfangen, sich Sorge um mich zu machen, denn sie lieben mich über alles. Geh' also, bitte, und hole ihn, Nanda! Selbst wenn er noch nicht kommen möchte und sich etwas wehrt, so bringe ihn her! Du bist ja stärker als er. «

»Gut, ich will gehen und ihn holen«, erwiderte Nanda, – »natürlich im Guten. Ich brauche ihn nur an die Zeit zu erinnern. Übrigens war es meine Schuld, daß wir den Weg verloren, und sonst Niemandes. Ich hatte schon selbst daran gedacht, ihm nachzugehen, und meinte nur, es sei dir vielleicht ängstlich, hier ganz allein zu warten. Aber es ist nur auf wenige Augenblicke. «

Damit ließ er sich vom Lenkerbrett hinab und ging hinauf in das Heiligtum.

Und wir, die wir wissen, welcher Anblick ihn erwartet! Wir müssen ihn begleiten durch die Versammlungshalle, wo er noch nichts ahnte, und durch die Torhalle, wo ebenfalls noch volle Unwissenheit ihn einhüllte, und endlich hinab in den Mutterschoß. Nun ja, da strauchelte und taumelte er, einen dumpfen Ausruf des Entsetzens auf seinen Lippen, und hielt sich mit Mühe fest an den Lingamsteinen, ganz so wie Schridaman es getan, aber nicht des Bildes wegen tat er es, das jenen erschreckt und furchtbar begeistert hatte, sondern vor dem grausen Anblick am Boden. Da lag sein Freund, das wachsfarbene Haupt mit gelöstem Kopftuch vom Rumpfe getrennt, und sein Blut schlich auf geteilten Wegen gegen die Grube.

Der arme Nanda zitterte wie ein Elephantenohr. Er hielt sich die Wangen mit seinen dunklen, beringten Händen, und zwischen seinen volkstümlichen Lippen preßte sich halb erstickt der Name des Freundes hervor, wieder und wieder. Vorgebeugt tat er hilflose Bewegungen gegen den zerteilten Schridaman am Boden, denn er wußte nicht, an welchen Teil er sich wenden, welchen er umfangen, zu welchem er reden sollte, zum Körper oder zum Haupt. Für dieses entschied er sich endlich, da es immer so entschieden die Hauptsache gewesen war, kniete hin zu dem Bleichen und sprach, das ziegennasige Gesicht von bitterm Weinen verzogen, darauf ein, indem er immerhin auch eine Hand auf den Körper legte und sich gelegentlich auch an diesen wandte.

»Schridaman«, schluchzte er, »mein Lieber, was hast du getan, und wie konntest du's nur über dich gewinnen und dies vollbringen mit deinen Händen und Armen, eine so schwer auszuführende Tat! Es war doch nicht deine Sache! Aber was niemand dir zugemutet hätte, das hast du geleistet! Immer habe ich dich bewundert im Geiste, nun muß ich dich jammervoll bewundern auch von Leibes wegen, weil du dies Allerschwerste vermocht! Wie muß es ausgesehen haben in dir, daß du es schafftest! Welchen Opfertanz müssen Großherzigkeit und Verzweiflung, Hand in Hand, in deiner Brust vollführt haben, daß du dich schlachtetest! Ach, wehe, wehe, getrennt das feine Haupt vom feinen Leibe! Noch sitzt der zarte Schmer in seiner Gegend, aber er ist um Sinn und Bedeutung gebracht, da die Verbindung fehlt mit dem edlen Haupt! Sage, bin ich schuld? Bin ich etwa schuld an deiner Tat durch mein Sein, wenn auch nicht durch mein Tun? Siehe, ich denke dir nach, da mein Kopf noch denkt, – du hättest vielleicht nach der Wesenskunde diese Unterscheidung gemacht und die Schuld durch das Sein für wesentlicher erklärt, als die durch das Tun. Aber was kann der Mensch mehr tun, als das Tun vermeiden? Ich habe geschwiegen soviel wie möglich, um nicht etwa auch mit girrender Stimme zu sprechen. Ich habe nichts Überflüssiges gesagt und nicht ihren Namen hinzugefügt, wenn ich zu ihr redete. Ich selbst bin mein Zeuge und sonst freilich niemand, daß ich auf nichts eingegangen bin, wenn sie sticheln wollte auf dich zu meinen Gunsten. Aber was nützt das alles, wenn ich schuld bin einfach durch mein Dasein im Fleische? In die Wüste hätte ich gehen sollen und als Einsiedler strenge Observanzen erfüllen! Ich hätte es tun sollen, ohne daß du zu mir redetest, zerknirscht will ich's zugeben; aber soviel kann ich sagen zu meiner Entlastung, daß ich es bestimmt getan hätte, wenn du zu mir gesprochen hättest! Warum hast du nicht zu mir gesprochen, liebes Haupt, als du noch nicht abgesondert dalagst, sondern auf deinem Leibe saßest? Immer haben unsere Häupter mit einander geredet, deins klug und meins simpel, aber wo es ernst und gefährlich wurde, da schwiegst du! Nun ist es zu spät, und du hast nicht gesprochen, sondern gehandelt großherzig grausam und mir vorgeschrieben, wie ich zu handeln habe. Denn das hast du wohl nicht geglaubt, daß ich hinter dir zurückstehen würde, und daß einer Tat, die du mit deinen zarten Armen vollbracht, meine prallen sich weigern würden! Oft habe ich dir gesagt, daß ich die Trennung von dir nicht zu überleben gedächte, und als du mir in deiner Liebeskrankheit befahlst, dir die Feuerhütte zu rüsten, da erklärte ich dir, daß ich sie, wenn überhaupt, dann für zweie rüsten und mit dir einhocken würde. Was jetzt zu geschehen hat, das weiß ich längst, wenn ich auch jetzt erst dazu komme, es klar aus dem Getümmel meiner Gedanken herauszulösen, und schon gleich als ich hier hereinkam und dich liegen sah – dich, das heißt den Leib da und das Haupt nebenbei, – da war Nanda's Urteil sofort gesprochen. Ich wollte mit dir brennen, so will ich auch mit dir bluten, denn etwas anderes bleibt mir überhaupt nicht übrig. Soll ich etwa hinausgehen, um ihr zu melden, was du getan, und aus den Schreckensschreien, die sie ausstoßen wird, ihre heimliche Freude herauszuhören? Soll ich umhergehen mit beflecktem Namen und die Leute reden lassen, wie sie mit Bestimmtheit reden werden, nämlich: ›Nanda, der Bösewicht, hat sich an seinem Freunde vergangen, hat ihn aus Gier nach seinem Weibe ermordet‹? Das denn doch nicht! Das nimmermehr! Ich folge dir, und der ewige Schoß trinke mein Blut mit deinem!«

Dies gesagt, wandte er sich vom Haupte zum Körper, löste den Schwertgriff aus den schon erstarrenden Händen und vollstreckte mit seinen wackeren Armen aufs gründlichste das sich selbst gesprochene Urteil, sodaß sein Körper, um diesen zuerst zu nennen, quer über denjenigen Schridamans fiel und sein netter Kopf neben den des Freundes rollte, wo er mit verdrehten Augen liegen blieb. Sein Blut aber ebenfalls quoll erst wild und geschwinde hervor im Entspringen und schlich dann langsam durch die Rinnen zur Mündungsgrube.

VII.

Unterdessen saß Sita, die Furche, draußen allein in ihrem Wagenzelt, und die Zeit wurde ihr umso länger, als kein Nacken mehr vor ihr war, in den sie blicken konnte. Was, während sie sich einer alltäglichen Ungeduld überließ, mit diesem Nacken geschehen war, ließ sie sich nicht träumen, – es sei denn, daß dennoch in ihrem Innersten, tief unter dem zwar lebhaften, aber doch nur einer Welt harmloser Denkbarkeiten zugehörigen Unmut, der sie mit den Füßchen strampeln und trampeln ließ, die Ahnung von etwas Fürchterlichem sich regte, woraus ihr Wartenmüssen sich erklärte, wozu aber Ungeduld und Ärger keine passenden Verhaltungsweisen bildeten, weil es einer Ordnung von Möglichkeiten angehörte, bei der es garnichts zu strampeln und zu trampeln gab. Mit einer heimlichen Aufgeschlossenheit der jungen Frau für Vermutungen dieser Art ist zu rechnen, weil sie seit einiger Zeit in Zuständen und Erfahrungen gelebt hatte, die, um nur soviel zu sagen, einer gewissen Verwandtschaft mit jener übermäßigen Ordnung nicht entbehrten. Aber in dem, was sie vor sich selber äußerte, kam dergleichen nicht vor.

»Es ist doch nicht zu sagen und kaum zu ertragen!« dachte sie. »Diese Männer, einer ist wie der andere, man sollte keinem vor dem andern den Vorzug geben, denn Verlaß ist auf keinen. Der eine läßt einen mit dem anderen sitzen, sodaß er, ich weiß nicht, was, dafür verdient hätte, und schickt man den anderen, so sitzt man allein. Und das bei steigender Sonne, da durch die Verirrung schon soviel Zeit verloren gegangen! Nicht viel fehlte, so führe ich vor Ärger aus der Haut. Es ist doch im ganzen Bereich vernünftiger und zulässiger Möglichkeiten keine Erklärung und keine Entschuldigung dafür zu finden, daß erst der Eine ausbleibt, und dann der, der ihn holen soll, auch. Das Äußerste, was ich denken kann, ist, daß sie in Streit und Kampf geraten sind, weil Schridaman so am Gebete hängt, daß er nicht von der Stelle mag, und Nanda ihn zwingen will, zu kommen, dabei aber aus Rücksicht auf meines Mannes Zartheit nicht seine volle Kraft aufzubieten wagt; denn wenn er wollte, so könnte er jenen ja auf seinen Armen, die sich wie Eisen anfühlen, wenn man gelegentlich daran streift, zu mir heraustragen wie ein Kind. Das wäre demütigend für Schridaman, und doch hat die Kränkung des Wartenmüssens mich dem Wunsch schon sehr nahe gebracht, daß Nanda so handelte. Ich will euch etwas sagen: ihr verdientet, daß ich die Zügel nähme und allein zu meinen Eltern führe, – wenn ihr endlich herauskämt, so wäre die Stätte leer. Wäre es nicht so ehrlos, ohne Mann und Freund dort anzukommen, weil beide einen haben sitzen lassen, ich führte stracks den Gedanken aus. So aber bleibt mir nichts anderes übrig (und der Augenblick dazu ist nun ganz entschieden gekommen), als selbst aufzustehen, ihnen nachzugehen und nachzusehen, was in aller Welt sie treiben. Kein Wunder, daß mich armes, schwangeres Weib etwas Ängstlichkeit ankommt vor dem Ungewöhnlichen, das hinter ihrem rätselhaften Benehmen stecken muß. Aber die schlimmste unter den Denkbarkeiten ist ja schließlich, daß sie aus irgendwelchen Gründen, die ein anderer sich ausdenken mag, in Streit geraten sind, und daß der Hader sie festhält. Dann werde ich mich ins Mittel legen und ihnen schon die Köpfe zurechtsetzen.«

Damit stieg auch die schöne Sita vom Wagen, machte sich, indes ihr die Hüften in dem gewundenen Kleide wogten, auf den Weg zum Mutterhause, – und stand fünfzig Atemzüge später vor der gräßlichsten der Bescherungen.

Sie warf die Arme empor, die Augen traten ihr aus den Höhlen, und von einer Ohnmacht entseelt, sank sie lang hin zu Boden. Allein was half ihr das? Die gräßliche Bescherung hatte Zeit, zu warten, wie sie gewartet hatte, während Sita ihrerseits zu warten vermeinte; sie blieb beliebig lange dieselbe, und als die Unglückliche endlich wieder zu sich kam, war alles wie zuvor. Sie versuchte aufs neue in Ohnmacht zu fallen, was ihr aber dank ihrer guten Natur nicht gelang. So kauerte sie auf den Steinen, die Finger in ihrem Haare vergraben, und starrte auf die abgesonderten Köpfe, die überkreuz liegenden Leiber und all das schleichende Blut.

»Ihr Götter, Geister und großen Asketen«, flüsterten ihre

bläulichen Lippen, – »ich bin verloren! Beide Männer, gleich alle beide – mit mir ist's aus! Mein Herr und Gatte, der mit mir ums Feuer ging, mein Schridaman mit dem hochgeachteten Haupt und dem immerhin warmen Leibe, der mich die Lust lehrte, so gut ich sie eben kenne, in heiligen Ehenächten – getrennt das verehrte Haupt von seinem Körper, dahin und tot! Dahin und tot auch der andere, Nanda, der mich schaukelte und mich ihm warb, – blutig getrennt der Körper von seinem Haupt – da liegt er, die Locke ›Glückskalb‹ noch auf der fröhlichen Brust, – ohne Kopf, was ist's nun damit? Ich könnte ihn anrühren, ich könnte die Kraft und Schönheit seiner Arme und Schenkel berühren, wenn mir danach zu Mute wäre. Aber mir ist nicht; der blutige Tod setzt eine Schranke zwischen ihn und diesen Mutwillen, wie früher Ehre und Freundschaft es taten. Sie haben einander die Köpfe abgeschlagen! Aus einem Grunde, den ich mir nicht länger verhehle, ist ihr Zorn aufgeflammt wie Feuer, in das man Butter gießt, und sie sind in so furchtbaren Streit geraten, daß es zu dieser Wechseltat kam – ich seh's mit Augen! Es ist aber nur ein Schwert da – und Nanda hält es? Wie konnten die Wütenden mit nur einem Schwert kämpfen? Schridaman hat, aller Weisheit und Milde vergessen, zum Schwerte gegriffen und dem Nanda den Kopf abgehauen, worauf dieser – aber nein! Nanda hat aus Gründen, die mich überrieseln in meinem Elend, den Schridaman geköpft, und darauf hat dieser – aber nein – aber nein! Höre doch auf zu denken, es kommt nichts dabei heraus, als die blutige Finsternis, die ohnedies schon da ist, und nur das Eine ist klar, daß sie gehandelt haben wie wüste Männer und nicht einen Augenblick meiner gedachten. Das heißt, meiner gedachten sie schon, um mich Arme ging es ja bei ihrem gräßlichen Mannestun, und das überrieselt mich gewissermaßen; aber nur in Bezug auf sich selbst gedachten sie meiner, nicht in Bezug auf mich und darauf, was aus mir werden würde – das kümmerte sie so wenig in ihrer Raserei, wie es sie jetzt kümmert, wo sie stille daliegen ohne Kopf und es mir überlassen, was ich nun anfange! Anfange? Hier gibt's nur zu enden und gar nichts anzufangen. Soll ich als Witwe durchs Leben irren und den Makel und Abscheu tragen der Frau, die ihres Herrn so schlecht gepflegt, daß er umkam? So steht's um eine Witwe schon ohnehin, aber welchen Makel wird man mir erst anheften, wenn ich allein in meines Vaters und meines Schwiegervaters Haus komme? Nur ein Schwert ist vorhanden, sie können sich nicht wechselweis damit umgebracht haben, mit einem Schwert kommen zweie nicht aus. Aber eine dritte Person ist übrig, und das bin ich. Man wird sagen, ich sei ein zügelloses Weib und hätte meinen Gatten und seinen Wahlbruder, meinen Schwager, ermordet, – die Beweiskette ist schlüssig. Sie ist falsch, aber sie ist schlüssig, und unschuldig wird man mich brandmarken. Nicht unschuldig, nein, es hätte noch Sinn und wäre der Mühe wert, sich zu belügen, wenn nicht alles zu Ende wäre, so aber hat es keinen Sinn. Unschuldig bin ich nicht, bin es schon lange nicht mehr, und die Zügellosigkeit angehend, so ist schon etwas daran, – viel, viel sogar ist daran; nur nicht gerade so, wie die Leute meinen werden, und also gibt es denn eine irrtümliche Gerechtigkeit? – Der muß ich zuvorkommen und muß mich selber richten. Ich muß ihnen folgen – nichts anderes in aller Welt bleibt mir übrig. Das Schwert kann ich nicht handhaben mit diesen Händchen, die zu klein und ängstlich sind, um den Körper zu zerstören, zu dem sie gehören, und der schwellende Lockung ist um und um, aber aus Schwäche besteht. Ach, es ist schade um seinen Liebreiz, und doch muß er ebenso starr und sinnlos werden wie diese hier, daß er hinfort weder Lust erwecke noch Lüsternheit leide. Das ist es, was unbedingt sein muß, möge auch dadurch die Zahl der Opfer auf viere steigen. Was hätte es auch vom Leben, das Witwenkind? Ein Krüppel des Unglücks würde es ohne Zweifel, würde sicherlich blaß und blind, weil ich erblaßte vor Kummer in der Lust und die Augen schloß, vor dem, der sie spendete. Wie ich's anfange, das haben sie mir überlassen. Seht, denn, wie ich mir zu helfen weiß!«

Und sie raffte sich auf, taumelte hin und her, strauchelte die Stufen hinauf und lief, den Blick in die Vernichtung gerichtet, durch den Tempel zurück ins Freie. Es stand ein Feigenbaum vor dem Heiligtum, mit Lianen behangen. Von den grünen Schläuchen ergriff sie einen, machte eine Schlinge daraus, legte sie sich um den Hals und war in genauem Begriff, sich darin zu erwürgen.

VIII.

In diesem Augenblick geschah eine Stimme zu ihr aus den Lüften, die unzweifelhaft nur die Stimme Durgâ-Dewi's, der Unnahbaren, Kâlî's, der Dunklen, die Stimme der Weltenmutter selbst sein konnte. Es war eine tiefe und rauhe, mütterlich-resolute Stimme.

»Willst du das wohl augenblicklich sein lassen, du dumme Ziege?« so ließ sie sich vernehmen, »es ist dir wohl nicht genug, das Blut meiner Söhne in die Grube gebracht zu haben, daß du auch noch meinen Baum verunzieren und, was eine ganz hübsche Ausprägung meiner Wesenheit war, deinen Leib, zum Rabenfraße machen willst mitsamt dem lieben, süßen, warmen kleinwinzigen Lebenskeim, der darin wächst? Hast du etwa nicht gemerkt, du Pute, daß es dir ausgeblieben ist, und daß du in der Hoffnung bist von meinem Sohn? Wenn du nicht bis drei zählen kannst auf unserem Gebiet, dann hänge dich auf allerdings, aber nicht hier in meinem Revier, es sieht ja aus, als sollte das liebe Leben auf einmal zu Grunde gehen und aus der Welt kommen, nur deiner Albernheit wegen. Ich habe die Ohren voll so wie so von der Salbaderei der Denker, das menschliche Dasein sei eine Krankheit, die ihre Ansteckung durch die Liebeslust weitertrage auf neue Geschlechter, – und du Närrin stellst mir hier solche Tänze an. Zieh den Kopf aus der Schlinge, oder es gibt Ohrfeigen!«

»Heilige Göttin«, antwortete Sita, »gewiß, ich gehorche. Ich höre deine Wolkendonnerstimme und unterbreche natürlich sofort meine verzweifelte Handlung, da du es befiehlst. Aber dagegen muß ich mich verwahren, daß ich mich nicht einmal auf meinen Zustand verstünde und nicht gemerkt hätte, daß du mir's hast still stehen lassen und mich gesegnet hast. Ich dachte nur, daß es ohnedies blaß und blind und ein Krüppel des Unglücks sein würde. «

»Sei so gut und laß das meine Sorge sein! Erstens ist es ein dämlicher Weibs–Aberglaube, und zweitens muß es auch blasse und blinde Krüppel geben in meinem Getriebe. Rechtfertige dich lieber und gestehe, warum das Blut meiner Söhne mir zugeflossen ist dort drinnen, die beide in ihrer Art ausgezeichnete Jungen waren! Nicht als ob ihr Blut mir nicht angenehm gewesen wäre, aber ich hätte es gern noch eine Weile in ihren braven Adern gelassen. Rede also, aber sage die Wahrheit! Du kannst dir denken, daß mir ohnehin jedwedes Ding offenbar ist.«

»Sie haben einander umgebracht, heilige Göttin, und mich haben sie sitzen lassen. Sie sind in heftigen Streit geraten um meinetwillen und haben mit ein und demselben Schwert einander die Köpfe –«

»Unsinn. Es kann wirklich nur ein Frauenzimmer so hochgradigen Unsinn schwätzen! Sie haben sich mir selber einer nach dem anderen in männlicher Frömmigkeit zum Opfer gebracht, damit du's weißt. Warum aber haben sie das getan?«

Die schöne Sita begann zu weinen und antwortete schluchzend:

»Ach, heilige Göttin, ich weiß und gestehe, daß ich schuldig bin, aber was kann ich dafür? Es war solch ein Unglück, wenn auch ein unvermeidliches wohl, also ein Verhängnis, wenn es dir recht ist, daß ich es so ausdrücke« (hier schluchzte sie mehrmals hintereinander), »– es war so ein Unheil und Schlangengift für mich, daß ich zum Weibe wurde aus dem schnippisch verschlossenen und noch nichts wissenden Mädchen, das ich war und das in Frieden seines Vaters Herdfeuer speiste, bevor es den Mann erkannte und in deine Geschäfte eingeführt wurde, – das war für dein fröhliches Kind, als hätt' es Tollkirschen gegessen, – verändert ist es seitdem um und um, und die Sünde hat Gewalt über seinen erschlossenen Sinn mit unwiderstehlicher Süßigkeit. Nicht, daß ich mich zurückwünsche in die fröhliche, schnippische Unerschlossenheit, welche Unwissenheit war, – das kann ich nicht, nicht einmal das ist einem möglich. Ich weiß nur, daß ich den Mann nicht kannte in jener Vorzeit und ihn nicht sah, daß er mich nicht kümmerte und meine Seele frei war von ihm und von jener heißen Neugier nach seinen Geheimnissen, so daß ich ihm Scherzworte zuwarf und keck und kühl meines Weges ging. Hat je der Anblick von eines Jünglings Brust mich in Verwirrung gestürzt oder hat's mir das Blut in die Augen getrieben, wenn ich auf seine Arme und Beine sah? Nein, das war mir wie Luft und Nichts dazumal und focht meine Keckheit und Kühle nicht so viel an, denn ich war unerschlossen. Ein Junge kam mit einer Plattnase und schwarzen Augen, bildsauber von Gestalt, Nanda von ›Wohlfahrt der Kühe‹, der schaukelte mich zur Sonne im Fest, und es machte mir keinerlei Hitze. Von der streichenden Luft wurde mir heiß, aber sonst von nichts, und zum Dank gab ich ihm einen Nasenstüber. Dann kehrte er wieder als Freiwerber für Schridaman, seinen Freund, nachdem dessen Eltern und meine einig geworden. Da war es vielleicht schon etwas anders, mag sein, das Unglück wurzelt in jenen Tagen, als er warb für den, der mich als Gatte umfangen sollte, und der noch nicht da war; nur jener war da.

Er war immer da, vor der Hochzeit und während derselben, als wir ums Feuer schritten und nachher auch. Tags, meine ich, war er da, aber natürlich nicht nachts, wenn ich mit seinem Freunde schlief, Schridaman, meinem Gemahl, und wir Begegnung hielten als das göttliche Paar, wie es zum ersten Male auf dem Blumenbett in der Nacht unserer Hochzeit geschah, wo er mich aufschloß mit Mannesmacht und meiner Unerfahrenheit ein Ende setzte, indem er mich zum Weibe machte und mir die schnippische Kühle der Vorzeit nahm. Das vermochte er, wie denn nicht, er war ja dein Sohn, und er wußte auch die Liebesvereinigung recht hold zu gestalten – nichts dagegen und nichts davon, daß ich ihn nicht geliebt, geehrt und gefürchtet hätte – ach, gewiß, ich bin nicht so ausgeartet, beste Göttin, daß ich meinen Herrn und Gatten nicht hätte lieben und namentlich fürchten und ehren sollen, sein fein-feines, wissendes Haupt, worin der Bart so sanft wie die Augen nach Stern und Lid, und den zugehörigen Körper. Nur mußt' ich mich immer fragen in meiner Hochachtung vor ihm, ob es eigentlich seine Sache gewesen, mich zum Weibe zu machen und meine kecke Kühle den süßen und furchtbaren Ernst der Sinne zu lehren – immer war mir's, als käm's ihm nicht zu, sei seiner nicht würdig und stände ihm nicht zu Haupt, und immer, wenn sein Fleisch sich erhob gegen mich in den Nächten der Ehe, war mir's wie eine Beschämung für ihn und eine Erniedrigung seiner Feinheit – eine Scham und Erniedrigung aber damit zugleich auch für mich, die Erweckte.

Ewige Göttin, so war es. Schilt mich, strafe mich, ich, dein Wesen, bekenne dir in dieser entsetzlichen Stunde ohne Rückhalt, wie sich's verhielt, eingedenk, daß dir ohnehin jedwedes Ding offenbar ist. Die Liebeslust stand Schridaman, meinem edlen Gemahl, nicht zu Haupt, und nicht einmal zu seinem Körper, der dabei, wie du zugeben wirst, die Hauptsache ist, wollte sie passen, so daß er, der nun jammervoller Weise getrennt ist vom zugehörigen Haupt, die Liebesvereinigung nicht so gut zu gestalten wußte, daß mein ganzes Herz daran gehangen hätte, indem er mich zwar zu seiner Lust erweckte, sie aber nicht stillte. Erbarme dich, Göttin! Die Lust deines erweckten Wesens war größer, als sein Glück, und sein Verlangen größer, als seine Lust.

Am Tag aber und auch abends noch, vor Schlafengehen, sah ich Nanda, den Ziegennasigen, unseren Freund. Ich sah ihn nicht nur, ich betrachtete ihn, wie die heilige Ehe mich Männer zu betrachten und zu prüfen gelehrt hatte, und die Frage schlich sich in meine Gedanken und meine Träume, wie wohl er die Liebesvereinigung zu gestalten wissen würde und wie mit ihm, der bei weitem so richtig nicht spricht, wie Schridaman, die göttliche Begegnung sich abspielen würde, statt mit diesem. Auch nicht anders, du Elende, du Lasterhafte, Unehrerbietige gegen deinen Gemahl! So sagte ich mir. Es ist immer dasselbe, und was wird denn schon Nanda, der nichts weiter als nett ist nach Gliedern und Worten, während dein Herr und Gemahl geradezu bedeutend genannt werden darf, was wird denn er weiter daraus zu gestalten wissen? Aber das half mir nichts; die Frage nach Nanda und der Gedanke, wie doch die Liebeslust ihm müsse ganz ohne Beschämung und Erniedrigung zu Haupt und Gliedern stehen, also daß er der Mann sei, mein Glück mit meiner Erwecktheit ins Gleiche zu bringen, – das saß mir in Fleisch und Seele wie die Angel dem Fische im Schlund, und war an kein Herausziehen zu denken, denn die Angel war widerhakig.

Wie sollte ich die Frage nach Nanda mir aus dem Fleisch und der Seele reißen, da er immer um uns war, und Schridaman und er nicht ohne einander sein konnten, ihrer Verschiedenheit wegen? Immer mußte ich ihn sehen am Tage und mir ihn erträumen statt Schridamans für die Nacht. Wenn ich seine Brust sah, mit der Locke ›Glückskalb‹ gezeichnet, seine schmalen Hüften und sein ganz kleines Hinterteil (während meines so groß ist; Schridaman aber bildet nach Hüften und Hinterteil ungefähr die Mitte zwischen Nanda und mir), so verließ mich die Fassung. Wenn sein Arm den meinen berührte, so sträubten sich die Härchen meiner Poren vor Wonne. Wenn ich gedachte, wie das herrliche Paar seiner Beine, auf dem ich ihn gehen sah, und deren untere Schenkel mit schwarzen Haaren bewachsen sind, mich umklammern möchten im Liebesspiel, so riß ein Schwindel mich hin, und vor Zärtlichkeit tropften mir die Brüste. Immer schöner wurde er mir von Tag zu Tag, und ich begriff nicht mehr die unglaubliche Unerwecktheit, in der ich mir aus ihm und dem Senfölgeruch seiner Haut so garnichts gemacht hatte zu der Zeit, als er mein Schaukelherr war: Wie der Gandharvenfürst Citraratha erschien er mir nun in überirdischem Reiz, wie der Liebesgott in allersüßester Gestalt, voll Schönheit und Jugend, sinnberückend und mit himmlischem Schmuck geziert, mit Blumenketten, Düften und allem Liebreiz, – Vischnu, auf die Erde herabgestiegen in Krischna's Gestalt.

Darum, wenn Schridaman mir nahe war in der Nacht, so erblaßte ich vor Kummer, daß er es war und nicht jener, und schloß die Augen, um denken zu können, daß mich Nanda umarmte. Daran aber, daß ich zuweilen nicht umhin konnte, in der Lust den Namen dessen zu lallen, von dem ich gewünscht hätte, daß er sie mir bereitete, nahm Schridaman wahr, daß ich Ehebruch trieb in seinen sanften Armen. Denn ich rede leider auch aus dem Schlaf und habe gewiß vor seinen schmerzlich berührten Ohren Traumesäußerungen getan, die ihm alles verrieten.

Das schließe ich aus der tiefen Traurigkeit, in der er umher ging, und daraus, daß er abließ von mir und mich nicht mehr berührte. Nanda aber rührte mich auch nicht an, – nicht, weil er nicht versucht dazu gewesen wäre – er war schon versucht, er war sicher versucht, ich lasse es nicht auf mir sitzen, daß er nicht höchlichst versucht gewesen wäre! Aber aus unverbrüchlicher Treue zu seinem Freunde bot er der Versuchung die Stirn, und auch ich, glaube mir, ewige Mutter, wenigstens will ich es glauben, – auch ich hätte ihm, wenn seine Versuchung wäre zum Versuch geworden, aus Ehrerbietung vor dem Gattenhaupt streng die Wege gewiesen. So aber hatte ich garkeinen Mann, und wir alle drei befanden uns in entbehrungsreicher Lage.

Unter solchen Umständen, Mutter der Welt, traten wir die Reise an, die wir meinen Eltern schuldeten, und kamen auf versehentlichen Wegen zu deinem Hause. Nur ein bißchen, sagte Schridaman, wolle er bei dir absteigen und dir im Vorübergehen seine Verehrung bezeigen. In deiner Schlachtzelle aber hat er, von den Umständen bedrängt, das Grauenvolle getan und seine Glieder des verehrten Hauptes oder besser gesagt, sein hochgeachtetes Haupt der Glieder beraubt und mich in den elenden Witwenstand versetzt. Aus kummervollem Verzicht hat er's ausgeführt und in guter Meinung gegen mich, die Verbrecherin. Denn, große Göttin, verzeih mir das Wahrwort: nicht dir hat er sich zum Opfer gebracht, sondern mir und dem Freunde, damit wir fortan im Vollgenusse der Sinnenlust die Zeit verbringen könnten. Nanda aber, der ihn suchen ging, wollte das Opfer nicht auf sich sitzen lassen und hat sich gleichfalls den Kopf von den Krischna-Gliedern gehackt, sodaß sie nun wertlos sind. Wertlos aber, ja tief unterwertig ist damit auch mein Leben geworden, und ich bin ebenfalls so gut wie geköpft, nämlich ohne Mann und Freund. Die Schuld an meinem Unglück muß ich wohl meinen Taten in einem früheren Dasein zuschreiben. Wie aber kannst du dich nach alldem wundern, daß ich entschlossen war, meinem gegenwärtigen ein Ende zu setzen?«

»Du bist eine neugierige Gans und nichts weiter«, sagte die Göttin mit Wolkendonnerstimme. »Es ist ja lächerlich, was du dir in deiner Neugier aus diesem Nanda gemacht hast, dessen ganzes Drum und Dran nicht mehr als normal ist. Mit solchen Armen und auf solchen Beinen laufen mir Söhne millionenweise herum, du aber machtest dir einen Gandharven aus ihm! Es ist im Grunde rührend«, fügte die göttliche Stimme hinzu und wurde milder. »Ich, die Mutter, finde die Fleischeslust im Grunde rührend und bin der Meinung, daß man im Ganzen zuviel davon hermacht. Aber freilich, Ordnung muß sein!« Und die Stimme wurde urplötzlich wieder rauh und polternd. »Ich bin zwar die Unordnung, aber gerade deshalb muß ich mit aller Entschiedenheit auf Ordnung halten und mir die Unverletzlichkeit der Ehe-Einrichtung ausbitten, das laß dir gesagt sein! Alles ginge ja drunter und drüber, wenn ich nur meiner Gutmütigkeit folgte. Mit dir aber bin ich mehr als unzufrieden. Du richtest mir hier dies Kuddel-Muddel an und sagst mir zudem noch Ungezogenheiten. Denn du gibst mir zu verstehen, nicht mir hätten meine Söhne sich zum Opfer gebracht, so daß ihr Blut mir zufloß, sondern der Eine dir und der Zweite dem Ersten. Was ist das für ein Ton? Laß einmal einen Mann sich den Kopf abhauen – nicht nur die Kehle spalten, sondern sich richtig nach dem Opfer-Ritus den Kopf abschneiden – noch dazu einen Belesenen, wie dein Schridaman, der sich nicht einmal in der Liebe besonders geschickt ausnimmt, – ohne daß er die dazu nötige Kraft und Wildheit aus der Begeisterung schöpfte, die ich ihm einflößte! Ich verbitte mir also deinen Ton, ganz abgesehen davon, ob etwas Wahres an deinen Worten ist oder nicht. Denn das Wahre daran mag sein, daß hier eine Tat mit gemischten Beweggründen vorliegt, was sagen will: eine unklare Tat. Nicht ganz ausschließlich um meine Gnade zu finden, hat mein Sohn Schridaman sich mir zum Opfer gebracht, sondern tatsächlich auch aus Kummer um dich, ob er sich darüber auch im Klaren war oder nicht. Und das Opfer des kleinen Nanda war ja nur die unausbleibliche Folge davon. Darum spüre ich geringe Neigung, ihr Blut anzunehmen und es bei dem Opfer bleiben zu lassen. Wenn ich nun das Doppelopfer zurückerstattete und alles wieder herstellte, wie es war, würde ich dann erwarten dürfen, daß du dich in Zukunft anständig aufführst?«

»Ach, heilige Göttin und liebe Mutter!« rief Sita unter Tränen. »Wenn du das vermöchtest und könntest die furchtbaren Taten rückgängig machen, so daß du mir Mann und Freund zurückgäbest und alles beim Alten wäre, – wie wollte ich dich da segnen und selbst meine Traumesworte beherrschen, damit der edle Schridaman keinen Kummer mehr hätte! Unbeschreiblich dankbar wollte ich dir sein, wenn du es fertig brächtest und stelltest alles wieder her, wie es war! Denn wenn es auch sehr traurig geworden war vorher, sodaß ich, als ich in deinem Schoß vor der entsetzlichen Bescherung stand, klar und deutlich erkannte, daß es garnicht anders hätte ausgehen können, so wäre es doch wundervoll, wenn es deiner Macht gelänge, den Ausgang aufzuheben, sodaß es das nächste Mal einen besseren nehmen könnte!«

»Was heißt ›vermöchtest‹ und ›fertig brächtest‹?« erwiderte die göttliche Stimme. »Du zweifelst hoffentlich nicht, daß das meiner Macht eine Kleinigkeit ist! Mehr als einmal im Hergang der Welt habe ich es bewiesen. Du dauerst mich nun einmal, obgleich du es nicht verdienst, mitsamt dem blassen und blinden Keimchen in deinem Schoß, und die beiden Jungen dort drinnen dauern mich auch. Sperr also deine Ohren auf und hör', was ich dir sage! Du läßt jetzt diesen Schlingstengel in Ruh und machst, daß du zurückkommst in mein Heiligtum vor mein Bild und zu der Bescherung, die du angerichtet. Dort spielst du nicht die Zimperliche und fällst nicht in Ohnmacht, sondern du nimmst die Köpfe beim Schopf und passest sie den armen Rümpfen wieder auf. Wenn du dabei die Schnittstellen mit dem Opferschwerte segnest, die Schneide nach unten, und beide Male meinen Namen rufst – du magst Durgâ oder Kâlî sagen oder auch einfach Dewi, darauf kommt es nicht an –, so sind die Jünglinge wieder hergestellt. Hast du mich verstanden? Nähere die Köpfe den Leibern nicht zu schnell, trotz der starken Anziehungskraft, die du zwischen Kopf und Rumpf spüren wirst, damit das vergossene Blut Zeit hat, zurückzukehren und wieder eingeschlürft zu werden. Das geht mit Zauberschnelligkeit, aber einen Augenblick Zeit will es immerhin haben. Ich hoffe, du hast zugehört? Dann lauf'! Aber mach' deine Sache ordentlich und setze ihnen nicht die Köpfe verkehrt auf in deiner Husch-lichkeit, daß sie mit dem Gesicht im Nacken herumlaufen und das Gespött der Leute werden! Mach'! Wenn du bis morgen wartest, ist es zu spät. «

IX.

Die schöne Sita sagte garnichts mehr, sie sagte nicht einmal »Danke«, sondern tat einen Satz und lief, so schnell ihr Wickel-kleid es nur erlaubte, zurück in das Mutterhaus. Sie lief durch die Versammlungshalle und durch die Torhalle und in den heiligen Schoß und machte sich vor dem schrecklichen Angesicht der Göttin mit fiebriger, fliegender Geschäftigkeit ans vorgeschrie-bene Werk. Die Anziehungskraft zwischen Köpfen und Rümp-fen war nicht so stark, wie man nach den Worten der Dewi hätte erwarten sollen. Spürbar war sie, aber nicht so gewaltig, daß sie eine Gefahr für die rechtzeitige Rückkehr des Blutes, die Rinnen hinauf, gebildet hätte, die sich während der Annäherung mit Zauberschnelligkeit und unter einem lebhaft schmatzenden Ge-räusche vollzog. Unfehlbar taten dabei der Schwertsegen und der göttliche Name, den Sita mit gepreßtem Jubel sogar dreimal in jedem Fall ausrief, ihre Wirkung: – mit befestigten Köpfen, ohne Schnittmal und Narbe erstanden vor ihr die Jünglinge, sa-hen sie an und sahen an sich hinunter; oder vielmehr: indem sie das taten, sahen sie an einander hinunter, denn um an sich selbst hinunterzusehen, hätten sie zu einander hinüber sehen müssen – dieser Art war ihre Herstellung.

Sita, was hast du gemacht? Oder, was ist geschehen? Oder was hast du geschehen machen in deiner Huschlichkeit? Mit einem Worte (und um die Frage so zu stellen, daß sie die flie-ßende Grenze zwischen Geschehen und Machen gebührend wahrnimmt): Was ist dir passiert? Die Aufregung, in der du handeltest, ist begreiflich, aber hättest du nicht trotzdem ein we-nig besser die Augen aufmachen können bei deinem Geschäft? Nein, du hast deinen Jünglingen die Köpfe nicht verkehrt aufgesetzt, daß ihnen das Gesicht im Nacken stände – dies passierte dir keineswegs. Aber, – sei denn herausgesagt, was dir begegnete, sei die verwirrende Tatsache denn bei Namen genannt, das Unglück, das Malheur, die Bescherung, oder wie ihr alle drei nun geneigt sein mögt, es zu nennen, – du hast dem einen den Kopf des anderen aufgepaßt und festgesegnet: den Kopf des Nanda dem Schridaman – wenn man dessen Rumpf ohne die Hauptsache eben noch als Schridaman bezeichnen konnte – und das Haupt des Schridaman dem Nanda, wenn der kopflose Nanda noch Nanda war, – kurzum, nicht als die, die sie waren, erstanden dir Gatte und Freund, sondern in verwechselter Anordnung: du gewahrst Nanda – wenn derjenige Nanda ist, der seinen populären Kopf trägt – in dem Hemdrock, dem Hosenschurz, die Schridamans feinen und speckigen Körper umhüllen; und Schridaman – wenn die Figur so bezeichnet werden darf, die mit seinem milden Haupte versehen ist – steht vor dir auf Nandas wohlschaffenen Beinen, die Locke »Glückskalb« im Rahmen der Steinperlenkette auf »seiner« breiten und bräunlichen Brust!

Welch eine Bescherung – als Folge der Übereilung! Die Geopferten lebten, aber sie lebten vertauscht: der Leib des Gatten mit dem Haupt des Freundes, des Freundes Leib mit dem Haupte des Gatten. Was Wunder, daß minutenlang der Felsenschoß widerhallte von den staunenden Ausrufungen der Drei? Der mit dem Nanda-Kopf betastete, indem er die ihm zugehörigen Glieder untersuchte, den Leib, der einst dem edlen Haupte des Schridaman nebensächlich angehört hatte; und dieser, Schridaman nämlich (dem Haupte nach) prüfte voller Betroffenheit als seinen eigenen den Körper, der in Verbindung mit Nanda's nettem Kopf die Hauptsache gewesen war. Was die Urheberin dieser neuen Anordnung betraf, so eilte sie unter Rufen des Jubels, des Jammers, der Verzeihung heischenden Selbstanklage von einem zum anderen, umhalste abwechselnd beide und warf sich ihnen zu Füßen, um ihnen unter Schluchzen und Lachen die Beichte ihrer Erlebnisse und des ihr untergelaufenen Versehens abzulegen.

»Vergebt mir, wenn ihr könnt!« rief sie. »Vergib du mir, bester Schridaman« – und sie wandte sich mit Betonung an dessen Haupt, indem sie den damit verbundenen Nanda-Körper geflissentlich übersah –; »vergib auch du mir, Nanda!« – und wieder redete sie zu dem betreffenden Haupt empor, indem sie es trotz seiner Unbedeutendheit als die Hauptsache und den damit verbundenen Schridaman-Leib auch jetzt als gleichgültiges Anhängsel betrachtete. »Ach, ihr solltet es über euch gewinnen, mir zu vergeben, denn wenn ihr der gräßlichen Tat gedenkt, die ihr in euerer vorigen Verkörperung über euch gewannt, und der Verzweiflung, in die ihr mich dadurch stürztet; wenn ihr bedenkt, daß ich in vollem Begriffe war, mich zu erwürgen und dann ein sinnberaubendes Gespräch mit der Wolkendonnerstimme der Unnahbaren selbst hatte, so müßt ihr verstehen, daß ich bei der Ausführung ihrer Befehle nicht meine volle Urteilskraft und Geistesgegenwart beisammen hatte, – es schwamm mir vor den Augen, ich erkannte nur undeutlich, wessen Haupt und Glieder ich unter den Händen hatte, und mußte es dem guten Glück überlassen, daß sich das Rechte zum Rechten finde. Die halbe Wahrscheinlichkeit sprach dafür, daß ich das Rechte traf, und genau ebensoviel dagegen – da hat sich's nun so gefügt und ihr habt euch so gefügt, denn wie konnte ich wissen, ob die Anziehungskraft zwischen Häuptern und Gliedern das rechte Maß hatte, da sie ja deutlich und kräftig vorhanden war, wenn sie auch vielleicht bei anderer Zusammenfügung noch stärker gewesen wäre. Auch die Unnahbare trifft einige Schuld, denn sie hat mich nur verwarnt, euch nicht die Gesichter in den Nakken zu setzen, sodaß ich darauf wohl acht gab; daß es sich fügen könnte, wie sich's gefügt, daran hat die Erhabene nicht gedacht! Sagt, seid ihr verzweifelt über die Art eures Erstehens und flucht ihr mir ewig? Dann will ich hinausgehen und die Tat vollenden, in der die Anfangslose mich unterbrach. Oder seid ihr geneigt, mir zu vergeben, und haltet ihr für denkbar, daß unter den Umständen, wie das blinde Ungefähr sie gefügt, ein neues und besseres Leben zwischen uns Dreien beginnen könnte, – ein besseres, meine ich, als möglich gewesen wäre, wenn nur der vorige

Zustand sich wiederhergestellt hätte, der einen so traurigen Ausgang nahm und nach menschlichem Ermessen einen ebensolchen wieder hätte nehmen müssen? Das sage mir, kraftvoller Schridaman! Das laß mich wissen, edel gestalteter Nanda!«

Wetteifernd im Verzeihen neigten die vertauschten Jünglinge sich zu ihr, hoben sie auf, der eine mit den Armen des anderen, und alle drei standen weinend und lachend umschlungen in inniger Gruppe, wobei zweierlei mit Gewißheit zu Tage trat. Erstens erwies sich, daß Sita ganz recht getan, die Erstandenen nach ihren Häuptern anzureden; denn nach diesen ging es, nach den Köpfen bestimmten sich unzweifelhaft die Ich- und Meingefühle, und als Nanda fühlte und wußte sich derjenige, der das volkstümliche Haupt des Sohnes Gargas auf schmalen und hellen Schultern trug; als Schridaman gebärdete sich mit Selbstverständlichkeit jener, dem auf prächtigen, dunklen Schultern das Haupt des Brahmanenenkels saß. Zum zweiten aber wurde klar, daß beide wirklich der Sita wegen ihres Versehens nicht zürnten, sondern großes Vergnügen an ihrer neuen Verfassung hatten.

»Vorausgesetzt«, sagte Schridaman, »daß Nanda sich des Körpers nicht schämt, der ihm zuteil geworden, und Krischna's Brustlocke nicht allzu sehr vermißt, was mir schmerzlich wäre, – von mir kann ich nur sagen, daß ich mich als den glücklichsten der Menschen fühle. Immer habe ich mir solche Leiblichkeit gewünscht, und wenn ich die Muskeln meiner Arme prüfe, auf meine Schultern blicke und an meinen prächtigen Beinen heruntersehe, so überkommt mich unbezähmbare Freude, und ich sage mir, daß ich fortan ganz anders, als bisher, den Kopf hochtragen werde, erstens im Bewußtsein meiner Kraft und Schönheit, und zweitens, weil die Neigungen meines Geistes jetzt mit meiner Körperbeschaffenheit in Einklang stehen werden, sodaß es nichts Unzukömmliches und Verkehrtes mehr haben wird, wenn ich der Vereinfachung zugunsten rede und unterm Baume den Umzug der Kühe um den Berg ›Buntgipfel‹ anstelle des Sprüchedienstes befürworte, denn es steht mir an, und das Fremde ist mein worden. Liebe Freunde, hierin liegt unzweifelhaft eine gewisse Traurigkeit, daß das Fremde nun mein geworden und kein Gegenstand des Verlangens und der Bewunderung mehr ist, außer daß ich mich selbst bewundere, und daß ich nicht mehr den anderen diene, indem ich den Bergdienst statt des Indra-Festes empfehle, sondern dem, was ich selber bin. Ja, ich will es zugeben, diese gewisse Traurigkeit, daß ich nun bin, wonach mich verlangte, sie ist vorhanden. Aber sie wird vollkommen in den Hintergrund gedrängt durch den Gedanken an dich, süße Sita, der mir weit vor dem an mich selber geht, nämlich durch den Gedanken an die Vorteile, die dir aus meiner neuen Beschaffenheit erwachsen, und die mich im Voraus unaussprechlich stolz und glücklich machen, sodaß ich, was an mir liegt, dieses ganze Wunder nur mit den Worten segnen kann: Siyâ, es sei!«

»Du könntest wirklich ›Siyât‹ sagen nach der richtigen Rede«, sprach nun Nanda, der bei den letzten Worten seines Freundes die Augen niedergeschlagen hatte, »und deinen Mund nicht von deinen bäurischen Gliedern beeinflussen lassen, um die ich dich wahrhaftig nicht beneide, denn allzu lange waren sie mein. Auch ich, Sita, bin dir im Geringsten nicht böse, sondern sage ›Siyât‹ zu diesem Wunder ebenfalls, denn immer habe ich mir einen solchen feinen Leib gewünscht, wie er nun mein ist, und wenn ich in Zukunft Indra's Sprüchedienst gegen die Vereinfachung verteidigen werde, so wird mir das besser als vormals zu Gesichte stehen, oder doch wenigstens zu Leibe, der dir, Schridaman, eine Nebensache gewesen sein mag, aber mir ist er die Hauptsache. Ich wundere mich keinen Augenblick, daß unsere Köpfe und Leiber, wie du, Sita, sie zusammenfügtest, eine so starke Anziehungskraft auf einander spüren ließen, denn in dieser Anziehungskraft gab sich die Freundschaft kund, die Schridaman und mich verband, und von der ich nur wünschen kann, es möchte ihr durch das Geschehene kein Abbruch geschehen. Das Eine aber muß ich sagen: Mein armer Kopf kann nicht umhin, für den Leib zu denken, der ihm zuteil geworden, und seine Rechte wahrzunehmen, und darum bin ich erstaunt und betrübt, Schridaman, über die Selbstverständlichkeit einiger Worte, mit denen du vorhin auf Sitas eheliche Zukunft anspieltest. Sie wollen mir nicht zu Haupt, denn keine Selbstverständlichkeit scheint es mir zu geben, sondern eine große Frage, und mein Kopf beantwortet sie anders, als sie der deine zu beantworten scheint.«

»Wieso!« riefen Sita und Schridaman wie aus einem Munde.

»Wieso?« wiederholte der feingliedrige Freund. »Wie könnt ihr nur fragen? Mir ist mein Leib die Hauptsache, und darin denke ich nach dem Sinn der Ehe, in der auch der Leib die Hauptsache ist, denn mit ihm werden Kinder gezeugt und nicht mit dem Kopf. Ich möchte den sehen, der mir bestreitet, daß ich der Vater des Früchtchens bin, das Sita im Schoße trägt.«

»Aber nimm doch deinen Kopf zusammen«, rief Schridaman, indem er die kräftigen Glieder unwillig regte, »und besinne dich auf dich selbst! Bist du Nanda, oder wer bist du?«

»Ich bin Nanda«, erwiderte jener, »aber so wahr ich diesen Gattenleib mein eigen nenne und von ihm Ich sage, so wahr ist die ringsum schöngliedrige Sita mein Weib und ihr Früchtchen ist mein Erzeugnis.«

»Wirklich?« erwiderte Schridaman mit leise bebender Stimme. »Ist es das? Ich hätte das nicht zu behaupten gewagt, als dein gegenwärtiger Leib noch der meine war und bei Sita ruhte. Denn nicht er war es, wie aus ihrem Flüstern und Lallen zu meinem unendlichen Leide hervorging, den sie in Wahrheit umarmte, sondern der, den ich nunmehr mein eigen nenne. Es ist nicht schön von dir, Freund, daß du an diese schmerzlichen Dinge rührst und mich zwingst, sie zur Sprache zu bringen. Wie magst du in dieser Weise auf deinem Kopfe bestehen, oder vielmehr auf deinem Leibe, und so tun, als seist du ich worden, ich aber du? Es ist doch klar, daß, wenn hier eine solche Vertauschung stattgefunden hätte und du Schridaman geworden wärest, Sitas Mann, ich aber wäre Nanda geworden –, daß in diesem Fall gar keine Vertauschung vorläge, sondern alles wäre beim Alten. Das glückliche Wunder besteht doch gerade darin, daß nur eine Vertauschung von Häuptern und Gliedern sich unter Sitas Händen vollzogen hat, an der unsere maßgebenden Häupter sich freuen, und die vor allem der schönhüftigen Sita

Freude zu machen bestimmt ist. Indem du dich, unter hartnäckiger Berufung auf deinen Eheleib, zu ihrem Gatten aufwirfst, mir aber die Rolle des Ehefreundes zuweist, legst du eine tadelnswerte Ichsucht an den Tag, denn nur auf dich und deine vermeintlichen Rechte, nicht aber auf Sitas Glück und auf die Vorteile bist du bedacht, die ihr aus der Vertauschung erwachsen sollen.«

»Vorteile«, versetzte Nanda nicht ohne Bitterkeit, »auf die du stolz zu sein gedenkst, sodaß sie ebenso gut deine Vorteile sind und deine Ichsucht zutage liegt. Sie ist auch schuld daran, daß du mich so fälschlich verstehst. Denn in Wahrheit berufe ich mich garnicht auf den Gattenleib, der mir zugefallen, sondern auf meinen gewohnten und selbsteigenen Kopf, den du selbst für maßgebend erklärst, und der mich auch in Verbindung mit dem neuen und feineren Leibe zum Nanda macht. Ganz unrichtigerweise stellst du es so hin, als wäre ich nicht mindestens so sehr wie du auf Sitas Glück und Vorteil bedacht. Wenn sie mich ansah in letzter Zeit und zu mir sprach mit süßschwingender und klingender Stimme, die ich mich fürchtete zu vernehmen, weil die Gefahr groß war, daß ich mit verwandter Stimme darauf erwiderte, so blickte sie mir ins Gesicht – in die Augen blickte sie mir, indem sie mit den ihren darin zu lesen suchte, und nannte mich ›Nanda‹ und ›lieber Nanda‹ dabei, was mir überflüssig scheinen wollte, aber es war nicht überflüssig, wie mir nun klar ist, sondern von höchster Bedeutsamkeit. Denn es war der Ausdruck dafür, daß sie nicht meinen Leib meinte, der an und für sich diesen Namen nicht verdient, wie du selbst am besten beweisest, indem du dich auch in seinem Besitz nach wie vor Schridaman heißest. Ich habe ihr nicht geantwortet oder kaum das Notwendigste, um nicht auch ins Schwingende und Klingende zu fallen, habe sie nicht ebenfalls bei Namen genannt und meine Augen vor ihr verborgen, damit sie nicht darin lesen könne – alles aus Freundschaft für dich und aus Ehrfurcht vor deiner Gattenschaft. Aber nun, da dem Haupt, in dessen Augen sie so tief und fragend blickte, und zu dem sie ›Nanda‹ und ›lieber Nanda‹ sagte, auch noch der Gattenleib zugefallen und dem Gattenleibe der Nandakopf, – nun hat sich die Lage denn doch von Grund aus zu meinen und Sitas Gunsten verändert. Zu ihren vor allem! Denn gerade wenn wir ihr Glück und ihre Zufriedenheit allem voranstellen, so sind doch gar keine reineren und vollkommeneren Verhältnisse denkbar, als wie ich sie nun darstelle. «

»Nein«, sagte Schridaman, »ich hätte so etwas nicht von dir erwartet. Ich habe befürchtet, daß du dich meines Leibes schämen möchtest, aber mein ehemaliger Leib könnte sich ja deines Kopfes schämen, in solche Widersprüche verwickelst du dich, indem du einmal den Kopf und einmal den Körper als das Ehewichtigste hinstellst, genau, wie es dir paßt! Immer warst du ein bescheidener Junge, und nun auf einmal erklimmst du den Gipfel der Anmaßung und Selbstgefälligkeit, indem du deine Verhältnisse für die reinsten und vollkommensten der Welt erklärst, um Sitas Glück zu verbürgen, wo doch auf der flachen Hand liegt, daß ich es bin, der ihr die bestmöglichen, das heißt: die zugleich glücklichsten und beruhigendsten Bedingungen zu bieten hat! Aber es hat gar keinen Zweck und keine Aussicht, noch weiter Worte zu wechseln. Hier steht Sita. Sie soll sagen, wem sie gehört, und Richterin sein über uns und ihr Glück. «

Sita blickte verwirrt von einem zum anderen. Dann barg sie ihr Gesicht in den Händen und weinte.

»Ich kann es nicht«, schluchzte sie. »Zwingt mich, bitte, nicht, mich zu entscheiden, ich bin nur ein armes Weib, und es ist mir zu schwer. Anfangs freilich schien es mir leicht, und so sehr ich mich meines Mißgriffs schämte, so war ich doch glücklich darüber, besonders, da ich euch glücklich sah. Aber eure Reden haben mir den Kopf verrückt und das Herz gespalten, sodaß die eine Hälfte der anderen erwidert, wie ihr euch erwidert. In deinen Worten, bester Schridaman, ist viel Wahres, und dabei hast du noch nicht einmal geltend gemacht, daß ich doch nur mit einem Gatten nach Hause kommen kann, der deine Züge trägt. Aber auch Nanda's Ansichten gehen mir teilweise nahe, und wenn ich mich erinnere, wie traurig und bedeutungslos sein Körper mir war, als er keinen Kopf mehr hatte, so muß ich ihm recht darin geben, daß ich doch auch, und vielleicht in erster Linie sein Haupt meinte, wenn ich wohl einmal ›lieber Nanda‹ zu ihm sagte. Wenn du aber von Beruhigung sprichst, lieber Schridaman, von Beruhigung im Glücke, so ist es doch eine große und furchtbar schwer zu beantwortende Frage, was meinem Glücke mehr Beruhigung gewähren kann: der Gattenleib oder das Gattenhaupt. Nein, quält mich nicht, ich bin ganz außerstande, eueren Streit zu schlichten und habe kein Urteil darüber, wer von euch beiden mein Gatte ist!«

»Wenn es so steht«, sagte Nanda nach einem ratlosen Stillschweigen, »und Sita sich nicht entscheiden und zwischen uns richten kann, dann muß das Urteil von dritter oder richtig gesagt: vierter Seite kommen. Als Sita vorhin erwähnte, daß sie nur mit einem Manne heimkehren kann, der Schridamans Züge trägt, da dachte ich in meinem Sinn, daß sie und ich eben nicht heimkehren, sondern in der Einsamkeit leben würden, falls sie ihr beruhigtes Glück in mir, ihrem leiblichen Gatten finden sollte. Mir liegt der Gedanke an Einsamkeit und Wildnis schon lange nahe, denn wiederholt ging ich mit der Absicht um, ein Waldeinsiedel zu werden, wenn Sitas Stimme mir Angst machte um meine Freundestreue. Darum suchte ich die Bekanntschaft eines Asketen voll Selbstbezwingung, Kamadamana mit Namen, damit er mir Anweisungen gäbe über das Leben im Menschenleeren, und besuchte ihn im Dankakawalde, wo er lebt, und wo es ringsum viele Heilige gibt. Von Hause aus heißt er einfach Guha, hat sich aber den asketischen Namen Kamadamana beigelegt, mit dem er genannt sein will, soweit er überhaupt jemandem gestattet, ihn anzureden. Seit vielen Jahren lebt er im Dankakawalde nach strengen Observanzen von Baden und Schweigen und ist, glaube ich, seiner Verklärung schon nicht mehr fern. Zu diesem Weisen, der das Leben kennt und es überwunden hat, wollen wir reisen, wollen ihm unsere Geschichte erzählen und ihn zum Richter einsetzen über Sitas Glück. Er soll entscheiden, wenn ihr's zufrieden seid, wer von uns beiden ihr Gatte ist, und sein Spruch soll gelten.«

»Ja, ja«, rief Sita erleichtert, »Nanda hat recht, machen wir uns auf zu dem Heiligen!«

»Da ich einsehe«, sagte Schridaman, »daß hier ein sachliches Problem vorliegt, das nicht aus unserer Mitte, sondern nur durch äußeren Spruch gelöst werden kann, so stimme auch ich dem Vorschlag zu und bin bereit, mich dem Urteil des Weisen zu unterwerfen.«

Da sie denn in diesen Grenzen einig waren, so verließen sie miteinander das Mutterhaus und kehrten zu ihrem Gefährt zurück, das noch immer drunten im Hohlweg auf sie wartete. Hier warf gleich die Frage sich auf, wer von den Männern den Fahrer und Lenker abgeben sollte; denn das ist eine leibliche Sache und eine Sache des Kopfes zugleich, und Nanda wußte den Weg zum Dankakawalde, der zwei Tagesreisen weit war, er hatte ihn im Kopf; nach seiner Körperbeschaffenheit aber war Schridaman besser zum Führen der Zügel geeignet, weshalb ja auch Nanda bisher dies Amt versehen hatte. Er überließ es nun aber dem Schridaman, indem er sich mit Sita hinter ihn setzte und ihm die Wege einsagte, die er fahren sollte.

X.

Der regengrüne Dankakawald, zu dem unsere Freunde am dritten Tage gelangten, war stark bevölkert mit Heiligen; doch war er groß genug, um einem jeden hinlängliche Abgeschiedenheit und ein Stück grausiger Menschenleere zu bieten. Es wurde den Wallfahrern nicht leicht, sich von Einsamkeit zu Einsamkeit zu Kamadamana, dem Bezwinger der Wünsche, durchzufragen. Denn die Einsiedler rings wollten Einer vom Andern nichts wissen, und jeder beharrte auf seinem Eindruck, daß er allein sei im weiten Walde und vollkommene Menschenleere ihn umgebe. Es waren Heilige verschiedenen Grades, welche die Einsamkeiten bewohnten: teils solche, die die Lebensstufe des Hausvaters zurückgelegt hatten und nun, zuweilen sogar in Gesellschaft ihrer Frauen, den Rest ihres Lebens einer mäßigen Betrachtsamkeit widmeten, teils aber auch sehr wilde und zu letzter Vergeistigung entschlossene Yogin, welche die Hengste ihrer Sinne so gut wie gänzlich gezügelt hatten und, indem sie ihr Fleisch durch Entziehung und Zufügung bis aufs Messer bekämpften, in der Erfüllung schonungsloser Gelübde das Grimmigste leisteten. Sie fasteten ungeheuer, schliefen im Regen nackt auf der Erde und trugen bei kalter Jahreszeit nur nasse Kleider. Bei Sommerhitze dagegen nahmen sie zwischen vier Feuerbränden Platz zur Verzehrung ihres irdischen Stoffes, der teils von ihnen troff, teils in dörrender Glut dahinschwand, und den sie zusätzlicher Züchtigung unterwarfen, indem sie sich tagelang am Boden hin und her rollten, unausgesetzt auf den Zehenspitzen standen oder sich in rastloser Bewegung hielten, dadurch, daß sie in steter und rascher Abwechslung aufstanden und niedersaßen. Trat bei solchen Gepflogenheiten ein Siechtum sie an, das die Aussicht auf nahe Verklärung eröffnete, so machten sie sich auf zur letzten Pilgerfahrt in gerader Richtung gegen Nordosten, sich nährend nicht länger von Kräutern und Knollen, sondern nur noch von Wasser und Luft, bis der Leib zusammenbrach und die Seele sich mit Brahman vereinigte.

Heiligen der einen wie auch der anderen Art begegneten die Bescheidsuchenden auf ihrer Wanderung durch die Parzellen der Abgeschiedenheit, nachdem sie ihr Gefährt am Rande des Büßer-Waldes bei einer Einsiedlerfamilie zurückgelassen, welche dort, nicht ganz ohne Berührung mit der äußeren Menschenwelt, ein vergleichsweise lockeres Leben führte. Schwer, wie gesagt, wurde es den Dreien, die Menschenleere aufzutreiben, in der Kamadamana hauste; denn hatte auch Nanda schon früher einmal den Weg durchs Weglose zu ihm gefunden, so hatte er's doch mit anderem Körper getan, was seine Ortserinnerung und Findigkeit einschränkte. Die Baum- und Höhlenbewohner aber drinnen im Walde stellten sich unwissend oder waren es wirklich, und nur mit Hilfe der Weiber einiger ehemaliger Hausväter, die ihnen hinter den Rücken ihrer Herren aus Gutherzigkeit die Richtung deuteten, gelangten sie, nachdem sie noch einen ganzen Tag gesucht und in der Wildnis genächtigt, glücklich in des Heiligen Revier, wo sie denn seinen weißgetünchten Kopf mit aufgeflochtenem Haarwulst und seine zum Himmel gereckten

Arme, die dürren Zweigen glichen, aus einem sumpfigen Wassertümpel ragen sahen, worin er, den Geist in eine Spitze gesammelt, wer weiß, wie lange schon, bis zum Halse stand.

Ehrfurcht vor der Glutgewalt seiner Askese bewahrte sie davor, ihn anzurufen; vielmehr warteten sie geduldig, daß er seine Übung unterbräche, was aber, sei es, weil er sie nicht bemerkte, sei es auch eben, weil er sie sehr wohl bemerkt hatte, noch lange nicht geschah. Wohl eine Stunde noch hatten sie, in scheuer Entfernung vom Saum des Wasserloches zu warten, ehe er daraus hervorkam, ganz nackt, Bart- und Leibeshaare mit tropfendem Schlamm behangen. Da sein Körper des Fleisches bereits so gut wie ledig war und nur noch aus Haut und Knochen bestand, so hatte es mit seiner Blöße sozusagen nichts auf sich. Indem er sich den Wartenden näherte, kehrte er mit einem Besen, den er vom Ufer aufgenommen, den Grund, wo er ging, was, wie sie wohl verstanden, geschah, damit er nicht irgendwelche Lebewesen, die dort heimlich vorkommen mochten, unter seinen Tritten vernichte. Nicht so mild erwies er sich anfangs gegen die ungebetenen Gäste, sondern erhob im Näherkommen drohend den Besen gegen sie, sodaß leicht unterdessen durch ihre Schuld zu seinen Füßen etwas nicht Wiedergutzumachendes hätte geschehen können, und rief ihnen zu:

»Fort, Gaffer und Tagediebe! Was habt ihr zu suchen in meiner Menschenleere!«

»Besieger der Wünsche, Kamadamana«, antwortete Nanda voller Bescheidenheit, »vergib uns Bedürftigen die Kühnheit unserer Annäherung! Der Ruhm deiner Selbstbezwingung hat uns hergelockt, aber hergetrieben haben uns die Nöte des Lebens im Fleische, in denen du, Stier unter den Weisen, uns Rat und gültiges Urteil spenden sollst, wenn du die Herablassung haben willst. Sei doch so gut und erinnere dich meiner! Schon einmal hab ich mich zu dir getraut, um deiner Unterweisung teilhaftig zu werden über das Leben im Menschenleeren.«

»Es mag sein, daß du mir bekannt vorkommst«, sagte der Klausner, indem er ihn unter dem drohenden Gesträuch seiner Brauen mit seinen tief in den Höhlen liegenden Augen betrachtete. »Wenigstens deinen Zügen nach mag das der Fall sein, deine Gestalt aber scheint in der Zwischenzeit eine gewisse Läuterung erfahren zu haben, die ich wohl deinem damaligen Besuch bei mir zuschreiben darf.«

»Es hat mir sehr wohlgetan«, erwiderte Nanda ausweichend. »Aber die Veränderung, die du an mir wahrnimmst, hat noch einen anderen Zusammenhang und gehört zu einer Geschichte voller Not und Wunder, die eben die Geschichte von uns drei Bedürftigen ist. Sie hat uns vor eine Frage gestellt, die wir von uns aus nicht lösen können, sodaß wir notwendig deinen Bescheid und Urteilsspruch brauchen. Uns wundert, ob deine Selbstbezwingung wohl so groß ist, daß du es über dich gewinnst, uns anzuhören.«

»Sie sei es«, antwortete Kamadamana. »Niemand soll sagen, daß sie so groß nicht gewesen wäre. Wohl war es mein erster Antrieb, euch zu verscheuchen aus meiner Menschenleere, aber auch das war ein Trieb, den ich verneine, und eine Versuchung, der ich zu widerstehen gewillt bin. Denn ist es Askese, die Menschen zu meiden, so ist es eine noch größere, sie bei sich aufzunehmen. Ihr könnt mir glauben, daß euere Nähe und der Lebensdunst, den ihr mit euch bringt, sich mir schwer auf die Brust legt und mir unliebsam die Wangen erhitzt, wie ihr sehen könntet ohne die Aschentünche, mit der ich mir schicklicherweise das Gesicht bestrichen. Aber ich bin bereit, eueren dunstigen Besuch zu bestehen, besonders noch aus dem Grunde, weil, wie ich schon lange bemerkt habe, zu euerer Dreizahl ein Frauenzimmer gehört, des Wuchses, den die Sinne herrlich nennen, lianenschlank mit weichen Schenkeln und vollen Brüsten, o ja, o pfui. Ihre Leibesmitte ist schön, ihr Gesicht reizend und rebhuhnäugig und ihre Brüste, um es noch einmal auszusprechen, sind voll und steil. Guten Tag, du Weib! Nicht wahr, wenn die Männer dich sehen, so sträuben sich ihnen die Haare an ihrem Leibe vor Lust, und euere Lebensnöte sind zweifellos dein Werk, du Fanggrube und Lockspeise. Sei gegrüßt! Die Jungen da hätte ich wohl zum Teufel gejagt, aber da du mit ihnen bist, meine Teuere, so bleibt doch nur da, bleibt doch nur ja, so lange ihr wollt – mit wirklicher Zuvorkommenheit lade ich euch ein zu mir vor meinen hohlen Baum und werde euch mit Jujubenbeeren bewirten, die ich in Blättern gesammelt, nicht um sie zu essen, sondern um darauf zu verzichten, und angesichts ihrer erdige Knollen zu mir zu nehmen, da denn dieses Gebein von Zeit zu Zeit immer noch einmal geatzt sein muß. Aber euere Geschichte, von der gewiß ein erstickender Lebensdunst auf mich ausgehen wird, werde ich anhören – Wort für Wort werde ich ihr lauschen, denn niemand soll den Kamadamana der Furchtsamkeit zeihen. Zwar ist es schwer, zwischen Unerschrockenheit und Neugier zu unterscheiden, und die Einflüsterung, ich wolle euch nur lauschen, weil ich hungrig und lüstern geworden sei in meiner Menschenleere nach dunstenden Lebensgeschichten, will abgewiesen sein, nebst der weiteren Einflüsterung, daß die Abweisung und Ertötung des Einwandes eben nur um der Neugier willen geschehe, sodaß eigentlich diese es sei, die ertötet werden müsse, – aber wo bliebe dann die Unerschrockenheit? Es ist genau wie mit den Jujubenbeeren. Auch ihretwegen versucht mich wohl der Gedanke, daß ich sie mir hinstelle – nicht sowohl als Gegenstand des Verzichtes, als um meine Augenweide daran zu haben, – worauf ich unerschrocken entgegne, daß in der Augenweide ja gerade die Versuchung beruht, sie zu essen, und daß ich mir das Leben also zu leicht machen würde, wenn ich sie mir nicht hinstellte. Dabei will freilich der Verdacht ertötet sein, daß ich diese Entgegnung nur ersinne, um eben doch des leckeren Anblicks teilhaftig zu werden, – wie ich ja auch, wenn ich die Beeren zwar nicht selber esse, aber sie euch zu essen gebe, doch meinen Genuß darin finde, sie euch prepeln zu sehen, was in Anbetracht des trügerischen Charakters der Welt-Vielfalt und des Unterschiedes von Ich und Du beinahe dasselbe ist, als ob ich sie selber äße. Kurzum, die Askese ist ein Faß ohne Boden, ein unergründlich Ding, weil sich die Versuchungen des Geistes darin mit den sinnlichen Versuchungen vermischen und ein Stück Arbeit ist es damit wie mit der Schlange, der zwei Köpfe nachwachsen, wenn man ihr einen abschlägt. Aber so ist es gerade recht, und die Hauptsache bleibt die Unerschrockenheit. Darum kommt nur mit, ihr dunstiges Lebensvolk beiderlei Geschlechts, kommt nur immer mit zu meiner Baumeshöhle und erzählt mir Lebensunrat soviel ihr wollt, – zu meiner Kasteiung will ich euch anhören und dabei die Einflüsterung ertöten, ich täte es zu meiner Unterhaltung – es kann garnicht genug zu ertöten geben!«

Nach diesen Worten führte der Heilige sie, immer sorgsam mit dem Besen vor sich kehrend, eine Strecke weit durch das Dickicht zu seiner Heimstätte, einem mächtigen und sehr alten Kadambabaum, der noch grünte, obgleich er klaffend hohl war, und dessen erdig-moosiges Inneres Kamadamana sich zum Hause erwählt hatte, nicht um darin Schutz zu finden gegen die Witterung, denn dieser gab er seine Verkörperung immerwährend preis, indem er die Hitze durch Feuerbrände, die Kälte aber durch Nässe unterstützte, – sondern nur um zu wissen, wohin er gehörte, und um, was er brauchte an Wurzeln, Knollen und Früchten zur Atzung, an Brennholz, Blumen und Gras zur Opferstreu, in dem Hohlraum aufzubewahren.

Hier hieß er seine Gäste sich niedersetzen, welche, wohl wissend, daß sie nur ein Gegenstand der Askese waren, sich immerfort der größten Bescheidenheit befleißigten, und gab ihnen, wie er versprochen, die Jujubenbeeren zu essen, die sie nicht wenig erquickten. Er selbst nahm während dessen eine asketische Stellung ein, welche man die Kajotsarga-Stellung nennt: mit unbeweglichen Gliedern, straff abwärts gerichteten Armen und durchgedrückten Knieen, wobei er nicht nur seine Finger, sondern auch seine Zehen auf eine eigentümliche Art zu teilen wußte. Und so, den Geist in eine Spitze gesammelt, blieb er auch stehen in seiner Blöße, mit der es nichts auf sich hatte, während der prächtig gestaltete Schridaman, dem seines Hauptes wegen dies Amt zugefallen war, die Geschichte vortrug, die sie hierher geführt, da sie in einer Streitfrage gipfelte, die nur von außen, von einem Könige oder einem Heiligen geschlichtet werden konnte.

Er erzählte sie der Wahrheit gemäß, wie wir sie erzählt haben, zum Teil mit denselben Worten. Die Streitfrage klarzustellen, hätte es allenfalls genügt, daß er nur ihre letzten Stadien erzählt hätte; aber um dem Heiligen in seiner Menschenleere etwas zu bieten, berichtete er sie von Anfang an, genau wie es hier geschehen, mit der Darlegung beginnend von Nanda's und seiner eigenen Daseinsform, der Freundschaft zwischen ihnen und ihrer Reise-Rast am Flüßchen »Goldfliege«, fortschreitend zu seiner Liebeskrankheit, Freiung und Ehe, indem er das Zurückliegende, wie Nandas Schaukelbekanntschaft mit der reizenden Sita an schicklicher Stelle einwob und nachholte und anderes, wie die bitteren Erfahrungen seiner Ehe, nur traurig durchblicken ließ und zart zu verstehen gab, – nicht so sehr zu seiner eigenen Schonung, da sein ja nun die wackeren Arme waren, die Sita geschaukelt, und sein der Lebensleib, von dem sie in seinen ehemaligen Armen geträumt, als aus Rücksicht auf Sita, der dies alles nicht angenehm sein konnte, und die denn auch, solange die Erzählung dauerte, das Köpfchen mit ihrem gestickten Tuche verhüllt hielt.

Der kräftige Schridaman erwies sich dank seinem Kopfe als ein guter und kunstreicher Erzähler. Selbst Sita und Nanda, denen doch alles genau bekannt war, hörten ihre Geschichte, so schrecklich sie war, gern noch einmal aus seinem Munde, und es ist anzunehmen, daß auch Kamadamana, obgleich er sich in seiner Kajotsarga-Stellung nichts anmerken ließ, davon gefesselt war. Nachdem der Berichterstatter seine und Nanda's grause Tat, die Begnadigung Sita's durch die Göttin und ihren verzeihlichen Mißgriff beim Wiederherstellungswerk geschildert, kam er denn also zum Schluß und zur Fragestellung.

»So und so«, sagte er, »dem Gattenhaupt wurde der Freundesleib, dem Gattenleib aber das Freundeshaupt zuteil. Sei so gut und befinde Kraft deiner Weisheit über unseren verworrenen Zustand, heiliger Kamadamana! Wie du entscheidest, so wollen wir's bindend annehmen und uns danach einrichten, denn wir selber können's nicht ausmachen. Wem gehört nun dieses ringsum schöngliedrige Weib, und wer ist rechtens ihr Mann?«

»Ja, das sage uns, Überwinder der Wünsche!« rief auch Nanda mit betonter Zuversicht, während Sita nur hastig ihr Tuch vom

Kopf zog, um ihre Lotosaugen in großer Erwartung auf Kama-damana zu richten.

Dieser tat seine Finger und Zehen zusammen und seufzte tief. Danach nahm er seinen Besen, kehrte sich ein Plätzchen am Boden frei von verletzlicher Kreatur und saß zu seinen Gästen nieder.

»Uf!« sagte er. »Ihr drei seid mir die Rechten. Ich war wohl auf eine lebensdunstige Geschichte gefaßt gewesen, aber die eure qualmt ja nur so aus allen Poren der Tastbarkeit, und zwischen meinen vier Feuerbränden zur Sommerszeit ist besser aushalten, als in ihrem Brodem. Wäre nicht meine Aschenschminke, ihr könntet die rote Hitze sehen, die sie mir auf den anständig abgezehrten Wangen entzündet hat, oder vielmehr auf den Knochen darüber, beim asketischen Zuhören. Ach, Kinder, Kinder! wie den Ochsen, der mit verbundenen Augen die Ölmühle dreht, treibt es euch um das Rad des Werdens, wobei ihr noch ächzt vor Inbrunst, ins zuckende Fleisch gestachelt von den sechs Mühlknechten der Leidenschaften. Könnt ihr's nicht lassen? Müßt ihr äugen und züngeln und speicheln, vor Begierde schwach in den Knien beim Anblick des Trug-Objekts? Nun ja, nun ja, ich weiß es ja! Der Liebesleib, von bitterer Lust betaut, – gleitendes Gliedwerk unter fettiger Seidenhaut, – der Schultern holdes Kuppelrund, – schnüffelnde Nas', irrender Mund, – die süße Brust, geschmückt mit Sternen zart, – der schweißgetränkte Achselbart, – ihr Weidetrifte ruheloser Hände, – geschmeidiger Rücken, atmender Weichbauch, schöne Hüft' und Lende, – der Arme Wonnedruck, der Schenkel Blust, – des Hinterfleisches kühle Doppellust, – und von dem allen gierig aufgebracht, – das Zeugezeug in schwül unflätiger Nacht, – das man sich voll Entsetzen zeigt, – einand' damit zum siebenten Himmel geigt – und dies und das und hier und da, – ich weiß es ja! Ich weiß es ja...«

»Aber das wissen wir ja alles schon selbst und ganz von allein, großer Kamadamana«, sagte Nanda, einige unterdrückte Ungeduld in der Stimme. »Willst du nicht so gut sein, zum Schiedspruch zu kommen und uns zu belehren, wer Sita's Mann ist, daß wir es endlich wissen und uns danach richten?«

»Der Spruch«, erwiderte der Heilige, »der ist so gut wie gefällt. Es liegt ja auf der Hand, und ich wundere mich, daß ihr nicht soweit Bescheid wißt in Ordnung und Recht, daß ihr einen Schiedsrichter braucht in einer so klar sich selbst entscheidenden Sache. Die Lockspeise da ist selbstverständlich die Frau dessen, der des Freundes Haupt auf den Schultern trägt. Denn bei der Trauung reicht man der Braut die rechte Hand; die aber gehört zum Rumpf; und der ist des Freundes.«

Mit einem Jubelruf sprang Nanda auf seine fein gebildeten Füße, indessen Sita und Schridaman gesenkten Kopfes stille sitzen blieben.

»Das ist aber nur der Vordersatz«, fuhr Kamadamana mit erhobener Stimme fort, »auf welchen der Nachsatz folgt, der ihn überhöht, übertönt und mit Wahrheit bekrönt. Wartet gefälligst!«

Damit stand er auf und begab sich zur Baumeshöhle, holte ein rauhes Gewandstück, einen Schurz aus dünner Borke daraus hervor und bekleidete damit seine Blöße. Dann sprach er:

> »Gemahl ist, der da trägt des Gatten Haupt.
> Kein Zweifel ist an diesem Spruch erlaubt.
> Denn wie das Weib der Wonnen höchste ist und
> > Born der Lieder,
> So ist das Haupt das höchste aller Glieder.«

Da war es denn an Sita und Schridaman die Köpfe zu heben und beglückt einander anzublicken. Nanda aber, der sich schon so sehr gefreut, äußerte mit kleiner Stimme:

»Aber du hast es vorher doch ganz anders gesagt!«

»Was ich zuletzt gesagt habe«, erwiderte Kamadamana, »das gilt.«

So hatten sie ihren Bescheid, und der verfeinerte Nanda durfte am allerwenigsten dagegen murren, da er selbst es angeregt hatte, den Heiligen zum Schiedsmann zu bestellen, – ganz abgesehen von der untadlig galanten Begründung, die dieser seinem Spruche gegeben.

Alle drei verneigten sich vor Kamadamana und schieden von

seiner Heimstätte. Als sie aber schweigend mit einander wieder ein Stück durch den regengrünen Dankakawald gegangen waren, hielt Nanda seine Füße an und verabschiedete sich von ihnen.

»Viel Gutes!« sagte er. »Ich gehe nun meiner Wege. Eine Menschenleere will ich mir suchen, und ein Wald-Einsiedel werden, wie ich's schon früher vorhatte. In meiner gegenwärtigen Verkörperung fühle ich mich ohnedies für die Welt etwas zu schade.«

Die Beiden konnten seinen Entschluß nicht tadeln; auf eine leicht betrübte Weise waren sie einverstanden und erwiesen sich freundlich gegen den Scheidenden wie gegen Einen, der den kürzeren gezogen hat. Schridaman klopfte ihm ermutigend die vertraute Schulter und riet ihm aus alter Anhänglichkeit und einer Fürsorge, wie ein Wesen sie selten dem anderen widmet, seinem Körper keine übertriebenen Observanzen zuzumuten und nicht zuviel Knollen zu essen, denn er wisse, daß eine so einförmige Kost ihm nicht bekomme.

»Laß das meine Sache sein«, antwortete Nanda abweisend, und auch als Sita ihm tröstliche Worte spenden wollte, schüttelte er nur bitter traurig den ziegennasigen Kopf.

»Nimm dir's nicht zu sehr zu Herzen«, sagte sie, »und bedenke immer, daß ja im Grunde nicht viel fehlt, und du wärest es selbst, der nun das Lager der Ehelust mit mir teilen wird in gesetzlichen Nächten! Sei gewiß, daß ich, was dein war, in die süßeste Zärtlichkeit hüllen werde von oben bis unten und ihm die Freude verdanken will mit Hand und Mund auf so erlesene Art, wie nur immer die ewige Mutter mich's lehren wird!«

»Davon habe ich nichts«, erwiderte er eigensinnig. Und sogar als sie ihm heimlich zuflüsterte: »Manchmal will ich mir auch deinen Kopf hinzuträumen«, blieb er dabei und sagte wieder nur traurig-störrig: »Davon habe ich auch nichts.«

So gingen sie voneinander, einer und zwei. Aber Sita kehrte nochmals zu dem Einen um, als er schon ein Stück weggegangen war, und schlang die Arme um ihn.

»Lebe wohl!« sagte sie. »Du warst doch mein erster Mann,

der mich erweckte und mich die Lust lehrte, so gut ich sie eben kenne, und was der dürre Heilige auch dichten und richten mag von Weib und Haupt, das Früchtchen unter meinem Herzen ist doch von dir!«

Damit lief sie zurück zum wacker beleibten Schridaman.

XI.

Im Vollgenusse der Sinnenlust verbrachten Sita und Schridaman nun die Zeit an ihrer Stätte »Wohlfahrt der Kühe«, und kein Schatten trübte vorerst den wolkenlosen Himmel ihres Glückes. Das Wörtchen »vorerst«, welches allerdings als eine leichte, ahnungsvolle Trübung über diese Klarheit läuft, ist unsere Hinzufügung, die wir außer der Geschichte sind und sie berichten; jene, die in ihr lebten, und deren Geschichte es war, wußten von keinem »Vorerst«, sondern lediglich von ihrem Glück, das beiderseits ungemein zu nennen war.

Wirklich war es ein Glück, wie es sonst auf Erden kaum vorkommt, sondern dem Paradiese angehört. Das gemeine Erdenglück, die Befriedigung der Wünsche, die der großen Masse der menschlichen Geschöpfe unter den Bedingungen der Ordnung, des Gesetzes, der Frömmigkeit, des Sittenzwanges zuteil wird, ist beschränkt und mäßig, nach allen Seiten eingegrenzt von Verbot und unvermeidlichem Verzicht. Notbehelf, Entbehrung, Entsagung ist das Los der Wesen. Unser Verlangen ist grenzenlos, seine Erfüllung karg begrenzt, und sein drängendes »Wenn doch nur« stößt an allen Enden auf das eherne »Geht nicht an«, das trockene »Nimm vorlieb« des Lebens. Einiges ist uns gewährt, verwehrt das Meiste, und gemeinhin bleibt es ein Traum, daß das Verwehrte eines Tages das Zeichen der Gewährung trüge. Ein paradiesischer Traum, – denn darin eben müssen die Wonnen des Paradieses bestehen, daß dort das Erlaubte und das Verbotene, die hienieden so sehr zweierlei sind, in Eins zusammenwachsen und das schöne Verbotene die geistige Haupteskrone des Erlaubten trägt, das Erlaubte aber noch zum Überfluß den Reiz des Verbotenen gewinnt. Wie sollte der darbende Mensch sich sonst das Paradies vorstellen?

Genau dieses Glück nun, das man überirdisch nennen darf, hat ein launisches Geschick dem ehelichen Liebespaar zugespielt, das nach »Wohlfahrt« zurückgekehrt war, und sie genossen es in trunkenen Zügen – vorerst. Gatte und Freund waren zweierlei gewesen für Sita, die Erweckte, – nun waren sie eins worden, was sich glückseliger Weise so vollzogen hatte – und ja auch garnicht anders hatte vollziehen können –, daß das Beste von beiden, und was in der Einheit eines jeden die Hauptsache gewesen war, sich zusammengefunden und eine neue, alle Wünsche erfüllende Einheit gebildet hatte. Nächtlich, auf gesetzlichem Lager, schmiegte sie sich in die wackeren Arme des Freundes und empfing seine Wonne, wie sie es sich früher an des zarten Gatten Brust nur mit geschlossenen Augen erträumt hatte, küßte jedoch zum Dank das Haupt des Brahmanenenkels, – die begünstigtste Frau der Welt, denn sie war im Besitz eines Gemahls, der, wenn man so sagen darf, aus lauter Hauptsachen bestand.

Wie vergnügt und stolz war nicht aber auch seinerseits der verwandelte Schridaman! Niemand brauchte sich Sorge zu machen, daß seine Verwandlung dem Bhavabhûti, seinem Vater, oder seiner Mutter, deren Name nicht vorkommt, weil sie überhaupt eine bescheidene Rolle spielte, oder sonst einem Mitgliede des brahmanischen Kaufmannshauses, oder den übrigen Bewohnern des Tempeldorfes anders als angenehm aufgefallen wäre. Der Gedanke, daß bei der günstigen Veränderung seiner Leiblichkeit etwas nicht mit rechten, soll heißen: nicht mit natürlichen Dingen zugegangen sein möchte (als ob noch dazu die natürlichen Dinge die einzig rechten wären!), hätte leichter aufkommen können, wenn der entsprechend veränderte Nanda ihm noch zur Seite gewesen wäre. Dieser aber war dem Gesichtskreis entrückt und ein Wald-Einsiedel geworden, wozu er früher schon manchmal die Absicht kundgegeben; seiner Veränderung, die mit der seines Freundes allerdings vielleicht auffallend zusammengewirkt hätte, ward niemand gewahr, und nur

Schridaman bot sich den Blicken dar – in einer bräunlichen Kräftigung und Verschönerung seiner Glieder, die man mit gelassenem Beifall einer männlichen Reifung durchs Eheglück zuschreiben mochte, soweit sie überhaupt in die Augen fielen. Denn es versteht sich, daß Sita's Eheherr fortfuhr, sich nach den Gesetzen seines Kopfes zu kleiden und nicht in Nanda's Lendentuch, Armringen und Steinperlenschmuck herumging, sondern nach wie vor in dem bauschigen Hosenschurz und dem baumwollenen Hemdrock erschien, die immer seine Tracht gewesen. Was sich aber hier vor allem bewährte, war die entscheidende und keinen Zweifel zulassende Bedeutung des Hauptes für die Selbstheit einer Menschenperson in den Augen aller. Man lasse doch nur einmal einen Bruder, Sohn oder Mitbürger durch die Türe hereinkommen, seinen wohlbekannten Kopf auf den Schultern, und fühle sich, selbst wenn mit seiner übrigen Erscheinung nicht alles in der gewohnten Ordnung wäre, des geringsten Zweifels fähig, daß dieses Einzelwesen etwa nicht der betreffende Bruder, Sohn oder Mitbürger sein könnte!

Wir haben der Lobpreisung von Sita's Eheglück den ersten Platz eingeräumt, wie auch Schridaman sogleich nach seiner Verwandlung den Gedanken an die Vorteile, die seiner Eheliebsten daraus erwüchsen, allem Übrigen vorangestellt hatte. Sein Glück aber, wie sich versteht, entsprach vollkommen dem ihrigen und trug auf dieselbe Weise Paradiesescharakter. Nicht genug kann man die Lauschenden auffordern, sich in die unvergleichliche Lage eines Liebhabers zu versetzen, der in tiefer Verzagtheit von der Geliebten abließ, weil er gewahr werden mußte, daß sie sich nach anderer Umarmung sehnte, und der nun, er selbst, ihr das zu bieten hat, wonach sie so sterblich verlangte. Indem man auf sein Glück die Aufmerksamkeit lenkt, fühlt man sich versucht, es noch über das der reizenden Sita zu stellen. Die Liebe, die Schridaman zu Sumantras goldfarbenem Kinde hatte, nachdem er sie im frommen Bade belauscht, – eine Liebe, so feurig-ernst, daß sie für ihn, zu Nanda's populärer Erheiterung, die Gestalt einer Krankheit zum Tode und der Überzeugung, sterben zu müssen, angenommen hatte, – diese hef-

tige, leidende und im Grunde zartsinnige Ergriffenheit also, entzündet durch ein reizendes Bild, dem er jedoch sogleich die
Würde der Person zu wahren bestrebt gewesen war, – kurzum,
diese, aus der Vermählung von Sinnenschönheit und Geist geborene Begeisterung war, wie sich versteht, eine Sache seiner
gesamten Selbstheit, – vor allem und in wesentlichem Betracht
aber doch eine Sache seines brahmanischen, von der Göttin
»Rede« mit Gedanken-Inbrunst und Einbildungskraft begabten
Hauptes gewesen, welchem der ihm anhängende, milde Körper,
wie das in der Ehe deutlich geworden sein mochte, keine ganz
ebenbürtige Gesellschaft dabei geleistet hatte. Nun aber ist man
dringlich aufgefordert, das Glück, die Genugtuung einer Selbstheit nachzufühlen, der zu solchem feurig-fein und tief-ernst ver-
anlagten Haupt ein heiter-populärer Leib, ein Leib einfältiger
Kraft gegeben wurde, welcher für die geistige Leidenschaft dieses Hauptes voll und ganz einzustehen geschaffen ist! Es ist ein
zweckloser Versuch, sich die Wonnen des Paradieses, also etwa
das Leben im Götterhain »Freude«, anders vorzustellen, als im
Bilde der Vollkommenheit.

Selbst das trübende »Vorerst«, das dort oben freilich nicht
vorkommt, macht insofern keinen Unterschied zwischen hier
und dort, als es ja nicht dem Bewußtsein des Genießenden, sondern nur dem des geistig Obwaltenden, dem erzählenden Bewußtsein angehört und also nur eine sachliche, keine persönliche
Trübung mit sich bringt. Und doch ist zu sagen, daß es sich
bald, sehr früh auch schon ins Persönliche einzuschleichen begann, ja eigentlich von Anfang an auch hier seine irdisch ein-
schränkende und bedingende, vom paradiesischen abweichende
Rolle spielte. Es ist zu sagen, daß die schönhüftige Sita einen
Irrtum begangen hatte, als sie den gnädigen Befehl der Göttin in
der Weise ausgeführt hatte, wie es ihr passiert war – einen Irrtum
nicht nur, so weit sie ihn aus blinder Hast, sondern auch so weit
sie ihn etwa nicht ganz allein aus blinder Hast so ausgeführt
hatte. Dieser Satz ist wohl bedacht und will wohl verstanden
sein.

Nirgends tut der welterhaltende Zauber der Maya, das Lebens-Grundgesetz des Wahns, des Truges, der Einbildung, das alle Wesen im Banne hält, sich stärker und foppender hervor, als im Liebesverlangen, dem zärtlichen Begehren der Einzel-Geschöpfe nach einander, das so recht der Inbegriff und das Musterbeispiel alles Anhangens, aller Umfangenheit und Verstrickung, aller das Leben hinfristenden, zu seiner Fortsetzung verlockenden Täuschung ist. Nicht umsonst heißt die Lust, des Liebesgottes gewitzigte Ehegesellin, – nicht umsonst heißt diese Göttin »Die mit Maya Begabte«; denn sie ist es, welche die Erscheinungen reizend und begehrenswert macht, oder vielmehr sie so erscheinen läßt: wie ja denn auch in dem Worte »Erscheinung« das Sinn-Element bloßen Scheines schon enthalten ist, dieses aber wieder mit den Begriffen von Schimmer und Schönheit nahe zusammenhängt. Lust, die göttliche Gauklerin, war es gewesen, die den Jünglingen am Badeplatz der Durgâ, besonders aber dem begeisterungswilligen Schridaman, Sita's Leib so schimmernd schön, so ehrfurchtgebietend-anbetungswürdig hatte erscheinen lassen. Man muß aber nur beobachten, wie froh und dankbar die Freunde damals gewesen waren, als die Badende das Köpfchen gewandt hatte und sie gewahr geworden waren, daß auch dieses lieblich war nach Näschen, Lippen, Brauen und Augen, sodaß nicht etwa die süße Figur durch ein häßlich Gesicht um Wert und Bedeutung gebracht würde, – nur hieran muß man zurückdenken, um inne zu werden, wie sehr versessen der Mensch nicht etwa erst auf das Begehrte, sondern auf das Begehren selber ist; daß er nicht nach Ernüchterung, sondern nach Rausch und Verlangen trachtet und nichts mehr fürchtet, als enttäuscht, das heißt: der Täuschung enthoben zu werden.

Nun gebt aber acht, wie die Sorge der jungen Leute, daß nur auch ja das Frätzchen der Belauschten hübsch sein möchte, die Abhängigkeit des Körpers nach seinem Maya-Sinn und -Wert von dem Kopfe beweist, dem er zugehört! Mit Recht hatte Kamadamana, der Bezwinger der Wünsche, das Haupt für der Glieder höchstes erklärt und darauf seinen Schiedsspruch gegründet. Denn in der Tat ist das Haupt bestimmend für die Erscheinung und den Liebeswert auch des Leibes, und es ist wenig gesagt, daß dieser ein anderer ist, verbunden mit einem anderen Haupt, – nein, laßt nur einen Zug, ein Ausdrucksfältchen des Antlitzes ein anderes sein, und das Ganze ist nicht mehr dasselbe. Hier lag der Irrtum, den Sita im Irrtum beging. Sie pries sich glücklich, diesen begangen zu haben, weil es ihr paradiesisch schien – und vielleicht im Voraus so erschienen war –, den Freundesleib im Zeichen des Gattenhauptes zu besitzen: aber sie hatte nicht vorbedacht, und ihr Glück wollte es vorerst nicht wahrhaben, daß der Nanda-Leib in Einheit mit dem schmalnäsigen Schridaman-Haupt, seinen gedankensanften Augen und dem milden, fächerförmigen Bart um die Wangen nicht mehr derselbe, nicht länger Nanda's fröhlicher Leib; sondern ein anderer war.

Ein anderer war er sofort und vom ersten Augenblick an nach seiner Maya. Nicht aber von dieser nur ist hier die Rede. Denn mit der Zeit – der Zeit, die Sita und Schridaman vorerst im Vollgenusse der Sinnenlust, in unvergleichlichen Liebesfreuden verbrachten –, wurde der begehrte und gewonnene Freundesleib (wenn man Nanda's Leib im Zeichen von Schridamans Haupt noch als den Leib des Freundes bezeichnen kann, da ja nun eigentlich der ferne Gattenleib zum Freundesleib geworden war) – mit der Zeit also, und zwar in garnicht langer Zeit, wurde der vom verehrten Gattenhaupt gekrönte Nanda-Leib auch an und für sich und von aller Maya ganz abgesehen ein anderer, indem er sich unter dem Einfluß des Hauptes und seiner Gesetze nach und nach ins Gattenmäßige wandelte.

Das ist gemeines Geschick und das gewöhnliche Werk der Ehe: Sita's schwermütige Erfahrung unterschied sich in diesem Punkte nicht sehr von derjenigen anderer Frauen, die auch binnen kurzem in dem bequemen Gemahl den ranken und feurigen Jüngling nicht wiedererkennen, der um sie freite. Das Üblich-Menschliche war hier aber doch besonders betont und begründet.

Der maßgebliche Einfluß des Schridaman-Hauptes, der schon darin zu Tage trat, daß Sitas Eheherr seinen neuen Leib wie den früheren, und nicht im Nanda-Stil, kleidete, bekundete sich auch in der Weigerung, seine Poren, wie Nanda immer getan, mit Senföl zu tränken: denn er konnte, von Hauptes wegen, diesen Geruch durchaus nicht an sich selber leiden und mied das Kosmetikum, was gleich eine gewisse Enttäuschung für Sita bedeutete. Eine leichte Enttäuschung war es für sie vielleicht sogar, daß Schridamans Haltung beim Sitzen am Boden, wie kaum gesagt werden muß, nicht vom Körper, sondern von seinem Kopf bestimmt wurde, und daß er also die populäre Hockstellung, die Nanda gewohnheitsmäßig eingenommen, verschmähte und seitlich saß. Das alles aber waren nur Kleinigkeiten des Anfangs.

Schridaman, der Brahmanenenkel, fuhr auch mit dem Nanda-Leib fort, zu sein, was er gewesen, und zu leben, wie er gelebt hatte. Er war kein Schmied noch Hirt, sondern ein Wânidja und eines Wânidjas Sohn, der seines Vaters würdigen Handel betreiben half und ihm bei zunehmender Mattigkeit seines Erzeugers bald selber vorstand. Nicht führte er den schweren Hammer, noch weidete er das Vieh auf dem Berge »Buntgipfel«, sondern kaufte und verkaufte Mull, Kampfer, Seide und Zitz, auch Reisstampfer und Feuerhölzer, die Leute von »Wohlfahrt der Kühe« damit versehend, wobei er zwischenein in den Veden las; und gar kein Wunder denn, so wunderbar sonst die Geschichte lauten mag, daß Nanda's Arme bald an ihm ihre Wackerkeit einbüßten und dünner wurden, seine Brust sich verschmälerte und entstraffte, einiger Schmer sich wieder ans Bäuchlein versammelte, kurzum, daß er mehr und mehr ins Gattenmäßige fiel. Sogar die Locke »Glückskalb« ging ihm aus, nicht ganz, aber schütter wurde sie, sodaß sie kaum noch als Krischna-Zeichen erkennbar war: Sita, sein Weib, stellte es mit Wehmut fest. Doch soll nicht geleugnet werden, daß mit der tatsächlichen und nicht bloß mayamäßigen Umprägung, die sich selbst auf den Farbton der Haut erstreckte, welche heller wurde, auch eine Verfeinerung und, wenn man will, eine Veredelung verbunden war – das Wort in einem teils brahmanen-, teils kaufmannmäßigen Sinne verstanden –; denn kleiner und feiner wurden seine Hände und Füße, zarter die Kniee und Knöchel, und alles in allem: der fröhliche Freundesleib, in seiner früheren Zusammengehörigkeit die Hauptsache, wurde zum milden Anhängsel und Zubehör eines Hauptes, für dessen edelmütige Impulse er bald nicht mehr in paradiesischer Vollkommenheit einstehen mochte und konnte, und dem er nur noch mit einer gewissen Trägheit Gesellschaft dabei leistete.

Dies Sita's und Schridamans eheliche Erfahrung nach den allerdings unvergleichlichen Freuden des Honigmondes. Sie ging nicht so weit, daß nun etwa wirklich und gänzlich der Nanda-Leib sich in den des Schridaman zurückverwandelt hätte, sodaß alles beim alten gewesen wäre, das nicht. In dieser Geschichte wird nicht übertrieben, sondern vielmehr betont sie die Bedingtheit der körperlichen Verwandlung und ihre Beschränkung aufs allerdings Unverkennbare, um Verständnisraum zu schaffen für die Tatsache, daß es sich um eine Wechselwirkung zwischen Haupt und Gliedern handelte und auch das die Ich- und Meingefühle bestimmende Schridamanhaupt Veränderungen der Anpassung unterlag, die sich dem Natursinn aus dem Säfte-Zusammenhang von Haupt und Körper, der Wesenserkenntnis aber aus höheren Zusammenhängen erklären mögen.

Es gibt eine geistige Schönheit und eine solche, die zu den Sinnen spricht. Einige aber wollen das Schöne ganz und gar der Sinnenwelt zuteilen und das Geistige grundsätzlich davon absondern, sodaß sich die Welt in Geist und Schönheit gegensätzlich aufgespalten erwiese. Darauf beruht denn auch die vedische Väterlehre: »Zweierlei Seligkeit nur wird in den Welten erfahren: durch dieses Leibes Freuden und in erlösender Ruhe des Geistes.« Aus dieser Seligkeitslehre aber geht schon hervor, daß sich das Geistige zum Schönen keineswegs in der selben Weise gegensätzlich verhält, wie das Häßliche, und daß es nur bedingtermaßen mit diesem ein und dasselbe ist. Das Geistige ist nicht gleichbedeutend mit dem Häßlichen oder muß es nicht sein; denn es nimmt Schönheit an durch Erkenntnis des Schönen und die Liebe zu ihm, die sich als geistige Schönheit äußert und aus dem Grunde mitnichten eine ganz fremde und hoffnungslose Liebe ist, weil nach dem Anziehungsgesetz des Verschiedenen auch das Schöne seinerseits nach dem Geistigen strebt, es bewundert und seiner Werbung entgegenkommt. Diese Welt ist nicht so beschaffen, daß darin der Geist nur Geistiges, die Schönheit aber nur Schönes zu lieben bestimmt wäre. Sondern der Gegensatz zwischen den beiden läßt mit einer Deutlichkeit, die sowohl geistig wie schön ist, das Weltziel der Vereinigung von Geist und Schönheit, das heißt der Vollkommenheit und nicht länger zwiegespaltenen Seligkeit erkennen; und unsere gegenwärtige Geschichte ist nur ein Beispiel für die Mißlichkeiten und Fehlschläge, unter denen nach diesem Endziel gestrebt wird.

Schridaman, des Bhavabhûti Sohn, hatte versehentlich zu einem edlen Haupt, das heißt einem solchen, in dem sich die Liebe zum Schönen ausdrückte, einen schönen und wackeren Leib erhalten; und da er Geist besaß, war ihm gleich so gewesen, als liege etwas wie Traurigkeit darin, daß das Fremde nun sein geworden und kein Gegenstand der Bewunderung mehr war, – mit anderen Worten: daß er nun selber war, wonach ihn verlangt hatte. Diese »Traurigkeit« bewährte sich leider in den Veränderungen, denen auch sein Kopf im Zusammenhang mit dem neuen Leib unterlag, denn es waren solche, wie sie an einem Haupte vor sich gehen, das durch den Besitz des Schönen, der Liebe zu diesem und damit der geistigen Schönheit mehr oder weniger verlustig geht.

Die Frage steht offen, ob dieser Vorgang sich nicht auf jeden Fall, auch ohne den Leibestausch und rein auf Grund des ehelichen Besitzes der schönen Sita vollzogen hätte: wir wiesen auf den Einschlag von Allgemeingültigkeit in diesem Geschick, das durch die besonderen Umstände nur verstärkt und zugespitzt wurde, ja schon hin. Auf jeden Fall ist es für den Lauscher mit sachlich beobachtendem Natursinn nur interessant, für die schöne Sita aber war es schmerzlich und ernüchternd zu bemerken, wie ihres Gemahles einst so feine und schmale Lippen im Barte satter und voller wurden, ja, sich nach außen kehrten und der Wulstigkeit nahe kamen; wie seine Nase, ehemals dünn wie Messersschneide, an Fleischigkeit zunahm, ja eine unleugbare

Neigung zeigte, sich zu senken und ins Ziegenmäßige zu fallen, und seine Augen den Ausdruck einer gewissen stumpfen Fröhlichkeit annahmen. Es war auf die Dauer ein Schridaman mit verfeinertem Nanda-Leib und vergröbertem Schridaman-Kopf; es war nichts Rechtes mehr mit ihm. Der Vortragende ruft auch darum, und darum besonders das Verständnis der Hörer für die Empfindungen auf, die Sita bei diesem Vorgang erfüllten, weil sie garnicht umhin konnte, aus den Veränderungen, die sie an ihrem Gatten beobachtete, auf entsprechende Veränderungen zu schließen, die sich unterdessen an der Gesamtperson des fernen Freundes vollzogen haben mochten.

Wenn sie des Gattenleibes gedachte, den sie in nicht gerade überseliger, aber heiliger und erweckender Brautnacht umfangen, und den sie nicht mehr, oder, wenn man will, da er nun der Freundesleib war, noch immer nicht besaß –, so zweifelte sie nicht, daß die Maya des Nanda-Leibes auf jenen übergegangen –, sie zweifelte nicht, wo jetzt die Locke »Glückskalb« anzutreffen war. Mit aller Bestimmtheit vermutete sie aber auch, daß dem treuherzigen Freundeshaupt, das nun den Gattenleib krönte, eine Verfeinerung zuteil geworden sein müsse, wie sie derjenigen des vom Gattenhaupte gekrönten Freundesleibes entsprach; und gerade diese Vorstellung, mehr noch als die andere, rührte sie tief und ließ ihr bald bei Tag und Nacht und selbst in ihres Eheherren mäßigen Armen keine Ruhe mehr. Der einsam verschönte Gattenleib schwebte ihr vor, wie er im Zusammenhang mit dem armen, verfeinerten Freundeshaupt auf eine geistige Weise unter der Trennung von ihr litt; und ein sehnsüchtiges Mitleid mit dem Fernen wuchs in ihr auf, sodaß sie die Augen schloß in Schridamans ehelicher Umarmung und in der Lust vor Kummer erbleichte.

XII.

Als ihre Zeit gekommen war, gebar Sita dem Schridaman ihr Früchtchen, ein Knäblein, das sie Samadhi, will sagen: »Sammlung« nannten. Man schwenkte einen Kuhschweif über dem Neugeborenen, um Unheil von ihm abzuwehren, und tat Mist von der Kuh auf seinen Kopf zu verwandtem Zweck – alles, wie es sich gehört. Die Freude der Eltern (wenn dieses Wort ganz am Platze ist) war groß, denn der Knabe war weder blaß noch blind. Aber sehr hellfarbig war er allerdings von Haut, was mit der mütterlichen Abstammung aus Kshatriya- oder Kriegerblut zusammenhängen mochte, und war dazu, wie sich allmählich herausstellte, in hohem Grade kurzsichtig. In dieser Weise erfüllen sich Wahrsagungen und alte Volksüberzeugungen: Sie erfüllen sich andeutungsweise und etwas verwischt; man kann behaupten, sie seien eingetroffen und kann es auch wieder bestreiten.

Seines kurzen Gesichtes wegen wurde Samadhi später auch Andhaka, das ist: ›Blindling‹ genannt, und dieser Name gewann allmählich die Oberhand über den ersten. Es verlieh aber diese Eigenschaft seinen Gazellenaugen einen weichen und einnehmenden Schimmer, sodaß sie noch schöner waren, als Sita's Augen, denen sie übrigens glichen; wie denn überhaupt der Knabe keinem der beiden Väter, sondern aufs allerentschiedenste seiner Mutter glich, die ja auch der klare und eindeutige Teil seiner Herkunft war, weshalb wohl seine Gestaltwerdung sich auf sie angewiesen gefühlt hatte. Demnach war er bildhübsch, und sein Gliederbau erwies sich, sobald nur die krumme Zeit der besudelten Windeln vorüber war und er sich ein wenig streckte, vom reinsten und kräftigsten Ebenmaß. Schridaman liebte ihn wie sein eigenes Fleisch und Blut, und Abdankungsgefühle, die Neigung, nun dem Sohn das Dasein zu überlassen und in ihm zu leben, zeichneten sich in seiner Seele ab.

Die Jahre aber, in denen Samadhi-Andhaka sich lieblich herausmachte an seiner Mutter Brust und in seiner Hängewiege, waren eben die, in denen die geschilderte Umprägung Schridamans nach Haupt und Gliedern sich abspielte, und die seine Gesamtperson dermaßen ins Gattenmäßige wandelten, daß Sita es nicht mehr aushielt und das Mitleid mit dem fernen Freund, in dem sie den Erzeuger ihres Knäbleins sah, überstark in ihr wurde. Der Wunsch, ihn wiederzusehen, wie er seines Teils nach dem Gesetz der Entsprechung geworden sein mochte, und ihm ihr reizendes Früchtchen vorzustellen, damit auch er seine Freude an ihm habe, erfüllte sie ganz und gar, ohne daß sie doch dem Gattenhaupt Mitteilung davon zu machen wagte. Darum, als Samadhi vier Jahre alt war, schon anfing, überwiegend Andhaka zu heißen, und, wenn auch nur trippelnd, laufen konnte, Schridaman sich aber gerade auf einer Geschäftsreise befand, beschloß sie, auf und davon zu gehen, um, was es auch kosten möge, den Einsiedel Nanda ausfindig zu machen und ihn zu trösten.

Eines Morgens im Frühjahr, noch vor Tag, bei Sternenschein, legte sie Wanderschuhe an, nahm einen langen Stab in die Hand, ergriff mit der anderen die ihres Söhnchens, dem sie sein Hemdchen aus Kattun von Kalikat angezogen, und schritt, einen Beutel mit Wegzehrung auf dem Rücken, ungesehen und auf gut Glück mit ihm davon aus Haus und Dorf.

Die Tapferkeit, mit der sie die Beschwerden und Fährlichkeiten dieser Wanderschaft bestand, legt Zeugnis ab für die entschiedene Dringlichkeit ihres Wunsches. Auch mochte ihr Kriegerblut, so verdünnt es war, ihr dabei zustatten kommen, und gewiß tat das ihre Schönheit, sowie die ihres Knaben, denn jeder machte sich ein Vergnügen daraus, einer so liebreizenden Pilgerin und ihrem glanzäugigen Begleiter weiter zu helfen mit Rat und Tat. Den Leuten sagte sie, daß sie auf der Fahrt und Suche sei nach dem Vater dieses Kindes, ihrem Mann, der aus unüberwindlicher Neigung zur Wesensbetrachtung ein Wald-Einsiedel geworden sei, und dem sie seinen Sohn zuführen wolle, damit er ihn belehre und segne; und auch dies stimmte die Menschen weich, ehrerbietig und gefällig gegen sie. In Dörfern und Weilern bekam sie Milch für ihren Kleinen, fast immer bekam sie ein Nachtlager für sich und ihn in Scheunen und auf den Erdbänken der Feuerstätten. Oft nahmen Jute- und Reisbauern sie auf ihren

Karren mit für weite Strecken, und bot sich keine solche Gelegenheit des Fortkommens, so schritt sie unverzagt, das Kind bei der Hand, an ihrem Stabe, im Staube der Landstraßen, wobei Andhaka zwei Schritte machte auf einen von ihren und nur ein ganz kurzes Stück der Straße mit seinen schimmernden Augen vor sich ersah. Sie aber sah weit hinaus in die zu erwandernde Ferne, das Ziel ihrer mitleidigen Sehnsucht unverrückt vor Augen.

So erwanderte sie den Dankakawald, denn sie vermutete, daß der Freund sich dort eine Menschenleere gesucht habe. Aber an Ort und Stelle erfuhr sie von den Heiligen, die sie befragte, daß er nicht da sei. Viele konnten oder wollten ihr eben nur dieses sagen; aber einige Einsiedler-Frauen, die den kleinen Samadhi herzten und fütterten, lehrten sie guten Herzens ein Weiteres, nämlich, wo er denn sei. Denn die Welt der Zurückgezogenen ist eine Welt wie eine andere, in der man Bescheid weiß, wenn man dazu gehört, und in der es viel Klatsch, Bemängelung, Eifersucht, Neugier und Überbietungsbegierde gibt, und ein Klausner weiß sehr wohl, wo ein anderer haust und wie er's treibt. Darum konnten jene guten Weiber der Sita verraten, daß der Einsiedel Nanda seine Stätte nahe dem Flusse Gomati oder dem »Kuhfluß«, sieben Tagereisen von hier gegen Süden und Westen, aufgeschlagen habe, und es sei eine herzerfreuende Stätte, mit vielerlei Bäumen, Blumen und Schlingpflanzen, voll von Vogelruf und Tieren in Rudeln, und das Ufer des Flusses trage Wurzeln, Knollen und Früchte. Alles in Allem habe Nanda den Ort seiner Zurückgezogenheit wohl etwas zu herzerfreuend gewählt, als daß die strengeren Heiligen seine Askese ganz ernst zu nehmen vermöchten, zumal da er außer Baden und Schweigen keine nennenswerten Observanzen befolge, sich schlecht und recht von den Früchten des Waldes, dem wilden Reis der Regenzeit und gelegentlich sogar von gebratenen Vögeln nähre und eben nur das betrachtsame Leben eines Betrübten und Enttäuschten führe. Was den Weg zu ihm betreffe, so sei er ohne besondere Beschwerden und Anstände, ausgenommen den Engpaß der Räuber, die Tigerschlucht und das Schlangental, wo man allerdings acht geben und sein Herz in beide Hände nehmen müsse.

So unterwiesen, schied Sita von den hilfreichen Weibern des Dankakawaldes und setzte voll neu belebter Hoffnung nach gewohnter Art ihre Reise fort. Glücklich bestand sie sie von Tag zu Tag, und vielleicht waren es Kama, der Gott der Liebe, im Bunde mit Schri-Lakschmi, der Herrin des Glücks, die ihre Schritte behüteten. Unangefochten legte sie den Engpaß der Räuber zurück; die Tigerschlucht lehrten freundliche Hirten sie zu umgehen, und im Tal der Vipern, das unvermeidlich war, trug sie den kleinen Samadhi-Andhaka die ganze Zeit auf dem Arm.

Aber als sie zum Kuhfluß kam, führte sie ihn wieder an der Hand, mit ihrer anderen den Wanderstab aufsetzend. Es war ein tauschimmernder Morgen, an dem sie dort anlangte. Eine Weile schritt sie am blumigen Ufer hin, und wandte sich dann, ihrer Belehrung gemäß, landeinwärts über die Flur gegen einen Waldstrich, hinter dem eben die Sonne emporstieg und der von den Blüten der roten Aschoka und des Kimschukabaumes wie Feuer leuchtete. Ihre Augen waren geblendet vom Morgenglanz, als sie sie aber mit ihrer Hand beschattete, unterschied sie am Waldesrand eine Hütte, mit Stroh und Rinde gedeckt, und dahinter einen Jüngling im Bastkleide und mit Gräsern gegürtet, der mit der Axt etwas am Gezimmer besserte. Und als sie sich noch mehr näherte, gewahrte sie, daß seine Arme wacker waren, wie die, die sie zur Sonne geschaukelt, daß aber dabei seine Nase auf eine nicht ziegenmäßig zu nennende, sondern sehr edle Art gegen die nur mäßig gewölbten Lippen abfiel.

»Nanda!« rief sie, und das Herz war ihr hochrot vor Freude. Denn er erschien ihr wie Krischna, der vom Safte kraftvoller Zärtlichkeit überströmt. »Nanda, schau her, es ist Sita, die zu dir kommt!«

Da ließ er sein Beil fallen, und lief ihr entgegen und hatte die Locke »Glückskalb« auf seiner Brust. Mit hundert Willkommens- und Liebesnamen nannte er sie, denn er hatte sich sehr nach ihrer Ganzheit gesehnt mit Leib und Seele. »Kommst du endlich«, rief er, »du Mondmilde, du Rebhuhnäugige, du ringsum Feingliedrige, Schönfarbene du, Sita, mein Weib mit den herrlichen Hüften? In wieviel Nächten hat mir geträumt, daß du so zu dem Ausgestoßenen, Einsamen übers Gebreite kämest, und nun bist du's wirklich und hast den Räubersteg, den Tiger-Dschungel und das Schlangental bestanden, die ich geflissentlich zwischen uns legte aus Zornmut über den Schicksalsspruch! Ach, du bist eine großartige Frau! Und wer ist denn das, den du mit dir führst?«

»Es ist das Früchtchen«, sagte sie, »das du mir schenktest in erster heiliger Ehenacht, als du noch nicht Nanda warst.«

»Das wird nicht besonders gewesen sein«, sagte er. »Wie heißt er denn?«

»Er heißt Samadhi«, antwortete sie, »aber mehr und mehr nimmt er den Namen Andhaka an.«

»Warum das?« fragte er.

»Glaube nicht, daß er blind ist!« erwiderte sie. »Er ist es so wenig, wie man ihn bleich nennen kann, trotz seiner weißen Haut. Aber sehr kurz von Gesicht ist er allerdings, sodaß er keine drei Schritt weit sehen kann.«

»Das hat seine Vorteile«, sagte Nanda. Und sie setzten den Knaben ein Stückchen weit weg von der Hütte ins frische Gras und gaben ihm Blumen und Nüsse zum Spielen. So war er beschäftigt, und was sie selber spielten, umfächelt vom Duft der Mangoblüten, der im Frühling die Liebeslust mehrt, und zum Getriller des Kokils in den bestrahlten Wipfeln, lag außerhalb seines Gesichtskreises. –

Ferner erzählt die Geschichte, daß das Ehe-Glück dieser Liebenden nur einen Tag und eine Nacht dauerte, denn noch hatte die Sonne sich nicht abermals über den rotblühenden Waldstrich erhoben, an dem Nanda's Hütte lehnte, als Schridaman dort anlangte, dem es bei der Rückkehr in sein verwaistes Haus sogleich klar gewesen war, wohin seine Frau sich gewandt. Die Hausgenossen zu »Wohlfahrt der Kühe«, die ihm mit Zagen das Verschwinden Sitas meldeten, hatten wohl erwartet, daß sein Zorn aufflammen werde, wie ein Feuer, in das man Butter gießt. Das aber geschah nicht, sondern er hatte nur langsam genickt, wie ein Mann, der alles vorher gewußt, und nicht nachgesetzt war er seinem Weibe in Wut und Rachbegier, sondern hatte sich zwar ohne Rast, aber auch ohne Hast nach Nanda's Einsiedelei auf den Weg gemacht. Denn wo diese gelegen war, hatte er längst gewußt und es nur vor Sita verborgen gehalten, um das Verhängnis nicht zu beschleunigen.

Sachte kam er und gesenkten Hauptes geritten auf seinem Reisetier, einem Yak-Ochsen, stieg ab unterm Morgenstern vor der Hütte und störte nicht einmal die Umarmung des Paares drinnen, sondern saß und wartete, daß der Tag sie löse. Denn seine Eifersucht war nicht von alltäglicher Art, wie sie gemeinhin schnaubend erlitten wird unter gesonderten Wesen, sondern sie war durch das Bewußtsein geläutert, daß es sein eigener ehemaliger Leib war, mit dem Sita die Ehe wieder aufgenommen hatte, was man ebenso wohl einen Akt der Treue wie einen solchen des Verrates nennen konnte; und die Wesenserkenntnis lehrte ihn, daß es im Grunde ganz gleichgültig war, mit wem Sita schlief, mit dem Freunde oder mit ihm, da sie es, mochte auch der andere weiter nichts davon haben, immer mit ihnen beiden tat.

Daher die Unüberstürztheit, mit der er die Reise zurücklegte und die Ruhe und Geduld, mit denen er vor der Hütte sitzend den Aufgang des Tages erwartete. Daß er bei alldem nicht gewillt war, den Dingen ihren Lauf zu lassen, lehrt die Fortsetzung der Geschichte, der zufolge Sita und Nanda, als sie beim ersten Sonnenstrahl, während der kleine Andhaka noch schlief, aus der Hütte traten, Handtücher um die Hälse gehängt, da sie beabsichtigten, im nahen Flusse zu baden, und den Freund und Gatten gewahrten, der mit dem Rücken zu ihnen saß und sich bei ihrem Herauskommen nicht umwandte, – sie vor ihn traten, ihn in Demut begrüßten und in der Folge ihren Willen ganz mit dem seinen vereinigten, indem sie als notwendig anerkannten, was er unterwegs über sie alle drei zur Lösung ihrer Wirrnis beschlossen.

»Schridaman, du mein Herr und verehrtes Gattenhaupt!«

sagte Sita, indem sie sich tief vor ihm verneigte. »Sei gegrüßt und glaube nicht, daß dein Eintreffen uns entsetzlich und unwillkommen ist! Denn wo zwei von uns sind, wird immer der dritte fehlen, und so vergib mir, daß ich's nicht aushielt mit dir und es mich in übermäßigem Mitleid zum einsamen Freundeshaupt zog!«

»Und zum Gattenleib«, antwortete Schridaman. »Ich vergebe dir. Und auch dir vergebe ich, Nanda, wie du deinerseits mir vergeben magst, daß ich auf den Spruch des Heiligen pochte und Sita für mich nahm, indem ich nur meinen Ich- und Mein-Gefühlen Rechnung trug, mich um die deinigen aber nicht kümmerte. Zwar hättest du es ebenso gemacht, wenn der Endspruch des Heiligen nach deinem Sinne gelautet hätte. Denn in dem Wahn und der Sonderung dieses Lebens ist es das Los der Wesen, einander im Lichte zu stehen, und vergebens sehnen die Besseren sich nach einem Dasein, in dem nicht das Lachen des einen des anderen Weinen wäre. Allzu sehr habe ich auf meinem Kopfe beharrt, der sich deines Leibes erfreute. Denn mit diesen nun etwas gemagerten Armen hattest du Sita zur Sonne geschaukelt, und in unserer neuen Sonderung schmeichelte ich mir, ich hätte ihr alles zu bieten, wonach sie verlangte. Aber die Liebe geht aufs Ganze. Darum mußt' ich's erleben, daß unsere Sita auf deinem Kopfe beharrte und mir aus dem Hause ging. Wenn ich nun glauben könnte, sie werde in dir, mein Freund, ihr dauerndes Glück und Genüge finden, so würde ich meiner Wege ziehen und das Haus meines Vaters zu meiner Wildnis machen. Aber ich glaube es nicht; sondern wie sie sich vom Gattenhaupt überm Freundesleib nach dem Freundeshaupt sehnte überm Gattenleib, so wird ganz bestimmt ein mitleidiges Sehnen sie ergreifen nach dem Gattenhaupt überm Freundesleib und ihr wird keine Ruhe und kein Genüge beschieden sein, denn der ferne Gatte wird immer zum Freunde werden, den sie liebt, ihm wird sie unser Söhnchen Andhaka bringen, weil sie in ihm dessen Vater erblickt. Mit uns beiden aber kann sie nicht leben, da Vielmännerei unter höheren Wesen nicht in Betracht kommt. Habe ich recht, Sita, mit dem, was ich sage?«

»Wie dein Wort es ausspricht, so ist es leider, mein Herr und Freund«, antwortete Sita. »Mein Bedauern aber, das ich in das Wörtchen ›leider‹ fasse, bezieht sich nur auf einen Teil deiner Rede, nicht etwa darauf, daß der Greuel der Vielmännerei für eine Frau wie mich nicht in Betracht kommt. Dafür habe ich kein ›leider‹, sondern bin stolz darauf, denn vonseiten meines Vaters Sumantra fließt noch einiges Kriegerblut in meinen Adern, und gegen etwas so Tiefstehendes wie die Vielmännerei empört sich alles in mir: In aller Schwäche und Wirrnis des Fleisches hat man doch seinen Stolz und seine Ehre als höheres Wesen!«

»Ich habe es nicht anders erwartet«, sagte Schridaman, »und du magst versichert sein, daß ich diese von deiner Weibesschwäche unabhängige Gesinnung von Anfang an in meine Überlegungen einbezogen habe. Da du nämlich nicht mit uns beiden leben kannst, so bin ich gewiß, daß dieser Jüngling hier, Nanda, mein Freund, mit dem ich das Haupt tauschte, oder den Körper, wenn man will, – daß er mit mir darin übereinstimmt, daß auch wir nicht leben können, sondern daß uns nichts übrig bleibt, als unsere vertauschte Sonderung abzulegen und unser Wesen wieder mit dem Allwesen zu vereinigen. Denn wo das Einzelwesen in solche Wirrnis geraten, wie in unserem Fall, da ist es am besten, es schmelze in der Flamme des Lebens wie eine Spende Butter im Opferfeuer.«

»Mit vollem Recht«, sagte Nanda, »Schridaman, mein Bruder, rechnest du auf meine Zustimmung bei deinen Worten. Sie ist unumwunden. Ich wüßte auch wirklich nicht, was wir noch im Fleische zu suchen hätten, da wir beide unsere Wünsche gebüßt und bei Sita geruht haben: mein Leib durfte sich ihrer erfreuen im Bewußtsein deines Hauptes und der deine im Bewußtsein des meinen, wie sie sich meiner erfreute in deines Hauptes Zeichen und deiner im Zeichen des meinen. Unsere Ehre aber mag als gerettet gelten, denn ich habe nur dein Haupt mit deinem Leibe betrogen, was gewissermaßen dadurch wettgemacht wird, daß Sita, die Schönhüftige, meinen Leib mit meinem Haupte betrog; davor aber, daß ich, der ich dir doch einst die Betelrolle verehrte zum Zeichen der Treue, dich mit ihr betrogen hätte als Nanda nach Haupt und Gliedern, davor hat glücklicherweise Brahma uns bewahrt. Trotzdem kann es so mit Ehren nicht weitergehen, denn für Vielmännerei und Weibergemeinschaft sind wir denn doch zu hochstehende Leute: Sita gewiß und ebenso gewiß du, selbst noch mit meinem Leibe. Aber auch ich, besonders mit deinem. Darum stimme ich dir unumwunden zu in allem, was du von Einschmelzung sagst, und erbiete mich, uns mit diesen in der Wildnis erstarkten Armen die Scheiterhütte zu rüsten. Du weißt, daß ich mich schon früher dazu erboten habe. Du weißt auch, daß ich stets entschlossen war, dich nicht zu überleben und dir ohne Zögern in den Tod gefolgt bin, als du dich der Göttin zum Opfer gebracht hattest. Betrogen aber habe ich dich erst, als mein Gattenleib mir ein gewisses Recht darauf gab und Sita mir den kleinen Samadhi brachte, als dessen leiblichen Vater ich mich zu betrachten habe, indem ich dir gern und mit Respekt die Vaterschaft dem Haupte nach zugestehe.«

»Wo ist Andhaka?« fragte Schridaman.

»Er liegt in der Hütte«, antwortete Sita, »und sammelt im Schlafe Kraft und Schönheit für sein Leben. Es war an der Zeit, daß wir auf ihn zu sprechen kamen, denn seine Zukunft muß uns wichtiger sein als die Frage, wie wir uns mit Ehre aus dieser Wirrnis ziehen. Beides aber hängt nahe zusammen, und wir sorgen für seine Ehre, indem wir für unsere sorgen. Bliebe ich, wie ich wohl möchte, allein bei ihm zurück, wenn ihr ins Allwesen zurückkehrt, so würde er als elendes Witwenkind durchs Leben irren, von Ehre und Freude verlassen. Nur wenn ich dem Beispiel der edlen Sati's folge, die sich dem Leib des toten Gatten gesellten und mit ihm ins Feuer des Scheiterhaufens eingingen, sodaß man ihrem Andenken Steinplatten und Obelisken setzte auf den Verbrennungsplätzen, – nur wenn ich ihn mit euch verlasse, wird sein Leben ehrenvoll sein, und die Gunst der Menschen wird ihm entgegenkommen. Darum fordere ich, des Sumantra Tochter, daß Nanda die Feuerhütte für drei rüste. Wie ich das Lager des Lebens mit euch beiden geteilt, so soll auch das

Glutbett des Todes uns drei vereinen. Denn auch auf jenem schon waren wir eigentlich immer zu dritt.«

»Nie«, sagte Schridaman, »habe ich etwas anderes von dir erwartet, sondern von vornherein den Stolz und Hochsinn in Rechnung gestellt, die dir neben der Fleischesschwäche innewohnen. Im Namen unseres Sohnes danke ich dir für dein Vorhaben. Um aber Ehre und Menschenstolz aus den Wirrnissen, in die uns das Fleisch gebracht, wahrhaftig wiederherzustellen, müssen wir sehr auf die Form der Wiederherstellung achten, und in dieser Beziehung weichen meine Gedanken und Entwürfe, wie ich sie auf der Reise entwickelt, von den euren ab. Mit dem toten Gemahl äschert die stolze Witwe sich ein. Du aber bist keine Witwe, solange auch nur Einer von uns beiden am Leben ist, und es ist sehr die Frage, ob du zur Witwe würdest, indem du mit uns Lebenden einsäßest in die Gluthütte und mit uns stürbest. Darum, um dich zur Witwe zu machen, müssen Nanda und ich uns töten, womit ich meine: wir müssen einander töten; denn ›uns‹ und ›einander‹ ist beides der richtigen Rede gemäß in unserem Fall und ist ein und dasselbe. Wie Hirsche um die Hirschkuh müssen wir kämpfen mit zwei Schwertern, für die gesorgt ist, denn sie hängen meinem Yak-Ochsen am Gurt. Aber nicht, damit einer siege und überlebe und die schönhüftige Sita davontrage, dürfen wir es tun: damit wäre nichts gebessert, denn immer wäre der Tote der Freund, nach dem sie sich in Sehnsucht verzehren würde, sodaß sie erblaßte in den Armen des Gatten. Nein, sondern beide müssen wir fallen, ins Herz getroffen einer vom Schwert des anderen, – denn nur das Schwert ist des anderen, nicht aber das Herz. So wird es besser sein, als wenn jeder das Schwert gegen die eigene gegenwärtige Sonderung kehrte; denn mir scheint, unsere Häupter haben kein Recht zum Todesbeschluß über den einem jeden anhängenden Leib, wie auch wohl unsere Leiber kein Recht hatten zur Wonne und Ehelust unter fremden Häuptern. Zwar wird es ein schwerer Kampf sein, insofern eines jeden Haupt und Leib davor auf der Hut werden sein müssen, nicht für sich selbst und um Sita's Alleinbesitz zu kämpfen, sondern auf das Doppelte bedacht, den tödlichen Streich zu führen und zu empfangen. Aber schwerer, als sich den Kopf abzuschlagen, was wir doch beide geleistet und über uns gewonnen haben, wird die doppelseitige Selbsttötung auch nicht sein.«

»Her mit den Schwertern!« rief Nanda. »Ich bin bereit zu diesem Kampf, denn es ist die rechte Art für uns Rivalen, diese Sache auszutragen. Er ist gerecht, denn bei der Aneignung unserer Leiber durch unsere Häupter sind unser beider Arme ziemlich gleich stark geworden: die meinen zarter an dir, die deinen stärker an mir. Mit Freuden werde ich dir mein Herz bieten, weil ich dich mit Sita betrog, das deine aber werde ich durchstoßen, damit sie nicht in deinen Armen erblasse um meinetwillen, sondern als Doppelwitwe sich uns im Feuer geselle.«

Da auch Sita sich einverstanden erklärte mit dieser Ordnung der Dinge, durch die, wie sie sagte, ihr Kriegerblut sich angesprochen fühle, weshalb sie sich denn auch nicht vom Kampfe beiseite drücken, sondern ihm, ohne mit der Wimper zu zucken, beiwohnen wolle, – so trug denn sogleich dies Todestreffen sich zu vor der Hütte, in der Andhaka schlief, auf dem blumigen Anger zwischen dem Kuhfluß und dem rotblühenden Waldstrich, und beide Jünglinge sanken in die Blumen, ein jeder getroffen in des anderen Herz. Ihr Leichenbegängnis aber gestaltete sich, weil das heilige Ereignis einer Witwenverbrennung damit verbunden war, zu einem großen Fest, und Tausende strömten zusammen auf dem Verbrennungsplatz, um zu beobachten, wie der kleine Samadhi, genannt Andhaka, als nächster männlicher Anverwandter sein kurzes Gesicht nahe hinhaltend, die Fackel legte an den aus Mango- und wohlriechenden Sandelklötzen errichteten Scheiterhaufen, dessen Fugenfüllung aus trockenem Stroh man reichlich mit zerlassener Butter begossen hatte, damit er rasch und gewaltig Feuer fange, und in welchem Sita von ›Buckelstierheim‹ zwischen dem Gatten und dem Freunde ihr Unterkommen gefunden hatte. Das Scheiterhaus loderte himmelhoch, wie man es selten gesehen, und sollte die schöne Sita eine Weile geschrien haben, weil Feuer, wenn man nicht tot ist, entsetzlich weh tut, so wurde ihre Stimme vom

Gellen der Muschelhörner und rasselndem Trommellärm übertönt, sodaß es so gut war, als hätte sie nicht geschrien. Die Geschichte aber will wissen, und wir wollen ihr glauben, daß die Glut ihr kühl gewesen sei in der Freude, mit den Geliebten vereinigt zu sein.

Sie bekam einen Obelisken an Ort und Stelle zum Gedenken ihres Opfers, und was von den Gebeinen der Drei nicht völlig verbrannt war, wurde gesammelt, mit Milch und Honig begossen und in einem Tonkrug geborgen, den man in die heilige Ganga versenkte.

Ihrem Früchtchen aber, Samadhi, der bald nur noch Andhaka hieß, ging es vortrefflich auf Erden. Berühmt durch das Brandfest, als Sohn einer Denkstein-Witwe, genoß er das Wohlwollen aller, das durch seine wachsende Schönheit bis zur Zärtlichkeit verstärkt wurde. Mit zwölf Jahren bereits glich seine Verkörperung einem Gandharven nach Anmut und lichter Kraft, und auf seiner Brust begann die Locke »Glückskalb« sich abzuzeichnen. Sein Blindlingstum indessen, weit entfernt, ihm zum Nachteil zu gereichen, behütete ihn davor, allzusehr im Körper zu leben, und hielt seinen Kopf zum Geistigen an. Den Siebenjährigen nahm ein vedakundiger Brahmane in seine Hut, bei dem er die richtig gebildete Rede, Grammatik, Astronomie und Denkkunst studierte, und nicht älter als zwanzig war er schon Vorleser des Königs von Benares. Auf einer herrlichen Palastterrasse saß er, in feinen Kleidern, unter einem weiß-seidenen Sonnenschirm, und las dem Fürsten mit einnehmender Stimme aus heiligen und profanen Schriften vor, wobei er das Buch sehr dicht vor seine schimmernden Augen hielt.

Das Gesetz

I.

Seine Geburt war unordentlich, darum liebte er leidenschaftlich Ordnung, das Unverbrüchliche, Gebot und Verbot.

Er tötete früh im Auflodern, darum wußte er besser, als jeder Unerfahrene, daß Töten zwar köstlich, aber getötet zu haben höchst gräßlich ist, und daß du nicht töten sollst.

Er war sinnenheiß, darum verlangte es ihn nach dem Geistigen, Reinen und Heiligen, dem Unsichtbaren, denn dieses schien ihm geistlich, heilig und rein.

Bei den Midianitern, einem rührig ausgebreiteten Hirten- und Handelsvolk der Wüste, zu dem er aus Ägypten, dem Lande seiner Geburt, fliehen mußte, da er getötet hatte (das Nähere sogleich), machte er die Bekanntschaft eines Gottes, den man nicht sehen konnte, der aber dich sah; eines Bergbewohners, der zugleich unsichtbar auf einer tragbaren Lade saß, in einem Zelt, wo er durch Schüttel-Lose Orakel erteilte. Den Kindern Midians war dieses Numen, Jahwe genannt, ein Gott unter anderen; sie dachten sich nicht viel bei seinem Dienst, den sie nur zur Sicherheit und für alle Fälle mitversahen. Es war ihnen eingefallen, daß unter den Göttern ja auch vielleicht einer sein könnte, den man nicht sah, ein Gestaltloser, und sie opferten ihm nur, um nichts zu versäumen, niemanden zu kränken und sich von keiner möglichen Seite her Unannehmlichkeiten zuzuziehen.

Mose dagegen, kraft seiner Begierde nach dem Reinen und Heiligen, war tief beeindruckt von der Unsichtbarkeit Jahwe's; er fand, daß kein sichtbarer Gott es an Heiligkeit mit einem unsichtbaren aufnehmen könne, und staunte, daß die Kinder Midians fast garkein Gewicht legten auf eine Eigenschaft, die ihm unermeßlicher Implikationen voll zu sein schien. In langen, schweren und heftigen Überlegungen, während er in der Wüste die Schafe des Bruders seines midianitischen Weibes hütete, erschüttert von Eingebungen und Offenbarungen, die in einem gewissen Fall sogar sein Inneres verließen und als flammendes Außen-Gesicht, als wörtlich einschärfende Kundgebung und unausweichlicher Auftrag seine Seele heimsuchten, gelangte er zu der Überzeugung, daß Jahwe kein anderer sei als El 'eljon, der Einzig-Höchste, El ro'i, der Gott, der mich sieht, – als Er, der immer schon »El Schaddai«, »der Gott des Berges«, geheißen, als El'olam, der Gott der Welt und der Ewigkeiten, – mit einem Wort, kein anderer, als Abrahams, Jizchaks und Jakobs Gott, der Gott der Väter, will sagen: der Väter der armen, dunklen, in ihrer Anbetung schon ganz konfusen, entwurzelten und versklavten Sippen, zu Haus in Ägyptenland, deren Blut von Vaters Seite in seinen, des Mose, Adern floß.

Darum und dieser Entdeckung voll, mit schwer beauftragter Seele, aber auch bebend vor Begierde, das Geheiß zu erfüllen, brach er seinen vieljährigen Aufenthalt bei den Kindern Midians ab, setzte seine Frau Zipora, ein recht vornehmes Weib, da sie eine Tochter Reguels, des Priesterkönigs in Midian, und die Schwester seines herdenbesitzenden Sohnes Jethro war, auf einen Esel, nahm auch seine zween Söhne, Gersom und Eliezer, mit und kehrte in sieben Tagereisen durch viele Wüsten gen Westen nach Ägyptenland zurück, das heißt in das brachige Unterland, wo der Nil sich teilt und wo, in einem Distrikte, der Kos, beziehungsweise auch Goschem, Gosem und Gosen hieß, das Blut seines Vaters wohnte und fronte.

Dort begann er sogleich, wo er ging und stand, in den Hütten und auf den Weide- und Arbeitsplätzen, diesem Blut seine große Erfahrung auseinanderzusetzen, wobei er eine bestimmte Art hatte, mit gestreckten Armen seine Fäuste zu beiden Seiten des Körpers bebend zu schütteln. Er benachrichtigte sie, daß der Gott der Väter wiedergefunden sei, daß er sich ihm, Moscheh ben 'Amram zu erkennen gegeben habe am Berge Hor in der Wüste Sin, aus einem Busch, der brannte und nicht verbrannte, daß er Jahwe heiße, was zu verstehen sei als: »Ich bin der ich bin, von Ewigkeit zu Ewigkeit«, aber auch als wehende Luft und als ein großes Tosen; daß er Lust habe zu ihrem Blut und unter Umständen einen Bund der Erwählung aus allen Völkern mit ihm zu schließen bereit sei, vorausgesetzt nämlich, daß es sich ihm in völliger Ausschließlichkeit verschwöre und eine Eidgenossenschaft aufrichte zum alleinigen, bildlosen Dienste des Unsichtbaren.

Hiermit drang er bohrend in sie und bebte mit den Fäusten dazu an außerordentlich breiten Handgelenken. Und doch war er nicht ganz aufrichtig mit ihnen, sondern hielt hinterm Berge mit mehrerem, was er meinte, ja mit dem Eigentlichen, aus Furcht, sie kopfscheu zu machen. Von den Implikationen der Unsichtbarkeit, also der Geistigkeit, Reinheit und Heiligkeit, sagte er ihnen nichts und wies sie lieber nicht darauf hin, daß sie als verschworene Diener des Unsichtbaren ein abgesondertes Volk des Geistes, der Reinheit und Heiligkeit würden zu sein haben. Aus Sorge verschwieg er es, sie zu erschrecken; denn sie waren ein so elendes, bedrücktes und in der Anbetung konfuses Fleisch, seines Vaters Blut, und er mißtraute ihnen, obgleich er sie liebte. Ja, wenn er ihnen verkündete, daß Jahwe, der Unsichtbare, Lust zu ihnen habe, so deutete er dem Gotte zu und trug in ihn hinein, was möglicherweise auch des Gottes war, zugleich aber mindestens auch sein Eigen: Er selbst hatte Lust zu seines Vaters Blut, wie der Steinmetz Lust hat zu dem ungestalten Block, woraus er feine und hohe Gestalt, seiner Hände Werk, zu metzen gedenkt, – daher die bebende Begier, die ihn, zugleich mit großer Seelenbeschwernis durch das Geheiß, bei seinem Aufbruch von Midian erfüllt hatte.

Womit er aber ebenfalls noch zurückhielt, das war des Geheißes zweite Hälfte; denn es war doppelt gewesen. Nicht nur dahin, daß er den Sippen die Wiederentdeckung des Vätergottes und seine Lust zu ihnen verkünde, hatte es gelautet, sondern zugleich dahin, daß er sie aus dem ägyptischen Diensthause hinausführen solle ins Freie und durch viele Wüsten ins Land der Verheißung, das Land der Väter. Dieser Auftrag war dem der Verkündigung einhängig und unzertrennbar mit ihm verschränkt. Gott – und Befreiung zur Heimkehr; der Unsichtbare

– und die Abschüttelung des Joches der Fremde, das war ein und derselbe Gedanke für ihn. Dem Volke aber sprach er noch nicht davon, weil er wußte, daß sich aus dem einen das andere ergeben werde, und auch, weil er hoffte, das Zweite auf eigene Hand bei Pharao, dem Könige Ägyptens auszuwirken, dem er garnicht so ferne stand.

Sei es nun aber, daß dem Volk seine Rede mißfiel – denn er sprach schlecht und stockend und fand öfters die Worte nicht –, oder daß es beim bebenden Schütteln seiner Fäuste die Implikationen der Unsichtbarkeit sowohl wie des Bundesangebots ahnte und merkte, daß er es zu anstrengenden und gefährlichen Dingen verlocken wollte, – es verhielt sich mißtrauisch, halsstarrig und ängstlich gegen sein Bohren, sah nach den ägyptischen Stockmeistern hin und sprach zwischen den Zähnen:

»Was stößt du Worte? Und was für Worte sind's, die du stößt? Es hat dich wohl einer zum Obersten oder zum Richter gesetzt über uns? Wir wüßten nicht wer.«

Das war ihm nicht neu. Er hatte es früher schon von ihnen gehört, bevor er nach Midian floh.

II.

Sein Vater war nicht sein Vater, und seine Mutter war seine Mutter nicht, – so unordentlich war seine Geburt. Ramessu's des Pharao's zweite Tochter ergötzte sich mit dienenden Gespielinnen und unterm Schutze Bewaffneter in dem königlichen Garten am Nil. Da wurde sie eines ebräischen Knechtes gewahr, der Wasser schöpfte, und fiel in Begierde um seinetwillen. Er hatte traurige Augen, ein Jugendbärtchen ums Kinn und starke Arme, wie man beim Schöpfen sah. Er werkte im Schweiß seines Angesichts und hatte seine Plage; für Pharao's Tochter aber war er ein Bild der Schönheit und des Verlangens, und sie befahl, daß man ihn zu ihr einlasse in einen Pavillon; da fuhr sie ihm mit dem kostbaren Händchen ins schweißnasse Haar, küßte den Muskel seines Arms und neckte seine Mannheit auf, daß er sich ihrer bemächtigte, der Fremdsklave des Königskindes. Als sie's gehabt, ließ sie ihn gehen, aber er ging nicht weit, nach dreißig Schritten ward er erschlagen und rasch begraben, so war nichts übrig von dem Vergnügen der Sonnentochter.

»Der Arme!« sagte sie, als sie's hörte. »Ihr seid auch immer so übergeschäftig. Er hätte schon stillgeschwiegen. Er liebte mich.« Danach aber wurde sie schwanger, und nach neun Monaten gebar sie in aller Heimlichkeit einen Knaben, den legten ihre Frauen in ein verpichtes Kästlein aus Rohr und verbargen dasselbe im Schilf am Rande des Wassers. Da fanden sie's dann und riefen: »O Wunder, ein Findling und Schilfknabe, ein ausgesetztes Kindlein! Wie in alten Mären ist es, genau wie mit Sargon, den Akki, der Wasserschöpfer im Schilfe fand und aufzog in der Güte seines Herzens. Immer wieder kommt dergleichen vor! Wohin nun mit diesem Fund? Das Allervernünftigste ist, wir geben ihn einer säugenden Mutter von schlichtem Stand, die übrige Milch hat, daß er als ihr und ihres redlichen Mannes Sohn erwachse.« Und sie händigten das Kind einem ebräischen Weibe ein, die brachte es hinab in die Gegend Gosen zu Jochebed, dem Weibe Amrams, von den Zugelassenen, eines Mannes aus Levi's Samen. Sie säugte ihren Sohn Aaron und hatte übrige Milch; darum, und weil ihrer Hütte heimlich zuweilen Gutes zukam von oben herab, zog sie das unbestimmte Kind mit auf in der Güte ihres Herzens. So wurden Amram und Jochebed sein Elternpaar vor den Menschen und Aaron sein Bruder. Amram hatte Rinder und Feld, und Jochebed war eines Steinmetzen Tochter. Sie wußten aber nicht, wie sie das fragliche Knäblein nennen sollten; darum gaben sie ihm einen halb ägyptischen Namen, will sagen: die Hälfte eines ägyptischen. Denn öfters hießen die Söhne des Landes Ptach-Mose, Amen-Mose oder Ra-Mose und waren als Söhne ihrer Götter genannt. Den Gottesnamen nun ließen Amram und Jochebed lieber aus und nannten den Knaben kurzweg Mose. So war er ein »Sohn« ganz einfach. Fragte sich eben nur, wessen.

III.

Als einer der Zugelassenen wuchs er auf und drückte sich aus in ihrer Mundart. Die Vorfahren dieses Blutes waren einst, zur Zeit einer Dürre, als »hungernde Beduinen von Edom«, wie Pharao's Schreiber sie nannten, mit Erlaubnis der Grenzbehörde ins Land gekommen, und der Distrikt Gosen, im Niederland, war ihnen zur Weidenutzung angewiesen worden. Wer da glaubt, sie hätten umsonst dort weiden dürfen, der kennt ihre Wirte schlecht, die Kinder Ägyptens. Nicht nur, daß sie steuern mußten von ihrem Vieh, und zwar daß es drückte, sondern alles, was Kräfte hatte bei ihnen, mußte auch Arbeitsdienst leisten, Fronwerk bei den mancherlei Bauten, die in einem solchen Lande, wie Ägypten es ist, immer im Gange sind. Besonders aber seit Ramessu, seines Namens der Zweite, Pharao war zu Theben, wurde ausschweifend gebaut, das war seine Lust und seine Königswonne. Verschwenderische Tempel baute er über das ganze Land, und drunten im Mündungsgebiet ließ er nicht nur den lange vernachlässigten Kanal erneuern und sehr verbessern, der den östlichsten Nilarm mit den Bitterseen und so das große Meer mit dem Zipfel des Roten Meeres verband, sondern er richtete auch zwei ganze Magazin-Städte am Lauf des Kanales auf, genannt Pitom und Ramses, und dazu wurden die Kinder der Zugelassenen, diese Ibrim ausgehoben, daß sie Ziegel büken, schleppten und rackerten im Schweiß ihrer Leiber unterm ägyptischen Stock.

Dieser Stock war mehr nur das Abzeichen von Pharao's Aufsehern, sie wurden nicht unnötig damit geschlagen. Auch hatten sie gut zu essen bei ihrer Fron: viel Fisch aus dem Nilarm, Brot, Bier und Rindfleisch recht wohl zur Genüge. Dem ungeachtet aber paßte und schmeckte die Fron ihnen wenig, denn sie waren Nomadenblut, mit der Überlieferung frei schweifenden Lebens, und stündlich geregelte Arbeit, bei der man schwitzte, war ihnen im Herzen fremd und kränkend. Sich aber über ihren Mißmut zu verständigen und eines Sinnes darüber zu werden, waren diese Sippen zu locker verbunden und ihrer selbst nicht hinläng-

lich bewußt. Seit mehreren Geschlechtern in einem Übergangs-
lande zeltend zwischen der Väterheimat und dem eigentlichen
Ägypten, waren sie von gestaltloser Seele, ohne sichere Lehre
und schwankenden Geistes; hatten vieles vergessen, einiges
halbwegs aufgenommen, und eines rechten Mittelpunktes er-
mangelnd trauten sie ihrem eigenen Gemüte nicht, auch nicht
dem Ingrimm, der darin war, über die Fron, an dem aber Fisch,
Bier und Rindfleisch sie irre machten.

Mosche nun, angeblich des Amram Sohn, hätte, als er dem
Knabenalter entwuchs, wohl ebenfalls für Pharao Ziegel streichen müssen. Das geschah aber nicht, sondern der Jüngling
wurde von seinen Eltern genommen und nach Ober-Ägypten in
ein Schulhaus gebracht, so ein sehr feines Internat, wo die Söhne
syrischer Stadtkönige zusammen mit einheimischen Adels-
sprossen erzogen wurden. Da wurde er hingetan; denn seine
leibliche Mutter, Pharao's Kind, die ihn ins Schilf geboren, ein
zwar lüsternes, aber nicht gemütloses Ding, hatte sein gedacht
um seines verscharrten Vaters willen, des Wasserziehers mit
Bärtchen und mit den traurigen Augen, und wollte nicht, daß er
bei den Wilden bleibe, sondern zum Ägypter gebildet werde
und ein Hofamt erlange, in halber, verschwiegener Anerkennung seiner göttlichen Halbblütigkeit. So lernte denn Mose, gekleidet in weißes Leinen und eine Perücke auf dem Kopf, Stern-
und Länderkunde, Schriftkunst und Recht, war aber nicht
glücklich unter den Gecken des vornehmen Internats, sondern
ein Einsamer unter ihnen, voller Abneigung gegen die ganze
ägyptische Feinheit, aus deren Lust er entsprungen war. Das
Blut des Verscharrten, der dieser Lust hatte dienen müssen, war
stärker in ihm als sein ägyptischer Teil, und in seiner Seele hielt
er es mit den armen Gestaltlosen daheim in Gosen, die nicht Mut
hatten zu ihrem Ingrimm, hielt es mit ihnen gegen den lüsternen
Dünkel des Mutterblutes.

»Wie ist doch dein Name?« fragten ihn wohl die Genossen
vom Schulhause.

»Mose heiße ich«, antwortete er.

»Ach-Mose oder Ptach-Mose?« fragten sie.

»Nein, nur Mose«, erwiderte er.

»Das ist ja dürftig und ausgefallen«, sagten die Schnösel, und er ergrimmte, daß er sie hätte erschlagen und verscharren mögen. Denn er verstand, daß sie mit solchen Fragen nur in seiner Unregelmäßigkeit stochern wollten, die in schwankenden Umrissen allen bekannt war. Hätte er doch selbst nicht gewußt, daß er nur eine diskrete Frucht ägyptischen Vergnügens war, wenn es nicht allgemeine, ob auch meistens nur ungenaue Kenntnis gewesen wäre – bis zu Pharao hinaus, dem die Schäkerei seines Kindes so wenig verborgen geblieben war, wie dem Mose die Tatsache, daß Ramessu, der Bauherr, sein Lüsternheits-Großvater war, von schnöden, mörderischen Vergnügens wegen. Ja, Mose wußte dies und wußte auch, daß Pharao es wisse, und hatte ein drohendes Nicken bei dem Gedanken, in der Richtung von Pharao's Thron.

IV.

Als er zwei Jahre unter den Stutzern gelebt hatte des thebanischen Schulhauses, hielt er es nicht mehr aus, entwich bei Nacht über die Mauer und wanderte heim nach Gosen zum Vatergeblüt. Unter dem strich er bitteren Angesichtes herum und sah eines Tages, am Kanal, nahe den Neubauten von Ramses, wie ein ägyptischer Aufseher einen der Fronenden, der wohl lässig gewesen war oder widerspenstig, mit seinem Stock schlug. Erbleichend und mit lodernden Augen stellte er den Ägypter zur Rede, der ihm statt aller Antwort das Nasenbein einschlug, so daß Mose eine Nase mit gebrochenem, flach eingetriebenem Knochen hatte sein Leben lang. Er entriß aber dem Aufseher den Stock, holte fürchterlich aus und zertrümmerte dem Mann den Schädel, daß er tot war auf der Stelle. Nicht einmal umgeblickt hatte er sich, ob auch niemand es sah. Es war aber ein einsamer Ort und kein Mensch sonst in der Nähe. So verscharrte er den Erschlagenen ganz allein, denn den er verteidigt, der hatte das Weite gesucht; und es war ihm, als sei ihm nach Erschlagen und Verscharren schon immer zu Sinne gewesen.

Seine lodernde Tat blieb verborgen, zum mindesten den Ägyptern, die nicht herausbekamen, wo ihr Mann geblieben war, und Jahr und Tag verging über die Tat. Mose fuhr fort, zwischen seines Vaters Leuten umherzustreifen, und mischte sich auf eigentümlich herrische Art in ihre Händel. Einst sah er zwei fronende Ibrim mit einander zanken, und wenig fehlte, daß sie zu Tätlichkeiten schritten. »Was zankt ihr und wollt gar noch raufen?« sprach er zu ihnen. »Seid ihr nicht elend und verwahrlost genug, daß lieber Blut sollte halten zu Blut, statt einander die Zähne zu blecken? Der da hat Unrecht, ich hab's gesehen. Er gebe nach und bescheide sich, ohne daß der andere sich überhebe.«

Wie es aber geschieht, so waren plötzlich die beiden vereint gegen ihn und sprachen: »Was redest du in unsere Sachen?« Besonders der, dem er Unrecht gegeben, war äußerst patzig und sprach ganz laut: »Das ist denn doch wohl der Gipfel! Wer bist du, daß du deine Ziegennase in Dinge steckst, die dich nichts angehen? Aha, Moscheh bist du, des Amram Sohn, aber damit ist wenig gesagt, und weiß niemand recht, wer du bist, du selber auch nicht. Neugierig sind wir zu erfahren, wer dich zum Meister und Richter gesetzt hat über uns. Willst du mich vielleicht auch erwürgen, wie du damals den Ägypter erwürgt und verscharrt hast?«

»Still doch!« machte Mose erschrocken und dachte: Wie ist das herumgekommen? Des Tages noch sah er ein, daß seines Bleibens nicht war im Lande, und ging über die Grenze, wo sie nicht fest war, bei den Bitterseen, durch die Watten. Durch viele Wüsten des Landes Sinai wanderte er, und kam nach Midian, zu den Minäern und ihrem Priesterkönige Reguel.

V.

Als er von dort zurückkehrte, seiner Gottesentdeckung und seines Auftrages voll, war er ein Mann auf der Höhe der Jahre, stämmig, mit gedrückter Nase, vortretenden Backenknochen, einem geteilten Bart, weit stehenden Augen und breiten Handgelenken, wie man besonders sah, wenn er, was oft geschah, grübelnd Mund und Bart mit der Rechten bedeckte. Von Hütte zu Hütte ging er und von Fronplatz zu Fronplatz, schüttelte die Fäuste zu seiten seiner Schenkel und sprach von dem Unsichtbaren, dem zum Bunde bereiten Gotte der Väter, obgleich er im Grunde nicht sprechen konnte. Denn er war stockend gestauten Wesens überhaupt und neigte in der Erregung zum Zungenschlag, war aber außerdem so recht in keiner Sprache zu Hause und suchte in dreien herum beim Reden. Das aramäische Syro-Chaldäisch, das sein Vaterblut sprach, und das er von seinen Eltern gelernt, war überdeckt worden vom Ägyptischen, das er sich in dem Schulhause hatte aneignen müssen, und dazu kam das midianitische Arabisch, das er solange in der Wüste gesprochen. So brachte er alles durcheinander.

Sehr behilflich war ihm sein Bruder Aaron, ein hochgewachsener, sanfter Mann mit schwarzem Bart und schwarzen Ringellocken im Nacken, der seine großen, gewölbten Augenlider gern fromm gesenkt hielt. Ihn hatte er in alles eingeweiht, hatte ihn ganz für den Unsichtbaren und sämtliche Implikationen gewonnen, und da Aaron aus seinem Barte heraus salbungsvoll-fließend zu reden verstand, so begleitete er Mose meistens auf seinen Werbe-Wegen und sprach statt seiner, allerdings etwas gaumig und ölig und nicht hinreißend genug, sodaß Mose durch begleitendes Fäusteschütteln mehr Feuer hinter seine Worte zu bringen suchte und ihm oft auch holterdiepolter auf aramäisch-ägyptisch-arabisch ins Wort fiel.

Aarons Weib hieß Eliseba, die Tochter Amminadabs; sie war auch mit vom Schwure und von der Propaganda, sowie eine jüngere Schwester Mose's und Aaron's, Mirjam, ein begeistertes Weib, das singen und pauken konnte. Besonders aber war Mose einem Jüngling geneigt, der seinerseits mit Leib und Seele zu ihm, seiner Verkündigung und seinen Plänen stand und ihm nicht von der Seite wich. Eigentlich hieß er Hosea, der Sohn des Nun (das ist »Fisch«), vom Stamme Ephraim. Aber Mose hatte ihm den Jahwe-Namen Jehoschua, auch kurzweg Joschua, verliehen, und den trug er nun mit Stolz, – ein gerade stehender, sehniger junger Mensch mit einem Krauskopf, vortretendem Adamsapfel und einem bestimmt eingezeichneten Faltenpaar zwischen seinen Brauen, der bei der ganzen Sache seinen eigenen Gesichtspunkt hatte: nicht so sehr den religiösen nämlich, als den militärischen; denn für ihn war Jahwe, der Vätergott, vor allem der Gott der Heerscharen, und der an seinen Namen geknüpfte Gedanke des Entweichens aus diesem Diensthause fiel für ihn zusammen mit der Eroberung neuen und eigenen Siedelgrundes für die ebräischen Sippen, – folgerichtiger Weise, denn irgendwo mußten sie wohnen, und kein Land, verheißen oder nicht, würde ihnen geschenkt werden.

Joschua, so jung er war, hatte alle einschlägigen Fakten in seinem gerade und fest blickenden Krauskopf und besprach sie unaufhörlich mit Mose, seinem älteren Freunde und Herrn. Ohne über die Mittel zu einer genauen Volkszählung zu verfügen, hatte er veranschlagt, daß die Stärke der in Gosen zeltenden und in den Zwing-Städten Pitom und Ramses wohnenden Sippen, einschließlich ihrer als Sklaven über das weitere Land verstreuten Glieder, alles in allem ungefähr zwölf- oder dreizehntausend Köpfe betrug, was eine waffenfähige Mannschaft von ungefähr dreitausend ausmachte. Die Zahlen sind später ohne Maß übertrieben worden, aber Joschua wußte sie annähernd richtig, und er war wenig zufrieden damit. Dreitausend Mann war keine sehr schreckliche Streitmacht, selbst wenn man damit rechnete, daß, war man einmal unterwegs, allerlei verwandtes Blut, das im Wüsten umherschweifte, sich diesem Kerne zur Landgewinnung anschließen würde. Größere Unternehmungen konnte man, gestützt nur auf solche Macht, nicht ins Auge fassen; sich damit ins verheißene Land hineinzuschlagen war untunlich. Joschua sah das ein, und darum trachtete er nach einem Ort im Freien, wo das Geblüt sich erst einmal festsetzen – und wo man es, unter leidlich günstigen Umständen, erst noch eine Weile seinem natürlichen Wachstum überlassen könnte, welches, wie Joschua seine Leute kannte, zweieinhalb aufs Hundert und auf jedes Jahr betrug. Nach einem solchen Hege- und Heckplatz, wo mehr Waffenkraft anwachsen könnte, schaute der Jüngling aus und beriet sich oft mit Mose darüber, wobei es sich erwies, daß er überraschend klar überblickte, wie Ort und Ort in der Welt zu einander lagen, und eine Art von Karte der interessierenden Gebreite nach Strecken, Tagesmärschen und Wasserstellen im Kopfe hatte, sowie besonders noch nach der Streitbarkeit der Bewohner.

Mose wußte, was er an seinem Joschua hatte, wußte wohl, daß er ihn würde nötig haben, und liebte seinen Eifer, obgleich dessen unmittelbare Gegenstände ihn wenig beschäftigten. Mund und Bart mit der Rechten bedeckend hörte er den strategischen Auslassungen des Jünglings zu, indem er dabei an anderes dachte. Für ihn bedeutete Jahwe zwar ebenfalls den Auszug, aber nicht sowohl den Kriegszug zur Landgewinnung, sondern den Auszug ins Freie und in die Absonderung, daß er all dies ratlose, zwischen den Gesittungen schwankende Fleisch, diese zeugenden Männer, milchenden Weiber, sich versuchenden Jünglinge, rotznäsigen Kinder, seines Vaters Blut, für sich habe irgendwo draußen im Freien, ihnen den heilig-unsichtbaren Gott, den reinen, geistigen, einprägen, ihnen denselben zum sammelnden, formenden Mittelpunkt setzen könne und sie bilden möge zu seinem Gebilde, zu einer von allen Völkern verschiedenen, Gott gehörigen, durch das Heilige und Geistige bestimmten Volksgestalt, ausgezeichnet vor allen anderen durch Scheu, Unterlassung, Gottesfurcht, das wollte sagen: Furcht vor dem Gedanken der Reinheit, zügelnde Satzung, welche, da der Unsichtbare eigentlich der Gott aller Welt war, zukünftig alle binden, aber für sie zuerst erlassen und ihr strenges Vorrecht sein sollte unter den Heiden.

Dies war Mose's Lust zum Vaterblut, Bildnerlust, die ihm Eines war mit des Gottes Gnadenwahl und Bundesgewilltheit; und da er dafür hielt, daß die Gestaltung in Gott allen Unternehmungen vorangehen müsse, die der junge Joschua im Kopfe hatte, ferner auch, daß Zeit dafür nötig sei, freie Zeit draußen im Freien, – so war's ihm nicht unlieb, daß es mit Joschua's Plänen noch haperte, und daß sie sich an der unzulänglichen Zahl von waffenfähiger Mannschaft stießen. Joschua brauchte Zeit, daß erst noch auf natürlichem Wege das Volk sich mehre, – übrigens auch dazu, daß er älter würde, er selbst, um sich zum Feldherrn aufwerfen zu dürfen; und Mose brauchte Zeit für das Bildungswerk, nach dem er in Gott begierig war. So stimmten sie überein unter verschiedenen Gesichtspunkten.

VI.

Unterdessen aber war der Beauftragte nebst seinen nächsten Anhängern, dem beredten Aaron, Eliseba, Mirjam, Joschua und einem gewissen Kaleb, der des Joschua gleichaltriger Busenfreund war, auch ein starker, einfacher, tapferer junger Mann, – unterdessen waren diese alle nicht einen Tag müßig, die Botschaft Jahwe's, des Unsichtbaren, und seines ehrenden Bundesangebots unter den Ihren zu verbreiten und gleichzeitig deren Bitterkeit über die Arbeit unterm ägyptischen Stock zu schüren, den Gedanken der Abschüttelung dieses Jochs und den der Auswanderung unter ihnen aufzubringen. Jeder übte es auf seine Art: Mose selbst mit stockenden Worten und unter Fäusteschütteln, Aaron in gaumig fließender Rede, Eliseba schwatzhaft überredend, Joschua und Kaleb kommandomäßig, in kurz angebundenen Losungen, und Mirjam, die bald »die Prophetin« genannt wurde, tat es in höherem Ton, mit Paukenbegleitung. Auch fiel ihre Predigt nicht auf steinigen Boden; der Gedanke, sich Mose's bundeslustigem Gott zu verschwören, sich dem Bildlosen zum Volke zu weihen und unter ihm und seinem Verkünder ins Freie zu ziehen, schlug Wurzel unter den Sippen und begann, ihren einigenden Mittelpunkt zu bilden, – dies noch besonders, weil Mose versprach, oder doch in hoffnungsreiche Aussicht stellte, daß er an oberster Stelle, durch Verhandlungen, die Erlaubnis zu ihrer aller Auszug aus Ägyptenland erlangen werde, sodaß dieser sich nicht in der Form gewagten Aufstandes werde vollziehen müssen, sondern nach gütlicher Übereinkunft vonstatten gehen könnte. Sie kannten, wenn auch ungenau, seine halb-ägyptische Schilfgeburt, wußten von der feinen Erziehung, die er zeitweise genossen, und von dunklen Beziehungen zum Hof, über die er verfügte. Was sonst ein Grund des Mißtrauens gegen ihn und der Ablehnung gewesen war, nämlich seine Halbblütigkeit, und daß er mit einem Fuß im Ägyptischen stand, wandelte sich jetzt in eine Quelle des Zutrauens und verlieh ihm Autorität. Gewiß, wenn einer, so war er der Mann, vor Pharao zu stehen und ihre Sache zu führen. Und so beauftragten sie ihn mit dem Versuch, bei Ramessu, dem Bau- und Zwingherrn, ihre Entlassung ins Freie zu erwirken, – ihn und seinen Milchbruder Aaron, denn diesen gedachte er mitzunehmen, erstens, weil er selbst nicht zusammenhängend zu sprechen vermochte, Aaron dies aber konnte, dann aber auch, weil dieser über gewisse Kunststücke gebot, mit denen man bei Hofe zu Ehren Jahwe's Eindruck zu machen hoffte: Er konnte eine Brillenschlange, indem er sie im Nacken drückte, stocksteif machen; warf er den Stock aber zu Boden, so ringelte er sich und »verwandelte sich in eine Schlange«. Weder Mose noch Aaron rechnete damit, daß Pharao's Magiern dieses Wunder auch bekannt sei, und daß es also nicht als erschreckender Beweis für Jahwe's Macht würde dienen können.

Überhaupt hatten sie kein Glück – es sei vorweggenommen – so listig sie, dem Beschluß eines mit den Jünglingen Joschua und Kaleb gehaltenen Kriegsrates gemäß, die Sache anstellten. Beschlossen war nämlich worden, den König nur um die Erlaubnis zu bitten, daß die ebräischen Leute sich sammelten und drei Tage weit über die Grenze in die Wüste zögen, um dort draußen dem Herrn, Ihrem Gott, der sie gerufen habe, ein Opferfest zu feiern und dann zur Arbeit zurückzukehren. Man erwartete kaum, daß Pharao sich von dieser Finte blenden lassen und glauben werde, sie würden zurückkehren. Es war nur eine mildere, höfliche Form, das Gesuch der Freilassung vorzubringen. Aber der König wußte ihnen keinen Dank dafür.

Erfolg allerdings hatten die Brüder darin, daß sie überhaupt in das Große Haus und vor Pharao's Stuhl gelangten, und zwar nicht nur einmal, sondern bei zäh andauernder Verhandlung wieder und wieder. Hierin hatte Mose seinen Leuten nicht zuviel versprochen, denn er fußte darauf, daß Ramessu sein heimlicher Lüsternheits-Großvater war, und darauf, daß beide wußten, daß jeder es wisse. Damit hatte Mose ein starkes Druckmittel in der Hand, und wenn es auch niemals ausreichte, dem König die Zusage zum Auszuge abzugewinnen, so machte es Mosen doch ernstlich verhandlungsfähig und verschaffte ihm ein übers andere Mal Zutritt zu dem Gewaltigen, da dieser ihn fürchtete. Zwar ist die Furcht eines Königs gefährlich, und Mose spielte die ganze Zeit ein gewagtes Spiel. Er war mutig – wie mutig er war, und welchen Eindruck er den Seinen machte, werden wir baldigst sehen. Leicht konnte Ramessu ihn still erwürgen und verscharren lassen, damit endlich wirklich nichts mehr übrig sei von seines Kindes Sinnengrille. Die Prinzessin aber bewahrte jenem Stündchen ein süßes Angedenken und wollte nun einmal nicht, daß ihrem Schilfknaben ein Leid geschehe, – in ihrem Schutze stand er, wie undankbar er ihrer Fürsorge, ihren Erziehungs- und Förderungsplänen auch begegnet war.

So durften Mose und Aaron vor Pharao stehen, aber die Opferferien im Freien, zu denen angeblich ihr Gott die Ihren berief, schlug er ihnen rundweg ab. Es nützte nichts, daß Aaron in salbungsvollem Zusammenhang redete und Mose leidenschaftlich dazu die Fäuste an seinen Schenkeln schüttelte. Es half auch nichts, daß Aaron seinen Stab in eine Schlange verwandelte, denn Pharao's Magier machten stehenden Fußes dasselbe, dadurch beweisend, daß dem Unsichtbaren, in dessen Namen die beiden redeten, keine überragende Macht zukomme, und daß Pharao die Stimme dieses Herrn nicht hören müsse. »Aber unseren Sippen wird Pestilenz oder Schwert widerfahren, wenn wir nicht drei Tagereisen hinziehen in die Wüste und dem Herrn ein Fest bereiten«, sagten die Brüder. Aber der König antwortete: »Das geht uns nicht nahe. Ihr seid zahlreich genug, mehr als zwölftausend Köpfe, und könnt eine Abminderung wohl vertragen, sei es durch Pestilenz oder Schwert oder harte Arbeit. Du, Mose und Aaron, ihr wollt nichts, als den Leuten Müßiggang gewähren und sie feiern heißen von ihrem schuldigen

Dienst. Das kann ich nicht dulden und will's nicht gewähren. Ich habe mehrere unerhörte Tempel in Arbeit und will außerdem noch eine dritte Magazin-Stadt bauen, außer Pitom und Ramses, zu diesen noch obendrein, dazu brauche ich eurer Leute Arme. Ich danke für den geläufigen Vortrag, und dich, Mose, entlasse ich wohl oder übel sogar in besonderen Gnaden. Aber kein Wort weiter von Wüstenferien!«

Damit war diese Audienz beendet, und war nicht nur nichts Gutes dabei herausgekommen, sondern entschieden Böses kam nachträglich dabei heraus. Denn Pharao, verletzt in seiner Baubegier und unmutig darüber, daß er Mose nicht wohl erwürgen konnte, da sonst seine Tochter ihm einen Auftritt gemacht hätte, gab Order aus, daß man die Gosen-Leute härter mit Arbeit drücke als bisher, und nicht den Stock spare, wenn sie säumig wären; zu schaffen solle man ihnen geben, daß ihnen die Besinnung schwinde und alle müßigen Gedanken vergingen an Wüstenfeste für ihren Gott. Und so geschah es. Die Fron wurde härter von einem Tag auf den andern, dadurch daß Mose und Aaron vor Pharao geredet hatten. Zum Beispiel wurde den Leuten das Stroh für die Ziegel nicht mehr geliefert, die sie zu brennen hatten, sondern selbst mußten sie in die Stoppeln gehen, das nötige Stroh zu sammeln, ohne daß darum die Zahl der beizustellenden Ziegel herabgesetzt worden wäre, sondern erfüllt werden mußte die Zahl, sonst tanzte der Stock auf den armen Rücken. Vergebens wurden die ebräischen Obmänner, die man über das Volk gesetzt, bei den Behörden wegen Überforderung vorstellig. Die Antwort war: »Ihr seid müßig, müßig seid ihr, darum schreit ihr und sprecht: ›Wir wollen ausziehen und opfern.‹ Es bleibt dabei: Selber das Stroh beschafft und dabei die gleiche Zahl Ziegel.«

VII.

Für Mose und Aaron war es keine kleine Verlegenheit. Die Obmänner sprachen zu ihnen: »Da habt ihr's, und das haben wir
nun vom Bunde mit eurem Gott und von Mose's Beziehungen.
Nichts habt ihr erreicht, als daß ihr unseren Geruch stinkend
gemacht habt vor Pharao und seinen Knechten, und habt ihnen
das Schwert in die Hand gegeben, uns damit umzubringen.«

Darauf war schlecht antworten, und Mose hatte schwere
Stunden mit dem Gott des Dornbusches unter vier Augen, wo
er ihm vorhielt, wie er, Mose, gleich dagegen gewesen sei, daß
ihm dies aufgetragen werde, und gleich gebeten habe, wen immer sonst, nur ihn nicht zu senden, da er nicht ordentlich reden
könne. Der Herr aber habe ihm geantwortet, Aaron sei ja be-
redt. Der habe nun freilich das Wort geführt, aber viel zu ölig,
und es habe sich gezeigt, wie verkehrt es sei, eine solche Sache zu
übernehmen, wenn man selbst eine schwere Zunge habe und
andre rednerisch für sich eintreten lassen müsse. Aber der Gott
tröstete und strafte ihn aus seinem Inneren und antwortete ihm
von da, er solle sich seines Kleinmuts schämen; seine Entschul-
digungen seien reine Ziererei gewesen, denn im Grunde habe er
selbst auf die Sendung gebrannt, weil er nämlich ebenso große
Lust zu dem Volk und seiner Gestaltung habe wie er, der Gott,
ja, daß seine eigene Lust von der des Gottes garnicht zu unterscheiden, sondern einerlei sei mit ihr: Gotteslust sei es, was ihn
zum Werke getrieben, und er solle sich schämen, an ihr beim
ersten Mißerfolg zu verzagen.

Dies ließ sich Mose gesagt sein, umsomehr, als man im
Kriegsrat mit Joschua, Kaleb, Aaron und den begeisterten Weibern zu dem Beschluß gelangte, daß die verstärkte Bedrückung,
so böses Blut sie mache, genau betrachtet kein schlechter An-
fangserfolg sei; denn böses Blut schaffe sie nicht nur gegen
Mose, sondern vorzüglich auch gegen die Ägypter und werde
das Volk nur empfänglicher machen für den Ruf des Retter-Got-
tes und den Gedanken des Auszuges ins Freie. So war es auch;
die Gärung wegen des Strohs und der Ziegel wuchs unter den

Fronenden, und der Vorwurf, Mose habe ihren Geruch stinkend gemacht und ihnen nur geschadet, trat zurück hinter dem Wunsch, Amrams Sohn möchte doch wieder seine Beziehungen spielen lassen und neuerdings für sie hineingehen zu Pharao.

Das tat er, jetzt nicht mehr zusammen mit Aaron, sondern allein, mochte es mit seiner Zunge gehen, wie es wollte; die Fäuste schüttelte er vor dem Stuhl und verlangte in stockenden, stürzenden Worten den Auszug der Seinen ins Freie unter dem Namen von Opferferien in der Wüste. Nicht e i n m a l tat er so, sondern wohl zehnmal, denn Pharao konnte ihm den Zutritt zu seinem Stuhl nicht wohl verweigern, zu gut waren Mose's Beziehungen. Ein Kampf entspann sich zwischen dem König und ihm, zäh und gedehnt, der zwar nie dazu führte, daß jener in Mose's Ansinnen willigte, wohl aber dazu, daß man eines Tages die Gosen-Leute mehr aus dem Lande stieß und trieb, als daß man sie daraus entlassen hätte, nur froh schließlich, sie los zu sein. Über diesen Kampf und die Druckmittel, welche dabei auf den hartnäckig widerstrebenden König ausgeübt wurden, hat es viel Gerede gegeben, das nicht jedes Hintergrundes entbehrt, doch aber stark den Charakter der Ausschmückung trägt. Man spricht von zehn Plagen, die Jahwe eine nach der anderen über Ägypten verhängt habe, um Pharao mürbe zu machen, indem er zugleich dessen Herz absichtlich gegen Mose's Anliegen verstockte, um der Gelegenheit willen, mit immer neuen Plagen seine Macht zu beweisen. Blut, Frösche, Ungeziefer, Gewild, Grind, Seuche, Hagel, Heuschrecke, Finsternis und Sterben der Erstgeburt, so heißen diese zehn Plagen, und etwas Unmögliches ist an keiner von ihnen; nur fragt es sich, ob sie, die letzte ausgenommen, mit der es eine undurchsichtige, nie wirklich aufgeklärte Bewandtnis hat, zum Endergebnis wesentlich beitrugen. Der Nil nimmt unter Umständen eine blutrote Färbung an, sein Wasser wird vorübergehend untrinkbar und die Fische sterben. Das kommt so gut vor, wie daß die Frösche des Sumpfes sich über Gebühr vermehren oder die Propagation der immer vorhandenen Läuse sich der Heimsuchung annähert. Auch gab es der Löwen noch viele, sowohl am Rande der Wüste schweifend wie in den Dschungeln lauernd der toten Stromarme, und wenn die Zahl der reißenden Anfälle stieg auf Mann und Vieh, so mochte man's wohl eine Plage nennen. Wie häufig sind nicht Krätze und Grind in Ägyptenland, und wie leicht fahren nicht aus der Unsauberkeit böse Blattern auf und schwären pestilenzialisch im Volke? Meist ist der Himmel blau dortzulande, und desto tieferen Eindruck muß ein seltenes heftiges Unwetter machen, bei dem das niederfahrende Feuer der Wolken sich mit dem derben Grieße des Hagels vermischt, der die Saaten schlägt und Bäume zerdrischt, ohne daß eine bestimmte Absicht damit verbunden wäre. Die Heuschrecke ist ein nur allzu bekannter Gast, und gegen ihr Massen-Anrücken hat der Mensch mancherlei Scheuch- und Absperrungsmittel erfunden, über welche die Gier denn doch wohl obsiegt, sodaß ganze Gebreite abgefressener Kahlheit verfallen. Und wer nur einmal die ängstlichdüstere Stimmung erfahren hat, die eine kosmisch verschattete Sonne auf Erden verbreitet, begreift recht wohl, daß ein lichtverwöhntes Volk einer solchen Finsternis den Namen der Plage gibt.

Damit aber ist die Zahl der berichteten Übel erschöpft, denn das zehnte, das Sterben der Erstgeburt, gehört eigentlich nicht in diese Zahl, sondern bildet eine zweideutige Begleiterscheinung des Auszuges selbst, unheimlich zu untersuchen. Die anderen mochten sich teilweise oder – auf einen größeren Zeitraum verteilt – sämtlich ereignen: man hat ihre Namen doch mehr oder weniger nur als schmuckhafte Umschreibungen für ein einziges Druckmittel anzusehen, dessen sich Mose gegen Ramessu bediente, nämlich einfach immer nur für die Tatsache, daß Pharao sein Lüsternheits-Großvater war, und daß Mose es in der Hand hatte, dies an die große Glocke zu hängen. Mehr als einmal war der König nahe daran, diesem Drucke zu unterliegen; zum mindesten machte er große Zugeständnisse. Er willigte darein, daß die Männer hinauszögen zum Opferfest, die Weiber, Kinder und Herden aber sollten zurückbleiben. Mose nahm das nicht an: Mit jung und alt, mit Söhnen und Töchtern, Schafen und Rindern müsse man ziehen, denn es gelte ein Fest des Herrn. Da bewilligte Pharao auch Weiber und Brut, und nahm nur das Vieh aus, das solle zum Pfande bleiben. Aber Mose fragte dagegen, woher sie denn Schlacht- und Brandopfer nehmen sollten zum Fest, wenn ihnen das Vieh fehle? Nicht eine Klaue, verlangte er, dürfe dahinten bleiben, – wodurch recht klar wurde, daß es sich nicht um Urlaub, sondern um Auszug handelte.

Wegen der Klaue kam es zwischen der ägyptischen Majestät und Jahwe's Beauftragtem zu einer letzten stürmischen Scene. Mose hatte während der ganzen Verhandlungen große Geduld bewährt, doch ebenso wie diese, lag fäusteschüttelnder Zornmut in seiner Natur. Es kam dahin, daß Pharao es auf alles ankommen ließ und ihn buchstäblich aus dem Saale jagte. »Fort«, rief er, »und hüte dich, mir je noch einmal vor die Augen zu kommen. Wo doch, so sollst du des Todes sterben.« Da wurde Mose, der eben noch hoch erregt gewesen, vollkommen ruhig und antwortete nur: »Du hast es gesagt. Ich gehe und will dir nicht mehr vor die Augen kommen.« Woran er dachte bei diesem furchtbaren, gelassenen Abschied, war nicht nach seinem Sinn. Aber Joschua und Kaleb, die Jünglinge, nach deren Sinn war es.

VIII.

Dies ist ein dunkles Kapitel, in halben, verhüllten Worten nur abzufassen. Es kam ein Tag, besser gesagt: eine Nacht, eine arge Vesper, wo Jahwe umging, oder sein Würgengel, und die letzte zehnte Plage über die Kinder Ägyptens, oder doch einen Teil von ihnen, das ägyptische Element unter den Bewohnern von Gosen, sowie der Städte Pitom und Ramses, verhängte, indem er diejenigen Hütten und Häuser, deren Pfosten zu seiner Verständigung mit Blut bestrichen waren, ausließ und verschonend an ihnen vorüberging.

Was tat er? Er stellte ein Sterben an, das Sterben der Erstgeborenen des ägyptischen Elements, womit er manchem heimlichen Wünschen entgegenkam und manchem Zweitgeborenen zu

Rechten verhalf, die ihm sonst vorenthalten geblieben wären. Die Unterscheidung zwischen Jahwe und seinem Würgengel will wohl vermerkt sein: sie hält fest, daß nicht Jahwe selbst es war, der umging, sondern eben sein Würgengel, – richtiger gesagt wohl eine ganze, vorsorglich zusammengestellte Schar von solchen. Will man die vielen aber auf eine Einzelerscheinung zurückführen, so spricht vieles dafür, sich Jahwe's Würgengel als eine stracke Jünglingsfigur mit Krauskopf, vortretendem Adamsapfel und bestimmt gefalteten Brauen vorzustellen, als einen Engelstyp jenes Schlages, der jederzeit froh ist, wenn es mit nutzlosen Verhandlungen ein Ende hat und zu Taten geschritten werden kann.

An Vorbereitungen zu entschiedenen Taten hatte es während der zähen Verhandlungen Mose's mit Pharao nicht gefehlt: Für Mose selbst hatten sie sich darauf beschränkt, daß er, in Erwartung schwerer Ereignisse, Weib und Söhne unter der Hand nach Midian, zu seinem Schwager Jethro zurückgeschickt hatte, um nicht bei dem Kommenden mit der Sorge um sie belastet zu sein. Joschua aber, dessen Verhältnis zu Mose unverkennbar demjenigen des Würgengels zu Jahwe ähnelt, hatte nach seiner Art gehandelt und, da er nicht die Mittel und auch noch nicht das Ansehen besaß, die dreitausend waffenfähigen Blutsgenossen unter seinem Befehl auf Kriegsfuß zu bringen, wenigstens eine Rotte daraus erlesen, bewaffnet, exerziert und in Zucht gebannt, so daß für den Anfang etwas damit zu leisten war.

Die Vorgänge von dazumal sind in Dunkel gehüllt, – in das Dunkel jener Vesper-Nacht, die in den Augen der Kinder Ägyptens eine Festnacht war für das fronende Blut, das unter ihnen lebte. Wie es schien, wollte dies Blut sich schadlos halten für das verwehrte Opferfest in der Wüste durch ein mit Schmauserei verbundenes Lampen- und Gottesfest an Ort und Stelle, und sogar goldene und silberne Gefäße hatte es sich dazu von der ägyptischen Nachbarschaft ausgeliehen. Unterdessen aber, oder statt dessen, ereignete sich jenes Umgehen des Würgengels, das Sterben der Erstgeburt in allen Wohnungen, die nicht der Ysopbüschel mit Blut gezeichnet hat, diese Heimsuchung, die eine so große Verwirrung, einen so plötzlichen Umsturz der Rechts- und Anspruchsverhältnisse mit sich bringt, daß von einer Stunde zur anderen den Moseleuten der Weg aus dem Lande nicht nur offensteht, sondern sie geradezu auf ihn gedrängt werden und ihn für die Ägypter nicht schnell genug einschlagen können. Tatsächlich scheint es, daß die Zweitgeborenen weniger eifrig waren, den Tod derer zu rächen, an deren Stelle sie rückten, als die Urheber ihrer Erhöhung zum Verschwinden anzuspornen. Die Einkleidung lautet: Diese zehnte Plage habe endlich Pharao's Stolz gebrochen, sodaß er Mose's Vaterblut aus der Knechtschaft entlassen habe. Er schickte den Entwichenen jedoch sehr bald eine verfolgende Heeresabteilung nach, die nur wunderbarerweise verunglückte.

Sei dem wie ihm sei, auf jeden Fall nahm die Auswanderung die Gestalt der Austreibung an, und die Hast, mit der diese geschah, ist in der Einzelheit festgehalten, daß niemand Zeit hatte, sein Brot für die Reise zu säuern; mit unaufgegangenen Not-Fladen nur konnte man sich versehen, woraus dann Mose dem Volk einen Fest- und Gedenkbrauch machte für alle Zeiten. Im übrigen war man, so groß wie klein, zum Aufbruch völlig bereit gewesen. Die Lenden gegürtet, hatte man, während der Würgengel umging, bei gepackten Karren gesessen, die Schuhe schon an den Füßen, den Wanderstab in der Hand. Die goldenen und silbernen Gefäße, die man von den Landeskindern entliehen, nahm man mit.

Meine Freunde! Beim Auszuge aus Ägypten ist sowohl getötet wie auch gestohlen worden. Nach Mose's festem Willen sollte es jedoch das letzte Mal gewesen sein. Wie soll sich der Mensch auch der Unreinheit entwinden, ohne ihr ein letztes Opfer zu bringen, sich einmal noch gründlich dabei zu verunreinigen? Mose hatte den fleischlichen Gegenstand seiner Bildungslust, dies formlose Menschentum, seines Vaters Blut, nun im Freien, und Freiheit war ihm der Raum der Heiligung.

Die Wandermasse, sehr viel geringer nach ihrer Kopfzahl, als legendäre Ziffern es wahrhaben wollen, aber schwierig genug zu handhaben, zu leiten und zu versorgen, eine hinlänglich schwere Schulterlast für den, der die Verantwortung für ihr Los, ihr Fortkommen im Freien trug, schlug den Weg ein, der sich von selber ergab, wenn man, aus guten Gründen, die nördlich der Bitterseen beginnenden ägyptischen Grenzbefestigungen vermeiden wollte: er führte durch das Salzseengebiet, in das der größere, westliche der beiden Arme des Roten Meeres ausläuft, welche das Sinailand zur Halbinsel machen. Mose kannte diese Gegend, da er sie auf seiner Flucht nach Midian und von dort zurückkehrend passiert hatte. Besser als dem jungen Joschua, der nur abgezogene Karten im Kopfe hatte, war ihm ihre Beschaffenheit vertraut, die Natur dieser schilfigen Watten, die die zeitweilig offene Verbindung der Bitterseen mit dem Meerbusen bildeten, und durch die man unter Umständen trockenen Fußes das Sinailand gewinnen konnte. Ging nämlich ein starker Ostwind, so boten sie, bei zurückgetriebenem Meere, einen freien Durchgang, – und in dieser Verfassung fanden die Flüchtigen, dank Jahwe's begünstigender Fügung, das Schilfmeer vor.

Es waren Joschua und Kaleb, die in der Menge die Nachricht verbreiteten, Mose habe unter Anrufung des Gottes seinen Stab über die Wasser gehalten und sie dadurch bewogen, zurückzutreten und dem Volke den Weg freizugeben. Wahrscheinlich hatte er das auch getan und war mit feierlicher Gebärde in Jahwe's Namen dem Ostwinde zu Hilfe gekommen. Jedenfalls konnte der Glaube des Volkes an seinen Führer umso mehr eine Stärkung brauchen, als dieser Glaube gerade hier, und hier zuerst, auf eine schwere Belastungsprobe gestellt wurde. Denn hier war es ja, wo Pharao's Heeresmacht, Mann und Wagen, grimme Sichelwagen, die man nur zu gut kannte, die Auswanderer einholte und um ein Haar ihrer Wanderung zu Gott ein blutiges Ende gesetzt hätte.

Die Kunde ihrer Annäherung, von Joschua's Nachhut ausgegeben, erregte äußersten Schrecken und wildes Verzagen im Volke. Sofort schlug die Reue darüber, daß man »diesem Mann Mose« gefolgt war, in hellen Flammen auf, und jenes Massen-Murren erhob sich, das sich zu Mose's Gram und Bitternis bei jeder Schwierigkeit wiederholen sollte, in die man danach noch geriet. Die Weiber zeterten, die Männer fluchten und schüttelten ganz ähnlich die Fäuste an ihren Schenkeln, wie Mose es in der Erregung zu tun pflegte. »Warum nicht Gräber in Ägypten«, hieß es, »darin wir friedlich zu unserer Stunde hätten eingehen können, wären wir zu Hause geblieben?« Auf einmal war Ägypten »Zu Hause«, da es doch sonst eine Fron-Fremde gewesen war. »Es wäre uns ja besser, den Ägyptern zu dienen, als in der Wildnis durchs Schwert zu verderben!« So hörte Mose es tausendfach, und es verbitterte ihm sogar die Rettung, die überwältigend war. Er war »der Mann Mose, der uns aus Ägypten geführt hat«, – was Lobpreisung bedeutete, so lang' alles gut ging. Ging's aber schlecht, so wechselte es sofort die Färbung und meinte murrenden Vorwurf, dem der Gedanke der Steinigung niemals ferne war.

Nun denn, es ging, nach kurzer Beängstigung, beschämend und unglaubwürdig gut hier zur Stelle. Mose stand sehr groß da durch ein Gotteswunder und war »der Mann, der uns aus Ägypten geführt hat« – nun wieder anders herum gemeint. Das Geblüt wälzt sich durch die trocken gelegten Watten, ihm nach die ägyptische Wagenmacht. Da stirbt der Wind, die Flut kehrt zurück, und gurgelnd verderben Mann und Roß in verschlingenden Wassern.

Der Triumph war beispiellos. Mirjam, die Prophetin, Aarons Schwester, sang paukend den Weibern im Reigen vor: »Singet dem Herrn – eine herrliche Tat – Roß und Mann – hat er ins Meer gestürzt.« Sie hatte es selbst gedichtet. Man muß es sich mit Paukenbegleitung denken.

Das Volk war tief ergriffen. Die Worte »Mächtig, heilig, schrecklich, löblich und wundertätig« hörten nicht auf, von seinen Lippen zu kommen, und es war unklar, ob sie der Gottheit galten, oder Mosen, dem Gottesmann, von dem man annahm, daß sein Stab die ersäufende Flut über die Macht Ägyptens gebracht habe. Die Verwechslung lag immer nahe. Wenn gerade das Volk nicht murrte, hatte Mose stets seine liebe Not, zu verhindern, daß es ihn selber für einen Gott, für den hielt, den er verkündete.

X.

Das war im Grunde so lächerlich nicht, denn was er den Armseligen zuzumuten begann, ging über alles Menschengewöhnliche und konnte kaum im Kopf eines Sterblichen entstanden sein. Der Mund blieb einem dabei offen stehen. Sogleich nach Mirjams Singetanz verbot er jeden weiteren Jubel über den Untergang der Ägypter. Er verkündete: Jahwe's obere Scharen selbst seien im Begriffe gewesen, in das Siegeslied einzustimmen, aber der Heilige habe sie angelassen: »Wie, meine Geschöpfe versinken im Meer, und ihr wollt singen?« Diese kurze, aber erstaunliche Geschichte brachte er in Umlauf. Er fügte hinzu: »Du sollst dich des Falles deines Feindes nicht freuen; nicht sei dein Herz froh über sein Unglück.« Es war das erste Mal, daß dergestalt das ganze Gehudel, zwölftausend und einige Hundert Köpfe, die dreitausend Waffenfähigen eingeschlossen, mit Du angesprochen wurde, dieser Redeform, die ihre Gesamtheit umfaßte und zugleich das Auge auf jeden Einzelnen, Mann und Weib, Greis und Kind, richtete, einen jeden wie mit dem Finger vor die Brust traf. »Du sollst kein Freudengeschrei machen über den Fall deines Feindes.« Das war hochgradig unnatürlich! Aber sichtlich hing diese Unnatur mit der Unsichtbarkeit des Gottes Mose's, der unser Gott sein wollte, zusammen. Den Bewußteren unter dem braunen Gehudel fing es zu dämmern an, was es meinte, und wie Unheimlich-Anspruchsvolles es damit auf sich hatte, sich einem unsichtbaren Gott verschworen zu haben.

Man war im Sinailande, und zwar in der Wüste Sur, einem unholden Gelände, das man nur verlassen würde, um in ein ebenso beweinenswertes, die Wüste Paran, zu gelangen. Warum diese Wüsten verschiedene Namen hatten, war unerfindlich; sie stießen dürr aneinander und war alles dasselbe steinige, in toten Hügeln hinlaufende, wasser- und fruchtlose Fluchgebreite, drei Tage lang und vier und fünf. Mose hatte gut getan, das ihm beim Schilfmeer erwachsene Ansehen ungesäumt zu jener übernatürlichen Einschärfung zu benutzen: alsbald schon wieder war er »dieser Mann Mose, der uns aus Ägypten geführt« – das hieß: »ins Unglück gebracht hat«, und lautes Murren schlug an sein Ohr. Nach dreien Tagen wurde das mitgenommene Wasser schmal. Tausende dürsteten, die unerbittliche Sonne zu Häupten und unter den Füßen die bare Trostlosigkeit, ob es nun diejenige noch der Wüste Sur oder schon die der Wüste Paran war. »Was sollen wir trinken?« Sie riefen es laut, ohne Zartgefühl für das Leiden des Führers an seiner Verantwortlichkeit. Er wünschte, ganz allein nichts zu trinken – nie wieder etwas zu trinken zu haben, wenn nur sie etwas gehabt hätten, damit er nicht hören müßte: »Warum hast du uns lassen aus Ägypten ziehen?« Allein zu leiden ist leichte Qual im Vergleiche mit der, für solches Gehudel aufkommen zu müssen, und Mose war ein sehr geplagter Mensch, blieb es auch alle Zeit – geplagt über alle Menschen auf Erden.

Sehr bald denn auch gab es nichts mehr zu essen, denn wie lange hatten die eilig mitgenommenen Flachbrote wohl reichen können? »Was sollen wir essen?« Auch dieser Ruf erscholl nun, weinend und schimpfend, und Mose hatte schwere Stunden mit Gott unter vier Augen, wo er ihm vorhielt, wie hart es von ihm gewesen sei, die Last dieses ganzen Volkes auf ihn, seinen Knecht, zu legen. »Hab ich denn all das Volk empfangen und geboren«, fragte er, »daß du zu mir sagen magst: ›Trag es in deinen Armen!‹ Woher soll ich Speise nehmen, daß ich all diesem Volk gebe? Sie weinen vor mir und sprechen: ›Gib uns Fleisch, daß wir essen!‹ Ich kann allein soviel Volks nicht tragen, es ist mir zu schwer. Und willst du so mit mir tun, so erwürge mich lieber, daß ich mein Unglück und ihres nicht sehen müsse!«

Und Jahwe ließ ihn nicht ganz im Stich. Die Tränkung angehend, so machten sie den fünften Tag, auf einer Hochebene, über die sie zogen, eine Quelle aus, mit Bäumen daran, die übrigens auch unter dem Namen ›Quelle Mara‹ auf der Karte verzeichnet war, die Joschua im Kopfe trug. Zwar schmeckte ihr Wasser widerlich, dank unzuträglicher Beisätze, was bittere Enttäuschung und weit hinrollendes Murren hervorrief. Aber Mose, erfinderisch gemacht durch die Not, setzte eine Art von Filter-Vorrichtung ein, die die üblen Beimengungen, wenn nicht ganz, so doch zum guten Teile zurückhielt, und verrichtete so ein Quell-Wunder, das das Gezeter in Beifallsjauchzen verwandelte und seinem Ansehen sehr auf die Füße half. Das Wort »der uns aus Ägypten geführt hat« nahm gleich wieder eine rosigere Färbung an.

Was aber die Speisung betraf, so geschah gleichfalls ein Wunder, über das zunächst freudiges Staunen herrschte. Denn es erwies sich, daß große Strecken der Wüste Paran mit einer Flechte bedeckt waren, die man essen konnte, der Manna-Flechte, einem zuckrigen Gefilz, rund und klein, wie Koriandersamen zu sehen und wie Bedellion, das sehr verderblich war und übel zu riechen begann, wenn man es nicht gleich aß, sonst aber, zerrieben, zerstoßen und als Aschenkuchen bereitet, eine recht leidliche Notspeise gab, beinahe wie Semmel mit Honig schmeckend, so fanden einige, und andere fanden: wie Ölkuchen.

So war das erste, günstige Urteil, das aber nicht vorhielt. Denn bald, schon nach einigen Tagen, waren die Leute des Mannas satt und müde, sich damit zu sättigen; als einzige Nahrung widerstand es sehr rasch und stieß ihnen auf zum Ekel, so daß sie klagten: »Wir gedenken der Fische, die wir in Ägypten umsonst aßen, der Kürbisse, Pheben, Lauchs, Zwiebeln und Knoblauchs. Nun aber ist unsere Seele matt, denn unsere Augen sehen nichts denn Man.«

So hörte es Mose mit Schmerzen, nebst der Frage natürlich: »Warum hast du uns lassen aus Ägypten ziehen?« Was er Gott fragte, war: »Wie soll ich tun mit dem Volk? Sie mögen kein Manna mehr. Du sollst sehen, es fehlt nicht weit, so werden sie mich noch steinigen.«

XI.

Davor war er allerdings so ziemlich geschützt durch Jehoschua, seinen Jüngling, und die reisige Mannschaft, die dieser sich schon zu Gosen herangezogen hatte, und die den Befreier umringte, sobald bedrohliches Murren aufkam im Pöbelvolk. Es war eine kleine Mannschaft von Jugendlichen vorderhand, mit Kaleb als Leutnant, aber Joschua wartete nur auf eine Gelegenheit, sich als Feldherr und Vorkämpfer auszuweisen, um alle Waffenfähigen, die ganzen dreitausend, seinem Befehl zu verpflichten. Er wußte auch, daß diese Gelegenheit bevorstand.

Mose hatte viel an dem Jüngling, den er auf Gottes Namen getauft; er wäre ohne ihn manchmal ganz verloren gewesen. Er war ein geistlicher Mann, und seine Männlichkeit, stämmig und stark wie sie war, mit Handgelenken, breit wie die eines Steinmetzen, war eine geistliche, in sich gewandte, von Gott gehemmte und heftig befeuerte Männlichkeit, den äußeren Dingen fremd, ums Heilige nur besorgt. Mit einer Art von Leichtsinn, der in eigentümlichem Gegensatz stand zu der grübelnden Nachdenklichkeit, in der er Mund und Bart mit der Hand zu bedecken pflegte, war all sein Denken und Trachten darauf beschränkt gewesen, seines Vaters Geblüt in der Absonderung für sich allein zu haben, um es zu bilden und ungestört aus der heillosen Masse, die er liebte, eine heilige Gottesgestalt zu metzen. Um die Gefahren der Freiheit, die Schwierigkeiten der Wüste und um die Frage, wie soviel Pöbelvolk heil durch sie hindurchzubringen sei, ja, auch nur, wohin er räumlich mit jenen wollte, hatte er sich wenig oder gar nicht bekümmert und sich mitnichten auf praktische Führerschaft vorbereitet. Nur froh konnte er darum sein, Joschua an seiner Seite zu haben, der nun gerade wieder die geistliche Männlichkeit in Mosen verehrte und ihm seine stracke, ganz aufs Äußere gerichtete Jung-Männlichkeit unbedingt zur Verfügung stellte.

Ihm war es zu danken, daß man überhaupt in der Wildnis zielgerecht von der Stelle kam und nicht verderblich darin herumirrte. Er bestimmte die Marschrichtung nach den Gestirnen, berechnete die Tagesmärsche und sorgte dafür, daß man in erträglichen, manchmal freilich nur eben noch erträglichen Abständen zu Wasserstellen gelangte. Daß man die rundliche Bodenflechte essen könne, hatte er ausgemacht. Mit einem Wort er sorgte für das Führeransehen des Meisters und dafür, daß das Wort »– der uns aus Ägypten geführt hat«, wenn es zum Murren geworden war, wieder löblichen Sinn annahm. Das Ziel hatte er klar im Kopfe und steuerte ihm an der Hand der Sterne, im Einverständnis mit Mose, auf kürzestem Wege zu. Denn beide waren ja darin einig, daß man ein erstes Ziel, eine feste, wenn auch vorläufige Unterkunft brauche, einen Aufenthalt, wo sich leben ließe, und wo man Zeit gewönne, sogar viel Zeit: teils (nach Joschua's Gedanken), damit das Volk sich hecke und ihm, dem Heranreifenden, eine stärkere Anzahl Waffenfähiger stelle, teils (nach Mose's Gedanken), damit er vor allem einmal das Gehudel zu Gott bilde und etwas Heilig-Anständiges, ein reines Werk, dem Unsichtbaren geweiht, daraus haue, – wonach ihm Geist und Handgelenke verlangten.

Das Ziel nun war die Oase Kadesch. Wie nämlich an die Wüste Sur die Wüste Paran stieß, so stieß an diese südlich die Wüste Sin, – aber nicht überall und nicht unmittelbar. Denn irgendwo dazwischen lag die Oase Kadesch, vergleichsweise eine köstliche Ebene, ein grünes Labsal im Wasserlosen, mit drei starken Quellen und einer Anzahl kleinerer noch obendrein, lang eine Tagereise und eine halbe breit, mit frischer Weide bedeckt und Ackerboden, ein lockender Landstrich, tierreich und fruchtreich und groß genug, eine Kopfzahl wie diese zu beherbergen und zu ernähren.

Jehoschua wußte von dem anziehenden Ländchen, es war bestens verzeichnet auf der Karte, die er im Kopfe hatte. Auch Mose wußte davon, aber daß man darauf lossteuerte und sich Kadesch zum Ziel nahm, war Joschua's Veranstaltung. Seine Gelegenheit – hier war sie. Eine solche Perle, wie Kadesch, lag selbstverständlich nicht ohne Besitzer da. Sie war in festen Händen, – in nicht allzu festen, hoffte Joschua. Wollte man sie haben, so mußte man darum kämpfen mit dem, der sie hatte, und das war Amalek.

Ein Teil des Stammes der Amalekiter hielt Kadesch in Besitz und würde es verteidigen. Joschua machte Mosen klar, daß Krieg sein, daß eine Schlacht sein müsse zwischen Jahwe und Amalek, und wenn ewige Feindschaft zwischen ihnen daraus erwachsen sollte von Geschlecht zu Geschlecht. Die Oase müsse man haben; sie sei der gegebene Raum des Wachstums sowohl wie der Heiligung.

Mose war sehr bedenklich. Für ihn war es eine der Implikationen der Unsichtbarkeit Gottes, daß man seines Nächsten Haus nicht begehren solle, und er hielt es seinem Jüngling vor. Aber dieser antwortete: Kadesch sei nicht Amaleks Haus. Er wisse nicht nur im Raume Bescheid, sondern auch in den Vergangenheiten, und er wisse, daß Kadesch ehemals schon – er konnte freilich nicht sagen, wann – von ebräischen Leuten, nahverwandtem Blut, Nachkommen der Väter, bewohnt gewesen sei, die von den Amalekitern versprengt worden seien. Kadesch sei ein Raub, und einen Raub dürfe man rauben.

Mose bezweifelte das, aber er hatte seine eigenen Gründe dafür, daß Kadesch eigentlich Jahwe-Gebiet sei und denen zukomme, die mit Jahwe im Bunde waren. Nicht nur seiner natürlichen Reize wegen hieß Kadesch, wie es hieß, nämlich ›Heiligtum‹. Gewissermaßen war es ein Heiligtum des midianitischen Jahwe, den Mose als den Gott der Väter erkannt hatte. Nicht weit davon, gegen Osten und gegen Edom, lag, in einer Zeile mit anderen Bergen, der Berg Horeb, den Mose von Midian aus besucht und an dessen Hang der Gott sich ihm im brennenden Busch offenbart hatte. Horeb, der Berg, war der Sitz Jahwe's, – einer zum mindesten. Sein ursprünglicher Sitz, wußte Mose, war der Berg Sinai, im Gebirge des tiefen Mittags. Aber zwischen Sinai und Horeb, der Stätte von Mose's Beauftragung, bestand eine enge Beziehung, eben dadurch, daß Jahwe auf beiden saß: man konnte sie gleichsetzen, man konnte den Horeb auch Sinai nennen, und Kadesch hieß, wie es hieß, weil es, mit einiger Freiheit gesprochen, zu Füßen des heiligen Berges lag.

Darum willigte Mose in Joschua's Vorhaben und ließ ihn

seine Vorbereitungen treffen für den Waffengang Jahwe's mit Amalek.

XII.

Die Schlacht fand statt, sie ist eine historische Tatsache. Es war eine sehr schwere, hin und her wogende Schlacht, aber Israel ging siegreich daraus hervor. Diesen Namen nämlich, Israel, das heißt: »Gott führt Krieg«, hatte Mose vor der Schlacht dem Geblüt zur Stärkung verliehen, mit der Erläuterung, es sei ein sehr alter Name, der nur in Vergessenheit geraten sei; schon Jakob, der Erzvater, habe ihn sich errungen und auch die Seinen damit genannt. Es tat dem Geblüt sehr wohl; so lose seine Sippen zusammengehangen hatten, sie hießen nun alle Israel und kämpften vereint unter diesem geharnischten Namen, in Schlachtreihe gebracht und angeführt von Joschua, dem feldherrlichen Jüngling, und Kaleb, seinem Leutnant.

Die Amalekiter waren nicht im Zweifel gewesen über den Sinn der Annäherung des Wandervolkes; solche Annäherungen haben immer nur einen Sinn. Ohne den Angriff auf die Oase abzuwarten, waren sie in hellen Haufen daraus hervorgekommen in die Wüste, größer an Zahl als Israel, auch besser bewaffnet, und in hoch aufwirbelndem Staub, Getümmel und Feldgeschrei entspann sich der Kampf, ungleich auch deshalb, weil Joschua's Leute vom Durst geplagt waren und seit vielen Tagen nichts anderes als Man zu essen gehabt hatten. Dafür hatten sie Joschua, den gerade blickenden Jüngling, der ihre Bewegungen leitete, und hatten Mose, den Gottesmann.

Dieser hatte sich zu Beginn des Gemenges, zusammen mit Aaron, seinem Halbbruder, und mit Mirjam, der Prophetin, auf einen Hügel zurückgezogen, von dem aus man die Walstatt überblickte. Seine Männlichkeit war nicht die des Kriegers. Vielmehr war es seine priesterliche Sache – und alle stimmten ohne Bedenken mit ihm überein, daß nur dies seine Sache sein könne – mit erhobenen Armen den Gott anzurufen in befeuernden Worten, wie etwa: »Steh auf, Jahwe, der Myriaden, der

Tausende Israels, daß deine Feinde zerstieben, daß deine Hasser fliehen vor deinem Angesicht!«

Sie flohen nicht und sie zerstoben nicht, oder taten beides vorderhand doch nur örtlich und ganz vorübergehend; denn wohl war Israel wütig vor Durst und Überdruß am Manna, aber der Myriaden Amaleks waren mehr, und sie drangen nach kurzer Entmutigung immer wieder vor, zuweilen bis in gefährliche Nähe des Aussichtshügels. Es stellte sich aber unzweideutig heraus, daß immer, solange Mose die Arme betend zum Himmel erhoben hielt, Israel siegte, ließ er aber die Arme sinken, so siegte Amalek. Darum, weil er aus eigener Kraft nicht unausgesetzt die Arme hochhalten konnte, unterstützten ihn Aaron und Mirjam beiderseits in den Achselhöhlen und faßten auch seine Arme an, daß sie oben blieben. Was das aber heißen will, mag man daran ermessen, daß die Schlacht vom Morgen bis an den Abend währte, in allwelcher Zeit Mose seine schmerzhafte Stellung einhalten mußte. Da sieht man, wie schwer die geistliche Männlichkeit es hat auf ihrem Gebetshügel, – wohl wahrlich schwerer, als die, die drunten dreinhauen darf im Getümmel.

Auch war es den ganzen Tag lang nicht durchzuführen; die Beistehenden mußten zuweilen für einen Augenblick des Meisters Arme herunterlassen, was aber immer sogleich die Jahwe-Streiter viel Blut und Bedrängnis kostete. Da hißten jene die Arme wieder, und aus dem Anblick schöpften die drunten frischen Mut. Hinzu kam die Feldherrngabe Jehoschua's, um einen günstigen Ausgang der Schlacht herbeizuführen. Er war ein planender Kriegsjüngling, mit Einfällen und Absichten, der Manöver erdachte, die völlig neu waren, bis dato ganz unerhört, wenigstens in der Wüste; dazu ein Befehlshaber, der den Nerv hatte, eine zeitweilige Preisgabe von Gelände ruhig mitanzusehen. Er versammelte seine beste Kraft, eine Auswahl, die Würgengel, am rechten Flügel des Feindes, drückte entschieden auf diesen, drängte ihn ab und war siegreich an dieser Stelle, während freilich indessen die Hauptmacht Amaleks gegen Israels Reihen in großem Vorteil war und ihnen in stürmischem Vordrang viel Raum abgewann. Vermittelst des Durchbruchs je-

doch an der Flanke gelangte Jehoschua in Amaleks Rücken, sodaß dieser sich gegen ihn wenden, zugleich aber die fast schon
geschlagene, doch wieder ermutigt vorgehende Hauptmacht Israels bekämpfen mußte, sodaß Kopflosigkeit bei ihm die Oberhand gewann und er an seiner Sache verzagte. »Verrat!« rief er.
»Es ist alles verloren! Hofft nicht mehr zu siegen! Jahwe ist über
uns, ein Gott von unergründlicher Tücke!« Und unter dieser
verzweifelten Losung ließ Amalek sich das Schwert entsinken
und wurde niedergemacht.

Nur wenigen der Seinen gelang die Flucht nach Norden, wo
sie sich mit dem Hauptstamm vereinigten. Israel aber bezog die
Oase Kadesch, die sich als durchzogen von einem breiten, rau-
schenden Bach, bestanden mit Nutzsträuchern und Fruchtbäu-
men und von Bienen, Singvögeln, Wachteln und Hasen erfüllt
erwies. Die in den Dorflagern zurückgelassenen Kinder Amaleks vermehrten die Zahl seines eigenen Nachwuchses. Die Weiber Amaleks wurden Israels Weiber und Mägde.

XIII.

Mose, obgleich ihn noch lange die Arme schmerzten, war ein
glücklicher Mann. Daß er ein sehr geplagter blieb, über alle
Menschen auf Erden, wird sich erweisen. Vorderhand aber war
er sehr glücklich über den günstigen Gang der Dinge. Die Auswanderung war gelungen, Pharao's rächende Macht im Schilfmeer versunken, die Wüstenfahrt gnädig vonstattengegangen
und die Schlacht um Kadesch mit Jahwe's Hilfe gewonnen worden. Groß stand er da vor seines Vaters Geblüt, im Ansehen des
Erfolges, als »der Mann Mose, der uns aus Ägypen geführt hat«,
und das war es, was er brauchte, um sein Werk beginnen zu
können, das Werk der Reinigung und Gestaltung im Zeichen des
Unsichtbaren, des Bohrens, Wegsprengens und Formens in
Fleisch und Blut, wonach er begehrte. Glücklich war er, dies
Fleisch nun abgesondert im Freien für sich zu haben in der Oase
mit Namen »Heiligtum«. Sie war seine Werkstatt.

Er zeigte dem Volke den Berg, der unter anderen Bergen im Osten von Kadesch hinter der Wüste zu sehen war: Horeb, den man auch Sinai nennen mochte, buschig bewachsen zu zwei Dritteln hinauf und oben kahl, den Sitz Jahwe's. Daß er es war, schien glaubhaft, denn es war ein eigentümlicher Berg, ausgezeichnet vor seinen Geschwistern durch eine Wolke, die, niemals weichend, dachförmig über seinem Gipfel lag und tags grau erschien, nachts aber leuchtete. Dort, hörte das Volk, an dem buschigen Hange des Berges, unterhalb des felsigen Gipfels, hatte Jahwe zu Mose aus dem brennenden Dornstrauch geredet und ihn beauftragt, sie aus Ägypten zu führen. Sie hörten es mit Furcht und Zittern, die bei ihnen noch die Stelle von Ehrfurcht und Andacht einnahmen. Wirklich pflegten sie alle, auch die bärtigen Männer mit den Knien zu schlottern, wie wilde Memmen, wenn Mose ihnen den Berg mit der Dauerwolke zeigte und sie bedeutete, daß der Gott dort saß, der Lust zu ihnen hatte und ihr alleiniger Gott sein wollte, und Mose schalt sie, die Fäuste schüttelnd, ob dieses ordinären Gebarens und ließ es sich angelegen sein, sie mit Jahwe mutig-vertrauter zu machen, indem er ihm auch mitten unter ihnen, zu Kadesch selbst, eine Stätte errichtete.

Denn Jahwe hatte eine bewegliche Gegenwart, – das hing, wie so manches andere, mit seiner Unsichtbarkeit zusammen. Er saß auf dem Sinai, er saß auf dem Horeb, – nun schuf ihm Mose, kaum daß man sich zu Kadesch in den Dorflagern der Amalekiter ein wenig eingerichtet, ein Heim daselbst, ein Zelt in der Nähe des eigenen, das er das Begegnungs- oder Versammlungszelt, auch wohl die Stiftshütte nannte, und worin er heilige Gegenstände unterbrachte, die eine Handhabe zur Verehrung des Bildlosen boten. Vorwiegend waren es Dinge, die Mose nach der Erinnerung dem Kult des midianitischen Jahwe entnahm: eine Art von Kasten vor allem, mit Tragestangen, auf welchem nach Mose's Aussage – und er mußte es wissen – die Gottheit unsichtbar thronte, und die man würde mit ins Feld hinausnehmen und vor sich hertragen können zum Kampf, wenn etwa Amalek anrücken und Rache zu nehmen versuchen sollte. Ein

eherner Stab mit Schlangenkopf, auch die Eherne Schlange genannt, war bei der Lade verwahrt, zum Andenken an Aaron's gut
gemeintes Kunststück vor Pharao, doch mit dem Nebensinn,
daß es zugleich auch der Stab sein sollte, den Mose ausgereckt
hatte, über das Schilfmeer, daß es sich teile. Besonders noch aber
barg das Jahwe-Zelt auch das sogenannte Ephod, die Schüttel-
Tasche, aus der, als Ja oder Nein, Recht oder Unrecht, Gut oder
Böse, die Orakel-Lose ›Urim und Tummim‹ sprangen, wenn
man gezwungen war, in einer schweren Streitfrage, den Menschen unlösbar, unmittelbar Jahwe's Schiedsgericht anzurufen.

Meist nämlich richtete Mose selbst, an Jahwe's Statt, in allerlei
Streit- und Rechtsfragen, die sich unter den Leuten aufwarfen.
Es war sogar das Erste, was er zu Kadesch tat, daß er eine Ge-
richtsstelle einrichtete, wo er an bestimmten Tagen Streitfragen
schlichtete und Recht sprach: dort wo die stärkste Quelle ent-
sprang, die immer schon Me-Meriba, das ist: Prozeßwasser geheißen hatte, dort sprach er Recht und ließ es heilig erfließen wie
das Wasser der Erde entquoll. Bedenkt man aber, daß es insge-
samt zwölftausendfünfhundert Seelen waren, die seiner
alleinigen Gerechtsame unterstanden, so ermißt man, was für
ein geplagter Mann er war. Denn umso mehr Rechtsuchende
drängten sich immer zu seinem Quellensitze, als das Recht dem
verlassenen und verlorenen Geblüt etwas ganz Neues war und es
bisher kaum gewußt hatte, daß es so etwas gäbe, – da es denn
nun erfuhr, erstens, daß das Recht mit der Unsichtbarkeit Gottes
und seiner Heiligkeit ganz unmittelbar zusammenhänge und in
ihrem Schutze stehe, zweitens aber, daß es auch das Unrecht
umfasse, was das Pöbelvolk lange Zeit nicht begreifen konnte.
Denn es dachte, wo Recht erflösse, da müsse jeder recht bekommen, und wollte anfangs nicht glauben, daß einer zu seinem
Recht kommen könne, auch dadurch, daß er zu seinem Unrecht
kam und mit langer Nase abziehen mußte. Ein solcher bereute
dann wohl, daß er die Sache nicht lieber mit seinem Streitpartner
nach früherer Art vermittelst eines Steins in der Faust ausgemacht habe, wodurch sie vielleicht einen anderen Ausgang genommen hätte, und lernte nur mühsam von Mose, daß dies ge-

gen die Unsichtbarkeit Gottes gewesen wäre, und daß niemand mit langer Nase abzöge, der unrecht bekommen habe von Rechtes wegen; denn das Recht sei gleich schön und würdevoll in seiner heiligen Unsichtbarkeit, ob es einem nun recht oder unrecht gäbe.

So mußte Mose nicht allein Recht sprechen, sondern auch Recht lehren noch dazu und war sehr geplagt. Er hatte ja selbst im thebanischen Internat das Recht gelernt, die ägyptischen Gesetzrollen und den Codex Hammurapi's, des Königs am Euphrat. Das half ihm zur Urteilsklärung in vielen vorkommenden Fällen, so zum Beispiel, wenn ein Ochs einen Mann oder Weib zu Tode gestoßen hatte, so war der Ochse zu steinigen, und sein Fleisch sollte nicht gegessen werden, der Herr des Ochsen aber war unschuldig, ausgenommen der Ochs wäre bekanntermaßen schon immer stößig gewesen, und der Herr habe ihn schlecht verwahrt: dann sei auch dessen Leben verwirkt, außer, er könne es ablösen mit dreißig Silberschekeln. Oder, wenn jemand eine Grube eröffnete und deckte sie nicht ordentlich zu, so daß ein Ochs oder Esel hineinfiel, so sollte der Herr der Grube den Mann des Schadens mit Geld versöhnen, das Aas aber sollte ihm gehören. Oder was sonst noch vorkam an Körperverletzung, Sklavenmißhandlung, Diebstahl und Einbruch, Flurschädigung, Brandlegung und Mißbrauch von Anvertrautem. In allen diesen Fällen und hundert anderen fand Mose das Urteil, in Anlehnung an Hammurapi, gab recht und unrecht. Aber es waren für einen Richter der Fälle zuviele, der Quellsitz war überlaufen, untersuchte der Meister das einzelne Vorkommnis nur einigermaßen treulich, so ward er nicht fertig, mußte vieles zurückstellen, Neues kam immer hinzu, und er war geplagt über alle Menschen.

XIV.

Darum war es ein großes Glück, daß sein Schwager Jethro, von Midian, ihn zu Kadesch besuchte und ihm einen guten Rat erteilte, auf den er von selbst, seiner gewissenhaften Eigenmächtigkeit wegen, nicht gekommen wäre. Mose hatte nämlich bald nach der Ankunft in der Oase nach Midian hinabgeschickt zu seinem Schwäher, daß dieser ihm sein Weib Zipora und seine beiden Söhne zurücksende, die er ihm während der ägyptischen Tribulationen ins Zelt gegeben hatte. Jethro aber kam freundlicherweise selbst, ihm Weib und Söhne persönlich zu überhändigen, ihn zu umarmen, sich bei ihm umzusehen und von ihm zu hören, wie alles gegangen sei.

Er war ein beleibter Scheich, heiter blickend, mit ebnen, gewandten Gebärden, ein Weltmann, eines entwickelten, gesellschaftlich wohl geübten Volkes Fürst. Sehr festlich empfangen, kehrte er ein bei Mose, in dessen Hütte, und vernahm nicht ohne Erstaunen, wie einer seiner Götter, und gerade der Bildlose unter ihnen, sich an Mose und den Seinen so außerordentlich bewährt und wie er gewußt habe, sie von der Ägypter Hand zu erretten.

»Wer hätte es gedacht!« sagte er. »Er ist offenbar größer, als wir vermuteten, und was du mir erzählst, legt mir die Befürchtung nahe, daß wir seiner bisher zu lässig gepflegt haben. Ich will dafür sorgen, daß er auch bei uns zu höheren Ehren kommt.«

Auf den nächsten Tag wurden öffentliche Brandopfer anberaumt, wie Mose sie selten veranstaltete. Nicht übertrieben viel hielt er von Opfern; sie seien nicht wesentlich, sagte er, vor dem Unsichtbaren, und opfern täten die anderen auch, die Völker der Welt. Jahwe aber spreche: »Auf meine Stimme hört vor allen Dingen, das ist: auf die meines Knechtes Mose, dann werd' ich euer Gott sein und ihr mein Volk.« Diesmal aber gab es Schlacht- und Brandopfer, für Jahwe's Nase sowohl als auch zur Feier von Jethro's Ankunft. Und wieder am nächsten Tag, schon früh am Morgen, nahm Mose seinen Schwäher mit zum

Prozeßwasser, damit er einer Gerichtssitzung beiwohne und sähe, wie Mose saß, das Volk zu richten. Das stand um ihn herum von Morgen bis Abend, und war keine Rede von Fertigwerden.

»Nun bitte ich dich um alles, Herr Schwager«, sagte der Gast, als er mit Mose von der Stätte hinwegging, »was machst du Mann dir für Plage! Sitzest allein, und alles Volk steht um dich herum von Morgen bis Abend! Warum tust du denn das?«

»Ich muß doch«, antwortete Mose. »Das Volk kommt zu mir, daß ich richte zwischen einem jeglichen und seinem Nächsten und zeige ihnen Gottes Recht und seine Gesetze.«

»Aber Bester, wie kann man so ungeschickt sein!« sagte Jethro wieder. »Regiert man denn so, und muß sich ein Herrscher so schinden, daß er alles allein macht? Du müdest dich ab, daß es ein Jammer ist, und kannst kaum aus den Augen sehen, bist auch deiner Stimme verlustig vom Richten. Dazu ist das Volk nicht weniger müde. So fängt man doch das nicht an, du kannst auf die Länge nicht alle Geschäfte allein ausrichten. Es ist ja das garnicht nötig, – höre auf meine Stimme! Wenn du das Volk vor Gott vertrittst und vor ihn bringst die großen Geschäfte, die alle angehen, so ist das völlig genug. Sieh dich aber um«, sagte er mit bequemen Bewegungen, »unter deinem Gehudel nach rechtlichen Leuten, ein bißchen angesehenen, und setze sie über das Volk: über tausend, über hundert, ja über fünfzig und zehn, daß sie sie richten nach dem Recht und nach den Gesetzen, die du dem Volk gestellt. Und nur wo eine große Sache ist, die sollen sie an dich bringen, alle geringen aber erledigen sie, – du brauchst davon garnichts zu wissen. Ich hätte auch mein Bäuchlein nicht und wäre garnicht abkömmlich gewesen, dich zu besuchen, wenn ich dächte, von allem wissen zu müssen, und es treiben wollte wie du.«

»Aber die Richter werden Geschenke nehmen«, antwortete Mose schwermütig, »und die Gottlosen recht haben lassen. Denn Geschenke machen die Sehenden blind und verkehren die Sachen der Gerechten.«

»Weiß ich auch«, erwiderte Jethro. »Weiß ich ganz gut. Aber

etwas davon muß man in den Kauf nehmen, wenn nur Recht gesprochen wird überhaupt und eine Ordnung ist, werde sie auch etwas verwickelter durch Geschenke, das macht nicht soviel. Siehe, die da Geschenke nehmen, das sind gewöhnliche Leut', aber das Volk besteht auch aus gewöhnlichen Leuten, darum hat es Sinn fürs Gewöhnliche, und wird ihm das Gewöhnliche gemütlich sein in der Gemeinde. Dazu aber, ist Einem seine Sache verkehrt worden vom Richter über zehn, weil der vom Gottlosen genommen hat, so soll er den Dienstweg einschlagen und den Rechtszug verfolgen; er soll den Richter aufrufen über fünfzig und den über hundert und schließlich den über tausend, – der bekommt am allermeisten Geschenke und hat darum einen freieren Blick, bei dem wird er schon Recht finden, wenn's ihm nicht vorher zu langweilig geworden ist.«

So äußerte Jethro sich, mit ebenen Gebärden, die einem das Leben erleichterten, wenn man sie nur sah, und zeigte, daß er eines entwickelten Wüstenvolkes Priesterkönig war. Schwermütig hörte Moses ihm zu und nickte. Er hatte die bestimmbare Seele des einsamen, geistlichen Mannes, der nachdenklich nickt zu der Klugheit der Welt und einsieht, daß sie wohl recht haben mag. Auch befolgte er wirklich den Rat des gewandten Schwähers – es war ganz unumgänglich. Er setzte Laienrichter ein, die an der großen Quelle und an den kleineren Recht erfließen ließen nach seinen Belehrungen und die alltäglichen Fälle beurteilten (wenn etwa ein Esel in eine Grube gefallen war); und nur die Kapitalfälle kamen an ihn, den Priester Gottes, über die ganz großen aber entschieden die heiligen Lose.

So war er nicht länger über Gebühr in die Geschäfte verstrickt, sondern bekam die Arme frei für das weitere Bildungswerk, das er an dem ungestalten Volksleib zu tun gedachte, und für das ihm Joschua, der strategische Jüngling, die Werkstatt erstritten, nämlich die Oase Kadesch. Zweifellos war das Recht ein wichtiges Beispiel für die Implikationen der Unsichtbarkeit Gottes, aber doch nur ein Beispiel, und eine gewaltige, lange, in Zorn und Geduld zu bewältigende Arbeit würde es sein, aus den ungebärdigen Horden nicht nur ein Volk zu bilden wie andere mehr, dem das Gewöhnliche gemütlich war, sondern ein außergewöhnliches und abgesondertes, eine reine Gestalt, aufgerichtet dem Unsichtbaren und ihm geheiligt.

XV.

Das Geblüt merkte bald, was es heißen wollte, einem zornig-geduldigen, dem Unsichtbaren verantwortlichen Werkmann gleich Mosen in die Hände gefallen zu sein, und merkte, daß jene unnatürliche Weisung, es sei jedes Freudengeschrei zu unterlassen, über des Feindes Ersaufen, nur ein Anfang gewesen war – und zwar ein vorwegnehmender Anfang, der schon weit im Gebiet der Reinheit und Heiligkeit lag und viele Voraussetzungen hatte, die zu erfüllen waren, ehe man dahin gelangte, eine solche Forderung nicht als völlig unnatürlich zu empfinden. Wie es aussah in dem Gehudel, und wie sehr es ein bloßer Rohstoff war aus Fleisch und Blut, dem die Grundbegriffe der Reinheit und Heiligkeit abgingen; wie sehr Mose von vorn anfangen und ihnen das Früheste beibringen mußte, das merkt man den notdürftigen Vorschriften an, mit denen er daran herumzuwerken, zu meißeln und zu sprengen begann – nicht zu ihrem Behagen; der Klotz ist nicht auf des Meisters Seite, sondern gegen ihn, und gleich das Früheste, was zu seiner Formung geschieht, kommt ihm am allerunnatürlichsten vor.

Immer war Mose unter ihnen, bald hier, bald da, bald in diesem und bald in jenem Dorflager, gedrungen, mit seinen weit stehenden Augen und seiner plattgetriebenen Nase, schüttelte die Fäuste an breiten Handgelenken und rüttelte, mäkelte, krittelte und regelte an ihrem Dasein, rügte, richtete und säuberte daran herum, indem er die Unsichtbarkeit Gottes dabei zum Prüfstein nahm, Jahwe's, der sie aus Ägypten geführt hatte, um sie sich zum Volk zu nehmen, und der heilige Leute an ihnen haben wollte, heilig, wie Er es war. Vorläufig waren sie nichts als Pöbelvolk, was sie schon dadurch bekundeten, daß sie ihre Leiber ins Lager entleerten, wo es sich treffen wollte. Das war eine Schande und eine Pest. Du sollst außen vor dem Lager einen Ort haben, wohin du zur Not hinauswandelst, hast du mich verstanden? Und sollst ein Schäuflein haben, womit du gräbst, ehe du dich setzest; und wenn du gesessen hast, sollst du's zuscharren, denn der Herr, dein Gott, wandelt in deinem Lager, das darum ein heilig Lager sein soll, nämlich ein sauberes, damit Er sich nicht die Nase zuhalte und sich von dir wende. Denn die Heiligkeit fängt mit der Sauberkeit an, und ist diese Reinheit im Groben, aller Reinheit gröblicher Anbeginn. Hast du das aufgefaßt, Ahiman, und du Weib Naemi? Das nächste Mal will ich bei jedem ein Schäuflein sehen, oder der Würgengel soll über euch kommen!

Du sollst sauber sein und dich viel mit lebendigem Wasser baden um der Gesundheit willen; denn ohne die ist keine Reinheit und Heiligkeit, und Krankheit ist unrein. Denkst du aber, Pöbelei ist gesünder denn saubere Sitte, so bist du ein Blödian und sollst geschlagen sein mit Gelbsucht, Feigwarzen und Drüsen Ägyptens. Übst du nicht Sauberkeit, so werden böse schwarze Blattern auffahren und Keime der Pestilenz gehen von Blut zu Blut. Lerne unterscheiden zwischen Reinheit und Unreinheit, sonst bestehst du nicht vor dem Unsichtbaren und bist nur Pöbel. Darum, wenn ein Mann oder Weib einen fressenden Aussatz hat und einen bösen Fluß am Leibe, Grind oder Krätze, die sollen unrein sein und nicht im Lager gelitten werden, sondern hinausgetan sein draußen davor, abgesondert in Unreinheit, wie der Herr euch abgesondert hat, daß ihr rein wäret. Und was ein solcher angerührt hat, und worauf er gelegen, und der Sattel worauf er geritten, das soll verbrannt werden. Ist er aber rein worden in der Absonderung, so soll er sieben Tage zählen, ob er auch wirklich rein ist, und sich gründlich mit Wasser baden, dann mag er wiederkommen.

Unterscheide! sage ich dir und sei heilig vor Gott, sonst kannst du nicht heilig sein, wie ich dich haben will. Du ißt ja alles durcheinander, ohne Wahl und Heiligkeit, wie ich sehen muß, das ist mir ein Greuel. Du sollst aber das eine essen und das andere nicht, und sollst deinen Stolz haben und deinen Ekel. Was da die Klauen spaltet und wiederkäut unter den Tieren, das magst du essen. Was aber wiederkäut und hat Klauen, spaltet sie aber nicht, wie das Kamel, das sei euch unrein, und sollt's nicht essen. Wohl gemerkt, das gute Kamel ist nicht unrein als Gottes lebendig Geschöpf, aber als Speise schickt es sich nicht, so wenig als wie das Schwein, das sollt ihr auch nicht essen, denn es spaltet die Klauen wohl, wiederkäut aber nicht. Darum unterscheidet! Alles, was Flossen und Schuppen hat in den Wassern, das mögt ihr essen, aber was ohne solche darin herumschlüpft, das Molchgezücht, das ist zwar auch von Gott, aber als Speise soll es euch eine Scheu sein. Unter den Vögeln sollt ihr verschmähen den Adler, den Habicht, den Fischaar, den Geier und ihresgleichen. Dazu alle Raben, den Strauß, die Nachteule, den Kuckuck, das Käuzlein, den Schwan, den Uhu, die Fledermaus, die Rohrdommel, den Storch, den Reiher und Häher sowie die Schwalbe. Ich habe den Wiedehopf vergessen, den sollt ihr auch vermeiden. Wer wird das Wiesel essen, die Maus, die Kröte oder den Igel? Wer ist so pöbelhaft, die Eidechse, den Maulwurf und die Blindschleiche zu verzehren oder sonst irgend etwas, was da auf Erden schleicht und auf seinem Bauche kreucht? Ihr tut es aber und macht eure Seele zum Scheusal! Wen ich noch einmal eine Blindschleiche essen sehe, mit dem will ich abfahren, daß er's nicht wieder tut. Denn er stirbt zwar nicht dran, und es ist nicht schädlich, ist aber schimpflich, und euch soll vieles schimpflich sein. Darum sollt ihr kein Aas essen, das ist auch noch schädlich.

So machte er ihnen Speisevorschriften und schränkte sie ein in Dingen der Nahrung, aber nicht nur in diesen. Ebenso tat er es in Dingen der Lust und Liebe, denn auch darin ging es bei ihnen drunter und drüber nach rechter Pöbelart. Du sollst die Ehe nicht brechen, sagte er ihnen, denn sie ist eine heilige Schranke. Weißt du aber auch, was das sagen will, die Ehe nicht brechen? Hundert Einschränkungen bedeutet es mit Rücksicht auf Gottes Heiligkeit und nicht nur, daß du deines Nächsten Weib nicht begehren sollst, das ist das Wenigste. Denn du lebst im Fleisch, bist aber dem Unsichtbaren verschworen, und die Ehe ist der

Inbegriff aller Reinheit im Fleisch vor Gottes Angesicht. Darum sollst du nicht ein Weib nehmen und die Mutter dazu, um nur ein Beispiel zu nennen. Das schickt sich nicht. Und sollst nie und nimmer bei deiner Schwester liegen, daß du ihre Scham siehst und sie deine, denn es ist eine Blutschande. Nicht einmal bei deiner Tante sollst du liegen, das ist weder ihrer würdig noch deiner, und sollst davor zurückschrecken. Wenn ein Weib ihre Krankheit hat, sollst du sie scheuen und nicht herantreten an den Brunnen ihres Blutes. Wenn aber einem Mann was Schamhaftes zustößt im Schlaf, der soll unrein sein bis zum nächsten Abend und sich fleißig mit Wasser baden.

Ich höre, du hältst deine Tochter zur Hurerei an und nimmst Hurengeld von ihr? Tu das nicht mehr, denn beharrst du darauf, will ich dich steinigen lassen. Was fällt dir ein, beim Knaben zu schlafen wie beim Weibe? Das ist ein Unding und Völkergreuel, und sollen beide des Todes sterben. Treibt aber einer es mit dem Vieh, sei es Mann oder Weib, die sollen nun vollends ausgerottet sein und erwürgt werden mitsamt dem Vieh.

Man stelle sich ihre Bestürzung vor über all die Einschränkungen! Sie hatten zunächst das Gefühl, daß überhaupt vom lieben Leben beinahe nichts übrig bleibe, wenn man all dies befolgte. Er sprengte mit dem Meißel an ihnen herum, daß die Stücke flogen, und das war sehr wörtlich zu nehmen, denn mit den Ahndungen, die er auf die schlimmsten Überschreitungen der Schranken setzte, war es kein Spaß, und hinter seinen Verboten standen der junge Joschua und seine Würgengel.

»Ich bin der Herr, euer Gott«, sagte er, auf die Gefahr hin, daß sie ihn wirklich selbst dafür hielten, »der euch aus Ägyptenland geführt und abgesondert hat von den Völkern. Darum sollt ihr auch absondern das Reine vom Unreinen und nicht den Völkern nachhuren, sondern mir heilig sein. Denn ich, der Herr, bin heilig und habe euch abgesondert, daß ihr mein wäret. Das Aller-Unreinste ist, sich um irgend einen Gott zu kümmern, außer um mich, denn ich heiße ein Eiferer. Das Aller-Unreinste ist, sich ein Bild zu machen, sehe es nun aus wie ein Mann oder Weib, ein Ochs oder Sperber, ein Fisch oder Wurm, denn damit ist man schon abtrünnig von mir, auch wenn das Bild mich vorstellen soll, und könnte ebenso gut mit seiner Schwester schlafen oder mit einem Vieh, das liegt ganz nahe dabei und ergibt sich gar bald daraus. Hütet euch! Ich bin unter euch und sehe alles. Hurt einer den Tier- und Totengöttern Ägyptens nach, dem will ich's eintränken. Ich will ihn in die Wüste jagen und ihn absondern wie einen Auswurf. Insgleichen wer da dem Moloch opfert, an den ihr, wie ich wohl weiß, auch noch eine Erinnerung habt, daß er ihm seine Kraft verbrennt, der ist ein Übel, und übel will ich mit ihm verfahren. Darum sollst du deinen Sohn oder deine Tochter nicht durchs Feuer gehen lassen nach blöder Völkerart, noch achten auf Vogelflug und -schrei, noch munkeln mit Wahrsagern, Tagewählern und Zeichendeutern, noch die Toten befragen, und nicht Zauber treiben mit meinem Namen. Ist einer ein Schurke und führt dabei meinen Namen im Munde zur Zeugenschaft, der führt ihn am allerunnützlichsten, ich will ihn fressen. Aber Zauber und Völkergreuel ist es bereits, sich Male zu stechen, sich kahl zu scheren über den Augen und sich das Gesicht zu zerschneiden aus Trauer um einen Toten, – ich will's nicht dulden. «

Wie groß war ihre Bestürzung! Nicht einmal Trauerschnitte sollten sie sich machen und sich nicht ein bißchen tätowieren. Sie merkten, was es auf sich hatte mit der Unsichtbarkeit Gottes. Es bedeutete große Einschränkung, mit Jahwe im Bunde zu sein; da aber hinter Mose's Verboten der Würgengel stand und sie nicht gern in die Wüste gejagt werden wollten, so kam ihnen das, was er verbot, bald fürchterlich vor, – anfangs nur im Zusammenhang mit der Strafe; diese aber verfehlte nicht, die Sache selbst zu einem Übel zu stempeln, bei dessen Begehung einem übel zu Mute war, der Strafe nicht einmal mehr zu gedenken.

Halte dein Herz im Zaum, sagte er ihnen, und wirf nicht dein Auge auf eines anderen Habe, daß du sie haben möchtest, denn leicht bringt dich das dazu, sie ihm zu nehmen, sei es durch heimliche Entwendung, was eine Feigheit ist, oder indem du ihn totschlägst, was eine Rohheit ist. Jahwe und ich wollen euch weder feig noch roh, sondern die Mitte davon sollt ihr sein, nämlich anständig. Habt ihr soviel begriffen? Stehlen ist schleichendes

Elend, aber zu morden, sei es aus Wut oder Gier, oder gieriger Wut, oder wütender Gier, das ist eine lodernde Untat, und wer sie begeht, gegen den will ich mein Antlitz setzen, daß er nicht weiß, wo er sich bergen soll. Denn er hat Blut vergossen, da doch das Blut eine heilige Scheu und ein großes Geheimnis ist, mir eine Altargabe und eine Versöhnung. Blut sollt ihr nicht essen und kein Fleisch, wenn es im Blute ist, denn es ist mein. Wer nun aber gar beschmiert ist mit eines Menschen Blut, dessen Herz soll an kaltem Entsetzen kranken, und ich will ihn jagen, daß er vor sich selber davonläuft bis ans Ende der Welt. Sagt Amen dazu!

Und sie sagten Amen, in der Hoffnung noch, daß mit dem Mord eben nur Tötung gemeint sei, zu dem nicht gar viele Lust hatten, oder doch nur gelegentlich. Aber es stellte sich heraus, daß Jahwe dem Wort einen so weiten Sinn gab wie dem Ehebruch, und alles Mögliche darunter verstand, sodaß Mord und Totschlag sehr früh begannen: bei jeder Verletzung des anderen durch Falschheit und Übervorteilung, wozu doch fast alle Lust hatten, floß schon sein Blut. Sie sollten nicht fälschlich handeln untereinander, nicht gegen jemanden aussagen als Lügenzeuge, rechtes Maß brauchen, rechte Pfunde und rechten Scheffel. Es war höchst unnatürlich, und vorderhand war es nur die natürliche Furcht vor Strafe, die einen Schein von Natürlichkeit warf auf Gebot und Verbot.

Daß man seinen Vater und seine Mutter ehren solle, wie Mose verlangte, hatte ebenfalls einen weiteren Sinn, als man im ersten Augenblick gleich vermutete. Wer die Hand erhob gegen seine Erzeuger und ihnen fluchte, – nun ja, mit dem wollte er abfahren. Aber die Ehrerbietung sollte sich auf die erstrecken, die deine Erzeuger auch nur hätten sein können. Vor einem grauen Haupte sollst du aufstehen, die Arme kreuzen und dein dummes Haupt neigen, verstehst du mich? So will es der Gottesanstand. – Der einzige Trost war, daß, da der Nächste einen nicht erschlagen durfte, man Aussichten hatte, ebenfalls alt und grau zu werden, sodaß dann die anderen vor einem aufstehen mußten.

Zuletzt aber zeigte sich, daß Alter ein Gleichnis war für das

Alte im Allgemeinen, für alles, was nicht von heute und gestern war, sondern von weither kam, das fromm Überlieferte, den Väterbrauch. Dem sollte man Ehre erweisen und Gottesfurcht. So sollst du meine Feiertage heiligen, den Tag, da ich dich aus Ägypten führte, den Tag der ungesäuerten Brote, und immer den Tag, da ich von der Schöpfung ruhte. Meinen Tag, den Sabbat, sollst du nicht mit Arbeitsschweiß verunreinigen, ich verbiete es dir! Denn ich habe dich aus dem ägyptischen Diensthause geführt, mit mächtiger Hand und mit ausgestrecktem Arm, wo du ein Knecht warst und ein Arbeitstier, und mein Tag soll der Tag deiner Freiheit sein, die sollst du feiern. Sechs Tage lang sollst du ein Ackerer sein oder ein Pflugmacher oder ein Topfdreher oder ein Kupferschmied oder ein Schreiner, aber an meinem Tag sollst du ein rein Gewand anlegen und garnichts sein, außer ein Mensch, und deine Augen aufschlagen zum Unsichtbaren.

Du warst ein geschundener Knecht in Ägyptenland – gedenke dessen bei deinem Gehaben gegen die, die fremd sind unter dir, die Kinder Amaleks zum Beispiel, die dir Gott in die Hände gab, und schinde sie nicht! Sieh sie an wie dich selbst und gib ihnen gleiches Recht, oder ich will dreinfahren, denn sie stehen in Jahwe's Schutz. Mache überhaupt nicht einen so dummdreisten Unterschied zwischen dir und den anderen, daß du denkst, du allein bist wirklich und auf dich kommt's an, der andere aber ist nur ein Schein. Ihr habt das Leben gemeinsam, und es ist nur ein Zufall, daß du nicht er bist. Darum liebe nicht dich allein, sondern liebe ihn gleicherweise und tue mit ihm, wie du wünschen würdest, daß er mit dir täte, wenn er du wäre! Seid lieblich miteinander und küßt die Fingerspitzen, wenn ihr einander vorübergeht, und neigt euch mit Lebensart und sprecht den Gruß: »Sei heil und gesund!« Denn es ist ebenso wichtig, daß jener gesund ist, wie daß du es bist. Und ist's auch nur äußere Lebensart, daß ihr so tut und küßt die Fingerspitzen, so gibt euch die Gebärde doch etwas ins Herz von dem, was darin sein soll gegen euren Nächsten. – So sagt Amen zu alledem!

Und sie sagten Amen.

XVI.

Mit dem Amen aber war wenig getan, – sie sagten es nur, weil er der Mann war, der sie mit Glück aus Ägypten geführt, Pharao's Wagen versenkt und die Schlacht um Kadesch gewonnen hatte, und bis ihnen leidlich, oder auch scheinbar nur, in Fleisch und Blut übergegangen war, was er sie lehrte und ihnen auferlegte, die Schranken, Gebot und Verbot, das dauerte lange, und ein gewaltiges Stück Arbeit war es, dessen er sich da unterwunden: aus dem Gehudel dem Herrn ein heiliges Volk aufzurichten, eine reine Gestalt, die da bestände vorm Unsichtbaren. Im Schweiß seines Angesichtes werkte er daran zu Kadesch, seiner Werkstatt, indem er seine weitstehenden Augen überall hatte, – metzte, sprengte, formte und ebnete an dem unwilligen Klotz mit zäher Geduld, mit wiederholter Nachsicht und öfterem Verzeihen, mit loderndem Zorn und strafender Unerbittlichkeit, und wollte doch oft verzagen, wenn sich das Fleisch, in dem er arbeitete, so widerspenstig und vergeßlich-rückfällig erwies, wenn wieder die Leute mit dem Schäuflein zu graben versäumten, Blindschleichen aßen, mit ihrer Schwester schliefen oder auch mit dem Vieh, sich Male stachen, mit Wahrsagern hockten, auf Diebstahl schlichen und einander totschlugen. »O Pöbelvolk!« sagte er dann zu ihnen. »Ihr werdet sehen, der Herr wird einmal plötzlich über euch kommen und euch vertilgen.« Zum Herrn selbst aber sagte er: »Was soll ich machen mit diesem Fleisch, und warum hast du deine Gnade von mir genommen, daß du mir aufhalst, was ich nicht tragen kann? Lieber will ich einen Stall ausmisten, der sieben Jahre nicht Wasser und Spaten gesehen, und ein Dschungel lichten mit bloßen Händen zum Fruchtfeld, als daß ich dir hieraus eine reine Gestalt errichte. Wie komme auch ich dazu, das Volk in den Armen zu tragen, als ob ich's geboren hätte? Ich bin ihm nur halb verwandt, von Vaters Seite. Darum, so bitte ich dich, laß mich meines Lebens froh werden und schenk mir die Aufgabe, sonst aber erwürge mich lieber!«

Aber Gott antwortete ihm aus seinem Inneren mit so deutlicher Stimme, daß er's mit Ohren hörte und aufs Angesicht fiel:

»Gerade weil du ihnen nur halb verwandt bist, vonseiten des Verscharrten, bist du der Mann, sie mir zu bearbeiten und sie mir aufzurichten zum heiligen Volk. Denn stecktest du mitten darin und wärst recht einer von ihnen, so sähst du sie nicht und könntest nicht Hand an sie legen. Außerdem ist das alles nur Ziererei, daß du wehklagst vor mir und willst dich losbitten vom Werke. Denn du siehst wohl, daß es schon anschlägt bei ihnen, und hast ihnen schon ein Gewissen gemacht, daß ihnen übel zu Mute ist, wenn sie Übles tun. Darum stelle dich nicht vor mir, als hättest du nicht die größte Lust zu deiner Plage! Es ist meine Lust, die du hast, Gotteslust ist es, und ohne sie würde dir das Leben zum Ekel, wie Manna dem Volk, schon nach wenigen Tagen. Nur wenn ich dich erwürgte, freilich, dann könntest du ihrer entraten.«

Das sah der Geplagte ein, nickte mit dem Kopf zu Jahwe's Worten, während er auf dem Angesicht lag, und stand wieder auf zu seiner Plage. Er war aber ein geplagter Mann nicht nur als Bildner des Volks, sondern Plage und Kummer reichten in sein Familienleben hinein: Da gab es Ärger, Scheelsucht und Zank um seinetwillen, und war kein Friede in seiner Hütte, – durch seine Schuld, wenn man wollte; denn seine Sinne waren Ursach des Ungemachs, – die waren erregt vom Werk und hingen an einer Mohrin, an der bekannten Mohrin.

Man weiß, daß er damals mit einer Mohrin lebte, außer mit seinem ersten Weibe Zipora, der Mutter seiner Söhne, – mit einer Person vom Lande Kusch, die schon als Kind nach Ägypten gelangt war, unter dem Geblüte in Gosen gelebt und sich dem Auszuge angeschlossen hatte. Zweifellos hatte sie schon manchen Mann erkannt, und dennoch nahm Mose sie an sich als Bettgenossin. In ihrer Art war sie ein prachtvolles Stück, mit Bergesbrüsten, rollendem Augenweiß, Wulstlippen, in die sich im Kuß zu versenken ein Abenteuer sein mochte, und einer Haut voller Würze. Mose hing gewaltig an ihr um seiner Entspannung willen und konnte nicht von ihr lassen, obgleich er dabei die Gegnerschaft seines ganzen Hauses zu tragen hatte: nicht nur seines midianitischen Weibes und ihrer Söhne, sondern besonders auch die seiner Halbgeschwister Mirjam und Aaron. Zipora nämlich, die viel von dem ebenen Weltsinn ihres Bruders Jethro hatte, fand sich noch leidlich mit der Rivalin ab, besonders da diese ihren weiblichen Triumph über sie verbarg und sich sehr unterwürfig gegen sie hielt; sie behandelte die Mohrin mehr mit Spott als mit Haß und begegnete auch dem Mose eher ironisch in dieser Sache, als daß sie ihrer Eifersucht hätte die Zügel schießen lassen. Die Söhne aber, Gersom und Eliezer, die zu Joschua's reisiger Schar gehörten, besaßen des Sinnes für Zucht zuviel, daß sie sich empörerisch gegen den Vater hätten stellen mögen; man merkte ihnen nur an, daß sie sich ärgerten und schämten um seinetwillen.

Ganz anders lagen die Dinge bei Mirjam, der Prophetin, und Aaron, dem Salbungsvollen. Ihr Haß auf die Bett-Mohrin war giftiger als der der anderen, weil er mehr oder minder ein Auslaß war für eine tiefere und allgemeinere Mißgunst, die sie gegen Mose verband: Seit längerem schon hatten sie begonnen, ihm sein nahes Verhältnis zu Gott, sein geistliches Meistertum, seine persönliche Erwähltheit zum Werk zu neiden, die sie großen Teils für Einbildung hielten; denn sie erachteten sich für ebenso gut, ja besser als ihn, und sagten untereinander: »Redet denn der Herr allein durch Mose? Redet er nicht auch durch uns? Wer ist dieser Mann Mose, daß er sich so über uns erhoben hat?« – Dies lag dem Anstoß zugrunde, den sie an seinem Verhältnis zur Mohrin nahmen, und immer, wenn sie dem Bruder, zu seinem Leide, keifend mit Vorwürfen zusetzten von wegen der Leidenschaft seiner Nächte, bildeten diese nur den Ausgangspunkt für weitere Anklagen: bald kamen sie ab davon auf das Unrecht, das ihnen geschehe durch seine Größe.

So waren sie einst, als der Tag sich neigte, bei ihm in der Hütte und quälten ihn, wie ich sagte, daß sie ihn zu quälen pflegten: die Mohrin hier und die Mohrin da, und daß er an ihren schwarzen Brüsten hinge, und welch ein Skandal es sei, welche Schmach für Zipora, sein erstes Weib, und welche Bloßstellung für ihn selbst, der doch beanspruche, ein Gottesfürst zu sein und Jahwe's alleiniges Mundstück auf Erden...

»Beanspruche?« sagte er. »Was Gott mir auferlegt hat zu sein, das bin ich. Wie häßlich aber von euch, wie gar sehr häßlich, daß ihr mir meine Lust mißgönnt und die Entspannung an meiner Mohrin Brüsten! Denn es ist keine Sünde vor Gott, und ist kein Verbot unter allen Verboten, die er mir eingab, daß man bei einer Mohrin nicht liegen solle. Nicht, daß ich wüßte.«

Ei, ja, sagten sie, er suche sich die Verbote aus nach eigenem Geschmack und werde wohl nächstens noch aufstellen, daß es geradezu geboten sei, bei Mohrinnen zu liegen, denn er halte sich ja für Jahwe's alleiniges Mundstück. Dabei seien sie, Mirjam und Aaron, Amrams, des Levi-Enkels, echte Kinder, er aber sei doch am Ende nur ein Findling aus dem Schilf und solle ein wenig Demut lernen, denn daß er so auf der Mohrin bestände, ungeachtet des Ärgernisses, daraus spreche auch nur sein Stolz und Dünkel.

»Wer kann für seine Berufenheit?« sagte er. »Und wer kann dafür, daß er auf den brennenden Dornbusch stößt? Mirjam, ich habe immer deine prophetischen Gaben geschätzt und nie geleugnet, daß du es wohl kannst auf der Pauke –«

»Warum hast du mir dann meine Hymne ›Roß und Mann‹ verboten?« fragte sie, »und mir untersagt, den Weibern vorzupauken im Reigen, weil angeblich Gott es seinen Scharen verwiesen habe, über den Untergang der Ägypter zu jubeln? Das war abscheulich von dir!«

»Und dich, Aaron«, fuhr der Bedrängte fort, »habe ich als Hohen Priester beim Stiftzelte angestellt und dir die Lade, das Ephod und die Eherne Schlange untergeben, daß du ihrer wartest. So schätze ich dich.«

»Das war das Wenigste, was du tun konntest«, versetzte Aaron, »denn ohne meine Beredsamkeit hättest du nie das Volk für Jahwe gewonnen, bei der Blödigkeit deines Mundes, noch sie zum Auszug bewogen. Du aber nennst dich den Mann, der uns aus Ägypten geführt hat. Wenn du uns aber schätzest und dich nicht dünkelhaft über die echten Geschwister erhebst, warum hörst du dann nicht auf unsere Worte und verstockst dich gegen die Mahnung, daß du den ganzen Stamm in Gefahr bringst mit deiner Schwarzbuhlerei? Denn dieselbe ist ein gallenbitterer Trank für Zipora, dein midianitisch Weib, und ganz Midian stößest du damit vor den Kopf, also daß Jethro, dein Schwäher, uns noch mit Krieg überziehen wird, alles um deiner schwarzen Grille willen.«

»Jethro«, sagte Mose mit großer Selbstbeherrschung, »ist ein ebener, weltläufiger Herr, der wohl verstehen wird, daß Zipora – geachtet sei ihr Name! – einem hoch geplagten und schwer beauftragten Manne, wie mir, nicht mehr die nötige Entspannung zu bieten hat. Die Haut meiner Mohrin aber ist wie Zimmet und Nelkenöl in meiner Nase, an ihr hängt mein ganzer Sinn, und darum bitte ich euch, liebe Freunde, gönnt sie mir doch!«

Aber das wollten sie nicht. Sie heischten keifend, daß er sich nicht nur von der Mohrin trennen und sie seines Bettes verweisen solle, sondern daß er sie auch ohne Wasser hinaus in die Wüste stieße.

Da schwoll die Zornesader hochauf, und heftig begann er mit den Fäusten zu beben an seinen Schenkeln. Bevor er jedoch den Mund öffnen konnte zu einer Erwiderung, geschah ein ganz anderes Beben, – Jahwe schritt ein, er setzte sein Angesicht gegen die hartherzigen Geschwister und nahm sich seines Knechtes Mose an, daß sie's nimmer vergaßen. Etwas Entsetzliches und nie Dagewesenes geschah.

XVII.

Die Grundfesten bebten. Die Erde stieß, schütterte und schlingerte unter ihren Füßen, daß sie sich auf ihnen nicht halten konnten, sondern alle drei hin und her taumelten in der Hütte, deren Tragepfeiler wie von Riesenfäusten geschüttelt wurden. Es wankte aber die Feste nicht nur nach einer Seite, sondern auf ganz verzwickte und schwindlichte Weise nach allen zugleich, so daß es ein Grauen war, und in einem damit geschah ein unterirdisches Brüllen und Poltern und von oben und außen ein Schall wie von einer sehr starken Posaune, dazu noch anderes Dröhnen, Donnern und Prasseln. Es ist sehr seltsam und eigentümlich beschämend, wenn man eben im Begriffe war, in Zorn auszubrechen, der Herr aber nimmt's einem vom Munde und bricht selber aus – viel mächtiger, als man hätte ausbrechen können, und schüttelt die Welt, da man nur seine Fäuste hätte schütteln können.

Mose war noch am wenigsten schreckensbleich, denn jederzeit war er auf Gott gefaßt. Aber mit Aaron und Mirjam, den Schreckensbleichen, stürzte er aus dem Hause: da sahen sie, daß die Erde ihr Maul aufgetan hatte und ein großer Riß klaffte dicht vor der Hütte, der war sichtlich für Mirjam und Aaron bestimmt gewesen und hatte sie nur um ein paar Ellen verfehlt, sonst hätte sie beide die Erde verschlungen. Und sahen: der Berg im Morgen hinter der Wüste, Horeb oder Sinai, – ja, was begab sich mit Horeb, und was ging vor mit dem Berge Sinai! Ganz und gar stand der in Rauch und Flammen, schleuderte glühende Brocken zum Himmel mit fernem Knallgetöse, und Feuerbäche liefen an seinen Seiten hinunter. Sein Qualm, darin es blitzte, verdunkelte die Sterne über der Wüste, und ein langsamer Aschenregen fing an, auf die Oase Kadesch niederzugehen.

Aaron und Mirjam fielen auf ihre Stirnen, denn der ihnen zugedachte Riß hatte sie sehr entsetzt, und die Offenbarung Jahwe's am Berge belehrte sie, daß sie zu weit gegangen waren und törlich gesprochen hatten. Aaron rief:

»Ach, mein Herr, dieses Weib, meine Schwester, hat häßlich gefaselt, nimm doch meine Fürbitte an und laß die Sünde nicht auf ihr bleiben, womit sie sich versündigt hat an dem Gesalbten des Herrn!«

Und Mirjam schrie auch zu Mose und sprach:

»Herr, man konnte nicht törlicher reden als mein Bruder Aaron getan. Vergib ihm doch, und laß die Sünde nicht auf ihm bleiben, damit nicht Gott ihn verschlinge, weil er dich so lose mit deiner Mohrin geneckt!«

Mose war nicht ganz sicher, ob wirklich Jahwe's Kundgebung den Geschwistern galt und ihrer Lieblosigkeit, oder ob es sich nur so traf, daß er eben jetzt an ihn seinen Ruf ergehen ließ, damit er wegen des Volks und des Bildungswerks mit ihm rede, – denn solches Rufs war er stündlich gewärtig. Er ließ sie aber bei ihrer Annahme und antwortete:

»Ihr seht es. Fasset aber Mut, Kinder Amrams, ich will ein gutes Wort für euch einlegen droben bei Gott auf dem Berge, wohin er mich ruft. Denn nun sollt ihr sehen, und alles Volk soll sehen, ob euer Bruder entnervt ist von schwarzer Buhlschaft, oder ob Gottesmut in seinem Herzen wohnt, wie in keinem sonst. Auf den feurigen Berg will ich gehen, ganz allein, empor zu Gott, daß ich seine Gedanken vernehme und furchtlos mit dem Fürchterlichen verkehre auf du und du, fern von den Menschen, aber in ihrer Sache. Denn längst schon weiß ich, daß Er alles, was ich sie gelehrt zu ihrer Heiligung vor ihm, dem Heiligen, ins Bündige bringen will und ins Ewig-Kurzgefaßte, damit ich's herniedertrage zu euch von Seinem Berge und das Volk es besitze im Stiftszelt, mit der Lade zusammen, dem Ephod und der Ehernen Schlange. Lebt wohl! Ich kann auch verderben in Gottes Aufruhr und in den Feuern des Berges, – das mag wohl sein, ich muß damit rechnen. Kehre ich aber wieder, so bringe ich euch aus Seinen Donnern das Ewig-Kurzgefaßte herab, Gottes Gesetz.«

Wirklich war dies sein fester Vorsatz, auf Leben und Tod hatte er's beschlossen. Denn um das Gehudel, das halsstarrige, immer rückfällige, in Gottesgesittung zu bannen und sie die Gebote fürchten zu lassen, war garnichts wirksamer, als daß er sich bar und allein in Jahwe's Schrecken emporgetraute, auf den speienden Berg und ihnen von da das Diktat herniedertrüge, – dann, dachte er, würden sie's halten. Darum, als sie von allen Seiten zu seiner Hütte gelaufen kamen, mit den Knien schlotternd ob dieser Zeichen und um des zerreißenden Wankens der Erde willen, das sich noch einmal und zweimal abgeschwächt wiederholte, verwies er ihnen das ordinäre Schlottern und sprach ihnen anständige Fassung zu: Gott rufe ihn, sagte er, um ihretwillen, und er wolle zu Jahwe steigen, oben auf den Berg, und ihnen, will's Gott, etwas mitbringen. Sie aber sollten nach Hause gehen und sich sämtlich auf einen Auszug vorbereiten: heiligen sollten sie sich und ihre Kleider waschen und sich ihrer Weiber enthalten, denn morgen sollten sie ausziehen aus Kadesch in die Wüste, näher zum Berge, und sollten ihm gegenüber ein Lager aufschlagen und da auf ihn warten, bis er vom furchtbaren Stelldichein zu ihnen zurückkäme und ihnen vielleicht etwas mitbrächte.

So geschah es, oder doch ähnlich. Denn Mose hatte, nach seiner Art, nur daran gedacht, daß sie ihre Kleider wüschen und sich den Weibern nicht nahten; Joschua bin Nun aber, der strategische Jüngling, gedachte dessen, was sonst noch nötig war für solchen Volksausflug, und sorgte mit seiner Schar für alles Erforderliche, was mitzunehmen war an Wasser und Zehrung für Tausende in der Wüste; ja auch für einen Verbindungsdienst sorgte er zwischen Kadesch und dem Lager draußen gegen den Berg. Kaleb, seinen Leutnant, ließ er mit einer Polizei-Abteilung zu Kadesch bei denen zurück, die nicht mitziehen konnten oder wollten. Die anderen aber, als der dritte Tag gekommen und alle Zurüstung getroffen war, zogen aus mit Karren und Schlachttieren dem Berge entgegen, eine Tagereise und noch eine halbe weit: da machte Joschua ihnen ein Gehege, noch in gemessener Entfernung von Jahwe's qualmendem Sitz, und verbot ihnen streng in Mose's Namen, daß keiner sich solle beikommen lassen, auf den Berg zu steigen, noch auch nur dessen Fuß zu berühren: dem Meister allein sei es vorbehalten, so nahe zu Gott zu gehen; auch sei es lebensgefährlich, und wer den Berg anrühre, der solle gesteinigt oder mit dem Bogen erschossen werden. Leicht ließen sie sich's gesagt sein, denn Pöbelvolk hat garkeine Lust, allzu nahe zu Gott zu gehen, und für den gemeinen Mann sah der Berg nicht im mindesten einladend aus, weder am Tage, wo Jahwe in einer dicken, von Blitzen durchzuckten Wolke auf ihm stand, noch gar bei Nacht, wo diese Wolke glühte und der ganze Gipfel dazu.

Joschua war außerordentlich stolz auf den Gottesmut seines Herrn, der schon am ersten Tage, vor allem Volk, allein und zu

Fuß, am Wanderstabe, nur ausgerüstet mit einer irdenen Flasche, ein paar Wecken und einigem Werkzeug: Haue, Meißel, Spachtel und Stichel, sich auf den Weg zum Berge gemacht hatte. Sehr stolz war der Jüngling auf ihn, und glücklich über den Eindruck, den solche heilige Kühnheit auf die Menge machen mußte. Aber auch besorgt war er um den Verehrten und hatte ihn sehr gebeten, sich doch ja nicht zu unmittelbar nahe an Jahwe heranzutrauen und sich vor der heißen Schmelzbrühe zu hüten, die an den Seiten des Berges hinunterlief. Im Übrigen, hatte er gesagt, werde er ihn schon dann und wann dort oben besuchen und bei ihm nach dem Rechten sehen, damit es dem Meister in Gottes Wildnis nicht am Nötigsten fehle.

XVIII.

Mose also durchschritt am Stabe die Wüste, die weit stehenden Augen auf den Berg Gottes gerichtet, der wie ein Ofen rauchte und öfters spie. Der Berg war eigentümlich gestaltet: mit umlaufenden Rissen und Einschnürungen, die ihn in verschiedene Stockwerke zu teilen schienen und hinanführenden Wegen glichen, solche aber nicht waren, sondern eben nur Abstufungen mit gelben Rückwänden. Den dritten Tag gelangte der Berufene über Vorhöhen an des Berges rauhen Fuß: da begann er hinaufzusteigen, die Faust um den Wanderstab geschlossen, den er vor sich her setzte, und stieg ohne Weg und Steg, durch geschwärztes, verbrühtes Gebüsch hindurch, manche Stunde lang Schritt vor Schritt immer höher in Gottes Nähe soweit, wie eben ein Mensch es vermochte, denn allmählich benahmen die schweflig nach heißen Metallen riechenden Dämpfe, von denen die Luft erfüllt war, ihm den Atem, und Husten befiel ihn. Aber bis zur obersten Einschnürung und Terrasse kam er, unter dem Gipfel, wo man einen weiten Blick auf die kahle, wilde Gebirgskette zu beiden Seiten und hinaus in die Wüste bis gegen Kadesch hatte. Auch das Gehege des Volks sah man näherbei klein in der Tiefe sich abzeichnen.

Hier fand der hustende Mose eine Höhle in der Bergwand, mit vorspringendem Felsdach, das ihn schützen konnte gegen geschleuderte Brocken und rinnende Brühe: darin nahm er Wohnung und richtete sich ein, um nach kurzem Verschnaufen das Werk in Angriff zu nehmen, das Gott ihm befal, und das ihn unter beschwerlichen Umständen – denn die Metalldämpfe lagen ihm immer schwer auf der Brust und verliehen selbst dem Wasser einen Schwefelgeschmack – nicht weniger als vierzig Tage und vierzig Nächte hier oben festhalten sollte.

Warum aber so lange? Müßige Frage! Das Ewig-Kurzgefaßte, das Bündig-Bindende, Gottes gedrängtes Sittengesetz galt es zu befestigen und in den Stein Seines Berges zu graben, damit Mose es dem wankelnden Pöbelvolk, seines verscharrten Vaters Blut, herniedertrage in das Gehege, wo sie warteten, und es unter ihnen stehe, von Geschlecht zu Geschlecht, unverbrüchlich, eingegraben auch in ihre Gemüter und in ihr Fleisch und Blut, die Quintessenz des Menschenanstandes. Gott befal ihm laut aus seiner Brust, zwei Tafeln zu hauen aus dem Berg und das Diktat hineinzuschreiben, fünf Worte auf die eine und fünf auf die andere, im ganzen zehn Worte. Die Tafeln zu schaffen, zu glätten und zu einigermaßen würdigen Trägern des Ewig-Kurzgefaßten zu machen, war keine Kleinigkeit; für den einsamen Mann, mochte er auch die Milch einer Steinmetzentochter getrunken und breite Handgelenke haben, war es ein vielem Mißlingen ausgesetztes Stück Arbeit, das von den vierzig Tagen allein ein Viertel in Anspruch nahm. Die Beschriftung aber war ein Problem, dessen Lösung die Zahl der Bergtage Mose's leicht sogar auf über vierzig hätte bringen können.

Denn wie sollte er schreiben? Im thebanischen Internat hatte er sowohl die schmuckhafte Bildschrift Ägyptens nebst ihrer geläufigen Zurichtung, wie auch das keilig-heilige Dreiecksgedränge vom Euphrat erlernt, in welchem die Könige der Welt auf Tonscherben ihre Gedanken tauschten. Er hatte dazu bei den Midianitern die Bekanntschaft eines dritten Bedeutungszaubers aus Augen, Kreuzen, Käfern, Bügeln und verschieden gestalteten Schlangenlinien gemacht, der, im Sinailande gebräuchlich, mit Wüsten-Ungeschick den Bildern Ägyptens abgesehen war, dessen Marken aber nicht ganze Worte und Ding-Ideen, sondern nur Teile von solchen, offene Silben bezeichneten, die zusammenzulesen waren. Keine dieser drei Methoden der Gedankenbefestigung wollte ihm passen, – aus dem einfachen Grunde nicht, weil eine jede an die Sprache gebunden war, die sie bedeutungsweis redete, und weil Mose sich vollkommen darüber im klaren war, daß er unmöglich und nimmermehr das Zehn-Worte-Diktat auf babylonisch, ägyptisch oder im Sinai-Beduinen-Jargon würde zu Stein bringen können. Das konnte und durfte allein in der Sprache des Vatergeblütes, der Mundart geschehen, die es redete, und in der er es sittlich bearbeitete, – ob sie's nun würden ablesen können oder nicht. Und wie sollten sie's ablesen, da man es schon gleich garnicht schreiben konnte und ein Bedeutungszauber für ihre Rede schlechterdings nicht zur Hand war?

Inbrünstig wünschte Mose einen solchen herbei, – nämlich einen, den sie bald, recht bald würden ablesen können, also einen, den Kinder, wie sie waren, in wenigen Tagen würden lernen können, folglich auch einen, der in wenigen Tagen, mit Hilfe von Gottes Nähe, auszudenken und zu erfinden war. Denn ausgedacht und erfunden mußte die Schriftart sein, da sie nicht vorhanden war.

Was für eine drängende und gedrängte Aufgabe! Er hatte sie im Voraus garnicht erwogen, hatte nur »Schreiben« gedacht und nicht bedacht, daß man so ohne weiteres garnicht schreiben könne. Sein Kopf glühte und rauchte davon wie ein Ofen und wie der Gipfel des Berges, befeuert vom inbrünstig volkstümlichen Wunsche. Ihm war, als gingen ihm Strahlen vom Kopf, als träten ihm Hörner oben aus der Stirn vor wünschender Anstrengung und einfacher Erleuchtung. Er konnte nicht Zeichen für alle Worte erfinden, deren das Blut sich bediente, oder für Silben, aus denen sich seine Worte zusammensetzten. War auch der Wortschatz gering derer dort unten im Gehege, zuviele Marken würden es sein, daß man sie schüfe in gemessenen Bergtagen und vor allem auch, daß man sie rasch möchte lesen lernen.

Darum machte er's anders, und Hörner standen ihm ab von der Stirn vor Stolz auf den Gotteseinfall. Er sammelte die Laute der Sprache, die mit den Lippen, mit Zunge und Gaumen und mit der Kehle gebildet wurden, indem er die wenigen leer tönenden davon absonderte, die, von jenen eingefaßt, abwechselnd in den Worten vorkamen und von ihnen erst zu Worten gemacht wurden. Auch der umgebenden Geräuschlaute waren es nicht übermäßig viele, kaum zwanzig; und wenn man ihnen Zeichen verlieh, die, zum Hauchen und Fauchen, zum Mummeln und Rummeln, zum Platzen und Schmatzen nach Übereinkunft aufforderten, so konnte man sie, unter Aussparung der Grundlaute, die sich von selbst aus ihnen ergaben, zu Worten und Dingbildern zusammenfügen, – zu jedem beliebigen, zu allen, die es gab, nicht nur in der Sprache des Vaterbluts, sondern in allen Sprachen, – man hätte sogar ägyptisch und babylonisch damit schreiben können.

Ein Gotteseinfall. Eine Idee mit Hörnern. Sie sah demjenigen ähnlich, von dem sie kam, dem Unsichtbaren und Geistigen, dessen die Welt war, und der, obgleich er sich das Blut dort unten besonders erlesen, der Herr auf Erden war allenthalben. Sie war auch höchst angemessen ihrem nächsten und dringendsten Zweck, für den und aus dem sie geboren war: dem Text der Tafeln, dem bündig-bindenden. Denn wohl war dieser zunächst gemünzt auf das Blut, das Mose aus Ägypten geführt, weil Gott und er gemeinsam Lust zu ihm hatten; wie aber mit der Handvoll Zeichen notfalls die Worte aller Sprachen der Völker geschrieben werden konnten, und wie Jahwe der Gott der Welt war allenthalben, so war auch, was Mose zu schreiben gedachte, das Kurzgefaßte, von solcher Art, daß es als Grundweisung und Fels des Menschenanstandes dienen mochte unter den Völkern der Erde – allenthalben.

So probierte denn Mose feurigen Kopfes in loser Anlehnung an die Marken der Sinaileute Zeichen aus an der Felswand für die lallenden, prallenden und knallenden, die zischenden und gischenden, schnurrenden und murrenden Laute mit seinem Stichel, und als er die Sigel in einer gewissen Gefälligkeit wohl unterschieden beisammen hatte, – siehe, da konnte man die ganze Welt damit schreiben, das, was da Raum einnahm, und was keinen Raum einnahm, das Gemachte und das Gedachte, – reinweg alles.

Und er schrieb, will sagen: er stichelte, meißelte und spachtelte in den splittrigen Stein der Tafeln, die er mühsam zuerst gemacht, und mit deren Erstellung diejenige der Buchstaben schon Hand in Hand gegangen war. Daß aber dies alles vierzig Tage dauerte, darüber kann es kein Wundern geben.

Ein paar Mal kam Joschua, sein Jüngling, zu ihm hinauf, um ihm Wasser und Fladen zu bringen, ohne daß das Volk es gerade zu wissen brauchte; denn es dachte, Mose lebte dort oben von Gottes Nähe und seinem Gespräch allein, und aus strategischen Gründen wünschte es Joschua, es bei dieser Annahme zu lassen. Darum waren seine Besuche nur kurz und geschahen bei Nacht.

Mose aber saß vom Aufgang des Tageslichtes über Edom bis zu seinem Erlöschen hinter der Wüste und werkte. Man muß ihn sich vorstellen, wie er dort oben saß, mit bloßem Oberleib, die Brust mit Haaren bewachsen und von sehr starken Armen, die er wohl von seinem mißbrauchten Vater hatte, – mit seinen weit stehenden Augen, der eingeschlagenen Nase, dem geteilten, ergrauenden Bart, und, an einem Fladen kauend, zuweilen auch hustend von den Metalldämpfen des Berges, im Schweiße seines Angesichts die Tafeln behaute, abmeißelte, glatt scheuerte, wie er vor den an die Felswand gelehnten kauerte und sorglich im Kleinen schuftend seine Krähenfüße, diese alles vermögenden Runen in die Flächen einsenkte, nachdem er sie mit dem Stichel vorgezeichnet.

Er schrieb auf eine Tafel:

Ich, Jahwe, bin dein Gott; du sollst vor mir keine
    anderen Götter haben.
Du sollst dir kein Gottesbild machen.
Du sollst meinen Namen nicht liederlich führen.
Meines Tages gedenke, daß du ihn heiligst.
Ehre deinen Vater und deine Mutter.

Und auf die andere Tafel schrieb er:

Du sollst nicht morden.
Du sollst nicht ehebrechen.
Du sollst nicht stehlen.
Du sollst deinem Nächsten nicht Unglimpf tun als
ein Lügenzeuge.
Du sollst kein begehrliches Auge werfen auf
deines Nächsten Habe.

Dies war es, was er schrieb, unter Auslassung der tönenden Leerlaute, die sich von selbst verstanden. Und immer war ihm dabei, als stünden ihm Strahlen gleich einem Paar Hörner aus dem Stirnhaar hervor.

Als Joschua das letzte Mal auf den Berg kam, blieb er ein wenig länger, zwei ganze Tage; denn Mose war noch nicht fertig mit seiner Arbeit, und sie wollten zusammen hinuntergehen. Der Jüngling bewunderte aufrichtig, was sein Meister geleistet, und tröstete ihn ob einiger Lettern, die trotz aller aufgewandten Liebe und Sorgfalt zu Mose's Kummer zersplittert und unkenntlich waren. Aber Joschua versicherte ihm, daß der Gesamteindruck dadurch keinen Abtrag leide.

Was Mose zuletzt noch tat in Joschua's Anwesenheit, war, daß er die vertieften Buchstaben mit seinem Blute ausmalte, damit sie sich besser hervorhöben. Kein anderer Farbstoff war zur Hand, womit es zu leisten wäre; so stach er sich mit dem Stichel in den starken Arm und wischte sorglich das tröpfelnde Blut in die Lettern, daß sie rötlich leuchtend im Steine standen. Als die Schrift trocken war, nahm Mose unter jeden Arm eine Tafel, gab seinen Stab, an dem er gekommen war, dem Jüngling zu tragen, und so stiegen sie mit einander vom Berge Gottes herab, dem Gehege des Volkes zu, gegenüber dem Berg in der Wüste.

XIX.

Als sie nun in gewisse Nähe des Lagers gekommen waren, in entfernte Hörweite, drang ein Geräusch zu ihnen, dumpf, mit Gequiek, wovon sie sich keine Rechenschaft zu geben wußten. Mose war es, der es als Erster hörte, aber es war Joschua, der es zuerst zur Sprache brachte.

»Hörst du den seltsamen Krach da«, fragte er, »den Tumult, das Getöse? Da ist was los, meiner Meinung nach, eine Rauferei, ein Handgemenge, wenn ich nicht irre. Und es muß heftig und allgemein sein, daß man's hört bis hierher. Ist es, wie ich denke, so ist's gut, daß wir kommen.«

»Daß wir kommen«, antwortete Mose, »ist jedenfalls gut, aber soviel ich unterscheide, ist das keine Schlägerei und kein Raufgemenge, sondern eine Lustbarkeit und etwas wie ein Singetanz. Hörst du nicht höheres Gejohle und Paukenkrach? Joschua, was ist in die gefahren? Laß uns ausschreiten!«

Damit nahm er seine beiden Tafeln höher unter die Achseln und schritt schneller aus mit dem kopfschüttelnden Jehoschua. »Ein Singetanz... Ein Singetanz...« wiederholte er immer nur beklommen und schließlich in offenem Schrecken; denn daß man es mit keiner Balgerei zu tun hatte, bei der einer oben lag und der andere unten, sondern mit einem Gaudium in Einigkeit, litt bald keinen Zweifel mehr, und fragte sich nur, was für eine Art von Einigkeit das war, in der sie jodelten.

Auch das fragte sich bald nicht mehr, wenn es sich je gefragt hatte. Die Bescherung war fürchterlich. Als Mose und Joschua das hohe Balkentor des Lagers durcheilten, bot sie sich ihnen dar in schamloser Unzweideutigkeit. Das Volk war los. Es hatte alles abgeworfen, was Mose ihnen heiligend auferlegt, die ganze Gottesgesittung. Es wälzte sich in haarsträubender Rückfälligkeit.

Gleich hinter dem Tor war ein freier Platz, von Hütten frei, der Versammlungsplatz. Da ging es zu, da trieben sie es, da wälzten sie sich, da feierten sie eine elende Freiheit. Vor dem Singetanz hatte alles sich vollgefressen, man sah es auf den ersten

Blick, überall trug der Platz die Spuren der Schlachtung und Völlerei: Und wem geopfert, geschlachtet, sich vollgeschlagen? Da stand's. Inmitten der Blöße auf einem Stein, einem Altar-Sockel stand es, ein Bild, ein Machwerk, ein Götzenunfug, ein güldenes Kalb.

Es war kein Kalb, es war ein Stier, der richtige, ordinäre Fruchtbarkeitsstier der Völker der Welt. Ein Kalb heißt es nur, weil es nicht mehr als mäßig groß war, eher klein, auch mißgegossen und lächerlich gestaltet, ein ungeschickter Greuel, aber als Stier allerdings nur allzu gut zu erkennen. Um das Machwerk herum ging ein vielfacher Ringelreigen, wohl ein Dutzend Kreise, von Männern und Weibern Hand in Hand, zu Cymbelgeläut und Paukenknall, die Köpfe verdrehten Auges im Nakken, die Knie zum Kinn geschleudert, mit Kreischen, Röhren und krasser Huldigung der Gebärden. Verschieden herum ging es, ein Schandringel immer nach rechts, der andere nach links; im Innern aber des Wirbels, vorm Kalbe, sah man Aaron hopsen, in dem langen Ärmelkleid, das er als Verweser der Stiftshütte trug, und das er hoch gerafft hatte, damit er seine langen, haarigen Beine schleudern könnte. Und Mirjam paukte den Weibern vor.

Dies war nur die Reigenrose ums Kalb. Aber rings herum in der Freiheit ereignete sich das Zubehör; es ist hart zu gestehen, wie das Volk sich entblödete. Einige aßen Blindschleichen. Andere lagen bei ihrer Schwester und das öffentlich, dem Kalbe zu Ehren. Wieder andere saßen da einfach und leerten sich aus, des Schäufleins uneingedenk. Man sah Männer dem Stier ihre Kraft verbrennen. Irgendwo tachelte einer seine leibliche Mutter rechts und links.

Bei diesem entsetzlichen Anblick schwoll Mosen die Zornader zum Platzen. Hochroten Angesichts, schlug er sich, die Ringe des Reigens zerreißend, der taumelnd zum Stillstand kam und dessen Verüber mit betretenem Grinsen glotzten, da sie den Meister erkannten, geraden Wegs zum Kalbe durch, dem Kerne, der Quelle, der Ausgeburt des Verbrechens. Hoch hob er die eine Gesetztafel mit gewaltigen Armen und schmetterte sie nie-

der auf das lachhafte Biest, daß es in den Beinen zusammen-
knickte, schlug wieder und aber zu mit solcher Wut, daß zwar
auch die Tafel in Stücke ging, das Machwerk aber bald eine
formlose Masse war; schwang dann die zweite Tafel und gab
dem Greuel den Rest, zermalmte ihn gänzlich, und, da die
zweite noch heil war, zerschmetterte er sie mit einem Hieb am
steinernen Sockel. Da stand er mit bebenden Fäusten und
stöhnte aus tiefster Brust:

»Du Pöbelvolk, du gottverlassenes! Da liegt, was ich dir her-
niedergetragen von Gott, und was Er für dich geschrieben mit
eigenem Finger, daß es dir ein Talisman sei gegen die Misere der
Unbildung! Da liegt's in Scherben bei deines Abgottes Trüm-
mern! Was fang' ich nun an mit dir vor dem Herrn, daß er dich
nicht fresse?«

Und sah Aaron, den Springer, bei sich stehen, mit niedergeschlagenen Augen und öligen Löckchen im Nacken, lang und
blöde. Den nahm er vorn am Gewand und schüttelte ihn und
sprach:

»Wo kommt der güldene Belial her, der Unflat, und was hat
das Volk dir getan, daß du es in solches Verderben stößest, wo
ich auf dem Berge bin, und böckelst ihm selber vor im Luderreigen?«

Aaron aber antwortete:

»Ach, lieber Herr, laß deinen Zorn über mich nicht ergrim-
men und auch über meine Schwester nicht, wir mußten weichen. Du weißt, daß dies Volk böse ist, es hat uns gezwungen.
Verzogst du doch allzu lange und bliebst auf dem Berg eine
Ewigkeit, so dachten wir alle, du kämest nicht mehr. Da sammelte sich das Volk wider mich und schrie: ›Niemand weiß, was
aus diesem Mann Mose geworden ist, der uns aus Ägypten geführt hat. Er kommt nicht mehr. Wahrscheinlich hat ihn das
Maul des Berges verschlungen, womit er speit. Auf, mache uns
Götter, die vor uns hergehen können, wenn Amalek kommt!
Wir sind ein Volk wie ein anderes und wollen eine Ausgelassenheit haben vor Göttern, die wie anderer Leute Götter sind!‹ – So
sprachen sie, Herr, denn, mit Verlaub gesagt, sie glaubten, sie

wären dich los. Sage aber, was hätte ich machen sollen, da sie sich wider mich sammelten? Ich befahl ihnen an, mir alle ihre güldenen Ohrringe zu bringen von ihren Ohren, die schmolz ich im Feuer und machte eine Form und goß das Kälblein, ihnen zum Gott.«

»Ganz unähnlich gegossen war's auch noch«, warf Mose verächtlich ein.

»Es eilte so sehr«, erwiderte Aaron, »denn schon den nächsten Tag, das ist heute, wollten sie ihre Ausgelassenheit haben vor herzhaften Göttern. Darum händigte ich ihnen das Gegossene ein, dem du alle Ähnlichkeit doch nicht absprechen solltest, und sie freuten sich und sprachen: ›Das sind deine Götter, Israel, die dich aus Ägypten geführt haben.‹ Und wir bauten einen Altar davor, und sie brachten Brandopfer und Dankopfer und aßen, und danach spielten und tanzten sie etwas.«

Mose ließ ihn stehen und schlug sich wieder zurück durch die aufgelösten Glieder des Reigens zum Tore hin, da stellte er sich unters Borkengekreuz mit Jehoschua und rief aus aller Macht:

»Her zu mir, wer dem Herrn angehört!«

Da kamen viele zu ihm, die gesunden Herzens waren und es nicht gern getrieben hatten, und Joschua's Waffenjugend sammelte sich um die Beiden.

»Ihr Unglückseligen«, sagte Mose, »was habt ihr getan, und wie soll ich nun eure Sünde versühnen vor Jahwe, daß er euch nicht verwirft als ein unverbesserlich halsstarrig Volk und frißt euch auf? Macht euch einen güldenen Belial, sobald ich den Rücken drehe! Schmach über euch und mich! Seht ihr die Trümmer da, ich meine nicht die des Kalbes, die hole die Pest, ich meine die anderen? Das ist die Gabe, die ich euch verhieß und euch herniederbrachte, das Ewig-Kurzgefaßte, der Fels des Anstandes. Die zehn Worte sind's, die ich bei Gott für euch schrieb in euerer Sprache, und schrieb sie mit meinem Blut, mit dem Blut meines Vaters, mit eurem Blute schrieb ich sie. Nun liegt das Mitgebrachte in Scherben.«

Da weinten viele, die es hörten, und war ein großes Schluchzen und Schneuzen auf dem Lagerplatz.

»Es wird sich vielleicht ersetzen lassen«, sagte Mose. »Denn der Herr ist geduldig und von großer Barmherzigkeit und vergibt Missetat und Übertretung – und läßt niemand ungestraft«, donnerte er plötzlich, indem ihm das Blut zu Kopfe schoß und die Ader ihm wieder zum Platzen schwoll, »sondern heim suche ich, sagte er, die Missetat bis ins dritte und vierte Glied als der Eiferer, der ich bin. Hier wird ein Gericht gehalten werden«, rief er, »und eine blutige Reinigung verordnet sein, denn mit Blut war's geschrieben. Ausgemacht sollen die Rädelsführer sein, die da zuerst nach güldenen Göttern geschrien und frech behauptet haben, das Kalb habe euch aus Ägypten geführt, wo ich allein es getan habe – spricht der Herr. Die sollen des Würgengels sein, und soll nicht die Person dabei angesehen werden. Zu Tode soll man sie steinigen und mit Geschoß erschießen, und wären's dreihundert! Die anderen aber sollen allen Schmuck von sich tun und trauern, bis ich wiederkehre – denn ich will wieder hinaufgehen auf Gottes Berg und sehen, was ich allenfalls noch für dich ausrichten kann, halsstarrig Volk!«

XX.

Mose wohnte den Hinrichtungen nicht bei, die er des Kalbes wegen angeordnet hatte, sie waren des starken Jehoschua Sache. Er selbst war wieder auf dem Berg, vor seiner Höhle unter dem rumorenden Gipfel, während das Volk trauerte, und blieb abermals vierzig Tage und vierzig Nächte allein in den Dünsten. Warum aber wieder so lange? Die Antwort lautet: Nicht nur, weil Jahwe ihn anwies, die Tafeln noch einmal zu machen und das Diktat aufs neue hineinzuschreiben; denn damit ging es ein wenig schneller diesmal, da er schon Übung hatte und vor allem die Schrift schon besaß. Sondern auch, weil er mit dem Herrn, bevor dieser die Erneuerung gewährte, einen langen Kampf zu bestehen hatte, ein Ringen, bei dem Zornmut und Barmherzigkeit, Werkmüdigkeit und Liebe zum Unternommenen einander das Feld streitig machten, und bei dem Mose viel Überredungs-

kunst und klugen Appell aufbieten mußte, um Gott davon abzu-
halten, daß er den Bund für gebrochen erkläre und sich nicht nur
von dem halsstarrigen Pöbelvolk lossage, sondern es auch zer-
scheitere, wie Mose in loderndem Zorn mit den Tafeln des Gesetzes getan.

»Ich will nicht vor ihnen herziehen«, sagte Gott, »um sie ins
Land der Väter zu führen, bitte mich nicht darum, ich kann mich
auf meine Geduld nicht verlassen. Ich bin ein Eiferer und lodere,
und du sollst sehen, eines Tages kenne ich mich nicht mehr und
fresse sie unterwegen auf.«

Und er bot Mosen an, er wolle das Volk, das nun einmal mißgegossen sei wie das güldene Kalb, und an dem nichts zu bessern
sei, – unmöglich könne man sich's zum heiligen Volk aufrich-
ten, sondern nichts bleibe übrig, als es zusammenzuschlagen, –
er bot ihm an, Israel, wie es da sei, zu zerschmettern und auszu-
tilgen, ihn selbst aber, Mosen, zum großen Volk zu machen und
mit ihm im Bunde zu leben. Was Mose aber nicht wollte, sondern: »Nein, Herr«, sagte er, »vergib ihnen ihre Sünde; wo
nicht, so tilge mich auch aus deinem Buch, denn ich will's nicht
überleben und kein heilig Volk werden für meine Person statt
ihrer.«

Und er nahm Gott bei der Ehre und sprach: »Stelle dir, Heiliger, das doch vor: Wenn du dies Volk nun tötest wie einen
Mann, so würden die Heiden sagen, die das Geschrei vernäh-
men: ›Pah! Der Herr konnte mit nichten dies Volk ins Land bringen, das er ihnen geschworen hatte, er war's nicht imstande;
darum hat er sie geschlachtet in der Wüste.‹ Willst du dir das
nachsagen lassen von den Völkern der Welt? Darum laß nun die
Kraft des Herrn groß werden und sei gnädig der Missetat dieses
Volkes nach deiner Barmherzigkeit!«

Namentlich dies Argument war es, womit er Gott überwand
und ihn zur Vergebung bestimmte, wenn auch noch immer mit
Einschränkung nur, denn die Verkündigung wurde ihm allerdings, daß von diesem Geschlechte keiner das Land der Väter
sehen solle, außer Joschua und Kaleb. »Eure Kinder«, entschied
der Herr, »will ich hineinbringen. Aber die jetzt über zwanzig

sind ihres Alters, die sollen das Land nicht mehr sehen, sie sind mit ihren Leibern der Wüste verfallen.«

»Gut, Herr, es soll gut sein«, antwortete Mose. »Dabei wollen wir's lassen.« Denn da der Bescheid mit seinen und Joschua's eigenen Absichten wohl übereinstimmte, argumentierte er nicht weiter dagegen. »Laß mich nun die Tafeln erneuern«, sagte er, »daß ich den Menschen dein Kurzgefaßtes herniederbringe. Am Ende war es ganz gut, daß ich die ersten im Zorn zerschmetterte. Es waren ohnedies ein paar ungeratene Lettern darin. Ich will dir nur gestehen, daß ich unter der Hand daran dachte, als ich sie zerscheiterte.«

Und wieder saß er, von Joschua heimlich getränkt und geatzt, und metzte und meißelte, schrubbte und glättete, – saß und schrieb, mit dem Handrücken manchmal die Stirn wischend, griffelnd und spachtelnd die Schrift in die Tafeln, – die wurden besser sogar, als das erste Mal. Danach strich er wieder die Lettern mit seinem Blute aus und stieg hinab, das Gesetz unter den Armen.

Israel aber ward angesagt, daß es die Trauer beenden und seinen Schmuck wieder anlegen solle, – ausgenommen die Ohrringe natürlich: die waren zu bösem Zwecke vertan. Und alles Volk kam vor Mose, daß er ihm das Mitgebrachte überhändige, die Botschaft Jahwe's vom Berge, die Tafeln mit den zehn Worten.

»Nimm sie hin, Vaterblut«, sagte er, »und halte sie heilig in Gottes Zelt, was sie aber besagen, das halte heilig bei dir im Tun und Lassen! Denn das Bündig-Bindende ist es und Kurzgefaßte, der Fels des Anstandes, und Gott schrieb's in den Stein mit meinem Griffel, lapidar, das A und O des Menschenbenehmens. In eurer Sprache hat er's geschrieben, aber in Sigeln, mit denen man notfalls alle Sprachen der Völker schreiben kann; denn Er ist der Herr allenthalben, darum ist sein das ABC, und seine Rede, möge sie auch an dich gerichtet sein, Israel, ist ganz unwillkürlich eine Rede für alle.

In den Stein des Berges metzte ich das ABC des Menschenbenehmens, aber auch in dein Fleisch und Blut soll es gemetzt sein, Israel, sodaß jeder, der ein Wort bricht von den zehn Geboten, heimlich erschrecken soll vor sich selbst und vor Gott, und soll ihm kalt werden um's Herz, weil er aus Gottes Schranken trat. Ich weiß wohl, und Gott weiß es im Voraus, daß seine Gebote nicht werden gehalten werden; und wird verstoßen werden gegen die Worte immer und überall. Doch eiskalt ums Herz soll es wenigstens jedem werden, der eines bricht, weil sie doch auch in sein Fleisch und Blut geschrieben sind und er wohl weiß, die Worte gelten.

Aber Fluch dem Menschen, der da aufsteht und spricht: ›Sie gelten nicht mehr.‹ Fluch ihm, der euch lehrt: ›Auf, und seid ihrer ledig! Lügt, mordet und raubt, hurt, schändet und liefert Vater und Mutter ans Messer, denn so steht's dem Menschen an, und sollt meinen Namen preisen, weil ich euch Freiheit verkündete.‹ Der ein Kalb aufrichtet und spricht: ›Das ist euer Gott. Zu seinen Ehren tuet dies alles und dreht euch ums Machwerk im Luderreigen!‹ Er wird sehr stark sein, auf goldenem Stuhl wird er sitzen und für den Weisesten gelten, weil er weiß: das Trachten des Menschenherzens ist böse von Jugend auf. Das aber wird auch alles sein, was er weiß, und wer nur das weiß, der ist so dumm wie die Nacht, und wäre ihm besser, er wäre nie geboren. Weiß er doch von dem Bunde nichts zwischen Gott und Mensch, den keiner brechen kann, weder Mensch noch Gott, denn er ist unverbrüchlich. Blut wird in Strömen fließen um seiner schwarzen Dummheit willen, Blut, daß die Röte weicht aus den Wangen der Menschheit, aber sie kann nicht anders, gefällt muß der Schurke sein. Und will meinen Fuß aufheben, spricht der Herr, und ihn in den Kot treten, – in den Erdengrund will ich den Lästerer treten hundertundzwölf Klafter tief, und Mensch und Tier sollen einen Bogen machen um die Stätte, wo ich ihn hineintrat, und die Vögel des Himmels hoch im Fluge ausweichen, daß sie nicht darüber fliegen. Und wer seinen Namen nennt, der soll nach allen vier Gegenden speien und sich den Mund wischen und sprechen: ›Behüte!‹ Daß die Erde wieder die Erde sei, ein Tal der Notdurft, aber doch keine Luderwiese. Sagt alle Amen dazu!«

Und alles Volk sagte Amen.

Die Betrogene

In den zwanziger Jahren unseres Jahrhunderts lebte in Düsseldorf
am Rhein, verwitwet seit mehr als einem Jahrzehnt, Frau Rosalie
von Tümmler mit ihrer Tochter Anna und ihrem Sohne Eduard
in bequemen, wenn auch nicht üppigen Verhältnissen. Ihr Gatte,
Oberstleutnant von Tümmler, war ganz zu Anfang des Krieges,
nicht im Gefecht, sondern auf recht sinnlose Weise durch einen
Automobilunfall, doch konnte man trotzdem sagen: auf dem
Felde der Ehre, ums Leben gekommen, – ein harter Schlag, in
patriotischer Ergebung hingenommen von der damals erst vier-
zigjährigen Frau, die nun für ihre Kinder des Vaters, für sich selbst
aber eines heiteren Gemahls entbehren mußte, dessen öftere Ab-
weichungen von der Richtschnur ehelicher Treue nur das Merkmal überschüssiger Rüstigkeit gewesen waren.

Rheinländerin von Geblüt und Mundart, hatte Rosalie die
Jahre ihrer Ehe, zwanzig an der Zahl, in dem gewerbfleißigen
Duisburg verbracht, wo von Tümmler garnisonierte, war aber
nach dem Verlust des Gatten mit der achtzehnjährigen Tochter
und dem um zwölf Jahre jüngeren Söhnchen nach Düsseldorf
übergesiedelt, teils um der schönen Parkanlagen willen, die
diese Stadt auszeichnen (denn Frau von Tümmler war eine
große Naturfreundin), teils weil Anna, ein ernstes Mädchen, der
Malerei zuneigte und die berühmte Kunstakademie zu besuchen
wünschte. Seit einem Jahrzehnt bewohnte die kleine Familie in
einer ruhigen mit Linden bepflanzten, nach Peter von Cornelius
benannten Villenstraße ein gartenumschlossenes, mit dem
etwas verjährten, aber behaglichen Mobiliar im Stil von Rosaliens Vermählungszeit ausgestattetes Häuschen, das einem kleinen Kreis von Verwandten und Freunden, darunter Professoren
der Maler- und auch der medizinischen Akademie, dann ein und
das andere Ehepaar aus industrieller Sphäre, öfters zu anständig

aufgeräumten, nach Landesart auch gern ein wenig weinseligen Abendfeiern gastlich offenstand.

Frau von Tümmler war gesellig von Anlage. Sie liebte es, auszugehen und in den ihr gesteckten Grenzen ein Haus zu machen. Ihre schlichte und heitere Gemütsart, ihre Herzenswärme, von der ihre Liebe zur Natur ein Ausdruck war, erwarben ihr allgemeine Zuneigung. Nicht groß von Person, die Figur aber wohlerhalten, mit schon stark ergrautem, reichlichem, welligem Haar und feinen, wenn auch etwas alternden Händen, auf deren Rücken gar zu viele und große, sommersprossenähnliche Hautverfärbungen sich mit den Jahren hervorgetan hatten (eine Erscheinung, gegen die noch kein Mittel gefunden ist), wirkte sie jugendlich kraft eines Paars prächtiger, lebendiger brauner Augen, die, genau von der Farbe geschälter Kastanien, aus einem fraulich lieben Gesicht von den angenehmsten Zügen leuchteten. Einer kleinen Neigung zur Nasenröte, die sich gerade in Gesellschaft, bei angeregter Stimmung, geltend machte, suchte sie durch ein wenig Puder abzuhelfen – unnötigerweise, da sie sie nach allgemeinem Urteil herzig kleidete.

Im Frühling geboren, ein Maienkind, hatte Rosalie ihr fünfzigstes Wiegenfest mit ihren Kindern und zehn oder zwölf Hausfreunden, Damen und Herren, an blumenbestreuter Tafel in einem mit bunten Lampions geschmückten Wirtsgarten vor der Stadt bei Gläserklang und teils gemütvollen, teils scherzhaften Toastsprüchen begangen und war fröhlich gewesen mit den Fröhlichen – nicht ganz ohne Anstrengung; denn seit längerem schon, und so gerade an diesem Abend, litt ihr Wohlbefinden unter organisch-kritischen Vorgängen ihrer Jahre, dem stockenden, bei ihr unter seelischen Widerständen sich vollziehenden Erlöschen ihrer physischen Weiblichkeit. Es schuf ihr ängstliche Wallungen, Unruhe des Herzens, Kopfweh, Tage der Schwermut und einer Reizbarkeit, die ihr auch an jenem Festabend einige der zu ihren Ehren gehaltenen launigen Herrenreden als unleidlich dumm hatten erscheinen lassen. Sie hatte deswegen leicht verzweifelte Blicke mit ihrer Tochter getauscht, bei der es, wie sie wußte, keiner besonderen Disposition zur Unduldsamkeit bedurfte, um dergleichen Bowlen-humor albern zu finden.

Sie stand auf sehr herzlichem, vertrautem Fuß mit diesem Kinde, das ihr, dem Sohne an Jahren so weit voran, zu einer Freundin geworden war, vor der sie auch mit den Nöten ihres Übergangszustandes nicht schweigsam zurückhielt. Anna, jetzt neunundzwanzig, bald dreißig schon, war unverheiratet geblie-ben, was Rosalie aus einfachem Egoismus, weil sie die Tochter lieber als Hausgenossin und Lebensgefährtin behielt, als sie einem Manne abzutreten, nicht ungern sah. Höher gewachsen als ihre Mutter, hatte Fräulein von Tümmler dieselben kasta-nienfarbenen Augen wie jene, – und dieselben doch nicht, da ihnen die naive Lebendigkeit der mütterlichen fehlte, ihr Blick vielmehr von sinnender Kühle war. Anna war mit einem Klumpfuß geboren, der, in ihrer Kindheit einmal ohne nachhal-tigen Erfolg operiert, sie immer von Tanz und Sport, eigentlich von aller Teilnahme an jugendlichem Leben ausgeschlossen hatte. Eine ungewöhnliche Intelligenz, in der Anlage gegeben, verstärkt durch die Benachteiligung, mußte aufkommen für das Versagte. Sie hatte mit Leichtigkeit, bei nur zwei oder drei pri-vaten Unterrichtsstunden am Tage, das Gymnasium absolviert, die Reifeprüfung bestanden, dann aber keine Wissenschaft wei-ter verfolgt, sondern sich der bildenden Kunst, zunächst der Pla-stik, hierauf der Malerei zugewandt und dabei schon als Schüle-rin eine höchst geistige, die bloße Naturnachahmung verschmä-hende, den Sinneseindruck ins streng Gedankliche, abstrakt Symbolische, oft ins kubisch Mathematische transfigurierende Richtung eingeschlagen. Frau von Tümmler betrachtete die Bil-der ihrer Tochter, in denen sich das Hochentwickelte dem Pri-mitiven, das Dekorative dem Tiefsinnigen, ein sehr verfeinerter Sinn für Farbenkombinationen dem Asketischen der Gestaltung vereinte, mit betrübter Hochachtung.

»Bedeutend, sicher bedeutend, liebes Kind«, sagte sie. »Pro-fessor Zumsteg wird es schätzen. Er hat dich in dieser Malweise bestärkt und hat das Auge und den Verstand dafür. Man muß das Auge und den Verstand dafür haben. Wie nennst du es?«

»Bäume im Abendwind.«

»Das gibt doch einen Wink dafür, wohin deine Absichten gingen. Sollten diese Kegel und Kreise auf grau-gelbem Grunde die Bäume – und diese eigentümliche Linie, die sich spiralförmig aufwickelt, den Abendwind vorstellen? Interessant, Anna, interessant. Aber guter Gott, mein Kind, die liebe Natur, was macht ihr aus ihr! Wolltest du doch ein einzig Mal dem Gemüt etwas bieten mit deiner Kunst, etwas fürs Herz malen, ein schönes Blumenstilleben, einen frischen Fliederstrauß, so anschaulich, daß man seinen entzückenden Duft zu spüren meinte, bei der Vase aber stünden ein paar zierliche Meißener Porzellanfiguren, ein Herr, der einer Dame eine Kußhand zuwirft, und alles müßte sich in der glänzend polierten Tischplatte spiegeln...«

»Halt, halt, Mama! Du hast ja eine ausschweifende Phantasie. Aber so kann man doch nicht mehr malen!«

»Anna, du wirst mir nicht einreden wollen, daß du etwas Herzerquickendes dieser Art nicht malen könntest, bei deiner Begabung.«

»Du mißverstehst mich, Mama. Es handelt sich nicht darum, ob ich es könnte. Man kann es nicht. Der Stand von Zeit und Kunst läßt es nicht mehr zu.«

»Desto trauriger für Zeit und Kunst! Nein, verzeih, mein Kind, ich wollte das nicht so sagen. Wenn es das fortschreitende Leben ist, das es verhindert, so ist keine Trauer am Platze. Im Gegenteil wäre es traurig, hinter ihm zurückzubleiben. Ich verstehe das vollkommen. Und ich verstehe auch, daß Genie dazu gehört, sich eine so vielsagende Linie wie deine da auszudenken. Mir sagt sie nichts, aber ich sehe ihr deutlich an, daß sie vielsagend ist.«

Anna küßte ihre Mutter, indem sie die Palette und den nassen Pinsel in ihren Händen weit von ihr abhielt. Und Rosalie küßte sie auch, in der Seele froh darüber, daß die Tochter in ihrem zwar abgezogenen und, wie ihr schien, abtötenden, aber doch handwerklich-praktischen Tun, im Malerkittel, Trost und Ausgleich fand für vielen Verzicht.

Wie sehr ein hinkender Gang dem anderen Geschlecht die sinnliche Teilnahme an einer Mädchenerscheinung verkümmert, hatte Fräulein von Tümmler früh erfahren und sich dagegen mit einem Stolz gewappnet, der nun wieder, wie es so geht, in Fällen, wo trotz ihrem Gebrechen die Neigung eines jungen Mannes sich ihr hatte zuwenden wollen, sie durch kalt abweisenden Unglauben entmutigt und im Keim erstickt hatte. Einmal, bald nach vollzogenem Aufenthaltswechsel, hatte sie geliebt – und sich ihrer Leidenschaft qualvoll geschämt, da sie der körperlichen Schönheit des jungen Mannes galt, eines Chemikers von Ausbildung, nach dessen Sinn es gewesen war, die Wissenschaft möglichst bald zu Gelde zu machen, so daß er es nach Ablegung des Doktorexamens schnell zu einer ansehnlich-einträglichen Position in einer Düsseldorfer chemischen Fabrik gebracht hatte. Seine bräunliche Mannespracht, bei einem offenen, auch die Männer gewinnenden Wesen und soviel Tüchtigkeit, war Gegenstand der Schwärmerei aller Mädchen und Frauen der Gesellschaft, der Verhimmelung durch Gänse und Puten; und Annas schnödes Leid war es nun gewesen, zu schmachten, wo alle schmachteten, und sich durch ihre Sinne zu einem Allerweltsgefühl verurteilt zu finden, für dessen Tiefe sie vor sich selbst vergebens um Eigenwürde kämpfte.

Übrigens unterhielt Dr. Brünner (so hieß der Herrliche), gerade weil er sich als praktischen Streber kannte, eine gewisse korrigierende Neigung zum Höheren und Aparten und bemühte sich eine Zeitlang unverhohlen um Fräulein von Tümmler, plauderte in Gesellschaft mit ihr über Literatur und Kunst, raunte ihr mit seiner einschmeichelnden Stimme abschätzig-moquante Bemerkungen zu über diese und jene seiner Verehrerinnen und schien einen Bund mit ihr schließen zu wollen gegen die ihn lüstern belästigende, durch kein Gebrechen verfeinerte Durchschnittlichkeit. Wie es um sie selber stand, und welche qualvolle Beglückung er ihr durch die Verspottung anderer Frauen bereitete, davon schien er keine Ahnung zu haben, sondern nur Schutz zu suchen und zu finden in ihrer intelligenten Nähe vor den Beschwernissen verliebter Nachstellung, deren

Opfer er war, und um ihre Achtung zu werben eben dafür, daß er Wert legte auf diese Achtung. Die Versuchung, sie ihm zu gewähren, war groß und tief gewesen für Anna, obgleich sie wußte, daß ihr nur daran lag, ihre Schwäche für seinen Mannesreiz damit zu beschönigen. Zu ihrem süßen Entsetzen hatte sein Werben angefangen, nach wirklicher Werbung, nach Wahl und Antrag auszusehen, und Anna mußte sich immer gestehen, daß sie ihn rettungslos geheiratet hätte, wenn es zum entscheidenden Wort gekommen wäre. Dieses blieb aber aus. Ihn sich hinwegsetzen zu lassen über ihren Körperschaden und dazu noch über ihre bescheidene Mitgift, hatte sein Ehrgeiz nach dem Höheren nicht zugereicht. Er hatte sich bald von ihr gelöst und eine reiche Fabrikantentochter aus Bochum geehelicht, in deren Stadt und väterliches Chemikaliengeschäft er denn auch zum Jammer der Düsseldorfer Frauenwelt und zu Annas Erleichterung verzogen war.

Rosalie wußte von diesem schmerzlichen Erlebnis ihrer Tochter und hätte davon gewußt, auch wenn diese damals nicht eines Tages, in einer Anwandlung hemmungsloser Ergießung, an ihrem Busen über das, was sie ihre Schmach nannte, bittere Tränen vergossen hätte. Frau von Tümmler besaß, obgleich sonst nicht sehr klug, einen ungewöhnlichen, nicht etwa boshaften, sondern rein sympathetischen Scharfblick für alles weibliche Leben, das seelische und das physische, für alles, was die Natur dem Weibe auferlegt hat, so daß ihr in ihrem Kreise nicht leicht ein Vorgang und Zustand dieses Bezirks entging. Sie erkannte an einem vermeintlich unbeobachteten Vorsichhinlächeln, einem Erröten oder einem Aufglänzen der Augen, welches Mädchen für welchen jungen Mann eingenommen war und berichtete der vertrauten Tochter, die nichts davon wußte und kaum davon wissen wollte, über ihre Wahrnehmungen. Instinktweise, zu ihrem Vergnügen oder Bedauern, war ihr bekannt, ob eine Frau in ihrer Ehe Zufriedenstellung fand oder es daran fehlte. Eine Schwangerschaft stellte sie mit Sicherheit im alleranfänglichsten Stadium fest, wobei sie, wohl weil es sich um Erfreulich-Natürliches handelte, in den Dialekt fiel und sagte: »Da is wat am kommen.« Es freute sie, zu sehen, daß Anna dem jungen Bruder, der die oberen Gymnasialklassen besuchte, gern bei seinen Schulaufgaben half; denn, vermöge einer so naiven wie treffenden psychologischen Gewitztheit erriet sie die Genugtuung, die dieser überlegene Dienst am Männlichen der Verschmähten bewußt oder unbewußt bereitete.

Man kann nicht sagen, daß sie an dem Sohn, einem lang aufgeschossenen Rotkopf, der dem verstorbenen Vater ähnlich sah und übrigens für die humanistischen Studien wenig veranlagt war, sondern vielmehr vom Brücken- und Wegebau träumte und Ingenieur werden wollte, besonderen Anteil genommen hätte. Eine kühle, nur obenhin und mehr der Form wegen sich erkundigende Freundlichkeit war alles, was sie ihm entgegenbrachte. Der Tochter dagegen, der hing sie an, ihrer einzigen wirklichen Freundin. Bei Annas Verschlossenheit hätte man das Vertrauensverhältnis zwischen den beiden einseitig nennen können, wenn nicht die Mutter ohnehin alles von ihres gehemmten Kindes Seelenleben, der stolzen und bitteren Resignation dieser Seele gewußt und daraus das Recht und die Schuldigkeit abgeleitet hätte, sich ihr ebenfalls rückhaltlos aufzuschließen.

Ohne Empfindlichkeit, mit gutem Humor, nahm sie dabei so manches liebevoll-nachsichtige, auch wehmütig-spöttische, sogar etwas gepeinigte Lächeln der töchterlichen Freundin in den Kauf und ließ sich, selbst gütig, gern gütig behandeln, zum Lachen bereit über die eigene Herzenseinfalt, die sie ja doch für das Glücklich-Rechte hielt, so daß sie zugleich über sich selbst und über Annas verzogene Miene lachte. So war es oft, besonders wenn sie ihrer Naturinnigkeit die Zügel schießen ließ, für die sie das geistige Mädchen immerfort zu gewinnen trachtete. Es ist nicht zu sagen, wie sie den Frühling liebte, ihre Jahreszeit, in der sie geboren war, und die ihr, so behauptete sie, von jeher ganz persönlich geheime Ströme von Gesundheit und Lebenslust zugeführt habe. Beim Locken der Vögel in den lind gewordenen Lüften verklärte sich ihr Gesicht. Im Garten die ersten Krokus und Märzenbecher, das Sprießen und Prangen der Hyazinthen und Tulpen in den Rabatten am Haus freute die Gute zu

Tränen. Die lieben Veilchen an ihren Wegen ins Land, das gelb erblühende Ginster- und Forsythiengebüsch, der Rot- und Weißdorn, der Flieder gar, und wie die Kastanien ihre Kerzen aufsteckten, weiße und rote, – die Tochter mußte es alles mit ihr bewundern und in ihr Entzücken einstimmen: Rosalie holte sie aus ihrer zum Atelier eingerichteten Nordstube, von ihrem abstrakten Handwerk, und willig lächelnd legte Anna den Kittel ab und begleitete die Mutter stundenlang; denn sie war überraschend gut zu Fuß, und, wenn sie in Gesellschaft ihr Hinken durch möglichste Sparsamkeit der Bewegung verbarg, so ging sie doch, wenn sie frei und beliebig stampfen durfte, mit großer Ausdauer.

Die Baumblüte, wenn die Chausseen poetisch wurden, die heimatliche Landschaft um ihre Spazierwege sich in weiße und rosige, fruchtverheißende Lieblichkeit kleidete – was für eine bezaubernde Jahreszeit! Von den Blütenkätzchen der hohen Silberpappeln, die den Wasserlauf säumten, wo sie oft gingen, stäubte es schneeig auf sie hinab, trieb im Winde, bedeckte den Boden; und Rosalie, die auch dies entzückend fand, wußte genug Botanik, um die Tochter belehren zu können, daß die Pappelbäume »zweihäusige« Gewächse seien, bei denen die einen nur eingeschlechtig männliche, die anderen nur weibliche Blüten tragen. Sie sprach auch gern von Windbestäubung, will sagen: vom Liebesdienste des Zephirs an den Kindern der Flur, seinem gefälligen Hintragen des Blütenstaubes auf die keusch wartende weibliche Narbe, – eine Art der Befruchtung, die ihr besonders anmutig schien.

Die Rosenzeit war ihre ganze Wonne. Sie zog die Königin der Blumen an Stöcken in ihrem Garten, schützte sie sorgfältig, mit gebotenen Mitteln, gegen fressende Raupen, und immer standen, solange die Glorie nur währte, auf den Etagèren und Tischchen ihres Boudoirs Sträuße von wohlerquickten Rosen, knospenden, halb- und vollerblühten, roten namentlich (denn weiße sah sie nicht gern), von eigener Zucht oder Gaben der Aufmerksamkeit von Besucherinnen, denen ihre Passion bekannt war. Sie konnte lange, mit geschlossenen Augen ihr Gesicht in solchem Strauße bergen und, wenn sie es wieder daraus erhob, versichern, das sei Götterduft; als Psyche sich mit der Lampe über den schlafenden Amor beugte, habe sein Hauch, hätten seine Locken und Wangen ihr Näschen gewiß mit diesem Wohlgeruch erfüllt; es sei Himmelsarom, und sie zweifle nicht, daß man als seliger Geist dort oben in Ewigkeit Rosenduft atmen werde. – Dann werde man sich, war Annas skeptische Bemerkung dazu, sehr bald bis zu dem Grade an ihn gewöhnt haben, daß man ihn überhaupt nicht mehr spüren werde. Aber Frau von Tümmler verwies ihr die Altklugheit. Was sie da vorbringe, könne man ja, wenn man spotten wolle, von der ganzen Seligkeit sagen, und unbewußtes Glück sei Glück nichtsdestoweniger. Es war eine der Gelegenheiten, wo Anna der Mutter einen Kuß zärtlicher Nachsicht und Versöhnung gab, worauf sie zusammen lachten.

Fabrizierte Riechstoffe, Parfüms, gebrauchte Rosalie niemals, nur ausgenommen ein wenig erfrischendes Kölnisches Wasser von J. M. Farina, gegenüber dem Jülichsplatz. Aber was die Natur unserem Geruchssensorium an Holdheit, Süßigkeit, würziger Bitternis, auch an Schwülem, Berauschendem zu bieten hat, das liebte sie aus der Maßen und nahm es tief und dankbar, mit der sinnlichsten Andacht auf. An einem ihrer Spazierwege gab es einen Abhang, eine gestreckte Bodenfalte und untiefe Schlucht, auf ihrem Grunde dicht bewachsen mit Jasmin- und Faulbaumgesträuch, von dem an feucht-warmen, zum Gewitter neigenden Junitagen ganze Schwaden, Wolken erwärmten Wohlgeruchs beinahe betäubend emporquollen. Anna, obgleich sie leicht Kopfschmerzen davon bekam, mußte die Mutter immer wieder dorthin begleiten. Rosalie atmete den schwer aufwallenden Brodem mit bewunderndem Genuß, blieb stehen, ging weiter, verweilte wieder, beugte sich über den Hang und seufzte: »Kind, Kind, wie wundervoll! Das ist der Atem der Natur, das ist er, ihr süßer Lebenshauch, sonnerhitzt und getränkt mit Feuchte, so weht er uns wonnig aus ihrem Schoße zu. Genießen wir ihn in Verehrung, die wir auch ihre lieben Kinder sind.«

»Wenigstens du, Mama«, sagte Anna, indem sie den Arm der Schwärmerin nahm und sie hinkend weiterzog. »Mich mag sie weniger und verursacht mir diesen Druck in den Schläfen mit ihrem Duftgebräu.«

»Ja, weil du deinen Kopf gegen sie setzest«, antwortete Rosalie, »und ihr nicht huldigst mit deinem Talent, sondern dich mit ihm über sie erheben willst, sie zum bloßen Gedankenthema machst, wie du selber dich rühmst, und deine Sinneseindrücke Gott weiß wohin überträgst, ins Kalte. Ich achte es, Anna, aber an Stelle der lieben Natur würde ich es euch ebenfalls übelnehmen.« Und sie schlug ihr ernstlich vor: wenn sie schon auf Abstraktheit versessen sei und durchaus übertragen sein müsse, so solle sie doch einmal versuchen, Düfte in Farben auszudrücken.

Auf diesen Gedanken kam sie zur Zeit der Lindenblüte, gegen den Juli, – dieser denn doch für sie nun wieder einzig lieblichen Zeit, wenn ein paar Wochen lang die Alleebäume draußen bei offenen Fenstern das ganze Haus mit dem unbeschreiblich reinen und milden Geruchszauber ihres späten Flors erfüllten und das entzückte Lächeln überhaupt nicht von Rosaliens Lippen wich. Da sagte sie denn: »Das solltet ihr malen, euch künstlerisch daran versuchen! Ihr wollt die Natur ja nicht ganz und gar aus der Kunst vertreiben, sondern geht immerhin von ihr aus bei eueren Abstraktionen und braucht das Sinnliche zu seiner Vergeistigung. Nun, der Duft ist, wenn ich so sagen darf, sinnfällig und abstrakt zugleich, man sieht ihn nicht, ätherisch spricht er uns an, und der Versuch müßte euch reizen, das unsichtbar Beglückende dem Augensinn zu überliefern, auf dem doch schließlich die Malkunst beruht. Auf! Wo habt ihr eure Palette? Mischt das Beseligende darauf und tragt's auf die Leinwand als farbiges Glück, das ihr dann ›Lindenduft‹ etikettieren mögt, damit der Beschauer weiß, worauf ihr hinauswolltet.«

»Liebste Mama, du bist erstaunlich!« erwiderte Fräulein von Tümmler. »Problemstellungen denkst du dir aus, auf die kein Malprofessor verfällt! Aber weißt du auch, daß du eine ausge-

pichte Romantikerin bist mit deiner synästhetischen Vermischung der Sinne und deiner mystischen Wandlung von Düften
in Farben?«

»Ich verdiene wohl deinen gelehrten Spott.«

»Nein, du verdienst keinen Spott«, sagte Anna mit Innigkeit.

Aber auf einem Spaziergang im hohen August, am Nachmittag,
bei großer Hitze, kam ihnen etwas Sonderbares vor, das an Spott
gemahnte. Zwischen Wiesenland und dem Rand eines Gehölzes
gehend, fühlten sie sich plötzlich von Moschusduft angerührt,
fast unmerklich leise erst, dann stärker. Rosalie war es, die ihn
zuerst erschnupperte und mit einem »Ah! Woher das?« ihre
Wahrnehmung aussprach; aber gleich mußte die Tochter ihr zu-
stimmen: Ja, da war so ein Geruch, und zwar von der Klasse des
Moschusparfüms – unverkennbar. Zwei Schritte genügten, um
sie seiner Quelle ansichtig zu machen, die widerwärtig war. Es
war, am Wegesrand, ein in der Sonne kochendes, mit Schmeißfliegen dicht besetztes und von ihnen umflogenes Unrathäuf-
chen, das sie lieber gar nicht genauer betrachteten. Auf kleinem
Raum waren da Tierexkremente, oder auch menschliche, mit
faulig Pflanzlichem zusammengekommen, und der weit schon
verweste Kadaver irgendeines kleinen Waldgeschöpfes war auch
wohl dabei. Kurz, fieser konnte nichts sein, als dies brütende
Häufchen; seine üble, die Schmeißfliegen zu Hunderten anzie-
hende Ausdünstung aber war in ihrer zweideutigen Übergäng-
lichkeit und Ambivalenz schon nicht mehr Gestank zu nennen,
sondern ohne Zweifel als Moschusgeruch anzusprechen.

»Komm weiter«, sagten die Damen gleichzeitig, und Anna,
stärker den Fuß schleppend beim neuen Ansatz zum Gehen,
hängte sich bei der Mutter ein. Eine Weile schwiegen sie, als ob
sie den wunderlichen Eindruck bei sich verarbeiten müßten.
Dann sagte Rosalie:

»Da sieht man's, ich habe doch Moschus nie gemocht, noch
Bisam, was wohl dasselbe ist, und verstehe nicht, wie man sich
damit parfümieren mag. Zibet, glaube ich, gehört auch dahin.
Es riecht ja auch keine Blume und Blüte so, sondern in der Na-

turgeschichtsstunde haben wir es gehabt, daß manche Tiere es absondern aus gewissen Drüsen, Ratten, Katzen, die Zibetkatze, das Moschustier. Erinnerst du dich: In Schillers ›Kabale und Liebe‹ kommt ein Männchen vor, so eine Schranze, höchst läppisch, von dem es heißt, daß er mit großem Gekreisch hereinkommt und einen Bisamgeruch über das ganze Parterre verbreitet. Wie habe ich immer lachen müssen über die Stelle!«

Und sie erheiterten sich. Rosalie konnte noch immer ihr warmes, vom Herzen aufquellendes Lachen haben, auch damals, als die organischen Anpassungsschwierigkeiten ihrer Jahre, die stockende, dorrende Rückbildung ihres Weibtums ihr körperlich und seelisch zu schaffen machten. In der Natur hatte sie zu der Zeit einen Freund, ganz nahe bei ihrem Heim, in einem Winkel des Hofgartens (die Straße ›Malkasten‹ führte dorthin). Es war ein alter, einzeln stehender Eichbaum, knorrig verkrüppelt, mit zum Teil bloßliegenden Wurzeln, einem gedrungenen Stamm, der sich schon in geringer Höhe in knotige Äste teilte, dicke und davon abzweigende dünne. Der Stamm war hohl da und dort, mit Zement plombiert, – die Parkverwaltung tat etwas für den hundertjährigen Burschen; aber mancher Ast war schon abgestorben und brachte kein Laub mehr zustande, sondern griff kahl und verkrümmt in die Luft; andere dagegen, einzelne nur, aber bis hoch hinauf, begrünten im Frühling sich noch mit den immer heilig gehaltenen, zackig gebuchteten Blättern, aus welchen man Siegeskränze flicht. Rosalie sah das gar zu gern, verfolgte um die Zeit ihres Geburtstags das Keimen, Sprießen und Sichentfalten des Laubes an den Zweigen und Zweiglein des Baumes, zu denen noch Leben drang, teilnehmend von Tag zu Tag. Nahe bei ihm, auf einer Bank am Rande der Wiese, wo er stand, nahm sie mit Anna Platz und sagte:

»Wackerer Alter! Kannst du's ohne Rührung sehen, wie der sich hält und es immer noch treibt? Sieh dir die Wurzeln an, die armdicken, holzigen, wie die breithin sich ans Erdreich klammern und fest im Nährenden ankern. Hat manchen Sturm erlebt und wird noch manchen überleben. Der fällt nicht um. Hohl, zementiert, und zu voller Belaubung reicht es nicht mehr. Aber kommt seine Zeit, da steigen die Säfte ihm doch – nicht überall hin, aber er bringt's fertig, ein bißchen zu grünen, und man achtet es und schont seine Tapferkeit. Siehst du da oben das dünne Ausläuferchen mit seinen Blattknospen im Winde nicken? Rund herum will's nicht mehr recht, aber das Zweiglein da macht den Ehrenretter.«

»Gewiß, Mama, es ist achtenswert, wie du sagst«, entgegnete Anna. »Aber wenn es dir recht ist, möchte ich nun doch lieber nach Hause gehen. Ich habe Schmerzen.«

»Schmerzen? Sind es deine – aber ja, liebes Kind, wie konnte ich das vergessen! Ich mache mir Vorwürfe, dich mitgenommen zu haben. Gaffe den Alten an und achte nicht darauf, daß du dich vorbeugst beim Sitzen. Verzeih! Nimm meinem Arm, und wir gehen.«

Fräulein von Tümmler litt von jeher an heftigen Leibschmerzen, wenn ihre Regel im Anzuge war, – es hatte nichts auf sich damit, war nur eine längst gewohnte, auch von ärztlicher Seite als solche angesprochene konstitutionelle Unannehmlichkeit, die nun einmal in den Kauf zu nehmen war. So konnte die Mutter denn auch, auf dem kurzen Heimweg, geruhig tröstend, gut gemeint erheiternd und übrigens, ja dies besonders, mit Neid darüber zu der Geplagten sprechen.

»Weißt du noch«, sagte sie, »wie es schon gleich das erste Mal so war, als es dir jungem Dinge zuerst geschah und du so erschrakst, ich aber dich aufklärte, daß das nur natürlich und notwendig sei und erfreulich, ja eine Art von Ehrentag, weil sich daran zeige, daß du nun zum Weibe gereift seist? Du hast Leibweh zuvor, gut, das ist lästig und nicht unbedingt nötig, ich habe nie welches gehabt, aber es kommt vor, ich kenne außer dir noch zwei, drei Fälle, wo Schmerzen sind, und ich denke mir: Schmerzen, à la bonne heure, die sind bei uns Frauen was anderes als sonst wohl in der Natur und bei den Männern, die haben keine, außer nur, sie sind krank, und dann geben sie furchtbar an, auch Tümmler tat das, dein Vater, sobald er irgendwo Schmerzen hatte, obgleich er doch Offizier war und den Heldentod gestorben ist. Unser Geschlecht verhält sich da anders, leidet Schmerzen geduldiger, wir sind Dulderinnen, sozusagen zum Schmerz geboren. Denn vor allem kennen wir ja den natürlichen und gesunden Schmerz, den gottgewollten und heiligen bei der Geburt, der etwas ganz und gar Weibliches ist, den Männern erspart oder vorenthalten. Die dummen Männer entsetzen sich wohl vor unserem halb bewußtlosen Schreien und machen sich Vorwürfe und halten sich den Kopf, und bei allem Schreien lachen wir sie im Grunde aus. Als ich dich zur Welt brachte, Anna, da war es sehr arg. Von der ersten Wehe an dauerte es sechsunddreißig Stunden, und Tümmler lief die ganze Zeit in der Wohnung herum und hielt sich den Kopf, aber es war doch ein großes Lebensfest, und ich schrie auch nicht selbst, es schrie, es war eine heilige Ekstase der Schmerzen. Bei Eduard späterhin war es nicht halb so schlimm, aber für einen Mann wär's immer noch übergenug gewesen, die Herren Männer, die würden sich schönstens bedanken. Siehst du, Schmerzen, die sind gewöhnlich das Warnungssignal der immer wohlmeinenden Natur, daß eine Krankheit sich im Körper entwickelt, – holla, heißt es, da ist was in Unordnung, tu gleich etwas dagegen, nicht sowohl gegen die Schmerzen, als gegen das, was damit gemeint ist. Es kann auch bei uns so sein und diese Meinung haben, gewiß. Aber, wie du ja weißt, dein Leibweh da, vor der Regel, das ist nicht von dieser Meinung und warnt dich vor nichts. Eine Spielart von Weibesschmerzen ist das und darum ehrwürdig, so mußt du es nehmen, als weiblichen Lebensakt. Immer, solange wir Weib sind, kein Kind mehr und noch keine unfähige Alte, immer wieder ist da ein verstärktes strotzendes Blutleben unseres mütterlichen Organs, wodurch die liebe Natur es vorbereitet, das befruchtete Ei aufzunehmen, und wenn eines da ist, wie es ja schließlich auch in meinem langen Leben nur zweimal in großem Abstande der Fall war, dann bleibt es aus, das Monatliche, und wir sind in gesegneten Umständen. Himmel, wie ich freudig erschrak, als es mir ausblieb das erste Mal, vor dreißig Jahren! Das warst du, mein liebes Kind, mit der ich da gesegnet war, und ich weiß noch, wie ich es Tümmler anvertraute und errötend meinen Kopf an

seinen lehnte und ganz leise sagte: ›Robert, es ist an dem, alle
Anzeichen sprechen dafür, und bei mir, da is wat am kommen‹...«

»Liebe Mama, tu mir die einzige Liebe und sprich nicht so
rheinisch, es irritiert mich im Augenblick.«

»Oh, verzeih, Herzenskind, das ist gewiß das Letzte, was ich
beabsichtige, daß ich dich auch noch irritiere. Es ist nur, daß
ich damals in meiner glückseligen Verschämtheit wirklich zu
Tümmlern so sagte. Und dann: wir sprechen ja von natürlichen Dingen, nicht wahr, und Natur und Dialekt, die haben
für mein Gefühl was miteinander zu tun, wie Natur und Volk
miteinander zu tun haben, – wenn es Unsinn ist, so verbessere
mich, du bist soviel klüger, als ich. Ja, klug bist du und stehst
als Künstlerin mit der Natur nicht auf bestem Fuß, sondern
mußt sie ins Geistige übertragen, in Kubusse und Spiralen, und
da wir schon davon sprechen, wie eins mit dem andern zu tun
hat, so möchte ich wohl wissen, ob das nicht zusammenhängt,
dein stolzes, geistreiches Verhalten zu der Natur – und daß sie
gerade dir diese Leibschmerzen macht bei der Regel.«

»Aber Mama«, sagte Anna und mußte lachen. »Mich schiltst
du geistreich und stellst selber ganz unerlaubt geistreiche Theo-
rien auf!«

»Wenn ich dich ein bißchen gaudiere damit, Kind, soll die
einfältigste Theorie mir recht sein. Was ich aber sagte von redlichen Weibesschmerzen, damit meine ich es ganz ernst und
tröstlich. Sei nur froh und stolz mit deinen dreißig Jahren, daß
du in voller Blüte stehst deines Blutes. Glaube mir: ich wollte
beliebige Leibwehen gern in Kauf nehmen, wenn es mir noch
ginge wie dir. Aber leider will es mir nicht mehr so gehen,
immer spärlicher und unregelmäßiger geschah es mir, und seit
zwei Monaten schon ist es überhaupt nicht mehr eingetreten.
Ach, es geht mir nicht mehr nach der Weiber Weise, wie es in
der Bibel heißt, ich glaube, von Sara, ja, von Sara, bei der dann
ein Fruchtbarkeitswunder geschah, aber das ist wohl nur so
eine fromme Geschichte, wie sie heutzutage nicht mehr geschieht. Wenn es uns nicht mehr geht nach der Weiber Weise,

dann sind wir eben kein Weib mehr, sondern nur noch die vertrocknete Hülle von einem solchen, verbraucht, untauglich, ausgeschieden aus der Natur. Mein liebes Kind, das ist sehr bitter. Bei den Männern, da braucht es, glaube ich, ihr Leben lang nicht zu enden. Ich kenne welche, die lassen mit achtzig noch keine Frau in Ruh, und Tümmler, dein Vater, war auch so einer, – wie habe ich dem durch die Finger sehen müssen, als er schon Oberstleutnant war! Was sind auch fünfzig Jahre für einen Mann? Ein bißchen Temperament vorausgesetzt, hindern die ihn noch lange nicht, den Schwerenöter zu machen, und mancher hat Glück mit grauen Schläfen bei ganz jungen Mädchen. Aber uns Frauen sind alles in allem fünfunddreißig gesetzt für unser Blut- und Weibesleben, für unser Vollmenschentum, und wenn wir fünfzig sind, da sind wir ausgedient, da erlischt unsere Fähigkeit, zu gebären, und vor der Natur sind wir bloß noch Gerümpel.«

Auf diese Worte von naturfrommer Härte antwortete Anna anders, als manche Frau zu Recht wohl geantwortet hätte. Sie sagte aber:

»Wie du doch sprichst, Mama, und wie du die Würde schmähst und zu verschmähen scheinst, die der älteren Frau gebührt, wenn sie ihr Leben erfüllt hat und von der Natur, die du doch liebst, in einen neuen und milden Stand überführt wird, einen Würdenstand höherer Liebenswürdigkeit, worin sie den Menschen, Nächsten und Ferneren, so viel noch zu geben, zu sein vermag. Die Männer, du willst sie beneiden, weil ihr Geschlechtsleben ungenauere Grenzen hat, als das weibliche. Aber ich zweifle, ob das gar so achtbar, ob es ein Grund ist zum Neide, und jedenfalls haben alle gesitteten Völker immer der Matrone die ausgesuchteste Ehrerbietung entgegengebracht, haben sie geradezu heilig gehalten, und heilig halten wollen wir dich in deiner lieben, reizenden Alterswürde.«

»Liebste« – und Rosalie zog die Tochter an sich im Gehen –, »du sprichst so schön und klug und überlegen, trotz deiner Schmerzen, über die ich dich trösten wollte, und nun tröstest du deine törichte Mutter ob ihrer unwürdigen Kümmernisse.

Aber es ist recht schwer mit der Würde und mit dem Abschied, mein liebes Kind, recht schwierig schon für den Körper allein, sich in seinen neuen Stand zu finden, das bringt viel Plage an und für sich schon. Und wenn da nun auch noch ein Gemüt ist, das von Würde und vom verehrten Matronenstande noch gar nicht viel wissen will und in Widerspruch steht zur Vertrocknung des Körpers, – da ist es schwierig erst recht. Die Anpassung der Seele an die neue Körperverfassung, die ist das Schwierigste.«

»Gewiß, Mama, ich verstehe das wohl. Aber sieh doch, Körper und Seele, die sind ja eins; das Psychische ist nicht weniger Natur, als das Physische; die Natur schließt auch jenes ein, und dir braucht nicht bange zu sein, daß dein Seelisches lange sich disharmonisch verhalten kann zur natürlichen Wandlung des Körpers. Du mußt es dir so denken, daß das Seelische nur eine Ausstrahlung ist des Körperlichen, und wenn die liebe Seele glaubt, ihr falle die allzu schwere Aufgabe zu, sich dem veränderten Körperleben anzupassen, so wird sie bald merken, daß sie gar nichts zu tun hat, als dieses gewähren und auch an ihr sein Werk tun zu lassen. Denn es ist der Körper, der sich die Seele schon bildet nach seinem Stande.«

Fräulein von Tümmler wußte, warum sie das sagte, denn um die Zeit, als die vertraute Mutter zu ihr sprach, wie oben, war daheim schon öfters ein neues Gesicht zu sehen, eines mehr als bisher, und verlegenheitsträchtige Entwicklungen hatten sich angebahnt, die Annas stiller, besorgter Beobachtung nicht entgingen.

Das neue Gesicht, herzlich wenig bemerkenswert, wie Anna fand, nicht eben vom Geiste gezeichnet, gehörte einem jungen Mann namens Ken Keaton, einem etwa vierundzwanzig Jahre alten, vom Kriege herübergeführten Amerikaner, der sich seit einiger Zeit in der Stadt aufhielt und in einem und dem anderen Hause englischen Unterricht erteilte oder auch nur zu englischer Konversation von reichen Industriellendamen gegen Honorar herangezogen wurde. Davon hatte Eduard, seit Ostern in Oberprima, gehört und seine Mutter recht sehr um die Gunst gebeten, sich von Mr. Keaton einige Male die Woche, nachmittags, ins Englische einführen zu lassen. Denn das Gymnasium bot ihm zwar eine Menge Griechisch und Latein und glücklicherweise auch hinlänglich viel Mathematik, aber kein Englisch, welches ihm doch für seine Zukunftsziele sehr wichtig schien. Sobald er schlecht und recht mit dem langweiligen Humanismus zu Rande gekommen sein würde, wollte er das Polytechnikum beziehen und, so plante er, später zu weiterer Ausbildung nach England oder auch gleich ins Dorado der Technik, nach den Vereinigten Staaten gehen. Darum war er froh und dankbar, daß die Mutter, aus Achtung vor der Klarheit und Entschiedenheit seiner Willensrichtung, ihm seinen Wunsch bereitwillig erfüllte, und die Arbeit mit Keaton, montags, mittwochs und samstags, machte ihm großes Vergnügen, ihrer Zweckmäßigkeit halber und dann weil es spaßig war, eine neue Sprache so ganz aus den Anfangsgründen, wie ein ABC-Schütz, zuerst an Hand einer kleinen ›primer‹, will sagen einer Kinderfibel, zu lernen: Vokabeln, ihre oft abenteuerliche Rechtschreibung, ihre höchst wunderliche Aussprache, die Ken dem Schüler, indem er das l auf mehr als rheinische Art im Halse bildete und das r am Gaumen ungerollt tönen ließ, in so gedehnter Übertriebenheit vormachte, als wollte er seine eigene Muttersprache ins Komische ziehen. »Scrr–ew the top on!« sagte er. »I sllept like a top.« »Alfred is a tennis play-err. His shoulders are thirty inches brr–oaoadd.« Eduard konnte über Alfred, den breitschultrigen Tennisspieler, über den noch so manches Rühmliche, unter Verwendung von möglichst viel »though« und »thought« und »taught« und »tough« ausgesagt wurde, die ganzen anderthalb Unterrichtsstunden lachen, machte aber sehr gute Fortschritte, gerade weil Keaton gar kein gelernter Lehrer war und eine völlig lockere Methode verfolgte, will sagen: alles aufs Gelegentliche abstellte und unbekümmert drauflos praktizierend, mit slang-Geschwätz und nonsense den Schüler, der sich nichts besseres wünschte, in seine bequeme und humoristische, weltläufige Sprache hineinzog.

Frau von Tümmler, angelockt von der in Eduards Zimmer herrschenden Vergnügtheit, kam manchmal zu den jungen Leuten herüber und nahm etwas teil an der förderlichen Kurzweil, lachte herzlich mit über Alfred, the tennis play-err und fand eine gewisse Ähnlichkeit zwischen ihm und dem jungen Privatlehrer ihres Sohnes, besonders was die Schultern betraf, die auch bei diesem von stattlicher Breite waren. Übrigens hatte Ken dichtes blondes Haar, ein nicht sonderlich hübsches, aber auch nicht unangenehmes, harmlos freundliches Jungengesicht, das dank einem Anfluge angelsächsischen Gepräges denn doch hier nicht ganz gewöhnlich wirkte, und war vorzüglich gewachsen, was sich trotz seiner lockeren, weiten Kleidung ersehen ließ, jugendlich kräftig, mit langen Beinen und schmalen Hüften. Sehr anständige Hände hatte er auch, mit einem nicht zu schmuckhaften Ring an der linken. Sein einfaches, völlig ungezwungenes, aber nicht unmanierliches Wesen, sein drolliges Deutsch, das sein Mund ebenso unverleugbar englisch formte wie die französischen und italienischen Brocken, die er wußte (denn er war in mehreren europäischen Ländern gewesen) – dies alles gefiel Rosalien sehr; namentlich seine große Natürlichkeit nahm sie für ihn ein; und dann und wann, schließlich beinahe regelmäßig, lud sie ihn nach dem Unterricht, ob sie diesem nun beigewohnt hatte oder nicht, zum Abendessen ein. Zum Teil beruhte ihr Interesse für ihn darauf, daß sie gehört hatte, er habe viel Glück bei Frauen. Mit diesem Gedanken musterte sie ihn und fand das Gerücht nicht unbegreiflich, obgleich es ihr nicht ganz gefallen wollte, daß er, wenn er beim Essen und Sprechen ein wenig aufstoßen mußte, die Hand vor den Mund legte und »Pardon me!« sagte, was manierlich gemeint war, aber auf den Zwischenfall ganz unnötig aufmerksam machte.

Ken war, wie er bei Tische erzählte, in einer kleinen Stadt eines östlichen Staates geboren, wo sein Vater in wechselnden Berufen tätig gewesen war, einmal als broker, einmal als Leiter einer Tankstelle, und im realestate business hatte er zeitweise auch etwas Geld gemacht. Der Sohn hatte die High School besucht, wo man, wenn man ihm glauben sollte, – »nach europäischen Begriffen«, wie er respektvoll hinzufügte – überhaupt nichts lernte, und war dann, ohne erst viel zu fragen, eben um noch etwas zu lernen, in Detroit, Michigan, in ein College eingetreten, wo er sich das Studium durch seiner Hände Arbeit, als Geschirrwäscher, Koch, Speisenträger, Campus-Gärtner verdient hatte. Frau von Tümmler fragte ihn, wie er sich denn dabei die weißen, man könne sagen: herrschaftlichen Hände habe bewahren können, und er antwortete, bei grober Arbeit habe er immer Handschuhe getragen, kurze Polohemdärmel wohl, oder auch gar nichts am Oberkörper, aber Handschuhe. Das täten viele oder die meisten Arbeiter drüben, Bauarbeiter etwa, damit sie keine schwieligen Proletarierpfoten bekämen, sondern Hände behielten wie Advokatenschreiber, mit einem Ring daran.

Rosalie lobte den Brauch, aber Keaton meinte: Brauch? Das Wort sei zu gut dafür, und einen ›Brauch‹, im Sinne alter europäischer Volksbräuche – er pflegte ›continental‹ für ›europäisch‹ zu sagen – könne man es nicht nennen. So ein alter deutscher Volksbrauch zum Beispiel, wie der der ›Lebensrute‹ – daß nämlich die Burschen in der Weihnachts- und der Osterzeit die Mädchen und auch wohl Vieh und Bäume mit frischen Birken- und Weidengerten schlügen, oder ›pfefferten‹ oder ›fitzten‹, wie sie es nannten, wobei es auf Gesundheit und Fruchtbarkeit abgesehen sei, – ja das sei ein Brauch, ein urtümlicher, und das gefalle ihm. ›Schmackostern‹ heiße das Pfeffern oder Fitzen im Frühjahr.

Tümmlers wußten gar nichts vom Schmackostern und wunderten sich über Kens Beschlagenheit im Volkstümlichen. Eduard lachte über die Lebensrute, Anna zog ein Gesicht, und nur Rosalie zeigte sich, ganz in Übereinstimmung mit dem Gaste, entzückt davon. Der sagte, das sei allerdings was anderes als Handschuhe beim Arbeiten, und so etwas könne man lange suchen in Amerika, schon weil es dort Dörfer nicht gäbe und die Bauern gar keine Bauern seien, sondern Unternehmer wie alle anderen und keinerlei Bräuche hätten. Überhaupt ließ er, obgleich so unverwechselbar amerikanisch nach seinem ganzen

Habitus, geringe Anhänglichkeit merken an sein großes Heimatland. »He didn't care for America«, er machte sich nichts daraus, ja fand es mit seiner Dollarjagd und Kirchengängerei, seiner Erfolgsbigotterie und kolossalen Durchschnittlichkeit, vor allem aber mit seinem Mangel an historischer Atmosphäre eigentlich greulich. Natürlich habe es eine Geschichte, aber das sei nicht ›History‹, sondern bloß eine kurze, platte success story. Gewiß habe es, außer seinen enormen Wüsten, schöne und großartige Landschaften, aber es sei ›nichts dahinter‹, während in Europa bei allem so viel dahinter sei, besonders hinter den Städten mit ihrer tiefen historischen Perspektive. Die amerikanischen Städte – he didn't care for them. Sie seien gestern hingestellt und könnten morgen ebensogut wieder weggenommen werden. Die kleinen seien stumpfsinnige Nester, von denen eines genau aussehe wie das andere, und die großen aufgeplusterte, grausame Ungeheuer mit Museen voll aufgekauften ›continentalen‹ Kulturgutes. Aufgekauft sei ja besser, als wenn es gestohlen wäre, aber viel besser nicht, denn was von 1400 und 1200 nach Christo sei, das sei an gewissem Ort doch so gut wie gestohlen.

Man lachte über Kens pietätlose Redereien und tadelte ihn auch deswegen, aber er entgegnete, es sei gerade Pietät, was ihn so reden lasse, nämlich der Respekt vor der Perspektive und vor der Atmosphäre. Ganz frühe Geschichtszahlen, 1100, 700 nach Christo, die seien seine Passion und sein hobby, und in Geschichte sei er auf dem College immer am besten gewesen – in Geschichte und in athletics. Es habe ihn schon längst nach Europa gezogen, wo die frühen Geschichtszahlen zu Hause seien, und bestimmt hätte er sich auch ohne Krieg, auf eigene Hand, als Matrose oder Tellerwäscher, herübergearbeitet, um nur historische Luft zu atmen. Aber der Krieg sei ihm freilich wie gerufen gekommen, und 1917 habe er sich gleich zur army gemeldet und während des trainings immer gefürchtet, der Krieg möchte zu Ende gehen, bevor sie ihn hinüberbrächten. Gerade war er dann doch noch vor Torschluß in der Pferche eines Truppentransports hergelangt, nach Frankreich, und war wirklich noch ins Gefecht

926

gekommen, nahe Compiègne, wobei er denn auch eine Verwundung davongetragen hatte, gar keine ganz leichte, so daß er wochenlang im Hospital habe liegen müssen. Es war eine Nierenverletzung gewesen, und nur eine seiner Nieren arbeitete jetzt noch, was ihm aber völlig genügte. Immerhin, sagte er lachend, sei er etwas wie ein Invalide und beziehe auch eine kleine Invalidenpension, die ihm mehr wert sei, als die zerschossene Niere.

Vom Invaliden habe er wirklich gar nichts, stellte Frau von Tümmler fest, und er erwiderte: »Nein, gottlob, only a little cash!«

Aus dem Hospital entlassen, hatte er den Dienst quittiert, war ›honorably discharged‹ worden, mit einer Tapferkeitsmedaille, und war für unbestimmte Zeit in Europa geblieben, wo er es wundervoll fand und wo er in frühen Geschichtszahlen schwelgte. Die französischen Kathedralen, die italienischen Campaniles, Palazzi und Galerien, die Schweizer Ortschaften, ein Platz wie Stein am Rhein, das sei ja most delightful indeed. Und der Wein überall, die bistro's in Frankreich, die Trattorien in Italien, die gemütlichen Wirtshäuser in der Schweiz und in Deutschland, ›zum Ochsen‹, ›zum Mohren‹, ›zum Sternen‹, – wo gebe es so etwas drüben? Da gebe es gar keinen Wein, sondern nur drinks, Whisky und Rum und keinen kühlen Schoppen Elsässer oder Tiroler oder Johannisberger am eichenen Tisch in der historischen Trinkstube oder in einer Geißblattlaube. Good heavens! Die in Amerika, die wüßten überhaupt nicht zu leben.

Deutschland! Das war sein Lieblingsland, obgleich er wenig weit darin vorgedrungen war und eigentlich nur die Ortschaften am Bodensee und dann, dies allerdings sehr genau, das Rheinland kannte. Das Rheinland mit seinen lieben, lustigen Leuten, so amiable, besonders wenn sie ein bißchen ›knüll‹ seien; mit seinen altehrwürdigen Städten voller Atmosphäre, Trier, Aachen, Koblenz, dem heiligen Köln, – man solle nur einmal versuchen eine amerikanische Stadt ›heilig‹ zu nennen – Holy Kansas City, haha! Der Goldschatz, gehütet von den Nixen des

Missouri-River, hahaha – Pardon me! Von Düsseldorf und seiner langen Geschichte seit den Merowingern wußte er mehr, als Rosalie und ihre Kinder zusammengenommen, und sprach vom Hausmeier Pippin, vom Barbarossa, der die Kaiserpfalz von Rindhusen erbaut, und von der Salierkirche in Kaiserswerth, wo Heinrich IV. als Kind zum König gekrönt wurde, von Albert vom Berg, Jan Wellem vom Palatin und von viel anderem noch, wie ein Professor.

Rosalie sagte denn auch, er könne ja ebensogut Geschichtsunterricht erteilen wie englischen. Da wäre die Nachfrage zu gering, erwiderte er. Oh, nicht doch, gab sie zur Antwort. Sie selbst zum Beispiel, die durch ihn recht gewahr werde, wie wenig sie wisse, würde gleich Stunden bei ihm nehmen. »A bit fainthearted« würde er sein, gestand er; und da äußerte sie etwas mit Empfindung Beobachtetes: Es sei im Leben so seltsam und gewissermaßen schmerzlich, daß Zaghaftigkeit herrsche zwischen Jugend und Alter. Die Jugend sei scheu vor dem Alter, weil sie von seiner Würde kein Verständnis für ihren grünen Lebenszustand erwarte, und das Alter scheue die Jugend, weil es sie, eben als Jugend, in tiefster Seele bewundere, es aber seiner Würde schuldig zu sein glaube, diese Bewunderung hinter Spott und falscher Herablassung zu verbergen.

Ken lachte vergnügt und beifällig, Eduard meinte, die Mama rede ja wie ein Buch, und Anna sah ihre Mutter forschend an. Diese war recht lebhaft in Mr. Keatons Gegenwart, leider sogar manchmal etwas geziert; sie lud ihn oft ein und betrachtete ihn, selbst wenn er hinter der Hand »Pardon me« sagte, mit einem Ausdruck mütterlicher Rührung, welcher Anna, die trotz der Europaschwärmerei des jungen Menschen, seiner Passion für Jahreszahlen wie 700 und seiner Kenntnis sämtlicher Altbierkneipen Düsseldorfs, nichts an ihm fand, etwas fragwürdig im Punkte der Mütterlichkeit erschien und ihr wenig behaglich war. Zu oft erkundigte Frau von Tümmler sich, wenn Mr. Keatons Gegenwart bevorstand, mit nervöser Besorgnis bei ihr, ob auch ihre Nase nicht gerötet sei. Sie war es, obgleich Anna es beruhigend bestritt. Und war sie es nicht im voraus, so rötete sie sich doch ungewöhnlich stark beim Zusammensein mit dem Jungen. Dann aber schien die Mutter nicht mehr daran zu denken.

Anna sah recht: Rosalie hatte begonnen, sich an den jugendlichen Präzeptor ihres Sohnes zärtlich zu verlieren, ohne dem raschen Aufkeimen dieser Neigung Widerstand zu leisten, vielleicht ohne ihrer recht gewahr zu werden und jedenfalls ohne sich um ihre Geheimhaltung sonderlich zu bemühen. Merkmale, die ihrer weiblichen Beobachtung bei jeder anderen nicht entgangen wären: ein girrendes und überentzücktes Lachen bei Kens Plaudereien, ein inniges Blicken und dann Sichverbergen der glänzender gewordenen Augen, schien sie bei sich selbst für unbemerkbar zu halten, – wenn sie nicht trotzte auf ihr Gefühl und zu stolz darauf war, um ein Hehl daraus zu machen.

Ganz deutlich wurde der gequälten Anna die Lage der Dinge an einem sehr sommerlich warmen Septemberabend, als Ken zu Tische geblieben war und Eduard nach der Suppe, der großen Hitze wegen, um die Erlaubnis bat, seine Jacke abzulegen. Die jungen Leute, hieß es, möchten sich doch keinen Zwang auferlegen, und so folgte Ken dem Beispiel seines Schülers. Er machte sich nicht das geringste daraus, daß er, anders als Eduard, der ein farbiges Hemd mit langen Manschettenärmeln trug, seine Jacke einfach über sein weißes, ärmelloses Trikothemd gezogen hatte und nun also seine bloßen Arme zeigte, – sehr ansehnliche, runde, kräftige, weiße junge Arme, die es ganz glaubhaft machten, daß er auf dem College in ›athletics‹ ebensogut gewesen war, wie in Geschichte. Die Erschütterung, die ihr Anblick der Hausfrau zufügte, war er sicher weit entfernt zu bemerken, und auch Eduard hatte kein Auge dafür. Aber Anna beobachtete diese Erschütterung mit Pein und Erbarmen. Rosalie, fieberhaft sprechend und lachend, war abwechselnd wie mit Blut übergossen und erschreckend bleich, und ihre entweichenden Augen kehrten nach jeder Flucht, unbändig angezogen, zu diesen Armen zurück, um für selbstvergessene Sekunden mit einem Ausdruck tiefer sinnlicher Trauer darauf zu verweilen.

Anna, erbittert über Kens primitive Harmlosigkeit, der sie nicht einmal völlig traute, machte, sobald es sich irgend rechtfertigen ließ auf die nun doch durch die offene Glastür vom Garten hereindringende Abendkühle aufmerksam und empfahl, vor Erkältung warnend, das Wiederanlegen der Jacken. Aber Frau von Tümmler beendete den Abend fast unmittelbar nach Tische. Sie schützte Migräne vor, verabschiedete sich von dem Gast auf eine gewisse fliegende Weise und zog sich in ihr Schlafzimmer zurück. Auf ihre Ottomane hingestreckt, das Gesicht mit den Händen bedeckt und wieder noch im Kissen verborgen, machte sie sich, überwältigt von Scham, Schrecken und Wonne, das Geständnis ihrer Leidenschaft.

»Großer Gott, ich liebe ihn ja, liebe ihn, wie ich nie geliebt, ist das denn zu fassen? Bin ich doch zur Ruhe gesetzt, von der Natur in den milden, würdigen Matronenstand überführt. Ist es da nicht ein Gelächter, daß ich noch Wollust pflegen soll, wie ich es tue in meinen verschreckten, wonnevollen Gedanken bei seinem Anblick, beim Anblick seiner Götterarme, von denen umschlossen zu sein mich wahnsinnig verlangt, seiner herrlichen Brust, die ich in Jammer und Begeisterung unter dem Trikot sich abzeichnen sah? Bin ich eine schamlose Alte? Nein, nicht schamlos, denn vor ihm schäme ich mich, vor seiner Jugend, und weiß nicht, wie ich ihm begegnen und ihm in die Augen, die schlichten, freundlichen Knabenaugen blicken soll, die sich von mir keines heißen Gefühles versehen. Ich aber bin mit der Lebensrute geschlagen, er selbst, der Nichtsahnende, hat mich damit gefitzt und gepfeffert, Schmackostern hat er mir angetan! Warum mußte er davon sprechen in seiner Jugendfreude an altem Volksbrauch? Nun läßt der Gedanke an seine weckenden Rutenstreiche mein ganzes Inneres überströmt, überschwemmt sein von schamvoller Süßigkeit. Ich begehre ihn – habe ich denn je schon begehrt? Tümmler begehrte mich, als ich jung war, und ich ließ mir's gefallen, willigte in sein Werben, nahm ihn zur Ehe in seiner Stattlichkeit, und wir pflegten der Wollust auf sein Begehren. Diesmal bin ich's, die begehrt, von mir aus, auf eigene Hand, und habe mein Auge auf ihn geworfen wie ein Mann auf das junge Weib seiner Wahl – das machen die Jahre, mein Alter macht es und seine Jugend. Jugend ist weiblich und männlich das Verhältnis des Alters zu ihr, aber nicht froh und zuversichtlich in seinem Begehren, sondern voll Scham und Zagen vor ihr und der ganzen Natur, seiner Untauglichkeit wegen. Ach, viel Leiden steht mir bevor, denn wie kann ich hoffen, daß er sich mein Begehren gefallen läßt, und wenn gefallen, daß er willigt in mein Werben, wie ich in Tümmlers. Ist er ja doch auch kein Mädchen mit seinen festen Armen, – nichts weniger als das, sondern ein junger Mann, der selbst begehren will und, so sagt man, viel Glück darin hat bei Frauen. Frauen hat er, soviel er will, hier in der Stadt. Meine Seele windet sich und schreit auf bei dem Gedanken vor Eifersucht. Er macht englische Konversation mit Louise Pfingsten in der Pempelforter Straße und mit der Lützenkirchen, Amélie Lützenkirchen, deren Mann, der Topffabrikant, dick, kurzatmig und faul ist. Louise ist überlang von Statur und hat einen schlechten Haaransatz, ist aber erst achtunddreißig und kann süße Augen machen. Amélie ist nur wenig älter und hübsch, sie ist leider hübsch, und der Dicke läßt ihr jede Freiheit. Ist es möglich, daß sie in seinen Armen liegen, oder doch eine von ihnen, wahrscheinlich Amélie, kann aber auch gleichzeitig sein die lange Louise, – in diesen Armen, nach deren Umschlingung mich mit einer Inbrunst verlangt, die ihre dummen Seelen nicht aufbringen? Daß sie seines heißen Atems, seiner Lippen, seiner Hände genießen, die ihre Formen liebkosen? Meine Zähne, diese noch so guten, wenig ausgebesserten Zähne knirschen, ich knirsche mit ihnen, da ich es denke. Auch meine Formen sind besser, der Liebkosung seiner Hände würdiger, als ihre, und welche Zärtlichkeit hätte ich ihm bereit, welche unsägliche Hingabe! Sie aber sind fließende Brunnen und ich ein versiegter, dem keine Eifersucht mehr zukommt. Eifersucht, quälende, zehrende, knirschende! Habe ich einmal nicht, auf der Gartenpartie bei Rollwagens, dem Maschinen-Rollwagen und seiner Frau, wo er mit eingeladen war, – habe ich nicht mit meinen Augen, die alles sehen, einen raschen Austausch von Blick und Lächeln zwischen ihm und Amélie aufgefangen, der fast unzweifelhaft auf Heimlichkeit deutete? Damals schon zog sich mein Herz zusammen in schnürendem Schmerz, doch ich verstand es nicht und dachte nicht, daß es Eifersucht sei, weil ich mich ihrer nicht mehr für fähig erachtete. Aber ich bin's, nun verstehe ich es und leugne es mir nicht ab, sondern juble ob meiner Schmerzen, die da in wunderbarer Disharmonie stehen zur Wandlung des Körpers. Das Seelische nur eine Ausstrahlung des Körperlichen, sagt Anna, und dieses bildet sich schon die Seele nach seinem Stande? Anna weiß viel, Anna weiß gar nichts. Nein, ich will nicht sagen, daß sie nichts weiß. Sie hat gelitten, sinnlos geliebt und schamvoll gelitten, und so weiß sie manches. Aber daß die Seele mit dem Körper zusammen in den milden, ehrwürdigen Matronenstand überführt wird, das weiß sie falsch, denn sie glaubt nicht an Wunder, weiß nicht, daß die Natur die Seele kann wunderbar aufblühen lassen, wenn es schon spät ist, ja zu spät ist, – aufblühen in Liebe, Begehren und Eifersucht, wie ich es in seliger Qual erfahre. Sara, die Greisin, hörte es hinter der Tür der Hütten, was ihr noch zugedacht war, und lachte. Dafür zürnte ihr Gott und sprach: Warum lachet deß Sara? Ich, ich will nicht gelacht haben. Ich will glauben an das Wunder meiner Seele und Sinne, will das Naturwunder verehren meines schmerz- und schamhaften Seelenfrühlings, und meine Scham soll nur der Begnadung gelten durch diese späte Heimsuchung...«

So Rosalie, für sich allein, an jenem Abend. Nach einer Nacht voll auffahrender Unruhe und einigen Stunden tiefen Morgenschlafs, war ihr erster Gedanke beim Erwachen der an die Leidenschaft, mit der sie geschlagen, gesegnet war, und der sich zu verweigern, die sittlich von sich zu weisen, ihr nicht einmal in den Sinn kam. Die liebe Frau war begeistert von der überlebenden Fähigkeit ihrer Seele, zu blühen in süßem Leide. Fromm war sie nicht besonders und ließ Gott, den Herrn, aus dem Spiel. Ihre Frömmigkeit galt der Natur und ließ sie bewundern und hochhalten, was diese, gleichsam gegen sich selbst, in ihr wirkte. Ja, gegen die natürliche Schicklichkeit war es, dies Aufblühen ihrer Seele und Sinne, beglückend zwar, doch ermutigend nicht und wollte verhehlt und verschwiegen sein vor aller Welt, sogar vor der vertrauten Tochter, besonders aber vor ihm, dem Geliebten, der nichts ahnte und nichts ahnen durfte; denn wie durfte sie mutig die Augen aufschlagen zu seiner Jugend?

So kam in ihr Verhalten zu Keaton ein gesellschaftlich völlig absurdes Etwas von Unterwürfigkeit und Demut, das Rosalie trotz allem Stolze auf ihr Gefühl nicht daraus zu verbannen vermochte, und das auf den Sehenden, auf Anna also, peinvoller wirkte, als alle anfängliche Lebhaftigkeit und Überheiterkeit des Gebarens. Schließlich sah sogar Eduard, und es gab Augenblicke, wo die Geschwister, über ihre Teller geneigt, sich auf die Lippen bissen, während Ken, vom verlegenen Schweigen verständnislos angerührt, fragend um sich blickte. Rat und Aufklärung suchend stellte Eduard bei Gelegenheit seine Schwester zur Rede.

»Was ist mit Mama?« fragte er sie. »Mag sie Keaton nicht mehr?« Und da Anna schwieg, setzte der junge Mensch verzogenen Mundes hinzu: »Oder mag sie ihn zu gern?«

»Was fällt dir ein«, war die verweisende Antwort. »Das sind nicht Dinge für Jungen. Nimm deinen Anstand zusammen und erlaube dir keine unzukömmlichen Wahrnehmungen!« Es folgte noch: Soviel könne er sich pietätvollerweise sagen, daß die Mutter, wie alle Frauen einmal, durch eine Periode dem Wohlbefinden abträglicher Schwierigkeiten zu gehen habe.

»Sehr neu und lehrreich für mich!« meinte der Primaner ironisch. Aber die Erläuterung sei ihm zu allgemein. Die Mutter quäle sich auf speziellere Art, und auch sie selbst, die sehr verehrte Schwester, sei ja offensichtlich gequält, – von ihm, dem dummen Jungen, hier nicht zu reden. Vielleicht könne der dumme Junge sich nützlich machen, indem er die Entfernung seines allzu netten Lehrers anrege. Er habe genug von Keaton profitiert, könne er der Mutter sagen, und dieser möge wieder einmal ›honorably discharged‹ werden.

»Tu das, lieber Eduard«, sagte Anna; und er tat es.

»Mama«, sagte er, »ich denke, wir könnten nun mit den Englischstunden und mit den laufenden Ausgaben dafür, die ich dir zugemutet habe, ein Ende machen. Eine gute Grundlage ist dank deiner Generosität mit Mr. Keatons Hilfe gelegt, und durch etwas private Lektüre kann ich dafür sorgen, daß sie sich nicht verliert. Im übrigen lernt niemand wirklich eine fremde Sprache zu Hause, außerhalb des Landes, wo alle sie reden, und wo man ganz auf sie angewiesen ist. Bin ich einmal in England oder Amerika, so wird mir nach der Vorbereitung, die du mir gegönnt hast, das Weitere schon mühelos anfliegen. Jetzt nähert sich, weißt du, allmählich das Abitur, und dabei prüft niemand mich im Englischen. Dagegen muß ich sehen, daß ich in den alten Sprachen nicht durchrassele, und dazu gehört Konzentration. So ist wohl der Augenblick da, meinst du nicht?, Keaton recht schönen Dank zu sagen für seine Bemühungen und ihn freundlichst davon zu entbinden.«

»Aber Eduard«, entgegnete Frau von Tümmler rasch, ja anfänglich mit einiger Hast. »Was du da sagst, überrascht mich, und ich kann nicht sagen, daß ich es billige. Wohl verstanden, es ist zartfühlend von dir, daß du mir weitere Ausgaben für diesen Zweck ersparen möchtest. Aber der Zweck ist gut, er ist für dein späteres Leben, wie es dir vorschwebt, von Wichtigkeit, und so steht es nicht mit uns, daß wir für deine sprachliche Ausbildung nicht aufkommen könnten, so gut, wie früher für Annas Studium auf der Akademie. Ich begreife nicht, warum du bei deinem Vorsatz, dir die Kenntnis des Englischen zu erobern, auf halbem Wege stehenbleiben willst. Man könnte sagen, lieber Junge, nimm's mir nicht übel, daß du mir gerade damit schlecht für meine Bereitwilligkeit danken würdest. Dein Abitur – gewiß, das ist eine ernste Sache, und ich verstehe, daß du für die alten Sprachen, mit denen dir's nun einmal sauer wird, noch tüchtig wirst büffeln müssen. Aber die Englischstunden, ein paarmal die Woche, – du wirst nicht behaupten wollen, Eduard, daß die dir nicht eher zur Erholung und wohltätigen Zerstreuung dabei dienen werden, als daß sie eine zusätzliche Anstrengung bedeuteten. Außerdem – und nun laß mich aufs Persönliche, Menschliche kommen – steht Ken, wie er genannt wird, steht also Herr Keaton zu unserem Hause doch längst nicht mehr in dem Verhältnis, daß man zu ihm sagen könnte: Sie sind nun überflüssig – und ihm so einfach den Laufpaß geben. So einfach erklären: Der Mohr kann gehen. Er ist zu einem Hausfreund, gewissermaßen zu einem Glied der Familie geworden und wäre mit Recht verletzt von solcher Abfertigung. Uns allen würde er fehlen, besonders Anna, glaube ich, wäre verstimmt, wenn er nicht mehr käme und unsere Mahlzeiten belebte durch seine intime Kenntnis der Düsseldorfer Geschichte, uns nicht mehr vom jülich-klevischen Erbfolgestreit erzählte und vom Kurfürsten Jan Wellem, der auf dem Marktplatz steht. Auch du würdest ihn vermissen und sogar ich. Kurz, Eduard, dein Vorschlag ist gut gemeint, seine Ausführung aber weder notwendig noch auch recht möglich. Wir lassen am besten alles beim alten.«

»Wie du meinst, Mama«, sagte Eduard und berichtete der Schwester von seinem Mißerfolg, die ihm erwiderte:

»Ich dachte es mir, mein Junge. Mama hat die Situation im Grunde richtig gekennzeichnet, und ich hatte ähnliche Bedenken wie sie, als du mir deinen Schritt bei ihr ankündigtest. Soweit jedenfalls hat sie ja recht, daß Keaton ein angenehmer Gesellschafter ist und wir sein Wegbleiben alle bedauern würden. Mach also nur weiter mit ihm.«

Eduard sah der Sprechenden ins Gesicht, das sich nicht bewegte, zuckte die Achseln und ging. Ken erwartete ihn gerade in seinem Zimmer, las ein paar Seiten Emerson oder Macaulay mit ihm, dann eine amerikanische Mystery Story, die für die letzte halbe Stunde Stoff zum Schwatzen gab, und blieb zum Abendessen, wozu er längst nicht mehr eigens gebeten wurde. Sein Bleiben nach dem Unterricht war zur stehenden Einrichtung geworden, und Rosalie hielt Rat an den Wochentagen ihres unzukömmlichen und furchtsamen, von Schmach getrübten Glückes mit Babette, der Wirtschafterin, über das Menü, ließ Gutes anrichten, sorgte für einen gehaltvollen Pfälzer oder Rüdesheimer, bei dem man nach dem Essen im Wohnzimmer noch eine Stunde zusammenblieb, und dem sie über ihre Gewohnheit zusprach, um den unvernünftig Geliebten mutiger anblicken zu können. Oft aber auch machte der Wein sie müde und verzweifelt, und dann kämpfte sie einen verschieden ausgehenden Kampf, ob sie bleiben und unter seinen Augen leiden oder sich zurückziehen und in der Einsamkeit um ihn weinen sollte.

Da mit dem Oktober die gesellschaftliche Saison begonnen hatte, sah sie Keaton auch außer ihrem Hause, bei Pfingstens in der Pempelforter Straße, bei Lützenkirchens, bei Oberingenieur Rollwagen in größerem Kreise. Sie suchte und mied ihn dann, floh die Menschengruppe, der er sich zugesellt hatte, wartete in einer anderen mechanisch plaudernd darauf, daß er zu ihr käme und ihr Aufmerksamkeit erwiese, wußte immer, wo er war, erlauschte im Gewirr der Stimmen die seine und litt entsetzlich, wenn sie Anzeichen heimlichen Einverständnisses wahrzunehmen glaubte zwischen ihm und Louise Pfingsten oder Amélie Lützenkirchen. Obgleich der junge Mann außer seinem guten Körperbau, seiner vollkommenen Unbefangenheit und freundlichen Schlichtheit des Geistes nichts Sonderliches zu bieten hatte, war er beliebt und gesucht in diesem Kreise, profitierte vergnüglich von der deutschen Schwäche für alles Ausländische und wußte recht wohl, daß seine Aussprache des Deutschen, die kindlichen Wendungen, deren er sich dabei bediente, sehr gefielen. Übrigens sprach man gern englisch mit ihm. Kleiden mochte er sich, wie er wollte. Er verfügte über keinen evening dress; aber ohnehin hatten die gesellschaftlichen Sitten sich seit Jahren gelockert, weder in der Theaterloge noch bei Abendgesellschaften war der Smoking mehr strikte Vorschrift, und auch bei Gelegenheiten, wo die Mehrzahl der Herren ihn trug, war Keaton im gewöhnlichen Straßenanzug, seiner losen, bequemen Tracht, der gegürteten braunen Hose, braunen Schuhen und grauer, wolliger Jacke willkommen.

So bewegte er sich zwanglos in den Salons, machte sich angenehm bei den Damen, mit denen er Englisch trieb, und bei solchen, von denen er noch dafür gewonnen zu werden wünschte, schnitt sich, nach der Sitte seines Landes, bei Tische das Fleisch zuerst in kleine Stücke, legte dann das Messer quer über den Rand des Tellers, ließ den linken Arm hängen und aß auf, die

Gabel mit der Rechten führend, was er sich zubereitet. Bei dieser Gewohnheit blieb er, weil er sah, daß seine Nachbarinnen und der Herr gegenüber sie mit so großem Interesse beobachteten.

Mit Rosalie plauderte er gern, auch abseits, unter vier Augen, – nicht nur weil sie zu seinen Brotgebern und ›bosses‹ gehörte, sondern aus wirklicher Hingezogenheit. Denn während die kühle Intelligenz und die geistigen Ansprüche ihrer Tochter ihm Furcht einflößten, sprach die treuherzige Fraulichkeit der Mutter ihn sympathisch an, und ohne ihre Empfindungen richtig zu deuten (er kam nicht darauf, das zu tun), ließ er sich's wohl sein in der Wärme, die ausging von ihr zu ihm, gefiel sich in ihr und kümmerte sich wenig um dabei vorkommende Merkmale der Spannung, Beklommenheit, Verwirrung, die er als Äußerungen europäischer Nervosität verstand und darum hochachtete. Es kam hinzu, daß, so sehr sie litt, ihre Erscheinung damals ein Neuerblühen, eine Verjüngung ins Auge fallen ließ, über die man ihr Komplimente machte. Immer hatte ihre Gestalt sich ja jugendlich erhalten, aber was auffiel, war der Glanz ihrer schönen braunen Augen, der, mochte er auch etwas fieberhaft Heißes haben, ihr doch reizend zustatten kam, die Erhöhung ihrer Gesichtsfarbe, die sich aus gelegentlichem Erbleichen rasch wiederherstellte, die Beweglichkeit der Züge ihres voller gewordenen Gesichtes bei Gesprächen, die lustig zu sein pflegten und ihr immer die Möglichkeit gaben, eine sich eindrängende Verzerrung ihrer Miene durch ein Lachen zu korrigieren. Man lachte viel und laut bei diesen Geselligkeiten, denn in einmütiger Reichlichkeit sprach man dem Wein und der Bowle zu, und was exzentrisch hätte wirken können in Rosalies Wesen, ging unter in der allgemeinen, zur Verwunderung wenig aufgelegten Gelöstheit. Wie glücklich war sie aber, wenn es in Kens Gegenwart geschah, daß eine der Frauen zu ihr sagte: »Liebste, Sie sind erstaunlich! Wie entzückend Sie aussehen heute abend! Sie stechen die Zwanzigjährigen aus. Sagen Sie doch, welchen Jungbrunnen haben Sie ausfindig gemacht?« Und wenn der Geliebte dann gar bestätigte: »Right you are! Frau von Tümmler ist perfectly delightful tonight.« Sie lachte, wobei ihr tiefes Erröten aus der

Freude über die empfangene Schmeichelei erklärt werden mochte. Sie sah weg von ihm, aber sie dachte seiner Arme, und wieder fühlte sie dies Überströmt-, Überschwemmtwerden ihres Inneren von ungeheuerer Süßigkeit, das ihr so oft jetzt geschah, und das die anderen wohl mit Augen sehen mußten, wenn sie sie jung, wenn sie sie reizend fanden.

Es war an einem dieser Abende, nach dem Auseinandergehen der Gesellschaft, daß sie ihrem Vorsatz untreu wurde, das Geheimnis ihres Herzens, dies unstatthafte und leidvolle, aber berückende Seelenwunder tief bei sich zu bewahren und sich auch der töchterlichen Freundin nicht darüber zu eröffnen. Ein unwiderstehliches Mitteilungsbedürfnis zwang sie, das Versprechen, das sie sich gegeben, zu brechen und sich der klugen Anna anzuvertrauen, nicht nur, weil sie liebend verstehende Teilnahme ersehnte, sondern auch aus dem Wunsch, was die Natur an ihr tat, als die menschliche Merkwürdigkeit, die es war, zu intelligenten Ehren zu bringen.

Die beiden Damen waren bei nassem Schneewetter um Mitternacht in einer Taxi-Droschke nach Hause zurückgekehrt. Rosalie fröstelte. »Laß mich«, sagte sie, »liebes Kind, noch für eine halbe Stunde bei dir einkehren, in deinem gemütlichen Schlafzimmer. Mich friert, aber mein Kopf, der glüht, und an Schlaf, fürchte ich, wird so bald nicht zu denken sein. Wenn du uns einen Tee machtest, zu guter Letzt, ich meine, das wäre nicht schlecht. Diese Rollwagensche Bowle setzt einem zu. Rollwagen braut sie selbst, hat aber nicht die glücklichste Hand dabei und gießt einen zweifelhaften Apfelsinenschabau in den Mosel und dann deutschen Sekt. Wir werden morgen wieder alle gehörige Kopfschmerzen, einen bösen hang-over haben. Das heißt, du nicht. Du bist besonnen und trinkst nicht viel. Aber ich vergesse mich beim Plaudern und achte nicht darauf, daß sie mein Glas immer auffüllen und denke, es ist noch das erste Glas. Ja, mach uns einen Tee, das ist recht. Tee regt an, aber er beruhigt zugleich, und ein heißer Tee, im rechten Augenblick genommen, schützt vor Erkältung. Bei Rollwagens war es überheizt – jedenfalls kam es mir so vor –, und dann draußen das Schlackerwetter. Meldet am Ende gar schon der Frühling sich darin an? Heut mittag im Hofgarten glaubt' ich ihn tatsächlich schon zu erschnuppern. Aber das tut deine närrische Mutter sobald nur der kürzeste Tag vorbei und das Licht wieder wächst. Eine gute Idee, daß du die elektrische Sonne einschaltest; hier ist die Heizung schon schwach geworden. Mein liebes Kind, du weißt es uns behaglich zu machen und trauliche Umstände herzustellen für ein kleines Gespräch unter vier Augen vor Schlafengehen. Sieh, Anna, ich habe längst den Wunsch nach einer Aussprache mit dir, – zu der du mir, da hast du recht, die Gelegenheit nie vorenthalten hast. Aber es gibt Dinge, Kind, zu deren Aussprache, deren Besprechung es besonders trauliche Umstände braucht, eine günstige Stunde, die einem die Zunge löst...«

»Was für Dinge, Mama? Mit Rahm kann ich nicht aufwarten. Nimmst du ein paar Tropfen Zitrone?«

»Dinge des Herzens, Kind, Dinge der Natur, der wundervollen, der rätselhaften, allmächtigen, die uns zuweilen so Seltsames, Widerspruchsvolles, ja Unbegreifliches antut. Du weißt es auch. Ich habe, liebe Anna, in letzter Zeit viel an deine einstige – verzeih, daß ich daran rühre –, an deine Affäre von damals mit Brünner denken müssen, an dein Leid, das du mir in einer Stunde, nicht unähnlich dieser, klagtest, und das du in deiner Erbitterung gegen dich selbst sogar eine Schmach nanntest, nämlich des beschämenden Konfliktes wegen, in dem deine Vernunft, dein Urteil mit deinem Herzen lagen, oder, wenn du lieber willst, mit deinen Sinnen.«

»Du verbesserst dich sehr zu recht, Mama. Herz ist sentimentaler Schwindel. Man soll nicht Herz nennen, was ganz etwas anderes ist. Unser Herz spricht doch wahrhaft nur unter Zustimmung des Urteils und der Vernunft.«

»So magst du wohl sagen. Denn du warst immer für Einheit und hieltest dafür, daß die Natur schon ganz von selbst Harmonie herstellt zwischen Seele und Körper. Aber daß du damals in Disharmonie lebtest, nämlich zwischen deinen Wünschen und deinem Urteil, das kannst du nicht leugnen. Du warst sehr jung zu der Zeit, und vor der Natur brauchte dein Verlangen sich nicht zu schämen, nur vor deinem Urteil, das dieses Verlangen erniedrigend nannte. Es bestand nicht vor ihm, und das war deine Scham und dein Leiden. Denn du bist stolz, Anna, sehr stolz, und daß es einen Stolz geben könnte auf das Gefühl allein, einen Stolz des Gefühls, der leugnet, daß es vor irgend etwas zu bestehen und sich zu verantworten habe – Urteil und Vernunft und sogar die Natur selbst –, das willst du nicht wahrhaben, und darin sind wir verschieden. Denn mir geht das Herz über alles, und wenn die Natur ihm Empfindungen einflößt, die ihm nicht mehr gebühren und einen Widerspruch zu schaffen scheint zwischen dem Herzen und ihr, – gewiß, das ist eine schmerzliche Scham, aber die Scham gilt nur der Unwürdigkeit und ist süßes Staunen, ist Ehrfurcht im Grunde vor der Natur und vor dem Leben, das ihr am Abgelebten zu wirken gefällt.«

»Meine liebe Mama«, erwiderte Anna, »laß mich vor allem die Ehre zurückweisen, die du meinem Stolz und meiner Vernunft erweist. Die wären kläglich damals dem unterlegen, was du poetisch das Herz nennst, wenn nicht ein gnädiges Schicksal sich ins Mittel gelegt hätte, und wenn ich denke, wohin mein Herz mich geführt hätte, so muß ich Gott danken, daß es nicht nach seinen Wünschen ging. Ich bin die letzte, die einen Stein aufheben dürfte. Aber nicht von mir ist die Rede, sondern von dir, und die Ehre will ich nicht zurückweisen, daß du dich mir eröffnen willst. Denn nicht wahr, das willst du. Deine Worte deuten darauf, nur sind sie dunkel in ihrer Allgemeinheit. Lehre mich, bitte, wie ich sie auf dich zu beziehen und sie zu verstehen habe!«

»Was würdest du sagen, Anna, wenn deine Mutter auf ihre alten Tage von einem heißen Gefühl ergriffen wäre, wie es nur der vermögenden Jugend, der Reife nur und nicht einem abgeblühten Weibtum zukommt?«

»Wozu das Konditionale, Mama? Offenbar steht es so mit dir, wie du sagst. Du liebst?«

»Wie du das sagst, mein süßes Kind! Wie frei und kühn und offen du das Wort aussprichst, das mir so schwer über die Lippen ginge, und das ich tief in mir verschlossen gehalten habe so lange

Zeit, nebst allem, was es an schamhaftem Glück und Leid besagt, – es verhehlt habe vor aller Welt und auch vor dir, so streng, daß du eigentlich aus den Wolken fallen müßtest, den Wolken deines Glaubens an die Matronenwürde deiner Mutter! Ja, ich liebe, liebe heiß und begehrend und selig und jammervoll, wie du einst liebtest in deiner Jugend. Vor der Vernunft hält mein Gefühl so wenig stand, wie einst das deine, und wenn ich auch stolz bin auf den Seelenfrühling, mit dem mich die Natur wunderbarerweise beschenkt, so leide ich doch, wie du einst littest, und unwiderstehlich trieb es mich, dir alles zu sagen.«

»Meine liebe, gute Mama! So sage mir ruhig alles. Wo es so schwer ist, zu sprechen, da will gefragt sein. Wer ist es?«

»Es muß dir eine erschütternde Überraschung sein, mein Kind. Der junge Freund unseres Hauses. Der Lehrer deines Bruders.«

»Ken Keaton?«

»Er.«

»Er also. Nun gut. Du hast von mir nicht zu fürchten, Mama, daß ich in den Ruf ›Unbegreiflich!‹ ausbreche, obgleich das Menschenart ist. Es ist so billig und dumm, ein Gefühl unbegreiflich zu schelten, in das man sich nicht versetzen kann. Und doch – so sehr ich fürchten muß, dich zu verletzen – verzeih meiner Teilnahme die Frage: Du sprichst von einer Ergriffenheit, die deinen Jahren nicht mehr gebühre, klagst dich an, Gefühle zu hegen, deren du nicht mehr würdig bist. Hast du dich je gefragt, ob er, dieser junge Mensch, deiner Gefühle würdig ist?«

»Er, würdig? Ich verstehe kaum, was du meinst. Ich liebe, Anna. Ken ist das Herrlichste an junger Männlichkeit, was meinen Augen je vorgekommen.«

»Und darum liebst du ihn. Wollen wir nicht versuchen, Ursache und Wirkung die Plätze tauschen zu lassen und sie damit vielleicht richtig zu stellen? Könnte es nicht so sein, daß er dir nur so herrlich erscheint, weil du in ihn... weil du ihn liebst?«

»O Kind, du trennst, was untrennbar ist. In meinem Herzen hier sind meine Liebe und seine Herrlichkeit eines.«

»Aber du leidest, liebste, beste Mama, und so unendlich gern

941

möchte ich dir helfen. Könntest du nicht versuchen, ihn einen
Augenblick – nur einen Augenblick, vielleicht wäre schon das
dir heilsam – nicht im verklärenden Licht deiner Liebe zu sehen,
sondern bei Tageslicht, in seiner Wirklichkeit, als den netten,
ansprechenden – gewiß, ich gebe dir das zu! – ansprechenden
Jungen, der er ist, der aber doch zur Leidenschaft, zum Leiden
um ihn, an und für sich so wenig Anlaß gibt?«

»Du meinst es gut, Anna, ich weiß. Du möchtest mir wohl-
tun, ich bin überzeugt davon. Aber nicht auf seine Kosten darf
das geschehen, nicht, indem du ihm Unrecht tust. Und Unrecht
tust du ihm mit deinem ›Tageslicht‹, das ein so falsches, so gänzlich irreführendes Licht ist. Du nennst ihn nett, nennst ihn eben
nur ansprechend und willst damit sagen, daß er ein Durch-
schnittsmensch und nichts Besonderes an ihm ist. Aber er ist ja
ein ganz außergewöhnlicher Mensch, dessen Leben ans Herz
greift. Bedenke seine schlichte Herkunft, wie er sich mit eiserner
Willenskraft durchs College gearbeitet und dabei in der Geschichte und in den Leibesübungen alle seine Mitschüler übertraf, wie er dann zu den Fahnen eilte und sich als Soldat so vorzüglich verhielt, daß er am Ende honorably discharged
wurde...«

»Verzeih, das wird jeder, der sich nicht geradezu eine Ehrlosigkeit hat zuschulden kommen lassen.«

»Jeder. Immer spielst du auf seine Durchschnittlichkeit an und
willst ihn mir damit ausreden, daß du ihn, wenn nicht direkt, so
doch andeutungsweise als simpel, als einen einfältigen Jungen
hinstellst. Aber du vergißt, daß Einfalt etwas Erhabenes und
Siegreiches sein kann, und daß seine Einfalt den großen demo-
kratischen Geist seines weiten Heimatlandes zum Hintergrunde
hat...«

»Er mag sein Land ja gar nicht.«

»Darum ist er doch sein echter Sohn, und wenn er Europa
liebt, der historischen Perspektive und der alten Volksbräuche
wegen, so ehrt ihn auch das und zeichnet ihn aus vor der Mehrzahl. Für sein Land aber hat er sein Blut gegeben. Honorably
discharged, sagst du, wird jeder. Aber wird auch jedem eine

Tapferkeitsmedaille verliehen, das Purple heart, zum Zeichen, daß der Heldenmut, mit dem einer sich dem Feinde entgegengeworfen, ihm eine Verwundung, vielleicht eine schwere eingetragen hat?«

»Ach, liebe Mama, ich glaube, im Kriege erwischt es den einen und den anderen nicht, der eine fällt, und der andere kommt davon, ohne daß das mit der Tapferkeit des einen und des anderen viel zu tun hätte. Wird einem ein Bein abgerissen oder die Niere zerschossen, so ist die Medaille ein Trost und eine kleine Entschädigung für sein Mißgeschick, aber ein Abzeichen besonderer Tapferkeit ist sie meistens wohl nicht.«

»Jedenfalls hat er eine seiner Nieren auf dem Altar des Vaterlandes geopfert!«

»Ja, er hatte dies Mißgeschick. Und gottlob kommt man zur Not mit einer Niere aus. Aber eben nur zur Not, und es ist doch ein Mangel, ein Defekt, der Gedanke daran schränkt die Herrlichkeit seiner Jugend doch etwas ein, und zu dem Tageslicht, in dem man ihn sehen sollte, gehört es, daß er trotz seiner guten – oder sagen wir: normalen – Gestalt körperlich nicht ganz komplett, ein Invalide und kein ganz vollständiger Mensch mehr ist.«

»Du großer Gott, Ken nicht mehr komplett, Ken kein ganzer Mensch! Mein armes Kind, der ist komplett bis zur Herrlichkeit und kann spielend auf eine Niere verzichten – nicht nur nach seiner eigenen Meinung, sondern nach der Meinung aller, der Frauen nämlich, die alle hinter ihm her sind, und bei denen er denn auch wohl sein Vergnügen findet! Liebe, gute, kluge Anna, weißt du denn nicht, warum, hauptsächlich, ich mich dir anvertraut und dieses Gespräch mit dir begonnen habe? Weil ich dich fragen wollte und deine aufrichtige Meinung darüber erfahren, ob er nach deiner Beobachtung und Überzeugung mit Louise Pfingsten ein Verhältnis hat, oder mit Amélie Lützenkirchen, oder vielleicht mit beiden, wozu er durchaus komplett genug wäre! Das ist es, worüber ich im quälendsten Zweifel schwebe, und ich wollte so gern von dir reinen Wein darüber eingeschenkt bekommen, die du die Dinge ruhigeren Blutes, bei Tageslicht sozusagen, betrachten kannst...«

»Arme Herzensmama, wie du dich quälst, wie du leidest! Es tut mir so weh. Nein doch, ich glaube nicht – ich weiß ja wenig von seiner Lebensweise und fühle keinen Beruf, sie auszuforschen –, aber ich glaube nicht und habe nie sagen hören, daß er zu Frau Pfingsten oder Frau Lützenkirchen in den Beziehungen steht, die du argwöhnst. Beruhige dich doch, bitte, darüber!«

»Gebe Gott, gutes Kind, daß du das nicht nur sagst, um mich zu trösten und Balsam auf meine Qual zu träufeln, aus Mitleid! Aber sieh, das Mitleid – obgleich ich es vielleicht sogar bei dir suche – ist ja auch wieder gar nicht am Platze, weil ich ja selig bin in meiner Qual und Scham und voller Stolz auf den Schmerzensfrühling meiner Seele, das bedenke, Kind, wenn ich auch scheinbar um Mitleid bettle!«

»Ich finde nicht, daß du bettelst. Aber das Glück und der Stolz, die sind in solchem Falle doch eng verquickt mit dem Leiden, sie sind mit ihm ein und dasselbe, und solltest du auch kein Mitleid suchen, so kommt es dir doch zu von denen, die dich lieben und die dir wünschen, du hättest selber Mitleid mit dir und suchtest dich aus dieser absurden Verzauberung zu befreien... Verzeih meine Worte! Gewiß sind sie falsch, aber ich kann mich nicht sorgen um Worte. Um dich, Liebste, sorge ich mich und nicht erst seit heute, nicht erst seit deinem Geständnis, für das ich dir dankbar bin. Du hast dein Geheimnis mit großer Selbstbeherrschung in dich verschlossen, aber daß es ein solches gab, daß es um dich seit Monaten schon ganz besonders und eigentümlich stand, das konnte doch denen, die dich lieben, unmöglich verborgen bleiben, und sie sahen es mit gemischten Gefühlen.«

»Wen meinst du mit ›sie‹?«

»Ich spreche von mir. Du hast dich in letzter Zeit auffallend verändert, Mama, – das heißt: nicht verändert, ich sage es nicht recht, du bist ja dieselbe geblieben, und wenn ich sage: verändert, so meine ich damit, daß eine Art von Verjüngung über dein Wesen gekommen ist, – was aber auch das rechte Wort wieder nicht ist, denn natürlich kann es sich nicht um eine wirkliche und eigentlich nachweisbare Verjüngung deines lieben Bildes handeln. Aber meinem Auge war es zuweilen, für Augenblicke, auf eine gewisse phantasmagorische Weise, als ob aus deiner lieben Matronengestalt auf einmal die Mama von vor zwanzig Jahren hervorträte, wie ich sie kannte, als ich ein junges Mädchen war, – ja mehr noch, ich glaubte plötzlich dich zu sehen, wie ich dich nie gesehen habe, nämlich so, wie du ausgeschaut haben magst, als du selber ein ganz junges Mädchen warst. Und diese Sinnestäuschung, wenn es eine bloße Sinnestäuschung war, aber es war etwas Wirklichkeit daran, hätte mir doch Freude machen, hätte mir doch vor Vergnügen das Herz hüpfen lassen müssen, nicht wahr? Das tat sie aber nicht, sondern nur schwer machte sie mir das Herz, und gerade in solchen Augenblicken, wo du dich vor meinen Augen verjüngtest, hatte ich furchtbares Mitleid mit dir. Denn zugleich sah ich ja, daß du littest, und daß die Phantasmagorie, von der ich spreche, nicht nur mit deinem Leiden zu tun hatte, sondern geradezu der Ausdruck, die Erscheinung davon war, ein ›Schmerzensfrühling‹, wie du dich eben ausdrücktest. Liebe Mama, wie kommt es, daß du dich so ausdrückst? Es liegt nicht in deiner Art. Du bist ein schlichtes Gemüt, höchst liebenswert; deine Augen gehen gut und klar in Natur und Welt, nicht in Bücher, du hast nie viel gelesen. Du brauchtest bisher nicht Worte, wie Dichter sie bilden, so wehe und kranke Worte, und wenn du es nun dennoch tust, so hat das etwas von –«

»Wovon denn, Anna? Wenn Dichter solche Worte brauchen, so eben, weil sie sie b r a u c h e n, weil Gefühl und Erleben sie aus ihnen hervortreiben, und so ist es denn auch wohl mit mir, der sie nach deiner Meinung nicht zukommen. Das ist nicht richtig. Sie kommen dem zu, der sie nötig hat, und er kennt keine Scheu vor ihnen, da sie aus ihm hervorgetrieben werden. Deine Sinnestäuschung aber, oder Phantasmagorie, was du nämlich an mir zu sehen glaubtest, das will ich dir erklären. Es war das Werk s e i n e r Jugend. Es war das Ringen meiner Seele, es seiner Jugend gleichzutun, um nicht in Scham und Schande vor ihr vergehen zu müssen.«

Anna weinte. Sie hielten einander in den Armen, und ihre Tränen vermischten sich.

»Auch dies«, sagte die Lahme mit Anstrengung, »auch das, was du da sagst, geliebtes Herz, ist dem fremden Wort verwandt, das du brauchtest, und es hat, wie dieses, in deinem Munde etwas von Zerstörung. Diese unselige Anwandlung zerstört dich, ich sehe es mit Augen, ich höre es deiner Rede an. Wir müssen ihr Einhalt tun, ein Ende machen, dich vor ihr retten, um jeden Preis. Man vergißt, Mama, wenn man nicht mehr sieht. Nur auf einen Entschluß kommt es an, einen rettenden Entschluß. Der junge Mann darf nicht mehr zu uns kommen, wir müssen ihm aufsagen. Das ist nicht genug. Du siehst ihn anderswo in Gesellschaft. Gut, so müssen wir ihn bestimmen, die Stadt zu verlassen. Ich getraue mich, ihn dazu zu bringen. Ich werde freundschaftlich mit ihm reden, ihm vorhalten, er verliege und vertue sich hier, er sei längst fertig mit Düsseldorf und dürfe nicht ewig hier hängenbleiben, Düsseldorf sei nicht Deutschland, das er besser und weiter kennenlernen müsse, München, Hamburg, Berlin, die seien auch noch da und wollten ausprobiert sein, beweglich müsse er sich halten und da und dort eine Weile leben, bevor er, wie es seine natürliche Pflicht sei, in seine Heimat zurückkehre und einen ordentlichen Beruf ergreife, statt in Europa den invaliden Sprachlehrer zu machen. Ich werde ihm das schon zu Gemüte führen. Und will er nicht und versteift sich auf Düsseldorf, wo er nun einmal seine Verbindungen hat, nun, Mama, dann gehen wir selbst. Dann geben wir das Haus hier auf und siedeln nach Köln oder Frankfurt über oder an einen schönen Ort im Taunus, und du läßt hier zurück, was dich quälte und dich zerstören wollte, und vergissest mit Hilfe des Nicht-mehr-Sehens. Man muß nur nicht mehr sehen, das hilft unfehlbar, denn nicht vergessen können, das gibt es nicht. Du magst es eine Schande nennen, daß man vergißt, aber man tut es, verlaß dich darauf. Und du genießt dann im Taunus die liebe Natur und bist wieder unsere alte, liebe Mama.«

So Anna mit vieler Inständigkeit, aber wie ganz vergebens!

»Halt, halt, Anna, nichts mehr von dem, was du sagst, ich kann es nicht hören! Du weinst mit mir, und deine Sorge ist liebreich, aber was du sagst, deine Anträge, die sind unmöglich und mir entsetzlich. Vertreiben, ihn? Fortziehen, wir? Wohin verirrt sich deine Fürsorge! Du sprichst von der lieben Natur, aber du schlägst ihr ins Gesicht mit deinen Zumutungen, du willst, daß ich ihr ins Gesicht schlage, indem ich den Schmerzensfrühling ersticke, mit dem sie wunderbarerweise meine Seele begnadet! Welche Sünde wäre das, welcher Undank wäre es wohl, welche Treulosigkeit gegen sie, die Natur, und welche Verleugnung des Glaubens an ihre gütige Allmacht! Weißt du noch, – Sara, wie die sich versündigte? Die lachte bei sich hinter der Tür und sprach: ›Nun ich alt bin, soll ich noch Wollust pflegen, und mein Herr auch alt ist?‹ Gott, der Herr, aber sagte empfindlich: ›Warum lachet deß Sara?‹ Meiner Meinung nach lachte sie weniger ihres eigenen versiegten Alters wegen, als weil auch Abraham, ihr Herr, so sehr alt und wohlbetagt war, schon neunundneunzig. Welcher Frau müßte denn nicht der Gedanke zum Lachen sein, mit einem Neunundneunzigjährigen Wollust zu pflegen, möge auch das Liebesleben der Männer weniger scharf begrenzt sein, als das weibliche. Mein Herr aber ist jung, blutjung, und wieviel leichter und lockender muß mir der Gedanke – – Ach, Anna, mein treues Kind, ich pflege Wollust, schamund gramvolle Wollust in meinem Blut, meinen Wünschen und kann nicht lassen von ihr, kann nicht in den Taunus fliehen, und wenn du Ken überredetest, fortzuziehen, – ich glaube, ich würde dich hassen bis in den Tod!«

Die Pein war groß, mit der Anna diese hemmungslosen, berauschten Worte mit anhörte.

»Liebste Mama«, sagte sie mit gepreßter Stimme, »du bist sehr erregt. Was dir not tut jetzt, ist Ruhe und Schlaf. Nimm zwanzig Tropfen Baldrian in Wasser, auch fünfundzwanzig. Dies harmlose Mittel ist oft sehr hilfreich. Und sei versichert, daß ich auf eigene Hand nichts unternehmen werde, was deinem Gefühl entgegen ist. Laß diese Versicherung auch zu deiner Beruhigung dienen, an der mir alles gelegen ist! Wenn ich abschätzig von Keaton sprach, den ich achte als Gegenstand deiner Neigung, obgleich ich ihn verwünschen muß als Ursache deiner Leiden, so wirst du verstehen, daß ich es damit auch nur um deiner Beruhigung willen versuchte. Für dein Vertrauen bin ich dir unendlich dankbar und hoffe, ja glaube fest, daß du dir durch diese Aussprache mit mir das Herz doch etwas erleichtert hast. Vielleicht war diese Aussprache die Voraussetzung für deine Genesung – ich meine: für deine Beruhigung. Dies liebe, frohe, uns allen teuere Herz wird sich wiederfinden. Es liebt unter Leiden – meinst du nicht, daß es, sagen wir: mit der Zeit, lernen könnte, leidlos und nach der Vernunft zu lieben? Siehst du, die Liebe –«, (Anna sagte dies, indem sie die Mutter sorgsam in ihr Schlafzimmer hinüberführte, um ihr dort selbst den Baldrian ins Glas zu träufeln) »die Liebe, was ist sie nicht alles, wie Vielartiges deckt ihr Name, und wie ist sie doch immer die Eine! Die Liebe einer Mutter zu ihrem Sohne etwa – ich weiß, Eduard steht dir nicht besonders nahe –, aber diese Liebe kann sehr innig, sehr leidenschaftlich sein, sie kann sich zart, aber deutlich von der Liebe zu einem Kinde des eigenen Geschlechts unterscheiden und doch keinen Augenblick aus den Schranken der Mutterliebe treten. Wie, wenn du die Tatsache, daß Ken dein Sohn sein könnte, dazu benutztest, die Zärtlichkeit, die du für ihn hegst, aufs Mütterliche abzustellen, sie dir zum Heil im Mütterlichen anzusiedeln?«

Rosalie lächelte unter Tränen.

»Damit das rechte Einvernehmen herrsche zwischen Körper und Seele, nicht wahr?« spottete sie traurig. »Mein liebes Kind, wie ich deine Klugheit in Anspruch nehme, sie strapaziere und mißbrauche! Es ist nicht recht von mir, denn umsonst bemühe ich sie. Das Mütterliche – das ist ja denn auch wohl so etwas wie der Taunus... Rede ich nicht mehr ganz klar? Ich bin todmüde, da hast du recht. Hab Dank, Liebste, für deine Geduld, deine Teilnahme! Dank auch dafür, daß du Ken achtest um dessentwillen, was du meine Neigung nennst. Und hasse ihn nicht zugleich, wie ich dich hassen müßte, wenn du ihn vertriebest! Er ist das Mittel der Natur, an meiner Seele ihr Wunder zu tun.«

Anna verließ sie. Eine Woche verging, während welcher Ken Keaton zweimal bei Tümmlers zu Nacht aß. Das erste Mal war ein älteres Ehepaar aus Duisburg dabei, Verwandte Rosaliens: die Frau war eine Cousine von ihr. Anna, die wohl wußte, daß von gewissen Beziehungen und Gefühlsspannungen fast unabwendbar ein Fluidum von Auffälligkeit ausgeht gerade auf ganz Fernstehende, beobachtete die Gäste scharf. Sie sah die Cousine ein paarmal verwundert hin und her blicken zwischen Keaton und der Hausfrau, sah einmal sogar ein Lächeln im Schnurrbart des Mannes. An diesem Abend bemerkte sie auch eine Veränderung von Kens Verhalten zu ihrer Mutter, eine neckische Umstellung und Anpassung seiner Reaktionen, und daß er es nicht dulden wollte, wenn sie, mühsam genug, vorgab, sich nicht um ihn zu kümmern, sondern sie nötigte, sich ihm zuzuwenden. – Das andere Mal war sonst niemand zugegen. Frau von Tümmler verstand sich da zu einer skurrilen, ihrer Tochter zugedachten und von jenem Gespräch mit ihr inspirierten Aufführung, mit der sie gewisse Ratschläge Annas verspottete und zugleich aus der Travestie ihren Nutzen zog. Es hatte sich nämlich herausgestellt, daß Ken letzte Nacht ausgiebig gebummelt, mit ein paar guten Freunden, einem Mal-Eleven und zwei Fabrikantensöhnen, bis in den Morgen hinein eine Altbierreise getan hatte und mit einem gehörigen Brummschädel, einem hang-over ersten Ranges, wie Eduard sagte, der die Sache ausplauderte, zu Tümmlers gekommen war. Beim Abschied, als man einander gute Nacht sagte, sah Rosalie die Tochter einen Augenblick mit erregter Verschmitztheit an, ja, hielt zunächst noch den Blick auf sie gerichtet, während sie schon den jungen Mann am Ohrläppchen faßte und zu ihm sagte:

»Und du, Söhnchen, nimm von Mama Rosalie einen ernsten Verweis und laß dir sagen, daß ihr Haus nur Leuten von gesetzten Sitten und nicht Nachtvögeln und Bierinvaliden offensteht, die kaum noch imstande sind, Deutsch zu sprechen oder nur, aus den Augen zu sehen! Hast du's gehört, Taugenichts? Bessere dich! Wenn dich die bösen Buben locken, so folge ihnen nicht und verfahre fortan so wüst nicht mit deiner Gesundheit! Willst du dich bessern, dich bessern?« Immerfort zupfte sie ihn dabei am Ohrläppchen, und Ken gab dem leichten Zuge übertrieben nach, tat, als sei die Strafe wunder wie schmerzhaft und bog sich recht kläglich grimassierend unter ihrer Hand, wobei er seine hübschen, blanken Zähne entblößte. Sein Gesicht war ganz nahe dem ihren, und in dies nahe Gesicht hinein sagte sie noch:

»Denn tust du's wieder und besserst dich nicht, unartiges Söhnchen, so verweise ich dich aus der Stadt, weißt du das wohl? Ich schicke dich an einen stillen Ort im Taunus, wo zwar die Natur sehr schön ist, es aber keine Versuchungen gibt und du die Bauernkinder im Englischen unterrichten magst. Für diesmal nun schlaf deinen schwarzen Kater aus, Bösewicht!« Und sie ließ von seinem Ohr, nahm Abschied von der Nähe seines Gesichtes, sah Anna noch einmal mit bleicher Verschmitztheit an und ging.

Acht Tage später ereignete sich etwas Außerordentliches, das Anna von Tümmler im höchsten Grade erstaunte, ergriff und verwirrte – verwirrte insofern, als sie sich zwar für ihre Mutter darüber freute, dabei aber nicht recht wußte, ob sie es als ein Glück oder Unglück betrachten sollte. Sie wurde um zehn Uhr vormittags durch das Zimmermädchen zur gnädigen Frau gebeten. Da die kleine Familie getrennt frühstückte – Eduard zuerst, dann Anna, die Hausfrau zuletzt –, so hatte sie die Mutter heute noch nicht gesehen. Rosalie lag auf der Chaiselongue ihres Schlafzimmers, mit einer leichten Kaschmirdecke zugedeckt, bläßlich, aber mit gerötetem Näschen. Sie nickte der aufstampfend eintretenden Tochter mit einem Lächeln von etwas gezierter Mattigkeit zu, sagte aber nichts und ließ diese fragen:

»Was gibt es, Mama? Du bist doch nicht krank?«

»O nein, mein Kind, beunruhige dich nicht, das ist keine Krankheit. Ich war sehr versucht, statt dich rufen zu lassen, selbst zu dir hinüberzugehen und dich zu begrüßen. Aber ich bin etwas schonungsbedürftig, etwas darauf angewiesen, mich ruhig zu halten, wie wir Frauen es mitunter sind.«

»Mama! Wie soll ich deine Worte verstehen?«

Da richtete Rosalie sich auf, schlang die Arme um den Hals

der Tochter, wodurch sie sie zu sich niederzog, auf den Rand der Chaiselongue, und flüsterte, Wange an Wange mit ihr, an ihrem Ohr, schnell, selig, in einem Atem:

»Triumph, Anna, Triumph, es ist mir wiedergekehrt, mir wiedergekehrt nach so langer Unterbrechung, in voller Natürlichkeit und ganz wie es sich schickt für eine reife, lebendige Frau! Teures Kind, welches Wunder! Was tut die große, gute Natur für ein Wunder an mir und segnet damit meinen Glauben! Denn ich habe geglaubt, Anna, und nicht gelacht, dafür lohnt mir nun die gute Natur und nimmt zurück, was sie mit meinem Körper schon veranstaltet zu haben schien, sie erweist es als Irrtum und stellt die Harmonie wieder her zwischen Seele und Körper, aber auf andere Weise, als du wolltest, daß es geschähe. Nicht so, daß die Seele ergeben den Körper sein Werk an ihr tun und sich von ihm überführen läßt in den würdigen Matronenstand, sondern umgekehrt, umgekehrt, liebes Kind, so, daß die Seele sich als Meisterin erweist über den Körper. Beglückwünsche mich, Liebste, denn ich bin sehr glücklich! Bin ich doch wieder Weib, ein Vollmensch wieder, eine fähige Frau, darf mich würdig fühlen der Mannesjugend, die es mir angetan, und brauche vor ihr nicht mehr im Gefühl der Ohnmacht die Augen niederzuschlagen. Die Lebensrute, mit der sie mich schlug, hat nicht nur die Seele, hat auch den Körper getroffen und ihn wieder zum fließenden Brunnen gemacht. Küsse mich, mein vertrautes Kind, nenne mich glücklich, so glücklich wie ich es bin, und preise mit mir die Wundermacht der großen und guten Natur!«

Sie sank zurück, schloß die Augen und lächelte selbstgefällig, das Näschen hochrot.

»Liebe, süße Mama«, sagte Anna, zur Mitfreude willig genug und doch beklommenen Herzens, »das ist wirklich ein großes, rührendes Vorkommnis und ein Zeichen für die Prächtigkeit deiner Natur, die sich schon in der Frische deines Gefühls erwies und nun diesem auch noch solche Macht gewährt über dein Körperleben. Du siehst, ich finde mich ganz in deine Auffassung, daß, was dir körperlich widerfahren, das Produkt des Seelischen, deines jugendstarken Gefühles ist. Was ich auch je und je einmal gesagt haben mag über diese Dinge, – für so philiströs darfst du mich nicht halten, daß ich dem Seelischen alle Macht abstritte über das Körperliche und diesem allein das entscheidende Wort ließe in ihrer beider Verhältnis. Daß beide voneinander abhängig sind, soviel weiß ich auch von der Natur und ihrer Einheit. Wie sehr die Seele unterworfen sein mag den Zuständen des Körpers, – was sie ihrerseits auszurichten vermag an ihm, grenzt oft ans Wunderbare, und dein Beispiel dafür ist eines der prächtigsten. Und doch laß mich sagen: dies schöne, heitere Geschehnis, auf das du so stolz bist – und mit Recht, gewiß darfst du stolz darauf sein –, es will mir, wie ich nun einmal bin, einen solchen Eindruck nicht machen, wie dir. Ich finde, es ändert nicht viel, meine prächtige Mama, und erhöht nicht wesentlich meine Bewunderung für deine Natur – oder die Natur überhaupt. Ich Lahmfuß und alterndes Mädchen habe wohl Grund, aufs Körperliche nicht gar viel Gewicht zu legen. Deine Gefühlsfrische, im Widerspruch gerade zur Altersverfassung des Körpers, schien mir prächtig genug, Triumph genug – beinahe als ein reinerer Sieg des Seelischen erschien sie mir, als nun dies, daß die Unverwüstlichkeit deines Gemüts organisches Ereignis geworden.«

»Sei du lieber still, mein armes Kind. Was du meine Gefühlsfrische nennst, und woran du dich erlabt haben willst, das hast du mir mehr oder minder unumwunden als Narretei hingestellt, mit der ich mich lächerlich machte, und hast mir geraten, aufs mütterliche Altenteil mich zurückzuziehen, mein Gefühl abzustellen aufs Mütterliche. Ei, dazu wäre es denn doch zu früh gewesen, meinst du das nun nicht auch, Ännchen? Die Natur hat dagegen gesprochen. Sie hat mein Gefühl zu ihrer Sache gemacht und mich unmißverständlich bedeutet, daß es sich nicht zu schämen hat vor ihr und vor der blühenden Jugend, der es gilt. Und du meinst wirklich, das ändert nicht viel?«

»Was ich meine, du liebe, wunderbare Mama, ist nun einmal gewiß nicht, daß ich das Wort der Natur mißachtete. Es ist vor allem nicht, daß ich dir die Freude verkümmern möchte an ihrem Spruch. Du wirst das nicht glauben. Wenn ich meinte, das Geschehene ändere nicht viel, so bezog sich das auf die äußere Wirklichkeit, aufs Praktische sozusagen. Als ich dir riet, dir innig wünschte, du möchtest es über dich gewinnen, es möchte dir nicht einmal schwerfallen, dein Gefühl für den jungen Mann – verzeih, daß ich so kühl von ihm spreche – für unsern Freund Keaton also – einzufrieden ins Mütterliche, da stützte meine Hoffnung sich auf die Tatsache, daß er dein Sohn sein könnte. An dieser Tatsache, nicht wahr, hat sich doch nichts geändert, und sie wird nicht umhin können, das Verhältnis zwischen dir und ihm von beiden Seiten her, von deiner und auch von seiner her zu bestimmen.«

»Und auch von seiner. Du sprichst von beiden Seiten, meinst aber nur seine. Du glaubst nicht, daß er mich anders lieben könnte, als allenfalls wie ein Sohn?«

»Ich will das nicht sagen, liebste, beste Mama.«

»Wie könntest du es auch sagen, Anna, mein treues Kind! Bedenke, du hast das Recht nicht dazu, die nötige Autorität nicht in Liebesdingen. Du hast wenig Scharfblick auf diesem Gebiet, weil du früh resigniertest, mein Herz, und deine Augen wegwandtest von derlei Belangen. Das Geistige bot dir Ersatz fürs Natürliche, das ist gut, wohl dir, es ist schön. Aber wie willst du urteilen und mich verurteilen zur Hoffnungslosigkeit? Du hast keine Beobachtung und siehst nicht, was ich sehe, fängst die Zeichen nicht auf, die mir dafür sprechen, daß sein Gefühl bereit ist, dem meinen entgegenzukommen. Willst du behaupten, daß er in solchen Augenblicken nur sein Spiel mit mir treibt? Hältst du ihn lieber für frech und herzlos, als daß du mir Hoffnung gönntest auf das Einstimmen seines Gefühls in meines? Was wäre so Wunderbares daran? Bei all deiner Distanz zum Liebesleben wird dir nicht unbekannt sein, daß junge Leute sehr oft eine gereifte Weiblichkeit der unerfahrenen Jugend, dem blöden Gänschentyp vorziehen. Da mag wohl ein Heimverlangen nach der Mutter im Spiele sein – wie umgekehrt mütterliche Gefühle mit einfließen mögen in die Leidenschaft einer Frau von Jahren für einen jungen Mann. Wem sag' ich es? Mir ist doch ganz, als

953

hättest du kürzlich selbst gesprächsweise Verwandtes geäußert.«

»Wirklich? Jedenfalls hast du recht, Mama. Ich gebe dir überhaupt recht in allem, was du sagst.«

»Dann darfst du mich nicht hoffnungslos nennen, heute dazu, wo die Natur sich zu meinem Gefühl bekannt hat. Du darfst es nicht, trotz meinen grauen Haaren, auf die du, wie mir scheint, die Augen richtest. Ja, ich bin leider recht grau. Es war ein Fehler, daß ich nicht längst begonnen habe, mir das Haar zu färben. Jetzt kann ich nicht plötzlich damit anfangen, obgleich die Natur mich gewissermaßen dazu ermächtigt hat. Aber für mein Gesicht kann ich einiges tun, nicht nur durch Massage, sondern auch durch die Verwendung von etwas Rouge. Ihr Kinder werdet doch keinen Anstoß daran nehmen?«

»Wie sollten wir, Mama. Eduard merkt es gar nicht, wenn du nur einigermaßen diskret dabei zu Werke gehst. Und ich... finde zwar, daß das Künstliche zu deinem Natursinn nicht recht passen will, aber es ist ja gewiß keine Sünde gegen die Natur, ihr auf so gebräuchliche Weise nachzuhelfen.«

»Nicht wahr? Und es gilt doch, zu verhindern, daß in Kens Gefühlen der Hang zum Mütterlichen eine zu große, eine überwiegende Rolle spielt. Das wäre gegen meine Hoffnung. Ja, liebes, treues Kind, dies Herz – ich weiß, du sprichst und hörst nicht gern vom ›Herzen‹ – aber mein Herz ist geschwellt von Stolz und Freude, von dem Gedanken, wie so ganz anders ich seiner Jugend begegnen werde, mit wie anderem Selbstvertrauen. Geschwellt ist das Herz deiner Mutter von Hoffnung auf Glück und Leben!«

»Wie schön, liebste Mama! Und wie reizend von dir, daß du mich teilnehmen läßt an deiner Beglückung! Ich teile sie, teile sie von Herzen, du wirst daran nicht zweifeln, auch nicht, wenn ich sage, daß etwas Sorge sich in meine Mitfreude mischt, – das sieht mir ähnlich, nicht wahr? – etwas Bedenklichkeit –, praktische Bedenklichkeit, um das Wort zu wiederholen, das ich statt eines besseren schon einmal gebrauchte. Du sprichst von deiner Hoffnung und allem, was dich dazu berechtigt – ich finde, es ist vor allem ganz einfach deine liebenswürdige Person. Aber du unterläßt es, diese Hoffnung näher zu bestimmen und mir zu sagen, worauf sie zielt, worauf sie in der Wirklichkeit des Lebens hinauswill. Hast du die Absicht, dich wieder zu verheiraten? Ken Keaton zu unserem Stiefvater zu machen? Mit ihm vor den Traualtar zu treten? Es mag feig von mir sein, aber da der Unterschied euerer Jahre dem zwischen Mutter und Sohn gleichkommt, fürchte ich etwas das Befremden, das dieser Schritt erregen würde.«

Frau von Tümmler sah ihre Tochter groß an.

»Nein«, antwortete sie, »dieser Gedanke ist mir neu, und wenn es dich beruhigt, kann ich dich versichern, daß er mir auch fremd ist. Nein, Anna, närrisches Ding, ich habe nicht vor, euch einen vierundzwanzigjährigen Stiefvater zu geben. Wie sonderbar von dir, so starr und fromm von ›Traualtar‹ zu sprechen!«

Anna schwieg, die Augen mit einem Nicken der Lider an ihrer Mutter vorbei ins Leere gerichtet.

»Die Hoffnung«, sagte diese, »wer will sie bestimmen, wie du es verlangst? Die Hoffnung ist die Hoffnung, wie willst du, daß sie sich selbst, wie du es nennst, nach praktischen Zielen frage? Was die Natur an mir getan hat, ist so schön – nur Schönes kann ich davon erwarten, dir aber nicht sagen, wie ich mir denke, daß es kommen, wie sich verwirklichen und wohin führen wird. Das ist die Hoffnung. Sie denkt überhaupt nicht – am wenigsten an den Traualtar.«

Annas Lippen waren leicht verpreßt. Zwischen ihnen äußerte sie leise, wie unwillkürlich und mit Widerstreben:

»Der wäre ein relativ vernünftiger Gedanke.«

Mit Bestürzung betrachtete Frau von Tümmler die Lahme, die sie nicht ansah, und suchte in ihren Zügen zu lesen.

»Anna!« rief sie gedämpft. »Wie denkst du und wie verhältst du dich? Laß mich gestehen, daß ich dich gar nicht wiedererkenne! Sage, wer ist denn die Künstlerin von uns beiden, – ich oder du? Nie hätte ich gedacht, daß du an Vorurteilslosigkeit so hinter deiner Mutter zurückstehen könntest – und nicht bloß hinter der, sondern auch hinter der Zeit und ihren freieren Sitten! In deiner Kunst bist du so fortgeschritten und betreibst das Allerneueste, so daß ein Mensch von meinem schlichten Verstande mit Mühe nur folgen kann. Aber moralisch scheinst du weiß Gott wann zu leben, Anno dazumal, vor dem Kriege. Wir haben doch jetzt die Republik, wir haben die Freiheit, und die Begriffe haben sich sehr verändert zum Légèren, Gelockerten hin, das zeigt sich in allen Stücken. So ist es jetzt unter den jungen Leuten guter Ton, daß sie das Taschentuch, von dem früher immer nur ein Eckchen in der Brusttasche sichtbar war, lang heraushängen lassen, – wie eine Fahne lassen sie es heraushängen, das halbe Taschentuch, – ganz deutlich ist darin ein Zeichen und sogar eine bewußte Kundgebung republikanischer Auflockerung der Sitten zu erkennen. Auch Eduard läßt so nach der Mode sein Taschentuch hängen, und ich sehe es mit einem gewissen Vergnügen.«

»Du beobachtest sehr hübsch, Mama. Aber ich glaube, dein Taschentuchsymbol ist in Eduards Fall nicht sehr persönlich zu nehmen. Du selbst sagst oft, der junge Mann – ein solcher ist er nachgerade ja schon – habe viel von unserem Vater, dem Oberstleutnant. Es ist im Moment vielleicht nicht ganz taktvoll, daß ich Papas Person in unser Gespräch und in unsere Gedanken bringe. Und doch –«

»Anna, euer Vater war ein vorzüglicher Offizier und ist auf dem Felde der Ehre gefallen, aber ein Junker Leichtfuß war er und ein Mann der Seitensprünge bis ganz zuletzt, das schlagendste Beispiel für die ungenaue Umgrenztheit des männlichen Geschlechtslebens, und unaufhörlich habe ich seinetwegen beide Augen zudrücken müssen. Ich kann es darum nicht als besondere Taktlosigkeit empfinden, daß du auf ihn die Rede bringst.«

»Desto besser, Mama, – wenn ich so sagen darf. Aber Papa war Edelmann und Offizier und lebte bei alldem, was du seine Leichtfüßigkeit nennst, in bestimmten Ehrbegriffen, die mich nicht viel angehen, von denen aber, glaube ich, auf Eduard manches gekommen ist. Nicht nur äußerlich, nach Figur und Gesichtszügen, sieht er dem Vater ähnlich. Unter gewissen Umständen würde er unwillkürlich reagieren wie er.«

»Das heißt – unter was für Umständen?«

»Liebe Mama, laß mich ganz offen sein, wie wir es immer gegeneinander waren! Es ist sehr wohl denkbar, daß Beziehungen, wie sie dir zwischen Ken Keaton und dir vorschweben, völlig in Dunkel gehüllt, der Gesellschaft ganz unbekannt bleiben können. Allerdings habe ich meine Zweifel, ob das bei deiner reizenden Impulsivität, deiner liebenswerten Unfähigkeit, dich zu verstellen und aus deinem Herzen eine Mördergrube zu machen, so ganz gelingen würde. Laß irgendeinen Frechling unserem Eduard spöttische Andeutungen machen, ihm zu verstehen geben, man wisse, daß seine Mutter – nun, wie sagt man – einen leichten Lebenswandel führe, und er würde zuschlagen, er würde den Burschen ohrfeigen, und wer weiß, was für polizeiwidrige Dummheiten gefährlicher Art sich aus seiner Ritterlichkeit ergeben würden.«

»Um Gottes willen, Anna, was denkst du dir aus! Du ängstigst mich! Ich weiß, du tust es aus Fürsorge, aber grausam ist sie, deine Fürsorge, grausam wie Kinderurteil über die Mutter...«

Rosalie weinte etwas. Anna war ihr behilflich beim Trocknen ihrer Tränen, indem sie ihr liebevoll die Hand führte, in der sie das Tüchlein hielt.

»Liebste, beste Mama, verzeih! Wie ungern tu' ich dir weh! Aber du – sprich nicht von Kinderurteil! Meinst du, ich würde nicht – nein, nicht mit Duldsamkeit, das klingt schon überheblich – sondern mit Ehrerbietung und zartester Rücksicht dem zusehen, was du nun einmal für dein Glück erachtest? Und Eduard – ich weiß kaum, wie ich auf ihn kam, – nur durch sein republikanisches Taschentuch. Nicht von uns ist die Rede, noch auch nur von den Leuten. Sondern von dir, Mama. Sieh, du nanntest dich vorurteilslos. Aber bist du es wirklich? Wir sprachen von Papa und von gewissen überkommenen Begriffen, in denen er lebte, und gegen die seines Wissens die Seitensprünge nicht verstießen, mit denen er dich betrübte. Daß du sie ihm immer wieder verzeihst, kam daher – mache dir das doch klar –, daß du im Grunde derselben Meinung warst, – des Wissens nämlich, daß sie mit eigentlicher Libertinage nichts zu tun hatten. Für die war er nicht geboren und geistig nicht auf sie eingerichtet. Auch du bist das nicht, – höchstens ich, als Künstlerin, bin da aus der Art geschlagen, aber ich bin nun wieder auf andere Weise ungeeignet, von meiner Emanzipation und moralischen Deklassiertheit Gebrauch zu machen. «

»Mein armes Kind«, unterbrach sie Frau von Tümmler, »sprich nicht so traurig von dir!«

»Als ob ich überhaupt von mir spräche«, erwiderte Anna. »Von dir, von dir spreche ich und sorge mich innig um dich. Für dich wäre wirklich Libertinage, was für Papa, den Lebemann, nur Flottheit ganz ohne Widerspruch gegen sich selbst noch gegen das gesellschaftliche Urteil war. Harmonie zwischen Körper und Seele, das ist gewiß eine gute, unentbehrliche Sache, und du bist stolz und glücklich, weil die Natur, deine Natur, dich auf fast wunderbare Weise damit beschenkt hat. Aber Harmonie zwischen Leben und angeborener sittlicher Überzeugung, die ist am Ende noch unentbehrlicher, und wo sie zerrissen ist, da kann nur Zerrissenheit des Gemüts und das heißt: Unglück herauskommen. Ahnt dir nicht, daß das wahr ist? Daß du gegen dich selbst leben würdest, wenn du zu Wirklichkeit machtest, wovon du träumst? Im Grunde bist du, so gut wie Papa es war, an bestimmte Begriffe gebunden, und die Zerstörung dieser Bindung käme der Zerstörung gleich deiner selbst... Ich sage es, wie ich es mit Bangigkeit fühle. Warum kommt mir wieder dies Wort auf die Lippen: Zerstörung? Ich weiß, ich habe es in Ängsten schon einmal gebraucht, und empfunden hab ich es mehr als einmal. Warum muß mir immer zumute sein, als ob diese ganze Heimsuchung, deren beglücktes Opfer du bist, etwas mit Zerstörung zu tun hätte? Ich will dir ein Geständnis machen. Neulich, vor ein paar Wochen, nach unserer Unterredung beim Tee, spät abends bei mir, als du so sehr erregt warst, da war ich versucht, mit Dr. Oberloskamp, der Eduard behandelte, als er die Gelbsucht hatte, und mich einmal, als ich vor Halsentzündung nicht schlucken konnte – du brauchst ja nie einen Arzt –, mit ihm also war ich damals versucht, über dich zu sprechen und über alles, was du mir anvertraut, nur um mir deinetwegen Beruhigung von ihm zu holen. Aber ich verbot es mir dann, sehr bald verbot ich es mir, aus Stolz, Mama, das wirst du verstehen, aus Stolz auf dich und für dich, und weil es mir erniedrigend schien, dein Erleben so einem Medizinmann auszuliefern, bei dem es mit Gottes Hilfe reicht für Gelbsucht und Halsentzündung, aber doch nicht für tieferes Menschenleid. Ich bin der Meinung, daß es Krankheiten gibt, die für den Doktor zu gut sind.«

»Für beides bin ich dir dankbar, mein liebes Kind«, sagte Rosalie, »für die Sorge, die dich trieb, mit Oberloskamp über mich zu reden, und dafür, daß du die Regung verwarfst. Wie willst du denn auch, was du meine Heimsuchung nennst, das Ostern meiner Weiblichkeit und was die Seele an meinem Körper getan, auch nur aufs loseste in Verbindung bringen mit dem Begriff der Krankheit? Ist Glück – Krankheit? Leichtfertigkeit ist es freilich auch nicht, sondern Leben, Leben in Wonne und Leid, und Leben ist Hoffnung, – die Hoffnung, über die ich deiner Vernunft keine Auskunft geben kann.«

»Ich verlange keine von dir, liebste Mama.«

»So geh, mein Kind. Laß mich ruhen. Du weißt, ein wenig stille Zurückgezogenheit empfiehlt sich uns Frauen an solchen Ehrentagen.«

Anna küßte die Mutter und verließ aufstampfend das Schlafzimmer. Beide Frauen hingen für sich dem eben gepflogenen Gespräche nach. Anna hatte nicht alles gesagt, noch sagen können, was sie auf dem Herzen hatte. Wie lange, zweifelte sie, würde bei der Mutter, was sie als das ›Ostern ihrer Weiblichkeit‹ pries, diese rührende Wiederbelebung, denn vorhalten? Und Ken, wenn er – es war ganz wahrscheinlich – sich ihr ergab, – wie lange vorhalten würde auch das, wie würde die spät Liebende beständig vor jeder Jüngeren zu zittern haben, wie sehr, vom ersten Tage an, um seine Treue, um seine Achtung sogar? Nur gut noch, daß sie das Glück nicht als Lust und Freude begriff, sondern als Leben mit seinem Leid. Denn viel Leid sah Anna bangend voraus bei dem, was die Mutter erträumte.

Frau Rosalie ihrerseits war von den Vorhaltungen der Tochter tiefer beeindruckt, als sie sich hatte merken lassen. Nicht so sehr von dem Gedanken, daß Eduard unter Umständen für ihre Ehre sein junges Leben möchte in die Schanze zu schlagen haben, – die romantische Vorstellung, obgleich sie darüber geweint hatte, ließ ihr Herz eher höher schlagen. Aber was Anna von Zweifeln an ihrer ›Vorurteilslosigkeit‹, von Libertinage und der unentbehrlichen Harmonie zwischen Leben und sittlicher Überzeugung geäußert hatte, beschäftigte die gute Seele angestrengt während ihres Ruhetages, und nicht konnte sie umhin, diesen Zweifeln Berechtigung, den töchterlichen Vorstellungen ein gut Teil Wahrheit zuzuerkennen. Zwar konnte sie ebensowenig die innigste Freude unterdrücken auf das Wiedersehen mit dem jungen Geliebten unter so neuen Umständen. Aber dem Wort der klugen Tochter von einem Gegen-sich-selbst-Leben, dem hing sie grübelnd nach, und woran ihre Seele arbeitete, war, den Gedanken der Entsagung in den des Glücks aufzunehmen. Ja, konnte Entsagung nicht selber Glück sein, wenn sie kein klägliches Müssen war, sondern in Freiheit und in dem Bewußtsein der Ebenbürtigkeit geübt wurde? Rosalie kam zu dem Schluß, daß dem so sein könne.

Ken stellte sich drei Tage nach ihrer großen physiologischen Tröstung wieder bei Tümmlers ein, las und sprach englisch mit Eduard und blieb zur Abendmahlzeit. Die Beglückung durch den Anblick seines netten Jungengesichts, seiner hübschen Zähne, seiner breiten Schultern und schmalen Hüften leuchtete Rosalien aus den lieben Augen, und dieser lebendige Glanz rechtfertigte, so konnte man sagen, die Aufhöhung ihrer Wangen durch etwas künstliches Rot, ohne welches in der Tat die Blässe ihres Gesichts in Widerspruch gestanden haben würde zu jenem frohen Feuer. Sie hatte eine Art, bei der Begrüßung, diesmal und dann jedesmal, wenn Keaton kam, alle acht Tage, seine Hand zu nehmen, durch eine ziehende Bewegung seine Person der ihren nahe zu bringen und ihm dabei ernst, leuchtend und bedeutsam in die Augen zu blicken, daß Anna den Eindruck hatte, sie habe die größte Lust und sei geradezu im Begriffe, dem jungen Mann die Erfahrung bekannt zu geben, die sie mit ihrer Natur gemacht. Absurde Befürchtung! Selbstverständlich geschah es nicht, und im Verlauf des Abends dann war das Verhalten der Hausfrau zu dem jungen Gast von einer heiter gefestigten Güte, die sowohl die falsche Mütterlichkeit, mit der sie der Tochter damals einen Streich gespielt, wie auch alle Scham- und Zaghaftigkeit, alle peinigende Demut, die es zeitweise entstellt hatten, angenehm vermissen ließ.

Keaton, dem längst zu seinem Vergnügen klar geworden war, daß er, wie er da war, an dieser grauhaarigen, aber reizvollen Europäerin eine Eroberung gemacht hatte, wurde nicht recht klug aus der Veränderung ihres Wesens. Sein Respekt vor ihr, wie sich begreifen läßt, war gesunken durch das Gewahrwerden ihrer Schwäche; die aber hatte es seiner Männlichkeit auch wieder erregend angetan; seine Schlichtheit fühlte sich zu der ihren sympathisch hingezogen, und er fand, daß so prächtige, jugendlich dreinschauende Augen wohl aufkämen für fünfzig Jahre und alternde Hände. Der Gedanke, ein Liebesverhältnis mit ihr anzufangen, wie er es eine Zeitlang – nicht gerade mit Amélie Lützenkirchen oder Louise Pfingsten, aber mit einer anderen Frau der Gesellschaft, auf die Rosalie gar nicht verfallen war – unterhalten hatte, war ihm keineswegs unvertraut, und wie Anna beobachtete, hatte er begonnen, den Ton, in dem er mit der Mutter seines Schülers verkehrte, wenigstens dann und wann aufs Schäkernd-Herausfordernde zu stellen.

Das wollte dem Guten nun gar nicht mehr recht gedeihen. Trotz dem Händedruck zu Anfang jeder Begegnung, bei dem sie ihn dicht an sich heranzog, so daß ihre Körper sich fast berührten, und trotz dem nahen und tiefen Blick in seine Augen, stieß er bei solchen Experimenten auf eine freundliche, aber entschiedene Würde, die ihn in seine Schranken wies, nichts von dem aufkommen ließ, was er aufkommen zu lassen versuchte, und sein Verhalten sofort zur Unterwürfigkeit ernüchterte. Einleuchten wollte ihm diese wiederholte Erfahrung nicht. Ist sie verliebt in mich oder nicht, fragte er sich und schob die Zurück- und Zurechtweisung auf die Gegenwart ihrer Kinder, der Lahmen und des Primaners. Aber es ging ihm nicht anders, wenn es sich traf, daß er in einem Salonwinkel für einige Zeit mit ihr unter vier Augen war, – und nicht anders, wenn er dann seinen kleinen Vorstößen keinen neckischen, sondern einen ernsthaft zärtlichen und drängenden, sozusagen leidenschaftlichen Charakter verlieh. Er unternahm es einmal, sie mit seinem nicht gerollten Gaumen-R, das alle so gern hörten, in heißerem Tone »Rosalie« zu nennen, was, nur als Anrede genommen, nach seinen heimischen Begriffen nicht einmal eine besondere Kühnheit war. Aber, war sie auch einen Augenblick glühend errötet, so hatte sie sich doch fast sofort erhoben, war fortgegangen und hatte ihm diesen Abend weder Wort noch Blick mehr gewährt.

Der Winter, der sich wenig grimm erwiesen, kaum Frost und Schnee und nur desto mehr Regen gebracht hatte, ging dieses Jahr auch noch früh zu Ende. Schon im Februar gab es sonnig durchwärmte Tage, die Frühling atmeten. Winzige Blattknospen wagten sich da und dort am Gesträuch hervor. Rosalie, die die Schneeglöckchen ihres Gartens mit Liebe begrüßt hatte, konnte sich früher als sonst, fast vorzeitig, am Märzenbecher – dann gleich auch am kurzgestielten Krokus erfreuen, der überall in den Vorgärten der Villen und im Hofgarten sproß, und vor dem die Spaziergänger stehenblieben, um ihn einander zu zeigen und sich an seinem bunten Gedränge zu weiden.

»Ist es nicht merkwürdig«, sagte Frau von Tümmler zu ihrer Tochter, »wie er der Herbstzeitlose gleicht? Es ist ja so gut wie dieselbe Blume! Ende und Anfang – man könnte sie verwechseln, so ähneln sie einander, – könnte sich in den Herbst zurückversetzt meinen beim Anblick des Krokus und an Frühling glauben, wenn man die Abschiedsblume sieht.«

»Ja, eine kleine Verwirrung«, antwortete Anna. »Deine alte Freundin, Mutter Natur, hat wohl überhaupt eine anmutige Neigung zur Zweideutigkeit und Mystifikation.«

»Gleich hast du spitze Worte gegen sie auf der Zunge, böses Kind, und wo ich mich verwundere, da spöttelst du. Laß gut sein, du wirst mir mein zärtlich Verhältnis zu ihr, der lieben Natur, nicht wegspotten – am wenigsten jetzt, wo sie im Begriffe ist, meine Jahreszeit heraufzubringen, – ich nenne sie mein, weil doch die Jahreszeit unsrer Geburt uns besonders verwandt ist, und wir sind es ihr. Du bist ein Adventskind und kannst also wahrhaftig sagen, daß deine Ankunft in einem guten Zeichen stand – schon fast in dem des lieben Weihnachtsfestes. Du mußt dich sympathisch angesprochen fühlen von dieser wohl frostigen, aber dem Gedanken nach doch so freudig erwärmten Periode. Denn wirklich, sympathische Beziehungen sind es nach meiner Erfahrung, in denen wir stehen zu der Jahreszeit, die uns hervorbrachte. Ihre Wiederkehr hat etwas Bestätigendes und Bekräftigendes für unser Leben, etwas Erneuerndes, wie denn also für mich der Frühling es hat, – nicht weil es eben der Frühling ist, oder der Lenz, wie es in Gedichten heißt, eine allgemein beliebte Saison, sondern weil ich persönlich ihm zugehöre und mir ist, als lächelte er ganz persönlich mir zu.«

»Er tut es gewiß, liebste Mama«, erwiderte die Winterliche. »Und sei nur versichert, daß mir dazu kein einziges spitzes Wort auf die Zunge kommen wird!«

Es ist aber zu sagen, daß der Lebensauftrieb, den Rosalie von dem Nahen und Sichentfalten ›ihrer‹ Jahreszeit zu empfangen gewohnt war – oder gewohnt zu sein glaubte –, gerade als sie so sprach, sich nicht recht bewähren wollte. Fast war es, als ob die moralischen Vorsätze, die das Gespräch mit der Tochter ihr eingegeben, und an denen sie so getreulich festhielt, ihr gegen die Natur gingen, als ob sie auch damit oder gerade damit ›gegen sich lebte‹. Ganz dies war der Eindruck, den Anna gewann, und das lahmende Mädchen machte sich Vorwürfe, weil sie die Mutter zu einer Enthaltsamkeit überredet hatte, auf die ihre eigene freie Weltansicht gar nicht bestand, sondern die ihr eben nur für die Seelenruhe der lieben Frau als notwendig erschienen war. Etwas mehr noch: sie verdächtigte sich uneingestandener schlechter Motive. Sie fragte sich, ob sie, die Sinnenglück einmal gramvoll ersehnt, aber nie gekannt hatte, es nicht der Mutter heimlich mißgönnt und sie darum mit allerlei erklügelten Argumenten zur Sittsamkeit angehalten hatte. Nein, sie konnte das nicht von sich glauben, und doch bekümmerte und belastete, was sie sah, ihr Gewissen.

Sie sah, daß Rosalie auf ihren doch so geliebten Spaziergängen rasch ermüdete und daß sie es war, die, zuweilen unter dem Vorwand irgendeines häuslichen Geschäftes, nach einer halben Stunde schon, oder früher, auf Heimkehr drang. Sie ruhte viel, verlor aber trotz eingeschränkter Bewegung an Körpergewicht, und Anna beobachtete sorgenvoll die Magerkeit ihrer Unterarme, wenn diese einmal vom Kleide frei waren. Man hätte sie neuestens nicht mehr nach dem Jungbrunnen gefragt, aus dem sie getrunken haben müsse. Es sah nicht gut aus unter ihren Augen, bläulich-müde, und das Wangenrot, das sie dem jungen Mann zuliebe und zu Ehren ihrer wiedergewonnenen Vollweiblichkeit auflegte, täuschte schlecht über die gelbliche Blässe ihrer Gesichtsfarbe. Da sie aber Erkundigungen nach ihrem Befinden heiter-wegwerfend mit einem »Was willst du, es geht mir gut« beantwortete, so nahm Fräulein von Tümmler Abstand von dem Gedanken, Dr. Oberloskamp mit der rückgängigen Gesundheit ihrer Mutter zu befassen. Nicht nur Schuldgefühl, auch Pietät wirkte mit bei diesem Verzicht, – dieselbe, die sie in das Wort gefaßt hatte, es gebe Krankheiten, die für den Doktor zu schade seien.

Desto froher war Anna über die Unternehmungslust, das Zutrauen zu ihren Kräften, wie Rosalie sie bei einer kleinen Verabredung an den Tag legte, die eines Abends beim Wein zwischen ihr, ihren Kindern und Ken Keaton, der gerade anwesend war, getroffen wurde. Damals war noch kein voller Monat seit jener wunderbarlichen Mitteilung vergangen, zu der Anna ins Schlafzimmer der Mutter gerufen worden war. Rosalie war lieb und munter wie in alten Tagen an diesem Abend und konnte als Anregerin des Ausflugs gelten, auf den man sich einigte, – wenn man nicht Keaton das Verdienst daran zuschreiben wollte, da er durch historisierende Plauderei zu dem Gedanken hingeführt hatte. Er hatte von allerlei Schlössern und Burgen im Bergischen Land gesprochen, die er vormals aufgesucht, von der Burg an der Wupper, von Bensberg, Ehreshoven, Gimborn, Homburg und Krottorf und fiel dann auf den Kurfürsten Carl Theodor, der im achtzehnten Jahrhundert die Hofhaltung weg von Düsseldorf, nach Schwetzingen, sodann nach München verlegt hatte – kein Hindernis für seinen Statthalter, einen Grafen Goltstein, unterdessen hier allerlei Gärtnerisch-Bauliches von Bedeutung zu unternehmen und auszurichten: Unter ihm war die kurfürstliche Kunstakademie, die erste Anlage zum Hofgarten entstanden, Schloß Jägerhof erbaut worden – und, fügte Eduard hinzu, seines Wissens in denselben Jahren auch das etwas entlegenere Schloß Holterhof beim gleichnamigen Dorfe südlich der Stadt. Natürlich, auch Holterhof, bestätigte Keaton, mußte dann aber zu seiner eigenen Verwunderung bekennen, daß er gerade dies Erzeugnis des späten Rokoko nie mit Augen gesehen, noch auch nur den zugehörigen, bis zum Rhein sich hinziehenden Park, berühmt wie er war, je besucht habe. Frau von Tümmler und Anna hatten sich dort wohl ein und das andere Mal ergangen, waren aber, wie übrigens auch Eduard, nie dazu gekommen, das Innere des reizend placierten Schlosses zu besichtigen.

»Wat et nit all jibt!« sagte die Hausfrau lustig mißbilligend. Es war immer ein Zeichen von Frohmut und Behagen, wenn sie dem Dialekt huldigte. Schöne Düsseldorfer, setzte sie hinzu, seien sie alle vier! Der eine sei überhaupt noch nicht dort gewesen, und die anderen hätten die Räumlichkeiten dieses Bijous von Schloß nicht gesehen, durch die doch jeder Fremde sich führen lasse. »Kinder«, rief sie, »so geht es nicht weiter und darf dabei nicht sein Bewenden haben. Auf zum Ausflug nach Holterhof, wie wir da beisammen sind, gleich in den nächsten Tagen! Es ist so schön jetzt, die Jahreszeit so reizend, und das Barometer steht auf Beständig. Im Park wird es sprießen, er mag in seiner Frühlingsverfassung lieblicher sein, als zur Zeit der Sommerschwüle, als Anna und ich dort spazierten. Ich habe plötzlich geradezu Sehnsucht nach den schwarzen Schwänen, die auf dem Wassergraben im Park – du erinnerst dich, Anna – mit ihren roten Schnäbeln und Ruderfüßen so melancholisch hochmütig dahinglitten. Wie sie ihren Appetit in Herablassung zu kleiden

965

wußten, als wir sie fütterten! Wir wollen Weißbrot mitnehmen für sie... Wartet, heute ist Freitag – am Sonntag wollen wir fahren, ist das abgemacht? Nur der kommt ja für Eduard in Betracht und für Mr. Keaton wohl auch. Zwar werden am Sonntag viele Leut' unterwegs sein, aber mir macht das nichts, ich mische mich gern unters geputzte Volk und genieße mit den Genießenden, bin gern dabei, wo wat jefällig ist – bei Volksfesten draußen vor Oberkassel, wenn es nach Schmalzgebackenem riecht, die Kinder rote Zuckerstangen lutschen und vor einer Zirkusbude so abenteuerlich ordinäre Leute klingeln, tuten und schreien. Das finde ich wundervoll. Anna denkt da anders. Sie findet es traurig. Doch, Anna, das tust du und bist mehr für die vornehme Traurigkeit des schwarzen Schwanenpaars auf dem Wassergraben... Da fällt mir ein, Kinder, wir wollen zu Wasser fahren! Die Überlandfahrt mit der Elektrischen ist ohnehin langweilig. Kein bißchen Wald und kaum freies Feld. Auf dem Wasser ist's lustiger, der Vater Rhein soll uns tragen. Eduard, würdest du dich nach dem Fahrplan der Dampfschiffahrtsgesellschaft umtun? Oder wart, wenn wir's fein machen wollen, so leisten wir's uns und mieten ein Privat-Motorboot für die Fahrt rheinauf. Da sind wir unter uns wie die schwarzen Schwäne... Fragt sich nur, ob wir vor- oder nachmittags losgondeln wollen.«

Man war für den Vormittag. Eduard glaubte zu wissen, daß das Schloß ohnehin nur wenige Stunden in den Nachmittag hinein der Besichtigung offenstehe. Am Sonntagmorgen also. Unter Rosaliens energischem Antrieb war die Abmachung schnell und fest getroffen. Es war Keaton, der mit dem Chartern des Motorbootes beauftragt wurde. Bei der Pegeluhr, am Rathausufer, der Abfahrtsstelle, wollte man sich früh neun Uhr am übernächsten Tage zusammenfinden.

So geschah es. Der Morgen war sonnig und etwas windig. Am Quai staute sich viel unternehmendes Publikum, das mit Kindern und Fahrrädern den Zutritt zu einem der weißen Dampfer der Köln-Düsseldorfer Schiffahrtslinie erwartete. Für Tümmlers und ihren Begleiter lag das gemietete Motorboot bereit. Sein Führer, ein Mann mit Ringen in den Ohrläppchen, rasierter Oberlippe und einem rötlichen Schifferbart unterm Kinn, half den Damen beim Einsteigen. Man fuhr ab, kaum daß die Gäste auf der Rundbank unter dem auf Stangen ruhenden Verdeck Platz genommen. Das Boot hielt gutes Tempo gegen die Strömung der breiten Wasser, deren Ufer übrigens voller Nüchternheit waren. Der alte Schloßturm, der krumme Turm der Lambertuskirche, die Hafenanlagen der Stadt blieben zurück. Mehr ihresgleichen erschien hinter der nächsten Schleife des Stromes, Lagerschuppen, Fabrikgebäude. Nach und nach wurde es ländlich hinter den vom Ufer in den Fluß hineinragenden Steinmolen. Ortschaften, alte Fischerdörfer, deren Namen Eduard und auch Keaton wußten, lagen im Schutz der Deiche vor flacher Landschaft aus Wiesen, Feldern, Weidenbüschen und Tümpeln. So würde es bleiben, wie oft auch der Strom sich wand, wohl anderthalb Stunden lang, bis zu ihrem Ziel. Aber wie gut, rief Rosalie, hätten sie doch getan, sich für das Boot zu entscheiden, statt den Weg auf greulichen Vorstadtstraßen in einem Bruchteil der Zeit zurückzulegen! Sie schien den elementaren Reiz der Wasserfahrt von Herzen zu genießen. Die Augen geschlossen, sang sie mit halber Stimme irgend etwas Freudiges in den zuweilen fast stürmischen Wind hinein: »O Wasserwind, ich liebe dich; liebst du mich auch, du Wasserwind?« Ihr verschmälertes Gesicht war sehr lieblich unter dem Filzhütchen mit der Feder darauf, und der grau und rot karierte Mantel aus leichtem Wollstoff, mit Umlegekragen, den sie trug, kleidete sie vorzüglich. Auch Anna und Eduard hatten sich für die Fahrt mit Mänteln versehen, und nur Keaton, der zwischen Mutter und Tochter saß, begnügte sich mit einem grauwollenen Sweater unter seiner Flausjacke. Das Taschentuch hing ihm lang aus der Brusttasche, und mit einer plötzlichen Wendung, die Augen auf einmal offen, stopfte Rosalie es ihm tief in die Tasche hinein.

»Sittsam, sittsam, junger Mann!« sagte sie mit ehrbar verweisendem Kopfschütteln.

Er lächelte: »Thank you« und wollte dann wissen, was für ein song das gewesen sei, den man eben von ihr gehört.

»Song?« fragte sie, »habe ich denn gesungen? Das war ein

Singsang und kein song. « Und schon schloß sie wieder die Augen und summte mit kaum bewegten Lippen: »Du Wasserwind, wie lieb' ich dich!«

Dann plauderte sie im Geräusch des Motors und oft gezwungen, ihr Hütchen festzuhalten, das ihr der Wind vom noch reichen, gewellten grauen Haar reißen wollte, – ließ sich darüber aus, wie es weitergehen könnte mit der Rheinfahrt über Holterhof hinaus nach Leverkusen und Köln und weiter von da über Bonn nach Godesberg und Bad Honnef zu Füßen des Siebengebirges. Dort sei es hübsch, in Weinbergen und Obstpflanzungen liege der schmucke Kurort am Rhein, und einen alkalischen Säuerling gebe es da, sehr gut gegen Rheumatismus. Anna sah ihre Mutter an. Sie wußte, daß diese jetzt zuweilen an Kreuzschmerzen litt, und hatte gelegentlich mit ihr einen Kuraufenthalt in Godesberg oder Honnef für den Frühsommer ins Auge gefaßt. Das ein wenig kurzatmige Geplauder in den Wind hinein über den guten Säuerling hatte etwas Unwillkürliches und ließ Anna vermuten, daß die Mutter auch eben jetzt von dieser ziehenden Beschwerde nicht frei war.

Nach einer Stunde frühstückte man einige Schinkenbrötchen und trank Portwein dazu aus kleinen Reisebechern. Es war halb elf Uhr, als das Boot sich an einen leichten Landungssteg legte, der, für größere Schiffe unbenutzbar, ganz nahe beim Schloß und Park in den Fluß gebaut war. Rosalie entlohnte den Schiffer, denn die Rückfahrt sollte denn doch der Einfachheit halber zu Lande, mit der Straßenbahn, vonstatten gehen. Nicht ganz erstreckte der Park sich bis an den Strom. Sie hatten einen noch ziemlich feuchten Wiesenweg zurückzulegen, ehe alt-herrschaftliche Natur sie aufnahm, wohlgepflegt und gestutzt. Von erhöhtem Rondell mit Ruhebänken in Taxusnischen gingen da- und dorthin Alleen prächtiger Bäume aus, knospend fast alle schon, wenn auch mancher Trieb sich noch in braunblanker Schutzhülle barg, – fein bekieste, oft vom Gezweig überwölbte Wandelwege zwischen manchmal gar vierfach gereihten Buchen, Eiben, Linden, Roßkastanien, hochstämmigen Ulmen. Auch weithergeholte Baumraritäten, einzeln, auf Wiesenplä-

nen, gab es zu sehen, fremdartige Koniferen, farnblättrige Buchen, und Keaton erkannte den kalifornischen Mammutbaum,
die Sumpfzypresse mit weichen Atemwurzeln.

Rosalie nahm an diesen Sehenswürdigkeiten kein Interesse.
Natur, meinte sie, müsse vertraut sein, sonst spreche sie nicht
zum Gemüt. Aber die Parkherrlichkeit schien es ihrem Natursinn überhaupt nicht sehr anzutun. Kaum hie und da an den stolzen Stämmen emporblickend, ging sie schweigsam an Eduards
Seite hinter dessen jungem Sprachmeister und der aufstampfen-
den Anna dahin, die übrigens diese Anordnung durch ein Manöver zu ändern wußte. Sie blieb stehen und rief den Bruder an ihre
Seite, um sich bei ihm nach dem Namen des Baumganges, den
sie verfolgten, und dem das geschlängelten Fußpfades zu erkun-
digen, der ihn durchkreuzte. Denn alle diese Wege hatten alther-
gebrachte Namen, wie ›Fächerallee‹, ›Trompetenallee‹ und so
fort. Anna behielt dann im Weitergehen Eduard bei sich und ließ
Ken bei Rosalie zurück. Er trug ihren Mantel, den sie abgelegt
hatte, da es windstill im Park und viel wärmer war als auf dem
Wasser. Mild schien die Frühlingssonne durch das hohe Gezweig, sprenkelte die Wege und spielte auf den Gesichtern, die
sie blinzeln machte.

In ihrem hübsch gearbeiteten, knapp ihre jugendlich schlanke
Gestalt umschließenden braunen Jackenkleid schritt Frau von
Tümmler an Kens Seite und warf dann und wann einen verschleiert lächelnden Blick auf ihren über seinem Arm hängenden
Mantel. »Da sind sie!« rief sie und meinte das schwarze Schwa-
nenpaar; denn sie gingen nun an dem von Silberpappeln ge-
säumten Graben hin, und in gemessener Eile glitten die Vögel
bei Annäherung der Besucher auf dem etwas schleimigen Gewässer heran. »Wie schön sie sind! Anna, erkennst du sie wieder? Wie majestätisch sie die Hälse tragen! Wo ist ihr Brot?« –
Keaton zog es aus der Tasche, in Zeitungspapier gewickelt, und
reichte es ihr. Es war warm von seinem Körper, und sie nahm
von dem Brot und aß davon.

»But it is old and hard!« rief er mit einer Bewegung aus, die zu
spät kam, ihr Einhalt zu tun.

»Ich habe gute Zähne«, erwiderte sie.

Einer der Schwäne aber, ganz nahe ans Ufer stoßend, breitete seine dunklen Schwingen aus und schlug die Luft damit, indem er den Hals vorreckend zornig zu ihnen emporzischte. Man lachte über seine Eifersucht, zugleich etwas erschrocken. Die Vögel kamen dann zu dem Ihren. Rosalie warf ihnen nach und nach die altbackenen Brocken zu, und würdevoll, in unüberstürztem Hinundherschwimmen, nahmen sie sie entgegen.

»Ich fürchte doch«, meinte Anna im Weitergehen, »daß der Böse dir den Raub an seinem Futter nicht leicht vergessen wird. Er markierte vornehme Gekränktheit die ganze Zeit.«

»Warum nicht gar«, antwortete Rosalie. »Er hatte nur einen Augenblick Angst, daß ich ihm alles wegessen würde. Desto besser mußte ihm schmecken, wovon ich mir selbst hatte schmecken lassen.«

Sie kamen zum Schloß, zu dem blanken, kreisrunden Weiher, in dem es sich spiegelte, mit einem Inselchen seitlich darin, auf dem eine einzelne Pappel stand. Auf dem Kiesplatz vor der Freitreppe des in Flügelbogen leicht geschwungenen Bauwerks, dessen beträchtliche Dimensionen in Zierlichkeit aufgelöst schienen, und dessen rosa Fassade freilich bröckelte, standen einige Leute, die in Erwartung der Elf-Uhr-Führung sich die Zeit damit vertrieben, die Figuren des Wappengiebels, die zeitvergessene, von einem Engel getragene Uhr darüber, die steinernen Blumengewinde über den hohen weißen Türen mit den Angaben ihrer Handbücher zu vergleichen. Unsere Freunde gesellten sich zu ihnen und sahen wie sie an der reizend geschmückten Feudalarchitektur zu den ovalen œils-de-bœuf im schieferfarbenen Dachgeschoß empor. Mythologisch leichtgeschürzte Figuren, Pan und seine Nymphen, standen auf Sockeln zu seiten der tiefreichenden Fenster, verwitternd wie die vier Sandsteinlöwen, die, grämlich von Miene, die Pranken gekreuzt, Freitreppe und Auffahrt flankierten.

Keaton zeigte sich historisch begeistert. Er fand alles ›splendid‹ und ›excitingly continental‹. O dear, wenn er an sein prosaisches Land drüben dachte! Da gab es so etwas in aristokratischer gemächer waren, durch welche man dem hersagenden Einarm in unbeholfenem Schlurfen und Gleiten folgte. Verschieden gemustert von Raum zu Raum, bildeten ihre Intarsien in der Mitte Sternformen aller Art und Phantasieen von Blumen. Ihre Blankheit nahm wie stilles Wasser die Schatten der Menschen, der geschweiften Prunkmöbel in sich auf, während hohe Spiegel, zwischen goldenen, von Girlanden umschlungenen Säulen und in Goldleisten gefaßten Tapetenfeldern aus geblümter Seide, einander die Bilder der Kristall-Lüster, der zärtlichen Deckengemälde, der Medaillons und Embleme der Jagd und Musik über den Türen wiederholend zuwarfen und trotz so manchem Blindflecken noch immer die Illusion unabsehbarer Raumfluchten erwecken konnten. Rechenschaftsfreie Üppigkeit, unbedingter Wille zum Vergnügen sprachen aus dem Geriesel von Zierlichkeit und goldenem Schnörkelwerk, gehalten, gebunden allein durch den unverbrüchlichen Geschmacksstil der Zeit, die es hervorgebracht. Im runden Bankettsaal, den in Nischen Apoll und die Musen umstanden, wurde das eingelegte Holzwerk des Fußbodens zum Marmor, gleich dem, der die Wände bekleidete. Rosige Putten zogen dort eine gemalte Draperie von der durchbrochenen Kuppel zurück, durch die das Tageslicht fiel, und von deren Galerie, wie der Schloßwart hersagte, einst Musik zu den unten Tafelnden heraberklungen war.

Ken Keaton führte Frau von Tümmler am Ellbogen. Jeder Amerikaner führt so seine Dame über den Fahrdamm. Unter Fremden, von Anna und Eduard getrennt, hielten sie sich hinter dem Pedell, der heiser, in hölzernem Buchdeutsch seinen Text abspulte und den Leuten vorsprach, was sie sahen. Sie sähen nicht alles, was da sei, war seine Rede. Von den fünfundfünfzig Räumen des Schlosses, sagte er her und fiel nach der Schablone ein wenig ins Hölzern-Anzügliche, ohne daß seine Miene mit dem schiefen Mund sich im geringsten auf die Scherzhaftigkeit seiner Worte eingelassen hätte, – lägen nicht alle so ohne weiteres offen. Die Herrschaften von damals hätten viel Sinn fürs Neckische, Geheime und Verborgene gehabt, für Verstecke des Hintergrundes und Gelegenheit bietende Abgelegenheiten, zugänglich durch mechanische Tricks, wie zum Beispiel diesen hier. Und er blieb bei einem Wandspiegel stehen, der sich, dem Druck auf eine Feder gehorchend, beiseite schob und überraschend den Blick auf eine enge Wendeltreppe mit fein durchbrochenem Geländer freigab. An ihrem Fuß, gleich zur Linken, stand auf einem Sockel der armlose Dreiviertelstorso eines Mannes, der, einen Beerenkranz im Haar und geschürzt mit einem nicht authentischen Blattgewinde, etwas zurückgelehnten Oberleibes, über seinem Bocksbart priapisch bewillkommnend ins Leere hinunterlächelte. Es gab Aha's und Oho's. »Und so weiter«, sagte der Führer, wie er es jedesmal sagte, und ließ den Vexierspiegel an seinen Platz zurückkehren. »Oder auch so«, sagte er im Weitergehen und machte, daß ein Feld der Seidentapete, dem nichts anzusehen gewesen war, sich als Geheimtür auftat und einen ins Ungewisse führenden Gang eröffnete, aus dem Moderduft drang. »Das hatten sie gern«, sagte der Einarm. »Andere Zeiten, andere Sitten«, sagte er noch mit sentenziöser Ödigkeit und setzte die Führung fort.

Die Filzkähne waren nicht leicht an den Füßen zu halten. Frau von Tümmler verlor einen der ihren; er fuhr auf dem glatten Boden ein Stück von ihr weg, und während Keaton ihn lachend einfing und ihn niederkniend ihr wieder anlegte, wurden sie von der Besichtigungsgesellschaft überholt. Aufs neue legte er seine Hand unter ihren Ellbogen, aber mit einem verträumten Lächeln blieb sie noch stehen, den in weiteren Gemächern Verschwindenden nachblickend, und, immer von seiner Hand unterstützt, wandte sie sich zurück und tastete hastig an der Tapete, dort, wo sie sich geöffnet hatte.

»You aren't doing it right«, flüsterte er. »Leave it to me. 't was here.« Er fand die Druckfeder, die Tür gehorchte, und die Moderluft des Geheimganges nahm sie auf, in dem sie einige Schritte vorwärts taten. Es war dunkel um sie. Mit einem aus letzten Tiefen heraufgeholten Seufzer schlang Rosalie die Arme um den Nacken des Jungen, und auch er umfing beglückt ihre zitternde Gestalt. »Ken, Ken«, stammelte sie, das Gesicht an seinem Halse, »ich liebe dich, ich liebe dich, nicht wahr, du weißt es, nicht ganz hab ich's dir verbergen können, und du, und du, liebst du mich auch, ein wenig, ein wenig nur, sag, kannst du mich lieben mit deiner Jugend, wie die Natur mir gab, dich zu lieben im grauen Haar? Ja? Ja? Deinen Mund, oh, endlich denn deinen jungen Mund, nach dem ich gedarbt, deine lieben Lippen, so, so – – Kann ich küssen? Sag, kann ich's, mein süßer Erwecker? Alles kann ich, wie du. Ken, die Liebe ist stark, ein Wunder, so kommt sie, und tut große Wunder. Küsse mich, Liebling! Nach deinen Lippen hab ich gedarbt, oh, wie gedarbt, denn du mußt wissen, mein armer Kopf verfiel auf allerlei Klügeleien, wie daß Vorurteilslosigkeit und Libertinage nicht meine Sache seien, und daß mir Zerstörung drohe vom Widerspruch zwischen Lebenswandel und angeborener Überzeugung. Ach, Ken, fast hätte die Klügelei mich zerstört und das Darben nach dir... Das bist du, das bist endlich du, das ist dein Haar, das ist dein Mund, der Atem ist das deiner Nase, die Arme, die Arme umschlingen mich, die ich kenne, das ist deines Leibes Wärme, von der ich kostete, und der Schwan war böse...«

Es fehlte nicht viel, so wäre sie an ihm hingesunken. Er hielt sie und zog sie fort im Gange, der sich ihren Augen ein wenig erhellte. Stufen gingen da vorn hinab vor den offenen Rundbogen einer Tür, hinter der getrübtes Oberlicht in einen Alkoven fiel, dessen Tapeten mit schnäbelnden Taubenpaaren durchwirkt waren. Eine Art von Causeuse stand da, an der ein geschnitzter Amor mit verbundenen Augen in einer Hand ein Ding hielt wie eine Fackelleuchte. Dort saßen sie nieder im Dumpfen.

»Hu, Totenluft«, schauderte Rosalie an seiner Schulter. »Wie traurig, Ken, mein Liebling, daß wir uns finden müssen hier bei den Abgestorbenen. Im Schoß der guten Natur, umfächelt von ihrem Duft, im süßen Gedünst von Jasmin und Faulbaum, hab ich geträumt, da hätte es sein, da hätt' ich dich küssen sollen zum erstenmal und nicht in diesem Grabe! Geh, laß, Böser, ich will dir ja gehören, aber im Moder nicht. Morgen komm ich zu dir, auf deine Stube, morgen vormittag, wer weiß, noch heute abend. Ich richte es ein, ich schlage der klügelnden Anna ein

Schnippchen...« Er ließ sich's versichern. Sie fanden ja auch, daß sie zu den anderen müßten, zurück oder vorwärts. Keaton entschied sich fürs Vorwärts. Durch eine andere Tür verließen sie das tote Lustgemach, ein dunkler Gang war wieder da, der wendete sich, der stieg, und sie gelangten vor eine verrostete Pforte, die unter Kens kräftigem Stemmen und Rütteln schütternd nachgab und außen so dicht mit ledrigem Schlingwerk umwachsen war, daß sie kaum durchdrangen. Himmelsluft wehte sie an. Es rauschte von Wasser; Kaskaden gingen hinter ausgebreiteten Beeten nieder, bestellt mit Blumen des frühen Jahres, gelben Narzissen. Es war der rückwärtige Schloßgarten. Eben näherte sich von rechts die Gruppe der Besucher, schon ohne den Führer, Anna und ihr Bruder zuletzt. Das Paar mischte sich unter die Vorderen, die anfingen, sich gegen die Wasserkünste und in der Richtung des Baumparks zu zerstreuen. Es war richtig, stehenzubleiben, sich umzuschauen, den Geschwistern entgegenzugehen. »Wo wart ihr nur geblieben?« hieß es und: »Das fragen wir euch« und: »Kann man sich so aus den Augen verlieren?« Anna und Eduard wollten sogar umgekehrt sein, um die Abhandengekommenen zu suchen, aber vergebens. »Schließlich konntet ihr nicht aus der Welt gekommen sein«, sagte Anna. »So wenig wie ihr«, erwiderte Rosalie. Es sah keiner den anderen an.

Zwischen Rhododendronsträuchern umgingen sie die Flanke des Schlosses und kehrten zum vorderen Weiher zurück, dem die Haltestelle der Straßenbahn ganz nahe lag. So langwierig das Schiffen stroman durch die Rheinwindungen gewesen, so rasch ging die Rückfahrt mit der lärmend durch Fabrikbezirke und vorbei an Kolonien von Arbeiterhäusern eilenden elektrischen Tram vonstatten. Die Geschwister tauschten hie und da ein Wort miteinander oder mit der Mutter, deren Hand Anna eine Weile hielt, da sie sie hatte zittern sehen. In der Stadt, nahe der Königsallee, nahm man Abschied. –

Frau von Tümmler kam nicht zu Ken Keaton. Diese Nacht, gegen Morgen, befiel sie schwere Unpäßlichkeit und versetzte das

Haus in Schrecken. Das, was sie bei erster Wiederkehr so stolz, so glücklich gemacht, was sie als Wundertat der Natur und hohes Werk des Gefühls gepriesen, erneuerte sich auf eine unheilvolle Weise. Sie hatte die Kraft gehabt, zu klingeln, aber ohnmächtig fanden die Herbeieilenden, Tochter und Magd, sie in ihrem Blut.

Der Arzt, Dr. Oberloskamp, war rasch zur Stelle. Unter seinen Händen zu sich kommend zeigte sie sich erstaunt über seine Anwesenheit.

»Wie, Doktor, Sie hier?« sagte sie. »Hat Anna Sie wohl bemüht? Aber es geht mir doch nur nach der Weiber Weise.«

»Unter Umständen, meine liebe gnädige Frau, bedürfen diese Funktionen einer gewissen Überwachung«, antwortete der Graukopf. Der Tochter erklärte er mit Entschiedenheit, daß die Verbringung der Patientin, am besten mit Ambulanz, in die gynäkologische Klinik geboten sei. Der Fall fordere genaueste Untersuchung, – die übrigens seine Harmlosigkeit ergeben möge. Durchaus könnten die Metrorrhagien, die erste, von der er nun höre, und diese alarmierendere zweite, von einem Myom herrühren, das operativ ohne Schwierigkeit zu beseitigen sei. Bei dem Direktor und ersten Chirurgen der Klinik, Professor Muthesius, werde die Frau Mama sich in der zuverlässigsten Obhut befinden.

Man handelte nach seiner Verfügung – ohne Widerstand von Frau von Tümmlers Seite, zu Annas stiller Verwunderung. Nur sehr große, fernblickende Augen hatte die Mutter bei allem, was mit ihr geschah.

Die bimanuelle Untersuchung, von Muthesius vorgenommen, ließ einen für das Alter der Patientin viel zu großen Uterus, beim Verfolgen des Eileiters unregelmäßig verdicktes Gewebe und statt eines schon sehr kleinen Ovariums einen unförmigen Geschwulstkörper erkennen. Die Curettage ergab Carcinomzellen, dem Charakter nach vom Eierstock herrührend zum Teil; doch ließen andere nicht zweifeln, daß im Uterus selbst Gebärmutterkrebszellen in voller Entwicklung begriffen waren. Es wies all die Bösartigkeit Zeichen rapiden Wachstums auf.

Der Professor, ein Mann mit Doppelkinn und stark gerötetem Gesicht, in dessen wasserblaue Augen leicht Tränen traten, ohne daß das mit Gemütsbewegung eben zu tun gehabt hätte, erhob den Kopf vom Mikroskop.

»Nenne ich ausgedehnten Befund«, sagte er zu seinem Assistenten, der Dr. Knepperges hieß. »Wir operieren aber doch, Knepperges. Die Totalexstirpation bis zum letzten Bindegewebe im kleinen Becken und zu allem lymphatischen Gewebe kann allenfalls Lebensverlängerung bringen.«

Doch die Eröffnung der Bauchhöhle bot Ärzten und Schwestern im weißen Licht der Bogenlampen ein zu furchtbares Bild, als daß auch nur auf vorübergehende Besserung zu hoffen gewesen wäre. Der Zeitpunkt, sie zu bewirken, war offenbar längst versäumt. Nicht nur, daß alle Beckenorgane bereits vom Verderben befallen waren: auch das Bauchfell zeigte, dem bloßen Auge schon, die mörderische Zellenansiedlung, alle Drüsen des lymphatischen Systems waren carcinomatös verdickt, und kein Zweifel war, daß es Krebszellenherde gab auch in der Leber.

»Nun sehen Sie sich die Bescherung an, Knepperges«, sagte Muthesius. »Wahrscheinlich übertrifft sie Ihre Erwartungen.« Daß sie auch seine eigenen übertraf, ließ er nicht merken. »Unserer edlen Kunst«, fügte er hinzu, in den Augen Tränen, die nichts zu bedeuten hatten, »wird da ein bißchen viel zugemutet. Das kann man nicht alles herausschneiden. Wenn Sie zu bemerken glauben, daß das Zeug auch in beide Harnleiter schon metastatisch hineingewachsen ist, so bemerken Sie recht. Die Urämie kann nicht lange säumen. Sehen Sie, ich leugne gar nicht, daß die Gebärmutter das Freßgezücht selbst produziert. Und doch rate ich Ihnen, meine Vermutung zu übernehmen, daß die Geschichte vom Eierstock ausging, – von unbenützten granulösen Zellen nämlich, die seit der Geburt da manchmal ruhen und nach dem Einsetzen der Wechseljahre durch Gott weiß welchen Reizvorgang zu maligner Entwicklung kommen. Da wird denn der Organismus, post festum, wenn Sie so wollen, mit Estrogenhormonen überschüttet, überströmt, über schwemmt, was zur hormonalen Hyperplasie der Gebärmutter-Schleimhaut mit obligaten Blutungen führt.«

Knepperges, ein hagerer, ehrgeizig-selbstbewußter Mensch, verbeugte sich knapp, mit versteckter Ironie für die Belehrung dankend.

»Also los, ut aliquid fieri videatur«, sagte der Professor. »Das Lebenswichtige müssen wir ihr lassen, so tief hier das Wort in Melancholie getaucht ist.« –

Anna erwartete die Mutter droben im Krankenzimmer, als diese, vom Lift emporgeführt, auf ihrer Tragbahre dorthin zurückkehrte und von Schwestern gebettet wurde. Dabei erwachte sie aus dem nachnarkotischen Schlaf und sprach unklar:

»Anna, mein Kind, er hat mich angezischt.«

»Wer, liebste Mama?«

»Der schwarze Schwan.«

Sie schlief schon wieder. Des Schwans aber gedachte sie noch öfter in den folgenden paar Wochen, seines blutroten Schnabels, des schwarzen Schlags seiner Schwingen. Ihr Leiden war kurz. Das urämische Koma senkte sie bald in tiefe Bewußtlosigkeit, und einer doppelseitigen Lungenentzündung, die sich unterdessen entwickelte, konnte das ermattete Herz nur Tage noch standhalten.

Ganz kurz vor dem Ende jedoch, nur einige Stunden vorher, lichtete sich ihr Geist noch einmal. Sie schlug die Augen auf zu der Tochter, die, Hand in Hand mit ihr, an ihrem Bette saß.

»Anna«, sagte sie und vermochte, ihren Oberkörper etwas weiter zum Bettrand hin, der Vertrauten näher, zu rücken, »hörst du mich?«

»Gewiß höre ich dich, liebe, liebe Mama.«

»Anna, sprich nicht von Betrug und höhnischer Grausamkeit der Natur. Schmäle nicht mit ihr, wie ich es nicht tue. Ungern geh ich dahin – von euch, vom Leben mit seinem Frühling. Aber wie wäre denn Frühling ohne den Tod? Ist ja doch der Tod ein großes Mittel des Lebens, und wenn er für mich die Gestalt lieh von Auferstehung und Liebeslust, so war das nicht Lug, sondern Güte und Gnade.«

Ein kleines Rücken noch, näher zur Tochter, und ein verge-
hendes Flüstern:

»Die Natur – ich habe sie immer geliebt, und Liebe – hat sie
ihrem Kinde erwiesen.«

Rosalie starb einen milden Tod, betrauert von allen, die sie
kannten.

Friedrich 909

Düfte 914

die Betroffene als scheinbar
melodramatischer Titel,
der aber dem Wort eine
neue Bedeutung gibt.

Januar 974

Inhalt

1894 –
1914.

Sabine
Fiedler

das Primstürliche als Motiv:

tel von:
Lobett! - nicht anders t...

excessiv
sädfs
Szendrock (zB 368)

Thomas Mann

Die Romane

Buddenbrooks
Verfall
einer Familie
Band 9431

**Königliche
Hoheit**
Band 9430

Der Zauberberg
Band 9433

**Joseph und
seine Brüder**
I. Die Geschichten
Jaakobs
Band 9435
II. Der junge Joseph
Band 9436

Die Romane

**Joseph und
seine Brüder**
III. Joseph
in Ägypten
Band 9437
IV. Joseph,
der Ernährer
Band 9438

Lotte in Weimar
Band 9432

Doktor Faustus
Das Leben
des deutschen
Tonsetzers
Adrian Leverkühn,
erzählt von
einem Freunde
Band 9428

Die Romane

**Die Entstehung des
Doktor Faustus**
Roman eines
Romans
Band 9427

Der Erwählte
Roman
Band 9426

**Bekenntnisse
des Hochstaplers
Felix Krull**
Der Memoiren
erster Teil
Band 9429

Fischer Taschenbuch Verlag

fi 227 / 18

Thomas Mann

Essays

in der Fassung der Erstdrucke

Herausgegeben von
Hermann Kurzke und Stephan Stachorski

Sechs Bände:

I. *Frühlingssturm*
Essays 1893-1918
Band 10899

II. *Für das neue Deutschland*
Essays 1919-1925
Band 10900

III. *Ein Appell an die Vernunft*
Essays 1926-1933
Band 10901

IV. *Achtung, Europa!*
Essays 1933-1938
Band 10902

V. *Deutschland und die Deutschen*
Essays 1938-1945
Band 10903

VI. *Meine Zeit*
Essays 1945-1955. Gesamtregister
Band 10904

Fischer Taschenbuch Verlag

Thomas Mann

Briefwechsel

Hermann Hesse / Thomas Mann
Briefwechsel
Band 5633

Briefwechsel mit seinem Verleger
Gottfried Bermann Fischer 1932-1955
Herausgegeben von Peter de Mendelssohn
Bände 1 + 2: Bd. 1566

Thomas Mann / Heinrich Mann
Briefwechsel 1900-1949
Herausgegeben von Hans Wysling
Band 12297

Briefe
Herausgegeben von Erika Mann
Band 1: 1889-1936. Bd. 2136
Band 2: 1937-1947. Bd. 2137
Band 3: 1948-1955 und Nachlese. Bd. 2138

Fischer Taschenbuch Verlag

fi 208 / 8

Thomas Mann
Tagebücher

Tagebücher 1918-1921
Herausgegeben von Peter de Mendelssohn
1979. XII, 908 Seiten. Leinen in Schuber

Tagebücher 1933-1934
Herausgegeben von Peter de Mendelssohn
1977. XXII, 818 Seiten. Leinen in Schuber

Tagebücher 1935-1936
Herausgegeben von Peter de Mendelssohn
1978. VIII, 722 Seiten. Leinen in Schuber

Tagebücher 1937-1939
Herausgegeben von Peter de Mendelssohn
1980. X, 990 Seiten. Leinen in Schuber

Tagebücher 1940-1943
Herausgegeben von Peter de Mendelssohn
1982. XII, 1200 Seiten. Leinen in Schuber

Tagebücher 1944-1946
Herausgegeben von Inge Jens
1986. XVI, 914 Seiten. Leinen in Schuber

Tagebücher 1946-1948
Herausgegeben von Inge Jens
1989. XIV, 1042 Seiten. Leinen in Schuber

Tagebücher 1949-1950
Herausgegeben von Inge Jens
1991. XVIII, 780 Seiten. Leinen in Schuber

Tagebücher 1951-1952
Herausgegeben von Inge Jens
1993. XXIV, 928 Seiten. Leinen in Schuber

Tagebücher 1953-1955
Herausgegeben von Inge Jens
1995. XXII, 978 Seiten. Leinen in Schuber

S. Fischer

fi 1329 / 3

Thomas Mann
Über mich selbst
Autobiographische Schriften
Band 12389

Umfassen die Jahre von 1875 bis 1955, Thomas Manns Zeit, auch eine wahrhaft schicksalhafte Epoche der deutschen Geschichte, so hatte er doch eine »Abneigung gegen die Autobiographie« als ein geschlossenes, sein Leben nacherzählendes Buch. Er brauchte sie nicht, hat er sich selbst doch derart in all sein Schreiben eingebracht, daß man bei ihm mit gutem Recht von einer Identität von Werk und Person sprechen kann. Darüber hinaus hat er, wenn der Tag und die Stunde es erforderten, bereitwillig Auskunft gegeben über sich selbst, selten als Skizze seines Lebenslaufs, eher in Form eines weitgefächerten Vortrags oder Essays, als Erlebnis- oder Reisebericht, in Vignetten und Episoden von Angehörigen und Freunden, in Beantwortung von Rundfragen über die Voraussetzungen für seine Arbeit, über sein Verhältnis zu Religion, Musik oder zur Psychoanalyse. Thomas Mann verstand sich zeitlebens als kultureller Repräsentant seiner Zeit. Mit seinen Äußerungen über sich selbst gab er beredtes Zeugnis von der geistigen Lebensform seiner Generation.

Fischer Taschenbuch Verlag

Peter de Mendelssohn

Der Zauberer
Das Leben des deutschen Schriftstellers
Thomas Mann

in 3 Bänden

Zitatnachweise
Quellen- und Literaturnachweise
Gesamtregister
Die Kassette enthält mehrere Stammbäume

2550 Seiten. Leinen

Auf diese große, allerdings Fragment gebliebene Biographie Thomas Manns berufen sich die Autoren späterer Lebensschilderungen nahezu alle – und mit gutem Grund. Peter de Mendelssohn »baut mit höchst findig gewählten und treffend placierten Zitaten aus den Briefen (und anderen Quellen) ein Lebens- und Charakterbild des Mannes auf, das rund, plastisch, vielfältig facettiert sich vor unseren Augen gleichsam von selbst zusammensetzt« – wie Thomas Mann es in *Der alte Fontane* selbst exemplifiziert hat.

S. Fischer

fi 211 / 6

Viktor Mann

Wir waren fünf

Bildnis der Familie Mann

Band 12275

Die bunte und reiche Lebenschronik der Familie Mann, der
die Welt zwei der bedeutendsten Schriftsteller verdankt, ist hier
von dem jüngsten Bruder von Heinrich und Thomas Mann
aufgezeichnet. In vielfacher Hinsicht ist dieses Buch außerordentlich: als Geschichte einer Familie, die als Buddenbrooks in-
zwischen der Weltliteratur angehört; als Dokument europäisch-
weltbürgerlichen Geistes in Deutschland während zweier Generationen zwischen Bismarck und Hitler; als Biographie zweier
Dichter von Weltgeltung und Erläuterung ihrer Werke; und als
eine literarische Leistung von überraschendem Rang. Kundiger
und getreuer, als jeder von außen kommende Biograph es vermocht hätte, ordnet und gestaltet Viktor Mann die überquellende Fülle seines Stoffes. So wird dieser fesselnde Band zugleich
auch zu einem wesentlichen Quellenwerk der literaturhisto-
rischen Forschung und gibt authentisches Material für eine
sachliche Diskussion um die bedeutendste Schriftstellerfamilie
dieses Jahrhunderts.

»Dieses Buch hat dokumentarischen Wert, weil es
mit Liebe geschrieben ist. Selbst ohne jeden Bezug auf die
Großen der Familie besäße dieses Buch seinen Reiz.«
Frankfurter Allgemeine Zeitung

Fischer Taschenbuch Verlag

Grazie Bröckelndes nicht, denn es hatte an Kurfürsten und Landgrafen gefehlt, die souverän zur eigenen Ehre und der der Kultur ihrer Prachtlust hatten frönen können. Übrigens verhielt er sich auch wieder keck genug gegen die würdig in der Zeit stehengebliebene Kultur, daß er sich zur Erheiterung der Wartenden einem der wachthaltenden Löwen rittlings auf die Kruppe setzte, obgleich die mit einem spitzen Zapfen versehen war, wie manche Spielpferdchen, von denen man den Reiter abnehmen kann. Er faßte den Dorn vor sich mit beiden Händen, tat mit Hi! und On, old chap! als ob er der Bestie die Sporen gäbe und hätte wirklich kein netteres, jungenhafteres Bild abgeben können in seinem Übermut. Anna und Eduard vermieden es, ihre Mutter anzusehen.

Dann knarrten Riegel, und Keaton beeilte sich, von seinem Reittier herunterzukommen, da der Kastellan, ein Mann mit leer aufgerolltem linken Ärmel und in Militärhosen, kriegsbeschädigter Unteroffizier allem Anschein nach, den man mit diesem stillen Amte getröstet, den Flügel des Mittelportals aufschlug und den Zutritt eröffnete. Er stellte sich im hohen Türrahmen auf, ließ das Publikum an sich vorüber, indem er von einem kleinen Block Entreebilletts abgab, die er mit seiner einzigen Hand gleich auch noch halb durchzureißen verstand. Dabei begann er auch schon zu reden, mit schief gestelltem Mund und heiser verschriener Stimme die auswendig gelernten und hundertmal vorgebrachten Belehrungen herzusagen: Daß der plastische Schmuck der Fassade von einem Bildhauer stamme, den der Kurfürst eigens von Rom herberufen habe; daß Schloß und Park das Werk eines französischen Baumeisters seien, und daß man es mit dem bedeutendsten Rokokobau am Rheine zu tun habe, der allerdings schon Übergänge zum Stil Ludwigs XVI. zeige; daß das Schloß fünfundfünfzig Säle und Zimmer enthalte und 800 000 Taler gekostet habe – und so fort.

Das Vestibül atmete vermuffte Kälte. Große, kahnartige Filzpantoffeln standen dort aufgereiht, in die man unter viel Damengekicher zu steigen hatte, zur Schonung der kostbaren Parketts, die wirklich beinahe die Hauptsehenswürdigkeit der Lust-

Golo Mann
Erinnerungen und Gedanken
Eine Jugend in Deutschland
Band 10714

»Eine Jugend in Deutschland« – keine alltägliche, sondern gefährdet durch Anlagen und Umstände, gleichwohl im bürgerlichen Rahmen behütet und gefördert, eigensinnig und doch in vielen Entwicklungen repräsentativ für dieses Land und für die Zeit – 1909 bis 1933 –, durch die Golo Mann seinen Weg mit beharrlicher Unabhängigkeit und kritischer Selbstzucht findet. Die Stationen: Das vom Vater überschattete Elternhaus mit den großen Geschwistern Klaus und Erika. Literatur, Musik, Theater als frühe Eindrücke, Schule und Pfadfinder, Internat Schloß Salem. Nach dem Abitur Studium in München, Berlin, Heidelberg: Jaspers, der Sozialistische Studentenbund, erste Aufsätze, Versuche, dem Nazi-Geist entgegenzutreten. Hamburg, Göttingen: Selbstaufgabe der Weimarer Republik, alles Spätere vorbereitende Anfänge des »Dritten Reichs«. Golo Mann beschwört keine »besonnte Vergangenheit«, viel zu sehr litt und leidet er an den Irrtümern deutscher Politik. Dennoch weckt dieses große deutsche Bekenntnisbuch Hoffnung: »es ist weise und, aller Bitterkeit zum Trotz, zugleich auf seine Art heiter«. *(M. Reich-Ranicki)*

Fischer Taschenbuch Verlag

fi 1318 / 8